温泉文学事典

浦西和彦 編著

和泉書院

はしがき——温泉愛好者にお薦め

本書は、近代文学において温泉地がどのように描かれているか、温泉について書かれたエッセイや温泉が出てくる作品を事典項目にして編集した温泉文学事典である。

日本近代文学館編『日本近代文学大事典』をはじめ、これまで多くの日本近代文学事典が刊行された。その形態も実に豊富で、ジャンル別の事典や個々の文学者別の事典、あるいは地域別の文学事典などといったものもある。だが、温泉地をテーマとした近代文学事典は、本書が最初の試みではないかと思う。

尾崎紅葉の「金色夜叉」には熱海温泉や塩原温泉が、徳冨蘆花の「不如帰」には伊香保温泉が、夏目漱石の「坊っちゃん」には道後温泉が、「明暗」には湯河原温泉が、志賀直哉の「城の崎にて」や「暗夜行路」には城崎温泉が、川端康成の「伊豆の踊子」には湯ケ野温泉が、また「雪国」は越後湯沢温泉がモデルとなって描かれている。近代文学には温泉地が出てくる作品が数多くあり、温泉を基軸として、近代文学をはじめ、その時代や社会にアプローチしてもよいのではないかと思う。

現在のように冷暖房が完備されていなく、また宿泊料なども安かった時代においては、寒い冬や暑い夏には海や山の温泉地へ文学者たちが療養に出かけ、そこに逗留し、あの多くの名作を執筆したのであろう。文学者たちと温泉地との結びつきは深いものがあったようだ。

日本人は古代から温泉に親しんできた。近代文学だけでなく、古代文献にも早くから温泉に関する記事が出てくる。「出雲国風土記」では、出雲の国造が朝廷に賀詞を奏上するため、その出発に際して温泉で湯あみをする。また、「日本書紀」「万葉集」「続日本紀」などに有馬や伊予の温泉の名が出てきたり、天皇が温泉地へ行幸した記述などもある。近世などの古典文学をも含めて、文学作品における温泉も網羅的に調査した文献目録類など作成されてもよいのではないかと思うが、皆無に等しい状態である。本書では、近現代文学で温泉にかかわる作品を可能な限り数多く取り上げた。まだ多くの遺漏があることと思われるが、本書の刊行をきっかけに、今後の研究が盛んになることを期待したい。

温泉地も時代とともに著しく変貌を遂げていく。戦後、ことに昭和三十年代以後、日本経済の急速な発展によって、交通網も整備された。全国的に高速道路が配置され、車社会となって、どんな山奥の辺鄙なところにある温泉地でも人々は手軽に出かけて行けるようになった。温泉地も観光資源となり、資本が投入されて、山奥の温泉地にも豪華な高級ホテルが立ち並ぶ。訪れる客も団体ツアーバスで乗り込み、ホテル内で入浴も飲食も娯楽も土産もすべて済ませる。ホテルの外へ一歩も出ないで、慌しくバスで帰っていく、というのが昨今の温泉風景であろうか。しかし、本事典を読めば、現在の温泉風景とは異ったものがそこに出てくるであろう。その時代々々特有の温泉風景や文化や人情が描かれていて、社会や時代の流れのなかで、いつのまにか変化していったものに出会うであろう。失われていったものも多くあり、改めて現代社会を再認識することができるのではないかと思う。本事典は文学研究だけでなく、広く社会や文化の研究などの発展にも寄与するものと思われる。そして研究者だけでなく、だれよりも一般の温泉愛好者の方々に喜んでいただけることを願っている。

本事典の項目執筆者は、阿部鈴、荒井真理亜、岩田陽子、浦西和彦、大川育子、鍵本有理、郡山暢、佐々木清次、サランジュゲ、城弟優子、鄒双双、高橋博美、田中千鶴、趙承姫、陳斯、西岡千佳世、西村峰龍、福森裕一、古田

紀子、古谷緑、松谷美樹、山根智久、李雪である。
最後に、本事典の出版を快諾して下さった和泉書院の廣橋研三社長をはじめ、校正などをはじめ大変お世話になった編集スタッフの皆さんに厚くお礼を申し上げる。

二〇一六年三月吉日

浦西　和彦

目次

『温泉文学事典』収録作家名一覧

凡　例

＊本事典は、近代文学において温泉地がどのように描かれているか、温泉について書かれた小説やエッセイを対象とする温泉文学事典である。
＊温泉に関する作品を作者別に分類し、その作者を五十音順に配列した。
＊作者については、作者名の読み方、生没年月日、出身地、経歴、代表作など最小限の略歴を記した。
＊作品については、作品名の読み方、ジャンルを記し、発表順に並べ、〔作者〕〔初出〕〔初版〕（〔初収〕〔収録〕）〔文庫〕〔全集〕〔温泉〕〔内容〕を記載した。
＊〔初出〕は雑誌・新聞名、発行年月日、巻号を、〔初版〕〔文庫〕〔全集〕は書名、刊行年月日、出版社名を、〔温泉〕は取りあげられている温泉名（所在都道府県名・外国名）を、〔内容〕は作品内容を要約した。なお、一部分、温泉に関わる場面を引用したものもある。
＊原則として新字体・現代仮名遣いとし、引用文は原文の仮名遣い、送り仮名を尊重した。
＊年代表記は元号（和暦）を用いた。
＊雑誌名・新聞名・作品名は「　」で、単行本は『　』で囲んだ。
＊本書典の項目の記述内容は、原則として二〇一一年十二月現在としたが、その後判明した新しい情報を追記した。
＊巻末に温泉別作家作品名索引（都道府県順）を付載した。
＊なお、本書で引用した表現で、今日からみれば人権上不適切なものも、それぞれの作品が書かれた時代的背景と作品的価値とを考慮し、そのままとした。

【あ】

青柳有美《あおやぎ・ゆうび》

＊明治六年九月二十七日〜昭和二十年七月十日。秋田市に生まれる。本名・猛。同志社普通学校卒業。編集者、随筆家。実業之世界社で編集に従事し、雑誌「女の世界」を発行。

「伊香保」の語源私考《「いかほ」のごげんしこう》　エッセイ

〈作者〉青柳有美
〈初出〉『伊香保みやげ』大正八年八月十五日発行、伊香保書院。
〈温泉〉伊香保温泉（群馬県）。
〈内容〉伊香保は、なぜ「イカホ」と称《よ》ばれるようになったのか。吉田博士の『大日本地名字彙』には「イカメシキイハホ」の約《つま》った音が「イカホ」と成ったとあるが、「イカメシキイハホ」は「イカホ」の三音に約《つ》まるには余りに長すぎる。「万葉集」の歌中に現われる「伊香保ろ」とは、黒髪山、舟尾山、二ツ嶽の三つを総称した伊香保嶺の事である。伊香保嶺の風光が美しかったので、万葉時代には、「伊香保ろ」を恋歌の材料としたものらしい。私の考えでは、「伊香保」は「美《い》い顔」の約《つま》った音らしく想えるという。昔は、「顔」は「形容《かたち》」の意味に用いられた。「万葉集」にも「たこのねによせづなはへてよすれどもあにくやしづのその可抱《かほ》よきに」などとあり、「かほ」は「かたち」の意味に用いられているのだ。もと「美《い》い」は単純な間投詞で、単に「イー」と叫んで感歎したものに相違ない。黒髪山、舟尾山、二ツ嶽等の山嶽を見て風光美に打たれるや「イーカタチだなー」との意味において「美《い》しかほ」と叫んだのが、遂にその土地の名称に成って、「伊香保」と称《よ》ばれるに至ったものだろう。こんなわけで、「伊香保」は翻訳すれば「好顔《いかほ》」となるんだから、恋歌の材料としては、誠にもって適《よ》いでないか。

（浦西和彦）

阿川弘之《あがわ・ひろゆき》

＊大正九年十二月二十四日〜平成二十七年八月三日。広島市白島九軒町に生まれる。東京帝国大学文学部国文学科卒業。小説家。『阿川弘之自選作品』全十巻（新潮社）。

温泉の楽しみ方《おんせんのたのしみかた》　エッセイ

〈作者〉阿川弘之
〈初出〉「温泉」昭和三十三年四月一日発行、第二十六巻四号。
〈温泉〉別府温泉（大分県）、姥子《うばこ》温泉（神奈川県）、栃ノ木《とちのき》（栃木）温泉（熊本県）、鳴子温泉（宮城県）。
〈内容〉私は、中学生の頃から、こんにちまで、ずっと温泉が好きだ。私の友達の或るアメリカ人の説では、「日本人ほど風呂好きの国民はいないので、したがって、温泉の楽しみ方も、日本人が世界中の誰よりも一番よく心得ている」そうである。西欧の温泉は、温水プール式の温泉やただの西洋風呂と同じ様式のもので、ボイラーで沸かした湯の代わりに自然の湯が出て来るというだけの事で、湯滝などという結構なものは、あまり無いらしい。私が温泉で好きなのは何よりもその豊かさである。何も彼も小さくて貧弱なわが国で、こんなに豊富な資源というものはないだろう。したがって私は湯量の多くない温泉は嫌いだ。湯量の豊富な好きな所は、別府温泉は別にして、箱根では姥子、九州で阿蘇の栃ノ木、東北で鳴子温泉などという所であろうか。鳴子温泉は湧出量の豊富な事では、熱海や伊東をしのいで、全国で別府と一二を争うが、幸か不幸か東京から遠いので、いまだにひなびた山の温泉の趣を残している。鳴子にも旅館は沢山あるが、町全体が、熱海のような宴会場の感じになり切っていない所がいいのだ。私には、湯量が豊富で、静かな所が、温泉としては有難い。熱海や伊東のように、どう考えてもひなびたいで湯の趣を保つわけには行かないような所は、徹底的に近代化し、遊ぶ土地としてもっと綺麗にスマートになる事であろう。又、楽しみに行く方もどうしてあんな風に、電車の中から酔払って温泉に着く前から真っ赤な顔をしていないと、楽しんだ気分になれないのだろう。近頃の温泉ばやりには近代風でも古風でもない、中途半端な薄汚さがあるようだ。「日本人が世界中の誰よりも一番よく心得ている」という「楽しみ方」は、どうも、単に湯に入る入り方だけの話らしい。

（西村峰龍）

秋田雨雀

あきた・うじゃく

＊明治十六年一月三十日〜昭和三十七年五月十二日。青森県南津軽郡黒石町（現・黒石市）に生まれる。本名・徳三。早稲田大学英文科卒業。劇作家。有島武郎や「種蒔く人」同人らと交流し、プロレタリア文学運動に参加。戯曲「埋《うずも》れた春」「国境の夜」「骸骨の舞跳」等がある。

おそのと貞吉

おそのとていきち　短篇小説

〔作者〕 秋田雨雀

〔初出〕 「趣味」明治四十一年八月一日発行、第三巻八号。

〔初収〕 『幻影と夜曲』明治四十四年六月十日発行、新陽堂。

〔温泉〕 板留《いたどめ》温泉（青森県）。

〔内容〕 黒いマントに身を深く包んだ貞吉は、おそのの肩掛け姿から四五間先になって村を歩いた。懸崖をつたって雪の下から湯の香が足の先に起って来る。貞吉は弘前の水力電灯会社に勤めていた。父は中国の人で、母は小樽生まれであった。十七歳の春、函館の中学を中途にして伊予の別子にいる従兄弟《いとこ》を頼って国を飛び出した。貞吉はハンマーを握って石炭の香のするところは大抵食って歩いた。一昨年《おととし》秋此処へ来たのは、此処の技師の余吾沢という男が別子にいる従兄弟と友達であるという縁故からであった。水路工事の砂利や石塊《いしころ》で山をなしている。この仕事が始まってからもう四人程あの穴の中で死んだ。一人は石の破片で頭を砕かれ、一人は石と石に挟まれて、もう一人はそれを救い出そうとして一緒に死んだ。貞吉が板留の温泉浴場にいたくないのは、おそのとの恋にもう飽きていたからだった。貞吉は、おそのを自分のものにするのに同僚の小林と争った。小林は女に好かれる性質だったけれども女を捕らえる力がない。貞吉はそれをもっていた。湧壺《わきつぼ》から手桶に湯を汲んで坂を登りかけたおそのは、貞吉が今晩此処を出発すると聞いて吃驚《びっくり》した。母と二人暮らしのおそのは、母を捨てて貞吉と駆け落ちするつもりであった。貞吉は「だけどもお袋が何んなに心配するか知れんよ。それに一旦村を出てしまつたらお前二度と村へ来ない覚悟がなければならないよ。あんな頑固な土地だから帰つて来ても誰れも相手にしやしないよ。いゝか?」と聞く。「あなた、然《そ》すと妾こと捨てる気ですか?　ほんとに、あなたは恐怖《おそろ》しい人だねす」。二人は黒石の町に着いた。おそのはこう橇や車に酔うようではとっても長旅は出来ない、どうしたらいいかと泣いた。貞吉は勝利を叫んだ。来年になればまた来るから、それまで待っていてくれと貞吉はいい、おそのを橇が来たら乗せてくれと、旅亭の主婦に頼んで、汽車に乗っていってしまった。おそのは村に帰った。村の衆は皆、おそのを囲んで、男の薄情と女の粗忽な行為を罵った。おそのは村には居られなくなって、今は北海道の伯父さんのところにいる。

（浦西和彦）

秋山ちえ子
あきやま・ちえこ

＊大正六年一月十二日〜。仙台市に生まれる。本名・橘川ちゑ。東京女子高等師範学校保育科卒業。社会評論家。「私の見たこと聞いたこと」で第二回日本エッセイスト・クラブ賞、第三十九回菊池寛賞を受賞。

雪のみちのく湯治場めぐり
ゆきのみちのくとうじばめぐり　エッセイ

〔作者〕秋山ちえ子

〔初出〕「旅」昭和四十三年二月一日発行、第四十二巻二号。

〔温泉〕温海《あつみ》温泉・湯田川《ゆたがわ》温泉・銀山《ぎんざん》温泉・小野川《おのがわ》温泉（以上山形県）。

〔内容〕日本海に面した羽越線の温海駅には朝早く着いた。海岸通りから少し山寄りに入った温海温泉は二十六年の大火にあい旅館は一軒だけを残してすべて焼け落ちた。そのあとこの温海温泉は新潟県はじめ他県の団体を迎え入れる方向を打ち出した。しかし三年前から小さい旅館では、冬季は客が少ないので湯治客の誘致をはじめている。片手間仕事のせいか湯治客はまだ少ない。逆にこのことが冬季の温海温泉では物を考えたり休息のために快適なところとしている。これと反対なのが湯田川温泉である。温海から国道を車で四十分ばかり北上して山の方に入ったところに湯田川温泉はある。家族づれで心おきなく休養できる温泉場であると謳っているので子どもづれも気軽にやって来るからだろう。湯田川温泉には四百年来伝えられている「里かぐら」がある。雪の名所で知られた銀山温泉は、大石田駅で乗りかえ更に私鉄—近く廃止され、バスになる—で尾花駅まで行き、そこからバスに乗って四十分。だが、大雪でお湯のパイプもこわれ、お風呂に入れなかった。そこで米沢に出て、小野川温泉に行った。大変なあつ湯だ。足の毛穴が一つずつキリキリと痛み出す。ここは今では東北でもめずらしい混浴温泉である。「女のお客様は男の方がはいっていても平気ですけれど、男の方ははいれないんですよ」と女中さんはいう。この温泉は絶世の美人「小野小町」が発見したといい伝えられているが、田圃の中の温泉地だけに「小野小町」が何をしにここにきたのかなと、知りたくなる。小野川温泉は紅葉の時期の客が一番多い。

（趙　承姫）

秋山六郎兵衛
あきやま・ろくろうべえ

＊明治三十三年四月十一日〜昭和四十六年八月二十三日。香川県に生まれる。東京帝国大学独文科卒業。ドイツ文学者。『魔園』、翻訳に『牡猫ムルの人生観』など。

北九州の温泉
きたきゅうしゅうのおんせん　エッセイ

〔作者〕秋山六郎兵衛

〔初出〕「温泉」昭和二十八年三月一日発行、第二十一巻三号。

〔温泉〕雲仙温泉（長崎県）、別府温泉（大分県）、原鶴《はらづる》温泉（福岡県）、武雄温泉・嬉野温泉（以上佐賀県）、小浜《おばま》温泉（長崎県）、栃木温泉・杖立温泉・立願寺温泉（玉名温泉）・日奈久《ひなぐ》温泉（以上熊本県）、湯ノ平《ゆのひら》（湯平）温泉（大分県）。

〔内容〕私は福岡に定住するようになってから丸二十七年になる。九州各地を一通り歩いたから各地にある豊富にめぐまれた温泉も見逃すはずがない。九州の旅は温泉の旅である。全国に紹介されている温泉はかなりな数に上るはずである。雲仙、別府は、全国的を遥かに上回って世界的である。街の両側の溝にまで湯が豊かに流れ、夏にはその湯で往来の打ち水をしているには驚かざるを得ない。

　私は温泉はもちろん好きだが、あまり有名になって俗化されたのは大嫌いである。不便でさびれているのが却ってよい。こんなのを北九州で求めてみると二十七年前にはところどころで見かけたが、今日では俗化し、幻滅をおぼえさせられることしばしばである。それだけ温泉が民主化されたといえるわけでおめでたいには違いない。ヘッセの「湯治客」という小説に、リューマチスで湯治している詩人が隣部屋の夫婦の俗人ぶりに憤慨するが、日がたつにつれ、自分も俗人になりさがって行く。非俗物と俗物が彼自身の中で分裂し奇妙な会話を始めることになる。温泉には俗物も非俗物もとかして陶然といい気持ちにさせる湯があるばかりである。福岡市でいい気持ちになる温泉は、原鶴、近くには木の丸殿の跡のある丘があり、落ち着いた筑後平野の眺めがよい。佐賀県には、武雄、嬉野が有名。長崎県では、小浜温泉。熊本、大分県境の一帯の高原山麓に散在する温泉に至っては枚挙に暇がない。特に栃木、杖立、湯ノ平など。福岡県から熊本県に入ってすぐの高瀬にある立願寺温泉は寒村の趣きがある。同じく熊本県の日奈久温泉は旅館の座敷から八代湾を一望のもとに見渡される。私は終戦後二度ここを訪れた。一度は近くの映画館で無声映画をやっているので一見したが、かつて学生時代に東京で見たロイドの摩天楼であったのには驚いた。古風な馬車にのせられてこんな映画を見せられた日奈久温泉は忘れられない。

（古田紀子）

芥川龍之介　あくたがわ・りゅうのすけ

＊明治二十五年三月一日～昭和二年七月二十四日。東京市京橋区入船町（現・東京都中央区）に生まれる。別名・柳川隆之介、澄江堂主人、寿陵余子、我鬼。東京帝国大学英文科卒業。小説家。『芥川龍之介全集』全十二巻（岩波書店）。

忘れられぬ印象　わすれられぬいんしょう　エッセイ

〔作者〕芥川龍之介
〔初出〕『伊香保みやげ』大正八年八月十五日発行、伊香保書院。
〔全集〕『芥川龍之介全集第三巻』昭和五十二年十月二十四日発行、岩波書店。
〔温泉〕伊香保温泉（群馬県）。
〔内容〕伊香保へは、高等学校時代に友だちと二人で、赤城山や妙義山へ登った序《ついで》に、一泊した事があるだけである。唯《ただ》、朧《おぼろ》げに覚えているのは、山に蔓《はびこ》る若葉の中を電車でむやみに上って行った事だけである。隣り座敷に立派な紳士が泊まり合せ、その人が非常に湯が好きだったものだから、あくる日は朝から六度も一しょに風呂へ行った。その日の暮方その紳士と三人で、高崎の停車場まで下って来たが、我々の財布には上野までの汽車賃さえ残っていない。その紳士に確《たし》か一円二十銭ばかり借用した。この紳士の記憶だけは、伊香保の話が出るたびに必ず心に浮んで来る。

（浦西和彦）

温泉だより《おんせんだより》　短篇小説

〔**作者**〕芥川龍之介
〔**初出**〕「女性」大正十四年六月一日発行、第七巻六号。
〔**初収**〕『湖南の扇』昭和二年六月二十日発行、文藝春秋社。
〔**全集**〕『芥川龍之介全集第七巻』昭和五十三年二月二十二日発行、岩波書店。
〔**温泉**〕修善寺温泉（独鈷《とっこ》の湯）（静岡県）。

　それから幾日もたたないうちに半之丞は急に自殺したのです。その又自殺も首を縊つたとか、喉を突いたとか言ふのではありません。「か」の字川の瀬の中に板囲ひをした、「独鈷の湯」と言ふ共同風呂がある、その温泉の石槽の中にまる一晩沈んでゐた揚句、心臓麻痺を起して死んだのです。やはり「ふ」の字軒の主人の話によれば、鄰の煙草屋の上《かみ》さんが一人、当夜彼是十二時頃に共同風呂へはひりに行きました。

〔**内容**〕わたしはこの温泉宿にもう一か月ばかり滞在している。わたしがそこで聞いた「小説じみた事実談」を紹介する。明治三十年代に萩野半之丞という大工がいた。「身の丈六尺五寸、体重三十七貫」という大男である。半之丞は「お」の字町の「た」の字病院へ自分の体を売った。死んだ後、死体解剖を許す約束で、五百円のうち、三百円だけ貰い、死後に残りの二百円を遺族が受けとるという契約である。半之丞が、豪奢を極めたのは一か月か半月だった。半之丞は達磨茶屋「青ペン」のお松に熱中した。お松は色の浅黒い、髪の毛の縮れた、小がらな女だった。半之丞は、分別もなく大金をお松につぎこんでしまう。半之丞は、お松に「金がなければお前様とも夫婦になれず、お前様の腹の子の始末も出来ず、うき世がいやになり候間、死んでしまひます」と遺書を残し、突然風変りの自殺をした。「か」の字川の瀬の中にある共同風呂「独鈷の湯」に一晩中つかり、心臓麻痺を起して死んだのである。その後、お松は酒屋に嫁に行ったが、チブスの子の看病疲れで死に、もう十年になる。わたしは郵便局に勤務する半之丞の子供を目にするが、その子もまた達磨茶屋「青ペン」通いばかりしていると聞く。人名や地名などを「な」の字、「か」の字村などと頭文字の平仮名一字で表わしたことについては、作中に「（これは国木田独歩の使つた国粋的省略法に従つたのです）」という注記がある。

（浦西和彦）

浅黄斑　あさぎ・まだら

＊昭和二十一年三月三十一日〜。神戸市に生まれる。本名・外本次男。関西大学工学部機械科卒業。推理作家。『人妻小雪奮戦記』『カロンの舟歌』など。

能登の海　殺人回廊《のとのうみ　さつじんかいろう》　推理小説

〔**作者**〕浅黄斑
〔**初版**〕『死者からの手紙4＋1の告発』平成五年六月発行、講談社。
〔**文庫**〕『能登の海 殺人回廊』平成十一年九月十八日発行、角川春樹事務所。この時、改題。
〔**温泉**〕和倉温泉（石川県）。
〔**内容**〕四十七歳の柚木里絵は、娘夫婦から誕生日に旅行をプレゼントされ、和倉温泉の老舗の旅館に泊まった。和倉温泉は海中に湧《わ》く温泉で、湧く浦がなまって和倉になったという。ロビーのショーケースに飾られた有名な作家の古い宿帳を目にする。昭和三十五年に逗留した時の宿帳であるが、同じ頁に多治京子という署名があるのに気づく。里絵の旧姓は多治で、十三歳ちがいの涼子という姉がいた。昭和二十三年の福井の大地震で両親を亡くし、姉とともに鯖江の叔父夫婦に引き取られたのである。間もなく姉は東京へ出てゆき、里絵が中学生だった昭和三十五年を最後に消息がわからなくなった。宿帳にある多治京子は、姉の涼子が意中の男性と宿泊したときの変名ではないか。神戸の自宅に戻った里絵は、保管していた姉の手紙を取り出して筆跡を確認する。里絵は東京へ出た後の姉の足どりを辿る。姉の手紙に出てくるりょうちゃんとは誰か。姉は新橋の洋酒喫茶で知り合った苦学生の生活を支援し、その男と結婚するつもりで一緒に和倉温泉に泊まったのであるらしい。埋もれていた二つの殺人事件を掘り起こす。

（浦西和彦）

浅野勝也　あさの・かつや

＊生年月日未詳。画廊経営者。

由布院《ゆふいん》温泉《おんせん》　エッセイ

〔**作者**〕浅野勝也

〔**初出**〕「旅」昭和五十八年十月一日発行、第五十七巻十号。

〔**温泉**〕由布院温泉（大分県）。

〔**内容**〕友人と数年前、晩秋の頃に大分県の由布院温泉を訪れた。由布院温泉は由布岳を間近に望む高原の国民保養温泉地で、四十軒あまりの旅館やホテルが点在する。私はここの共同湯の露天風呂が気に入って、二度ほど訪れている。その日、我々は金鱗湖の畔にある数寄屋造りの亀の井別荘に泊まり、共同湯の〝下の湯〟へ行った。ここの共同湯は茅葺きの屋根をかけた、粗末な小屋といったふうの半露天風呂である。この湯は単純泉でリューマチ、皮ふ病、胃腸病に効く天下の名湯だ、と先客の老人はいう。夕食後、再び露天風呂へ行く。付近の農家の夫婦連れや年配の人が入ってきては静かに出ていく。翌朝、六時に露天風呂へ行く。風で赤や黄の葉っぱが湯船に舞い落ちる。いかにも野趣あふれる露天風呂だ。露天風呂の横を流れる小川に屋根をかけた共同の洗濯所では、奥さん方の朝の井戸端会議が始まった。

（浦西和彦）

浅見淵　あさみ・ふかし

＊明治三十二年六月二十四日～昭和四十八年三月二十八日。神戸市生田区中山手通に生まれる。早稲田大学卒業。評論家、小説家。『現代作家研究』『目醒時計』『昭和文壇側面史』『浅見淵著作集』全三巻（河出書房新社）など。

伊豆日記《いずにっき》　エッセイ

〔**作者**〕浅見淵

〔**初出**〕「月刊文章」昭和十四年六月一日発行、第五巻六号。

〔**温泉**〕湯河原温泉・伊豆山温泉・熱海温泉（以上静岡県）。

〔**内容**〕窪川鶴次郎、中谷孝雄、古谷綱武と僕は、温泉に浸って遅い朝飯を済ますと、雑談に耽った。ある通信社の座談会で一昨日の午後に湯河原の宿へ来たのであるが、昨日も雨今朝も雨で、温泉街を流れている渓川に沿うて上のほうへすこし歩いて行ったばかりである。あい変らず霧雨は降っており、あきらめたように雑談に耽る。窪川君の歯に衣をきせぬ文壇に対する毒舌は辛辣で、的《まと》を射ており、口の悪い中谷や、妙に感心癖のある古谷はそれを面白がって、絶えず笑い声が起っていた。窪川君は伊東へ、中谷と僕は帰京するので一緒にバスで熱海へ出掛けた。バスが伊豆山を通ることを知って、途中下車して、丹羽文雄を訪ねる。丹羽文雄は、伊豆山に来て一週間になるが、「雑誌の連載物三つと、新聞の何回分かと、昨日は週刊雑誌の百五十枚の書き下しを六十枚書いたよ」。手が熱を持って痛くなると、五分も湯滝に手を打たせて置くと癒るという。尾崎士郎の「ある従軍部隊」がいろいろ問題を惹き起していたので、それを中心にして士郎論が弾んだ。二時間ほど喋って、三人はバスの停留所へ引返した。熱海でA園に入った。A園は昔の風呂屋という感じだった。タイル張りの浴場は泳げるほど広かったが、薄緑色した湯は熱くて長くは這入っていられなかった。濛々と湯気が立ちこめているのでよかったが、女が一緒に這入っているのも気になった。弁当を喰べたりしているうちに、思ったより時間が経って、A園を出た時にはすっかり夜になってしまった。停車場に着くと伊東行に間に合って、窪川君が乗り、僕たちは三十分ほど待たなければならなかった。

（浦西和彦）

芦原伸 あしはら・しん

＊昭和二十一年（月日未詳）～。三重県に生まれる。北海道大学文学部卒業。ジャーナリスト、紀行作家。『旅はひとり旅』『被災鉄道復興への道』など。

「温泉ハンティング」のすすめ《「おんせんはんてぃんぐ」のすすめ》 —伊豆半島・外湯めぐり《いずはんとう・そとゆめぐり》

エッセイ

〔**作者**〕芦原伸

〔**初出**〕「旅」昭和六十三年八月一日発行、第六十二巻八号。

〔**温泉**〕湯ケ島《ゆがしま》温泉・大滝《おおだる》温泉・蓮台寺温泉・西伊豆町沢田公園露天風呂（以上静岡県）。

〔**内容**〕修善寺あたりでひと休みして、温泉地だからひと風呂浴びて行こうと思っても、いずこの旅館も、お風呂だけの休憩は受けつけてくれない。お湯だけ借用の〝外湯スタイル〟の伝統は、昔からあるにはあった。登山客たちが古来愛した〝山の湯〟などその典型で、ここでは宿泊客も、入山者も、下山者も一緒になって湯を楽しんだ。一方で共同湯も健在である。共同湯めぐりという伝統の外湯スタイルを踏まえて、〝温泉ハンティング〟を提唱したい。東名沼津インターチェンジから国道一三六号線に入り、修善寺を経て、湯ケ島へ。第一目標は四月にオープンしたばかりの「湯の国会館」。お目当てのお風呂は階下。狩野川の渓流が眼前に広がる。お湯は適温、無色、無臭のスベスベした単純泉。薬草風呂なる小さな露天風呂、サウナ風呂などお湯のバリエーションを楽しむ。この町営温泉は、まさに温泉トレッカー向きに作られており、新感覚外湯時代到来のシンボルともいえる。国道四一四号、下田街道を南下。大滝温泉は天城荘の「温泉天国」だ。大滝が飛沫を上げる渓谷ぞいに約二十もの露天風呂がある。洞窟湯があったり、霊泉蛇湯があったり、女性専用露天風呂があったりする。三十メートルの天然の洞窟に湯滝が溢れる穴風呂、二十五メートルの湯水プール、五右衛門風呂など、そこそこのアドベンチャー気分は満喫できる。河津から下田へ。下田で選んだのは、クアホテルなる石橋旅館。蓮台寺温泉で五代続くという老舗和風旅館でクアハウス（温泉多目的保養館）として、一般旅行者にお風呂を開放している。石橋旅館内のクアハウスは、大浴場の中に箱むしなる蒸気風呂、打たせ湯、気泡湯、寝湯、露天風呂など九つの異なった浴槽があり、一時間半ほどの入浴プログラムにそって、温泉療法を順にこなしてゆくといった寸法。隣りの部屋はトレーニングルームとなっている。さて、外湯トレッキングの最終地点は西伊豆町。沢田公園露天風呂は海際の岩壁の上にあった。吸い込まれそうな眼下を見ると、二十〜三十メートルの垂直の崖が続き、太平洋はその足元に黒々と横たわる。堂ヶ島の三四郎岩が浮かび上がり、残照を浴びて、イワシ漁の漁船群がシルエットとなって、幻の絵画を見るようである。温泉は自然の贈りものである。露天風呂の神髄は水と風と太陽にある。この大自然の恵みをありがたく、人間は素裸になって一身に受ける。露天風呂とは、「最も自然な、神々と人間との交わりなのである」という。

（浦西和彦）

梓林太郎

あずさ・りんたろう

＊昭和八年一月二十日〜。長野県飯田市に生まれる。本名・林隆司。推理作家。第三回エンターテイメント小説大賞を受賞。山岳ミステリー小説の第一人者。

松島・作並殺人回路

まつしま・さくなみさつじんかいろ　推理小説

〔作者〕梓林太郎

〔初版〕『松島・作並殺人回路』平成十九年一月二十五日発行、実業之日本社。

〔温泉〕鳴子温泉・作並温泉・秋保《あきう》温泉（以上宮城県）。

〔内容〕小仏太郎は、同僚のキャリアが起こした人身事故の罪を被り警察を辞めて、探偵事務所を開く。その事務所に、人身事故の相手の谷垣宏子が訪ねてくる。そこで、あの事故が、妻子持ちの男性との別れ話がこじれた末、突き飛ばされたという顚末であったことがわかった。

事務所に油井奈保子から、別れた波多野由法の行動を追ってほしいという依頼が来る。波多野由法の仕事はカメラマン。家族構成は母親、妻、大学生の息子、高校生の娘であった。波多野の仕事のスケジュールを妻から聞きだし、尾瀬に向かう。しかし、そこに波多野はいなかった。事務所に戻ると、床川夫妻から、旅行から帰らない娘・美紀を捜してほしいという依頼を受ける。美紀を捜すために松島に行くと、美紀は男性と宿泊した後、足跡を絶っており、その後発見された美紀は既に殺害されていた。

東京に戻り、再び波多野の仕事をしている姿を写真に収めるべく、北アルプスの涸沢に向かう。しかし、そこに波多野はおらず、鳴子にいることがわかる。鳴子に向かう途中、作並で波多野が遺体で見つかったとわかり、作並に行く。波多野は、女性と一緒に偽名で宿泊していた。そして、女性が先に帰っていくさまを車に乗った黒ずくめの女性が見ていたという目撃証言が出た。

小仏は、作並で一緒に宿泊していた女性がモデルであるということを突き止める。このモデルをやっていた美紀の生前の行動と、このモデルの行動が類似しており、美紀が波多野に殺害されたということがわかる。

そして、油井と床川に小仏を紹介した人物がわかり、黒ずくめの女性のイメージとその紹介者の印象が重なるということから、犯人を突き止めていく。人身事故の真相も明らかになっていく。

（西岡千佳世）

麻生磯次

あそう・いそじ

＊明治二十九年七月二十一日〜昭和五十四年九月九日。千葉県に生まれる。東京帝国大学国文科卒業。国文学者。『江戸文学と支那文学』『笑の研究』など。

入浴礼讃《にゅうよくらいさん》

エッセイ

〔**作者**〕麻生磯次
〔**初出**〕「温泉」昭和三十三年四月一日発行、第二十六巻四号。
〔**温泉**〕別府温泉（大分県）、金剛山温泉・朱乙温泉（以上朝鮮）、伊香保温泉（群馬県）、修善寺温泉（静岡県）。
〔**内容**〕私は毎日風呂にはいらないと、よく寝つかれない。寝る前に必ず一風呂あびて、そのまま寝床に潜り込む習慣が何十年も続いている。そんなわけで温泉も好きである。一番長く温泉に滞在したのは、今から三十年も前で、京城大学に赴任する途中、別府に二か月ほど滞在したことがあった。季節も春だったので、毎日のように別府界隈を歩き廻って、様々な温泉につかった。全く温泉に堪能したような気分であった。朝鮮にも温泉は多い。私は十四年間京城に住んでいた。その間に総督府から頼まれて年に二回くらい国語教育の実状をみてまわった。その機会を利用して温泉まわりをしたものである。田園の間にある温泉が多いのだが、それでも金剛山とか、北の方にある朱乙などは山水の美に恵まれていた。終戦後はあまり出歩かない。だんだん年をとって不精になったということもあるが、それよりも多忙に過ぎたのである。それでも子供にせがまれて伊香保に行ったり、講演に行ったついでに修善寺に寄ったり、二年に一度くらいは温泉にもつかった。私は温泉は好きだが、あまり遠いところでは困る。それに、豪華な構えでは落ち着けない。遊びに行くならそれでもよい、私の場合は温泉を利用して読んだり書いたりしてみたいのである。ご馳走などはどうでもよい、部屋はこぎれい閑静で、夜具布団が清潔で、なるべく安いところがよい。私は今のところ遠くへ行って、長く滞在する気になれない。普通の宿屋なら近くに閑素なところがあるに違いないが、風呂好きの私はやはり温泉を渇仰する。

（西村峰龍）

阿刀田高

あとうだ・たかし

＊昭和十年一月十三日〜。東京に生まれる。早稲田大学文学部仏文科卒業。小説家。『ナポレオン狂』で第八十一回直木賞、『新ロイア物語』で第二十九回吉川英治文学賞を受賞。

ご先祖様の湯・青根温泉へ《ごせんぞさまのゆ・あおねおんせんへ》

エッセイ

〔**作者**〕阿刀田高
〔**初出**〕「旅」昭和五十六年一月一日発行、第五十五巻一号。
〔**温泉**〕青根温泉（宮城県）。
〔**内容**〕十一月中旬の某日、上野発の東北本線、ひばり五号に乗って旅は始まった。車中にあること三時間あまり、白石駅に着く。改札口を出てタクシー乗り場へ直行。青根温泉の不忘閣高原ホテルへと向った。地方の小都市の標準的なたたずまいを過ぎ、児捨橋を過ぎるあたりから山塊の風景が近づき、蔵王連峰が見えてきた。たどりついた青根温泉は、古風な湯治場であった。山と山の間の凹地にひっそりと息づいている温泉郷だが、かつては伊達家代々のお殿様の保養地として利用されたところ。不忘閣高原ホテルは、お殿様の御宿だったところである。それを見学するのが、今回の旅の目的だ。シーズン・オフだけあって、宿泊客の数は少なく、旅館の中は森閑としている。勧められてひとまず温泉に入る。伊達政宗公も好んだと伝えられる、頭のよくなる温泉である。大浴場は、入り口は男女別々だが、中に入ればしきりを一つ置いただけの共同浴場である。誰もいない。湯温が低いので、軽く泳いで楽しむ。その後、御殿を案内される。特筆すべきは展望の素晴らしさ。座敷には、金屏風などが陳列してある。古くからの旅館なので、訪れる人も多いらしく、与謝野寛、晶子の歌、高浜虚子の句が残っているが、可もなく不可もないでき。その後〝樅の木は残った〟の樅の木も見れば、殿様の湯の方も浸ったが、特に感慨は湧かない。名所旧跡を訪ね、懐旧の念に誘われるのは、こちら側の思い入れに由来する部分がほとんどなのだろう。翌日は、蔵王連峰を訪ねた。周囲の風景は厳しいものへと変わる。不帰の滝に寄った後、山頂に近い地点に到着。蔵王山頂にある火山湖「お釜」へと行く。風化した奇怪な自然を目に焼き付け、たどり着いた記念に放尿した。青根御殿の展望も素晴らしかったが、ただ一人晩秋の蔵王に立ってみた風景は、比較を絶するほどみごとなものであった。

（阿部　鈴）

安部公房《あべ・こうぼう》

＊大正十三年三月七日〜平成五年一月二十二日。満洲奉天（現・中国遼寧省瀋陽）に生まれる。東京大学医学部卒業。小説家、劇作家。「壁―S・カルマ氏の犯罪」で第二十五回芥川賞を受賞。『安部公房全集』全三十巻（新潮社）。

カンガルー・ノート《かんがるー・のーと》　長篇小説

〔作者〕安部公房
〔初出〕「新潮」平成三年一月一日〜七月一日発行。
〔初版〕『カンガルー・ノート』平成三年十一月二十五日発行、新潮社。
〔全集〕『安部公房全集29』平成十二年十二月十日発行、新潮社。
〔温泉〕地獄谷温泉（長野県）。
〔内容〕文房具の会社に勤務する主人公は、ある朝、目覚めると、脛に蟻走感が走り、脛毛が脱けて、かいわれ大根が生えていた。驚いた男は近くの皮膚科の病院に駆け込むが、医者に手に負えないと宣告され、自走式ベッドにくくりつけられる。すると、男は、導尿管と点滴の管をつけたまま自動的に走り出し、地獄谷の硫黄温泉や塞の河原など異常な世界を旅することになる。

「1　かいわれ大根」「2　緑面の詩人」「3　火炎河原」「4　ドラキュラの娘」「5　新交通体系の提唱」「6　風の長歌」「7　人さらい」の章で構成されている。

安部公房は「毎日新聞」平成三年十二月二十日の談話で「言葉じゃなくてイメージなんだ。それを拾いだしてきて捕まえて造形し、こねあげていく」と語る。

（浦西和彦）

阿部牧郎《あべ・まきお》

＊昭和八年九月四日〜。京都市に生まれる。京都大学文学部仏文科卒業。小説家。『それぞれの終楽章』で第九十八回直木賞を受賞。

山中温泉一夜の悦楽《やまなかおんせんいちやのえつらく》　エッセイ

〔作者〕阿部牧郎
〔初出〕「旅」昭和六十年一月一日発行、第五十九巻一号。
〔温泉〕山中温泉（石川県）。
〔内容〕山中温泉をたずねたのは十一月下

旬だった。晩秋の北陸の空気は清冽である。加賀温泉駅からタクシーで約二十分で山中温泉の河鹿荘に着いた。めずらしい大正時代ふうの洋館だった。大浴場は幅十メートル、長さ三十メートルぐらいある。あざやかな紅葉をながめながら湯につかる。北陸の温泉地帯は、男の歓楽地帯である。トンネルを越えると藝妓たちの国になる。山中温泉には、藝者衆がいま約七十名いる。踊り、唄、楽器演奏など表藝で売っているのが約十名。六十名は、お酌と座談によって宴会を盛りあげるのが仕事である。藝者との恋愛のとりもちは接待係の女性に依頼する仕組みである。山中温泉の客の収容能力は約七千名。宴会の人手が足りないので導入されたのがコンパニオン制度である。宴会の遊軍部隊というわけだ。だが、コンパニオンたちは客と恋愛関係におちいる確率がきわめてひくい。そこで、トルコ風呂が五軒ある。料金は高級店が三万円、一般店が一万八千円だそうだ。コンパニオンを呼ぶよりも、藝妓を呼ぶほうが接待さんはよろこぶ。藝妓衆があらわれた。三味線のほうは大正生まれの太ったおばさん、一楽姐さん。スター藝者の昌代さんは三十分おくれて到着。美形。置屋の娘さんである。一楽姐さんの撥さばきはなかなかのもの。踊りもよかった。二人の藝妓からいろんな遊びを教わった。たとえば、コンドームに空気をいれてボールにする。客と藝妓が双方浴衣がけパンツなしで足でボールを打ちあげてバレーボールをするのである。その他いろんな座敷遊びを聞いた。試みにお座敷ストリップを呼んだ。踊り子の裸体の美よりも、解剖学的興味に訴えるショーであった。町をぶらつくと、お婆さんや中年女性の団体が意外に多かった。ホストクラブを開設すれば、きっと流行るであろう。

（浦西和彦）

網野菊　あみの・きく

＊明治三十三年一月十六日～昭和五十三年五月十五日。東京市麻布区（現・東京都港区）に生まれる。日本女子大学英文科卒業。小説家。「さくらの花」で、第十二回藝術選奨文部大臣賞、及び第一回女流文学賞を受賞。『網野菊全集』全三巻（講談社）。

浴泉記《よくせんき》　エッセイ

〔**作者**〕網野菊

〔**初出**〕「温泉」昭和二十七年三月一日発行、第二十巻三号。

〔**温泉**〕渋《しぶ》温泉・戸倉温泉（戸倉上山田温泉）（以上長野県）、信夫高湯《しのぶたかゆ》（福島県）、熱川《あたがわ》温泉（静岡県）、那須温泉（栃木県）。

〔**内容**〕私が初めて温泉に入ったのは、肋膜と腹膜をわずらったあとの女学校二年の夏、祖父に連れられて山梨県韮崎駅から三里程山の中の鉱泉湯に行った時である。男女混浴だったから入るのがいやで、おもての泉へ行って髪をぬらしてお湯に入った風に装った。専門学校を卒業した夏には従弟達三人と信州渋温泉の山本旅館で一か月近く過ごした。この宿は「お伺ひ」制で、自炊も出来たようだ。内湯以外に、公衆浴場があって、柄杓《ひしゃく》をさげた湯治客の姿は風趣があった。関東大震災の時、湯浅芳子さんと福島県の吾妻山麓の信夫高湯に行っていた。強い硫黄湯で、ぷんと硫黄がにおって来たものだった。庭坂駅から馬で行った。浴室は下の方にあり、夜などは長い階段を降りて行くのは少し気味悪かった。大震災を知ったのは、翌々日の午後だった。その後、中条百合子さんと湯浅さんと赤倉へ行った。三日程いたが、天気は一日だけで、私達は所在なさに宿から花札をかりたら、湿けっていた。湯浅さんが火鉢でカルタ札を餅をやくように引っくり返していた姿を今でも時々思い出す。この前年頃、信州戸倉の笹屋ホテルに志賀直哉先生が仕事で滞在している所へ、夫人やお子さん達のお伴をして行ったことがある。薄い硫黄泉だった。浴室の外に青い葡萄がなったのを覚えている。今から十年程前、湯浅さんが熱川《あたがわ》から絵はがきを下さった時、お湯に入りたくなって、妹をさそって、熱川温泉へ出かけた。宿の主人は農学士とかで、けばけばしくなくて、居心地は悪くなかった。昭和十八年初秋、私は一人で那須温泉の小松屋に一週間行っていた。リューマチをしたので保養に行ったのだが、持病の水虫もなおった。朝五時頃起きて浴室へ行き、それから午後とねしなと都合三度入浴した。当時は物資欠乏で、文房具屋ではノートを売ってくれず、頼信紙を買って、その裏表に書いたりした。お米を一週間分しか持って行かなかったので一週間で帰ってきた。私の妹の一人は神奈川県下の温泉旅館へ嫁に行った。その家は国木田独歩らの文士達が泊まった宿で、父がこの縁談に乗り気になった。父は、この妹娘の婚家先きへ泊まりに行くことを晩年何よりの楽しみとしていたようだ。この妹が一番父に孝行をした形になった。この妹娘の所へだけ父は死ぬ朝夢枕に立ったのである。　（浦西和彦）

渋温泉《しぶおんせん》　エッセイ

〔**作者**〕網野菊

〔**初出**〕「心」昭和三十九年十一月一日発行、第十七巻十一号。

〔**温泉**〕渋温泉（長野県）。

〔**内容**〕日本女子大学の三年生になると、私たちは阿部次郎先生の「文学原理論」「美学」に出席することが出来た。七月いっぱいだけ、有楽町のタイピスト養成所へ、ロシア語を習いに行った。卒業論文のツルゲーネフの作品をせめて題だけでも原文で読みたいと思った。同級生のS子が仕立屋の二階に間借りしている井上（のち湯浅）芳子の所へ連れて行ってくれた。芳子女史は、近々東京を引払うから私にロシア語を教えることは出来ぬと云った。丁度手紙類の整理をしていた所だといって、古手紙の中から田村俊子から来た手紙の封筒を私にくれた。八月に入ると早々、私は従弟三人と共に渋温泉へ行った。叔母の家では前年の夏、家中で渋温泉の山本旅館に行って居たが、今度は息子三人だけ行くことになり、私が誘われたのであった。私は喜んで仲のよい従弟三人の首領顔をして出発した。私はいとこ中の最年長者で威張っていて、誰も頭のおさえ手がなかったから、私達は「お伺ひ」というのにして貰っていた。紙におかずの品名を書いて持って来るのを見ると、野菜種《だね》の外に、鯉を揚げたのも入っていたので私達は驚いた。渋温泉の街は坂になって狭い道路をはさんで両側に宿屋や商店がぎっしり立並び、その間のところどころにいろいろの種類の温泉浴場があった。坂の下角には大湯と云って一番大きい浴場があった。内湯があっても泊まり客たちはお湯を頭やからだにかけるための小柄杓をさげて好みの外湯へ出かけて行く。柄杓は荒物屋で売っていた。私も、その柄杓をかりて一度だけ大湯へ行った。この夏は、渋行きのたのしさがあったので忘れ得ぬものとなった一方、大変ショックとなって強く印象に残った事件があった。それは富山県下の漁村の主婦たちによっておこった米騒動である。　（浦西和彦）

嵐山光三郎　あらしやま・こうざぶろう

＊昭和十七年一月十日〜。静岡県浜松市中野

町に生まれる。本名・祐乗坊英昭。国学院大学文学部国文科卒業。小説家、随筆家。著書に『口笛の歌が聴こえる』『恋横丁恋暦』『芭蕉の誘惑』など。

ざぶん―温泉文士放蕩録

ざぶん―おんせんぶんしほうとうろく　長篇小説

〈**作者**〉嵐山光三郎

〈**初出**〉「週刊現代」平成八年二月～十月。

〈**初収**〉『ざぶん―温泉文士放蕩録―』平成九年五月二十九日発行、講談社。

〈**文庫**〉『温泉文士放蕩録』〈講談社文庫〉平成二十年九月十日発行、講談社。この時、改題。

〈**温泉**〉渋湯（長野県）、熱海温泉（静岡県）、道後温泉（愛媛県）、塩原温泉（栃木県）等。

〈**内容**〉著者は、単行本の「あとがき」で、「私の趣味は文士がいつどういう状況でその温泉に行ったのか、ということである。そこのところを書きたかった」と述べている。そして、「温泉と文士のかかわりは康成の『伊豆の踊子』から新展開を始める。それまで温泉は文士の療養避難所であった。康成以降、温泉は、文学の拠点となり、多くの文士が小説のネタを捜しに温泉につめかけた」という。

明治という時代が幕を開ける一年前に生まれた夏目漱石、幸田露伴、正岡子規、尾崎紅葉に始まり、大正十三年に「文藝時代」を創刊した川端康成まで、明治・大正の文士たちの温泉体験が綴られている。単行本は次の章からなる。「第一話 本郷銭湯で吠える」「第二話 山桜散る信州渋湯」「第三話 妖女、奥日光にあらわる」「第四話 闘魂燃ゆる」「第五話 熱海にポトリ」「第六話 女湯のさざめき」「第七話 熱血道後温泉」「第八話 ガリ亀、塩原温泉に泣く」「第九話 葬られる文士」「第十話 底なし沼」「第十一話 日光黄金湯」「第十二話 屋形船湯の女」「第十三話 道楽息子」「第十四話 浅間へ口笛」「第十五話 ひも稼業」「第十六話 湯島の別れ」「第十七話 怪談」「第十八話 クシャミ先生」「第十九話 温泉浪人」「第二十話 妖怪紳士」「第二十一話 五足の靴」「第二十二話 ガラス窓に歌」「第二十三話 観念心中」「第二十四話 裏切りの湯」「第二十五話 妾宅の行水」「第二十六話 刺青娘」「第二十七話 病人風呂」「第二十八話 修善寺大患」「第二十九話 汚れた湯」「第三十話 濁った頭」「第三十一話 葬儀」「第三十二話 ナオミ」「第三十三話 水風呂」「第三十四話 伊豆の守」。明治、大正の文士たちが温泉につかりながら何を思ったのかが想像される。（荒井真理亜）

日本一周ローカル線温泉旅

にっぽんいっしゅうろーかるせんおんせんたび　紀行文

〈**作者**〉嵐山光三郎

〈**初出**〉「現代」平成十一年六月一日～平成十三年五月一日発行、第三十三巻六号～第三十五巻五号（年四回掲載）。

〈**初版**〉『日本一周ローカル線温泉旅』〈講談社現代新書〉平成十三年九月二十日発行、講談社。

〈**温泉**〉奥鬼怒《きぬ》川四湯・女夫淵《めおとぶち》温泉（以上栃木県）、湯野上《ゆのかみ》温泉・東山温泉・老沢温泉・中の湯（西山温泉）（以上福島県）、氷見《ひみ》阿尾の浦温泉（富山県）、和倉温泉・小木《おぎ》温泉・葭《よし》ケ浦温泉・山中温泉・白峰温泉（以上石川県）、瀬波温泉（新潟県）、あつみ温泉・湯野浜温泉・湯田川《ゆたがわ》温泉・草薙《くさなぎ》温泉・肘折《ひじおり》温泉・瀬見《せみ》温泉・赤倉温泉（以上山形県）、鳴子温泉・川渡《かわたび》温泉（以上宮城県）、厳美渓《げんびけい》温泉（岩手県）、湯ノ（の）川温泉・二股ラジウム温泉・カルルス温泉・登別温泉・月形温泉・十勝岳温泉・ホロカ温泉・塩別つるつる温泉・ウトロ温泉・清里《きよさと》

温泉・川湯温泉（以上北海道）、寸又峡《すまたきょう》温泉（静岡県）、皆生《かいけ》温泉（鳥取県）、松江温泉・小田温泉・小屋原《こやはら》温泉・三瓶《さんべ》温泉・温泉津《ゆのつ》温泉・荒磯《あらいそ》温泉（以上島根県）、湯田温泉（山口県）、こんぴら温泉郷（香川県）、祖谷《いや》温泉（徳島県）、小藪《おやぶ》温泉・道後温泉（以上愛媛県）、古湯《ふるゆ》温泉・川上峡温泉・熊の川温泉・武雄《たけお》温泉・嬉野《うれしの》温泉（以上佐賀県）、天ケ瀬《あまがせ》温泉・川底《かわそこ》温泉・壁湯温泉（以上大分県）、黒川温泉・満願寺温泉・垂玉《たるたま》温泉・新温泉（人吉温泉）（以上熊本県）、霧島温泉（鹿児島県）。

〔**内容**〕帯に「安くておいしく贅沢な快楽旅行案内」とある。第一部北上編（1宇都宮から日光、会津へ／2氷見から能登、山中温泉へ／3村上から酒田、新庄、盛岡へ／4青森から函館、長万部、登別へ／5旭川から網走、屈斜路湖、根室へ）、第二部南下編（6清水から浜松、琵琶湖へ／7米子から萩、山口市へ／8四国一周／9博多から佐賀、唐津へ／10日田から阿蘇を廻って霧島へ）と「あとがき」から成る。「あとがき」に「旅に出る前に虫封じのまじないをし、古来よりの名所旧跡をさけ、己《おの》れの目で見た一途の道をこつこつと歩いた」とある。ローカル線に「旅の哀愁」を求める。煤ぼけた宿、天井が極端に低い料理店、寝ぼけたように回転する扇風機のある銭湯などに出合うと、その日本のなつかしい風景に、いとおしさと哀愁を感じるのである。

（浦西和彦）

荒正人

あら・まさひと

＊大正二年一月一日〜昭和五十四年六月九日。福島県に生まれる。東京帝国大学英文科卒業。文藝評論家。戦後、平野謙らと「近代文学」を創刊。『荒正人著作集』全五巻（三一書房）。

七尾線からみた日本海の色 ―秋の和倉温泉に一泊して

ななおせんからみたにほんかいのいろ―あきのわくらおんせんにいっぱくして　エッセイ

〔**作者**〕荒正人

〔**初出**〕「旅」昭和三十四年十月一日発行、第三十三巻十号。

〔**温泉**〕和倉温泉（石川県）。

〔**内容**〕昭和二十四年秋、能登の和倉温泉へ、平野謙、平田次三郎、杉森久英と行った。和倉温泉へゆくには金沢からならば、七尾線で北上し、七尾の一つ先で下車する。温泉は少しぬる目の塩泉であった。海に近いせいだろう。

夕食のあと、旅のサーカス、黒須・レディースサーカスがきているというので、宿屋の女中達も連れ立って皆で見にいった。団員二十人位の小規模なもので、柱に綱を渡し藝をしたり、手品をした。

和倉温泉は万葉の時代から知られた温泉で、浅倉温泉と同様に、老齢期に達している。同じ温泉でも、函館郊外の湯ノ川温泉などのように、新しくボーリングをして、生気を取り戻すという望みはあまりない。むろん、このまま滅びるのではない。背後に能登という新しい観光地をひかえ、その入口として将来性にも富んでいる。七尾の風景は、必ず若者たちの共感を得るものだと思う。

（岩田陽子）

温泉好きだった夏目漱石

おんせんずきだったなつめそうせき　エッセイ

〔**作者**〕荒正人

〔**初出**〕「旅」昭和四十九年三月一日発行、四十八巻三号。

〔**温泉**〕伊香保温泉（群馬県）、道後温泉（愛媛県）、船小屋温泉（福岡県）、日奈久《ひなぐ》温泉・小天《おあま》温泉・戸下温泉・内牧《うちのまき》温泉

（以上熊本県）、湯崗子《とうこうし》温泉（中国瀋陽）、修善寺温泉（静岡県）、上諏訪温泉（長野県）、伊豆山温泉（静岡県）。

〔**内容**〕夏目漱石がはじめて温泉に出かけるのは明治二十三年八月か九月初めに箱根で遊んだときだと思われる。明治二十四年夏、学友の中村是公や山川信次郎と富士登山をした時に、箱根の温泉に立ち寄ったとも想像されるが、記録が残っていない。明治二十五年夏、休暇を利用して正岡子規とはじめて関西旅行をした後、漱石が松山に子規を訪れた。その間、子規が漱石を松山の近郊にある道後温泉に案内したのではないかと思う。

以上は想像ないしは推定で記録は無い。記録から実証されるのは明治二十七年伊香保温泉に赴いた時である。

伊香保温泉の次に確実なのは松山の温泉である。これは明治二十八年四月、道後温泉に赴いている。『坊っちゃん』には住田温泉、すなわち道後温泉についての記述がある。

明治二十九年六月、漱石は中根鏡子と結婚した。九月、鏡子の叔父を訪ねかたがた北九州を旅行し、日奈久温泉や船小屋温泉に寄っている。明治三十年末から正月にかけて、同僚の山川信次郎とともに熊本の北にある小天温泉に赴いた。その後も五人連れで再訪（日帰り）したらしい。

明治三十二年九月の初めには、また山川信次郎とともに阿蘇に赴き、最初の日には戸下温泉に泊まり、その後内牧温泉養神亭に泊まっている。小天温泉は「草枕」に鮮やかに描かれ、内牧温泉は「二百十日」に僅かしか触れなかった。

明治三十三年ロンドン留学に出発し、三十六年帰国、明治四十一年朝日新聞社の専属作家になるまでの間には温泉に出かける余裕は無かった。四十二年秋、「満洲」と「韓国」を旅行した際、「満洲」の「湯崗子」で温泉に入っている。日記によると、湯崗子で温泉に入ったことは嬉しかったらしい。

明治四十三年八月、転地療養のため、修善寺温泉に赴いている。その間には、大吐血したり、脳貧血も起こし、三十日間人事不省になり、危篤に陥った。

その後も、漱石は何回か温泉に赴いている。明治四十四年六月、長野で講演した時、各地に寄り、上諏訪《かみすわ》で牡丹屋という温泉宿に泊まっている。

大正元年八月上野駅を出発、西那須野に下車し、塩原、日光、軽井沢、上林《かんばやし》、赤《あか》倉《くら》と旅行し、月末に帰京した。日光でも温泉に入ったかもしれない。軽井沢では温泉に赴いていないと思われる。

その後、大正四年十一月中村是公と天野屋旅館に滞在、伊豆山、熱海、箱根に遊んでいる。

大正五年一月二十八日から二月十六日まで、天野屋にいる中村是公のもとに湯治に赴いている。「天野屋」に二度行った時の体験は「明暗」の終わりに一種の山場として力をこめて描いている。（鄒　双双）

有島生馬

ありしま・いくま

＊明治十五年十一月二十六日〜昭和四十九年九月十五日。横浜市月岡町に生まれる。本名・壬生馬《みぶま》。別名・雨東生、十月亭。東京外国語学校伊語科卒業。洋画家。昭和三十九年文化功労者。

雨の山から

あめのやまから　エッセイ

〔**作者**〕有島生馬

〔**初出**〕『伊香保みやげ』大正八年八月十五日発行、伊香保書院。

〔**温泉**〕伊香保温泉（群馬県）。
〔**内容**〕雨が降りそうで日曜日だったのを顧みず、伊香保へ出かけた。東京よりは余程寒く秋は更けていた。翌朝起きてみると男野子《おのこ》、子持《こもち》、赤城の三山が頂上から裾野まで全身を表わし、雨にぬれていた。湯場に行ってみると浴客も少ないと見えて、湯《ゆ》槽《ぶね》に黒い虫が飛び込んだまま死んで浮いていた。温泉が流れて湯気が立っている。宿の番頭が伊香保案内という小冊子を持ってきた。著者は田山花袋である。読んでみるとくすくす笑うような箇所がある。又主人は高橋由一氏筆という油絵を一枚持って来て見せてくれた。これは拙《まず》い下らない画《え》であった。

この温泉町の不規則に重り合っている石段も面白いが、その両側に連っている古風な温泉宿の建築も妙なものである。一寸イタリアの辺鄙な山宿を思い出させる。十六年前の少年時代、一夏家族と一緒にここへ来たことがある。しかし記憶に残っている伊香保と今目前に見る伊香保とは全然別な二つのものである。その時、この石段をパステルで描いた事があった。あの頃の少年によくこの建築的立体的のモチーフが目についたものだと微笑される。

床に柳北翁の字がかかっている。雨ばかり降り込められ、神経衰弱の身体で「追放者」を書きあげた。脱稿した日から晴天になり、私は毎日滝めぐりをしたり、榛名湖や、その神秘的な岩窟内の神社に参詣したりして、健康の恢復をはかった。湖畔の秋は今が見頃である。湖畔亭で、今春放したという鱒を喰べている。

（浦西和彦）

美術の秋《びじゅつのあき》　エッセイ

〔**作者**〕有島生馬
〔**全集**〕『有島生馬全集第三巻』昭和八年四月二十三日発行、改造社。
〔**温泉**〕伊香保温泉（群馬県）。
〔**内容**〕『美術の秋』は十四章から成り、「十三　伊香保より」の章がある。十月七日、雨降りで、日曜日だったが、伊香保へ出かけた。電車の延着で日が暮れてから二時間もたって宿についた。翌朝、起きてみると、男野子、子持、赤城の三山が全身を表わし、雨にぬれている。この温泉町の不規則に重り合っている石段も面白いが、その両側に連っている古風な温泉宿の建築も妙なもので、一寸伊太利の辺鄙な山宿を思い出させる。石段を上ったり、下りたりしていると、十六年前の少年時代、一夏家族と一緒にここへ来たことが胸に浮かんで来た。私はその時この石段をパステルで描いたのである。この伊香保での作品を藤島先生が白馬会展覧会へ出させたが、はねられた。私は軽率に出品した事を後で恥じた。

この宿の床に柳北翁の幅が懸っている。雨許り降っているという意味の詩であったが、私も全く雨に許り降り込められていた。そのおかげで神経衰弱の身体で、「追放者」という一篇を書き上げた。脱稿するとその日から晴天になった。私は湯の宿を出て、毎日滝めぐりをしたり、小沢のうどんを喰べに行ったり、榛名湖や、その神秘的な岩窟内の神社に参詣し、健康の恢復につとめた。

（浦西和彦）

阿波野青畝　あわの・せいほ

＊明治三十二年二月十日～平成四年十二月二十二日。奈良県高市郡高取町に生まれる。本名・敏雄。旧姓・橋本。畝傍中学校卒業。俳人。「甲子園」で第七回蛇笏賞を受賞。句集に『万両』『花下微笑』『国原』『除夜』など。

秋の温泉《あきのおんせん》　エッセイ

〔作者〕阿波野青畝
〔初出〕「温泉」昭和二十六年十一月一日発行、第十九巻十一号。
〔温泉〕入之波《しおのは》温泉（奈良県）、渚湯（日置《ひき》川《がわ》温泉）・湯川温泉（以上和歌山県）、温井里（朝鮮）、道後温泉（愛媛県）。
〔内容〕温泉のない大和に生まれた著者は、小学生の頃、土の中から熱湯が湧く話がふしぎでならなかった。

とある日、用使いに行った村で「葛温泉」の看板を見て胸が躍ったが、希薄な炭酸水を沸かしている風呂屋だとわかりがっかりした。大台山に中学校の友が居て夏の休暇で出かけた。麓には入之波温泉があると知って、吉野川の上流に沿って上っていくと、対岸の岸壁に湯が湧いていると指された。ズボンや猿股を脱ぎ捨ててこれを渡った。するとなるほど四すじか五すじかの湯垢が岩壁に流れている。白、桃、青とみな色が違う。手を当てるとなまぬるく、鼻に嗅いでみると下水のような腐った香り、これでは温泉という名に値しない。以上は著者がまだ温泉を本当には知らず慣れ親しんでいない時代の話。

那智勝浦で沢に近い渚湯に入った。句友の親戚が経営している。浴室には大きなガラス張りの水族館が設けてあった。奇怪な魚族が多かった。

朝鮮の温井里には温泉宿があった。日本ではもう甘い物が沸底した戦時中とて、朝鮮ではまだ砂糖を手に入れやすかったので女中にしるこを買いにやらせた。なかなか甘い。携帯用水筒におしるこをいっぱいに充たして帰った。小豆の粒だけが水筒に残って、水筒を振ったり叩いたりして三四粒出てくるのを食べた記憶がある。

湯川温泉では滝口のように豊富な湯がドドッドッと注がれ按摩要らずで肩のこりがなおる。

道後温泉では、御殿造りの古めかしい浴場の中にいても、明るい光線がただよって、人々の朗らかな気分がはじきあっていた。ここの湯は日本最初の湯である。門前の石が遺跡として保存されている。以上は八年前の記憶である。今年は子規居士五十年祭の松山市の催しのために、俳諧船を仕立てて命日の十九日に着くことになった。正宗寺の墓前祭がすんだら道後の湯に旅の塵を落とさねばならない。

（古田紀子）

安斎秀夫《あんざい・ひでお》

＊大正五年（月日未詳）～。東京に生まれる。観光作家、編集者。著書に『日光』『伊豆』など。

房総にある渓谷の宿《ぼうそうにあるけいこくのやど》—養老温泉郷《ようろうおんせんきょう》　エッセイ

〔作者〕安斎秀夫
〔初出〕「旅」昭和三十七年七月一日発行、第三十六巻七号。
〔温泉〕養老温泉・亀山鉱泉（千葉県）。
〔内容〕今度養老渓谷を訪ねてみて、その谷が意外に深いのにおどろかされた。この養老川が、千葉県で一番長い川だそうで、全長およそ七十キロ。養老渓谷についたときは、若葉をぬらす霧雨が降ってきたので、渓谷美の探勝は明日ということにして岩風呂という鉱泉宿に行く。湯の宿はこのほかに四五軒ある。岩風呂という宿は街道に面しており、道の向こうは崖を下ると養老川が流れ、釣りの宿にはお誂えむきだ。この宿の浴槽は背後にせまる凝灰石の高みをくりぬいてつくった岩窟のなかにある。湯は千葉県の鉱泉特有の黒ずんだ褐色だが、自然湧出する量は相当なものである。変っているのはこの鉱泉水が、天然ガスと一緒に噴きだしていることである。噴井は二インチ位の竹筒だが、その上にブリキでつくったドラム罐ほどの筒をかぶせ、鉱泉水は下へ流して浴場にみちびき、ガスは罐の上部から管を伝ってタンクへ行くようになっている。この罐をはずしてボコボコ噴き出すところを見せてもらった。その泡と一緒に噴きだす水の上へマッチをともすとパッと水の上一面が真紅の焔《ほのお》になって燃えあがったのにはおどろいた。このあたり一帯は民家でも囲炉裡、台所などすべてのこの天然ガスを利用している。岩風呂の湯加減はちょうどよく、仲々あたたまる。湯上りは汗がとまらないほどであった。いまはヤマべとハヤが多いそうである。夜食にヤマベのフライ、ウナギの蒲焼が出た。冬は猪や鹿の肉を食べさせるそうだ。

　翌日、渓谷を見に出発。養老渓谷の中心に弘文洞という名の奇勝がある。支流の蕪来川が合流する地点で、凝灰岩の丘に大きな穴をあけているのである。高さ五十メートルほどあろうか。上はあたかも自然に架けた岩の橋のようになっており、新緑の木々がおおっているが、そこをハイキングコースの林道が通じている。弘文洞をみてから、粟又ノ滝を見た。次の目的地亀山鉱泉に向ったが、峠をこえるこの道の新緑がすばらしかった。亀山鉱泉の宿は一軒である。この湯は岩風呂よりさらにアルカリ性が強いらしく肌がぬらぬらする。

（浦西和彦）

安西水丸　あんざい・みずまる

＊昭和十七年七月二十二日～。東京都に生まれる。本名・渡辺昇。日本大学藝術学部美術学科造形コース卒業。イラストレーター、漫画家、随筆家。著書に『普通の人』『東京エレジー』など。

九重山麓湯巡り宿巡り　くじゅうさんろくゆめぐりやどめぐり　エッセイ

〔**作者**〕安西水丸

〔**初出**〕「旅」昭和六十一年七月一日発行、第六十巻七号。

〔**温泉**〕湯《ゆ》の平《ひら》（湯平）温泉・筋湯温泉・壁湯温泉・筌《うけ》の口《くち》温泉・湯坪《ゆつぼ》温泉・川底温泉（以上大分県）。

〔**内容**〕大分県の九重連山のふもと、飯田高原に点在する温泉を訪ねる。大分駅からバスで湯の平温泉へ向かう。バスを降りると石畳の坂道がある。この坂道が、湯の平温泉に仲々いい風情をつくっている。坂道の途中に銀の湯、すな湯、中の湯といった共同浴場がある。町営で無料である。右丸旅館に宿泊する。旅館のすぐ下を流れる花合野川では子供たちがマスやエノハを釣っている。浴室は混浴の大浴場と小さな家族風呂。大浴室にはいってみる。浴槽に大人一人寝そべるくらいの板がわたしてある。その板に寝そべって、お腹に湯をまんべんなくかけるそうだ。翌朝、宿の湯につかっていると、肉づきのいい色白のおばさんが二人はいってきた。たとえおばさんでも何となく混浴というのはテれる。電車の数が少なく、宮原線も廃止になっている。タクシーで筋湯温泉へ向かう。途中十三曲りを上り九酔渓を見わたす柱茶屋でひと休み。美景の地である。筋湯でひと風呂。入浴料百円。ここはなんといっても湯が細い滝となって肩に落ちるうたせ湯。筋状になった湯が体に落ちてくる。はじめはすごく痛い。それでもしばらく湯に体をうたせたあと広い湯舟につかると体がすっきりと、頭の中までさわやかになる。八丁原の地熱発電所、寒ノ地獄を見学する。男池の湧水は、日本の名水百選にあげられ、うまい。午後四時すぎ、筌の口温泉の新清館に着く。川端康成が取材旅行で立ち寄ったという。新清館の浴室は、混浴の内湯と、すぐ隣りにある小野屋と共有の無料の共同浴場とがある。翌朝、湯坪にむかった。田んぼの中にポツンとある共同浴場でひと風呂あび、次に川底温泉にまわった。ここの蛍川荘の入浴料は三百円。タクシーで壁湯にむかう途中桐木という町がある。町なかに点々といい共同浴場を持っている。特に温泉地としては地図にうたっていない。壁湯温泉は、川沿いの岩をくりぬいた露天風呂が有名だ。いい温泉日和にめぐまれた。豊後中村でタクシーを降り、久本本線大分行きを待った。

（浦西和彦）

【い】

飯塚啓　いいづか・けい

＊明治元年～昭和十三年（月日未詳）。群馬県北群馬郡小野上村（現・渋川市）に生まれる。東京帝国大学卒業。動物学者。

榛名湖の二名物　はるなこのにめいぶつ　エッセイ

〔作者〕飯塚啓

〔初出〕『伊香保みやげ』大正八年八月十五日発行、伊香保書院。

〔温泉〕伊香保温泉（群馬県）。

〔内容〕榛名湖は、一名伊香保沼といって、昔は群馬郡《ごおり》伊香保村に属し、寛文年中（一六六一～七三）に榛名村に入り、榛名の神の御手洗《みたらし》と称せられる。東西十一町南北十七町周廻三十五町あり、その西北の岸は吾妻郡に属する。この湖水の名産は蜆汁と鯉料理である。元来、この榛名湖は榛名の神の御手洗であるという所から、古来殺生禁断であった。自分等が少年の頃には体長三尺余に及ぶ緋鯉真鯉が沢山いた。禁漁の一部が解除され、鮒や鯉も大変に減って来たのである。蜆は明治十年頃、時の北大二十大区四小区区長村上耕作がほかからこの湖水へ移殖したものであるが、それが繁殖して、鯉と並んで名物となったのである。盛夏には一日三千人以上に達するという伊香保温泉の遊客のため、濫獲の結果、ここ四五年前から繁殖力が減殺して、蜆料理が出来なくなった。当分の間その捕獲を禁止して、繁殖を計ったなら、再び榛名湖の名物となるであろう。そのほか榛名湖では既に鱒の養殖をも始めている。その種類の撰択と養殖の方法とさえよければ数年後には新しい一名物を増すことが出来るであろう。

（浦西和彦）

五十嵐播水　いがらし・ばんすい

＊明治三十二年一月十日～平成十二年四月二十三日。兵庫県姫路市鍛冶町に生まれる。本名・久雄。京都帝国大学医学部卒業。俳人、医師。「九年母」を昭和五年から主宰する。句集に『石蕗の花』など。

有馬の冬　ありまのふゆ　俳句

〔作者〕五十嵐播水

〔初出〕「温泉」昭和三十三年二月一日発行、第二十六巻二号。

〔温泉〕有馬温泉（兵庫県）。

〔内容〕有馬温泉では、江戸時代から続いている入初式が毎年一月二日に開かれる。有馬温泉を発見した大己貴命、小彦名命と、十二の坊を開き有馬温泉を再興した行基菩薩、仁西上人に報恩と温泉の繁栄を祈念する儀式である。行基、仁西の御像が温泉寺からおりて、初湯で沐浴をする。藝妓が扮する湯女の練行列や湯もみなどを行なう行事がある。この「有馬の冬」は、「入初めや本湯《もとゆ》の前にもむ御輿」など、行基・仁西の木像が新湯に入る古式や、その頃の有馬の風情を詠んだ十句と「入初め式―有馬温泉―」の前詞から成る。（浦西和彦）

生江有二　いくえ・ゆうじ

＊昭和二十二年（月日未詳）～。福島県河沼郡会津坂下町《ばんげまち》に生まれる。明治学院大学法学部中退。ジャーナリスト、ノンフィクション作家。「無冠の疾走者たち」で日本ノンフィクション賞を受賞。

地底に眠る〝無垢の湯〟を掘る　ちていにねむる〝むくのゆ〟をほる　エッセイ

〔作者〕生江有二
〔初出〕「旅」平成元年十月一日発行、第六十三巻十号。
〔温泉〕六呂師《ろくろし》高原温泉（福井県）、クアハウス九谷（湯谷《ゆのたに》温泉）（石川県）。
〔内容〕六呂師高原温泉のオーナーである竹内萬栄《かずえ》さんが、温泉を見つけるのが男のロマンだといっていたのは、温泉が出るまでだ。宿泊施設を作ったら忙しいばかりで喜ぶ暇もないとボヤいてみせる。戦後、二十四軒の開拓農家が六呂師に入植したが、苛酷な冬と火山灰地のやせた土地に耐え切れずに離農していった。竹内さんは六呂師が温泉が出る地形だとして、昭和四十九年に開拓農家二軒分の土地を購入した。六十年六月に、温泉掘削のための櫓《やぐら》を組み立てた。千メートルまで掘り、地下百二十九メートルに揚湯ポンプを設置し、汲み上げを開始した。昨年七月に宿舎をオープン。大手資本と提携せず、自己資金で六呂師温泉の開発をはじめた。湯は炭酸ナトリウム泉。一リットル当たり六千ミリグラムという大量の有効成分が溶けている良質な湯である。

温泉ブームは落ち着いたが、温泉掘削は増大するばかりである。温泉井戸一本にはおよそ一億円の経費がかかる。掘削技術が発達し、地下千五百メートル程度でも平気で掘れるようになった。日本農林ヘリコプターが開発した探査法は画期的なものである。ガンマ線をキャッチし、検出結果を見て、地下の断層、破砕帯の位置をとらえる。

昭和六十年八月、寺井町（現・能美市）では良質な温泉が湧出した。町では日本健康開発財団と緊密に連絡を取り、昨年八月「クアハウス九谷」をオープンした。有料（大人千五百円）の施設で、温泉ゾーンには、うたせ湯、気泡浴、蒸し風呂など十数種の設備がある。一年がたち、利用者は十九万三千人を超えた。

温泉湧出による過疎、赤字の解消という一発大逆点はない。温泉による町や村おこしといっても、湧出した湯を有効に使える「人」がいるかどうかである。これまでに拓《ひら》かれた源泉総数は一万九千七百本（昭和五十七年、環境庁調べ）にのぼる。そのうち五千五百本は未利用のままである。（浦西和彦）

生田蝶介　いくた・ちょうすけ

＊明治二十二年五月二十六日～昭和五十一年五月三日。山口県下関市長府に生まれる。本名・調介。早稲田大学英文科中退。歌人、小説家。歌誌「吾妹《わぎも》」を創刊、主宰する。

嶽温泉の三日　だけおんせんのみっか　エッセイ

〔作者〕生田蝶介

〔**初出**〕「温泉」昭和二十五年六月一日発行、第十八巻六号。
〔**温泉**〕嶽《だけ》(岳)温泉（福島県）。
〔**内容**〕福島での講演と歌会があるので、東京を三日前に出発し、瑞子が再婚して去年の春から安達太郎の嶽温泉に来ているので、ここに立寄ったのである。嶽温泉は山の中腹にある。バスは錦谷の渓流を百メートルの底にのぞみながら登ってゆく。山の雨は粗い。白河の駅で出迎えてくれた瑞子に水戸屋という旅館に案内された。安達太郎の山頂近い噴火口の一部に湯元があって、そこから木管で二里あまり引湯している。それでいて頗る熱い。しかも豊富である。水戸屋は、その昔水戸光圀が湯治に来たという由緒からこの水戸屋の名があるので、なかなか奥深い。電灯は時間制のころであるので六時にならないと点《つ》かなかった。この嶽温泉ほど素朴で、落着いて、豊かな感じのする温泉は他にない。木槽である。温度はわずかに熱い。夕餉の膳は、刺身には山の池の鯉、汁は鯉こく、豆腐もあり、卵もあり、このような高山では思ってもいなかった豊かな饗応である。翌日も雨が降りつづいていた。池の向こうに十メートルもあるむくげの大樹があって、真白い花が枝々に万灯の如く咲きほこっている。瑞子が山羊の乳を三合ほどあたためてもって来てくれた。戦後この山にHという大佐が移って来て、親子三人で山羊を四匹ばかり飼っているので、貰ってきたのである。午後になって雨はやんだ。宿を少し下ると桜坂。樹齢六七十年の桜並木が約一丁余り、気持ちよい程に整然とした路である。東京はまだ夏だというのに、萩、ぎぼし、薊、われもこうも、右にも左にも色さまざまに秋草が咲きみだれている。ついでながら記す。三食付一泊で最高四百円位。どの旅館にも自炊のかまどもあり、食料一さいを用意して行けば、ただ宿るだけの費用でよいということであった。（浦西和彦）

池内紀　いけうち・おさむ

＊昭和十五年十一月二十五日～。兵庫県姫路市に生まれる。ドイツ文学者。『ファウスト』の全訳で毎日出版文化賞、『カフカ小説全集』で日本翻訳文化賞を受賞。

温泉―湯の神の里をめぐる
おんせん―ゆのかみのさとをめぐる　温泉記

〔**作者**〕池内紀
〔**初版**〕『温泉―湯の神の里をめぐる―』昭和五十七年十月二十五日発行、白水社。
〔**温泉**〕山室《やまぶろ》鉱泉（長野県）、板室温泉（栃木県）、龍神温泉（和歌山県）、栃尾又温泉（新潟県）、有久寺《ありくじ》温泉（三重県）、鳴子温泉（宮城県）、湯宿温泉（群馬県）、川湯温泉（山梨県）、嶽《だけ》温泉（青森県）。
〔**内容**〕「夢の風景」「伊那谷の春」「絵馬紀行」「湯の神の里」「余白の宇宙」「影の国」「地図帖より」「温泉記再訪」「絵葉書の世界」「津軽・夏」「あとがき」から成る。浅井了意の「お伽婢子」のなかの「絵馬之妬」や水戸藩の小宮山楓軒の「浴陸奥温泉記」、明治初期の版画家井上安治「東京真画名所図解」などにも言及した温泉記。（浦西和彦）

温泉旅日記
おんせんたびにっき　温泉記

〔**作者**〕池内紀
〔**初版**〕『温泉旅日記』昭和六十三年十月二十五日発行、河出書房新社。
〔**文庫**〕『温泉旅日記』〈徳間文庫〉平成八年九月十五日発行、徳間書店。
〔**温泉**〕木賊《とくさ》温泉（福島県）、鳩の（ノ）湯

（群馬県）、矢野温泉（広島県）、鹿沢《かざわ》温泉・ガラメキ温泉（以上群馬県）、湯之沢温泉（新潟県）、塩田温泉・籠坊《かごぼう》温泉・城崎温泉（以上兵庫県）、寒の（ノ）地獄（大分県）、湯涌《ゆわく》温泉（石川県）、温湯《ぬるゆ》温泉（青森県）、佐野温泉・河内温泉（以上福井県）、小天《おあま》温泉（熊本県）、篠島温泉（愛知県）、黒湯温泉（秋田県）、越中山田温泉（富山県）、新宿十二社温泉・六龍温泉・燕湯・海水湯（以上東京都）、熱海駅前温泉（静岡県）、道志《どうし》温泉（山梨県）、田沢温泉（長野県）、バーデン＝バーデン温泉（ドイツ）、サルソマジョーレ温泉・メラーノ温泉（以上イタリア）、イシュル温泉（オーストリア）、温泉津《ゆのつ》温泉（島根県）、伊賀温泉（三重県）、伊香保温泉（群馬県）、地獄温泉（熊本県）、嶽《だけ》温泉（青森県）、龍神温泉（和歌山県）、松葉川温泉（高知県）、有馬温泉（兵庫県）、小口温泉（栃木県）。

〔内容〕「会津の雨」「忠治も来た」「小さな町」「五七調の旅」「安寿恋しや」「ふるさと再訪」「湯の町エレジー」「眠る町」「なおしてくるぞと勇ましく…」「夢を売る男」「片目の魚」「お告げの湯」「人魚を食う」「白と黒」「お湯争い」「島めぐり」「さらば、鞍馬天狗」「風の町、風の里」「放浪記」「たのしきかな、銭湯巡り」「汽笛一声新橋を」「おらあ三太だ」「終の栖」「幻の湯」「西洋温気《うんき》案内」「もう半分」「夏の思い出」「まぼろしの影を慕いて」「才市《さいち》の故里」「正月・二月・三月」「泳ぐ男」「奥羽本線弘前駅ヨリ五里二十丁」「龍はいるか？」「札所巡り」「饅頭こわい」「あとがき」「温泉案内」から成る。私の温泉巡りを、女房は「酔狂」だと言う。友人は「道楽」だと言う。私自身は「再生のいとなみ」だとこころえている。甦りであり復活であると「あとがき」で述べている。文庫版『温泉旅日記』は『温泉旅日記』（河出書房新社）と『ガラメキ温泉探険記』（リクルート出版）をもとに再編集したものである。

（浦西和彦）

ガラメキ温泉探険記《がらめきおんせんたんけんき》
―幻の湯をもとめて上州へ《―まぼろしのゆをもとめてじょうしゅうへ》

エッセイ

〔作者〕池内紀
〔初出〕「旅」平成元年十月一日発行、第六十三巻十号。
〔初収〕『ガラメキ温泉探険記』平成二年十月発行、リクルート出版。
〔温泉〕ガラメキ温泉（群馬県）。
〔内容〕温泉会《ゆぜんかい》のメンバー、装丁家と編集者と大学教師の三人が群馬県北群馬郡榛東村山子田の民宿「しおざわ」で落ち合った。リュックに登山帽に運動靴、ヤッケやポンチョまで持参していた。「しおざわ」主人の塩沢和雄さんに榛東村の特大地図を用意してもらい、相馬が岳に登る。明治の『伊香保温泉場名所案内』や大正の『伊香保案内』には出ていたが、いまはどの『全国温泉案内』にも出ていないガラメキ温泉を探しに、朝十時に出発。明治四十三年に陸軍の演習場がこの高原におかれた。昭和二十一年四月、アメリカ軍の進駐にともない、相馬が原全域が演習場に指定された。そのためガラメキ温泉は強制立退きを命じられ、いつしか温泉は忘れられたのである。山中を道に迷いながらも、ガラメキ温泉の石組みのあとを発見する。ガラメキ温泉は、なまぬるいお湯で、長らく人の入らなかった湯壺が、人のけはいで泡立っている。入っているぶんには人肌程度にあたたかいが、外に出ると冷っこい。十三時、なごりをのこしてガラメキ温泉を出発した。

（浦西和彦）

西洋温泉事情《せいようおんせんじじょう》

温泉記

〔**編著者**〕池内紀

〔**初版**〕『西洋温泉事情』平成元年十二月二十日発行、鹿島出版会。

〔**温泉**〕レイキャヴィーク（アイスランド）、バース（イギリス）、バーデン・バーデン（西ドイツ）、ヴィッテル、ヴィシー（フランス）、サルソマッジョーレ（イタリア）、バート・イシュル、バーデン・バイ・ウィーン（オーストリア）、バーデン（スイス）、カルロヴィ・ヴァリ、ムシェネー（チェコスロヴァキア）、ゲレルト、ルカーチ（ハンガリー）、ロガシュカ・スラチーナ（ユーゴスラヴィア）、キスロヴォトスク、ピャチゴルスク（ソヴィエト連邦）、イスタンブール（トルコ）。

〔**内容**〕「クーパー夫妻の夏の休暇」（川島昭夫）、「サーカスよりもパンよりも…」（青柳正規）、「テルの国ホームズの里」（岩村和夫）、「ボスポラスのほとりの桃源郷」（長谷川章）、「東欧の湯の町ラプソディー」（みやこうせい）、「地底旅行記」（大塚光子）、「ひなび過ぎた温泉」（藤森照信）、「一七世紀の書物と湯の効能」（鴻英良）、「黒い森の真珠」（杉本俊多）、「フォン・ゲーテ氏の〈温泉旅日記〉」（佐藤雪野）、「古都のほとりの眠り姫」（伊藤哲夫）、「ペタン将軍と貞操帯」（望月真一）、「北カフカースの温泉郷」（鴻英良）、「夏の思い出ワルツの夢」（後藤ロート美恵）、「逆三角形のなかの人工楽園」（鵜沢隆）、「星の道夢の町」（岩村和夫）、「湯のコスモロジー」「あとがき」（池内紀）、「ヨーロッパ温泉保養地案内」「ヨーロッパ温泉地図」から成る。ヨーロッパを中心にして、トルコやアイスランドなどの温泉を巡る。

（浦西和彦）

鬼棲む里の湯めぐり《おにすむさとのゆめぐり》

エッセイ

〔**作者**〕池内紀

〔**初出**〕「旅」平成三年五月一日発行、第六十五巻五号。

〔**温泉**〕鬼ケ嶽《おにがだけ》ラドン温泉・浮田《ういた》温泉・鷺《さぎ》ノ巣《す》温泉・月の原温泉・般若寺《はんにゃじ》温泉（以上岡山県）。

〔**内容**〕小石川の源覚寺で落ち合った男三人、自称「温泉会《ゆぜんかい》」が、岡山県の吉備の里にて、鬼さがし。吉備津彦命《みこと》の鬼退治の足跡を追い、ゆかりの温泉を訪ね歩く。吉備津神社は鬼退治で知られる吉備津彦命をまつる。お参りしたあと、車で美星町に向かう。山肌一面に針のような岩がひしめている。「名勝鬼ガ嶽、鬼の温羅《うら》一族が棲んでいて、大和朝廷から派遣された四道将軍吉備津彦命と戦った。傷ついた鬼がつかったのが薬師の湯」。ラドン温泉鬼の湯荘は美山川のほとりにある。天然ラドンが豊富なアルカリ泉で、「湯舟は鬼の行水にはじまり、鬼の河原、鬼の指圧、鬼の釜、鬼の肩たたきなど計八種の鬼づくし」。宿泊が出来ないので、浮田温泉へ、一軒宿の翠明館に向かう。玄関に入ると、年代物の大きな鬼の面が二つ、壁にかかっている。翌朝、鬼の山へと出発。吉備高原頂上近くを鉢巻状に石垣がとり巻いている。城門が三つあり、いつ頃、何のために造られたのか、文献が残っていない。鬼の城である。車で上っていくと、途中に鬼の釜、鬼の雪隠、鬼の差上げ岩、温羅の屋敷跡がある。賀陽町の鷺ノ巣温泉は鬼に由来の隠し湯の一つで、頼山陽も来たことがある。アルカリ性フッ素泉。余勢をかって同じ賀陽町の月の原温泉へやってきた。大きな湯舟の窓ごしに、吉備高原が見える。午後おそく美作の国は般若寺温泉へ走り込んだ。天台宗般若寺の宿坊として建てられた。宮大工が建てた茶室風である。お風呂は橋を渡って下手の川っぷちにあった。岩屋の中に、少しぬるめのやわらかいお湯があふれている。

（浦西和彦）

湯めぐり歌めぐり《ゆめぐりうためぐり》　温泉記

〔**作者**〕池内紀

〔**初版**〕『湯めぐり歌めぐり』〈集英社新書〉平成十二年十月二十二日発行、集英社。

〔**温泉**〕道後温泉（愛媛県）、出湯温泉（新潟県）、山田温泉（長野県）、蔵王温泉（山形県）、玉川温泉（秋田県）、水上温泉（群馬県）、猪野沢温泉（高知県）、別所温泉（長野県）、日光湯元温泉（栃木県）、土湯《どゆ》（長野県）、東山温泉（福島県）、七栗の湯（榊原温泉）（三重県）、伊香保温泉（群馬県）、入山辺温泉（長野県）、箱根温泉（神奈川県）、熱海温泉（静岡県）、花巻温泉（岩手県）、修善寺温泉（静岡県）、登別温泉（北海道）、恐山温泉（青森県）。

〔**内容**〕「子規と道後温泉」「迢空と出湯温泉」「八一と山田温泉」「茂吉と蔵王温泉」「佐太郎と八幡平」「牧水と水上温泉」「勇と猪野沢温泉」「白秋と別所温泉」「利玄と日光湯元温泉」「赤彦と土湯」「水穂と東山温泉」「篤二郎と七栗の湯」「稔と伊香保温泉」「空穂と入山辺温泉」「晶子と箱根」「かの子と熱海」「賢治と花巻」「秀雄と修善寺温泉」「柊二と登別温泉」「修司と恐山」「あとがき」から成る。正岡子規ら二十人の俳人、歌人らが訪れた温泉地をめぐる。

（浦西和彦）

池内信子《いけうち・のぶこ》

＊生年月日未詳。編集者。

南紀・温泉街道をゆく《なんき・おんせんかいどうをゆく》　エッセイ

〔**作者**〕池内信子

〔**初出**〕「旅」昭和五十七年九月一日発行、第五十六巻九号。

〔**温泉**〕湯泉地《とうせんじ》温泉（奈良県）、湯ノ（の）峰温泉・川湯温泉（以上和歌山県）。

〔**内容**〕熊野には暗い魅力がある。枯木灘、すさみ温泉といった寂しい地名から、いつの頃からとなく、そう思い込むようになっていた。バスは四時間余りで湯泉地温泉に着いた。旅館「湯の里」は、十津川の崖っぷちにへばりつくような恰好で建っていた。十メートルほどもある断崖上につくられた湯舟から身を乗り出すと山肌を霧が上っていく。湯泉地の湯は胃腸に効くので、ご飯も煮物もみなこの温泉で炊く。女将は「亡くなった伴淳サンもこの静かな環境と湯を好んでよく訪ねて来られました」と懐かしそうに話された。翌朝、十津川温泉行きの村営バスに乗る。十津川の人口は今、七千人に満たない。十年前の半分に減った。深刻な過疎の村なのだ。十津川温泉でバスを下車。野猿を目指して歩いた。野猿とは川の上に鉄線を張って一人乗りの箱を乗せ、綱をたぐりながら川を渡る原始的な渡しで、十津川村ではいまだにこれが生活には欠かせない足となっている。ここで本格的な露天風呂の初体験をする。バスで和歌山県に入る。湯ノ峰温泉は、ひなびた温泉街の情緒をそこはかとなく漂わせている。神経痛、皮ふ病、さらには醜女…と万病に効くそうで、外湯に人気がある。外湯は共同浴場と、裏側にある〝くすり湯〟と石橋の少し上流にある〝壺湯〟の三つ。入湯料は共同湯が六十円、ほかの二つは百円。壺湯は一日のうちに七回色を変えるという子宝の湯で、二三人入るのがやっとの小さな小屋掛けの露天風呂だ。深夜「あづまや」の内湯へ行く。湯舟も流しも天井もみんな槇づくり。ヌメツとした感触と槇の香が心地良い。宿の女主人は菊田一夫のラジオドラマ「湯の峰」のモデルとなった方である。翌朝、女主人から、高浜虚子、吉川英治、吉屋信子、小林秀雄らがこの宿を訪れた時の寄せ書帳を見せてもらう。川湯温泉行きのバスに乗った。川湯温泉は河原に湧く露天風呂が名物だ。旅館「富士屋」の前辺りはどこを掘っても熱い湯が出るという。水着に着替え、河原に出た。十津川の露天風呂のように、誰もいない山の中でこっそり入るより、人の目があった方がかえって安心していられるということもある。慣れると不思議なほど抵抗がなくなってしまうものらしい。

（浦西和彦）

池田小菊　いけだ・こぎく

＊明治二十五年三月十五日〜昭和四十二年三月九日。和歌山県に生まれる。和歌山女子師範学校卒業。小説家。志賀直哉に師事。主なる作品に「奈良」「東大寺物語　愛と死」など。

山陰の温泉《さんいんのおんせん》　エッセイ

〔作者〕池田小菊

〔初出〕「温泉」昭和十六年四月一日発行、第十二巻四号。

〔温泉〕三朝《みささ》温泉（鳥取県）。

〔内容〕私は山陰方面へは二三度行ったが、温泉巡りといったゆっくりした気持ちで出掛けたのは一昨年の春であった。三月十七日と言えば、ここ奈良では、そろそろ馬酔木の花が咲き始める頃だが、その年は厳しい春冷えで山陰は雪が深かった。岡部辺りからもう深い雪で、列車の窓に見る遠い山々が美しく、高い山ほど神々しい。「宿がお客で一杯なの」。迎えに来てくれていた友達の妹さんは困った顔で言う。戦争が始まって以来、奈良でも遊覧客が増えたらしい話で、この辺も矢張りそうかと思う。妹さんは女学校に勤めていて、その春きりで大阪の実家へ帰るので、居るうちに一度三朝温泉へ来ないかと、前から誘ってくれていた。「今夜だけ二流宿で辛抱して下すったら…」。しかし、私はその晩の二流宿は好きであった。通された部屋は眺めのきかない薄汚れた、いかにも二流三流の感じではあったが、内湯が別棟になっていて、そこに行くには長い渡り廊下をつたっていく。雪の吹き込むその長い渡りと、ほの暗い湯殿の色のついた湯、そして、山陰名物の脚の長い蟹の夕食と、もう少し設備がよく清潔だったらどんなによいかと思う。夜、枕に縮緬紙のカバーをかけてくれて、それに「お心静かにおやすみ下さい」と印刷してある。朝になって、私のが四つにも五つにも裂けていて、妹さんと大笑いした。浜村のたぼこ屋（旅館の名）にはプールのような共同湯があり、小さいのも幾つかあった。この宿は藝者を呼べるらしく、朝障子のかげに、藝者のらしい小型名刺が落ちていた。そういえば、お膳や食器類も赤々していて、座布団まで赤いぶくぶくしたのがでた。三朝温泉はよかった。土地も気に入ったし、秋の気候のよいとき、四五日滞在のつもりでもう一度行きたいと思っている。

（郡山　暢）

池内たけし　いけのうち・たけし

＊明治二十二年一月二十一日〜昭和四十九年十二月二十五日。松山市に生まれる。本名・洸《たけし》。東洋協会専門学校中退。俳人。

句集に『たけし句集』『玉葛』『春霞』など。

伊東にて

いとうにて　エッセイ

〔作者〕池内たけし
〔初出〕「温泉」昭和二十四年三月一日発行、第十七巻三号。
〔温泉〕修善寺温泉・伊東温泉（以上静岡県）。
〔内容〕私は先年大病して歩行困難になった。足の療養をするために修善寺へ行ってみた。宿の一間から長い廊下を通って浴場まで歩を運ぶには杖に頼り人の肩に縋っていかなければならない。僅かの日数ではあったが、温泉の効目はあった。温泉の効能もさることながら、湯治しながら見るもの聞く事が俳句に作られたことは楽しかった。このごろ毎月伊東へ出かける。俳句会に出席するためであるが、温泉のある伊東であるだけにその日が心待たれる。伊東の温泉は熱海と似て熱い。熱い方が好きである。殊に塩分を含んでいるここの温泉は殊の外温まる。伊東には尾上柴舟の歌碑がある。も一つ虚子の句碑が建てられる日が望ましい。（浦西和彦）

石上玄一郎

いしがみ・げんいちろう

＊明治四十三年三月二十七日〜平成二十一年十月五日。札幌市に生まれる。本名・上田重彦。弘前高校中退。小説家。代表作に「精神病学教室」「自殺案内者」など。

なぜ温泉には「地獄」「薬師」があるのか？

なぜおんせんには「じごく」「やくし」があるのか？　エッセイ

〔作者〕石上玄一郎
〔初出〕「旅」昭和三十六年十一月一日発行、第三十五巻十一号。

〔温泉〕有馬温泉（兵庫県）、湯ノ（の）谷温泉・地獄温泉（以上熊本県）、地獄谷温泉・野沢温泉（以上長野県）、平湯温泉（岐阜県）、湯田川温泉・姥湯温泉・五色温泉（以上山形県）、鶯宿温泉（岩手県）、岳《だけ》温泉（青森県）、湯峰《ゆのみね》温泉・龍神温泉・牟婁の湯（白浜温泉）（以上和歌山県）、湯ノ（の）小屋温泉・草津温泉・法師温泉（以上群馬県）、吉奈温泉・蓮台寺温泉・修善寺温泉・熱海温泉・伊豆山温泉・谷津《やつ》温泉（以上静岡県）、山代温泉・山中温泉（以上石川県）、別府温泉（大分県）、湯沢温泉（新潟県）、道後温泉（愛媛県）、玉造温泉（島根県）。

〔内容〕原始人にとって温泉の流出口はおそらくは一つの魔所であり、その辺一帯は不思議な秘境であった。例えば、有馬温泉の「虫地獄」や「鳥地獄」、湯ノ谷温泉の「雀地獄」または那須の「殺生石」などがそうである。「地獄」と名づけられたところは、大ていはすり鉢形になっていて、熱気が噴き出し、生物の死骸が堆積している。仏教思想でいう「地獄」そのままの様相である。例えば、阿蘇山の西南山腹の「地獄温泉」、長野県平穏村の横湯川の渓谷にある「地獄谷温泉」などがある。

　動物は本能的な知恵から温泉で傷口を治すことを知っていた。野沢温泉の熊の話、岐阜県平湯温泉の猿の話、湯田川温泉の白鷺の伝説、鶯宿温泉などがある。

　更に怪奇譚めいたものもある。青森県岳温泉は天狗がみつけ、山形県の姥湯温泉は山姥の住家との言い伝えがある。

　変わったところでは和歌山の湯峰温泉は吉野朝の人々が開き、上州水上の湯ノ小屋温泉は奥州藤原氏の残党が隠棲したところと云われる。

　行基菩薩は上州の草津、伊豆の吉奈と蓮台寺、石川県の山代、山中を開いた。弘法大師も、修善寺、熱海、法師などを開き、修験道の開祖が発見したといわれる温泉も少なくない。また、役行者が五色、龍神、伊豆山、谷津温泉を発見し、ヤマトタケルは飯野、別府、湯沢温泉を開いたとされる。このことは、温泉そのものが当初から民衆の信仰とふかく結びついていたことを意味する。その証拠に、「湯神社」とか「温泉寺」と称するものがある。神社には大己貴命と少彦名命が祀られている。寺には薬師如来が安置されている。薬師信仰は薬師寺建立をみると、奈良朝初期からあったものらしい。本来は衆生の精神的苦痛を除くためだったが、いつの間には病人の救済となり、医者の総本家にされてしまった。

古代の医学にとって「湯治」は、最も優れた療法だった。僧侶はまた医者でもあったことは、行基が有馬温泉に温泉寺を建立した例などからも知ることができる。温泉に就いて最も古い記事はわが国最古の漢文といわれる道後温泉の碑文であろう。これは聖徳太子が道後温泉に遊んだ際の記事である。「日本書紀」には、最古の温泉として有馬、道後、ムロの湯の名が見える。だが、「出雲風土記」からは玉造の湯も最古の温泉の一つであると窺え、上古の温泉がミソギ祓の神事に関係があることが分かる。

（岩田陽子）

石川淳　いしかわ・じゅん

＊明治三十二年三月七日～昭和六十二年十二月二十九日。東京浅草（現・台東区）に生まれる。別名・夷斎《いさい》。東京外国語学校仏語科卒業。小説家。『紫苑物語』で藝術選奨を受賞。

山田温泉　やまだおんせん　エッセイ

〔作者〕 石川淳

〔初出〕『鷗外全集第三巻　月報三』昭和四十七年一月二十二日発行、岩波書店。

〔温泉〕 山田温泉（長野県）。

〔内容〕 信濃国上高井郡高山村大字奥山田というところに塩の湯が出る。すなわち山田温泉である。明治二十三年庚寅八月、鷗外漁史二十九歳、暑中しばらく公務の暇をえてここに遊ぶ。鷗外の旅は国内海外を通じて、主として官命によるものばかりだったから、自由気ままに鉄道馬車に乗り、山野を踏みわたって、気が向けば行った先に逗留するような旅は、おそらく生涯この旅だけであったろう。当地滞在は八月十八日の夕べから二十六日朝まで、宿は藤井屋東兵衛だった。筆者は、鷗外がこの旅について記した「みちの記」の文章にでてくる景色を探して村をめぐる。まずは薬師堂に行った。幸いに堂は建っていたけれど、川魚を売るところは見当たらず、堂に向って右手の崖下にある「牛の牢といふ渓間」はあっても、「泉ある処に近き荼毘所の迹」は綺麗さっぱり見当たらない。薬師堂から左、「みちの記」には出ていない三社堂の下から、鳳山亭の登り道になる。しばらく登ると季節には早すぎるスキー場があり、そこに牛が放してある。道はやがて雑木林に入り、それも途切れ、崖が突き出た小高いところに、鳳山亭址がある。明治二十三年当時ですら傾いていた四阿屋《あずまや》は、今は影も形もない。傍らに記念碑が建っていた。ところで宿の主人宛の鷗外書簡一通が全集に収められている。その文中には藤井屋所有の土地の一部を買おうとしたように読める記述がある。しかし実際には話はまとまらず、土地を買ったという形跡はない。ただ後年の「北条霞亭」にも当地を思い起こさせる記述があり、鷗外にとってこの地は特別な想いのある土地なのだろう。

（阿部　鈴）

石坂洋次郎　いしさか・ようじろう

*明治三十三年一月二十五日〜昭和六十一年十月七日。青森県弘前市に生まれる。慶応義塾国文科卒業。小説家。戦後、「青い山脈」「石中先生行状記」で流行作家となる。編著に『東北温泉風土記』（昭和15年4月28日、日本旅行協会）がある。

草を刈る娘—ある山麓の素描　くさをかるむすめ—あるさんろくのそびょう　短篇小説

〔作者〕石坂洋次郎
〔初出〕「文藝春秋」昭和二十二年十月一日発行、第二十五巻十号。

〔初収〕『草を刈る娘』〈細川叢書第十〉昭和二十三年三月発行、細川書店。

〔作品集〕『石坂洋次郎作品集第六巻』昭和二十七年二月二十九日発行、新潮社。

〔温泉〕嶽《たけ》の温泉（青森県）。

〔内容〕近くに山林をもたない村の百姓達は、秋になると、遠くの山の麓へ、一年分の馬草《まぐさ》を刈りに、十日から二週間ぐらい行く。草刈場の高原に小屋掛けして、寝泊まりする。一里ばかり離れた所に温泉も湧いており、毎年の草刈りは、馬を飼っている百姓達にとっては、楽しみな年中行事の一つになっている。どの草刈部落の生活も、年とった一人の老婆によって統率される。下部落では、この三年ばかり、そで子という婆さんが、草刈集団の統率者の役目を勤めて来た。今年、そで子は、自分の姪で十八になるモヨ子を連れて来た。モヨ子は黒光りする円《つぶ》らな目と林檎色の頬をした明るい顔立で、厚いハト胸をもった元気な娘だった。モヨ子は、ここへ来て、世の中がひろいのにびっくりした。人生というものをもっとじかに知りたい、開放された草刈場の生活は、モヨ子の心にそういう憧れを、強く烈しく昂《たか》ぶらせていた。四五日経った朝早く、ほかの部落の集団がやって来て、小屋掛けをはじめた。T部落の者達で、そで子婆さんと仲のいいため子婆さんが若い衆、別家のオジ（弟息子）の時造を連れて来た。二人は「若え者同士、かみ合せてみるべえがな」と、モヨ子と時造を沢目に添うて上の方に刈って行くように、追いやった。その時、嶽の温泉で、そで子婆さんが湯あたりで倒れたのを、時造が一里ばかりの夜道を草刈場の小屋まで背負って行ってくれた。この出来事のために、時造の印象は急速に親しみ深いものになった。モヨ子は、「おら、亭主に従ってうんと働くだ。子供もジッパリ生むだ。そして年寄になったらな、おら炉端さ坐って煙草のむ」のが理想だという。ある日、雑木林の中で、十八になる近村の農家の娘が殺された。夜、モヨ子は、自分の生命の在り方を、風に慄える蠟燭の灯のようなものだと感じ、さみしく寝むれなくなって、時造の部落がある方へ歩き出す。人影を認め、立ちすくんだが、次の瞬間には「時ジョウ！」と飛びついていった。モヨ子がひどくおじけていたのを心配して、時造がみにきたのである。二人は結婚の約束をする。そのことをそで子婆さんにいうと、「お前は思いやりのあるいい婿をつかんだぞや」、おら時造の背中の上で小便垂れてしまったが、一言半句も文句も言わずに、ここまで背負って来ただやという。あくる日、モヨ子は時造に「祝言が済むまで、おらはお前の身体に手をかけてもええだが、お前はおらの身体に手を触れてはなんねえという約束だや」という。素朴な健康で可憐な娘を描く。


（浦西和彦）

霧の中の少女　きりのなかのしょうじょ　短篇小説

〔**作者**〕石坂洋次郎
〔**初出**〕「キング」昭和三十年四月一日発行、第三十一巻五号。
〔**収録**〕『現代日本文学全集第十九巻石坂洋次郎名作集』昭和三十九年七月、偕成社。『日本文学全集第二十四巻石坂洋次郎』昭和四十六年七月二十日発行、新潮社。
〔**温泉**〕B温泉（北国）。
〔**内容**〕A町は北国の平野にある小さな町である。銭湯の「亀の湯」の向こう三軒両隣は、「亀の湯」に義理立ててふろ場がない。自宅にふろ場を作った薬屋は「亀の湯」と険悪な関係になった。少しでも外れたことをすると排斥する保守的な町である。
目抜き通りの裏に店を構える八百屋金半は主人金井半造、妻テツ子、長女由子、次女妙子、長男信次、祖母ハナ子の六人家族である。長女の由子を東京の私立大学に入れ、使用人もある裕福な家庭である。
八月末、由子に大学の友人である上村栄吉から手紙が届いた。旅行で奥羽線をまわるので、実家に一二日宿泊させて欲しいという内容であった。男子学生を泊めることに意見が対立したが、祖母ハナ子が了承した。十六歳の次女妙子は間違が起こらないように、姉と上村栄吉を見張ると宣言した。妙子は姉と上村が二人で部屋にいる時、外で立ち聞きをしたが、二人は上品な話題しか話していなかった。上村が帰る前に、由子たち兄弟と上村はB温泉に行くことになった。B温泉はひなびた温泉で近くに滝と不動様がある。
共同浴場につかり、十一時頃四つの床を並べて就寝した。しかし、夜中に妙子が目を覚ますと、上村と由子がいなくなっていた。妙子は外に飛び出し、霧の中、姉と上村を追った。すると、男女の歌声が聞こえてきた。妙子は上村と由子を「不良」と罵ったが、逆に上村にヤキモチと指摘されてしまった。三人は霧で身体が冷えたので、温泉で温まることにした。男湯と女湯の別れ道で、妙子は怖いからと上村を誘った。湯気と霧で少し離れると、三人の裸身は見えなくなった。
それから五か月たって、東京に戻った由子から妙子に手紙が届いた。大学を卒業したら、上村と結婚するという内容であった。妙子はそのことを口止めされていたが、祖母にだけは話した。妙子は祖母が喜びの涙を流していること、妙子も祝福していることを姉への返事に書いた。

（岩田陽子）

河鹿館《かじかかん》　短篇小説

〔**作者**〕石坂洋次郎
〔**初出**〕「文藝春秋」昭和三十年六月一日発行、第三十三巻十一号。
〔**温泉**〕I温泉（青森県の碇ヶ関《いかりがせき》温泉がモデル）。
〔**内容**〕私がじっくり腰をすえて製作出来るのは、故郷の風景にかぎられていた。「私自身の生長を織りこんだ歴史の裏づけをもつ風景だけが、私の心の内奥の憧れを満たしてくれる」のである。私は郷里の津軽に写生旅行に出かけ、I温泉（碇ヶ関温泉）の旅館「河鹿館」に約三週間ばかり滞在した。I温泉に関する思い出に従兄の野上太郎が享年十九歳で自殺したことがある。従兄同志であるが、年が四つもちがっていたし、両家が不仲だったので、太郎と接触したことはほとんどなかった。私が白い小石河原でキャンバスに向っていると、ある日、H市で開業している北岡医師の夫人はま子から声をかけられた。三十年前に頸動脈を切って自殺した野上太郎を知っているという。はま子は、女学校四年生の夏休みに、兄嫁と姪の三人で河鹿館に湯治に来ていた。そして同じ旅館に一高の受験勉強に野上太郎が滞在していたのである。町かたの人たちは、秀才・野上太郎の名前をみんな知っていて、女学生の憧れの的だった。私は野上太郎の室に宿題を教わりに行くようになる。それから二三日経った晩、終列車で、とつぜん兄がやってきた。兄が泊まる晩は、おけいさんの室にあずけられることになっていたが、おけいさんの所にも旦那が泊まっていたので、野上の部屋に泊まることになる。枕屏風をはさんで勉強している野上を意識しながら、「自分の室にゐるよりも、深い安心感に包まれて、しぜんに快い熟睡に陥っていった」。それからある日の真夜中、川向こうの村に火事があった。私は隣の兄嫁の寝床が空っぽであることに気づく。やがて私たちはI温泉を引き上げることになった。兄が来て、蒲団などの荷造りをしたので、その晩も私は、野上の室に泊らされた。夜中に私は目を覚ました。上から強い力で抱きしめられていた。私は必死で抵抗した。火事の晩に、僕のところへやって来たじゃないか、僕の枕かけには、オリーブ香水の香りが二日も三日も匂っていたよ。私は離してよ、大きな声を立てますよと、脱け出し、おけいさんの室に行った。それから三日目に野上の自殺を新聞で知った。兄嫁は二三年して、恋愛事件を起して東京へ逃げ出し、帰ってこないという。北岡夫人の話を聞いたあと、私は、いま描いていた絵がイヤになり、そのキャンバスを塗りつぶして、今度は、川の方にはデンと尻を向けて、杉林や禿げた丘や赤い岩などがある、北側のゴツゴツした景色を描き出した。「I温泉附近」という題で、世評がよかった。　（浦西和彦）

水で書かれた物語《みずでかかれたものがたり》　長篇小説

〔**作者**〕石坂洋次郎
〔**初出**〕「小説新潮」昭和四十年三、四、五月一日発行、第十九巻三～五号。
〔**初収**〕『水で書かれた物語』昭和四十年四月二十五日発行、新潮社。
〔**温泉**〕I温泉（碇ヶ関温泉）・酸ケ湯《すかゆ》温泉・浅虫温泉（以上青森県）。
〔**内容**〕松谷静雄は琴曲教授の母静香と暮らしている。父の高雄は小学生の時に亡くなった。高雄は死の直前、静雄が自分の子供ではないことを告げた。静雄は母と噂のある県会議員の橋本伝蔵にそっくりであった。母は父を手厚く介抱した後、伝蔵のもとへ耳の傍のホクロをヒクヒク動かしながら出かけていくのであった。銀行に就職した静雄は、睡眠薬を飲んで寝ている母静香のホクロが動いていることに欲情し、関係を持った。それから三日目に母静香は自殺した。葬儀が済むと、静雄が自分の子供であると知らない伝蔵は、娘のゆみ子と結婚することを勧めた。
新婚旅行の第一夜の宿泊地はI温泉だった。翌日、自動車で十和田湖に向かい一泊し、三日目は八甲田山山腹の酸ケ湯温泉に宿泊した。
ゆみ子と結婚して三年、夜は口実をもうけて不在の時間を作り、ゆみ子の男友達が訪れやすい環境を作るようになった。静雄が伝蔵の運転した車で事故にあった。同じ場所でゆみ子も怪我をした。怪我が切っ掛けで、ゆみ子は静雄と兄妹であることに初めて気づいた。それから夫婦生活は激しくなり、二人の身心は擦り切れていった。静雄とゆみ子は死ぬために青森に向った。浅虫温泉に宿泊し、青森駅から連絡船に乗った。静雄はゆみ子がお手洗いに行っている間に、甲板から身を投げた。　（岩田陽子）

石塚友二

いしづか・ともじ

*明治三十九年九月二十日~昭和六十一年二月八日。新潟県北蒲原郡笹岡村（現・阿賀野市）に生まれる。本名・友次。笹岡高等小学校卒業。小説家、俳人。小説集に『松風』『橋守』、句集に『百万』『玉縄抄』など。

郷里の温泉

きょうりのおんせん　エッセイ

〔**作者**〕石塚友二
〔**初出**〕「温泉」昭和二十九年十月一日発行、第十九巻十号。
〔**温泉**〕出湯《でゆ》温泉・村杉温泉・今板温泉（以上新潟県）、箱根温泉（神奈川県）、西鉛温泉（岩手県）、小浜温泉（長野県）。
〔**内容**〕生まれた土地は、新潟県北蒲原郡笹岡村というところで、出湯、村杉、今板の三湯がある。五頭山麓に点在し、大正中期まで蒲原平野唯一の温泉郷とされた。一日何十銭という宿料を払わなければならないため、そこは百姓には贅沢とされた。一般百姓の生活は地味であり、苦しかった。私の家もその一軒であった。部落の大半は、湯治場覗きをした経験の一度もないような人達であった。私の少年時代の周囲の人達は、温泉は、飲み薬に対する浴び薬に異ならず、足腰の痛み眼の顰《ひそ》みを治癒する場所の観念としての温泉であった。出湯は胃腸病に利き、村杉はリュウマチスによく、今板は産後によい。このような遠くの温泉などは私達には空しい高嶺の花に過ぎなかった。兄が出湯に行って来たという話を聞いた時の新鮮な驚きは異常なもので、洞春台というのが旅館の名であると聞き、意味も分らぬまま、優雅な屋号だと感じた事を今でも覚えている。兄を出湯に誘った本家の三男は身も生活も持ち崩したが、兄に白樺とか、ロシヤ文学とか、当時の文壇に新風を吹き入れた雑誌を貸し与えて、私を間接的に文学へ導いた蔭の人であった。郷里の温泉にはいまだに縁がない。郷里を出て私が最初に経験した温泉は箱根であった。最も印象的なのは西鉛温泉で、忘れかねるものは小浜温泉である。

（古谷　緑）

石堂淑朗

いしどう・としろう

*昭和七年七月十七日~平成二十三年十一月一日。広島県に生まれる。東京大学文学部卒業。脚本家、放送作家。大島渚の創造社に参加。「黒い雨」で日本アカデミー賞脚本賞を受賞。

南伊豆ふたり旅

みなみいず ふたりたび　エッセイ

〔**作者**〕石堂淑朗
〔**初出**〕「旅」昭和五十九年三月一日発行、第五十八巻三号。
〔**温泉**〕下《しも》賀《か》茂《も》温泉・石部温泉（以上静岡県）。
〔**内容**〕独身の頃、暇があれば私は南伊豆の磯にへばりついていた。ただただ泳ぎ、寒い時季には海を眺め、その辺をほっつき歩くのである。亭主となってコができると、私も正気づいて伊豆の海から遠のいた。かくして、今回の伊豆旅行は、伊豆沖地震以来、二回目という次第、二人きりの旅は二十年振りである。横浜駅発十時二十五分の「特急踊り子」号に乗る。あっという間に下田についた。下田は何といっても幕末に名をあげた港町。田中コミさんならまっしぐらにセックス・コレクションで有名な了仙寺に向かうはずである。下田を一巡し、須崎行きバスに乗る。目指すは民宿「磯風荘」の〝いけんだ鍋〟である。いけんだは、地名〝池の段〟が転訛したもので、特長は荒塩でキリリとしめたといった感じの味噌にある。野生水仙の群落で有名な爪木崎に向かう。宿泊は下賀茂温泉である。ホテル「伊古奈」に泊まる。「てんてん鍋」が出る。てんてんはてんぷらのてんである。大風呂に入り、足をぐーんとのばしアゴまで湯に浸した時は本当に寿命が伸びる思いがする。翌朝、半島南端の石廊崎に向かう。ジャングル・パークである。斜面を巧みに利用して、温泉熱で一大温室を作りあげた才覚は並のものではない。バナナの群落の迫力など大変なものである。私が入りびたっていた民宿のゲンジオヤジの案内で入間の浜に出る。昔、私が遊んでいた磯の一帯に五万匹ものアワビの稚貝をおろしてあるという。石部温泉の民宿「はしば荘」に入った。翌日、「雲見くじら館」をのぞく。日本でも貴重なセミクジラの骨格が標本になって展示されている。雲見の浜も半分はコンクリートに掩われ、入間といい、ここといい、天然の浜は少しずつ姿を消していく気配である。浜を離れ、日本最古の小学校〝岩科学校〟を見学。明治十三年に建てられたとは思えぬくらいにつやかで、モダンである。石部も雲見も温泉地であるから、全民宿が温泉を引いているというデラックス振りだが、それだけでは足りずに、石部では砂浜に露天風呂まで作った。ところで桜餅のあの桜の葉の七割がここ石部の山桜の葉である。石部には、あたかも桑畑のように、山桜の畑があるのだ。松崎から修善寺に向けてバスに乗り、帰途についた。

（浦西和彦）

泉鏡花 いずみ・きょうか

＊明治六年十一月四日～昭和十四年九月七日。金沢市に生まれる。本名・鏡太郎。北陸英和学校中退。小説家。尾崎紅葉に師事。『鏡花全集』全三十巻（岩波書店）。

海の鳴る時 うみのなるとき　短篇小説

〔**作者**〕泉鏡花

〔**初出**〕「太陽」明治三十三年三月一日発行、第六巻三号。原題「榾物語」。

〔**初収**〕『鏡花小品』明治四十二年九月発行、隆文館。

〔**全集**〕『鏡花全集巻五』昭和十五年三月三十日発行、岩波書店。

〔**温泉**〕辰《たつ》の口《くち》温泉（石川県）。

　処で、温泉《ゆ》へ入つて温《あつた》まつて来よう。而《さう》したら寝られようと、恁《か》うまあお思ひなすつて、寝衣《ねまき》のま、廊下へおいでなすつた。大分晩《おそ》いしの、何うして雪が降る時分にや夜中裏山から猿が来て、行水をしようといふ温泉だものを。彼《あ》の三階建の恐しい、広い松屋が寝静まつて、廊下の火と言やあ湯殿の前の洋灯一個。

〔**内容**〕辰の口温泉にいる叔母に急用があって、故郷から六里来た。途中から雪が降り出した。白山颪が荒れて吹雪となったので、粟生《あお》にある茶店に駆け込んだ。そこで俥を雇おうとしたが、俥が出払っていた。休んでいるうちに、俥屋が若い学生の客を連れて戻ってきた。その客の外套には、凍えて気を失っている二十四五の美人が包まれている。その女は、お絹といい、元三千石のお嬢様であったが、瓦解後、どういうわけか、「生肉を削って骨までしゃぶらうてえ因業な」玄達の養女になっていた。たちの悪い玄達は、金目の客と見るとお絹にむりやり夜伽ぎを強いる。お絹が言うことをきかないと折檻をする。昨夜も学生に夜伽ぎを強いたが、学生は事情を察した。お絹は言い交わした男があると学生に語った。吹雪の今夜は、学生が大聖寺まで俥を頼んだ。辻堂まで来たところお絹が素跣足で飛び出してきた。お絹は、とても操を守り切ることができないので、言い交わした男から記念に頂いた洋服の釦一個を、学生に託したのである。お絹は死んだとおことづけ下さいと。その男の名を聞くと学生の親友であった。お絹は吹雪に凍えて失神したのである。

（浦西和彦）

湯女の魂《ゆなのたましい》　短篇小説

〔**作者**〕泉鏡花

〔**初出**〕「新小説」明治三十三年五月一日発行、第五年六号。

〔**初収**〕『鏡花集第一巻』明治四十三年一月一日発行、春陽堂。

〔**全集**〕『鏡花全集巻五』昭和十五年三月三十日発行、岩波書店。

〔**温泉**〕小川温泉（富山県）。

此の温泉場は、泊から纔《わづ》か四五里の違ひで、雪が二三尺も深いのでありまして、冬向《むき》は一切浴客はありませんで、野猪《しゝ》、狼、猿の類《たぐひ》、鷺の進、雁九郎などと云ふ珍客に明け渡して、旅籠屋は泊の町へ引上げるくらゐ。賑ひますのは花の時分、盛夏三伏の頃、唯今は最《も》う九月中旬、秋の初で、北国は早く涼風が立ますから、之が逗留の客と云ふ程の者もなく、二階も下も伽藍堂、偶《たまた》まのお客は、難船が山の陰を見附けた心持でありますから。

〔**内容**〕「湯女の魂」は、川上眉山宅で開催された硯友社の第二回新作講談会で、泉鏡花が口演した速記に、手を加えて完成された作品である。小宮山良介は、ある夏北陸を漫遊し、越中の国の小川温泉の柏屋に泊まった。同窓の篠田から、柏屋にお雪がいると聞いていたからである。そのお雪は病気で臥せっていた。「何か生霊が取着いたとか、狐が見込んだとか」で、毎晩同じ時刻にうなされているのである。お雪は東京からやってきた私のことを聞き、一晩お傍で寝かしてくれと頼む。小宮山は一晩介抱を引き受ける。お雪は、十九か二十歳、「色は透通る程白く、鼻筋の通りました、窶《やつ》れても下脹《しもぶくれ》な、見るからに風の障るさへ痛々しい、葛の葉のうらみ勝《がち》なる」風情であった。お雪は、東京にいる篠田のことが始終気になり、それが病の原因なのでしょう、毎晩、蒼い女がやってきて、男を思い切るかと、「孤家《ひとつや》」へ連れていって折檻するのだという。山中の温泉宿は寂然として静まり返る。小宮山は小用で廊下に出た。不思議な影が目の前を遮った。大きな蝙蝠がお雪の周囲を廻っている。お雪は起きあがり、蝙蝠の後についていく。小宮山は追駆ける。蜃気楼の中の小屋である。凄い年増が、お雪はたすからないから、魂を篠田のところまで持っていけとことづけた。蝙蝠が飛びあがると、小宮山はもとの座敷に寝ていた。小宮山が柏屋を発つとき、お雪は昨夜のまま寝ていた。篠田の家へ行くと、君が連れて来てくれたお雪が、今までここにいたのにという。一部始終くわしい話を聞き、居所も知らさないでいた篠田は、蒼くなってふるえあがり、二人連名で手紙を出した。お雪は亡くなったと、お雪の着ていた浴衣と袷が送られて来た。篠田は今でも独身でいる。篠田を思いつめ、病床で恋いこがれたお雪の執念を描く。

（浦西和彦）

鶻狩《ばんがり》　短篇小説

〔**作者**〕泉鏡花

〔**初出**〕「サンデー毎日」大正十二年一月一日発行、第二年一号。

〔**初収**〕『愛府』大正十三年十一月十五日発行、新潮社。

〔**全集**〕『鏡花全集巻二十二』昭和十五年十一月二十日発行、岩波書店。『新編　泉鏡花集第二巻』平成十六年二月十二日発行、岩波書店。

〔温泉〕片山津温泉（石川県）。

汀の蘆に波の寄ると思つたのが、近々と聞える処に、洗面所のあつたのを心着いた。

機械口が緩んだまゝで、水が点滴つて居るらしい。

其の袖壁の折角から、何心なく中を覗くと、「あツ。」と、思はず声を立てて、ばた〳〵と後へ退つた。

雪のやうな女が居て、姿見に真蒼な顔が映つた。

温泉の宿の真夜中である。

〔内容〕温泉宿の客稲田雪次郎は、真夜中の廊下でお澄という女中と出会う。お澄は夜行の汽車でこれから到着する客を迎えるために、湯に入って髪を結っていたのであったが、お澄の美しさにひかれた雪次郎は、無理を言ってお澄を自分の部屋に上げ、酌をしてもらいながら話をする。その客は鶴という水鳥を撃ちに、このような時分に来て、夜明け前に狩りに行くのだという。それを聞いた雪次郎は、自分は画家で、今年初めて上野美術展覧会に入選したが、その入選作は湖畔の鶴を描いた絵で、鶴はいわば恩人である、ついては自分が宿泊している明朝だけでもその客が鶴を撃つのを止めてもらえないか、という依頼をする。そこへその鶴狩の客が到着し、お澄は雪次郎に言われた通り頼むが聞き入れられず、機嫌を損ねた客から折檻を受ける。しかしお澄はその苦痛に黙って堪えている。その様子をのぞき見ていた雪次郎は、その後、自分は絵描きではあるが、絵の入選の話は嘘であり、出展した絵が落選し自暴自棄となって家を飛び出してきたことを話す。そして、夜中にお澄に身支度をさせて給仕につかせ、お供や犬を引き連れ、馴染みの船頭とともに狩りに出かける客に対する妬みからそのような嘘をついたと詫びる。それに対しお澄は、生活のために以前からその鶴狩の客の世話になっていたが、自分の意志で初めて鶴狩の客に逆らったと語る。これまで鶴狩の客に従うしかなく、人として扱われていなかったお澄は、雪次郎と同じく、撃たれる鶴に己の姿を重ねあわせ、「女が一生に一度と思ふ事をし」たのである。いわゆる〈金沢もの〉の一つであるが、最後にお澄が雪次郎の指を切る場面など、鏡花独自の幻想的な美的世界を作り上げている。雪次郎の会話文について、初出では「君たち」「ほんたうに肝が潰れましたよ」と丁寧体であったのが、初版以降では、「お前さんたち」「ほんたうに胆が潰れたね」となっているなど、常体に改められている箇所がいくつかあり、くだけた調子になっている。

（鍵本有理）

城崎を憶ふ《きのさきをおもう》

エッセイ

〔作者〕泉鏡花

〔初出〕「文藝春秋」大正十五年四月一日発行、第四年四号。

〔初収〕『昭和新集』昭和四年四月三日発行、改造社。

〔全集〕『鏡花全集巻二十七』昭和十七年十月二十日発行、岩波書店。『新編 泉鏡花集第六巻』平成十五年十一月七日発行、岩波書店。

〔温泉〕城崎温泉（兵庫県）。

すぐ女中の案内で、大きく宿の名を記した番傘を、前後に揃へて庭下駄で外湯に行く。この景勝愉楽の郷にして、内湯のないのを遺憾とす、と云ふ、贅沢なのもあるけれども、何、青天井、いや、滴る青葉の雫の中なる廊下続きだと思へば、渡つて通る橋にも、川にも、細々とからくりがなく洒張りして一層好い。本雨だ。第一、馴れた家の中を行くやうな、傘さした女中の斜な袖も、振事のやうで姿がいゝ。

—湯はきび〳〵と熱かつた。立つと首ツ

たけある。

〔**内容**〕大正十二年五月の山陰旅行について書かれたもので、病気のため中絶した連載「玉造日記」（「大阪朝日新聞」大正十三年七月二十一日〜九月六日連載）を引き継ぐものである。「卯の花くたし」の雨の中、合羽屋という旅館に到着し、特等の部屋を奮発するところから始まり、まず外湯巡り、その後出されたご馳走に満足したこと、按摩とのやりとり、一夜明けて「一風呂キヤ〳〵と浴び、手拭を絞つたまゝ、からりと晴れた天気の好さに」町を散策、といった出来事が記される。散策中、ホトトギスの鳴き声を真似るような笛を吹きながら歩いていた小柄な按摩が、ふっと姿を消す、その出来事になぜかぞっとする。また、洗濯をしている土地の娘の登場とともに、同行者として画家の小村雪岱がいたことも述べられ、円山川などの風物を回想として描く。この旅行からちょうど一年後、城崎はのちに「北但馬地震」または「北但大震災」とも呼ばれる大地震に襲われる。昼前の災害であったため、直後に発生した火災によって町の家屋は大部分が焼失した。この作品はそのさらに一年後、大正十五年の春に発表されており、結末では「思わず身の毛を慄《よだ》立てたのは、昨、十四年五月二十三日十一時十分、城崎豊岡大地震大火の号外を見ると同時であつた」と記し、「湯の都は、たゞ泥と瓦の丘となつて、なきがらの如き山あるのみ。」と描写する。

　そして「—今は、柳も芽《めぐ》んだであらう—城崎よ」と結び、この温泉町の復興への思いを述べる。鏡花自身も大正十二年の関東大震災を経験しており、他人事とは思えなかったのであろう。（鍵本有理）

山海評判記《さんかいひょうばんき》　長篇小説

〔**作者**〕泉鏡花
〔**初出**〕「時事新報」昭和四年七月二日〜十一月二十六日。
〔**全集**〕『鏡花全集巻二十四』昭和十五年六月三十日発行、岩波書店。
〔**温泉**〕和倉温泉（石川県）。
　憚りながら半島の僻地といえども、和倉は温泉《いでゆ》の都である。
〔**内容**〕和倉温泉の鴻仙館に滞在している小説家・矢野誓は、按摩からその土地に伝わる怪談を聞く。そして、自身も不思議な体験をする。その旅館の三階には三人の怪女が棲んでいて、物音を立てたり、姿を見せたりして、人々を驚かすのである。矢野はこれらの怪異から小説を書こうと思いつき、自分を慕って和倉まで追いかけて来た、姪のお李枝に口述筆記を頼む。矢野はお李枝に二階の部屋にあった掛け物を見せ、それを描いた姫沼綾羽という人物について話して聞かせる。矢野は自動車でお李枝と富《と》来《ぎ》の浜を見に出かけた。その途中、人に頼まれて、脱走してきた女工を同乗させる。再び富来へ向かって自動車を走らせていると、上り坂の途中で二十三人の馬士に取り囲まれ、動けなくなってしまった。血気盛んな馬士たちに、お李枝が襲われそうになる。その時、女工が持っていた菅笠で、馬士の目をつき、馬士たちを撃退した。女工は姿を変えた「白山のお使者」だった。矢野は白山の姫神の化身である姫沼綾羽の神力・霊験に恭礼した。（荒井真理亜）

斧琴菊《よきこときく》　短篇小説

〔**作者**〕泉鏡花
〔**初出**〕「中央公論」昭和九年一月発行、第四十九年一号。
〔**初収**〕『斧琴菊』昭和九年三月発行、昭和書房。
〔**全集**〕『鏡花全集巻二十四』昭和十五年六月三十日発行、岩波書店。

〔**温泉**〕修善寺温泉（静岡県）。

「それがな、孝吉の手曳《てびき》で、真南の、右の内湯へ急行でさ、貴客《あなた》。彼処《あれ》を一階下りて、二つ目の石段へ窺《のぞ》きかゝると、わあ、と怯えて永庵和尚、再び孝吉の頸筋へ噛りついた。―龍神様のお姿が見えるやうだ、底の湯殿に。むつと暖《あたゝか》になりさうな此の石窟《いはや》が慄然《ぞつ》と冷《つめた》い。風呂でなく、また池へ落込む気がするツて、震へたさうで。

〔**内容**〕霜月の午前二時、盲人の永庵が山姫の姿を見て、伊豆修善寺温泉の大旅館・菖薫楼の池に落ちた。菖薫楼の客で、狂言作家の橘川守一は、その話を宿の主人から聞かされる。橘川は、永庵が池に落ちたのは自分が彼に語った話が原因だという。橘川は按摩に語った話を主人にも語る。橘川が明琳の滝を見に行った時に、山姫の幻影を見て断崖から落ちそうになった学生の話を聞いた。それから天城山へ行き、「おほわた」という虫が飛ぶのを見ているとき、そこに明琳の滝の美女と思われる後ろ姿を見た。この美女は袖の下に、蛇か、蠑螈《いもり》か、山椒魚か、その頭がぴりぴり動いているものを竹の串に刺して持っていた。後日、明琳の滝の話をお雪という料理屋の養女に話すと、お雪は湯ケ島温泉の生まれで、うっとり眠くなると、小さな虫になって故郷に飛んで行き、滝の女神とも遊ぶのだという。それが「おほわた」だったのだろうかと思い当たる。この不思議な話を語った橘川自身も、自分の書いた芝居が上演される日に、亡母の幻影を見たのであった。

（荒井真理亜）

板垣直子
いたがき・なおこ

＊明治二十九年十一月十八日～昭和五十二年一月二十一日。青森県に生まれる。旧姓・平山。日本女子大学英文科卒業。評論家。『事変下の文学』『現代の文藝評論』『婦人作家評伝』『林芙美子』『平林たい子』など。

女性から見た温泉設備
―箱根の富士屋ホテルと強羅ホテル

じょせいからみたおんせんせつび―はこねのふじやほてるとごうらほてる　エッセイ

〔**作者**〕板垣直子

〔**初出**〕「温泉」昭和十四年十二月一日発行、第十巻十二号。

〔**温泉**〕浅虫温泉（青森県）、箱根温泉（神奈川県）。

〔**内容**〕私の温泉に関する最初の記憶は、小学校の時分、兄と、もう一人私の家で小作米を催促に歩く役の男と、三人で浅虫温泉に滞在したことである。この浅虫へはその後も度々行くようになり、温泉場で一番湯の質のよい椿旅館にばかり滞在した。

私はこの秋、建築家の土浦亀城氏夫妻と箱根にでかけた。富士屋ホテルは、中に入らない前に、歌舞伎座その他の、和風であってコンクリート建ての、あの過度期の日本の建造物を思いださせる一つをみせられたと思った。内部は、雅叙園をもっと高級にしたものというにつきる。東洋趣味を現わそうとしながら、徹底してしまうことができない。ただ食堂に現われる西洋人達には非常に穏やかな人柄のよさそうなのが多かった。また、サービスのよいことも大変気持ちよかった。このホテルの階級を持っている一種の格式のあることはよいものである。なお、浴室は、このホテルの雅叙園趣味を最も露骨に現わしたものであって、プール化して造られた大きいものもあった。

強羅ホテルは外観は直線と白色からできた明るい、さっぱりした感じのモダン・スタイルで、内部も洋風で統一されている。このホテルは、新しい洋風をとりいれて、今日の日本人が住むのに合理的で便利な形態にまで発達した、現代の建築思想のこぎつけたところを具体化しているとみられる。夕食に日本食をたべたが、ごく普通の大衆料理といえよう。サービス・ガール達は余り訓練されていない。この二つでは富士屋ホテルに及ばないが、このホテルで面白く思ったのは、絵画を非常にたくさん役立てていることである。

（浦西和彦）

市川為雄　いちかわ・ためお

＊明治四十四年六月十四日〜。群馬県吾妻郡草津町に生まれる。早稲田大学英文科卒業。文藝評論家。著書に『現代文学の指標』『現代文学の理想』など。

草津　くさつ　エッセイ

〔**作者**〕市川為雄

〔**初出**〕「旅行の手帖―百人百湯・作家・画家の温泉だより―」昭和三十一年四月二十日発行、第二十六号。

〔**温泉**〕草津温泉（群馬県）。

〔**内容**〕草津温泉は私の郷里である。私の中学生頃は、信越線の軽井沢から、マッチ箱のようなスロモーの軽便鉄道に何時間もゆられなければならなかった。その軽便鉄道は脱線がしばしばで、客はエッサエッサと後押したことも度々だった。草津は活火山白根山麓の海抜千二百メートルにある硫黄泉である。町の中央には源泉の湯畑から、もうもうとゆけむりが立ちのぼり、いかにも温泉場といった感じだ。明治十一二年頃有名なベルツ博士が私の生家（一井という）に泊まり、その後は毎年のように温泉研究にこられた。私の生家に泊まった歌人も数多い。牧水は大正九年五月と大正十一年十月の二回草津を訪れた。牧水が「西洋まがいの大きな建物」と書いている私の生家は、祖父が関東大震災で焼けた旧帝国ホテルの様式にヒントを得て建てた、ゴチック風な木造三階建で、最近現代風に改築された。私の子供の頃は療養第一主義で、当時は「時間湯」といって、一日四回時間を決めて、湯長の指導の下に、長期にわたって規律正しい入浴をつづけたものである。当時の温泉町の風物は、生家に泊られた志賀直哉氏が、「矢島柳堂」の中の〝赤い帯〟の中に描いている。当時の料亭に働く若い女が登場して、いかにものんびりした温泉場風景がほうふつさせられる。草津の温泉情緒の伝統は、ローカル性をもった素朴さの中に、艶めいた匂いをただよわせているといえようか。民謡詩人平井晩村が大正年間、草津の宿で作った「草津湯もみ唄」が、今流布している〝草津よいとこ〟の唄のはじまりだといわれている。後に相馬御風作歌、中山晋平作曲、藤蔭静枝振付の「草津小唄」ができて、新しい情緒をそえ、親しまれている。戦後はじめられた温泉祭の〝女神〟の行進は、毎年、投票でえらばれた二十歳の処女が、盛夏の一番温泉が効くといわれている、土用のうしの日のうしの刻に、古式な服装もゆかしく、松明《たいまつ》の光の下、湯畑前にこしらえた舞台の上で、源泉をくみあげ清める行事で、人々の忘れられないものとなっている。

（浦西和彦）

市嶋春城　いちじま・しゅんじょう

＊安政七年（一八六〇）二月十七日〜昭和十九年四月二十一日。越後新発田（現・新潟県新発田市）に生まれる。本名・謙吉。幼名・雄之助。開成学校卒業。随筆家。東京専門学校の創立に尽力する。著書に『春城漫筆』『春城閑話』など。

温泉と文藝《おんせんとぶんげい》　エッセイ

〔作者〕市嶋春城
〔初出〕「文藝春秋」昭和二年三月一日発行、第五年三号。
〔温泉〕熱海温泉（静岡県）、伊香保温泉（群馬県）、別府温泉（大分県）。
〔内容〕日本人は世界で最も風呂好な国民である。江戸ッ児の日中行事は朝風呂に入ることから始まり、貧人と雖も風呂をかかさぬ。かかる国土において風呂が文藝に無交渉である筈はない。式亭三馬に「浮世風呂」があり、坪内逍遥翁も処世作時代に「政治湯」を書いた。ある時代、銭湯は社交倶楽部であった。近隣の男女が互いに語を交ゆるも此処であった。湯屋には二階があって、湯女が茶菓をすすめた。湯女もいたから多くの書生はここに遊んだ。市井の浴客は湯に入りながら浄瑠璃を語ったり、音曲の練習所とした。

温泉のある所には概ね寺があって、霊泉と宗教が絡んでいる。随って温泉地には名僧の詩文が多く残っている。文人墨客の澡泉に浴するものは、何等かの什を留ている。横井也有は熱海に遊んで記文を草し、油屋倭女子は伊香保に浴して伊香保紀行を書いた。私はかつて温泉の今昔を比較してその相異の甚しいのに驚いた。昔の温泉行は全く養痾のため不便を忍んだものである。今はいろいろと新たな目的が加わった。自分は別府温泉に一二度浴したことがある。日本から大連あたりの植民地に連絡もあり、欧洲とも同様で外から内地へ来るには先ずここに足を留めて疲労を慰す。この温泉場は一種の港ともいうものである。この土地ほど秘密を包蔵する多くの人間の集まるところはあるまい。小説家が材料に窮すると温泉場へ出かけて何等かの種をつかんで構想を定めるのも、ここに秘密が潜んでいるからである。今の温泉場は誘惑の地である。罪悪の避難所もここであり、その策源地もここである。今日の温泉場は一と口に云うと複雑な社会の縮図である。文藝の資料に充実している。性欲、煩悶、恋愛、享楽、詐謀、欺瞞、あらゆるものが湊合している。

（浦西和彦）

伊藤永之介《いとう・えいのすけ》

＊明治三十六年十一月二十一日～昭和三十四年七月二十六日。秋田市に生まれる。本名・栄之助。評論家、小説家。労農藝術家連盟に加入。代表作に「梟」「鶯」「なつかしい山河」など。『伊藤永之介作品集』全三巻（ニトリア書房）。

百姓の湯宿《ひゃくしょうのゆやど》　エッセイ

〔作者〕伊藤永之介
〔初出〕「温泉」昭和十六年三月一日発行、第十二巻三号。
〔温泉〕秋田県雄勝郡の山の中の温泉。
〔内容〕ある夏、秋田県雄勝郡の山の中の温泉に行ったことがある。山が高く、谷が深く、駅から八里、馬にゆられて奥羽山脈の奥深いその湯に、夕方やっと辿り着いた。私が泊まった旅館は、ほとんどが農村の人達だった。彼らは山から清水を取り、自炊するのである。旅館の向かい側の宿舎の二階にいる女達は一日十何回もお風呂に出かけ、夜中にも三四回行くのである。別に病気らしい病気があって湯治に来たわけでもない。どうせ来たからには、うんと入って、うんと効果を得ようという、農村の人らしい考え方からであった。年寄や若者皆が朗らかで、若者は流行歌を歌ったり、踊りだしたりした。また男達は近くの村から野菜と魚を買い、二階へ放り込む。山のお風呂場では、山から引き入れている湯の下に入って、頭や肩を打たせると気持ちがいい。二週間ぐらいの滞在で、友達ができ、皆と親しく話すようになる。そして、帰る日には朝早く起き、一緒に歩いて帰ることになった。

秋田地方の農民達は、冬は深い雪に閉ざされ、雪の危険性が大きいので、山奥のこうした温泉が賑わうのは暖い時分である。また、彼らが温泉に行くのは遊びではなく、体を丈夫にして置いて、うんと働かねばならないという実利的な、真面目な考え方からである。

（サランジュゲ）

農民たちが慰安にくる湯《のうみんたちがいあんにくるゆ》―小安・鷹ノ湯・湯河・八幡平・蔦《おやす・たかのゆ・ゆがわ・はちまんたい・つた》

エッセイ

〔作者〕伊藤永之介
〔初出〕「旅」昭和二十九年十一月一日発行、第二十八巻十一号。
〔温泉〕小安《おやす》温泉・鷹ノ(の)湯温泉（以上秋田県）、湯河《ゆがわ》(川)温泉（岩手県）、八幡平《はちまんたい》温泉の蒸《ふけ》の湯《ゆ》（秋田県）、蔦温泉（青森県）。
〔内容〕近頃、浴客の生態の変化を感じる。戦前と違って、ただ飲んで騒いで女を買うという客が多くなった。しかし、「私」は書き物をするため、静かなところを求めていくので、昔ながらの湯治場と言ったような、山の中の鄙びた温泉を選ぶことが多い。

小安温泉は、皆瀬川をさかのぼった渓谷の湯である。十数年前に初めて行った時には、石を置いた柾葺屋根の煤けた宿が七、八軒あるだけだった。それが、立派な温泉旅館が二軒出来、急行バスも通るようになって、一躍この地方を代表する温泉として、繁盛するようになった。新築の鶴泉荘は戦後風の造りだが、けばけばしい厭味のない、割りに落ち着いた宿だった。二階の部屋から眺めると、深い崖下の川原湯から湯煙が上り、対岸の高くそびえた山の肩を雲が走っている。何しろここは岩手、宮城、秋田を結んだ脊梁山脈の一つの頂点となっている栗駒山の北麓なので、俗塵を離れた深山幽谷の感が濃い。同じく栗駒山の西麓の鷹ノ湯温泉もまた、山のいで湯の情趣豊かなところである。小さい盆地をなした谷間の景色がいい上に、絶えず耳を洗う渓流の水音がある。それによって身も心も洗い流される感じがして、水に流すという言葉を鷹ノ湯に来るごとに味わう。鷹ノ湯は昔からの自炊宿を残しているところもよい。「私」はこれが温泉場の本当の在り方だと思っている。大都会に近い温泉は別として、地方の温泉が都市の遊び客ばかりを目当てにして、全部旅館式にしてしまい、農村の湯治客を締め出してしまうのは心外である。湯河温泉も昔は夜具を背負って来る自炊の百姓たちの純然たる湯治場であったが、こちらも最近旅館が出来て賑わっているらしい。徹底した野趣の点では、八幡平の蒸《ふけ》の湯を挙げるべきであろう。八幡平の「オンぼろ宿」には畳がない。長方形の掛小屋の真ん中を通路が貫き、湯治客はその通路の方を枕にして、両側の地べたに各々一枚の菰を敷いて寝転がっている。地べたからは温泉の蒸気が噴き出しているから、自然の蒸し風呂である。ランプの炎が夜風に揺れ始める頃には、この雑魚寝宿が演藝場と化する。どぶろくをひっかけながら、鋭鎌のように冴えた月が天心を傾くまで、湯治客の天国が続く。八幡平のことを言えば、その山つづきの十和田湖のほとりの蔦温泉が思い出される。詩人大町桂月が晩年をここで送ったのもうなずける幽邃の趣がある。

（荒井真理亜）

鷹の湯・蒸の湯《たかのゆ・ふけのゆ》

エッセイ

〔作者〕伊藤永之介

〔**初出**〕「旅行の手帖―百人百湯・作家・画家の温泉だより―」昭和三十一年四月二十日発行、第二十六号。
〔**温泉**〕鷹の湯温泉・蒸の(ノ)湯温泉（以上秋田県）。
〔**内容**〕戦後の温泉場は、内湯のあるネオン街である。昔ながらの出湯らしいおもむきを多分に残しているところとして、鷹の湯温泉と蒸の湯をあげて置きたい。鷹の湯温泉は秋田県の横堀から、サービス・カーで役内川をさかのぼること約四十分、脊梁山脈に入りこんだところである。私がこの鷹の湯が好きな理由の一つは、少しうるさいぐらいに部屋にきこえる瀬の音と、その清流があるからである。離れの窓から真正面に見える、渓流の対岸に絶壁をなしている鷹の岩ともう一つの巨岩の、豪放な眺めは素晴しい。都会客向きの近代風の座敷もあるが、同時に米味噌や蒲団を背負って来る農家の人々のための自炊宿があって、昔ながらの湯治場の雰囲気を保存しているところが好ましい特色である。浴場も、巨木の木肌が湯煙で黒々となった、天井が高く広々とした構えで、浴客はゆったりと湯舟のへりに寝ころんでいられる。昔の男女混浴の風も残している。私にとってここの大きな魅力は、晩春から初夏にかけて山の香の高い山菜を心ゆくまで味わうことができるということだ。

八幡平の中腹にある蒸の湯は、泥火山の奇観や高山植物やスキーなどで、多くの人が一度は足を運ぶだろうから、殊さら書き立てる必要はないかも知れない。それにしても、地べたに敷いた荒ムシロ一枚を寝床にして湯治しているという原始的な風景は、めったに見られるものではない。ラカレキ・ホテルは、逆に読んだキレカラが、ボロのことをいうこの辺の方言で、小屋の真中を貫いた通路の両側に、隙間なく並べて土間に敷いた荒ムシロ一枚が、一人分の席の全部であって、湯治客はみな目刺みたいにゴロゴロ寝ころがっている。土間は地中を通っている自然の熱湯で熱いから、ムシロをとおして体があたたまるというわけで、蒸の湯の名があるわけだ。女をまじえた雑魚寝なのである。面白いのは、夜になるとこのラカレキ・ホテルは、飲めや謡えの酒盛りやら演藝場やらに急変することである。この幾軒かのラカレキ・ホテルの他に、熊の湯とか子宝の湯とかいう共同風呂がある。男の子が風呂に浮かした三尺ほどの丸太につかまって泳いでいた。見ると男性をかたちどった金勢様で、子宝ができるというまじないである。湯宿の軒の沢山の岩燕の巣が珍らしい景物であった。

（浦西和彦）

伊藤桂一《いとう・けいいち》

＊大正六年八月二十三日～。三重県三重郡神前村に生まれる。世田谷中学校卒業。詩人、小説家。「蛍の河」で第四十六回直木賞を受賞。

伝統ある共同湯―山中・山代の風情《でんとうあるきょうどうゆ―やまなか・やましろのふぜい》　エッセイ

〔**作者**〕伊藤桂一
〔**初出**〕「旅」昭和五十六年一月一日発行、五十五巻一号。
〔**温泉**〕山中温泉・山代温泉（以上石川県）。
〔**内容**〕芭蕉訪問を偲ぶ句会のために山中・山代温泉を訪れる。町のはずれに芭蕉を祀った「芭蕉堂」が建ち、芭蕉の木像と山中を称えた芭蕉の言葉が掲げられている。「やまなかや菊はたおらしゆのにほひ」。町の西にある医王寺には「山中温泉縁起絵巻」が所蔵され、承平の戦火で荒廃した山中温泉の復興のいきさつが読み取れる。町の中心にある「菊の湯」は昔のままの湯ぶねが使われ、多くの客で賑わっている。湯の帰りに町通りを眺めると、山中漆器や九谷焼を扱う店が多く、大きな酒造店もあり、「いかにも山中らしく古風に、落ち着いて」いる。山中から車で十分もかからぬ所にある山代は六月の菖蒲湯祭が賑やかで、若者たちが薬王院から菖蒲を俵につめた神輿をかつぎ出し、町なかを練りまわって、「しまいに神輿を総湯（共同湯）へ投げ込む」。この湯につかると万病を免かれると伝えられている。湯の町情緒が匂う山代の町なみがある。

（山根智久）

伊藤整　いとう・せい

＊明治三十八年一月十六日～昭和四十四年十一月十五日。北海道松前郡炭焼沢村（現・松前町）に生まれる。本名・整《ひとし》。東京商業大学中退。詩人、小説家、評論家。『伊藤整全集』全十四巻（河出書房）。

温泉療養所　おんせんりょうようじょ　短篇小説

〔**作者**〕伊藤整

〔**初出**〕「知性」昭和十六年十月一日発行、第四巻十号。

〔**全集**〕『伊藤整全集第二巻』昭和四十八年五月十五日発行、新潮社。

〔**温泉**〕傷痍軍人伊東温泉療養所（静岡県）。

〔**内容**〕支那事変が始まってから、もう満四年になる。軍事保護院から、二十人ほどの小説家が、軍事保護事業を扱った小説を書くことを依頼された。犠牲者たちに対する国民日常の感謝の気持ちを強めたり、傷ついた軍人やその家族、戦死者の遺族などに手をさしのべている政府の施設や努力について、一般の認識を深めることが目的であった。東京の内外にある戦没者遺族の中等教員養成所、母子寮、傷痍軍人の結核療養所、失明傷痍軍人寮などを特別に作家たちに参観させたのであるが、得能五郎は、母が病気で郷里に行っていて参加できなかった。そこで、浮田浄人と一緒に、八月上旬のある日、伊東の傷痍軍人温泉療養所を参観しにきたのである。温泉療養所の施設、設備などの説明を受けながら見学し、いろいろ打ちあけた話を患者さん達から聞き、小説の材料にするのに座談会を開いてもらうのである。一人の患者が「自分は腹部貫通銃創を受けているのですが、予後がはかばかしくなく、まだ跛をひいていて力仕事が出来ないので困っております」と言った。得能五郎は、「実は私の父親は日露戦争で、あなたと同じ腹部貫通銃創を受けて、数年間跛を引いていたそうであります。しかしそれはやがて直って、健康体となりました」と話した。その患者の顔に何となくほっとした安堵の色が浮んだ。自分がこの療養所へやって来て、たった一ついいことをしたという喜びが湧いた。

伊藤整は、昭和十六年八月上旬に、軍事保護院より依頼された小説の取材のため、福田清人と一緒に傷痍軍人伊東温泉療養所を参観した。その時のことを描いた短篇である。宮内寒弥は「文藝時評」（「現代文学」昭和16年10月31日）で「今月の作品の中では、一番現代的な感じのしたものである」といい、軍事保護事業を最初に扱った小説として特筆される作品故に、軽々しく批評するような種類の小説ではないという。

（浦西和彦）

温泉療養所を見て　おんせんりょうようじょをみて　エッセイ

〔**作者**〕伊藤整

〔**初出**〕「婦人画報」昭和十六年十一月一日発行、第四百三十九号。

〔**全集**〕『伊藤整全集第二十三巻』昭和四十

九年五月十五日発行、新潮社。
〔**温泉**〕傷痍軍人伊東温泉療養所（静岡県）。
〔**内容**〕私と福田清人君と伊豆の伊東にある軍事保護院の療養所を参観した。温泉を利用して療養するのが目的の、温泉療養所というのが全国に十か所ある。伊東はその中の一つで、大体関東地方在住の傷痍軍人で、温泉療養が適当である人々を集めている。和室（定員四人）三十五に洋室（定員三人）五、浴室はもとより、物理療法の種々な機械が豊富で、主として外傷の恢復期の病人の治療をする。泊まった晩に三十人余りの患者達全員が集って座談会をした。戦争で怪我をし、再び世間に立とうとしているこの人達の考えていることには甚だ心を動かされるものが多かった。患者達が何よりも気にしていることは、手足を負傷し他人と同じように働けるか、どんな仕事をしたらいいか、ということである。また社会の人達が傷痍軍人に対して不親切で、電車や汽車が混んでいる時、傷痍軍人に席を譲らない人間がかなりいる、ということだ。もう一つ重要なのは結婚問題であるという。
（浦西和彦）

稲垣幾代《いながき・いくよ》

＊生年月日未詳。編集者、フリーライター。

元湯温泉《もとゆおんせん》　エッセイ

〔**作者**〕稲垣幾代
〔**初出**〕「旅」昭和五十八年十月一日発行、第五十七巻十号。
〔**温泉**〕塩原の元湯温泉（栃木県）。
〔**内容**〕私にとって塩原温泉は、もっとも相性のいい温泉の一つである。塩原十三湯の中で意外と知られていないのが元湯温泉だ。元湯温泉こそ温泉郷のルーツで、大同元年（八〇六）に発見され、江戸時代には奥州、会津へ下る唯一の近道として、江戸からの旅人の宿として賑わった。九月十七日の「古式湯まつり」も、元湯が温泉郷発祥の地であるという歴史的事実にのっとった伝統行事である。しかし、万治二年（一六五九）の大地震で温泉街は一瞬のうちに消失した。明治の中頃にようやく三軒の宿が復興する。地震の時埋没をまぬがれた唯一の源泉「梶原湯」を引いているホテルゑびすやの殿方浴室は珍品中の珍品風呂である。「ラムネの湯」の湯船のほかに、並んで硫黄泉の湯船があるが、浴場の外にある一メートル余の間欠泉が七分おきにうたせ湯になって湯船に注いでいるのである。私は塩原の紅葉狩りのついでに、昨秋、元湯を訪ねたのであったが、ここの紅葉は塩原のどこよりも美しかった。毎年見頃は十月二十日前後とのこと。
（浦西和彦）

温泉を食べる《おんせんをたべる》　エッセイ

〔**作者**〕稲垣幾代
〔**初出**〕「旅」昭和六十年九月一日発行、第五十九巻九号。
〔**温泉**〕鮎川温泉（和歌山県）、乗政《のりまさ》温泉（岐阜県）、湯ノ（の）峰温泉（和歌山県）、湯村温泉（兵庫県）、嬉野温泉（佐賀県）、四万《しま》温泉（群馬県）、野沢温泉（長野県）、鉄輪《かんなわ》温泉（大分県）、地獄谷温泉（長野県）、磯部温泉（群馬県）、有馬温泉（兵庫県）、佐野温泉（福井県）、湯平《ゆのひら》温泉（大分県）、湯の山温泉（三重県）、下部温泉（山梨県）、山中温泉（石川県）。
〔**内容**〕私が食べた温泉加味の味覚をあげてみよう。南紀鮎川温泉の名物は、「温泉ご飯」だ。米は水で洗い、米一合に温泉（炭酸重曹泉、摂氏二十〜二十五度）を二合の割合で入れて炊く。消化力抜群である。

「温泉雑炊」を売りものにしているのが、飛騨路の名湯、下呂の奥の乗政温泉。南紀湯ノ峰温泉のあづまやの「温泉がゆ」が団体客などにうけていると聞く。福井市郊外の佐野温泉食堂のそばは、温泉（芒硝泉）入り。温泉どうふはかなりある。その中で甲乙つけ難いのは、兵庫県湯村温泉の荒湯にひたされる「荒湯どうふ」と、佐賀県嬉野温泉の「温泉湯どうふ」である。前者は単純炭酸泉、後者は食塩重曹泉がとうふにしみこんで、舌ざわりたるやとろけるほどだ。製法特許第二五〇八八〇号は、群馬県四万温泉の「温泉納豆」。はじめ大豆をひたすとき、新湯《あらゆ》の源泉（弱食塩泉、七十六〜七十七度）が使われる。地獄むしなど、温泉でむされる料理を「温泉ふかし」としよう。信州野沢温泉住吉屋では「釜辺の蒸籠」と称している。地獄むしの名どころは、別府鉄輪温泉である。野沢菜は、温泉（単純硫化水素泉）が菜にしっかりしみこんでいる。野沢菜だけは、本場の野沢温泉の宿で食べるのが最高だ。温泉のタマゴは、ところによってラジウムタマゴ、はんたいタマゴなどと呼び名が変わるが、温泉でゆでられ、黄味の部分のみ固まったものだ。地獄谷温泉の名物は「ちまき」。生モチ米をササの葉で三角形に包んだ上をクゴ草で結び、弱食塩泉の温泉でむす。温泉が製菓に利用される代表は「炭酸せんべい」。群馬県磯部温泉の「磯部せんべい」は、含重曹食塩泉が二倍以上に希釈されてふくらし粉かわりに使われている。有馬温泉の「有馬せんべい」は、三津繁松が有馬の炭酸水を使って作ったのがはじまりという。「天然カルシュームせんべい」を発案したのが、福井市の佐野温泉。佐野温泉は飲用の適応症に糖尿病や高血圧症があげられているから、格好の療養せんべいではないだろうか。大分県湯平温泉の柚の皮入り「源泉華」も湯平らしいお茶うけだ。伊勢の湯の山温泉のラジウム泉入り「大石焼」はジャンボ手焼きせんべいである。「温泉でコーヒーを入れてみたら」という集いを企画したことがある。このとき山梨県の下部温泉が一位、石川県の山中温泉が二位だった。コーヒーは泉質しだいで独自の奇妙な結果があらわれる。温泉地に〝食文化を探る旅〟も、また、ひと味ちがった温泉旅行といえよう。

（浦西和彦）

俵山温泉—本格派湯治体験記

たわらやまおんせん—ほんかくはとうじたいけんき　エッセイ

〔作者〕稲垣幾代

〔初出〕「旅」昭和六十二年十月一日発行、第六十一巻十号。

〔温泉〕俵山温泉（山口県）。

〔内容〕腱鞘炎で苦しんでいた筆者が、俵山温泉での湯治生活によって治った話。受話器も持てず、箸は使えず、右手ではコーヒー茶碗を落とす始末。リンパマッサージで一応奈落の底から這い上がることはできたが、かつて専門誌「温泉」の編集者だったので、それなりに温泉に関しての知識をもつ筆者は、腱鞘炎治療にはやはり、温泉地へ転地するのが最良の手だてにちがいない、と温泉療養を決心した。その条件は、①アルカリ性単純泉、②飲泉ができ、飲んでおいしい温泉、③宿泊料がそれほど高くない温泉地、④湯治指導がうけられること、⑤滞在して居心地がよいこと、⑥できれば外湯に通う、⑦雪国は除外する、⑧ふるさと的雰囲気があり、行く末、休養のために訪ねたくなる温泉地。このようにあげつらねていった結果、日本二千湯の中から選んだ温泉が山口県の俵山温泉だった。入院患者のつもりで覚悟を決め、温泉入浴は一日三回、一回十〜二十分、十一泊後、右手の指が開いた。筆者の湯治体験があみだした湯との上手なつきあい方は、①湯治期間は二週間、②顔からの発汗促進のため、入浴前のコップ一杯の水、等々。みごと七十日余の温泉療養によって、病の回復をみた。

（田中千鶴）

草津の湯を守る人々《くさつのゆをまもるひとびと》　エッセイ

〔作者〕稲垣幾代

〔初出〕「旅」平成元年一月一日発行、第六十三巻一号。

〔温泉〕草津温泉（群馬県）。

〔内容〕私と一緒に草津温泉行きを果たした友人は、「草津温泉て、懐かしさにつつまれているようなところね、魅せられる何かがあるみたい…」と、初印象をもらしていた。〝懐かしさ〟をもたらしたのは、古湯のかもし出す雰囲気かもしれないが、〝何か〟とは「草津びとの心情」ではなかったろうか。温泉は国民のものなのだというのが〝湯守〟の精神である。江戸時代、湯守は「官職」としてあった。草津温泉の場合、領主の真田氏が湯守の制度を設け、湯本氏が代々湯守に命じられていた。当時から湯本氏一族が温泉の権利をもっていた。日新館の祖先たちである。六月一日の〝氷《ひ》室《むろ》の節句〟には、客人の無事を祈りながら、塩漬けにしたシャクナゲ茶をもてなすと聞いている。昔のままの風情とスイスの高原のような新らしさと、「二つ顔をもつ草津温泉の今日の発展ぶりと、文化の度合いは稀なほど高い」という。

（浦西和彦）

井上友一郎《いのうえ・ともいちろう》

＊明治四十二年三月十五日～平成九年七月一日。大阪府西成郡中津町（現・大阪市）に生まれる。本名・井上友一。早稲田大学文学部仏文科卒業。小説家。主なる作品に「波の上」「絶壁」「竹夫人」など。

温泉藝者《おんせんげいしゃ》　短篇小説

〔作者〕井上友一郎

〔初出〕「小説新潮」昭和二十七年九月一日発行、第六巻十一号。

〔温泉〕箱根温泉（神奈川県）。

〔内容〕元箱根の桟橋で、午後三時出帆の遊覧船にあたふたと中年の男が駆け込んできた。上甲板にいた豆菊は思わず「あッ」と小さな叫び声を発した。豆菊は二十八九、いま、奥伊豆のSという温泉場で藝者に出ている。今日は、花街の組合理事長に引率されて、藝者二十五人が一団となり、箱根見物に来たのである。朋輩衆は宿屋にいるが、彼女一人が小涌谷から元箱根へ見物に出て、これから船で引きあげようとしていた。中年の男は篠田で、仙石原の仙石楼へ帰るところである。五年ぶりの再会で、かつて豆菊は篠田と同棲していたのである。同棲一年にして、篠田は応召して南方へ発った。終戦から一年半経っても篠田の生死は分らなかった。豆菊は本名を菊江といい、一児を抱え、春本という羽振りのいい男を杖柱と頼むようになった。だが、朝鮮人であることを知り、そこへ夫の篠田が復員してきた。菊江は春本などの慰みものになった以上、篠田の妻になれないと泣いた。菊江は実家に子供を預けて、藝者に出たのである。再会した篠田は、豆菊にダルマ藝者なんか止めろ、ぼくが面倒見るという。篠田には奥さんがおり、子供も二人いる。郷里の静岡でカスミ網の製造工場に関係して、かなりの産を成しているようだ。もう一度よく話し合ってみないかというので、篠田の泊まる仙石楼へ行く。威勢のいい篠田の口裏に、どこか一抹の淋しさがあり、内心のためらいを必死になって圧えている、と豆菊は考えた。一時の感傷に発した思案が、とても永続きしないことを知り抜いていた。翌朝、温泉場を引いて大丈夫と聞くと、「大丈夫だよ」という篠田の声に張り合いがない。豆菊の借金六万円は、あとで送るよという。豆菊はハイヤーを呼んでもらい、朋輩のいる小涌谷へあわただしく帰っていくのであった。（浦西和彦）

井上靖　いのうえ・やすし

＊明治四十年五月六日～平成三年一月二十九日。北海道上川郡旭川町（現・旭川市）に生まれる。京都帝国大学哲学科卒業。小説家。「闘牛」で第二十二回芥川賞を受賞。『井上靖全集』全二十八巻別巻（新潮社）。昭和五十一年文化勲章受章。

湯ケ島《ゆがしま》　エッセイ

〔**作者**〕井上靖

〔**初出**〕「旅の手帖―百人百湯・作家・画家の温泉だより―」昭和三十一年四月二十日発行、第二十六号。

〔**全集**〕『井上靖全集第二十三巻』平成九年六月十日発行、新潮社。

〔**温泉**〕湯ケ島温泉（静岡県）。

〔**内容**〕私は幼少時代を伊豆の湯ケ島で過ごした。その頃は温泉場としては余り知られていなかった。小学校の四五年の頃（大正八九年）、修善寺から下田までバスが通うようになったが、それ以前は馬車であった。私たち子供が馬車に関心を持ったのは、その馬車によって都会の匂いが運ばれて来たからである。バスが開通すると都会からの客が目立って多くなった。当時、村に共同浴場が二つあったが、私たち子供は、共同浴場も、旅館の浴場も、別荘の風呂も、どこでも無断ではいった。湯ケ島という名が有名になり、旅館も何倍かの数になったが、しかし、部落も、部落を取り巻く自然も、私の幼時の頃と少しも違っていない。私が湯ケ島付近で一番好きな時季は、初冬と早春である。伊豆の山の斜面を埋める雑木林の色調が、一番落着いて静かに見えるからである。湯ケ島は永久に湯ケ島であって貰いたい。そして静かな特殊な温泉場として繁栄して貰いたい。（浦西和彦）

海峡《かいきょう》　長篇小説

〔**作者**〕井上靖

〔**初出**〕「週刊読売」昭和三十二年十月二十七日～昭和三十三年五月四日号、二十八回。

〔**初版**〕『海峡』昭和三十三年九月十日発行、角川書店。

〔**全集**〕『井上靖小説全集第八巻』昭和四十八年十月二十日発行、新潮社。『井上靖全集第十二巻』平成八年四月十日発行、新潮社。

〔**温泉**〕下風呂《しもふろ》温泉（青森県）。

〔**内容**〕服飾雑誌「春と秋」の編集長松村は、中谷次長や去年入社した若い杉原や梶尾宏子らを誘って、後楽園へナイター観戦に行く。上空を三羽の小さい鳥が舞いはじめ、そのうちの一羽が地面へ落ちた。松村は大学時代の友人の庄司に電話をかけると、「アカエリヒレアシシギ」だった。庄司は外科病院の院長で渡り鳥の声を集録している。杉原は宏子に好意を持っているが、宏子は三十六歳で独身の松村に心惹かれている。松村の提案により、宏子は東京の近くで渡り鳥の沢山居るところを庄司に案内してもらうことになるが、松村が都合悪くなり、かわりに杉原が同行する。

　ある日、宏子は松村と庄司夫人の由加里が待合せしているのを偶然に目撃する。庄司が鳥にうつつを抜かしているので、由加里は夫の友人である松村にあらゆることを相談していたのである。伊豆へヒヨドリの録音に、庄司、松村、杉原、宏子の四人で出かけたが、松村は社長からの電報で三人を残して帰る。庄司の病院の副院長吉田伸五が由加里に愛情を抱いている。松村は吉田に病院を去るようにという。松村も庄司夫人に対して特別な感情を持っていることを自覚する。吉田は病院をやめて、北海道の稚内に行く決心をし、由加里に愛の告白をするが、交通事故で死ぬ。宏子は松村への想いが辛くなり、退社する。宏子に失恋した杉原は、庄司の誘いで下北半島に「アカエリヒレアシシギ」の声を集録する旅に出発する。杉原には下風呂温泉の湯がじわじわと内部に向って浸透してくるように感じられた。二人が湯からあがると、「アスソチラニユク」という松村の電報が来る。庄司は、松村に杉原が宏子を愛しているのなら、一緒にしてやってもいいではないか、という。松村は人間の心と心の問題は第三者にはどうしようもないものだ、という。三人はそれぞれに出口のない感情を下北半島に棄てたくて来たのである。「アカエリヒレアシシギの集団は海峡の闇の中に、その啼き声と一緒に吸い込まれて行った」。三人は寒さも忘れて、一言も発しないで耳を澄ませていたのである。

（浦西和彦）

しろばんば

しろばんば　長篇小説

〔**作者**〕井上靖

〔**初出**〕「主婦の友」第一部：昭和三十五年一月～三十六年九月発行、第四十四巻一号～第四十五巻九号、二十一回連載。第二部：昭和三十六年十月～三十七年十二月発行、第四十五巻十号～第四十六巻十二号、十五回連載。小磯良平・画。

〔**初版**〕第一部：『しろばんば』昭和三十七年十月三十日発行、中央公論社。第二部：『続しろばんば』昭和三十七年十一月三十日発行、中央公論社。以後、正続を一冊にまとめた版では、正編を「前編」、続編を「後編」とした。

〔**全集**〕『井上靖全集第十三巻』平成八年五月十日発行、新潮社。

〔**温泉**〕湯ケ島温泉（静岡県）。

〔**内容**〕洪作は血のつながらない祖母おぬいと二人で古びた土蔵の中で暮らしている。前編は叔母さき子との思い出を中心に描かれる。洪作が小学二年になった春、さき子が村へ帰ってきた。毎日のように一緒に西平の湯に出かけていたが、さき子は洪作たちの学校の先生となり、それ以後一緒に風呂に行くことは極力避けるようになった。おぬい婆さんに懐いている洪作は、伯父の家に泊まりに行っても、おぬい婆さんが恋しくてすぐ帰ってしまうし、豊橋に住んでいる両親の元へおぬい婆さんと一緒に行ったときも、母の意に反して湯ケ島に帰ってしまう。久しぶりにさき子と風呂に行くと、中川先生が入っていた。さき子と中川が仲良く話す様子に洪作は嫉妬を感じる。二学期が始まると、二人の仲は噂になっていた。さき子が妊娠し、中川の転任が決まり、二人は内輪の祝言を挙げて赤ん坊が生まれた。曽祖母が死んだ一月後、久しぶりにさき子と風呂に行くと、さき子の体は蒼白く、見違えるように痩せていた。肺病に侵されていたのだ。さき子は夫の任地に発ち、やがてさき子の訃報が届いた。後編では洪作は五年生になっており、中学入試に向けて勉強している。転入生がやってきた。都会風の色の白い姉弟で、洪作は姉のあき子に淡い恋心を抱く。しかし、マラソンであき子が嫌がらせをされたのに逆上して喧嘩したのを境に、あき子とは疎遠になる。五月の中頃から、高等科の教師犬飼のもとへ勉強を見て貰いに通い始める。町に出たときに会った子供の様子や、作文が郡の選に落ちたことから、町の子供に対して劣等感を持っていたが、犬飼について勉強を頑張ることによって自信を取り戻していく。母が家族を連れて一時的に湯ケ島に移ってきて、洪作は家族と一緒に母屋に住むようになる。夏休みが終わり帰ってきた犬飼は神経衰弱になっており、自殺未遂を起こし精神病院へ入院してしまう。九月の終わり頃からおぬい婆さんは体調を崩し、松の内が明けた頃、洪作が高熱に悩まされている間に息をひきとった。中学入試に合わせ、洪作達家族は浜松へ移っていった。作者の幼少期に材を取った自伝的作品。

（阿部　鈴）

伊原宇三郎　いはら・うさぶろう

*明治二十七年十月十九日〜昭和五十三年一月五日。徳島市に生まれる。東京美術学校西洋画科卒業。洋画家。主なる作品に「よろこびの曲」「二人」など。

秋田の山の湯—鷹・稲住・湯の又

あきたのやまのゆ—たか・いなずみ・ゆのまた　エッセイ

〔作者〕伊原宇三郎

〔初出〕「温泉」昭和二十四年十二月一日発行、第十七巻十二号。

〔温泉〕稲住温泉・鷹ノ(の)湯温泉・湯ノ又温泉（以上秋田県）。

〔内容〕秋田県の湯沢町に滞在中、稲住の保養所に暫く逗留することが出来た。終戦後三年経っても物資、交通、人情なに一つ落つきを取り戻していない東京の窮乏生活に慣れてしまっている私は、湯沢の町のまるで戦争など知らなかった様な穏やかさ豊かさに驚いた。そこから車で二時間程のこの稲住へ来て更に新しい驚きを重ねた。数丁の間に湯の岱、鷹ノ湯、稲住と三つの温泉があって、温泉を引き込んである保養所がその真中にある。これは全く静謐そのものと言ってよい閑寂さである。人里遠く離れた趣きである。一丁上れば「稲住温泉」、三丁下れば「鷹ノ湯」であるが、それぞれ一軒ずつの温泉宿がぽつんとあるきりで、茶店一軒ない。稲住は緩勾配の丘の中腹にあり、いかにも深山に入った感がある。鷹ノ湯へ下ると、二丁程手前のところで、驚く様な清冽な渓流に出会う。広い石河原と水量の多い淵と瀬に眼界がパッと開ける。鷹ノ湯は、どの部屋からも好ましい前景が丁度真正面から見ている様に見下ろせる。ある日、小山田さんから奥の湯ノ又温泉を案内してもらった。湯ノ又の一寸手前に見事な瀑布がかかっている。その滝の頂きの巨大な巌盤が湯の宿の床地になっているには一寸驚かされた。ここは正に幽谷の一角である。浴槽も極めて質朴で、自然岩が一方の壁になっているところから滾々《こんこん》と湯の流れ出ていること、丁度姥子の秀明館と同じ趣きだ。

（浦西和彦）

井伏鱒二　いぶせ・ますじ

*明治三十一年二月十五日〜平成五年七月十日。広島県加茂村（現・福山市）に生まれる。本名・満寿二《ますじ》。早稲田大学仏文科中退。小説家。「ジョン万次郎漂流記」で第六回直木賞受賞。『井伏鱒二全集』全三十巻（筑摩書房）。昭和四十一年文化勲章受章。

四つの湯槽

よっつのゆぶね　短篇小説

〔作者〕井伏鱒二

〔初出〕「週刊朝日」昭和十三年十一月六日、十三日、二十日、二十七日発行、第三十四巻二十一〜二十五号。

〔初収〕『おこまさん』昭和十六年六月十五日発行、輝文館。

〔全集〕『井伏鱒二全集第七巻』平成九年一月二十日発行、筑摩書房。

〔**温泉**〕温泉場（山梨県の下部《しもべ》温泉の源泉館がモデル）。
〔**内容**〕この宿の湯槽《ゆぶね》のなかに金簪《きんかんざし》が落ちていたため、菊の間の納村という戦傷兵が足の裏を踏み抜いた。亭主が番頭をつれてお詫びに伺うと、納村は「僕の傷はほんの掠《かす》り傷ですからね。それに僕は、簪がお湯のなかに落ちてゐたことは情緒的だとさへ思つてるんです」という。この納村が湯に入るとき、「広安の若旦那」といわれている最古参の湯治客が「おみ足の悪いお方が入浴中で御座いますから」「どうかお静かにお膝送りをお願ひします」と警告する。「広安の若旦那」は、「みなさん、これから御順に何かお得意の歌をおうたひ下さい」といい、のど自慢大会がはじまる。その後、失せ物を尋ねる手紙が宿に届き、簪の落し主が判明する。数日前に団体客で来た、東京の花柳界の女客太田恵美が落したのであった。恵美がお詫びに東京からやってくる。納村が発熱で眠っていると、恵美は白いエプロンを胸にかけ、氷嚢をとりかえた。宿の亭主は、松の間の客である片田江先生が怪我の慰労金を要求したので、それを渡し、その代償を恵美からとったという。納村はそれを知らなかった。さらに、納村が簪の人に憧れていると片田江先生がいうので、亭主は納村と恵美を対面させ、それを非常に粋をきかせたことだと思っている。納村は、「自分が怪我をしたことに、情緒を感じた」のは、「美しい女性の簪で怪我をしたからです」と、落した人にロマンスを結びつけたのではないという。恵美は「どうも恰好がつかない」と、ほかの宿に移り帰っていった。納村は、自分の直ぐ目の前にある、亭主が置きっぱなしにして行った金簪に気がついた。ユーモア小説である。

（浦西和彦）

温泉夜話《おんせんやわ》　短篇小説

〔**作者**〕井伏鱒二
〔**初出**〕「温泉」昭和二十四年二月一日～四月一日発行、第十七巻二～四号。
〔**初収**〕『乗合自動車』昭和二十七年九月十日発行、筑摩書房。
〔**全集**〕『井伏鱒二全集第十三巻』平成十年九月十日発行、筑摩書房。
〔**温泉**〕下部温泉（山梨県）。
〔**内容**〕「萩の花」「花嫁さん」「虎さんの卒倒」の三章から成る。私は、左足の膝頭を痛め、下部温泉の泉屋（仮名）に療養滞在している。浴室に行くと、新客の、胡麻塩あたまの老人とねじ鉢巻をした老人とが頻りに話をしている。たぶん二人は、三十年前か四十年前にこの湯壺で顔をあわせ、永滞在していたに違いない。胡麻塩あたまの老人が「あのことは、私の艶聞とは云へないね」と、艶聞調の話をした。私は居眠りするような風をしながらその話をきいていた。

友人と三人づれで、渓流釣りに来た。私は釣りの初心者の域を出ていなかったので、あまり大した漁がなかった。そこで泉屋に鰻の蒲焼きを食べに行った。女中さんは夜会髷に結った、相当に粋な姐さんだった。お湯に入っている間に、三人のシャツはきれいに洗濯されて窓の手すりにかけてある。ズボンもアイロンをかけてあった。私たちは、電車の時間を気にして、チップを渡すのを忘れてしまった。その日泊まった釣宿に小間物屋が来ていたので、帯留や簪などを見たてて、「甲州下部温泉場、泉屋内、夜会髷に結つた源之助に似た女中さん」宛に贈ったのである。三人は、こんな小包を受取ると特別に好意を見せるかもしれないので、今後三年間は絶対に泉屋に行かないことにしようと約束した。私は四年目にこの宿に寄った。女はオシマといい、人の噂など一向に気にしない風で、私の部屋に付き切りであった。私は滞在費が続かなくて、こっそり勘定をして下部から逃げ出した。オシマさんは、その後どうなったかなと、胡麻塩あたまの老人は話し終えた。

私は詮索ずきの性分からオシマさんという女の素性を知りたいと思っていた。川瀬の音が耳について眠れそうもなかったのでお湯に行くことにした。湯壺では禿げ頭の五十男と、手拭を頭にのせる癖の男との二人が、宿の老主人を相手に話していた。オシマさんがこの温泉宿の女中になったのには意外な出来事があったという。はじめオシマさんは新婚旅行でこの宿に来た。当時、新しい別館は、部屋の構造も、また控えの部屋の構造も入口の襖のつけかたも同一であった。そして、水道の水圧が弱いため、四階と三階には手洗場がなかった。四階の角の部屋に泊まった新婚旅行の新婦オシマさんが、間違って三階の角の桐の間の控えの部屋で寝ていたのである。三階の客も、四階の花婿も泥酔していて、そのことに気がつかなかった。しかし「花嫁さんは私どもの想像を許さないほど潔癖で、御自分の一生の不覚だと云つて」結婚することを辞退した。そして私どものところの女中に志願したのです。よく気のつく、得難い女中でした。（浦西和彦）

下部の湯《しもべのゆ》　エッセイ

〔**作者**〕井伏鱒二
〔**初出**〕「旅」昭和二十九年十月一日発行、第二十八巻十号。
〔**初収**〕『ななかまど』昭和三十年二月一日発行、新潮社。
〔**全集**〕『井伏鱒二全集第十七巻』平成九年十月二十日発行、筑摩書房。
〔**温泉**〕下部温泉（山梨県）。
〔**内容**〕先日、入院した。退院すると釣りをかね、予後の大事をとって下部鉱泉へ出かけた。谷川の状況が悪く、毎日ぼんやり暮らしていた。ある朝、四人の屋根屋が藁屋根の修繕にとりかかった。私はまだ藁屋根を葺く作業を見たことがなかったので、一日中それを見物した。屋根屋は厭きる風も疲れる風もなしに仕事を続けて行く。ふと尊敬の念を抱きそうになる。その仕事が終わると木製の平たい槌のようなもので葺いたあとのでこぼこを搗きならし、次に大きな手鋏で化粧刈をする。この屋根屋たちは、遠方の河口湖畔の村の者だそうである。その村は耕地が瘠せていて百姓仕事に向かないので、手職を教わって旅に出て、何か月目かに村へ帰って行くのだという。私は屋根屋に会ってその生活事情を聞きたいと思った。共同風呂へ行ったときその話を浴客の一人にすると、「つまり、インタービューというやつですな」と云った。私は屋根屋に会わなかった。この下部は谷川沿いのところにある。一見、渓谷のなかの古めかしい宿場といった感じである。私は床屋の帰りに大安売の反物屋の出張店で、湯あがりタオルにするためタオル地を一ヤール買って来て共同風呂へ行った。お湯からあがってその新しいタオルを広げると、小さな木の根がからみついていた。嗅いでみると肉桂の根だとわかった。私は、肉桂をしゃぶりたいと思ったので、雑貨屋で五束の肉桂を買い、二日か三日でしゃぶり尽くした。しゃぶりながら共同風呂に行くこともあった。（陳　斯）

駅前旅館《えきまえりょかん》　長篇小説

〔**作者**〕井伏鱒二
〔**初出**〕「新潮」昭和三十一年九月一日～三十二年九月一日発行、十三回連載。
〔**初版**〕『駅前旅館』昭和三十二年十一月十日発行、新潮社。

〔**全集**〕『井伏鱒二全集第十八巻』平成十年一月二十五日発行、筑摩書房。
〔**温泉**〕湯村温泉（山梨県）。
〔**内容**〕駅前の柊元《くきもと》旅館の番頭、生野次平が仕事後、お湯に入っていると、偶然一緒になった四人のお客の中の一人の女に腕をつねられる。その事件を、春木屋の番頭に知られた。この番頭仲間らとの慰安旅行を開催することとなり、次平は、その事件のせいで世話役をすることとなった。次平は、行き先を甲府の湯村温泉の常盤旅館と決めた。そこでお目当ての藝者は、甲府の花柳界を辞めて長野か松本へ行ったらしいと聞き、がっかりする。その藝者は、昔、於菊といった豆女中と耳たぶがよく似ていたからである。於菊は、昔、客の懐中時計を盗んだと疑いを掛けられ、それを次平が晴らしてやったことから、だんだんと親しくなってきた経緯があった。
　その於菊が、山田紡績の団体の寮長として、寮生達を引率し、次平の旅館に宿泊することとなった。彼は、うまく彼女を連れ出すことに成功し、束の間の逢瀬を過ごしたが、お互いの膝を突つき合う程度で進展はなかった。そこで番頭仲間の高沢の発案で、次平のお見合いの目的で、各自が愛人を連れて旅行することとなり、次平は辰巳屋の女主人を連れてゆくこととなった。だが、ある番頭の妻の知るところとなり、この計画は中止となった。そこで次平は女主人と食事に行くが、こちらの方も恋愛の進展は見なかった。
（佐々木清次）

とぼけた湯治場—要害温泉と下部温泉《とぼけたとうじば―ようがいおんせんとしもべおんせん》

エッセイ

〔**作者**〕井伏鱒二
〔**初出**〕「旅」昭和三十一年十一月一日発行、第三十巻十一号。
〔**温泉**〕要害温泉（積翠寺《せきすいじ》温泉）・下部温泉（以上山梨県）。
〔**内容**〕今年の夏は、痔のために世話のやける思いをした。走り痔なので、出血は実に派手なものであった。肝臓に負担をかけないように、手術はやめて、温泉で療養することにした。病気の身なので、なるべく近いところに行くことにした。いろいろ迷った末、去年の夏、神経痛で湯治した甲州の要害温泉にいった。この温泉で一週間入浴して神経痛が治ったので、痔にも特効があるのではないかという期待があった。ここの利用客は年寄りばかりである。五十過ぎの私と家内が湯槽にはいると、ある七十前後の入浴者に新婚夫婦だと誤解された。出てから初めて男女混浴ではないとわかって、年甲斐もないとからかられたこともわかった。この温泉に今年もまた出かけるつもりで、部屋の都合を問い合わせたところ、全部ふさがっていたので、信州の温泉にいき、出血が止まる程度まで漕ぎ着けて、帰りに甲府の町の温泉に四、五日ほどつかり、下部温泉の源泉館によってきた。農閑期だから、源泉館には三百人からの客がいた。浴場は朝六時から夜の十時までほとんど満員で、遠慮をしていると入浴の機会を失ってしまう。去年も発病する前に源泉館にいこうとしたが、満員のため川下のある温泉宿にいった。そこの番頭の態度はどうも気に食わなかった。
（鄒　双双）

下部の湯元《しもべのゆもと》

エッセイ

〔**作者**〕井伏鱒二
〔**初出**〕「中央公論」昭和四十一年八月一日発行、第八十一年八号。
〔**全集**〕『井伏鱒二全集第二十四巻』平成九年十二月二十日発行、筑摩書房。
〔**温泉**〕下部温泉（山梨県）。
〔**内容**〕下部川沿いの源泉館は、千何十年か前に発足した湯元である。昭和三四年に初めて行き、谷川でヤマメが釣れたのでときどき出かける。今度は隠居釣りだから釣れなかった。源泉館は改築中であった。もとは明治初期の風俗画で見る銭湯のような外見であった。湯壺は囲いの一方が天然の岩壁のままで、その滑っこい岩に一尺ほどの長さの鉄棒が打ちこまれていた。中番に聞くと、昔、棒に畚《ふご》を吊るし、大怪我をした人間を畚や笊に入れ、鉱泉につかるように吊るしたのだそうだ。下部川での私の釣りの師匠は、「やまめ床」の主人である。ヤマメの習慣や竿の振りかたなど、三十何年前にこの床屋さんに教わった。

（サランジュゲ）

旧・笛吹川の趾地

きゅう・ふえふきがわのあとち　エッセイ

【作者】井伏鱒二

【初出】「新潮」昭和五十九年一月一日発行、第八十一巻一号。

【初収】『井伏鱒二自選全集第一巻』昭和六十年十月十日発行、新潮社。

【全集】『井伏鱒二全集第二十七巻』平成十一年一月二十五日発行、筑摩書房。

【温泉】石和《いさわ》温泉（山梨県）。

【内容】明治四十年の甲州の大洪水について、「明治四十年大水害実記」「山梨県水害史」などをもとに述べたエッセイ。明治四十年八月二十三日、武田千代三郎山梨県知事が水泳大会に参列するため河口湖に向った。天候が一変して豪雨になった。二十四日には、夜来の雨に堪えかねて、沢が崩れ、二十五日から二十六日にかけ全山崩壊した。大洪水のとき九十六人の人命を救った柿の木があった。

　私は終戦後から毎年のように笛吹川へ釣りに行った。昭和三十七年七月頃、笛吹川のほとりで鮎竿をかまえていると、花火を揚げる音がする。温泉の湧出が始まると同時に、万歳を三唱する代りに、花火を揚げるのである。明治四十年の大洪水で被害を受けた笛吹川の趾地に次々と温泉が噴出する。

（浦西和彦）

今井金吾

いまい・きんご

＊昭和九年（月日未詳）～。東京神田（現・千代田区）に生まれる。早稲田大学卒業。日本経済新聞社に勤務、同社社友。街道研究家。著書に『半七は実在した』『江戸っ子の春夏秋冬』など。

街道筋の温泉

かいどうすじのおんせん　エッセイ

【作者】今井金吾

【初出】「旅」昭和五十三年二月一日発行、第五十二巻二号。

【温泉】箱根七湯（神奈川県）、下諏訪温泉・別所温泉（以上長野県）、那須湯本温泉（栃木県）。

【内容】東海道の湯本・中山道の下諏訪・善光寺の別所・奥州道中の那須と街道沿いの温泉の歴史をひもときながら、その温泉場にまつわるエピソードも交え紹介している。東海道筋にあった箱根七湯は、芦ノ湖畔の関所の手前にあり、関所手形や通行手形の面倒がなくて、江戸時代には遊山がてら湯治に出かける人も多かった。中山道の下諏訪温泉は、主に湯治に利用される箱根七湯とは違って、旅人がよく利用した宿場兼温泉地であったという。また、下諏訪と同じく長野県内にある別所温泉は、日本武尊の発見と伝えられ、「病苦から離れる七ヵ所の湯というところから七苦離の湯とも呼ばれ、いまは七久里とも書かれる」と記し、そのうちのいくつかを『善光寺道名所図会』を用いて紹介している。最後に、那須湯本温泉については、松尾芭蕉についてのエピソードを記し、また『五街道中細見独案内』などをひもときながら紹介している。

（福森裕一）

湯治名所図会箱根七湯《とうじめいしょずえはこねしちとう》　エッセイ

〔**作者**〕今井金吾

〔**初出**〕「温泉」昭和五十五年一月一日発行、第五十四巻一号。

〔**温泉**〕箱根温泉（神奈川県）、城崎温泉（兵庫県）。

〔**内容**〕湯治場という言葉は近頃あまり聞かれなくなった。江戸の人たちによく知られているのが箱根七湯。江戸から湯本まで二十一里（約八十二キロ）、大体三日がかりの道程で、湯治というので十日・二十日と長逗留した。娯楽施設も多かったようで、寛政九年（一七九七）刊の『東海道名所図会』では、塔の沢について、温泉につかる合間合間には「糸竹の音、揚弓、軍書読の席にて興を催すもみな養生の一つなるべし」と記し、三味線を抱えた瞽女《ごぜ》や、軍書読などを描いている。その湯治代にどのくらいかかったのか。文化三年（一八〇六）刊の『但州湯嶋道中独案内』によると、城崎温泉の座敷代は、自炊の場合でも一日三匁（約三千円）払う。かなり高値である。普通の宿駅の旅籠代は、二食付き二百文（約三千円）前後が相場である。自炊せずに米を宿に渡して炊いてもらうときは、粗末な一汁一菜を添えて二食一匁五分（約千五百円）、このほか灯明代一人前四銭（六十円）、座敷の掃除代十五文（二百円）などをとられる。箱根の場合でも、二十日間で三両（約十八万円）払ったというのも無理はない。温泉でのんびり湯治というのは、江戸時代でもかなり裕福な人に限られていたようだ。

（サランジュゲ）

今井達夫《いまい・たつお》

＊明治三十七年三月三日～昭和五十三年五月六日。横浜市に生まれる。本名・達雄。慶応義塾大学文学部中退。小説家。「青い鳥を探す方法」で第二回三田文学賞を受賞。著書に『水上滝太郎』など。

紀州の椿《きしゅうのつばき》　エッセイ

〔**作者**〕今井達夫

〔**初出**〕「温泉」昭和二十九年十一月一日発行、第十九巻十一号。

〔**温泉**〕椿温泉（和歌山県）。

〔**内容**〕学生時代、夏の休暇に紀州椿温泉へ行った。当時は和歌山市の同級生の勧誘であった。和歌山から田辺まで伊勢がよいの汽船に、田辺からさらにランチ（小さな舟）に乗らなければならなかった。ランチがほそい湾内へはいって行くと、想像以上に「島流し」であることを知った。僕たちの泊まった旅館の浴場は、宿と海岸の境に建っている独立家屋で、そこでひと風呂浴び、石畳のごとくゴロゴロと鳴る球台で球を突き、海で泳ぎ、また温泉にはいる。先客の「橡」同人の加藤昌雄が、もはや椿温泉のよさはわかったから、自分ら二人は明日帰る、君は一週間ほど滞在するがよかろうと宣告した。和歌山から同行した友人のいた間はよかった。三日経つと、その友人も、二人でいると遊んでしまう、君が原稿を書けないのに責任を感じると、巧妙な理由をつけて立ち去った。母親と一緒に滞在している和歌山市の女学校を出たお嬢さんとその従妹と知合いになり、水泳の手ほどきなどをしたが、そのお嬢さんたちが引き上げることがきまると、僕は苛立たずにいられなかった。僕は無一文に近い状態だった。電報為替というものを過信していた。

母あてに送金をたのむ電報を打てたのは、お嬢さんたちの出航を見送った翌日である。さらに翌々日の午前、六十余時間後に母からの電報為替が僕の手に届いた。六十余時間、夜を三つ、太陽の光を四度くりかえした寂寥の時間は、得がたい貴重な味わいであった。椿温泉も、四分の一世紀を過ぎると、大いに変ったことであろう。

（浦西和彦）

伊馬春部《いま・はるべ》

＊明治四十一年五月三十日～昭和五十九年三月十七日。福岡県に生まれる。本名・高崎英雄。国学院大学国文科卒業。劇作家。「向う三軒両隣り」など放送作家としても活躍。昭和四十年毎日藝術賞を受賞。

私の温泉《わたしのおんせん》　エッセイ

【作者】伊馬春部

【初出】「温泉」昭和三十年九月一日発行、第二十三巻九号。

【温泉】ニセコ昆布温泉（北海道）、花巻温泉・湯本温泉（以上岩手県）、瀬見温泉（山形県）、川渡温泉・作並温泉・青根温泉・小原温泉（以上宮城県）。

【内容】私の温泉遍歴は、ニセコ、紅葉谷渓谷の昆布温泉を最北として、残念ながら青森、秋田を素通りして、次は岩手の花巻温泉である。それから横黒線の和賀仙人峠より程遠からぬ湯本温泉。ここは二十八年六月、放送劇「ふるさと」を生むために南部牛追い唄―沢内三千石を訪ねたその道すがらの一浴であった。山形県では、陸羽東線の瀬見温泉。昭和十五年の年の瀬に朝市を見にいったことを忘れない。これは「鳥船」という詩社の短歌年刊編集のための旅行であった。翌日は、陸前の鳴子の脇の川渡温泉。宿は傷病兵の宿舎になっていて、わずかな傾斜を利用して、身体の不自由な白衣の療養兵がスキーの練習をしていたのを思い出す。川渡の翌夜は、作並温泉だった。あの渓流の岩風呂への上り下りが、旅路の終わりの身体にいたく応えた。「峡の湯は　大きな巌を　荒木もて組み支えたり。ひびきつつ湧く」これは作並での私の三十一文字であるが、釈迢空先生からまるで絵葉書用だねとひやかされた。宮城県では、青根の「不忘閣」、小原の「ホテル鎌倉」に逗留して仕事をする習わしである。去年も六月頃に数日滞在し、白石からバスで赤湯まで行ってみた。一浴におよぶためではなく、小松という町におもむくためである。銘酒「樽平」「住吉」の醸造元のある町である。「小松の馬鹿三里」の称があり、私のラジオ・ドラマの「高瀬の馬鹿三里」の想を得たのである。つまり、小原温泉から七ケ宿、二井宿、山形とつなぐ、往時の参勤交代の道筋を通ってみたればこその馬鹿だったのである。最南端の体験である薩摩半島の指宿温泉にまで触れるつもりであったが、東北六県も語り尽さないうちに、紙幅を超過してしまった。

（浦西和彦）

小原《おばら》　エッセイ

【作者】伊馬春部

【初出】「旅行の手帖―百人百湯・作家・画家の温泉だより―」昭和三十一年四月二十日発行、第二十六号。

【温泉】小原温泉（宮城県）、上ノ山《かみのやま》（上山）温泉・最上高湯温泉（以上山形県）、作並温泉（宮城県）。

【内容】朝の九時に上野駅発急行「青葉」号は、十五時四十四分には仙台に到着するが、その一つ手前の停車駅に白石《しろいし》という町がある。片倉小十郎の城下、宮城野・信夫の姉妹仇討事件で名高い「碁太平記白石噺」の白石である。その駅前から小原温泉〝ホテル鎌倉〟の送迎車で、白石川の渓谷を遡り、十数分でホテルのロビーに降ろされる。ホテルの背後に聳え立つのが鎌倉山で、材木岩などの天然記念物もある。白石川の清流には河鹿が群棲する。小原こけしも名物で、底に本田亀寿と筆書きしてあったら、ここの小原こけしである。かつて私は、三尺あまりのものを注文して、郷里九州の誕生祝いに送ってやったことがある。こけし人形で三尺近い寸法は巨大なという感じがして、実に圧倒的であった。紫水晶は日本でも有数の産地である。私がしばしば、この鎌倉を訪れるのは、このホテルの清逸をこよなく愛すればこそである。一分間に六斗も湧出するというこの温泉は、単純泉五十五度だが、神経痛とリューマチスに特効があるのだ。昨秋は秩父宮妃殿下がいたく喜ばれたそうで、宿泊人名簿から文筆人だけ拾ってみても、天野貞祐、武者小路実篤、百田宗治、北川冬彦などの諸氏を数えることができる。このホテルの主人高橋源一は風変りな経歴の持ち主である。幾日かの滞在後、上ノ山からさらに蔵王の最上高湯に一浴するのもよかろうし、仙台に出て作並温泉の原始的な風趣を味わうのも一興であろう。

（浦西和彦）

岩野泡鳴
いわの・ほうめい

＊明治六年一月二十日～大正九年五月九日。兵庫県淡路島に生まれる。本名・美衛《よしえ》。専修学校（現・専修大学）卒業。小説家、評論家、詩人。代表作に「耽溺」、「放浪」など。一元描写論を主張。

序
じょ　序文

〔**作者**〕岩野泡鳴

〔**初出**〕『伊香保みやげ』大正八年八月十五日発行、伊香保書院。

〔**全集**〕『岩野泡鳴全集第十六巻』平成九年七月二十日発行、臨川書店。

〔**温泉**〕伊香保温泉（群馬県）。

〔**内容**〕伊香保へは十数年前に行ったきりである。僕は湯が好きで不断《ふだん》うちにいても日に少《すくな》くとも二度は這入《はい》る。温泉に行けば、昼夜に七八度も這入って、それを運動や散歩の代りにして、あとは勉強の時間を儲《もう》ける。伊香保温泉もそうするにはなかなかいい所なのを僕は知っている。この序文を書いたのを動機として、近々久し振りに出かけて見ようと思っている。

（浦西和彦）

塩原日記
しおばらにっき　短篇小説

〔**作者**〕岩野泡鳴

〔**初出**〕「サンエス」大正九年一月一日発行、第二巻一号。

〔**全集**〕『岩野泡鳴全集第七巻』平成七年一月一日発行、臨川書店。

〔**温泉**〕塩原温泉（栃木県）。

〔**内容**〕妻あての書簡体、日記体の短篇小説である。

十月二十七日西那須駅に着いた。そこから乗り合い自動車で五里半の道を四十五六分で塩原の福渡《ふくわた》りという温泉場へ来た。自動車で乗り合わせた老人夫婦と一緒にいづみ屋別館へ泊まることにした。宿帳に小説家と書いた。「湯はすみとほつて修善寺温泉のそれのやうに綺麗だ」。十月二十八日。道の向こう側の本館の離れへ移った。大町桂月氏が滞在したことがあるという。（尾崎）紅葉や大町氏の書いた物が塩原に残っていて、番頭が何か書いて欲しいようであったが、字が下手なので遠慮しておいた。午後一時、「人間」十二月の小説を書きはじめる。塩原は交通が不便なため、今のところ二度と来るつもりはないから、来た以上、暫らく滞在する。「人間」の小説と「中央公論」の続き四五十枚を書いてしまう間に一度もっと奥の方へ行くかも知れない。湯は並んで大小三室にも分かれているが、客は僕ひとりで自由に占領している。十月三十日。「子無しの堤」五十三枚を書き終わったので、十時に食事をすませると、奥の方へ行った。退馬橋のすぐ先は植竹氏私有の公園だと車夫が説明した。塩釜という宿場で人間社宛の原稿を郵便で出した。塩原の景色は「塩の場が一等」と聞いていたので、玉屋で泊まることにした。宿は一泊二円で中等のところだ。福渡りは部屋から見ると、紅葉を紅葉の中から見るような景だ。が、ここのはそれを近く見おろし、遠く見渡すのである。晩食に二時間ばかりあるので、外へ出た。植えつけたように紅葉樹の幹が立ち並んで、多くの幹と幹とのあいだがこれも赤そうな太陽のよこ照らしに向こうの空を透かし彫りにしている。小寺健吉氏と出会った。同じ宿であった。一緒に食事をしたあと、別室へ別れて、僕は「中央公論」の続きを書きはじめて、午前一時半まで起きていた。

（浦西和彦）

【う】

宇井無愁《うい・むしゅう》

＊明治四十二年三月十日～平成四年十月十九日。大阪市に生まれる。本名・宮本鉱一郎。劇作家、小説家。「ねずみ娘」で第二十二回サンデー毎日大衆文藝賞を受賞。著書に『きつね馬』『パチンコ人生』『日本人の笑い』など。

温泉馬車《おんせんばしゃ》 短篇小説

〔作者〕宇井無愁

〔初出〕「キング」昭和二十二年九月一日発行、第二十三巻八号。

〔温泉〕S温泉。

〔内容〕N駅からS温泉まで八里の道を、もとは省営自動車が客を運んでいたが、戦争が始まってまもなく、省営自動車の代わりに代燃車になった。代燃車は乗客を満載して、喘ぎ喘ぎ走る。そして、山の坂道を登る時は、うっかりすると後へ逆に戻るほど、息を切らせて登る。代燃車はますます走るのが遅くなって、最後にはエンジンが古くなり、役に立たなくて運送を止めた。そして、その代わりに客を運ぶのは馬車であった。しかし、この馬車には十人以上乗るのは無理だ。その上代燃車よりもっと遅くて、若い人たちは馬車に乗らずに歩いてS温泉に行く。山へ登る坂道では、老人と子供以外の人たちは馬車を降り、歩いて山を登らないといけないのであった。

ある日、子供を連れてS温泉に行った時、驚くべきことを発見した。馬は誰にも導かれずに、自主的に車の車体に取り付いていた。後で、この馬の首の方から皮を脱いで出てきたのは、年寄りの御者夫婦だった。わけを聞くと、前の馬は死んでしまい、夫婦は収入がなくなり、やむを得ず馬になる決心をして、馬の皮をかぶって客を運んでいる。しかし、山への坂道を登れなくて、客は駅の方へ引き返すのである。

（サランジュゲ）

平凡な温泉《へいぼんなおんせん》 エッセイ

〔作者〕宇井無愁

〔初出〕「温泉」昭和三十一年七月一日発行、第二十四巻七号。

〔温泉〕伊東温泉・熱海温泉（以上静岡県）。

〔内容〕この二月に女房をつれ、二三日温泉へ行くことにした。上野や新宿を敬遠すれば、結局東京駅からになる。ということは、伊豆へでも行くより仕方がないな、となる。それも長い時間のバス道中は疲れるばかりだから、平凡な熱海、伊東、せいぜい熱川までというプランになってしまう。交通公社に相談して、一泊三千円程度の旅館を紹介してもらい、第一夜は離れのある家を希望して、伊東のやまだやへ泊まった。ここは充分周囲からきりはなされて、仕事などにも好適の宿だ。翌日予定にはなかったが、バスで熱川へ行ってみることにした。しかし、何を言っているのかわからないバスガールと、道路工事でバスが立往生した時のラジオ、それも国会からの中継で、一分も静かにしてくれなかった。二時間もかかって熱川で降りたら、最終の伊東行のバスに一時間ほどしかない。崖っぷちに旅館が上下にならんだだけの変哲もない温泉場であった。海岸の喫茶店でコーヒーをのんで、最終バスに乗った。その晩は熱海のFホテル。熱海銀座のまん中にあった。いくら熱海でも二月はまだ寒い。それに部屋がよくないので変えてもらうことにしたが、火鉢もなくて、寒い熱海の一夜であった。午後からバスで十国越え。新道を通って箱根へ出たが、富士は曇って見えない。元箱根でゆっくりしたいのなら、すぐ接続のバスにのらないと、小田急の特急に間に合わないというので、すぐまたバスにのった。熱海から湯本まで、ちっとも休まずにバスにのりづめという結果になってしまった。

（李　雪）

植村直己

うえむら・なおみ

＊昭和十六年二月十二日〜昭和五十九年二月（日未詳）。兵庫県に生まれる。明治大学農学部卒業。登山家、冒険家。昭和四十五年エベレストに日本人初登頂。五十九年マッキンリー厳冬期単独登頂に成功後、消息を絶つ。

ふるさと城崎温泉

ふるさときのさきおんせん　エッセイ

【**作者**】植村直己

【**初出**】「旅」昭和五十四年一月一日発行、第五十三巻一号。

【**温泉**】城崎温泉（兵庫県）、熱海温泉（静岡県）。

【**内容**】当時、農家の娯楽といえば農閑期に家族や近所同士で城崎温泉へ行くことだった。物心ついてからは家族揃っていくことはしなくなった。子どもの頃は温泉よりも、友達と円山川の堰堤で竹スキーを滑っている方がよほど楽しかった。城崎は温泉のある町としてではなく、玄武岩の柱状節理の洞穴・玄武洞があり、珍らしい魚が泳ぐ水族館と海女の潜る姿が見られる町として、心をときめかせる響きを持っていた。

　北極点グリーンランド単独行で、出発前にシャワーを強く勧められたが断った。風呂が好きで好きで仕方ない人間であるが、せっかく高まった緊張感が一遍に緩んでしまうことを恐れたからである。心も身体ものんびりさせてしまう風呂の魔力を知っていたからだ。

　旅から帰ってすぐ、熱海に行ったときはたっぷりとした湯に浸って手足を思い切り伸ばし、ポケーッとしていると、「全く違う世界に帰って来たんだなあ」という思いがこみ上げた。日本出発前の最後の風呂とは大違いだ。世界のあちこちを歩いてきたが、日本以外の所で温泉に入ったことなど一度もない。

（岩田陽子）

う

内田康夫 うちだ・やすお

＊昭和九年十一月十五日～。東京都北区西ケ原に生まれる。東洋大学文学部中退。推理作家。『後鳥羽伝説殺人事件』『遠野殺人事件』などの、探偵浅見光彦シリーズなど。第十一回日本ミステリー文学大賞を受賞。

城崎殺人事件《きのさきさつじんじけん》 推理小説

〔作者〕内田康夫
〔初出〕「問題小説」昭和六十三年十二月一日～平成元年二月一日発行。

〔初版〕『城崎殺人事件』〈トクマ・ノベルズ〉平成二年一月発行、徳間書店。

〔文庫〕『城崎殺人事件』〈徳間文庫〉平成四年六月発行、徳間書店。『城崎殺人事件』〈光文社文庫〉平成十年七月二十日発行、光文社。

〔温泉〕城崎温泉（兵庫県）。

〔内容〕浅見光彦シリーズの二十六作目である。母の雪江が「城の崎にて」や「暗夜行路」を読んで、急に城崎温泉に行ってみたいという。フリー・ライターの浅見光彦は母のお伴で城崎温泉を訪れる。「旅と歴史」の藤田副編集長から原稿を依頼されたので、取材を兼ねての旅であった。だが、城崎では、金先物取引の詐欺事件で世間を騒がせた、保金投資協会の建てたビル、通称「幽霊ビル」で、東京の会社員が変死していた。しかも、それはこの幽霊ビルでの三人目の死者であった。三人とも保金投資協会の関係者である。光彦は城崎、豊岡、出石と探偵活動を開始する。だが、光彦が借りたレンタカーは、なにものかによってブレーキオイルのパイプの結合部がはずされていた。光彦は土蜘蛛伝説に絡んだ殺人事件の謎に挑《いど》んでいくのである。

（浦西和彦）

伊香保殺人事件《いかほさつじんじけん》 推理小説

〔作者〕内田康夫
〔初出〕「ＥＱ」平成二年五月一日、七月一日発行。

〔初版〕『伊香保殺人事件』〈カッパ・ノベルス〉平成二年九月発行、光文社。

〔文庫〕『伊香保殺人事件』〈光文社文庫〉平成六年六月発行、光文社。『伊香保殺人事件』〈講談社文庫〉平成十五年六月十五日発行、講談社。

〔温泉〕伊香保温泉（群馬県）。

〔内容〕浅見家のお手伝いの吉田須美ちゃんが郷里から車で東京へ帰る途中、群馬の警察に殺人事件の犯人じゃないかと疑われて連行され、浅見光彦に助けを求める。助けに行った光彦は、伊香保温泉の夫婦怪死事件に巻き込まれた。パンワールドファイナンスの専務大戸美智夫が炎上した雲台寺のなかから、焼死体となって発見された。その妻の世志子はロープウェイの崖下で、変死体で見つかったのである。大戸美智夫は北関建設を通じて、保守党の大物横井光章に多額の選挙資金を融通しており、そのカネの返済を求めていたことが判明する。雲台寺の事件以来、横井事務所の幹部の谷口洋が姿を消している。日本舞踊の桃陰流清園派家元の川上トキには血筋がいない。大戸世志子は、清園派の幹部の一人であり、後継者の椅子を狙っていたのである。川上トキは、竹久夢二記念館に勤務している若い三之宮由佳に後継者の夢を託していた。川上トキも、大戸世志子も、由佳の母の三之宮志乃も、昭和九年のほぼ同時期に伊香保の町で生まれ育っているのである。トキも、世志子も、ともに母が藝妓であり、父は竹久夢二であったという。錯綜する人間関係のなかから光彦の事件解決の推理がはじまる。

（浦西和彦）

内田魯庵 うちだ・ろあん

＊慶応四年閏四月五日～昭和四年六月二十九日。江戸下谷（現・東京都台東区）に生まれる。本名・貢。評論家、小説家。『文学者となる法』『思ひ出す人々』など。

湯女 ゆな 短篇小説

〔**作者**〕内田魯庵
〔**初出**〕「国民之友」明治三十一年八月十日発行、第三百七十二号。
〔**初収**〕『文藝小品』明治三十二年九月二十日発行、博文館。
〔**全集**〕『内田魯庵全集第九巻』昭和六十年二月二十五日発行、ゆまに書房。
〔**温泉**〕故郷の隣村のある温泉。

　戦争時分だツた、海洋島の号外が飛んで歩く時分だツた。鼠花火然たる敵愾心が殆んど三百度も沸騰したらうナ。折角涼風の催《た》ツた残暑が遽にさへ返つて膩汗《あぶらあせ》がダク〱出るンで、我輩殊の外辟易して到頭都をあと故郷へ落延びたがネ、其時だ、隣村の秦川楼へ評判の娘見物旁々湯治に出掛けたのは。

〔**内容**〕画家が田舎の温泉宿秦川楼へ湯治に出かけた。一日かそこらで退屈してしまった。五日目の午後、親類へ遊びに行っていたおかよが、今日からは私がご用を伺いますとやってきた。色白で愛嬌があり、田舎の野暮づくめの中で垢抜けしている。おかよは継母との間がうまくいかず、十四の時に東京へ出奔し、茶屋女まで堕落したが、十八の時に継母が死んだので帰ってきたのだそうだ。ある晩、スケッチブックを持って写生に出かけると、樹蔭でおかよが土地の者らしい男と話している。男は幼馴染で許嫁同然のなかで、おかよが家を出るときにも十五両の路費を用立てている。一日でも早く結婚して、赤ん坊でも出来たら情愛が深くなるベエというが、おかよはまだ二十を越さないのに赤ん坊の苦労なんか真平御免だという。おかよが東京で世話になった山科象太郎という進歩党の代議士が秦川楼にやってくると、おかよは私の部屋に来なくなってしまった。二三日経つと、山科代議士が招待したので行ってみると、おかよがお部屋様然と澄まし込んでいた。面白くないので翌朝出立した。ところが、一か月後、山科象太郎がやってきて、自分ら夫婦の肖像画を画いてくれという。写真をみると、山科の妻というのはおかよだ。今度新任の勅任局長の令夫人なんだ。癪に触ったから写真を送還して謝絶してしまった。無署名の「雲中独語」（「めざまし草」明治32年1月7日）は「筆つきも軽く、読みづらからず。顔料もて景を叙することは、近時の仏蘭西小説などには多く見る所なれども、我国にはめづらし、花袋の油画小説の印行せらるゝ我国にはめづらし」と評した。

（浦西和彦）

温泉場の一日 おんせんばのいちにち 短篇小説

〔**作者**〕内田魯庵
〔**初出**〕「新小説」明治三十五年四月一日発行、第七年四巻。
〔**温泉**〕ある温泉場。

　或る温泉場である。東京からは八十何哩《マイル》、汽車を下りてから猶だ十何里、朝まだきに上野の朝霧を破つても十分の一日の旅路であるが、山里の景色の勝れて幽邃なのと、温泉の清く透徹りて効能の著るしきとで近ごろ俄に売出して、東京人が大分遊びに来る。それがしの伯爵、それがしの紳商が別荘を作つてからは殊に繁昌した。

〔**内容**〕甲斐軍平は、前の農商務大臣丁木伯爵の婿君というおかげで内務の勅任局長となった。軍平の故郷は権堂村で、鞆浦勝之進の知行所であった。軍平の父は村名主を勤めていたが、領主へ納める年貢米をごまかして首をはねられるところを、鞆浦の慈悲で助けられた。軍平が七歳の時、両親が亡くなって、鞆浦家に引き取られ世話を受けた。十六歳の時には東京の学校まで入れてくれたのである。軍平が高等学校を卒業した頃、鞆浦家は、徳川の瓦解と不作が続いたため身代がつぶれてしまったが、残りの田地を売ってまで、軍平の学費に注ぎ込んでくれた。鞆浦は一人娘のお静と軍平を一緒にさせようと思っていたのである。その軍平が七年ぶりに、故郷も同様のこの温泉場へ女房の松枝を連れてやってきたのである。嫉妬深い松枝は、軍平が許嫁であったお静がこの温泉の茶屋にいることを知って、会いに来たと邪推するのだった。軍平は、お静をこのまま山の中に燻ぶらせて置くのは申し訳ない、東京で世話をし、良縁を探し、鞆浦の祭祀の絶えないようにしたいと思う。しかし、お静は、軍平の申し込みを拒絶する。松枝は軍平がお静と会ったと拗ね、急に軍平夫妻は東京へ帰ってしまった。その後一か月ほどを経て、ある新聞に甲斐軍平の艶聞という雑報が出た。平尾不孤は「四月の小説壇」(「文藝界」明治35年5月15日)で、「着想取材、流石に面白けれど、其の材を行《や》る術《アヽト》の余りに人為的なると、此作者の通弊ともいひつべき同情の筆致に乏しき為めに、吾人をして首肯する能はざらしむる節多く、折角の感興も忽ちにして冷却したり」と評した。

(浦西和彦)

内山節　うちやま・たかし

＊昭和二十五年一月十五日〜。東京に生まれる。新宿高校卒業。哲学者。主な著書に『自然と労働』『森にかよう道』など。

山里の鉱泉にて　冬の浜平鉱泉をスケッチする

やまざとのこうせんにて　ふゆのはまだいらこうせんをすけっちする　エッセイ

〔**作者**〕内田節

〔**初出**〕「旅」昭和五十六年一月一日発行、第五十五巻一号。

〔**温泉**〕浜平《はまだいら》鉱泉(群馬県)。

〔**内容**〕浜平は観光地ではない。村人の棲む里である。埼玉と群馬の県境にかけられた坂東大橋の上流で利根川と別れる神流川をどこまでも遡っていくと、南上州の村、人口二千数百余の上野村にたどりつく。神流川にそった山中谷の奥に最源流の集落浜平があらわれてくる。戸数八戸の小さな集落は深いV字谷にそって軒を並べる。そのなかに浜平鉱泉はある。客室三部屋の、存在を知らないものには山の農家を思わせるほどの小さな旅館には、二百年にわたる山の宿の営みがある。季節に合わせた村人の生活があり、労働がある。そして一年の周期の中に鉱泉宿の暮らしもある。浜平温泉の脇に湯の沢と呼ばれる流程二キロほどの小さな沢がある。諏訪山登山口を兼ねるその沢を百メートルばかり登ったところに、一メートル四方の四角い井戸が掘られている。浜平の湯はそこにわきだしている。湯は塩分と硫黄分がまざりあって重く濁っている。昼過ぎ、宿の主人は桶に水をくみ入れ、両てんびんのように肩に背負って沢を下りる。幾度か同じ仕事は繰り返され、ようやく風呂に火が入れられる。今の風呂場は、元の風呂場がこわれたとき簡易風呂として宿の主人が自分の手でつくったものである。湯の沢を窓の下にみおろすところに板張りの粗末な小さな部屋がつくられ、丸い風呂桶がそこに置かれている。一二年後には大工の手によって大きく改築される予定なのだという。浜平を訪れる客の数はこの数十年ほとんど変っていないが、客層は一変した。浜平に林道が拓ける以前には、行商人や修験者、または近隣の農民たちが湯治客として投宿した。彼らは自動車道路の開通に伴い姿を消し、その後登山客とつり客がふえた。今では彼らも減り始め、サイクリングの青年が多数集まるようになった。村の生活に根ざした客は少なくなり、「自然を求めた」旅行者たちの宿へと変貌していった。しかしこのような変遷に宿を守る人々は特別の感慨をいだかない。細く、しぶとく存在し続けることが山の鉱泉宿の使命だからである。一日が終わったときに鉱泉の湯はわいている。村人も旅人も同じ湯に浸かる。山と家と畑の統一のなかにある山里の世界、山里の暮らしに風呂はとけこんでいる。

（阿部　鈴）

内海隆一郎

うつみ・りゅういちろう

＊昭和十二年六月二十九日〜。岩手県一関市に生まれる。立教大学社会学部卒業。小説家。「雪洞にて」で文学界新人賞を受賞。「静かに雪の降るは好き」「金色の箱」「人びとの光景」「波多町」などの作品がある。

湯けむり

ゆけむり　短篇小説

〔**作者**〕内海隆一郎

〔**初出**〕「小説すばる」平成三年二月一日発行、第五巻二号。

〔**温泉**〕下賀茂温泉（静岡県）。

〔**内容**〕木島信夫が熱心に幹事役を買ってでて、高校の同窓会を伊豆の下賀茂温泉ですることになった。みんな数え年四十二の中年男ばかりである。木島は三十代に離婚し、もっぱら複数の女性との恋人関係を保つことに徹している。

　小坂修一は、現在、三十歳すぎの女性と逢瀬を楽しんでいる。木島信夫は、いまのうちに手を引いて、女を家族のもとへ返してやれという。木島が強引に今晩の同窓会を計画したのは、女にも何もかにもうんざりしていたからである。

　小坂は、二十年前、大学を出た年の春に下賀茂温泉に行ったことがある。五社の就職試験に失敗し、残る一社からの採用通知に一縷の望みをかけていた。夕食後、大広間で演藝がはじまった。女が三味線を爪弾き、男が新内を唄った。椅子職人の夫婦で、十五年ほど前に、東京から駆け落ちしてきて、伊豆の温泉町をまわり、椅子を直して暮らしているのだ。

　仲居頭に、二十年前に泊まったときに見た駆け落ち夫婦のことを訊ねると、おかみさんの方が体じゅうに癌が転移して、二十年前に亡くなったという。医者に一度も診せなかった、亡くなるまで十五年前に別れた東京の娘さんを待ちこがれていた、会いにきてくれるように頼んであったとか。男はここで下働きをしながら、おかみさんの代わりにずっと娘さんを待っているという。

　小坂は胸をどきりとさせた。二十年前、東京の鶯谷にいる娘に手紙を届けてくれるように頼まれた。下田に着いて自宅へ電話をすると、採用通知が届いているよという母の声が耳を突き刺し、一切の過去が色を失ってしまった。東京に帰り、あらゆることが有頂天の内に進行し、手紙のことは置き去りになった。一年もたってから手紙を見つけたが、封を切ることもなく、ゴミ袋に放りこんだ。その手紙が娘に届けられたものと思って、待ちつづけていたのだ。

　小坂と木島は、寝る前にもう一度温泉に浸かった。湯けむりの向こうから、かすかに新内が聞こえた。小坂は、体をこわばらせて湯けむりの向こうを凝視した。脱衣所のガラス戸が開いた。「あんた、また湯あたりするわ。いいかげんに上がったらどうなの？」と、さっきの仲居頭だった。向こう側で老人が湯船の縁に寝そべって、新内を唄っていた。あの男にちがいない。仲居頭が裸身で「背中を流して上げましょうか？」と寄り添っていった。小坂のまわりにも濃い湯けむりが漂ってきて、そして何も見えなくなった。

（浦西和彦）

宇野千代　うの・ちよ

＊明治三十年十一月二十八日〜平成八年六月十日。山口県岩国に生まれる。岩国高等女学校卒業。小説家。代表作に「色ざんげ」、「おはん」など。平成二年文化功労者。

伊香保の朝その他　いかほのあさそのた　エッセイ

〔**作者**〕宇野千代
〔**初出**〕「文藝春秋」昭和四年十一月一日発行、第七年十一号。
〔**温泉**〕伊香保温泉（群馬県）。
〔**内容**〕六月十二日伊香保福一旅館へ投宿。十三日未明に起きる。霧の底の方でトロッコの軋る微かな音が聞こえる。まだみんな眠っている。私はひとりで大湯へ行く。湯は少し濁っていた。湯の注いでいる口に触れると指さきが染まる。私はバットを吸うあの情人の指さきを思い出す。手拭も染まる。男湯と繋がっているところに凄じい音を立てて湯滝が落ちている。凄じい泡《あぶく》と湯の飛沫とが、男湯へ行く潜り戸をばたあんばたあんと煽り続ける。両方から湯滝で媾《あい》曳《びき》をするようになっているよと冗談好きの一人が話していたが、これではどんな美男美女も粉微塵に砕けてしまう。朝食には堆く盛り上げた蕗と蕨の大鉢が出た。私は馬のようにそれを平げる。馬が来ていると言う。女たちはいま黒いメリヤスのパンツを大急ぎで穿いているところである。長い袖のキモノを着て赤い鼻緒の草履を穿いて狐疑逡巡辛うじて鞍を跨いでいる私の風体は、そのまま村芝居の引廻しに出て来る八百屋お七のように思われる。私は微かな眩暈《めまい》を感じながら馬の背に端然と座っていた。

（浦西和彦）

温泉のお婆ちゃん　おんせんのおばあちゃん　エッセイ

〔**作者**〕宇野千代
〔**初出**〕「別冊文藝春秋」昭和五十年十二月五日発行、第百三十四号。
〔**全集**〕『宇野千代全集第十巻』昭和五十三年四月二十日発行、中央公論社。
〔**温泉**〕五戸の温泉（青森県）。
〔**内容**〕青森県五戸に住んでいる八十三歳のお婆ちゃんが、裸足で裏庭を歩いていると、あったかい感じが伝わる所がある。温泉が湧くのじゃないかと、牧場の一部分を売り費用を捻出してボーリングをはじめたことを、敬老の日のテレビで知った。こういう勇壮活発なお婆ちゃんが好きである。その五戸の町役場へ電話をした。そのお婆ちゃんの住所と名前が分った。こんな行動的なお婆ちゃんを見たいと言う気になって青森へ行った。お婆ちゃんは若いとき東京に出て、五十まで呉服物の行商をしていた。女が自転車に乗るのが珍らしいといわれていた時代に、三台も乗りつぶすほど自転車で駆け廻った。お金がたまり、牧場の売り物が出ていたので、この土地を買った。ある時、裸足で歩いていると、あたたかいところがあった。温泉が湧いているところではないか。三十年間と言うものは、温泉を掘りたいと言うのが、夢でした。温泉は、いま六十四度、あと、もう二三日掘って、七十度になると完成すると言うのに、この町中の人も、お婆ちゃんも、ちっとも騒いでいない。お婆ちゃんは、十何億の資産を擁しながら一人暮らしである。芋、大根などを自分で作り、眼鏡をかけないで自分の着物を縫う。朝晩の飯も自分で炊く。仙人の暮らしであると思って、一種の感動を催した。

（浦西和彦）

生方たつゑ

うぶかた・たつえ

＊明治三十八年二月二十三日～平成十二年一月十八日。三重県宇治山田市（現・伊勢市）に生まれる。日本女子大学家政科卒業。歌人。歌集に『山花集』『浅紅』『白い風の中で』ほか。

猫舌族の温泉

ねこじたぞくのおんせん　エッセイ

〔**作者**〕生方たつゑ

〔**初出**〕「温泉」昭和三十三年四月一日発行、第二十六巻四号。

〔**温泉**〕M温泉・上牧《かみもく》温泉（以上群馬県）。

〔**内容**〕「江戸っ子は熱いお湯がすきだ」ときかされてから、私はさっぱり田舎者に成り下がっている。友達の口の悪いのが「あなたの猫舌は特性よ」などと言う時、私は悪びれずに「私はお江戸生まれでないものですから」と言うことにしている。しかし、猫舌ばかりでなく、御風呂はなおのことひどい熱湯ぎらいで、温泉の熱いのに出逢うと、温泉ではなくて「熱泉」だとこぼすことこの上なく、たまさか招待されていったM温泉が、あまり熱いので手桶で湯をかぶったきり、一泊したのに一度も湯槽の中へ沈めなかったこともある。だから私自身が温泉を選ぶとなると自然熱泉は敬遠する事になる。さしずめ上越線では上牧温泉あたりが一番私に適している。熱からず、ぬるからずというのもよいが、隣で飲み客が晩くまで騒ぎ散らしている不愉快さがここでは全くないからだ。骨休めの時は勿論、仕事が溜まった時もよく出掛けた。石畳の階段を川底にゆくように仕組んだのも静まる原因の一つだけれど、仕事にくたびれかけて来た頃に、この飛び石づたいにおやつを運んできてくれる暖かいもてなし方も、温泉と同じように神経を暖めてくれる。私の郷里は温泉にはあまり恵まれない土地柄だったから、温泉行など庶民には縁遠いとされていた。しかし、上州という温泉にめぐまれているところでは割合気軽に入湯が出来るのは土地柄の徳なのだろう。私は温泉のもつ、あたたかい夢の魔法にひっかかって、年甲斐もなく気分を遊ばせる雰囲気をしたっているらしい。日本という風土は温泉のようなあたたかい夢を結ばせる好適なところなのかもしれない。私はその温泉の気分が好きだ。ただし猫舌族だから、あくまで猫舌系のぬるい温泉であることを条件として。

（西村峰龍）

生方敏郎

うぶかた・としろう

＊明治十五年八月二十四日～昭和四十四年八月六日。群馬県沼田町（現・沼田市）に生まれる。早稲田大学英文科卒業。随筆家、評論家。個人雑誌「ゆもりすと」「古人今人」を発行。『敏郎集』『明治大正見聞史』など。

朝霧の這寄る伊香保より

あさぎりのはいよるいかほより　エッセイ

〔**作者**〕生方敏郎

〔**初出**〕『伊香保みやげ』大正八年八月十五日発行、伊香保書院。

〔**温泉**〕伊香保温泉（群馬県）。

〔**内容**〕伊香保へは四五日前に来た。来る道中は随分暑かったが、伊香保は「素肌にネルの肌触り」を悦ぶような涼しさである。

朝霧が全山を立罩《たてこ》め、それが霽《は》れると上品な赤城子持の山々が微笑《ほほえ》む。真昼は燕が宙返りし、利根の川下から薄雲が湧き、雲の彼方から幽《かす》かに杜鵑《ほととぎす》の啼くのが聞こえる。薄暮の微風が訪れると、山の街は灯に飾られる。

（浦西和彦）

続「温泉思い出すまま」

ぞく「おんせんおもいだすまま」　エッセイ

〔**作者**〕生方敏郎

〔**初出**〕「温泉」昭和十三年五月一日発行、第九巻五号。

〔**温泉**〕川場温泉・法師温泉・湯原《ゆばら》温泉（以上群馬県）、熱海温泉・修善寺温泉（以上静岡県）。

〔**内容**〕自分の曽遊《そうゆう》の温泉を思い出そうとしても、一寸胸に浮かんで来ないほど幼い子供の時分に行ったところは、川場温泉だ。この川場には七歳の初春に行ったのだが、その目的は入湯ではなく、私の長兄のところに来たお嫁さんが川場出身で、その里帰りに同行したのだ。祝言が済んで二三日すると「里帰り」するのが私の地方の風習なのだ。私は母の膝に載せられ、人力車で川場村を志した。その夜私は恐らく記憶の中にある最初の温泉浴をした。弘法大師が洗足されたので、この湯は脚気によく効く。無色透明だが温度は低い。一度入ったら、ぬるくて好い気持ちではあるが、上がろうとしてもなかなか上がれない。その時のもう一つ記憶は、同行の婦人たちが白粉を塗った顔が湯のために黒くなったとて、大騒ぎしていたことだった。

　私の十五歳の夏だった。姉の夫に連れられて法師温泉に行った帰途、義兄の親類があるので小日向に泊まった。小日向から橋一つ渡れば湯原温泉だ。私達は手拭いを下げて入浴に通った。この橋のあたりの川の景色がなかなかよかった。

　熱海へ私達が修学旅行で行った秋は、尾崎紅葉山人がまだ読売新聞へ「金色夜叉」を連載中のことである。貫一が宮と熱海の梅林で争う場面などを、私達学生はクラス・ミーティングの晩などに余興で演じたりしたものだ。明治三十三年の秋、その頃熱海への交通は、東京は新橋駅（今の汐留）から汽車で出た。即ち鉄道唱歌の「汽笛一声新橋を」である。宿泊した翌朝、食前に桜湯が出た。普通は梅干に白砂糖をまぶしたものを茶に添えて出すのに、桜湯とは変わっていると思ったので今に記憶している。

　修善寺へ近づくと、川の向かいは竹藪で何ともいわれぬ快い感じのするところだった。源氏の古蹟を弔いなどした。何処も同じだが、温泉旅館が今のような立派な見かけの物ではなく、板葺屋根の純然たる日本家屋で、全くの村だった。そして、何処も一泊二十銭程度で朝は豆腐の味噌汁を出すに決まっていた。

（郡山　暢）

磯部と西長岡

いそべとにしながおか　エッセイ

〔**作者**〕生方敏郎

〔**初出**〕「温泉」昭和二十六年二月一日発行、第十九巻二号。

〔**温泉**〕磯部温泉・西長岡温泉（以上群馬県）。

〔**内容**〕西洋人は入浴よりはその霊泉を薬として服用する習慣のようだ。日本でも温泉を飲まぬことはない。殊に上州磯部温泉などは、その方がよく利く。昭和八年の夏、私は宮尾しげを画伯と共に磯部温泉を訪ねた。旅館では大層歓迎してくれ、取って置きの鯛まで出してもてなしてくれたが、腐っていたようで、胃袋がビックリ仰天しきりに汲上げポンプよろしく活動をはじめた。番頭に医者を呼んでくれとせき立てたが、番頭は騒がす、お湯を召し上がればスグサマなおるという。そこで二人は風呂場へ駆け込み、茶碗に二三杯がぶがぶやると、胃袋の叛逆は即座に鎮圧したのである。私は宮尾画伯と「この家は霊湯の効力を我々に実験せしめる目的で、ああした魚類を準備してあるんだね」と感嘆した次第である。

　飲めば利く温泉で想い出すのは、大正十年の冬、田山花袋さんに連れられて行った上州の西長岡温泉だ。全集が発行されるに先だち、前祝いのつもりで、懇意の間柄である前田晁君、吉江喬松君、片上伸君、中村星湖君らと、花袋さんが常々原稿書きに行く西長岡温泉へ行った。入浴の方は夜と朝の二度しか入らなかったが、飲み且食う方は頗る盛んだ。翌朝も午飯も豚肉と酒、酒だ。花袋さんが「此所ぢやあ、いくら食つても胃をこわす心配はいらないんだ。此所の鉱泉を飲みや、腹はすぐ減る」とケシかけたからである。翌日は館林へ廻って料亭に寄り、大勢藝者を招き又々壮んに飲み且食べて、帰りの汽車に乗ると、そこで用意の西長岡鉱泉の一升壜に詰めたやつを、皆で飲む。すると、果たして忽ち腹がグウと鳴って胸がスウとしたまではよかったが、両国駅へ着かぬ先から腹ペコで、下車するや否や、支那そば屋に駆け込んだものである。

（浦西和彦）

温海温泉《あつみおんせん》　エッセイ

〔**作者**〕生方敏郎

〔**初出**〕「温泉」昭和二十八年八月一日発行、第二十一巻八号。

〔**温泉**〕温海《あつみ》温泉（山形県）。

〔**内容**〕温海温泉の名は、一昨年の春の火事でこの町が殆んど全焼したことが新聞に報道されるまで、私は知らなかった。美術学生の榎本君が来て、自分の家の焼けたことを告げ、帰省するという。去年八月初め、この美術学生がまた訪ねて来て、今度は夏期休暇で帰省するが、一緒に温泉へ来て下さいという。榎本君に誘われるまま八月十五日二十二時の秋田行き夜行列車に乗車し、翌日の十一時半頃、到着した。彼の家の客となり、入浴の間に鼠ケ関その他を遊び廻り、九月二日に帰京した。この温泉は、周囲を山に繞まれている点からも湯河原に似ている。旅館は全部が新築だけに立派だ。私が客になっている家は旅館でないので、家の人達は毎日村湯へ入りに行く。昔ながらの老幼男女混浴だ。ここは町の人々の会議所ともいうべく、町や近在の出来事の情報が交換される場所である。町の人同志で取り換わす会話は、私には少しも聞きとれなかった。で私は旅館を毎日取り変えて、十軒ばかりの風呂を見物かたがた湯貰いして廻った。どの旅館の建築も、殊にその浴場の近代的な立派さに、私は真に驚かされた。どうしてこんなに早く復興したのかと、旅館の主人に訊くと、此処らの村々は漁村ではあるが、漁獲高が少量なので、片手間に大工をやる。漁のない季節には大工になって他郷へ出稼ぎする。しかし、今度温泉町があらかた焼けた、こんな時には大工が多いから好都合だった。また、山々が幸い国有林であったので、政府から安価で材木を払い下げられた。政府が復興資金を安い利子で貸与した。それで町の復興は一年以内に立派に達成されたのであるという。温海駅から二駅南へ来れば、有名な鼠ケ関で、芭蕉翁の遺跡もあり、水族館もある。温海川の清流に沿って遡れば、すばらしい滝がある。温海町の熊野神社は温海川の下流に向って右側にある。紀州の熊野と如何なる関係にあるのであろうか。

（浦西和彦）

箱根への修学旅行《はこねへのしゅうがくりょこう》―明治時代の中学生《めいじじだいのちゅうがくせい》―　エッセイ

〔作者〕生方敏郎
〔初出〕「温泉」昭和三十三年四月一日発行、第二十六巻四号。
〔温泉〕箱根温泉（神奈川県）。
〔内容〕明治三十二年に初めて箱根へいった。中学校の生徒としての修学旅行であった。このごろ修学旅行が大変世間の問題となっているが、昔の修学旅行はそんな煩わしいものではなかった。汽車はいつでもすいていたし、旅館は大事にしてくれたし、学校の窮屈な授業から解放されて、天地自然の中へ飛び込んで行くのだから、子供達にとって修学旅行は、何ともいえない楽しいものだった。九月二十五日、朝八時頃品川駅に集合し、東海道行きの下等列車に乗り込み国府津でおりた。小田原迄いく間海岸はずっと松の並木で、右には箱根連山の彼方に富士が見える。峰は雪で真白だ。東京でみると小さな富士だが、ここ迄くると随分近くにみえ、もうそれだけでも若い私達の胸はおどる思いだった。小田原から電車にのり終点湯本でおりて旧道を登った。私達の修学旅行は行列を作るという事はなかった。行きには三々五々話しながら、山や川を見渡しながら、楽々と歩いた。中にはあんまり道草を食って遅れ、日が暮れても到着しないので、皆を心配させる呑気者もあった。学生時代に修学旅行で馴染みになっていたために、私は其後も随分たびたび箱根に遊んだ。その内に大正時代に入ると登山電車が宮の下迄行くようになった。前には脚絆に草鞋がけで登る外なかったのに、電車で腰かけて登れるようになった。大正十四年に私が詩人の生田春月君と共に行った時分には、小涌谷の宿の内湯は湯が少なく、それに団体客があったりして閉口した。そのかわり思いもかけず、桜花爛漫で、おまけにバスがあり、箱根権現の辺りなど道路は立派に出来て、ドライブする気持ちは格別だった。あの辺りの道は修学旅行時代には、二人並んでは歩けない道路だったのだ。夜になれば熊が出た道が、今や立派なドライブウェイになっていたのには驚かされた。（西村峰龍）

伊香保温泉六十年《いかほおんせんろくじゅうねん》 エッセイ

〔作者〕生方敏郎
〔初出〕「温泉」昭和三十四年十二月一日発行、第二十七巻一号。
〔温泉〕伊香保温泉（群馬県）。
〔内容〕私が伊香保温泉へ修学旅行で行ったのは、明治三十年夏だから、六十二年前になる。国力膨脹のために六つの分校が出来、利根郡役所は生徒一人に付き毎月二十銭の奨学金を贈与する条件で入学を勧誘して廻った。母は区長さんの手前、私を中学校分校に入れた。五月二十五日は、群馬県立前橋尋常中学校利根分校の生徒約五十人ばかりが修学旅行として西群馬郡の榛名山を目差して出発した。私をはじめ多くははじめて利根郡の外へ一歩を踏み出したのである。吾妻川を渡り渋川町に入ったのは正午近く、携帯した握飯の弁当を食べた。渋川から急坂を攀じること二里、伊香保町に入ろうとする時、急に大粒、空豆大の雹が盛んに降り、湯の煙をたてて廻っている水車に当って物凄く、雷鳴があって私たちは度胆をぬかれた。伊香保町の急な石段の道路の傍からもうもうと湯気が盛んに昇り、温泉の香が鼻をついた。木暮旅館が宿舎で、門を入ったところにある池は湯とみえて湯気が上がっているのに、緋鯉や金魚が悠悠と泳いでいた。伊香保みたいな赤い色の湯ははじめてであるので、皆これにも驚き悦びの歓声をあげた。翌朝は、急坂をヤセボネ峠へ登り、榛名湖に沿って進み、榛名富士、天狗の一モッコ山を右に見て天神峠を越し、急坂を下って榛名神社に参拝した。

奇岩怪石に驚かされ、小猿が何疋も出ていたのにも驚いた。第三日は、水沢観音に詣で舟生の滝を見て渋川経由で帰った。木暮旅館二泊五十銭が費用の全部である。その後四年して、明治三十四年秋、東京の明治学院の生徒として、修学旅行で群馬県の妙義山に登り、風切峠を越えて榛名町へ出て、御師の家に一泊し、翌晩は伊香保温泉木暮旅館に投宿した。徳冨蘆花さんの小説「不如帰」が前年に公刊され、伊香保での浪子と武雄のロマンに誰も深い同情を寄せた。大正十二年田山花袋さんに誘われて来た時には、雨後の空が晴れ、赤城山の眺望が何ともいえず好かった。その後十年して漫画家宮尾しげを君や細木原青起君などと一緒に、草津から廻って来た時には、木暮武太夫君が発起人となり歓迎会が催されたが、御馳走になった利根川の鮎の塩焼の味は今でも忘れられない。伊香保の長所は物聞山だの七重の滝だのガラメキだの、榛名山、榛名神社、水沢舟生などハイキングするところが多く、長逗留しても倦きない点だ。東京から来遊する人が殖え、五代目菊五郎、中村芝翫らが毎夏来ている。三遊亭円朝も来て「塩原太助」「榛名の梅が香」など傑作の材料を得た。

（サランジュゲ）

【え】

江口渙　えぐち・かん

＊明治二十年七月二十日～昭和五十年一月十八日。東京市麹町区（現・東京都千代田区）に生まれる。東京帝国大学英文科中退。小説家、評論家。日本社会主義同盟の執行委員となり、昭和期のプロレタリア文学運動に参加。『江口渙自選作品集』全三巻（新日本出版社）。

山の湯の町にて　やまのゆのまちにて　短篇小説

〔**作者**〕江口渙

〔**初出**〕「野依雑誌」大正十年十二月一日発行、第一巻八号。

〔**温泉**〕山腹にある温泉。

〔**内容**〕私はこの温泉宿へ来てから、丁度五日目の夕方、ここで知り合った青年と二人で、四方山の話にふけっていた。温泉町は秋のお祭りだった。二人は、お祭りの景色を眺めたり、山や海の景色の美しさについて話したりしていた。一人の大きな男が部屋へ入って来た。三十四五の男である。人を見降すような態度で、何の挨拶もなく、「お祭ですか」と横平な調子で訊いた。私はその態度に不愉快を感じた。やがて突然「こんな田舎の祭なんか見たつて仕様がないです」と嚙んで吐き出すように言って、出て行った。

　次の日の夜、青年が四階へ引っ越したと知らせて来たので、私は遊びに行った。隣で二人の男が、かなり大きな声で不遠慮に話をしている。昨夜の、ずかずか傍へやって来た男である。「社会主義者と云ふものが、ほんとうにゐるでせうか」と云う質問に、徹頭徹尾「露西亜はいかんです、いかんです」の一点張りで、それでいて自分一人が社会主義を理解している積りでいるのだから堪らない。私は思わず笑いながら青年と顔を見合せた。青年は「ここにだつて社会主義者が一人ゐるぞつて、あなた一寸顔を出してやつたら如何です」と小声で云うと、笑い出した。青年の弟が日本社会運動総同盟に入っている関係上、私の名前を知っていたのである。

　ほとんど十日間降った雨が、やっと晴れた日の午後、私はその青年と散歩に出かけた。茶亭の方へ足を向けた。既に四五人の客がいた。隣の男も、尺八の師匠もいた。男は私達の顔を見較べて、突然『乃木式』

を愛読している、「矢張、乃木さんは偉いです」、「この一里ほど上の○○と云ふ温泉にも、乃木さんが年々来て入つた湯槽が今だに記念のために保存してあるです」といふ。そのうち、小料理屋の酌婦らしい二人の若い女がやって来た。ところが隣の男だけが女の方を見まいと努めて、無理にも横を向いている。女は「この人はまあ。あんだつてかう黙りん坊なのかね。この間だつて、あんなに可愛がつて上げたでえねえ」という。男は苦い顔をしながら、尺八の師匠をつれて、そこそこにその場を立った。板谷治平は「閑を偸んで(七)―十二月の文壇」(「やまと新聞」大正10年12月22日)で、「考へ方に無理が目立つ、消化されぬ社会思想がわざとらしさを誘ふ」と評した。

（浦西和彦）

那須温泉のいまとむかし

なすおんせんのいまとむかし　エッセイ

【**作者**】江口渙

【**初出**】「温泉」昭和三十三年四月一日発行、第二十六巻四号。

【**温泉**】那須温泉（栃木県）。

【**内容**】私はいま栃木県の那須郡烏山町にすんでいる。ここは父の郷里である。そんな関係で学生時代から那須温泉にいき、いつも小松屋にとまっていた。三回目にいった時は「恋と牢獄」という小説を書き上げた。この時は、私が丁度ひとり者になっていたので、ひとり者の温泉暮らしをいいことに東京からいろんな人が遊びに来た。当時の小松屋の主人夫婦には、たった一人の男の子があった。三階から四階の廊下を走りまわって、大きな声で歌をうたった。その度に「やかましい」と私にどなりつけられたものである。その息子さんが、今は後をついで、昔とは比べものにならないくらい大きくやっていると聞いたので、いちど行ってみたくなった。たまたま、新日本文学会栃木県支部の新年会を今年の第一回の総会にかけてどこか温泉でする事になり、場所は私に一任されたので那須温泉石雲荘でする事にした。那須温泉に行くのは、私にとって三十六年ぶりである。バスで通りすぎる黒磯の町にしても三十六年前とはすっかり変っている。やがて湯本についてみると、三十六年前の姿を思い浮かべるのが困難なくらいに変っていた。土産屋やパチンコ屋が立ち並び、大型バスがいくつもボディをゆすって走っている。すっかり現代式の温泉になっている。石雲荘についてみると、前の小松屋の五倍の大きさに新築されている。門や玄関からして様子が全く違う。浴場も昔とはまるで違っていた。湯治客の療養のためにあった、へんに硫黄臭い硫酸水の浴場は表玄関の横に移されて、すっかり小さくなっている。その代わり、高尾股温泉の奥にある上流の大きな湯滝から、硫黄質の鉱泉を二キロ近くも引いてきて、あちこちの浴場に流している。全ての設備や全ての感じが、以前のような療養温泉ではなく、すっかり現代化された遊覧温泉である。この大きな変り方に何も驚く必要はない。このような変り方こそは、この四十年間に、健康な発展から爛熟の繁栄へと変っていった、日本自身の変り方の本質的な姿を、そのまま反映しているにすぎないからである。

（西村峰龍）

江國香織

えくに・かおり

＊昭和三十九年三月二十一日～。東京都世田谷区に生まれる。目白学園女子短期大学卒業。小説家、児童文学作家。「草之丞の話」「409ラドクリフ」「こうばしい日々」など。『号泣する準備はできていた』で第百三十回直木賞を受賞。

え

洋一も来られればよかったのにね《よういちもこられればよかったのにね》　短篇小説

〔**作者**〕江國香織

〔**初版**〕『号泣する準備はできていた』平成十五年十一月発行、新潮社。

〔**文庫**〕『号泣する準備はできていた』〈新潮文庫〉平成十八年七月一日発行、新潮社。

〔**温泉**〕伊豆の温泉（静岡県）。

〔**内容**〕「私は独身女のように自由で、既婚女のように孤独だ」。なつめは、結婚以来恒例になっている、夫の母親である静子と、年に一度の温泉旅行に出かける。静子との旅行は、なつめの言いだしたことで、自分の夫となった洋一をひどく愛していたし、その洋一を産み育ててくれた静子に感謝したい気持ちだった。なつめが七つ歳下の、フランス人の父親と日本人の母親を持つルイと恋をしたことを静子は知らない。関係は二年ほど続いた。結婚して、三年目か四年目の秋に、このサービスエリアで、自分たち夫婦には性交渉がないことを、静子に突然言いあてられたことがあった。夫はなつめの浮気に気がついていただろう、と思う。あのころのなつめは、情事を止《や》めさえすれば家に帰れるのだと漠然と思っていた。ルイは、他の男の妻のままでいいから、自分のところに来て一緒に暮らそうと言った。ルイと別れて半年になる。喪失感は、なつめの予想をはるかに上まわるものだった。伊豆の温泉に入りながら静子は、「ほんとうに、洋一も来られればよかったのにね」という。なつめは、ここにルイがいればよかったのにと思う。ルイを失ったことを思い、とうに夫を失っていたことを思う。

（浦西和彦）

江崎誠致《えざき・まさのり》

＊大正十一年一月二十一日～。福岡県久留米市に生まれる。明善中学校中退。小説家。「ルソンの谷間」で第三十七回直木賞を受賞。代表作に「死児の齢《よわい》」など。

胎動する中伊豆温泉郷！《たいどうするなかいずおんせんきょう！》　エッセイ

〔**作者**〕江崎誠致

〔**初出**〕「旅」昭和四十三年二月一日発行、第四十二巻二号。

〔**温泉**〕中伊豆温泉群（静岡県）。

〔**内容**〕昨年十一月に国鉄は新幹線三島駅の設置を決定した。東海道沿線における最大の観光保養地を形成している伊豆半島において、熱海が東伊豆温泉群の入口であるように、三島は中伊豆温泉群の入口である。中伊豆方面の観光業者は新幹線三島駅設置を強力に押し進めてきた。新三島駅設置の費用は地元が分担していることからも、その恩恵への期待のほどがわかるだろう。伊豆長岡、修善寺、奥伊豆、西伊豆の旅館主たちの表情は一様に明るく、利益の胸算用には微妙な違いがあれど、それに寄せる期待は一律に大きかった。中伊豆は古い郷愁を呼びさます温泉場である。中伊豆から西伊豆にかけて、外部からの資本はほとんどはいっていない。この非企業的な土地柄と各々の分立が、この地方の旅情を支えている。こうした長所は、一方短所にも繋がっている。連帯行動に欠け、これら温泉群が一つにまとまって行動したのは、今回の新三島駅設置が初めてだったそうだ。これからの観光地は、その地方の観光資源をどうやって総合的に生かすかにかかっている。縄張り根性は捨てねばならない。その意味からも、新幹線三島駅は、中伊豆に大きな富をもたらした。完成は、昭和四十四年五月の予定だという。三島から先の交通機関・道路網の整備が併せて必要である。中伊豆、西伊豆の旅館業者には、あわてて建増するという浮ついた動きはなく、土地っ子資本らしく、全体が静かに堅実に、新幹線三島駅の開業を待つという落ち着いた雰囲気であった。

（阿部　鈴）

江馬修　えま・なかし

*明治二十二年十二月十二日～昭和五十年一月二十三日。岐阜県高山市に生まれる。斐太中学校中退。小説家。「受難者」「暗礁」「きみ子の経験」「阿片戦争」など。『江馬修作品集』全四巻（北溟社）。

下呂　げろ　エッセイ

〔作者〕江馬修

〔初出〕「旅行の手帖―百人百湯・作家・画家の温泉だより―」昭和三十一年四月二十日発行、第二十六号。

〔温泉〕下呂温泉（岐阜県）。

〔内容〕明治末年、もう四十年余りの古いことである。東京へ出るのに、ひだの高山から岐阜まで三十五里を三日がかりで歩かねばならなかった。私はまだ十代の若さだったし、一日も早く東京へ行きたい一心で、高山を立ち、十二里の山路を歩きとおし、日のくれに下呂の宿まで辿りついた。当時の下呂は山間のわびしい一寒村で、ひだ川の流れにそい、街道をはさんで貧しげな農家と、わずかな商家がまじり合ってひと筋立ち並んでいるにすぎなかった。旅人宿粥川屋に泊まった。宿泊料は三十銭だった。次の朝、まだうす暗いうちに起きた。岐阜までまだ二十数里もある。材木流しに出かける人夫たちも飯をくっている。こんな寒い朝に、水の上で材木を流す作業はどんなに寒いだろうと思いやらずにはいられなかった。温泉はどこにあるのだろうと、明けてゆく下呂の部落を見渡した。どこにも温泉場らしい建物もなければ、温泉宿らしいものもない。これは後になって知ったのであるが、昔からの下呂の湯は、ひだ川の川原に湧いているのである。しかも湯量は多くなく、それを川原で囲ったり、小さい風呂桶に引いたりして、極めて原始的な方法で野天で入浴したのだという。高山線が開通したのは日華事変の始まる一二年前だったと思う。かつての寂しい一寒村に、今では川ぞいに水明館を始め大小の温泉宿が立ち並び、料理屋、カフェー、商店がびっしりできていた。高山線の開通を機にして、関西の資本が進出したのである。終戦後の荒廃ぶりはまったく惨たんたるもので、戸ふすまなどがこわされ、ほとんど廃屋同様になってしまった。それも徐々に恢復して、今日では遊楽地として繁昌しているようだ。立派な浴場ができ、おのおのの宿も立派な内湯をもっていて、客たちはそれで満足している。それとは無関係に、少量ながら川原に湧いて出る昔ながらの本当の湯を今日でも愛用する者がたえないとのことである。真の治療者は、安宿か農家のひと部屋を借りて、自炊しながら、一日に何度か川原に通って、野天の天然湯に浸るのである。

（浦西和彦）

円地文子　えんち・ふみこ

*明治三十八年十月二日～昭和六十一年十一月十四日。東京市浅草区向柳原町（現・東京都台東区）に生まれる。本名・富美。日本女子大学付属高等女学校中退。小説家、劇作家。代表作に「妖」「女坂」「朱を奪ふもの」など。昭和六十一年文化勲章受章。

雪燃え《ゆきもえ》　長篇小説

〔作者〕円地文子
〔初出〕「小説新潮」昭和三十八年一月一日〜昭和三十九年一月一日発行、十四回連載。

〔初版〕『雪燃え』昭和三十九年二月二十九日発行、新潮社。

〔全集〕『円地文子全集第九巻』昭和五十三年二月二十日発行、新潮社。

〔温泉〕山中温泉（石川県）。

〔内容〕名取萩乃という女性の一生を描いた小説である。昭和二十九年の晩秋、京都での大茶会の後、骨董商の脇坂藤太郎は綾小路流茶道江戸派の若宗匠湛一と湛一の父親の愛人で湛一の後見役でもある柳元悠紀子を金沢へ連れてきた。用事が終わった後、師範の野中やす子が案内役となって、一行を山中温泉の立田屋に送り込んだ。浴槽は大きい楕円形で一か所に獅子の顔が彫られている。その口から、湯が絶えず流れている。浴槽の前に立っている湛一の女のような優雅な美しさに脇坂は見惚れた。そこの女中萩乃は綺麗で器用で、湛一に一目ぼれした。野中やす子は萩乃を気にいって内弟子とした。その後、脇坂は金沢の旧家井手家の青井戸茶碗を買い取り、これを求める品川老人に譲ろうとして、萩乃に一役買わせるよう悠紀子の協力を望んだ。それで、萩乃は常に井手家に出入りできる機会を得た。井手家の後継ぎの一人息子槇男は放蕩を重ねていたが、萩乃に惚れた。萩乃は脇坂が自分を妾にしようとしているという噂を流した。槇男は萩乃を自分のものにするために、井戸茶碗を脇坂に売り出した。その後、萩乃は井手家から逃げ出して、秋にロスアンゼルスの発表会にいく綾小路湛一らと一緒にアメリカに発つまで、身の安全を確保するため、しばらく品川老人宅に住み込んだ。萩乃は品川老人の寵を得、多くの精神的な贈り物を受けた。アメリカに発つ前日、騙されたとわかり追いかけてきた槇男に捕まえられたが、品川老人の配慮で、無事だった。ロスアンゼルスで、萩乃は大活躍し、湛一の婚約者の中関紘子と仲良くなった上に、近郊で農場を多く持っているスペイン系のアメリカ人、セザールに熱心に求愛された。翌年の五月、湛一と紘子の結婚式が行われた。萩乃も綾小路家の家元に住み始めた。紘子は子供安居を産んだ後、肺結核が再発し、療養にアメリカに行き、三年後に亡くなった。それ以来、萩乃は紘子のかわりに安居を育てながら、湛一の力になって綾小路の事業を拡大した。実質的に綾小路の夫人として欠かせない存在になったが、湛一は北海道の娘美鶴を嫁にした。世間では萩乃に同情する人が多い。萩乃は品川老人に綾小路から独立するように勧められたが、湛一から離れたくないので綾小路に居続けた。同時に、アメリカで事業を発展させる際に資金の支援を得るため、萩乃はセザールと肉体的な関係を持ちつつ、セザールの求婚は断わり続けた。それで、セザールは日本にやってきて、湛一との関係を絶ち自分と結婚しなければ、黄金の弾丸で相手を撃つスペインの伝統的な復讐方法で、湛一を殺すと萩乃を脅かした。萩乃は依然として、断った。数日後、萩乃は湛一を守るために、黄金の弾丸に撃たれて、地に倒れた。


（鄒　双双）

遠藤清子　えんどう・きよこ

＊明治十五年二月十一日〜大正九年十二月十八日。東京に生まれる。東京府教員伝習所卒業。小説家、評論家。青鞜社員。新婦人協会に参加。「愛の争闘」など。

物聞山へ　ものききやまへ　エッセイ

〔作者〕遠藤清子
〔初出〕『伊香保みやげ』大正八年八月十五日発行、伊香保書院。

〔温泉〕伊香保温泉（群馬県）。

〔内容〕昨夜降り出した雨がいつ晴れたのであろう。起き上がって障子を開くと、物聞山が冴えざえと晴れた空に浮き出ている。温泉に一浴し、朝食をしたため、案内記を持ってT氏と二人で早速宿を出発する。「一二町登って振り返ると焦《こげ》茶色の高根山が目先に坐《すわ》っている」。その右に遠く国境の連山が雪を頂いた姿を見せていた。物聞山の頂上には西側の中部に高さ一丈ばかりの塔が立っていて、その周囲に松が三四、塔をかばうように茂っていた。南側には掛茶屋が寂然と建っていた。今日は人影もない。しかし近くは渋川の町から、坂東太郎を経て、正面の赤城、少し左に子持の連山を見渡す眺めは、山が浅いわりに思いもかけぬ眼界の広さである。見渡す限り山も木も昼寝しているように静かである。「午《ひる》が近づいたらしい。鶏《にわとり》が銀鈴をふり出した」。急がぬ旅ならばここで半日を眺め暮らしたいと思いながら、鶏にせき立てられて山を下る。

（浦西和彦）

遠藤周作　えんどう・しゅうさく

＊大正十二年三月二十七日〜平成八年九月二十九日。東京巣鴨（現・東京都豊島区）に生まれる。慶応義塾仏文科卒業。小説家。「白い人」で第三十三回芥川賞受賞。代表作に「沈黙」「死海のほとり」など。昭和六十三年文化功労者。

最近の那須・塩原　さいきんのなす・しおばら　エッセイ

〔作者〕遠藤周作
〔初出〕「旅」昭和三十一年十一月一日発行、第三十巻十一号。

〔温泉〕塩原温泉・那須温泉（以上栃木県）。

〔内容〕筆者は塩原で電車を降り古町へ向かうバスの中で釣竿を持った男と話をする。その男は宿賃が安く、風景が絶佳で、箱根の及ぶところではないと塩原の自慢をする。塩原の山渓を縫う箒川で鮎が釣れると言う。ここで尾崎紅葉が「金色夜叉」を起草したのだ。筆者は紅葉が泊まったという清琴楼を訪れ、彼が泊まった部屋に宿をとる。その部屋の壁には紅葉の写真や原稿の複写が飾ってある。川に沿った地面に、外からはまる見えのまだ壁もできていない風呂場がある。しかし湯加減はちょうどいい。食事は海の刺身や吸い物などを出され、せっかく塩原まできたのに当地の山女魚等を口にできないと不平を漏らす。翌日塩原から黒磯町に出て、バスで那須高原を登る。友人から教えられた大丸という小さい宿屋に泊まるはずが、満室で部屋がとれず、他の宿に泊まることとなったが、その宿も混雑し静寂とはかけ離れたものであった。風呂に入ると、足の裏を刺すものがあり、釣針であった。その宿を後にし、黒磯町に出て白河の方に向った。その途中に、十年前ある外人司祭が六十万坪の土地を借りて造った虚弱児童の夏季療養所がある。ここで事務をやっている人に敷地を案内してもらう。まだ施設は充分完成していないと言うが、それでも養鱒池や自家発電、虚弱児童を収容する食堂や宿舎もすっかりできている。

（城弟優子）

遠藤瓔子　えんどう・ようこ

＊昭和十四年（月日未詳）〜。神戸市に生まれる。同志社大学文学部英文科中退。随筆

家。著書に『きものであそぼ』『継母ボケて鉄人となる』など。

みちのく温泉ひとり旅《みちのくおんせんひとりたび》　エッセイ

〔作者〕遠藤瓔子
〔初出〕「旅」平成元年一月一日発行、第六十三巻一号。
〔温泉〕湯瀬温泉（秋田県）。
〔内容〕どうせ行くならひなびた気分になれると、みちのく花輪線の湯瀬に目をつけた。ローカル線で山の中を二時間も走る。旅館の案内を見ると八軒あった。小さな旅館と大きなホテル「姫の湯ホテル」の二軒に泊まる。最初の宿「六助旅館」は、静かである。夕食のメニューでおいしかったのはカキのトロロ仕立て、なんで山の中でカキ？とまじまじ眺めながら口に運んだ。ここへ来るのは近郷の農家の人達が主で、温泉入ってうまいもの食ってワーッと騒ごう、もしくはショウ見よう、と完全に娯楽目的でやってくるのだ。翌日、キッチュな気分を味わうために「姫の湯ホテル」へ行った。ここ湯瀬は湯治場というより〝食う、見る、入る〟娯楽パッケージ温泉なのだ。この温泉で一番売れているのが、〝フルーツ石鹼〟という果物の匂いのする石鹼。興味をもって工場を訪問してみた。湯瀬と八幡平で温泉旅館を経営していて、湯の花なんかを売っているうちに石鹼や化粧品にも手を伸ばしたのだ。陸中花輪の名所である鉱山へ入っていったら、延々千七百メートルの坑道を、後先人無し、たった一人で歩かねばならないはめになった。陸中花輪の鉱山跡「マインランド尾去沢」は、穴ぐらをレーザー光線が飛びかってたりして、かなり異次元の体験が味わえるところである。

（浦西和彦）

【お】

近江俊郎　おうみ・としろう

＊昭和七年七月七日〜平成四年七月五日。東京に生まれる。本名・大蔵敏彦。正則中学校卒業。歌手、作曲家、映画監督。「悲しき竹笛」「湯の町エレジー」などのヒット曲がある。

湯の町漫談《ゆのまちまんだん》　エッセイ

〔作者〕近江俊郎
〔初出〕「温泉」昭和二十四年八月一日発行、第十七巻八号。
〔温泉〕伊東温泉・長岡温泉（以上静岡県）。
〔内容〕「湯の町エレジー」という歌謡曲がヒットし、これを主題にした映画「湯の町悲歌」が企画された。世田ヶ谷の撮影所に温泉宿「紅葉館」のセットが組まれた。数十坪の大セットは本物の旅館気分。その後、五月の初めから伊豆の伊東温泉でロケとなった。ところがロケに乗り込んだら天候の悪い日が多く撮影は難航した。なんとか伊東を中心に網代あたりでの撮影を終え、一行は次なる長岡温泉に向かった。映画「湯の町悲歌」を観た方は旅館の中庭にあるプールのような露天風呂に入るシーンをご記憶だろう。私が扮する作曲家津田が「湯の町エレジー」のメロディーを作りかけて、風呂につかりながら瞑想これ久しいという態。縁に手をかけてじっと考えていると、あのメロディーが流れてくるワンカット。スクリーンに大きく映し出された顔はのぼせてこめかみには血管が浮き、到底瞑想というような状態ではなく、脳貧血の一歩手前の苦しさを堪えていたことに気づかれたろうか。私は湯気に当たってふらふらしていたのである。スクリーンで見ると温かく心地よさそうだが、これはカメラの美しさで本物ときたらすごい汚さ。自然光線だけでは足りず、浴槽の周囲にはライトが七八本並びその輻射熱はまるで電気ヒーターに当たっているようなもの。湯から首だけ出して縁に摑まったままの格好でテストが繰り返され、ライト、カメラ位置を延々と二時間は直す。いくら露天風呂の温度がぬるいといっても、うだるのは当たり前。だから、いよいよ本番でカメラが回り始めたときには、あのようにゆで魚が脳貧血直前という悲しい姿になった。これが本当の「湯の町エレジー」だと、今でこそ笑い話だが、そのときの苦しかったことも忘れられない思い出のひとつである。

　この「湯の町悲歌」で温泉を堪能しすぎた私は温泉恐怖症になってしまった。

（古田紀子）

大石真人　おおいし・まさひと

＊生年月日未詳。トラベルライター。

渡瀬温泉　わたぜおんせん　エッセイ

〔作者〕大石真人

〔初出〕「旅」昭和五十八年十月一日発行、第五十七巻十号。

〔温泉〕渡瀬温泉（和歌山県）。

〔内容〕十年前の昭和四十八年に、熊野川上流に一軒宿のミニ温泉ながら、すばらしい露天風呂のある渡瀬温泉ができた。この宿が「わたらせ山荘」。ロッジ風の宿だが、設備はかなりよい。渡瀬温泉の源泉は五つある。そのうち「朴の木泉」と「岡平泉」の二本だけ利用して、他の三源泉は蓋をして将来に備えている。河原風呂は、四角の浴槽で、単純泉の「岡平泉」からひいている。夜、星月夜を仰いで入る気分は素朴で、川湯温泉よりはるかに原始の味がある。宿の名物に「あまご酒」がある。焼いたあまごを太い青竹の筒に入れ、清酒を注ぎ、青竹でつくった猪口でうけて飲むのである。

（浦西和彦）

大岡昇平　おおおか・しょうへい

＊明治四十二年三月六日～昭和六十三年十二月二十五日。東京牛込新小川町（現・東京都新宿区）に生まれる。京都帝国大学仏文科卒業。小説家。「俘虜記」で第一回横光利一賞を受賞。代表作に「武蔵野夫人」「野火」「レイテ戦記」など。

逆杉　さかさすぎ　短篇小説

〔作者〕大岡昇平

〔初出〕「群像」昭和三十五年一月一日発行、第十五巻一号。

〔初版〕『逆杉』昭和三十七年一月三十日発行、新潮社。

〔全集〕『大岡昇平全集第四巻』昭和四十九年四月十日発行、中央公論社。『大岡昇平全集5』昭和五十七年七月二十三日発行、岩波書店。『大岡昇平全集3』平成六年十一月二十日発行、筑摩書房。

〔温泉〕塩原温泉（栃木県）。

〔内容〕尾崎紅葉の「金色夜叉」には、主人公間貫一が塩原温泉を訪れ、そこで心中しようとしている隣室の男女を助けるという場面が書かれている。この作品自体は尾崎紅葉の病によって未完となっており、「趣向は既に発端より破綻していたともいえる」が、「私」は「専ら彼の地形描写に対する興味から」塩原に文学散歩を試みる。

「金色夜叉」の文章をたびたび引用し、紅葉の足跡をたどる。そして、貫一が宿泊した宿に想定されたという清琴楼という旅館に泊まった「私」は、「紅葉の間」に滞在する男女に興味をもつ。宿の主人に聞くと、この二人は夫婦ではなく、男は元男爵家の人で、兄が元男爵家の当主、女はその当主の妻であるということを苦しそうに説明する。翌日、塩原盆地の探訪に出かけた「私」は、源義家が戦勝祈願のために逆さに挿した杉の若枝が育ったという伝説を持つ「逆杉」のある八幡神社を訪れる。逆杉は直径三メートル、高さは二十メートルほどの二本の大木で、神木として鉄鎖が巡らせてある。そこに「紅葉の間」の客もやってきて、女は幹の直径を計ろうと鉄鎖をまたいで逆杉を抱え、幹の周りを廻り出す。そして、幹の窪みにかけられていた髪の束を見つけて「きたない」といって飛びのき、女はその場から去ってしまう。「私」は、「金色夜叉」ゆかりの地を訪れながら、間貫一とは違って、清琴楼で隣り合わせた客が「純情な心中者ではなく、密通する嫂と義弟であった」ことに心楽しまず、遠くから見た逆杉をも醜いものとする。

　なお、『日本現代文学全集100〈大岡昇平・三島由紀夫集〉』（昭和三十六年十月十九日発行、講談社）以降、全般にわたって改稿が行われた。『大岡昇平全集第四巻』の解題（池田純溢担当）には「著者は一九五〇年と一九五一年の夏、塩原に滞在し、五一年の九月、一〇二枚の未定稿を書いた。本稿はその三八枚までに当る。「逆杉」の題名もその時から決定していた」とある。

（鍵本有理）

大川哲次《おおかわ・てつじ》

＊生年月日未詳。三重県に生まれる。弁護士。温泉学会理事。

中国海南島への温泉とグルメの旅《ちゅうごくかいなんとうへのおんせんとぐるめのたび》　エッセイ

〈**作者**〉大川哲次

〈**初出**〉「温泉」平成十九年七月一日発行、第七十五巻七号。

〈**温泉**〉三亜温泉・七仙嶺温泉・官塘温泉（以上中国広東省海南島）。

〈**内容**〉私は二〇〇七年二月の五日間、温泉とグルメを求めて海南島を旅した。海南島は中国最南端でベトナム東方の南シナ海に浮かぶ島である。今回の旅のテーマは、フィッシュセラピーを始めとして多種多様なメニューの温泉リゾートを楽しむことである。

　関西空港を飛び立ち、二時間ちょっとで海口美蘭国際空港に到着できる。午後九時からホテル向かいにあるきれいにライトアップされた博物館のような立派な建物の温泉とスパ棟へ向かう。ここにはいろいろな湯船があるが、湯質には特別な特徴は無かった。今回の旅のテーマの一つである「フィッシュセラピー（温泉魚療）」が盛んに行われている。フィッシュセラピーとは三十から三十二度ほどの温泉の中で、体長三四センチのカンガルフィッシュに手や足、お好みで全身の皮膚をついばまれる刺激によって癒し効果やリラクゼーション効果、また美肌効果が得られるものである。

　旅の三日目には、三亜市内から北東へ約二十キロ、車で約一時間足らずの巨大な温泉へ向った。広大な園内は日本の大きな遊園地のようで三十七個もの露天風呂、ジャグジーやプールなどがあり、日本と違って、水着を着たまま入浴する。裸で温泉に入浴する習慣の日本人にはなにかしら抵抗感がある。ここにもフィッシュセラピーがあった。

昼食を楽しんだ後、三亜のはるか北方の山中にある「七仙嶺」に向かう。このエリアは源泉がおおく、毎日七千トンもの温泉が湧き出て、最高温度は九十三度もある。夕方五時に今日宿泊する興隆温泉の「康楽園温泉酒店」に到着。

四日目は「官塘温泉センター」へ向かう。この温泉は今回の海南島でのベストワンで湯船の種類も多かった。ここの温泉は硫化水素の含有量が多く、硫黄の匂いがして泉質がすばらしかった。午後五時よりボーイさんにカートに乗せてもらって別棟のプールのすぐ横の温泉へ向かう。ここにプールを上から見下ろすように作られた大小二つの露天風呂だけで、フィッシュセラピーはなかった。

（鄒　双双）

ミャンマーのパゴダと温泉を訪ねて　みゃんまーのぱごだとおんせんをたずねて　エッセイ

〔作者〕大川哲次
〔初出〕「温泉」平成二十年二月一日発行、第七十六巻二月号。
〔温泉〕インレー温泉（ミャンマー）。
〔内容〕二〇〇七年四月二十七日から八日間ミャンマー周遊の旅に出かけた筆者の旅行記である。筆者は、風光明媚なシャン高原最大の湖「インレー湖」を見、その湖畔に湧くインレー温泉に入湯することを旅の目的の一つにしていた。はじめにミャンマーについての概説が記されている。五月一日いよいよインレー温泉を訪ねる。この温泉は、第二次世界大戦中に日本人により発見されたという。「泉温70℃、成分は硫黄泉と炭酸ソーダー泉、効能は火傷、関節炎や脳の疾患」に効くとのこと。観光客用に男女各五つの個室と三つの露天風呂がある。現地人用には露天風呂一つ。営業時間は午前五時から午後六時までで、特に定休日は決まっていない。日本の大使館員も来るという天然掛け流しのちょうどいい湯加減の露天風呂からは、インレー湖の向こうに連なる夕暮れの山々が鮮やかに眺められるという。

（福森裕一）

大鹿卓　おおしか・たく

＊明治三十一年八月二十五日～昭和三十四年二月一日。愛知県海東郡津島町（現・津島市）に生まれる。本名・秀三。京都帝国大学経済学部中退。詩人、小説家。著書に『火薬』『金山』『野蛮人』『都塵』、詩集に『兵隊』など。

山の温泉　やまのおんせん　エッセイ

〔作者〕大鹿卓
〔初出〕「温泉」昭和二十六年九月一日発行、第十九巻九号。
〔温泉〕白馬《はくば》温泉・中房《なかぶさ》温泉（以上長野県）。
〔内容〕白馬温泉へ行ったのは二十数年前のことであるが、何かの折にいつも新鮮な印象が蘇ってくる。大雪渓の上の山小屋に一泊し、翌朝も独り南尾根を下りかかった。小さな雪渓を越えて間もなく温泉だった。温泉といっても、山小屋の傍の青天井に、自然石で囲った湯槽があるきりで、野趣横溢どころではない。文字通り自然の懐の一部として、ほとんど人工の加わらぬ温泉がそこに在った。広闊な自然のなかで、なんの顧慮もなく、すっ裸になれることがすでに魅力だった。原始人にかえったような解放の悦びで湯につかった。キンポーゲの群落が、黄色い毛氈を展げている。音もなく霧が流れてくる。私は宇宙大の混沌のなかにただ独り裸でいるような幻覚に囚えられる。永いあいだその夢幻的な情景の変化のなかで浸っていた。信州燕岳の麓の中房温泉へ行ったのも私が独身の頃である。中房に着いたときは、ほとんど文無しだった。母に電報を打って、送金を頼んだ。宿はただ一軒。食糧一切は、四里余の山道を馬の背で運びあげるので、毎日がカン詰料理で閉口した。ある日、東京の女学校の教師と三人の少女達と同宿した。女学生の登山姿など珍らしい時代だったから、驚異の眼をもって眺めた。私はその小麦色の三人が、いずれも美しいのに魅了された。聞くともなく聞くと彼女達は明日燕から常念岳の小屋に一泊し、さらに槍ヶ岳を登って殺生小屋に泊まるという旅程らしい。翌朝、彼女達は出立した。その日の夕刻、待ちわびた送金が届き、翌朝は勇躍して宿を出た。一路槍ヶ岳を眼ざして直行した。私の念願かなって、小屋のランプの下で彼女達と再会できた。翌日の未明、彼女達とともに御来迎を拝んだ数刻の、なんと神々しく、なんと感動に充ちていたことよ。私は彼女達の名も知らなかった。彼女達は私にとって、山中に於いてのみ光彩あざやかな存在だった。

（浦西和彦）

大下宇陀児 おおした・うだる

＊明治二十九年十一月十五日～昭和四十一年八月十一日。長野県上伊那郡箕輪町に生まれる。本名・龍夫。九州帝国大学工学部応用化学科卒業。小説家。「石の下の記録」で第四回日本探偵作家クラブ賞を受賞。「蛭川博士」「義眼」「情鬼」などの作品がある。

温泉と殺人妄想 おんせんとさつじんもうそう　エッセイ

〔作者〕大下宇陀児
〔初出〕「温泉」昭和二十六年十一月一日発行、第十九巻十一号。
〔温泉〕作並温泉（宮城県）、姥子温泉（神奈川県）、四万温泉（群馬県）。
〔内容〕探偵作家は温泉へ行くと、すぐに人殺しのことを考える。先日、作並温泉の岩松館に泊まった。百段以上もある階段をおり、川のそばの野天風呂へ行く。この階段で誰かガラスの破片で足を切り、その血痕が残っていた。それを見て殺人を考える。中編小説『岩塊』を書くとき、県知事の死体が山の上で発見されたこと、その山の近くに温泉があることが頭に浮かんで来た。

ずっと昔、箱根の姥子に泊まったことを思い出す。宿には電灯がなく、台ランプだった。一人で岩風呂に行き、妙な事を発見する。浴槽と浴槽の間に石造りの間仕切りがあり、そこに四角な穴があった。穴は水面下にあり、手で触ってみたら、子供が入れるほどの大きさだった。潜ってみたが、すぐ戻ってきた。入ると途中で向こうへも出られず、こちらへも戻れなくなり、溺死してしまう場合があるかもしれないと想像して、私は『情獄』を書いた。その中で、穴を利用して人を殺す方法のことを書いた。

また、四万温泉へ行った時に着想を得て、『愛慾褐』という作品も書いた。探偵作家たちは温泉に居ると、殺人を必ずいくつか書くに違いない。

（サランジュゲ）

大田洋子 おおた・ようこ

＊明治三十六年十一月二十日～昭和三十八年十二月十日。広島市西地方町に生まれる。本名・初子。進徳実科高等女学校卒業。小説家。代表作に「屍の街」「人間襤褸」「半人間」「夕凪の街と人と」など。『大田洋子集』全四巻（三一書房）。

お

青いバナナと白すみれ《あおいばななとしろすみれ》

エッセイ

〔**作者**〕大田洋子
〔**初出**〕「温泉」昭和十四年十二月一日発行、第十巻十二号。
〔**温泉**〕別府温泉（大分県）。
〔**内容**〕頭が混乱するほど疲れがひどくなって来ると、温泉のあるところへ行きたいと思う。二三年前、肉体的にも、精神的にも、ひどい疲れ方をして、思い切って別府へ行くことにした。別府ならば、山も近いし、海もあるし、工場のない町だから、空気が綺麗で、温泉も豊かである。その宿は見晴らしの素晴らしい岬の家であった。暁闇というのか、闇から暁に移って行く時間で、刻々と海が夜明けて来るのが眼に見えた。三四日目からは飽き飽きしたとはいえ、新しい鯛の刺身や、いかの刺身なんか、頬がふるえるほど美味しかった。十二月だったけれど、どうかすると羽織なしでいられ、近くの丘へ行くと、小指位の真青なバナナが実っていた。陽当たりのいい丘のところどころに白いすみれの花が咲いていて、一人でふらりふらりとよく私は山を歩いた。別府は通俗的な温泉地だという人もいるが、それだけに私などは肌合いのまるで違う安心のようなものがあって、却って心がらくであった。お湯が多いからきれいで、浴場は広いし、私の知っている範囲では、いい温泉だと思っている。

（浦西和彦）

大庭さち子

おおば・さちこ

＊明治三十七年七月十日～平成九年三月十五日。京都府に生まれる。本名・片桐君子。同志社女子専門学校英文科卒業。小説家。「妻と戦争」「夜の暦」など。

温泉の思ひ出《おんせんのおもいで》

エッセイ

〔**作者**〕大庭さち子
〔**初出**〕「温泉」昭和二十六年九月一日発行、第十九巻九号。
〔**温泉**〕片山津温泉（石川県）、沓掛温泉（長野県）。
〔**内容**〕私は終戦前後の四年間を金沢で暮らしたので、粟津、山代、山中、和倉、湯涌、片山津と、近くの温泉は大抵行ってみた。湯の宿の客達は、享楽的で、温泉旅館はどこも料亭の延長のようであった。一度片山津の宿で雨にふりこめられ、柴山潟を見ながら宿の女中さんと語り暮らしたことがある。彼女は引揚げ未亡人で、五十万円の資金を作って、美容院を開きたいといっていた。「五十万円おてるさん」と呼ばれ、伝法肌の姐さんであった。
　三年前の夏、信州の沓掛温泉へ行ったことがある。山にかこまれた高原の一軒宿の「展望風呂」は、三方が一枚ガラスでかこまれ、湯に浸りながら高原の風景が手にとるように眺められ、山の中の露天風呂にでもはいっているおもむきがある。東京からきた家族づれの客と、土地のお百姓が半々で、いかにもひなびた感じである。旧盆になると、農閑期のお百姓達が、地酒や手づくりの御馳走をもちよって、素朴な宴会を開いている。当時十日間で、宿賃二千五百円位だった。こういう温泉なら、時々行ってみたいと思うことがある。歓楽地の温泉宿の一泊の費用であるということも、私には気易いのである。

（古谷　緑）

おおば比呂司

おおば・ひろし

＊大正十年十二月十七日～昭和六十三年八月

十八日。札幌市に生まれる。本名・大場博司。漫画家。

仔熊のいる宝川温泉

こぐまのいるたからがわおんせん　エッセイ

〔**作者**〕おおば比呂司
〔**初出**〕「旅」昭和四十七年十二月一日発行、第四十六巻十二号。
〔**温泉**〕宝川《たからがわ》温泉（群馬県）。
〔**内容**〕空の上から「利根川」の流れを見ると仙人が持つ杖のようにずっと上州の山の中に入っていっている。この流れのずっと先、利根郡水上町大字藤原字宝川と言うところに天下一のでっかい露天風呂と、熊を「只今十匹飼育中」というキャッチフレーズのある宝川温泉がある。上越線水上駅下車というのがこのルートへの玄関先に当たり、ここからバスで五十分、タクシーで三十分かかる。紅葉峡、鳥神峡、藤原ダム、立岩などの名所を通り抜けて到着する。秋であれば、連山「錦の着物」を着て素敵である。ここに唯一軒の旅館である汪泉閣の小野専務が、仔熊と連れ立って入浴した話があった。この旅館は明治十年刊になる『藤原村誌』に、虫の湯、滝の湯、鳩の湯、目の湯と四種あり旅館一軒、浴客凡そ六十名、文政年中（一八一八〜三〇）開湯とあるそうである。この湯が当宝川温泉発祥地といわれている。日本武尊《やまとたけるのみこと》が風呂につかりのんびりしたと言う伝説もある。玄関をくぐると目の前に熊が沢山いるが、これらはすべてハク製品である。
　さて、露天風呂に行こう。日が暮れるとあたりが冷えて湯気はもうもうと煙幕のようである。この煙幕を利として女性客をひきつける。温度は最高六十五度だそうだが、五石以上が湧き出す。熊の入浴は日中である。熊と混浴すると、お客さんがミルクの缶を拝借して風呂の中での一杯を熊にすすめるという遊びは、ここならではのお楽しみであろう。
（鄒　双双）

大原富枝

おおはら・とみえ

＊大正元年九月二十八日〜平成二十二年一月二十七日。高知県長岡郡吉野村（現・本山町）に生まれる。高知県女子師範学校中退。小説家。「婉という女」で第十四回毎日出版文化賞と第十三回野間文藝賞を受賞。

作並温泉一夜

さくなみおんせんいちや　短篇小説

〔**作者**〕大原富枝
〔**初出**〕「小説新潮」昭和三十七年三月一日発行、第十六巻三号。
〔**温泉**〕作並温泉（宮城県）。
〔**内容**〕仙台・青森ゆき急行「みちのく」で、佐伯は「レナ、レナ」と呼ぶ声を耳にした。そのとき灰色の髪の毛をした若い女が子供を抱いて入口のドアをはいってきた。自分の知っていたレナという娘のことが、その女と二重写しになって佐伯の心の中に浮かび上がっていた。仙台に着いのは夕方であった。作並温泉へ向かう車から風景を眺めていると、戦争中疎開していたあの山の村に帰って行くような錯覚に陥った。佐伯は温泉に浸ったあと、ベッドにもぐり込んだ。あの不幸な事件がよみがえってくる。
　レナの父は佐伯の父と同じ新聞社の外信部に勤めているスペイン人で、同じ区内に住んでいた。レナは二つ年下であった。戦況は悪化していった。米軍がサイパンに上陸し、十一月にはB29が東京に来襲した。佐伯の祖父母のところへレナを送っていった。その途中で四十過ぎの逞ましい体格の眼光の鋭い僧と出会った。それから半年ほど経った初夏、佐伯の動員されていた工場は山間部へ疎開することになり、珍しく五日間の休みがあった。レナの側で過ごせるのは幸福だった。彼女は十七歳になっていた。その日は二人で山へピクニックに行くことになった。佐伯が山百合を手折っていると、突然、僧が出てきてレナを羽交い締めにした。佐伯が満身の力で僧を引き離そうとしたが、無惨に撥ねとばされていた。レナは気を失って倒れていた。その時のショックのためレナの精神は深い手傷を負った。父親以外の男たちのすべてを恐れて近づけなかった。敗戦後、レナは全く別世界に置かれて、医者の治療を受けていた。一年近く経って、レナは正常に還ってきた。佐伯はレナに逢いにいったが、あの無邪気で大胆な少女のレナは死んでいた。

一晩中、部屋の外は吹雪に荒れていた。故国に帰って三児の母になっているレナに、遠くみちのくの温泉宿で、一夜彼女を想って涙を流した記念に、この山の湯宿の風景を写真にして送ってやりたいと思った。

（浦西和彦）

花に包まれたアルプスのいで湯

はなにつつまれたあるぷすのいでゆ　エッセイ

〔作者〕大原富枝

〔初出〕「旅」昭和六十三年八月一日発行、第六十二巻八号。

〔温泉〕上高地温泉・白骨《しらほね》温泉・乗鞍温泉（以上長野県）。

〔内容〕梓川べりの新緑は、「山咲《わら》う」という美しさの絶頂であった。何十年ぶりかで見る大正池は無残に狭く小さくなっている。上高地に温泉があることを知っている人は案外に多くないのか、上高地温泉ホテル一軒だけである。台風の到来で、本降りになった。外が大雨のとき、温かい豊かな温泉につかるのも一あじちがった贅沢である。温泉は澄みきった炭酸泉。翌朝五時に目覚め、窓を見ると、前穂高の山容がくっきり現われ、紺青の山頂が櫛の歯のように刻まれ、雪渓が走っている。雨は七十ミリ、あと十ミリで車は禁止となるので、バスで沢渡まで出た。上高地は秘境である。上高地温泉ホテルでは「舟づくり」というイワナの生きづくりや鹿の刺身づくりなどが出た。車で白骨温泉へ向かう。趣きはちがうが、白骨もまた秘境、仙境というにふさわしい。もと白船といったが、なまって、しらほねと言うようになったらしい。温泉の硫化水素が空気と化合して白濁し、カルシュームが湯槽《ゆぶね》に白く付着するので白船の名が生まれた。中里介山が一泊したのは湯元といわれる斎藤旅館である。旅館三階には「龍之助の間」「お雪の間」などの部屋がある。雨の白骨の仙境をあとに、乗鞍高原へ向かう。乗鞍高原の温泉は白骨、中の湯などの地域から湯を引いて来る。村営とか共同の温泉があちらこちらにある。お昼を手打ちうどんの鴨仕立てを食べ、雨のなかを村の自然保護センターへ行った。台風一過、翌日の乗鞍高原は抜けるような蒼空にちぎれ雲が浮かび、新緑は萌え、下草も萌えて、爽かな高原の風が流れる。牛溜池を見にゆく。じつに美しくて静寂で立派な池であった。乗鞍高原の白樺とせせらぎのある遊歩道を歩いた。いつまでも歩きたいような美しい自然園である。

（浦西和彦）

大町桂月

おおまち・けいげつ

＊明治二年一月二十四日〜大正十四年六月十日。高知市に生まれる。本名・芳衛。東京帝国大学国文科卒業。詩人、随筆家、評論家。冨山房の雑誌「学生」を主宰。代表作に『文学小観』など。

加賀の山中温泉

かがのやまなかおんせん　エッセイ

〔**作者**〕大町桂月
〔**初出**〕掲載誌未詳、明治三十三年。
〔**収録**〕『新選大町桂月集』昭和五年五月十日発行、改造社。
〔**温泉**〕山中温泉（石川県）。
〔**内容**〕学友の桑原鷺蔵と偶然出会い、山中温泉へ行く。大聖寺から鉄道馬車に乗り換えた。「盆の事とて、村の男女、晴れの衣着たるが、腰以下には腰巻の長きものを着、以上には普通の着物を半裁したるものを着たるさま、衣と裳とわかれし上古の遺風にや、いと珍らしき風俗也」という。山中温泉には、温泉宿が二十五六軒ある。その多くは二階建て、もしくは三階建てで、一の浴場を囲んで建っている。内湯のある宿は一軒もない。「而して浴場には、各温泉宿より浴衣女と称する女、一人づつ、出し置けり。其の女、五六もしくは数十の浴衣を手にかけて立つ。これ其の宿の客の浴衣也。浴衣を脱ぎ置く処なく、又よしや之を設くるも混雑して紛れ易き故、かくわざ〳〵浴衣女を出して置けるものならむ。浴衣女には、女中の中の美なるを選び、盛粧妖飾、浴場に一種の風致を添ふるとぞ」。近年は一の浴場の側に、もう一つ上等の浴室が設けられ、こちらは一回につき五銭の湯銭が必要である。

（浦西和彦）

城崎温泉の七日《きのさきおんせんのなのか》

エッセイ

〔**作者**〕大町桂月
〔**初出**〕掲載誌未詳、明治四十三年。
〔**全集**〕『桂月全集第三巻』大正十五年三月二十五日二版発行、桂月全集刊行会。
〔**温泉**〕城崎温泉（兵庫県）。
〔**内容**〕四五日酒が続いたので一と眠りしたと見え、十二時を過ぎていた。結城蓄堂の家に駆けつけたが、遅塚麗水、久保天随は、待ちくたびれて既に出発していた。国府津で三人は待っていた。豊岡を過ぎると、汽車は直ちに円山川に沿う。生野の銀山を越えてからは、山陽方面とは急に変り残雪が見える。城崎は、みな雪に封ぜられている。橋本屋の三層楼上に迎えられ、蓄堂の案内で、一の湯と称する総湯に行く。城崎には総湯が五つ六つあるけれど、その構造の最も壮大なるは、この一の湯である。玄関に後藤新平の「沢被万世」の額が掲げられている。泉質は、アルカリ性の塩類泉で、最もリューマチスに効くという。翌日、朝湯に身を清め、温泉寺へ行く。仁王は運慶の作。末代山の勅額は、宝鏡寺宮の御筆である。山僧の案内で本堂に入り、宝物を見て、書院に休息する。十年前までは、朝厳という名僧が住んでいた。われ死なば、仏教亡びると、一室に坐して終年動かず、二疋の蛇、常に来て慣れたりという、明治の世にも奇抜なる名僧がいたのである。極楽寺を訪れ、午後、東山公園に逍遥し、玄武洞へと、小さな屋根舟に乗る。上陸して洞内に入る。玄武とは亀の事である。とにかく、玄武洞は、「天下奇を好む者の必ず一覧せざるべからざるもの也」。翌日は、日和山に行く。蓼川を下り、絹巻山にたち寄る。三景亭で休息。「脚下、左右へかけて、奇巌虎踞し、熊蹲す。巌上には老松躍り、巌下には怒濤狂ふ。見渡す日本海は、渺茫として、其の尽くる所を知らず。一髪の青螺、淡くして無からむとするは隠岐ノ島なり」と、蓄堂が説明する。別に船を雇って、北海怒濤の中に乗り出す。日和山下を過ぎて西に進むと、絶壁、怒濤と相闘い、巌のさま、怪奇幽峭を極める。今日は午後より金毘羅教会の会堂に赴き、同行四人、演説をする。豊岡へ出て、正福寺で大石内蔵助の妻陸子の遺跡を弔う。赤穂の国難起こると、内蔵助は良金を伴って京都に赴き、陸子は二女一男をつれて豊岡にかえった。当時の陸子の心中を思いやれば、「何人か涕涙無きを得むや」。霊泉ある上にも、「山あり、川あり、海ありという温泉場は、他に多く求むべからず、況んや、玄武洞あるをや。又況んや、日和山あるをや。蓄堂頻りに夏日舟遊の快味を説く」。城崎では桑細工が有名である。この地に長寿者の多いことには驚いた。城崎は人家三百、人口二千人に足らず。毎年、養老会を開き、七十歳以上の老人が八九十人も出席するという。その翌日、主人の求むるままに「桂月漁郎酔似レ泥」と書けば、天随は「天随疇昔気如レ霓」と、蓄堂は「蓄堂仙侠醒還飲」と書いた。蓄堂を残して、天随と共に、一と足先に城崎を去る。

（浦西和彦）

伊香保と榛名《いかほとはるな》　エッセイ

〔作者〕大町桂月

〔初出〕『伊香保みやげ』大正八年八月十五日発行、伊香保書院。

〔温泉〕伊香保温泉（群馬県）。

〔内容〕渋川まで四里弱の路を、鉄道馬車で行き、そこより伊香保まで二里、勾配緩《ゆるやか》なる路を歩いて上った。足弱い翠葉は病気あがりのからだなので、気の毒であった。薄暮、伊香保に着き、石坂恵十郎氏の旅館に泊まった。あくる日、翠葉は、霊泉に病気を洗い流したようで、俄に元気づき、名山に登るという。丸子山を右に見、二つ嶽を左に見て上る。人の足跡はなく、ところどころに三叉の痕跡がある、荒鷲などが歩いたのであろう。「坂路つきて前には円錐形の榛名富士あらわれ、左に崔嵬《さいがい》たる相馬山あらわれる。摺碓岩を数町の外に見て、奇と称し、榛名湖の東岸をめぐりて快と呼び、天神峠に上り、前後を眺望して絶景と叫びぬ。怪奇なる妙義山、殊に目だちて見ゆ。下ること数町、咽ぶが如き渓声を聞く。天神峠の朱華表を顧れば、鼻孔はや天に朝す。十町ばかり下りしが、左に深き渓を隔て、葛籠岩《つづらいわ》を望むに至りて、一種の奇景、また露《あら》われ始めたり」。榛名神社の裏門に到着する。神門に入ろうとして、先ず驚いたのは、筍の如き大巌、直《ただち》に門にそいて矗々《ちょくちょく》として天を刺す。これを鉾が嶽と称する。鉾が嶽に接して双竜門がある。八つ棟造りの建築は精巧を極め、刻《きざ》める竜は躍らんとする。祠後、鉾が嶽よりも高く大なる奇巌があり、これを御姿石と称する。随神門より九折岩まで凡《およ》そ十町。鞍掛岩、鉾が嶽、御姿岩、九折岩が最も奇であり、その他、奇石、怪石、いちいち数えるに遑がない。自然の奇と人工の妙がよく調和して、洵《まこと》に天下有数の霊境である。帰りは榛名湖の西岸を通って、榛名富士と烏帽子山の間を越え、なつかしき榛名湖と別れたのである。

（浦西和彦）

蔦温泉《つたおんせん》　エッセイ

〔作者〕大町桂月

〔初出〕掲載誌未詳、大正十二年。

〔全集〕『桂月全集別巻』昭和四年十月二十五日発行、桂月全集刊行会。

〔温泉〕蔦温泉・谷地《やち》温泉・酸ケ湯温泉（以上青森県）。

〔内容〕「一、雨中の落馬」「二、小杉未醒画伯の薬師如来」「三、堅雪の乗鞍嶽」「四、堅雪の高田大嶽」「五、堅雪の八甲田大嶽」「六、堅雪の駒ケ峰」「七、桜の十和田湖」の章から成る。蔦温泉の名は世に知られていないが、「余の気に入りたる温泉也」。一軒屋で、本館は旅客を迎え、別館は自炊湯治客を迎える。温泉の質は塩類温泉であり、浴場は三つ。その一つは四間四方で本館に接し、三方を開けて、浴しながら月を見ることができる。その一つは一間に五間、三つに仕切ってあり温度を異にする。その一つは一間に二間、三条の湯滝がある。「湯舟の気持よきこと天下に稀れ也」。海抜千五百尺、一帯の地は山毛欅の原生林である。「三本木駅より焼山まで六里、自動車を通ず。なほ三里半、奥入瀬川に沿ひて、十和田湖畔の子の口までも自動車を通ず。焼山より十和田道と別れ、蔦川に沿ふこと半里、通天橋を渡りて、だら〳〵と山坂を上ること半里にして、蔦温泉に達す」。蔦温泉は「実に山上の仙境也」という。今回は、小笠原、太田氏を東海の主人として、堅雪の山嶽を縦走横断することが目的である。大正十二年四月二十日、蔦温泉に来たが、数日前に降った新雪で「足を没したり」。小笠原、太田の二氏は一先ず帰り、余は原稿を執筆する。疲れて湯滝に首筋を打たせ、肩を打たせ、背中を打たせ、腰を打たせた。五月二日に、小笠原、太田の二氏が再び登って来て、五日午前七時に蔦温泉を出発した。「頂上に至れば、姫森も赤沼も脚下にあり。蔦の宿は見えざるが、その場所はそれと知られ、北に八甲田の諸峰を望み、南に御子、戸来の諸峰を望み、遠く雲烟の上に岩手山を望み、十和田湖の一部をも望み、眺望佳ならざるに非ざるも、西に近く乗鞍嶽の我を圧するあり。登らむ哉」。乗鞍嶽の絶頂の巨巌の上で午食する。「嗚呼堅雪の山嶽、登りても面白し」という。

酸ケ湯温泉の白戸友雄氏が写真師の柴田寿三郎氏等を伴って来たので、六日朝、蔦温泉を出発し、高田大嶽を登り、酸ケ湯温泉へ向かう。谷地温泉で午食する。この温泉は、自炊の客のみ迎える原始的温泉場である。谷地だけは、雪がとけ、水芭蕉の花が充ちている。高田大嶽は八甲田群峰の一つで、孤立して富士形を成している。頂は東西二峰に分れ、今登ったのは東峰である。酸ケ湯に遊ぶのは、これで四度目である。「高田大嶽の眺望に感服したるが、八甲田大嶽の眺望は、なほ一層雄大也。八甲田大嶽が八甲田の盟主也」という。十日、酸ケ湯を去る。午後八時に一軒屋の黒石館に泊まった。朝起きると、一面の濃霧であった。十和田湖の四周の山の頂には、雪があって冬の光景であるが、湖に向かう傾斜面には紅山桜散在して、正に春であった。「主として、未だ世に知られざる蔦温泉を説き、多くの旅行家の未だ味はざる堅雪の山嶽の踏破といふことを、世に紹介せむとするもの也」という。

（浦西和彦）

鳴子温泉《なるこおんせん》　エッセイ

〔**作者**〕大町桂月

〔**初出**〕掲載誌未詳、大正十二年。

〔**全集**〕『桂月全集別巻』昭和四年十月二十五日発行、桂月全集刊行会。

〔**温泉**〕鳴子温泉（宮城県）。

〔**内容**〕鳴子温泉は、もと玉造八湯といい、又は温泉村八湯ともいった。八湯とは、鳴子、河原湯、元東、新東、中山、赤湯、田中、川渡である。温泉村八湯の名は、今は世に適用しない。新赤湯、一ノ坂、多賀下の温泉も出来たので、現在の処は、玉造十一湯といわざるを得ない。そして、鳴子温泉はこれを代表する、宮城県第一の温泉場である。鳴子には壮大なる温泉宿も多い。玉造の十一湯は、温泉の諸質を集めている。昔、源義経は奥州落の時、出羽より来て、ここでほっと一息つけた。芭蕉翁は玉造川を溯って、出羽に向った。鳴子より十数町の川上に、尿前の関の旧址がある。「蚤虱馬の尿する枕元」という芭蕉翁の句碑があった。関守の零落に際し、この句碑を五円で買い取り、自分の庭に移した富豪があった。前町長高橋氏が慨いて関址にあってこそ句碑の価値がある、他の処に移して何等の価値があるかと、富豪を説得し、元のところに戻した。

（浦西和彦）

蔦温泉籠城記《つたおんせんろうじょうき》　エッセイ

〔**作者**〕大町桂月
〔**初出**〕掲載誌未詳、大正十三年。
〔**全集**〕『桂月全集別巻』昭和四年十月二十五日発行、桂月全集刊行会。
〔**温泉**〕蔦温泉・谷地《やち》温泉・酸ケ湯温泉（以上青森県）。
〔**内容**〕「一、二人の呑んだくれ」「二、蠅といふ一友」「三、十和田湖と八甲田山」「四、遊覧と探勝」「五、小笠原円吉氏の家」「六、未醒画伯苦心の薬師如来」「七、山中の一軒家」「八、蔦温泉の道筋」、「九、奇抜なる浴槽」「一〇、丸山の眺望」「一一、登山式室内運動」「一二、雪の富士山」「一三、炉火」「一四、杉浦先生の伝記」から成る。児玉花外は十和田湖を歌うために、大町桂月は杉浦重剛先生の伝記を執筆するために、小笠原臥雲に迎えられて、蔦温泉に籠城した。花外も余と同じく呑んだくれであるが、呑み方が異なる。花外は平日は酒を口にしない。余は毎日飲む。酒量は、花外が大で、余は小である。花外は飲み出せば、泥酔するまで止めず、「多々益弁ずるが、余は感興に乗ずれば、泥酔すれども、平生は感興起らざるを以て、酔へば直に眠を催す」という。大谷勇が米国人を伴って来た。谷地温泉を経て酸ケ湯温泉に行き、八甲田山の頂を窮めて青森に出るというので、谷地温泉まで案内かたがた共に行く。温泉場の前は一面の湿地で水芭蕉が簇生し、後は高田大嶽が富士形を成して孤立する。近村の人が夜具、食器、食料一切を持参して湯治する処であり、旅館としての設備はなく、温泉を守る人もいない。硫黄泉であるが、温度は低く、冬は浴するに堪えない。毛馬内より蔦温泉を経て、八甲田山に登る行程は遊覧である。十和田湖の探勝に徹底せむには、十和田湖と八甲田山との間に乗鞍群峯があることを知るべきである。余は一昨年の夏、小笠原臥雲と共に、太田吉司氏に導かれ、二人の人夫を従えて、此勝を探った。余が蔦山に入った目的は、杉浦先生の伝を草することの他、堅雪を踏んで、北国の山嶽を跋渉することである。蔦温泉は自然の勝景に富んでいる。宿に近く、三名木あり。その一は通天橋の途上に見る大山毛欅である。その二つは楼前の桂である。紅葉の頃は殊に奇観である。その三は薬師堂前の鉾杉である。冬の蛙ということも、蔦温泉の名物である。渓水に温泉が混じって暖く、雪中にも蛙が鳴く。「なお特筆すべきは、浴槽の奇抜なることである。本館の浴槽は、三間四方の広さにて、浴槽としては大なる部に属す。ここの浴槽は底より湧き出てくる。奇抜ならずや。底は板を少しすかして敷き並べている。ここの浴槽は三方とも明き、三方に硝子窓を設けている。三方の眺望が得られる。湯に飽けば、湯滝に移る。湯滝に飽けば、別館の湯に移る。蔦温泉は天下湯好きの人士の垂涎三尺をもたらす処である」。蔦温泉にては、自家で炭を製するので、火鉢の炭は惜気なしである。

（浦西和彦）

大宅壮一　おおや・そういち

＊明治三十三年九月十三日〜昭和四十五年十一月二十二日。大阪府三島郡富田町（現・高槻市）に生まれる。東京帝国大学社会学科中退。評論家。雑誌「人物評論」を創刊。戦後、「一億総白痴化」「駅弁大学」などの流行語を造り、マスコミで活躍。

温泉パラダイス　おんせんぱらだいす　エッセイ

〔**作者**〕大宅壮一
〔**初出**〕「温泉」昭和二十四年六月一日発行、第十七巻六号。
〔**温泉**〕宇奈月《うなづき》温泉（富山県）、阿蘇温泉（熊本県）、雲仙温泉（長崎県）、霧島温泉群（鹿児島県）、別府温泉（大分県）。
〔**内容**〕日本にも四度目の春がめぐってきた。進駐軍の飛行機が翼をつらねて飛んで行く。私たちにも空の旅の解禁される日がいつくるであろうか。私の空の初旅は今から二十年近くも前のことだ。日本航空で東京、富山間の新コースが開かれ、私は選ばれて処女コースの試乗記を毎日新聞に書いたのである。富山の飛行場へ着陸すると、自動車をとばして宇奈月温泉へ。一風呂浴びて、名物の鱒鮨に舌鼓をうった。また、或る日、毎日新聞写真部長の三浦寅吉君と福岡行きの航空機の座席が空いていたので一緒に出かけた。翌日から九州の温泉めぐりが始まった。阿蘇は日本的であると共に、日本放れのしたところをもっている。温泉とのコンビもよい。日本で一番好きな景色の一つである。翌日は、有明海の海をわたって雲仙に登った。ここの温泉宿はどこかエキゾチックな匂いがするのは、切支丹以来の古い歴史をもつ土地柄か、それとも大陸方面から外人客が押しよせるせいか。鹿児島に向った。霧島の温泉群は極めて豊富。青島では熱帯植物を見て、鵜戸神社に詣でた。最後に別府にたどりついた。翌朝、大阪まで、大阪商船の二等に乗ることができた。食事つきで一人あたり五円くらい。大阪についたときは、円タクに乗ることもできなかった。

（浦西和彦）

別府—サルのいる〝泉都〟

べっぷ—さるのいる〝せんと〟

エッセイ

〔**作者**〕大宅壮一
〔**初出**〕「週刊朝日」昭和二十九年一月十日発行。
〔**初収**〕『日本拝見第一』昭和三十二年発行、角川書店。
〔**全集**〕『大宅壮一全集第十六巻』昭和五十七年五月二十五日発行、蒼洋社。
〔**温泉**〕別府温泉（大分県）。
〔**内容**〕せんだって別府で〝地獄騒動〟というのがもちあがった。〝地獄〟の所有者、経営者と〝地獄めぐり〟の客を独占していた亀の井バスが、利害の衝突から決裂したのである。〝地獄〟という名称からして時代錯誤も甚だしいが、こういった天然資源を私物にし、縄ばりをして入場料をとるなどというのはけしからん話である。この〝地獄〟からゲルマニウムを分離抽出することに九大温泉研究所の川上弘泰技官が成功した。この機会に〝地獄〟の名を改めるとともに、これを市有か国有にして、修学旅行者のための〝科学の場〟にすべきである。
　別府から十分ばかりの万寿寺別院前で下車すると、両側に南京豆やミカンを売る店がずらりとならんでいる。猿の餌である。三つの関門を通れば、そこは猿の世界である。ここに出てくる猿の総数は約二百四十五匹。里におりてきて果樹園を荒して困るというので、これを観光資源に利用した方がいいだろうと、万寿寺別院の大西真応和尚がその役を買って出た。今や別府にとって何よりも有効な客引きとなっている。見物人は、多い日は五六千人、平均千人、入場料は月に三十万円、これを餌代、人件費、お寺の修繕費と三分することになっている。
　別府といえば、湯の湧出量の点では北米のイエロー・ストンについで世界第二位を占め、〝泉都〟としての繁栄を誇ってきた。三十年前には人口三万五千、それが最近の数字によると、人口約十万、旅館四百、番頭五百、女中千五百、その他下働き・事務員・料理人・運転手などを合わせて二千、料理屋・飲食店百、藝者百、酌婦四百、キャバレー・ダンスホール十、ダンサー百五十、進駐軍用ハウス二百、そこで働く女二千、自動車百二十、輪タク百八十、その他映画館九、写真屋三十、理髪・美容二百、土産品屋百となっている。全世帯数五千の内訳は、物品販売業四六・一パーセント、旅館その他サービス業三二・四パーセント、この二種で七八・五パーセントを占める。別府は消費都市であることがわかる。

　客だねは、修学旅行組が圧倒的に多く、約六割を占めている。米持参、一泊二百円から二百五十円程度だが、量でこなすからドル箱である。その他は公用族、社用族。しかし国内を相手の観光地としては、すでに飽和点に達している。しかし、別府は熱海や伊東とちがってヒンターランド（後背地）がひろく、城島、由布、鶴見、十文字原など〝高原別府〟の開拓が新しい課題となって登場しつつある。

（浦西和彦）

大藪春彦

おおやぶ・はるひこ

＊昭和十年二月二十二日〜平成八年二月二十六日。朝鮮京城に生まれる。早稲田大学中退。推理作家。代表作に「野獣死すべし」「黒豹の鎮魂歌」など。

天城大滝温泉家族ドライブ

あまぎおおだるおんせんかぞくどらいぶ　エッセイ

〔**作者**〕大藪春彦
〔**初出**〕「旅」昭和四十七年十二月一日発行、四十六巻十二号。
〔**温泉**〕大滝《おおだる》温泉（静岡県）。
〔**内容**〕家族を伴って伊豆半島へ取材旅行。宿を取った天城荘は二十数か所におよぶ野天風呂や温泉プールを有し、敷地面積は十五万坪を超える。その中には、川津七滝の一つ、大滝も含む。泉質はトリューム泉。伊豆ではここだけにしかなく、無色無臭で温泉に付き物の硫黄の臭いがしない。効能は神経痛、リューマチ、神経炎、関節障害など。湯温をぬるくしてあるため、じっくりと浸かることができる。湯元は「蛇湯」と称され、蛇が湯口に集まったり、傷ついた獣が回復のため湯に浸かっていたと伝えられている。イノシシ料理の看板が出ていたが、猟期ではないので出すことが出来ないとのこと。もっとも、イノシシなどの害獣は農作物被害を防ぐために駆除の許可が下りやすく、猟期外も肉を手に入れることができる。それをしていないのは、伊豆のイノシシが激減しているためだろう。イノシブタを飼っているが、性質や肉味はイノシシというよりブタに近い。ただし野生のイノシシの強烈な匂いがないから素人には食いやすい。二日目の朝も湯に浸かる。ところどころにある湯の噴出孔近くでは自然のマッサージを受けることが出来、それが腰の痛みを和らげてくれた。しかし帰りの車が渋滞に巻き込まれ、再発してしまう。いくら温泉が腰痛によくても、一日だけでは行き帰りで痛みが増すだけであった。
（山根智久）

岡田三郎

おかだ・さぶろう

＊明治二十三年二月四日〜昭和二十九年四月十二日。北海道松前郡に生まれる。早稲田大学英文科卒業。小説家。フランス遊学後、コントを紹介・提唱した。雑誌「文藝日本」を主宰。代表作に「伸六行状記」など。

山中温泉

やまなかおんせん　エッセイ

〔**作者**〕岡田三郎
〔**初出**〕「新潮」昭和四年六月一日発行、第二十六年六号。
〔**温泉**〕山中温泉（石川県）。

〔内容〕「六月の温泉場風景」の一篇として掲載された。山中温泉には内湯は一つもない。菊の湯、葦の湯、白鷺の湯の三つの浴場が町の中央にある。外湯の妙趣、また捨てがたい。山中温泉が他と異なる特殊の気分は、その外湯一つにかかっている。蟋蟀橋下から黒谷までの渓流に舟を浮べる遊びは、少し俗っぽいが、涼しく、すがすがしく、多少の享楽である。舟で下らずに、黒谷橋まで漫歩するのも一興である。途中道明淵に芭蕉の「山中や菊はたをらじ湯の匂ひ」の句碑がある。蟋蟀橋の少し上の方に、蕉翁の「漁火に河鹿や波の下むせび」の句碑もある。淵は清冽で、あゆにうぐいが釣れるという。山中にも十景、医王寺林花、水無山啼猿、采石巌彩雲、蟋蟀橋暁霜、小富士暮雪、道明淵秋月、高瀬漁火、黒谷蛍語、桂泉飛蛍、大巌紅葉がある。十景の景物に添えて可大の「十景に添ふ涼しさや山と水」という句がある。北枝の句碑「子を抱いて湯の月のぞく猿かな」も蟋蟀橋へ行く手前にある。町にはカフェも二三軒はある。湯河原や熱海のような、けばけばしい新しさ、あくどさは此処には見出せない。すべてが古風であり、消極的であり、落ちついた頽廃味をたたえている。渋い頽廃味は、温泉町に欲しいものの最たるものであるように思う。食膳の佳肴を記せば、鰻と鮎である。大聖寺川の鮎は、日本でも一番うまい部類に属するそうだ。挿話の一。ある一軒の旅館の二階で、青蚊帳のなかの客が藝妓に三味線をひかせ、盃をあけているのが見えた。蚊帳の中の酒宴ははじめて見た。挿話の二。よしのやという旅館の階下に西洋間がある。物好きにのぞき見したら、客が帰ったあとで、まっしろなシーツが皺になり、掛布がまくられているのが蚊帳越しに見られる。朱塗の舟底枕が倒れている。西洋式のベットに舟底の女枕は珍景ではないか。

（浦西和彦）

岡田喜秋 おかだ・よしあき

＊昭和元年（月日未詳）〜。東京に生まれる。東北大学経済学部卒業。紀行作家。

ランプのともる最後の湯治場 らんぷのともるさいごのとうじば　エッセイ

〔作者〕岡田喜秋
〔初出〕「旅」昭和三十四年六月一日発行、第三十三巻六号。
〔温泉〕夏油《げとう》温泉（岩手県）。
〔内容〕今時、ランプの宿を求めて旅に出るなど時代錯誤のことだ。

　私は東北本線を、北上駅でふらりと降りた。目的の山の湯があると思われる地平線のあたりは遠すぎた。山の名は夏油、その名を地図の上に発見して、心をひかれたのは随分以前のことだ。いまだにランプがあるらしいと聞いた時、夏油の名は一度は見たい旅先に変わった。

　小型トラックで行く最奥の部落までの風景の変化は驚くほどだった。「入ノ畑」という村でトラックを降り、仕方なく歩く。湯治客らしい人も見えず、山道は細々と続き、やがて深い渓谷の音を脚下に聞く平らな山道に変った。予期に反して、宿はほとんど湯治客で満員のようにみえた。とにかく部屋は与えられたが、はたしてランプだった。風呂は自然に湧き出す湯を谷間の一隈で囲っている。都会人の顔はなかった。男も女もひとしく老いて、腰の曲り方が似ていた。まさに日本の農民達だ。日本の湯治場というものは、全てこうした農民たちの「病院」の代用品として自然に形をととのえて行ったのだろう。

　夜、それは山中とは思えぬ一大合唱場

だった。ランプにむらがる蛾のように、少しでも元気な湯治客は一部屋に集まって、渇れた喉をふりしぼって、土地の民謡をうたった。傘をさしてふりしきる戸外へ出てみると、風が鳴り、川音が雨の音に消され、「さんさ時雨」の合唱がバリトンから低音のバスに変わって行くのを感じながら、夜の露天風呂へ下りて行った。「女の湯」とよばれる川縁の小さな野天風呂には、女の姿などなかった。対岸にある「真湯」でともるたったひとつのランプが、今にも消えそうな光を投げていた。

　今どき珍らしい由来書を見せてくれたのは、この温泉の番頭を勤めること十年という高橋清四郎氏であった。巻紙に墨書された由来書は、建武二年（一三三五）から大正十二年までにわたり、大正十二年に誰かがこの文章を書き直して伝えたものであろう。

　高橋清四郎の過去には興味をひく物語があった。彼は高等小学校を出て横浜のビール会社に永く勤めた。定年で都会から追い出されて、郷里にちかいこの山中の湯を訪れた。工場労働者として酷使したわが身を湯船にひたらせているとき、ふと今後の生活に想いが及び、それから間もなくだった、彼が温泉の番頭に志願したのは。

　翌日も晴れなかったが、みどりがむせかえるような林の中に身を躍らせた。行手は、深い谷間をみせている。その谷間に沿う道を二十分もゆけば、不思議な天然の芸術、石灰華があった。山陰にできた巨大なオビンズルのような、石灰岩の釣鐘型のドームで、みどりの山肌から浮き出していた。ドームの頂からも湯が沸き、見下ろす川岸の一隅にも人影のない露天風呂が透明な湯を湛えていた。

　夏油の秘めた湯舟を見たい気持ちになった。それは石灰華のある谷間とは逆に、夏油川を少し下り右手の谷を登ったところで、滑りやすい谷底の斜面を上りつめた瞬間にあらわれる大きな洞窟のなかであった。この谷間は大きな滝が落下して前進をはばんでいたが、その左手にある洞窟から湯が湧き出している。この洞窟は、坑道の採掘を中止したものかと思われた。灯火のない暗い洞窟の奥は、湯気でけむり、素足の足底はかたい小石を踏んでかなりの痛みさえ覚え、不気味だった。

（西村峰龍）

岡部一彦　おかべ・かずひこ

＊生年月日未詳。東京に生まれる。画家、登山家。

ランプの湯・奥鬼怒温泉郷　らんぷのゆ・おくきぬおんせんきょう　エッセイ

〔作者〕岡部一彦

〔初出〕「旅」昭和四十九年三月一日発行、第四十八巻三号。

〔温泉〕丸沼温泉（群馬県）、日光沢温泉・加仁湯《かにゆ》温泉・八丁の湯・手白沢《てしろさわ》温泉・女夫淵《めおとぶち》温泉（以上栃木県）。

〔内容〕奥鬼怒温泉郷には戦前から何度も行ってはいるものの山登りなどと云う大それた考えはサラサラなく、スケッチブック片手に出来心でフラリと遊びに行く所だ。「奥鬼怒に巨大な滝があるんだヨ。奥日光の丸沼温泉ホテルの裏から湯沢峠をこえて鬼怒川源流に下って行くとヒナタオソロシ沢とオロオソロシ沢が両側から落ち込んでいる」。日光沢温泉、加仁湯、八丁の湯とそれぞれ露天風呂のランプの一軒宿が次々と続いている。八丁の湯は奥鬼怒で一番古い温泉だと云う話で発見は享保年間（一七一六

～三六）なのだそうだ。湯は単純泉で五十二度だそうだ。これも私が調べたわけじゃないから本当かどうかは知らないが、とにかく熱くて気持ちの良い湯だった。透明で足の爪まで良く見える。加仁湯とは沢ガニがたくさんいるのでこの名がついたと云う話だが、ここで食べる沢ガニのカラあげは気分のせいか一味美味しいような気がする。湯は四十二度の硫黄泉だそうだ。白濁した硫黄くさい温泉は良くあたたまるし、いかにも個性的な良い湯である。手白沢温泉は支流の手白沢へ入った所で、八丁の湯から五百メートル程の所にある。ここはタイルの内湯もあり露天風呂以外谷のあちこちから湯が湧き出していて面白い所だ。同じく硫黄泉で、源泉で五十度だそうだが、あちこちで湧いていてどれが本当に五十度なのかわからない。一番新しいのはバス停と県立の大きな無料駐車場の真前にある女夫淵温泉である。玄関は四階になっていて客室は谷に向って下へのびている。一番下は大きな内風呂になっているから、川の方から見ると堂々たるものだ。建物と大きな自然の温泉プールや三つもある露天風呂に引かれて泊まってみた。二十二室で百名収容と云うからこの辺では一流ホテルであろう。値段も税サービス別で最低が三千五百円以上と云うから箱根並みの値段である。

（趙　承姫）

わが山旅のいで湯

わがやまたびのいでゆ　エッセイ

〔**作者**〕岡部一彦

〔**初出**〕「旅」昭和五十八年十月一日発行、第五十七巻十号。

〔**温泉**〕奥武蔵名栗村の鉱泉宿（埼玉県）、越後駒ヶ岳の駒の湯（新潟県）、鐘釣《かねつり》温泉（富山県）、神名《かみな》温泉（山梨県）。

〔**内容**〕東京生まれの東京育ちであるから、子供の頃から奥多摩などの山々に休日ごとに足をはこんだ。奥武蔵名栗村の鉱泉宿大松閣もその当時から五十年越しのつき合になる。伝統のある料理と近代的センスを生かした環境保全に力を入れている好ましい宿だ。狭山茶の最高品が出来る土地柄だ。小島政二郎先生もここのお茶をお土産にして大変喜ばれた事がある。越後駒ヶ岳の奥にある駒の湯も楽しい。すぐ下を流れる佐梨川の奥には日本でも有数の大岩壁が秘められている。黒部渓谷の鐘釣温泉はいまや観光地と化しているが、自然の壮大な美しさは変りがない。特に露天風呂から眺める紅葉の黒部渓谷は他に比較する温泉がない程見事である。身延線甲斐常葉の奥にある神名温泉は、下の集落にある農家の経営である。田舎そのままで、普通の旅館のつもりで行くと勝手がちがうだろう。山奥の一軒きりの古びた宿だが、風呂は別棟で大きい。〝春鶯転〟という地酒が絶品で田舎料理の味に魅かれる。

（趙　承姫）

岡本一平

おかもと・いっぺい

＊明治十九年六月十一日～昭和二十三年十月十一日。北海道函館に生まれる。東京美術学校西洋画科卒業。漫画家。『一平全集』全十五巻（先進社）。

湯の中の緋鯉

ゆのなかのひごい　エッセイ

〔**作者**〕岡本一平

〔**初出**〕『伊香保みやげ』大正八年八月十五日発行、伊香保書院。

〔**全集**〕『一平全集第九巻』昭和四年八月九日発行、先進社。

〔**温泉**〕伊香保温泉（群馬県）。

〔**内容**〕伊香保温泉には二度行った。一度は明治四十年時分で、美術学校洋画科の修学旅行で、その時は伊香保の下まで電車が出来ていなかった。高崎から途々《みちみち》写生しながら歩いた。晩秋で伊香保は寒かった。庭の池からポッポと湯気が立っている。本当の温泉だ。その熱い湯の中を平然と緋鯉や真鯉が泳いでいるのには一驚を吃《きっ》した。もう一度は大正三年頃、朝日新聞社の漫画記者になっていて、写生旅行で赤城に登り、伊香保へ廻った。渋川の町の意外に発展していたのに驚いた。渋川の町で活字本の七偏人と八笑人を買った。宿で江戸時代の興味中心者の書いた戯作を読む。飽きると障子の硝子を透して赤城を見る。逗留という感じがする。　（浦西和彦）

上信越の温泉地巡り　じょうしんえつのおんせんちめぐり　エッセイ

〔**作者**〕岡本一平
〔**全集**〕『一平全集第九巻』昭和四年八月九日発行、先進社。
〔**温泉**〕湯田中《ゆだなか》温泉・上林《かんばやし》温泉（以上長野県）、伊香保温泉（群馬県）。
〔**内容**〕「婦女界」の依頼で、菊池寛、山本有三、佐々木味津三と上信越の温泉地廻りをやった時の漫画と漫文。豊野駅で降車、二三里行った湯田中温泉より安代、渋、上林と駅続きに町家と混って温泉がある。「人間的な温泉場だ」。こういう温泉が好きだという。土産の一つは、伊香保の湯の花染めの子供の腹がけ。湯の花染めは温泉の硫黄の気を利用して染めるもの、腹があたたまるという。もう一つは別所北向観音の厄除けのお守り。　（浦西和彦）

岡本綺堂　おかもと・きどう

＊明治五年十月十五日〜昭和十四年三月一日。東京芝高輪に生まれる。本名・敬二。別号・狂綺堂、甲字楼主人。東京府立第一中学校卒業。劇作家、小説家、劇評家。代表作に「修禅寺物語」「番町皿屋敷」など。新聞小説「半七捕物帳」は捕物帳の先駆をなす。

修禅寺物語　しゅぜんじものがたり　戯曲

〔**作者**〕岡本綺堂
〔**初出**〕「文藝倶楽部」明治四十四年一月一日発行。
〔**初演**〕明治四十四年五月、明治座。夜叉王（二世市川左団次）、姉娘かつら（市川寿美蔵）、妹娘かへで（市川莚若）、源頼家（十五世市村羽左衛門）。
〔**選集**〕『岡本綺堂戯曲選集第四巻』昭和三十三年九月一日発行、青蛙房。
〔**温泉**〕修善寺温泉（静岡県）。

僧　殊に愚僧はお風呂の役、早う戻って支度をせねばなるまい。
五郎　お風呂とておのずと湧いていずる湯じゃ。支度を急ぐこともあるまいに…。まずお待ちゃれ。
僧　はて、お身にも似合わぬ不粋をいうぞ。若き男女がむつまじゅう語ろうているところに、法師や武士は禁物じゃよ。はははは。さあ、ござれ、ござれ。

〔**内容**〕一幕三場。第一場。伊豆の国狩野の庄、修禅寺村（今の修善寺）の面作師《おもてつくりし》夜叉王は、将軍頼家の依頼で、その似顔を面に、夜昼となく打つが、意にかなうものができず、何度も打ち替えをしている。いくたび打ち直しても、その面には死相が表われているので献上をためらう。頼家はおしのびで夜叉王のもとに催促にくる。夜叉王は「わしも伊豆の夜叉王と云えば、人にも少しは知られたもの。たといお咎め受きょうとも、おのが心に染まぬ細工を、世に残すのはいかにも無念じゃ」という。怒る頼家に姉娘かつらが、昨夜夜叉王の打った面を差し出す。頼家は「おお、見事じゃ、よう打ったぞ」と喜び、かつらを側女として召しかかえる。夜叉王は、つたない細工を献上したことは、悔んでも返らぬ不運とし、再び槌は持つまいと決心する。第二場。虎渓橋のたもとで頼家とかつらが恋を語る。頼家はあたたかい温泉が湧くところは、人の情けも深い。恋を失った私がここで新しい恋を得て、心の痛みもようやく癒えた。今は安らかにこの地で生涯を過ごしたい。「さりながら、月には雲のさわりあり、その望みも果敢なく破れて、予に万一のことあらば、そちの父に打たせたる彼《か》のおもてを形見と思え。叔父の蒲殿は罪無うして、この修禅寺の土となられた。わが運命も遅かれ速かれ、おなじ路を辿ろうも知れぬぞ」という。第三場。もとの夜叉王の家。北条氏の夜討ちにあって頼家は落命した。かつらは頼家の面をつけ、追手を斬り抜けて夜叉王の家までたどりついた。夜叉王は、頼家が「かく相成るべき御運とは、今という今、はじめて覚った」、自分の技藝が劣っていたからではなかった、「わが作にあらわれしは、自然の感応、自然の妙、技藝神に入る」とはこの事だと、快げに笑う。そして死んでいくかつらの顔を、後の手本にと写しとる。

（浦西和彦）

温泉雑記《おんせんざっき》　エッセイ

〔作者〕岡本綺堂

〔初収〕『現代随筆全集第十巻』昭和十年九月二十日発行、金星堂。

〔温泉〕箱根温泉（神奈川県）。

〔内容〕梅雨があけて、温泉場繁昌の時節が来た。各地の温泉場が近年著しく繁昌するようになったのは、交通の便が開けたからである。江戸時代には箱根の温泉へ行くのに、往復だけでも七八日はかかる。それに滞在の日数を加えると、どうしても半月以上になるから、金と暇のある人々でなければ、湯治場めぐりなど出来るものではなかった。それが、今日では、一泊はおろか、日帰りでも悠々と箱根や熱海に遊んで来ることができる。私たちの若いときには、湯治客が多かったから、少なくも一週間は滞在して来なければ、何のために行ったのか判らなかった。温泉宿に着くと、両隣へ一応なにか干菓子をたずさえて挨拶に行く。ここに長く滞在するからである。浴客同士の間に一種の親しみが生じる、こうした湯治場気分は今日では求め得られない。客の心持ちが変わると共に、温泉宿の姿も昔とはまったく変った。明治三十年頃までの温泉宿は、実に粗末なものであったが、病を養うに足るような、安らかな暢びやかな気分に富んでいた。今の温泉宿は便利である代りに、なんとなくがさついて落着きのない、一夜どまりの旅館式になってしまった。むかしの浴槽はみな狭く、板張りであった。地方の電灯は電力が十分でないと見えて、夜の風呂場など濛々たる湯気に鎖されて、人の顔さえもよく見えないくらいである。まして電灯のない温泉場で、うす暗いランプの光をたよりに、夜ふけの風呂などに入っていると、山風の声、谷川の音、なんだか薄気味の悪いように感じられることもあった。温泉場の怪談話として柳里恭の『雲萍雑志』を紹介する。

昔はめったになかったように聞いているが、温泉場に近年流行するのは心中沙汰である。わたしが曽てある温泉旅館に投宿した時、なるべく静かな部屋を頼むと、二階の奥まった座敷に案内され、となりへは当分お客を入れないという。一月ほど前に、若い男女が劇薬心中した部屋であることを聞き出した。その日、夜になって、となりの座敷で女の軽い咳の声がきこえる。気になるので、起きてのぞきに行ったが、何事もなかった。

（浦西和彦）

五色蟹《ごしきがに》

短篇小説

〔作者〕岡本綺堂
〔初出〕掲載誌、発行年月日未詳。
〔初版〕『岡本綺堂読物選集第五巻』昭和四十四年発行、青蛙房。
〔温泉〕伊豆の温泉（静岡県）。

今夜はいつもより少しおくれて丁度二時を聞いたころに風呂場へ来ると、湯のなかに二人の若い女の首が浮いていた。自分と同じように夜ふけに入浴している人達だと思って、別に怪しみもないで彼女も浴衣をぬいだ。そうして、湯風呂の前に進み寄った一刹那に、二つの首は突然消えてしまったので、彼女は気を失う程におどろいて倒れた。

〔内容〕八月の中旬のある夜、遠泉君は本多と田宮という二人の友達と一緒に伊豆の温泉場へ行った。三人は近所の海岸へ散歩に出て非常に小さくて美しい蟹を見つけた。彼らは五色蟹だの、錦蟹だのと勝手な名をつけて、一匹をマッチ箱に入れて宿にもち帰った。夕食を食べ、寝込んでいると、隣の座敷から叫ぶ声がする。驚いて起きて見ると、四人連れの若い女性が泊まっていたが、その一人の白い脛へ蟹が突然に這い上がったので、みんな飛び起きて騒ぎ出したのであった。それが縁になって女達の名前などを聞き出した。古屋為子、鮎沢元子、臼井柳子、児島亀江という東京のある女学校の生徒であった。次の夜、田宮が話し出した。ゆうべの夜中、二時ごろいやな夢を見て目が醒めるとあんまり心持が悪いからひと風呂はいって来ようと湯風呂の前へ行くと、大きな風呂の真ん中に真っ白な女の首がぼんやりと浮いて見えた。よく見ると、それは児島亀江の顔に相違ないので、少し躊躇したが、御免なさいと挨拶しながら湯の中へはいると、今まで湯の中に浮いていた女の首が俄かに見えなくなった。驚いた田宮は直ぐに湯から飛び出して、ぬれた体も拭かずに逃げて来た。その話を聞いた本多と遠泉君はたぶん夢幻だと笑いながら言った。この時、昨日と同じ蟹が隣の部屋へ這いこんでいくのが見えた。大騒ぎの後で、蟹は児島亀江のバックの上で見つけられ、また本多につかまって、外へ放り出された。蟹の始末が付き十時ごろに寝たが、夜の蒸し暑さで遠泉君と本多は目がさめた。その時、隣座敷の襖が静かにあいて、二人の女がそっと廊下へ出てゆくらしかった。遠泉君と本多は田宮の話をふと思い出して顔を見合わせた。二人が話している時、田宮の胸に又あの蟹が乗っているのを見て、本多は思わず声をあげたが、これと同時に風呂場でけたたましい女の叫び声が起こった。二人は飛び起きて行ってみると、一人の女が風呂上り場に倒れていた。この女は田宮と同じものをみたのだ、ただ違うのはそれが二人だった。遠泉君は人間二人が突然に消え失せるはずはないといい、風呂番や宿の男どもが湯風呂に飛び込んで探して見ると、湯の底に女二人が沈んでいた。直ぐ医者を呼んで手当を加えた結果、一人は幸いに生きかえったが、もう一人の児島亀江は死んでしまった。児島亀江の死因は、後で調べて見ても何も見つけられなかった。このあと、遠泉君が一人で海岸の石に腰をかけている時、足もとに又五色蟹がいた。遠泉君はいやな気持ちになって、小石を拾って投げようとすると、「あ、およしなさい。祟りがある」と六十ばかりの漁師らしい老人がそばで言った。その蟹はあばた蟹と言って、そのふさわしくない名前の由来についても説明してくれた。千年前の話であるが、ここらにあばたで非常に醜い女がいて、彼女は若い男に恋して捨てられた。自分が醜いのをひどく怨み、来世は美しく生まれ変ってくるといって、この海岸に身を投げて死んだが、人間ではなく美しい蟹になったので、この蟹に手を触れたものには祟りがあると言い伝えられていた。殊に嫁入り前の若い女がこの蟹を見ると、必ず何かの禍を受けると恐れられている。遠泉君は確かに四人の中で児島亀江が一番若くて美しかったと思う。

（李　雪）

岡本喜八　おかもと・きはち

＊大正十三年二月十七日〜平成十七年二月十九日。鳥取県米子市に生まれる。明治大学専門部卒業。映画監督。

海抜二一〇〇メートルの野天風呂　かいばつにせんひゃくめーとるののてんぶろ　エッセイ

〔**作者**〕岡本喜八
〔**初出**〕「旅」昭和三十四年六月一日発行、第三十三巻六号。
〔**温泉**〕鑓《やり》温泉（長野県）。
〔**内容**〕温泉嫌いの僕が温泉について語るなどとは考えてみればオコガマシイ話だ。ある夏、一人旅の気楽さ、陽のあるうちに唐松小屋までいけばいいと、信州と越中のボーダーラインを歩き始めた。しかし、鑓のアクマまでできたら、雨がひっくり返したように降ってきた。かくれる場所はマルキリない。雷に怯えながら鑓温泉へと急いだ。組み立て式のインスタント小屋に入ってやっとわれに返った。かくて自発的に海抜二千百メートル弱、本邦最高地にある温泉へ飛び込んだ次第である。浴槽は石炭質らしい岩をほじくって湯をためた野天風呂、カケヒから落ちる湯に肩を叩かせながら痛めつけた足を思い切り伸ばした。目の前の雪渓をガスがはいあがっては消えていく。翌朝おまけのつもりでモウ一度入ったら眼下は一面の雲海であったから泣かせる。天国にもし銭湯があったらあんなものかもしれない。

（鄒　双双）

沖野岩三郎　おきの・いわさぶろう

＊明治九年一月五日〜昭和三十一年一月三十一日。和歌山県日高郡寒川村（現・日高川町）に生まれる。明治学院神学科卒業。小説家、牧師。「宿命」など。

宿命　しゅくめい　長篇小説

〔**作者**〕沖野岩三郎
〔**初出**〕「大阪朝日新聞」大正七年九月六日〜十一月二十二日、七十八回連載。幡恒春・画。
〔**初版**〕『宿命』大正八年十二月二十日発行、福永書店。初出を大幅に加筆。
〔**温泉**〕
(1)龍神温泉（和歌山県）。
男湯には一人も居なかつたが、板一枚を隔つてる女湯ではジヤブ〳〵湯を使ふ音がした。二坪もある程の大きな湯槽には無色無臭の温泉がピタ〳〵縁を洗つて槽の外まで溢れて居た。堅爾は辷り気味の湯槽の底を用心しイしイ窓際まで行つて、ヅツぷり耳まで浸りながら外を眺めた。際涯《はて》なく高く見える山が、真白く雲の中に聳えて居た。亭々とした松が頂から青い雲の中に手を差伸して逃げ行く薄白い雲を掴まうとしてゐた。
(2)赤島温泉（南紀勝浦温泉）（和歌山県）。
覚也が勝浦へ着いたのは四時半頃であつた。マダ乗船まで三時間もあると云ふので、小舟を頼んで赤島温泉へ渡つて行つた。左手の二階坐敷に案内されて明放した窓から海の方を眺めて居ると、廊下の所から静かな跫音が聞えて、

「先ア、石塚さんぢや無くツて?」と声をかけたのは時子であつた。

〔内容〕前編「恋愛観」、後編「社会観」から成る。前編は紀州新宮の資産家太地家を中心に描かれる。お常は二十七歳で夫と死別し、三十万以上の財産を守り、利雄と堅爾の二人の子供を育ててきた。お常が四十一歳の春、二十歳になった利雄の妻に姪の清香を貰った。やがて須基子が生まれたが、その翌年に清香が血を吐いて死んだ。利雄は厭世家となり、町から半里ばかり離れた王子が浜に別荘・晩雅楼を建てて、十四年間、母も弟も須基子も近づけなかった。弟の堅爾に母の生家の大伴の名跡を継がせ、東京の白金学院を卒業すると、すぐにアメリカに留学させた。明治四十二年、利雄は二通の遺書を残して死んだ。遺書には、十九歳の時、肺尖加答児《カタル》だと診断されたが、清香と結婚し、伝染させて殺してしまった。「私は斯んな遺伝と血液とを有《も》つた太地家が此世界から消滅する事を望んでゐる。私の死ぬ事は人類の為に裨益だ」と書かれていた。翌年四月、弟の堅爾がアメリカから帰国した。幼友達の松本時子は「男ツて本当に弱いものネ、一旦童貞を捨てた男は尚々駄目よ。男ツてものは大抵男の心で女の心を推察するから女に馬鹿にされるのよ」といい、性欲を離れた精神的恋愛を憧憬し、その相手を求めて、自由奔放な生き方を望んでいる。堅爾は龍神温泉へ時子を追いかけて行って、時子に結婚を承諾させる。後編では、製材会社のストライキを指導していた、利雄の主治医であった田原清一らを中心に描かれる。田原の使用していた原稿用紙を使って重役に脅迫状を送ったり、田原の知らぬまに薬品を盗み出したりする者もでてくる。工員の放火事件のために、田原に警察の追及が迫ってきた。田原は牧師の音無信次に後事を託して消息を絶った。やがて、田原はシンガポールで死んだことが伝えられる。音無が田原の遺族の落着き先を世話するさなか、堅爾が急死する。須基子も夭逝した。単行本の扉に「本書の原稿、二十字詰十行一千百八十枚の内七百七十枚までは全然大阪朝日新聞の懸賞当選小説として発表しなかつた部分であります。残余の四百十枚も余程内容に改竄を加へてあります」とある。田原は大逆事件の大石誠之助をモデルにしている。

（浦西和彦）

ゆごとり

エッセイ

〔作者〕沖野岩三郎

〔初出〕『伊香保みやげ』大正八年八月十五日発行、伊香保書院。

〔温泉〕伊香保温泉（群馬県）。

〔内容〕去年の十月上旬の事であった。私は心に悩ましい事があって、詩人のY氏夫妻の所へ出かけて繰返し愚痴を並べ立てた。毎日二三回宛《ずつ》はトボトボとY氏の門を潜って心の歎《なげ》きを打ち明けて、慰められたのであった。Y夫人は私を見ると、今書肆のKさんが来ていますよ、会って御覧なさい、本当に面白い人ですよという。初対面のKは「君、何所《どこ》か悪いのかね」、「煩悶? どんな煩悶か知らないが、どうも然《さ》う痩せてゐては、何所かの温泉へでもお出《い》でになつたら如何です」と云った。Kが費用を引き受けてくれるので、妻に伊香保へ新婚旅行をしようではないかといった。その翌日、Kのところへ百円ばかり原稿料の前借りにいったが、Kは今朝出たきりで留守だった。有り金九円七十銭しかないので、翌日朝九時に家を出て、Y氏から十円借りて上野駅に向った。伊香保行もいいが、紅葉が盛りなので先に日光へ寄った。案内料等で三円五十銭も奪《と》られたので、中禅寺湖畔の橋本屋まで歩いた。宿料は一人前二円五十銭で花代一円を添《そ》えて宿を出た。結局、伊香保へは行かず、そのまま家へ帰って一週間ばかり引籠り、十日目にY氏の宅へ出かけると、Y氏は「君、伊香保は宜《よ》い所だらう」。私たちは明治三十一年九月に紀州の山奥で結婚して丁度二十一年目だった。そして、Y氏とK氏に唆《そその》かされて伊香保行を思い立ったが、途中で家康公に旅費の総てを奪われて、伊香保へ行ったように無駄な嘘を吐《つ》かねばならなかったのである。しかし、神は私の家庭に偉大な奇蹟を下した。妻は本年七月二十八日に出産する予定になっている。何はともかく書肆のK君を紹介してくれたY夫人に感謝する。そしてK君が伊香保へ行くなら出金してやろうと言ってくれた言葉が刺激となって、新婚旅行を企てたのであるからK君にも深く謝せねばならない。伊香保行の途中日光で行止り、そして婚後二十一年目の妊娠。私はその後、夫婦者の子無しの人に対しては伊香保行を勧める。

（浦西和彦）

荻原井泉水　おぎわら・せいせんすい

＊明治十七年六月十六日～昭和五十一年五月二十日。東京市芝区神明町（現・東京都港区）に生まれる。本名・藤吉。幼名・幾太郎。東京帝国大学言語学科卒業。俳人。「層雲」を創刊、季題無用論を唱えた。

昔を今に　むかしをいまに　エッセイ

〔作者〕荻原井泉水

〔初出〕「温泉」昭和二十五年六月一日発行、第十八巻六号。

〔温泉〕飯坂温泉（福島県）、山中温泉（石川県）。

〔内容〕昔を今に古人の気持ちを現代の今日にして、いきいきと、しみじみと味あうことの喜びということを語りたいのである。風景も、温泉も、昔から歴史を持ち、古人の生活が織り込まれているものだから、昔と今とを同時に味あうことが出来たなら、楽しみは倍化されるにちがいない。私の旅行の半分は、芭蕉の足跡を尋ねて歩く旅であった。芭蕉の昔と今日とその変遷の最もいちじるしいものとして、飯坂温泉もその一つであろう。私が最初に行った大正末年は、昼夜とも絃歌湧くがごとき盛況であって、夜は川に向って数層をなした部屋部屋の灯火が水にもうつって、まことに不夜城の観であった。この飯坂温泉は、芭蕉時代には、田のほとりに湯のわいている処にすぎなかった。旅籠などはなく、芭蕉は温泉に入って、ある百姓家で泊めてもらった。とてもひどい家で、夜中になって大夕立があり、雷さえ鳴ってきた。芭蕉が寝ている上から、雨が洩ってきた。のみや蚊もいて、さんたんたる一夜だった。そのさまが「奥の細道」に書いてある。「奥の細道」の旅程の中で、芭蕉の浴している温泉がもう一つある。加賀の山中温泉である。「山中や菊はたをらじ湯の匂ひ」という句が残されている。芭蕉が泊まった宿は、泉屋又兵衛と云って、当主はまだ少年の久米之助で、その少年に芭蕉は桃夭という号をつけてやった。穴水の城主長甲斐守が鷹狩に来た時、白鷺の群れを見て、そこに湯の湧くことを知り、温泉の開発を命じられたのが、泉屋の先祖だということだ。明治四十年頃までその跡が残っていたそうだが、その建物は毀たれて、今は「白鷺の湯」として浴場になっている。泉屋の末裔は他国に出てしまい、弟分が分家し、越田という姓を名乗って、私の行った大正末年には、蟋蟀《こおろぎ》橋付近で、温泉土産のくりものなどを商っていた。時にはこうした事までも調べて、昔の人の子孫をたずねたりすることも、昔を

今に味あうことの、旅の楽しみに外ならないのである。（浦西和彦）

尾崎一雄　おざき・かずお

＊明治三十二年十二月二十五日～昭和五十八年三月三十一日。三重県に生まれる。早稲田大学国文科卒業。小説家。代表作に「暢気眼鏡」「虫のいろいろ」など。『尾崎一雄全集』全十五巻（筑摩書房）。昭和五十三年文化勲章受章。

海南島の温泉　かいなんとうのおんせん　エッセイ

〔作者〕尾崎一雄

〔初出〕「温泉」昭和十六年六月一日発行、第十二巻六号。

〔温泉〕箱根塔ノ(之)沢温泉（神奈川県）、修善寺温泉（静岡県）、上高地温泉（長野県）、崖縣温泉・藤橋温泉（以上中国広東省海南島）。

〔内容〕生国が箱根山に近いところなので、箱根や伊豆の温泉は大体知っている。子供の頃は、毎年、多分夏だったと思うが、箱根の塔ノ沢の一ノ湯へつれてゆかれた。これは、祖父が以前から行きつけの家だったらしい。その後、父の代になると、父は修善寺の新井へよく行った。私は行きつけの温泉宿をつくるほどの柄でもないから、たまに、行き当たりバッタリで湯を浴びるだけである。信州上高地の、上高地温泉ホテルは、東京の学校での友人がやっているのだが、ここへは度々行って、我儘を云っている。上高地へ私が行くのは、温泉のためと云うよりは、山のためである。今年早々、飛んでもなく遠方の温泉へ入ることが出来た。海南島の崖縣（又は崖北）温泉である。海南島と云うのは、台湾より少し大きい島で、内地から千七八百浬もある亜熱帯地方である。私は、この一月三日東京を発ち、台湾、厦門、汕頭、広東と廻り、一月十九日に、海南島北部の海口市に入った。一月二十六日、私どもは海口から船で島を半周し、最南部の三亜港に入った。三亜から約八十キロ西方の海に近いところに崖縣がある。ここには、海軍特別陸戦隊の分遣隊が三亜から派遣され常駐しているが、ここで私どもは思いがけなく見事な温泉につかることが出来たのである。板囲い、板屋根で、風はいつも通り抜けたが、何しろ一月末の、内地では寒と云う時候に、この崖縣では丁度内地の七月盛夏の有様だから、入浴に不便は感じない。湯は透明で、温度も高からず低からず、まことに快適であった。三亜から奥地の保亭へ行く途中に、藤橋温泉と云うのがある。急いでいたので、一寸立ち寄って顔を洗って来たばかりだが、ここの湯も綺麗であった。崖縣のも藤橋のも、板囲い板屋根で風は吹通しと云う簡単な設備だが、浴槽は共に二つある。温泉は綺麗だし、元々綺麗好きな海軍の人たちが管理しているので、非常に清潔で気持ち好かった。（李　雪）

温泉の思ひ出　おんせんのおもいで　エッセイ

〔作者〕尾崎一雄

〔初出〕「温泉」昭和二十四年十一月一日発行、第十七巻十一号。

〔初収〕『もぐら随筆』昭和三十一年二月十五日発行、鱒書房。

〔全集〕『尾崎一雄全集第十巻』昭和五十八年十一月三十日発行、筑摩書房。

〔温泉〕箱根塔ノ(之)沢温泉・箱根小涌谷温泉・湯ケ《が》(河)原《わら》温泉（以上神奈川県）、片山津温泉（石川県）、平湯温泉（岐阜県）、上高地温泉・浅間温泉（以上長野県）、崖縣温泉・藤橋温泉（以上中国広東省海南島）。

〔内容〕温泉に関する最初の記憶は、四十

四、五年前の多分五つか六つの時の箱根塔ノ沢の開泉楼一の湯であった。そのとき私は醜態を演じたことだけを覚えている。大神楽がやってきて、金色の歯の獅子頭を見ると、私はふるえ上って、火でもついたように泣き出したのである。この一の湯では、もう一つ忘れ得ぬことがある。中学三年生位の時、夕方、一人で浴室に入っていると、私より一つ年上位の美少女が、たった一人で湯舟に腰かけていた。私は長い間、この美少女の全裸の姿を楽しい秘密として心に持っていた。修善寺以西の温泉を、私は知らない。私の知っているのは、伊豆、箱根以東である。裏日本では、片山津以北である。片山津の湯之出別荘裏にある柴山潟の夕方の眺めはいいと思った。箱根は小涌谷が好きだ。伊豆では、修善寺、長岡、熱海、伊東、湯河原ぐらいしか知らない。湯河原の中西で、碁の会を二三回やったことがある。昭和十四五年頃だと思う。碁をさんざん打って疲れ、眠れなくて午前三時頃、一人小さな浴室に入り、ぽかんとしていると、廊下にひそかな足音。入って来た人が、蒼白い、痛々しいまでに瘠せた人、額に髪が垂れかかっている。ギョッとしたが、よく見ると川端康成氏だった。川端氏が入ってきた瞬間は実に怖かった。その次の時、中西で一行六七人が一泊で帰ることにしたが、倉田百三氏と山崎剛平の二人が残り、二晩位打ったらしい。打ち疲れて帰京すると、もともと病弱な倉田氏は、宿痾を再発、ついに不帰の客となった。山崎剛平は「どうも俺が倉田さんを打ち殺したみたいで、寝醒めが悪い」といっていた。

一度、友人とハイヤーを飛ばして飛騨高山へ行ったことがある。平湯温泉の村山旅館で昼食をとり、湯にもゆっくり入った。上高地に半月一と月ぶらぶらしながら、槍へも穂高へも登らなかったのは安井曾太郎画伯と私ぐらいのものであろう。安井さんは温泉ホテルの一室から、向こう側の霞沢岳を、私は小説を書いていた。上高地から松本郊外の浅間温泉に寄った。

最後に、大抵の人が知らないと思う温泉の話を紹介しておく。昭和十六年一月、海軍省派遣の前線慰問に南支、海南島方面へ出かけたことがある。三亜港の西八十キロ崖縣という所に、バラック建てながら温泉があった。面白いことに、地元の人は、決して温泉には入らぬという。三亜から東北方、奥地の保亭へ行く途中に、藤橋温泉があった。ここも同様で、「温泉は神様の水だ、人間が入るとばちが当る」と人々は考えていた。ところが、日本軍は平気で入り、ばちが当らないので、「日本人はエライ」と感心していたという。さて、現在ではどうだろう。

（浦西和彦）

尾崎喜八《おざき・きはち》

＊明治二十五年一月三十一日～昭和四十九年二月四日。東京市京橋区鉄砲州（現・東京都中央区）に生まれる。京華商業学校卒業。詩人、随筆家。日常口語の人生派的詩を書いた。詩集に『空と樹木』など。

遠い箱根《とおいはこね》　エッセイ

〔作者〕尾崎喜八
〔初出〕「温泉」昭和二十五年八月一日発行、第十八巻八号。
〔温泉〕箱根温泉（神奈川県）。
〔内容〕東京下町の商家に生まれ育てられた私は、夏休みになると、毎年同じ避暑地の同じ旅館へ行って暮らすのだった。大磯では大内館、箱根では蔦屋へ行くことが多かった。湘南の海岸で暮らしながら、海が荒れだすと温泉場へ移動するのが慣例だった。蔦屋の一階の洗面所には主人沢田氏の採集された箱根火山の珍奇な植物の腊葉標本が額に入れて並べてあった。幾夏を通じて、箱根の温泉という温泉へはすべて連れて行かれた。所謂七湯めぐりや名所見物は駕籠か馬か徒歩だった。姥子の湯に関しては年を経た蛇でも棲んでいそうな気味の悪い岩窟だという記憶だけが残っている。木賀や宮城野は暗く寂びれているように思われたが、小涌谷と強羅とは土地が高燥で明るく開けているのが気に入った。今、私の眼の前に一枚の写真がある。大涌谷の地獄沢、濛濛と渦まく水蒸気や雲を背景として、二人の男女が立っている。詩人高村光太郎さんと智恵子さんだ。一九二七年とある。二十三年の昔になる。ロダンの「ミネルヴァ」とマイヨールの「地中海」とが、この限りもなく美しい夫婦の写真の女人像からこもごも立ちくゆって来るようだ。思い出は遠く、箱根もまた遠い。（浦西和彦）

尾崎紅葉《おざき・こうよう》

*慶応三年十二月十六日～明治三十六年十月三十日。江戸芝中門前町（現・東京都港区）に生まれる。本名・徳太郎。別号・縁山、半可通人、十千万堂。帝大文科大学和文科中退。小説家。山田美妙らと硯友社を組織。代表作に「三人妻」「多情多恨」「金色夜叉」など。

金色夜叉《こんじきやしゃ》　長篇小説

〔作者〕 尾崎紅葉

〔初出〕 「読売新聞」明治三十年一月一日～三十五年五月十一日。断続的に連載。

〔初版〕 『金色夜叉前編』明治三十一年七月六日発行、『金色夜叉中編』明治三十二年一月一日発行、『金色夜叉後編』明治三十三年一月一日発行、『金色夜叉続編』明治三十五年四月二十八日発行、『金色夜叉続々編』明治三十六年六月十二日発行、いずれも春陽堂。

〔全集〕 『紅葉全集第六巻』明治三十七年十二月十六日発行、博文館。

〔温泉〕

(1)熱海温泉（静岡県）。

　打霞みたる空ながら、月の色の匂滴るやうにして、微白き海は縹渺として限を知らず、譬へば無邪気なる夢を敷けるに似たり。寄せては返す波の音も眠げに怠りて、吹来る風は人を酔はしめんとす。打連れてこの浜辺を逍遥せるは寛一と宮なりけり。

(2)塩原温泉（栃木県）。

　風呂場に入れば、一箇の客先在りて、未だ灯点さぬ微黯の湯槽に漬りけるが、何様人の来るに駭けると覚く、甚だ忙しげに身を起しつ。寛一が入れば、直に上ると斉しく洗場の片隅に寄りて、色白き背を此方に向けたり。

〔内容〕 銀行家の息子富山唯継がカルタ会で見染めた鴫沢宮には、許婚者間寛一がいた。湯治に行ったと聞かされていた宮の突然の結婚話に驚いた寛一は、熱海の海岸で宮の真意を確かめる。宮の心が金銭のために富山に傾いていることを知った寛一は絶望して失踪、金銭の鬼・高利貸しの手代となる。美人の同業者赤樫満枝に恋されても、かつての学友親友と再会して絶縁されても、宮の両親が頭を下げに来ても、高利貸しの業の深さから怪我を負っても、主人が無残な死に方をしても、寛一は宮を恨む心を捨てられずに世をすね続けている。富山と結婚した宮もまた、幸せとは程遠い生活をおくっていた。寛一を忘れられず、夫を愛することができない。やがて気鬱のあまり病気になってしまう。寛一のかつての親友に偶然再会して寛一の居場所を知り、詫びに行くが、寛一は受け入れない。しかしある日寛一は、宮が悔悟の結果自殺する夢を見る。夢の中で寛一は悲しみ、宮を許し、後を追う。この夢のために寛一はますます苦しむが、仕事のため塩原温泉へと向かうことになる。同宿の若い男女が唯継に金銭の力で仲を割かれそうになりながらも、それに屈せず心中を選ぼうとする。それを知った寛一は大いに感動して二人を保護する。二人の存在に心慰められる寛一だが、体調が芳しくない。一方、宮の病もいよいよ重くなっていた。

（阿部　鈴）

湯の花《ゆのはな》　短篇小説

〔**作者**〕尾崎紅葉
〔**初出**〕掲載誌、発行年月日未詳。
〔**初収**〕『草茂美地』明治三十六年十一月発行、冨山房。
〔**全集**〕『紅葉全集第五巻』平成六年二月二十一日発行、岩波書店。
〔**温泉**〕箱根温泉（神奈川県）。

　化物の関の此方に野暮洗ふ七湯の繁盛、夏は避暑といひ、寒中は冬籠、然も無き時は転地療養と、四時浴客の絶間無く、田舎に都を立て、山中に不自由知らず、凡そ集るものに金銭の沙汰するものなければ、人心自から呑気にして、…。

〔**内容**〕小田原の殿様が歓楽のために箱根温泉にやってきた。二歳ぐらいの子供を抱いている二十歳頃の貧しい女性に心ひかれている様子なので、いつもの色好みの病気が出て困ったものだと老夫《おやじ》は思った。しかし、殿様は頭をたれ、涙を流している。

　老夫が女性の素性を調べると、十五六歳の頃、ある宿で奉公していて、殿様の御手付きになった女性であった。その後、殿様が目をかけなかったために、女性は〝だめの輿のおひろ〟と仇名されていた。

（岩田陽子）

尾崎士郎《おざき・しろう》

＊明治三十一年二月五日～昭和三十九年二月十九日。愛知県幡豆郡上横須賀村（現・吉良町）に生まれる。早稲田大学政治経済科除籍。小説家。「人生劇場」で第三回文藝懇話会賞を受賞。『尾崎士郎全集』全十二巻（講談社）。

山峡の宿《さんきょうのやど》　短篇小説

〔**作者**〕尾崎士郎
〔**初出**〕「温泉」昭和二十三年十一月一日～二十四年一月一日発行、第十六巻十一号～十七巻一号。
〔**温泉**〕湯ケ島温泉（静岡県）。
〔**内容**〕天城の雨という言葉には美しさが沁み付いている。天城越えにまず必要なのは傘、しかし雨宿りをしていてもけんもほろろに扱われることはまずない。もし、木賃宿や若い女のいる茶店風の料亭であったら、猶更のこと情趣の深さは思いがけない所から形を整えてくる。

　私は大正の末から昭和の初年にかけて、どこを歩いても野心の破片ひとつ落ちていないような町湯ケ島で幾夏かをすごした。深い渓流を前にした宿の二階に私は居たが、昼寝をして夕方目が覚めるともう雨に煙っている。そんなときはぶらりと傘をさして外へ出ると、鈴のような瑠璃鳥の声が聞こえてくる。

　私は温泉宿の二階で、最初の一年は、ひと夏をうかうかと過ごしてしまった。同じ宿に泊まっていた若いフランス文学者の狭間次郎君と詩人の私はしばしば語り合った。お互い詠嘆を洩らしあいながら、朝、顔を洗うとすぐ酒ということになる。狭間君は酔いの気まぐれに乗じてさかんに絵を書くのでむしろ絵の先生として有名になってしまった。ある日の午後、私は郵便局に用事で行く途中、交番の堀内巡査に呼び止められた。この巡査は、どこかの村に駐在していたとき、雑貨屋の店頭から「味の素」を盗んで逃げる男を追跡して取り押さえた事があるという事や、野良犬が轢かれそうになったのを防いだと聞いた事があった。一杯誘おうと思っていたので、思わず立ち止まった。すると彼は絵が好きらしく、宿にえらい絵の先生がいるかと尋ねてきた。狭間は大変喜びその日のうちに女中に命じて滝の絵を届けさせた。彼の人気がこの温泉町で急に沸き立ち私も刺激されたわけでもないが、岩山の影の古い寺の奥まった一室を借りた。そこの和尚も私に狭間の絵を頼むので、描いてもらい一緒に持っていった。和尚は逆さまで絵に見入り、落款を確認するとひっくり返し、「滝だ」と言った。外へ出ると二人で大声で笑った。

　ある晩、詩人の五味と大学生の長橋と三人で飲んでいた。その料亭には今年十八になる、目の美しい女がいた。五味は一緒にどこかへいこうと誘ったが、階下で誰か呼んでいると逃げられてしまった。宿へ帰ると狭間がいて化かされた、と詳細を語った。次の朝、堀内巡査の来訪をうけ、狭間の化かされた話をすると、それは狐だといった。

　その次の朝、誰とも挨拶を交わさず宿を立った。二十年前に聞いた落葉の音を、私は今、耳に染み入るように聞くのである。

（古谷　緑）

尾崎秀樹

おざき・ほつき

＊昭和三年十一月二十九日～平成十一年九月二十一日。台湾台北市児玉町に生まれる。台北帝国大学付属医学専門部中退。評論家。研究誌「大衆文学研究」を創刊。『大衆文学論』で第十六回藝術選奨文部大臣賞を受賞。

新序《しんじょ》

序文

〔作者〕尾崎秀樹

〔初出〕『伊香保みやげ』平成八年十月二十日発行、伊香保書院。

〔温泉〕伊香保温泉（群馬県）。

〔内容〕伊香保は榛名山《はるなさん》の外輪山である二ッ岳の北東斜面中腹に形成された湯の町である。伊香保の地名は「万葉集」巻十四の東歌《あずまうた》中上野国《かみつけの》の「伊香保嶺に雷な鳴りそね吾が上には故はなけども児らに因《よ》りてぞ」ら九首に最初に見られるが、現在の地名や観念と一致する形では、南北朝時代に成立した「神道集」が最初である。これは京都の安居院《あぐい》で編集された全国の縁起集で、五十話のうち伊香保周辺の伝承が三話もふくまれている。室町期に入ると、連歌師の飯尾宗祇が文亀二年（一五〇二）、旅に病んで、伊香保の湯が中風に効《き》くと聞いて、入湯した記録がある。湯治をしながら、弟子の宗碩、宗玻と連歌の座を開き、「伊香保三吟百韻」がある。宗祇の来湯より十数年早い文明十八年（一四八六）に、尭恵《ぎょうえ》が七日入湯した後、榛名湖畔の沼の原に出ていて、「北国紀行」を書いている。近世に入ると、高山彦九郎が安永二年（一七七三）に叔父正業と赤城神社参拝で登山し、伊香保などを巡遊して「赤城紀行」をまとめた。十返舎一九は文政元年（一八一八）頃来遊し、「善光寺草津道中金草鞋」を書いた。ベルツはドイツ人の医学者だが、明治十三年に『日本鉱泉論』を著した。日本の温泉の模範とするため伊香保を例にとって改良すべき点を指摘した労作だった。伊香保温泉の名を全国にひろめたのは徳冨蘆花の長篇「不如帰」だ。蘆花が新婚五年を記念して愛子夫人と伊香保に旅したのは明治三十一年五月。三週間滞在して水沢寺や榛名湖畔にも足を運び、この時の印象を「自然と人生」や「不如帰」に書いている。蘆花はそれ以後も千明仁泉亭を常宿として逗留することが多く、昭和二年に病にたおれると、本人の希望で医師、看護婦付添いで、伊香保に移り、千明旅館の「二の段の別荘」でなくなった。木下尚江は明治三十九年十月から翌年十二月まで、伊香保の木暮武太夫旅館にこもって、「懺悔」「霊か肉か」「乞食」「労働」などを執筆した。『言海』の著者である大槻文彦は明治十二年夏に伊香保に静養に訪れ、「上毛温泉遊記」に書いている。伊香保を訪れ、そして作品をまとめた人はそれ以後も多く、田山花袋、竹久夢二、島崎藤村、若山牧水、山村暮鳥、与謝野晶子、林芙美子、萩原朔太郎、横光利一等々きりがない。（浦西和彦）

小山内薫《おさない・かおる》

＊明治十四年七月二十六日～昭和三年十二月二十五日。広島市に生まれる。筆名・なでしこ、鸚鵡公。東京帝国大学英文科卒業。演出家、劇作家、小説家、劇評家。イプセン会を結成。二世市川左団次らと自由劇場を興した。

伊香保《いか》へ《ほへ》　エッセイ

〔作者〕小山内薫
〔初出〕『伊香保みやげ』大正八年八月十五日発行、伊香保書院。
〔温泉〕伊香保温泉（群馬県）。
〔内容〕八月八日、上野午後一時四十分発に乗る。僕の乗った二等室は二室に分かれ、僕一人と半白の老人一人きりである。話し相手になるのが大嫌いだから、わざと老人には背を向けてサンデーを読む。上野から出る汽車程つまらないものはない。高崎まで四時間をモルナアの「悪魔」を読むことに費やす。榛名山にはまだ一度しか登った事がない。中学の修学旅行で、前橋から伊香保まで歩いた。伊香保の温泉町は狭細《せせこま》しかった。榛名湖の畔は広々として好い気持ちだった。相馬ヶ嶽の夕暮れは子供心にも天地の寂寞を感じさせた。汽車が高崎に着いた。荷物は風呂敷包み一つに着換えを入れた紙包み一つだけ。着物を紙包みして歩いたのは今度が始めてである。電車で夕方六時に渋川へ着いた。伊香保行きの電車は一時間待たなければならない。閑潰《ひまつぶ》しに西洋人を観察する。西洋人は「ホテルには何人客がゐるか」と聞いているが通じない。余り気の毒だから、僕が口を出した。西洋人はこの小さな町のこの小さな茶屋に電灯のあるのに驚いた様子で、支那《シナ》では中々高いから電気をつける家が少ないと言う。西洋人の話し相手をしながら伊香保に着く。この西洋人は直《すぐ》に高いか安いかと値段の事をいう。停車場の白い板に「海上三千呎《フイト》東京距《さる》三十五里」とある。宿屋に困った。この狭い温泉町に三千の客が泊まって、断られた。ようやくのことで、何とかという汚い部屋に泊れることになった。温泉町の夏の夜はざわざわと物騒がしい。

（浦西和彦）

織田作之助《おだ・さくのすけ》

＊大正二年十月二十六日～昭和二十二年一月十日。大阪市南区生玉前町（現・中央区）に生まれる。第三高等学校中退。小説家。代表作に「夫婦善哉」「木の都」「世相」など。

放浪《ほうろう》　短篇小説

〔作者〕織田作之助
〔初出〕「文学界」昭和十五年五月一日発行、

第七巻五号。
〔**初収**〕『夫婦善哉』昭和十五年八月十五日発行、創元社。
〔**全集**〕『織田作之助全集第一巻』昭和四十五年二月二十四日発行、講談社。
〔**温泉**〕別府温泉（大分県）。
　聴けば、北田は今は温泉旅館の客引きをしており、小鈴も同じ旅館の女中、いわば二人は共稼ぎの本当の夫婦になっているのだという。
〔**内容**〕順平が産れた時、母のおむらが死んだ。父の高峰康太郎はこれ倖いと後妻をいれた。兄の文吉は康太郎の姉聟の金造に養子に貰われた。順平は乳飲子で可哀相だとおむらの母のお婆が引き取った。お婆が死ぬと順平は父の元に戻ったが、すぐに父も死んだので、十歳の順平は、大阪生国魂神社前で仕出屋をやっている叔母おみよの家の養子となる。養子先には順平より一歳下の美津子がいた。叔父は苦労人で、順平は特に継子扱いもされなかった。将来は美津子の聟にし、身代を譲ろうと思っていたので、順平も板場の修業に精を出した。だが、美津子は妊娠し男に捨てられていた。叔父夫婦はあわてて順平と美津子を結婚させたが、彼女の心は順平になく、名ばかりの亭主であった。兄の文吉は強慾な金造に下男のように扱われていた。ある日、文吉は荀の代金三十円を持って大阪へ出て、使い果たして自殺してしまった。むなしくなった順平は、貯えてあった二百円を持って逐電する。オイチョカブの北田にそそのかされ、博打で全部とられてしまう。順平は北田と組み、売屋《ばいや》をやったりするが、美津子が近々に聟を迎えるという噂を聞き、大阪の土地が怖いもののように思われ、東京へ行く。浅草の寿司屋へ住込みで雇われたりするが、脱腸の悪化で手術したりして、また大阪へ戻った。北田は小鈴の後を追って別府へ行っており、順平も北田を追って別府へ行く。北田が流川通の都亭という小料理屋へ世話してくれた。順平は河豚料理で中毒事件を起こし、刑務所へ送られる。一年三か月で出所し、大阪へ戻る。電力節約のため、ネオンや外灯が消され、夜の大阪は暗く、勝手の違う感じがした。生国魂神社に夜が更けるまで佇んで美津子の姿を見つけた順平の目には涙がにじんだ。玉江橋の上から川の流れを見ていると、何の生き甲斐もない情けない気持ちがした。懐から金を取り出そうとした途端、川へ落してしまった。手をながめると、その手だけが血色もよく板場の修業を重ねた美しさだった。そや、この手がある内、わいは食べて行けるんやと気がついた。（浦西和彦）

探し人《さがしびと》　短篇小説

〔**作者**〕織田作之助
〔**初出**〕「週刊毎日」昭和十五年八月一日発行、第三十八巻五号。
〔**初収**〕『夫婦善哉』昭和十五年八月十五日発行、創元社。
〔**全集**〕『織田作之助全集第一巻』昭和四十五年十二月二十四日発行、講談社。
〔**温泉**〕湯崎温泉・白浜温泉（以上和歌山県）。
　温泉宿に泊まって「風邪の便り」を当てに妹を探し求めたが、見つからず、二日目にもう宿屋の払いも危うくなったので、白浜の綱不知から蒸気で三十分の田辺へ行き、そこの映画館へ渡りをつけて弁士に雇われた。
　田辺の映画館で月に二回、湯崎・白浜温泉へ出張興行をした。夜一回の興行で、昼の間温泉場を練りまわって宣伝する。
〔**内容**〕新吉が十一の時に母が死んだ。父は近所の小料理屋にいたお龍を後妻にもらった。新吉ははじめから継子面をしていたから、お龍に苛められた。父は歯ブラシの軸の職人だったが、博奕に凝り出し、子供たちのことなど、とんと構わなかった。新吉は小学校を卒業すると和歌山市の仏壇修理屋に奉公に出された。あとに残る妹の芳枝のことが心配だった。せっせと奉公すればきっと出世できる、その時にお前を迎えに来てやる、それまで継母に苛められても辛抱せよと、妹に生意気な口を利いた。十八の時、お内儀との仲を懸念されて、新吉は主人から暇を出された。うどん屋に雇われるが、新吉が美男子であることが元で暇を出されてしまう。弁士になってはと誘われ、小屋入りするが、素人藝ゆえに、使い走りばかりで、二年辛抱して、やっと舞台に立った。ある日、妹に似た女優の春山夢子に出会い、芳枝に会いたくなって大阪へ帰ってきたが、生家には継母のお龍も芳枝もおらず、父は一年前に脳溢血で死んでいた。隣の人の話では、芳枝は兄を頼って和歌山へ行き、湯崎温泉の宿屋で女中をしているという。新吉は和歌山へ行くが妹には会えず、田辺の映画館で弁士に雇われて、妹を探しつづける。しかし、発声機械の導入で弁士を廃業せねばならなくなった。大阪に舞い戻り、智恵者の田辺楽童を頼りに、大道易者になった。戎橋で楽童と組んで占いをはじめる。シテ役の新吉が後ろ向きのまま、楽童の言葉の中にある暗号で透視するのである。ある夜、奉公先を逃げ出した芳枝が占ってもらいに来る。後ろ向きの新吉には妹であることがわからない。探し人は二日以内に必ず見つかると新吉は占う。妹も兄を探し求めていながら、気付かずに立ち去っていく。　（浦西和彦）

雪の夜《ゆきのよ》　短篇小説

〔作者〕織田作之助

〔初出〕「文藝」昭和十六年六月一日発行、第九巻六号。

〔初収〕『漂流』昭和十七年十月一日発行、輝文館。

〔全集〕『織田作之助全集第二巻』昭和四十五年三月二十四日発行、講談社。

〔温泉〕別府温泉（大分県）。

　往来のはげしい流川通でさえ一寸も積りました。大晦日にこれでは露天の商人《あきんど》がかわいそうだと、女中は赤い手をこすった。入湯客はいずれも温泉場の正月をすごしに来て良い身分である。せめて降りやんでくれたらと、客を湯殿に案内したついでに帳場の窓から流川通を覗いてみて、若い女中は来年の暦を買いそこねてしまった。

〔内容〕カフェ・ピリケンの前に、大晦日の今夜も易者が出ていた。今日はただの日ではないと、しょんぼり雪に吹きつけられていた。大阪から遠出してきた客が、「おい、坂田君、僕や、松本やがな」と声をかけた。坂田は大阪で親の代からの印刷業をしていたが、道頓堀の赤玉で女給をしていた照枝に、印刷機械まで売り飛ばしていれあげ、落ちぶれてしまった。坂田と照枝は東京に出てうどん屋をはじめたが失敗し、別府へ流れてきたのである。照枝が寝たきりになり、その日の生活にも追われている。松本は照枝とも交渉のあった男である。結局流産になったが、東京へ行く途中、妊娠していると打ち明けられた時は喜んだものの、あんたの子だと何度も繰りかえして言われると、ふと松本の子ではないかと疑ったこともあった。松本の鉄工所は事変以来殷賑を極め、四人も女を引き連れていた。立話もなんとやらや、一緒に珈琲をのみにいこうと誘われ出かける。坂田はその勘定を「これはわてに払わせとくなはれ」と、松本を押えて支払うのである。その日の見料の九十銭はすっかり消えてしまった。「作者のノート」（大阪府立中之島図書館織田文庫所蔵）で、私は別府の夜の感じを書きたかったが、私は別府を描いたのではなく、旅の心を書いただけである。「私は別府といふ土地を通して大阪の郷愁を描いたのである」という。

（浦西和彦）

秋深き《あきふかき》　短篇小説

〔**作者**〕織田作之助

〔**初出**〕「大阪文学」昭和十七年一月一日発行、第二巻一号。

〔**初収**〕『漂流』昭和十七年十月一日発行、輝文館。

〔**全集**〕『織田作之助全集第二巻』昭和四十五年三月二十四日発行、講談社。

〔**温泉**〕ある山の温泉。

夕暮近く湯殿へ行った。うまい工合に誰もいなかった。小柄で、痩せて、貧弱な裸を誰にも見られずに済んだと、うれしかった。湯槽に浸ると、びっくりするほど冷たかった。

〔**内容**〕医者に診せると、肺が悪いというので転地療養に、温泉へ行った。宿では二階の薄汚い六畳へ通された。四方閉め切ったその部屋は、湿っぽい空気が重く澱んでいた。雨戸を開けたいのであるが、端の方から順おくりに繰っていかねばならないので、隣室の諒解が必要だった。番頭がもって来た宿帳の前頁を、ふと見ると、小谷浩二十九歳、妻糸子三十四歳という字が眼にはいった。湯殿で出合った男が「ぼく隣りの部屋にいまんねん。退屈でっしゃろ。ちと遊びに来とくなはれ」と声をかけてきた。私は雨戸のことで諒解を求める良い機会であると隣室へ行く。取りとめのない雑談をした末、雨戸のことを申し出た。晩秋に雨戸を開けるというと、二人が変な顔をしたので、病気のことを隠すわけにはいかなくなり、話した。男は石油を飲みなはれ、肺病には石油がよう効くという。女が迷信やわ、というと、男は喧嘩腰になって、石油が肺にきくことを力説する。私は早々に部屋に戻ったが、隣室では口論している気配で、しまいには、男も半泣きの声になり、女はヒステリックに叫んでいた。

翌朝、散歩していると、女がやって来て、男は教養がなく、焼餅やきで、自分は不幸で「何べん解消しようと思ったかも分れしまへん」という。だが、この温泉へは、子供が出来るて聞きまして、来ているんですというので、自分はなにか莫迦にされているような気がした。見ると、隣室の男が橋を渡って来る。向こうでも見つけたようだ。私は女より先に帰り、湯に入っていると男がきた。男はしきりに女が自分の悪口を言っていなかったかと尋ね、女はひどい焼餅やきだ、まだ石油飲みはれしまへんか、といって部屋に戻っていった。隣室では二人が口論をやり出した。私はうんざりした。夕飯が済んだあと、男がひとりで出掛けて行った。女が私の部屋に入ってきて、あの人くらい下劣な人はいない、私はほんまに不幸な女ですわ、といい泣きだした。私は閉口した。その時、男が石油を買って部屋に入ってきて、石油を猪口に一杯でも飲むようにすすめた。最後には哀願するので、私は仕方なく、ぷんと異様な臭いのする盃を一息にぐっと流し込んだ。翌朝、二人はその温泉を発った。私は駅まで送って行った。私はなにか夫婦の営みの根強さというものをふと感じた。男が石油の効目はと聞く。ひどい下痢をして困っているとほんとのことをいうと、男は狼狽して、竹の皮の黒焼きを煎じて飲みなはれ、下痢にはもってこいでっせと言った。

（浦西和彦）

湯の町《ゆのまち》　短篇小説

〔**作者**〕織田作之助

〔**初出**〕「トップライト」昭和二十一年七月

一日発行、創刊号。

〔**全集**〕『織田作之助全集第七巻』昭和四十五年八月二十八日発行、講談社。

〔**温泉**〕別府温泉（大分県）。

　マスミは黙々として胸を洗っていたが、つと湯槽から出ると筧から流れでる温泉の湯を一口のんで、そして出て行った。その湯をのむという仕草に雄吉はふと打たれた。娼婦にでもこんな、いじらしい日々の営みがあったのか、毎晩寝る前に温泉の湯をのんで体を丈夫にしたいという自分へのいたわりがあったのかと、思い掛けなかった。

〔**内容**〕別府に来た新聞記者の雄吉は、仕事が済んで、旅館の内湯の男衆の勧めで錦水園へ行って、マスミという娼婦に会った。女をえらぶ興味はなかったが、翌日、雄吉は何を思ったか再び錦水園へ行った。しかし、雄吉が「いいよ」と言って、無造作にマスミの手からシャツを奪い取り乱れ箱の中に投げ込んだ途端に、マスミは泣き崩れた。雄吉が湯槽で会った桂子を呼べばよかったと冗談を言ったことで、マスミは雄吉を軽薄な男だと見なして、その失望や怒りや、また嫉妬の感情で、自分を人形扱いにしていると思ったからだ。けれども、それが分かった雄吉はかえってうきうきと心が弾んできて、そんなマスミへの恋情にしびれてきた。マスミは年期が明けているから、もう馬鹿みたいに働かないと言いながら出て行ったが、暫く経つと、部屋に戻って来た。今まで厄介になってきた義理もあるからと言いながら、雄吉を最後の男にして止める決心をしたという。

　翌日、喫茶店で雄吉はマスミをまっていた。マスミが相談したいことがあるから、喫茶店で待ち合わせてくれと頼んだのだ。遅れて来たマスミは母さんが病気で、とにかくお金がいるから、一か月働いて止めると言った。雄吉は何も言わなかった。ただ、明日帰るから、マスミに見送ってくれるようにと約束をした。

　翌日、雄吉は甲板でマスミをまっていたが、マスミは五十位のでっぷりした男と並んでやってきた。マスミの顔には何の表情もなく、また働く女になるらしかった。雄吉はもはやマスミの顔から自分を愛しているという表情を読み取れなかった。客と娼婦、その淡い何でもない絆が、あると言えばあるだけだと思った。

（李　雪）

怖るべき女《おそるべきおんな》　短篇小説

〔**作者**〕織田作之助
〔**初出**〕「りべらる」昭和二十一年十月一日～昭和二十二年二月一日発行、第一巻八号～二巻二号。
〔**初版**〕『怖るべき女』昭和二十二年三月二十日発行、実業之日本社。
〔**全集**〕『織田作之助全集第七巻』昭和四十五年八月二十八日発行、講談社。
〔**温泉**〕別府温泉（大分県）。
　祖母の部屋の電燈が消えていた。暗がりの中で蠢いている気配を、ちらと感じながら、京子は湯殿の戸をあけた。アルカリのにおいが、プンと鼻をついた。この町の温泉はアルカリ性だったのだ。このにおいに、京子はふと自分の浴衣にしみついていた藤吉のにおいを感じた。
　京子は石鹸でごしごし自分の体を洗ってしまうと、浴衣も洗おうと思い、湯殿の戸をあけた。
〔**内容**〕京子の肌は、薔薇色にほんのりして、一種特別の甘い乳のようなにおいを発散していた。なによりも男たちの心をしびれるように惹きつけたのは、京子の日本人ばなれした顔立ち、エキゾチックな美貌だった。別府温泉の土産店の看板娘と、地方巡業の旅役者との間に産まれた京子は、両親の記憶は一つもなく、祖母の手で育てられた。十二歳の京子は、自分の持っているもので、最も大切なもの、貴重なもの、尊いものは、自分の美貌だという自信を既に抱いていた。温泉場の雰囲気で育った京子は、男女の世界への好奇心は人一倍はやかった。祖母の夢は、京子を男の手垢一つつかぬまま、気高い上流社会の夫人にしてやることである。その祖母は十五歳年下の浄瑠璃の師匠を愛人に持っていた。京子は自分の美貌を持ってすれば、あやまちを犯しても、何の疵にもならないと思っている。十七歳の盆踊りの夜、京子は未知の世界を知ろうという計画を実行に移す。相手に選んだのは藤吉という「唖で、少し足らぬ男」だった。処女を失っても、「たったこれだけのことじゃないの」と失望はしたが、後悔はしなかった。映画俳優の早野映治と関係を結ぶが、「要するに、面倒くさい、時間つぶしだわ！」と、べつにうれしいとも悲しいとも思わなかった。

織田作之助の死去のため、未完となった。

（浦西和彦）

尾辻克彦 おつじ・かつひこ

＊昭和十二年三月二十七日～平成二十六年十月二十六日。横浜市に生まれる。本名、赤瀬川原平。小説家。「父が消えた」で第八十四回芥川賞を受賞。

奥入瀬・八幡平《おいらせ・はちまんたい》―緑とお湯の関係《みどりとおゆのかんけい》― エッセイ

〔作者〕尾辻克彦

〔初出〕「旅」昭和六十二年十月一日発行、第六十一巻十号。

〔温泉〕酸ケ湯温泉（青森県）、後生掛《ごしょがけ》温泉（秋田県）。

〔内容〕東北新幹線に乗り、青森県に着く。車で八甲田山の麓にある酸ケ湯《すかゆ》温泉を目指す。酸ケ湯温泉は、以前は「傷を負った鹿が湯につかっていた、という伝説がある」ことから鹿湯と書かれていた。酸ケ湯と変わったのは、その成分によるものらしい。温泉は一軒屋である。観光客は食事つきの部屋に泊まり、湯治客は自炊式の部屋で「生活」している。温泉は、千人風呂といい、全体がひばの木の木造であり、入口と脱衣所は男女別々であるが、中に入ると男女混浴である。男女別の小浴場のお湯には、白い糸屑状の湯の花が浮いている。次に、奥入瀬渓流へ行く途中の「まんじゅうふかし」に寄る。「まんじゅうふかし」は、茶屋のような建物で、ベンチ状に横たわる材木の下に、温泉のお湯を通している。名前の由来はふくよかな婦人が雪の中、裸で腰を降ろしていると、その様子がまんじゅうをふかしているように見えるからである。その先の睡蓮沼という高山の湿原を歩く。車で奥入瀬に出て、渓流沿いの遊歩道を上流に向って歩く。白布の滝、白絹の滝、白糸の滝、双白髪の滝を辿り、メインの銚子大滝に行く。ナイアガラ式の横に幅広い滝を通り抜け、十和田湖に行く。十和田湖の子の口から遊覧船に乗って、西側の休屋に渡り、高村光太郎の乙女の像を見る。八幡平を横切るアスピーテラインを走り、八幡平リゾートホテルで一泊する。松谷温泉からパイプラインで引いている温泉に浸かる。翌日田尻湖に向かう。途中赤剝げの山肌が目立つ松尾村の辺りのゴーストタウンに寄る。戦時中は鉄砲の火薬に使われていた硫黄の鉱山が廃鉱となったものである。その近くにある学習院の施設から偶然出てきた、礼宮さまの車と擦れ違う。田尻湖へ向かう途中にある、後生掛《ごしょがけ》温泉に寄る。地面の沼になったところがぶくぶく噴き上げ、火山帯の上にいることを直感させてくれる温泉である。大浴場には、泥湯、泡の出る火山湯、一人用の蒸し風呂、正調トルコ風呂、露天風呂などがある。田尻湖への途中、田尻湖に間違われやすい鎧畑ダムの情景を見て、田尻湖で休み、盛岡に向かう。わんこそばを食べ、味より「胃袋のパフォーマンス」であることに気付く。（西岡千佳世）

音羽兼子　おとわ・かねこ

＊生年月日未詳。俳優。

吉奈温泉にて　よしなおんせんにて　エッセイ

〔作者〕音羽兼子
〔初出〕「旅」昭和二年三月一日発行、第四巻三号。
〔温泉〕吉奈温泉（静岡県）。
〔内容〕伊香保や熱海のように東京に近い温泉から信州の渋の湯など、方々の温泉に行ったが、その中で、効き目も確かだし、一番好きな温泉は、吉奈温泉である。吉奈温泉の元湯は、大地から湧き出たままのきれいな湯である。温度もちょうど入り頃だし、浴槽の底が自然の石でできていたりする。吉奈温泉は昔から子供のできる湯として有名だが、病弱な「私」もその湯に入っているうちに、目に見えて太ってくるし、元気も出てくる。吉奈温泉には旅館が「東府屋」と「さかや」の二軒しかなく、どちらもあまりきれいではないが、割合安価で、気楽に保養ができる。東府屋が管理している別荘を利用したが、そこには美しい水の湧く井戸があって、その冷たい水で炊事をするのが楽しみの一つでもあった。吉奈には善明寺という大きな日蓮宗の寺がある。滞在中に会式があって、二里半向こうにある寺から長い行列が善明寺にやってきた。今度は吉奈からのお礼参りだというので、他の湯治客とともに行列に加わった。万灯を立てて、太鼓を敲いて歩く行列に、愉快な気分になった。また、散歩の途中に道端の畑で大根を見ていたら泥棒に間違われたのも、今ではよい思い出である。（荒井真理亜）

尾上柴舟　おのえ・さいしゅう

＊明治九年八月二十日～昭和三十二年一月十三日。岡山県津山に生まれる。旧姓・北郷。本名・八郎。東京帝国大学国文科卒業。歌人、書家。車前草社を結成。叙景詩運動に活躍。歌集に『銀鈴』『静夜』など。

冬のいでゆ　ふゆのいでゆ　短歌

〔作者〕尾上柴舟
〔初出〕『伊香保みやげ』大正八年八月十五日発行、伊香保書院。
〔温泉〕伊香保温泉（群馬県）。
〔内容〕大正元年の冬より二年のはじめにかけて伊香保温泉に滞在したときに詠んだ短歌「何故の葉をもてる木ぞ冬たけて雪まつのみの山の林に」「雪に暮《く》るゝ山の片岨あまり湯の谷におちゆく音ばかりして」「あはれなる雪のかくれが湯の谷の烟《けむり》の中に今日《けふ》もゐる鳥」等二十七首から成る。冬の伊香保を詠む。寒気が厳しい山の伊香保は雪におおわれ、人の気配もない。「あまり湯の谷におちゆく音」が一層、静寂さを深めている。（浦西和彦）

小野孝二　おの・こうじ

*明治四十三年九月一日～平成十一年四月十八日。名古屋市に生まれる。日本大学藝術科を卒業。小説家。「太平洋おんな戦史シリーズ」で第四回池内祥三文学奨励賞を受賞。

飛驒の山肌《ひだのやまはだ》　エッセイ

〔作者〕小野孝二

〔初出〕「温泉」昭和三十一年六月一日発行、第二十四巻六号。

〔温泉〕下呂温泉（岐阜県）。

〔内容〕飛驒の山中の炭焼小屋で、その土地の百姓娘が、火であぶってくれたツグミを食い、どぶろくの御馳走で一夜をあかしたことがある。当時、私は、下呂温泉の陸軍療養所に勤務する衛生兵であり、患者たちをどう避難させるか、現地調査のため、山中深く道に迷い、この炭焼小屋に世話になったのだ。この娘は何となく野性の匂いが強かった。抱いても、決して驚いたり、さわいだりなどしない。近いうちに下の湯元の番人のおかみさんになるのだ。温泉場から温泉場を渡り歩く極道者の四十男だけど、おとッあんが世話になってるから仕方がないよ、という。一週間ほどして、この娘は療養所にいる知人を訪ねてきて、患者と三十分ほど逢ったあと、赤く目をはらして帰っていった。あとになってその患者が、大陸で戦死した僕の戦友さんの女房ですよ、夫の戦死の様子を確かめに来たんです、と私に洩らした。下呂温泉の湯元は、益田川の河原にあるが、その夜、気のせいか河原の番小屋の灯の色のあかあかと眩しかったのを忘れることが出来ない。早いものでもう十幾年にもなる。最近「新聞放送出版懇話会」が下呂温泉で開かれ、私は久しぶりに下呂温泉へ行った。だいぶ町のかたちを変えていた。さっそく湯元の番小屋を覗きに行った。あのひとはとっくにこの土地に居ませんよ、女房と子供を残して、土地の藝者と駆け落ちし、女房は子供を連れて山へ帰ったという。あのときの女のようすがを求めて、あしたは、朝早く、この山肌深くわけ入ってみるのも、たのしいではないかと、ふっと私は考えたりした。

（浦西和彦）

小野耕世　おの・こうせい

*昭和十四年十一月二十八日～。東京都世田谷区に生まれる。国際基督教大学人文科学科卒業。映画評論家、SF作家。著書に『ぼくの映画オモチャ箱』『伝記・手塚治虫』など。

別府湯めぐりマラソンの二泊三日《べっぷゆめぐりまらそんのにはくみっか》　エッセイ

〔作者〕小野耕世

〔初出〕「旅」昭和六十二年一月一日発行、第六十一巻一号。

〔温泉〕別府温泉（柴石《しばせき》温泉・竜巻地獄・鉄輪《かんなわ》温泉・明礬《みょうばん》温泉・浜脇温泉・竹瓦《たけがわら》温泉・観海寺《かんかいじ》温泉・堀田温泉・亀川《かめがわ》温泉）（大分県）。

〔内容〕十一月九日、大分空港に着く。車で四十分ほど走ると別府湾に沿って南北に伸びた温泉郷、別府八湯の一つ、柴石温泉なのだ。市営浴場は無料。リューマチや婦人病に効能のある炭酸泉で、湯のにおいに、これが温泉だと実感した。蒸し湯があって、石室のなかには竹のすのこが敷いてあり、文字どおり全身が蒸される。川にそって打ち湯もある。次にのぞいたのが観光名物・地獄めぐりの一つ、竜巻地獄だった。天然記念物指定の間歇泉で、二十メートル近くも湯が噴きあげている。鉄輪温泉はむかし一遍上人が開発した温泉地である。まず、蒸し湯だ。共同浴場の入浴は百五十円。混浴で、パンツをつけたままあおむけにねそべる。石菖という植物の葉で、菖蒲湯のような匂いがする。ちゃんと石菖を使っているのはここだけで、月一回、全部とりかえるという。温泉の熱を利用して、調理する地獄がまがある。湯治客は自炊も出来る。鉄輪の鬼山ホテルに泊まる。ホテルの名物は三百人がはいれる大野天風呂だ。翌日は明礬温泉に向かう。無形文化財指定の技術を誇る湯の花採取所があって、カヤブキの採取小屋がならんでいる。その近くの別府温泉保養ランドには室内と野天の泥湯がある。白い泥でからだをつつむ。気持ちがいい。水虫退治に足に泥湯をかける場所もある。それから別府温泉地帯のいちばん南にある浜脇温泉へ行く。この一帯は、むかしは遊郭だった。中央広場に、浜脇高等温泉と浜脇温泉が背中あわせのひと続きのレンガの建物として立っている。昭和のはじめから残る西洋建築を記録に残しているのだ。なかの丸風呂にはいると、天井が高くて気持ちがいい。高等温泉はむかし値段が高かったが、いまは背中あわせの浜脇温泉と同じく入浴料六十円である。ほんとうの高等温泉は、別府駅のすぐ前の通りにある。町営で入浴料は高等のほうが三百円、泡のふきでるバブル・バスだ。並の風呂は百円。別府の繁華街のなかにある竹瓦温泉は、砂湯で、この古い建築もすばらしい。別府の町を西へ抜けると、山の斜面に観海寺温泉があり、さらに西へ登ると個人が掘った小さな露天風呂、堀田温泉だ。今夜の宿は杉乃井ホテルである。三千人を収容する劇場や、花の大風呂、夢の大風呂のふたつの大浴場が売りものだ。この日いちにちだけで、十二か所も温泉にはいった。翌日、予定外の由布院や塚原の野天風呂にはいったあと、大分空港に向かう途中、別府温泉最北端の亀川温泉にある浜田温泉に寄る。町営で入浴料は五十円だが、番台にだれもいない。二泊三日で別府八湯（プラス・アルファ）をまわり、十八か所の湯にはいるというわが生涯の記録をうちたてたのである。

（浦西和彦）

尾山篤二郎　おやま・とくじろう

＊明治二十二年十二月十五日～昭和三十八年六月二十三日。金沢市に生まれる。金沢商業学校中退。歌人、国文学者、書家。歌集に『草籠』『とふのすがごも』『雪客《さぎ》』『尾山篤二郎全歌集』など。

古歌と湯治《こかとうじ》　エッセイ

〔**作者**〕尾山篤二郎

〔**初出**〕「温泉」昭和二十六年八月一日発行、第十九巻八号。

〔**温泉**〕伊予の石湯（愛媛県）、有馬温泉（兵庫県）、牟婁の温泉（白浜温泉）（和歌山県）、吹田温泉（二日市温泉）（福岡県）、那須温泉（栃木県）。

〔**内容**〕温泉は、中国では湯泉、温水といい、日本では出湯ともいっているが、この「出湯」の読み方は和名抄の「ゆ」と和訓栞その他の「いでゆ」とがある。温泉発見者は行基菩薩とか空海などが牛耳をとっていたようで、行基や弘法大師でなくとも、昔の山嶽登攀者、修験者の山伏達によって見付け出されたもののようだ。万葉集時代天子の湯治で有名なのは、紀伊の牟婁湯、摂津の有馬の湯、伊予の石湯である。伊予の石湯には、万葉集以前に允恭天皇の皇太子木梨ノ軽ノ皇子とその実妹軽ノ大娘ノ皇女とが奸通されたが、事顕われ、大娘の皇女が伊予の湯に流された事件がある。また斉明天皇は七年（六六一）の正月六日に、新羅征伐の為に御船で出発し、十四日に伊予の熟田津の石湯の行宮にお着きになり、三月十四日まで御滞在になった。皇太子の中ノ大兄ノ皇子の妃額田ノ王もその中にいて「熟田津に船乗せむと月待てば汐もかなひぬ今は漕ぎ出な」と詠んだ。何時どうして往ったのか不明だが、山部ノ赤人の歌が万葉集巻の三にある。有馬温泉も古い。舒明天皇三年（六三一）の秋、九月十九日に天皇がお出掛けになり、十二月十三日まで御滞在になっている。温泉記にはその年に初めて湯が湧いたように書いているが、日本書紀には記していないので、恐らくそれ以前からあったのであろう。この湯は余程天子がお気に召したと見え、十年の冬十月御再遊になり、そこで御越年になっている。もう一つ、有馬温泉について万葉集に記述がある。理願という尼さんが天平七年に死んだのを、家持の祖母の石川内命婦が有馬の温泉へ湯治に往って留守であったので、大伴ノ坂上ノ郎女が歌に詠んで、有馬まで知らせてやった。紀の牟婁の温泉には、哀れな物語がある。中ノ大兄ノ皇子の御子建《たける》ノ王が八歳で薨ぜられた。御祖母の天皇の歎きが甚だ深く、もし万一の場合があったら必ず皇子の骨を朕が陵に合わせて葬るように群臣へ申渡された。天皇は悲しみを忘れるために、皇太子や群卿を率いて牟婁の温泉にお出かけになった。蘇我ノ赤兄ノ臣の口吻につい乗って僅か十九歳の有間の皇子は兵を用いる時が来たと喜んだが、物部ノ朴ノ井ノ連の軍に反逆人として捕まり、中ノ大兄から詰問され、絞殺された。万葉集巻の六には筑前御笠郡の吹田温泉がある。大伴旅人が宿泊して鶴の鳴く音を聞いた。また奈良時代に既に有名であった温泉に那須温泉がある。大日本古文書の中の天平十年（七三八）の駿河国の正税帳に、従四位下小野朝臣が、従者を十二人つれて那須の湯へ湯治に下る事が記されている。

（古谷　緑）

折口信夫　おりくち・しのぶ

*明治二十年二月十一日～昭和二十八年九月三日。大阪市に生まれる。筆名・釈迢空。国学院大学卒業。国文学者、民俗学者、歌人。『折口信夫全集』全三十七巻・別巻三（中央公論社）。

山の湯雑記　やまのゆざっき　エッセイ

〔**作者**〕折口信夫

〔**初出**〕「婦人公論」昭和十一年十月一日発行、第二十一巻十号。

〔**全集**〕『折口信夫全集第三十三巻』平成十年二月十日発行、中央公論社。

〔**温泉**〕白布高湯《しらぶたかゆ》・新高湯《しんたかゆ》・肘折温泉（以上山形県）、湯沢温泉（新潟県）、鷹の湯（秋田県）。

〔**内容**〕七月七日に白布高湯にやって来て、居ついて十日にもなると、湯に入る度数もきまって来て、日に四度ということになった。来た当座は、起きれば湯、飯がすんで湯、読み疲れたと言っては湯で、日に幾度も這入っていた。「冷える湯のせいで、あまり湯疲れを感じなかった」からだろう。遠い朝日嶽などの山の見える日が多い。五里ほどの間に、最上の高湯と、岩代の国の信夫の高湯と、この白布の高湯がある。最上の高湯は、人がこみ過ぎる。出羽奥州の人たちは年中行事として、少なくとも一週間なり、半月なり温泉場で暮らす。半月まえに開通した米坂線で越後境へ行ってみた。鷹の巣という山の下にある温泉へ行こうと思ったのである。料理屋で鮎を焼かせようとしたが、まだ解禁にならないという。湯沢温泉へ出た。規模は小さいが、川の砂を掘り窪めて、村の子供が泥の浴槽を造ったりしている遊び場があった。元湯の一棟を数室にしきった家族風呂を建てていた。今年はどういう訳か、山は岩魚のとれない処が多かった。七月五日に先師三矢重松先生の歌碑の除幕式に出かけて以後、出羽の山々を歩いている。六日の日は、羽黒山頂上の斎院で泊まった。二十町も登ると、高湯とは別な湯元がある。小さな湧き湯で、温泉が岩伝いに落ちている。白部の村人がこれを引いて湯宿を開いている。新高湯という。旅に出る前、斎藤茂吉さんに、出羽の温泉の優れた処は、白布の外は肘折だと教えてもらった。秋田県の鷹の湯に一夜し、肘折に出かけた。やっぱり肘折はよかった。「ああ言うがっしりした湯の町」があろうとは思わなかった。湯を呑んだ味は、今まで歩いた諸国の温泉で一番旨いと思った。私はこの湯場を中心にした色々な湧き湯を歩いて見た。八月中頃になって、今は奥那須の大丸塚にいる。九日月を川湯に浸って眺めた。この月が円かになるまで、ここに居ようと思っている。

（浦西和彦）

【か】

開高健《かいこう・たけし》

＊昭和五年十二月三十日～平成元年十二月九日。大阪市天王寺区平野町に生まれる。大阪市立大学法学部卒業。小説家。「裸の王様」で第三十八回芥川賞を受賞。ルポルタージュでも活躍。『開高健全集』全二十二巻（新潮社）。

悲願湯けむり壮行記《ひがんゆけむりそうこうき》　対談

〔**作者**〕開高健・美坂哲男

〔**初出**〕「旅」昭和五十一年一月一日発行、第五十巻一号。原題「いい湯だな、ハハハン」〈開高健わがフォークロア①〉。

〔**収録**〕『悠々として急げ』〈開高健対談集〉昭和五十二年三月十日発行、日本交通公社出版事業局。

〔**文庫**〕『悠々として急げ』〈角川文庫〉昭和五十四年十一月三十日発行、角川書店。

〔**温泉**〕長沼温泉（山形県）、奥津温泉（岡山県）、別府温泉寒ノ地獄（大分県）、定義温泉（宮城県）、皆生温泉（鳥取県）。

〔**内容**〕作家の開高健と、日本全国に千五百あるといわれる温泉を一つのこらず入ってみようという大願をたて、昭和五十年十一月二十五日現在で千百四十に達したという美坂哲男との対談。美坂哲男は八幡平のまわりには温泉が多く、夜行列車で朝着いてから、夕方泊まるまで八か所の温泉に入ったのが一番多かったという。饅頭蒸し、寒ノ地獄、合わせ湯、温泉の効果などを話題にする。

（浦西和彦）

甲斐崎圭《かいざき・けい》

＊昭和二十四年四月二十五日～。島根県に生まれる。本名・出田等。近畿大学法学部法律学科卒業。ノンフィクション作家。著書に『第十四世マタギ』『魚派列島―日本雑魚紀行―』など。

羅臼・さいはての湯《らうす・さいはてのゆ》　エッセイ

〔**作者**〕甲斐崎圭

〔**初出**〕「旅」昭和六十三年八月一日発行、第六十二巻八号。
〔**温泉**〕羅臼温泉（北海道）。
〔**内容**〕〝手作り天然温泉一座〟の座長は、らうす第一ホテルの主人・中川正裕さんである。千葉清さんが除雪用の大型ブルドーザーのバケットに木桶を載せて現われた。これを持っていって、川原に湧き出ている湯を入れるのである。羅臼岳山麓の山峡の沢に、湯が噴出していると、教えてくれたのは中川正裕さんである。江戸時代の探検家、松浦武四郎の『知床日誌』に、「上に羅臼岳と云神霊著しき岳有。麓に温泉有よし」と書いてある。私は、その温泉とは羅臼川の上流にある〝熊の湯〟であると思い込んでいた。〝熊の湯〟はそんなに古いモンではないと、中川正裕さんはいう。では『知床日誌』に記されている麓の温泉とはどこのことであろうか。七十幾つになる老人から、昔はせんざきの沢の温泉に入りに行ったもんだという話を聞いた。今では露天風呂の面影すらないが、川原のあちらこちらに九十度ちかい湯が湧き出ているという。そんなところで純天然の露天風呂を作れば、面白いだろうと、〝手作り天然温泉一座〟がにわかに結成されたのである。清く澄んだ水の流れのど真中に木桶を置き、斜面の上のほうで自噴している〝泉源〟から田沢ビジターが湯を引いてくる。このせんざきの沢の他にも、湯が湧き出ているところは、川原のあちこちにある。羅臼の温泉は、温泉郷のある山峡にばかり湧いているだけでなく、〝海中温泉〟もある。このセセキの先の相泊にも、季節温泉がある。夏の昆布漁の時期にだけ掘って作るから〝季節温泉〟である。ずっと作りっ放しにしておけないのは、流氷がこんな浜の上にまで来るからである。さいはての地の自然は美しいばかりでなく過酷でもあるのだ。さいはて羅臼には、露天風呂がよく似合う。

（浦西和彦）

奥飛驒温泉湯覧車旅《ドライブ》《おくひだおんせんゆうらんどらいぶ》

エッセイ

〔**作者**〕甲斐崎圭
〔**初出**〕「旅」平成二年十月一日発行、第六十四巻十号。
〔**温泉**〕奥飛驒温泉郷（平湯《ひらゆ》・福地・新平湯・栃尾・新穂高の温泉地）（岐阜県）。
〔**内容**〕松本インターチエンジでおり、国道一五八号線を行くと、梓川に沿い、山あいにさしかかる。川むこうに中の湯の露天風呂が見えてきた。紅葉が始まるころ、山々が美しく燃える季節だった。安房峠越え、坂を下ると、山の国〝奥飛驒温泉郷〟である。「神の湯」は静かな森の中にあった。神の湯を出てほどなく行くと平湯の温泉街である。湯は熱くなく、ぬるくなく、ほどよい湯加減である。大正初期に篠原無《む》然《ぜん》が訪れた。私が興味を惹かれたのは、山に生きる者としての無然の行動である。乗鞍の姫ケ原、土俵ケ原、桔梗ケ原、大丹生《おおにゅう》岳、富士見岳など多くの名所の名付け親が無然だ。無然はこのあたりが将来、観光地になると読み、名所旧蹟を設定して名称をつけるとともに、登山道を改修し、指導標を立てるなど、惜しみなく力を尽したのである。「ホテル平湯館」の露天風呂、山伏の湯へ。〝子宝の湯〟としての伝説があり愛称をぬくとまりの湯という。車を名瀑〝平湯大滝〟へ走らせた。福地温泉にある湯元「長座」で、総檜造りの風呂に浸ったあと、「うな亭」で食事。うな亭は、温泉の湯を利用して養殖した〝温泉うなぎ〟を使っていた。〝うなぎむすび〟などオリジナル料理もある。その日、私たちが投宿したのは、新平湯温泉バス停近くの「奥飛驒ガーデンホテル本陣」であった。本陣は飛驒牛など温泉の湯で蒸す〝せいろ蒸し料理〟や〝鯉の活造り〟で、風呂は内湯も露天風呂も岩風呂だった。翌朝、双六谷でイワナ釣りを楽しみ、栃尾温泉へ向かう。蒲田川の川原には共同露天風呂があった。その日の投宿先である「ホテル穂高」に着くまで、憑かれたように温泉入湯めぐりをはじめた。渓川《たにがわ》の音を耳にして露天風呂を満喫し、たっぷりと奥飛驒の自然の美しさといで湯の想い出を記憶と心の襞に泌みこませた。

（浦西和彦）

葛西善蔵《かさい・ぜんぞう》

＊明治二十年一月十六日〜昭和三年七月二十三日。青森県弘前町松森町（現・弘前市）に生まれる。早稲田大学英文科聴講生。小説家。同人誌「奇蹟」に参加。代表作に「哀しき父」「子をつれて」など。

不能者《ふのうしゃ》　中篇小説

〔**作者**〕葛西善蔵

〔**初出**〕「改造」大正八年八月一日発行、第一巻五号。

〔**初収**〕『不能者』〈新進作家叢書第十九篇〉大正八年十月十四日発行、新潮社。

〔**全集**〕『葛西善蔵全集第一巻』昭和四十九年十月一日発行、文泉堂書店。

〔**温泉**〕別所温泉（長野県）。

十一時の夜汽車で、参吉は友達夫婦に送られて、こう云って若い細君の手を握って振った。涙のにじみ出そうな気持で…

が都会で彼等を待ち受ける筈だった参吉は、やっぱし都会に堪えられないで、間もなくこのS州の山の温泉場へ逃げ込んで来た。

〔**内容**〕葛西善蔵は、大正八年五月三十一日から九月のはじめまで、三か月信州の別所温泉に滞在した。そこで書かれたのが「不能者」百枚である。主人公の参吉は、信州の別所温泉に滞在して長編小説を執筆しようと東京からやって来たものの、連日のように酒びたりで藝者の金弥にうつつをぬかしている。「金弥は、彼に取っては酒の相手としての美しい偶像なので」あった。そこへ成瀬という画家が出現する。成瀬は「金弥の肉体を得よう」と、参吉の前で「露骨な態度」を見せる。成瀬は金に不自由しない身分で、数々の女と浮名をながしている男である。参吉は「藝術家ではないか！　何と云う浅ましい奴だ！　美と礼譲に対する感情の麻痺した奴は厭だ！　万事は金で片附くものと思っているような藝術家ほど厭なものはない」と思う。参吉がはらはらしているうちに成瀬と金弥の関係が深まっていく。参吉は、別の藝者の鞠子と泊まっても何もしなかった。軍医あがりの医者が遊びに来た時に参吉は、一年ほど前に、大酒を飲んで、六十近い婆さんと間違いをおこしたことがあるという。今でもそのことを想い出すと、性慾の浅ましさに冷汗が出る。それ以来女と関係することができない。本当に不能になっているのかも知れない、と告白するのである。

（浦西和彦）

千人風呂《せんにんぶろ》　短篇小説

〔**作者**〕葛西善蔵

〔**初出**〕「解放」大正九年四月一日発行、第二巻四号。

〔**初収**〕『哀しき父』昭和二年九月発行、改造社。

〔**全集**〕『葛西善蔵全集第一巻』昭和四十九年十月一日発行、文泉堂書店。

〔**温泉**〕ある温泉場。

廊下から梯子段を素足で駆け下りて浴室の戸を開けた。何十坪あるか知れない、海に面したガラス戸張りの広大な浴室の中は、濛々と湯気が立罩めて、眼鏡をはずした彼の眼には電燈の在処さえやっとであった。彼は浴衣を脱ぎ、大理石の階段をすり足して下りて、三四十畳もの広さの、首だけの深さのある大浴槽の中に、彼の青白く痩せた身体をザンブと投げ入れた。

〔内容〕温泉場で女を相手に饒舌り立てる。「アッカースチコンさ。亜米利加の新発明の器械なんだがね、これで百円からするんだぜ」。「僕はね、八つ位いの歳から年上の女にかまわれた方でね、十四五の時分には、自分の方から女を追かけ廻して仕方がなかったものさ。つまり濫用したんだな。それでひどい神経衰弱に罹ってね」「俺は鎌倉で一ケ月程参禅して修行したんでね、大いに得るところがあったよ。禅はいゝなあ。神経衰弱に持って来いだね」「僕女の子にじきに惚れられちまうんでね、いつも困っちまうんだよ。鎌倉に行く前ね、湯河原に十日程いたんだがね、そこの宿屋のお梅ちゃんと云う十七になる可愛い子に惚れられてね、随分困っちゃった。僕株券一枚やっちゃった」「そう。ではあなたにも一枚あげるよ。屹度あげるよ。新設の二十円の紡績株なんだがね、非常に確実なもんだから買ってからもう五円から騰ってるんだぜ」「僕これでね、お尋ね者なんだぜ。僕二ケ月以前に親父の金千円盗み出して家を飛び出したんだぜ。（中略）この金で以て滅茶苦茶な馬鹿遊びをやって一遍に使ってやろうと思って家を出たんだったがね、旅へ出て見てフッと気が変っちゃったね。（中略）それで斯んな株なんか買ったさ。此株さへ手放さなかったら僕はいつまでも〳〵斯うした旅を続けていられて、その旅先きでちょいちょい惚れたり惚れられたりしていられる訳だからね」という風に、さかんにしゃべる。その男が、郷里の家の広い台所にある大囲炉裡の焚火の中に生まれたてのような裸の赤児が頭を突きさしている夢を見る。夢から醒めた刹那、広大な浴室の中に身体を投げ入れた。そして、彼は白煉瓦の浴槽の縁へ膝頭や頭を打つけた。加藤武雄は「へんてこなものである、へんてこな処に一種作者の持味というものがあるといえば云えるだろうが我等俗骨凡胎の輩には、矢張り、もっとよくわかる方がいい」（「時事新報」大正九年四月十四日）と評した。（浦西和彦）

湖畔手記《こはんしゅき》 短篇小説

〔作者〕葛西善蔵

〔初出〕「改造」大正十三年四月一日発行、第六巻四号。

〔全集〕『葛西善蔵全集第三巻』昭和四十九年十月一日発行、文泉堂書店。

〔温泉〕日光湯元温泉（栃木県）。

浴槽は一坪余りの、ほんの形ばかしの上の方を板で仕切ったものだった。まだ誰もはいらないらしく、硫黄が一面に汚らしく浮いていた。自分はしばらくたじろいだ気持で眺めていたが、思い切って褞袍を脱ぎ、流し場にあった板切れで掻き廻して、少し熱目なのを我慢してはいったが、さすがに顔を洗う気にはなれなかった。

〔内容〕葛西善蔵は、大正十三年九月はじめから十一月はじめまで、日光湯元温泉の板屋旅館に滞在した。当時「改造」の記者古木鉄太郎に口述し、六年も別れて住んでいる郷里の妻へ宛てる気持ちで書かれた作品である。

とうとうここまで逃げて来たのであるが、これから一体どうするつもりなんだろうと、湖畔にやってきて、自問自答の溜息をつく。自然の美しさを眺めながら、素直なやさしい女中を相手に、滞在中いつも酒を飲んでいる。自分の周囲をふり返ってみると、喀血し、死の床にいるK、「勇敢な酷烈な恋」で、十日前から恋人と信州の温泉めぐりをやっているSのことが思い出される。自分とおせいとの関係は、「恋でもなく愛でもなく」妊娠三か月にさせてしまった。妻よ、軽蔑と憐れみをもって許してほしい。水神様のお祭りが催される。宿の女中さんがいやな顔を見せずに酌をしてくれる。ほとんど一年ぶりに、ちょっとの間、「おせいとの啀み合いから、遁れらた」と思う。おせいとの関係を呪い、「自分の過失は過失として、恋愛もなく、啓発もない二人の関係を、これ以上自分は続けたくない」と思う。Sは十年程、三人の子の父として、良人として、社会人としてほとんど破綻らしい影さえ見せずに来た。そのSの「直情な恋」に羨望される。絶望のどん底にいるKの死亡を知らせる電報を受けとる。「不遇作家としてのKの一生」であった。この作家ほど「自をも他をも欺き得なかった人を」自分はほとんど知らない。十五年来の親友の死すら見送りに行けない。自分は心から君の霊の光栄を信ずる。

（浦西和彦）

血《ち》を吐《は》く　短篇小説

〔作者〕葛西善蔵

〔初出〕「中央公論」大正十四年一月一日発行、第四十年一号。

〔全集〕『葛西善蔵全集第三巻』昭和四十九年十月一日発行、文泉堂書店。

〔温泉〕日光湯元温泉（栃木県）。

木管でひいてる硫黄泉のドン〳〵流れ出ている広い浴槽にふたりでつかりながら、自分は久しぶりで孤独から救われたホッとした気持で、おせいに話しかけたりした。

〔内容〕妊娠五か月のおせいが山へ来たのは、十月二十一日だった。自分は朝から酒を飲んで、当てにしている電報為替が来ないので、気を腐らして、酔いつぶれて蒲団にもぐっていたのだった。おせいは雑誌社に金を借りに廻ったこと、下宿でも二か月も彼女ひとり打ちやらかして帰らないので非常に不機嫌なことなどを並べ立てた。彼女の奔走甲斐もなく、彼女の持って来た金では、宿料が支払えなかった。

滞在客は自分一人きりで、一晩泊まりの客もほとんど来なかった。湯の湖は、これからの永い冬を思い侘びるかのように、凝然と、冷めたく湛えている。

夏前から文官試験の勉強に、二十五のF君と二十四のN君が来ていた。彼等は白根山や太郎山などと、毎日のように山登りをやっていた。彼等と懇意になったが、N君は、成績発表前、月初に帰京して、広い宿にF君と二人だけになった。十日頃に自分の仕事も一方付いたので、F君につれられて、蓼沼、金精峠など歩き廻って、はっきりしない金の当てを待っているもどかしさ、所在なさを紛らして日を送っていた。F君は一緒に帰りましょ、私の方は二日や三日は延びても構わないと云ってくれた。だが、F君の口頭試験の日割が新聞に発表され、その都合で彼は山をくだらねばならなくなった。十七日は、朝から霧のような雨が降っていた。F君は肩書付きの名刺の裏に「音もなく秋雨けぶる湯の宿に、くみかわしけり別れの酒を」と書いてくれた。それから五日間、自分は朝から飯も食わずに酒を飲み、酔のさめ切らないうちに湯に飛込んで来ては、また飲み出すことを繰り返していたのだった。

おせいが来た翌々日、自分はまた朝から酒を飲んで、夕方、飲食物共だったが、洗面器にほとんど三杯、何の疼痛も感ぜずにドクドクと血を吐いてしまった。その晩は昏睡状態だった。血便が三四日続いた。宿の主人は、決して心配なことはないと力を付けてくれたが、しかし結局中禅寺よりおせいの分と二台俥を呼びあげることになり、馬返しと日光の間の清龍の古河製鋼所の病院へ、中禅寺から電話で交渉してくれた。ふと、「くみかわしけり別れの酒を」、あの好青年が残してくれた歌が頭に浮んで来て、自分はほほ笑ましく温かい気持ちから、瞼の熱くなるのを覚えた。

（浦西和彦）

風見修三《かざみ・しゅうぞう》

＊生年月日未詳。別名・風見鶏。推理作家。

修善寺温泉殺人情景《しゅぜんじおんせんさつじんじょうけい》　推理小説

〔**作者**〕風見修三

〔**初版**〕『修善寺温泉殺人情景』〈講談社文庫〉平成二十一年五月十五日発行、講談社。

〔**温泉**〕修善寺温泉（静岡県）。

〔**内容**〕矢島修平はイベント企画会社ロスロコのプランナーである。仕事で、特急踊り子で修善寺に向った。車中、マンガ「ブルーマイス」の著者である漫画集団（CHEKRY☆RIZE）のメンバーと知り合いになった。メンバーは天海恵奈と理彩を中心とする女性五人であったが、メインキャラクター担当の理彩は踊り子に乗っていなかった。宿泊先も同じかんぽの宿であった。修平は、午後九時に、恵奈が表へ出て行き、チーフアシスタントの中島佐智子が、恵奈を追うように、宿を出ていくという不審な行動を目撃した。翌朝、東京にいるはずの天海理彩が、修善寺自然公園内の梅林で絞殺死体となって発見される。CHEKRY☆RIZEをマネージメントしている社長の樫原信彦は、恵奈と付き合っているにもかかわらず、理彩にも手を出していた。その上、著作権を売ると言って、数億近い金を、個人投資家や資産家から集め、権利詐欺の容疑が掛けられている。理彩と恵奈とがいい争っていたという目撃情報も出てくる。そして、樫原も新横浜のオフィスライズの事務所で殺害されてしまう。修平は現場周辺を調べ歩く。

（浦西和彦）

梶井基次郎《かじい・もとじろう》

＊明治三十四年二月十七日～昭和七年三月二十四日。大阪市に生まれる。東京帝国大学中退。小説家。代表作に「檸檬」「のんきな患者」など。

温泉《おんせん》　未定稿

〔**作者**〕梶井基次郎

〔**全集**〕『梶井基次郎全集第二巻』昭和四十一年五月二十五日発行、筑摩書房。

〔**温泉**〕湯ケ島温泉（静岡県）。

何年か前まではこの温泉もほんの茅葺屋根の吹き曝しの温泉で、桜の花も散り込んで来たし、渓の眺めも眺められたし、といふのが古くからこの温泉を知つてゐる浴客のいつもの懐旧談であつたが、多少牢門じみた感じながら、その渓への出口のアーチのなかへは、渓の楓が枝を差し伸べてゐるのが見えたし、瀬のたぎりの白い高まりが眼の高さに見えたし、時にはそこを弾丸のやうに擦過してゆく川鳥の姿も見えた。

〔**内容**〕私が毎夜下りて行く浴場は、真黒な闇に呑まれてしまう渓ぎわにあった。浴場は石とセメントで築きあげた、地下牢の感じの共同湯である。私が入浴するのはいつも真夜中であった。浴場は非常に広く、村の共同湯と旅館の客用の二つに仕切られていた。私が村の方の湯に入っていると、きまって客の湯の方に男女のぼそぼそ話をする声が聞こえる。その声は浴場についている水口で、絶えず清水がほとばしり出ているのである。客の湯の方へ入っていると、渓への出口に変な奴が入って来そうな気がする。陰鬱な顔をして、河鹿のような膚をしている。あるとき一人の女客が、眠れなくて夜中に湯へ入ったが、隣の湯へ渓から何かが入って来るような気がしたと、私に話した。やはり自分のあれも本当なんだと思った。

「温泉」は、昭和五年に執筆された第一稿、昭和六年十二月に執筆された第二稿、昭和七年一月に執筆された第三稿から成る短篇小説の断片である。（浦西和彦）

鹿島孝二 かしま・こうじ

＊明治三十八年四月二十一日～昭和六十一年十一月十三日。東京下谷稲荷町に生まれる。早稲田大学高等師範部国漢科卒業。小説家。『鹿島孝二明朗長編選集』全十二巻（桃源社）。

塩原《しおばら》 エッセイ

〔**作者**〕鹿島孝二

〔**初出**〕「旅行の手帖―百人百湯・作家・画画の温泉だより―」昭和三十一年四月二十日発行、第二十六号。

〔**温泉**〕塩原温泉（栃木県）。

〔**内容**〕私たちのグループは、湯河原と塩原に親しみを持っている。グループのメンバーは、長谷川伸、土師清二、山手樹一郎、大林清、村上元三、玉川一郎、棟田博、田岡典夫、山田克郎、西川清の大衆作家である。ここでは塩原温泉の方を紹介しよう。上野駅から西那須野駅に着く。私たちの常宿の和泉屋は福渡にある。バスで所要時間は四十分。入勝橋を過ぎると、いよいよ塩原の美しい風景が始まる。右手は崖、左手が谷、谷の底には箒川がとうとうと流れ、山には秋なら紅葉の錦が飾られる。私たちが福渡の和泉屋旅館を常宿に選ぶのは、その宿が極端に快いからである。若主人・詩人の泉漾太郎が人懐っこい男で、物慾を離れてもてなしてくれる。宿の湯にはいるのも悪くないが、箒川の河原に湧き出ている風呂に湯あみするのはうれしいものである。玉川一郎と二人でタオルをさげて行ったら、若くうるわしい女性が入浴していた。玉川一郎はハニかんで「よそう」といって、向こうへ行ってしまった。私は憶せず混浴し、彼女と言葉さえ交した。彼女が「お先へ」と、浴槽から上り、岩の上に脱ぎ捨てた着物に手をかけたが、うしろ姿をふと見ると、彼女の臀に紅葉の葉が一枚、へばりついていた。遊蕩心が起こると、箒川添いに少し行くと、七つ岩という部落がある。三味線を持った女性が塩原小唄を歌ってくれる。朝飯をすませて滝を見て歩くのもよい。この温泉境は、春はつつじ、夏は河鹿、秋は紅葉、冬はスキー、四季を通じては、いで湯と女と酒、特に人懐っこい土地の人の心情がたまらなくいいのである。

（浦西和彦）

梶山季之 かじやま・としゆき

＊昭和五年一月二日～昭和五十年五月十一日。朝鮮京城に生まれる。広島大学教育学部卒業。小説家。ルポ・ライターを経て、産業スパイ小説「黒の試走車」を発表、一躍流行作家となる。代表作に「赤いダイヤ」「悪人志願」など。

赤いダイヤ《あかいだいや》 長篇小説

〔**作者**〕梶山季之

〔**初出**〕「スポーツニッポン」昭和三十六年八月二十日～三十七年十一月十六日発行、四百五十回連載。

か

〔**初版**〕『赤いダイヤ上』昭和三十七年十二月発行、集英社。『赤いダイヤ下』昭和三十八年四月発行、集英社。
〔**異版**〕『赤いダイヤ上下』〈ウィザードノベルズ〉平成十七年一月五日発行、パンローリンダ。
〔**文庫**〕『赤いダイヤ〈鬼に金棒編・猫に大判編〉』〈角川文庫〉昭和五十年二月発行、角川書店。『赤いダイヤ上・下』〈集英社文庫〉平成六年一月発行、集英社。
〔**温泉**〕十勝川温泉・定山渓温泉（以上北海道）。
〔**内容**〕自由貿易の許されていなかった昭和二十八九年ごろである。小豆相場で一攫千金を夢見る相場師たちの虚々実々の駆引きが描かれる。ブローカーの木塚慶太は風采のあがらない小男であった。多額の借金を抱えて、自殺を決意し、石を抱いて千葉の海に身を投じたが、死に切れなく、大陸浪人あがりの相場師森玄一郎に救われる。木塚は友人の新聞記者小野敬一の示唆により輸出振興外貨資金リテンションのカードを利用した商売を思いつく。木塚の心の恋人である井戸美子はウィルスンにだまされた。その美子に出資させ、木塚は新会社を興し、利殖に成功する。森は「赤い魔物」といわれる小豆相場で、「相場の神様」といわれる穀物取引所の理事長・松崎辰治に戦を挑んで、十勝地方の小豆の作柄状況を視察に、森の黒幕の宝井物産穀物部の佐藤英介と行き、十勝川温泉に宿泊する。そして、定山渓温泉で、森は木塚と再会する。松崎一派は、自己の利益をはかるために、証拠金の大幅引き上げ、限月延長、受渡供用範囲の拡大、建て玉制限、倉荷証券の使用禁止、証拠金の五割を現金制にすることなど、ありとあらゆる手を打って、高値を抑制してくる。松崎らの卑劣な裏工作で森は敗れる。美子は木塚が北海道から運んでくる小豆の強奪を計画する。だが、輸送の小豆は、第八光辰丸が銚子の沖で沈没し、海に沈んでしまう。美子は負債を恐れ、木塚に社長の権限を譲るといい、ウィルスンと結婚をする。森は、大陸浪人時代に知りあった右翼の大立者押田義男らの協力を得て、再び壮絶な仕手戦を展開する。

（浦西和彦）

霞五郎《かすみ・ごろう》

＊明治三十五年～昭和六十一年（月日未詳）。茨城県久慈郡下小川村西金（現・大子町）に生まれる。本名・神長謙五郎。法政大学卒業。小説家、随筆家。

大町桂月と湯沢温泉《おおまちけいげつとゆざわおんせん》　エッセイ

〔**作者**〕霞五郎
〔**初出**〕「温泉」昭和二十五年十月一日発行、第十八巻十号。
〔**温泉**〕湯沢温泉（茨城県）。
〔**内容**〕水郡線の西金《さいがね》駅近くに、湯沢温泉という風雅な小さな温泉宿が一年程前に新しく出来た。駅前の広告板に「大町桂月愛好の地」と大書され、温泉宿の橋の名が「桂月橋」、部屋にも「桂月の間」があった。この湯沢温泉と桂月の関係は、殆ど知っている人はあるまい。私は少年時代、桂月先生と一緒にこの付近の山谷を跋渉した。桂月と湯沢温泉のつながりは、その時にはじまる。桂月先生はこの辺を二度歩いている。先生の中学から大学までの親友である伊藤正弘氏が、この地方の中学の先生をやっていたからである。第一回は大正十一年夏で、八溝山、男体山に登った。その時の紀行文が「新青年」に出た。先生は男体山が気に入って、紀行文も男体山が主となっている。

湯沢温泉については一行も書かれていない。その頃の湯沢温泉は見るかげもなく荒廃しきっていて、生ぬるい湯がブクブク泡を立て、天然石の掘り井戸から、淡い陽炎のような湯煙と一緒にこぼれていただけだった。二度目の男体登山は西金からいかれた。私は地酒一升樽を下げていた。湯沢温泉に立寄った。私は父から受売の温泉の歴史を説明した。「惜しいな」とぽっつり言われた。この時の湯宿の昇盛閣の主人から一ぱいの渋茶が出された。この昇盛閣が今度新しく温泉旅館湯沢荘を開かれたのである。ここから進むと弘坊台の高台に出る。先生はこの景観が気に入り「久慈の奥男体山を仰ぎ見て／絵を学ばんと思ひけるかな」と詠んだ。男体山の頂上で、先生は冷酒をぐいぐいやられた。男体山には二つの誇りがある。一つは久慈川の源とその川口が一目に見えること、もう一つはお宮が柵ばかりで本殿がないことだと言われた。下山は滝倉に出て久慈川畔に下り、名物の若鮎を河原で焼いて食べた。この時先生は多摩川でお瀧と一緒にこんな風にして鮎を食べたことがあったともらされた。後年私が報知新聞記者となった時、箱根旧街道の湯本宿で、このお瀧さんに逢ったのである。

（浦西和彦）

草津温泉とベルツ博士《くさつおんせんとべるつはかせ》　エッセイ

〔作者〕霞五郎

〔初出〕「温泉」昭和二十六年九月一日発行、第十九巻九号。

〔温泉〕草津温泉（群馬県）。

〔内容〕明治時代によく売れた薬「ベルツ水」や「ベルツ丸」の創案者で知られるエルウィン・ベルツ博士は、明治十一年頃草津温泉を訪れてからは、ほとんど毎夏を草津で過ごした。今とは違い約十余里を馬、籠、もしくは徒歩で六里ヶ原の高原を通り、浅間山麓を横切って草津に行った。また博士は白根山が好きで、草津から三里も離れた白根へよく登った。特に博士は、草津特有のあの熱湯に湯もみして入る「熱浴法」に関心をもったのである。何回も何回も熱湯に入っては、この草津伝統の熱湯療法の医学的価値を研究したのである。博士の持論「温泉と保健」は草津へ来て結論を得た。その著『日本鉱泉論』に、草津温泉地は国民保健を第一主義とせねばならないと説いている。面白い挿話として鼻が落ちた男に鼻をつけてやったという話もある。草津温泉西の河原には、入沢達吉博士撰文になるベルツ博士の記念碑が建っている。

（古谷　緑）

賀曾利隆《かそり・たかし》

＊生年月日未詳。アドベンチャーライダー。

東北横断秘湯ツーリング《とうほくおうだんひとうつーりんぐ》　エッセイ

〔作者〕賀曾利隆

〔初出〕「旅」昭和六十三年八月一日発行、第六十二巻八号。

〔温泉〕五色《ごしき》温泉・滑川《なめがわ》温泉・姥湯《うばゆ》温泉・大平《おおだいら》温泉・笠松鉱泉・湯ノ（の）沢温泉・飯豊《いいで》温泉（以上山形県）。

〔内容〕「旅」編集部の細川敦さんのマシンは、カワサキＫＬＲ２５０、僕のはスズキＳＸ２００Ｒ。我ら温泉探検隊は、二台のオートバイで東北を横断し、その途中、秘湯めぐりをしようとくわだてた。相馬港から阿武隈山地を越え、霊山の麓を通り、福島盆地へ下り、山形県に入ったところを板谷峠から五色温泉へいく。標高八百五十メートルの五色温泉には一軒宿の宗川旅館がある。記念すべき第一湯目として、樹林の中の露天風呂に入った。ハルゼミが鳴き、野鳥のさえずりも聞こえる。〝天上湯〟の名がつけられているが、まさに天上界の湯なのだ。さらに奥の滑川温泉へいく。一軒宿の福島屋旅館の前では、一枚岩の大岩が滝となって、前川が豪快に流れ落ちている。川っぷちの露天風呂に入る。我ら温泉探検隊は、さらに、前川の上流へ、姥湯温泉を目指す。釣橋を渡って、一軒宿の桝形屋旅館に泊まる。日のあるうちに、河畔の露天風呂に入る。断崖絶壁を見上げながらの湯は格別だ。姥湯温泉の露天風呂は二段になっている。上段が熱い湯、下段がぬるい湯である。翌朝、板谷峠に向かった。板谷峠下の笠松鉱泉、湯ノ沢温泉と、あいついで入浴した。そして、米沢盆地に入り、大平温泉へ。最上川源流の温泉なのだ。斧でスパッと断ち割ったような谷間に、一軒宿の滝見屋旅館がある。さっそく露天風呂に入る。水でぬるめないと入れないほどの熱さ。宿の主人の安部忠男さんは、急峻な地形の中では、何をやるにしても、平地の何倍ものお金がかかってしまう。「ボランティアでこの温泉、やってます」という。このような秘湯中の秘湯の大平温泉だからこそ、歌人の斎藤茂吉がこよなく愛したのだろう。我ら温泉探検隊は、米沢市内に戻り、飯豊山北麓の泡の湯温泉に向った。一軒宿の三好荘を二晩目の宿にした。玄関に入ると目につくのがクマの毛皮。夕食にはクマ肉が出た。湯は、赤茶けた湯で、炭酸ガスを多量に含んでいるので、無数の泡がまとわりつく。湯を口にふくむと、塩からい。ここでは食塩泉から塩をつくっていたのである。記録によると、江戸時代末期には一年間に、五斗入の俵で九十俵前後の塩をつくり、明治初期までつづいていたという。翌朝、飯豊温泉に向かう。飯豊温泉は飯豊山への登山基地であると同時に湯治客の宿にもなっている。一軒宿の飯豊山荘が開いているのは、六月から十月までの五か月しかない。冬は五、六メートルの雪に埋もれてしまうのだ。飯豊温泉を最後に、岩船港へ出た。

（浦西和彦）

片山昌造　かたやま・しょうぞう

＊明治四十四年十二月十二日〜。埼玉県川越市に生まれる。本名・昌村。大正大学文学部英文科卒業。小説家、児童文学作家。主なる作品に「花ようるわしく」「脱走者たち」など。

温泉にて　おんせんにて　短篇小説

〔**作者**〕片山昌造
〔**初出**〕「三田文学」昭和十五年十一月一日発行、第十五巻十一号。
〔**温泉**〕老神《おいがみ》温泉（群馬県）。
〔**内容**〕戦地から帰還し、二年ぶりに妻と子供に再会した利助は、生母の嫁ぎ先から招かれて老神の温泉宿へ妻子と連れ立ってでかけた。乗合自動車にゆられながら温泉宿を目指す。部屋は南向きの明るい部屋で、渓谷をはさんで、この湯宿に迫っている前の山が硝子障子を通していっぱいに広がっていた。「ここは内湯がないんだ、外のバス停のすぐ後に、この湯町の浴場がある。そこへみんな一緒に入るんだ」と母の夫である小田孝蔵がいう。会いたいと思っていた母はきていなかった。湯宿から十メートルばかり離れた所にある浴場は、四十坪位の建物の中に、コンクリートを石に模して作った池のような浴槽が二か所あって、各々入口が違っていたが浴槽と浴槽の間は跼めば通れるくらいの通路を開けて板で仕切ってあった。薄暗く狭い脱衣所で着物を脱ぎ、利助は硝子戸を開けた。湯が竹の樋を流れ落ちていた。利助と理恵子を抱いたおせいが入っていくと、幾人かがうつろな鈍い目を向けたが直ぐに視線を反らせた。白く濁ったぬるい湯から顔だけ出しておせいと利助は顔を見合わせて微笑んだ。人々は何処といって当てのない一点に目をおいていた。

利助の父は、理想の女を絶えず追い求め、次々と女から女へ移っていった。利助は母と二歳の時に離別し、利助がはじめて母と会ったのは七歳の時であった。別れるとき、母は一言、岡室にいるから大きくなったら会いにきてねといった。継母はこの子はひねくれ者だよ、と言って利助を抓ったり擲ったりした。利助はいつか卑屈な子供になった。高等学校に入ってから母に会いに岡室へいった。喜んでくれた。それから母との文通が繰りかえされたが、一年続くとぱったりとまった。利助が悪い男で若しも今後金でもゆすられたらという心配が母の心に起ったのだと思った。大学を卒業して幼稚園の事務員として勤めるようになって三年目、応召して東京をたち中国へ行く日、母は駅まで来てくれた。

利助にとって戦地が自由で活々としていたのは裸になれたからだ。野天風呂で、人は裸に還らねばいけないのだ、俺は自分にかえろう、闘って闘って闘いぬいて逞しく生きて行こうと思う。

（古田紀子）

加藤賢三《かとう・けんぞう》

＊生年月日未詳。演出家。

蒲原温泉《がまはらおんせん》 エッセイ

〔作者〕加藤賢三

〔初出〕「旅」昭和五十八年十月一日発行、第五十七巻十号。

〔温泉〕蒲原《がまはら》温泉（新潟県）。

〔内容〕北アルプスの東山麓を通る塩の道は、千国街道、糸魚川街道、松本街道、北国脇往還とも呼ばれた。この街道の姫川の峠を下った峡谷に蒲原の湯が湧いている。姫川の谷崖上に一軒の湯宿がある。ここが蒲原温泉である。火災にあって一時閉鎖していたが、現在は営業を再開した。さっそく峡谷におりる。二筋に流れる手前の川に手を入れると、大岩の下が特に熱い。流れる川ごとの露天風呂にひたる。ひんやりとした秋の夕風が、私の肩を掃《は》いて過ぎる。私は川の湯につかったまま、うつらうつらと舟を漕ぐ。音が聞こえる。牛方が朽葉を踏む足音が。歩荷が雪を踏む足音の群れ…、麻の山着に山袴、わらぐつをはき塩を背負った歩荷の吐息が聞こえる。「紅葉が峡谷を埋めるや、白い妖精たちが、牛方と歩荷の川の湯に乱舞するのも間もなくだ」。

（浦西和彦）

加藤楸邨《かとう・しゅうそん》

＊明治三十八年五月二十六日〜平成五年七月三日。東京に生まれる。本名・健雄。東京文理科大学国文科卒業。俳人。句誌「寒雷」を創刊、主宰。『加藤楸邨全集』全十四巻（講談社）。

嶽から裏磐梯へ《だけからうらばんだいへ》 エッセイ

〔作者〕加藤楸邨

〔初出〕「温泉」昭和二十四年一月一日発行、第十七巻一号。

〔温泉〕嶽《だけ》(岳)温泉・裏磐梯温泉（以上福島県）。

〔内容〕友人の朔さんが、しばらく病気で臥ていた私を安達太良山の麓の嶽温泉に誘ってくれた。部屋は安達太良の反対側で、私はいささか失望しはじめた。四日ばかりたって朔さんも同意し、裏磐梯温泉に行った。猪苗代湖を見たときは、私の心はたのしかった。何よりも磐梯の怪奇な山容が心を惹いた。二階の静かな一室へ入ると電灯がなく洋灯である。私を一層よろこばせた。あの山嶺の曲線を見ているとどうしても見ただけで我慢することが出来なくなって、山に登った。頂上に出ると磊塊ばかりである。噴火の湯まで下ることにした。ひっそりと噴火の湯はひそまりかえっていた。疲れはすぐに恢復した。

（浦西和彦）

加藤武雄《かとう・たけお》

＊明治二十一年五月三日～昭和三十一年九月一日。神奈川県津久井郡川尻村（現・相模原市）に生まれる。小説家。新潮社に入社し、「文章倶楽部」などを編集。代表作に「郷愁」「久遠の像」など。

瀬波温泉《せなみおんせん》　エッセイ

〔作者〕加藤武雄
〔初出〕「新潮」昭和四年六月一日発行、第二十六年六号。
〔温泉〕瀬波温泉（新潟県）。
〔内容〕「六月の温泉場風景」の一篇として掲載された。この温泉の縁起はひどく散文的だ。石油井戸を掘り当てる為に掘ったのが、石油が出ないで、熱湯が噴出したのである。一丈余の熱湯の柱がもうもうと烟をあげている。温泉町としての瀬波は、地域も狭く、温泉場らしい寂びにも乏しく、これと云って特色もなかったが、その四周を囲む松林は実に見事だった。湯も豊富で、浴室の設備なども悪くはなかった。浴後、ぶらりと散歩に出る。粟島が薄藍色に横たわっている。一月に幾回しか船が通わぬ海上の離れ島。そういうところで、ひっそりと送られる人の一生というようなものを考える。七八町行くと私はすっかりくたびれたので引き返した。夕飯を食いながら給仕に出た女中さんと話をする。R―館にきれいな娘さんが居たでしょう。非常に男好きで、「もう二人も私生子《てゝなしご》を生んで」いるという。赤い実を見せると、はまなすで、赤いような紫色のようなきれいな花が一ぱい咲くとのこと。瀬波というと、あの淋しそうな眼眸を思い出す。そして、二人の子を生んだという美しい娘のことを思い出す。

（浦西和彦）

僕の温泉案内《ぼくのおんせんあんない》　エッセイ

〔作者〕加藤武雄
〔初出〕「温泉」昭和十三年五月一日発行、第九巻五号。
〔温泉〕湯の川温泉・洞爺温泉（以上北海道）、下諏訪温泉（長野県）、水上《みなかみ》温泉・藪塚《やぶづか》温泉（以上群馬県）、湯野浜温泉（山形県）、武雄《たけお》温泉（佐賀県）、湯沢温泉・瀬波温泉（以上新潟県）、玉造温泉（島根県）、雲仙温泉（長崎県）、熊岳城温泉・五龍背温泉（以上満洲）、伊東温泉（静岡県）。
〔内容〕湯の川―これが北海道だろうかと思われるような和やかな湯の町。御園ホテルのお帳場さんは女学生風の美しい娘だった。洞爺―しりべし山洞爺湖、風景は太古の如くもの寂びているのに、旅館その他は新開地の感じ。下諏訪―東京から一寸行って、一寸書き物をして、一寸帰ってくるのが便利だ。宇野浩二を思い出す。水上―越後の雪が清水峠を越えて、飛んで来るのを「吹越」というのだそうだ。湯野浜―夏の盛りひどく混む宿屋に泊まってその宿屋所属の藝者屋か何かに一部屋都合してもらったことがある。武雄―自分と同じ名前の温泉だから、九州旅行の途次一泊した。それだけのこと。湯沢―これは川端康成の温泉だ。贅言を禁ず。玉造―松江は日本一美しい町だ。静かないい温泉。雲仙―ホテルの前に黒人の子がぼんやり立って、青い目でさびしげに普賢岳の雲烟を眺めている。ここは切支丹の霊場。それ以前には堂塔伽藍の林立した仏法の霊場。藪塚―野の中、林の蔭の湯宿も一軒きりないさびしい温泉場。田山花袋がしきりに人生を思ったところ。熊岳城―夜はロシヤ美人の裸像が彫刻のように月光に浮かび、どこからか支那の言葉が聞こえてきた。伊東―頼朝も伊東の娘と連れ立って川奈へ出かけたはずだ。これは僕にとってゴルフのための温泉場。瀬波―美しい松原。永く永く夕日に影を引きながら、とぼとぼ歩いてゆくのは、竹久夢二ではないのか？　五龍背―野にひそやかに稲を刈っているのが白衣の朝鮮人でなかったら、内地の何処かと間違えるような温泉。

まだあったかな？　まだ思い出せないところが、三か所や四か所はありそうだが、以上を以て僕の温泉の総まくりとする。

（郡山　暢）

金井美恵子《かない・みえこ》

*昭和二十二年十一月三日〜。群馬県高崎市に生まれる。群馬県立高崎女子高校卒業。詩人、小説家。創作集に『愛の生活』『夢の時間』、詩集に『マダムジュジュの家』など。

お猿と温泉《おさるとおんせん》　エッセイ

〔作者〕金井美恵子
〔初出〕「旅」昭和五十三年十月一日発行、第五十二巻十号。
〔温泉〕地獄谷温泉（長野県）。
〔内容〕信州地獄谷温泉を訪れた筆者の雑感である。温泉と猿・温泉と季節・温泉と年齢・温泉的環境など。筆者のいう温泉的環境とは「とにかくのんびりしていなければいけない」。目的のはっきりしない楽しみのなかで、朝が来れば眼覚め、昼をすごし、山歩きも少しするという余裕を味わうことだという。

また、この地獄谷温泉には、野猿公苑があって多くの猿たちと出会うことが出来、筆者の猿に対する一考察もなかなかおもしろい。

最後に、「相撲見物」と「温泉」との共通点として、「もう実にのんびりと、ひたすら、だらだら時間が経過していく」点をあげ、温泉での理想を、だらしなく、退屈しながら、それを楽しみ、飲んだり食べたりしながら、無責任な評判をしあう、ということではないかと締めくくっている。

（福森裕一）

金子薫園《かねこ・くんえん》

*明治九年十一月三十日〜昭和二十六年三月三十日。東京神田に生まれる。本名・雄太郎。旧姓・武山。歌人。落合直文のあさ香社に入り、和歌革新運動に参加。歌集に『かたわれ月』など。『金子薫園全集』全一巻（新潮社）。

夕月と河鹿《ゆうづきとかじか》　短歌

〔作者〕金子薫園
〔初出〕『伊香保みやげ』大正八年八月十五日発行、伊香保書院。
〔温泉〕伊香保温泉（群馬県）。
〔内容〕「万葉の歌にも入りし上つ毛の伊香保の里に旅寝すわれは」「渓川に湯気の立つ見ゆほのぼのと夕べの月に白くしも見

ゆ」「浴槽《ゆぶね》には湯滝《ゆだき》が落ちて山上に繊《ほそ》くかゝれるたそがれの月」ら八首から成る。洗練された感覚で、淡彩画のように伊香保を詠んでいる。

（浦西和彦）

鏑木清方　かぶらぎ・きよかた

＊明治十一年八月三十一日〜昭和四十七年三月二日。東京神田に生まれる。本名・鍵一。日本画家。作品に「一葉女史の墓」「築地明石町」など。

湯治《とうじ》　エッセイ

〔作者〕 鏑木清方

〔初出〕 「温泉」昭和二十五年十一月一日発行、第十八巻十一号。

〔温泉〕 塔之沢温泉（神奈川県）。

〔内容〕 生来温泉好きの筆者は特に体に悪いところがなくてもよく湯治場を訪れた。しかし乗り物嫌いなため、手近な伊豆相模などに行くことが多く、よく塔之沢の環翠楼へ逗留する。戦前までは夏の初めと年の暮れとには欠かさずそこの湯治客となって、疲れをきれいな場で洗い流すのを習慣としていた。環翠楼の奥に見上げるような崖から一条の滝が落ちていて、その下に多少の空地があったところへ閑静な離れ屋敷をつくるので、その部屋の名前をつけてくれと宿の主人に頼まれる。その屋敷はそのまま別荘にほしいようなしゃれた数寄屋造りで滝壺から溢れ出る清泉は汀に咲く紫陽花の影を浸して流れている。洗心亭と仮に名づけたこの離れを愛用し、枕に近い水声を聞くのを何よりの楽しみとし、暇を作っては訪れた。しかしそれもいつか一昔の時が経っている。

（城弟優子）

上坂冬子　かみさか・ふゆこ

＊昭和五年六月十日〜平成二十一年四月十七日。東京市麹町区（現・東京都千代田区）に生まれる。本名・丹羽ヨシコ。ノンフィクション作家、社会評論家。主な作品に「生き残った人びと」「原発を見に行こう」など。

平家の落人・能登葭ヶ浦温泉《へいけのおちゅうど・のとよしがうらおんせん》　エッセイ

〔作者〕 上坂冬子

〔初出〕 「旅」昭和四十九年三月一日発行、第四十八巻三号。

〔温泉〕 葭ヶ浦温泉（石川県）。

〔内容〕 輪島からタクシーで一時間かかった。道とはいえぬ道が丘の上から海辺の宿の前まで曲がりくねっており、枯草に足をとられ、石ころにつまづき辿りつくと、善良そうな夫妻に迎えられた。

母屋の柱は色から察して百年はゆうに超えているらしい。二階のつき当たりの十畳に入ると、窓は一面の海である。まん中に長火鉢、床の間に行灯、天井の、本来電灯のあるべき場所からランプが一つ吊り下がっている。部屋は十三室。相部屋はしない。迷い込んで来られた人のために、いつも予備の部屋を空けている。冬は雪が降ると新聞も手紙も来ない。去年、ようやく電話がひけた。

ご主人の刀禰《とね》秀雄氏によると、「刀禰」という姓は平家の落人十三代目といういわれがある。昔から鉱泉が出、皮膚病にきくという湯治場で、まむしに嚙まれた人には効果てきめん、水虫なら三日で治る。鉱泉を溜めうけて、昼過ぎから風呂を焚き始める。窓にはずらりと三十張りのランプがぶら下がっている。これに一つずつ灯りをともして、客室へ運ぶ。それが終わると、前の海で獲った鯛に塩をふり、金串に通して囲炉裏の灰の中へ立てる。

この宿の冬のごちそうはランプの明かりの下、囲炉裏を囲んでのおしゃべりだ。結婚してから二人で訪ねる人が十組はある。宿代が払えない人には貸してあげる。かつてはまむしに噛まれた人が後を断たず生活の方は湯治客で何とかまかなえていたが、能登飯田に病院が出来たため、四五年間は客がひいてしまった。ディスカバー日本とやらで観光ブームが盛り上がり、ランプを使っているのは珍らしい、とのことでお客が増えた。口コミの伝播力で「ランプの宿」という命名が出来上がった。囲炉裏ばたがざわめく中、風呂へ。明かりはランプ一つ、湯はホンの少しヌルリとしている。窓の外には波の音。部屋に戻って豆炭ごたつをかかえ、ふとんをかぶると体の芯がホカホカして、快い疲れが出てきた。波の音に引き込まれるように眠りについた。

（岩田陽子）

上司小剣 かみつかさ・しょうけん

＊明治七年十二月十五日～昭和二十二年九月二日。奈良市に生まれる。本名・延貴。小説家。代表作に「鱧の皮」「木像」「U新聞年代記」など。

冬の伊香保 ふゆのいかほ　エッセイ

【作者】上司小剣

【初出】『伊香保みやげ』大正八年八月十五日発行、伊香保書院。

【温泉】伊香保温泉（群馬県）。

【内容】少年の頃、大阪朝日新聞で「伊香保土産」という小説を読んだことがある。その伊香保へ初めて行ったのは、一昨年の二月末であった。私は少年の頃に読んだ小説で、妙に伊香保をば冬の土地のように思っていた。石段の町の両側の軒下から立ち騰《のぼ》る湯気というようなことが、母に蒸《ふ》かし甘藷《いも》の温かいのを懐中《ふところ》へ入れて貰った記憶と相並んで、伊香保といえば暖《あたた》か味を覚えるのであった。赤城山は白く雪を頂いていた。町は淋しく、宿に着いても寂しかった。湯に温まり、鳥鍋で夕飯を取ってから、町へ出て見たが、さほど寒いとは思わなかった。幼い時絵で見てあこがれていた町の軒下から立ち騰る湯気は、むらむらと温かそうで、久しぶりに身よりの人にでも会ったような嬉しさを覚えた。伊香保神社まで登った。手にしていた濡れ手拭は堅く凍りかけていた。宿の日和下駄を引っかけていた素足は、流石に痛いほどの冷たさを覚えた。その宿には十日ほど居て、「狐火」という百枚ばかりの小説を一つ書き上げた。温泉と炬燵とで、東京に居るよりも温かであった。私にとって伊香保は矢張り冬の土地だと思われた。

（浦西和彦）

金毛九尾の狐 きんもうきゅうびのきつね　エッセイ

【作者】上司小剣

【初出】「女性」昭和二年二月一日発行、第十一巻二号。

【温泉】那須温泉（栃木県）。

【内容】那須野の原には、雪がいっぱい、草にも木にもこびりついていた。三四年前、SはY女と一緒に来た。昔、那須野の原に棲んでいたという金毛九尾の狐がY女に乗り移ったのではないかと、Sはぼんやりと考えていた。車が機関のどこかを冷却するために、大阪辺ではどんぶりと呼んでいる小さな水溜りに飛び込んだとき、Sはひどく驚いたが、Y女は平然と澄まし込んでいる。宿に泊まり込んでみると、隣室には怪しい女がいる。二十七八の痩せた蒼色い顔をした女で、頭を櫛巻きにして、帯を締めていない。Sは、今度は隣室の女客に金毛九尾の狐が乗り移っているものと考えた。宿の女中の話によると、隣室の女客は春の頃、ただ一人でここへ来たのだが、いまだにただ一人で、どこからも手紙も葉書も来たことがない。温泉宿へ来ながら、一度も入浴したことのないのを不審に思っていたら、真夜中に入浴していることが、この頃わかった。謡曲が好きで、だが他人の耳へとどくほどの声は決して出さない、ということであった。ある夜、Y女が一人で入浴から帰って来ると、Sが「大変だ」とガタガタ慄え、隣室を指さしている。半分開いたままの障子から覗いてみると、顔は、まさしく、長い鬚が生えた狐。しかし、それは、女が能面をかぶっているのだとわかった。それでも、隣室の女の怪しいと思う心は、解けなかった。四年の後、この冬にSは一人で同じ温泉へやって来た。「もののふのやなみつくろふこてのうへにあられたばしるなすのしのはら」の古歌が想い出された。偶然にもあの室に案内されたが、隣室にやはりあの女がいるではないか。

「温泉場の女」という題で依頼されて書かれたエッセイである。

（浦西和彦）

川合仁《かわい・やすし》

*明治三十三年十二月二十二日～昭和三十八年十月三十日。山梨県東山梨郡上万村に生まれる。山梨県立農林学校卒業。ジャーナリスト。新聞文藝社を創立。遺稿集に『私の知っている人達』（藤書房）がある。

上林温泉行《かんばやしおんせんゆき》　エッセイ

〔作者〕 川合仁

〔初出〕「旅」昭和二年三月一日発行、第四巻三号。

〔温泉〕 上林温泉・地獄谷温泉（以上長野県）。

〔内容〕 一週間足らずの暑中休暇を軽井沢の千ヶ滝にある沖野岩三郎の別荘で過ごした時、野尻湖へ遊びに行き、その帰途一行と別れて一人豊野で汽車を降りた。上林温泉へは乗合自動車で一時間半らしい。上林温泉に滞在している加藤一夫に手紙で誘われたこともあって、急遽行くことにした。やがて自動車は安代渋の温泉町に着いた。この温泉町は、両側に立ち並ぶ商店もきれいだし、大きな温泉旅館はどこも溢れるほどの浴客で賑わっている。ここから上林までは十町あったが、人力車を使わずに、歩いていくことにした。途中沢柳博士に会って、加藤一夫の滞在している上林ホテルを教えてもらった。急な訪問ではあったが、加藤一夫は歓迎してくれた。下の渋や安代はあれほど賑やかに混雑し、「さんざめいている」のに、わずか十町登って来た上林温泉は、まったく別世界のように静かであり、穏やかであった。落ち着いて仕事をするにはもってこいの場所だと思ったが、淋しがり屋の加藤一夫は、さも今まで淋しくて仕方がなかったという顔をした。加藤一夫と一緒に湯殿へ行った。清らかな温湯が湧き出ている。温度は少し熱加減で、ちょうど入り頃である。すっぽり身体を入れると、清冽な湯が豊かに浴槽の縁に溢れる。一日の疲れが一瞬で洗い流される思いだ。窓ガラスを通してあざやかな緑が眺められる。この湯は弱塩類泉で、リウマチ、痛風、神経痛などに特効があるという。一日何遍も風呂にはいるという加藤をうらやましく思ったが、加藤は書きたくもない原稿を金のために書くのも苦しいものだと自ら憐れむように言った。その夜は向かい合って、料理を食べ、東京から送ってきたという缶詰を肴にビールを飲んだ。東京を出てから初めて、旅の空にあるような、自由な、のびのびした気持ちになって、快く酔った。翌日は快晴で、二人で地獄谷温泉へ出かけた。地獄谷は上林から渓流に沿って約一里ばかり遡って行ったところにある。渓流の傍らから約二三丈の高さに熱湯が噴出し、霧となって美しい五彩を描く。地獄谷温泉は宿屋が一軒しかなく、上林と違って平民的であり、安価である。渓流に臨んだ亭で休み、名物のふきの砂糖漬けを味わい、ちまきに舌鼓を打ちながら、真碧に晴れ渡った山峡の空を仰ぎ、目の前に屹立する山々の、滴るばかりの翠緑を飽かずに眺めた。

（荒井真理亜）

川崎長太郎《かわさき・ちょうたろう》

*明治三十四年十一月二十六日～昭和六十年十一月六日。神奈川県足柄下郡小田原町（現・小田原市）に生まれる。神奈川県立小田原中学校中退。小説家。「抹香町」「鳳仙花」などの抹香町ものにより文名を上げる。

冬の箱根《ふゆのはこね》　エッセイ

〔**作者**〕川崎長太郎

〔**初出**〕「温泉」昭和二十八年二月一日発行、第二十一巻二号。

〔**温泉**〕箱根温泉（神奈川県）。

〔**内容**〕小田原に住んでいるものの有難さである。私は時折、湯本の温泉へつかるが、わが生存のよろこびであった。終戦後、長いこと、湯本「清光園」の円形の湯槽へ足を運んだ。湯の温度がわりとぬるいのが玉に瑕だったが、円形の湯槽も、可成大きかったし、風呂場から眺める正面の湯坂山、その下を流れる須雲川は四季とりどりの風情があった。ある事情で「清光園」の出入りを遠慮してからは、旧東海道にある村営の共同風呂へ出かけるようになった。近在の農夫などが客となっていて、ここの共同風呂は、箱根温泉という概念から、一寸遠いような野趣があった。村営の共同風呂は、湯本の宿からつま先き上りで相当みちのりがある。時に坂の上り下りが苦になることがあって、湯坂山麓の大衆浴場で間に合わす事が多い。大体は土地の人、藝者、女給らで、男女混浴であることは、他と変らない。彼女等の話をきいていると、浮世学の好個の資料のようであった。寒さに向かうと、湯本へ向かうようになる。冬の箱根温泉は、一年中で一番閑散な時である。私にも冬の箱根は、麓の共同湯以外に、さして縁のないところである。とは云え、私が十六から二十一二までは、真冬の箱根でも大抵日一度は出かけたものである。私の生家は曽祖父の代から魚屋で、箱根の温泉宿を得意先とするのであった。祖父も、父も、その時分には、電車がなかったので、小田原から魚を担いで、あの山坂をのぼっていったらしい。私が父の後継ぎとなり、小さな草鞋をはき、魚を担ぎ出した頃は、湯本まで電車が開通していた。箱根の魚屋は、湯本まで電車の厄介になり、湯本からは天秤棒肩に得意先目指して担ぎ出した。二十頃には、一人前の荷、十七八貫目の魚を担いで登って行けるようになった。夏場の書き入れどきには、魚屋の担いで登る一列縦隊の頭数は、大小とりまぜ四五十人、冬になると四五人になったり、ある時は二人位であったりした。冬でも雪が降っていても、魚を担いで行くと汗をかいたものである。帰りは反対に足先が凍ってくる。当時、三四十軒よりなかった旅館が、三十年後の今日では、百数十軒となり、箱根もいまだ上り調子であるらしい。温泉場の俗化を嫌う向きに、かえって、霜枯れの箱根が気に入るかも知れない。三流のあまり大きくない宿屋の湯槽につかり、雪に折れる竹の音を聞くなど、趣きなしとしないであろう。

（浦西和彦）

伊豆の街道《いずのかいどう》　短篇小説

〔**作者**〕川崎長太郎

〔**初出**〕「群像」昭和二十八年四月一日発行、第八巻四号。

〔**温泉**〕湯ケ野温泉（静岡県）。

〔**内容**〕花枝は、十一月から暮へかけて竹七の小屋へ、一篇ずつ三回、夫の原稿を持ちこんでいた。彼女は、二十五歳、七つ歳上の夫は勤人で、三歳と二歳の子がある。はじめの二篇は、竹七は、文章がしっかりしている点をほめた。三度目の作品をみたかと、彼女が竹七の小屋を尋ねたのは、暮も押し詰った、夜の八時頃である。竹七はまだ読んでいなかった。正月の五日の晩、二人は逢った。竹七は元日、西風のはげしい伊豆の海岸を、頭からしぶき浴び浴び歩いた。ある温泉場へ辿りついたが、旅館の番頭にふうていを怪しまれた等々語り続けたはずみに花枝に「あんた、ひと晩泊りで、どこかへ旅行しないか」と、云い出した。竹七は、そのことの為、つまずいてはなるまいと、生理的なものの始末に淫売窟へ出かけた。夫の許しを得た花枝と二人で伊豆へ出かける。天城トンネルを出たところでバスを降り、街道を歩く。花枝は実母と四歳の時死別し、本当の母の愛情というものは、どんなものなのか、自分の子を持ってそれを知りたかった。夫の丸山とは私が失恋して自殺しようとしたのを承知で一緒になった。結婚して二年とたたない裡に、何かにつけて当たり散らして、喧嘩口論が絶えない、主人の性格が結婚して五年もたっているのにさっぱり摑めないのが心外だ、と話す。日が暮れて湯ヶ野の部落にかかった。古びた瓦屋根の温泉宿がある。入浴後、二人は酒を飲む。服毒までした初恋の男の話を、酔った彼女は艶っぽく繰り返し述べる。「先生、寂しい」と金切り声を発し、竹七の骨っぽい小さな膝へ体を投げ出し、彼に抱かれながら、肉づきのたっぷりした背すじを波打たせ、絶え入るように泣き出したりした。竹七の註文で、隣の六畳に二組の床が延べられてあった。竹七は酒で生理的なものの根を殺してしまおうと、ラッパのみし、床に入った。竹七は終始不能者の如く、その方面を意識すらしないようであった。翌朝、「花枝ちゃん、俺は、あんたを、本当に抱くことが出来ない」と、竹七は錆びついた声でぼそぼそという。竹七は独身であり、多少文名もあるところから、うっかり「大樹」と見違え易いにしろ、その実朽ちかけた「藁」でしかなかった。「あんた、帰れるの。こんなふうなことなつてしまつて、ね」「帰れるわ。許しを得て、くることはきてゐるんですもの」と花枝はいう。もう一晩位、泊まるお金があるといったが、花枝は「今日中に帰らなければ、追ひ出されてしまふ」という。湯ヶ野を十時二十分発、下田行の黄色いバスに間にあった。こまかい雪がチラチラし出した。

（浦西和彦）

湯の街の女《ゆのまちのおんな》　エッセイ

〔**作者**〕川崎長太郎

〔**初出**〕「旅」昭和三十年十月一日発行、第二十九巻十号。

〔**温泉**〕箱根湯本温泉・湯ケ（河）原温泉（以上神奈川県）、伊東温泉・網代温泉・糸川温泉・修善寺温泉・湯ケ野温泉（以上静岡県）。

〔**内容**〕戦争前は、箱根にはろくすっぽ、藝者などいなかった。それが今日では強羅にも宮下にも藝者屋がある。湯本には大通りから、一寸はいったところに、ペンキ塗り、喫茶店まがいの二階家が数棟並んでいる。東京あたりの私娼街にみられる店とさして変わっていない。私はそこにいる女達と、十円出してはいる、千人風呂と称する湯本の公衆浴場でよく逢っている。風呂は男女混浴であった。彼女達は各自自分の体を洗うと、洗濯は法度ということになっているので、足袋などを流しの隅っこで洗っている。

湯ヶ原の「赤ペン」「白ペン」「青ペン」は昔から有名であった。私は推参していないが、三階建てで、店構えの堂々とした家もあるが、相手は私娼、大体相場はきまったものと、いつも通り過ぎていた。

伊東へは、町外れの競輪場へちょいちょい出かけていた。一文無し同様になって帰るので、伊東の私娼と馴染みが薄い。南熱海と呼称するようになった網代温泉にも、闇の女が存在するとか。

熱海の糸川は先年焼けてから、娼家の構え初め、大変立派になった。かえって情緒を失ったといえる位である。もとは、路すじも暗くて「傾路」という感じがあった。二十年ばかり前、小田原から糸川へ通ったことがある。一寸あがるだけなら三円で事足りた時分である。終戦後も、糸川を目指したことがあった。娼家の中でも、一番大きく、女の数も多勢な店で、ふと私がその女を見かけたのが病みつきであった。年の頃二十三四で、洋服を着ていて、都会風に洗練されていた。これ程の女を五百円で抱けるのは安いものと、上り込むと、人柄も気に入った。一週間に一度位の割合で赴いたが、女は何の前触れもなしに姿を消してしまった。一昨年、暫く振りに糸川べりを歩いていると、三年ばかり間があったのに、向こうでも私の顔を忘れていず呼び止められた。一二回彼女の客になったが、昨年の始め頃行ってみると、大きな娼家は閉店しており、意外に感じたが、女の行方を探し出す手づるも、熱意もなかった。

伊豆の修善寺の色街は、町同様古風な面影があるようだが、二度ばかり通り過ぎたに過ぎない。長岡・古奈のそれにも詳しくなく、一度泊まったことのある湯ヶ野温泉はさっぱり見当がつかない。が、いくらひなびたりとはいえ、温泉場に女のいないいわれもなさそうだ。しかし、立派そうな温泉旅館が、その実待合の娼家みたいなものになってしまうのは、あまり感心した傾向ではあるまいと思う。

（岩田陽子）

古い温泉宿《ふるいおんせんやど》　エッセイ

〔作者〕川崎長太郎

〔初出〕「温泉」昭和三十六年六月一日発行、第二十九巻六号。

〔温泉〕塔之沢温泉（神奈川県）、新鹿沢《しんかざわ》温泉・法師温泉（以上群馬県）、湯田川温泉・湯野浜温泉（以上山形県）、日光湯元温泉（栃木県）。

〔内容〕初めて温泉に這入ったのは四、五歳頃で、祖父母に連れられ、塔之沢あたりの共同湯へ、ひと晩泊まったらしい。私は親の商売を嗣ぐべく、魚屋の小僧となり、魚籠を担ぎ、あの山坂を登って、宮の下、底倉の旅館へ配達した。その一軒の旅館にS屋というのがあった。大正始めで、農閑期に近在の爺さん婆さんが、米味噌持参でやってきた。ある日、偶然、廊下を通りかかると、御詠歌が部屋から洩れてくる。五六人の爺さん婆さんが、湯上りの寛ぎ方で、腹ン這いとなり、煙管で木枕をたたいて拍子とりつつ、のんびりと御詠歌の合唱中であった。その歌声は、数十年過ぎた今日も、ありあり耳に残っている。箱根山中どこへ行っても、米味噌持参の湯治客を泊める旅館なんか、なくなっているに相違ない。数年前、新鹿沢を訪ねた。昔のS屋があるような気がして懐しかった。大抵の旅館が、コンクリート臭くない木造づくりで、土産ものを売る店もない温泉場ながら、ひなびた昔ながらの様子がこのもしかった。五六百円という宿泊料相当に、たべものも山家料理に近いものであった。湯槽も木製で狭苦しく、湯もぬるく、よごれている。一里はなれた鹿沢温泉からのひき湯とてあまりにも貧弱なものであった。ランプだと聞く、法師温泉は私には多年の憧れだったが、今はどうなっていることか。屋根は藁ぶき、膳にイワナなんかの出る、ごくひなびた山の湯をこそと思うのである。どんなにわびしくとも、単純泉が湯槽から豊富に溢れてさえいれば、先ずいうことがない。三十年ばかり昔、湯田川温泉へ行ったが、あそこはよかった。この頃、新興の温泉に押され、どうなっているか、心もとない気がされる。三十年も前、湯野浜の某ホテルの大きな建物にはびっくりした。大阪、神戸の関西客が、日本海沿いを直通する汽車でやってくるとのことであった。葛西善蔵の名作「湖畔手記」で馴染の日光湯元も、先年行って失望した。開けてしまっていることが、気に喰わないのである。文明開化の今日、私の風変りな夢を容れる温泉など、金輪際ありはしないと諦めた方が利口だったのか。

（浦西和彦）

温泉場案内《おんせんばあんない》　短篇小説

〔**作者**〕川崎長太郎
〔**初出**〕「群像」昭和四十一年九月一日発行、第二十一巻九号。
〔**温泉**〕箱根温泉（神奈川県）。
〔**内容**〕底倉の大和屋は、めきめき売り出して、部屋数五つ六つある温泉つきの家屋を、一号館から七号館まで新築したりした。第一次世界大戦景気で、箱根も全山黄金の雨が降った。女将は、四十前後の色の浅黒い小柄な女である。彼女は三島の大きな女郎屋の娘で、先年娘を連子して、後妻に納まったのである。十何代目かの当主兵六は、二十以上年上で、死亡した先妻に二児がいた。いずれも男で、弟の方が温泉村の役場に就職する早々、女将は連子の娘と一緒にさせる魂胆らしかった。あととりの兄の兵八は二度結婚したが、姑根性丸出しにいびり、追い出してしまった。兵八は、小田原藝者と懇《ねんごろ》になり、性のよくない病いを患い、世嗣ぎの出来ない体になっていた。客扱いの元締は女将で、金庫の番は父親がしているところから、三十過ぎた兵八がする役目はないに等しかった。

出入りの魚屋太吉は、小田原海岸の漁師街、船頭小路に、女房と、長男の庄太、次男の正次と住んでいた。大和屋には、旧幕時代からの出入りであった。大和屋の仕入れは、すべて料理人任せで、板前が何々人前と注文すれば、これをうけた太吉が朝のセリ市で買い出し、小田原で間に合わない品物は、東京築地の市場から客車便で取り寄せる。太吉は、籠の魚に木製の蓋《ふた》をし、天秤棒で店先から担ぎ出して行く。魚屋・八百屋が借り切る、特約の貨車が朝の九時に発車し、途中三十分を要して湯本駅に到着する。夏場、多い時は同勢四五十人、霜枯れ時でも十人をくだることのない魚屋は、一列縦隊をつくり、草鞋穿きの細い股引に、口々に掛け声をかけながら、早川の渓谷沿いの坂路を登って行く。

電車が強羅まで開通した。乗車賃が高くてためらっていた魚屋連も、開通して一か月とたたない裡、一人残らず湯本から登山電車へ乗りつぐようになっていた。だが太吉の家へ電話もひけた頃から、好景気は下り坂へ向いていた。世界的な経済恐慌の煽りである。大和屋も慌て出した。女中や男衆の人減らしが行われ、魚の仕入れ方にも、妙な手加減を加えてきた。収入減に比して、魚の仕入れ高がそれ程下らないのに不審を抱き、兵六は高値なアワビの如きは不買とダメを出したりした。兵六の独断での口出しは、板前の気に入る筈もなかった。既に二十歳前の庄太とひとつ下の浜三が売り込み方を担当していた。板前は庄太から支払い振りを聞き知って同情し、鮎屋の背負ってくる香魚の購入を避け、タイやアマダイ等を代用に当ててくれた。兵六は前例を破って、魚の仕入れ方へ乗り出したが、板前は多々主人側に含むところがあるので、魚の使用量を控えず、その反対の仕打ちに出た。兵六は見事に裏をかかれた。その裡、兵六は注文を内輪に出し始めた。滞在客の約半数の頭数を庄太に申し渡すようになり、みるみる売り上げは落ちて行った。が、庄太は悪知恵を利かせ、兵六の割引した注文を無視して、実際の客数に見合った魚を従前通り届けた。彼は女中からそっと滞在客の人数を教えて貰ったりした。かねて、魚屋に加勢している板前の庖丁は伸縮自在なものであった。

　不況が深まるにつれ、月に何回かに区切って渡す大和屋の支払いは、回数、金額共に少な目となり、残高のみ増して、太吉の商売はやり繰りが苦しくなっていた。内金を支払ってもらえない。庄太が女将さんに頼むと、「駄目だねえ。—魚屋、お前はいつもしつつこく云ふから、大旦那は嫌らつてゐるよ。—お金を貰ひにくる時は、親爺か浜三をよこした方がいいよ」という。

（浦西和彦）

川路柳虹　かわじ・りゅうこう

＊明治二十一年七月九日～昭和三十四年四月十七日。東京芝（現・港区）に生まれる。本名・誠。東京美術学校日本画科卒業。詩人、美術評論家。「日本詩人」を創刊。詩集に『路傍の花』『歩む人』『波』など。

塩原川治附近のこと　しおばらかわじふきんのこと　エッセイ

〔作者〕川路柳虹

〔初出〕「温泉」昭和二十七年三月一日発行、第二十巻三号。

〔温泉〕酸か(ケ)湯温泉（青森県）、塩原温泉・川治温泉（以上栃木県）。

〔内容〕敗戦国で貧乏国の日本に一番の富があるとしたら、「温泉」であろうと思う。温泉場を遊興地とすることも悪くはないが、どこにもヘンな女が跋扈していて、眉をひそめさす行動を露骨にしているが、アレは温泉のいい印象をぶちこわすものである。昔の湯女には何か鄙びた情趣もあったが、今のパンパンにはがっかりする。この戦後風俗は堕落である。もう十二三年前には「酸か湯」はまるで貧民窟の集合のような見すぼらしい山小屋だった。結城さんの書かれた随筆を読むと今はすっかりひらけた場所になってるらしいが、男女混浴は昔通りでよいがパンパンなどはいなさそうであるのもまことに嬉しい。

　四十年前に、学校の修学旅行で塩原から山道を日光へ抜けたことがある。その時道に迷って同行四人が塩原の奥の山上に野宿して一夜をすごした。古風な幌馬車が西那須野から通っていた。その日泊まるのは塩原高原の麓にある「新湯」という山間の温泉地だった。福渡から一里半ばかり、一時間もあれば歩いて行けるとタカをくくっていた。日は暮れたが、須巻へ行く道に出合わない。四人は思いあまって高原の柏の樹の下で寝た。朝になって、西と東をまるで逆に考えていたことがわかった。行方不明の我々を探す探検隊を出そうとしたが、その辺は熊が出る桟道だというので誰も行かなかったという話である。新湯を出て先発の一行は川治温泉へ既に立った後だった。川治まで四里ぐらいあったろう。夕方についたら軍人上りの教務主任から大いに叱られたことを覚えている。

（浦西和彦）

川田順 かわた・じゅん

＊明治十五年一月十五日～昭和四十一年一月二十二日。東京浅草三味線堀に生まれる。東京帝国大学法科卒業。歌人。北原白秋らの「日光」に参加。歌集に『伎藝天』『鷲』など。

温泉思慕の歌《おんせんしぼのうた》　短歌

〔**作者**〕川田順

〔**初出**〕「温泉」昭和二十五年七月一日発行、第十八巻七号。

〔**温泉**〕箱根温泉（神奈川県）。

〔**内容**〕実業人として第一線で活躍していた川田順は、大正七年三月に第一歌集『伎藝天』（竹柏会）を刊行し、その後も歌集をぞくぞくと出版した。昭和十一年には住友合資会社常務理事を退社して、歌作と古典研究に専念するが、妻和子が脳溢血で十四年に死去した。歌集『妻』（昭和17年2月、甲鳥書林）は、妻和子への挽歌を中心にまとめられた。この「温泉思慕の歌」は、歌集『妻』系列の歌であり、箱根の温泉への思慕とともに妻和子への挽歌でもある。

（浦西和彦）

老境に思ふ《ろうきょうにおもう》　エッセイ

〔**作者**〕川田順

〔**初出**〕「温泉」昭和二十五年十二月一日発行、第十八巻十二号。

〔**温泉**〕海雲台温泉（朝鮮）、湯崗子温泉・熊岳城温泉（以上満洲）、蔦温泉（青森県）、吹上温泉・洞爺温泉（以上北海道）、瀬見温泉（山形県）、那須温泉・大丸《おおまる》温泉（以上栃木県）、有馬温泉（兵庫県）。

〔**内容**〕朝鮮が又もや戦場と化した。胸が痛む。朝鮮では、海雲台を思い出す。当時、日本が威張っていた頃なので、海雲台の旅館もすべて日本人によって経営せられ、すこしも朝鮮情緒のなかったのには失望した。満洲の湯崗子温泉は澄明で、頗る豊富だ。私が逗留したのは昭和七年春である。玄関で、新帝国の元首にするために連れ出された溥儀氏を目撃した。遼東半島の熊岳城の温泉に泊まった時は梨の花が満開であった。寂びた町で、温泉の情趣もよかった。大陸の温泉を語っても、今のところ夢のようなことである。

日本の温泉は、古来の「湯治」ということを忘却して、「享楽」に傾き、むやみと賑やかな、騒がしい温泉国になりつつあるのには賛成しかねる。山の奥まで都会情緒を持ち込み、自然の美と人情の美とを平気で侵害しつつある日本人の破壊主義には、困ったものである。蔦温泉は、たった一軒の温泉宿で、いかにも東北のものらしく寂びて、水芭蕉の花も佳かった。W・Cにあった「桂月も霞んで立つやブナ林」という高尚な落書に、私は敬服した。北海道では十勝岳の中腹の吹上温泉が気に入った。活火山をうしろにした、ものさびしい原始林中の温泉宿で、ランプの火明りのうす暗い廊下を歩いて、うす暗い浴室に入ると、土地の百姓らしい爺さんが唯一人、湯の中で居眠りしていた。昭和十二年初夏、妻と息子と三人で洞爺温泉へ行った。二人を促して浴室に行くと、若い女が五六人這入っていた。息子に裸体の女を見せたくなかったので、「又あとで来よう」と引返した。

妻とおとずれた羽前の瀬見温泉は実に寂びた、しずかな勝地であった。

那須温泉も佳いところだ。新温泉からの広大な眺望もわるくないが、私には殺生石の旧温泉の方がありがたい。那須岳の中腹の大丸温泉では、乃木大将がしばしば来られたと、宿の亭主がおもいで深そうに話した。関西の温泉は概して豊かでない。有馬温泉へは幾度か訪問した。昔の「十二坊」の宿屋が何軒かまだ営業を続けていて上田秋成の名歌「みぞれ降り夜のふけゆけば有馬やまいで湯のむろに人の音もせぬ」の情趣が、少しは残っているようだ。私は鉱泉を一日に一升ぐらい飲んで烈しい下痢に悩まされた。明智方の名将斎藤利三の部下の秦ノ桐若が鉱泉を飲みすぎたので、折角癒着しかかった疵が破裂して死んだそうだ。

（浦西和彦）

河野正人 かわの・まさと

＊生年月日未詳。住吉屋旅館主人。

山菜の宝庫野沢温泉の春《さんさいのほうこのざわおんせんのはる》 エッセイ

〔**作者**〕河野正人

〔**初出**〕「旅」昭和五十八年五月一日発行、第五十七巻五号。

〔**温泉**〕野沢温泉（長野県）。

〔**内容**〕スキー客で賑わった野沢温泉も、四月に入った途端に落ち着きをとりもどす。四月から六月は山菜採りの季節である。野沢温泉は山菜の宝庫で、野沢の人が最もよく採って食べるのは、コゴミ、ゼンマイ、ワラビ、山ウド、竹の子、フキだろう。量は少ないが、フキノトウ、アケビ、トロログサが続く。住吉屋旅館の場合、ワラビなら一年分として三百貫（約千百キロ）は漬ける。野沢での山菜の食べ方を紹介しよう。最初に出てくるフキノトウはたいへん印象的で、春の訪れを知る。おすすめしたいのがフキ味噌である。細かく切って、砂糖を少量加えた味噌と合わせ、薄い皿にねりつけて、オーブンか炭火でこんがり焼く。独特の香りとほろ苦い味が楽しめる。雪どけの時期にコゴミ（クサソテツ）がたくさん採れる。芳ばしい香りがする上に歯ざわりもよく、おひたしが一番おいしい。野沢で山菜を漬ける場合、麻釜《おがま》という天然湧出の温泉で茹でてから塩漬けにする。野沢では、どの家も漬物小屋を持っている。何十人もの人が麻釜で大量の山菜を茹でる光景は、なかなか壮観である。ゼンマイは、五月初め位まで。綿帽子を取って茹でた後、干してはもみ、もんでは干して、黒くチリチリになるまで何回も繰り返す。ゼンマイよりやや遅れて採れるのがタラノキやアケビ、コシアブラの芽だ。山菜の王者といわれるタラの芽のまろやかな味を賞味するには、天ぷらかごまよごしが一番いい。コシアブラは、先端をたぐりよせて芽を摘む。芽はごまよごしにすると芳ばしくておいしい。アケビは、手折れる芽の先（十センチ位）を摘む。おひたしにして食べるのが一般的。四月半ば頃から採れるカタクリは、その可憐な紫の花や葉のおひたしを食べると、口いっぱいに甘い香りが広がる。一二度食べなければすまないのがノカンソウで、根元の白い部分をおひたしか酢味噌あえにするのが一番おいしい。ちょっと贅沢な〝春〟を味わせてくれるのが、白く清楚な春蘭である。梅酢と塩で漬けた花を吸物に入れると、花びらが開いてたいへん美しい。五月に入ると、野沢で最も多く塩漬けにするワラビが出てくる。ウドも採れる。ウドは捨てるところがない重宝な山菜である。皮は油で炒めてきんぴらにするか佃煮に、葉も佃煮、芽は二～三センチに切って天ぷらにすることをおすすめしたい。シオデは、新芽を手折れる部分だけ摘み、おひたしかマヨネーズあえにすると美味。五月末頃になるが、千メートル以上の高地でギョウジャニンニクが見られる。かって行者が、栄養不足になりがちな山中で精力剤として食したといわれる。酢味噌あえがおいしい。五月末から六月いっぱいまでは竹の子の季節。トロログサ（ウワバミソウ）も、野沢では割合よく食べる。きんぴらにしたり、さつま揚げと煮るのがおいしい。山菜の最後を飾るのがフキ。フキが終わる頃になると草いきれがするようになり、山菜シーズンは幕を閉じる。

（浦西和彦）

川端康成《かわばた・やすなり》

＊明治三十二年六月十一日～昭和四十七年四月十六日。大阪市に生まれる。東京帝国大学国文科卒業。小説家。横光利一らと「文藝時代」を創刊。代表作に「雪国」「山の音」「古都」など。『川端康成全集』全三十五巻補巻二（新潮社）。昭和四十三年ノーベル文学賞を受賞。

ちよ

短篇小説

〔**作者**〕川端康成

〔**初出**〕「校友会雑誌」大正八年六月十八日発行。

〔**初収**〕『婚礼と葬礼』昭和五十三年四月三十日発行、創林社。

〔**全集**〕『川端康成全集第二十一巻』昭和五十五年六月二十日発行、新潮社。

〔**温泉**〕伊豆の温泉場（静岡県）。

〔**内容**〕山本千代松氏が、突然、中学の寄宿舎に私を訪ねてきた。意外な用件であった。私の祖父の名の借金証文を、祖父が死んだから、私の名に書きかえてくれというのである。家のことは一切親戚・後見人任せにしていたが、千代松の要求に応じた。千代松は学校にまで乗り込んで、未成年の子供に証文を書かせたことで、親戚の人達にずいぶん非難された。高等学校二年生のとき、千代松と出会うと、家に遊びに来て下さいと招いた。翌日、なぜ来てくれなかったかと、みごとな西瓜を二つくれた。氏のからだは非常に衰えていた。秋になって、山本家からの書留郵便を受取った。千代松氏が感冒で死んだ報せで、遺言によって五十円送るというのである。謝罪のしるしに私へ送ってくれと云って、死んだという。私は受取ることにし、その金で伊豆の温泉場をめぐった。その旅で、私が修善寺から湯ケ島に来る途中、太鼓を叩いて修善寺に踊りに行く娘に出逢った。その小娘を、私は「ちよ」と呼んだ。冬休みに帰省し、千代松氏の遺族を訪ねた。千代松の娘が歓迎してくれたが、その娘も「ちよ」といった。私は千代松氏のことを新らしく考えない訳には行かない。遺言した位であるから、死際に私のことを思ったにちがいない。考え方によっては、不気味なことである。東京へ戻ると、私は別の娘に思いをかけたが、その娘も「ちよ」だった。私は気が変になりそうでならない。千代松氏と三人の「ちよ」に、怖れを感じ出したのである。街でも美しい女を見ると、みな「ちよ」という名にちがいないと不気味に思うのである。「やっぱり、今でもあんなに私をみつめているあの霊どもと、同じように、肉体をぬぎすてた霊の姿にならなければこの怖れはのがれられないのでしょうか」と思うのである。

（浦西和彦）

湯ケ島温泉《ゆがしまおんせん》

エッセイ

〔**作者**〕川端康成

〔初出〕「文藝春秋」大正十四年三月一日発行、第三年三号。

〔初収〕『川端康成集』昭和九年十月十九日発行、改造社。

〔全集〕『川端康成全集第二十六巻』昭和五十七年四月二十日発行、新潮社。

〔温泉〕湯ケ島温泉（静岡県）。

〔内容〕山の湯としては湯ケ島が一番いいと思う。夏は東京より十度近く涼しいが、冬は暖いとはいえない。紅葉の見頃は十二月初旬。名物はわさびと椎茸。湯ケ島のわさび漬は最上品である。今は人間の舌が鈍感になって味が悪い岡わさびと味わい分ける人が少なくなったと土地の人が嘆いている。二三年前、大本教の出口王仁三郎が湯本館に滞在し、小山から一条の湯気が立ち昇るのを見て、金が出るといい、去年四月、四五十人も信者がやって来て採掘をはじめた。金は出なく、今はもう廃坑になっている。大本教二代目教祖出口澄子とその娘の三代目さんが湯本館に来た時、「田舎の駄菓子屋の婆さんのよう」で、これが一宗の教祖だというのが不思議な気がした。私は大本教は好きでないが、その祝詞は好きだ。湯ケ島は宮内省の天城の御猟で名高い。私は温泉にひたるのが何よりの楽しみだ。一生温泉場から温泉場へ渡り歩いて暮らしたいと思っている。七年前、一高生の私が初めてこの地に来た夜、美しい旅の踊子がこの宿へ踊りに来た。翌日、天城峠の茶屋でその踊子に会った。下田まで一週間程、旅藝人の道づれにしてもらって旅をした。踊子は十四だった。（浦西和彦）

温泉通信《おんせんつうしん》　エッセイ

〔作者〕川端康成
〔初出〕「文藝春秋」大正十四年五月一日発行、第三年五号。

〔初収〕『川端康成集』昭和九年十月十九日発行、改造社。

〔全集〕『川端康成全集第二十六巻』昭和五十七年四月二十日発行、新潮社。

〔温泉〕湯ケ島温泉（静岡県）。

〔内容〕滞在している伊豆湯ケ島からの通信。日常目にふれた湯ケ島の自然・風物や心境を記したエッセイ。貧しい竹林がちらほら立っているのは「心静かな風情」がある。竹の葉にきらきらきら宿る時ほど美しい日光があろうか。竹の葉と日光との親しげな光りの戯れに心を惹かれて、私は「無我の境」に落ちてしまう。しかし「時々孤独の寂しさ」が来る。私は温泉の匂いが好きだ、という。（浦西和彦）

温泉六月《おんせんろくがつ》　エッセイ

〔作者〕川端康成
〔初出〕「文藝時代」大正十四年七月一日発行、第二巻七号。

〔初収〕『川端康成集』昭和九年十月十九日発行、改造社。

〔全集〕『川端康成集第二十六巻』昭和五十七年四月二十日発行、新潮社。

〔温泉〕湯ケ島温泉・吉奈温泉・修善寺温泉（以上静岡県）。

〔内容〕六月一日、馬車を仕立てて湯ケ島温泉から吉奈温泉へ球撞きに行く。嵯峨沢橋の上で「今日は川が人で真黒でございましょう」と御者がいう。鮎漁解禁である。吉奈の山の裾に高さ二三間の石楠花の大木がある。その花弁の皮膚の感じに、私は「都会的な疲労」を見出した。山に三か月もいると「都会の色や形や音から来る感覚の疲労」が一番欲しいものとなる。中学時代の友人と湯ケ島で落ち合って、修善寺へ行ったが、修善寺の田舎臭いのに驚いた。石楠花の花と反対の印象を私は蕗の花茎から受けた。祖父はこの「蕗の小母さん」のほろにがい味が好きだった。私は盲目の祖父のため、この蕗の薹をよく摘みに行ったものだ。

（浦西和彦）

伊豆の娘《いずのむすめ》　エッセイ

〔**作者**〕川端康成

〔**初出**〕「婦人公論」大正十四年八月一日発行、第十年八号。

〔**全集**〕『川端康成全集第二十六巻』昭和五十七年四月二十日発行、新潮社。

〔**温泉**〕湯ケ島温泉（静岡県）。

〔**内容**〕私が最近見た田舎娘といえば伊豆の娘です。伊豆は生活が意外と楽なので、関東の田舎にありがちな荒っぽさが無く、東京への憧れもそれほど強くありません。温泉が沢山あるので、東京の人も大勢来ていますが、意外と影響を受けないようです。田舎の女は、東京の女に比べて品行がいい場合も悪い場合も自然に見えます。私が田舎に長くいて感じたのは「動かない境遇」と云うものです。私が身の上を良く知っている宿屋の女中は、境遇と運命が一本の長い線として写るのです。もう一つは女が「すれる」と云うことです。少しもすれていない田舎娘が、すれたと云っては自身を反省しています。

川端は大正十四年から十五年にかけて伊豆湯ケ島本館に滞在した。

（西村峰龍）

滑り岩《すべりいわ》　短篇小説

〔**作者**〕川端康成

〔**初出**〕「文藝時代」大正十四年十一月一日発行、第二巻十一号、

〔**初収**〕『感情装飾』大正十五年六月十五日発行、金星堂。

〔**全集**〕『川端康成全集第一巻』昭和五十六年十月二十日発行、新潮社。

〔**温泉**〕山の温泉。

〔**内容**〕彼は女房と子供を連れて、子が産れる湯として名高い山の温泉に来ている。夕飯前に彼は女房と子供と、女に効くと言うので温泉場の宝になっている共同湯につかった。岩の上から湯の中へ滑り落ちると子供が出来ると言う滑り岩がある。彼は夫婦と子供きりの湯の中で女房が少し珍らしい気がして、それゆえ、女房を忘れてしまっている日頃の自分を思い出していた。耳隠しの女が裸で石段を下りて来た。子供に「お悧巧ですわね」と愛想を言う。その夜ふけ、彼は滑り岩に白い蛙のように吸いついていた耳隠しの女が、滑り落ちるのを見た。「あの女は今夜俺の子供を殺しに来る」と彼は恐ろしがる。そして彼は女房に新しい愛着を感じた。

（浦西和彦）

お信地蔵《おのぶじぞう》　短篇小説

〔**作者**〕川端康成

〔**初出**〕「文藝時代」大正十四年十一月一日発行、第二巻十一号。

〔**初収**〕『感情装飾』大正十五年六月十五日発行、金星堂。

〔**全集**〕『川端康成全集第一巻』昭和五十六年十月二十日発行、新潮社。

〔**温泉**〕山の温泉場。

〔**内容**〕彼は温泉場で、お信地蔵にまつわる伝説を知った。それは、夫の死後死ぬまで、結婚していない村の若者に分け隔て無く肉体を提供したお信という女の話だった。彼はお信に憧れを感じた。しかし、お信地蔵はお信の面影を伝えてはいなかった。ある日彼は乗合馬車にのり、そこで珍しく綺麗な娘を見たが、温泉場まで来ると娘は彼の宿の向こうにある売春宿に行ってしまった。彼は娘にお信の面影を見いだし、色情というものの美しさを感じた。しかし、秋に再度来てみると娘は病んでいた。彼は、色情というものに幻滅を感じ、その憂鬱を吹き払うように秋の栗の実に向けて猟銃を数発はなった。

（西村峰龍）

白い満月《しろいまんげつ》 短篇小説

〔**作者**〕川端康成
〔**初出**〕「新小説」大正十四年十二月一日発行、第三十年十二号。
〔**初収**〕『伊豆の踊子』昭和二年三月二十日発行、金星堂。
〔**全集**〕『川端康成全集第二巻』昭和五十五年十月二十日発行、新潮社。
〔**温泉**〕谷間の温泉場。
〔**内容**〕結核療養中の私は、不思議な能力を持つ、谷間の温泉場の女中お夏を雇いいれて一緒に暮らしている。白い満月の出た夕べ、妹の八重子がやって来た。末の妹静江の夫と恋人の決闘未遂事件を知らせるためだった。私は八重子がこの事件に責任があるのではないかと疑う。八重子が訪ねてきてから三日後、お夏が北海道にいる自分の父の死を透視する。そのころ東京では静江が自殺していた。私は背後に八重子の見えない力を想像して戦慄した。私は静江の葬式を済ませ、結核の症状を悪化させて温泉場に戻って来た。私が八重子と静江の関係を考えて眠れずにいると、泣き声が聞こえた。それは、お夏が今度は自分が死ぬ予知夢を見て泣いていたのだった。私はお夏が愛おしくなって彼女と結ばれた。

（西村峰龍）

伊豆の踊子《いずのおどりこ》 短篇小説

〔**作者**〕川端康成
〔**初出**〕「文藝時代」大正十五年一月一日、二月一日発行、第三巻一、二号。
〔**初収**〕『伊豆の踊子』昭和二年三月二十日発行、金星堂。
〔**全集**〕『川端康成全集第二巻』昭和五十五年十月二十日発行、新潮社。
〔**温泉**〕湯ケ野温泉（静岡県）。
〔**内容**〕天城峠に近づいた頃、雨脚がすさまじい速さでやってきた。私は二十歳で、高等学校の学生、一人で伊豆の旅に出かけてから四日目である。私は一つの期待に胸をときめかしながら急いでいた。峠の茶屋にたどりついた。踊子達と出会う。踊子は十七歳くらいに見え、「稗史的な娘の絵姿のような感じ」だった。連れは四十代の女、若い女が二人、二十五六の男である。茶屋の爺さんは長年中風を患って、全身不随だった。婆さんは、踊子達を「お客があればあり次第、どこにだって泊るでございますよ」と、甚だしく軽蔑を含んだ言い方をした。私は踊子達と一緒に下田まで旅することにした。湯ケ野の宿で、踊子は宴席で太鼓を打っている。私は踊子が今晩「汚れるのであろうかと悩ましかった」。翌朝、私を見つけて、共同湯から踊子が真裸のまま飛び出し、手を振るのを見て、「心に清水を感じ」、「子供なんだ」と朗らかな喜びを私は感じた。私は男と散歩に出かけた時、明後日が旅で死んだ赤ん坊の四十九日で、下田で心ばかりのことをしたいという身の上話を聞いた。男の名前は、栄吉、女房は千代子、男の妹が十四歳の踊子の薫、四十代の女は千代子の母親で、百合子だけが雇われた娘であった。山越えの間道を歩いていると、踊子と千代子が私の噂をして「ほんとにいい人ね。いい人はいいね」というのが聞こえた。私自身も自分をいい人だと素直に感じることが出来た。私は自分の性質が孤児根性で歪んでいると反省を重ね、その「息苦しい憂鬱に堪え切れない」で旅に出てきたのだった。私は下田の宿でもう旅費がなくなっていたので、明朝の船で東京へ帰らなければならなかった。乗船場には、踊子の「幼い凛々しさ」を湛えている顔があった。踊子は何にも言わなかった。船が出て私は涙をぽろぽろ流した。それは何も残らないような甘い快さだった。

（浦西和彦）

南伊豆行《みなみいずこう》　エッセイ

〔**作者**〕川端康成
〔**初出**〕「文藝時代」大正十五年一月一日発行、第三巻一号。
〔**全集**〕『川端康成全集第二十六巻』昭和五十七年四月二十日発行、新潮社。
〔**温泉**〕蓮台寺温泉・谷津《やつ》温泉・湯ケ野温泉・湯ケ島温泉（以上静岡県）。
〔**内容**〕南伊豆行きを思い立った。乗合自動車で八年ぶりに天城を越えた。途中湯ケ野で停車、八年前に踊子達が泊まった木賃宿には昔の面影はなかった。下田で下車する。石廊崎行きを断念し、下賀茂温泉に行くつもりだったが、蓮台寺温泉に引き返す。宿屋で「文藝時代」新年号の創作十編を読む。翌日、下賀茂へ自動車で出発。しかし、乗り越してしまい、自動車をおり、街道沿いの馬車宿より馬車に乗って下田に行く。谷津温泉の宿屋は安普請だが食べ物は良い。芝居小屋を見物して、湯に入り宿屋の主人と話す。翌日、湯ケ野の旅館福田家に美人姉妹がいると学生がいっていたので湯ケ野に行くことにする。湯ケ野へ葬式に行くお婆さん連中の馬車に同乗する。福田家は改築されて八年前の面影を止めていない。給仕に出た娘は美人と云えなくもないが、宿の娘では無かった。空車に乗せて貰って湯ケ島の湯本館に着く。料理番に聞くと峠の茶屋の中風の爺さんは死に、婆さんは修善寺近くの峠にいるらしい。

（西村峰龍）

冬近《ふゆちか》し《し》　短篇小説

〔**作者**〕川端康成
〔**初出**〕「文藝春秋」大正十五年四月一日発行、第四年四号。
〔**初収**〕『感情装飾』大正十五年六月十五日発行、金星堂。
〔**全集**〕『川端康成全集第一巻』昭和五十六年十月二十日発行、新潮社。
〔**温泉**〕温泉宿（静岡県の湯ケ島温泉がモデル）。
〔**内容**〕彼と彼女は六か月前、前後の見境もなく逃げるように来て、隠れるように温泉宿に滞在している。彼は山寺の和尚の碁を打っている時の口癖が、寺の開祖の伝説に由来する事を知る。その伝説とは、後に開祖となる武士の、白痴の子を家老が侮辱したので討ち取り、自身の子も殺して国を去った。武士は温泉宿で家老の息子に滝の下で斬られる夢を見て天命を感じる。しかし、武士は運命を動かそうと考え、滝にうたれ瞑目、端座して無我の境地に遊んでいる時、彼は突然閃く白刃の幻をみた。果たして家老の息子は岩に斬りつけて手が痺れていた。

彼は和尚に山門まで送ってもらい、夜道を行きながら彼女の姿を思い浮かべ運命を動かそうと気合いを入れた。

（西村峰龍）

伊豆《いず》の帰《かえ》り　短篇小説

〔**作者**〕川端康成
〔**初出**〕「婦人公論」大正十五年六月一日発行、第十一年六号。原題「恋を失ふ」。
〔**全集**〕『川端康成全集第二巻』昭和五十五年十月二十日発行、新潮社。この時、改題。
〔**温泉**〕湯ケ島温泉（静岡県）。
〔**内容**〕今朝、以前から親しくしていた温泉宿の娘と一緒に湯にはいった。娘はその時、湯槽の中で彼の足を弄んだ。彼が汽車の中で今朝の湯槽での出来事を思い出していた時、国府津の駅からりか子が夫を後ろに従えて、乗り込んで来た。彼女は昔別れた恋人である。彼女は彼に気づくと急いで奥の座席へ行き、体を固くして座った。彼は席を譲って立ち、柔らかな気持ちで静かに彼女を眺めていた。しかし、彼女は苦痛の表情を浮かべていた。彼は胸が苦しくなった。彼は彼女の美しくなり幸福になった明るい顔を見たいだけなのだ。彼は初めて愛を失う苛立ちを感じた。そして、縋りつくような気持ちで温泉宿の娘を思い出そうとしたが、よく思い出せなくて、温泉宿の娘まで失われたような気がした。もう一度りか子のほうを見た。彼女は立ち上がって車室から出て行った。

川端康成は大正十四年から十五年にかけて伊豆湯ケ島本館に滞在した。小説中の温泉宿は伊豆湯ケ島本館をモデルにしたと思われる。

（西村峰龍）

神います《かみいます》　短篇小説

〔**作者**〕川端康成

〔**初出**〕「若草」大正十五年七月一日発行、第三巻七号。

〔**初収**〕『僕の標本室』〈新興藝術派叢書〉昭和五年四月七日発行、新潮社。

〔**全集**〕『川端康成全集第一巻』昭和五十六年十月二十日発行、新潮社。

〔**温泉**〕湯ケ島温泉（静岡県）。

〔**内容**〕夕暮れになると、山際に一つの星が瓦斯《ガス》灯のように輝いて、彼を驚かせた。湯殿に走りこんで温泉に飛び込んだ。宿へ来るので顔馴染になっている鳥屋が、湯の中に膝を突いて伸び上がりながら、湯槽の縁に腰を掛けた妻の胸を洗ってやっていた。峠の茶屋に中風の爺さんは今でもいますかと、声をかけたが、私は鳥屋に悪いことを言ったと思った。鳥屋の妻も手足が不自由らしいのだ。「あのお爺さんは、もう三四年前になくなりました」と妻が何気なく言った。彼は初めて妻の顔をまともに見た。「あの少女だ」。彼は夕暮の湯気の中に身を隠したかった。五六年前の旅の途次、山南で傷つけた少女なのだ。その少女のために五六年の間良心が痛み続けていたのだ。湯の中で顔を会わせるのは余りに残酷な偶然ではないか。泳いで廻れる程の広い湯槽なので、一隅に沈んでいる彼が誰であるかを、彼女は気がつかないでいるらしい。白い悲しみのような彼女の体が、彼のためにこうまで不幸になったと、眼の前で語っているのである。毎日鳥屋が妻を負ぶって湯に通っていても、妻の病身ゆえに一個の詩として誰も心よく眺めているのだった。間もなく鳥屋は先に湯を出て、柔かく彼女を負ぶって、河原伝いに帰って行った。彼は鳥屋の後姿を見送ると、知らず知らずのうちに素直な心で「神います」と呟いていた。自分が彼女を不幸にしたと信じていたのは誤りであることが分った。人間は人間を傷つけたりなどは出来ないのだと分った。「神よ、余は御身に負けた」。彼は流れる谷川の音を、自分がその音の上に浮んで流れているような気持ちで聞いた。

（浦西和彦）

温泉場の事《おんせんばのこと》　短篇小説

〔**作者**〕川端康成

〔**初出**〕「サンデー毎日」大正十五年七月四日発行、第五年二十九号。

〔**全集**〕『川端康成全集第二巻』昭和五十六年十月二十日発行、新潮社。

〔**温泉**〕伊豆の温泉（静岡県）。

〔**内容**〕光吉は胃病を治すために温泉場に来ていた。宿に戻ると寝間の中に左目をくり抜いた写真が置いてあり、光吉はその美しいお加代の写真に髭を生やして女中のお菊に渡した。お湯に入ると震災の火傷のために体に黒い染みのあるお加代がきて身の上話をする。光吉はお加代に玉突屋の娘勝子をこの宿で使ってくれと頼んだ。

勝子は宿の子守となり子供もよく懐いていたが、実は勝子には盗癖があり子供にまで盗ませていたことがわかる。金の使い道は自分の羽織や着物を買ったのと、後は眼の悪い母親を自動車で病院に通わせるためだという。勝子は親元に帰された。一週間ほど後、温泉を立つ時に光吉は勝子の車と出会い停車場まで送ってもらうことになった。勝子の車の中に、片眼になりそうだという勝子の母親の眼を蔽った包帯が見えていた。

（西村峰龍）

春景色《はるげしき》　短篇小説

〔**作者**〕川端康成

〔**初出**〕「文藝時代」昭和二年四、五月号、原題「梅の雄蕊—婚礼と葬礼—」。「若草」昭和三年十月号、原題「秋思ふ春」。一部未詳。

〔**初収**〕『十三人倶楽部—創作集』昭和五年六月発行、新潮社。この時、改題。

〔**全集**〕『川端康成全集第二巻』昭和五十五年十月二十日発行、新潮社。

〔**温泉**〕谷川の温泉。

〔**内容**〕千代子は彼と竹林のある山に来ていた。彼は竹林を描いている。そこに千代子の姉夫婦が温泉宿に行くために偶然やってくる。千代子はまだ姉にも両親にも彼と結婚することについて話していなかった。その晩、千代子と彼と姉夫婦は同じ部屋に泊まることになった。どのような組み合わせで布団に入るか悩んだ末、姉夫婦、千代子と彼という組み合わせとなった。彼は横になると梅の雄蘂について思い出した。誰一人として二人の結婚の話はしなかった。

腹の赤い乗合自動車で出かける。馬車に乗るために、馬車宿に行く。空馬車が梶棒を投げ出して、がっくりしていた。馬小屋越しに裏の枯野原を見、彼が薄に火をつけた。野火が跡を黒くして広がって行く。彼が「柳は緑、花は紅、柳は緑、花は紅」と言い、千代子が「柳は緑ならず、花は紅ならず、御用心、御用心」と続けた。

突然、象と駱駝が村の街道を歩いてきた。一匹の小猿がしたりげに、象の背中であぐらをかいている。それを見て彼が「これじゃあお釈迦さんも、安心して極楽へいけるかもしれんて」と言う。理由を尋ねると「烏と梟とが一樹に棲みて、血族の如く親しむ時に始めて予は涅槃に入ろう。蛇と鼠と狼とが同じ穴に住み兄弟の如く相愛する時、始めて入滅しよう。—って、お釈迦さんが言ったんだが、象と猿とあんなに仲がいいからね」と答えた。しかし、象と猿は仲が悪いものなのかはわからなかった。千代子は駱駝の悟りすました顔を聖人長者のように感じた。二人はいつの間にか港に向かう象や駱駝の後をついて歩いていた。

千代子は彼が絵を描くのについていった。彼は竹林は日光の裏から眺めるのがいいことを発見する。満開の梅の木が彼の目の前にあったが、デッサンでは抹殺されていた。風景画の前景とするには、目に近すぎるものは、いつも大きい化物としか思えなかった。彼は近い梅を見ず、その梅の花は煙のように見え、やがて消えてしまう。しかし、梅の花の雄蘂に驚いたせいか、梅はどこに消えてしまうのか気になり、梅は煙のように心の中へしみこんでしまったのではないかと考えた。

谷川の湯殿で、彼は千代子の白かった乳房にほのかな色があることに気付き、谷川の石原を見、春が来たことを知る。彼は春の植物を見て歩き、千代子に桃葉珊瑚《とうようさんご》の実を、珊瑚の玉と並べて髪に挿すようにと渡した。

春雨が降ったある日、彼は千代子を誘い竹林を見に行った。霧雨に濡れた竹林は青い柔毛の羊の群れが首を垂れて、静かであった。

（西岡千佳世）

伊豆の印象《いずのいんしょう》　エッセイ

〔**作者**〕川端康成
〔**初出**〕「文藝春秋」昭和二年六月一日発行、第五年六号。
〔**初収**〕『川端康成集』昭和九年十月十九日発行、改造社。
〔**全集**〕『川端康成全集第二十六巻』昭和五十七年四月二十日発行、新潮社。
〔**温泉**〕吉奈温泉・谷津温泉・湯ケ島温泉（以上静岡県）。
〔**内容**〕石楠花の花は天城の名物である。私が見た一番大きい石楠花は吉奈温泉の東府屋の庭にある。この老大木の花を見るためだけに伊豆へ行ってもいいと私は思う。山の温泉は春から初夏、秋から初冬、その季節の風物の動きが面白いのであるし、湯の肌ざわりも一番爽かなのだが、この頃は閑散としている。天城の花に「八丁池の花のあやめ」がある。三千尺も高く山の中に咲き揃う花あやめは「夢幻的な美しさ」を感ぜずにはいられない。奥伊豆、つまり天城から南の伊豆には、湯ケ野、河内、蓮台寺、下賀茂、谷津などの温泉があるが、いいのは谷津温泉だけである。南伊豆のいいのは海岸線である。伊豆にいて伊豆の旅行記を読んでいると、大抵の人は多少の嘘を書いている。田山花袋でさえまちがっていることがある。何と云っても沼津の仙人若山牧水氏の伊豆の歌がいい。湯ケ島へ一歩足を入れれば誰にも分かるのは竹林の美しさなのである。

（浦西和彦）

熱海と盗難《あたみととうなん》　エッセイ

〔**作者**〕川端康成
〔**初出**〕「サンデー毎日」昭和三年二月五日発行、第七年七号。
〔**全集**〕『川端康成全集第二十六巻』昭和五十七年四月二十日発行、新潮社。
〔**温泉**〕熱海温泉（静岡県）。
〔**内容**〕私は年の暮れに家を熱海へ移した。私の家のあたりは小さい町工場のようだ。その沢山の煙突から出ている白い煙が温泉の湯気なのだ。家に着いて二階からこの立ち昇る湯気を眺めた時は、全く気持ちが新しくなった。家の湯殿へ出ている湯が二百何度。庭から湯気が昇っていて、その上で牛乳なんかを湧かせる。床の下の土は暖かく、障子を閉めて寝ると翌朝は鼻から喉が渇いていて困るのである。

　正月の三日に三人若い客があり、そのうちの梶井君だけが残っていた七日の夜に、泥棒に這入られた。寝室に忍び込み枕元に立った泥棒と寝床にいた私の目があった。そのまま一分間程両方から目を合わせていたから不思議だ。突然泥棒が「駄目ですか」と奇妙な事を言った。私が何か言う暇もなく、さっと身を翻してどたどたと逃げ出した。泥棒は十八九の薄ぼんやりした顔の小僧だった。私の起きているのを見て思わず口から出た「駄目ですか」という言葉は、泥棒には意味深長な名句なのだろうと梶井君と二人で笑った。

（西村峰龍）

温泉につかって《おんせんにつかって》　エッセイ

〔**作者**〕川端康成
〔**初出**〕「文章倶楽部」昭和三年五月一日発行、第十三巻五号。原題「私の一日」。
〔**全集**〕『川端康成全集第二十六巻』昭和五十七年四月二十日発行、新潮社。この時、改題。
〔**温泉**〕熱海温泉（静岡県）。
〔**内容**〕三月三日。朝、温泉につかっているところへ、越後より友人三明君夫妻が到着。不二屋旅館に滞在中の菅忠雄夫妻も来る。午後菅を誘って町を一廻り、裁判所出張所の、僕の背より高いサボテンを見て帰る。越後は雪五尺なるに熱海は五月の空なりと、三明君驚く。

（浦西和彦）

か

母の眼《ははのめ》　短篇小説

〔**作者**〕川端康成
〔**初出**〕「時事新報」昭和三年六月十二日発行。
〔**初収**〕『僕の標本室』〈新興藝術派叢書〉昭和五年四月七日発行、新潮社。
〔**全集**〕『川端康成全集第一巻』昭和五十六年十月二十日発行、新潮社。
〔**温泉**〕山の温泉場（伊豆）（静岡県）。
〔**内容**〕山の温泉宿で、私は宿の女中から子守女の盗癖について聞いた。それ以降も彼女の盗み病は募る一方だったようだ。私は女中から、彼女が半月程後に、親元に帰された事や、盗んだ金の多くを母親の眼の治療のために使っていたことを聞いた。子守女がいなくなってから間もなく宿をさることになった。私が乗りこんだ馬車を彼女の自動車が追ってきて停車場まで送ろうと言われた。馬車を飛び降りる私に、彼女の母親の眼を蔽った包帯が白く見えた。
（西村峰龍）

夏《なつ》　エッセイ

〔**作者**〕川端康成
〔**初出**〕「文藝春秋」昭和三年七月一日発行、第六年七号。
〔**全集**〕『川端康成全集第二十六巻』昭和五十七年四月二十日発行、新潮社。
〔**温泉**〕湯崎温泉（白浜温泉）（和歌山県）。
〔**内容**〕「湯崎温泉」「不忍池」「須磨子」から成る。紀伊湯崎の白浜の砂の美しさは、白絹の織物のようである。あの美しい白浜を美しい女が水着姿で歩くのは、どんなに美しかろうと思われる。初めて海に出る日にあの美しい白浜を踏むところが見たい。白浜から眺める湯崎温泉の夜景、あの灯の色は夏の灯の色だと思う。
（浦西和彦）

温泉女景色《おんせんおんなげしき》　エッセイ

〔**作者**〕川端康成
〔**初出**〕「婦人公論」昭和三年八月一日発行、第十三年八号。
〔**全集**〕『川端康成全集第二十六巻』昭和五十七年四月二十日発行、新潮社。
〔**温泉**〕山深い温泉。
〔**内容**〕掌編小説風に書かれたエッセイ。山深い湯の宿に隠れている恋人達ほど寂しく見えるものはない。温泉の恋ほど痛ましいものはない。女はまだ十四五であろうか。花火があの恋人達の部屋に飛び込んで、白蚊帳が燃え出した。翌朝、この恋人の姿は宿屋から消えた。
　女が家を出て働くことは、「すれること」に対する、苦しい戦いに外ならない、とさえ思われる。朝の四時頃に湯殿へ下りと行くと、湯の中から上半身をべたりと投げ出して、宿の女中が眠っている。月末に一度くる商人が、酒に酔うと必ず女中部屋へ忍び込む癖を十年も繰り返しているのである。こんなに身を守っていた小娘が、その夏、流れて来た若い男にさらわれて宿屋を逃げ出し行ってしまった。風のたよりには、男にあちこち引っぱり廻わされた挙句売られたとか。この小娘の「すれまい」と戦って来た苦しみは、今から思えば何の役に立ったのか。
　滞在客達が揃いの浴衣と湯の匂いとに包まれて、宿屋全体を社交クラブとし、そこにロマンスが時々狂い咲くとは云うものの、日本の温泉営業者の智恵のなさに驚く。
（浦西和彦）

土地と人の印象《とちとひとのいんしょう》　エッセイ

〔**作者**〕川端康成
〔**初出**〕「サンデー毎日」昭和三年十一月二十五日発行、第七年五十三号。
〔**全集**〕『川端康成全集第二十六巻』昭和五

十七年四月二十日発行、新潮社。

〔**温泉**〕湯ケ島温泉・熱海温泉（以上静岡県）。

〔**内容**〕「若山牧水氏と湯ケ島温泉」「村山知義氏と熱海」から成る。去る九月十七日、若山牧水氏が沼津千本松原の家で逝去された。牧水の丸顔には「詩歌の魂であるべき童心そのもののような柔い美しさ」があった。また、詩歌の道の智慧そのもののような「厳しさ」があった。「一言でいえば東洋風な悟りをかたどつた木仏を思わせる姿」であると述べる。湯ケ島温泉の山道で出会った牧水は、白いメリヤスの股引を出し、百姓の爺さんのようである。ほんとうに湯ケ島を歌ったのは、やはり牧水であろうと思う。牧水は特に湯ケ島の風光人情を愛していたのであろう。酒仙と呼ばれ、宿に着けば、もちろん酒盛があった。面白いのは、盃を手にする前に白紙で簡単な御幣を折って、それを銚子に突き立てて床の間に飾る習わしだったようだ。湯ケ島で私は牧水氏の話をいろいろ聞いたが大抵は忘れてしまった。直ぐまざまざと思い出すのはあの白い股引を出し尻はしょりした山帰りの姿である。

　今年の三月、熱海の私の家へ林房雄君と村山知義君とが突然やって来た。共産党大検挙の翌日だった。ちょっと身を隠しかたがた遊びに来たのだ。村山君は小柄で童顔で坊主頭である点では、若山牧水氏を思わせる。が、村山君の童顔は近代的な理性と意志とに引きしまっている。牧水氏が木仏なら、村山君は鉄の兵隊である。私の家は小沢にあった。小沢は熱海でも最も多く湯の出るところで、家の近くには小さい工場地帯のような沢山の煙突から湯気が煙のように立ち昇っている。村山君はその白い煙が湯気であるというおとぎばなしを容易に信じなかった。

（浦西和彦）

伊豆温泉記《いずおんせんき》　エッセイ

〔**作者**〕川端康成
〔**初出**〕「改造」昭和四年二月一日発行、第十一巻二号。
〔**初収**〕『川端康成集』昭和九年十月十九日発行、改造社。
〔**全集**〕『川端康成全集第二十六巻』昭和五十七年四月二十日発行、新潮社。
〔**温泉**〕伊豆の温泉（静岡県）。
〔**内容**〕「一　南国の模型」「二　肌触りと匂ひ」「三　男女混浴」「四　異風の湯」の四章から成る。伊豆の国は、神亀元年（七二四）に遠流の地と定められて、都遥かな配所だった。その恐ろしい遠流の国が、いつから、またなぜ、詩の国として人々を惹きつけるようになったのか。湯「出づ」と称える俗説もあるくらい、海岸線五十五六里、面積百四方里の伊豆半島に、二十四か所の温泉が湧き出ている。ところが、その温泉は人の度胆を抜く種ではない。伊豆を詩の国とするのは、出で湯よりも風景だ。海の美しさと山の美しさを持った半島だからだ。そして、詩の国と感じさせる第一の原因は、伊豆が「南国の模型だ」からであるという。温泉は丸裸でずぼりとつかるのだから、触覚の世界だ。肌ざわりの喜びだ。伊豆の湯で、一番肌にいいのは長岡だった。しかし私には、湯の肌ざわりよりも先ず湯の匂いだ。温泉場程いろんな匂いのあるところはない。温泉土産で一番感じの悪いものは、湯殿の女の絵を染め出した手拭である。裸の女は決して美しくない。形の美しいのはまこと万人に一人、一年湯の宿にいて一人見られれば神の恵みである。湯船の中で見るのが厭なのは、知り人の細君、客について来た遠出の藝者、恥しがり過ぎる女、少しも恥しがらない女。一番見るのが楽しいのは、新婚旅行の花嫁である。「異風の湯」

として、渓流の中の岩の湯船の「独鈷の湯」や「小鳥の湯」「出来湯」「世古湯」「宝温泉」などについて記す。（浦西和彦）

伊豆温泉六月《いずおんせんろくがつ》　エッセイ

〔**作者**〕川端康成
〔**初出**〕「新潮」昭和四年六月一日発行、第二十六年六号。
〔**初収**〕『川端康成集』昭和九年十月十九日発行、改造社。
〔**全集**〕『川端康成全集第二十六巻』昭和五十七年四月二十日発行、新潮社。
〔**温泉**〕伊豆の温泉・熱海温泉（以上静岡県）。
〔**内容**〕「六月の温泉場風景」の一篇として掲載された。「一　六月の晴雨表」「二　六月の風向」「三　六月の宿」「四　六月の湯」「五　六月の美」「六　六月の鮎」「七　六月の蛙」「八　六月夏」から成る。六月の伊豆は雨である。月のうち十五日以上二十日まで雨を見る。島崎藤村氏の伊豆紀行に「伊豆晴れ」という言葉がある。その伊豆晴れは、月のうち二日か四日しかない。天城の私雨《わたしあめ》という言葉が天城の麓の村にある。麓は晴れても、峰は雨の薄帽子を脱がない。湯に入る女を見る季節は、五月と六月が一等よいかと思う。冬は女が着物を脱いで湯船に来る、その醜い縮かみは目もあてられない。真夏は汗ばんだゆるみで美しくない。秋は女の肉体は変に寂しい。秋風は女の裸を決して美しくしない。それで初夏がよい。湯船の若い皮膚に、木々の緑、海の色の映る美しさがよい。
　伊豆七不思議の第一は天城山中の八丁池の蛙である。波多野承五郎氏によれば、木の上に登り、巣を作って卵を産む。「もりあをがへる」と名づけられ、珍らしいものだそうだ。温泉場には夏が早く来る。早い夏を最もたけだけしく現わすのが、熱海温泉である。あの湯の煙が雨の日には町を低く這い廻る。煮えるような湯気。それが六月の熱海である。（浦西和彦）

伊香保断章《いかほだんしょう》　エッセイ

〔**作者**〕川端康成
〔**初出**〕「皿」昭和四年八月一日発行、創刊号。
〔**全集**〕『川端康成全集第二十六巻』昭和五十七年四月二十日発行、新潮社。
〔**温泉**〕伊香保温泉（群馬県）。
〔**内容**〕「一　湯の花染」「二　屋根と石段」「三　季節」「四　乗馬」「五　馬」「六　霧の海」「七　榛名には」「八　鷲の巣」から成る短章。伊香保の紋染は、まこと湯の色で染まっているらしい。馬子つきの馬で榛名へ登った。馬に跨るのは人生最初の経験であった。深い霧、雲海を見るのも最初の経験であった。（浦西和彦）

踊子旅風俗《おどりこたびふうぞく》　短篇小説

〔**作者**〕川端康成
〔**初出**〕「婦人サロン」昭和四年九月一日発行、第一巻一号。
〔**初収**〕『僕の標本室』〈新興藝術派叢書〉昭和五年四月七日発行、新潮社。
〔**全集**〕『川端康成全集第一巻』昭和五十六年十月二十日発行、新潮社。
〔**温泉**〕伊豆の温泉（静岡県）。
〔**内容**〕東京郊外大森あたりは、丘と、西洋人と、若奥様と、踊子の目立って多い町。この町に断髪のダンスガールと、桃割の娘藝人の姉妹がいた。娘藝人の踊は乞食の一つ手前で、ダンスガールの踊は令嬢の一つ手前である。娘藝人は孤児院でダンスガールを妹にしたと云い、妹は人前でも恥じずに乞食を姉と呼ぶ。ダンスガールの不品行が原因で、この姉妹の姿が大森から見えなくなった。私は伊豆へ旅に出た。伊豆の温泉宿で、ダンスガールが盲目の按摩市丸と遊んでいた。ちょうどその時、乗合馬車の音が聞こえて踊子が温泉宿に着いた。私が女中にダンスガールの事を聞くと、おかみさんが妾にでも出すのだろうと云う。踊子は市丸の家に貰われてきたと云い、踊子もダンスガールも市丸の家にいるという。市丸の部屋ではダンスガールがチャアルストンを鮮やかに踊っていた。私は笑って笑って涙がでた。

（西村峰龍）

温泉宿《おんせんやど》　中篇小説

【作者】川端康成

【初出】「改造」昭和四年十月一日発行、「文藝春秋」昭和五年一月一日発行、「近代生活」昭和五年三月一日発行。

【初収】『花ある写真』昭和五年十月六日発行、新潮社。

【全集】『川端康成全集第三巻』昭和五十五年七月二十日発行、新潮社。

【温泉】温泉場。

【内容】「A夏逝き」「B秋深き」「C冬来り」から成り、温泉場で働く女達を描く。お瀧は裸馬に跨って街道を疾走したり、母親を殴りつけたりする娘だった。そのお瀧が工夫《こうふ》監督に恋をする。幼い頃は模範生だったお雪は、渡り者の倉吉に身を任せ、男の後を追って宿を飛び出した。風の便りには男に引っ張り廻された挙句売られたとか。お絹はうまい話に乗せられて淫売宿に移っていった。しかし、工夫に金を貸した挙句に取りはぐれてしまう。曖昧宿のお咲は、生まれついての酌婦であり、村を追われてからも密かに商売に通って来ていた。もしかすると、金を得ることよりも体を売る事に不思議な情熱を感じているのかも知れない。病弱な酌婦お清は、可愛がっている周りの子供達が多数参列する葬儀を幻に描いていた。しかし彼女の棺は、ある寒い日の明け方、付き添う者もなく運ばれて行った。

（西村峰龍）

冬の温泉《ふゆのおんせん》　エッセイ

【作者】川端康成

【初出】「国民新聞」昭和五年一月十五日発行。

【全集】『川端康成全集第二十六巻』昭和五十七年四月二十日発行、新潮社。

【温泉】熱海温泉・伊東温泉・修善寺温泉・湯ケ島温泉・谷津温泉・土肥温泉（以上静岡県）、湯河原温泉（神奈川県）。

【内容】関東の冬の温泉としては、やっぱり熱海か、伊東か、湯河原だ。だが湯河原は海から少し離れているだけ冷える。冬の伊東は風が吹く。修善寺や箱根は、決して暖かいとは云えない。正月は、なじみの宿でないと、のんびり足も伸ばせないことが多い。一昨年、熱海には、正月だけで心中が七組もあった。心中者を始末する費用で、町役場は大弱りだそうだ。東京の場末らしさ半分と、漁船の港らしさ半分とを、熱海に加えたのが伊東であろうか。家族向きの静かな温泉ならば、伊東半島の中部に入った修善寺などがいい。私の行きたいところを選ばせるなら、熱海と、湯ケ島と、谷津と、土肥とだ。伊豆は歩くべきところだ。修善寺から下田へ天城を越え、街道沿いの幾つかの温泉を訪ねながら歩くのが、伊豆らしい旅であろう。下田街道は、東京近くに二つとない冬の旅路である。風俗人情も田舎びている。男女混浴の湯が多い。男女混浴を厭がったり、また珍しがったりする人は、温泉の味の分らない都会人である。

（浦西和彦）

伊豆序説《いずじょせつ》　エッセイ

【作者】川端康成

〔**初出**〕『日本地理大系六』昭和六年二月十七日発行、改造社。
〔**全集**〕『川端康成全集第二十六巻』昭和五十七年四月二十日発行、新潮社。
〔**温泉**〕熱海温泉・伊東温泉・修善寺温泉・長岡温泉（以上静岡県）。
〔**内容**〕伊豆半島全体が一つの大きな公園である。つまり、伊豆は半島のいたるところに自然の恵みがあり、美しさの変化がある。

今のところ、伊豆には三つの入り口がある。下田からと、三島・修善寺からと、熱海からと、そのいづれから入るにしても、伊豆の乳とも肌ともいうべき温泉に迎えられるのであるが、しかしそれぞれに違った三つの伊豆を感じるに違いない。いたるところに湧き出る温泉は、女の乳の温かい豊かさを思わせる。そして女性的な温かい豊かさが、伊豆の命であろう。伊豆の長津呂地方は日本で最も気候がいいとの説もあり、半島全体が一つの遊園地のようだが、奈良朝の頃は恐ろしい遠流の地であった。それが生き生きと動き出したのは源頼朝の頃からである。もう一度は幕末の黒船の渡来である。しかし、そのほかにも修善寺哀史、堀越御所の盛衰、北条早雲の韮山城等、数えるに遑もない史跡である。日本造船史の上に伊豆が古くから大きい役目をつとめたことも、海と木の国伊豆を語るものとして忘れてはならない。

（西村峰龍）

松葉杖《まつばづえ》　短篇小説

〔**作者**〕川端康成
〔**初出**〕「朝日」昭和六年十二月一日発行、第三巻十二号。
〔**全集**〕『川端康成全集第二十一巻』昭和五十五年六月二十日発行、新潮社。
〔**温泉**〕温泉場。
〔**内容**〕温泉宿の娘あや子は十四歳の時、岩の上から落ちた。宿の得意客で、あや子の憧れの川辺が鉄砲を撃ったのと同時であったため、川辺は責任を感じてあや子を将来嫁に貰ってもいいと言った。都会の病院に送ったのは、二十五六歳の乗合自動車の運転手の精二で、付き添いの十七歳のお初と夫婦約束をしていた。あや子は松葉杖が離せなくなった。温泉宿へ四年ぶりにやってきて、あや子が足の不自由な事をお初から聞いた川辺は、決して責任は忘れないと言って二晩で帰った。そんな川辺に精二が嫉妬したことで、あや子との仲が噂になりお初の父親は暇を願い出る。結局精二との婚礼の日が決まるが、お初はあや子が自分の犠牲になったと考え、精二との結婚を諦めると言い出す。だが、あや子はお初に嫉妬心を抱かせ、義理人情では気持ちの整理が出来なくなるようにしむける。

（西村峰龍）

正月の旅愁《しょうがつのりょしゅう》　短篇小説

〔**作者**〕川端康成
〔**初出**〕「福岡日日新聞」昭和九年一月十三日〜二十日夕刊。
〔**全集**〕『川端康成全集第二十二巻』昭和五十七年一月二十日発行、新潮社。
〔**温泉**〕伊豆の温泉（静岡県）。
〔**内容**〕元旦、宿が取れず東京へ戻ろうとしている若い男女連れに、滞在中の私は相部屋を申し出る。私が湯殿に入っていると、女中のお種が若い男女連れは夫婦ではないと告げに来る。その夜三人で見に行った浪花節芝居の女優は、一昨年前に駆け落ちして村を出た娘の成れの果てだった。翌朝急に男女連れは帰って行った。次の日、男から手紙が届いた。自分たちは許されぬ仲で娘の燃え上がる気持ちのまま伊豆に逃げてきたが、この旅で諦めがついた事が記されていた。朝になって所持金が半分ほど盗まれていたのに気づき帰ることにした。盗んだのは雇いの村娘お種で、料理人と駆け落ちする手筈だったが、盗みを訴えられて失敗した、駆け落ちの顚末や旅藝人の旅愁を思っているうちに、私まで旅愁にかられて旅支度を始めた。（西村峰龍）

水上心中《みなかみしんじゅう》　中篇小説

〔**作者**〕川端康成
〔**初出**〕「モダン日本」昭和九年八月〜十二月号。
〔**全集**〕『川端康成全集第二十二巻』昭和五十七年一月二十日発行、新潮社。
〔**温泉**〕水上温泉（群馬県）、湯沢温泉（新潟県）。
〔**内容**〕勝浦は越後の湯沢温泉から、山々を越えて水上に来ていた。それは友人の守屋が、雪崩に巻き込まれて死んだのは、恋人を失ったための自殺なのかを確認するためであった。もしそうであるならば、守屋の恋人であった起美子を奪った自分の責任となり、守屋を殺した山が、自分も殺してくれるだろうと考えていた。その水上で、心中が失敗に終わった男女とすれ違う。

心中をしようとした葉子は三条の元藝者で、会社重役の年の離れた男性に引かされ、東京にやってきた。葉子は踊りのお師匠さんの弟子である花柳鶴太郎と恋に落ちた。二人の出逢いは夫より前からの古いものであった。夫に二人の恋仲が知られたとき、葉子のことをいい客として扱っていた師匠は慌てて鶴太郎を破門した。破門され、行きどころがなくなっていた鶴太郎のところに、葉子が家出してきた。彼らは死のうと思って水上に来たわけではなかったが、心中者扱いの警戒が、却って彼らをそのような気持ちに追い込んでしまい、心中をはかったのである。その後、二人は離されてしまい、葉子の行方はわからず、鶴太郎は東京へ送り返された。鶴太郎は日本舞踊をあきらめ、西洋舞踊の世界へ飛び込むことに決める。そこで訪れたのが、起美子が所属している舞踊研究所であった。

勝浦は守屋の追悼登山をしようという三四人と行動を共にし、湯沢にきた。そこで、葉子と出会う。勝浦はそのことを起美子に手紙で知らせ、起美子は葉子の居場所を知らない鶴太郎に教えた。勝浦は起美子から、葉子のことを鶴太郎に伝えたので、そちらに向かうかもしれないという手紙を受け取り、葉子に伝える。すると葉子は「一度死んだ者が二度死ぬわけはありませんわ」と言い、すぐさま宿を出発した。次の日の午後、起美子がやってきた。そして勝浦と共に守屋の遭難した場所に詣でるために、谷川温泉に向った。

その後、この話に葉子と勝浦が心中をし、起美子が後を追うという内容が付け加えられて、「水上心中」という映画が撮られることとなる。葉子、勝浦、起美子の死因は、別にあった。人生をやり直そうとした葉子は、勝浦に相談するため、水上にスキーに来ていたところを訪ねる。そこに起美子がやってくるというので、勝浦は駅に迎えに行く。その間に、葉子が宿の裏からスキーをしに出て行った。勝浦が不安な気持ちを抱え急いで葉子のもとに向かうと、葉子は危険区域に入ってしまい、勝浦は後を追っていった。そして、人々が気付いたときには、二人の姿はそこにはなく、起美子もまたその同じ断崖から落ちるところであった。それが世間に伝えられた「水上心中」である。

映画では、一人生き残り悪役となっている鶴太郎は、葉子が湯沢にいるとの知らせを受け、湯沢温泉まで後を追って行く。しかし、旅費の工面に二三日費やしたため、葉子とは会えずじまいであった。そして、鶴太郎は秋の舞踏団の発表会で誰かの「慰霊歌」に合わせ、「遠い人」という自作を踊った。

（西岡千佳世）

雪国《ゆきぐに》　長篇小説

〔作者〕 川端康成

〔初出〕「文藝春秋」昭和十年一月一日発行、原題「夕景色の鏡」。「改造」昭和十年一月一日発行、原題「白い朝の鏡」。「日本評論」昭和十年十一月一日発行、原題「物語」。「日本評論」昭和十年十二月一日発行、原題「徒労」。「中央公論」昭和十一年八月一日発行、原題「萱の花」。「文藝春秋」昭和十一年十月一日発行、原題「火の花」。「改造」昭和十二年五月一日発行、原題「手毬歌」。「公論」昭和十五年十二月一日発行、原題「雪中火事」。「文藝春秋」昭和十六年八月一日発行、原題「天の河」。「暁鐘」昭和二十一年五月一日発行、原題「雪国抄」（「雪中火事」の改稿）。「小説新潮」昭和二十二年十月一日発行、原題「続雪国」（「天の河」の改稿）。

〔初版〕『雪国』昭和二十三年十二月二十五日発行、創元社。

〔全集〕『川端康成全集第十巻』昭和五十五年四月発行、新潮社。

〔温泉〕 温泉場（新潟県の越後湯沢温泉がモデル）。

〔内容〕「国境の長いトンネルを抜けると雪国であった」。汽車が信号所に停車すると、娘が車窓から身を乗り出し、弟の安否を駅長に尋ねた。悲しいほど美しい声であった。娘の連れの男は明らかに病人だった。島村はこれから会いに行く女のことを思い出している。左手の人差指だけが女の触感で今も濡れていて、自分を遠くの女へ引き寄せるのだと思っている。夕闇がおりて窓ガラスが鏡になり、娘の顔が写っている。島村はなんともいえぬ美しさに胸が顫《ふる》えた。

その年の五月、一人で山歩きをして、この温泉場へ下りてきて泊まった宿で、呼んだ藝者の代わりに十九歳の駒子が現われた。駒子の印象は不思議なくらい清潔であった。三味線と踊の師匠の家にいる娘で、一年半ばかりで旦那が死んだと、思いのほか素直に話した。島村は東京の下町育ちで、西洋舞踊の研究家であり、駒子と歌舞伎などの話をして親しみを感じた。翌日、島村は駒子に君とは友だちでいたいから、藝者を世話してくれと言った。その夜、泥酔した駒子が島村の部屋を訪れた。

半年ぶりに再会した駒子は、十六歳の時から日記をつけ、読んだ小説の題と作者と出て来る人物の名前を書き止めているという。その徒労に、彼女の存在が純粋に感じられるのであった。女按摩に聞くと、汽車に乗りあわせた娘は葉子で、連れの病人は駒子の師匠の息子行男であり、故郷へ死にに帰って来たのだった。駒子がこの夏に藝者に出たのは行男の療養費を稼ぐためだった。駒子と行男はいいなずけだと女按摩は噂した。それを駒子は否定する。帰京する島村を駅に見送る駒子のもとに、行男の危篤を知らせに葉子が駆けて来たが、駒子は帰ろうとはしなかった。

蛾が卵を産みつける秋の季節に、島村は三たび雪国にやってきた。駒子は去年より太って首のつけ根に脂肪が乗っていた。駒子の年期は四年で、亡くなった師匠の家から置き屋に移っていた。早朝や深夜に駒子が訪れるようになった。ある日、駒子の使いで結び文を持って来た葉子が東京へ連れて行ってくれと島村に頼む。島村は、この温泉場を離れるはずみをつけようと、縮の産地をひとりで訪ねる。帰って来ると、映画を上映していた繭倉で火事が発生する。現場に駆けつけた駒子と島村は、繭倉の二階から葉子が落ちるのを目撃した。駒子の叫びが聞こえた。物狂おしい駒子に近づこうとした島村が、葉子を抱き取ろうとする男達に押されてよろめき目を上げたとたん、さあと音を立てて天の河が流れ落ちるようであった。

（浦西和彦）

駒鳥温泉《こまどりおんせん》　短篇小説

〔作者〕川端康成

〔初出〕「少女倶楽部」昭和十年二月一日発行、第十三巻二号。

〔初収〕『級長の探偵』昭和十二年十二月二十日発行、中央公論社。

〔全集〕『川端康成全集第十九巻』昭和五十六年十一月二十日発行、新潮社。

〔温泉〕山の中の温泉（静岡県の湯ケ島温泉がモデル）。

〔内容〕美也子と朝子は、東京の女学校に入る約束をしている。受験の年の正月に、美也子が朝子の実家の湯本館という山の中にある温泉宿を訪れた。美也子と朝子は、小鳥たちの水浴場に温泉を見つけ、足を怪我した駒鳥がいたことから駒鳥温泉と名付けた。二人は駒鳥を看病し、女学校へ入学したら駒鳥を放す約束をした。朝子は入学試験のために上京し、美也子と一緒に勉強した。入学試験も良く出来たので朝子は山の湯に帰り、二人とも合格したという電報を受け取る。しかし、美也子と一緒に合格発表を見に行った妹のみどりが自動車事故で足に怪我を負ってしまう。責任を感じた美也子は入学を止めようとする。朝子は駒鳥温泉にみどりを呼んで看病し、すっかり回復する。駒鳥を放した二人は同じ女学校の一年生になった。

（西村峰龍）

これを見し時《これをみしとき》　短篇小説

〔作者〕川端康成

〔初出〕「文藝春秋」昭和十一年一月一日発行、第十四巻一号。

〔初収〕『雪国』昭和十二年六月十二日発行、創元社。

〔全集〕『川端康成全集第五巻』昭和五十五年五月二十日発行、新潮社。

〔温泉〕伊豆の温泉（静岡県）。

〔内容〕仙子は田中と結婚したが、程なく田中は死んだ。それから一年半後、学生時代から田中の友人だった入江は、バスで偶然にも仙子と再会する。入江がバスに乗ったのは県人会へ行く途中であったが、入江は仙子を誘い、仙子がついて行ったことから二人の恋愛関係が始まる。二人は「我これを見し時其の足下に倒れて死にたる者の如くなれり」という言葉が書かれている画帳のあった温泉宿で過ごす。そこで、仙子は自身との不倫関係は入江を生き生きさせ、入江の家庭も蘇らせたので、入江の妻君子に悪いと思う意識はなく、むしろ感謝されてもいいと思っていると語る。しかも、仙子は温泉宿からの帰途、入江の妻への土産にと、指輪まで買い与えたのだった。ところが、仙子はその後、十八歳も年上の金持ちとあっさり結婚してしまう。入江は絶望し、仙子との関係を君子に話し、君子と遣り直そうとする。

（西村峰龍）

花のワルツ《はなのわるつ》　中篇小説

〔作者〕川端康成

〔初出〕「改造」昭和十一年四、五、七月一日発行、第十八巻四、五、七号。「文学界」昭和十一年七月一日発行、第三巻七号。原題「びつこの踊」。「文藝」昭和十二年一月一日発行、第五巻一号。原題「最後の踊」。

〔初収〕『花のワルツ』昭和十一年十二月二十七日発行、改造社。

〔全集〕『川端康成全集第六巻』昭和五十六年四月二十日発行、新潮社。

〔温泉〕ある温泉場。

〔内容〕「花のワルツ」を踊り終わったとき、

幕が下りきっていない状態で友田星枝が姿勢を崩した。それにつられて早川鈴子も姿勢を崩す。観客に見られていたかもしれないと考え、怒りが湧き上がり、鈴子は星枝の頬を叩き、「もう一生踊らない」と言う。星枝も独り言のように同じ言葉を呟いた。鈴子は叩いたことをわび、アンコールにこたえようとするが、星枝は楽屋に戻ってしまう。そんな星枝を鈴子が宥め、舞台に再び立った。鈴子はアンコールの間中星枝のことを気にしていたが、星枝は自分のことだけを考え、最高の踊りをして、才能を見せ付ける。

五年間洋行していた南条が戻るという知らせを受け、待ちわびていた鈴子は、一緒に踊れることの歓喜に震える。面識もなく、関心もない星枝。師匠の竹内と数人の研究生とで、横浜に迎えに行くことになった。しかし、船が到着して、船室に迎えに行っても、南条は現われなかった。師匠に報告もせずに帰国することにした上、その予定の船にも乗っていなかった南条に屈辱と憤激、悲しみを覚えて去っていく竹内を鈴子は追った。

星枝は、皆が去った後も南条の船室の扉にもたれかかっていた。すると船室の中から松葉杖を突いた南条が出てきた。その南条の後を星枝はつけていった。後をつけた理由を聞かれると、星枝は自分のことを病気だと言い、南条の松葉杖が伊達であると言った。

旅稼ぎに行く準備をしている鈴子のところに、別れを告げに南条が現われる。そこで、星枝の写真を見て、南条は星枝が研究所の一員であることを知る。竹内に会うように引き止める鈴子を振り払い、南条は去っていった。

星枝は近くに温泉場がある別荘にきていた。林の中で踊っていると、近くに湯治に来ていた南条と出会う。星枝は南条に踊るように言う。南条は星枝の才能と美しさに感化され、星枝の手をとり「生きた杖がありさへすれば」と、杖を放り出して踊りだし、二人で林の中に駆け込んで行った。

次の日、星枝が父親と事業の話をしながら町を歩いていると、南条が現われた。星枝は再び松葉杖をついている南条を突き放し、自分も二度と踊らないと言う。自分の才能を怖がらず、踊るべきだと言う南条を拒み、星枝は去っていく。

旅稼ぎをしている鈴子のもとを星枝が訪れる。星枝は、鈴子に南条の足が健全であることを告げる。そこに南条が竹内に詫びを入れるために現われる。竹内は怒り、南条を殴りつける。止めに入った星枝が竹内に、南条の松葉杖が伊達であると嘲るような調子で言うと、南条は松葉杖を振った。それが星枝の肩に当たり、竹内の胸に倒れた。竹内は重みで階段を踏み外し、後頭部を打ち付けた。

竹内の代役として南条が旅の一行に加わることになった。鈴子は松葉杖を奪いとり、星枝にそれを捨てるように言う。星枝は頷き、竹内の看病に向った。（西岡千佳世）

雪《ゆき》　短篇小説

【**作者**】川端康成

【**初出**】「婦人文庫」昭和二十四年一月一日、二月一日発行、第四巻一、二号。

【**全集**】『川端康成全集第二十二巻』昭和五十七年一月二十日発行、新潮社。

【**温泉**】箱根湯本温泉（神奈川県）。

【**内容**】私は毎年の正月の習わしで乾山の梅を床にかけて眺めている。なんとなく「永遠」というようなものを思っている。そこへ光子が訪ねてきた。二十年ほど前の雪の夜、私は光子と箱根へ行って泊まったことがある。私は光子の衰えぬ美しさに驚いている。光子は「私は絵に描かれた梅より生きた梅でいたいと思いますわ、咲いて散る」という。

二十年前の十二月、光子は私の家でも泣き通し、夜送って出てタクシーに乗るとなお泣いた。「酒井さんに奥さんがおありにならなければ、私には一番」いいのよという。私には不意だった。光子には今二人の男があり、そのあいだに立って死ぬほど苦しみ、その悩みを私に訴えに来たのではなかったのか。お互いの心に通うものがあった。私は三十五で光子は十九だった。私と光子は箱根の湯本温泉へ行く。光子は部屋に落ちつくより先に姉に電話をした。同時に二人の男との恋愛を、私が始終光子に訴えられ泣かれていることを、姉はよく知っている。その二人ともが私に近しい男であることも知っている。光子の男の一人は私の従兄で五十代、もう一人の男は二十六、私はその中間で三十五だが、今日ももうこの十九の娘が幾度も分らなくなっている。この女が同時に二人の男に身をまかせているのだと気づくと、ふいと私は冷たい地の底へ沈んだようにいやだった。ただ反射的な嫌厭であった。「ああ、寒い。抱っこして…。寒いわ」。私は光子の首に手をかけてぐっと引き寄せた。光子は私の胸に顔を近づけてふるえていた。光子は帯をしめ、足袋もはいたままで、朝までそうしていると言う。しかし、これほど美しい女とこうしていられるのは、一生にこの一夜しかないというような、悲哀に染められた歓喜が私には強いのであった。翌朝、光子はためらいもなく着物を脱いで私と風呂に入る。私はまた光子が分らなくなった。

二十年後の今も光子が素直に裸を見せてくれたことに感謝の思いがある。親愛を感じる。神聖なように美しい裸像が浮んで来る。忘れないものである。朝飯がすむと光子はしきりに帰りをいそいだ。昨夜からの光子とは別の女のようであった。私と離れたようであった。

（浦西和彦）

伊豆《いず》　エッセイ

〔**作者**〕川端康成

〔**初出**〕「婦人公論」昭和三十一年五月一日発行、第四十一巻五号。

〔**全集**〕『川端康成全集第三十三巻』昭和五十七年五月二十日発行、新潮社。

〔**温泉**〕修善寺温泉（静岡県）。

〔**内容**〕「伊豆の踊子」は三十年前の作品である。しかし、あの修善寺温泉から下田港へいく、天城峠越えの道は、今もあまり変わっていないと思う。あの道の風光を、もっと丁寧に、もっと美しく書いておけばよかったと、これだけは残念である。

踊子には下田で別れてから会っていないから、モデルについて書き添えることはないが、モデルには勿論感謝している。

（西村峰龍）

雪国抄《ゆきぐにしょう》　短篇小説

〔**作者**〕川端康成

〔**初出**〕「サンデー毎日」昭和四十七年八月十三日発行、第五十一年三十六号。

〔**復刻版**〕『雪国抄』全二冊、昭和四十七年十二月一日発行、ほるぷ出版。墨書。

〔**全集**〕『川端康成全集第二十四巻』昭和五十七年十月二十日発行、新潮社。

〔**温泉**〕雪国の温泉地（新潟県の湯沢温泉がモデル）。

〔**内容**〕「国境の長いトンネルを抜けると雪国であつた」。島村の左手の人差指だけがこれから会いに行く女を覚えていた。手紙も出さず、何の連絡もしなかった島村に対して、温泉宿で再会した女は体いっぱいになつかしさを示していた。足もとから黄蝶が二羽飛び立った、神社で、島村が呼んだ藝者を返したことを話すと、藝者を呼ぶ前と別の感情が通っていた。女は美人というよりもなによりも、清潔だった。その夜十時頃、女が酔って大声で島村の名を呼んで部屋に入ってきた。島村と好きな人の名前の落書をはじめた。午前二時を過ぎた。「いけない。いけないの。お友達でいようって、あなたがおっしゃったじゃないの」と女は幾度も繰り返していう。夜明けまえに、女は人目を恐れて、あわただしく逃げるように帰っていった。女は火燵板の上で指折り数えて、はじめて会ってから百九十九だと教えた。一面の雪が凍りつく音が地の底深く鳴っているような、厳しい夜景である。一人で湯に行こうとすると、女が素直について来た。部屋に戻ると女は「悲しいわ」とただひとこと言った。神経質な女は一睡もしなかった。「帰りますわ」と鏡に向っている。鏡の奥が真白に光っているのは雪である。その雪のなかに女の真赤な頬が浮んでいる。なんとも言えない清潔な美しさであった。

（浦西和彦）

川村湊 かわむら・みなと

＊昭和二十六年二月二十三日～。北海道網走市に生まれる。本名、正典。法政大学法学部卒業。評論家。著書に『戦後文学を問う』『補陀落』『牛頭天王と蘇民将来伝説』など。

温泉文学論《おんせんぶんがくろん》 評論集

〔**作者**〕川村湊

〔**初版**〕『温泉文学論』〈新潮新書〉平成十九年十二月二十日発行、新潮社。

〔**内容**〕「はじめに」「第一章　尾崎紅葉『金色夜叉』」「第二章　川端康成『雪国』」「第三章　松本清張『天城越え』・川端康成『伊豆の踊子』」「第四章　宮沢賢治『銀河鉄道の夜』」「第五章　夏目漱石『満韓ところどころ』」「第六章　志賀直哉『城の崎にて』」「第七章　藤原審爾『秋津温泉』」「第八章　中里介山『大菩薩峠』」「第九章　坂口安吾『黒谷村』」「第十章　つげ義春『ゲンセンカン主人』」「おわりに」「テキストと参考文献」で構成されている。「温泉」の本質とは何か。「温泉文学」は、わずかに一遍だけ通り過ぎる旅人によって書かれるのではなく、その魅惑に首まで漬《つ》かってしまった人によって初めて書かれうるような奥の深いものなのである。日本の文学者たちは温泉をこよなく愛した。温泉は「肉体と精神」「形而下的な身体と形而上の霊魂とが融合する場所」である。現実の世界が非現実、超現実へと変化していく「奇蹟」の場なのであるという。紅葉の熱海温泉行きは、「一度目はロマンも何もない貧乏旅行、二度目は傷心旅行で、いずれも貫一・お宮の「名場面」の印象とはほど遠い旅だった」と述べ、「金色夜叉」のタネ本や、「金色夜叉」をタネ本として翻案した朝鮮近代文学の嚆矢ともいわれる「長恨夢」などにも言及する。

（浦西和彦）

川本三郎 かわもと・さぶろう

＊昭和十九年七月十五日～。東京都に生まれる。東京大学法学部政治学科卒業。評論家。『大正幻影』でサントリー学藝賞を受賞。著書に『大正幻影』『荷風と東京』など。

壁湯岳の湯ひとり旅《かべゆたけのゆひとりたび》 エッセイ

県）。

〔**作者**〕川本三郎

〔**初出**〕「旅」昭和五十七年九月一日発行、第五十六巻九号。

〔**温泉**〕宝泉寺温泉・壁湯温泉（以上大分県）、岳《たけ》の湯温泉・峐《はげ》の湯温泉（以上熊本県）。

〔**内容**〕豊後森から肥後小国に向かう宮原線にうまく接続できたので乗った。屈指の赤字ローカル線で一日に四本ぐらいしか走らない。宝泉寺駅に着いた。壁湯は宝泉寺温泉のはずれにある。宝泉寺温泉は旅館が十五軒ほどあり、ヌードスタジオまである歓楽温泉街だ。そこを通り抜け歩いて十五分ほどで、福元屋旅館に着いた。渓流沿いの和風旅館で、ここに壁湯、つまり洞窟風呂がある。壁湯は予想以上にいいところだ。町田川という渓流の曲ったところに洞窟があり、そこが天然の温泉になっている。広さは六畳敷ぐらい。洞窟といっても半分は外に開けているから息苦しくない。壁湯は岩清水を温泉にした感じ。壁湯は混浴である。夜の客だけでなく近くの九重町の人も車に乗って入りに来る。翌日、観光ガイドブックに載っていない山合いの隠れ里の湯、岳の湯温泉に向かう。宝泉寺の駅から肥後小国まで汽車で三十分ほどで行ける。だが、宮原線は七時二十二分の次が八時間も列車がない。タクシーで肥後小国まで行き、岳の湯までバスである。村全体が静かな秘湯につかっているようだ。雨の湿気と白い湯気の暖気がうまく調和しあい、いわば「水」と「火」が神話の世界のような美しさを見せている。岳の湯集落は戸数わずか三十戸。四年ほど前に出来た清涼荘という民宿に泊まる予定だが、まだ早いので、さらに上にある峐《はげ》の湯まで散歩する。峐の湯といっても田んぼのなかにひなびた宿が二軒あるだけである。あたり一面緑で、人間の姿も見えない。雨の中の静寂が身に泌みる。峐の湯でゆっくり暖まってまた岳の湯に戻った。岳の湯集落はいたるところ地熱が湯気になって出ているのを利用して〝湯気のかまど〟を作っている。日常生活には欠かせない道具で、この〝かまど〟を地元では地獄というのだそうだ。この岳の湯の魅力は〝山里の魅力以外、何もない〟ことである。ただ〝静かな山里〟それがあるだけである。中年以上の人が静かに休日を楽しむところだと思う。

（浦西和彦）

黄金より湧き出でる湯—妙見・湯之尾湯治行

おうごんよりわきいでるゆ—みょうけん・ゆのおとうじこう　エッセイ

〔**作者**〕川本三郎

〔**初出**〕「旅」平成元年一月一日発行、第六十三巻一号。

〔**温泉**〕妙見《みょうけん》温泉・湯之尾《ゆのお》温泉（以上鹿児島県）。

〔**内容**〕鹿児島空港からタクシーで三十分足らずで妙見温泉に着いた。妙見温泉は霧島の西南の麓、天降《あもり》川に沿う新川渓谷温泉郷のひとつである。開湯四百年という古い温泉だ。私が泊まったのは湯治旅館。風呂が三つ、うたせと神経痛用の熱い風呂と銭湯のような感じの広い風呂である。先客は五人ほど。リューマチなどをいやすために湯治に来ている老人だ。一見水のような透明な湯だが、湯質はさらりとして臭いもほとんどしない。癖のないお湯だ。池内紀さんの『温泉旅日記』を読んだ。私も「要するに湯と安宿とがありさえすればいい」型である。翌朝、すぐにうたせの湯に入った。今日の行先は北西約二十キロのところにある湯之尾温泉。山野線は四月に廃止されていたので、タクシーで湯之尾の駅のあったところまで行く。湯之尾温泉は昔にぎやかな温泉、花街だったという。ところが今はゴーストタウンのようにさびれているのだ。その理由は、四五年前から地盤沈下が始まり、温泉が出なくなってしまった。廃止されたローカル線と同じように、この町もこのまま消えてしまうかもしれない。宿は、ゴーストタウン化した町の、川の反対側にある。さびれた温泉の寂しい宿である。しかし、風呂は熱帯樹がたくさん植えてあるジャングル風呂で、湯量は豊富、湯質も妙見温泉と同じ。食事は「予想以上においしかった」。近くに、車で約十五分ほどのところに住友金属鉱山の菱刈鉱山がある。最近発見されたばかりの金山である。翌朝、タクシーでその「日本のエル・ドラド」を見に行った。日本ではこの金山が発見されるまでは金の産出量年間わずか三トン。この金山は年間五トンから六トン産出し、いかに重要な金山かがわかる。ヘルメットをかぶり金山のなかを見学する。007シリーズ第一作「ドクター・ノオ」に出てきた地下の要塞を思い出した。この金山の特色は、品質のいい金が出ることと、機械化されていることだけでなく、温泉が出ることだ。一日に約一万五千トン。鉱山ではそのうちの三分の一ほど、お湯の出なくなった湯之尾温泉の旅館に供給しているという。この湯でまた湯之尾温泉が活気づいてくれることを願うしかない。

（浦西和彦）

上林暁

かんばやし・あかつき

＊明治三十五年十月六日～昭和五十五年八月二十八日。高知県幡多郡田ノ口村（現・黒潮町）に生まれる。本名・徳広巌城。東京帝国大学英文科卒業。小説家。代表作に「ちちははの記」「聖ヨハネ病院にて」など。『上林暁全集』全十五巻、増補改訂版全十九巻（筑摩書房）。

湯宿《ゆのやど》

短篇小説

〔作者〕上林暁
〔初出〕「日本の風俗」昭和十六年一月一日発行、第四巻一号。
〔初収〕『悲歌』昭和十六年九月発行、桃蹊書房。
〔全集〕『上林暁全集第三巻』昭和四十一年四月五日発行、筑摩書房。
〔温泉〕鬼女谷温泉（神奈川県）。
〔内容〕大野さんから鬼女谷温泉へ行かないかと誘われた。鉱泉を沸かした鬼女谷温泉は中央線のY駅で降りバスで十五分、宿屋も一軒だけで、一等が二円五十銭だという。

作家仲間は気分転換に温泉場や避暑地へ行くが、私は五年間、東京から一歩も出たことがない。Y駅は汽車賃七十銭、四十分で到着するが、私は遠い旅に出るような興奮と不安を覚えた。

締め切りの原稿を済ませ、大野さんと上野美術館で仁科展を見てから、鬼女谷温泉へ向った。山肌に鬼女谷温泉の広告と、山の尾根に天狗温泉の広告が見えた。

鬼女谷温泉の帳場は古びた百姓家で、二階に新しい客室を建て増している。酒は一本、浴衣も不足し、ご飯は二日分しか用意できないらしい。夕方、私と大野さんが鉱物質に濁ったタイル張りの湯槽に沈んでいると、別荘を建てて東京から湯治に来ている寂しげな老人がやってきた。土曜日曜に泊まり客やハイカアで賑わうのを、老人は楽しみにしているようだ。湯から出ると私達は谷川に釣りに行き、夕食時に帰ってきた。私は地酒を運んできた秋田県出身の女中に、言葉が聞き取りにくいと口を滑らした。女中が悲しい顔をしたので、私は上野の喫茶店で十七八の女中が一人、お茶だけを啜る物悲しい情景を思い出した。素朴な自然の中でも現実は私達を追いかけてくる。

都会からたまに自然の中へ来ると、却って疲れるのか、私は鬼女谷温泉に来て一睡も出来なかった。

（岩田陽子）

鄙の長路《ひなのながみち》　短篇小説

〔作者〕上林暁
〔初出〕「読売評論」昭和二十五年三月一日発行、第二巻三号。
〔初収〕『姫鏡台』昭和二十八年四月二十日発行、池田書店。
〔全集〕『上林暁全集第八巻』昭和四十一年十月二十日発行、筑摩書房。
〔温泉〕養老温泉（千葉県）。
〔内容〕今年の十一月中旬頃、私は新しい小説に取掛かるため、上総中野の鉱泉場に向った。私はいつも山奥の鄙びた人に知られぬ鉱泉場を選ぶのである。私が房総地方に向かうのは、昭和四年夏以来で、二十年が経っている。五年前に亡くなった妻を連れての旅であった。私は、まだ大学を出て三年しか経っていなかった。上総中野にある鉱泉場の所在を訊いてみると、上総中野でなく一つ手前の朝生原だという。この鉄道の沿線は、闇商人の巣で、人いきれで車内はムンムンしている。私は気分が悪くなり、途中下車した。次の電車まで二時間半ばかり待たねばならなくなった。待合室に一人の男が現われた。話してみると、学校から学校へ、文房具の注文を取って歩いているのだという。気動車が煙を吐いてやって来た。私は途中まで行くという校長風の先生に養老館へ案内してもらう。二階の一番奥まった四畳半に通された。お湯に入ると、浴槽は二つあり、手前のは、村の人たちが入るのだという。私は奥の方に行った。女が一人沈んでいた。私はかけ湯しながら「いいお湯ですねえ」と言った。女の人は私が沈むと直ぐに上って行った。私は湯から上り、夕食をすませ、茶餉台に向ったが、急に気が重くなって、テーマは二つ三つありながら、ペンを下ろしようがないのである。二十年ぶりに房総の旅に出て、道中も、旅館に着いてからも、妻と一緒に房総半島を一周したときのことが、頭に付きまとって離れない。鏡ヶ浦の海水浴は賑わっていた。私は高等学校時代に脚気をしたことがあり、しかも一緒に泳いでいた友人が脚気衝心で溺死したこともあって、海に近づかないことにしていた。泳ぐのはよせというのに妻は飛込台に昇っていき、衆目を集めていた。妻は一人で泳いだって詰まらなかったと、不服そうな顔をしてみせた。誕生寺を出て浜へ行った時も、妻が一人で海へ入った。何度も妻一人で飛込台から海に飛び込むのを見ていると、妻の孤独を見ているような気がした。翌日、目覚めたのは八時頃であった。湯に入って、朝食をすませたが、私の想は纏まらなかった。おひるを済ませると、養老川を見に行った。往還から山坂登りになっている小路を登っていくと、突然私に声をかける者がある。戦争中疎開して来て、この奥に住んでいるという。仮小屋のような家が見えた。私はどこへ通じているのかも知らぬ往還を、いつ果てるともなく、先へ先へと歩きつづけた。宿で待っている気の重い仕事から、少しでも遠ざかろうとするかの如くであった。

（浦西和彦）

山気《やまき》　エッセイ

〔作者〕上林暁
〔初出〕「温泉」昭和二十六年十月一日発行、第十九巻十号。
〔全集〕『上林暁全集第十四巻』昭和五十三年七月十二日発行、筑摩書房。
〔温泉〕松ノ湯温泉（東京都）。
〔内容〕都会の生活に倦んで来ると、どこか静かな所で湯に浸って、山の空気が吸いたくなる。去年は奥多摩の川井へ出かけ、水香園という鉱泉宿に二晩泊まって、原稿を少しばかり書いてきた。温泉案内で「松ノ湯鉱泉、青梅線古里ヨリ五分」というのを見つけたのである。旅館は四棟か五棟並んでいた。書き物をするには都合がいいが、直ぐ下を流れる川の音は耳に喧しかった。浴室は川に面していた。川原の石をセメントで畳んだ流しだった。沸し湯なので老人が温度を調整しているようだ。食卓に就くと、客が居ないので、女中三人が相伴した。「沢井」という地の酒を所望した。奥多摩では、吉川英治氏は王者の如き存在であろう。女中達の話も、吉川氏の若い奥さんや運転手が美男とか、そんな話だった。寝る前にもう一度湯に入った。翌朝、私は湯に入って、朝飯をすませると、川原に降りて、記念に白い石を一つ拾った。陽を浴びながら、我を忘れて歌を歌った。川原にはとても色の澄んだ露草が咲いていた。午後、氷川の町へ行った。栗を五合と奥多摩名物というみずきの箸を買った。その晩も、女中達が集ってきた。私は女達に酒を飲ませ、そのあと仕事にかかってみたが、一人になると淋しくなり、眠り薬を飲んで寝た。翌る朝、縁先に寝転んでいると、急に帰りたくなったので宿を立った。（古谷　緑）

浴泉記《よくせんき》　エッセイ

〔**作者**〕上林暁

〔**初出**〕「心」昭和二十八年四月一日発行、第六巻四号。

〔**全集**〕『上林暁全集第十巻』昭和四十一年十二月二十五日発行、筑摩書房。

〔**温泉**〕畑毛《はたけ》温泉（静岡県）。

〔**内容**〕畑毛温泉は、湯がぬるく、泉質が高血圧や脳溢血の患者に効能があると聞いていた。そこへ出かけたのは、去年二月下旬だった。私は宿に着くと直ぐ、階下の浴室へ降りて行った。なるほどぬるい湯で、身ぶるいするほどだった。浴槽の中には、六十過ぎの小父さんと、二十二三かと思われる若い女とがつかっていた。「あなたは長生きしますねえ」と、小父さんは突拍子もないことを言った。この人も脳溢血の養生に来ているのだ。女は小父さんを「お父さん」と呼んで、じゃれていた。妾か藝者にちがいない。小父さんが大きな睾丸をしているのが、私の目を驚かした。なんと言っても病的な厖大さだった。噴きこぼれる湯を飲んでみた。薬効ある湯だから、何か鉱分を含んだ味だった。出しなに、もう一つの浴槽が沸かした湯なので、それにつかって出ることになっている。あとではホカホカとぬくさが長くつづいた。

朝の浴室は、誰もいなく長閑だった。からだを澄んだ湯に沈めて、脛や腕などにくっついた小さな気泡をつぶしていた。効能書を読んで、この気泡がからだにくっつくのが特徴であることを知った。おそい朝飯をすますと、漫然と散歩に出た。私は奈古谷温泉へと志した。歩いていた洋服姿の青年に土地の様子を聞いてみると、畑毛温泉の温度は三十六度五分で、奈古谷温泉は三十八度五分だから、奈古谷の方がずっと熱い。畑毛では湯元から湯を引いているのだが、奈古谷では湯は自噴だと言った。奈古谷温泉といっても、二三軒の農家の先に、白い洋館の旅館が一軒きりだった。私は小川を右に見て引っ返す。自転車に荷を積んで押して来る男に出会った。彼は、戦争中、上野の東坂、牛込の新小川町、高円寺で焼け出され、三鷹台で終戦を迎えたと言った。この土地に流れて来て、野菜の商売をしていて、熱海の旅館へも売込みに行ったりすると言った。彼が東京を慕う気持ちは、私の想像する以上のものがあるようだった。路を曲る拍子に、人家の壁穴から鼻白の馬が突き出ているのにびっくりした。奈古谷温泉の道しるべの所まで帰って来ると、畑毛の方から入浴をすましたらしい年寄たちが杖をついて歩いて来た。中風だなと思った。向こうも私を中風患者と見たにちがいない。病状も軽く年も若い私は、彼等並みにそう思われるのが癪だった。私は足早に、しかししっかりと足を踏みしめて、彼等のそばを通り過ぎた。

（浦西和彦）

湯本館と湯川屋《ゆもとかんとゆがわや》　エッセイ

〔**作者**〕上林暁

〔**初出**〕「風景」昭和三十六年三月一日発行、第二巻三号。

〔**全集**〕『増補改訂上林暁全集第十五巻』昭和五十五年四月十二日増補改訂版発行、筑摩書房。

〔**温泉**〕湯ケ島温泉（静岡県）。

〔**内容**〕伊豆の湯ケ島は一度行ってみたい所だった。一昨年の九月、私は知友数人と下田に遊んだ帰り、湯ケ島に立ち寄る念願を果した。天城のトンネルは思ったより長かった。狩野川颱風の直後であったから、倒れている杉なども見え、湯ケ島も荒れが目立った。空想に描いていた渓谷の趣が損われていた。湯本館も被害が激しく、解体修理中で、川端さんのいた室はそのまま保存するということだった。古びた茶の間の炉ばたでお茶を呼ばれた。隣は女中部屋だったそうだが、川端さんの「温泉宿」に、帳場の番頭が女中部屋に忍び込むところがあるが、その部屋だと言って、白壁荘のおかみさんは笑った。川端さんの使っていた本棚を見せてくれた。今は台所にあり、食器棚に使われていた。相当大きな本棚で、川端さんは東京から運んだのだろうか。青く塗った新しい橋を渡って、落合楼の前を通って奥に歩いて行った所に、梶井基次郎の滞在していた湯川屋があった。ここで風呂を浴びて、中食を食べた。主人は未完成の「蜂熊亭」という小品を示して、その家もまだ残って旅館になっており、主人も存命していると語った。主人は、三好達治さんはそのころ妹の家に滞在していたのだが、その宿料がまだ溜まったままですよと言って、笑った。宇野千代さんなんか、階段の中途から窓を越えて梶井の部屋に遊びに来たことがあったそうだ。梶井の遺品は何一つ残っていないということだった。

（浦西和彦）

蒲原有明《かんばら・ありあけ》

＊明治九年三月十五日～昭和二十七年二月三日。東京に生まれる。本名・隼雄。詩人。『定本蒲原有明全詩集』（河出書房）など。

豆北豆南《とうほくとうなん》　エッセイ

〔**作者**〕蒲原有明

〔**初出**〕掲載誌、発行年月日未詳。

〔**収録**〕『現代日本紀行文学全集〈東日本編〉』昭和五十一年八月一日発行、ほるぷ出版。『文士と温泉』平成十七年六月三十日二刷発行、フロンティアニセン。

〔**温泉**〕修善寺温泉・湯か(ケ)島温泉・湯か(ケ)野温泉・下田温泉（以上静岡県）。

〔**内容**〕明治四十二年二月二十一日、花袋、藤村、夢想庵と伊豆の旅に出かけた。汽車で大仁に着く。一里あまりを徒歩で修善寺に向かう。寒い風がひどく吹き、花袋が苦渋の顔になり、藤村は眼から涙が出てしょうがないとこぼし、夢想庵が洋服の背を駱駝のようにまるめている。修善寺温泉では新井に泊まる。「そこの菖蒲の湯が肩まですつぽり浸かるやうに浴槽を深くして」ある。翌朝は、ひどい霜である。伊豆には似つかわしくない寒い日で、馬車で昼前に湯か島に着いた。落合楼に落ちつき、何よりも先に湯に入った。「惜しことには湯が少しぬるかつた」。食後は真面目な問題について語り合った。二度目に浴室に行くと、「近辺の少女であらう。四五人づれで、湯につかつたり、湯槽のふちに腰を掛けたりしてゐた。その中に一人、眉目の好い、肌の柔らかな、やつと乳房が膨らみかけたころの娘がまじつてゐる。わたくし達が這入つて来たので、少しおどおどした様子をしてゐる。山の湯でなければ見られもしない画趣」である。二十三日は馬車で天城を越え、正午近く湯か野へ行く。「鄙びた、ほほゑましい温泉場」である。昼食を注文して、ついでに湯に入った。わたしは一目見てこの浴室が気に入った。構造法が面白く、二坪半ばかりの狭い範囲で、どうしたら愉快な浴室が作れるかという苦心の程がよく出ている。「石工の藝術心が痛ましくも滲み出て」いるのである。浴場の隣りに屠殺場がある。奇抜な配置である。ここで馬車を取り換えて、下田へ向かい、杉本屋に泊まった。二十四日は、石廊を見て、下田に戻った。二十五日、直ぐ東京に帰るのが惜しまれ、船で伊東へ向った。

（浦西和彦）

冠松次郎　かんむり・まつじろう

＊明治十六年二月四日～昭和四十五年七月二十八日。東京に生まれる。登山家。黒部川の開拓に尽くす。著書に『黒部渓谷』『山渓記』など。

黒部峡谷に秘められた八つの湯
くろべきょうこくにひめられたやっつのゆ　エッセイ

〔作者〕 冠松次郎

〔初出〕 「旅」昭和三十六年十一月一日発行、第三十五巻十一号。

〔温泉〕 宇奈月《うなづき》温泉・黒薙《くろなぎ》温泉・錦繡温泉・鐘釣《かねつり》温泉・猿飛温泉・名剣《めいけん》温泉・祖母《ばば》谷《だに》温泉・アゾ原の湯（以上富山県）。

〔内容〕 富山県の「山の会」に招かれて初めて名剣温泉を訪れた。夜行で上野を発って翌朝魚津に下車、黒部鉄道で宇奈月につき、電力の気道で欅平まで上り、それから祖母谷川の落口まで戻って、黒部の本流にかかっている長い吊橋を渡って、祖母谷に入った。名剣温泉から峠を一つ越せば間もなく祖母谷温泉に出られる。渓の中に開けた段丘状の平地に温泉宿が建てられている。山小屋式の頑丈な二階建の温泉宿は、七八十人の収容能力があり、内湯、野天湯場もある。祖母谷川という水洗場もあり、小ざっぱりしている。夏の盛りには毎日満員の盛況のようだ。

黒部下流の温泉は宇奈月を初めとして、黒薙・錦繡・鐘釣・猿飛・名剣・祖母谷の七つと、さらに上流アゾ原の湯を入れて黒部八湯と云う。黒薙温泉は鐘釣とともに黒部峡谷で最も古い温泉である。出湯の量が豊富で、無色透明の九十六度と云う高い熱度をもっている。その上流には二見温泉があったが、取入口ができて水が枯れたため温泉も出なくなった。鐘釣温泉は黒薙川の上手にある。西鐘釣の岩峰の裾の花崗岩と石灰岩の錯綜した岩盤が、丸く侵食されて岩窟を造っており、その自然の大浴槽の中に湛えられている。

下手にあたる東鐘釣の岩峰の懐にあるのが新鐘釣温泉で、後に錦繡温泉と名づけられたものである。秋には紅葉が錦繡の美しさを見せる。アゾ原とは湯の湧き出るところと云うそうで、水力電気が出来るまでは自然のまま放流されていた温泉である。出湯の量は頗る豊かで、アゾ原谷を歩くと足の先が熱くなる。

千人谷の上流約千七百メートルの高所に

仙人の湯がある。山の奥の温泉ほどききめがあるという口碑から入湯に来たものらしい。祖母谷温泉は名剣温泉の上にある。百貫山の懐を祖母谷へ下る道が拓かれるまで、道のない祖母谷を通った者は殆どなかった。知る限りで、一番古く祖母谷を遡って白馬岳へ登った人は、富山の吉沢庄作氏で、明治四十年だ。立山一帯では厳格なほど広告業者の申出を拒絶しており、甚だ結構なことだと思った。立山の東面では水力発電の工事が盛んに行われている。数年後には、一大山上湖が黒部に出現し、都会から殆ど歩かず黒部に入り、ケーブルで立山へ登れるようになる。黒部・立山は国際的な観光地になる。関係当局や立山開発鉄道では、今日その発展計画で頭をいためている。

（岩田陽子）

【き】

菊岡久利 きくおか・くり

＊明治四十二年三月八日〜昭和四十五年四月二十二日。青森県弘前市に生まれる。本名・高木陸奥男。別号・鷹樹寿之介。海城中学校中退。詩人、小説家。詩集に『貧時交』『時の玩具』など。

美しい温泉 うつくしいおんせん 短篇小説

〔**作者**〕菊岡久利
〔**初出**〕「温泉」昭和二十六年四月一日発行、第十九巻四号。
〔**温泉**〕大鰐《おおわに》温泉（青森県）。
〔**内容**〕本当の母が死んで新しい母がやってきた。本当の母の印象も美しかったが、新しい母も美しい人であった。僕は東京麻布の伯母の家で親を離れて暮らし世界一の不幸を子供心に意識していたから、したい放題のことを両親にせがんだ。部屋借り生活のくせに犬を飼いたいと頼み込んだ。豚も飼いたいと言ったが許されなかった。二つ村を越した飯田川という村の養豚場まで何べんも見に行った。そこに白い絹のような毛の生えたどんな動物よりも美しい豚の仔たちがいたのだ。犬の次に許されて飼ったのは三羽の鶏であった。同じ大川村の養鶏場に通って、やっとロード・アイランドレット種の雄雌のつがいと、白色レグホンとシャモの混血の雄が僕のものになった。

僕が九歳のとき青森県大鰐温泉の加賀旅館に行った。そこで青森県浪岡から来ていた成田という同い年の男の子と、五つくらい年上の女学生で美しいその姉と同宿になった。思い出はその二人の姉弟と三坪ほどのタイルを張った浴室とに限られている。僕は成田少年の美しい姉と一緒に遊びたかったのに、成田少年はおそらく意識的にそのことにだけは意地悪で、決して取りはからってはくれなかった。そしてそれっきり僕の成田少年に対する思い出と印象はぷっつり途絶える。だが、姉さんの方は違う。あまりに鮮やかに圧倒的に僕がこの世で自分自身の目で見た最初の、同性ではない秘密であった。見えやしなかったが、あのタイルを張った浴場の硝子窓の外にはきっと燃えるような緑の葉と黄色いばかりに紅く房になったカンナの花が咲いているに違いなかった。僕はやましくなんかなかった。なぜって僕が最初にあの体が全部透けて見えて、ざざと湯の溢れ流れている浴槽にたったひとりでつかっていたのだ。夕方よりは前の半透明な時間だった。姉さんの方があとからはいって来たんだ。僕はめまいがした。なぜニコ毛のようなものではないんだ。二すじか三すじだけの生き物の美しさを見せた鴉の色をした紫金に、漆黒に魅するややながい伸びたばかりのつる草なのだった。美しい温泉の四週間にわたる滞在から八郎湖畔の村に帰ってみると、僕の三羽の鶏たちは、母屋の人の手で伏せ籠に入れられたままであった。ロード・アイランドレッド種は、禁圧の故に伏せ籠の中でシャモに変わっていた。（古田紀子）

菊池寛《きくち・かん》

＊明治二十一年十二月二十六日～昭和二十三年三月六日。高松市に生まれる。本名・寛《ひろし》。筆名・菊池比呂士、草田杜太郎。京都帝国大学卒業。小説家、劇作家。芥川龍之介らと第三次「新思潮」を発刊。代表作に「父帰る」「無名作家の日記」「真珠夫人」など。「文藝春秋」を創刊。文藝家協会を設立、芥川賞・直木賞を設定する。

温泉場小景《おんせんばしょうけい》　戯曲

〔作者〕菊池寛

〔初出〕「新潮」大正十年十月一日発行、第三十五巻四号。

〔全集〕『菊池寛全集第一巻』平成五年十一月二日発行、高松市。

〔温泉〕東京付近のある温泉場（東京都）。

小母さんに、お泣きになつてはいけないと云つておいで…ねえ、富枝さん、昔の恋人同志が温泉宿で偶然逢ひ、そのまゝ浄く別れたと云ふことにして置かうぢやありませんか。今結婚したところで、九年前の貴女でもなく、九年前の僕でもありませんからね。此の情景を、不快な家庭生活の序幕にするよりも、破れた初恋の大詰にして置かうぢやありませんか。瑠美子！　小母さんに、さよならと仰しやい。

〔内容〕温泉宿に滞在していた健吉（三十四歳）は、娘の瑠美子（七歳）のあせもも癒ったし、もう三日で学校が始まるので、自動車を呼んでもらい、帰ろうとした、そのまぎわに、秋山富枝（二十八歳）と九年ぶりに再会する。富枝は四五年前に結婚していた野口と別れたという。健吉は野口以上に富枝を愛していたが、臆病からいい出せなかったのである。健吉の妻は去年十月の難産で母子ともに死んだ。健吉は娘の瑠美子に父の愛では何うしても与え切れないものがある、母の愛、女性の愛が必要であると思う。むかえの自動車が来たが、もう一日位は延してもいいと思う。富枝が昔のとおりなら結婚して瑠美子を委せていいと思う。野口と別れて足掛五年の間、何うして暮らして来たのか、「お家には財産といったようなものも…」と、健吉は富枝に問う。富枝は、「あなたのお心持ちの裡には、私に対する昔の愛は少しもよみがえっていないのですね」と答える。健吉は「此の情景を、不快な家庭生活の序幕にするよりも、破れた初恋の大詰にして置かうぢやありませんか」と、自動車に乗り、立ち去るのであった。（浦西和彦）

鷗外と山田温泉《おうがいとやまだおんせん》　エッセイ

〔作者〕菊池寛

〔初出〕「モダン日本」昭和九年五月一日発行、第五巻五号。

〔温泉〕山田温泉（長野県）。

〔内容〕二月十一日に、長野新聞社の依頼で山田温泉へ行った。山田温泉は長野新聞社主催のスキー場投票に第一位に当選したところだということだった。しかし山田温泉などという名前は聞いた事がなかった。

山田温泉は、周囲を山にかこまれた閑寂な温泉である。藤井東兵衛の宿屋に泊まった。主人が森鷗外の手紙を自慢して見せてくれた。森鷗外が明治二十三年に、この地に遊んで、すっかり気に入り、家を建てたいから、土地を売ってくれという手紙である。先代の藤井氏は、少しでも先祖伝来の土地を人手に渡すのをいやがって拒絶したという。鷗外の親友賀古鶴所の手紙もあった。夏は閑寂清涼の土地に違いない。夏日改めて、もう一度来たい。

（浦西和彦）

菊村到　きくむら・いたる

＊大正十四年五月十五日〜平成十一年四月三日。神奈川県平塚市に生まれる。本名・戸川雄次郎。早稲田大学英文科卒業。小説家。「硫黄島」で第三十七回芥川賞を受賞。代表作に「あゝ江田島」「けものの眠り」など。

アベックで四万温泉へ取材旅行　あべっくでしまおんせんへしゅざいりょこう　エッセイ

〔**作者**〕菊村到

〔**初出**〕「旅」昭和三十四年八月一日発行、第三十三巻八号。

〔**温泉**〕四万《しま》温泉・日向見《ひなたみ》温泉（以上群馬県）。

〔**内容**〕僕は、現在、週刊読売に「けものの眠り」という小説を書いている。この小説は一人の男が失踪することから始まる。探したところ、男が四万温泉にいることが分り、新聞記者などが四万へ乗り込んでいく。そういう必要から、僕は三月に四万へ出かけたのである。だが、必ずしも四万でなくてもよかった。東京から近くて、山の中の静かで辺鄙な温泉場ならいい、と編集長に相談したら、「四万か湯の平がいいだろうね」と教えてくれた。それで、僕の小説を担当してくれている編集部の池田さんと一緒に四万に行くことにした。

池田さんは二十代なかばで、美貌にしてかつ未婚である。女性と二人きりで旅行するのは初めてなので、胸の奥が甘くうずく。出発の日は三月十四日の土曜日と決まった。その日、池田さんのお母さんは心配そうな顔で、僕を見つめ、よろしくと言った。午後五時四十分に汽車にのって、東京を離れた。夜の八時十二分ごろ渋川に到着。ここで、長野原線のジーゼルカーに乗り換えた。八時四十五分に中之条につき、僕らはタクシーを拾って、四十分ほどで、四万に着いた。運転手は親切で心あたりの旅館を案内してくれたが、全部だめであった。一室だけ開いている家があったが、僕のほうから断った。結局、一番とっつきのSという旅館に入ることができた。ところが食事ができないという。しかたなく外へ出た。「K」という頭文字のバーが目に入ったので、中に入っていった。僕はバーの光景などを小説の中に書いた。ここに都会風な雰囲気をもった娘さんがいた。彼女は初め和服を着ていたが、いったん奥へ引っ込み、今度はセーターにスラックスといういでたちで戻ってきた。このバーはTという旅館が経営しているので、S館をキャンセルし、T館に変えた。女中さんにこの奥に日向見温泉があると聞いたので、翌日車で日向見まで行ってみた。むしろ四万より日向見のほうが僕の小説にぴったりだった。行く途中、崖に氷柱が下がって、風花が舞い、雪の道はどろどろにぬかっていた。

結局四万で二泊して僕らは無事帰京した。僕は女性にとって安全無害の人間であることがこれで実証された。

（鄒　双双）

北井一夫　きたい・かずお

＊昭和十九年十二月二十六日〜。満洲鞍山に生まれる。写真家。第一回木村伊兵衛写真賞を受賞。

山中温泉"獅子"物語《やまなかおんせん"しし"ものがたり》　エッセイ

〔作者〕北井一夫
〔初出〕「旅」昭和五十九年五月一日発行、第五十八巻五号。
〔温泉〕山中温泉（石川県）。
〔内容〕今はどこの温泉町も、藝者さんはコンパニオン嬢たちに押されて衰退気味なのだそうだ。北陸の山中温泉へ来た。検番に寄ってから、藝者置屋の「のと家《や》」をたずねた。山中の置屋は三十五軒ほどで、藝者さんが自分一人で置屋をやっているところも多い。町の中心に菊の湯という共同浴場がある。ここが湯元で旅館の温泉はみんなここから湯を引いている。町のひとは菊の湯といわずに総湯《そうゆ》と呼んでいる。昔は宿に風呂が無く、客はみんなこの総湯に入ったのだそうだ。まだ小さい女の子が客を総湯まで案内する。その子らを浴衣部《ゆかたべ》という。山中節の「浴衣肩にかけ戸板にもたれ／足でろの字をかくわいな」の部分は浴衣部のことだが、なぜろの字かを「のと家」のお母さんに聞くと、「私にはいえません」といわれた。

（浦西和彦）

北川冬彦　きたがわ・ふゆひこ

＊明治三十三年六月三日〜平成二年四月十二日。大津市に生まれる。本名・田畔忠彦。東京帝国大学仏法科卒業。詩人、翻訳家、映画評論家。新散文詩運動を展開。戦後、ネオ・リアリズムを提唱。

温泉記《おんせんき》　エッセイ

〔作者〕北川冬彦
〔初出〕「温泉」昭和二十四年六月一日発行、第十七巻六号。
〔温泉〕道後温泉（愛媛県）、有馬温泉（兵庫県）、吉奈温泉（静岡県）、山中温泉（石川県）、別府温泉（大分県）、五龍背温泉・湯崗子温泉（以上満洲）、イポー温泉（マライ）。
〔内容〕温泉の随筆を書くようにいわれたとき、私には温泉は縁遠いものと思われた。それは自分の経済的負担で出かけたものは一つとしてないことに原因しているようである。私はどうも野趣好みで、はっきり憶えていて感興深いのは、道後の温泉と別府の温泉である。道後に行ったのは、もう十五年も前である。鮮明に記憶に残っているのは、古い共同湯である。入口の階段から見下ろすばかりの下に湯槽があった。底は黒い砂のままである。これが有名な道後の温泉かと思った覚えがある。坂の両側に遊廓が軒並つらなっていた。私たちはある一軒で忘却の一夜を明した。話は飛ぶが、有馬温泉へ行ったのは三高時代。取り立てた記憶はないが、湯が米の磨ぎ汁のように白かったのを覚えている。伊豆の吉奈温泉に行ったのは、東大の学生の頃である。浴客が少なく、深閑としていた。広い湯槽で私たちは競泳したりした。山中温泉へは、痼疾をやしなっていた父を見舞いに行った。私は、支那風の急須、湯呑茶碗などをしこたま買い込んで帰った。さて、別府であるが、私はここへは三回行っている。最初は、高等学校の夏休み、母が関節リューマチスの療養をするのに付き添って三か月滞在した。大阪から出る別府通いのしゃれた汽船が、満艦飾、楽隊入りで入港してくる。海岸の砂湯の外に、大共同砂風呂があった。地獄めぐりもやった。坊主地獄、血池地獄、海地獄など珍しかった。二度目は東大を出てすぐである。別府にいる叔母の主人が教会の牧師をしていた。私はそこの教会員の一人である或る夫人と恋に陥ちた。私は、この夫人によって、はじめて女性の精神と肉体の美しさを知った。二人で別府を脱出して上京し、十年間生活を倶にした。そして別れた。私は脳裏に、夫人の家の内風呂へひそかに二人で這入ったときの、湯を透して見えた豊満な肉体の印象を想い起されずにはいられない。三度目は父が別府に療養していたときである。満洲の五龍背と湯崗子の温泉は、少年時代、父に伴われて行った。満洲の広野の中にポツンとある。南方マライのイポーは、戦争中、報道班員として徴用されたときであった。温泉といっても風変りで、そびえ立つ石灰岩の岩と岩との間に湯がたまっている。這入って見るとかなり熱い。ところが、湯の中に、ボーフラがいるのには驚いた。

（浦西和彦）

北林透馬　きたばやし・とうま

＊明治三十七年十二月十日〜昭和四十三年十一月十三日。本名・清水金作。小説家。

浴槽の女　よくそうのおんな　エッセイ

〔作者〕 北林透馬

〔初出〕 「温泉」昭和二十五年七月一日発行、第十八巻七号。

〔温泉〕 熱海温泉・吉奈《よしな》温泉（以上静岡県）。

〔内容〕 熱海も今度の大火でたいへんなことになった。私が、微かに記憶している昔の熱海は、確かにまだ海岸が、ずうっと砂浜であった。昔といっても、大正十二年の関東大震災の頃で、あの震災で地形が変って、砂浜がすっかり洗われて、大きな石のゴロゴロする石の海岸になってしまった。その頃は、毎年一月の終わりから二月いっぱいは熱海へ行っていた。七月から八月にかけて、夏は修善寺か吉奈温泉に湯治に出かけた。幼い頃の記憶では、熱海はおもちゃのような軽便鉄道で、全部で二三十人しか乗れないような汽車で行った。お客は、毎年きまった顔触れが、きまった頃にやって来るので、部屋なども、これは誰々さんの部屋という風にきちんときまっていたものである。大方の人が一か月から三か月も滞在したので、みんなで集って演藝会などをやる。震災後商売がすっかり駄目になり、最後の仕上げがこんどの戦争だった。父も母も空襲でやられ、私は敗戦後半年ほど経《た》ってラバウルから帰ってきて、旅行社の団体係の仕事についた。月に百円ずつ払込む会員を作って、半年払いこむと六百円、これで千二百円に相当する一泊旅行が出来るのである。昨年の夏、三十人ほどの団体を案内した。昔は夏の熱海など、誰もいかなかったものだ。冬は暖いが夏はムシ暑い土地だから。ある同業の組合員ばかりの団体に、婦人が四人ほど混っていた。仕事を片付けお風呂に入ると、湯気のなかに、一人若い女が入っているのに気付き、出ようとすると、「よろしいじゃございませんか。あたくしも、もう直ぐ出ますから、どうぞ」という。例の四人の婦人の一人である。じっとわたしの姿を見ていたが、「やっぱり、あなたでしたのね」「吉奈よ。ほら…震災の年でしたかしら、あれは…」と言われて、震災の年、父母と三人で逗留した吉奈で、一緒に遊んだお嬢さんを思い出した。十一歳の私は、そのお嬢さんと二人だけで、遊んでいたのである。どういうきっかけか、可愛《かわ》いくなって接吻をしてしまい、その晩、浴室でどちらからともなく、とうとう妖《あや》しい夢を結んでしまったのである。東京へ帰ってから、会う約束をしたが、約束の日には姿を見せない。それっきり会っていない。所詮《しょせん》はこれも、あのグッド・オールド・デイスの、古風な人情かも知れない。

き

（浦西和彦）

五月雨の雲仙《さみだれのうんぜん》　エッセイ

〔作者〕北林透馬
〔初出〕「温泉」昭和三十一年七月一日発行、第二十四巻七号。
〔温泉〕雲仙温泉（長崎県）。
〔内容〕佐世保、長崎と「とんち教室」の録音、実演をすませた。その翌日から雨が降り出した。これから雲仙へ行こうと言うんだから、いささかクサらざるを得ない。雨の雲仙もよろしいと西肥自動車の観光課長氏が慰めてくれる。実は本年度の全国観光バス・ガイドのコンクールに、この西肥バスの車掌の岸川ゆきえ嬢が第二位に当選した。その時の審査委員長が石黒敬七ダンナであった。そのダンナが「とんち教室」一座で佐世保へきたと言うので西肥サンが総動員でダンナ歓迎に乗り出した。雨を突いて長崎を出発したのが午後二時すぎだった。長崎から雲仙への海岸線は殊に小浜のあたりが景色が好いが、これが雨に霞んでなおよろしい。途中で泥んこ道にタイヤがめりこんでしまったこともあって、ようやく雲仙に着いたのが四時。天気が好ければ仁田峠までまわる予定だったが、何しろ雨で視界がきかず、そのまま宮崎旅館へ上って早速入浴。二十年前にこの雲仙へ来たことがある。親父が九州へ旅行したいと言うので、雲仙へ寄ってこの宮崎旅館へ泊まった、と覚えているが、周囲の状景がすっかり変ってしまっている。温泉だけは昔も今もちょっとも変っていなかった。旅館のマダムが一枚の色紙「けむり立ちて／雲仙の秋に／傷心あり」を取り出した。「昭和十一年十月九日　北林透馬」とある。驚いた。正直言って嬉しかった。二十年前はまだ三十二歳、ものも盛んに書いていて、言わば売出しの最中であった。また求められるままに「五月の雲仙には／青い雨が降っている／鶯が啼いている／ああ今はもうすぎ去ってしまった／遠い青春よ」と色紙に書いた。過ぎ去った二十年前の青春を想い出したのである。翌朝も雨だったが、ツツジの色が冴え冴えと美しく、路傍にキジがうずくまって、予期しない閑雅な雲仙風景を見たのである。

（李　雪）

北原武夫《きたはら・たけお》

＊明治四十年二月二十八日～昭和四十八年九月二十九日。神奈川県小田原市に生まれる。慶応義塾大学文学部国文科卒業。小説家、評論家。「妻」「雨」「桜ホテル」「告白的女性論」「情人」などを発表。『北原武夫文学全集』全五巻（講談社）。

熱海春色《あたみしゅんしょく》　短篇小説

〔作者〕北原武夫
〔初出〕「三田文学」昭和二十六年五月一日、創刊一号。

〔全集〕『北原武夫文学全集第二巻』昭和四十九年十二月十日発行、講談社。

〔温泉〕熱海温泉（静岡県）。

〔内容〕青木信吉は熱海の町の山手にある知人の別荘の離れに、妻と一緒に住んでいた。信吉は熱海の近隣の都市で生まれた。熱海は、戦時中であるのに恋愛小説を書いているような作家が住むには、打ってつけの場所であった。昭和十九年の夏、信吉は大衆浴場で小学校からの同級生大原金作に出会った。金作は日本舞踊の踊り手である信吉の妻に、国宝級だと言って、模造品の琵琶を無理やり押しつけた。信吉は金作に自宅へ連れて行かれ、そこには二号の加代子という若い女がいた。金作の本当の細君は美しい女で、信吉は驚愕した。金作は二人とも身重なため、どうしても琵琶を買って欲しいと、信吉に頼むが金額は言わなかった。敗戦が濃厚になる中、俗悪な熱海の生色も衰え、金作も気力が無くなってきた。金作に頼って闇物資を手にいれていた信吉の生活も惨めなものとなった。

信吉はその年の冬、老父の面倒をみるため、妻と熱海の街を去り、戦後の二十三年春まで熱海の町を訪れなかった。信吉は家を買おうと訪れた熱海で、三年振りに金作に会った。敗戦を経て、熱海の風景と同じように、金作も立派な恰幅と風采に一変していた。金作は外国人向けの骨董店をしており、信吉を良い鴨だと思っているらしく、ぼろ屋を高額で押し付けようとした。金作の骨董店には別の新しい女がいた。金作の妻は出産で心を病んで入院し、子供二人は金作の兄に預けているという。金作と酒を飲んでいるところに、金作の新しい女がやってきた。ダンスに行くという二人と別れ、一人で熱海の街を歩いた。

（岩田陽子）

北原白秋

きたはら・はくしゅう

＊明治十八年一月二十五日〜昭和十七年十一月二日。福岡県柳川市に生まれる。本名・隆吉。早稲田大学英文科中退。詩人、歌人。詩集に『邪宗門』、抒情小曲集『思ひ出』、歌集に『桐の花』『白南風』など。

夢殿

ゆめどの　歌集

〈**作者**〉北原白秋

〈**初版**〉『夢殿』昭和十四年十一月二十八日発行、八雲書林。

〈**全集**〉『白秋全集10』昭和六十一年四月七日発行、岩波書店。

〈**温泉**〉崎の湯（白浜温泉）（和歌山県）。

〈**内容**〉北原白秋は、昭和九年八月中旬、台湾巡歴の帰途、神戸に迎えた妻子と共に紀州白良温泉に遊ぶ。数日滞在した。その時、「白良の浜に遊びて」の詩を含む「白浪」を書いた。「白浪」のなかに「崎の湯二首」と題した「崎《さき》の湯《ゆ》は湯室《ゆむろ》の庇四端《よつま》反り夕凪にあるか入江向ひに」「牟婁の崎荒き石湯《いはゆ》に女童《めろ》居りて大わだの西日ただに明《あか》かり」と、白浜温泉での入浴を詠んでいる。

（浦西和彦）

海阪

うなさか　歌集

〈**作者**〉北原白秋

〈**初版**〉『海阪』昭和二十四年六月十五日発行、アルス。

〈**全集**〉『白秋全集9』昭和六十一年二月五日発行、岩波書店。

〈**温泉**〉別所温泉（長野県）、塩原温泉（栃木県）、星野温泉（長野県）

〈**内容**〉白秋の没後、木俣修の編纂で刊行された第五歌集。「道のべの春」「不二大観」「海阪」の三章で構成されている。大正十二年に詠んだ「道のべの春」の章に、「四月中旬、妻子を率て、信州別所温泉、古名七久里の湯に遊ぶ。滞在数日。宿所たる柏屋本店は北向観音堂に隣接す。楼上より築地見え、境内見ゆ。遠くまた一望の平野みゆ。幽寂にしてよし」の前書のある「七久里の蕗」に、「春朝浴泉」七首、「湯の町　春昼散策一」四首がある。「塩原の夏」には、「塩原の塩の湯、対岸の岩壁の下、渓流のへりに湯の湧くところがある。湯は水に交り、水は湯に温まつてゐる。ここに常にひたるのである。この渓の湯は高い楼上より俯瞰する時にいよいよ仙家のものとなる」の前書のある「浴泉俯瞰」十首と「浴泉の処女」と題した五首を収める。「不二大観」の章には、「星野温泉」と題して、「ほうほうと落葉松《からまつ》寒し夕あかき鉱泉道のうねりをのぼる」ら四首がある。

（浦西和彦）

北町一郎　きたまち・いちろう

＊明治四十年三月七日〜平成二年九月四日。新潟県中蒲原郡小須戸町（現・新潟市）に生まれる。本名・会田毅。別名・簇劉一郎。東京商業大学卒業。「賞与日前後」でサンデー毎日大衆文藝賞を受賞。

道後《どうご》　エッセイ

〔**作者**〕北町一郎

〔**初出**〕「旅行の手帖―百人百湯・作家・画家の温泉だより―」昭和三十一年四月二十日発行、第二十六号。

〔**温泉**〕道後温泉（愛媛県）。

〔**内容**〕道後温泉は、町のまんなかに三階建の共同湯があって、宿屋から入浴に出かける仕組みで、古い湯治場の風情を今も残している特別の情緒を味わえる温泉である。浴場は明治的懐古調ゆたかな建物で、振鷺閣といういかめしい名がついている。この温泉へ来て「坊っちゃん」を読みかえすことも興があろう。近頃まで、松山の古典的名物だった、煙突がひょろ長くて愛敬たっぷりの小さな機関車が、「坊っちゃん汽車」として今では道後温泉公園に飾られている。振鷺閣は、中の浴場は三つに分かれていて、入浴料も違う。霊之湯、神之湯、養生湯の三つで、一番高い霊之湯は百円である。坊っちゃんもこの三階席へ通っていた。道後の旅館には、一夜妻として外来の女性が朝帰っていく、いわゆる温泉風景はないのだそうである。そういう方面の御用は松ケ枝町へということになっている。振鷺閣の一角に、新殿というのがある。皇族以外にはあかずの門である。専用の休憩室には、大正時代の感覚もなつかしい椅子があり、WCは一坪ほどの広さにタタミが敷いてあった。天皇様御用の浴槽は、地下室みたいな感じのするところで、段々をおりて四角な湯つぼになる。みかげ石でたたんであり、御入浴の時には新しいヒノキの板でかこみ、段々にもヒノキの板をしく。道後温泉は内湯のなかったことが、一つの情緒でもあり、また欠点でもあった。

（浦西和彦）

北村小松　きたむら・こまつ

＊明治三十四年一月四日〜昭和三十九年四月二十七日。青森県八戸市に生まれる。慶応義塾英文科卒業。劇作家、シナリオ作家。代表作に「人物のゐる街の風景」「猿から貰った柿の種」など。

温泉場のニセ小松《おんせんばのにせこまつ》　エッセイ

〔**作者**〕北村小松

〔**初出**〕「旅」昭和三十年一月一日発行、第二十九巻一号。

〔**温泉**〕大鰐温泉・浅虫温泉（以上青森県）、湯ケ島温泉（静岡県）、湯河原温泉（神奈川県）、別府温泉（大分県）。

〔**内容**〕そもそも私が「温泉」へ連れて行かれたのは津軽の大鰐という温泉である。ところが、それが私の記憶の中ではピンボケしている。中学校の時、貰ったラブレターに浅虫温泉をきれいだと書いてあったので、浅虫にいった。ここの椿館が私にとって最初の温泉である。静かないい所である。

私の生涯で最後まで印象に残るであろうと思う温泉は伊豆の湯ケ島である。私の脚本による最初の映画「山暮るる」の一場面はこの湯ケ島へロケーションに行って撮ったのである。大正十年のことであった。

私が一番しげしげ行っていたのは湯河原である。街の女達とも、すっかり顔なじみになってしまい、私だけは引っ張らないようになってしまった。中には、夜遅くなってからやってきて身の上話をして、いくらか鬱憤を晴らしていくような女もいた。ある日、行きつけでない橋本屋という宿の人が、その頃住んでいた蒲田の家へ私を訪ねて来た。もじもじしている。聞いてみると、実は家に滞在した北村小松という人が、同宿の東北から来ている女医さんと懇意になって、その人の写真機を借りたまま、宿賃をふみたおしてドロンしたので、私のところへ勘定を取りに来たというのである。いうまでも無く、私が払うわけには行かない。ところが、それからしばらくして、知らない女の人から手紙が来た。湯河原で先生とご懇意になった妹が病後、先生の芝居を見たいといいながら亡くなったので、写真機を形見に送り返してほしいという手紙であった。「それは私でない」と返事を出したら、それを認めた返事が来た。私は塩原という温泉に行ったことはないが、ここでも、北村小松が女を誘惑し、枕探しをしてドロンしたというので、警察に追っかけられたことがある。

私は別府に特別な印象を持っている。そこで終戦を迎えたからである。終戦のときあんな静寂だった別府は、にぎやかになっていた。ところで、部長と一緒に踊り場に行ったら、突如「北村小松が現れている」とアナウンスされて仰天した。ここでも北村小松というのが時時くるから、本物を紹介したいという。甲府の宿でも北村小松なる人物が女のことで何かあったらしい。この原稿を書きながら、刑事が私を追っかけてくるのではないかと、気になる始末である。

（鄒　双双）

北村壽夫《きたむら・ひさお》

*明治二十八年一月八日〜昭和五十七年一月三日。東京市麹町区六番町（現・東京都千代田区）に生まれる。本名・寿雄。早稲田大学文学部英文科中退。劇作家、児童文学作家、小説家。小山内薫に師事。著書に『チョビ助物語』『おもちゃ箱』など。

忘れられぬ追憶《わすれられぬついおく》　エッセイ

〔作者〕北村壽夫

〔初出〕「温泉」昭和二十六年九月一日発行、第十九巻九号。

〔温泉〕相模の大山山麓の沸かし湯（神奈川県）、下諏訪温泉（長野県）、古奈温泉（伊豆長岡温泉）（静岡県）。

〔内容〕「山の湯にて」「青蚊帳」「番頭さん」の三章から成る。もう二十年も昔の話である。相模の大山山麓にこの世からひっそりと隠れてるような名もない山の沸かし湯があった。侘びしい古ぼけた電灯もない湯槽は暗く、五人入れるか入れないくらいで、ひっそりとしていた。農繁期で客もいちばん少ない季節だった。夜中に湯につかった。誰も居ないと思っていたが、先客が浸かっていた。「今晩は！」とあいさつをしてもふり向かない。まるで、置物のようにじっとしている大坊主だ。私は鉄砲佐平治という怪談を思い出し、ぞっとした。佐平治は怪しい獣を打ち損じ、それからわけのわからぬ病にかかり、山の湯治にいく。湯舟で一緒になった大坊主が振り返ると、のっぺらぼうで、佐平治は気を失ったというものだ。私はぞっとして飛び出したが、坊主頭は振り向きもしなかった。

二十何年の昔、下諏訪の淋しい温泉に行った。私は酒も飲めないので早寝した。

妙な気配で目をさました。青い蚊帳の中に一人の紅い長襦袢姿の女が立っていた。ときどきその妓を呼ぶその町のお百姓が、何もしないから泊まっていけと言ったが、しつこく迫ってきたので逃げてきたということだ。私は上手に言っておくからと彼女を帰らせたが、その男が暴れこんで来やしないかと不安だった。しかし、その客は来ず、朝早くに宿を立ったという事だ。その若い妓はお礼に来たが、今では美しい面影が残るばかりで、名も覚えていない。

　これも戦争前の話。古奈温泉に行った。鎌倉時代に盛んな湯治場で、当時の武将たちも多くそこに来た事実がある。今はうら寂びて、新興温泉にその繁栄をうばわれている形に心ひかれたのである。出てきた女中が、花やかな美しい女だったので、妙な気がした。宿帳を持って来た番頭を見て驚いた。有名な新劇俳優で、私の出世作である「当世立志伝」が築地で上演されたとき出ていて、私とはなつかしい顔なじみであった。その晩、話が弾み、その美しい女中さんが彼の妻だと知って二度びっくりした。なぜそこで働いているのかは忘れたが、彼らの働く姿は芝居をしているようで面白かった。その後二人は別れたらしい。恐らく古奈も変っただろうが、宿の事は忘れられない。

（古谷　緑）

北杜夫《きた・もりお》

＊昭和二年五月一日〜平成二十三年十月二十四日。東京渋谷に生まれる。本名・斎藤宗吉。東北大学医学部卒業。小説家。『どくとるマンボウ航海記』がベストセラーとなる。「夜と霧の隅で」で第四十三回芥川賞を受賞。代表作に『楡家の人びと』など。

温泉《おんせん》　エッセイ

〔作者〕北杜夫

〔初出〕「朝日ジャーナル」昭和四十一年一月三十日発行、第八巻五号。

〔初収〕『マンボウおもちゃ箱』昭和四十二年九月三十日発行、新潮社。

〔全集〕『北杜夫全集第十四巻』昭和五十二年十月二十五日発行、新潮社。

〔温泉〕長島温泉（三重県）。

〔内容〕過去の温泉体験を思い起こしながら長島温泉を紹介する。幼少の箱根旅行の際、毎日のように温泉に入っていた筆者は、温泉の魅力は「でかい湯舟」に「好き勝手な時間に」入れる点にあると語る。長島温泉は三重県の木曽川と長良川に挟まれたデルタ地帯にある「一大ヘルスセンター」で利用できる。摂氏六十二度、これほど高温の温泉は東海道には他にない。昭和三十八年に噴き出した温泉は、昭和四十年十一月には利用者数二百万人を記録した。大浴場の直径は五十メートル、二千人の同時入浴が可能、広間は二つあり計四千人が収容できる。農協や漁協の団体客が客の八割を占めているが、有名人のおしのびが多いとも。

（山根智久）

父茂吉の匂いを訪ねて―山形いで湯めぐり《ちちもきちのにおいをたずねて―やまがたいでゆめぐり》　エッセイ

〔作者〕北杜夫

〔初出〕「旅」昭和六十一年一月一日発行、第六十一巻一号。

〔温泉〕銀山温泉・蔵王温泉（以上山形県）。

〔内容〕亡き父茂吉が疎開し世話になったという山形の大石田を訪れる旅に出る。尾花沢市にある銀山温泉に向かう。この名は昔銀鉱があったことに由来する。大正時代からお百姓さんなどが湯治に来た鄙びた温泉である。能登屋旅館という宿に泊まる。そこで詠んだ歌が「わがために夜の蚤さへ捕へたる看護婦去りて寂しくてならぬ」である。夕食はやや細目の岩魚とアワビ、栗、手打ち蕎麦など美味なものであった。翌朝、近くにある父の歌碑を見に行く。ここはテレビドラマ「おしん」の撮影舞台になったところである。その後茂吉記念館を訪れ、理事長夫妻に特産の納豆餅とぬた餅を振舞われる。思いがけず時間をとられたが、タクシーで蔵王温泉に向った。車を降りると、銀山温泉と同じく路傍の溝に湯けむりが立ち、硫黄泉の香が漂ってきた。「かしわや」という旅館で美しい若奥さんに新鮮な刺身やアケビをもてなされ、話が尽きなかったが、もはや時間がなく、懐かしい土地を去らねばならなかった。亡き父との郷愁に浸る旅となった。

（城弟優子）

木下尚江 きのした・なおえ

＊明治二年九月八日〜昭和十二年十一月五日。長野県松本市に生まれる。東京専門学校（現・早稲田大学）卒業。小説家、社会運動家。社会民主党結党に参加。代表作に「火の柱」「良人の自白」など。『木下尚江著作集』全十五巻（教文館）。

良人の自白《りょうじんのじはく》 長篇小説

〔**作者**〕木下尚江

〔**初出**〕「毎日新聞」上篇：明治三十七年八月十五日〜十一月十日発行、中篇：明治三十八年四月一日〜六月三日発行、後篇：明治三十八年七月一日〜十月十六日発行、続篇：明治三十九年一月一日〜六月九日発行、原題「新曙光」。

〔**初版**〕『良人の自白上篇』明治三十七年十二月二十日発行、金尾文淵堂。『良人の自白中篇』明治三十八年七月二日発行、金尾文淵堂。『良人の自白下篇』明治三十八年十一月十二日発行、金尾文淵堂。『良人の自白続篇』明治三十九年七月二十日発行、金尾文淵堂。

〔**文庫**〕『良人の自白前篇』〈岩波文庫〉昭和二十八年三月二十五日発行、岩波書店。『良人の自白中篇』〈岩波文庫〉昭和二十八年七月二十五日発行、岩波書店。『良人の自白下篇』〈岩波文庫〉昭和二十八年八月五日発行、岩波書店。『良人の自白続篇』〈岩波文庫〉昭和二十八年九月五日発行、岩波書店。

〔**全集**〕『木下尚江全集第二・三巻』平成二年四、七月発行、教文館。

〔**温泉**〕

(1)白糸温泉（美ヶ原温泉）（長野県）。

白糸の温泉と云ふのは、普通に山辺の温泉と云ふので、ズンと古い歴史にも其名が乗つて、古人の歌なぞにも大分歌はれて居る、種々《いろいろ》の病気に効験は有るらしいが、温泉《ゆ》の量が甚だ細いので諸方へ割けて引くことがならぬのだ、そこで大きな湯槽を中心に五六の湯宿が建てられて、廊下伝ひに湯場と往来が出来るようになつて居るのだ、場所は北と東を山で囲つてあるので、土地不相応に暖かであるが、湯が極めて微温なので冬季の浴客が誠に少い、

(2)浅間温泉（長野県）。

雨は夜中に霽《は》れて、今朝は日が麗《うら》らかに輝いたので、お高は珍らしくもお玉とお島を伴ひて、郊外散歩にと出掛けた、賤《しづ》が軒端に薫る梅が香を賞《め》で、、帰家《かへり》はドウセ腕車《くるま》なのだから、夕暮まで悠然《ゆつくり》浅間の温泉（山辺温泉とは違ふ）に遊ばうと云ふ計画、やがて市中を離れて浅間へ通ふ新道へと差し掛つた、

〔**内容**〕白井俊三は東京帝国大学を優秀な成績で卒業したが、恋人の松野翠と別れて信州塩尻に帰郷した。故郷では母が病み、強欲な地主の伯父勘之丞の世話になってい

た。俊三は家族制度に妥協して、伯父のひとり娘のお高と愛のない結婚をした。俊三は弁護士を開業し、さまざまの社会的矛盾にぶちあたる。製糸家の次男にもてあそばれ、窃盗の罪におとしいれられたお玉の弁護を引き受ける。お玉は獄中で女の子を出産する。俊三の小学校の同窓の与三郎は、勘之丞の小作人で、新米が地主に差し押えられていたが、重病の老父のために封印を破って、おかゆを作って食べさせる。そのため与三郎は入獄する。俊三は与三郎のために弁護を申し出るが、与三郎は拒否し、烈しい敵意をみせる。与三郎は獄中で女囚のお玉を見る。俊三は出獄してきたお玉親子の世話を引き受ける。俊三とお高の夫婦仲はうまくいかない。俊三が上京した留守に、お高は翠の記念の指輪を見つけて嫉妬する。母が死ぬ。俊三は日に増して家庭が面白くなくなり、健康を損ねる。それで冬の休暇に一人で松本の白糸温泉へ保養に出掛けた。そこで同じように家庭的に不幸にある深志尾登喜と愛しあうようになる。しかし、お登喜は妊娠し自殺してしまった。俊三は自暴自棄に陥る。お玉に手をだしかけるが、お玉は家を出る。お高とも離縁となった。獄中でお玉に恋した与三郎は出獄すると、俊三とお玉との仲を疑って、俊三を襲った。負傷した俊三は、与三郎をかばう。俊三は苦悩のはて、悔悟し、宗教的な改心「宇宙の霊」を知る。俊三は田地とお玉のことを与三郎に託する。与三郎とお玉とを中心とした共同農場の建設が進む。俊三はアメリカへ渡った後、翠と会い、反戦運動に従ってロシアに渡ったが、官憲の凶弾をうけ死んでしまう。翠は帰国して、塩尻を訪ね、お玉、お高と語り合う。明治期の社会主義小説の代表的な作品の一つである。

（浦西和彦）

木下利玄　きのした・りげん

＊明治十九年一月一日～大正十四年二月十五日。岡山県賀陽郡足守町（現・岡山市）に生まれる。本名・利玄《としはる》。東京帝国大学国文科卒業。歌人。歌集に『銀』『紅玉』『一路』など。

山陰の風景―歌になるところ

さんいんのふうけい―うたになるところ　エッセイ

〔作者〕木下利玄

〔全集〕『定本木下利玄全集〈散文篇〉』昭和五十二年九月十日発行、臨川書店。

〔温泉〕城崎温泉（兵庫県）。

〔内容〕山陰といっても区域が広いから、但馬の城崎付近を書いて見よう。私が城崎温泉へ行ったのは、大正五年六月の梅雨季だった。京都から午後の汽車で立ったが、丹波の山間を通過して、北の方へ走ると、私は非常に淋しい気持ちだった。城崎のその狭い町の両側の温泉宿の、細格子のはまった二階三階の明るい灯火や土産物を売っている店の品物を照らしている電灯、その間を流れている町中の小川等の感じは、芝居の書割を連想させるような、又、廓を思わせるような、一種まとまった、ハイムリッヒな、好い心持ちだった。私の滞在中に盂蘭盆が来た。盆の夜は、町の橋の上で、土地の男女が編笠や手拭をかぶって踊っていた。円山川の川岸の方へ出て見ると、小高い墓原に灯籠がついていて、村の若い衆が踊っているのが見えた。私はこの墓場にある灯籠からは深い感じを受けた。かかる村の、こういう風な習慣の中に、生まれては死んでいった、何代もの人々の事を考えると、人生の寂しさに触れるのを覚えた。盆の十六日、家に祀ってあった精霊の真菰や供物を、小さい舟形に仕立てたのに、蠟燭を立てて、町中の小川へ流す。何となく、精霊の帰って行く冥途というようなものを暗示させられて、哀れに眺められた。この精霊様送りは、死んで行った肉親に対する、さびしい、諦めた愛が示されていて、私の心を撃って来るのを覚えた。

木下利玄は、大正五年六月初めより三か月間城崎温泉に滞在した。　（浦西和彦）

別府日記抄　べっぷにっきしょう　日記

〔**作者**〕木下利玄

〔**全集**〕『定本木下利玄全集〈散文篇〉』昭和五十二年九月十日発行、臨川書店。

〔**温泉**〕別府温泉（大分県）。

〔**内容**〕大正六年一月一日から十二月三十一日までの日記。「木下利玄年譜」（『定本木下利玄全集〈散文篇〉』）の「大正五年（一九一六）」の項に「十二月初め、津和野から中国山脈をこえ山口に出、汽車で下関へ、海峡をわたり三十一日別府へ」、「大正六年（一九一七）」の項に「別府滞在。一、四、五月と別府内で三度移る」「十二月四日夏子死す。別府を引払ひひとり帰京」とある。その別府滞在中の生活の動静を記した日記である。二月十四日の日記には、浜脇を午後二時四十二分発の亀川行に乗り、亀川から歩いて柴石についたのは四時頃だった。「（その前に血の池地獄へよつた。池底の茶褐色の泥の上に湯がたゝへ湯気が山になびいてゐるのは面白かつた。）柴石は峡で一方の山に松や羊歯が青く、湯と水と合流する川が岩床の方を下る。川添ひに湯滝もある。宿は二軒さびしく落着く。加藤氏を中屋に訪ひ夜は柴石園にとまる。電気が八時頃迄来なかつた。伊吾の妻を買ふ経験を面白くよんだ」とある。里見弴の「妻を買ふ経験」（「文章世界」大正六年一月号）を別府温泉滞在中に読んでいるのである。　（浦西和彦）

木俣修　きまた・おさむ

＊明治三十九年七月二十八日～昭和五十八年四月四日。滋賀県愛知郡愛知川町（現・愛荘町）に生まれる。本名・修二。東京高等師範学校卒業。歌人、国文学者。歌集に『高志《こし》』『冬暦』など。

石斛の花―越中大牧温泉にて　せきこくのはな―えっちゅうおおまきおんせんにて　エッセイ

〔**作者**〕木俣修

〔**初出**〕「温泉」昭和二十四年五月一日発行、第十七巻五号。

〔**温泉**〕大牧《おおまき》温泉（富山県）。

〔**内容**〕大牧温泉へ通う乗合のポンポン蒸気がある。藝者を連れ商人風の幾組かが待合所で待っている。ポンポン蒸気は山峡の巒気を截《き》って進む。船着場へあがると、宿の入口には何人もの女が立っている。客引きの男が「どうすけ。藝者衆はもうこの船でかえりますが」と寄ってくる。彼女らは福野あたりから来て、ここに着く男客を待っているわけだ。山渓のこの人間取引風景は鼻もちならないというところだ。ここは単純泉で広い浴槽には透明な湯がなみなみとあふれている。河鹿が啼いている。「大牧温泉水無月興行」がはじまる。俳諧に興じ、思い出したように浴室へ下りて行く。短夜の渓の湯に月光を浴びているのはわれらばかり。何かしみじみと現身《うつしみ》がいとしくなる。渓の初夏の朝は明けて全山のみどりが滴るばかりに美しい。　（浦西和彦）

木村修一郎　きむら・しゅういちろう

＊生年月日未詳。東奥日報社会部長。

き

津軽の奇習・丑湯　つがるのきしゅう・うしゆ　エッセイ

〔作者〕木村修一郎
〔初出〕「旅」昭和五十七年九月一日発行、第五十六巻九号。
〔温泉〕大鰐温泉・酸ケ湯温泉（以上青森県）。
〔内容〕津軽の丑湯は昔からの行事。土用の丑の日、草木も眠る丑三つ時に、老若男女が一つの湯舟につかり、膚をふれ合うのもこの日は自由。この催しは、もともと津軽だけのものではなかったのだが、温泉地が歓楽地化して、他の地ではすたれてしまったのであろう。津軽の丑湯の元祖を自認する大鰐温泉に伝わる話によると、約七百年前、この地を訪れた唐の名僧円智上人の病気回復が事の起こりである。大日如来に願かけすると、「土用の丑の日丑の刻に、丑の方角にある温泉に入浴すべし」と霊夢があり、その通りにしたところ霊験あらたかであった。その故事から丑湯の催しが始まったと伝えられている。毎年土用の最初の丑の日に催される。酸ケ湯の名物は〝千人風呂〟と呼ばれている総ヒバづくりの、混浴の大浴場である。丑湯は、この大浴場が舞台。丑湯の前日の昼ごろから、人々が集まる。ここ二三年、泊まり込みの客は七百人、入浴して帰る人は五六百人を数えるという。夕方から演藝が開かれ、続いて盆踊りが始まる。丑の刻（午前二時ごろ）を告げるドドーンと花火（いまは太鼓）が上がる。この合図と同時に、人々は大浴場に一斉にかけこむ。丑の日の丑の刻の入浴一番乗りを競うのである。丑湯の日に、そこに一度に六七百人もの人が押しかける。しかも男女混浴。温泉の効能は、こうして楽しむことにこそあるという。にぎやかに陽気に丑湯の日の催しがいまも続いていることが、県や観光業者、地元温泉地の観光パンフに出ていないことは不思議であると同時に、地元に暮らす一人として、いまは有難いことだと思っている。（浦西和彦）

木村荘八　きむら・しょうはち

＊明治二十六年八月二十一日～昭和三十三年十一月十八日。東京両国吉川町（現・東京都墨田区）に生まれる。白馬会葵橋洋画研究所に学ぶ。洋画家、随筆家。永井荷風『濹東綺譚』の挿絵を担当。

私の温泉　わたしのおんせん　エッセイ

〔作者〕木村荘八
〔初出〕「温泉」昭和二十四年十一月一日発行、第十七巻十一号。
〔温泉〕箱根温泉（神奈川県）、熱海温泉（静岡県）、金剛山温泉（朝鮮）、沢渡《さわたり》温泉（群馬県）。
〔内容〕温泉と云えば一番数多く行っているのが箱根で、殊に強羅、姥子のような里離れたところを好む。熱海もなじみ多い。熱海ならば、泳げる千人風呂のようなところを選ぶ。昔は冬千人風呂へ行って泳ぐことが、楽しみの一つであった。一番遠くの温泉としては、金剛山の湯が鮮かな印象が残る。偏避《へんぴ》なところとしては、群馬県の沢渡温泉。「この山の湯の気温は厳冬のようで、それに心付かずに薄手の着物で、また湯がぬるかったためにカゼを引込んで」しまった。私は習慣もあって、熱湯《あつゆ》好きである。箱根の姥子の湯などは、それで性に合う。「大体つかって、さて、飛ぶが如く上がって、ふーっ、と長大息する」。からだ中真赤である。熱湯好きだけの知る醍醐味とでも云うのであろう。（浦西和彦）

木山捷平《きやま・しょうへい》

＊明治三十七年三月二十六日～昭和四十三年八月二十三日。岡山県小田郡新山村に生まれる。東洋大学中退。小説家。「日本浪曼派」同人。代表作「大陸の細道」「茶の木」など。『木山捷平全集』全八巻（講談社）。

痔と神経痛《じとしんけいつう》　エッセイ

〔**作者**〕木山捷平
〔**初出**〕「温泉」昭和二十八年二月一日発行、第二十一巻二号。
〔**温泉**〕鳩の（ノ）湯温泉（群馬県）、熱海温泉（静岡県）。
〔**内容**〕去年の冬、私は突然、痔をわるくした。歩行も困難になるし、夜もろくろく眠れなくなる。薬を買ったが、一向にききめがない。ふと私は以前ある出版社につとめていたY君が、医者に見放された痔を、温泉でなおして来たという話を思い出した。Y君に手紙を出すと、その温泉は鳩の湯で、汽車やバスの時間までこまごまと記入され、紹介状まで添えられた返事があった。私はその温泉に出かけようと決心した。すると不思議なもので、それから三日たち五日たち一週間たっているうち、私の病気はするする薄皮をはぐように快方に向ってしまったのである。
　昭和七年か八年の冬のことである。詩人のN君が突然、熱海から、君も仕事をもってやって来ないか、宿代は一日一円だと葉書をよこした。宿屋というよりむしろアパートといった方がよい旅館だった。私は早速階段をおりてお湯へでかけた。湯舟につかると、私から三尺ばかりへだたったところに、一人の女が首だけ出して、しょんぼりしているのを見つけた。ややあって娘さんは湯から上がった。私が上目づかいに脱衣場の方を観察していると、娘さんはズロースを左足の方からはいて、浴場を出て行った。私は風呂からあがると、N君にパンツをはく時、左の方からか、それとも右のほうからかと質問してみた。人のいいN君は、わざわざ立ち上がって実演してみたが、頭が混乱して、訳がわからなくなってしまった。私は明くる日から、せっせと浴室へ通った。以後十日間、熱心に浴室がよいを続けたが、彼女に都合よく逢えたのは三回か四回かぐらいのものであった。そのうち持病の坐骨神経痛が嵩じて、左か右かの調査は一先ずトンザせざるを得なく、私はN君におんぶされて東京へ帰った。神経痛など起したのは、あまり頻繁にお湯につかり過ぎたのが原因のようである。

（浦西和彦）

山陰《さんいん》　短篇小説

〔**作者**〕木山捷平
〔**初出**〕「群像」昭和四十年五月一日発行、第二十巻五号。
〔**温泉**〕三朝《みささ》温泉（鳥取県）。
〔**内容**〕米子から上井《あげい》まで準急に乗った。わずか一時間ほどのところを準急券を買うのはバカらしかったが、「人間は還暦ともなれば時間を惜しむ気持が強くなるもののようで」あった。終点までバスに乗り、案内所で鄙びた宿屋を紹介してもらった。
　十一年前、私は右の人差指にガラスがささり、そのあとに出来た瘢痕の疼痛に悩まされた。ある大学教授の『温泉療法』という本を買って読むと、この三朝のラジウム温泉が「外傷後遺症ことに瘢痕による疼痛」に一等よく効くと書いてあった。三朝へ行って見たくて仕様がなかったが、貧乏がそれを許さなかった。三年半ほどすぎて、疼痛に辛抱しきれないので、ある大学病院に行って、ガラスの破片が中にあるといわれ手術してもらったが、ガラスはなく瘢痕を取り去った。ところが、私の指は一向によくならなかったので、半年ほどすぎて、もう一度同じ病院に行った。神経の四分一ほどを残してあったから、それを取ってもらった。こんどは神経の手術創のあとの痛みがのこってしまった。もし、あの時、手術をする前に、この三朝温泉にきて、少なくとも三か月か半年くらい滞在していれば、瘢痕はラジウムの放射能の力で、薄皮をめくるように取れていたかも知れないのである。

女中のあい子が、三朝には四十何軒の宿屋があるが、湧き湯のある旅館は六軒だけだよという。引き湯と湧き湯とでは、病気のなおり具合に差があるのだろうかと聞くと、あい子は自信にみちた声で「あるもの」、このわたしがこのN館のお湯で、あばら骨を五本も折ってしまった怪我をなおしたものと答える。入浴後、散歩に出て、パチンコ屋で買った絵葉書の一枚に「山の霊場三徳山三仏寺の投入堂（国法）」があった。翌日、この三徳山三仏寺に出かける。だが生木に足をすべらして、右の足首を捻挫した。「投入堂」という国宝建造物は、大昔村のふしだら者が姦通などをした時、懲らしめのために、そこから投げ棄てたりした場所ではないかと推察していたが、茶屋の老人は、建築の方式から来ている名称で、あそこは急な絶壁で、大工が足場にこまって、建築の材木を山の上から投げ込んで柱を立てたから、そう呼ぶようになったという。

（浦西和彦）

京極杞陽《きょうごく・きよう》

＊明治四十一年二月二十日～昭和五十六年十一月八日。東京に生まれる。本名・高光。東京大学文学部卒業。俳人。ホトトギス同人。句集に『くくたち』『但馬住』など。

山陰の温泉《さんいんのおんせん》　エッセイ

〔作者〕京極杞陽

〔初出〕「温泉」昭和二十四年八月一日発行、第十七巻八号。

〔温泉〕鳥取温泉・皆生《かいけ》温泉・東郷温泉（以上鳥取県）、有福《ありふく》温泉（島根県）、城崎温泉（兵庫県）。

〔内容〕私はここ四五年来、山陰に住んでいる。だが生活環境に余裕がないのでほとんど温泉を経験したことがない。鳥取の温泉に行ったのは二十年も昔のことである。当時私は鳥取の砂丘へ砂スキーを試みに行って、南条市長さんに歓待してもらって温泉を浴びた。皆生温泉に行ったのは一昨々年二十二年五月である。鳥取の砂丘に吟行して、東光園で一泊した。温泉は汐からかった。漂砂現象というのが起っていて此処の海岸は刻々浪に浸蝕されているのである。東郷温泉に行ったのは、一昨々年の十二月だった。松崎からモーター船の乗合に乗って行った。湖の上に浴室があって其処へ橋を渡って行くのである。その浴室はペンキ塗りで湯槽は湖面とすれすれの高さにある。ガラス窓が浴槽と湖面の間にあって、憂鬱な冬の暮方の湖を見ていることが出来るのだった。有福温泉に行ったのは三月の末である。内湯はなく二三の外湯が点在している。ここは頭脳によく効く温泉だということであり、湯ざめをする温泉だともいう。城崎温泉にはじめて行ったのは大正十三年である。その後すぐに北但の震災でこの城崎の町は全滅した。二度目に油灯屋に行ったのは昭和九年頃である。戦争中三木屋は陸軍病院になっていた。城崎はいいところである。城崎を山陰一の温泉場であろうとひとりぎめにしている。柳と橋の醸す感じが強く頭に残っていて、一切の城崎の感じを支配するほどである。花街が表面に目立っていないこともこの街のいい感じである。

（浦西和彦）

京都伸夫《きょうと・のぶお》

＊大正三年三月三日〜。徳島県小松島市に生まれる。本名・長篠義臣。京都帝国大学文学部卒業。小説家。代表作に「アコちゃん」「春日家の青春」など。

南紀の仙郷・竜神温泉《なんきのせんきょう・りゅうじんおんせん》　エッセイ

〔**作者**〕京都伸夫

〔**初出**〕「旅」昭和三十三年七月一日発行、第三十二巻七号

〔**温泉**〕竜（龍）神温泉（和歌山県）

〔**内容**〕竜神温泉は、和歌山の日高川の上流にあって、奈良県に近い裏紀州の山に囲まれた静かな、鄙びた温泉である。同じ南紀でも、湯ノ峰や川湯温泉とは、また違った情緒がある。五月の連休の人出を避け、ウィークデーの某日、天王寺駅から電車で竜神に向かう。南部から竜神までバスで三時間半かかる。竜神行きのバスは、田辺から出ており、一日に五本ある。バスは、郵便行嚢が座席二つをふさいでいて、人のいい女車掌は郵便局のある山の中の部落へ停車するたびに、行嚢を担いで局まで運ぶ。竜神には四時三十分に到着した。竜神は、標高五百メートル、日高川の渓谷を見下す山の静かな温泉部落である。旅館は五軒あり、人家は旅館ともで十八軒。煙草屋や雑貨屋はあるが八百屋も酒屋も米屋もない。昭和三年に電灯がつき、南部から自動車が通いだし、昭和五年に電話が開通して、昭和十二年に今のようなバスが通ったという。

　上御殿という御殿づくりの旅館の、お成りの間という上等の部屋へ通された。客は一人であった。お殿様の面影のある当主が竜神温泉諸事覚書と書いた毛筆の由来書を持って話しに来てくれた。温泉の由来は古く役ノ小角の発見と伝えられ、弘法大師がこの土地に来て竜宮の難陀竜王のお告げで浴場を開いたと言われている。大菩薩峠に出てくるミソギの滝は、マンダラ滝のことで、温泉の近くにある。マンダラ滝で弘法大師が行をしたとき、難陀竜王のお告げがあった由である。その後、ここに温泉寺が建ったが線香の火の不始末で火事を起こし、旅館は全滅、度々の洪水や地震で、いくたびか泉源が枯れたが、今は温度四十三度の炭酸泉が豊富に出ている。元和（一六一五〜二四）の頃、竜祖（徳川頼宣）が、ここに浴室をもうけて、村民を移し住まわせて部落が出来たという。昔は竜神の下を流れる日高川を筏が下り、旅館が十軒あって南紀・大和・紀之川筋、四国あたりからも入湯者があったようである。炭酸泉ゆえ、石鹸がよく溶け、垢がよく落ちるので、色が白くなると言われている。水虫によく効き、切り傷にもいいらしい。胃潰瘍の初期にはとくによく、一日三升位温泉を飲むのだそうだ。明治時代は湯治客も多くて一日に二百人位あったようである。今は湯治客はいない。

（西岡千佳世）

桐原一成《きりはら・かずしげ》

＊生年月日未詳。新聞記者。

別府温泉・二つの顔《べっぷおんせん・ふたつのかお》―歓楽郷と湯治場《かんらくきょうとゆとうじば》　エッセイ

〔**作者**〕桐原一成

〔**初出**〕「旅」昭和五十三年三月一日発行、

第五二巻三号。
〔**温泉**〕別府温泉（大分県）。
〔**内容**〕西日本新聞の記者であった筆者が、変化の過渡にある大分県の別府温泉を歩く。「東の熱海」に対し「西の別府」と呼ばれ、別府、浜脇、亀川、観海寺、堀田、鉄輪、柴石、明礬の八区から成り「別府八湯」の呼び名もある。日本の総温泉孔数の二十パーセントに相当する三千九百余孔を有し、泉質は単純泉、食塩泉、酸性泉、重曹泉など、多種多様。市の中心地である「別府」周辺は歓楽的要素が強く、高級ホテルや旅館が集中し、路地には「トルコブロ」に代表される深夜営業の店がひしめきあい、華やかな空間が広がる。対して「鉄輪」や「明礬」は湯治、療養が中心であり、長期滞在する常連客が多く、ゆったりとした時間が流れている。また、全国の公的機関や大企業、組合の所有する保養所も山手や海岸沿いに散在している。別府温泉について回る歓楽街としての印象は、地元にとっては「両刃の剣」。旅行形態が男性の慰安旅行型から家族・小グループの旅行へと変化し始め、女性客の増加や中高生の修学旅行などにも対応するために、別府青年会議所は〝脱歓楽〟の路線を打ち出し、別府を取り巻く自然を強調して集客の目玉にしようとしている。問題の「トルコブロ」を郊外に集団移転する運動も高まっている。今まで歓楽の側面に特化してきたため早急な方向転換は困難としつつも、これらの様子から、筆者は別府の未来に明るさを感じている。（山根智久）

【く】

草野心平《くさの・しんぺい》

＊明治三十六年五月十二日〜昭和六十三年十一月十二日。福島県石城郡上小川村に生まれる。嶺南大学（中国広東）中退。詩人。同人誌「銅鑼」を創刊。『定本蛙』で第一回読売文学賞を受賞。『草野心平全集』全十二巻（筑摩書房）。

温泉の思ひ出《おんせんのおもいで》　エッセイ

〔**作者**〕草野心平
〔**初出**〕「温泉」昭和二十五年十月一日発行、第十八巻十号。
〔**温泉**〕川場温泉（群馬県）、湯の谷温泉（熊本県）。
〔**内容**〕温泉行きの思い出のうち二三をかいつまんで話してみたい。最初にいったのは群馬県の川場だった。旅館には泊らずに小学校の宿直部屋に四五日いた。出で湯はぽつんと部落を離れた一軒家にあった。温泉の共同風呂に歩いて行く。部屋は醤油色の畳に二燭の電灯、といった感じのものだった。昭和の二三年頃だったと思う。私は生まれて始めてスキーなるものを靴につけた。へとへとになって宿直部屋に帰る。夕飯をたべてからどてらのままの恰好で共同風呂の一軒家に出掛けてゆくので、膝こぶしあたりまで埋ってしまう。
　もう一昨年か、それともその前の年だったか、福岡、別府と講演旅行に行ったことがあった。阿蘇へ寄った。始めてその山頂に登って火口を見るだけでも心が躍った。九州大学の伊藤徳之助教授が案内役を買ってでてくれた。帰りは湯の谷温泉に降りた。福岡滞在中私は、どこかに眼鏡を忘れてしまった。ある女性が自分のかけていた眼鏡をはずして「これ合いませんかしら」と渡した。度数が同じ位であった。もう一つ別のがあるのでと、私にくれた。翌朝出発のとき、伊藤教授が何か忘れものがありませんかと意味ありげにいう。私ははっと気がついた。眼鏡である。バスで八キロ先の、赤水駅に着いた。すると突然伊藤教授が「忘れた！」と頓狂な声を発した。こうもり傘を忘れてきたという。私が眼鏡を忘れたことに有頂天になっていたあいだに、自分はこうもりを蘇峯館に忘れたものらしい。バスはなく、八キロの道を登ってゆかなければならない。

（浦西和彦）

別府の湯のスッポンの味《べっぷのゆのすっぽんのあじ》　エッセイ

〔作者〕草野心平
〔初出〕「旅」昭和四十七年十一月一日発行、第四十六巻十一号。
〔温泉〕別府温泉（大分県）。
〔内容〕大分県安心院《あじむ》という名前とスッポンに魅せられて、料理屋兼旅館の「やまさ」へ向った。界隈を流れる深見川、津房川、その二つが合流しての駅館《やっかん》川のスッポンは良質らしい。板前に料理法を聞くと、すき焼、水たき、吸いもの、うま煮類だという。安心院の生まれの政治家木下謙次郎は「美味求真」を著した。この本は何十年も前から探し求めていた本だった。大正年間に出版された日本料理の教科書的古典である。謙次郎の話を聞くため甥の前県知事木下郁氏を訪ねることにした。
　以前、由布岳の麓の奥別府城島高原に「火の会」の豊島与志雄、中島健蔵、荻須高徳、佐藤敬、高見順、宅孝二、海老原光義などとやってきた。その時、誰かがチロルみたいだといい、気にいった。しかし、今はチロルの気配など微塵もない。
　別府にはいってから海の地獄を見た。地下から熱湯が噴煙になって音立てて噴き上げている。杉の井のホテルは高台にある上に、十何階かの高層なので眼下遥かに海が見える。湯の町としてのスケールは類例がない。仁徳天皇の民《たみ》のかまどの煙のように、別府の民家のあっちこっちに湯煙がたちのぼっている。
　翌日、木下宅を訪問し、料亭「日出の的山荘」に連れてゆかれた。床の間に伊藤博文の「国本」の書軸がかかっている。大分県名物の様々なカレイ料理が出た。女主人が色紙を持って現われたので「的山」と書いておくった。謙次郎が祖父に贈った万里の詩の軸が、木下郁氏のところにあった。「書を読みスッポンをさし余年を送る」の一節で私は謙次郎の祖父の時代からスッポンとの縁は深かったらしいことを知り、興味深く感じた。

（岩田陽子）

串田孫一　くしだ・まごいち

＊大正四年十一月十二日～平成十七年七月八日。東京に生まれる。東京帝国大学哲学科卒業。哲学者、随筆家。山の雑誌「アルプ」の編集責任者。『串田孫一著作集』全六巻（大和書房）、『串田孫一随想集』全六巻（立風書房）。

手白沢の湯《てしろさわのゆ》　エッセイ

〔作者〕串田孫一
〔初出〕「旅」昭和四十七年十二月一日発行、第四十六巻十二号。
〔温泉〕手白沢《てしろさわ》温泉（栃木県）。
〔内容〕冬枯れの日光の明るい色を、二日三日楽しむだけの旅のつもりだった筆者。昼食時に降り始めた雪に誘われ、山みちを歩き始める。戦場ヶ原から刈込湖に抜けて、さらに北上して金田峠まで登る。道中で目撃した鳥の名前を手帳に書きとめた。湖畔の対岸から飛び出してきた二羽の背黒鶺鴒。頰白の群れ。わずかな木の実に集う鷽《うそ》。霧藻の下がる枯れ木には数羽の赤げら。頻りに鳴くカケス。金田峠から高薙山に移ったころには、既に懐中電灯が必要になっていた。空には時々星が光り、それを見上げると、細かい雪が顔に静かに降りかかってきた。いくつもの沢を渡るとようやく手白沢の灯が見えた。宿の家族は眠っていたが、客が少ないためか炉辺でする話は迷惑そうでもなかった。露天風呂の湯船はほぼ正方形にコンクリートで造られている。わざと岩など積んだりしてないのがよかった。家の中の風呂に比べると温度は低かったが、静かに一日のことや、これからの冬の旅の漠然とした計画や、これまで浸かった温泉の想い出を辿るには好都合であった。

（山根智久）

楠元純一郎
くすもと・じゅんいちろう

＊昭和四十年六月六日〜。神戸大学大学院法学研究科卒業。東洋大学法学部教授。著書に『転換期の市民社会と法』など。

九曲湾温泉《きゅうきょくわんおんせん》—中国《ちゅうごく》の桃源郷《とうげんきょう》（南寧《なんにん》）への誘《いざな》い
エッセイ

〔作者〕楠元純一郎

〔初出〕「温泉」平成十九年十二月一日発行、第七十五巻十二号。

〔温泉〕九曲湾温泉（中国南寧）。

〔内容〕中国に日本的な温泉文化はない。しかし、中国の温泉地の数は意外と多く、温泉大国といってもよい。中国南部の都市、南寧《ナンニン》の九曲湾温泉もその一つである。ここは市中心から十二キロ北東の三塘鎮というところにある。温泉は勿論、テニス、卓球など娯楽施設も整えている。しかも落ち着いた高級感が漂っている。この温泉は、パンフレットによれば、千二百十九・九四メートル地下からくみ上げて、井戸の出口付近では五十三・五度になる、所謂高温泉であり、推定鉱水年齢は一万二千年である。泉質は淡水で、いろんな病気に効果があるので、「八桂奇泉」と呼ばれている。当温泉は水着の着用が義務付けられている。男女混浴で、家族やカップルなど気軽に入れる。雰囲気も華やかである。家族、友人、ビジネス関係者などが和やかにコミュニケーションする最高の舞台、社交場である。熱めもあれば温めもある。日本の「庭園露天風呂」や「ジャングル浴場」も参考にしているのではないかと思われる。この施設にはいると、民族衣装を纏った笑顔の従業員が奥へ案内してくれる。ここには亜熱帯植物園や中国式庭園、竹をふんだんに用いた少数民族風の建物などがあり、大小多数の露天温泉及び室内風呂がある。露天風呂の掛け流し天然温泉のほかに、珈琲風呂、ビール風呂、漢方薬草風呂、花風呂、鉱砂風呂、石板風呂、足湯、光波浴、玉石浴、氷浴、サウナなどがある。

私にとって南寧の旅は今回で二度目である。九曲湾温泉の存在はひとから聞いていたまたま訪れた。おかげで、中国にも独自の温泉文化があることを知りえた。

（鄒　双双）

国木田独歩
くにきだ・どっぽ

＊明治四年七月十五日〜明治四十一年六月二十三日。千葉県銚子に生まれる。本名・哲夫。東京専門学校（現・早稲田大学）中退。小説家。代表作に「武蔵野」「忘れえぬ人々」など。『定本国木田独歩全集』全十巻・別巻二（学習研究社）。

湯ヶ原より《ゆがわらより》
短篇小説

〔作者〕国木田独歩

〔初出〕「やまびこ」明治三十五年六月五日

発行、第二号。
〔**初収**〕『独歩集』明治三十八年七月発行、近事画報社。
〔**全集**〕『定本国木田独歩全集第二巻』昭和三十九年七月一日発行、学習研究社。
〔**温泉**〕湯ヶ(河)原温泉（神奈川県）。
　湯ヶ原の温泉は僕になじみの深い処であるから、たとひお絹が居ないでも僕に取つて興味のない訳はない、然《しか》し既にお絹を知つた後の僕には、お絹の居ないことは寧ろ不愉快の場所となつてしまつたのである。
〔**内容**〕「内山君足下」で始まる書簡体小説。十四日、「僕」は娘が喜びそうな土産を買い整えて汽車に乗った。湯ヶ原の中西屋という温泉宿の女中お絹に逢うためである。この天地の間で、「僕」を愛し、また「僕」が愛する少女はただお絹だけだと思う。夜来の雨はあがったが、空気は湿って、空には雲が漂っていた。国府津で降りた時は、日光が雲間を洩れて、新緑の山も、野も、林も、眼の覚めるばかりに輝いていた。小田原に着くと、お絹に逢いたいがために、昼飯を食べてすぐ人車鉄道に乗った。空は名残なく晴れている。ふと行く手に視線を移すと、小田原の城下へ出るという装いのお絹に気がついた。「僕」は思わず手を挙げてお絹の名を呼んだ。お絹はにっこり笑って、さっと顔を赤らめ、礼をした。「僕」はお絹が小田原へ嫁に行くことを悟った。昨年の夏、お絹が他の女中にからかわれていたのを思い出したのだ。今の今まで「僕」を喜ばしていた自然は、たちまち何の面白みもなくなった。湯ヶ原温泉はなじみの深い所であったが、お絹がいないことで「僕」にとって不愉快な場所になってしまった。しかし、今更引き返すこともできず、夕方宿に着いた。今までお絹を「自分の物」、「自分のみを愛すべき人」と思っていたが、「僕」の思い込みだったのだろう。翌日は朝から雨で、陰鬱極まる天気だった。宿の娘から明日お絹が宿に来るかもしれないと聞くが、「僕」は本気にしなかった。目に映る景色や人は、陰鬱、屈託、寂寥、どこかに悲惨の影さえ見えた。次の日、「僕」は降り出しそうな空をも恐れず、十国峠へと単身で宿を出た。山は雲の中、「僕」は雲に登るつもりで、絶頂まで遮二無二登った。恋もなければ失恋もない。ただ悽愴の感に堪えない。我が生の孤独を泣かざるを得なかった。死を思って、そんな自分に身の毛がよだつ思いであった。「僕」が死人のような顔をして帰って来たのを見て、宿の者はどんなに驚いたであろう。しかし、「僕」が驚いたのは、この日、確かにお絹は来たが、午後にはまた実家に帰ったという事実であった。その夜から「僕」は熱が出て、今日で三日になる。まだ判然としないが、明後日には帰京するつもりだ。このようにして「僕」は恋そのものに随喜したのだった。これも失恋の賜かも知れない。

（荒井真理亜）

恋を恋する人《こいをこいするひと》　短篇小説

〔**作者**〕国木田独歩
〔**初出**〕「中央公論」明治四十年一月一日発行、第二十二年一号。
〔**初収**〕『濤声』明治四十年五月発行、彩雲閣。
〔**全集**〕『定本国木田独歩全集第三巻』昭和三十九年十月三十日発行、学習研究社。
〔**温泉**〕伊豆と相模の国境にある某温泉（湯ヶ(河)原温泉がモデル）（神奈川県）。
〔**内容**〕明治三十九年八月、独歩が湯ケ原に赴き、中西屋に泊まった時に執筆された。
　大友はこの温泉場にお正に会いたいと思ってやって来た。四年前、大東館に投宿したおり、純情なお正が自分の失恋談を本気で聞いてくれ、深い同情を受けたのである。来てみると、お正は既にいない上に、箱根細工の店でお正の不幸な結婚を聞かされて失望していた。だが、身の上について相談に帰って来たお正と再会する。大友はお正が自分を恋していたことをはじめて知った。自分がお正に会いたいと思うのと、お正が自分に会いたいと願うのとは違うと感じた。自分の恋に深い同情を寄せて泣いてくれたやさしさを恋したのだ。自分は恋を恋する人に過ぎないと知った。大友はお正の恋を知ると同時に自分のお正に対する情の意味をはじめて自覚したのである。

（浦西和彦）

湯ヶ原ゆき《ゆがわらゆき》　短篇小説

〔**作者**〕国木田独歩
〔**初出**〕「日本」明治四十年七月十七日～二十二日、二十六日～三十日、十回連載。
〔**全集**〕『定本国木田独歩全集第四巻』昭和四十三年十月一日発行、学習研究社。
〔**温泉**〕湯ヶ(河)原温泉（神奈川県）。

定めし今時分は閑散《ひま》だらうと、其閑散を狙つて来て見ると案外さうでもなかつた。殊に自分の投宿した中西屋といふは部屋数も三十近くあつて湯ヶ原温泉では第一といはれて居ながら而《しか》も空室《あきま》はイクラもない程の繁盛であつた。

〔**内容**〕親類や友人の勧めで、湯ヶ原温泉へ療養に行くことになった。病人である「自分」を湯ヶ原に送り届けるために、義母が同伴した。この義母は、「自分」が折々話しかけても、「ハア」「そう」と答えるだけで、悠然、泰然、茫然、呆然たる様子であった。旅をしながら何も見ず、見ても何等の感興も起さず、感興を起してもそれをせっかくの同伴者と語り合って、さらに興を増すこともしないなら、初めから旅の面白みを知らないのと同じだと「自分」は思う。国府津に着いて、赤帽に案内されるままに、茶屋に入った。「自分」は、義母が席を外した隙に、こっそり「正宗」を注文して一気にあおった。さらに、そこで偶然友人Mに会い、平凡な会話を交わす。酒と友人のおかげで、間の抜けた会話しかできない同伴者に物足りなさを感じていた「自分」も、すがすがしい気持ちになれた。そこから電車で小田原まで行って、人車鉄道に乗り換えた。ここからまた義母と二時間半の無言の行は遠慮したいと思っていると、真鶴駐在所の巡査が二人、車両に乗り込んできた。二人の巡査は始め新聞を読んでいたが、人車が途中の停車場でしばらく停車したのを契機に、「自分」の話相手になってくれた。これから「自分」が泊まる中西屋という温泉宿の噂などをしているうちに、人車は真鶴に着き、巡査たちは降りて行った。「自分」は談敵を失ったが、そこから湯ヶ原の入り口・門川までは退屈するほどの距離でもなかったので困らなかった。

（荒井真理亜）

邦光史郎　くにみつ・しろう

＊大正十一年二月十四日～平成八年八月十一日。東京に生まれる。本名・田中美佐雄。高輪学園卒業。小説家。「社外極秘」「三井王国」などの企業ミステリーを書く。

加賀温泉郷の秘話発掘《かがおんせんきょうのひわはっくつ》　エッセイ

〔**作者**〕邦光史郎
〔**初出**〕「旅」昭和四十三年四月一日発行、第四十二巻四十九号。
〔**温泉**〕粟津温泉・山代温泉・山中温泉・片山津温泉（以上石川県）。
〔**内容**〕加賀温泉郷の歴史は古く、すでに千二百年の昔から、いで湯の里として知られていたそうだ。粟津、山代、山中、片山津、これを加賀四温泉と呼んでいる。それぞれ独立した温泉郷を形成していながら、昔から血縁地縁の深いつながりを結んできたようだ。そのためか、この四温泉郷には古い歴史と伝統をもつ旅館が多く、それだけに、他地方のように観光資本や電鉄資本の侵入を許していないように見受けられる。そしてだからこそ濃やかな人情を今も残し、いかにもしっとりした温泉情緒を醸し出している。加賀温泉郷は四温泉それぞれに名物太鼓をもっていて、粟津のいでゆ太鼓は男衆ばかり、山代の湯の花太鼓は、藝者十人が歌いつ舞いつ演じる華やかさが売り、山中の湯の町太鼓、片山津の源平太鼓は、いずれも若衆の演じる豪快なものであるという。また、湯女の呼び名もそれぞれ異なり、山中はしし、山代は太鼓の胴、粟津は小鳥、片山津は鴨と称される。大阪の奥座敷という感が深いが、熱海・白浜的に観光地化していく片山津は、若い都会客と会社関係の団体客に好まれ、新婚や静けさを求める客は、山中・粟津へと足を向け、その中間に位置している山代は、近郷の団体客を一手に引き受けて、互いにその特徴を際立たせている。筆者は、雪に降られながら、粟津・山代・山中・片山津と順に泊まって、加賀温泉郷を分析している。そして加賀温泉郷の人情の肌理こまやかさ、湯の香の温かさを称えて筆を置いている。

（阿部　鈴）

窪田空穂 くぼた・うつぼ

＊明治十年六月八日～昭和四十二年四月十二日。長野県東筑摩郡和田村（現・松本市）に生まれる。本名・通治。東京専門学校（現・早稲田大学）卒業。歌人、国文学者。『窪田空穂全集』全二十八巻・別巻（角川書店）。昭和三十三年文化功労者。

温泉 おんせん　短篇小説

【作者】窪田空穂

【初出】「趣味」明治四十年七月増刊号。

【全集】『窪田空穂全集第四集』昭和四十一年二月十五日発行、角川書店。

【温泉】閑静なある温泉場。

【内容】お安は無理に酒でも飲んだような顔をして、浴室を出た。いかにも疲れたような風をして、自分の部屋へ帰ってきた。お安は十九の光次と二人きりでこの温泉場に来た。光次は「僕、本当に何だか気が重くて」という。お安と光次は、何時か「姉弟約束」をしていた。一昨年、お安が養子の小林と離縁に成ったのは、光次からもらった写真を、小林が見付けて、厭な顔をしたので、「光次さんと私と姉弟ですものつて澄まして」言ってやったことが原因《もと》になってるのかも知れないとお安はいう。光次はもじもじしていたが「従姉《ねえ》さん、僕、家へ帰りますよ」と言い出した。お安は夕暮の空をぼんやり眺めていると、何物か自分でも解らない思いが新たにむらむらと起って来て、「…何も思はない事ぢやない、前から思つてゐた事だ…」という思いが続いて起って来る。「光さん、本当に仲善く逗留しませうね…」。「ええ」と不性無性に返事をしたが、お安の顔を光次は見ようともしなかった。

（浦西和彦）

久保田万太郎 くぼた・まんたろう

＊明治二十二年十一月七日～昭和三十八年五月六日。東京市浅草区原町（現・東京都台東区）に生まれる。慶応義塾大学卒業。小説家、演出家、俳人。『久保田万太郎全集』全十五巻（中央公論社）。文化勲章受章。

日本海の波
にほんかいのなみ　エッセイ

〔**作者**〕久保田万太郎
〔**初出**〕「別冊文藝春秋」昭和二十九年二月一日発行、第三十九号。
〔**初収**〕『雪の音』昭和三十年十二月発行、好学社。
〔**全集**〕『久保田万太郎全集第十巻』昭和四十二年十月二十五日発行、中央公論社。
〔**温泉**〕温海《あつみ》温泉（山形県）。
〔**内容**〕冬の日本酒をながめたい、何んということなしに、泊まりをかさねて、ぼんやり方々をみて歩きたいと、ひそかに心に描いていた。「別冊文藝春秋」の知るところとなり、樋口進、池田吉之助編集部員に促されて、昭和二十八年十二月二十二日に上野駅を発ち、糸魚川、温海、象潟をめぐった時の紀行文である。〝親不知《おやしらず》〟の海岸だけでなく、相馬御風が晩年過ごした家や、芭蕉の句碑「一家《ひとつや》に遊女もねたり萩と月」が建っている市振の長円寺、「奥の細道」に記されている象潟の蚶満寺《かんまんじ》などにも立ち寄っている。

温海温泉は昭和二十六年に大火事があって、二十五軒の宿屋のほとんどが焼けた。復興は都市計画法により区画整理が実施され、各旅館は近代的設備を誇る宏荘な建築に一新された。「あつみ小唄」の作詞が白鳥省吾、振付が藤間春江であることを知って、一人の年をとった藝者にそれを弾き、唄ってもらう。歌詞のはじめ部分で、民衆詩人の何となくみッともなさを感じたが、そのふしづけは、他の小唄と、いささか趣を異にするものと思った。藝者は作曲者の名を知らなかったが、女中さんが福田蘭童であることを教えてくれた。象潟では「日本震災史料」によって文化元年六月四日の地震にも言及している。

（浦西和彦）

久米正雄
くめ・まさお

＊明治二十四年十一月二十三日～昭和二十七年三月一日。長野県小県郡上田町（現・上田市）に生まれる。俳号・三汀。東京帝国大学英文科卒業。小説家、劇作家、俳人。主なる作品に「破船」「牛乳屋の兄弟」など。『久米正雄全集』全十三巻（平凡社）。

山の湯
やまのゆ　短篇小説

〔**作者**〕久米正雄
〔**初出**〕「黒潮」大正五年十二月一日発行、第一巻二号。
〔**全集**〕『久米正雄全集第八巻』昭和五年四月十二日発行、平凡社。
〔**温泉**〕山中の温泉（北海道）。

私は此処に滞在してゐる中に、毎日入りに来る事に決めた。一人で来ることもあつた。母、嫂、この三人の家族と一緒に来ることもあつた。男湯女湯の仕切りはあつたが、湧き口が男湯の方に偏つてゐるため女湯の方の温度が冷め易いので、誰も彼も男湯の方で混浴した。私は幾年も見ない母の初老に入りかけた体と、発育し切つた嫂の体とを、何気なく見比べたりする事もあつた。

〔**内容**〕私が北海道の山中にある、兄の家に滞在中起った話である。発電所から帰る兄を待って、一緒に温泉へ入りに出かけた。社宅から五町ほど離れたところにあり、湧き出ている湯は美しく透き徹っていた。この湯は、発電所の人達の山中生活に、唯一の慰めを与えるものであった。二人が同じ湯の中に一緒に入るのは、全く久しぶりであった。兄は生活の道として科学を選び、六年前高工を出ると、この北海道の山中に身を埋めて、運命の与えるがままに忍従と犠牲の生活を続けていた。私は行くべき道を文学に選んで、東京での慌しい生活をしている。

兄の帰りが特別に早い日であった。私どもは一家をあげて湯に赴いた。温泉には誰も入っていないと思われた。だが脱衣場に血と膿とに穢れた繃帯がぐるぐると巻いて置かれていた。一人の若者が左足の膝頭の横に出来た大きな腫物を洗っていた。兄は心安げにその男の方へ近よった。私は平気な兄の態度に吃驚した。医者に見てもらう金がない、十二月に兵隊に行くので、親方は金を出しても働いて返す見込みがないから、貸してくれないのであると若者はいう。憐愍と義憤と悪感とが交互に起って来た。スポイドを湯に浸して、膿を洗い出しているのを見ると、叩き出してやりたい感じがした。私は逃《のが》れるように浴場を出た。自分は兄の公明な態度を羨しく思った。その男が来ないうちに、なるべく早く入浴しようと出掛けるが、四度も例の印半纏が脱衣場に置き捨てられているではないか。私は湯壺の方へ進んでいって、「君は一日中此湯を占領してゐる心算なのか」と怒鳴った。「私は今日、あなた方がお昼つから、おいでになるかと思つて、わざわざ昼前に来たんです。私だつて何もあなた方に嫌な思ひをさせたくはありません。併し私には、こゝで癒すより仕方が無いんですから…」と男は泣き声であった。「俺も君がまさか来てはゐまいと思つて、朝の中《うち》にやつて来たんだ。さうか。君もか」。その男に憫れむべき遠慮のあることを知って、自分は不思議に膿を忘れて、彼と同浴する事が出来るようになった。そして、湯小屋で会う毎《ごと》に微笑をもって挨拶しないではいられないような関係になった。一週間ほどして、私は東京へ帰ることになった。

（浦西和彦）

倉田百三　くらた・ひゃくぞう

＊明治二十四年二月二十三日〜昭和十八年二月十二日。広島県三上郡庄原村（現・庄原市）に生まれる。第一高等学校中退。劇作家、評論家。戯曲「出家とその弟子」がベストセラーとなる。『倉田百三選集』全五巻（春秋社）。

温泉になじまず、去る　おんせんになじまず、さる　書簡

〔**作者**〕倉田百三

〔**初収**〕『青春の息の痕《あと》』昭和十三年十二月発行、大東出版社。

〔**温泉**〕別府温泉（大分県）。

〔**内容**〕この書簡は、大正四年六月二日付、久保正夫氏宛に書かれた。倉田百三の書簡集『青春の息の痕』に収録されている。この書簡集は、大正三年秋の一高退学の頃から、『出家とその弟子』を発表するまでの孤独と思索の時期に、一高時代の二人のクラスメートに送ったものである。病気療養のため六年間各地を転々としていた倉田は、別府温泉にも数か月滞在し、その地を去るに当たってこの手紙を記した。「市街の燈火も今晩は心持かなしさうに思はれます。思へば私は浜辺より森のなかへ、病院より温泉宿へと淋しい旅をしては、そのたびに幾たりかの忘れ得ぬ人々とあはれな別れをして来ました。私は今夜はそれ等の人々のことを思ひ出しました。そしてかなしい人生のさだめのまへに、祝福をその人々に送るいのりをせずにはゐられません」。別府温泉を後にした倉田は、同伴していた妹艶子とともに故郷庄原へ帰って行った。

（福森裕一）

倉光俊夫　くらみつ・としお

＊明治四十一年十一月十二日〜昭和六十年四

月十六日。東京浅草（現・東京都台東区）に生まれる。法政大学国文科卒業。小説家。「連絡員」で第十六回芥川賞を受賞。

温泉寸景《おんせんすんけい》　エッセイ

〔作者〕倉光俊夫
〔初出〕「温泉」昭和二十八年二月一日発行、第二十一巻二号。

〔温泉〕伊豆山温泉（静岡県）、蔵王高湯温泉（山形県）、山代温泉（石川県）、登別温泉（北海道）、芦の（之）湯温泉（神奈川県）。

〔内容〕冬の温泉といえば、伊豆山の千人風呂で、裸で朝日に対するときほどの爽快さを僕は知らない。浴室は一面のガラスばりで、海に面してすこし高いところにある。水平線から雄大な太陽が静々と昇って来る。

　山形の蔵王高湯で、はじめて里見弴先生にお目にかかった。裸で困ったのはこのときである。戦争中の夏だったが、松竹の移動劇団を連れていったのだ。大勢で湯殿へ出かけていくと、そこへ先生が入って来た。狭くて、膝のちょっと上ぐらいまでしか湯のない湯舟の中で、立ってお叩頭《じぎ》をしなければならなかったときには、これほど弱ったことはない。

　冬になると雪が恋しくなる。師走の二十八日から秋山安三郎氏と北陸路を一廻りして元旦の朝、東京駅に帰って来た。雪の山代の「あらや」という宿屋が佳かった。家族に若く美しい夫人がいて、降りこめる雪の中を傘をさして出ていった姿がいまだに瞼に残っているが、十数年以前のことである。

　北海道の美しさは雪の季節に尽きる。僕には登別温泉での失敗談がある。一人でいい気持ちに湯に浸っていると、女学生の修学旅行らしい一団がどやどやと入って来た。女学生の間に何やら問題となっているらしいざわめきが起った。すると間もなく、旅館の半天を着た一人の男が僕のところに来て、一時間ばかり貸切になっているという。僕は早々に退散したが、出て見ると、入口のガラス戸に「貸切」の札が下っていた。

　今年の二月、芦の湯にいった。前進座の「箱根風雲録」のロケに誘われたのである。仙石原での立ち廻りを見物しながら、箱根の寒さに顫え上った。長十郎や翫右衛門、小三郎さんにまじって、轟夕起子さんが長いこと寒さの中に出番《でばん》を待っていた。撮影が了り、旅館に戻ると、ここの湯のぬるいのには二度閉口した。このとき翫右衛門氏は黒馬に乗って走り廻る野武士の役で、おもうように馬が走ってくれない。盛んに尻をひっぱたいていると、次の日、若い百姓の飼主が怒って馬を曳っぱって帰ってしまった。「そのうち、こんどは翫右衛門氏自身がいなくなっちゃった」。この人の芝居が見られなくなったのは淋しい。

（浦西和彦）

黒井千次《くろい・せんじ》

＊昭和七年五月二十八日～。東京都杉並区高円寺に生まれる。本名・長部舜二郎。東京大学経済学部卒業。小説家。「群棲」で第二十回谷崎潤一郎賞を受賞。「カーテンコール」「横断歩道」など。

箱根芦之湯物語《はこねあしのゆものがたり》　エッセイ

〔作者〕黒井千次
〔初出〕「旅」昭和六十二年二月一日発行、第六十一巻二号。
〔温泉〕芦之湯温泉（神奈川県）。
〔内容〕箱根に足繁く通い始めたのは、ここ十年ほどのことである。ある出版社の書き下し小説を執筆するために、寛文二年（一六六二）創業と伝えられる芦之湯の旅館松坂屋本店を紹介してもらったのである。一口に箱根といってもかなり広い地域にまたがっている。現在では十九湯が各地に散らばっている。小田原に近い湯本温泉は標高百メートル、芦之湯は八百五十メートル、早雲山温泉は千メートル。これだけの標高差を含んだ一つの温泉地はそう多くあるまい。昔から箱根は山奥の鄙びた温泉場でなく、江戸時代には東海道の幹線道路に沿った出湯の土地だったのである。東光庵の史跡がある。山東京伝、式亭三馬、大田南畝らが東光庵を訪れたのではないか。彼等の生み出した文化的雰囲気の余波がここまで押し寄せていた。都会に成育した文化の飛地としての性格を考えるなら、箱根は後の軽井沢と比肩すべき場所であったともいえる。明治にはいってからも外国人の宿泊客の多さに驚く。松坂屋に残されている「外国人投宿客名簿」を見ると、明治二十六年の年間外国人泊まり客は延人員で八百二十七人（十一か国）、日本人客の二割に当たる。箱根が開かれた温泉場であったことは間違いない。ところで、松坂屋での仕事部屋は、亡き獅子文六氏が愛用の間であった。獅子文六氏はこの宿で、小説「箱根山」を芦之湯の自然と旅館とに多くを負って生み出したと伝えられる。「箱根山」はいま読み返すと箱根の歴史を知る上でも貴重な作品であろう。松坂屋に滞在中よく話を聞いたのは「子供チャーチル会」のことだった。富田重雄、佐藤敬、伊原宇三郎などの画家をはじめ、渡邊紳一郎や藤浦洸、高峰秀子、越路吹雪といった多彩な面々だった。時代は移り、形は変っても、文化・文政（一八〇四〜三〇）の東光庵の優雅な遊び心の伝統は、今も受け継がれて生き続けているといえるだろう。この宿では句会や書道会がよく開かれる。近年の箱根の客も様変りし、週日に数人の女性達だけで出かけてくるグループがふえている。本来、滞在客とは一週間以上宿泊する人を指したが、今はそれが三日くらいからに縮まっているという。最も強烈な印象を受けたのは、客の少ない厳冬期の箱根だった。精進ヶ池が厚く結氷し、それを取り巻く箱根竹の上を雪が斜めに走るのを見た時の感銘は未だに忘れられない。

（浦西和彦）

黒田初子

くろだ・はつこ

＊明治三十六年一月二十三日〜平成十四年五月二十二日。東京に生まれる。登山家、料理研究家。著書に『いきいき90歳の生活術』など。

バスなし温泉

ばすなしおんせん　エッセイ

【作者】黒田初子

【初出】「旅」昭和五十三年十月一日発行、第五十二巻十号。

【温泉】姥湯温泉（山形県）、足付温泉・地《じ》鉈《なた》温泉（以上東京都式根島）、泡ノ湯温泉（長野県）。

【内容】「御夫妻で国内に限らず、世界の山を登り旅する筆者がかつて浸った湯の想い出を語る」という小見出しが付いている。

現代では、交通機関が発達しているため、比較的容易に目的地の温泉にたどり着くことが出来る。しかし、一昔前はそうではなかった。登山家である筆者は、思い出の糸をたぐり寄せ、バスさえ通らぬ数々の温泉を訪れた過去の記憶に思いをはせる。「霧が山を被い岩尾根だけが見える時など、実に立派な山水画を見る思い」がした姥湯温泉、終戦から数年たった頃、式根島を訪れた際に立ち寄った、「青く澄み輝いた水と白い砂の浜の広々した景色に感銘を受けた」足付温泉、地鉈温泉。また、乗鞍頂上

から白骨へ向かう途中に偶然に発見した泡ノ湯温泉での面白可笑しいエピソードなどが語られている。（福森裕一）

黒田杏子

くろだ・ももこ

＊昭和十三年八月十日～。東京市本郷区元町（現・東京都文京区）に生まれる。東京女子大学文理学部心理科卒業。俳人、随筆家。山口青邨に師事。「藍生」創刊主宰。句集に『水の扉』ほか。

ウィークエンド湯治のすすめ―何と言っても温泉保養

うぃーくえんどとうじのすすめ―なんといってもおんせんほよう　エッセイ

〔作者〕黒田杏子

〔初出〕「旅」平成三年一月一日発行、第六十五巻一号。

〔温泉〕畑毛《はたけ》温泉・駒の湯温泉（以上静岡県）。

〔内容〕若い頃、東北の山を下り、温泉に入ったら、おじいさんとおばあさんが二十日位湯治し、のんびり話し合っている。あれからもう二十五年。あのおじいさんとおばあさんのように「あるがままに存在する時間」を持とうと考えている。良質の温泉にひたすら浸って週末を保養一途に過ごしたいと、香月さんと二人で伊豆半島の畑毛温泉と駒の湯温泉へ行く。東京駅十時発の踊子号で三島に向かう。駅前からバスに乗る。三十分も経たないうちに畑毛温泉、駒の湯本家前に着いた。大浴場は男女入口別の混浴。まず女性だけのお風呂に入る。浴槽は三つ、ややぬる目のもの、波立っているもの、かなり熱いもの、である。明るく清潔なのがよい。夕食後、大きな大理石風呂の女性コーナでゆっくり過ごす。この前の週末、山形のマッサージさんから、背中がかたいのは寝不足、睡眠不足のせいで内臓がつかれているのであると聞いた。ここに着いてから二度も温泉に浸って、ぐっすりと安眠させてもらったので、マッサージ師は、どこも凝ってませんねという。駒の湯本家は高橋広夫さんが担当し、森林浴の保養温泉といわれる駒の湯源泉荘は、その長男の高橋誠さんが担当している。滞在型の保養を目的とした温泉で、経営の柱は、清潔、合理性（近代性）、セルフサービスによる低料金、個人・口コミによるネットワークを大切にする、の四つであるという。すこし山をのぼったところにある源泉荘は、露天風呂に九種類の薬草をローテーションをきめず、日替りで使っている。

翌日から源泉荘に移った。山の木々を窓のすぐそこに眺めて入浴する内風呂がいい。露天風呂にも入ってみる。「キハダが袋にどっさり入って、ひとつの浴槽に浸してある。黄柏《きはだ》の幹、太枝の樹皮であるが、薬効はうちみ、捻挫という」。夜となく昼となく、何回となく源泉の湯を愉しんだ。温泉の効果は二日目の午後位からはっきり出てくるようだ。これからも温泉保養というもっとも安全で、確実な処方を活用していきたい。（浦西和彦）

畔柳二美

くろやなぎ・ふみ

＊明治四十五年一月十四日～昭和四十年一月十三日。北海道千歳に生まれる。旧姓・遠藤。北海道高等女学校卒業。小説家。「姉妹」で第八回毎日出版文化賞を受賞。「こぶしの花の咲くころ」「白い道」など。

山のいで湯の思い出

やまのいでゆのおもいで　エッセイ

〔作者〕畔柳二美

〔**初出**〕「旅」昭和三十一年十一月一日発行第三十巻十一号。
〔**温泉**〕青山温泉・紅葉谷温泉・新見《にいみ》温泉・鯉川温泉（ニセコ昆布温泉）・洞爺湖温泉（以上北海道）、戸下温泉（熊本県）。
〔**内容**〕北海道の函館本線に、狩太という駅がある。この駅から、二十五分ほどバスで行くと昆布温泉がある。今は、昆布温泉といって、その辺の温泉宿をひとまとめにして呼んでいるのでたいへん便利になったが、私の子供のころは、青山温泉、紅葉谷温泉、新見温泉、鯉川温泉、というふうに、一軒一軒温泉宿の名前を、別々に温泉といっていたので、ややこしかったように思う。現在の青山温泉はどう変わったかよくは知らないが、遠足で行ったころの青山温泉はヒナびた静かな温泉宿で、付近の農家の人々なども、米や鍋釜をぶらさげて湯治にでかけたものだった。ここでは、入浴中に滝つぼから、突然三尺以上の青大将が流れだしてきたりして、遠足の子供達が大さわぎをしたことなどもあった。紅葉谷温泉は、名前のしめすとおりに、まことに秋の行楽には美しいところであった。昆布温泉では、そのほか、今年の夏の旅行でニセコ観光ホテルに泊まったが、ここも、なかなか、見晴らしのいいホテルであった。
洞爺湖は、温泉があり、湖があり、その上、昭和新山などという、生まれてまもない赤ん坊のような若々しい山などもあって、北海道では自慢のできる温泉郷ではないかと思う。
北海道から、九州は熊本の戸下温泉へ一足飛びだが、ここも、私が、今年の春に行った場所だ。案内書によると、細川侯の先祖たちが、特別に行楽をした温泉ということであった。宿の四辺は、うっそうとした木々にとりかこまれ、せせらぎの音が澄んでいて、秋の行楽は、どんなにか美しいだろうと想像した。
（趙　承姫）

【こ】

幸田露伴　こうだ・ろはん

＊慶応三年（一八六七）七月二十三日〜昭和二十二年七月三十日。江戸下谷三枚橋横町（現・東京都台東区）に生まれる。本名・成行。逓信省電信修技学校卒業。小説家、随筆家、俳人。『露伴全集』全四十一巻・別巻上下（岩波書店）。昭和十二年第一回文化勲章受章。

伊香保みやげ序　いかほみやげじょ　序文

〔**作者**〕幸田露伴
〔**初出**〕『伊香保みやげ』大正八年八月十五日発行、伊香保書院。原題「序」。
〔**全集**〕『露伴全集第四十一巻』昭和三十三年七月二十五日発行、岩波書店。
〔**内容**〕温泉の効能は泉質にもとづく。服薬は口からする。入浴は皮膚からするので、服薬するのと同じ道理で、体内に吸収する。その吸収から薬物的効果を惹起するのである。入浴という其事《その》が、人の病《やまい》を軽くし健康を増す方法の一である。温泉のあるような地は、山間とか海岸とかであって、空気の清らかな、樹木の茂った、心持ちのよい場所である。「古《いにしえ》より温泉を以《もっ》て名有る土地は、大抵その詩歌的な史蹟や絵画的風景を有している」。これらの心理的作用が生理的に好結果を与える。「温泉は不知不識の間に間接に人に働いている。温泉は生理的に治療の能倣《のうさ》を有し、他面に於ては心理的に慰撫の作用を為し、その霊功奇能を倣《かも》し出すのである」。
（浦西和彦）

小島信夫《こじま・のぶお》

*大正四年二月二十八日～平成十八年十月二十六日。岐阜県稲葉郡加納町（現・岐阜市）に生まれる。東京帝国大学英文科卒業。小説家。「アメリカン・スクール」で第三十二回芥川賞を、「抱擁家族」で第一回谷崎潤一郎賞を受賞。「別れる理由」「うるわしき日々」ほか。

温泉博士《おんせんはかせ》　短篇小説

〔作者〕 小島信夫
〔初出〕「文学界」昭和三十年四月一日発行、第九巻四号。
〔初収〕『チャペルのある学校』昭和三十年十月発行。
〔収録〕『小島信夫短篇集成2』平成二十六年十二月発行、水声社。
〔温泉〕 I市の温泉（架空の温泉地）。
〔内容〕 戦争中、私の父は満洲の新京で土建業をやっていた。父には母の外に別の女がいたため、私たちは自分の家でその女の奴隷として働いた。女には娘アキ子がいて、私は妹というより女王として扱わされていた。外地から復員して三年半ばかりF市の療養所にいたが、その後温泉のあるI市の外れにある自宅にはじめてもどった。自宅には父が脳溢血でたおれ、生ける屍となって母の厄介になっていた。そして二組の間借人がいた。意外にもその一人はアキ子である。もう一組は増沢夫妻である。アキ子と増沢は源泉掘りをそれぞれ無関係に始め、競争している。増沢はある男が私の手からアキ子の母を奪ったという。私はアキ子の父が誰なのか、つきとめようとした。アキ子は私の父はあんたの父に殺されたのだという。私の家の温泉は地下二百間ばかりのところにある。源泉掘が進むにつれて、それが涸れてしまった。母は思いつめたように温泉博士を知らないかと聞く。増沢の小屋は資金が続かなくて人夫もいなくなった。ある日、父の容態が急変し、死んだ。その日、増沢も溢れてくる湯に水びたしになって死んでいた。一人の男が訪ねてきた。同じ女にくるった三人の男の一人、死んだ筈のアキ子の母の情人が増沢の通夜にきたのである。私は増沢君からあの女を奪い、この主人が奪っていった。だが私はアキ子さんの父ではない。私はアキ子さんのお母さんをここの主人に盗られてしまうのをおそれて、私を父だと思いこませたのだ。アキ子さんの父はここに眠っている方である。温泉博士というのは増沢君のことであると、その男はいう。アキ子をめぐる複雑な人間関係を描く。

（浦西和彦）

阿蘇の噴煙と山麓の湯・垂玉《あそのふんえんとさんろくのゆ・たるたま》　エッセイ

〔作者〕 小島信夫
〔初出〕「旅」昭和四十九年三月一日発行、第四十八巻三号。
〔温泉〕 垂玉《たるたま》温泉（熊本県）。
〔内容〕 家内と南阿蘇の垂玉温泉の山口旅館に泊まることを目的に出かけた。突然の寒波で四国・九州は雪になった。タクシーの運転手は雪のため阿蘇へ行くのはムリだろうという。湯布院の亀の井別荘から山口旅館へ電話すると、雪は大丈夫という。山脈ハイウェイが雪で閉ざされているため、迂回して別の道で阿蘇に向った。途中、噴火口によったが、火口に柵がないことが気になった。

　山口旅館は、ひなびた小屋の如き一棟の宿があり、そうしてイロリのそばでゴロ寝をする、といったイメージがあったが、出現したのは竜宮城である。よく考えて設計された大きな新旧の建物が、つらなりながら渓谷の向こう岸に立ち並んでいる。渓谷には段々の堰が二つばかりあり、その間は滝となっている。橋は朱ぬりで、この橋のせいで「竜宮城」と思ったのかもしれない。山の上にはバンガローがいくつか見えている。タクシーの運転手と別れるのがつらいぐらいだった。橋のたもとにある洋館ふうの二階屋は百年ばかり前のもので、徳富蘇《とくとみそ》峰《ほう》が泊まったことがある。くわしいことは、三代目か四代目かの老主人は出かけており、分からないと従業員がいう。奥には地獄湯があって、国民宿舎が一軒ある。湯元は山口旅館であり、要するにこの湯も場所も、すべて山口旅館一軒みたいなものである。親戚が造っている酒の看板も掲げている雑貨店がある。

　夏目漱石の「二百十日」に「はい」ではなく、「ねえ」と肥後訛りの返事をする女中がでてくるが、「ねえ」とも「はい」とも言わない若い女中が風呂の位置だけ教えて、足音高く去っていく。湯治がてらに来ているという女中は、半年で血圧が下がったというが、理由は分からない。岩風呂はぬるくて入れなかった。翌朝、若い運転手が「このあたり、猿が出ます」と言った。

（岩田陽子）

小島政二郎

こじま・まさじろう

＊明治二十七年一月三十一日〜平成六年三月二十四日。東京市下谷区下谷町（現・東京都台東区）に生まれる。俳号・燕子楼、古瓦。慶応義塾大学文学部卒業。小説家。代表作に「眼中の人」「聖胎拝受」など。

勝手放題《かってほうだい》

エッセイ

〔作者〕 小島政二郎

〔初出〕「旅」昭和三十一年十一月一日発行、第三十巻十一号。

〔温泉〕 皆生《かいけ》温泉・三朝温泉（以上鳥取県）、道後温泉（愛媛県）、別府温泉（大分県）、飯坂温泉・東山温泉（以上福島県）。

〔内容〕 温泉好きでないが、もう一度行って見たいと思っている温泉地がある。その一つが鳥取県の皆生だ。別に特徴のある温泉ではないが、戦争中だったのに、ひどくサーヴィスがよく、女中さんたちの気分が大変よかった。それから近くを通りながら、時間のやりくりがつかず、寄れなかった三朝温泉（鳥取）。志賀さんの「プラトニック・ラヴ」に書かれているし、将棋の観戦記の倉島竹二郎君も大変ほめていた。

　その土地の印象のよしあしを、宿屋が決定的にすることを、道後温泉で実感した。前に行ったときは鮒屋に泊まったが、大変道後温泉の印象が好ましかった。その後行った宿は、名前は忘れてしまったが、ひどく印象が悪く、道後の印象を悪くしてしまった。

　自然の美しさを味わうなんていう気はないから、いっそ別府のような都会の温泉の方が飽きなくていい。山の中の温泉と違って、賑やかで、なんでもあって、河豚のようなうまいものもあるし、小さななんとかというおいしい密柑もあるし、鰈のうまいのが取れるし、などといって戦前の別府だから大いに時代にズレているかもしれない。日名子などという宿屋は、長崎の上野屋、蒲郡の常盤館と並んで、日本で有数のいい宿屋だったが、聞けば代が変わったそうだ。温泉で一番長い日数滞在したのは別府と箱根だが、箱根では飽きたが、別府では飽きなかった。どうも河鹿の声などよりも、町の声の方が好きらしい。

　思い出のある温泉は飯坂、東山だが、今行ったらどうだろうか。何かうまいもののない温泉は—つまり温泉だけが売り物というところは私には魅力がない。土産のうま

いものを食わせるように智慧を絞ってもらいたいものだ。（西岡千佳世）

木谷恭介《こたに・きょうすけ》

＊昭和二年十一月一日〜。大阪府に生まれる。本名・西村俊一。甲陽学院中学校中退。推理作家。宮之原警部シリーズの作品など、著書多数。

加賀いにしえ殺人事件《かがいにしえさつじんじけん》　推理小説

〔**作者**〕木谷恭介
〔**初版**〕『加賀いにしえ殺人事件』〈広済堂ブックス〉平成三年十一月発行、広済堂出版。
〔**再版**〕『加賀いにしえ殺人事件』〈ワンツー・ポケットノベルス〉平成十六年四月二十日発行、ワンツーマガジン社。
〔**温泉**〕岩間温泉（石川県）。
〔**内容**〕石川県の白山山地にある手取川ダムで男性の溺死体が発見された。男は東洋銀行青山支店長の多屋敏弘で、二百三十億円の公金横領の嫌疑を受けて姿をくらましていたのである。東京地検による家宅捜索と石川県警の捜査により、自殺ということになった。多屋の一人娘の千尋は納得できなかった。鶴来署の刑事から、父は偽名を使って岩間温泉に泊まっていたと聞いて、岩間温泉へ向った。旅館の人から話を聞くと、父のイメージとはかけ離れていた。父が失踪前にメモしていた「尼御前《あまごぜ》」という言葉から、尼御前岬を訪れる。千尋は警察庁の広域捜査官の宮之原昌幸と共に、岩間温泉に泊まっていたのは父ではなく別人であることや、横領事件には父が経験した学生運動の仲間が絡んでいることをつかんでいく。（浦西和彦）

龍神の森殺人事件《りゅうじんのもりさつじんじけん》　長篇推理小説

〔**作者**〕木谷恭介
〔**初版**〕『龍神の森殺人事件』〈光風社文庫〉平成八年八月発行、光風社出版。
〔**文庫**〕『龍神の森殺人事件』〈双葉文庫〉平成十三年十月発行、双葉社。
〔**再版**〕『龍神の森殺人事件』〈ＪＯＹ　ＮＯＶＥＬＳ〉平成十八年四月二十五日発行、有楽出版社。
〔**温泉**〕龍神温泉（山形県）。
〔**内容**〕宮之原昌幸は警察庁でただ一人直接捜査をおこなう刑事であった。峡子は二十七歳、警察庁長官官房の秘書で、階級は警視。宮之原と長官官房の連絡役を務めている。宮之原は峡子から、峡子の大学の友人千晶の父親徳大寺隆和が経営している、山形県の月山にある龍神温泉のリゾートホテルに誘われた。経営者徳大寺と支配人宇佐美とのあいだで二年越しのトラブルがつづいており、「起請文どおり、即刻、ご履行のこと。／用件いれられぬときは、ご一家、皆殺しをご覚悟あれ。／美しき蝶の舞う夜、龍神の森に血の雨が降る」という脅迫状が届いたため、千晶が峡子に相談をもちかけたのである。脅迫状には「きょうこ」の名前が読み込まれていた。宮之原警部に対する挑戦か。宮之原は美しい蝶が舞っているのを見る。その翌日、徳大寺がワイン倉で西洋風の短剣で殺されているのが発見された。短剣は長男富雄のものである。ホテルは三方が渓谷で、切り立った断崖になっており、外部からは侵入することが出来ない。内部の者の犯行であろうか。経営者の一族、富雄や千晶の義母貴子らが次々に殺されていく。十六年前山瀬由紀がホテルの崖から飛び降りて死んだ事件があった。その事件と関係するのか、宮之原

警部が解明していく。（浦西和彦）

吉野十津川殺人事件《よしのとつがわさつじんじけん》 推理小説

〔**作者**〕木谷恭介
〔**初版**〕『吉野十津川殺人事件』〈TOKUMA NOVELS〉平成九年九月三十日発行、徳間書店。
〔**温泉**〕霊泉地温泉（湯泉寺温泉がモデルの架空の温泉）・十津川《とつかわ》温泉（以上奈良県）。
〔**内容**〕日高忍はフリーのツアー添乗員であった。北欧三国十日間の旅の最終日、ストックホルムで、父・策馬が遺体で発見されたという知らせを受ける。父は中河原さんと平谷にあるスナック「夢ん中」に行ったまま行方不明となっていた。その父が重しをつけてダム湖へ投げ込まれていたのである。その湖底から仏像が発見される。父は十津川峡谷の断崖の上の霊泉地温泉で、曽祖父の代からの一軒宿「やど崖の湯」を営んでいた。忍の五つ年上の兄孝男は七年前に自動車事故で死亡した。飲酒運転で崖から転落したのだ。忍は旅館を継ぐことになりそうだった。父は鉱泉の源泉を持っていた。中河原は、霊泉地温泉をミネラルウォーターにして売りだす許可を、スナック「夢ん中」で、父からもらったという。葬儀のあとの会食の席で、忍の婿に沢渡はどうかという話が出る。沢渡は、五年ほど前に教師をやめて、十津川温泉で民宿をやっている。父は七年前に兄が夢中になっていた亜紀に会いにいっている。その亜紀は兄の事故死で、大山林地主でマンモス旅館・ホテル紀州の成瀬社長を脅迫していた。湖底から出てきた仏像は成瀬社長が所有していたものだが、父が殺された夜は山に籠っていて、アリバイがない。警察庁広域捜査官の宮之原昌幸が東京から事件解明に十津川村に乗りこんでくる。（浦西和彦）

小寺菊子 こでら・きくこ

＊明治十七年八月七日〜昭和三十一年十一月二十六日。富山市旅籠町に生まれる。旧姓・尾島。東京府教員養成所卒業。小説家。代表作に「父の罪」「赤坂」「河原の対面」など。

初秋の空《しょしゅうのそら》 エッセイ

〔**作者**〕小寺菊子
〔**初出**〕『伊香保みやげ』大正八年八月十五日発行、伊香保書院。
〔**温泉**〕伊香保温泉（群馬県）。
〔**内容**〕伊香保へ行ったのは十年ほど前の九月末であった。夏のあいだの客が残らず去って、宿はひっそりとして淋しい位に静かであった。湯が赭色《あかいろ》をしていた。私は知らない土地へ初めて来たときの夜ほど、不思議な心の底からの淋しさを感ずることはない。伊香保ではじきに秋が迫って来た。そのとき小説「旅路」を書いた。霧が晴れるのを待って、私は隣の美しい夫人と二人で物聞山に登って見た。絶頂に着くまでには、子供たちや内儀《おかみ》さんたちが栗拾いに出ていた。高い崖の上に立って広い眼界を瞰《み》おろすと、利根と吾妻の二筋の川が細く白い線のように光っていた。原には、紫の野桔梗が一面に咲いている。伊香保神社の中へ出た。それから伊香保の街を見物して、湯元の方へ行った。夫人は英文のお伽噺などをよく読んでいた。退屈になると琴を弾く。また奥の座敷にいる面白い老人が遊びに来て、私も引張り出された。その老人の発起で、ある日私たちは榛名へ行った。駕籠には皆の荷物をのせて、私と夫人は歩いた。伊香保富士、榛名富士などが見えた。私は油絵が描きたいなと思った。その大きな自然の広々した姿に見入って感激し、「かういふ自然から直接に享《う》ける尊い感じは、文章で書くよりも、油絵具で、色なり調子なりを感じたまゝにぐん〳〵思ひきつて描いていつた方が、より強く自分の藝術欲を充《み》たされるに違ひない」と考えていた。帰りには、湖水の見晴亭で食事をとった。料理は湖水から漁《と》れる鮒のあらいと蜆汁と、ぎぎらとかいう魚の照焼とであった。

伊香保はほんとによく降るところであった。秋は日増しに深くなった。隣の夫人が朝から乾燥《はしゃ》ぎ出した。昼過ぎに肥満した紳士と三人の美しい令嬢が這《は》入って来た。私は隣の家族団欒を聞きながら、女文学者の淋しい生活を考えていた。その晩はひどい暴風《あらし》になった。物聞山では大きな木が沢山へし折られていた。伊香保で面白い話を一つ聞いた。番頭が「今夜は夜市が立ちます」と云ったのである。夜市とは近在の若い男女が出て来て、誰とでも自由な恋を語ることが許される晩であるという。丁度暇になった農夫が、慰労のために一年に一夜そんな楽しい歓楽を神から与えられるのである。十月末になると、伊香保は全く寒い。私たちは栗を土産に持ち帰った。

（浦西和彦）

四万温泉のこと

しまおんせんのこと　エッセイ

〔**作者**〕小寺菊子

〔**初出**〕「旅」昭和二年三月一日発行、第四巻三号。

〔**温泉**〕四万温泉（山口温泉・新湯・日向見温泉）（群馬県）。

〔**内容**〕上野から上毛沼田行の汽車に乗ると五時間で渋川に着く。そこで下車した客は伊香保へと四万へとに分かれる。四万へ行く客は「四万温泉行」という小さな旗を立てた二台の乗合自動車に分乗する。四万までは九里ある。四里走ると、中の条に着き、ここで自動車を乗りかえる。残りの五里はひやっと肝が冷えるくらいに上る。四万の入口、山口温泉に着く。戸数六十戸あまり、旅館は山口館と鐘寿館とが、このあたり一等の眺望をしめている。それから七丁ほど進むと新湯に着く。戸数七十余戸、郵便局、浴医局があり、賽凌館―田村屋の別館に這入った。お湯はラジウムがたくさん含まれた塩類泉で、おもに胃腸患者が来るのだそうだ。

散歩には十丁余を徒歩にて更に奥深く樹間を進み、日向見に行く。特別保護建造物と書かれた日向見の薬師堂のあるところで、ほんの一寸した旅館が一軒ある。その他水晶山、小倉の滝、蟇が淵、玉簾の滝、偕楽園など遊ぶところが割合にあるので、滞在客は毎日あっちこっちと散歩に出かける。三日ほど前に頼んでおくと、名物の珍らしい「舞茸」を、お爺さんが三里も五里もの山を登って採ってきてくれる。

（西岡千佳世）

小中陽太郎

こなか・ようたろう

＊昭和九年九月九日〜。神戸市に生まれる。東京大学文学部仏文学科卒業。評論家、翻訳家。著書に『愛と別れ』『王国の藝人たち』『私のなかのベトナム戦争』など。

那須板室・湯治考

なすいたむろ・とうじこう　エッセイ

〔**作者**〕小中陽太郎

〔**初出**〕「旅」昭和五十七年九月一日発行、第五十六巻九号。

〔**温泉**〕板室温泉（栃木県）。

〔**内容**〕那須の奥の板室という湯治場へ行く。黒磯まで往路は在来線の特急、帰途は新幹線だった。ぼくたちが泊まったのは板室温泉の観光ホテル大黒屋である。そこは那珂川沿いの平面に、芝を植え、竹を配し、川辺に四阿がある。ぼくらの部屋は九千円。この大黒屋は、木造の本館もあり、そちらは四千百円。湯治客にいろいろ聞いたが、二食つき四千円のところに、四五泊するのが平均的湯治のようだ。湯治場では男がやさしくなる。温泉の湯が、男の沽券を洗い流すのか。米をかついで長逗留ということはなくなった。経済的な力がついたこともあるが、婦人客が多くなったからでもあろう。昭和四十八年の高度成長のころ、あくまで湯治で行くか、大きなビルにしてレジャーのための観光地にするか、大きな岐路に立った。結局、湯治で行くことになった。それを可能にしたのは、お湯が効くことと、低料金の二つである。だが、高校へ行くのにバス代が一か月二万千円かかる。低料金で自然のままということが住民を犠牲にしてしか守れないところに、開発か保存かのキイポイントがある。板室の湯は、源で四十五度、入るにちょうどいい。リューマチ、神経痛、筋肉の諸病、中風、婦人病にきくのだそうである。湯治場の夜は早い。喫茶店で老人一人が気どった恰好でポーズをとっていた。湯治場のプレイボーイというところなのだ。この板室プレイボーイが、窓際で婆さんにしきりに言葉をかけはじめた。湯治に来たとて、何もムリに湯治客のしそうなことをする必要はない。自分のしたいようにすればいいのだ。何も老人の趣味と老人の味にこだわらずともいい。

（浦西和彦）

五人づれ《ごにんづれ》

＊与謝野寛・平野万里・吉井勇・北原白秋・木下杢太郎の五人

五足の靴《ごそくのくつ》　紀行文

〔**作者**〕五人づれ（与謝野寛・平野万里・吉井勇・北原白秋・木下杢太郎）

〔**初出**〕「東京二六新聞」明治四十年八月七日～九月十日発行。

〔**初版**〕『五足の靴』昭和五十三年十一月発行、ちくご民藝店。

〔**文庫**〕『五足の靴』〈岩波文庫〉平成十九年五月十六日発行、岩波書店。

〔**温泉**〕戸下《とした》温泉・栃の木（栃木）温泉・垂玉温泉（以上熊本県）。

〔**内容**〕明治四十年七月二十八日から八月いっぱいにかけて、九州北・西部（福岡、佐賀、佐世保、平戸、長崎、熊本、阿蘇、三池炭鉱ら）を旅行した与謝野寛・平野万里・北原白秋・吉井勇・木下杢太郎の五人による紀行文である。「五足の靴が五個の人間を運んで東京を出た。五個の人間は皆ふわふわとして落着かぬ仲間だ。彼らは面の皮も厚くない、大胆でもない。しかも彼らをして少しく重味あり大量あるが如くに見せしむるものは、その厚皮な、形の大きい五足の靴の御蔭だ」という書き出しで始まっている。二十九章から成り、そのうちの「（十八）阿蘇登山」の章で、田原山は嵐山よりもよい、戸下の湯は伊豆の湯ヶ島よりもよい、横手の山の頂から落下する滝もよい、という。「道は外輪山の中腹を廻る、高くって急だからいやにうねる。太く壮《さか》んな真白の滝の落ちて白川となり、栃の木の湯のある辺《ほとり》から大道に日向《ひゅうが》へ抜ける。未だ日が高い、もう一里余行くと垂玉《たるたま》の湯がある、そこまで努力しようと嫌《いと》うべき馬車を降りた」という。垂玉温泉については、「高く堅固な石垣の具合、黒く厳《いかめ》しい山門の様子、古めいた家の作り、辺《あたり》の要害といい如何《どう》見ても城廓である、天《あめ》が下《した》を震わせた昔の豪族の本陣らしい所に一味の優しさを加えた趣がある」という。石の階段を登り、門を潜《くぐ》った正面に、二階建の御長屋がある。絵に見る遊廓のようであるが、こちらは古色蒼然とした趣である。「湯もまた極めて大きい、三条《みすじ》の滝となって石もて畳める湯槽に落ちる、色は無いが、細く白い澱《おり》が魚の子のように全体に浮游している、硫化水素の臭いが鼻を刺す。一浴して廊に出ずれば、そこら灰だらけである、踏むとざらざらする」と記している。

（浦西和彦）

小堀杏奴
こぼり・あんぬ

＊明治四十二年五月二十七日～平成十年四月二日。東京本郷千駄木町（現・東京都文京区）に生まれる。森鷗外の次女。姉に森茉莉。仏英和高等女学校卒業。小説家、随筆家。著書に『晩年の父』『最終の花』『小さな恋人』など。

温泉旅館
おんせんりょかん　エッセイ

〔作者〕小堀杏奴

〔初出〕「温泉」昭和三十一年七月一日発行、第二十四巻七号。

〔温泉〕箱根温泉（神奈川県）。

〔内容〕私が十五六歳の頃のことであるが、生まれて初めて、母と箱根の温泉に遊んだ。母は神経質で、又一風変わった清潔好きであったから、水道のねじをひねるのにも懐紙を使い、持参の歯磨粉、揚子、コップで口をゆすぎ、御不浄も、戸のあけたてにいちいち紙を使う。私は、ことごとに神経を使わねばならぬ面倒さに、旅行の楽しさは半減し、家に帰りたいと願うばかりであった。おかしいのは何処であったか旅館に泊まり、私はすぐ寝ついてしまったが、翌朝母が「お前直ぐ眠れたかい？」と聞くのである。母は昨夜隣座敷に泊まった人達が、実に下等な話をするので子供が聞いたのではないかと心配したと云う。隣室の人は、長逗留の、母親らしい人と七歳くらいの実に可愛い男の子二人きりで、そんな心配はいらなかったのである。縁側は続いているので、トコトコと足音をさせて、男の子が私たちの部屋を覗きに来る。お母さんは物静かな人で小さい声でたしなめるのが聞こえる。時として、朝はトーストにハムエッグ、コーヒーなど入れて眼先を変えてみたり、飽きさせないように心を配る、旅館の親身な待遇が嬉しかった。私達が旅行をして宿に望むのは、何よりも清潔感と、それから暖かい親切心である。親切心を持って接すれば、再び旅行する時など、必ずその宿を選ぶであろう。

（李　雪）

小松清
こまつ・きよし

＊明治三十三年六月十三日～昭和三十七年六月五日。神戸市に生まれる。神戸高等商業学校中退。評論家、フランス文学者。「行動主義文学論争」で大森義太郎らと論争。ベトナム独立運動に参加。

旅への誘ひ
たびへのいざない　エッセイ

〔作者〕小松清

〔初出〕「温泉」昭和二十四年七月一日発行、第十七巻七号。

〔温泉〕那須温泉（栃木県）、畑毛温泉（静岡県）。

〔内容〕温泉についての私の記憶は中学一年の時に始まる。両親は朝鮮の京城に住み、私は長兄耕輔の家に厄介になっていた。夏になると耕輔一家は必ず那須温泉へ行く。一緒に来いといわれたが、旅館で毎日湯にはいって暮らす、と考えると、漠然たる憂愁に捕えられ、出かける気がしなくて、東京に留まることにした。最初に温泉に出かけたのは、大学生の終わり頃であった。母が朝鮮から帰って来て一緒に住むようになり、兄と那須に行ったのである。新那須の「山楽」旅館であった。温泉が大変好きになってしまった。幾つかの温泉の歌も作曲したし、海の温泉や山の温泉や、スキー場の温泉も訪れた。伊豆の畑毛温泉には親戚の別荘があったが、閑寂で牧歌的なので、よく利用した。十年ほど前に胸部の大手術を受ける前に、体力回復のため一月ばかり静養した。ある日、勤務している高等学校の学生が四五人で訪ねて来て、管絃楽器で演奏してくれた。手術後、私は生き残ったが、この青年達はこの間の戦争でただ一人だけを残して、遠い南方の海と島で戦死してしまった。

温泉に対する希望を述べると、温泉というと、健康と乖離したもの、青春と縁のうすいもののような気が私にはする。大部分の温泉場は、ただ自然の一隅にへばりついているような印象をうける。自然との交渉や利用には極めて無関心のようである。温泉場につきもののような固定した雰囲気を解放して、もっと清新なひろびろとしたものにして欲しいのである。

（浦西和彦）

小山いと子《こやま・いとこ》

＊明治三十四年七月十三日〜平成元年七月二十五日。高知市に生まれる。旧姓・池本。九州高等女学校卒業。小説家。「執行猶予」で第二十三回直木賞を受賞。「ダム・サイト」「皇后さま」など。

思ひ出は湯と共に《おもいではゆとともに》　エッセイ

〔作者〕 小山いと子

〔初出〕「温泉」昭和十六年七月一日発行、第十二巻七号。

〔温泉〕 戸倉温泉・上林温泉・上諏訪温泉（以上長野県）、奥州白河関近くの人工温泉（福島県）。

〔内容〕 去年の初夏は信州の戸倉に行っていた。上林に行ったのは秋だったが、満目の紅葉は若葉の頃もさぞよかろうと思われた。若葉の温泉はどこでもよいものだが、信州は別してよい。温泉に行っても一度しか入らないのだが、それでも、浴室には関心を持っている。浴室は清潔という点を無視しないかぎり、出来るだけ自然をとりいれてある方がよい。しかし、近頃の温泉は新しい設備を完備し、都会のホテルを悪く真似したようなものになりつつあるようなのはどういうわけであろうか。私はそのときどきで、都会のホテルを選んだり、田舎の温泉を選んだりしてみて、つくづくそう思うのである。都会のホテルはなるだけ便利に、手っとり早く、事務的にできていなければならぬ。だが、田舎の温泉となると少し違う。都会ではどんなにしても及ばぬものを持っているのだから、そこに気づいてくれるとありがたい。ある浴室では二方がガラス戸で庭に面し青葉があふれるようで、小鳥を飼ってある。放ち飼いでカナリヤや文鳥などが鳴いていて、主の心にくさが偲ばれた。このように心くばられた宿というものは湯ばかりではなく、万事に行き届いているもので、三助がお流ししましょうなどといって、いきなり現われたりするようなことはない。女中も殆どいないかと思うくらい、そこらにちらばっていず、騒々しい話し声もしないのに、用のある時は響の物に応ずるが如くに出てくる。旅においては宿のよしあしは、その旅の全体をも支配するほど大切なもので、諏訪では適当なところが見つからなかったので、K夫人にたのんで素封家に部屋を借りた。そこには土地の人たちが共同の温泉を持っている。

共同湯というものは汚いものだと聞いていたが、試しに行ってみると、一度で気に入ってしまった。殆ど湖の中といっていいくらい湖畔に建っているので、窓の下は湖の水が洗っている。窓は思い切り大きくとってあり、小魚の泳ぐのが見える。諏訪の温泉は湖底に湧くので、このように湖にのぞんで建てられたことは、どこより湯が豊富にあって、景色ともども二重によかった。それとは似て非なるものを思い出した。奥州白河関の近くの南湖の傍に何とかという人工温泉館がある。浴室は全面積の二分の一に真っ黒いコンクリートの屑みたいなものをゴツゴツ積み上げて、その中へ真鍮の蛇口をのぞかせ、あとはタイルで張ってある。支那の芝居のように、「これは深山幽谷也」と高札を立てるべきであろう。

（郡山　暢）

冬の薔薇《ふゆのばら》　短篇小説

〔作者〕小山いと子

〔初出〕「温泉」昭和二十五年二月一日発行、第十八巻二号。

〔温泉〕山の温泉。

〔内容〕光代は十九歳、おばあさん子で、夏頃から縁談が急にすすんで、年があけたら挙式の運びになっていた。祖母は、この孫を一度は郷里のものに見せたく、幾年ぶりかで帰郷して、親戚廻りをし、その帰りに山の温泉に滞在しているのだった。宿は久しく進駐軍に接収されていたが、昨年から解除され、日本人もはいれるようになった。浴室を出ると、はいるときには気づかなかったが、脱衣場の窓ぎわに、青磁の壺にあふれるように薔薇がさしてある。都会風の洗練された感じが、この室にはよく調和しているが、満目粛条とした冬山の中で、思いがけない気がした。光代はカーテンをあけて庭をながめた。向こうの洋館のはずれのテラスに青年の姿があった。青森静夫に似ている。静夫は小学校から中学校まで一緒だったが、学制改革があり、光代の方が学校を変わることになったので、それなり別れてしまった。静夫だと思うと、なつかしさがこみあげ、光代は声をかけた。静夫は、客ではなく、ここは母方の遠縁にあたっていて、現在はここの主人夫婦が静夫の養父母となっていたのである。光代が来た日から気づいていたという。薔薇は光代の好きな花で、静夫の心づくしだった。その夜、光代は寝つかれなかったので、浴室に行った。隣の浴室でも、湯の音がしている。やはり自分と同じ眠られぬ人が来たのだろうか。次の日、光代は、静夫とつれ立って谷川の吊橋をわたり、山道を歩いた。静夫は光代の結婚を知っていた。その夜も、目が冴えて眠れなかった。また、浴室へ行った。やはり隣の浴室にも音がある。次の日、みぞれが降っている。明日は帰京するという、その夜、また浴室に行った。初恋というのは、こんな気持ちなのだろうか。隣の浴室の気配に、光代には確信に似たものがあった。明日は別れるのだ。もう永久に会うことはないだろう。光代は自分でも気がつかぬうちに、隣との壁をコツコツとたたいていた。

　次の朝、静夫は見送りに来なかった。オーバーのポケットに白い薔薇がのぞいていた。いつの間にここへ入れてくれたのだろう。とり出して見ると、しおれかけていたが、甘い、ものなやましい匂いがほのかに残っていた。

（浦西和彦）

【さ】

斎藤栄 さいとう・さかえ

＊昭和八年一月十四日〜。東京都大田区蒲田に生まれる。東京大学法学部卒業。推理作家。「殺人の棋譜」で第十二回江戸川乱歩賞を受賞。「紅の幻影」「奥の細道殺人事件」など。

アルプス秘湯推理旅行 あるぷすひとうすいりりょこう 推理小説

〔**作者**〕斎藤栄
〔**初出**〕「週刊小説」昭和六十一年十一月十四日号〜六十二年三月六日号。
〔**初版**〕『アルプス秘湯推理旅行』昭和六十二年四月二十五日発行、実業之日本社。
〔**温泉**〕扉《とびら》温泉・中房《なかふさ》温泉（以上長野県）。
〔**内容**〕関東タロット研究会の仲間八人が二泊三日のアルプス秘湯めぐりの旅に出発した。新湘南ツーリストに務めている日美子の高校時代からの友人北村夢子も同行した。扉温泉で仲間の大須亜樹子が頸に浴衣の紐を巻きつけられて殺された。現場検証に再度訪れた中房温泉でも八十度近い熱湯の中へ首を入れた麻土香の死体が発見された。犯人はタロット研究会一行六人の中にいることが確実となった。殺された二人の接点はなにか、日美子は二人が共同で桜木町の文化教養センターでタロット占いをしていたことに原因があると考え、追求する。

（浦西和彦）

斎藤茂太 さいとう・しげた

＊大正五年三月二十一日〜平成十八年十一月二十日。東京に生まれる。斎藤茂吉の長男。昭和大学医学部卒業。精神科医、評論家。著書に『茂吉の体臭』『快老生活の心得』『モタさんの快老物語』など。

湯船で祈る湯精神病の湯 ゆぶねでいのるゆせいしんびょうのゆ エッセイ

〔**作者**〕斎藤茂太
〔**初出**〕「旅」昭和四十四年十一月一日発行、第四十三巻十一号。
〔**温泉**〕今神温泉・大平《おおだいら》温泉・肘折《ひじおり》温泉（以上山形県）、定義《じょうげ》温泉（宮城県）。
〔**内容**〕ひと山越えると忽然と、文字通り忽然として、林のきれた僅かな斜面にへばりつくように「家」があった。いや「家」というよりも「掘っ立て小屋」といった方がよかろう。これぞ目差す今神温泉であった。ここは冬は雪が深く小屋は潰されてしまうので、毎年六月に小屋を建て九月下旬にはすっかり解体して下山してしまう。湯に入る。ぬるい。三十六・五度位の由。六十歳位のじいさんが入ってきた。ローソクに火をともし祭壇に供える。手を合わせて拝みカネをならす。念仏を唱える。その文句は白布にかいて壁にはってある。話によると湯治方には一定のルールがある。毎日十二時間入浴する。ぬるいから長く入ってものぼせないが、一応二時間で区切って一寸休む。五十時間すると湯かぶれができる。痛いがガマンして更に続行、百二十時間で一治療時期とする。湿疹などの皮膚病、火傷によく、主人の知る限りでも六人の精神病が治り、一日四回も発作のあった癲癇も治ったそうだ。飲むと胃腸にもよく、いくら飲んでも下痢をしない。飲んでみると最初スッパく、あとで一寸甘味を感じる。炭酸が入っているらしくサイダー、ラムネの口ざわりもある。三年ばかり前、最上川の源流をもとめて米沢から吾妻山系深く分け入った大平温泉の一夜も、やはりランプとすぐ手のとどくような大きな星があった。起きてきた主が、眼の前にそびえる山を指して、あの向こう側が肘折温泉だと言った。肘折とは奇妙な名だが、地蔵が幼少の頃肘を折って苦しんだが、岩間から湧き出る温泉に浴したら忽ち治ったという伝説から起こっている。次は有名な定義温泉石垣旅館。「有名」というのはこの温泉が古来精神病によく効くという意味である。浴槽といっても自然の岩風呂で縁と流しに若干人手を加えただけである。入る。ぬるい。ここも今神と同じおよそ三十六度ちょっとの温度だという。ただ今神のように肌に刺激を感じない。飲んでみるとこっちの方は全く無味無臭である。精神病、動脈硬化症、皮膚病、婦人病、眼病、化膿症などにきくが、ここはむかしから精神病の治療所として有名だったので今もそういう種類の人が多い。しかし急性、激越性のものは先ず精神病院に行くから、ここは自然慢性患者が集まるのである。

（趙　承姫）

斎藤茂吉《さいとう・もきち》

*明治十五年五月十四日～昭和二十八年二月二十五日。山形県南村山郡金瓶村（現・上山市）に生まれる。旧姓・守谷。東京帝国大学医科大学医学科卒業。精神科医、歌人。『斎藤茂吉全集』全五十六巻（岩波書店）。昭和二十六年文化勲章受章。

赤光《しゃっこう》　歌集

〔**作者**〕斎藤茂吉
〔**初版**〕『赤光』大正二年十月十五日発行、東雲堂書店。
〔**全集**〕『斎藤茂吉全集第一巻』昭和四十八年一月十三日発行、岩波書店。
〔**温泉**〕塩原温泉（栃木県）。
〔**内容**〕斎藤茂吉の処女歌集。アララギ叢書第二篇。明治三十八年から大正二年八月までの作歌八百三十四首が、制作の新しい方から逆年順に排列されている。茂吉は、明治四十一年十月十六日から十八日まで、東京帝国大学医科大学の修学旅行で、栃木県塩原温泉に行った。「塩原行」と題して、「湯のやどのよるのねむりはもみぢ葉の夢など見つつねむりけるかも」「しほ原の湯の出でどころとめ来ればもみぢの赤き処なりけり」「山の湯のみなもとどころ鉄色《かねいろ》にさびさびにけり草もおひなく」「鉄《かね》さびし湯の源のさ流れに蟹が幾つも死にてゐたりも」等四十四首が収録されている。

（浦西和彦）

あらたま　歌集

〔**作者**〕斎藤茂吉
〔**初版**〕『あらたま』大正十年一月一日発行、春陽堂。
〔**全集**〕『斎藤茂吉全集第一巻』昭和四十八年一月十三日発行、岩波書店。
〔**温泉**〕箱根宮ノ下五段温泉（神奈川県）。
〔**内容**〕アララギ叢書第十篇として刊行された、斎藤茂吉の第二歌集。大正二年九月から大正六年十二月までの作歌七百四十六首が収録された。「大正六年十月九日、渡辺草童、瀬戸佐太郎二君と小田原に会飲す。翌十日ひとり箱根五段に行く。日々浴泉してしづかに生を養ふ。廿一日妻東京より来る。廿六日下山。夜に入り東京青山に帰る。折々に詠み棄てたる歌どもをここに録す」の詞書のある「箱根漫吟」五十七首がある。「湯を浴《あ》みて我《われ》は眠《ねむ》れりぬば玉《たま》の夜《よる》のすがらを鳴《な》れる水《みづ》おと」「芦の湯に近づきぬらし波だてる高野原の上《へ》に黒《くろ》き山みゆ」。

（浦西和彦）

寒雲《かんうん》 歌集

〔**作者**〕斎藤茂吉
〔**初版**〕『寒雲』昭和十五年三月一日発行、古今書院。
〔**全集**〕『斎藤茂吉全集第三巻』昭和四十九年八月十三日発行、岩波書店。
〔**温泉**〕伊香保温泉（群馬県）。
〔**内容**〕斎藤茂吉の第十二歌集。昭和十二年から十四年十月までの作歌千百十五首を収める。そのなかに、「昭和十二年七月四日土屋文明橋本福松の二君と共に伊香保に浴泉してアララギ及び新万葉集の選歌を励みつ」の前書のある「伊香保」十首がある。「雨ふりて濁り流るる山川をわが偲びつる温泉《いでゆ》ぞこれは」「伊香保呂《いかほろ》の湧きて常なるあかき湯にきのふもけふも穢れをおとす」。

（浦西和彦）

暁紅《ぎょうこう》 歌集

〔**作者**〕斎藤茂吉
〔**初版**〕『暁紅』昭和十五年六月三十日発行、岩波書店。
〔**全集**〕『斎藤茂吉全集第二巻』昭和四十八年六月十三日発行、岩波書店。
〔**温泉**〕瀧温泉（蓼科温泉滝の湯）・巖温泉（蓼科温泉親湯《しんゆ》）・白骨温泉（以上長野県）。
〔**内容**〕斎藤茂吉の第十一歌集。昭和十年及び十一年の作歌九百六十九首を収める。昭和十一年十月十九日、森山汀川とつれだって上諏訪から瀧温泉にゆき、二十一日、森山汀川と別れ、一人で白骨温泉の湯元別館に泊まった。二十三日に白骨温泉を発ち、松本発の列車で帰京する。「十月十九日森山汀川君と共に瀧温泉に浴し翌日巖温泉に遊びて展望を恣にすそのをりの歌」と前書のある「瀧温泉より巖温泉」二十二首、「白骨途上」十一首、「白骨温泉其一」十三首、「白骨温泉其二」十四首、「白骨温泉其三」十一首がある。「白き湯をいくたびも浴みこもりたるこの部屋いでてわれ行かむとす」。

（浦西和彦）

白桃《しろもも》 歌集

〔**作者**〕斎藤茂吉
〔**初版**〕『白桃』昭和十七年二月二十五日発行、岩波書店。
〔**全集**〕『斎藤茂吉全集第二巻』昭和四十八年六月十三日発行、岩波書店。
〔**温泉**〕草津温泉・川原湯《かわらゆ》温泉（以上群馬県）、白骨温泉（長野県）。
〔**内容**〕アララギ叢書第百篇として刊行された、斎藤茂吉の第十歌集。昭和八年及び九年の作歌千十七首を収録。茂吉は、昭和八年九月十六日、草津にゆき湯もみを見学、望雲館に泊まり、翌日、川原湯温泉にゆく。『白桃』には、「温泉街《ゆのまち》の草津のよるは更けわたり三時ごろにしばらく人ごゑの絶ゆ」ら「草津小吟」十一首、「川原湯温泉」十首がある。同年十月二十日から二十三日、大橋松平と上高地、白骨温泉にゆく。「白骨途上吟」十三首、「白骨漫吟」十四首がある。「白骨の温泉《いでゆ》をめぐる山の草しぐれの雨の降ればすがれぬ」「白骨にわきいでてゐる湯の池に鯉の群るるを見らくしよしも」。

（浦西和彦）

のぼり路《のぼりみち》 歌集

〔**作者**〕斎藤茂吉
〔**初版**〕『のぼり路』昭和十八年十一月二十日発行、岩波書店。
〔**全集**〕『斎藤茂吉全集第三巻』昭和四十九年八月十三日発行、岩波書店。
〔**温泉**〕霧島林田温泉・湯の(之)野温泉・硫黄谷温泉（以上鹿児島県）、温海《あつみ》温泉（山形県）。
〔**内容**〕アララギ叢書第百十一篇として刊

さ

行された、斎藤茂吉の第十三歌集。昭和十四年から十五年までの作歌七百三十四首を収める。茂吉は、昭和十四年十月四日、鹿児島県の招待をうけ、鹿児島に向った。十月六日、奥田童山と同道し、鹿児島神社、石体社等をみて、霧島林田温泉旅館に泊まった。十四日、夜行列車で鹿児島を発つまで、霧島温泉の霧島館に泊まったり、伊作温泉等を巡歴している。『のぼり路』には、「霧島林田温泉」十首、「帰途・湯の野温泉・高千穂寮」八首、「硫黄谷」八首等が収録され、「霧島の山のいで湯にあたたまり一夜《ひとよ》を寝たり明日《あす》さへも寝む」「湯に近き岡のうへには草生《お》ひず白岡《しろをか》つづく沢に至るまで」「硫黄谷のみ湯の真中《まなか》に入ることを処女《をとめ》といへどためらはなくに」と詠んでいる。また、茂吉は昭和十五年十月十七日から二十二日まで、山形県温海温泉にゆき、三国屋に宿泊、さらに湯浜にゆき亀屋ホテルに宿泊し、ついで酒田ホテルに宿泊して帰った。『のぼり路』には「温海」十九首がある。「夜をこめて朝市たてば男《をとこ》女《をみな》ひとごゑぞする湯の里ここは」「いにしへゆ温泉《いでゆ》の里のならはしにあかつき起《おき》の市《いち》にあきなふ」。

（浦西和彦）

つゆじも　歌集

〔**作者**〕斎藤茂吉

〔**初版**〕『つゆじも』昭和二十一年八月三十日発行、岩波書店。

〔**全集**〕『斎藤茂吉全集第一巻』昭和四十八年一月十三日発行、岩波書店。

〔**温泉**〕雲仙温泉（長崎県）、古湯《ふるゆ》温泉・嬉野温泉（以上佐賀県）。

〔**内容**〕アララギ叢書第二十五篇として刊行された。大正七年から大正十年までの作歌六百九十七首から成る。斎藤茂吉は大正九年六月二日に喀血する。七月二十六日、島木赤彦、土橋青村、妻てる子とともに温泉《うんぜん》嶽よろづ旅館に転地療養に出かけた。その時の「温泉嶽療養」百二十二首に「うつせみの命を《を》愛しみ地響《ちひび》きて湯いづる山にわれは来にけり」「湯いづる山の月の光は隈なくて枕べにおきししろがねの時計を照す」「たぎり湧く湯のとどろきを聞きながらこの石原《いしはら》に一日《ひとひ》すぐしぬ」「湯平の温泉の話もしたまひて君がねもごろ吾は忘れず」などが収録されている。茂吉は、八月十四日、長崎へ帰り、歯の治療をした後、八月三十日に高谷寛を同道して佐賀県唐津海岸の木村屋旅館に転地療養にゆくが、九月十一日に佐賀県小城郡古湯温泉扇屋に転住し、療養する。『つゆじも』には「古湯温泉」三十八首がある。「ほとほとにぬるき温泉《いでゆ》を浴《あ》むるまも君が情《なさけ》を忘れておもへや」と詠む。また、十月二十日に佐賀県藤津郡嬉野温泉大村屋に転地した時の「嬉野」七首もある。「この山を越えて進みし大隊が演習やめて一夜《ひとよ》湯浴みす」「透きとほるいで湯の中にこもごもの思ひまつはり限りもなしも」。

（浦西和彦）

白き山《しろきやま》　歌集

〔**作者**〕斎藤茂吉

〔**初版**〕『白き山』昭和二十四年八月二十日発行、岩波書店。

〔**全集**〕『斎藤茂吉全集第三巻』昭和四十九年八月十三日発行、岩波書店。

〔**温泉**〕湯の（野）浜温泉・湯田川《ゆたがわ》温泉（以上山形県）。

〔**内容**〕アララギ叢書第百三十八篇として刊行された、斎藤茂吉の第十六歌集。昭和二十一年から二十二年の作歌八百二十四首を収録。茂吉は、昭和二十二年十月一日、鶴岡を経て、湯の（野）浜温泉に向かい、亀や旅館に泊まる。翌日、湯田川温泉にハイヤーでゆき、七内旅館に泊まった。『白き山』には、「湯田川」五首がある。「式内の由豆佐売《ゆづさめ》の神ここにいまし透《す》きとほる湯は湧きでて止まず」「湯田川の湯をすがしめど年老いて二たびを来む吾ならなくに」。

（浦西和彦）

ともしび　歌集

〔**作者**〕斎藤茂吉

〔**初版**〕『ともしび』昭和二十五年一月三十日発行、岩波書店。

〔**全集**〕『斎藤茂吉全集第二巻』昭和四十八年六月十三日発行、岩波書店。

〔**温泉**〕箱根温泉（神奈川県）、伊東温泉（静岡県）。

〔**内容**〕アララギ叢書第百四十一篇として刊行された、斎藤茂吉の第六歌集。大正十四年ヨーロッパから帰国下船後、上京途次の歌に始まり、以後昭和三年までの作歌九百七首を収める。大正十四年八月より九月にわたり箱根強羅の別荘に赴いた時の歌「箱根漫吟の中其一」「箱根漫吟の中其二」「箱根漫吟の中其三」四十三首がある。その中に「山なかのあかつきはやき温泉《いでゆ》には黒き蟋蟀《こほろぎ》ひとつ溺れし」「見てをれば湯いづる山のひるすぎに氷を負ひてのぼり来《こ》し馬」「かがまりて吾《われ》の見てゐるところにはたぎりいづる湯いき吹きながら」「をさな児は手をひたしつつ居たりけりいさご動きて湧きいづる湯に」がある。昭和二年の「伊東浴泉雑歌の中」には「冬の夜ふけわたりつつ鹹《しほはゆ》く湧きいづる湯はながれてやまず」「かすかなる湯のにほひする細川に鱗《うろくづ》のむれ見ゆるゆふまぐれ」が収められている。

（浦西和彦）

たかはら　歌集

〔**作者**〕斎藤茂吉

〔**初版**〕『たかはら』昭和二十五年六月三十日発行、岩波書店。

〔**全集**〕『斎藤茂吉全集第二巻』昭和四十八年六月十三日発行、岩波書店。

〔**温泉**〕妙高温泉（新潟県）、野沢温泉（長野県）。

〔**内容**〕アララギ叢書第百四十二篇として刊行された、斎藤茂吉の第七歌集。昭和四年の作歌及び歌集『連山』に収めた以外の昭和五年の作歌、四百五十四首を収録。「妙高温泉」二十六首、「妙高・野沢温泉」六首、「野沢温泉即事」十首は、昭和五年五月十六日から二十二日まで、長野県野沢、飯山に講演旅行をし、妙高温泉に遊んだ時に詠んだものである。「あをあをと水草の生ふる流《ながれ》あり湯ずゐのけむりここに消につつ」がある。

（浦西和彦）

石泉《いしいずみ》　歌集

〔**作者**〕斎藤茂吉

〔**初版**〕『石泉』昭和二十六年六月十五日発行、岩波書店。

〔**全集**〕『斎藤茂吉全集第二巻』昭和四十八年六月十三日発行、岩波書店。

〔**温泉**〕熱海温泉（静岡県）、葛温泉（長野県）、登別温泉（北海道）。

〔**内容**〕アララギ叢書第百四十八篇として刊行された、斎藤茂吉の第九歌集。昭和六年及び七年の作歌千十三首を収める。茂吉は、昭和六年五月二十八日から六月五日まで、熱海の樋口旅館に転地療養にゆき、「熱海にて」八首、「熱海小吟」二十三首がある。「夜ふけて心したしまぬもののあり温泉街《おんせんまち》の人のこゑごゑ」と詠む。「葛温泉」十七首には「西にむきてとほきはざまに来りけり湯のいぶき白雲《しらくも》やまがはの浪や」がある。昭和七年八月十日、茂吉は北海道の旅行に出発した。九月二日、苫小牧から登別温泉にゆき、第一滝本館に泊まった。その時に詠んだ「登別」八首には「登別にひと夜やどりて寄りあへる湯治の客のなかに親《した》しむ」がある。

（浦西和彦）

佐江衆一 さえ・しゅういち

*昭和九年一月十九日〜。東京浅草（現・東京都台東区）に生まれる。本名・柿沼利招。文化学院卒業。小説家。「北の海明け」で第九回新田次郎文学賞、「江戸職人綺譚」で第四回中山義秀賞を受賞。

みちのく栗駒のランプの湯・湯ノ倉 みちのくくりこまのらんぷのゆ・ゆのくら エッセイ

〔作者〕佐江衆一

〔初出〕「旅」昭和五十三年十月一日発行、第五十二巻十号。

〔温泉〕駒ノ湯温泉、湯浜《ゆばま》温泉、湯ノ倉温泉（以上宮城県）。

〔内容〕猛暑が続く都会の暑さから逃れ、山麓のひなびた温泉を求めて旅に出た筆者は、まず、宮城・岩手・秋田の県境にそびえる栗駒山の山麓、駒ノ湯を訪ねる。ここは駒ノ湯旅館と高原荘の二軒の宿と売店が一軒あるのみで、冬には無人の里となる。ブナやホウノキなどの原生林の緑豊かな大自然のもとで、乳白色の湯に浸かりながら、紅葉の季節に思いをはせると「狂おしい気がした」と言う。

次に、訪ねた湯浜温泉は、電気も電話もないランプの宿であった。ひと風呂浴びるつもりであったが、予期せぬ道路工事の騒音を耳にすることとなる。

騒音に辟易しながら次に向ったのが、湯ノ倉温泉である。電気も通らぬランプが吊された一軒宿で、野天風呂に浸かり渓流の瀬音とヒグラシの声につつまれて、ビールを飲みながら「私はもうこれ以上望むものはない」という至福の時を味わう。宿の主人の話によると、いまは土地の人でもここを知らない。知っていてもバスもなく、車が乗りつけられないからこないとのこと。しかし、東京をはじめ関西からも客は来る。「この山の歓びを知った者は、遠くから列車やバスを乗りつぎして、ポクポク歩いて来るのである」。そして、その魅力にとりつかれ毎年訪れる者も少なくないという。

（福森裕一）

堺利彦 さかい・としひこ

*明治三年十一月二十五日〜昭和八年一月二十三日。豊前仲津郡豊津村（現・福岡県みやこ町）に生まれる。別号・枯川、他。第一高等中学校中退。評論家、ジャーナリスト。「万朝報」で非戦論を主張。平民社を創設、社会主義者として活動。「労農」を創刊。『堺利彦全集』全六巻（中央公論社）。

浴泉雑記 よくせんざっき エッセイ

〔作者〕堺利彦

〔初出〕「大帝国」明治三十二年冬。

〔全集〕『堺利彦全集第一巻』昭和八年五月十日発行、中央公論社。

〔温泉〕塩原温泉（栃木県）。

〔内容〕明治三十二年七月下旬、数日間、野州塩原の温泉に浴した。「山になじみ湯になじむ、為《な》すこととなく思ふことなし」。僅に「雑感数則」を記す。千余年の昔、如葛仙が初めてこの温泉の効を唱え、次で弘法大師が更にその効を説《と》いた。病院も医薬のない昔、この自然の薬湯を得て、「是れ霊泉なり、是れ仏力なりとし、其《その》身と此病《やまい》とを以て之に帰依し、信念を凝して平癒を祈りし古代人民の情を想ふは、頗る趣味ある」ことである。今日でも、「猶霊泉仏力の信を以て来り浴する者甚だ多き也」。塩原に関する歴史上の人物は、「源三位頼政の遺族が塩原家忠に頼《よ》りたる、重盛の姨妙雲尼が妙雲寺を創《はじ》めたる、頼朝が那須野に狩して此に浴し御所湯の名を残し」ている。宇都宮家の君島信濃守が茗荷の別荘に移り温泉宿を開業し、のち今の塩の湯に移り明賀屋を開いた。今日、塩原の各地に君島を氏とする者が十数軒ある。維新後の士族の商売にも似ずに好結果を得た。信濃守はなかなか機転ある武士であった。塩原温泉場の繁栄は「漸次山を出で箒川の流に沿うて下るの観」がある。御所湯、梶原湯等の名を残す古湯本は地震の為に壊れたが、新湯《あらゆ》の地が勃興した。元の二湯は微々として山中に残存するのみである。福渡戸和泉屋の楼上で、清き流を眺めていると、野猪が夜渓川に傷を冷しに来るという意味の俳句が思い浮かぶ。野猪の想像は転じて、一人の武者修業の人物を画く。博浪の一撃ともいうべき壮挙を試みて果さず、かえって傷を負って、この霊泉に浴している。更に又転じて、私の想像は傷を心に負った人の上に及ぶ。温泉場は胃病、傷痍などを治すだけでなく、心の病を治すに適当な処である。温泉場は思いがけない友人を得る機会を与えてくれる。自然に生ずる親睦にして、虚飾も少く遠慮も少く、地位を挟まず、利害を思わず、実に無邪気な倶楽部となっている。塩原温泉場になお一つの喜ぶべきことは、「淫風の未だ吹き及ばざる事」である。塩原の地はまだ別荘が少なく、いわゆる上流社会人が殆ど訪れないので、まことに喜ばしいと思う。塩原の地が品格あり趣味ある中等社会の倶楽部であることを喜ぶものである。

（浦西和彦）

榊山潤 さかきやま・じゅん

＊明治三十三年十一月二十一日～昭和五十五年九月九日。横浜市に生まれる。小説家。「歴史」で第三回新潮社文藝賞を受賞。著書に『上海戦線』『ビルマの朝』『明智光秀』など。

岳温泉 だけおんせん エッセイ

〔**作者**〕榊山潤

〔**初出**〕「旅行の手帖―百人百湯・作家・画家の温泉だより―」昭和三十一年四月二十日発行、第二十六号。

〔**温泉**〕岳《だけ》温泉（福島県）。

〔**内容**〕疎開生活五年の間、安達太郎《あだたら》の峰を眺めて暮らした。私は時に黒塚を訪れ、そこに鬼が籠っていたという遠い伝説を偲び、荒涼たる天地を想った。今もなお、荒涼たる風物である。そこで生まれ、そこに年老いて行く人たちの生活に、私は佗しい夢を感じた。私の住んでいた岳下村《だけしたむら》には、まだ一度も汽車に乗ったことがないという農家の老婆がいた。東京は、その老婆にとっては夢の天国であったようだ。わずか五里の福島市も知らない。秋祭と、農閑期に米袋と野菜類を背負い、歩いて岳温泉に登ることが、このあたりの農家に共通した楽しみである。宿屋は十二三軒、その殆どが食糧持ちの農家の人たち相手だから、まことに鄙びた感じで、色っぽい女っ気などは全然ない。宿賃も安く、今でも一泊二三百円。私はよく岳温泉へ行った。東館の主人と親しくなり、行けば必ず東館に泊まったが、面白いのは、勘定がひどくムラのあることである。馬鹿に安かったり、普通であったりする。岳温泉で楽しいのは、水が豊富で美しいことである。宿の庭に立って、見上げる安達太郎の峰は、まことに秀抜である。二軒の高級旅館に泊まっても、湯は何処へ入りに行こうと勝手である。小さな湯ぶねに一人で入っているのが退屈であれば、往来の真ん中に立っている湯小屋へ行けばいい。男女の区別はあるが、実際は混浴である。充実した娘さんの美しい身体を心ゆくまで眺めることが出来る。夜更けの女人島の感じを味いたかったら、刻限を計って、宿の湯へ行けば申分ない。この頃スキー場も出来て、東京の客が行くようになったら、追々と鄙びた美しさが影を消すかも知れない。東京の人間が多くなると、何処の温泉も居心地がわるくなる。岳が、そういう風にならないことを、私は希うのだが。

（浦西和彦）

坂口安吾《さかぐち・あんご》

＊明治三十九年十月二十日～昭和三十年二月十七日。新潟県新津町大安寺（現・新潟市）に生まれる。本名・炳五。東洋大学印度哲学科卒業。小説家。代表作に評論「堕落論」、小説「白痴」など。『定本坂口安吾全集』全十三巻（冬樹社）。

黒谷村《くろたにむら》　短篇小説

〔**作者**〕坂口安吾

〔**初出**〕「青い馬」昭和六年七月発行、第三号。

〔**初収**〕『黒谷村』昭和十年六月二十五日発行、竹村書房。

〔**選集**〕『坂口安吾選集Ⅴ』昭和二十三年二月発行、銀河出版社。

〔**全集**〕『坂口安吾全集第一巻』平成十一年五月発行、筑摩書房。

〔**温泉**〕黒谷村字黒谷の隣字《あざ》の温泉（新潟県の松之山温泉がモデル）。

〔**内容**〕矢車凡太は、夏が来ると山岳へ浸らずにはいられない放浪癖を有していた。ある日、ふと蜂谷龍然が山奥に棲んでいることを思い出し、一路黒谷村へと向かう。黒谷村は、平凡な山間の盆地の小さな村落であった。そのあっけらかんとした猥褻さに、やがて凡太は、途方もない気楽さを感じ始める。龍然から与えられた寺の離れも住み心地が良い。毎晩、龍然のもとへ通う情婦もあったが、龍然は紹介することも隠し立てすることもなく、凡太も特に気にならなかった。龍然と二人で隣字の温泉へ浸りに行く途中、彼女を見かけたが、龍然は名前を言い捨てただけで、特に女の話はしない。盆の近づいたある朝、龍然は通夜に招かれて一泊の旅に出かけた。夜、本堂で凡太が経文をあげていたら、その女・苫屋由良が訪ねてきて、龍然と別れることにした、村に女衒が来ていて、今一緒に酒をのんできたのだと告げる。太鼓の音に誘われ盆踊りの会場へ行くと、そこに女衒がいて、由良は女衒の方へ歩いて行く。気まずくなった凡太は居酒屋に入り泥酔するが、そこに先ほどの女衒がやってきたため、そこも逃げ出し、やっとの思いで離れに辿り着いた。その後も、由良は毎夜龍然を訪ねてきた。龍然は、別れることになってせいせいしたと言いながら、やはり別れ切れない心持もあるのだろう、女衒とすれ違った時に「女衒はよくない」と叫んだ。すでに女衒も去った九月一日、凡太はいよいよ由良をつれて出立した。汽車を待つ間、三人は退屈して暗い顔を互いに背け合っていた。ただ時々、空虚な言葉を交わしあったりする。汽車に乗ると、由良は激しく泣き出した。凡太も涙が溢れるのを止めることはできなかった。人気のないプラットホームに一人超然と立っていた龍然は、汽車が遠ざかると突然倒れるように泣き伏した。

（阿部　鈴）

逃げたい心《にげたいこころ》　短篇小説

〔**作者**〕坂口安吾

〔**初出**〕「文藝春秋」昭和十年八月発行、第十三年八号。

〔**初収**〕『逃げたい心』昭和二十二年四月発

行、銀座出版社。
〔**選集**〕『坂口安吾選集V』昭和二十三年二月発行、銀座出版社。
〔**全集**〕『坂口安吾全集第一巻』平成十一年五月発行、筑摩書房。
〔**温泉**〕松の山温泉（新潟県）。
　温泉といつても特別何病にきくといふ建前があるでもなく、病人はめつたに来ない温泉で、小金を握つた近在の農夫達が積年の垢を落しにくるといふのんびりとした湯治場だつた。
〔**内容**〕地方の豪農の蒲原氏は四十七歳になっていたが、生来の無気力から働いたことがない。書斎に籠って、ぼんやりと肘掛椅子に埋もれて毎日を過ごしていた。蒲原氏には一男一女があったが、初夏も過ぎたころ、息子が突然失踪して、行方不明になった。彼は周期的に普通ではなくなり、飄然と家を飛び出してしまうのである。人々は慣れていたので、全く驚かなかった。後日、長野市の警察から、息子を保護しているから引き取りに来るように知らせがきた。息子の友達栗谷川に以前もらった貧乏徳利がお気に入りの蒲原氏は、それが長野の善光寺裏で手に入れたものであったことから、居ても立ってもいられず、すぐに家族と栗谷川とで長野へ向かう。警察行きを妻と娘に任せて骨董屋を回るが、見つからない。意気消沈の蒲原氏に夫人が、近くの温泉で休養することを提案する。関心が貧乏徳利から貧乏徳利をとりまく山の人々や自然に変っていた蒲原氏も賛成した。温泉は深い谷底にあった。のんびりした湯治場である。宿の内湯は昔ながらの男女混浴で、妻と娘はその習慣に慣れることができず、外湯に行った。その頃同じ湯宿に三人連れの女客が泊まっていた。近在の農家の婦人と思われたが、いずれもきれいな肉体をしている。物腰はあくまで自由で、のびのびと歩き回る様子には、恥じらう固さも、強いてする嫌味なきつさもなかった。この一行はよほど多く湯船につかるものと見え、蒲原氏が内湯へ行くたびに顔を合せるのであった。松の山温泉から一里ほど離れた温泉に向かう途中のこと、蒲原氏の目の前に大きな岩石が落ちてきた。見上げると女らしい後姿が見える。蒲原氏は天真爛漫な残虐性を持って生まれた山の農婦を想像した。そして胸に迫る熱い思いに打たれずにいられなかった。次の晩、縹渺とした心に従い山底の町を彷徨うと、寂寥が四辺をつつみ、自然の精気が心に通じてきた。翌朝一行は和やかに旅立った。　（阿部　鈴）

湯の町エレジー《ゆのまちえれじー》　エッセイ

〔**作者**〕坂口安吾
〔**初出**〕「文藝春秋」昭和二十五年五月一日発行、第二十八巻六号。原題「安吾巷談の五」。
〔**初収**〕『安吾巷談』昭和二十五年十二月発行、文藝春秋新社。
〔**全集**〕『坂口安吾全集第八巻』平成十年九月二十日発行、筑摩書房。
〔**温泉**〕熱海温泉・伊東温泉（以上静岡県）、湯河原温泉・箱根温泉（以上神奈川県）。
〔**内容**〕熱海を中心とした伊豆一帯に、心中や厭世自殺が目立って多くなってきた。今年、熱海の市議会では、自殺者の後始末用として百万円の予算を組んだようだ。熱海に比べれば物の数ではないが、それでも時折、私のすむ伊東温泉にも死ににくる人がいる。心中も、伊東では大切にしてくれないが、隣の富戸では実に丁重な扱いをしてくれるそうだ。水死体をあげると大漁があるという迷信のせいである。小さな岬を一つ隔てただけで、水死体に対する気分が一変するのである。同じ伊豆の温泉都市でも、熱海に比べると、伊東は自殺に来る人も少ないが、犯罪も少ない。その代わり、パンパンのタックルは熱海の比ではない。大通りに進出しており、それを避けようと閑静な道を歩くと、アベックにぶつかる。伊東を中心に、熱海、湯河原、箱根などの一級旅館を荒らしていた泥棒が捕まった。この犯人は巧妙に刑事の盲点をついていた。彼は藝者をつれこみ、もしくは呼んで、泊める。散歩だと言って藝者を宿に残したまま、ドテラ姿でフラリと他の一級旅館へ客の振りをしてあがりこんで、仕事をするのである。この男が捕まったのは、ドテラで温泉客のフリをするのを忘れて、洋服のまま忍び込んだせいだったそうだ。藝者を連れて豪遊し、それがアリバイを構成し、食後の運動、又、時にはコソ泥式の忍び込みもするところなど、余裕綽々、一つの風流をなしていて、惚れ惚れする。しかし本当にすごいのはその後で、彼が捕まえられて留置されると、藝者、料理屋、置屋などからゴッソリ差し入れがあった。ところが彼はこのご馳走には目もくれず、ハンストをやりだしたのだという。ハンストなどというものは、甚だしく毅然たる精神を必要とするものだと敬服していた。しかし真相は卑俗なものであった。ハンストは衰弱して保釈となることを狙ったものであり、差し入れは、彼に金を貸している者達が、それを払ってもらうためにしているのだという。温泉荒らしの手口にも、どうにも憎みきれないところがあり、爽やかさを感じる。騙される快感を万人が持っているためであり、手際のよさに救いがあるからである。また、私が憎悪の念をもてない理由の一つには、温泉客への反感がある。彼らは温泉地で優越的に振舞いすぎており、温泉地に住んでいると、彼らから盗みをするのは気の毒ではないような感情が生まれてくるのである。

（阿部　鈴）

坂本衛　さかもと・まもる

＊昭和十年（月日未詳）〜。大阪府吹田市に生まれる。元日本国有鉄道職員。著書に『超秘湯』『車掌裏乗務手帳』など。

ガイドブックにない温泉めぐり　がいどぶっくにないおんせんめぐり　エッセイ

〔**作者**〕坂本衛

〔**初出**〕「旅」昭和六十年九月一日発行、第五十九巻九号。

〔**温泉**〕木村温泉（仮称）（青森県）、串野温泉・挾間《はさま》温泉（以上大分県）、平加《ひらか》温泉（美川《みかわ》温泉）（石川県）、滝ノ沢温泉（秋田県）。

〔**内容**〕最も詳細な温泉のガイドブック『全国温泉案内1800湯』（日本交通公社）に出ていない温泉が意外に多い。そうした温泉は一般の人が抱いている温泉のイメージと趣を異にするが、それが面白い。私がこれまで訪れた『全国温泉案内』に載っていない温泉の数は百四十七か所である。そのうち三十六か所は無料で入れる温泉であった。その中でも特に印象に残っている所を紹介しよう。

東北本線小川原駅から徒歩で二十分ほどいった木村というところに、促成栽培用のビニールハウスの中に湯舟を据えた木村温泉（仮称）がある。淡黄色のつるつるした湯は、重曹泉ではないかと思う。扉に「女一時マデ入浴シルコト／男　二時カラ入ルコト／戸オカナラジシメルコト」という津軽弁で書かれた注意書がある。

大分県久大本線豊後森駅前でバス待合所の運賃表を見ていると串野温泉という名前があった。尋ねて行くと、田圃の中に湯煙を上げる堀立小屋の串野温泉があった。思わぬ秘湯を見つけ浸っていると、二人の子供を連れた婦人が現われた。三十歳ぐらいの豊満な肉体の持主。この共同浴場は混浴なのだ。まだこんな桃源郷があった。大分県大分郡挾間町（現・由布市）の天神橋のたもとの坂本瓦製造所に、自家用の温泉があった。同姓のよしみで入浴させてもらった。

人や車が行き来する道端で入浴するほど痛快なものはない。石川県石川郡美川町（現・白山市）に湧出するままに放置されている温泉がある。十坪ほどの廃屋跡の窪みに、コーヒー色の湯が豊富に湧いていた。名もない道端の平加温泉に浸る気分は何ともいえない。

秋田県花岡の山中に無人の温泉小屋がある。膝までもぐる四十分の雪中行軍の末、原生林の中に湯煙を上げる滝ノ沢温泉小屋を見つけた時は、ほっとした。雪に覆われた原生林の中の温泉にひとり入る気分は、今も恐怖だけが強く印象に残っている。

（浦西和彦）

超秘湯!!—ガイドブックからこぼれた温泉めぐり

ちょうひとう!!—がいどぶっくからこぼれたおんせんめぐり　ガイドブック

〔**作者**〕坂本衛

〔**初版**〕『超秘湯!!—ガイドブックからこぼれた温泉めぐり—』平成九年十月三十日発行、山海堂。

〔**温泉**〕新大鰐《おおわに》温泉（青森県）ら百十七か所。

〔**内容**〕ガイドブックにも載っていない、トラベルライターも素通りの、地元の人が秘かに利用している温泉を、青森県から鹿児島県まで百十七か所紹介する。秘湯とはいっても、ガイドブックを開けば必ずそこに紹介されているならば、もう秘湯ではないという。超秘湯のタイプを「1未利用温泉」「2掘っ建て小屋の温泉」「3地元民の共同浴場」「4公衆浴場」「5日帰り温泉」「6市町村営の温泉浴場」「7民宿と旅館」「8未許可営業の温泉」「9一般には利用できない温泉」に分類する。

（浦西和彦）

佐木隆三

さき・りゅうぞう

*昭和十二年四月十四日〜。朝鮮に生まれる。本名・小先良三。八幡中央高校卒業。小説家。「復讐するは我にあり」で第七十四回直木賞を、「身分帳」で第二回伊藤整文学賞を受賞。

わが青春の温泉残酷物語

わがせいしゅんのおんせんざんこくものがたり　エッセイ

〔**作者**〕佐木隆三

〔**初出**〕「旅」昭和五十一年十月一日発行、第五十巻十号。

〔**温泉**〕杖立温泉（熊本県）、寒の（ノ）地獄温泉・筋湯《すじゆ》温泉・由布院《ゆふいん》温泉・湯平《ゆのひら》温泉・宝泉寺温泉（以上大分県）。

〔**内容**〕温泉に初めてつかったのは、昭和三十一年の秋だった。北九州の八幡製鉄所に就職した年で、工場の親睦会慰安旅行で熊本県の杖立温泉に行ったのである。旅館は肥後屋であった。慰安旅行は三グループに分かれて行くことになった。C班に振り分けられたので、先に行った人から混浴のことを耳にした。杖立温泉は混浴ではないが、夜十二時を過ぎると女湯の方は湯を落として、男湯だけになる。そこに仕事を終えた女中が入浴にくるという話である。当日、宴会が早く終わることを願い、十二時ちょっと前に風呂に行く。しばらくすると、キャッキャッとはしゃぐ声と共に、女中たちが入ってくる。相手の裸を見ることを切望しながら、自分が見られるということな

さ

ど考えておらず、裸女たちに取り囲まれボーゼンとなる。翌日、一同打ち揃った食事のとき、深夜の混浴の際の周章狼狽の様を女中たちにより、おもしろおかしく披露された。

二十歳前後のとき、山登りが好きで、夜勤明けに小倉から汽車に乗り、日田・英彦山線で、久住山に行った。山を下り、温泉につかっていると、このうえなくやすらぎをおぼえるのである。寒の地獄、筋湯、由布院、湯平温泉には、数回ずつ泊まっているはずで、別府に出れば八幡製鉄所の寮があった。いつものように、一人で山に登った後、宝泉寺温泉に行った。宝泉寺はひなびた温泉だが、なかなか情緒があると聞かされていたのである。そのとき、若い女中がついてくれたのだが、彼女のお誘いに気付かず、機会を逃してしまった。女中が帰ってからそうだったのではと気付き、急にソワソワして、なかなか眠れなかった。

（西岡千佳世）

笹川臨風

ささがわ・りんぷう

＊明治三年八月七日〜昭和二十四年四月十三日。東京神田末広町（現・東京都千代田区）に生まれる。本名・種郎。東京帝国大学文科大学国史科卒業。評論家、俳人。著書に『支那小説戯曲小史』『東山時代の美術』（博士号取得）など。

榛名湖

はるなこ　エッセイ

【作者】笹川臨風

【初出】『伊香保みやげ』大正八年八月十五日発行、伊香保書院。

【温泉】伊香保温泉（群馬県）。

【内容】伊香保の勝は榛名湖にある。湯の湖のような薄暗い陰気のところがなくて、明るい陽気なところが、この湖の特色で、男性的に「光風霽月《せいげつ》」のところが善《よ》い。榛名富士は近江富士を偲ばせて、湖上の奇観といえよう。「榛名の梅が香」は上州人を主題にした人情噺であるが、長脇差気質の上州人は寧ろ率直で快濶で、男性的のところがある。榛名湖にも、優しい幾多の伝説が存する。湖の伝説を思うとともに、上州人の優しみを思わざるを得ない。

（浦西和彦）

佐々木一男

ささき・かずお

＊大正十三年〜。北海道に生まれる。釣師。昭和三十二年東京渓流釣人倶楽部を創立。『月山慕情』『水と旅する』など。

みちのく秘湯釣りの旅

みちのくひとうつりのたび　エッセイ

【作者】佐々木一男

【初出】「旅」昭和六十年九月一日発行、第五十九巻九号。

【温泉】湯野川《ゆのかわ》温泉・下風呂《しもふろ》温泉・奥薬研《おくやげん》温泉（以上青森県）、鉛温泉（岩手県）、杣《そま》温泉（旧湯ノ沢温泉）（秋田県）、小野川《おのがわ》温泉（山形県）。

【内容】釣りと温泉の旅を、この十数年来東北地方に求めている。ヤマメやイワナの釣り場が多いことと、山峡に温泉場が多いからである。最初に下北半島へ渓流釣りの旅をしたのは十五年も前だった。初日の宿は、湯野川温泉、次が下風呂温泉、そして奥薬研温泉だった。湯野川で驚いたのは、町中で一尺も掘れば湯が噴出することである。下風呂では夜景に沖の漁火が美しく幻想的、奥薬研ではヒバの原生林が見事で感激した。岩手県の鉛温泉の藤三旅館は北上川支流豊沢川中流域の山峡にあって、湯治場の面影を残す古い宿である。旅館部と湯治部に分かれ、湯は湯治部の白猿の湯に入る。人が立っても胸上まである深い浴槽から天井を見上げると、びっくりするくらい高い。九月初旬、米代川支流の阿仁川水系小又川へ渓流釣りに行った時、湯ノ沢温泉があった。湯は透明、少し硫黄の匂いがする。これは十五年も前のこと。いまは杣温泉と名を変え、新館もある。小野川温泉が好きなのは、宿泊料が安くて、湯がよくて豊富、米沢市内といいながら山峡で静かである。常宿にしているのが扇屋旅館で、木造二階建て、昔の街道すじにある大名の泊まる本陣のような構えの古い宿である。大樽川の釣り場は、温泉場から二キロほど下流からで、ヤマメとイワナが混生し、ときおりウグイも混じる。

（浦西和彦）

笹沢左保　ささざわ・さほ

＊昭和五年十一月十五日～平成十四年十月二十一日。横浜市に生まれる。本名・勝。関東学院高等部卒業。小説家。「人喰い」で日本探偵作家クラブ賞を受賞。「木枯し紋次郎」シリーズはテレビ化された。「他殺岬」「骨肉の森」「詩人の家」などがある。

湯煙に月は砕けた　ゆけむりにつきはくだけた　短篇小説

〔作者〕笹沢佐保

〔初出〕「小説現代」昭和四十六年五月一日発行、第九巻五号。

〔温泉〕豆州《ずしゅう》田方郡《たがたごおり》峰湯（静岡県）。

〔内容〕この渡世人は、湯宿の泊まり付け帳に、上州新田郡紋次郎と書いた。紋次郎は、二か月ほど前、東海道三島宿の西はずれで、暴れ馬に踏み殺されそうになった娘を救った。その時、石の上に激しく右膝を突いた紋次郎は、医師の手当てを受けたが、あとは恢復するまで静養を続けるだけということになった。天保の大飢饉で数か月も滞在させてもらえるところなどない。そんなとき、助けた娘が自分の実家で静養してくれと言い出した。娘はお市といい、今年十八である。お市は奉公先から暇が出て、豆州田方郡峰湯にある実家へ帰る途中だった。実家は信田屋という湯宿である。お市の母親お篠と兄嫁のお福は、紋次郎を歓迎した。しかし、信田屋の当主のお市の兄金吾は、あまりいい顔をしなかった。二か月がすぎた頃、甲州で騒動を起した連中の一部が、峰湯の湯治場に逃げ込んで来た。峰湯は、四方を山に囲まれ、助けを求めるにしても、佐の倉峠を越える一方口しかなく、それが塞がれていて、自力で対抗しなければならない。しかし、役に立つ人間はいなかった。紋次郎は歩けない状態なのだ。駒井屋では、主人の女房、十九と十七の娘、湯女のお勝が、十二人の男たちに輪姦され、主人は斬りつけられたということだった。明日になれば、必ずここへも来る。湯女のお久が湯につかった紋次郎の脚を揉み続けた。翌日、奈良井の権三らが乱入して来た。紋次郎は半殺しの目に遭わされ、長脇差をとられた。お市は奥の客室に監禁されて、非人がひとり見張っている。権三らは駒井屋に戻って昼間から酒盛りをはじめた。紋次郎の脚は、渡世人の弥七が強引に折り曲げた荒療治が効を奏し、歩けるようになった。湯女のお勝が連中が酔っぱらっている隙に紋次郎の長脇差をとろうとしたが、非人が手槍を投げて、お勝の背中を串刺しにした。お久が長脇差を持って転がるように走って来る。それを追った非人に背中を刺されて、お久は、すでに死んでいた。紋次郎はその非人の脇腹に長脇差を叩き込んだ。

紋次郎は駒井屋へ走り、手槍を持った非人や権三らに斬りつけた。トドメの一突きを脇腹に受けた権三は、まだ信じられないといった顔つきで、湯壺の中へめり込んだ。紋次郎は、弥七に近づいた。長脇差を構えた弥七は、まだ人を斬ったことはなく、本物の渡世人ではないと見えた。連中が駒井屋に乱入して来たとき、権三がここには米があると聞いているから鱈腹食わせろと言ったという。ここに米があることをお市が奉公先で、いい仲だった男に喋ったのかもしれない。紋次郎は続けさまに二度長脇差を振るった。弥七は喉を抉られ、脳天を割られて、湯壺の中へ転落した。お市は、やっと一年ぶりに会えた弥七さんを殺しちまうなんて、と泣きじゃくった。峰湯への無頼の徒侵入事件についての記録には、賊十四人のうち十人死亡、三人重傷のちに代官所へ引き渡し、一人逃亡、とある。

（浦西和彦）

笹本寅《ささもと・とら》

＊明治三十五年五月二十五日～昭和五十一年十一月二十日。佐賀県唐津市に生まれる。東洋大学中退。ジャーナリスト、小説家。著書に『文壇郷土記』『文壇手帖』など。

熱塩温泉の筆塚《あつしおおんせんのふでづか》　エッセイ

〔作者〕笹本寅

〔初出〕「温泉」昭和二十六年三月一日発行、第十九巻三号。

〔温泉〕熱塩温泉（福島県）。

〔内容〕日中線に乗ると、もう磐梯は見えない。熱塩は、国立公園に指定された飯豊、磐梯、吾妻と三つの山を結ぶ三角形の、ちょうど真ん中に位置し、山形県との県境だ。熱塩駅に着くと、笹屋本館の主人で、熱塩村公民館長の鈴木序響氏が出迎えに見えていた。私と会津との因縁は、もう三十年になる。中学時代の同級生が会津出身で、冬休みに会津を訪れ、家の中の蜜柑まで凍っているのに驚かされたが、その後、「会津士魂」を書いたりして、今日まで続いている。鈴木さんとは、昭和二十二年夏以来の知り合いだ。鈴木さんから筆塚建立の構想を打ち明けられ、その塚の碑の題字を武者小路実篤先生に書いて頂いたが、その後私は郷里唐津へ行って文化運動に没頭し、三年越し筆塚を顧みていないのだった。筆塚は建立され、「毎日グラフ」昭和二十五年十月十日号に「筆塚物語」と題して紹介された。もう建碑式を済まされたものと思っていたが、まだ何等公式のことはしていないから、一度来てほしいとのことだった。

　押切川を渡ると温泉村だ。熱塩の湯はぬるいが、子供のできる程あたたまることで有名だった。昔はモロコの名湯と呼ばれていた。モロコとは儲子と書く。子を儲ける湯という意である。笹屋本館の浴場には、三畳敷程の二つの浴槽があり、熱い方には五分とはいっていられない程で、私はぬるい方ばかり選んで入った。

　筆塚には、現在すでに、武者小路実篤、久米正雄、久保田万太郎、川端康成ら有名無名を合わせて三百本余りの筆が蒐められている。中一日おいた晴れ間に、本館から二丁ほど真東の檜林の中の筆塚に行った。高さ五尺、幅三尺程の自然石で「筆塚　実篤」の碑が建っている。帰途、名刹示現寺へ廻る。境内にあるキリシタン地蔵が珍しかった。

（浦西和彦）

さ

佐多稲子《さた・いねこ》

*明治三十七年六月一日〜平成十年十月十二日。長崎市八百屋町に生まれる。本名・佐田イネ。旧筆名・窪川いね子、窪川稲子。小説家。「樹影」で野間文藝賞、「時に佇つ」で川端康成文学賞を受賞。『佐多稲子全集』全十八巻（講談社）。

山の湯のたより《やまのゆのたより》　短篇小説

〔**作者**〕佐多稲子

〔**初出**〕「小説新潮」昭和三十年七月一日発行、第九巻九号。

〔**温泉**〕S温泉（東北地方）。

〔**内容**〕私は仕事かたがた、わが家の正月を逃れて、S温泉に来ていた。私の部屋の係は、おしげさんという三十を過ぎているらしい人だった。自炊部というものもあり、この宿は、雪の谷あいにすべての人を囲い入れて、その屋根の下にひとつの部落の営みを展開している。ある日、芝居のビラが貼ってあり、舞台をのぞきにいった。観客と役者の距離がなく、田舎芝居の何とも云えない混然とした雰囲気である。私は股旅ものを二日つづけて見ていて、旅を廻る一座の生活に想いを寄せたりした。ところが、興行主が木戸銭をみんな持ち逃げした。それで旅費をつくるために木戸銭を二十円に値下げして芝居がなされた。次の夜はのど自慢を呼びものにして、司会役の役者が客を笑わせた。夜半、私が寝まきに着がえてふとんに入ったとき、突然、何か激しい恐怖の叫び声が聞こえた。人の騒ぎ出す気配もなく、それではあの叫び声は何だったのだろう、するとまた、若い声で何かわめき出した。酔っぱらいだと気付き、私だけがおそくまで起きていて、若い酔っぱらいの苦しむ声を異常に感じたのだ。しかし、何だって人が殺されたなどとおもいついたのだろう。私はいつか寝入っていた。次の朝、おしげさんが、二十歳になった青年が塩酸を呑んで「腹が焼けるワ、助けてくれエ」と云って自殺したという。あの最初の何ともしれぬ、ぎゃあっと聞こえたのは、塩酸を呑んだ瞬間の声だったのか。あの叫びを散々聞いたのに、いつか寝入って、目が覚めたとき、その声の主の命は切れていた、というのが、何か恐ろしい気がした。おしげさんは、自分にもあのくらいの子どもがいるから、よけい厭よ、十七歳になり、東京のパン屋の工場で働いている、旦那は酒乱で、襖に火をつけたので別れたと、身の上話をした。二日間だけの日のべと云っていたのに、一座はまだ帰る旅費に足りなくて、つづけて公演する知らせが聞こえてきた。私は明日東京へ帰ることにした。昼すぎ女優たちが、山の部落の方へ、ふれ太鼓を叩いていく。太鼓の音はただ、トコトン、トコトンと、わびしく孤独に鳴っている。おしげさんは雪の降る中を、坂の上の停留所まで私をおくってくれた。今度の休みには、東京へ行く、「離れてゐちや、時には心配だもの、えんさんなんか呑まれちやかなはない。私に逢ひたいつて、手紙を寄越してゐる、いい人がゐるのよ」と笑うのだった。

（浦西和彦）

雪の舞う宿《ゆきのまうやど》　短篇小説

〔**作者**〕佐多稲子

〔**初出**〕「婦人の友」昭和四十七年五月号。

〔**全集**〕『佐多稲子全集第十四巻』昭和五十四年一月二十日発行、講談社。

〔**温泉**〕志戸平《しどだいら》温泉（岩手県）。

〔**内容**〕阿貴枝の長男が結婚をして独立した。その機会に、若い時から親しい茂子と治子が阿貴枝をねぎらう意味で、旅を計画した。三人がやってきたのは志戸平温泉である。途中の電車でこの東北に雪のないのをつまらながっていた。しかし、湯からあがってきた時、雪が降りだした。治子は胸に秘めた深い思いを打ち明けた。

十三年前、夫の建築家の河田がある酒場の設計をした時、そこの女主人と秘かな関係になっていた。それが一年以上も続いてから、治子は初めて河田の後輩から知らされた。治子は狂うように離婚を云い立てながら、実家の祝いごとに夫を無理に従わせた。その帰りに、治子は自分一人で温泉場に行って死んでやろうと思ったが、夫は不安を感じてついてきた。それで、志戸平温泉は二人の和解の場になった。治子は、「あんなときの心の動きっておかしなもの」であるという。

次の朝、炬燵を囲んだ三人は粉雪の舞う中に、薄陽が差し込んでいる風景を見ながら、茂子の話を引き出した。茂子の可愛がっていた子犬のマリーは、夫の吉沢とずっと関係のあった女の飼っていた犬が生んだのだった。それがわかった茂子は「自分の気持ちの収拾がどうにもつけられなくて、病気になってしまった」けれども、マリーを飼い続けていた。吉沢は穏やかでさっぱりした人柄である。「しかし人間って、吉沢のような人でもある時は残酷なことをするものだと思うの」と茂子は感慨をもらした。

阿貴枝は二人の話を聞いて、自分の番が来たような気がして、茂子の「しかし人間って…」という言葉につられて、昔の自分を思い出した。長男が十三歳の時、夫が勤務事故で亡くなった。会社に対する交渉という実際的な処理を、ある若い弁護士に依頼した。阿貴枝は彼と接するうちに、惹かれるようになった。だが、亡くなった夫の田宮をまだ愛している。結局、二人はどうということにもなっていないが、「もし、あのときどうかなっていたら、私はおかしなことになったわね」と、阿貴枝は再び人間がおかしなものだと思った。

（鄒　双双）

佐藤紅緑　さとう・こうろく

＊明治七年七月六日～昭和二十四年六月三日。青森県弘前市親方町に生まれる。本名・洽《こう》六《ろく》。小説家、劇作家、俳人。「あゝ玉杯に花うけて」など、少年少女小説が大きな反響をよんだ。『佐藤紅緑全集』全十六巻（アトリエ社）。

鳩の家　はとのいえ　長篇小説

〔**作者**〕佐藤紅緑
〔**初出**〕「読売新聞」大正三年十一月二十六日～同四年五月三十日。
〔**初版**〕『鳩の家』上下巻、大正四年発行、菊屋出版部。合本版『鳩の家』昭和二年二月二十八日発行、知進社。
〔**温泉**〕浅虫温泉（青森県）。

陸奥国の青森湾を抱えた浅虫の里。秋の日和が続くと夕日が紅みを帯びて三時頃からめきめきと弱り出す。此辺は秋が短かくて冬が長い。山と海とに挟まれた幅の狭い小村であるが、温泉場だけに夏は西洋人の二組位が見える。蜜柑箱の様な西洋館もある。ホテルと名の付いた日本風の宿屋もある。

〔**内容**〕陸奥の国青森の浅虫の里に三人の仲の良い子供たちがいた。一人は力自慢の虎公、一人は学問好きの文公、そして文公の母が預かっている里子の篤子である。やがて虎公は外の世界を見てみたいと出奔し、篤子も東京の父のもとに呼ばれ、乳母と文公と共に上京する。しかし危篤だった父の死に間に合わず、篤子は財産狙いの祖父と伯母のもとに引き取られることになる。篤子は乳母親子から引き離され、三人は離ればなれになる。篤子となるべく近くにいたい親子は東京で暮らすが、母は目を患い、文公は中学を退学して働くことになる。一方虎公も東京に来ていた。盗人の親分に拾われ、何度も盗みの手伝いを強いられながらも断って、貧しいながらも正しく生きてきた虎公は、道端で泥鰌《どじょう》売りをしているとき偶然文公と再会し、三人の道は再び交わっていく。篤子は伯母の義兄の子・力と婚約するが、財産のある力と娘の環を結婚させたいと企む伯母母子の姦計にはまり、力は環と関係をもってしまう。堕胎の計画を知った篤子は力との婚約を解消し、二人に夫婦になることを勧めて去る。篤子は浅虫で孤児院を立てる決意をする。篤子と力は文通を始め、篤子は孤児を、力も神経衰弱から頭を患った環を愛することで幸せになる。

（阿部　鈴）

佐藤惣之助 さとう・そうのすけ

＊明治二十三年十二月三日〜昭和十七年五月十五日。神奈川県橘樹郡川崎町砂子（現・川崎市）に生まれる。詩人。詩集に『正義の兜』『狂へる歌』『満月の川』『荒野の娘』『琉球諸島風物詩集』など。民謡や流行歌の作詞も多数。

温泉懐古 おんせんかいこ　エッセイ

〔作者〕佐藤惣之助
〔初出〕「温泉」昭和十六年五月一日発行、第十二巻五号。
〔温泉〕吉奈《よしな》温泉（静岡県）。
〔内容〕筆者は今では人で混雑した温泉には行かなくなったが、以前は温泉地の風光、土俗趣味に憧れてよく出かけた。温泉地の空気や気分は好きであるが、生来皮膚が弱いので、一日に五回も、六回も入ることはできない。温泉に憧れながら、浴泉というものに縁がないのではあるまいかとおもう。伊豆、上州、東北、関西、九州、朝鮮、満洲などの温泉地を歩いたが、しっくり落ち着けるところはなかった。

それでも、今考えると一番気に入ったのは伊豆の吉奈であった。刺激的なところがなく、すぐ狩野川へ行って釣りができる。

いろいろな場所へいったが、要するに根本は気分だ。多少高級だとか、サービスなんてものの差はあるとしても、いかにその土地の人が浴客を自然に扱ってくれるかということだ。どんな小さな旅館でもよい、どんな寂しい温泉でもよい。「只、その安らかさと、その暢びやかさと、自然的要素と共に、温かい、親しい人情をもって迎えてくれたらどんなに感謝するだろう」。今年も十分の一でもよいから、そういう習俗のある温泉へ行ってみたいとおもう。

（古田紀子）

佐藤春夫 さとう・はるお

＊明治二十五年四月九日〜昭和三十九年五月六日。和歌山県東牟婁郡新宮町（現・新宮市）に生まれる。慶応義塾大学予科文学部中退。詩人、小説家、評論家。「田園の憂鬱」「お絹とその兄弟」「殉情詩集」「退屈読本」「晶子曼陀羅」など。『定本佐藤春夫全集』全三十六巻（臨川書店）。昭和三十五年、文化勲章を受章。

浴泉消息 よくせんしょうそく　詩

〔作者〕佐藤春夫
〔初出〕「明星」大正十一年九月一日発行、第二巻四号。
〔初版〕『我が一九二二年』大正十二年二月十八日発行、新潮社。

〔**全集**〕『定本佐藤春夫全集第一巻』平成十一年三月十日発行、臨川書店。
〔**温泉**〕船原温泉（静岡県）。
〔**内容**〕「1　大ぶん熱が出ました」「2　だんだんよくなつて来るのです」「3　よほど快方に向ひました」から成る。佐藤春夫は大正十一年七月下旬から八月下旬まで、伊豆船原温泉鈴木方に滞在した。その時の温泉消息を詠んだ詩である。「2　だんだんよくなつて来るのです」には、「浴泉は毎日、私のおできの／岩苔のやうにこびりついた奴を洗ひ落すが、／谷川の水は毎晩、私の心に流れこんで／それが心の古疵《ふるきず》に何としみるかよ。／ひとりぼつちの部屋へ月がさすから／電灯を消したら／おれの目から温泉が出たつけ。」とある。佐藤春夫は、親友の谷崎潤一郎の妻千代が不遇な境遇にあることを知って、同情から恋愛感情を抱いた。谷崎も千代と別れて、二人の関係を認めるつもりであったが、にわかに翻意したため、大正十年三月に谷崎と絶交した。しかし、千代に対する慕情は消えず、「心の古疵に何としみるかよ」失恋失意の心情を込めている。

（浦西和彦）

詩境湯川温泉《しきょうゆかわおんせん》　エッセイ

〔**作者**〕佐藤春夫
〔**初出**〕「南紀藝術」昭和八年十月十五日発行、第二輯。原題「湯川温泉」。
〔**初収**〕『閑談半日』昭和九年七月五日発行、白水社。この時、改題。
〔**全集**〕『定本佐藤春夫全集第二十巻』平成十一年一月十日発行、臨川書店。
〔**温泉**〕湯川温泉（和歌山県）。
〔**内容**〕いくつぐらいの時だかおぼえていない。井野の小父の肩車に乗って山の中を歩いて、滞在中の父のところに行った。庭にも水の流れているところがあって、花が咲いていた。何が何やらただもう夢のようで一切がうすぼんやりと、しかしその面白さや美しさだけは確実におぼえている。後年よくこの時のことを思い出して、その場所へ行ってみたい気がするので、父に問うが、父は一向そんな出来事は覚えていないらしい。しかし、ある時思い出してくれて、それは湯川温泉のことではないか、あそこで一夏脚気を養ったことがあったという。湯川なら新宮から俥に乗った筈だが、その車上のことは忘れていて、肩車の記憶がさほどでもない道のりを遠い遠い山路のように思わせたらしい。湯川が僕にとって詩境の如く思われて拙作のなかに出て来るのは、幼時のそんな思い出が無意識に作用しているのかも知れない。その思い出のなかの景色ほど、美しくなつかしいのである。希望を述べるのには早すぎるが、百年の後には僕もあのあたりのどこかの水に面した、風あたりのひどくない木のかげの土になりたいものである。温泉場としてはあまりに低温なあそこの湯はあまり繁盛する惧れはあるまい。僕はどこまでも現在のままの湯川がすきなのである。あのぬるい湯も僕には適当だし、あそこの気分にも合う。聴雨窓主人竹冷宗匠が熊野に遊んだ時の旅日記に「同日天満を通過し態と湯川を択み閑静に一夕休息す」とある。態との二字に妙味がある。湯川は正に一夕の閑静な休息のために態と択ばれるにふさわしい土地である。また、僕の友人が「ねむの花　病養ふ　湯の女」の吟を語ったことを思い出す。ねむの花そのものといい、この句の愁わしく艶に静かな趣には、何やら湯川の土地らしい味があるので付記しておく。
　あるひとが湯川の入江のために名前をつけよといったので、「なかなかに　名のらざるこそ　ゆかしけれ　ゆかし潟とも　呼ばば呼ばまし」と詠んだ。
『定本佐藤春夫全集第一巻』（平成十一年

三月十日発行、臨川書店）にも、「詩境湯川温泉」として、最終部の「なかなかに……」の歌の部分が独立して収められている。この部分は初収『閑談半日』では削除された。なお、昭和四十五年春、湯川温泉ゆかし潟畔に歌碑が建てられた。（浦西和彦）

佐藤迷羊　さとう・めいよう

＊生年月日未詳～昭和十二年。山形県に生まれる。本名・稠松。東京専門学校（現・早稲田大学）文学科中退。小説家。

温泉場《おんせんば》　短篇小説

〔**作者**〕佐藤迷羊

〔**初出**〕「文藝倶楽部」明治三十二年四月十日発行、第五巻四編。

〔**温泉**〕熱海温泉（静岡県）。

　兇行者の親分と吾々が睨んだ水野子爵が避寒の為め熱海の別荘に行つたとのことで、何かの手掛にもならうかと、私と外に二人の刑事探偵が小田原から熱海に行つたのは丁度暮の二十九日といふ日であつた。

〔**内容**〕本当なら罪人を縛首にするべきところを、義侠心で見逃したことがあったと、山村警察署長は語った。十二年前の話である。主憲党の首領を要撃して姿をくらました大沢元之助という兇行者がいた。兇行者の親分の水野子爵が避寒の為、熱海へ行ったので、手がかりを求めて、刑事探偵が熱海の温泉宿に入りこむ。東京から永田町に住んでいる水野党員の山口が娘と乳母と仲働きのお孝を連れてやってくる。夕方、人のいない梅園で仲働きのお孝と書生風の男が話しているのを立ち聞きする。知己の大恩に報いる為に法を破った兇行者と、その男を思う女の気持ちに感激し、「一点忍びざる情だ、惻隠の情だ」と、見逃してしまう翻案の小説である。（浦西和彦）

佐藤洋二郎　さとう・ようじろう

＊昭和二十四年六月二十八日～。福岡県遠賀郡岡垣町に生まれる。本名・洋二。中央大学経済学部卒業。小説家。「夏至祭」で第十七回野間文藝新人賞を、「岬の蛍」で第四十九回藝術選奨新人賞を受賞。著書に『神名火』『坂物語』など。

湯抱《ゆがかい》　短篇小説

〔**作者**〕佐藤洋二郎

〔**初出**〕「すばる」平成八年十月一日発行、第十八巻十号。

〔**初収**〕『神名火』平成九年三月発行、河出書房新社。

〔**温泉**〕湯抱《ゆがかい》温泉（島根県）。

〔**内容**〕徳永は所用で広島へ来た時、以前から一度訪ねてみたいと思っていた湯抱温泉にやってきた。宿の女将は、今日からお盆で、「新盆の家に盆踊りがあるがね」という。八幡原さんの家を尋ねると、同じ名前が二軒あるが、「今日そのうちの一軒が新盆ですけーね」と、女将は警戒して、よそよそしくなった。

　二十年近く前、彼には付き合っている女性がいた。当時、徳永は会社を辞め、なにをしていいかわからなかった。彼は新聞広告を見て基礎工事会社に入り、建設現場の宿舎を転々とした。二年が経過し、数人の仲間と基礎工事会社を始めた。しかし、好景気の波が去ると、受注が減り融通手形まで交わすようになった。そんな時、八幡原悦子と出会った。彼女は劇団員で、稽古と公演に全国を忙しく動きまわっていた。程なくして会社は倒産した。彼女も劇団を辞めるといい、投げ遣りな言い方で所帯を持ってもいいと言った。彼はまた職人として現場に出始めた。ある時、仕事を辞めて郷里に戻るという男が中古の重機を売りたいという。彼女は郷里に戻り、父親から五百万を借りて来てくれた。勝手なことばかりやっているので、これでもう田舎に帰ることができないわという。重機の手付金を払うと、男は行方を晦ました。徳永は騙されたのである。彼女はぼんやりしていることが多くなった。彼女には永年付き合っていた劇団の男性がいた。徳永と一緒に住んだのは、その男への未練を断ち切るためであった。夜、徳永は慌てて飛び起き、ガス栓を締め窓を開けた。彼女は郷里へ帰るという置き手紙を残して出ていった。あれ以来、徳永は八幡原悦子に会っていない。

　谷間に太鼓の音が響き、提灯の明かりが夜の山を照らしている。徳永は八幡原悦子の家のほうに足を進めた。広い庭先に目をやると、中央に孟宗竹が立てられ電球が点されている。徳永は目を凝らし遺影を見た。若い日の八幡原悦子の姿が駆け巡り、やがて再び闇の中に消えた。山に取り囲まれたこの土地が、巨大な霊場みたいな気がした。蛍が頼りなげに彼女の家のほうに向って飛んでいた。今、八幡原悦子が戻っているのだと思った。太鼓の音で、徳永は現実に引き戻され、八幡原悦子が永遠に自分の前に現われることがないのだと気づいた。

（浦西和彦）

佐藤緑葉　さとう・りょくよう

＊明治十九年七月一日～昭和三十五年九月二日。群馬県吾妻郡東村（現・東吾妻町）に生まれる。本名・利吉。早稲田大学英文科卒業。小説家、詩人、翻訳家。長篇小説「黎明」、評伝「若山牧水」、翻訳「ジキル博士とハイド氏」など。

哀楽の揺籃として　あいらくのようらんとして　エッセイ

〔作者〕 佐藤緑葉

〔初出〕『伊香保みやげ』大正八年八月十五日発行、伊香保書院。

〔温泉〕 伊香保温泉（群馬県）。

〔内容〕 伊香保を思うたびに、私は少年の日の甘い歓喜と哀傷とを思い出す。私は伊香保においていろいろな珍らしい物語を読み耽《ふけ》る喜びを覚え、故郷を離れたものの悲しみを育《はぐく》まれた事を覚えている。私が初めて伊香保へ行ったのは祖母に連れられて行った七つ、八つ頃である。その後毎年のように出かけたが、しかし思い出は七つか八つの頃、あるいは九つか十の頃である。私達は農閑の田舎の客であった。階段の下を流れる暗渠の中の湯の音が、いつも高くざあざあと響いている。それは私の心に初めて孤独と寂しさを教えた音である。それから内湯の浴槽へ流れ落ちる湯滝の音、この二つは私が忘れる事の出来ないものである。今一つ忘れる事の出来ないのは、夜の按摩の笛《ね》の音である。私は子供の頃よくたばこ屋という家へ行った。そこの主人は私より五つか六つ年上で、絵が上手で、自分で加留多のような物を書いて、その帳場で遊ばしてくれた。私はその家で太閤記を読み、真田三代記を読み、探偵物語を読み、幾つかの日本歴史譚《ものがたり》を読んだ。青年時代にも思い出がない事もない。しかし伊香保に関する思い出は主として少年時代にかかっている。あのあけび細工を売る家、あの挽物細工を造る家、あの貸本屋、あの黄泥色の湯の花染を売る家、あの薬師様、あの家の上に家ののしかかっている町、私に歓びと悲しみとの芽を植えつけてくれた少年の日の伊香保を今でも思い出す。

（浦西和彦）

郷倉千靱《さとくら・せんじん》

*明治二十五年〜昭和五十年。富山県射水郡（現・射水市）に生まれる。本名・与作。東京美術学校（現・東京芸術大学）卒業。日本画家。代表作「山霧」など。

黒部峡の秋の湯《くろべきょうのあきのゆ》　エッセイ

〔**作者**〕郷倉千靱
〔**初出**〕「旅」昭和二十九年十一月一日発行、第二十八巻十一号。
〔**温泉**〕鐘釣温泉・祖母谷《ばばだに》温泉・宇奈月温泉（以上富山県）。
〔**内容**〕「私」が初めて黒部峡谷に入ったのは、四十年余り前である。黒部峡奥から大蓮華（白馬）へ登ることは学生時代の誇りであった。途中の鐘釣温泉は今も黒部峡の尤も見るべき景勝とされているが、眼界も多少広く渓へ下りるところに一軒の山茶屋らしい温泉宿があった。岩の渓みちを下りたところにある、自然のままの大きな岩塊の底から湧くいで湯である。目の前は渓流で淙々としぶきをたてていた。この岩屋の温泉は、いかにも山の湯らしい原始的な情趣がある。紅葉の季節には透き通った温泉の湯面と渓流にまで錦のような美しい紅葉が映って、旅情を温める。祖母谷では、温泉宿は洪水に流され、山小屋に等しいところに泊まった。渓流近くの浴槽には銀盤のような澄んだ月が浮かび、渓谷の月夜は「いかにもものすごくうつくしかった」。せんせんと流れる渓の音を無心に聞きながら、浴中の肌に月光を浴び、いつしか山気の冷えを感じながら、「更けゆく山魁の幻想」と、「はるけき明浄な月光」が限りなく渓間へ流れ込む、美しい四十余年前の情景と感覚は、今もなお生き生きと思い出される。その後二十数年にして、今の賑やかな脂粉の宇奈月温泉がこの世に登場したり、水力発電が行われるようになって、暗い峡谷がすっかり明るくなった。昔の黒部峡の、幻想的な神秘感が懐かしく思われる。しかし、たとえ明るい暗いの気分差があっても、大自然の骨格は悠久として大体に変らない。

（荒井真理亜）

寒川光太郎《さむかわ・こうたろう》

*明治四十一年一月一日〜昭和五十二年一月二十五日。北海道苫前郡羽幌町に生まれる。本名・菅原憲光。法政大学中退。小説家。「密猟者」で第十回芥川賞を受賞。「海峡」「北風ぞ吹かん」など。

旅愁恋情《りょしゅうれんじょう》　短篇小説

〔**作者**〕寒川光太郎
〔**初出**〕「温泉」昭和二十四年八月一日〜十月一日発行、第十七巻八〜十号。
〔**温泉**〕定山渓温泉（北海道）。
〔**内容**〕今年もまた、あの女《ひと》が来ている。岸田が三階の窓べから見おろすと、淡い湯気をたてた渓流があり、その岩の上に佇んではげしい流れをみつめている女の姿があった。今度の旅行には、あの女との再会を、彼は人知れぬプランの中に入れてあったのでないか。係の女中さんに立石鷹子さんを知っているかときくと、お二階ですわ、昨日おつきになったばかりですという。去年、同じ季節、同じ場所で、立石鷹子を知った。彼は二人の子供をのこして妻に先立たれた。仕事は官庁方面の出版物をあつかっている。鷹子の夫は弁護士であったが、終戦の年、婦人問題から斬りつけられ、亡くなった。生家はサッポロの富裕な家作持ちである。岸田の胸中に、ほのかな恋情が湧き上ってきた。ある夜、山峡の川下の方に、小さな火事があった。彼女の部屋にかけつけると、彼女は「怖いわ！」と身を投げかけてきた。彼は唇をおしつけた。彼女は、その刹那、われにかえり、飛びのいた。翌朝早く、彼女は宿を立ってしまったのである。

彼は深夜に浴室へ行った。婦人浴槽はおとされていた。湯を使う音がひびいていた。彼は何のためらいもなく首までつかった。狼狽めいた女の声が湯気を透して聞こえて来た。鷹子だった。その夜から、岸田と鷹子との間は、堰をきって流れはじめた。この温泉《いでゆ》のみの想い出としておくべきか、それとも結婚をきり出すべきか、彼は悩むのだった。仕事がまっていて引揚げねばならない。岸田は渓谷で鷹子に求婚する。その日の午後、サッポロから鷹子の父がやって来た。父はどうか、うまくやってもらいたい、それだけが私の願いであるという。岸田が、風光明媚な定山渓を出発したのは、その翌日のことで、話はあっけないほど早く、片付いてしまったのである。「啄木ではないが、すべて漂泊の旅さ！　ここで落合ったのだ。北へ旅する心、風景、旅愁、渓流！　そして二人が相逢った。思ひ出の中でも、いちばんきれいなものになるかも知れないよ！」と、二人は車窓から深緑の風景を見下ろしながら、感慨ぶかく洩らしあった。

（浦西和彦）

芦の湯物語《あしのゆものがたり》　エッセイ

〔**作者**〕寒川光太郎

〔**初出**〕「温泉」昭和二十五年四月一日発行、第十八巻四号。

〔**温泉**〕芦の(之)湯温泉（神奈川県）。

〔**内容**〕私が芦の湯を訪れたのは盛夏の頃であった。下界は猛暑にうだっているのに、この芦の湯のあたりは北国の初春を想わせている。ここほど栄衰の歴史を経て来た湯治場は、さほど多くはあるまい。私が泊まったのはきのくにやである。山静かなこの好もしい旅舎は、原稿書きにはうれしい限りである。今どき、浮世ばなれした山嶺の、静けさなどを愛そうという人も少ないのか、この一週間ほどの間に、日日訪れる泊まり客は数えるくらいしかいない。往時にさかのぼると、さまざまな貴顕豪族たちが入浴したという当時の湯治場記録が残っている。「この芦の湯はきのくにやの歴史こそ、そのまま、近世支配階級の栄枯盛衰の歴史でもある」などと思う。くずれかかった石段、朽ちた垣根、見るものすべて懐旧の青苔に蔽われている風景の中を、歩きながら、この閑寂を愛しえない現代の多忙さを、かなしく思った。きのくにやには、各異なった温泉が四つ出ている。その浴槽というのは、木製で、二人風呂ていどの小さなもの、柔かく、何よりも古めかしい往古の匂いが情緒的である。硫黄泉、この湯の温度が人肌よりも少し温い程度、四十五度であった。山ゼリ、サンショウ、フキなど山の物を、いつも忘れずに食膳へのぼせてくれる。流れ動く山霧の、ポタポタというかすかな滴りをききながら、肌なれた湯につかるのは快いものである。

（浦西和彦）

吹雪の温泉《ふぶきのおんせん》　エッセイ

〔**作者**〕寒川光太郎

〔**初出**〕「温泉」昭和二十六年二月一日発行、第十九巻二号。

〔**温泉**〕湯之（の）川温泉・定山渓温泉（以上北海道）。

〔**内容**〕私の湯之川温泉の思い出は、ロマンチックな修道院というものがなかったら半減されよう。湯之川に泊まった時、吹雪が来たのである。三平汁を注文した。気どらない野性的なこの三平汁は、煤けた炉傍で、フウフウと大急ぎで食うに限る。頰に傷痕のある女中さんと女将がつくってくれた。もう七八年前、彼女は二十三四といっていた。女将が身寄りなので手伝っている折、おもてへ出ようと、玄関の戸をあけると、暖気でゆるんだ氷柱がグサリ！と頰を掠めたというのである。北国に住む者の悲しさを、何故かジーンと胸底で味合っていた。

私はサッポロ近郊にある定山渓を、少年時代の思い出のせいか、愛している。その町も猛烈な吹雪に閉ざされた。退屈しのぎに湯治客の隠し藝大会が開かれ。私は隣に坐った女に後見を頼んで、千里眼をやった。私と彼女の視線が、何かこの満座の中で秘密を知る者は二人きり、というまたたきを交しているようだった。まだ三十前の美しい人だった。

いつか客車の中で、駒ガ岳の雪景色を仰ぎながら、湯之川伝説などを聞いたことがある。後に、シノリの郷に大きな館をひらいた、津軽の武士小林三左衛門が船で難破して、ユーペットの海岸に漂着した。酋長が自分の家へつれて帰って介抱した。元気になり永逗留するようになった。酋長の一人娘が病気になった。小林三左衛門は、何とかして彼女を救い恩義にむくいたいものだと、海辺の近くの砂地を歩いていた時、白い湯気が地底からゆらぎ昇るのを発見した。温泉なのである。彼は酋長の娘をここに浸らせ、身体を恢復せしめたという。シノリの豪族と湯之川温泉にまつわる由来話である。

（浦西和彦）

鬼首温泉の思い出《おにこうべおんせんのおもいで》 エッセイ

〔**作者**〕寒川光太郎
〔**初出**〕「温泉」昭和二十九年十月一日発行、第二十二巻十号。
〔**温泉**〕鬼首《おにこうべ》温泉（宮城県）。
〔**内容**〕鬼首温泉は好きな温泉ではないが、壮大、閑寂、荒涼とでも云うべき、一見の価値はあると思う。何しろ宮城と山形の県境にあって、往時にもここを通って峠越えする旅人は、数えるほどしかなかったらしく、人斬沢などという物騒な名の沢が近くにある。荒涼とした僻地である。鳴子温泉からバスに乗る。つづら折りの断崖路を登る。少し登ると、渓谷にせまって、怪奇な岩壁の雪間にそびえているのが、鬼叫びの絶壁である。鬼首温泉宿はカワラぶきの二階建だが、いやに荒れ果てた感じである。バスを下りて、眺めまわしている時、今通った絶壁道を重そうに荷を背負って来る女の姿が目についた。この辺に住む人は、物資を全部鳴子から運んでいるのである。湯殿は広い。古いバラック造りで、板の破れ目から外が見えている。温泉は山岸の溝から運ばれ、朽ちたカケヒでそのまま浴槽にトウトウと落ちていた。これほど原始的な温泉はまたとない。夕の食膳は、鱒の塩焼き、ワラビとフキと油揚げの煮しめ、鯉のアライ、鯉コク、小丼にたっぷり盛ったジュンサイ、実に素朴そのもの山家の美肴である。翌朝早く、有名な間歇温泉の現場を見に出かけた。丘の頂きを越えると、突然天高くふき上げた白い湯の棒が目に入った。実に凄まじい。湯井は幾本もあって、各々三十分とか一時間とか毎に噴出する。五分おきというのもあったが、先ず最初に地の底から異様なざわめきが伝わり、それが次第に高まって、ビュッビュッと噴湯が現われ、ついで狂的に加速度をましながら、ぐぐぐッ！と宙にのびて行く。地震か雷のような、あの身動きもできぬ恐ろしい狼狽を思わせるものだった。

（浦西和彦）

登別《のぼりべつ》 エッセイ

〔**作者**〕寒川光太郎

〔初出〕「旅行の手帖―百人百湯・作家・画家の温泉だより―」昭和三十一年四月二十日発行、第二十六号。

〔温泉〕登別温泉（北海道）。

〔内容〕北海道の旅はすばらしい。春は黒土の匂いがする。夏は緑でむせぶようになる。秋は空気がすみ、小麦やトウモロコシの熟れた香りがする。秋はまた、北海道の女が一番美しく見える季節である。いつか新宿で有名な御仁が、登別温泉の女を好きになり、二日ほど宿泊を延ばして口説きにかかったが、物にならなかった。「登って別れろ、登別」というわけである。土地の女の気質を呑みこんでおかないと、快的な秋の旅もつまらなく終わってしまう。粋なところを御披露しよう。その登別温泉の女を口説き落したことがある。滝本館で私の部屋の係になった女は、どうやら未亡人らしいフシが見えた。天候や風景の話から徐々に駒をすすめた。就寝前の入浴のテを用いた。あのホテルの客室から浴室までの道中は、飽きあきするほど長かった。その道中を案内させながら口説いたのである。浴室に下りついた時には、お互いなんだか同情し合わねばまずいようになってしまっていた。登別女には職業くさみがない、そして熱いのは情ばかりではない、それ、ここには有名な地獄谷がある。（浦西和彦）

玉造旅情《たまつくりりょじょう》　エッセイ

〔作者〕寒川光太郎
〔初出〕「温泉」昭和三十一年七月一日発行、第二十四巻七号。

〔温泉〕玉造温泉（島根県）。

〔内容〕ふらりと気ままな旅がしたくなったというのも、もともと一度はハーンの山陰に行ってみたいという気があったからで、広島発の快速列車に乗る。列車の中で、独り旅姿の若い女と会話が取り交わされて、この若い女の口から出た玉造温泉というところに行って見ようと決める。駅からバスで十分あまり、裸木の並木路を走るとすでに両側は美しいメノウ製品にかざられた土産物店である。山峡の温泉街にはあの懐かしい湯の匂いがただよう。湯気の下には大小さまざまな旅館が折りかさなって軒を並べていた。若い女と袂を分かつ前に誘ってみたが、列車が動き出して、残念な気持ちで別れ、支那風の旅館に入って、白化粧の女中衆に迎えられた。出された茶も、菓子もよくて、禁酒していたのを破って一本つけてもらった。キヨちゃんという出雲的な美人の、どこか東北訛りに似た発音が懐かしかったので、散歩の案内を頼んで一緒に散歩しながら、お土産を買ったり、コーヒーを飲んだりする。翌朝彼女は駅まで送ってくれた。列車の窓ではじめて手を握ると、キヨちゃんはしっかり握り返してくれた。もう一晩泊まろうかと思う時に列車が動き出して、やはり残念ながらの気持ちで別れる。

玉造温泉といわず山陰一帯はすべての旅情を控え目にするところである。所詮ハーンの物語的な雰囲気は現代にまで続いている。漂泊人には好もしい温泉―玉造にはまた行ってみようと考えている。（李　雪）

沙羅双樹　さら・そうじゅ

＊明治三十八年五月六日～昭和五十八年一月二十日。埼玉県越谷市に生まれる。本名・大野黋《ひろし》。日本大学専門部法科中退。小説家。主な作品に「時雨に鷹」「伊達騒動」「獄門帖」など。

信濃乙女と千曲川畔の湯《しなのおとめとちくまがわほとりのゆ》　エッセイ

〔**作者**〕沙羅双樹
〔**初出**〕「旅」昭和三十三年七月一日発行、第三十三巻七号。
〔**温泉**〕戸倉上山田《とぐらかみやまだ》温泉（長野県）。
〔**内容**〕戸倉・上山田は五月が一番静かで、心の安らぎをおぼえる。戸倉・上山田とわけて言われるが、実は一か所の温泉町で、はっきりとした区界は何もない。つまり国鉄の駅が戸倉にあるので、戸倉が有名だが上山田の方が温泉町としては大きい。駅から戸倉の町がつづいているが、明治二十四年に、千曲川の河原に温泉を掘り当てた頃は、一寒村にすぎなかった。ここの温泉は、殆ど無色透明な硫黄泉で、石鹸も気持ちよくとけ、温度は摂氏五十度、湯冷めのしないのが特徴だと言われる。
　千曲川の河原に架かる橋が大正橋で、ここまで来ると俄然展望がよくなる。橋上からみる山々は近きは新緑に燃え立ち、遠きは薄紫に霞んで、まさに塵外の境地である。まだ赤線華やかな頃、花火大会では、それとわかる女性が遊客と手をつなぎ合って堤を歩いていた。今はもうその赤線もない。赤線がなくなって三百人から居た女性は約三十人に減った。この女性達はモダン藝妓組合を作り、新しい藝妓になろうとしている。
　名所と言っては姨捨山か、川中島、すこし足をのばして海津城など、すぐ近くに知識寺があり、本尊は行基菩薩作と言われる十一面観世音。姨捨伝説は支那から入って来た棄老伝説で、それが信濃の八幡村にある、姨捨山に定着したらしい。支那から入って来た棄老伝説が、どうしてここに定着したのだろうか。大和物語や今昔物語では、更科としか言っていない。「小長谷」の地名が訛ったのだとも言い、葬地の意味を持っているからだとも言う。この土地に棄老の風習はないようだ。
　戸倉から大正橋を渡って右へ行くと姨捨山への道である。平坦な田舎道の両側は、麦畑と菜の花畑がつづく。しばらく行くと山道になり羊腸たる道がつづく。道はぐんぐん登りになり、振り返ると戸倉の町は眼下にかすんで、千曲川だけが、その雄大な流れを彎曲させている。木々の緑の中に降り立つと、そこが姨捨山で、左手に長楽寺がある。寺の右に坂道があり、苔むした碑がならんでいる前を行くと、とつこつたる岩山があって、これを姨石という。荒涼とした岩山の周囲の木々の梢で、名も知らぬ鳥の叫びを聞いて、はじめて姨捨らしい空気を感じた。岩山の下は展望台のような台地になっていて、月見堂があり、眼下は一望の内に善光寺平を見下ろす景勝の地である。
（西村峰龍）

沢野久雄《さわの・ひさお》

＊大正元年十二月三十日～平成四年十二月十七日。浦和市（現・さいたま市）に生まれる。早稲田大学文学部国文学科卒業。小説家。「挽歌」で芥川賞候補となる。代表作に「風と木の対話」「火口湖」「小説川端康成」など。

九州・肥薩線に沿う旅情の湯《きゅうしゅう・ひさつせんにそうりょじょうのゆ》

エッセイ

〔**作者**〕沢野久雄
〔**初出**〕「旅」昭和四十三年二月一日発行、第四十三巻二号。
〔**温泉**〕人吉《ひとよし》温泉（熊本県）、京町温泉（宮崎県）、硫黄谷温泉・林田温泉（以上鹿児島県）。
〔**内容**〕十二月半ばの夕刻、霧島スカイラインを走り、「えびの高原」で乗り継ぎバスを待つ旅行者は皆、霧島温泉郷を目ざしている。韓国岳から噴出する硫黄の白煙があからむほど夕日の赤が山々を染めている。車窓右手のえびの岳も遥か前方の桜島も手前の国分平野も霧島川も紅色に包まれている。この高原に来る前に私は人吉と京町に寄って来た。人吉の宿の話によると三十年前までは人々の蛋白源はすべて球磨川（鮎）で満たされたという。小京都の異名がある町は静かだ。京町温泉の方には豊かな泉源が三十八本あり、人気のない浴場に湯があふれ流れ、東京では銭湯の値上げ問題が沸騰しているので「もったいない」と言って笑われる。「鹿の湯」の名の由来は、射止めたつもりの鹿が姿を隠して川で傷を治していた、そこに温泉が発見されたという話。無限に湧くとはいえ、多くの人は霧島温泉に泊まって宮崎か鹿児島へ出るから京町は温泉場としては岐路に立つ。霧島行きの高速バスの左前方に高千穂峰が天をつき、麓にはパラオからの引き揚げ者が入植しており、パラオの踊りが見られる。神話とパラオの取り合せの妙…。車掌の解説により「えびの」の由来にも想像を馳せる。終点は林田温泉。タクシーで戻った路傍に硫黄谷温泉が煙をあげている。私はここでも長い夕焼けを見続けた。硫化水素泉。湧出量は多く、四分の三は捨てる。立つ時「あした、ごあんそ」、明日また会いましょうね、と鹿児島弁で別れの挨拶をされる。柔らかく美しい抑揚だ。林田温泉から鹿児島行きのバスに乗り、桜島をめざして南下したのだった。

（大川育子）

円形劇場《えんけいげきじょう》　長篇小説

【作者】沢野久雄

【初出】「サンデー毎日」昭和四十三年六月～昭和四十四年四月発行。

【初版】『円形劇場』昭和四十四年五月二十五日発行、毎日新聞社。

【温泉】役内川《やくないがわ》温泉（稲住温泉がモデルの架空の温泉）・湯沢温泉（以上秋田県）。

【内容】淑恵は三十二歳の未亡人で、長男の吾郎は十歳、長女の菊子は八歳である。淑恵は銀座に画廊を持っていた。淑恵に思いを寄せる八ツ森捷はその画廊に週に一度は姿を見せる。捷は三十四歳で独身、研究所に勤めている。年に数点の絵を購入し、秋田の実家に送っていた。八ツ森家は由緒ある家で、多くの使用人を抱え役内川で温泉旅館を営んでいた。捷の兄詳吉は八ツ森家の嗣子で、歳は四十代半ば、戦争で足を痛めた、表情に乏しい男である。阿木さえ子は二十二歳、亡き母に詳吉を頼るように言われ、東京から役内川温泉にきて、八ツ森家の旅館で女中として働くようになった。さえ子の母阿木静子は詳吉が愛した人だった。詳吉はさえ子が二十二歳と聞き、自分の娘であると確信する。弟の末之がさえ子に手を出そうとしていることを知った詳吉は、さえ子を妹の勢子に預ける。詳吉はさえ子に自分の娘であると告げるが、さえ子は自分は、本当は二十歳であり、詳吉の娘というのは誤解だと話した。詳吉はさえ子を罵り、その晩さえ子は睡眠薬で自殺を図る。詳吉はさえ子を傷つけたことを悔い、さえ子を静養させるため、湯沢温泉にある親友の旅館に預ける。詳吉とさえ子の距離は縮まっていった。

　自殺未遂をする前にさえ子から手紙をもらっていた淑恵は、さえ子のことが心配になり湯沢にやってきた。淑恵と捷が関係を持った直後、八ツ森家が捷によこした使いがさえ子であった。さえ子は以前、淑恵の画廊の面接を受けにきたが、淑恵は採用しなかった。そのため、さえ子は八ツ森家で働くようになったのである。さえ子は妻子のある詳吉から援助を受ける生活をしていた。一方、淑恵は息子吾郎の抵抗もあり、捷と結婚すべきか決めかねていた。八ツ森家に滞在した時も、画廊の女主人として振る舞った。淑恵はさえ子に普通の結婚を勧めるが、一方で結婚を望んでいた捷と結婚せずにいようとする自分に矛盾を感じた。

「あとがき」には「秋田県稲住温泉の押切永吉氏夫妻とその家族の方々、そして従業員の人たちにも、心から御礼を申上げなければならない」とある。（岩田陽子）

木の風呂への郷愁《きのふろへのきょうしゅう》　エッセイ

〔作者〕沢野久雄
〔初出〕「旅」昭和六十年一月一日発行、第五十九巻一号。
〔温泉〕酸ヵ(ケ)湯温泉・蔦温泉（以上青森県）、湯沢温泉（新潟県）。
〔内容〕この二三年来、私は多くの温泉地を訪ねたが、私の中にある温泉宿のイメージとは、どこかちがっている。青森から十和田に向かう途中の「酸ヵ湯」は、大きな浴槽が木で出来ていた。蔦温泉の宿も、私の好きな宿の一つだった。ケヤキやカツラの浴槽にたたえられた湯は、いかにも肌に柔らかだった。越後湯沢の「高半ホテル」は、もうあの懐かしい大風呂が残っていないそうだ。川端康成の「雪国」の舞台になった宿だが、鉄筋コンクリート建てに豪華な石の浴室では、もう「駒子」には似合わない。木の浴槽というものは、とかくいたみ易く、汚れやすい。板造りの流し場に木の浴槽であったら、乾きにくい部分など何年もたたない間に木が黒ずむ、腐る。そういう腐りかけた木と湯の香がまじり合って、不思議な温泉風呂の匂いというものがあったが、今日ではそういう宿には出会わない。木造の大浴場、木の浴槽を望むなどということは、時代にとり残されたもののわがままなのかもしれない。（浦西和彦）

三遊亭円楽《さんゆうてい・えんらく》

＊昭和八年一月三日～平成二十一年十月二十九日。東京市浅草区（現・東京都台東区）に生まれる。本名・吉河寛海《ひろうみ》。落語家。昭和三十七年十月、第五代三遊亭円楽を襲名。テレビ放送「笑点」に、昭和四十一年五月から平成十八年五月まで出演。

ケッコウなもんでした、作並温泉〈私の温泉健康法〉《けっこうなもんでした、さくなみおんせん〈わたしのおんせんけんこうほう〉》　エッセイ

〔作者〕三遊亭円楽
〔初出〕「旅」昭和五十五年一月一日発行、五十四巻一号。
〔温泉〕作並温泉（宮城県）。
〔内容〕昭和三十年代に東北大学の落語研究会に呼ばれて仙台へ行った。その時、学生と作並温泉へ寄った。当時はまだ野趣豊かで、もうもうとした湯気の向こうに、女性が背を向けている。そんなことにタマに出会う。仕事で主な温泉はたいがい行っているが、のんびり湯につかることなんてないし、そんな時間がもったいない。しかし、湯に入って、人の話を聞くのは好き。ああいうところへ行くと開放的になるからか、身の上話とか、愚痴とか、そういうものが聞ける。色んなところから来た人間がそれぞれのドラマを湯に持ち込んでしゃべり合う。だいたい建設的な意見なんてなくて、詠嘆調の過去の幻影を追ってる話だが、それが仕事にとても役立つ。そういう人間の地金を知りたいし、それが生き方を自己反省する時の参考にもなる。これが筆者の温泉健康法である。（田中千鶴）

【し】

椎名誠《しいな・まこと》

＊昭和十九年六月十四日〜。東京都世田谷区に生まれる。東京写真大学中退。小説家、映画監督、雑誌編集者。「犬の系譜」で第十回吉川英治文学新人賞を受賞。主な作品に「大規模小売店と流通戦争」「ジョン万作の逃亡」「白い手」など。旅行記も多数。

問題温泉《もんだいおんせん》　短篇小説

〔**作者**〕椎名誠

〔**初出**〕「別冊文藝春秋」平成十年七月号。第二百二十四号。

〔**初収**〕『問題温泉』平成十一年十一月三十日発行、文藝春秋。

〔**温泉**〕ある温泉。

〔**内容**〕一人だけで温泉やサウナにゆっくり入り、今日一日の原稿仕事の疲れを癒す。月末までに書きあげねばならない小説原稿をウィークデーの五日間に一人で温泉カンヅメで書くという計画は、理想的なすべりだしであった。サウナの発熱装置のあたりで、パチパチチリチリと何かはじけるような音がする。なぜか温度計を置いていない。相当に熱い。このあとの水風呂の快感が楽しみだ。が、しかし、水風呂には水がなかった。熱気にとことんまで膨らんだこの汗だらの体を浸す清冽な水がない。あの至福の抱擁を全身で期待していたおれは全身で逆上していた。脱衣場でロッカーの陰にマッサージ機が置いてあるのを見つけた。こういう温泉宿には珍しく、無料サービスのようだ。肩は常に凝っている。腰痛は持病だ。パンツだけはいて、試みに座ってみた。思いがけなく精巧な機械のようで、なんという快感であろうか。もう十一時を二十分程すぎていた。フロントでお風呂は夜十一時までといっていたのを思いだした。その時、風呂の入口からどうやら風呂じまいの点検に奥眼が入ってきたようだ。だが、ロッカーとロッカーの間を素早く通過していくだけだった。それからふいにあたりの電灯が消えた。おれも静止していた。動きたかったのだが、体が動かない。マッサージ機におれの体ががっちりとめられてしまっているらしい。おれの体はこのマッサージ椅子から離れられなくなっている。さっきのフロントの奥眼のいいかげんな点検仕事を思いだし、怒りが脹らんだ。大声で叫んだ。気を静めるために歌をうたうことにした。温泉のごぼごぼいう音がきだって聞こえてくるだけである。パチパチという音がする。何かが燃えるときの煙の臭いがする。サウナの隅から聞こえていた音だ。その音はだんだん大きくなっている。なんだかとても嫌な気がする。

（浦西和彦）

志賀直哉《しが・なおや》

＊明治十六年二月二十日〜昭和四十六年十月二十一日。東京市麴町区内幸町（現・東京都千代田区）に生まれる。東京帝国大学文学部国文学科中退。小説家。有島武郎らと「白樺」を創刊。代表作に「城の崎にて」「和解」「暗夜行路」「灰色の月」など。『志賀直哉全集』全十五巻（岩波書店）。昭和二十四年文化勲章受章。

濁った頭《にごったあたま》　短篇小説

〔**作者**〕志賀直哉

〔**初出**〕「白樺」明治四十四年四月一日発行、第二巻四号。

〔**初版**〕『留女』大正二年一月一日発行、洛陽堂。

〔**全集**〕『志賀直哉全集第一巻』昭和四十八年五月十八日発行、岩波書店。
〔**温泉**〕小涌谷《こわきだに》温泉（神奈川県）、ある山の温泉場。
〔**内容**〕自分は小涌谷温泉へ来た。津田君と隣り合わせの部屋となり、自分は津田君と話すようになった。津田君は毎晩うなされ続けていた。二年間も癲狂院に入っていた津田君が、単刀直入に聞いてくれといって語り出した。
　私は十七歳から七年間は温順な基督教信徒でした。「姦淫する勿れ」という掟に苦しめられました。どうしても独りでする恥かしい行為にどれほど苦しんだでしょう。牧師さんが、姦淫罪は殺人罪と同程度に重いものだと説いたのです。当時、お夏という母方の親類で私より四つ年上の、夫に死なれた「色の浅黒い、からだの大きい、肉づきのよい、血の気の多そうな、快活な女」が私の家に手伝いに来ました。私はこの女を好みませんでした。しかし、お夏とある夜、結ばれました。姦淫罪という掟は何年も私を苦しめぬいてきたのですが、愛情もなしにお夏と続けている姦淫に、ほとんど何の宗教的煩悶も感じませんでした。うちの者が気付いたのか、母は私に下宿屋へ移ることをしきりに勧めます。お夏が婚家を出る時に貰った二千円ばかりの金を持って、二人で家を飛び出して、海水浴場や温泉場を廻り歩いたのです。そのうち、お夏はヒステリー的になってきました。私の頭も実に変でした。鉛のように重く、苦しく、ドロドロしてきました。荒んだ虚無の生活です。私たちはある山の温泉場へ来ました。その晩、長い鋭い錐でお夏の咽を突いて殺したのです。はっきり我に還ったのは、翌朝、ある峠を越した宿屋の二階でした。私は何が何だか分らなくなっていました。お夏との関係、それ全体が夢ではないかしら。気がついた時、私は東京の癲狂院に入れられていました。
　志賀直哉は「創作余談」で「夢からのヒントと神経衰弱の経験から作り上げた小説である。若い頃の事で、こういう病的な刺激の強いものを書くと如何にも仕事をしたような気がした。三四日位で書き上げたように思う。風俗壊乱の箇所があるとて内務省で大分削られた」と述べている。
（浦西和彦）

襖《ふすま》　短篇小説

〔**作者**〕志賀直哉
〔**初出**〕「白樺」明治四十四年十月一日発行、第二巻十号。
〔**初収**〕『留女』大正二年一月一日発行、洛陽堂。
〔**全集**〕『志賀直哉全集第一巻』昭和四十八年五月十八日発行、岩波書店。
〔**温泉**〕小涌谷温泉・蘆の（芦之）湯温泉（以上神奈川県）。
〔**内容**〕友と私は山の或温泉（小涌谷温泉）に着いた。夜、床に入って、巻き煙草をふかしながら友から聞いた話である。友が祖父、祖母、幼稚園に通っていた末の妹と其の守りと都合五人で泊まった、蘆の湯の紀伊国屋でのことだが、客の立て込んだ夏で、みんな一つの座敷へ入られてしまった。襖の一重隣の十畳も矢張り五人で、京橋に居る弁護士だと言う若夫婦と五十二三の気の強そうな割に若々しく見える母と、ミノリさんと言う五つばかりの女の子と其の守りだ。
　子供たちは直ぐ親しくなって、一緒に遊んだ。また、花と言うこっちの守りと鈴と言う隣の守りもいい友達になってしまった。この鈴が友の一番好きな役者丑之助によく似ていた。だから、其の連想から隣の守りも軽い程度だけれども、すぐ好きになった。丑之助が好きな友は丑之助の写真を見る替りに、時々鈴の顔を見るようになった。そして、何時かそれが癖になってしまった。所が其の内、妙な事が起こってきた。それは友が鈴の顔をじっと見るように、鈴が友の顔を見るようになったことだ。それで、或晩のこと、隣との堺へぴったり布団を着けて寝ていた友が何かでふと目を覚ますと、襖がすーっと開く。どうしたんだろうと友が首を浮かしていると、三分の二程開いて、また静かにすーっと閉まってしまった。誰かはまるで見えなかったが、友は直ぐ鈴だと思って、自分のことを本気で恋し出したと考えた。しかし、朝食の時、みんなに襖を開けたのは友だと思われて、友は腹が立ち自分ではないと祖父に言ったが、祖父は微笑しながら軽くうなずいて、「飯を食ったら歩こう」と言った。祖父は歩きながら白隠禅師の逸話を聞かせてくれた。適切な話で、気分を直して帰ると、隣では頻りと荷をまとめている。鈴はすっかり萎れていた。可哀相になって何かいってやりたい気もしたが、何もいわなかった。

もう十年になったが、其の時、鈴が襖を開けたのは、襖を開けてどうしようという、いわゆるみだらな考えがあってしたのではなく、無知な田舎娘の事で、丁度顔を見詰める事が愛情を表わす手段であるように、そんな事をして、友に見せようとしたのだと友は思った。

（李　雪）

城の崎にて　きのさきにて　短篇小説

〔作者〕志賀直哉
〔初出〕「白樺」大正六年五月一日発行、第八巻五号。

〔初収〕『夜の光』大正七年一月発行、新潮社。

〔全集〕『志賀直哉全集第二巻』昭和四十八年七月十八日発行、岩波書店。

〔温泉〕城崎温泉（兵庫県）。

〔内容〕三年前「自分」は、東京の山の手線にはねられ、その後養生に城崎温泉に来た。そこで、まず蜂の死、鼠の死、それに蠑螈《いもり》の死を見る。死の淋しさや、生きることへの騒動を通して、生きていることと死ぬことは両極ではなく、偶然に支配されると言っても良いと考える。そういう生物の命への淡々とした心象風景を描いた作品である。


（佐々木清次）

暗夜行路　あんやこうろ　長篇小説

〔作者〕志賀直哉
〔初出〕「改造」大正十年一月一日発行、第三巻一号～昭和十二年四月一日発行、第十九巻四号。

〔初版〕『暗夜行路　前編』大正十一年七月六日発行、新潮社。『暗夜行路　後編』昭和十二年十月十六日発行、改造社版『志賀直哉全集第八巻』、初出を大幅に改稿。

〔全集〕『志賀直哉全集第五巻』昭和四十八年六月十八日発行、岩波書店。

〔温泉〕城崎温泉（兵庫県）。

〔内容〕序詞、前篇（第一、二）、後篇（第三、四）に分かれる。序詞では、主人公時任謙作における、両親の思い出が描かれる。そして祖父と妾お栄のいる家で育てられた幼少年期が描かれ、出生の秘密を暗示させる。前篇では、祖父が死に、お栄と二人暮らしの小説家としての謙作の、友人らとのお茶屋遊び、そこの女に興味を抱く様が語られる。その間、愛子への求婚の失敗が、出生の秘密が明かされぬまま挿入される。その後、お栄から離れるため、単身尾道へ移住する。尾道に住む謙作はお栄に結婚を申し込むが、出生の秘密を兄信行から明かされる。尾道移住のもう一方の目的であった自伝小説も書くことができず、自らの暗い運命に打ちひしがれ、絶望の中、娼婦の乳房を手の平に感じつつ、唯一生の実感を得る。後篇では、京都が舞台となる。そこで謙作は直子と出会い結婚する。しかし、その最初の子が丹毒で死に、自らの運命と重ね合わせて不運に苦悩する。当時、仕事のため京城に行ったお栄を迎えに謙作が留守にしている間に、直子が従兄の要と過ちを犯す。母に次ぐ二度目の妻の過失に参るが、彼はこれを許そうとする。しかし、心からは許せず、京都駅で列車に飛び乗ろうとする彼女を反射的に突き落としてしまう。ついに、彼は魂の浄化を願って、大山《だいせん》へ行くことを決める。途中、城崎温泉に寄る。温泉場としては珍しく清潔な感じを受けた。三木屋というのに泊まる。直ぐ前の御所の湯に行き、強い湯の香りに気分の和らぐのを覚えた。大山では、動植物に親しみ、また他人に寛大になることの大切さを知る。大山の夜明けの中で、彼は精神も肉体も浄化されるという体験をする。そして、急を聞いて駆けつけた直子と心の結び付きを得る。

（佐々木清次）

矢島柳堂《やじまりゅうどう》 中篇小説

〔作者〕志賀直哉

〔初出〕「改造」大正十四年六月一日発行、第七巻六号。「白藤」の部分、原題「松琴亭」。「女性」大正十四年七月一日発行、第八巻一号。「赤い帯」の部分。「新潮」大正十五年一月一日発行、第二十三巻一号。「鷭」の部分。「不二」大正十五年一月一日発行、第三巻一号。「百舌」の部分。

〔初収〕『山科の記憶』昭和二年五月発行、改造社。

〔全集〕『志賀直哉全集第三巻』昭和四十八年九月十八日発行、岩波書店。

〔温泉〕草津温泉（群馬県）。

〔内容〕「白藤」「赤い帯」「鷭」「百舌」の四節に分れている。前半の「白藤」「赤い帯」が草津温泉を舞台としている。画家の矢島柳堂は冬の終わりから春へかけ坐骨神経痛でひどく苦しんだ。七月中旬、日暮里で新潟行の夜行列車に乗り込んだ。翌朝未明に軽井沢で降り、軽便列車で六里ヶ原をぬけ浅間の下から沓掛へ出た。人っ子一人通らなかった六里ヶ原の、その水楢の林が今は別荘地として分譲をやっている変化に驚かされた。草津温泉の宿では床《とこ》も縁《えん》もない屋根裏のような三階の部室に通された。宿帳を持って番頭が入って来て、職業は百姓ですかという。柳堂は退屈すると、出窓に腰かけ、戸外の景色を眺めた。「湯畑」のまわりを人が往き来し、段々と眼馴染が出来た。彼のいる三階から「湯畑」を挟んだ向かいに松琴亭という遊び茶屋がある。「赤い帯」はこの松琴亭の女である。十四五の溌剌とした少女で、着物は時に変ったが、帯だけはいつも赤い支那繻子を〆めていた。この帯の方が先ず柳堂の眼に馴染んだ。「運動の茶屋」で素人角力の催しがあった時、柳堂は初めて「赤い帯」を近くで見た。連れの女が頽廃し切った感じだったので、一層娘の新鮮さが感じられ、鶏でいえば百日雛の美しさだった。ある午後、出窓で見ていると、黒い牛が下の路を、「赤い帯」が上の路を、一つの曲り角へ向って歩いている。「赤い帯」がその角へ近づき、不意に牛が首を出すと、「赤い帯」は甚《ひど》く吃驚して、あわてて逃げ出した。遠くこれを眺めて柳堂は一人で笑った。柳堂の「赤い帯」に対する興味は進んだ。その小娘と自分との生活をもっと結びつけたいと漠然とした要求が起った。ある晩、散歩に出ると、「湯畑」の前で、日本ユニテリアン教会という高張提灯をつけ、若い伝道師が説教していた。神の摂理とか、罪のあがないとか、救いの道とかいう言葉が柳堂には如何にも空虚に響いた。同じ夜、松琴亭へいってみた。この時、「赤い帯」は赤い帯をしめていなかった。こわい眼つきで柳堂の顔を睨みながら入ってきた。変に下品な娘に見えた。赤い帯を去《と》った「赤い帯」は、柳堂にとっては半分の価値もなくなった。柳堂は自分が頭の中で余りにも都合よく「赤い帯」を勝手に作り上げていた事を滑稽に思った。話もなかった。柳堂は女達に唄をうたって貰った。一時間程して「赤い帯」に送られて、その家を出た。「湯畑」でさっきの伝道師が説教していた。彼は「俺の座敷まで送って来ないか。俺の描いた綺麗な画をやろう」と云った。「赤い帯」は「ああ父なる神様。厭でございますよう…」と云うと、いきなり小鹿のように逃げていった。

（浦西和彦）

プラトニック・ラヴ　ぷらとにっく・らぶ　短篇小説

〔作者〕志賀直哉

〔初出〕「中央公論」大正十五年四月一日発行、第四十一年四号。

〔初収〕『山科の記憶』昭和二年五月発行、改造社。

〔全集〕『志賀直哉全集第三巻』昭和四十八年九月十八日発行、岩波書店。

〔温泉〕三朝《みささ》温泉（鳥取県）。

〔内容〕外は吹雪である。部屋で小説を書くのに、その寒さには慣れなかったが、世界第二位のラジウム含有量を誇る、ここのトロリとしたお湯の質と、何でも、こちらの要求に応えてくれる宿の気の良さに魅せられて、泊まっていた。その時、雑誌で読んだ作品の中に、それは友人が書いたものだが、私の知っている藝者が登場しており、思わずその姿を思い出していた。私も小説で、その藝者のことを書いたことがあり、名を「登喜子」と言った。私が一方的に惚れていた女である。その後、友人に連れられて彼女に会ったが、やはり美しかった。友は、彼女が神経質だと評したが、私はそれよりも、彼女に対する思いがプラトニック・ラヴと言うものだろうと考えた。誰に迷惑を掛けるものではないと感じた。ある時、間違って、手帳にある登喜子の電話番号に掛けた。私は名乗り出さぬまま、これこそ間抜けなプラトニック・ラヴだと思った。そして、友人の作品で登喜子に出会い、「吹雪の山陰で会へるとは思はなかつた」と友人に葉書を出した。しばらくして、私はここを引き揚げることにした。

（佐々木清次）

豊年虫　ほうねんむし　短篇小説

〔作者〕志賀直哉

〔初出〕「週刊朝日」昭和四年一月一日発行、第十五巻一号。

〔初収〕『志賀直哉全集』昭和六年六月十五日発行、改造社。

〔全集〕『志賀直哉全集第三巻』昭和四十八年九月十八日発行、岩波書店。

〔温泉〕戸倉温泉（長野県）。

〔内容〕一人、小説を書きに、信州戸倉温泉を訪れた。書いたり、湯に入ったり、散歩に出たりする。小学校の教師達の野球を見たり、隣室の県会議員の会話を聞いたりして、快く時間を過ごした。一週間後、小説を仕上げ、旧戸倉町へ行った。そして、上りの汽車で上田駅まで行った。町を巡回して駅へ帰ったが、まだ時間があったため、先に乗った車に再び乗り、そばを食べに出た。そばはおいしかったが、汁は左程でもなかった。駅へ戻ると、アーク灯の下に「かげろう」がたくさん飛んでいるのに遭遇した。これを「豊年虫」と言い、この虫の多い年は作が良いと車夫に教えられる。「豊年虫」は、駅員の撒いた水に落ちると死んでしまい、すぐに薄雪のように白くなっていた。一時間後、私は戸倉駅へ帰って来て、駅から乗合自動車に乗ると、乗客の中の若い娘が映画の「真珠夫人」の話をしていて、思わず私も話をしたい衝動に駆られる。運転手の声で前を見ると、電柱の電灯の下に多くの「豊年虫」が渦巻いていた。そして、町の方にも多く飛んでいた。翌日、私は虫を見に出掛けたが、風で風上に飛ばされていた。その夜、部屋の畳の上を「豊年虫」が一匹飛び回っていた。その内、座布団の綴糸に前足をからませたので、羽を持ってとってやると、後ろ足しか用を足さなくなり、やがて、胴体の後ろの部分が腐って畳の上に落ちてしまった。この虫は、生きている内に死んでゆくのだな、とつくづく感じるのであった。

（佐々木清次）

早春の旅《そうしゅんのたび》　短篇小説

〔**作者**〕志賀直哉
〔**初出**〕「文藝春秋」昭和十六年一月一日・二月一日・四月一日発行、第十九巻一号・二号・四号。
〔**初収**〕『早春』昭和十七年七月発行、小山書店。
〔**全集**〕『志賀直哉全集第四巻』昭和四十八年十月十八日発行、岩波書店。
〔**温泉**〕宇奈月温泉（富山県）。
〔**内容**〕私は息子の直吉と奈良へ行った。寝台列車で向かう。途中京都で弟の直三と落ち合う。その後、河井寛次郎の所へ寄る。私と直吉は次に大徳寺内の榊原紫峰を訪れ、庭や仏像など拝見した。その後、光悦寺の方へ出向いた。そこで見た山の景色は美しく、私の心は和やかになった。さらに、京都市内を巡った。

　そして、直吉と二人で奈良へ行った。私は、窓外の景色に感傷的になったが、直吉はそうではなかった。奈良の景色は変らなかった。私自身は奈良への未練が断ちがたい。着いた午後、旧来の友人らと会った。上司海雲君の所には、天平の鬼瓦が置いてあった。次に博物館で仏像を見た。その中でも、虚空蔵菩薩に心魅かれた。その後、仏像の修繕屋の明珍の所へ行った。そして、大阪の土佐堀の京屋に宿をとる。次に訪れた家では、華岳の画がたくさん掛けられていた。その晩、十時頃の新潟行き夜行で大阪をたった。

　そして、二人は宇奈月で下車して、その夜は泊まり、私は、直吉と温泉へ入ったりした。翌朝、赤倉へ向かう。翌日、直江津まで行き、汽船で伏木港へ行く。そこで、剣岳の後から湧き出る曙光を見て感動する。その後、田口に着き、積雪を見る。私達はスキーをし、私より直吉の方が上手だった。翌日は吹雪の中、直吉だけが滑った。そして、私は車で、直吉はスキーで田口駅へ向かう。しばらく待つと、直吉がやって来た。直吉は、東京へ向かう列車の中で、蜜柑を三十二個もたべた。

（佐々木清次）

草津温泉《くさつおんせん》　エッセイ

〔**作者**〕志賀直哉
〔**初出**〕「心」昭和三十年六月一日発行、第八巻六号。
〔**全集**〕『志賀直哉全集第四巻』昭和四十八年十月十八日発行、岩波書店。
〔**温泉**〕草津温泉（群馬県）。
〔**内容**〕「六里ヶ原」「義太夫」「帰途」「二度目の草津」「博徒の親分」の五節から成る。明治三十七年と大正十一年と昭和十二三年頃に草津へ行ったことが描かれる。

　明治三十七年、私は数えで二十二歳の時、友人のHと草津温泉でひと夏過ごした。軽井沢駅前の旅人宿に一泊し、翌朝、和鞍の馬に乗って沓掛から浅間の中腹の峠を越し、六里ヶ原を抜け、応桑に出て、草津に行った。六里ヶ原には殆ど木がなく、水楢だけが生えていた。応桑では旅人宿の薄暗い土間で暫く休んだ。この温泉では義太夫が盛んで、毎晩のように義太夫の会があった。ある晩、私達の部屋でも年寄った義太夫の師匠を呼んだ。前座に若い男が師匠の絃《いと》で語ったが、私には初めてという程ひどい浄瑠璃だった。二十人近い客が集まったが、この義太夫会は失敗だった。私達のような長滞留の客は半自炊で、米を置き、部屋の係の女中が飯毎に、枡で計って炊いて来てくれるのだ。女中は私達より五六歳年上で、お宮という名だった。お宮にもっと上手なのはいないかと相談すると、藝者で一人上手なのがいるという。早速呼んで貰うことにした。田舎藝者にしては品のいい女で、年は私達よりも少し上らしかった。真面目に語ってくれた。私達は満足し、二段語り終わったところで直ぐ返したが、藝者は暫く太《ふと》棹を弾かなかった為に爪が割れたといい、痛そうに指先を眺めていた。半月余りいるうちに股や腋の下が少し爛れて来たので、急に帰りたくなった。昼間は暑いから、夜歩いて行く事にし、馬を一頭頼んだ。一人なら乗れるというので、足の少し悪いHを乗せ、私は雨の中を歩いた。私も大分疲れて来て、Hがかわろうというのを待っていたが、Hは知らん顔をしている。

それから十八年経って、大正十一年夏、今度は私一人で草津に出かけた。坐骨神経痛を煩い、その後養生の為だった。昔、軽井沢から、まる一日がけで行った時とは違って、途中は便利になり、六里ヶ原には別荘が沢山出来たりして隔世の感があった。だが草津の町そのものは余り変っていない。湯畑に時間湯、そして私達が前にいた古い二階の部屋もそのままである。『暗夜行路』前篇を新潮社から出したばかりの時で、私の名は宿の者も知っているだろうと自惚れていたが、番頭が宿帳を持って来た時、「職業は」と訊かれて、不意を食らった。十八年前、私の部屋の係だったお宮は、今も女中頭をしていた。今度は半自炊でなく、普通の宿屋と変りないやり方になっていた。ある日、竹添履信《たけぞえりしん》君の歩いている姿を見た。竹添君は、その頃二十二三で、従兄の九里四郎に連れられ、初めて藝者遊びをして、悪い病気にかかり、その養生に来ているのだと、まるで他《ひと》ごとのように話した。それから私達は毎日のように会った。ある日、竹添君が羽田の博徒の親分が向こうの部屋に来ているので、会って見ないかという。四十五六の草角力の大関というような男で、はだけた浴衣の襟から毛の生えた太鼓腹を覗かせていた。賭場に手入れがあり、皆逃げ出す中で、場銭を懐にさらい込み、開帳中の別の賭場へ行き、勝負に入ったとか、市ヶ谷の監獄と横浜の監獄との比較などいろいろ話してくれた。

草津へは、その後、十五六年して、里見弴とHと三人で四万温泉から廻って行ったことがある。その時も同じ宿屋だったが、宿の主人の弟が文藝評論家の市川為雄君で、私達は大変優待された。

（浦西和彦）

式場隆三郎 しきば・りゅうざぶろう

＊明治三十一年七月二日～昭和四十年十一月二十一日。新潟県中蒲原郡五泉町（現・五泉市）に生まれる。新潟医学専門学校卒業。精神病理学者、随筆家。著書に『文学的診療簿』『出頭没頭』など。

温泉と体質《おんせんとたいしつ》　エッセイ

〔**作者**〕式場隆三郎
〔**初出**〕「温泉」昭和十六年九月一日発行、第十二巻九号。

〔**温泉**〕村杉温泉・出湯《でゆ》温泉・瀬波《せなみ》温泉（以上新潟県）、温海《あつみ》温泉（山形県）、湯村温泉・下部《しもべ》温泉（以上山梨県）、札幌に近い温泉（北海道）。

〔**内容**〕私の郷里の近くには村杉、出湯、瀬波などという温泉があった。私の祖父は温泉好きで、毎年山形県の温海へ出かけるのだった。祖父が私をつれて温泉へ行ったのは中学生の頃だった。その頃私は少し神経衰弱気味らしかった。荷物をつくるとき、本を沢山入れるので祖父がとめたのを覚えている。私は祖父と話もせずほとんど終日読書していた。しかし、神経衰弱はそれから好転したようだった。これが私の温泉行の最初の記憶である。その後、健康になった私は、治療とか静養の目的で温泉へ行った事はない。私は甲府には半年あまり住み、離れた後も精神鑑定でよく行くので湯村へは時々泊まる。市内の温泉旅館にも泊まる事が多いから、温泉で最もよく知っているのは甲府だろう。冬は少しぬるいが、さっぱりした湯で気持ちがいい。それに私のような多忙な人間には、市内や便利のよい郊外に温泉のある甲府は有難い街である。下部温泉へも時々行った。数年前北海道へ横光利一、川端康成両氏と一緒に講演旅行に出かけたことがある。川端氏は文士では最も温泉好きで有名だが、私は急ぐ旅だったので登別へも行けなかった。三人で札幌に近い温泉へ一泊しただけだった。電車の音がすると原稿が書けず、眠れないと言う川端氏に誘われて夜遅く三人で出かけたのだが、行ってみると団体客があって騒々しく、札幌よりかえって眠れなかった。

温泉医学は近年大いに進んだ。これは世界的温泉国として当然のことである。温泉好きの日本人は、療養のためにも随分出かけるが、大部分は医者に相談しないで勝手に決める。温泉行を意義あるものにするには、医師に病気の性質や自身の体質を相談して、薬の処方のように温泉処方を貰って出かけるべきである。神経症や精神病の治療でも、持続浴といってぬるい湯に長時間入れて興奮を鎮めたり、不眠を治したりするものがある。温泉地でこうした病院を造ったら必ずいい成績をあげることが出来ると思う。

（西村峰龍）

獅子文六《しし・ぶんろく》

＊明治二十六年七月一日〜昭和四十四年十二月十三日。横浜市弁天通に生まれる。本名・岩田豊雄。慶応義塾大学理財科予科卒業。小説家。代表作に「自由学校」「てんやわんや」「大番」など。『獅子文六全集』全十六巻・別巻一（朝日新聞社）。昭和四十四年文化勲章受章。

東京温泉《とうきょうおんせん》

中篇小説

〔**作者**〕獅子文六

〔**初出**〕「週刊朝日」昭和十四年七月二日〜九月二十四日発行、第三十六巻一〜十五号。十三回連載。

〔**初版**〕『東京温泉』昭和十五年一月九日発行、新潮社。

〔**全集**〕『獅子文六全集第三巻』昭和四十三年八月二十日発行、朝日新聞社。

〔**温泉**〕東京温泉（東京都）。

〔**内容**〕文房具店青雲堂の主人・垂水欣造は、二十年近く芝の花園中学校の教師として勤めていた。花園中学校が郊外へ移転する議が起った時、彼は退職し、郷里の田畑を売り、中学移転予定地の角向こうに青雲堂を開業したのである。ところが、学校の方針が変り、校舎は別のところに移転した。欣造の山気《やまけ》の最初の失敗である。細君のお安は、昨今の物価昂騰に怯え、欣造を定職につかせたいと思っている。長男の一郎は二十歳で乙種商業を出てから、丸の内銀行に勤めている。父親を時代遅れな楽天主義者と手厳しく非難する。長女の春子は十八歳、父親の味方であり、頗る朗らかで、屈託がない。欣造は唯一の友人である毛馬内徹の紹介で、東亜精神美術協会という書画骨董の仲介売買をする協会に勤める。得体が知れない協会である。春子は東京モータース工業の事務室で受付をしている。専務の友人で金声レコード会社の服部掛夫が東都映画とタイ・アップして、日本ダービン女優を探していた。服部は春子に目をつけた。春子は日本ダービンの準備教育を受けることになる。東亜精神美術協会は書画贋造団で、発覚し検挙される。欣造も留置場に三日間拘束され、取調べを受けるが、贋造団とは無関係であることが判明し釈放された。春子はテスト写真を撮ったが、不採用となり、その上、欣造のことが新聞に出たため、会社を馘首《くび》になる。欣造と春子が無収入となり、居候が二人できた形になった。春子は庭の土を掘って、畑に二十日大根などの種子を蒔いた。ところが地面から温い水が出た。欣造は再び山気を出して家を抵当に入れ、温泉の掘削工事を開始したのである。実は、地下に埋没された硝石が熱を発したために、霖雨で溜った地中の水が温められただけである。それを知らない欣造は温泉が湧くと信じて掘り続ける。このままでは一家の破滅を待つばかりだと、お安と一郎は家を出ていくことに決める。一家離散が迫った朝、金声レコードの服部が訪ねてきて、欣造の借りてる地所の地上権を、家屋ぐるみに買い取ったのである。東京に温泉は湧かないが、代用品を提供するという。数日後、青雲堂は中目黒の停留所付近に一家揃って移住し、屋号を堅忍堂と改めた。肝腎の東京温泉は服部の企画が杜撰だったのか、それとも建築統制に阻まれたのか、建築場に標杭が立っているだけである。　（浦西和彦）

狐よりも賢し《きつねよりもかしこし》　短篇小説

【**作者**】獅子文六

【**初出**】「小説新潮」昭和三十六年一月一日発行、第十五巻一号。

【**全集**】『獅子文六全集第十二巻』昭和四十四年三月二十日発行、朝日新聞社。

【**温泉**】那須温泉（栃木県）、焼石温泉（岩手県）。

【**内容**】この那須温泉ほど、無数の狐が棲んでいて、狐の話が多いところはない。先代の温泉医の話である。農家から急診の迎えがあった。産婦が逆子で唸っている。嬰児を体外にひき出したが、産婦の容態がおかしい。カンフル注射を打った。珍しく肌が白いのに驚いた。容態がおちついたので帰途についた。翌朝、その農家を訪れたが、家はなく、大根畑が踏み荒されていて、一本の大根がひき抜かれていた。半抜きの大根に、バンソーコーが貼ってある。昨夜、打った注射の痕《あと》なのだ。老医は、狐にバカされたのである。

　温泉街の土産物屋の息子も被害を受けている。売春防止法実施以来、アイマイ屋が打撃を受け、チャチなバーや喫茶店風の店が開業を始める。ある夕方、旅館街の入口の店に、東京の女給そっくりな服装の美人が立っていた。今日開店した本格的なバーである。東京一流のバーと変りがない。嬉しくなって、飲めや唄えやの大騒ぎを演じ、ボックスの中で、眠ってしまった。眼がさめると、温泉の遥か上方にあるゴルフ場の中で、寝ていたのである。

　そのゴルフ場であるが、開設の歴史は古い。一番高所にあるゴルフ場の景観は、「大洋のような関東平野が、眼下に展《ひろ》がり、魁偉《かいい》な火山連峰が、間近にそびえ」る。同じ従業員でも、キャディと食堂の娘たちとは仲がよくない。キャディは重いゴルフ道具を担いで汗水垂して働くのに、ウェートレスはいつも身ギレイにして、ラクな仕事をしているように見えるからである。今年、創立三十周年の祝賀会が盛大に行われた。ウェートレスたちが揃いの浴衣を着て、団扇を片手に温泉音頭を踊り、喜びの絶頂であったが、キャディのK子は心中穏かではなかった。腕の悪いお客さんに、遅くまで球探しを命じられ、その上、キャディ溜り場の掃除を命じられたからである。翌日、キャディたちが姿を見せない。K子が坂下でピケを張って、みんなを連れて焼石温泉へ行き籠城をきめたのである。賃銀値上げではなく、食堂の娘たちと差別待遇された怒りである。一ぺんいい出したら、テコでも動かない彼女らの気性を知っているので、支配人はキャディ全員に浴衣を出そうと大決断したが、誰も説得に行くものはいない。そこで土地者である老事務員が泥靴で踏んづけたり、犬の抜け毛を付けたりした一枚の浴衣を持って、嶮路を焼石温泉まで、むかえにいった。スト首謀者のK子だけがションボリして全員が帰ってきた。「ゆうべ踊ったのは、食堂の人に化けた狐だったつうでねえけ」という。支配人は情勢の変化がのみこめず、眼をパチクリさせていた。

（浦西和彦）

箱根山《はこねやま》　長篇小説

〔**作者**〕獅子文六

〔**初出**〕「朝日新聞」昭和三十六年三月十七日～十月七日。

〔**初版**〕『箱根山』昭和三十七年一月二十日発行、新潮社。

〔**全集**〕『獅子文六全集第九巻』昭和四十三年十一月二十日発行、朝日新聞社。

〔**温泉**〕箱根温泉（神奈川県）。

〔**内容**〕箱根地区における自動車事業限定免許申請に関する聴聞会が開かれた。多年にわたって西郊鉄道と関東急行とがケンカしている。そこへ、小涌園に常春苑という大ヘルスセンターを作った氏田観光社長の北条一角が割込んでくる。徳川幕府が箱根に関所を作ったとき、箱根町と元箱根がにらみ合いを始めた。箱根でも、最も古い温泉場の芦刈には鷲の湯と、雁の湯の二泉がある、旅館も二軒しかない。玉屋と若松屋である。五代目玉屋善兵衛が元箱根から嫁を迎え、若松屋が箱根町から養子をもらったということで、二つの旅館の確執はチョンマゲを結っている時代にさかのぼる。観光開発合戦を背景に、玉屋と若松屋の対立にしぼって箱根山のケンカ物語が展開する。玉屋の当主お里婆さんは当年八十九歳だが、あととりがいない。小金井番頭は新温泉の試掘に取りかかっていた。玉屋には乙夫という十七歳の番頭見習がいる。乙夫は、戦時中、若松屋に泊まっていたドイツ海軍のフリッツ兵曹が、玉屋の女中お留に生ませた子であるが、頭がずばぬけてよく、気立てのいい働き者である。一方、若松屋の当主幸右衛門は五十すぎで、考古学に熱中し、旅館の経営は細君にまかせ切っていた。若松屋には明日子という十六歳の美貌の娘がいる。明日子はいつのまにか玉屋の乙夫にひそかに英語を教わっている。玉屋が火事を出した。そのとき、明日子が乙夫に頼まれ、お里婆さんを自宅に避難させる。両家の多年の確執は、若い二人の力でゆるみはじめた。やがて、玉屋の温泉発掘が成功し、幸右衛門は学問的な発見をなして、二つの旅館は新しい商売の競争をはじめていく。河盛好蔵は「風刺のよく利いた、しかし所々に慈光のさしている暖かく気持のよい作品である。とくに若い二人の牧歌的な恋愛風景は美しい」（「週刊朝日」昭和37年2

月23日）と評した。　（浦西和彦）

愚者の楽園《ぐしゃのらくえん》　エッセイ

〔**作者**〕獅子文六
〔**初版**〕『愚者の楽園』昭和四十一年二月発行、角川書店。
〔**全集**〕『獅子文六全集第十五巻』昭和四十三年十二月二十日発行、朝日新聞社。
〔**温泉**〕勝浦温泉・白浜温泉（以上和歌山県）。
〔**内容**〕勝浦温泉は漁港と温泉場が仲よく同居している。熱海より大きい旅館が何軒も建っている。建築も営業法も熱海式である。湯がベラボーに多くて、水が少ないというのは別府式だろう。

白浜温泉では、大旅館の最上室に通されたが、「関西の俗悪趣味の標本」のような部屋であった。　（浦西和彦）

信夫次郎　しのぶ・じろう

＊生年月日未詳。地質学者。

みちのくかくれた湯さがし　みちのくかくれたゆさがし　エッセイ

〔**作者**〕信夫次郎
〔**初出**〕「旅」昭和三十六年十一月一日発行、第三十五巻十一号。
〔**温泉**〕奥会津の温泉群・磐梯吾妻の温泉群（以上福島県）、栗駒周辺の温泉群（宮城県）、乳頭温泉郷（秋田県）、八幡平温泉群（秋田県・岩手県）、男鹿半島の温泉群（秋田県）、八甲田火山群の温泉群・下北半島の温泉群（以上青森県）。
〔**内容**〕東北地方には温泉が多い。奥会津の温泉群には、大川の東方山中に、岩瀬湯元の温泉がある。柳津《やないづ》の町にある温泉、五畳敷温泉群、宮下温泉、早戸の鶴ノ湯、橋立、大塩、浪拝ノ温泉、木賊《とくさ》の部落温泉、湯ノ花などがある。

磐梯吾妻の温泉群には、磐梯熱海《あたみ》、嶽（岳）、土湯、飯坂、小野川、熱塩などの広く知られた温泉が多い。内部には、押立、川上、噴火湯、沼尻、中ノ沢温泉、野地、鷲倉、幕ノ倉、信夫《しのぶ》高湯、微温湯《ぬるゆ》、五色、新五色、滑川、姥湯、白布高湯、新高湯、吾妻などがある。

栗駒周辺の温泉群には、有名な須川温泉がある。他には、真湯、鳴沢、鳴子温泉、鬼首《おにこうべ》温泉群、蟹沢、神滝、轟温泉、宮沢温泉群、吹上沢、ヌル湯、湯ノ倉、湯ノ浜と花山温泉群、鷹ノ湯、湯ノ岱、荒湯、小安の温泉郷などがある。

乳頭温泉郷には、鶴ノ（の）湯、蟹場《がにば》、孫六、黒湯、滝ノ上温泉、網張温泉、国見温泉などがあり、近くには、夏瀬《なつぜ》温泉がある。

八幡平温泉群には、湯瀬温泉、志張、銭川、トロコ、赤川、玉川一名渋黒温泉、後《ご》生掛《しょかけ》、熊沢温泉一名蒸ノ湯などがあり、岩手県に入り、藤七、草津、安比《あっぴ》温泉がある。

男鹿半島の温泉群には、石山温泉、湯本温泉、塩瀬の湯、金ケ崎《かねがさき》の海岸温泉などがある。

八甲田火山群の温泉群には、田代温泉、酸ケ湯、猿倉、谷地《やち》、湯沼、蔦温泉などがあり、酸ケ湯の近くには、目ノ湯、新湯、鉄ノ湯、高砂湯、尾上湯などがある。

下北半島の温泉群には、下風呂温泉があり、宇曽利山湖一名恐山湖周辺はいたるところに温泉が湧き出る。また、大畑山中には薬研《やげん》温泉、風間浦の海岸に赤川温泉があり、川内町湯野川には、松ノ湯、梅ノ湯、滝ノ湯がある。　（西岡千佳世）

し

柴田翔《しばた・しょう》

＊昭和十年一月十九日〜。東京都足立区に生まれる。東京大学大学院文学研究科独語独文学専攻修士課程修了。小説家、独文学者。「されどわれらが日々——」で第五十一回芥川賞を受賞。「贈る言葉」など。

寸又峡／新興の谷間の温泉《すまたきょう／しんこうのたにまのおんせん》

エッセイ

〔**作者**〕柴田翔

〔**初出**〕「旅」昭和四十一年十一月一日発行、第四十巻十一号。

〔**温泉**〕寸又峡温泉（静岡県）、赤石温泉（山梨県）。

〔**内容**〕旅行当日の朝、東京駅の新幹線ホームでぶつかった一つの光景…。真夏にダークスーツで身を固めた紳士約百名が、一等車に乗るスマートな紳士を見送るために集い、悠然たる態度で談笑している。他の団体客が旅の興奮に包まれているのに一線を画して。ああ、こういう人たちが日本の政治や経済を動かしている。新幹線をつくり、世界一の高度成長を実現させた…。これから私が行くのは、彼らが素通りする日本の山間の温泉、山猿と鹿の遊ぶ峡谷だ。静岡から新金谷まで国道一号線をバスで、新金谷から千頭までは大井鉄道の電車、千頭からは断崖の山道をバスに揺られ、寸又峡温泉についたのは四時を過ぎていた。そこは寸又川のせまった谷間にあり、左右の山から涼風が吹き下ろす。入浴、夕食のあと、同行のY氏と散歩に出た。夜道を懐中電灯だけを頼りに吊り橋を渡り進むと、岩の崩れる音が響く。野猿のいたずららしい。大間ダムの監視所に行くと夜勤の若者がいた。話によると、三十年前に建ったダムは土砂の堆積が進み、あと三十年は保つまい、やがて自然の中に埋り寿命を終えるという。大間のバス停の土産物屋のおばさんにも話を聞く。この辺は十年前までは何もない山村だった、営林署の軌道がついたのが昭和三十三年、数年のうちに収容人口五百人を越える温泉に発展した。寸又峡温泉はもう山間の秘湯にもどれない。投入された資本は総額三億六千万、狭い土地からそれに見合う収入をあげねばならないのだ。車で奥泉に、ディーゼルカーで井川へ、そして赤石温泉へ。温泉ロッジの湯船からは大井川の水面と対岸の南アルプスの山並みが見えた。翌朝、また畑薙ダムを見学する。中空部分には新幹線が入りそうな太い水管が並び、下には電気釜の化物のような発電機が廻る。その後、私たちはキャンプ場や赤石温泉の源泉を訪ねた。寸又峡温泉が観光化へと邁進しているのに対して井川村はまだ前夜であり、まどろんでいる。電源開発以前は孤立した村だったが、決して貧しい村ではなく、林業で栄えていた。将来、この地には日本の大衆の生活と心が浮き出してくるだろう。二つの観光地は五年後にどうなっているか。観光客は自分にふさわしい観光地をもつのだということは断言できる。

（大川育子）

柴田武《しばた・たけし》

＊大正七年七月十四日〜平成十九年七月十二日。名古屋市に生まれる。東京帝国大学文学部言語学科卒業。言語学・国語学者。国字ローマ字論者。著書に『文字と言葉』『方言論』『日本の方言』など。

地図にもない湯と豪華すぎる湯《ちずにもないゆとごうかすぎるゆ》

エッセイ

〔**作者**〕柴田武

〔**初出**〕「旅」昭和三十四年六月一日発行、第三十三巻六号。

〔**温泉**〕島道《しまみち》温泉（新潟県）、蔦温泉（青森県）、登別温泉（北海道）。

〔**内容**〕新潟県の島道温泉は、五万分一地形図にも載っていない、全くの隠れ湯である。大沢から南へ一・五キロほど歩くと島道という集落にはいる。お客は筆者以外に誰もいなかった。どの部屋も、自家発電の電灯は手探りするほどの暗さ。そこで、どんぶりに山盛りの飯と同じ大きさのどんぶりにどっさりついだおみおつけと、おしんことにありついた。当主の話では、当主の祖父が病身の妻のために温泉を探し歩いて、この新潟県の山奥に温泉を掘り当てたのだという。明治初年のことである。温泉の湯そのものは何も変ったところはない。湯の量は少なくもなく多くもない。ここには今もこの家一軒だけで、参謀本部の地理調査班が見逃したのも無理はない。

蔦温泉は、島道温泉と違って十和田山の国立公園の中にあって、全国に知られている。しかし、田舎へお客に行ったという感じは、島道温泉に通じるところがある。蔦温泉には民家が一軒もなく、旅館が一つあるだけ、その名を蔦温泉旅館という。この旅館は、湯槽も床も欅や桂をふんだんに使っていて、タイル張りにはない柔らかい感じがある。泊まった部屋も、隣の部屋も、だだっぴろい感じで、廊下も旅館には珍らしい広さであった。廊下の広いのは、スキー客のスキーを置くためだという。部屋は三十一もある。食事は、この付近の蔦沼で飼っている川魚や、山で採れた山菜など、全てが自給自足で賄われている。こういうご馳走に出会ったのは初めてで、それ以後も一度もない。

島道温泉や蔦温泉に比べると、北海道の登別温泉にはびっくりするほど大規模な旅館、第一滝本館がある。部屋が三百五十、従業員が数百人もいる。浴場には二十数個の浴槽があり、色が違うのは、硫黄泉、みょうばん泉など、含んでいるものが違うからである。入口だけは別だが、浴場の中は男女の区別がないから、ご婦人にも鼻をつきあわせる。北海道の詩人更科源蔵氏が「海水浴場みたいだ」と言ったように、ここでは男女混浴といった感じがないのは不思議である。一千五百平方メートルの浴場の広さといい、三百五十の部屋数といい、北海道ではデカイことが好まれるらしい。浴場から部屋へ帰る途中、道しるべがあり、着ているドテラで道がわかるようになっている。しかし、このドテラは一方で宿料を象徴してもいる。北海道の温泉に行ったら、内地風な、きめの細かいサービスを期待してはいけない。あふれてたぎるお湯、アパートのような大旅館、その背景にある、茫漠たる大自然に感嘆すべきである。また、台所で女中さん達が間食にするジャガイモや、道で焼いて売っているトウモロコシ、北海道の味はこういうものにある。こんなにおいしい北海道の味を旅館の食事で出してくれないのは不思議である。

（西村峰龍）

司馬遼太郎　しば・りょうたろう

＊大正十二年八月七日〜平成八年二月十二日。大阪市浪速区神田町に生まれる。本名・福田定一。大阪外国語大学モンゴル語科卒業。小説家。「梟の城」で第四十二回直木賞を受賞。『司馬遼太郎全集』全五十巻（文藝春秋社）。

関西の温泉ゲテモノ記　かんさいのおんせんげてものき　エッセイ

〔**作者**〕司馬遼太郎

〔初出〕「温泉」昭和三十一年六月一日発行、第二十四巻六号。

〔温泉〕入之波《しおのは》温泉（奈良県）。

〔内容〕関東人と関西人とのあいだには、温泉の観念に多少の食いちがいがあるのではないか。少なくとも関西は関東にくらべて著しく温泉数がすくない。大阪から距離的に手軽に行ける温泉は数か所で、需要が集中して、ますます高級化し、いよいよ歓楽地化する。京阪神の庶民の通念では、ながいあいだ、温泉などとは、金殿玉楼といった、お伽話的用語と、語感の上ではさして変りのない言葉だったのである。

　こうした庶民的偏見があるくせに、温泉が大好きで、ほとんど二か月に一度ほど出かける。酔客、団体客にわずらわされることのない、自然の静寂が神経をときほぐしてくれるような土地を選ぶ。が、関西では至難の業だ。昨年晩春のある土曜日のことだ。大和吉野地方の十万分の一の地図を見ていると、大台ケ原山の一角にポツリと♨のシルシがある。アベノ駅で女房と落合うや近鉄吉野行で上市に向かい、最終バスで二時間はゆられて終着駅についた。とにかくすごい山中で、道路脇から直下二十メートルの下を吉野川の急湍が走っていた。シオノハはどこかと樵夫《きこり》らしい男に聞くと、一里ほど先だという。翠巒《すいらん》の下の道を、えんえんと歩いた。拍子ぬけするほど小さな部落である。一軒の小屋の戸口で聞くと、「川湯のことかいな。川湯なら、そこン崖を降りて川を渡って向こう岸の河原にあらい」という。周囲直径三メートルほどの円い暈ができて、あおい草が光の中に浮んでいる。体温前後の温度であった。なんと悲しい温泉であろうか。この水溜りの三丁以内は人家さえなく、闇にこめる青葉のにおいと、しゅう雨のような吉野川の水音だけが、風情といえば風情なのである。さいわい、一軒、商人御宿にも似た宿屋があった。何はとまれその夜は、例の河原の、おっそろしくぬるい水溜りで、いや、湯溜りで、底の泥に何度か足をとられつつ、ひとまずは人心地を恢復させた。私の温泉への偏食も、ここまでくれば病いというほかない。


（浦西和彦）

渋沢秀雄　しぶさわ・ひでお

＊明治二十五年十月五日〜昭和五十九年二月十五日。東京に生まれる。東京帝国大学法学部卒業。随筆家、俳人。著書に『父渋沢栄一』ほか。

温泉アラ・カルト　おんせんあら・かると　エッセイ

〔作者〕渋沢秀雄
〔初出〕「温泉」昭和二十四年十一月一日発行、第十七巻十一号。
〔温泉〕熱海温泉（静岡県）、伊香保温泉（群馬県）、鳴子温泉（宮城県）、花巻温泉（岩手県）、湯瀬《ゆぜ》温泉（秋田県）。
〔内容〕明治三十年、尾崎紅葉の「金色夜叉」が連載されたころ、兄や姉と一緒に熱海温泉へ行ったような気がする。国府津で汽車を下り、人車鉄道というトロッコに上屋をつけた小さな車で、海岸沿いの崖を走った。人車鉄道は狭い軌道の上を、登りは人の力で押し、下りは車の惰性で走る仕掛だった。ある日熱海の旅館で、姉と私がMという女に風呂へ入れて貰っていたところ、Tという書生がニヤニヤ笑いながら風呂場を覗きに来たのである。Mは色白でキメのこまかい綺麗な人だった。腹を立てたMは小桶で湯を掬うとTに投げかけた。後年、TとMは家から暇を取って結婚した。小学校時分の夏休みに、母はよく姉と私に二人の女中をつけて伊香保へ避暑にやってくれた。旅館は小暮武太夫という古風な名前。泉水に金魚や緋鯉が泳いでいたが、驚いたことには池の水が生温い温泉だった。今はどこの温泉場へいっても浴室がタイル張になっているが、むかしの伊香保は全部木造の湯舟で、中に身を沈めると温泉は低い縁を越えて板張の流しに溢れた。はいるたびに手拭が黄色く染まってゆくのを喜んだり、大浴場に落ちている湯滝の煮え沸ぎるような含み声を楽んだりした少年の日が顧みられる。昭和十年の夏に、陸羽東線の鳴子という温泉へ寄った。温泉全体が硫黄臭くて、まるで狐憑が松葉燻しにされているみたいな気がした。木の湯舟の側に白いタイル張の黒っぽい湯があって、壁に「うなぎ湯」と貼り出されていた。アルカリ泉で、いつまでも手のヌルヌルする湯だった。昭和十二年に、Sという若い画家と花巻へ行った。松雲閣に秋田美人の女中さんが一人いた。私はサイレントとトーキーの相違を悲しく思った。湯瀬は佗びしい小駅だった。どうしてこんな山奥に豪華な旅館があるのだろう、狐につままれたような感じ。朝六時、大きな混凝土造りの野天風呂を覗いてみると、馬三匹がはいっていた。部屋に帰って朝食を済ませてから覗くと、こんどは人間の子供たちが男女混浴で、欣々然と馬の朝湯のお余りを頂戴していた。

（浦西和彦）

小涌谷《こわくだに》　エッセイ

〔作者〕渋沢秀雄

〔初出〕「旅行の手帖―百人百湯・作家・画家の温泉だより―」昭和三十一年四月二十日発行、第二十六号。

〔温泉〕小涌谷温泉（神奈川県）。

〔内容〕五十年も前の少年時代に箱根の小涌谷の「三河屋」で夏休みを過ごした思い出がある。眺めのいい部屋からは、正面に浅間山《せんげんやま》、その左手に遠く明神明星の連山が見えた。視野も広く、盛夏でも涼しかった。今から三十六年前、私はアメリカやヨーロッパの旅をおえて、この「三河屋」に泊まったことがある。「三河屋」の浴室はむろん男女別々だったが、その入口は廊下の一隅に並んでいた。入浴しにいくと、女湯から出てくるオビシロハダカの奥さんお嬢さんなどとスレ違うことが多い。洋行帰りの私の目には、西洋では絶対に見られない珍風景だと思った。その時、私は西洋のホテル生活を思いかえした。洗面所、便所、浴室が私室内についていて、食堂だけを共通に使用する洋風と、その正反対な日本風を対比してみた。どうも食事は衆と共に楽しみ、洗面、用便、入浴は個別的におこなうのが、集団生活として合理的である気がした。

最近は交通の発達で多くの温泉旅館が団体その他の大衆を目標にしているが、その割に受入態勢は出来ていない。こうした点で小涌谷の小涌園は一つの新しい経営をこころみている。ここには「高級」と「大衆向」と両様のそなえがある。藤田興業が十万坪の敷地を利用した経営だから出来るのである。元藤田男爵別荘を開放し、元三井男爵別荘や元犬養首相の別荘を取りこんだ建物に、高級な離れ家十数棟と、大衆の入浴や園内遊覧に供する三階建ての大建築を追加新築したのである。地下から噴出する大噴気を利用して温泉は豊富、暖房は常春の国、それに若鶏を飼育した箱根チキンの名物料理もある。高級宿泊は一泊二食付千円から三千円まで、大衆向きは一泊三食付三百円のもある。本館や離れの高い泊まり客は平均月に約二千人。大衆向きの泊まり客は団体学生を含めて約七千人。日帰り客は約二万五千人。この高い客の払う金額と、安い客の払う金額がほぼ同額だそうだ。数の力は大きい。

（浦西和彦）

島尾敏雄《しまお・としお》

＊大正六年四月十八日～昭和六十一年十一月十二日。横浜市に生まれる。九州帝国大学法文学部東洋史科卒業。小説家。「死の棘」で藝術選奨を受賞。「日の移ろい」など。『島尾敏雄全集』全十七巻（晶文社）。

湯槽のイドラ《ゆぶねのいどら》　エッセイ

〔**作者**〕島尾敏雄

〔**初出**〕「小高町公民館館報」昭和二十六年一月十五日発行。

〔**全集**〕『島尾敏雄全集第十三巻』昭和五十七年五月二十五日発行、晶文社。

〔**温泉**〕峨々温泉（宮城県）。

〔**内容**〕峨々の温泉に着いた早々、私がどこからやって来た人間であるかという事が知られていた。最初に話しかけてきた湯治客に生国や親族関係を聴き出されることで参ってしまった。その湯治客に嫌悪を抱きながらも心易く応じていたのは、その人の顔付や声が、私のおじの一人を直ちに連想させたからであった。ここの湯治客は、中でも相馬の人に逢うと、その言葉の調子やなまりや声帯までが、私の親族のおじや、おばや、いとこの誰彼に似ていて、このようなことは九州や近畿地方では経験することはできず、一種の気易い放心状態に身をまかせることができた。すると私までが、新しい湯治客がやってくると、その人の親兄弟から職業まで聴き出したい慾望が湧き出ている自分を発見した。私が湯治客として初心であった時の、先客たちへの嫌悪を、恐らく正しいことだと思いながら、いつの間にか自分も同じように、親族関係などを聴き出しているのである。（浦西和彦）

冬の宿り《ふゆのやどり》　短篇小説

〔**作者**〕島尾敏雄

〔**初出**〕「ニューエイジ」昭和二十九年十一月発行、第六巻十一号。

〔**初収**〕『島の果て』〈新鋭作家叢書2〉昭和三十二年七月発行、書肆パアトリア。

〔**全集**〕『島尾敏雄全集第五巻』昭和五十五年十一月二十五日発行、晶文社。

〔**温泉**〕峨々温泉（宮城県）。

〔**内容**〕ある冬の師走、私はからだに故障があり、たった一人でGに湯治にやってきた。吹雪に覆われ、隔絶された温泉宿にとじこめられ、「精神に喰い入ってくる退屈の魔が、おそろしい形相」となって来そうであった。浴場は谷川の川原近く、建物の中で一番低い場所にあった。浴場は古風な建て方で、天井が殊更に高い。中はうす暗い上に、湯気でもうもうとしている。何という寂しい温泉宿であったことか。眼をとじると、Gは青い青い水底に沈んでいる一軒の寂しい旅人宿であった。浴場には誰もいない。まるで空洞であった。それでも、霊魂たちにあやつられるように湯槽につかるが、私を取り巻く空気の圧迫に耐えられなかった。

ある日、学生の一団がやって来て、死の洞窟のような浴場が、うそのようににぎやかになった。湯槽で野太い声でドイツ語の歌をうたう者もいた。孤独で人恋しかったのに、私は彼らに声をかけようとは思わなかった。彼ら一団はスキーによるZ山登山隊である。二日ばかりのうちに彼らはみんな居なくなった。若い学生たちが大ぜい来ていたのに、素直に話し合えばよかったのではないか。元旦の午後からひどい吹雪になった。Z山に出かけた学生たちは、山頂で吹雪にまき込まれ、死と直面していた。一人が凍死体となって雪に埋もれているのが発見された。その夜の入浴のとき、私は学生たちの、あの無遠慮なざわめきが耳についてはなれなかった。「恐怖」ばかりでもない。「自分の影がうすく消えて行ってしまうような」不安を感じた。

島尾敏雄は、昭和二十五年十二月末から翌年一月にかけて蔵王山麓の峨々温泉に病気療養のために滞在した。小説中のZ山は蔵王山であり、峨々温泉を舞台にしている。

（浦西和彦）

湯船の歌《ゆぶねのうた》　エッセイ

〔**作者**〕島尾敏雄

〔**初出**〕「小説新潮」昭和五十三年一月一日発行、第三十二巻一号。

〔**全集**〕『島尾敏雄全集第十五巻』昭和五十七年九月二十五日発行、晶文社。

〔**温泉**〕指宿《いぶすき》温泉（鹿児島県）。

〔**内容**〕つい先頃まで、薩摩半島南端の指宿の二月田と呼ぶ部落に住んでいた。熱帯圏の花木が植えこまれていて、南国の気配が濃厚でよい。それ以上に気に入ったのはその中に温泉の湯屋があったことだ。五十年前の木造の建て物であるが、塩分の多い湯が流れ出ていて、私は毎日湯治に来ている気分である。もともと島津の殿様の専用の温泉で、湯船や洗い場に使われている石は、当時のままだという。私はひとりでいたいため昼前か昼下がり頃に入浴に行く。土着の方言が話せないため、どうしても浮きあがってしまう寂しさを避けたかったからである。ひとりだけだから誰に遠慮することなく、つい口から歌のメロディーが出る。その頃、私はようやく病から脱け出たばかりであった。久しぶりにはいった温泉の中で、口から出たのは千昌夫の「北国の春」であった。「するとつーんと鼻筋を走るようにして北の方が恋しく」なった。私には二十二年にも及ぶ南国での生活が横たわっているのに、急に「北国への思いも深まってきた」のはなぜだったろう。

（浦西和彦）

島木赤彦　しまき・あかひこ

＊明治九年十二月十七日〜大正十五年三月二十七日。長野県上諏訪村（現・諏訪市）に生まれる。本名・久保田俊彦。長野尋常師範学校卒業。歌人。「アララギ」の編集発行人。『赤彦全集』全十巻（岩波書店）。

いでゆ　短歌

〔**作者**〕島木赤彦

〔**初出**〕「アララギ」大正七年十月一日発行、第十一巻十号。

〔**収録**〕阪本幸男編『初出校異島木赤彦全歌集』昭和六十二年二月二十五日発行、教育出版センター新社。

〔**温泉**〕土湯（通称・湯古田の湯）（長野県）。

〔**内容**〕大正七年、島木赤彦は一か月の半ば以上を郷里の諏訪村で暮らした。その時、子供等を連れて、湖畔の土湯に出かけた。田の中に自然に湧き出る三十度ほどのぬるま湯である。原始的な温泉の姿を残している素樸さに心を惹かれたのであろう。次の八首を詠んでいる。

「故さとの稲田のなかの温泉《ゆ》に入りて子どもの足を洗ひわが居り」「湖べ田低田のなかのたまり湯に子どもをあらひ時をすぐしつ」「おもしろがり子どもはやめず湯のはたの石を動かせばいでくる蛩《こほろぎ》」「田の中の湯は土くさしまひる来て我の子どものからだをあらふ」「この村の秋蠶忙《せわ》しみ田なかなるゆあみどころに来る人もなし」「故さとの田ゐのいで湯のなかにして思ひ出で

けり昔の人を」「湯のまへの湖の石垣にとぶ波はいたくは飛ばず葦がくり飛ぶ」「田の中にほりしいでゆは低ければ稲の出穂見ゆ板窓の上に」
（浦西和彦）

瀧温泉《たきおんせん》　短歌

【作者】島木赤彦
【初出】「アララギ」大正九年九月一日発行、第十三巻九号。
【初収】『氷魚』〈アララギ叢書第八篇〉大正九年六月十五日発行、岩波書店。
【全集】『赤彦全集第一巻』昭和五年六月十五日発行、岩波書店。
【温泉】瀧温泉（蓼科温泉）（長野県）。
【内容】大正九年の夏に妻と二人の子供を連れて八ヶ岳山麓にある瀧温泉へ行った。その時に詠んだうちの五首を「瀧温泉」と題して発表した。

「水無月の曇りをおびて日の沈む空には山の重《かさ》なりあへり」「梅雨ちかき曇りとなりぬ温泉《ゆ》の山の藤の稚蔓道にのび居り」「心ぐくなりて見て居り藪のなか通草《あけび》の花を掌《て》の上におきて」「小鳥らのいのち愛《かな》しも藪のなかの巣に産みてある五つの卵」「温泉のうへの山を真直に下る道材《き》を落すらむ青葉かすれつ」
（浦西和彦）

瀧の湯《たきのゆ》　短歌

【作者】島木赤彦
【初出】「アララギ」大正九年十一月一日発行、第十三巻十一号。
【初収】『太虚集』〈アララギ叢書第十八篇〉大正十三年十一月八日発行、古今書院。
【全集】『赤彦全集第一巻』昭和五年六月十五日発行、岩波書店。
【温泉】瀧温泉（蓼科温泉）（長野県）。
【内容】「瀧温泉」と同様、大正九年夏に瀧温泉に行ったときに詠んだ八首である。

「蓼科の山のいで湯の庭に出でて踊りををどる少女子のとも」「なだらかにただにつづける草山の沢あひふかく日のかげりたる」「ながき日の夕となりぬ湯の山にならびかたむく幾山のすそ」「草はらにたまさか見ゆるからまつの幹の白きはさるをがせかも」「草ふかく逃れかくるる子兎のまつしくらなる臀《しり》見えにけり」「この山の秋草の花盛りなれど手折りて見れば衰へてあり」「赭土をすべり流るる水はやし裾野横さまに用水の道」「雹にあひて傘ばらばらにやぶれしと話す人らは山こえて来し」。

『太虚集』収録に際しては、初出八首のうち「蓼科の山のいで湯の…」「ながき日の夕となりぬ…」の二首を選び、新たに「草山は夜更けて月となりにけり疲れも知らに踊る子どもら」「故郷の越路《こしぢ》おもへばいと遠し月明らけし草山の上に」の二首を加え、「湯女は皆越後生れなりとか。庭つづき秋草の花の盛りなるに」という詞書が加えられた。
（浦西和彦）

巌温泉《いわおおんせん》　短歌

【作者】島木赤彦
【初出】「アララギ」大正十年三月一日発行、第十四巻三号。原題「蓼科山の湯」。
【初収】『太虚集』〈アララギ叢書第十八篇〉大正十三年十一月八日発行、古今書院。この時、改題。
【全集】『赤彦全集第一巻』昭和五年六月十五日発行、岩波書店。
【温泉】巌温泉（長野県）。
【内容】「十一月末森田恒友画伯と共に蓼科山の湯に一泊す」の詞書がある。大正九年十一月末、森田恒友画伯が島木赤彦の紹介で諏訪教育会主催の図画教育のため、上諏訪小学校で講演をした。その時の巌温泉行であった。初出「アララギ」では十二首であったが、歌集『太虚集』には次の四首が収録された。

「草枯丘いくつも越えて来つれども蓼科山はなほ丘の上にあり」「いくつもの丘と思ひてのぼりしは目の下にしてひろき枯原」「雪ふりて来る人のなき山の湯に足をのばして暖まりをり」「山風のさわぐ浅夜に酒に酔ひていづる疲れを安しといはむ」

なお、島木赤彦は明治三十七年に上諏訪町高島尋常小学校に転任し、伊藤左千夫をむかえて歌会を開き、この巌温泉に案内している。

（浦西和彦）

湯の宿　ゆのやど　短歌

【作者】島木赤彦

【初出】「アララギ」大正十一年七月一日・八月一日発行、第十五巻七・八号、総題「七月集」「八月集」。「改造」大正十二年九月一日発行、第五巻九号、総題「走り穂」。

【初収】『太虚集』〈アララギ叢書第十八篇〉大正十三年十一月八日発行、古今書院。

【全集】『赤彦全集第一巻』昭和五年六月十五日発行、岩波書店。

【温泉】有明温泉（長野県）。

【内容】「改造」では「山の湯」という題であったが、『太虚集』で「湯の宿」に改め、次の三首がその題下にまとめられた。

「白雲の遠《とほ》べの人を思ふまも耳にひびけり谷川の音」「なつかしと思ふ山さへ空遠しわれは忘れずここにゐにつつ」「湯の宿にをりをり降るは五月雨か木《こ》のくれ深く音を立てつつ」

（浦西和彦）

有明温泉　ありあけおんせん　短歌

【作者】島木赤彦

【初出】「アララギ」大正十一年七月一日・八月一日発行、第十五巻七・八号、総題「七月集」「八月集」。

【初収】『太虚集』〈アララギ叢書第十八篇〉大正十三年十一月八日発行、古今書院。

【全集】『赤彦全集第一巻』昭和五年六月十五日発行、岩波書店。

【温泉】有明温泉（長野県）。

【内容】初出にある「有明温泉」「有明温泉行」「山の湯」の題中「有明温泉」を『太虚集』で採り、次の五首がその題下にまとめられた。

「たえまなく鳥なきかはす松原に足をとどめて心静けき」「いづべにか木立は尽きむつぎつぎに吹き寄する風の音ぞきこゆる」「楉原《しもとはら》ひろがりあへる若き葉にふりそむる雨は音立つるなり」「わが歩み近づきぬらし松原の木のまにひびく山川の音」「谷川をへだてて物を言ひかはす人声あやし激《たぎ》つ瀬の音」

（浦西和彦）

別所温泉　べっしょおんせん　短歌

【作者】島木赤彦

【初出】「アララギ」大正十二年七月一日発行、第十六巻七号、総題「七月集」。「週刊朝日」大正十二年七月五日発行、夏季特別号、原題「初夏登高歌」。

【初収】『太虚集』〈アララギ叢書第十八篇〉大正十三年十一月八日発行、古今書院。

【全集】『赤彦全集第一巻』昭和五年六月十五日発行、岩波書店。

【温泉】別所温泉（長野県）。

【内容】「アララギ」では「五月二十三日別所温泉行」、「改造」では「五月二十三日北信別所温泉行」という詞書であったが、その詞書を削除し、「別所温泉」と題した四首と「別所温泉安楽寺二尊像」と詞書のある一首から成る。「別所温泉」には、次がある。

「若葉山降りすぐる雨は明るけれ鳴きをやめざる春蟬のこゑ」「降りすぐる雨白じろし一と山の楉《しもと》若葉《わかば》のそよぐばかりに」「春蟬の声は稚《わか》けれ道のへの若葉に透る日の光かな」「湯を出でて冷えびえしけれこの山の若葉の上にはるる朝空ら」

「別所温泉安楽寺二尊像」の歌は、「山かげに松の花粉ぞこぼれけるここに古りにし御仏の像」である。

なお、「アララギ」での詞書は「安楽寺二尊像」であった。「週刊朝日」の「別所安楽寺二尊像一首」とある「松風に松のにほひぞ流れけるここに古りにし御仏の像」は『太虚集』では採用されなかった。

（浦西和彦）

巌温泉《いわおおんせん》　短歌

〔**作者**〕島木赤彦

〔**初出**〕「週刊朝日」大正十二年七月五日発行、夏季特別号。原題「初夏登高歌」。

〔**初収**〕『太虚集』〈アララギ叢書第十八編〉大正十三年十一月八日発行、古今書院。

〔**全集**〕『赤彦全集第一巻』昭和五年六月十五日発行、岩波書店。

〔**温泉**〕巌温泉（蓼科温泉）（長野県）。

〔**内容**〕大正十二年五月に、幼児二人と妻を伴って巌温泉に湯治した時、詠んだ歌である。初出「週刊朝日」では、「五月二十九日蓼科山巌温泉に遊ぶ」と詞書がある二十二首と、「山上時過ぐ」と詞書のある一首の、計二十三首であった。『太虚集』では、そのなかから「巌温泉」の題の下に、「山にして遠裾原に鳴く鳥の声のきこゆるこの朝《あした》かも」「湯のうへの岡にのぼれば眼《ま》近《ぢか》なり雪の残れる蓼科の山」ら十四首が採録された。

（浦西和彦）

温泉の匂ひ《おんせんのにおい》　エッセイ

〔**作者**〕島木赤彦

〔**初出**〕「女性」大正十四年四月一日発行、第七巻四号。

〔**全集**〕『赤彦全集第六巻』昭和四年十二月二十日発行、岩波書店。

〔**温泉**〕蓼科温泉（長野県）、船原温泉・土肥温泉（以上静岡県）。

〔**内容**〕「私の好きな匂ひ」の題のもとに書かれたエッセイ。匂いは自然物の気品である。温泉を好み、温泉の匂いを愛する。先年、わが師伊藤左千夫翁と一緒に信州蓼科山の温泉に行った時、日が暮れ、薄暮渓谷の雪を踏んで細流のほとりに出たときに、温泉の匂いが鼻を襲い、山の霧の朧な中から湯宿の灯を見ることが出来た。この心地は忘れられない。今、伊豆温泉に滞在している。数日前、船原温泉より三四里の山越えをし、土肥の海岸村へ下って来ると、温泉の匂いがする。この匂いは身に沁みていけない。寒国の匂いと、今の暖国の匂いでは異なるが、「清高に徹するの感あるに於て一である」。ある年の初夏、妻子を伴うて蓼科の温泉に行った時、湯の山に鈴蘭の簇生しているのを見出した。休火山の下に群がり咲く鈴蘭の香りは、箱底の鉢の中のものと同一に論ぜられない。

（浦西和彦）

土肥温泉《といおんせん》　短歌

〔**作者**〕島木赤彦

〔**初出**〕「アララギ」大正十四年四月一日発行、第十八巻四号、「四月集」欄。「改造」大正十四年五月一日発行、第七巻五号、原題「伊豆日記」。

〔**初収**〕『柹蔭集』〈アララギ叢書第三十二編〉大正十五年七月八日発行、岩波書店。この時、改題。

〔**全集**〕『赤彦全集第一巻』昭和五年六月十五日発行、岩波書店。

〔**温泉**〕土肥温泉・船原温泉（以上静岡県）。

〔**内容**〕大正十四年一月二十七日に東京駅を出発。島木赤彦は神経痛胃腸障害治療のため温泉湯治を思い立ち、伊豆地方の温泉へ出かけた。二十七日伊豆の船原温泉に一泊し、翌日山越えして土肥温泉へ向ったのである。この伊豆行の歌「土肥温泉」三十首は、「沼津より修善寺」三首、「船原温泉」五首、「船原より山越三四里にして土肥に至る」八首、「土肥」五首、「二月三日寺沢高田二氏と舟遊す」九首よりなる。「巌《いは》が根ゆ湧き出づる湯に身は浸《ひた》り心《うら》は遠く思ひ居にけり」「湯の中に肩沈めゐて心安し音して過ぐる山の上の風」「いで湯湧く岩を枕《まく》らぎ思ふことありとしもなく我は思ふも」「二《ふ》た本《もと》の椎の大木に注連《しめ》張りて宜《うべ》も古《ふ》りけり湯の宿の庭」と船原温泉を詠む。注連張りした椎の大木のある清澄厳粛な庭の歴史ある古い宿に泊まり、溢れ湧き出る湯に全身を沈め、心も穏かに、温泉を満喫している。

（浦西和彦）

温泉委員へ　おんせんいいんへ　短歌

〔**作者**〕島木赤彦

〔**初出**〕『柿蔭集』〈アララギ叢書第三十二編〉大正十五年七月八日発行、岩波書店。

〔**全集**〕『赤彦全集第一巻』昭和五年六月十五日発行、岩波書店。

〔**温泉**〕上諏訪温泉（長野県）。

〔**内容**〕島木赤彦が郷里の温泉委員に書き贈った短歌二首「真心をもてる村人凍りたる湖の底ひより湯を掘りにけり」「神の代の姿に似たり凍りたる湖の底ひより湯を掘る村人」である。赤彦は長野県上諏訪に生まれた。冬の冷え込みは格別で、諏訪湖までもが一面に凍りつくす。暖い湯を掘る村人は「真心をもてる」人、「神の代の姿」に見えたのであろう。

（浦西和彦）

島木健作　しまき・けんさく

＊明治三十六年九月七日～昭和二十年八月十七日。札幌市に生まれる。東北帝国大学法学部選科中退。本名・朝倉菊雄。小説家、農民運動家。主なる作に「癩」「盲目」「生活の探求」など。『島木健作全集』全十五巻（国書刊行会）。

伊豆日記　いずにっき　日記

〔**作者**〕島木健作

〔**初出**〕「新潮」昭和十四年二月一日発行、第三十六巻二号。

〔**全集**〕『島木健作全集第十二巻』昭和五十六年九月二十日発行、国書刊行会。

〔**温泉**〕谷津《やつ》温泉（静岡県）。

〔**内容**〕昭和十三年十一月中旬から十二月にかけて、島木健作は深田久弥と伊豆の谷津温泉に滞在した。そのうちの十二月四日分の日記である。十二月×日。深田君がゆうべ徹夜なので、朝、ひとりで湯に入ってから散歩に出かけた。道のわきの小さな睡蓮沼には、青い葉が浮き、湯気が立っている。花菖蒲を作るために畑をおこしていた。温泉の湯に水を注いで畑に引くのだ。道の両側に温泉利用の温室経営が一つずつある。浜へ行く。土佐の漁業家が「五年間七万円で権利を借りている」という。魚が陸揚げされる。畳一枚もあろうと思われる銀眼鯛が、大きい青光りのした眼を持っていた。十二月×日。午後二時頃着で東京に行く。東京綴り方の会に集まる教師諸君との座談会である。十二月×日。谷津へ帰る。途中熱海の富士屋に川端さんを訪ねた。川端さんは囲碁観戦記のお仕事中であった。十二月×日。夕方までに原稿を十枚書く。川端さんが奥さんと一緒にやってきた。十二時頃まで民間療法の話、呉泉氏の棋風の話をする。川端さんと一緒に湯殿に下りる。

（浦西和彦）

島崎藤村　しまざき・とうそん

＊明治五年二月十七日（新暦三月二十五日）～昭和十八年八月二十二日。長野県第八大区五小区馬籠村（現・岐阜県中津川市）に

生まれる。本名・春樹。明治学院卒業。小説家、詩人。自然主義文学の代表的作家。『若菜集』（詩集）、『破戒』『春』『夜明け前』など。『藤村全集』全十七巻・別巻二（筑摩書房）。

千曲川のスケッチ《ちくまがわのすけっち》　エッセイ

〔**作者**〕島崎藤村

〔**初出**〕「中学世界」明治四十四年六月一日発行、第十四巻八号～大正元年八月一日発行、第十六巻十号。十二回連載。

〔**初版**〕『千曲川のスケッチ』大正元年十二月二十日発行、佐久良書房。

〔**全集**〕『藤村全集第五巻』昭和四十二年三月十日発行、筑摩書房。

〔**温泉**〕中棚《なかだな》温泉・田沢温泉・別所温泉・田所温泉・霊泉寺温泉（以上長野県）、鹿《か》沢《ざわ》温泉（群馬県）。

〔**内容**〕島崎藤村は七年間小諸で教師生活を送った。「千曲川のスケッチ」の「その四」「その五」に温泉が登場する。藤村は千曲川で釣りをしていた師範学校生の三人と出会い、中棚温泉へ向った。沸かし湯ではあるが、鉱泉につかり、景色を眺めるのは心地が良い。温泉から上がった後の楽しみは、茶を飲み書生らしい雑談に耽ることだった。藤村は田沢温泉へも出かけた。温泉地にもいろいろあるが、山の温泉は別種の趣がある。上田町に近い別所温泉は開けていて、便利である。しかし、不便な田所、霊泉寺温泉の方が山国らしい感じがする。自炊する客が多く、部屋に竈がある。土足のまま庭から梯子を上って、上の部屋へ行けるように作られている。鹿沢温泉も野趣に富んでいると聞く。

田沢温泉へ行くために、青木村を通ると、湯場に近づいたのか、川が少し白く濁っている。坂を上ると、「本湯　みやばら」という看板へ出る。升屋という温泉宿があり、浅間山一帯を眺望できる。藤村は虫の声や水音や様々な声が満ちる谷間と月夜を味わい、四日目の朝、月明かりで支度して別所温泉の方へ向った。

（岩田陽子）

温泉の宿《おんせんのやど》　エッセイ

〔**作者**〕島崎藤村

〔**初出**〕『伊香保みやげ』大正八年八月十五日発行、伊香保書院。

〔**温泉**〕伊香保温泉（群馬県）。

〔**内容**〕われわれは枯々な桑畠や浅く萌え出した麦の畠などの間を通って、ここまで来たが、この広い湯槽の周囲《まわり》へ集まる人々は東京や横浜あたりで出逢いそうな人達ばかりである。K君とA君は地図を持ち出し、これから行く先の話を、われわれは茶代の相談をした。宿帳はA君がつけた。K君は三十九、A君は三十五、M君は三十、私は三十八だ。K君は酔って大蛇のように横になっている。残る三人は、K君の鼾《いびき》を聞きながら話し続けた。翌朝頼んでおいた馬車が来た。直に宿の勘定をした。

（浦西和彦）

山陰土産《さんいんみやげ》　紀行文

〔**作者**〕島崎藤村

〔**初出**〕「大阪朝日新聞」昭和二年七月三十日～九月十八日。

〔**初収**〕『名家の旅』昭和二年十月二十日発行、朝日新聞社。

〔**全集**〕『藤村全集第十巻』昭和四十二年八月十日発行、筑摩書房。

〔**温泉**〕城崎温泉（兵庫県）、三朝《みささ》温泉（鳥取県）。

〔**内容**〕大阪朝日新聞社の原田譲次の企画で、島崎藤村は次男の鶏二を伴い、昭和二年七月八日に大阪を発って、山陰旅行に向った。『山陰土産』は、その時の紀行文であり、「一　大阪より城崎へ」「二　城崎附近」「三　大乗寺を訪ふ」「四　山陰道の夏」「五　浦富海岸」「六　鳥取の二日」「七　三朝温泉」「八　松江まで」「九　境港と美保の関」「一〇　出雲浦海岸」「一一　宍道湖の旅情」「一二　菅田庵を訪ふ」「一三　杵築より石見益田まで」「一四　雪舟の遺蹟」「一五　高角山」「一六　津和野まで」から成る。この山陰旅行の最初の宿が城崎温泉である。「二　城崎附近」で、城崎は関東方面で見るなら、熱海と似ている。種々雑多なものを取り入れているところ、古雅なものと卑俗なものとが同時にあるようなところが似ているという。「私達の泊つた宿は、油《ゆ》とうやといつて、土地でも旧い家柄と聞く。（中略）そこの老主人から京都方面との交通の多かつた時代のことを聞かせられた。頼山陽、篠崎小竹、それから江間細香のやうな京都に縁故の深かつた昔の人達の名をかうした温泉地に来て聞きつけることも、何とはなしに床しい。油とうやの先代、先々代と、頼家との間には、文書の往復もしば〳〵あつたとのことである。そればかりではない。宿の老主人の口からは高安月郊君の名も出て来」た。豊岡川や瀬戸や日和山など、付近に景勝の地が多いことが、俗地に陥り易い温泉地から城崎を救い出しているという。翌朝、豊岡川を船で下り、河口に出て、日和山に登った。およそ二時間ばかり海のよく見えるところで時を過ごした。

七月十二日、三朝温泉の岩崎という旅館に宿泊し、翌朝「宿の二階の廊下のところへ籐椅子なぞを持ち出しながら、しばらく対岸の眺望を楽しんで行かうとした。雨もあがつて、山気は一層旅の身にしみた。河の中洲を越すほど溢れてゐた水もいつの間にか元の瀬にかへつた。こゝで聴く渓流の音はいかにも山間の温泉地らしい思ひをさせる。河鹿《かじか》の鳴声もすゞしい」。昨夜見た書画帖に、「田山花袋君の書いたものを見つけてうれしく思つた。大正十二年この地に遊ぶとある。さうか、あの友達もこの宿に泊つて旅の時を送つて行つたのかと思つた」。三朝は将来どうなってゆくのか。ここは箱根あたりに近いところにでもなって行きつつあるのか。どちらにしても、三朝川の渓流の音だけはこのまま変らずにあってほしい。

（浦西和彦）

伊香保土産《いかほみやげ》　紀行文

〔**作者**〕島崎藤村

〔**初出**〕掲載誌、発行年月日未詳。

〔**初収**〕『桃の雫』昭和十一年六月五日発行、岩波書店。

〔**全集**〕『藤村全集第十三巻』昭和四十二年九月十日発行、筑摩書房。

〔**温泉**〕伊香保温泉（群馬県）。

〔**内容**〕にわかに思い立って、妻と同伴で、伊香保まで保養に出かけた。私にとっては伊香保ははじめてである。伊香保は山の中腹の位置にあって、直ぐにも親しめるような北向の谷間であるのがうれしい。六月の入梅の季節だから、湯の客もすくない。湯治場のさびしくひっそりとした時に行くのもわるくはない。籾山梓月君の『伊香保日記』を持参した。その日記に「あんこ別れ」という伊香保言葉が出てくる。昔、毎年の夏、山駕籠をかつぐ男たちが湯の客の送り迎えに、麓の村々から集まった。寒くなり、湯の客も散ずる季節、九月十五日の晩に、互に慰労の酒を酌みかわす。その一夜飲みあかすことを「駕籠かきどもの『あんこ別れ』といふよし」である。ここへ来て、山鳥の声が、自分の郷里を思い出させる。しかし、ここには自分の郷里にはない熱すぎるくらいの豊富な山の湯がある。伊香保の里は水が乏しいが、ここの山間には好い清水が湧く。帰りの土産には伊香保名

し

物の粽、饅頭、それから東京の留守宅の年寄に木細工の刻煙草入などを求めた。

（浦西和彦）

島田一男《しまだ・かずお》

＊明治四十年五月十五日〜平成八年六月十六日。京都市に生まれる。明治大学中退。小説家。テレビドラマ「事件記者」（ＮＨＫ）の脚本を書く。代表作に「社会部記者」など。

初夏の仙山線に湯をもとめて《しょかのせんざんせんにゆをもとめて》

エッセイ

〔作者〕島田一男

〔初出〕「旅」昭和三十三年七月一日発行、第三十二巻七号。

〔温泉〕秋保《あきう》温泉・神根（神ケ根《かんかね》）温泉・鴻ノ巣温泉・作並温泉（以上宮城県）。

〔内容〕温泉に来ると、温泉に入り、按摩をとって、寝るまでは話し相手をみつけて、土地の話を聞くことにしている。

仙台から一時間ほど郊外電車で入ると、秋保温泉の佐勘旅館がある。ここには、七百年近く燃え続けている囲炉裏の火があるという話を聞いた。この旅館の遠祖は、佐藤勘三郎という平家の残党であったという。平家一門が西海の藻屑と消えた頃、難を遠く北国に避け、秋保の山中に隠れた。折を見て平家再興の軍をあげるつもりだったが、とうとう湯守となって一生を終わり、子孫もまたこれを継いだ。佐勘とは佐藤勘三郎の略称であり、今燃えている炉の火は、都落ちのとき高野山の灯明から移し持ってきたものが続いていると云うのである。秋保の近くには、二キロほど離れて神根温泉、更に一キロ離れて鴻ノ巣温泉がある。

作並温泉は、仙台から国鉄仙山線で小一時間、駅前から出る直通バスで一時間半ばかりのところにある。作並温泉の名物は、岩風呂である。部屋は断崖の上にあり、長い長い階段の渡り廊下を曲がりくねって下りて行くと、広瀬川の川岸に大きな湯壺が並んでいる。この階段は、百四十幾段かだそうで、浴場へ案内する女中さんも、よほどの客でなければ下までついてこないらしい。ここの湯は、石灰苦味泉で、女の肌を美しくし、婦人病には特効があると言われている。作並駅から五十分。面白山トンネルを過ぎると、山寺駅に着く。その駅の前を流れる立谷川の向こうに、『奥の細道』の中でも傑作の一つと言われる句が詠まれた宝珠山立石寺がある。芭蕉が句を詠んだ蟬岩、慈覚大師の遺骸を納めた開山堂、舞台造りの五大堂、天狗岩、釈迦ヶ岳を見て、芭蕉もこの景観を眺めたのだろうと物思いに耽る。

（西岡千佳世）

平家の隠れ里、湯西川《へいけのかくれざと、ゆにしがわ》

エッセイ

〔作者〕島田一男

〔初出〕「旅」昭和三十四年六月一日発行、第三十三巻六号。

〔温泉〕湯西川《ゆにしがわ》温泉（栃木県）、山田温泉（長野県）。

〔内容〕五十里ダムが出来て以来、東京方面では湯西川温泉の名はかなり広く知られるようになったが、それでも、川治温泉からバスで一時間二十分という距離は、この温泉を俗化させず、平家の隠れ里の面影を多分に残しているようである。湯西川温泉の紅葉は、正しく天下一品ではあるが、新緑の頃から夏にかけても、山菜狩りに、川魚釣りに、結構ここは楽しい。小さな落人部落だが、旅館も四五軒ある。この伴久旅館の主人は、何代目かの平家の武将で、最近まで伴但馬守の名を世襲していたそうである。〝伴〟とは、平家の人と云う意味だと聞かされたが、旅館の入口には、平家一族の遺品―鎧、武具、古文書等が数多く展示されており、清盛の子重盛の手紙などもあって、なかなか興味深い。この遺品の中に、藤の一本木でつくった大きな鞍があり、幾百年かの後に掘り出したその鞍が伴久旅館に飾られているわけだが、埋めた場所は湯西川の西岸で、そこに湧出するのが藤鞍ノ湯である。この外御所ノ湯、薬研の湯、河原ノ湯などが出ており、湯量は極めて豊富である。湯西川温泉の年中行事としては、祖先をまつる高房明神と氏神の湯殿山神社の祭礼が春秋にわけて行われる。信州の山田温泉も、戸倉・上山田・あるいは山ノ内温泉郷の名声にかくれて、余り一般には知られていない。長野市から須坂経由でほぼバス一時間の距離である。大湯、金比羅湯、滝ノ湯と三つの浴場があって、旅館の客も、土地のひとも、いっしょに入浴する。共同浴場は、広くて、古風で、薄暗い。ラジューム含有の食塩泉は豊富である。明治二十三年に、文豪森鷗外がこの藤井荘に泊まっている。

（趙　承姫）

大名は温泉をどう利用したか《だいみょうはおんせんをどうりようしたか》

エッセイ

【作者】島田一男

【初出】「旅」昭和三十六年十一月一日発行、第三十五巻十一号。

【温泉】浅虫温泉・大鰐温泉（以上青森県）、浅間温泉（長野県）、赤湯温泉（山形県）、秋保《あきう》温泉（宮城県）。

【内容】弘前藩の殿様が浅虫へは湯治に、大鰐へは遊興に出かけたことが　二つの記録から想像できる。一つ目は「歴世録」にのせられた名君物語らしい話であり、二つ目は、暴君物語「菊ガ松物語」である。将軍や大名が、入浴を世話するお女中に手をつけ、「お湯殿の子」が生まれることがあった。「菊ガ松物語」は、藩主の御意をこばみ、悲惨な最期を遂げた女の話である。

だが、大名が温泉場を、全て女色の場にしようとしたわけではない。例えば、松本藩の浅間温泉は家中のもののヘルスセンターとして経営されていたようである。

ヘルスセンターとしてより徹底したものに、米沢藩の赤湯温泉がある。赤湯は源義綱の家来が薬師如来の霊夢によって発見した温泉と伝えられ、御夢想の湯と名付けられている。その上、緊縮政策の中、遊女がいたのは赤湯温泉だけで、耐乏生活の息抜きの場であった。また、米沢藩庁は赤湯村に対して相当な温泉税を課していた。赤湯はヘルスセンターだけではなく、収入源でもあったわけである。

その他、伊達公の湯治場に秋保温泉がある。秋保温泉の歴史は古い。第二十九代欽明天皇の傷が忽ち平癒し、御制をたまわり、以来、「名取の御湯」と呼ばれた。千五百年前から知られていたわけである。御殿湯の湯守りとして、今日まで源泉を守り続けているのは佐勘旅館である。平家一門が亡んだ時、平家の再興を志して逃れた武将佐藤勘三郎が先祖である。いまでこそ、仙台市長町から電車で一時間足らずだが、伊達公さまの時代は険しい道を、大勢の奥女中が、馬の背にみごとな夜具布団をしばりつけて、お供して来た。佐勘旅館ではいまだに、伊達公さま、とよんでいる。大名とお湯殿頭のつながりはいまだに続いているような気がする。

（岩田陽子）

下村海南
しもむら・かいなん

＊明治八年三月十二日～昭和三十二年十二月九日。和歌山県に生まれる。本名・宏。東京帝国大学政治科卒業。ジャーナリスト。著書に『終戦記』など。

温泉茶話
おんせんちゃばなし　エッセイ

〔作者〕下村海南

〔初出〕「温泉」昭和十三年五月一日発行、第九巻五号。

〔温泉〕温井里温泉（朝鮮）、礁渓温泉・四重渓温泉・関仔嶺温泉（以上台湾）、層雲《そううん》峡《きょう》温泉・定山渓温泉・洞爺湖温泉・湯の川温泉（以上北海道）、阿蘇温泉（熊本県）、霧島温泉（鹿児島県）、別府温泉（大分県）、指宿《いぶすき》温泉（鹿児島県）、下津深江（下田温泉（熊本県）、白浜温泉・椿温泉（以上和歌山県）、芦原《あわら》温泉（福井県）、山中温泉・山代温泉・湯涌《ゆわく》温泉（以上石川県）、宇奈月温泉（富山県）、下呂温泉（岐阜県）、下部温泉（群馬県）、鐘釣温泉（富山県）、湯の峯（峰）温泉（和歌山県）、白骨温泉（長野県）、那須温泉（栃木県）、青根温泉（宮城県）、恐山温泉・蔦温泉（以上青森県）。

〔内容〕野趣とは都会色に対する言葉である。野趣に富める温泉場を思いうかぶままにひろって見る。朝鮮では金剛山の温井里は閑寂であるが、ハイカラである。台湾では宜蘭の礁渓、南部の四重渓、関仔嶺が大正のころは野趣をのこしていた。北海道は層雲峡、定山渓、洞爺、湯の川は野趣ありとはいえない。阿蘇、霧島のところどころにも野趣に富めるものは見当らない。海岸の温泉は、別府、指宿、下津深江でも野趣に乏しい。紀州の白浜、椿、北陸の芦原、山中、山代、湯涌、宇奈月、飛驒の下呂など著しく都会色が濃くなって来てる。北陸黒部の川をさかのぼり鐘釣温泉などは合格点に入るであろう。熊野路の湯の峯温泉は、僕には野趣味の一つのタイプとしてかなり深い印象を残している。白骨温泉は大分家がたてこんでいる。東北では那須の温泉でも大丸、弁天、ことに北の温泉には閑寂味がある。青根温泉もすてがたい。陸奥は恐山、山頂硫黄のけむれるうち、しゃくなぎのむれ生《は》えるところ、血の池といって赤くはないが、湖のほとりに一軒の温泉宿があり、野趣味を通り越して凄味《すごみ》あるのが特色であろう。蔦温泉は大町桂月の晩年をおくりし終焉の地である。浴槽は大きく高い。流れ落ちる筧の水の音を耳にしながら、窓の外に山の端にかかれる月の青白い光りを仰ぎつつ、寂莫たる浴槽の中にしづもれる気分は得も言われない。僕が蔦を推称するのは、一つ家のランプや囲炉裏ばかりではない。食膳にのぼるかずかずである。地の品が食卓にのぼったのである。それは大正末年の話である。それから十年と立たぬうちに北海道からの帰途、蔦に寄った。新築の三階家屋は木の香も新しい。ランプ、囲炉裏の時代は著の夢となり、電灯もついている。電話もある。蔦温泉は一躍して都会式進境ぶりを見せて、野趣味の面影はほとんど見られなくなっている。

（浦西和彦）

下村千秋
しもむら・ちあき

＊明治二十六年九月四日～昭和三十年一月三十一日。茨城県稲敷郡朝日村（現・阿見町）に生まれる。早稲田大学英文科卒業。小説家。主なる作品に「天国の記録」「暴風帯」「生々流転」など。

深山の湯の味とその発見者《みやまのゆのあじとそのはっけんしゃ》　エッセイ

〔作者〕下村千秋
〔初出〕「温泉」昭和二十八年二月一日発行、第二十一巻二号。

〔温泉〕鬼怒川《きぬがわ》温泉・川治温泉・川俣温泉・八丁の湯（以上栃木県）。

〔内容〕温泉そのものの深い自然の味は、大地から湧き出る温泉に、その場でじかに浸って見て、はじめて解るものであろう。温泉そのものの深い味や有り難さを知るには、何といっても山奥の一軒家の温泉宿に浸ることである。私がいつも思い出す温泉に、鬼怒川温泉と川治温泉とがある。三十年前のことである。今市から鬼怒川温泉まで木材運搬に使用されていた軽便鉄道があるだけで、木材を積む貨車に乗せてもらって行ったのであった。その先の川治温泉までの六キロばかりを、断崖の小径を辿って歩いたのだ。

　鬼怒川温泉には、宿はたった二軒、ほとんど客もない宿であった。先ず温泉に入った。その温泉というのが、鬼怒川の流れの中の自然石の間の河床から湧いていたのである。浴槽は自然石そのままのものであった。浴槽の左右には鬼怒の清流がごんごんと奔流している。私はここではじめて、ほんとうの温泉に浸った、という気持ちを感じたのであった。

　川治温泉には、宿は一軒きりだった。渓谷美は素晴らしく、新芽をふき出したばかりの雑木林の色は輝くばかりだった。宿はそういう中にあった。浴槽は、絶壁の真下にあり、一方には鬼怒の流れが渦を巻いて、一人ではちょっと気味の悪いような所だった。鬼怒川をさらに川上へ四十キロほど上った所に、川俣温泉があり、さらにその上流五六キロの所に、八丁の湯というのがある。日本中の数多くの温泉の中でも、この八丁の湯は、大自然の奥の大群山の中の原始泉の一つというべきであろう。この八丁の湯の発見者は、鈴木富次郎という今市の人で、七八年前に亡くなっているが、その名は八丁の湯と共に、金精峠から八丁の湯に至る「富次郎新道」という名で、永遠に残っている。自家用の水力タービンを備えつけ、何百日かかかってトンネルを完成、温泉岳を越え、根名草山を抜けて行く道を開き、八丁の湯を発見した鈴木富次郎の、今まで知り得た生涯を概略する。

（浦西和彦）

城夏子《じょう・なつこ》

＊明治三十五年五月五日～平成七年一月十三日。和歌山県西牟婁郡すさみ町に生まれる。本名・福島静。和歌山高等女学校卒業。小説家。「白い貝殻」「野ばらの歌」など。

松原湖畔にて《まつばらこはんにて》　エッセイ

〔作者〕城夏子
〔初出〕「温泉」昭和二十六年九月一日発行、第十九巻九号。
〔温泉〕松原湖の鉱泉宿（長野県）。
〔内容〕信州小諸と中央線小沢駅とをつなぐ小海線、それは昔は小鹿と汽車が競争するようなところだった。その小海線沿いの松原湖には二三の鉱泉宿がある。紅葉の美しい時期に行った。湖は愛らしく、雲や夕暮れをくっきり映す美しさである。湖畔の宿はひっそりとして客もなく、肝心の鉱泉は夜だけしかわかさない。翌朝、障子をあけると霧雨で湖水が銀灰色に煙り、湖面には小波が広がっていた。三日目、珍らしい客が着いた。アメリカの昆虫研究家で、八ヶ岳山麓の昆虫の卵や幼虫を採集に来たそうだ。試験管につめたきれいな幼虫を見せてくれ、「ムシハズカシイ」などと日本語も流暢に話された。松原湖といえば、あの異国の清らかな、そしてユーモラスな昆虫学者の青い瞳を思い浮かべる。（古谷　緑）

谷津から天城へ　やつからあまぎへ　エッセイ

〔**作者**〕城夏子
〔**初出**〕「温泉」昭和二十八年三月一日発行、第二十一巻三号。
〔**温泉**〕谷津温泉・大瀧《おおだる》（滝）温泉（以上静岡県）。
〔**内容**〕佐藤信衛の小説を読んで関心を持ち、奥伊豆の谷津温泉へ向かう。伊東からバスで温泉場に着く。ぽそりとした一向温泉場らしくない土地だが、温泉宿「石田屋」は想像以上に堂々とした風情であった。別棟の、山が眼前に見える二階の一室に案内される。湯殿は新築でまぶしいほど明るく白い。宿の主婦によると石坂洋次郎など著名人がよく滞在するとのこと。翌日、下田ゆきのバスに乗って峯温泉をすぎ湯ヶ野で降りた。昔々の湯治場という風景で筆者の趣味にはいささか遠い。バスの停留所へ帰ってくると吉屋信子女子を小さく若くしたような娘が母親らしき老婦人と旅の話をしている。旅の気安さから話すようになり、洞窟のようなお風呂がある宿「天城山の大瀧」を教えてもらう。婦人は絵葉書を見せて「文部省のリクリエーションの為の施設なのだが、紹介者があれば泊めてくれる」と紹介してくれることになる。翌日、バスを湯ヶ野で乗り換え大瀧で降りると、聞きしに勝る閑雅な山中である。標識を頼りに宿に着くと感じの良い娘さんが出迎えてくれた。昼食後、宿の主人が温泉に案内してくれる。宿から山道を三百メートルほど下りた滝の隣の洞窟のようなのが湯壺である。天の岩戸のような格子で中から入り口をみると滝しぶきがみえ、静かな山に滝の音が壮大である。満足して部屋に帰ると、主人が地下室の図書館「天城文庫」に案内してくれた。夕食を終え、暮れなずんだ窓外を眺めると、新月が匂うように山にかかっていた。（古田紀子）

城昌幸　じょう・まさゆき

＊明治三十七年六月十日〜昭和五十一年十一月二十七日。東京神田（現・千代田区）に生まれる。本名・稲並昌幸。日本大学藝術科中退。推理作家、詩人、編集者。推理小説雑誌「宝石」を創刊。著書に『死者の殺人』『みすてりい』など。

湯ばなし2題　ゆばなしにだい　短篇小説

〔**作者**〕城昌幸
〔**初出**〕「温泉」昭和二十六年八月一日発行、第十九巻八号。
〔**温泉**〕奥伊豆温泉（静岡県）。
〔**内容**〕その一　新緑の頃、季節はずれの水曜の、葉の青く照り返すしんとした湯に保田とあつ子は一夜をともに過ごして、家族風呂に入った。あつ子は恥ずかしがるが、やがて横に来たので保田は肩を抱いた。二人は幸福を語り合い、女は涙を流した。そして彼女は大湯へ行くことを提案し、移ると泳ぎ始めた。保田はその姿にみとれ、信頼しきっているのだと感じ取り、浮気料簡はなくなって幸福を感じた。それから半年後、二人は結婚、この秋頃二人目の子供が生まれるようだ。
　その二　遠出に連れ出してきた藝者小千代が夕方宿に着いてから急に黙り込んでしまった。訳をたずねると、八年前に、去年の春戦死した夫とこの宿へ新婚旅行に来たのだと、ためらいながら語った。佐山は風呂の後、向こう向きに一人で寝てしまい、翌日も早々と東京へ帰った。年が変って半年たった頃、また小千代を呼んだ。すると彼女は、あの理由は嘘だったと、自分でも感心したように語った。佐山は「女の心理は解らない。それから、時と場所とを選べよ」とその友達に語っている。

（古谷　緑）

白鳥省吾

しろとり・せいご

＊明治二十三年二月二十七日～昭和四十八年八月二十七日。宮城県栗原郡築館町（現・栗原市）に生まれる。早稲田大学を卒業。詩人。詩集に『世界の一人』『大地の愛』など、評論集に『民主的文藝の先駆』『現代詩の研究』など。

玉造と皆生をめぐりて

たまつくりとかいけをめぐりて　エッセイ

〔**作者**〕白鳥省吾

〔**初出**〕「温泉」昭和十三年六月一日発行、第九巻六号。

〔**温泉**〕玉造温泉（島根県）、皆生《かいけ》温泉（鳥取県）。

〔**内容**〕どの旅館でも食膳には吸物と刺身が並ぶ。何等か郷土的なものをちょっぴり添えることが必要でなかろうか。帝釈峡の帰り、山陰の方に廻った。玉造温泉に着いたのは夜八時で、宍道湖の並んだ漁《いさ》り火は都会の灯のごとく美しかった。食膳には宍道湖の白魚に若芽を添えた酢味噌あえがでて、なかなかよかった。鯉の糸づくりは、鯉の身を蕎麦のごとく細く造り、料理の腕としては鮮やかなものであった。藝妓共は、いかにも温泉藝妓らしかった。「青葉雨、妓の名は小鈴小琴なり」。この温泉は、さすが松平不昧公の城下松江に近いだけに、旅館の庭園は趣致豊かなものがあった。米子駅から皆生温泉に行った。傷病兵が三百人も来ているとのことだ。ここは松露が名物だというがはんぺんのようなものに交ぜたり、茶椀蒸しに入れたりしたのは感心しなかった。翌朝、室の欄に倚って見る美保湾はなかなか良かった。美保関の方は朧ろに霞み、隠岐の島は見えなかったが、人なき浜に波が寄せてはかえして雄大であった。この辺も五十年程前には一帯の砂浜で、渚から百間余の沖合に、熱湯噴出の箇所があることだけは、漁夫達に知られていたが、数十尺の海底に湧くので、手の出しようがなく、「泡の湯」と称して恐れられていた。その後、日野川の吐く砂が、年々一間二間と海を埋め、泉源地も浅瀬となった。この湯を誘導して温泉地を経営しようとしたのが明治三十三年であったという。山陰の温泉めぐりは、いかなる季節にしろ、世にも楽しいコースだと思っている。

（浦西和彦）

城山三郎

しろやま・さぶろう

＊昭和二年八月十八日～平成十九年三月二十二日。名古屋市中区に生まれる。本名・杉浦英一。東京商科大学（現・一橋大学）理論経済学専攻卒業。小説家。「総会屋錦城」で第四十回直木賞を受賞。「硫黄島に死す」「落日燃ゆ」「男子の本懐」など。『城山三郎全集』全十四巻（新潮社）。

酸か湯を育てた親子三代

すかゆをそだてたおやこさんだい　エッセイ

〔**作者**〕城山三郎

〔**初出**〕「旅」昭和四十一年八月一日発行、第四十巻八号。

〔**温泉**〕酸か（ケ）湯温泉（青森県）。

〔**内容**〕五稜郭で戦傷を受けた祖父が湯治に来たのが縁で酸か湯を買い、三代にわたって農民と若い人たちに愛される山の湯に育て上げた経営者らしからぬ経営法がそこにあった。八甲田山を眺めて十和田から青森へ抜ける自動車道、青森から一時間の所に萱野茶屋があり、長寿に効くという茶をサービスしている。酸か湯温泉唯一の温泉宿が営んでいるのだ。

　ことの起こりは徳川時代。当時、酸か湯が開かれたのは三月彼岸から春土用までの三四十日間に限られていた。かたまった雪の上を歩ける時節を過ぎると、笹や木の枝に遮られて再び人は通れなくなる。客の安全をはかるための避難小屋として茶屋が造られた。酸か湯は二百七十余年前、傷ついた鹿が治ったのを猟師が発見したのが起源という。薬効は評判を呼んだが、一月でたたまなければならない掘立小屋に制約は多く、七人の湯主も不安定だった。白戸さんの祖父は戦傷を酸か湯で治したことが忘れられず、本格的な二階建ての宿を建てた。そして白戸さんの父は酸か湯で生活し、経営者代表のようになって湯主への配当もしていた。だから、父が帰るのは冬の間だけで、夏休みになると父のいる酸か湯に登った。その頃の湯治客はすべて自炊で夜具ふとん食料を背負い、一日一人七銭の間代だった。昭和三年、父が死に、白戸さんは体育教師として勤めながら湯主の一人となり、五年に結婚。妻は両親が湯治によって授かった子なので、湯との縁は深まる。戦時下、宿は荒れた。内紛もあった。昭和二十四年、白戸さんは株式会社酸か湯に常務として招かれ、立て直しに着手、かつての父同様、冬を除いて妻子と別居となる。社長の大原氏と二人三脚で、長逗留の客への配慮や従業員の服務上の優遇を実践、国への働き掛けもした。「国民温泉指定」第一号となる。昭和三十一年、悲劇があった。雪上車を駆ることで開業できた冬期の客がスキーで行方不明となり、手分けして探した折に、白戸さんの次男（中学一年）が遭難したのだ。この耐え難い出来事を機会に救助隊や電話線などを整え、翌年からはまた、冬は閉ざした。酸か湯は客が固定しているので経営が安定している。皇族から湯治客までを同等に扱い、部屋に格差はない。子供たちのための遊具は必要ない、山があるから。テレビは一台。自然尊重で清純な環境を堅持する。酸か湯は現在、正月の五日間だけはスキーヤーを泊める。宣伝はしないが救助隊は常時出る。ガイドとパトロールの費用もすべて酸か湯が負担する。白戸さんの瞼には亡くなった次男の面影があるにちがいない。

（大川育子）

陣出達朗《じんで・たつろう》

＊明治四十年二月十四日〜昭和六十一年四月十九日。石川県に生まれる。本名・中村達男。旧制中学を卒業。小説家。映画シナリオライターから小説家に転身して、野村胡堂に師事。「遠山の金さん」「富嶽秘帖」など。

雪中に咲くロマン—加賀温泉郷《せっちゅうにさくろまん—かがおんせんきょう》　エッセイ

〔作者〕 陣出達朗
〔初出〕「旅」昭和四十九年一月一日発行、第四十八巻一号。
〔温泉〕 山中温泉・山代温泉・粟津温泉・片山津温泉（以上石川県）。
〔内容〕 北の雪国、温泉郷—といえば、先ず加賀の四温泉を誰でも想いだす。山中、山代、粟津、片山津がそれである。山中温泉は、加賀四温泉のうちで、もっとも山奥にある温泉町で、昔はどか雪にみまわれると、交通機関どころか人の足まで奪われ、文字通り山奥に閉じ込められてしまった。

することもなく窓の外に広がる雪景色を観賞していれば、自然、雪見酒へとなだれ込む。女中が酌をし、客が盃を返すなかで双方の気持ちはすっかりほぐれ、恋の花咲く余地が生まれる。山代の女は〝たいこんど(太鼓の胴)〟と呼ばれる。客が藝子遊びをすると、夜の十時に藝子たちは一度お座敷を去る。三十分ほどして、次は洋服姿で現われる。十時以降は仕事じゃないから、その後客と意気投合しようがしまいが、法律に縛られることはない、という仕組みで、「打てばひびく太鼓」の変化である。子宝に恵まれたい人は、なるべくなら夫婦で粟津に宿をとって、那谷寺観音へ詣でるのが望ましい。〝小鳥(すずめ)〟と呼ばれるだけあって、粟津の女は、勤勉で愛情こまやか、そして操が堅い。片山津の女は〝かも〟と呼ばれる。鴨になるのが女か客かは判らないが、情緒てんめんさは天下一。四温泉それぞれを、それぞれの恋花が彩っている。

(阿部　鈴)

【す】

鈴木佐依子　すずき・さえこ

＊生年月日未詳。イラストレーター。

夏油温泉《げとうおんせん》―露天風呂初体験記《ろてんぶろはつたいけんき》　エッセイ

〔**作者**〕鈴木佐依子
〔**初出**〕「旅」昭和五十八年十月一日発行、第五十七巻十号。
〔**温泉**〕夏油《げとう》温泉(岩手県)。
〔**内容**〕最近、ギャルズの間で温泉がはやっている。露天風呂にも押しかけるそうだ。いまいち心理がわからないので、会って確かめてみたい。

　行き先は北上からバスで一時間入ったところにある夏油温泉である。ここは、色々な露天風呂が点在しているので有名である。バスを降りると、温泉とは言ってもいわゆる湯の町情緒的なものはなく、パチンコ店、喫茶店らしきものもない。町の真中に深い川が流れ、その回りに高い山がぐっとせり出し、入浴と森林浴がいっぺんに楽しめそうな場所である。狭い場所であるが、露天風呂もギャルも見当たらないため、夏油温泉に行って、話を聞いてみる。出てきてくれた専務に話を聞くと、露天風呂はずっと川底へ降りていったところにあり、若いお嬢さんは、近くに山が多いから、登山の後に来るとのことである。そして、混浴の露天風呂にも入るとのこと。混浴がいやだという人のためには、お湯をひいて男女別のを作ってあるが、あとは昔からみんな混浴である。女の人が入ってくると、男の方が遠慮して、わっと離れてしまうそうである。

　お湯はあちこちに湧いているが、使えるのはその内七か所。露天とは言っても、目隠しや屋根で覆われているのが見える。露天風呂に一緒に入ってくれるという頼もしい味方を得て、中でも一番大きい大湯に近づく。すると、女の人はおばあさんばっかりで、若いのが二人入ってくるのを不思議そうに見ているが、おじさんはこっちの足がすくむくらい睨む。それも暗い視線で見据えて、明らかに迷惑がっている様子であった。しかもここだけのことではなく、真湯、疝気《せんき》の湯と次々回ってみてもどこもこんな調子だった。次に、男女別の滝の湯に向かう。川の向かいからおじさんが望遠レンズで写真を撮っていたという話を聞き、素人の裸なんてきれいなもんじゃないのに と、あきれる。そこに本当に若いギャルズが現われたので、一緒に入ろうと試みるも、やはり例の視線に耐えきれず、Uターンした。一度入ると決心したからには、なんとか入ろうと、人気のない夜、懐中電灯を持って行く。すると、あとから酔っ払ったおじさんがついてきて、入る気がしなくなった。結局朝を狙うことにし、日の出の頃起きだす。大湯や真湯はこんな時間でも混んでいるので、川を渡って目の湯に行く。目の湯は四人入れば一杯になるくらいの小ぢんまりした大きさであった。それでも手足を伸ばしてお湯につかり、解放された気分を味わったのである。（西岡千佳世）

鈴木義司

すずき・よしじ

＊昭和三年九月二十六日～平成十六年七月十七日。東京府赤坂区（現・東京都港区）に生まれる。東京都立理工専門学校卒業。漫画家。「読売新聞」に「サンワリ君」を連載。

秘湯の秋の陽、煌めく金髪《ひとうのあきのひ、きらめくきんぱつ》

エッセイ

〔**作者**〕鈴木義司

〔**初出**〕「旅」昭和五十一年十月一日発行、第五十巻十号。

〔**温泉**〕乳頭温泉郷の黒湯《くろゆ》温泉（秋田県）。

〔**内容**〕「東北の秘境・名湯」なんていうのは現存するはずがないと信じていたが、まだあった。ワラブキ屋根の温泉宿。混浴の露天風呂。その秘境温泉というのは、東北地方の地図のちょうど真ん中にある。午前九時三十一分に上野を出発し、電車、バスを乗り継ぎ、十八時四十五分に目的の乳頭温泉に到着した。乳頭温泉は、「鶴の湯」「妙の湯」「大釜温泉」「蟹場温泉」「黒湯」「孫六温泉」の湯が散在する温泉郷である。目指すのは、乳頭温泉の中でも一番の秘境である黒湯である。バス停から一キロであるが、急に山奥になってしまい、宿は旅館黒湯一軒である。湯煙の中にワラぶき屋根の旅館が建っている。食事つきの方は四十五人ぐらいしか泊まれないが、自炊の方は百五十人から二百人近く泊まれる。部屋には何もなく、あたりは硫黄の匂いがするだけ。窓から外を見ると、ボコボコとあちこちに湯が湧いている。石がゴロゴロ、裸の男女が湯舟から湯舟へ歩いている。電気は自家発電で、小さな水力発電機と動力発電機を持っているが、二年前までは、水車で発電していた。まずは露天風呂に入る。目の前はススキの原。湯はあちこちから湧き、湯舟はもちろんタイルではなく木製で、あずまや風の屋根がついていた。風呂から上がり、夕食を食べた後はすることがなく、事務所のオジサンに招かれて酒をごちそうになった。戦前は田尻湖から、馬の背に米やミソやフトンをつんだ湯治客が一日がかりで来たそうだ。今は車でガスバーナーやガズボンベやコッフェルを持ってやってくる。宿でガスの設備を整えようとしても、温泉のガスで器具が腐ってしまってだめになる。水は谷川からビニールパイプで引いているため、栓をひねって水を止めてしまうと、ビニールパイプのつなぎめがパンクしてしまう。電気を消したり、節電したりすると、水力自家発電は三キロワットのため、残った電球に電圧がかかり、電球が切れてしまう。近くにスキー場があるため、冬もいいかと思うと、冬は雪が三メートルも積もり、十一月の文化の日から五月いっぱいは閉鎖である。そんな黒湯のスケッチをし、露天風呂に飛び込むと、あとから若い金髪のアメリカの女子大生が入ってきた。しばらくの間、金髪の女性二人との混浴を楽しんだ。

（西岡千佳世）

【せ】

関野準一郎　せきの・じゅんいちろう

＊大正三年〜昭和六十三年。青森県に生まれる。画家。今純三に銅版画を学び、恩地孝四郎に師事。現代版画の第一人者。

地獄伝説のある蒸風呂のメッカ《じごくでんせつのあるむしぶろのめっか》　エッセイ

〔作者〕関野準一郎
〔初出〕「旅」昭和三十六年六月一日発行、第三十五巻六号。
〔温泉〕八幡平《はちまんたい》温泉郷の後生掛《ごしょかけ》温泉・玉川《たまがわ》温泉（以上秋田県）。
〔内容〕筆者の生家は青森市で肥料問屋を業としていた。少年の頃、母が腸チフスを患って、病気療養のため、体に良くきくという八幡平の後生掛温泉に湯治したことがある。その温泉は広く一面に泥が煮詰められていた。熱湯は卵の腐った様な硫黄の香をはなち、墳気は草をこがしている。泥の上に立とうものなら、ズルズルと沈んで、底に落ちていく感じで恐ろしかった。墳気が泥の塔を作っている傍に大小様々の木彫の男根が立っていたりする。そこには木のトイに、所々丸い小さい穴を切り抜いた板でフタをし、穴から白い湯気が立っている。その上を布キレ等で墳気の熱をやわらげ病気のある女、子ダネの欲しい女たちが、またいでうずくまっている。夜中、不慣れな土地におののいて眠れないでいると、墳気は人声の呟きに思えてくる。このつぶやきは民話の「オナメ・モトメ」を生んだらしい。アイヌの言葉とも思われる「オナメ・モトメ」は「妾と本妻」という意味で、昔、妻のある若者が巡礼娘を助けてその娘とねんごろになり、ついに三角関係の悲劇で二人は焦熱地獄に身を投じ、その後もなお二人は轟音をあげて痴話げんかをしているという。後生掛という地名の由来もこの悲劇の女性二人の後生を掛けて菩提を弔い地名にしたそうである。

先年、郷里訪問からの帰路、もう一度、八幡平に登ってみたくなった。八幡平駅より秋北バスで八幡平登山の停留所まで行く。石の山道を登り切ると墳気地帯に直接建てたオンドル式の宿舎が長屋の如く並んで見えた。小工場の食堂みたいな宿であった。浴槽は無人であった。広い浴槽全体が硫黄色にぬりこめられて、いきなり湯に入ると、怒られはせぬかと思う程静寂である。なつかしさと現実は少々かけ離れているようであった。

翌朝、八幡平頂上に登る事にした。やっとのことで、頂上に来たので、見晴し台の上に登って見た。一面乳児色で何山もあったものではない。霧がやや流れ散って、樹々が見えだした頃、地図をたよりに歩き出し、名残峠で霧の山塊に別れをつげた。然し、私には八幡平頂上歩きは愉快ではなかった。

玉川温泉にたどりついたが、つかれていたので、夕食を済ませ眠ってしまった。喉が乾いて目が醒めたのは何時頃であったろうか。晩夏の夜の賑わいが、間遠な太鼓の音に乗って聞こえて来る。盆踊りがあって湯治客が浮かれているのだ。聞き覚えのある節で、少年の頃の韻律と少しも変っていなかった。

（西村峰龍）

そ

【そ】

曾野綾子　その・あやこ

＊昭和六年九月十七日〜。東京府南葛飾郡本田町（現・東京都葛飾区）に生まれる。本名・三浦知寿子。聖心女子大学文学部英文科卒業。小説家。「遠来の客たち」が第三十一回芥川賞候補となる。「無名碑」「黎明」「幸福という名の不幸」など多数の作品がある。『曾野綾子選集』全七巻（読売新聞社）、『曾野綾子選集2』全八巻（読売新聞社）、『曾野綾子作品選集』全十二巻（桃源社）。

山の湯　やまのゆ　短篇小説

〈**作者**〉曾野綾子
〈**初出**〉「オール読物」昭和四十年二月一日発行、第二十巻二号。
〈**作品集**〉『曾野綾子作品選集第六巻』昭和五十年一月二十五日発行、桃源社。
〈**温泉**〉山の温泉場。
〈**内容**〉湯殿に下りて行くには、勇気がいった。変な旅館である。内湯を整えようという気もないらしい。猿渡知三は、しんしんと降る雪の気配のしみこむ中で、衣服を脱ぎ、浴室にかけこんだ。湯舟には、四十にはまだなるまいと思われる先客があった。男は腎臓の片一方がなく、女薬剤師の店の二階にいるのだという。猿渡は、彼の留守中に妻が学生と心中し、その遺骨を妻の母親の許に届けにきたのである。湯が又ぬるい湯なので、手足が冷えていると、最低一時間は入っていなければならない。二人の女連れが入って来た。六十近い女と、四十代半ばの女である。二人は、パチンコ屋とダンボール函の卸し屋の隠居と、若い方は学校の教師をやめて塾をひらいている。湯舟には旅館の主《あるじ》も加わった。主はこの風呂場で死んだ人があるという。その日に限って変な気がした。この湯殿の戸がみんな閉っている光景が見えたのであるが、若い美人の奥さんだったので遠慮したのだ、と述べる。女教師が突然に私にもそういう経験があるといいだした。鹿児島から飛行機で喜界が島へ行こうとした時、二機のうちの一機が影の薄い感じで、これは今日落ちると思い、この飛行機は落ちるんですと彼女は皆に伝えた。彼女は殺風景な事務所に連れこまれたが、やはり喜界が島へ行く方の一機は、黒く焼けただれて見え、すでに蜂の羽音のような只ならぬ響きを告げていたという。女たちがあがるというので、着換えの間遠慮して、男たちは少し残った。猿渡は、「今の飛行機に乗りこんだ郵政省の役人というのが僕なんだな」と初めて口を開いた。どこかで会ったことがあるような気がしたが、やはり鹿児島飛行場で騒いだ女だ、飛行機は全然落ちませんでした。あれほど思いつめたら、もう飛行機は実際に落ちたのと同じだからね。片腎の男は、そういう女の傍にいることに馴れたと微《わ》笑《ら》った。

（浦西和彦）

園山俊二　そのやま・しゅんじ

＊昭和十年四月二十三日〜平成三年一月二十日。松江市に生まれる。早稲田大学商学部卒業。漫画家。第二十二回文藝春秋漫画賞受賞。

弥次喜多珍道中—黒湯・後生掛はしご風呂　やじきたちんどうちゅう—くろゆ・ごしょがけはしごぶろ　エッセイ

〈**作者**〉園山俊二
〈**初出**〉「旅」昭和五十九年八月一日発行、第五十八巻八号。

〔温泉〕黒湯温泉・後生掛温泉（以上秋田県）。

〔内容〕東京の自宅を出て、田沢湖駅からタクシーで、秘湯黒湯温泉に近づくのに十時間近く掛かった。編集者長谷川の「近郷に住む若後家さんが姑さんに従って湯治においでになっていらっしゃるやも」という色仕掛けにはまって、旅の続行の決意をする。黒湯温泉は単純硫化水素泉。ひなびた湯治場の一棟に通された。山菜づくしの夕食、テレビもラジオもない。自家発電の照明も薄暗く、本も読む気がしないため、早々に寝てしまった。

　朝、タクシーで後生掛温泉へと向った。途中、八幡平では六月初めなのに春スキーを楽しんでいる、雄大な残雪の山々を堪能した。後生掛とは後生善所極楽成仏を祈り、また来世の幸福を祈る意味といわれ、地獄谷に身を隠した二人の女の鎮魂が秘められているという。旅館部の別館ホテル山水に荷を下ろし、自炊部オンドル宿舎を訪問。オンドル宿舎は地熱を利用している。地べたが高い地熱を帯びており、寝そべる人の患部を癒す仕組みである。人々はマグロのように転がっている。壁にはり渡したヒモにはモモヒキやフンドシなどがぶらさがっている。初めての訪問者にとってはいささかたじろぐ風景であった。（岩田陽子）

【た】

田岡典夫《たおか・のりお》

＊明治四十一年九月一日〜昭和五十七年四月七日。高知県土佐郡旭村（現・高知市）に生まれる。早稲田第一高等学院中退。日本俳優学校卒業。小説家。「強情いちご」で第十六回直木賞を受賞。「腹を立てた武士たち」「かげろうの館」「小説野中兼山」など。

熱海漠談《あたみばくだん》　エッセイ

〔作者〕田岡典夫
〔初出〕「温泉」昭和二十六年八月一日発行、第十九巻八号。

〔温泉〕強羅温泉（神奈川県）、熱海温泉（静岡県）。

〔内容〕温泉のない土佐に育った私が温泉にはじめて接したのは、漱石の草枕を読んだ小学四年のときである。乳臭い子供時代のことだから盲滅法に読んだのに過ぎないが、その中に引用されてある、「温泉水滑洗凝脂」という長恨歌の一句が印象に残った。

　その翌年、私はいよいよ実物にぶつかった。母に連れられて箱根の叔父の別荘で一夏を過ごしたからだ。別荘は強羅ホテルのすぐ上にあった。私はそこで浴槽に溢れる熱湯をみて再嘆、三嘆したものだ。江戸時代の奇人錦蘭斎は路上で女子の腰を指して「造化の無尽蔵」と叫んだそうだが、私は湧き出ては溢れる温泉に浸かりながら、造化の無尽蔵なることを、子供心にも感じた。

　それがいま熱海に住むこと約十年、毎日毎日温泉に入っているが無尽蔵に感動するどころか、当然のように思っている。もっとも私の家の温泉たるや、地下千尺まで掘った井戸からモーターでくみ上げて配湯するのだから、一日に出る時間も量も限られている。去年叔父の没後、強羅の別荘を手放した叔母を訪ねたとき、叔母は私が熱海という地の利を得て温泉の恩恵に浴していることを羨んだので、私が子供のとき強羅で無尽蔵の嘆を発したことを話したら、叔母は苦笑いして、「あれを朝も晩も出すのには、ずいぶん電気代を払ったものだよ」といった。してみるとあの温泉もやはりモーターでくみ上げたものであったのだ。ただ、見たままを感じていた私の幼い心の方が無尽蔵であったというべきだろう。

（古田紀子）

高木卓《たかぎ・たく》

＊明治四十年一月十八日〜昭和四十九年十二月二十八日。東京市本郷区西片町（現・東京都文京区）に生まれる。本名・安藤熙。東京帝国大学独文科卒業。小説家、ドイツ文学者。「遣唐船」「長岡京」「歌と門の盾」「北方の星座」など発表。

堂ヶ島奇談《どうがしまきだん》　短篇小説

〔作者〕 高木卓

〔初出〕 「温泉」昭和二十五年四月一日発行、第十八巻四号。

〔温泉〕 堂ヶ島温泉（神奈川県）。

〔内容〕 東京から箱根へいくのに、小田原でなく国府津で乗りかえなければならなかつた時代のことだ。当時まだ十一歳の少年であつた石黒文夫が、最初に思い出すのは、国府津で汽車から降りて、駅前に待つ二台連結の小さい電車の「特等」に乗り込んだ時、汽車のなかで一緒だった洋装の女と再び一緒になった事である。その日、文夫は妹と共に、伯母に連れられて、生まれて初めて長旅に出た。当時、女の洋装は普及していなかったので藤色の洋服をきた姿は珍しく、汽車の中でも多くの人々の目をひいていた。堂ヶ島温泉「山城屋」では、別館の二階へ通された。藤色洋装の女と文夫が知り合ったのは、本館の風呂場で、伯母が彼女と言葉を交わしたのがきっかけである。文夫は伯母と林静江（その女の名）との会話によって静江の夫が書家であること、静江は滞在中の夫を迎えに来たことなどを知った。その後、文夫が「坊主」をおそわりに林書伯の部屋を訪ねた時に、部屋の中から言い争う声を聞いた。この時より前であったか後であったか、文夫は西洋人の母娘と一緒に風呂にはいった。母親が娘を「ズウゼ」と呼んでいた。女中が伯母と交わした雑談によって、林書伯が滞在以来、執拗にズウゼを追い回し、ある時などズウゼが浴場で書伯の待ち伏せにあって悲鳴をあげて逃げ出した事を知った。宮ノ下の牛乳屋から帰る道中で、林書伯が文夫とズウゼを芦ノ湖の温泉に誘った。文夫は静江が昨夜、林書伯と激しく口論して早朝に発ってしまったと女中たちが話していたのを思い出した。その夕方、別館の風呂場で泳ぎのまねをやっていると、ズウゼが、ただひとりではいってきた。ズウゼはいきなり湯の中で文夫の体を抱擁した。絶え入りそうな恍惚の瞬間だった。その時、ズウゼが突然、アッと声を上げた。宵闇の窓ガラスに、男の首が見えてサッと消えたのである。それは林書伯の顔だった。それから事は急転直下した。林書伯が東京へ引揚げる時、林書伯を嫌っていたズウゼが何故か一緒に宮ノ下まで見送りにいった。文夫も宮ノ下の牛乳屋へ行くと、思いがけなく林書伯とズウゼに遭遇した。牛乳を飲む時、ズウゼは買物袋から角砂糖ではない砂糖の紙包みをだした。「おい、おれのにもいれてくれよ」林書伯の言葉つきも全然ちがっていた。林書伯はズウゼに約束の確認をして、人力車で去っていた。ズウゼの顔はなぜか真青だった。山城屋で、人々が驚かされたのは、その翌日からである。林書伯が汽車の便所の中で怪死した事が三島の警察署の照会でわかった。死因は少量の毒物を飲まされたのが車中でしだいに効いたためらしいとのことであった。その翌々日、林静江の死体が発見された。林書伯が口論のあげく、浴場の中で溺殺して廃墟に隠したものと推定された。ズウゼも調べられたが、別にこれということもなく済んだ。文夫も調べられたが、語らなかった事がある。宮ノ下の牛乳屋でズウゼが文夫と林書伯のコップに砂糖を入れた時、その紙包みが、まるで粉薬のように一人前ずつになっていたのである。

（西村峰龍）

高田宏　たかだ・ひろし

*昭和七年八月二十四日～平成二十五年十一月二十四日。京都市に生まれ、石川県で育つ。京都大学文学部仏文学科卒業。小説家。石川県九谷焼美術館館長。著書に『言葉の海へ』『木に会う』など。

雪の秋山郷　ゆきのあきやまきょう　エッセイ

〔**作者**〕高田宏

〔**初出**〕「旅」平成三年一月一日発行、第六十五巻一号。

〔**温泉**〕秋山温泉郷（切明《きりあけ》温泉・和山《わやま》温泉・上野原《うえのはら》温泉・屋敷温泉・小赤沢温泉）（以上長野県）、逆巻《さかさまき》温泉（新潟県）。

〔**内容**〕鈴木牧之が『秋山記行』を書いたのは文政十一年（一八二八）。「魍魎《もうりょう》鬼神の栖」かと思うほどの深山で、二十年前までは下流の和山《わやま》が「秋山の果て」であったと誌していたほどである。牧之のころ湯本といった切明は、雑魚川と魚野川が合流して中津川となる合流点にあり、川原のあちこちから高温の湯が湧き出ていた。ここから下流へ、鳥甲《とりかぶと》山のふもとの中津川の峡谷沿いにある村々を、総称して秋山郷という。今年は暖冬で雪が少なく、おかげで川原の湯に入ることができた。自然がつくりだしている露天風呂だ。年々歳々、姿を変える川である。石川原のあちらこちらを、Sさんが探しまわって、丁度いい湯を見つけてくれた。残雪は人間を拒絶しているかと思える厳しい山の姿を見せている。原始の風景だ。私は雪男である。雪が降らないかなと思っていたら、ほんとに雪が降ってきた。雪の時間に身をゆだねる。切明の川原のあいだの雪降る時間の湯は、自然、太古、神秘、といった言葉をいくつ重ねても言いつくせない。

　この翌日は秋山郷の和山、上野原、屋敷、小赤沢、逆巻と中津川沿いに下りながら五つの温泉につかった。どこにも一時間は入っていた。和山から屋敷へ下る道は、深い谷をはさんで鳥甲山が目の前にそびえてみえ、それは神々しい山容だ。鳥甲山が真正面に見える台地にあるのが、（上野原温泉）「のよさの里・牧之の宿」だ。どっしりしたかやぶきの建物である。翌朝、目がさめると雪が一面に白く、薄明の岩風呂でのんびり朝湯につかっていると、また降りだした。朝食後、和山の村から下ったところの仁成館の露天風呂に入れてもらう。中津川を下ってゆく。見倉の村は古い秋山郷の風景がいちばんよく残っているところである。中津川の西岸にあるのが逆巻温泉だ。「秋山郷にはスキー場とゴルフ場がないからいいですねえ」と埼玉から来た中年男性はいう。さわがしい遊戯施設をつくってこなかったことが、秋山郷のほんとの財産になっている。鳥甲の山があり、中津川の渓流があり、静かで自然にかこまれた数々の湯があり、山村の暮らし方も受け継がれている。秋山郷が「賢者の栖」であることをたしかめられて、豊かな気持ちで帰ってきた。

（浦西和彦）

高橋邦太郎　たかはし・くにたろう

*明治三十一年九月五日～昭和五十九年二月

二十五日。東京浅草蔵前（現・台東区）に生まれる。東京帝国大学仏文科卒業。フランス文学者。著書に『明治維新のころ』『私のパリ案内』『パリのカフェテラスから』ほか。

湯の川《ゆのかわ》　エッセイ

〔作者〕高橋邦太郎
〔初出〕「旅行の手帖—百人百湯・作家・画家の温泉だより—」昭和三十一年四月二十日発行、第二十六号。

〔温泉〕湯の川温泉（北海道）。

〔内容〕青函連絡船で青森から函館へ着くと、「本州とちがったところへ来たな」という感じがする。一種の異国趣味というもので、南の長崎と、どこか通じたものだ。長崎よりもすぐれているのは温泉、湯の川があることだ。湯の川は、駅から東方七キロのところで市電の終点である。いたって小さな温泉地だが、海沿いにあることが特色である。承応三年（一六五四）に松前の殿様のせがれ千勝丸が、病気を癒し、その記念に薬師堂を建てたこともあり、北海道では、一番早く発見された温泉である。浴してみると、無色透明の含塩アルカリ泉で、温度七十度前後。ラジューム・エマナチオンの放射能十三・二マッヘふくんでいる。気持ちのいい湯で、あとがサラっとしていることは、ちょっと比類がない。「湯の川」の湯は上乗の一つである。ここは函館の奥座敷である。温泉というものは、永く滞在していると退屈する。だが函館は散策の地にはことかかない。五稜郭が近い。湯の川の東、三キロ半の上湯川にあるトラピスト修道院女子部を訪れるのも、異国趣味を満喫するにいい。文学好きな人は立待崎に行くといい。石川啄木の墓があって「東海の小島の磯の白砂に／われ泣きぬれて蟹とたはむる」の歌が彫ってある。函館図書館を訪れて、啄木関係の蔵書、自筆の文書を見せてもらうとよろしい。前館長の故岡田健蔵氏が全力をつくして集めたものである。函館の全貌をみようと思ったら、函館山へ上るべきであろう。

（浦西和彦）

高畠達四郎　たかばたけ・たつしろう

＊明治二十八年～昭和五十一年。東京に生まれる。本郷洋画研究所に入所。洋画家。風景作品を多く描く。

熱海のこの頃《あたみのこのごろ》　エッセイ

〔作者〕高畠達四郎
〔初出〕「温泉」昭和二十四年九月一日発行、第十七巻九号。
〔温泉〕熱海温泉（静岡県）。
〔内容〕敗戦後、熱海に観光客が殺到すると早合点した慌て者やアメリカの兵隊を対象として続々と始められた急ごしらへの土産物屋やキャバレーなどは、進駐軍の厳重な取締りのため、思惑はずれでその姿を消してしまった。私は初島の見える熱海銀座で、近作展を催した。志賀直哉、広津和郎、小熊捍などと云った文人墨客らが見に来て下さった。物質臭の濃い熱海の真中に、少しでも精神活動の片鱗が輝いたことは、多少の中和剤であったかしら、と思った。初夏は何と云っても客足の少ない時機で、一年中で一番静かな時であろう。夏の熱海も決して捨てたものではない。朝は海から潮風が吹き、夕は箱根、十国峠あたりから涼しい山風が吹いて来ることを考えると、四季を通じて悪くない熱海だと思っている。熱海中で一番私の好きな景色は、何と云っても海岸の横磯風景である。殊に夏の景観がよい。僅かな砂浜に、赤や白の水着を着た娘や子供が嬉々として水に戯れるのを近景とし、今にも燃え立つかと思われる此の丘の眺めは、油絵にはもって来いのモチーフ（画因）だからである。

（浦西和彦）

高浜虚子《たかはま・きょし》

＊明治七年二月二十二日～昭和三十四年四月八日。松山市長町新丁に生まれる。本名・清。旧姓・池内。第二高等学校中退。俳人、小説家。『定本高浜虚子全集』全十五巻・別巻一（毎日新聞社）。昭和二十九年、文化勲章を受章。

現今の俳句界《げんこんのはいくかい》　評論

〔作者〕高浜虚子
〔初出〕「ホトトギス」明治三十六年十月二十日発行、第七巻一号。
〔初収〕『俳諧馬の糞』明治三十九年一月一日発行、俳書堂。
〔全集〕『定本高浜虚子全集第十巻』昭和四十九年二月二十八日発行、毎日新聞社。
〔内容〕今の俳壇は河東碧梧桐によって代表されるといってよい。碧梧桐の近業『温泉百句』について論じる。一読して、温泉百句の百の字に驚かされた。各句に温泉若しくは湯の字を入れて百句を作ったという事に驚かされたのである。「一句〳〵読過するに連れて作者得意の技巧を各句の上に弄して一句も平凡ならしめざらんとする工夫は充分に認識する事が出来た」と評価するが、しかし、読み進むに従い、不満を感じた。その「技巧」が目障りとなり、結局「温泉百句は碧梧桐としては不成功の作ぢや、寧ろ其の欠点を多く暴露しているものである」という。

（浦西和彦）

温泉宿《おんせんやど》　短篇小説

〔作者〕高浜虚子
〔初出〕「朝日新聞」明治四十一年八月二十日～八月三十一日発行、十一回掲載。
〔初収〕『凡人』明治四十二年十二月十三日発行、春陽堂。
〔全集〕『定本高浜虚子全集第九巻』昭和四十九年五月三十日発行、毎日新聞社。
〔温泉〕ある温泉宿（修善寺温泉がモデルとあり）。

　大概いつもは間の戸は開けつ放しになつてゐて殆ど男女混浴になつてゐるのに二人はいかにも極り悪さうにしてこそこそしてゐる。

〔内容〕余と弟は或温泉宿に滞在している。同宿の客は様々な隔てが取れ、心易くなるものだ。

　弟の勇吉は中学生で、霞の三番に母親と宿泊しているお雪ちゃんと毎日遊んでいる。余もお雪ちゃんが好きだが、余を見る目は家鴨を見るより情がない。お雪ちゃんの父親と年の変わらぬ余の心の中に、こんな若い血が潜んでいるとは思わないだろう。余はお雪ちゃんと遊んでいる勇吉を釣りに誘う。邪魔をするつもりではなく、幼い心に微《かすか》な痛みを与えてみたいだけだった。お雪ちゃんはお雪ちゃんで、余を阻害することに勉めていて、おかしい。

　ヒステリー性の余の妻から具合が悪いから帰ってきてくれという電報が来た。宿を立つ時、お雪ちゃんと勇吉は別れを惜しんでいたが、いつまで続くことやら分からない。温泉宿のことはもう過去の物語のようだ。余の心に潜んだ若い血も、今は乾びて吹けば飛ぶようになっている。

（岩田陽子）

由布《ふゆ》　紀行文

〔作者〕高浜虚子
〔初出〕「ホトトギス」昭和二十二年十月発行。

〔**初収**〕『父を恋ふ』昭和二十二年十月二十五日発行、改造社。
〔**全集**〕『定本高浜虚子全集第九巻』昭和四十九年六月三十日発行、毎日新聞社。
〔**温泉**〕由布院温泉（大分県）。
〔**内容**〕私等は別府・小倉・福岡・甘木・柳河・久留米・志波・日田での俳句会をすませ、日田からバスを借り切って別府まで出ることになった。ところが、運転手が道を間違え、湯平《ゆのひら》に来てしまった。車を引き返し、或る所から右に曲ると、由布の裏山が見えた。福岡の俳句会で由布の総角《あげまつ》という言葉が出たことを思い出した。ここから見ると二つの峰の中空に聳え立っていて、それを総角と見立てたのは面白い形容だと思った。
由布院の温泉宿で小句会を催し、別府で船に乗り込んだ。由布の裾野の道を疾走してきたわがバスを、映画を見るように、客観的に心の中で描き出してみるのであった。
（岩田陽子）

高村光太郎　たかむら・こうたろう

＊明治十六年三月十三日～昭和三十一年四月二日。東京市下谷区西町（現・東京都台東区）に生まれる。東京美術学校彫刻科卒業。彫刻家、詩人。「スバル」同人となって詩作をはじめる。詩集に『道程』『大いなる日に』など。『高村光太郎全集』全十八巻（筑摩書房）。

温泉と温泉場　おんせんとおんせんば　散文詩

〔**作者**〕高村光太郎
〔**初出**〕「明治」大正十三年九月一日発行、第五巻四号。
〔**全集**〕『高村光太郎全集第九巻』昭和三十二年十一月十日発行、筑摩書房。
〔**温泉**〕幽谷の人知れぬ温泉。
〔**内容**〕嶽鳥は鹿をおそれなかった。岩のかげの一番深く湯のたたえているところに立っていた。岩と岩とで囲まれた二坪ばかりの自然の湯ぶねにいつからか人知れぬ温泉が湧いていた。溢れる湯は谷川に落ち、落ちるところに小さな湯の滝が出来ていた。いつとなく其処は鳥獣の休み場となった。
ある日、山道に迷って里人の一人が赤いいちごの実に引かれて、この岩かげに来た。嶽鳥は驚いて飛び立った。思いもよらぬ天然の湯にひたった里人は、不思議な精気に満たされて、ほどなく下流の里に帰った。岩かげの湯はたちまち里人の話題にのぼった。危険な渓谷の道づたいに、岩かげの湯からは太い木管が里まで引かれた。里は温泉場となり、里人は皆湯の宿の主人となり、又は物商う店の主人となった。年を追って温泉場はさかんになった。都会の人々もこの温泉に感謝し、木管で引かれた湯に発剌の霊気があるものと信じていた。里人の中の智慧ある者は常に思いを寂しい岩かげの湯に馳せて、その犯し難い精気と、慈愛を湛える明朗さとに頭を垂れた。しかし黙して源泉については多く語らなかった。都会の人々にいたずらされるのを恐れた。ただ必ず年に一度、木管の修繕には力を惜しまなかった。嶽鳥と鹿のほかに余り知られない寂しい湯は、ひとり喜ぶもののように、あとからあとから湧きに湧いた。幽谷の岩かげで泡をたてた。
（浦西和彦）

草津　くさつ　詩

〔**作者**〕高村光太郎
〔**初出**〕「手帖」昭和二年九月一日発行、第一巻七号。原題「小曲二篇」。
〔**全集**〕『高村光太郎全集第二巻』平成六年十一月二十日増刊版発行、筑摩書房。
〔**温泉**〕草津温泉（群馬県）。
〔**内容**〕草津温泉の朝の入浴風景を「時間

湯のラッパが午前六時を吹くよ。／朝霧ははれても湯けむりははれない。／湯ばたけの硫気がさつとなびけば／草津の町はただ一心に脱衣する。」と歌う。高村光太郎は、昭和二年七月三日、東京を発って白根山方面を歩き、草津、別所などの温泉にも入って十一日に帰宅している。「草津」は、この時のものである。

（浦西和彦）

湯ぶねに一ぱい　ゆぶねにいっぱい　詩

〔**作者**〕高村光太郎

〔**初出**〕『高村光太郎選集1』昭和二十六年十月十日発行、中央公論社。

〔**全集**〕『高村光太郎全集第一巻』昭和三十二年三月二十五日発行、筑摩書房。

〔**温泉**〕山間の温泉。

〔**内容**〕大正五年に詠んだ詩。「湯ぶねに一ぱい／湯は／しづかに満ちこぼれてゐる／爪さきからそろそろと私がはひれば／ざあつとひとしきり溢れさわいで／またもとの湯ぶねに一ぱい」という書き出しではじまり、二十九行からなる。山間の午後、止め度なく湧いて来る温泉に身をとろかして、心の声を聞く。「声なくして湧き出でるもの／止め度なく湧き出でるもの／すべての人々をひたして／すべての人々を再び新鮮ならしめるもの／しづかに、しづかに／満ちこぼれ／流れ落ちるもの／まことの力にあふれるもの」と、止め度なく湧き出でる温泉を詠む。

（浦西和彦）

花巻温泉　はなまきおんせん　談話筆記

〔**作者**〕高村光太郎

〔**初出**〕「旅行の手帖―百人百湯・作家・画家の温泉だより―」昭和三十一年四月二十日発行、第二十六号。原題「花巻」。

〔**全集**〕『高村光太郎全集第十巻』昭和三十三年三月十日発行、筑摩書房。

〔**温泉**〕花巻温泉郷（花巻温泉・台《だい》温泉・志戸《しと》平《たいら》温泉・大沢温泉・鉛温泉・西鉛温泉）（以上岩手県）。

〔**内容**〕花巻市から、夢の話みたいな可愛らしい電車がトコトコと東西に分れて走っている。東の方が花巻温泉へ行く花巻線でその奥に台温泉があり、西は志戸平、大沢、鉛の各温泉を経て西鉛温泉へ至る鉛温泉線である。これらの温泉群を総称して花巻温泉郷と呼んでいる。この軽便鉄道は、いかにもローカル色豊かで旅情をそそられる。鉛温泉線の一番はじめにあるのが、温泉プールで名を挙げた志戸平温泉である。オリンピックの水泳選手の合宿所にもなっている。次の停車駅は大沢温泉で、温泉の質もなかなかいいので、私もよくここの山水閣に泊まった。花巻の駅から一時間、四つ目の駅が鉛温泉で、かなり上った山奥の湯である。たいていの温泉は引湯だが、鉛はじかに湯が湧いている。その底の砂利を足でかき廻すとブクブクあぶくが出てきて身体中にくっついてピチンとはねるのが面白いが、薬効のある湯といわれている。鉛から一里ばかり入った終点が西鉛である。川のふちに湧いている自然の湯で、更正寮が一般の宿屋を兼ねて一軒あるだけだ。僕も肺疾のあとで十日あまりいたことがある。更生寮の建築は大変な建築道楽が建てた家で、湯殿の入口に横にドサッと渡してある栗の棟木の大きさなんか、まったく驚く。この建物を見るだけでも西鉛へ来た価値が充分にあると思う。花巻線は花巻と台温泉の二つしかない。花巻温泉は、人工的にこしらえた温泉である。宮沢賢治のお父さんと、岩手殖産銀行総裁の金田一国夫氏ほか五人が、温泉を造ろうと、自然公園だった今の花巻温泉の土地へ、台温泉から湯を管で引いた。金田一氏は花巻が生んだ偉大な実業家の一人で、軽便鉄道を釜石から花巻まで通したり、製氷会社を作って魚の輸送に新風を送ったり、その活躍ぶりはめざましい。花巻温泉で興味深いことは、宮沢賢治が温泉の設計に関係していることである。彼の手帖を見ると、花巻温泉を美しくするプランが細々と書いてある。台温泉は狭い所なのだが温泉宿が十軒以上も建ち並び、藝妓屋もうんとある。湯がいいので私もたまに行くが、夜中じゅう三味線をジャンジャンジャンとやられるのには閉口する。一口に云えば、花巻で浮かれて、お泊まりは台さ、としけこむところである。名物には土地だけで出来る磁器がある。花巻の土でこしらえた椀など雅味があるいいものだ。まったく花巻はいい温泉である。

（浦西和彦）

高柳金芳　たかやなぎ・かねよし

＊明治四十三年～昭和六十年。埼玉県川越市に生まれる。明治大学政治経済学部卒業。会社員。著書に『江戸の大道藝』など。

殿様と温泉《とのさまとおんせん》　エッセイ

〔**作者**〕高柳金芳

〔**初出**〕「旅」昭和五十六年一月一日発行、第五十五巻一号。

〔**温泉**〕熱海温泉（静岡県）、青根温泉（宮城県）、岩井温泉（鳥取県）、有馬温泉（兵庫県）、草津温泉（群馬県）、和倉温泉（石川県）。

〔**内容**〕古くから天皇・貴族が病気療養、怪我治療のために温泉を利用したという記録が残っている。治療というより保養のために温泉を利用するようになったのは、鎌倉時代以降のことである。江戸時代に入ると、大名たちは参勤交代で江戸詰の時は熱海温泉へ、領内にもどると、藩内の温泉に湯治に出かけた。温泉に自分専用の休息・宿泊の特別施設を設け、御湯殿とか御茶屋といった。良く知られているのは伊達公の御湯殿のあった青根温泉で、桃山様式の豪華な建物であり、二階は回り廊下になっていた。因州岩井温泉の池田公の御茶屋は、宝暦五年（一七五五）の普請記録によれば、居間、三の間、御小姓部屋、御次、御用部屋まで備え、総建坪五十五坪に及んだ。立木惇三氏の調査による、各藩の御茶屋施設のあった温泉の代表的なものをあげる。

上杉藩　五色（山形）
庄内藩　湯田川（山形）
二本松藩　岳（福島）
仙台藩　秋保・青根・赤湯（宮城）
松本藩　浅間・湯田中・渋（長野）
前田藩　深谷・和倉・山代（石川）
松江藩　玉造・鷺ノ湯（島根）
毛利藩　川棚・俵山（山口）
森藩　湯原・湯真賀（岡山）
細川藩　立願寺・湯ノ谷（熊本）
島津藩　林田・湯之元・市比野（鹿児島）

平安時代には、宮中では有馬から温泉をはるばる御所まで運ばせ、上皇、天皇らが用いたという記録がある。江戸時代にも〝御汲湯〟が行われた。三代将軍家光は熱海温泉から御殿湯を湯桶に汲みこませ、江戸城まで運ばせた。熱海温泉には徳川家康が慶長二年（一五九七）に来湯、同九年（一六〇四）には義直（尾張家）、頼宣（紀伊家）の二子を伴って再度来遊した記録もある。青根温泉には、藩祖政宗が多くの侍女と共に浸った石畳の湯舟が今も〝大湯〟として残っている。草津温泉も起源は古い。建久四年（一一九三）源頼朝が入湯したので「御座の湯」といったのを、のち源氏の白旗に因んで「白旗の湯」と称するようになった。慶長三年（一五九八）には加賀百万石の藩祖前田利家が、家督を利長に譲り、草津温泉に四月上旬から六月上旬まで湯治をしたという。お国許の和倉温泉が一般化されたのは遅く、二代利長が腫物の治療に用いたのが最初である。四代光高の寛永十八年（一六四一）には奉行石黒覚左衛門に命じ、湯壺を六尺四方とし、これを石で囲み、周囲十間の地を埋めたてて湯島にした。これが今日の和倉温泉の始めである。（浦西和彦）

竹中郁《たけなか・いく》

＊明治三十七年四月一日～昭和五十七年三月七日。神戸市兵庫区永沢町に生まれる。本名・育三郎。関西学院大学英文科卒業。詩人。詩集に『動物磁気』『そのほか』『子どもの言いぶん』『竹中郁全詩集』など。

有馬《ありま》　エッセイ

〔作者〕竹中郁

〔初出〕「旅行の手帖―百人百湯・作家・画家の温泉だより―」昭和三十一年四月二十日発行、第二十六号。

〔温泉〕有馬温泉（兵庫県）。

〔内容〕明治末、父につれられてしばしば有馬へいった。神戸からは、住吉から六甲ごえのかごで行くか、神戸から五里あまりの田舎みちを人力車で行くかするほかなかった。有馬へいけば、炭酸泉の砂糖入りをたらふくのませてもらえるのと、竹細工のはがき入れの箱やいろいろの筆を買ってもらえるのがたのしみだった。父が晩酌をはじめる。時には有馬藝者をよぶ。それがおもしろかった。藝者の三味線でうたったりするのを傍でみていた。有馬温泉は、行基のひらいたのがはじまりというから、千二百何年か前のことで、もっぱら病者を収容するために十二の坊をつくって、治療をさせた。今でも何坊と宿屋に坊の字がついている。有馬の町は六甲山のちょうど北側の斜面につみ重なっている。炭酸泉のわきの温泉神社からみわたすと、家の屋根の入りくみや列び方がなかなか美しい。むかしは宿から手ぬぐいをぶらさげて、外湯へでかけたものだった。風情としてはこの方がおもしろいが、何ごとも便利をよろこぶ昨今の風潮では、各宿が引湯をするのもむりはない。有馬の宿では、たのめば炭酸泉を一升ビンでくんできてくれる。もちろんそのまま飲むのがよいが、わたしは子供のころを思いだすよすがに砂糖をいれてのむ。昔は竹ばしでかきまぜた。その細身の竹に焼印で「いなのささはら」と焼きつけてあった。戦後、この細身のしゃれた箸は姿をみない。（浦西和彦）

太宰治《だざい・おさむ》

＊明治四十二年六月十九日～昭和二十三年六月十三日。青森県北津軽郡金木村（現・五所川原市）に生まれる。本名・津島修治。東京帝国大学仏文科中退。小説家。代表作に「斜陽」「人間失格」など。『太宰治全集』全十二巻（筑摩書房）。

温泉《おんせん》　エッセイ

〔作者〕太宰治

〔初出〕「蜃気楼」大正十四年十一月六日発行、創刊号

〔全集〕『太宰治全集第十二巻』平成三年六月二十日発行、筑摩書房。

〔内容〕「綺麗なお湯だ、ソウダ、まるで水晶をとかした様に美しい、僕の身体を入れるのは何だかもったいない様な気がした」といい、「僕の身も魂も湯気と共に天上に浮きたつ様な気がした」と、温泉に入った時の至福の時を述べている。文章末尾に、「大正十二年十月十五日」の日付がある。（福森裕一）

姥捨《うばすて》　短篇小説

〔**作者**〕太宰治
〔**初出**〕「新潮」昭和十三年十月一日発行、第三十五年十号。
〔**初収**〕『女生徒』昭和十四年七月二十日発行、砂子屋書房。
〔**全集**〕『太宰治全集第二巻』昭和六十三年九月二十七日発行、筑摩書房。
〔**温泉**〕谷川温泉（群馬県）。
「水上に行こう、ね」その前のとしのひと夏を、水上駅から徒歩で登って行き着ける谷川温泉という、山の中の温泉場で過ごした。真実くるし過ぎた一夏ではあったが、くるしすぎて、いまでは濃い色彩の着いた絵葉書のように甘美な思い出にさえなっていた。
〔**内容**〕水上温泉での小山初代との心中未遂事件を題材にしている。過ちを犯した妻（かず枝）と、妻をそのような行為にまで追いやった男（嘉七）は、二人して死ぬことによってその始末を付けようとする。大量の睡眠剤を買いこんだ二人は、昨年一夏を過ごした谷川温泉の宿へと向かう。そこは内湯もない素人下宿のような宿であったが、かず枝はそこの老妻に甘え、また、愛されてもいた。早朝、宿に着くとかず枝は、「あたしに叩かせて。あたしが、おばさんを起こすのよ」といたって無邪気にはしゃいでいる。二人して野天風呂に行ったが、そこで見たかず枝のからだは、嘉七にはどうしても今夜死ぬるものとは思えなかった。再び宿に戻り、一寝入りして昼過ぎに目覚めた二人は、適当な言い訳をつくって宿を後にする。杉林をさまよいながら、少し日の当たっている適当な場所を見つけ、二人して錠剤を飲み、接吻し、寝ころび、嘉七が「じゃあ、おわかれだ。生き残ったやつは、強く生きるんだぞ」とかず枝に告げたあと、深い眠りに落ちていく。
しかし、二人は死ねなかった。朦朧とした意識の中で、かず枝は「おばさん、寒いよう。火燵もって来てよう」と叫んでいる。かず枝の体を抱きかかえ林の奥に引きづりあげたとき、嘉七は「この女は、おれには重すぎる。いいひとだが、おれの手にあまる」と感じ、そして、ある決心をする。それは「おれは、この女とわかれる」という決心であった。
（福森裕一）

美少女《びしょうじょ》　短篇小説

〔**作者**〕太宰治
〔**初出**〕「月刊文章」昭和十四年十月号。
〔**初収**〕『短篇四十人集』昭和十五年三月十八日、厚生閣。
〔**全集**〕『太宰治全集第二巻』平成元年八月二十五日発行、筑摩書房。
〔**温泉**〕湯村温泉（山梨県）。
家内は、からだじゅうのアセモに悩まされていた。甲府市のすぐ近くに、湯村という温泉部落があって、そこのお湯が皮膚病に特効を有する由を聞いたので、家内をして毎日、湯村へ通わせることにした。
〔**内容**〕甲府の町はずれに小さい家を借り移り住んだ私は、夏、盆地特有の地の底から沸き返るような暑さに辟易する。妻もまた、体中のアセモに悩まされていたので、私は人から聞いた皮膚病によい、家から十五分程度で行くことのできる湯村温泉に妻を毎日通わせることにした。
ある日、あまりの暑さに仕事を怠けて退屈していた私は、妻に誘われ湯村温泉に同伴する。浴場は明るく清潔で、湯槽には浴客が、二家族五人いた。「六十くらいの白髪の老爺と、どこか垢抜けした五十くらいの老婆」、そしてもう一組の七十くらいの老夫婦とその間に守護されながらひっそりとしゃがんでいる十六七八の少女。私は、その少女に強く引きつけられる。

　この少女は病後であるらしく、老夫婦はたからものにでも触るようにして、その少女をいたわっている。ときどきひとりで「薄く笑う」少女に私は白痴的なものをさえ感じる。少女は立ち上がり、私の目の前をちっとも恥じずに通り過ぎ、浴槽にはいったまま水道のカランをひねり何杯もの水を飲んだ。飲み終わるとアルミニュウムのコップを黙って私に渡した。「や、ありがとう」と礼を言い、私も飲んでみたが塩からかった。再び浴槽につかりながら、少女の方を見ると、相変わらず老夫婦に守られながら全くの無表情であった。「ちっとも私を問題にしていない。私は、あきらめた」。妻に、出ようと促すが、妻はもう少し浸かっているという。私ひとりが先にあがり、脱衣場で着物を着ていると浴槽の方からは和やかに世間話が聞こえてくる。私は、自分が他の者たちに気詰まりな思いをさせていたことを感じる。帰り際、もう一度少女を見、「あの少女はよかった。いいものをみた。とこっそり胸の秘密の箱の中に隠して置いた」。

　暑さが続く中、ある日行きあたりばったりで行った散髪屋で予期せぬ偶然が起こる。椅子に座り、鏡を見つめていた私の目に、ひとりの少女の姿が映った。どこかで見たことがあると思う。少女がテーブルにある牛乳を瓶のまま静かに飲み干す姿を見て私は気付く。「ああ、わかりました。その牛乳で、やっとわかりました。顔より乳房のほうを知っているので、失礼しました、と私は少女に挨拶したく思った。

　私は不覚にも、鏡の中で少女に笑いかけたが、少女は少しも笑わずに、立ち去ってしまう。何の表情もない少女に、私は再び白痴を感じる。しかし、一人の可愛い知り合いができたと感じた私は、大変愉快であり、満足であった。　（福森裕一）

多田裕計《ただ・ゆうけい》

＊大正元年八月十八日～昭和五十五年七月八日。福井市江戸上町に生まれる。早稲田大学仏文科卒業。小説家、俳人。「長江デルタ」で第十三回芥川賞を受賞。俳誌「れもん」を創刊主宰した。

定山渓・洞爺湖《じょうざんけい・とうやこ》　エッセイ

〔作者〕多田裕計
〔初出〕「旅行の手帖―百人百湯・作家・画家の温泉だより―」昭和三十一年四月二十日発行、第二十六号。
〔温泉〕定山渓温泉・洞爺湖温泉（以上北海道）。
〔内容〕定山渓は、札幌郊外の衛星温泉場というわけだが、電車で四十分ぐらいだったと思う。電車が山峡へ入るにつれ、思いがけない内地の温泉へ急ぐような情緒を見出し、しかし温泉場にきてみると、さすが北海道ならではのスケールの大きさや旺んな雰囲気もあって、私たちは旅人らしいエキゾチスムと内地恋しのノスタルヂアとの不思議な交りあった気分に浸るのだった。季節は雪を待つ「黄金の季節」だったから、快い寒さのために頬も目も澄みきり、温い湯煙り、北海道らしい濃い杉むらと紅葉の山肌など、気持ちがよかった。水量の豊かな河原の一角に石垣を囲って、もうもうと煙の立つ野天風呂があり、この季節というのに女の裸姿が見えた。湯の量が豊富で熱い。定山渓の温い湯舟に浸りながら、北海道の初雪に会った。夜更けて雪はやんだ。私たちは札幌から、千歳、支笏湖、室蘭、登別など経由して、洞爺湖温泉へまわる旅をつづけた。太平洋岸の噴火湾にちかい火山湖を中心とする湖畔温泉である。私の好みに一番ぴったりした美しいところだ。湖畔は清潔な散歩道路になっていて、白樺や桜の老樹がからりとした疎林をつくっている。いわゆる歌舞乱濆の温泉場でない、健康で美しく自然公園の温泉である。美しい、実に美しい、日本にもこんなにヨーロッパ的な風景があったのだなと思った。

（浦西和彦）

田中小実昌 たなか・こみまさ

＊大正十四年四月二十九日～平成十二年二月二十七日。東京に生まれる。東京帝国大学文学部哲学科中退。小説家、翻訳家。「ミミのこと」及び「浪曲師朝日丸の話」で第八十一回直木賞を受賞。

加賀温泉郷潜行記《かがおんせんきょうせんこうき》 エッセイ

〔作者〕田中小実昌

〔初出〕「旅」昭和四十六年八月一日発行、第四十五巻八号。

〔温泉〕山中温泉・片山津温泉（以上石川県）。

〔内容〕小松空港から山中温泉にむかう国道八号線に新しいモテルがたくさんできていた。紫水園ホテルにいく。さっそく大浴場にはいり、お湯のなかから黒谷川をながめた。おフロからあがると、夕食のごちそうがならんでいて、藝者さんもきた。可夜子さんに一也さん。可夜子姐さんの正調山中節は、端正で淡白で、真ソバみたいな味だった。可夜子姐さんの三味線の胴に、エクボみたいなのが二つついていた。ぼくがふしぎがると、ネコの乳首だと一也姐さんがおしえてくれた。翌朝、美保姐さんがむかえにきて、いっしょに町のひとたちが総湯とよんでいる共同湯にいった。山中駅から加南線の電車にのり、動橋にでた。この加南線も近く廃線になるらしい。駅前もひっそりしていた。去年の十月一日に加賀温泉駅ができて、片山津温泉にいく客も、そちらで降りるらしい。終戦後、はじめて片山津温泉にきたときは、ここから田圃のなかを走る電車に乗った。二度目のときは、動橋の駅前から片山津行のバスがでていた。その電車もバスも、今はない。動橋から片山津温泉まで三キロの道を歩くことにする。矢田屋旅館にたどりつく。片山津温泉のお湯はしょっぱい。片山津、粟津、山代、山中と、クルマで二十分ぐらいの距離にある温泉なのに、それぞれお湯の質がちがう。効く病気もちがうのだそうだ。山中温泉は骨の病に、片山津温泉は胃腸病。北陸の温泉がいいのは、女中さんがやさしくて親切だからだろう。山中温泉でも、片山津でも、女中さんが、つきっきりで世話をしてくれた。最初に片山津にきたのは、昭和二十四年だった。そのころ、僕はテキヤの子分で、稼ぎがわるく、東京へ帰る汽車賃をこしらえられず、北陸をウロウロまわっていた。小松口クマとよばれた易者をやっていた。小松の土地のテキヤのおにいさんが、どうせ泊まるなら片山津がいい、温泉湯は稼ぎにもなる、と教えてくれた。そのとき、片山津で、いくらか商売になったんだろう。翌日、大聖寺にいき、十日ぐらい、いただろうか。大聖寺を発つ夜、深田久弥先生にお目にかかった。客が枯れ、酒を飲む金がなくなり、僕はザラ紙を買ってきて、小説を書いた。これが、いちばん安上りだったのだ。

（浦西和彦）

〝寒の地獄〟《かんのじごく》冷水浴体験記《れいすいよくたいけんき》 エッセイ

〔作者〕田中小実昌

〔初出〕「旅」昭和五十一年十二月一日発行、第五十巻十二号。
〔温泉〕寒の(ノ)地獄温泉・星生《ほっしょう》温泉・牧の戸温泉（以上大分県）。
〔内容〕強い硫黄のにおいがまわりをつつんでいるが、湯けむりはなく、水は、泉の底まで蒼白く澄んでいる。すべてが蒼白い、冷の世界だ。滾りたつ灼熱の硫黄の地獄もおそろしいが、この蒼白く澄みきった冷の世界のほうが、もっと不気味だ。其の名も「寒の地獄」という冷泉に、別府から九州横断道路（やまなみハイウェイ）を走るバスで来た。別名豊後富士、由布岳の山頂にのしかかる雲が稜線の裂け目から白い奔流のように流れ落ちるのを見たとき、ぼくは芯から冷たくなったような気がした。湯布院で乗客が去り、一人、「寒の地獄」で降りたとたん、高地の冷気に包まれた。別府から二時間、標高千百メートルの九重高原である。冷泉というのは、地の奥底から冷たい泉が湧いてくる。その冷たさは「真夏でもひゃく千万本の針の先でからだじゅうを突き刺されるようだ」という。ぼくは戦時中、旧制福岡高校に入ったのだが、噂は聞いていた。泉質、単純硫化水素泉。効能、皮膚病、リュウマチ、神経、胃腸、糖尿、婦人病、ぜんそく、等。ぼくの体は酒の飲み過ぎでガタガタ、それに頭にも効くというのだからありがたい。入浴の前後にストーブにあたるが、芯まであたたまるのに一時間はかかる。「寒の地獄」から細道をたどると、星生温泉がある。わずかの距離だがこちらは熱い温泉が噴き出している。さらに上ると、牧の戸温泉がある。昭和三十九年にハイウェイができて以来客が増えたという。「寒の地獄」冷泉にもどった夜、福岡で同級生だった友、地酒「八鹿」の社長と飲み交わす。帰途、おふくろの故郷の日田を通り、福岡へ。ここでも親戚筋のクラブに寄ったが、「寒の地獄」の効能はと問われれば、その冷たさが男を縮みあがらせることにより「男性の人格を高潔にする効能」があるとたしかにいえる。

（大川育子）

釈迦の霊泉のご利益は…

しゃかのれいせんのごりやくは…　エッセイ

〔作者〕田中小実昌
〔初出〕「旅」昭和五十五年一月一日発行、第五十四巻一号。
〔温泉〕奈女沢《なめさわ》温泉（群馬県）、越後湯沢温泉（新潟県）。
〔内容〕東京の上野から電車に乗り、奈女沢温泉・釈迦の霊泉へ向かう。ここのお湯は原子病・白血病に効果があり、禿げ頭にも効くという。この温泉のご主人は禿頭治療の「ケミコローション」の発明者でもある。夕食は鯉の洗い、虹鱒の甘露煮、蕗のとうのおひたし等ご当地の食材が振舞われる。特に筆者が太鼓判を押すのが〝力鶴〟という地酒である。筆者曰くどこへ行っても地酒というものはあるが、格別うまいものはないという。しかしここの地酒は格別にうまいと絶賛する。そしてまた癌に効くというお湯があり、二日酔いにも効きそうだと湯呑みに注いでは飲む。しばらく山をくだったところに、現在建立中の仏舎利塔がある。そこに入ることになっているお釈迦さんの彫刻は旅館の主人の作で、アーリア人風のものである。「この釈迦の霊泉の主は、いつも、お釈迦さんとはなしているのだろう」と、温泉の呼び名の由来に納得する。次の日越後湯沢に向かう列車の窓から川端康成がそこで執筆したという旅館を眺め、雨に濡れ、閑散とした地に降り立つ。もうすぐ雪になりスキー場がにぎわいだす前の静寂のひとときを過ごす。

（城弟優子）

田中純

たなか・じゅん

＊明治二十三年一月十九日〜昭和四十一年四月二十日。広島市に生まれる。早稲田大学英文科卒業。小説家、評論家。春陽堂に入社し、「新小説」の編集主任となる。翻訳「ルーヂン」「処女地」（ともにツルゲーネフ著）、小説「妻」などがある。

温泉街の今昔

おんせんがいのこんじゃく　エッセイ

〔**作者**〕田中純

〔**初出**〕「温泉」昭和三十一年六月一日発行、第二十四巻六号。

〔**温泉**〕熱海温泉（静岡県）、別府温泉（大分県）、高湯温泉（山形県）。

〔**内容**〕どこの温泉場に行っても見違えるように立派になっているが、はるばると知らぬ他国へ来たというような旅情は一向に起こさせてくれない。温泉場がどんどん歓楽街化するのは最近のいちじるしい傾向のようだが、大正初期には、藝者の姿を見かける温泉地はほとんどなかったようだ。僕がはじめて熱海に行ったのは大正三四年頃であったが、その頃は音曲師匠と名乗る婆さんが三四人いるきりだった。それより二三年前、僕は一夏を別府で過ごしたことがある。不老泉の上の方の小さい旅館に、一か月十五円で泊めて貰っていた。不老泉付近といえば今では別府の中心街だろうが、その頃にはまだ空地が多かった。野天風呂には、毎日朝夕近所の人たちが入浴していたが、牛や馬を連れて来てからだを洗ってやる百姓や馬子も多かった。人間と牛馬とが混浴する形になるが、誰も厭がりもせず、馬の尻の下で平然と手拭を使っていた。こうした原始的な野天風呂は、あの頃の別府では、普通の家庭の庭さきでもよく見られた。あの頃の別府は地下二三尺にはもう熱湯が流れていたらしい。

　蔵王の高湯温泉に行ったのは大正の中ごろであろうか。その頃の夏の高湯は、近在の百姓たちの休養湯治で賑わっていた。宿屋は絶対的な木賃制度を守って、マカナイをしてくれない。僕が台所でまごまごしていると、同宿の若い女が、自分の作るついでに僕の食べ物を作ってやろうというので助かった。その女も近在の百姓の妻君らしかった。夜の世話までしてくれるほど親切だった。大体にあの頃のこの地方の湯治客には、思い切り解放感を味わおうとする気風が強かったようだ。三階の広い部屋には五六人の若い女たちが泊まっていて、夜になると酒でも飲むのか、大声におばこ節などを歌っていた。その三階の隣室へ、五六人の男たちの一団が到着した。一時間もたつと、もう隣室との間の襖が取り払われて男女合同の宴会が始まり、夜ふけまで続いた。その後の高湯のことは知らないが、あれがもし歓楽街化されているとしたら、惜しい気がする。型にはまった歓楽街化が必ずしも浴客の歓楽を増すとは限っていないからである。

（浦西和彦）

田中澄江

たなか・すみえ

＊明治四十一年四月十一日〜平成十二年三月一日。東京板橋に生まれる。旧姓・辻村。東京女子高等師範学校卒業。劇作家、小説家。劇作家田中千禾夫と結婚。女性の登山の会を主宰した。自叙伝『遠い日の花のかたみに』、『夫の始末』などがある。

櫛形山、隠れ湯歩き

くしがたやま、かくれゆあるき　エッセイ

〔**作者**〕田中澄江

〔**初出**〕「旅」平成元年十月一日発行、第六十三巻十号。

〔**温泉**〕陣谷《じんや》温泉（神奈川県）、金峰泉《きんぽうせん》・赤石温泉（以上山梨県）。

〔**内容**〕この二十数年間、主に女性を中心に仲間を作り、年間二三十の山を登って来た。リーダーは温泉好きの山岳写真家、三木慶介さんである。今回は泉質の違う三つの秘湯に入りながら櫛形山をめざす。平成元年七月十五日、八時四十八分に新宿を出発。相模湖畔の藤野から車で陣谷温泉に向かう。かつては栃の木がいっぱいで、ケモノたちの餌場であったろう谷は、今では見わたす限り一面の檜の植林である。浴室の窓からの緑の眺めは、都塵にまみれた神経を休ませる。檜の浴槽に溢れるのは炭酸硫黄の鉱泉で肌にツルツルして快適であった。旅館の前から車で和田峠に出て、塩山を経て、乙女高原に向かう。乙女とはだれがつけた名前であろう。ふと、この景色は、「サンモリッツに近いピッコロパッチの稜線から、北に見やった丘と木々の姿によく似ている」と思った。金峰泉へ十四時に着く。おそい昼食のそばを注文し、浴槽に入る。檜造りが二つ並び、温度も肌ざわりもちがう。効能書きには、胃腸、心臓、肝臓、糖尿、血圧不安定に利くとある。ゲルマニウムやラドンをふくみ、飲んでも利くという。鉱泉を一升千五百円で全国に発送している。盃にいっぱい飲んでみたが、ちょっとしぶい味がした。さて櫛形山々麓に行こうとして甲府から身延線に乗換え、鰍沢口着十六時四十七分。今夜は櫛形山登山口の一つの池の茶屋林道に近い赤石温泉に泊まる。宿での会食はアイガモと馬刺しと牛肉のシャブシャブである。ここも沸かし湯で鉄分をふくむ。十六日の朝六時、沛然《はいぜん》たる雨の音に眼をさました。八時に馬場平の千五百メートル地点で車を下りる。櫛形山の頂上着九時四十五分。櫛形山は雨も素敵だ。紫のアヤメは雨に濡れてこそ美しい。コメツガの原生林の見事さはどうだ。うれしかったのはアヤメ平以外の斜面に、アヤメのふえていることである。十一時二十分に避難小屋前の広場に到着したが、雨で祭りは中止。金丸さんに新設された北尾根遊歩道を案内されて二時に下山。（浦西和彦）

田中総一郎 たなか・そういちろう

＊明治三十二年十一月十日～没年月日未詳。東京に生まれる。東京帝国大学美学科卒業。劇作家、演出家。阪東寿三郎と第一劇場を主宰。戯曲集に『午前八時』『青春』など。

雨の湯宿 あめのゆやど 短篇小説

〔**作者**〕田中総一郎

〔**初出**〕「温泉」昭和二十六年六月一日発行、第十九巻六号。

〔**温泉**〕熱海温泉（静岡県）。

〔**内容**〕十五年前、男は熱海の温泉宿で好いた女に別れを告げた。—その時、女は下唇をぐっとかんだまま瞑目した。溜塗の火桶にかかっていた鉄瓶は、二人に気がねをするようにかすかな音をたてていた。もう言うこともなかった。

　女中が入ってきて、あわてて点けた電灯の光がまぶしかった。十五年前にこの部屋で、好きで好きでたまらなかった女と別れた。今頃になって、この部屋に残っているあの時の古傷にあやまりたくなったと話す。

　丁度その頃、階下の部屋では、着いたばかりの女の一人客がおかみさんに声をかけた。「熱海も随分変わりましたね。でもお宅はあまり変わりませんね。ただ玄関が、昔はもっと古風でしたわ」「まあ、そんな昔のことをご存知ですの」。私、十五年ぶりに来ましたの、その時もこの部屋に泊まったのかしら、何だか見覚えがある。「このお部屋とそっくり同じのがもう一部屋ございます。崖に沿った離屋です。今朝お客様がお着きで只今使っておりますが。よく覚えていてくださいまして」。女はよく覚えていると唇をかむ。できることなら忘れてしまいたかった。嫌いじゃないんだ、それどころか好きで好きでたまらないんだ、それならばこそ別れようというのだ、と聞かされた時には、骨身にこたえて身内が震えた。

男は、内風呂が壊れているから階下の風呂にもう一人の宿泊客と交替で入るよう女中に言われて風呂の隣の応接間で順番を待っていた。風呂場の硝子戸が開き足音がし、応接間のドアが開けられた。女中が順番を知らせに来たのだと思い振り向いた。電灯の光がどちらの顔もあかあかと照らし出した。十五年ぶりである。

「お一人」「一人だよ、君は」「あたしも一人」数語言葉を交わして、女は黙って淡々と出て行った。翌朝、男は、女中に女客の様子を尋ねた。一番早い汽車で帰ってしまったという。窓から首をのばすと初島が見える。男は昨夜一夜の悶々とした敗北感を早春の海面に流し込んでほっとした。

（古田紀子）

田中冬二

たなか・ふゆじ

＊明治二十七年十月十三日〜昭和五十五年四月九日。福島市栄町に生まれる。本名・吉之介。立教中学校卒業。詩人。昭和十年代、「四季」派同人として活躍。詩集『晩春の日に』で第五回高村光太郎賞受賞。『故園の歌』など。

山の湯小記

やまのゆしょうき　エッセイ

〔作者〕田中冬二

〔初出〕「温泉」昭和二十五年九月一日発行、第十八巻九号。

〔温泉〕田沢温泉・白骨温泉・発哺《ほっぽ》温泉（以上長野県）。

〔内容〕山の湯の台所は、すぐ渓川に臨んでいたり、流し元に近く溢れる清水があったり、山水を青竹の樋でひいていたりする。水の豊富なことは、たいそう清潔な感じを与える。山の湯でうれしいのは、冬は別として、平生雨戸を閉めず、障子だけのことである。障子が夜明けに白ばんで来るのは好いものである。また障子に映る灯火の色もなつかしい。田沢温泉は宿屋が狭い道を挟んで軒を接している。夏の夜、その道から見上げる二階の座敷々々に吊った青い蚊帳もなつかしい印象である。山の湯では、私は未だ暗い中に、一人そっと起き出して、浴場へ下りてゆく。誰もいない温泉に一人浸っている気分は何とも云えない。浴場の窓から覗くと、暗い渓に、湯けむりだけが、白くまっすぐにあがっている。温泉の中で思いきり手足を伸ばして、しばし何もかも忘れて恍惚《うっとり》している。四辺がようやく真珠色に明るんで来る。前の山で郭公が鳴きはじめる。すこしして下の渓で鶯が鳴く。白骨温泉では一日に十六回も入浴した。熊の湯の宿屋では、熊の仔を飼っていた。ここの宿では、熊の好物という山葡萄の実を搾って拵えたジュースを出してくれた。発哺の天狗の湯へ泊まった時、麦酒を冷やしておいて飲んだが、あんなに冷えきった麦酒を飲んだことはない。山の湯宿に、雨に籠っているのも好い。板屋根をたたく渋い雨音は、心にしみる。こんな日、軒端には小鳥が来て鳴いている。私は出来るなら、せめて夏の一週間なり二週間なりを、一家揃って、素朴な山の湯で過ごしたいと思う。子供らは、自然の偉大さと美しさを、また山の人達の純朴な精神と強い意志を自ら覚るであろう。山の湯宿では、夕暮になると、番頭や女中が座敷毎に、ランプを置いていく。山の料理は、どんな膳だろうと待つのもたのしい。

（浦西和彦）

田中康夫　たなか・やすお

＊昭和三十一年四月十二日〜。東京都武蔵野市に生まれる。一橋大学法学部卒業。小説家、政治家。「なんとなく、クリスタル」で文藝賞を受賞。元長野県知事。

伊豆山蓬萊旅館　いずさんほうらいりょかん　短篇小説

〔**作者**〕田中康夫
〔**初出**〕「25ans」昭和六十年。
〔**初収**〕『昔みたい』昭和六十二年二月二十日発行、新潮社。
〔**文庫**〕『昔みたい』〈新潮文庫〉平成元年八月二十五日発行、新潮社。
〔**温泉**〕伊豆山温泉（静岡県）。
〔**内容**〕今回の旅行は、私が費用を払うことになっている。今日、親孝行をしたところで取り戻せるわけがないくらいに一杯、親不孝をして来たのだった。母と二人だけで旅行するのは、私が中学生だった時、軽井沢の別荘へ出かけて以来のことだ。私には生後七か月の男の子がいる。私は大学を卒業後、ある建設会社に就職をした。配属されたのは、国際本部である。どこか満ち足りなかった。両親は早く結婚させたがっていた。お見合いをした相手は、みな、医者だった。もう結納まで交しているのよと、母は語気を荒げた。婚約を破棄したかった。誰か、他の人と結婚するしかなかった。その対象としてふさわしかったのが歯科医の明であった。私は明と下関で結婚式を挙げ、そうして、そのまま住むことになった。彼が父親の歯科医院で一緒に診療することになったからだ。学生時代の友だちが誰もいないあの街で、私が頼ることの出来たのは、明だけのはずなのに、彼はお母さんにベッタリだった。そのお母さんは、なぜか私に冷たかった。明と別れた、その理由は、まだ、あまり話したくない。子供を姉に見てもらい、母への罪滅ぼしに伊豆山の蓬萊に来たのである。蓬萊のお湯は、弱塩泉だった。石鹼の泡立ちは悪い。誰を恨むことも出来ない。救えるのは結局のところ、自分しかいないのだ。別の桶にお湯を汲むと、私は母の背中にかけてあげる。

（浦西和彦）

田辺耕一郎　たなべ・こういちろう

＊明治三十六年十一月三日〜没年月日未詳。広島市に生まれる。中学校中退。小説家、評論家。「若草」の編集長。著書に『青春紀行』など。

伯耆の三朝温泉　ほうきのみささおんせん　エッセイ

〔**作者**〕田辺耕一郎
〔**初出**〕「温泉」昭和二十四年十二月一日発行、第十七巻十二号。
〔**温泉**〕三朝《みささ》温泉（鳥取県）。
〔**内容**〕三朝温泉は、ラジュウム含有量では世界一と言われている。これが胃潰瘍によいと知ってわたしが行ったのは、一昨年の冬で、横光利一が胃潰瘍のために死去して間もない頃であった。わたしはその頃、もう切開手術のほか手の施しようがないまでになっていた。横光利一が亡くなるまで、北川冬彦から贈られたラジュウムを含有した石を抱いていたという誰かの文章を読み、わたしは泣けてならなかった。それから思い立って三朝温泉に来たのだった。わたしの胃酸過多からきた胃潰瘍には実に驚くべき卓効があった。わたしは町の古くから湧いている共同湯や、川べりの露天風呂へ通った。僅か二十日間で、不思議に胃潰瘍も幽門狭窄も快癒した。あれから二年、これまでに六回ここ三朝温泉にきている。たびたびくるので、顔馴染も多い。河原の露天風呂へ下りてゆくと、湯に浸っている先客から声をかけられた。うら若い娘である。ここは温泉ですもの神聖なところよ、遠慮なすっちゃ、却ってへんですわ、という。娘の言うとおり神聖なところにちがいない。夜の共同湯でも、みんな平気で混浴している。川のせせらぎを耳のそばに聴きながら、首まで浸して凝乎としていると、二羽の鶺鴒が、チイッ、チイッと鳴き交しながら石から石へ渡ってきた。「三朝川いわゆに浸れは鶺鴒も石わたりきてわれを見てをり」。川べりの露天風呂は自然と融合した神聖なところであろう。鶺鴒も石から石を渡って、入浴しているわたしを見ている。

（浦西和彦）

山陰の温泉まつり《さんいんのおんせんまつり》 エッセイ

〔**作者**〕田辺耕一郎

〔**初出**〕「温泉」昭和二十五年八月一日発行、第十八巻八号。

〔**温泉**〕関金《せきがね》温泉・三朝温泉（以上鳥取県）。

〔**内容**〕山陰の三朝温泉に滞在していたとき、関金温泉へ遊びに行った。関金温泉からなら大山がよく見えるときいて、それに釣られて行ったのである。いかにも山国らしい淋しい温泉地であるが、関金温泉ですばらしいのは遥かな伯耆大山とその連山が真白く雪をかぶって聳え立つ、雄大な山岳美の遠望である。その遠望は、いかにも広々とした牧歌的な美である。宿の清らかなお湯の溢れている浴室に、谷を埋める新緑がガラス越しに相映じている。谷間の奥の方で、郭公が静かな大気を顫はせて、かっこう、かっこう、と啼きだした。あれを聴いていると旅愁に似た淋しさがしみじみと心にしみわたるようである。関金温泉には古美術としても相当すぐれた木彫の延命地蔵尊があるのを見せてもらった。

三朝温泉からは、大山は遠望できないけれど、川上遥かに因、伯国境にちかい連山が四月頃まで白く斑ら雪をかぶっているのを遠望することが出来る。これも清新な山岳美である。新緑の四月八日は、三朝では薬師如来の縁日で「花湯」の立つ日である。たいへんな賑わいである。夜の十二時を期して名物の大綱引が行なわれる。もう一つ、昭和二十五年の今年から「キューリー祭」ともいうべきラジュウム温泉まつりが、この三朝温泉で七月はじめに大々的に挙行されることになった。これは私が三朝温泉観光協会に提案したのであるが、山陰に一つ名物がふえることになった。

（浦西和彦）

思ひ出の温海温泉《おもいでのあつみおんせん》 エッセイ

〔**作者**〕田辺耕一郎

〔**初出**〕「温泉」昭和二十六年十月一日発行、第十九巻十号。

〔**温泉**〕温海《あつみ》温泉（山形県）。

〔**内容**〕去年は熱海が大火にみまわれたが今年は温海であった。日本海沿いの温海駅から二キロ、清らかな渓流に沿ってゆくと、温海ケ岳の深い山ふところに抱かれて、しっとりと湯の香の漂う情緒豊かな温海温泉がある。芭蕉が「あつみ山や吹浦かけて夕涼み」の名句を残した所だ。名物の朝市がなつかしく思い出される。付近の阿婆達《あばた》が籠で魚や野菜をかついできて並べる。東北名物こけし人形、とち餅、夏ならばあざやかな草花、浴客の目を引く物は何でもおく。横光利一も「終点の上で」にこの温泉の名物朝市のことを面白く描いている。東北あたりの古い温泉地は、近郷の地主の家など、年に一度家族連れで出かけていって、二代も三代も前から定宿にしている馴染の宿に滞在する風習がある。たいがいそれは三週間にきまっているので、そうした滞在客のために、昔から木賃制度があった。朝市は、木賃制度による滞在客相手にしたのがはじまりである。温海温泉でもう一つ思い出されるのは、昭和元年に故人となった歌人本間早蕨氏のことである。万国屋という旅館の主人だった人で、私は一面識もない。早蕨氏と親しかったという友人と一緒に万国屋に一泊した時、早蕨氏の思い出ばなしをして、『早蕨歌集』にある「湯気こむる温海いでゆの朝ぼらけゆあみしおれば啼くほととぎす」など幾つかの歌を声高らかに朗読してくれた。

（古谷　緑）

田部重治　たなべ・じゅうじ

＊明治十七年八月四日〜昭和四十七年九月二十二日。富山市に生まれる。旧姓・南日。東京帝国大学英文科卒業。イギリス文学者、登山家。著書に『日本アルプスと秩父巡礼』『山と渓谷』など。

上州の四温泉　じょうしゅうのよんおんせん　エッセイ

〔作者〕 田部重治

〔初出〕「温泉」昭和二十四年四月一日発行、第十七巻四号。

〔温泉〕 尻焼《しりやき》温泉・花敷《はなしき》温泉・湯《ゆ》の平《たいら》温泉・長野原の川原湯《かわらゆ》（以上群馬県）。

〔内容〕 若山牧水がその昔草津から花敷温泉まで歩いた道を「牧水行路」として開き、それをハイキング道路として広く知らせようという牧水記念館の企画に招かれて、草津から歩いた。変化に富む面白い旅であったが、久しく歩かなかったせいか、すっかり疲れた。尻焼温泉の湯は柔らかでよかった。尻焼温泉というのはどういう意味か。この温泉は最近に出来たばかりで、以前に河原に湧いたままになっていたが、痔によくきくので、痔に悩む人達は肛門を湧口へあてながら湯につかったそうだ。翌日、上流にも温泉が湧いていると聞いて出かけたが、洪水のために没したというので、花敷温泉まで行く。そこは河原にコンクリートで固められた湯壺の中に湛えている。トラックで正午過ぎ長野原に到着。須川の渓谷はすばらしい。滝見橋や湯川橋あたりの景色が特別に優れていた。湯の平という温泉が近くにあると教えられ、そこへ行って泊まった。すばらしい景勝の地にあって、紅葉がよい。これほど幽邃な見晴らしの豊かな温泉はない。長野原で時間があるので、川原湯へ歩いて行く。新緑と岩壁の作りなす美しさはたとえようもない。草津をふりだしにハイキングをやるのには牧水行路以外にも、草津から花敷温泉へ品木、京塚を経て高原的情趣を味わいつつ行くのも面白い。

（浦西和彦）

田辺聖子　たなべ・せいこ

＊昭和三年三月二十七日〜。大阪市此花区上福島に生まれる。樟蔭女子専門学校国文科卒業。小説家。「感傷旅行」で第五十回芥川賞を受賞。『田辺聖子全集』全二十四巻・別巻一（集英社）。平成二十年文化勲章を受章。

文学ゆかりの山陰の湯宿—城崎・東郷・奥津　ぶんがくゆかりのさんいんのゆやど—きのさき・とうごう・おくつ　エッセイ

〔作者〕 田辺聖子

〔初出〕「旅」昭和四十三年二月一日発行、第四十二巻二号。

〔温泉〕 城崎温泉（兵庫県）、東郷温泉（鳥取県）、奥津温泉（岡山県）。

〔**内容**〕城崎に着くと、暖かい大阪とは違って、雪が三十センチほど積もり、すっかり雪景色であった。人々は雪かきをし、戸口の道をあけている。雪がやまないので町の探索は明日にし、早速湯につかる。この湯は皮膚を圧するような感じの強い肌ざわりに感じられて、浴後、火照りが強い。志賀直哉の「城の崎にて」を読み返し、思いをめぐらす。夕食には絶品の松葉蟹が振舞われた。朝になるとすっかり晴れあがり、志賀直哉の碑を見に行く。城崎から山陰本線で下ると、二時間あまりで松崎に着く。鳥取砂丘の少し西で、温泉があちこちに湧いている。東郷温泉は駅前にあり、筆者は駅を出て左手の養生館に泊まる。ここは明治十七年に出来てから、田山花袋や幸田露伴、巌谷小波なども来た文人好みの古い宿である。古風な湯治宿という感じでゆったりしていて、街の喧騒もなく、風情のある宿に満足した筆者は、中国山脈を横断し、奥津温泉へ向かう。日がとっぷり暮れてから「奥津荘」に着く。ここの湯は無色透明のラジウム含有泉で、湯の肌ざわりがなめらかで心地よい。そして文学情緒豊かな津山を訪れ、片岡鉄兵の胸像や西東三鬼の墓碑などを目にし、感慨に耽るのだった。

（城弟優子）

美人になる湯・吉岡温泉《びじんになるゆ・よしおかおんせん》　エッセイ

〔**作者**〕田辺聖子
〔**初出**〕「旅」昭和四十九年一月一日発行、第四十八巻一号。
〔**温泉**〕吉岡温泉（鳥取県）。
〔**内容**〕鳥取砂丘の近辺には、あまり人に知られていない、ひなびた温泉が多いが、吉岡温泉もその一つである。鳥取からバスで三十分ばかり、タクシーをとばせば二十分ぐらいで着く。十八九軒ほどの小さな温泉宿が寄り添うように並んだ、ひっそりと眠っている湯の町である。猥雑な湯の町も嫌いではないが、これはこれでいい。湯に浸かりながら、そんなことを思った。さらさらして透明な、いい湯である。硫黄を含んでいるせいか、色が白くなって美人になるそうだ。宿は満員ということだが、人声はしない。松葉ガニと地酒をおいしく飲み食いし、夜遅く散歩に出て、共同浴場を見つけた。翌朝、そこに入りにいく。あいたばかりで、さすがに客は自分ひとりである。掃除のおばさんがいた。長者の娘が顔にできたデキモノを治したという言い伝えを教えてくれた。「色が白くなるそうですね」と言ったら、さあなあ、と気のない返事をされた。水道の水ではないので、肌なれしてやわらかな湯で、思いなしか、顔がツルツルする感じである。浴場を出ると、町はどこもかしこも湯煙に包まれている。夜と同じく、朝の顔も、地味でひっそりとしていた。吉岡温泉に泊まると大概の人は砂丘や白兎海岸を見るが、そのほかにも見るところは案外多い。私は「和泉式部の産湯の井戸」を見に行った後、民藝館をみて、その隣で特産品を買った。美事な大名墓地や、一見、この町と関係なさそうな人の墓もあって面白い。もの静かな素朴な湯の町に泊まったあとは、史跡めぐりもよいものだ。

（阿部　鈴）

みちのく鳴子のタヒチアンダンス《みちのくなるこのたひちあんだんす》　エッセイ

〔**作者**〕田辺聖子
〔**初出**〕「旅」昭和四十九年七月一日発行、第四十八巻八号。
〔**温泉**〕鳴子温泉（宮城県）。
〔**内容**〕「関西人は東北に対してコンプレックスとあこがれを抱きつづけている」と考える筆者が「中年」と鳴子温泉を訪ねる。

羽田から一時間半余りで仙台空港に到着し、エアポート食堂でえび天そばを食べる。おいしかったのだが、関西とは違い東北のそばはダシが辛く、色も黒い。東北の春は遅くて、もう五月も近いというのに桜、れんぎょう、木蓮の花々が野に山に咲き続けていた。中新田町を通ったら、町制二十周年記念で火伏せの虎舞一行が街道を練っていた。れんぎょうの咲く野道を消防団の半纏をきた人々が笛を吹き、太鼓を叩いて過ぎていく。二人が泊まる鳴子ホテルは地上九階、地下三階で近代建築の建物である。風呂に入ると女風呂は混雑していて、外が見えない作りになっている。男風呂は展望が利いていていい風呂だったと聞き不満に思う。夕食は大食堂でタヒチの踊りを見ながら食べる。黒髪に黒い瞳の浅黒い男女が八人並んで耳をつんざくばかりの歌と踊りを披露する。藝人の踊りにはない力強さと迫力に満足した筆者は、東北はやはり関西人の憧れの的だったと感嘆する。

（城弟優子）

北陸の湯と那谷寺《ほくりくのゆとなたでら》　エッセイ

〔**作者**〕田辺聖子

〔**初出**〕「旅」昭和四十九年一月一日発行、第四十九巻十二号。

〔**温泉**〕粟津温泉（石川県）。

〔**内容**〕場所は関西の奥座敷といわれる北陸の加賀温泉郷、その中でも一ばん奥まった粟津温泉である。特急で大阪から三時間あまりで加賀温泉駅に到着し、車で加賀平野を走ったら北陸特有のうすらぐもりで、ひえびえと野面に風が渡り、ススキの穂が一面に広がっている。温泉町らしく、みやげものやが並んでいるだけというひなびたところである。養老二年（七一八）に泰澄大師が白山で修行中発見してひらかれたという古い温泉で、以来子孫が法師と名乗り宿を経営している。ここの湯は透明で湯ざめしない。婦人風呂は壮大で美しく、婦人客を馬鹿にしていない。同行した「中年」が藝者を部屋に呼び、三味線にのせて歌うなどして有頂天である。翌日子宝観音で知られる那谷寺を訪れる。木々のみどりと、北陸の霖雨に育てられた深い苔、さらには奇岩怪石が折りたたまれ、その間に、重文の三重塔や鐘楼、護摩堂が見えかくれして、変化きわまりない美しいながめであった。

（城弟優子）

田辺尚雄《たなべ・ひさお》

＊明治十六年八月十六日～昭和五十九年三月五日。東京に生まれる。東京帝国大学理学部物理学科卒業。音楽学者。著書に『西洋音楽案内』『日本音楽の研究』など。

伊豆と伊香保《いずといかほ》　エッセイ

〔**作者**〕田辺尚雄

〔**初出**〕「温泉」昭和二十六年二月一日発行、第十九巻二号。

〔**温泉**〕伊豆（蓮台寺・湯ケ野・世古（湯ケ島）・修善寺・大仁《おおひと》・長岡）温泉（以上静岡県）、伊香保温泉（群馬県）。

〔**内容**〕昔の温泉の旅は気軽で面白かった。大正十年元旦から五人で伊豆の下田に行き、徒歩で伊豆半島を縦断して毎日一か所ずつ温泉場を廻って歩いた。蓮台寺から湯ケ野、湯ケ野は正月二日の夜、一番大きな宿に泊まった。この宿の主人が女中に手を付けたとかで始まり、撲るやら泣くやら夜中の二時頃になっても騒ぎは止まず、我々が降りて行って夫婦喧嘩の仲裁をやった。翌日、湯ケ島の温泉宿を断わられたので、世古の温泉へ行った。戸数は僅かに六軒、その二軒が温泉宿で、純然たる田舎風の家である。湯は宿になく、川の中に野天の湧き湯が一つあるだけで、村の人々も共同で、頗る原始的である。それに湯は一つで男女混浴であって狭い。女の子と肌が触れ合って入浴するのでいい気持ちになってしまう。食事は菜も汁も頗る粗悪であるが飯だけはよい。宿賃は一日二食付きで七十銭だという。余りにやすい。翌日は修善寺、それから、大仁、長岡と経て、温泉気分を満喫して帰京した。

もう一つ温泉での不思議な思い出話は、十数年前、國學院大學の教職員の秋季慰安会に四十余名で伊香保の千明旅館へ一泊旅行をやった時である。私と教務のS氏が幹事であった。夜大いに酒を飲んで騒ぎ、宴会がすんでから街に出て二次会をやって、夜半十二時に宿に帰って見ると、S氏が行衛不明になったと騒いでいる。夜二時頃まで街の飲み屋を調べ歩いた。酔って湯に入り脳溢血を起して湯の中で死んでいるのではないかと、一人で湯の中を探し廻り、夜が明けてしまった。然るに、S氏は自分の隣室の某銀行員一行の寝床に悠々と眠っていた。S氏は便所に行った帰りに誤って隣室へ入った。同じ位置の銀行員が宿を抜け出して街のパンパン屋に行って泊まったので、自分の寝床だと思って寝てしまったのである。S氏は物凄いほど恐ろしい顔をした男なので、その抜け出した銀行員が街のゴロツキに強迫でもされて、言いがかりを付けにやって来たものと思い込み、銀行員達がS氏に詫びて居るところを我々が発見したのである。同形の室が多く並んで居るところからこの喜劇が起ったのであった。

（浦西和彦）

谷崎潤一郎　たにざき・じゅんいちろう

＊明治十九年七月二十四日～昭和四十年七月三十日。東京市日本橋区（現・東京都中央区）に生まれる。東京帝国大学国文科卒業。小説家。代表作に「痴人の愛」「細雪」「鍵」など。『谷崎潤一郎全集』全三十巻（中央公論社）。昭和二十四年文化勲章受章。

飈風《ひょうふう》　短篇小説

〔**作者**〕谷崎潤一郎
〔**初出**〕「三田文学」明治四十四年九月二十八日発行、第二巻十号。
〔**初収**〕『飈風』昭和二十五年六月三十日発行、啓明社。
〔**全集**〕『谷崎潤一郎全集第一巻』昭和四十一年十一月十五日、中央公論社。
〔**温泉**〕東山温泉（福島県）、浅虫温泉（青森県）。
〔**内容**〕直彦は絵師で、二十二三の頃には、既に少壮日本画家の俊才として、世間から注目されていた。しかし、彼を知る者は彼の藝術よりもその美貌を羨んだ。彼は率直で純潔な性質の持ち主で、道楽や恋愛の経験もなく、本業の絵画に精進していた。ところが二十四の時、直彦は初めて吉原の大籬の敷居を跨ぎ、ある女を知った。女は初心な男を圧倒し、ひと月も立たぬうちに直彦を浅ましい無能力状態に陥れた。女との逢瀬によって衰弱しきった直彦は健康を取り戻すために、以前から憧れていた北国へ六か月間の計画でスケッチ旅行に出ることにした。出発の前夜、直彦は女に旅行中の節操を約束した。直彦はまず会津へ行き、東山温泉に滞在した。療養の甲斐あって二週間ばかり経つと健康を回復し、藝術に対する興味も復活した。ところが、北へ向って松島、仙台、塩釜と名所旧蹟を辿るうちに、今度は健康であるがゆえの旺盛な性欲が直彦を苦しめた。女との約束で禁欲を貫かなければならない。頭が生理的欲求に支配されて、もはや藝術どころではなくなった。しかし、津軽平野の朝の大雪景に心洗われるような思いがし、朝虫温泉では自分の真心の純潔を祝福するとともに、その恋人の不可思議な魅力に讃嘆し、渇仰するようになっていた。北国の春を見定めて直彦は秋田、新庄、山形、米沢、福島を経て、東京に戻った。その足ですぐに女に逢いに行った。約束どおり節操を貫いた直彦を女は喜んで迎えた。女との半年ぶりの逢瀬のあと、直彦は昏々と深い眠りに落ちた。そして、彼はそのまま二度と目覚めることはなかった。

（荒井真理亜）

伊香保のおもひで《いかほのおもいで》　エッセイ

【作者】 谷崎潤一郎

【初出】 『伊香保みやげ』大正八年八月十五日発行、伊香保書院。

【全集】 『谷崎潤一郎全集第二十二巻』昭和五十八年六月二十五日発行、中央公論社。

【温泉】 伊香保温泉（群馬県）。

【内容】 私は一体海よりも山の方が好きであった。それは読書をしたり創作をしたりするのに閑静である方を選ぶからである。特に、伊香保は俗悪でもなく、不便でもなく、何より宿屋が気に入った。毎年五六月の初夏に、神経衰弱の療養のため、新緑の美しい伊香保で泊まった。伊香保へ行くには、渋川からの沿道の風光を愛する者である。一昨年の五月、伊香保に居て母危篤の電報を受け取り、急いで帰京したが、臨終に間に合わなかった。それ以来、伊香保という土地が一生忘れ難い所となり、かの近辺の青葉の景色を想い出すと、母の面影が眼前に浮かぶのである。

（佐々木清次）

腕角力《うでずもう》　戯曲

【作者】 谷崎潤一郎

【初出】 「女性」大正十三年二月一日発行。

【全集】 『谷崎潤一郎全集第九巻』昭和四十二年七月二十五日発行、中央公論社。

【温泉】 伊豆山温泉（静岡県）。

【内容】 温泉宿に、某大学の学生である藤沼、山口、野田が泊まっている。藤沼と野田が腕角力を闘わしている。山口は勝負を見物している。藤沼のつれあいの光子は二十前後の当世向きのハイカラな美人である。浜村が東洋劇場の三浦春代をつれて二人でこっそり熱海へ来ているらしいが、飽きて伊豆山へ引っ越すつもりで、今日午過ぎに遊びに来ると、山口がいう。あの気障《きざ》な奴、うんといじめてやるのがいい、腕角力をしていくら拭いても落ちない墨を塗ってやろうと相談がまとまる。好男子の浜村がやってくる。春代を呼ぼうとみんなが電話をしにいっている間に、光子は浜村にそのたくらみを教えた。そのため藤沼が負け、とれない墨を塗られる。光子は口もとに微笑を含んで、横眼でジロジロ藤沼の面つきを眺めている。

（浦西和彦）

猫と庄造と二人のをんな《ねことしょうぞうとふたりのおんな》　中篇小説

【作者】 谷崎潤一郎

【初出】 「改造」昭和十一年一月一日・七月一日発行、第十八巻一号・七号。

【初版】 『猫と庄造と二人のをんな』昭和十二年七月発行、創元社。

【全集】 『谷崎潤一郎全集第十四巻』昭和五十七年六月二十五日発行、中央公論社。

【温泉】 有馬温泉（兵庫県）。

【内容】 庄造の先妻の品子が、現妻の福子に猫のリリーを返して欲しいと、偽名を使い手紙を寄こした。庄造とリリーの親密さは尋常ではないと思っていた福子はこの手紙を読んで、庄造にリリーを品子さんに返すようにと言うが、庄造は納得しなかった。それでも福子は、リリーを品子に譲るようにと執ように掛け合うのだった。ただ、福子自身、リリーは疎ましい存在であったが、品子に譲るのは逆に忌ま忌ましい気もしていた。その夜、福子は庄造に詰め寄り、品子にリリーを遣ることを約束させた。品子を追い出し、福子を嫁に迎える作戦を立てた母のおりんも、福子の肩を持った。

さて、リリーは品子の所へ譲られたが、来た当初は全くなつかなかった。その内、品子の所から逃げたが、再び部屋に戻ってからリリーは品子になつくようになった。品子がリリーを譲ってもらったのは、庄造の家から追い出されたことへの憎しみがあり、行く行く庄造と福子の関係が悪化するのを待とうと考え、これはその手初めであった。品子はリリーを飼って見てから、庄造がリリーをかわいがる理由と、自分がいかに情の薄い人間であったかを思い知るのだった。その頃、庄造は福子が父の所へ行っているスキに、リリーに会いに行く。六甲の家の空地に身を潜めてリリーを待つが、会えずに帰った。庄造と福子は有馬温泉の御所の坊で半日ばかり遊んで暮らしたことがあった。ある時、福子がリリーに会いに行ったのを知り、母を責めている。庄造は、再びリリーに会いに行った。リリーと品子の身の上を思うと、つい自分も宿なしのような存在だと考えてしまうのであった。

（佐々木清次）

種村季弘　たねむら・すえひろ

＊昭和八年三月二十一日～平成十六年八月二十九日。東京市豊島区池袋に生まれる。東京大学文学部独文科卒業。ドイツ文学者、評論家。著書に『壺中天奇聞』『夢の舌』など。

フリークVS.ハードボイルド道中記《ふりーくぶいえすはーどぼいるどどうちゅうき》 —日田・南阿蘇の旅《ひた・みなみあそのたび》

エッセイ

〔**作者**〕種村季弘

〔**初出**〕「旅」昭和五十八年十月一日発行、第五十七巻十号。原題「温泉漫遊記—情緒と非常が裏腹だった臼田・南阿蘇の旅—」。

〔**初収**〕『晴浴雨浴日記』平成元年三月発行、河出書房新社。この時、改題。

〔**収録**〕『温泉徘徊記〈種村季弘のネオ・ラビリントス〉』平成十一年二月一日発行、河出書房新社。

〔**温泉**〕垂玉温泉・地獄温泉（以上熊本県）。

〔**内容**〕豊後日田といえば広瀬淡窓の咸宜《かんぎ》園《えん》が思い浮かぶ。幕末詩文の一中心であった咸宜園には、学匠詩人淡窓の名を慕って文人墨客が多く訪れた。明治に入ってからも詩に遊ぶ少年たちにとっては憧れであった。昭和二年にここを訪れた田山花袋も、「水郷日田」に淡窓について書いている。その日田から中津江村、杖立温泉を経て、南阿蘇の地獄温泉に向った。地獄温泉の手前徒歩十分ほどの谷あいに、垂玉温泉がある。下の岩場の露天風呂に入った。眼の前の絶壁に緑のカーテンが垂れ下がり、そこから三筋の巨大な滝が落下して飛沫をあげている。秋になるとカーテンが絵のように紅葉するのである。その光景を想像しながらうっとりしていると、突然シャッターが切られた。今回の九州旅行には、カメラマンとして、映画評論家であり、在野のアメリカ学研究者である川本三郎が同行してくれたのだが、そのハードボイルドが「私」の入浴図を撮影していた。「旅」の編集部に頼まれたらしい。たちまち幻想が崩れていく暗いショックに打ちのめされた。ライターとカメラマンのコンビかと思っていたが、実はモデルとカメラマンの二人連れにほかならなかった。モデルは美少女とは限らず、時と場合によっては、中年フリークを湯壺に突き落として、それを記録するシーンも必要なのだろう。次は地獄温泉に戻って、雀の湯に入った。雀の湯は、ふつふつとたぎる泥湯を仕込んだ小屋掛けが幼稚園の園庭ぐらいの空き地のそこここに散らばっている。「私」がその小屋を移動するたびに撮影が行われた。五つ目あたりで目がかすんできたが、六つ目へ。さらにハードボイルドは、上の露天風呂に元湯と新湯があるということを聞き込んできて、行こうという。ここはその名も地獄温泉である。

（荒井真理亜）

熱海秘湯群漫遊記《あたみひとうぐんまんゆうき》　エッセイ

〔**作者**〕種村季弘

〔**初出**〕「旅」昭和六十年九月一日発行、第五十九巻九号。

〔**温泉**〕熱海温泉（上宿《かみしゅく》新宿《しんしゅく》湯・山田湯・藤沢湯・清水町浴場・水口第二共同浴場・水口第一共同浴場・福島屋・渚浴場）（静岡県）。

〔**内容**〕上宿新宿湯は熱海上宿町の住民の共同浴場である。浴室そのものはやや小づくりの銭湯で、何の変哲もない。それにしても熱海市内の真只中に、界隈の人々にしか知られていない湯が湧いていて、観光客たちが素通りしてゆく。熱海の湯河原町に住むようになってから四年目、私の共同浴場のコレクションは熱海市内に及び、伊東や箱根七湯にものびるのである。やみつきのきっかけは、熱海育ちの写真家羽永光利氏に和田町の山田湯を教えられたことにある。山田湯は熱海の西を限る和田川の川べりの奥まった感じの袋小路の中に隠されている。湯殿は小さな庭を隔てて川に面している。藤沢湯のことは真鶴の電気工事屋さんから聞いた。熱海駅の駅前温泉から国道を徒歩三分ほど下った藤沢入り口にあるが、知っている人は意外に少ない。入り口自体は一階にありながら、地階のような風情である。さらに地下へ降りると浴室がある。熱い濃厚な塩湯である。清水町浴場は喫茶店で見つけた。大通りからちょっと入った喫茶店でお茶を飲んでいると、向かい側のなんでもない民家に洗面道具を抱えた人が入ってゆく。来宮駅前から、坪内逍遥の双柿舎や海蔵寺を右手に望みながら初川ぞいに下ってゆくと水口第二共同浴場に突き当たる。ここは外部の人は立ち入り禁止である。総合市庁舎に戻り、前の小橋を渡り、トタン敷きの小屋が水口第一共同浴場である。お金を払わず入った人に罰金千円を頂戴するという看板がある。共同浴場通いには一種の考古学的発見がつきものなのではないかと思う。どんな温泉場も村人の共同湯から始まっている。熱海の場合は湯前神社の大湯間歇泉にはじまった。上宿新宿湯も、大湯間歇泉の目と鼻の先にある糸川沿いの出湯である。圧巻は熱海銀座十字路の坂を駅寄りに登った左手の福島屋。湯銭の勘定は一切しない。盆の上に料金を置いて、釣銭もそこから勝手にとる。そこを出て海岸通りまで降りると、見落としてしまいそうな小さな共同浴場がある。名を渚浴場。マタ見ツカッタ。何ガ？　永遠ガ。今回は入りそこねたいくつかの湯のある熱海港、次はあそこを攻めよう。永遠が見つかったところで熱海漫遊記は終わりそうにはない。

（鄒　双双）

昭和雑兵入湯記《しょうわぞうひょうにゅうとうき》—会津東山温泉《あいづひがしやまおんせん》　エッセイ

〔**作者**〕種村季弘

〔**初出**〕「太陽」昭和六十年十一月一日発行、第二十三巻十二号。

〔**初収**〕『晴浴雨浴日記』平成元年三月発行、河出書房新社。

〈**収録**〉『温泉徘徊記〈種村季弘のネオ・ラビリントス〉』平成十一年二月一日発行、河出書房新社。
〈**温泉**〉東山温泉（福島県）。
〈**内容**〉宿に着いた日の前夜までが東山盆踊の週間とかで、温泉街を流れる湯川の川床には、満艦飾に提灯を飾り付けた大櫓がまだ取り残されていた。東山盆踊の解説には、「会津磐梯山の唄と囃しや太鼓の音がこだまし、夏の夜の美しい饗宴となります」とある。会津磐梯山の唄と言えば、小原庄助さんの唄だろう。若山市内から来るまでの途中に、「小原庄助さんゆかりの宿」の垂れ幕がかかっている旅館があった。遠景で見ると、東山の景観はむしろ男性的である。行く手を背振山が屏風のように塞ぎ、そこを流れ下る渓流際の切り立った山裾に温泉宿が立ち並んでいる、屋号に「滝」のつく旅館が多いのが、いかにも山峡の温泉街らしい。幸田露伴の『蒲生氏郷』には、氏郷が伊達政宗との対決のために、寒中に甲冑の下は素肌で出陣するエピソードがある。伊達政宗と覇を競う柄ではないので、いざ温泉出陣となれば、「私」ごとき雑兵は、いきなり甲冑なしの素裸のまま湯舟に飛び込むほかはない。浴室は湯川に面していて、窓を開け放つと、耳底を川音が流れていく。旅の宿は川音が近いのがいいと思うが、大正十一年十一月二十二日の夜の竹久夢二のように、他に心配事があると川音で眠れなかったという人もいる。破滅型のロマンチストである夢二は、水音や山の気配に極度に感じやすかったのであろう。夢二が泊まったのは新滝という宿だが、「私」は向滝という古い宿に泊まった。

（荒井真理亜）

霊泉まゝねの湯

れいせんままねのゆ　エッセイ

〈**作者**〉種村季弘
〈**初出**〉「海燕」昭和六十年十二月一日発行、第四巻十二号。
〈**初収**〉『晴浴雨浴日記』平成元年三月発行、河出書房新社。
〈**収録**〉『温泉徘徊記〈種村季弘のネオ・ラビリントス〉』平成十一年二月一日発行、河出書房新社。
〈**温泉**〉湯河原温泉（神奈川県）。
〈**内容**〉いま住んでいる家は所番地こそ湯河原だが、温泉場までは東海道線真鶴駅から一駅先の湯河原まで乗って、そこからバスで十五分も揺られなければならない。温泉場中央という停留所でバスを降りると、天野屋、中西、伊藤屋といった、古手の旅館がほぼこのあたりに集まっている。そこからさらに山寄りに奥まった路地奥に「霊泉まゝねの湯」がある。「まゝね」という名は、古語の「崖《まま》」に関係があるらしい。山が断崖状に切り立った付け根の場所が「まゝね」なのである。明治二十五年九月、大阪浪花座に出ていた三遊亭円朝が人力車から落ちて怪我をした。その怪我を治しに湯河原に来て滞在したのが、伊藤屋であった。円朝は、湯河原湯治から三年後の、明治二十八年「中央新聞」に、湯河原を舞台とした講談『名人長二』を連載した。明治二十二年にも熱海に遊んで『熱海土産温泉利書』を書いた円朝は、熱海湯河原の地誌にすこぶる詳しい。『名人長二』の湯河原地誌を述べるくだりに「まゝねの湯」が出てくる。そのように地誌記述の詳細な『名人長二』だが、土地の口碑や資料に作話したのではなく、その種本はモーパッサンの短篇『親殺し』であるらしい。「まゝねの湯」は、観光客相手ではなく、湯治客専門で、「私」の場合は痔疾の根治が入浴の目的である。

（荒井真理亜）

温泉経営のまぼろし
おんせんけいえいのまぼろし　エッセイ

〔**作者**〕種村季弘
〔**初出**〕「ＴＢＳ調査情報」昭和六十一年七月号。
〔**初収**〕『晴浴雨浴日記』平成元年三月発行、河出書房新社。
〔**収録**〕『温泉徘徊記〈種村季弘のネオ・ラビリントス〉』平成十一年二月一日発行、河出書房新社。
〔**温泉**〕石和《いさわ》温泉・湯村温泉（以上山梨県）。
〔**内容**〕東海道線二宮にあるパチンコ屋の前に温泉が出た。屋上に煙突が立っていて、うす白い煙がたなびいている。低温なので、加熱しているらしい。川奈にもかなり大きな泉源が発掘されたという。また、焼津にも温泉が出たという話を聞いた。秩父在のＯ町に住んでいた時、町の財政投資で温泉ボーリングが行われた。湯が出るまで掘り続けられ、散々資金がつぎ込まれた挙句、出てきたのは温泉法の基準にみたない低温水だった。井伏鱒二の小説『旧・笛吹川の趾地』に、明治四十年大洪水があった甲州石和の笛吹川趾地に、次々に温泉が噴出する挿話がある。それが現在の石和温泉である。石和温泉に遊んだことはないが、山梨県立美術館に行く時に、石和町経由で甲府に出た。恵運院に立ち寄って、美術館へ向かう途中、つげ義春の『池袋百点会』に出てくる湯村温泉を通った。そのあたりはどこを掘っても温泉が出ると聞いて、温泉経営の夢が脳裡をかすめた。万が一資金の都合がついたとしても、生来のぐうたら人間には事業家としての刻苦精励は出来ないと諦めた。

（荒井真理亜）

天谷温泉は実在したか
あまだにおんせんはじつざいしたか　エッセイ

〔**作者**〕種村季弘
〔**初出**〕『温泉博物誌』昭和六十一年十月発行、朝日新聞社。
〔**収録**〕『温泉徘徊記〈種村季弘のネオ・ラビリントス〉』平成十一年二月一日発行、河出書房新社。
〔**温泉**〕天谷《あまだん》温泉（福井県）。
〔**内容**〕天谷温泉に予約の電話をかけると、七十くらいの老婆が、来てもらっては困るとも受け取られかねない様子で、しぶしぶ宿泊を承諾してくれた。天谷温泉に向かう途中、土地の人にその所在を尋ねたが、タクシーの運転手さえもどこにあるかを知らない。天谷温泉は実在するのか、不安になった。運転手が何度も車を降りて道を聞き、何とか鬱蒼とした杉木立に囲まれた大きな古い木造二階屋にたどり着いた。天谷温泉は湯が猛烈に熱い。五十三度もあるという。硫黄の臭いが鼻をつき、鉄やマンガンが含有されているのであろう、お湯が黒い。息をこらしてそっと身体を湯に沈める。裸の相客たちが今日はぬるくなっていると軽く見下すような口調で言った。熱い湯にもまれたせいか、久しぶりにぐっすり眠って、目が覚めると黄金《きん》の雨が降るような快晴である。いたるところに水の音がする。宿の四方にこんこんと水が湧き出ているのだ。早立ちの時間が来て、バス停に出た。ふりむくと杉木立が、たったいま上手から下手へと引かれた翠の引き幕のように背後を閉ざしていた。お前なんかが来る場所ではないというところか。人々の謎めいた無視と沈黙の意味を知った。それならば、天谷温泉のことを聞かれたら、「私」も知らないふりをすることにしよう。

（荒井真理亜）

今宵かぎりは
こよいかぎりは　エッセイ

〔**作者**〕種村季弘

〔**初出**〕「経済往来」昭和六十二年十月一日発行、第三十九巻十号。
〔**初収**〕『晴浴雨浴日記』平成元年三月発行、河出書房新社。
〔**収録**〕『温泉徘徊記〈種村季弘のネオ・ラビリントス〉』平成十一年二月一日発行、河出書房新社。
〔**温泉**〕粟津温泉（石川県）。
〔**内容**〕旅館は玄関先の広間が昔風にゆったりとくつろげるのが好ましい。そういう古風な旅館の醍醐味を味わわせてくれるのは、粟津温泉のHである。無意味なくらいに広間が大きい。ここに来たのは、那谷寺に詣でた帰りだった。密教系の那谷寺の奇怪な岩石デザインの印象に酔って幾分神経が昂ぶっていた。宿の温泉に入っても、まだ神経の異常は続いているような気がする。何か変だと思ってみると、真珠風呂と名付けられた風呂には、男湯のはずなのに濃厚なピンクのタイルがびっしり敷き詰められている。番頭が言うには、生命保険関係の団体客が入っていて圧倒的に女性勧誘員の頭数が多いので、今日だけは男湯と女湯の看板が逆になっているのだという。夕食の後にレストラン兼用のホールに行くと、浴衣姿の中年女性が手に手にビールを持って、談論風発、女同士でダンスに興じたりしている。すさまじい女の熱気に呆気にとられていると、紙コップを渡され、ビールをつがれた。こちらも浴衣姿なので素性がわからないのだろう、本社中央から派遣された部長代理クラスの指導員にでも間違われたようである。ゴマをすっておこうというのか、あっという間に女性たちに取り巻かれてしまった。女性の大胆な誘惑にも負けず、どうにか部屋に逃げ帰り、翌朝は女性陣の早立ちのおかげで、正常に戻った男湯にも入ることができた。

（荒井真理亜）

サンデー毎日出勤簿《さんでーまいにちしゅっきんぼ》　エッセイ

〔**作者**〕種村季弘
〔**初出**〕「いびき」昭和六十二年十月号。
〔**初収**〕『晴浴雨浴日記』平成元年三月発行、河出書房新社。
〔**収録**〕『温泉徘徊記〈種村季弘のネオ・ラビリントス〉』平成十一年二月一日発行、河出書房新社。
〔**温泉**〕湯河原温泉・箱根湯本温泉（以上神奈川県）、伊東温泉・畑毛《はたけ》温泉・竹倉温泉（以上静岡県）。
〔**内容**〕別にそのつもりで引っ越したわけではないが、気がついてみると十数回の引っ越しのたびにいつも温泉だらけのところにいた。もともと温泉好きだったので、温泉通いが始まった。六年ほど前、大磯に住んでいた時には、近所の不良中年どもを誘惑しては、箱根、熱海方面に清遊した。温泉によっては飲める湯もあり、これで焼酎を割って飲んでいると、頑固な便秘症が治った。おすすめの湯は、湯河原の「霊泉まゝねの湯」、箱根湯本の某蒲鉾屋の社員寮になっている元山県有朋別邸の湯である。湯本の千人風呂もよかったが、その風情のある古い木造二階建ては大理石造りの大浴場ごと数年前に消滅し、今は有料駐車場である。温泉に関する情報は、大磯の不良中年温泉団からもたらされる。そのうちの一人である画家の卵のトシちゃんは、箱根の宮城野に新開店した野天風呂を訪れた時、鼻先から飛び込んでコンクリートに激突し、野天風呂を真っ赤な血の海にした。トシちゃんはこの惨状に同情した女性と結婚した。温泉が取り持つ縁である。真鶴に引っ越してからは、温泉仲間に恵まれず、一人で伊東、函南畑毛温泉などを訪れた。そこで、三島の近くにあまり知られていない竹倉温泉を見つけた。かつて失業中に、知人に勤め先を聞かれると、毎日が日曜日（サンデー）というので、「サンデー毎日」と答えることにしていた。その伝でいくと、目下のところは「温泉毎日」誌勤務となる。（荒井真理亜）

肘折温泉逆進化論《ひじおりおんせんぎゃくしんかろん》　エッセイ

〈作者〉種村季弘
〈初出〉「パブリック・スペース」昭和六十二年十月号。

〈初収〉『晴浴雨浴日記』平成元年三月発行、河出書房新社。

〈収録〉『温泉徘徊記〈種村季弘のネオ・ラビリントス〉』平成十一年二月一日発行、河出書房新社。

〈温泉〉肘折温泉（山形県）。

〈内容〉肘折温泉は、奥羽本線新庄駅から月山東麓へバスで一時間あまりである。共同風呂があると言うので、二間幅ほどの表通りに出た。両側はびっしり旅館が立て込んでいる。突き当たりの右手に古風な郵便局があり、そこを稲妻状に折れる道の行く手にバスの立て場がある。その手前に共同風呂らしい建物が見える。共同風呂にはこんこんと湯が湧き出していて、風呂代は無料であった。ここへ来る時には気付かなかったが、帰りがけに見ると表通りは婆さんだらけで、じいさんはいない。婆さんは好奇の目でこちらを見ている。骨までしゃぶるような品定めであった。翌朝、婆さんの大群は嘘のように消えていて、同じところに今度は近所のおばさんたちが目白押しに朝市の荷を並べていた。肘折温泉表通りは、婿やつばめ選びの観覧座席になるかと思うと、市場にもなり、食堂や談話室ともなって、おそらく祭りの時には山車やお神輿が舞い、盆踊りカラオケ大会の舞台ともなるのであろう。（荒井真理亜）

日本漫遊記《にほんまんゆうき》　エッセイ

〈作者〉種村季弘
〈初出〉「旅」昭和六十三年一月一日～十二月一日発行、第六十二巻一号～十二号。最終章は単行本書き下ろし。

〈初収〉『日本漫遊記』平成元年六月発行、筑摩書房。

〈収録〉『温泉徘徊記〈種村季弘のネオ・ラビリントス〉』平成十一年二月一日発行、河出書房新社。

〈温泉〉箱根温泉（神奈川県）、湯谷《ゆや》温泉（愛知県）、湯涌《ゆわく》温泉・和倉温泉（以上石川県）、住吉温泉・平根崎《ひらねさき》温泉（以上新潟県）、有福《ありふく》温泉・温泉津《ゆのつ》温泉・三瓶《さんべ》温泉・鷺の湯温泉（以上島根県）、川渡《かわたび》温泉（宮城県）、湯田川《ゆたがわ》温泉（山形県）、湯の山温泉・片岡温泉（以上三重県）、中京温泉（愛知県）、柳井の石風呂（山口県）、八丈島の湯浜温泉・汐間《しおま》温泉、三宅島阿古地区の温泉、大島温泉（以上東京都）、玉造温泉（島根県）、皆生《かいけ》温泉・関金《せきがね》温泉・三朝《みささ》温泉・浜村温泉（以上鳥取県）、城崎温泉（兵庫県）、八戸温泉・浅虫温泉（以上青森県）、玉川温泉・大湯《おおゆ》温泉・花輪温泉・湯瀬《ゆぜ》温泉（以上秋田県）、湯之元温泉・霧島温泉郷・林田温泉・丸尾温泉（以上鹿児島県）。

〈内容〉単行本の「あとがき」に、「もともとは江戸時代の旅日記についてまわって、昔の温泉風景を覗き見てみようという計画だった」とある。単行本は次の1～13章から成る。1　箱根七湯早まわり　文窓・弄花『七湯の枝折』（文化八年）は、湯本、塔の沢、堂ケ嶋、宮之下、底倉、木賀、蘆の湯の箱根七湯を絵詞風にまとめた江戸の箱根案内書である。『七湯の枝折』に導かれて、近世の箱根に思いを馳せながら、箱根の七湯をめぐる。2　秋葉路気まぐれ旅　司馬江漢は天明八年（一七八八）四月二十三日に江戸を立ち、長崎に向かって西下し、翌年江戸に帰る。この丸一年の旅を『江漢西遊日記』に綴っている。江漢もまた温泉好きであり、特に熱海が気に行って、二週間も逗留した。江漢の足跡を辿りながら、「私」も湯谷温泉のはづ別館に泊まった。3　北陸こわいものみたさ　鳥翠台北巠の『北国奇談巡杖記』や麦水の『三州奇談』には、各地の奇談怪談が採録されている。湯涌温泉を早立ちして、それらに出てくる場所を一つひとつ訪ねて行った。その日の宿は、和倉温泉である。食塩泉の湯に温まった。4　佐渡めぐり狸道中　雪の中で湯に浸かりたいと考え、佐渡相川の金山奉行をつとめていた川路《かわじ》聖謨《としあきら》の日記『島根のすさみ』に雪の記述があったのを思い出し、佐渡に向かった。雪の中、住吉温泉、平根崎温泉を訪れた。5　石見銀山埋蔵金さがし　山陰本線江津にある有福温泉に入って、温泉津に向かった。頼山陽の叔父で漢詩人頼杏坪《きょうへい》は、『しほゆあみの記』（長命館所蔵）という旅日記を書いて、幕末の温泉津風物を活写している。温泉津の夜は、角田喜久雄『東京埋蔵金考』などを広げて、石見銀山の埋蔵金を夢見る。翌日は三瓶温泉、鷺の湯温泉を訪ねた。6　旅藝人東北色修業　富本がたりの旅藝人・富本繁太夫には、東北ドサ回りを記した旅日記『筆満可勢』がある。繁太夫は悪性の花柳病にかかっていたらしく、療治も兼ねて温泉地を巡っている。その足跡を追って、川渡温泉にやってきた。それから湯田川に行って、繁太夫の入らなかった「正面の湯」に浸かった。7　東海道こじき道中記

勝小吉の破天荒の自伝『夢酔独言』は、文化十二年（一八一五）の少年こじき道中の顚末が書かれている。その小吉のこじき道中を辿る。しかし、四日市からはこじき道中から逸れて、湯の山温泉、片岡温泉、中京温泉を訪れた。8　エキゾティック瀬戸内海紀行　享保四年（一七一九）、徳川吉宗の将軍職襲位に際して朝鮮通信使（正使洪致中）が来日した時、製述官（記録係）として随行した申維翰《シンユハン》は、日本紀行『海游録』を書き、日本の印象を記している。朝鮮通信使の道筋にはめぼしい温泉がなかったが、「私」は柳井で石風呂に入った。9　伊豆八島ちんたら漂流記　八丈島には湯浜温泉、汐間温泉があった。三宅島では、昭和五十八年の噴火で温泉町は跡形もなくなっていたが、温泉は一軒だけ、阿古地区福祉センターが残っていた。大島では大島温泉を楽しんだ。大島湯場福祉センターの天然蒸し風呂は、昭和六十一年の割れ目噴火以来休業中ということで残念だった。10　山陰道温泉八艘とび　宮崎佐土原の山伏・野田泉光院は、修行のため九峰を目指し、南は九州薩摩から北は出羽三山まで、日本全国を津々浦々まで托鉢し歩き、その委細を『日本九峰修業日記』に認めた。野田泉光院に曳かれて漫遊し、玉造温泉、皆生温泉、関金温泉、三朝温泉、浜村温泉、城崎温泉に入湯した。11　果報は寝て待て奥州温泉記　八戸温泉を経て、浅虫温泉に向かった。寛政二年（一七九〇）に群馬太田の郷士・高山彦九郎が蝦夷を目指してこのあたりを旅し、『北行日記』を書いている。彦九郎もまた大の温泉好き、酒好きであった。彦九郎の足跡を追って、「私」は玉川温泉、大湯温泉、花輪、湯瀬温泉を巡った。12　薩摩入国見たい放題　文政末年から天保年間（一八三〇～四四）にかけて、高木善助という大坂商人が薩摩に入国し、湯之元温泉を訪れている。この人は無類の温泉好きで、行く先々で湯と見れば入浴した。それについては『薩摩往返記事』『薩隅日三州経歴の記事』などに詳しい。「私」は霧島温泉郷、林田温泉、丸尾温泉を訪れた。13　江戸の

道ゆきあたりばったり　江戸の道をさまざまな旅人が歩いていた。「私」の旅の眼目はあくまで温泉である。古道が発見できなければ、手前の温泉でうろうろする。それが意外と早道なのかもしれない。古くからの温泉なら古道は必ずそこまで続いているのだから。

（荒井真理亜）

湯治湯とふんどし《とうじゆとふんどし》

エッセイ

〔**作者**〕種村季弘

〔**初出**〕「あとがき」『温泉百話　東の旅』〈ちくま文庫〉昭和六十三年二月発行、筑摩書房。

〔**初収**〕『晴浴雨浴日記』平成元年三月発行、河出書房新社。

〔**収録**〕『温泉徘徊記〈種村季弘のネオ・ラビリントス〉』平成十一年二月一日発行、河出書房新社。

〔**温泉**〕湯河原温泉・伊豆山温泉・畑毛《はたけ》温泉・竹倉温泉（以上静岡県）、早川温泉（神奈川県）、海上湯・大森温泉・麻布十番温泉・浅草観音温泉（以上東京都）、関山鉱泉（茨城県）、湯田川温泉（山形県）。

〔**内容**〕住まいが真鶴半島の山の上にあるので、湯河原温泉や伊豆山温泉なら歩いてほぼ一時間半、電車で熱海、伊東、箱根に出ても似たようなものか、もっと早いだろう。気が向けば、熱川や稲取にも出向くし、丹那トンネルを越えて函南、三島に足をのばせば畑毛温泉があって、竹倉温泉がある。少し前、二宮駅の傍のパチンコ屋の脇にも温泉が湧いた。小田原の早川にも早川温泉ができた。しかし、温泉は東京にもある。新橋駅前の海上湯は一見何の変哲もない銭湯だが、小さい方の湯槽は鉄色をした汲み上げ地下水の湯である。大森温泉、麻布十番温泉、浅草観音温泉もある。わかし湯と言えば、以前、常磐の関山温泉に行った。田んぼがあって、その向こうに関本炭鉱のぼた山があり、ほかには何もなくて、一軒家の鉱泉宿がぽつんと建っている。そこで朝晩、漬け物桶のような大きな桶にわかした鉱泉につかった。ところで、十八世紀までは温泉に東西の別があったようである。野田泉光院という山伏が書いた『日本九峰修業日記』という廻国記があるが、そこに、酒田の湯田川（由田川）に来た時、男女混浴で大騒ぎをしているので、湯治を避けたという記述がある。宮本常一によると、宮崎県佐土原生まれの野田泉光院にとって、この温泉の様子は一種の文化ショックであったのだという。湯治場で騒ぐという風習そのものが東北で起こったのではないか、と推測している。病傷治療のための一回り七日、普通三回り二十一日の古典的湯治が、娯楽本位の「一夜湯治」に転換したのも、文化二年（一八〇五）の東国箱根においてであった。また、野田泉光院は東国の農民が襦袢だけでふんどしをしないのに違和感を感じている。湯に入る時でさえふんどしをした当時の西国人にとっては奇異に映ったらしい。

（荒井真理亜）

生きている―南薩・沖縄陶器と湯の旅《いきている―なんさつ・おきなわとうきとゆのたび》

エッセイ

〔**作者**〕種村季弘

〔**初出**〕『陶藝のふるさと　第2集』昭和六十三年五月発行、青八社。

〔**初収**〕『晴浴雨浴日記』平成元年三月発行、河出書房新社。

〔**収録**〕『温泉徘徊記〈種村季弘のネオ・ラビリントス〉』平成十一年二月一日発行、河出書房新社。

〔**温泉**〕湯之元温泉・指宿《いぶすき》温泉・安楽《あんらく》温泉（以上鹿児島県）。

〔**内容**〕鹿児島で龍門司窯の窯開きを見て、東市来町の湯之元温泉に一泊した。小さな町の街道沿いに湯治宿が点々と散らばっている中くらいの温泉で、団体客がいないのが好ましい。塩からい湯の露天風呂を満喫した。翌朝、苗代川窯を見学しに行く。苗代川は、別段陶藝に関心がない人でも、金達寿『苗代川』や司馬遼太郎『故郷忘れじがたく候』でおなじみである。その日は、指宿の長太郎焼窯に近い指宿の温泉旅館「吟松」に泊まった。翌朝はのんびりと砂むし風呂に埋もれてから、鹿児島空港に行った。しかし、昨夜来の寒気団の影響で、名古屋から鹿児島を経由して沖縄へ行く飛行機が飛ばず、もう一晩、今度は安楽温泉に泊まった。化け物屋敷のように大きな古家だった。湯のあふれる湯殿、露天風呂、温泉プールの間の廊下を走り回った。「私」はこういうしょぼくれた温泉宿が大好きなのだ。翌朝、新川を下ってゆくと、川のいたるところに猛烈な湯気が立ち上っていた。空は快晴無風、この日は沖縄行きの飛行機に乗れた。読谷村の金城次郎窯に行き、翌日は壺屋町に残った窯元を訪ねた。そこに豆腐の引き売りがやってきて、出来たてのゆしどうふを買った。真っ青な空の下で立ち食いする豆腐がこんなにうまいとは夢にも思わなかった。久しぶりに、生きている、と思った。

（荒井真理亜）

バーデンバーデンの湯呑《ばーでんばーでんのゆのみ》　エッセイ

〔作者〕種村季弘

〔初出〕「テッタル」昭和六十三年九月十三日号。

〔初収〕『晴浴雨浴日記』平成元年三月発行、河出書房新社。

〔収録〕『温泉徘徊記〈種村季弘のネオ・ラビリントス〉』平成十一年二月一日発行、河出書房新社。

〔温泉〕湯泉津《ゆのつ》温泉（島根県）。

〔内容〕島根県の、石見銀山があったあたりに湯泉津というこぢんまりした温泉がある。そこに長命館という湯治宿があって、その前に共同浴場になっている元湯がある。その湯口に、小さな土瓶のような器具が置いてある。聞けば、先代が戦前にバーデンバーデンのクアハウスで手に入れたものを、帰国してからご当地の陶工に作らせた湯呑なのだそうだ。そういえば、アールヌーヴォー風である。ドイツだからユーゲントシュティール風と言った方がいいかもしれない。ヨーロッパの温泉の目的は、日本のような遊興ではなくて、もっぱら養生である。少なくとも二週間は滞在する。冷泉水が多いので、がいして飲用療法である。だからバーデンバーデンには湯呑があった。ヨーロッパでは温泉地で余った時間は社交に使われた。上流階級の社交となれば、最尖端のファッション情報が流れ込む。したがって、ユーゲントシュティールのデザインが飲用療法の湯呑に取り入れられたからといって、少しも不思議はなかったのである。チェーホフの小説『子犬を連れた奥方』は、ミハイルコフ監督が『黒い瞳』と題し、映画化した。七十年代にドイツに行った時、温泉地の近くに行く機会が何度かあったが、なぜか温泉には入りそびれている。そして、帰国して日本の山陰の温泉に来ると、皮肉なことにバーデンバーデンの湯呑があるのである。

（荒井真理亜）

開かずの店《あかずのみせ》　エッセイ

〔作者〕種村季弘

〔初出〕「宝石」平成元年十月号。

〔初収〕『人生居候日記』平成六年一月発行、筑摩書房。

〔収録〕『温泉徘徊記〈種村季弘のネオ・ラビリントス〉』平成十一年二月一日発行、河出書房新社。

〔温泉〕長岡温泉（静岡県）。

〔内容〕弥勒山西琳寺、通称あやめ寺の門前にあやめ湯がある。案内してくれたのは、銀座で画廊を営むかたわら、トラベル・ライターで温泉に詳しい新美さんである。新美さんは、熱海に別宅を建てたのにまだ足りなくて、信州上田の田沢温泉に一軒借家を借りたという温泉好きである。あやめ湯に浸かりながら、確かにいい風呂だけれど、地名は長岡ではなくて、古奈だと新美さんに負け惜しみを言った。温泉コレクターはあまり知られていない湯に行き当たると自前の発見をひけらかすが、ひねくれ者は人様の発見に何かとケチをつけたがる。新美さんはそのようなケチな根性はなく、えびす顔で湯に浸かっている。あやめ湯の帰りにラーメン店に寄ったが、休みだった。その後、再びあやめ湯に行った時にも、同じラーメン店を訪ねたが、またも閉まっていた。暖簾の横木に蜘蛛の巣が張っているのを見ると、ここは開かずの店である。

（荒井真理亜）

温泉虫はうごめきけり《おんせんむしはうごめきけり》　エッセイ

〔作者〕種村季弘

〔初出〕「SD」平成二年三月号。

〔初収〕『人生居候日記』平成六年一月発行、筑摩書房。

〔収録〕『温泉徘徊記〈種村季弘のネオ・ラビリントス〉』平成十一年二月一日発行、河出書房新社。

〔温泉〕釜山の温泉（韓国）。

〔内容〕韓国の釜山の温泉に行ってきた。「私」が入ったのはひと昔前の東京温泉風で、寒気よけのためだろうか、階上にあるのに暗かった。お国柄によって温泉の趣向は異なる。ヨーロッパの温泉については、池内紀の『西洋温泉事情』に詳しい。洋の東西を問わず、湯の香には性と死のにおいが漂う。人間の活動は色事と死でほぼ網羅できる。これを語るには、当代の温泉通であるばかりか、当代の人間通でなければならない。池内紀はまさにこれに適した人で、『西洋温泉事情』を読んでいると、「私」の温泉虫がうごめいてきた。

（荒井真理亜）

早川の夢見る河上まで《はやかわのゆめみるかわかみまで》　エッセイ

〔作者〕種村季弘

〔初出〕「FRONT」平成二年十二月号。

〔収録〕『温泉徘徊記〈種村季弘のネオ・ラビリントス〉』平成十一年二月一日発行、河出書房新社。

〔温泉〕箱根温泉（神奈川県）。

〔内容〕東海道線が小田原から下ってすぐに渡る鉄橋の下を流れるのが早川である。箱根から落ちる流れには川辺に沿って温泉の湧く川が多い。早川の先なら湯河原温泉に奥まってゆく藤木川（千歳川）、熱海の糸川や和田川がある。一方、早川をさかのぼれば、箱根七湯のほとんどに行きあたる。真鶴の住まいから東海道線を小田原で箱根登山電車に乗り換えると、湯本なら一時間もあればらくに行き着く。夕方になるとタオルをかついで箱根めぐりの、箱根温泉マニアになった。湯本から塔之沢、太平台の姫の湯、宮の下の太閤湯、宮城野あたりにまで足を延ばすこともある。塔之沢から国道を太平台まで上がらずに、河原沿いに歩いて底倉温泉に行き着くコースもある。個人的には川音を聞きながら湯に浸かるのが好みなので、どちらかと言えば塔之沢や底倉の川べりの湯に惹かれる。しかしなかには川音が気になる人もいて、明治十年に脚気療養のために塔之沢を訪れた静寛院和宮は、しがらみを掛けて激流の川音をやわらげたという。明治二十七年、湯本で早川と合流する須雲川の合流点近くに水力発電所が建設された。近代的な発電装置がこの土地に難なく入りこめたのは、そこに定住して生活することのない湯治客が利用する温泉宿の集落しかなかったためだろう。最近、友人の画家平賀敦が湯本の元山県有朋邸を借りて住むようになったので、「私」はこの大理石風呂が目当てで早川をさかのぼっている。（荒井真理亜）

長岡沼津豪遊記《ながおかぬまづごうゆうき》　エッセイ

〔作者〕 種村季弘

〔初出〕「温泉四季」平成三年八月号。

〔初収〕『人生居候日記』平成六年一月発行、筑摩書房。

〔収録〕『温泉徘徊記〈種村季弘のネオ・ラビリントス〉』平成十一年二月一日発行、河出書房新社。

〔温泉〕（伊豆）長岡温泉（静岡県）。

〔内容〕 沼津に行く時は、長岡に寄って、あやめ寺の山門の手前にあるあやめ湯に入る。あやめ湯は古奈地区の共同湯である。一風呂浴びてからバスに乗って沼津へ行き、行きつけの飲み屋に入る。浅草の木馬館の売店で売り子をしながら、絵を描いている若い絵描きが遊びに来たので、長岡温泉に行くことにした。しかし、あやめ湯をやり過ごし、長岡温泉バスセンターに出たので、ストリップ劇場のそばにある大衆浴場に入った。午後も夕食時前も男湯には誰もいない。みどり色の湯がタイルの上にザーッと溢れた。若い画家は絵が売れたそうで、自分が奢るので今日は豪遊しようという。沼津へは普通ではなく急行バスに乗った。沼津の飲み屋をはしごして、終列車になった。それでも物足りなかったので、翌日三島大社のお花見に画家を誘った。三島大社の帰りには畑毛温泉に寄ろうと思う。（荒井真理亜）

梅ヶ島再訪《うめがしまさいほう》　エッセイ

〔作者〕 種村季弘

〔初出〕「温泉四季」平成三年十月号。

〔初収〕『人生居候日記』平成六年一月発行、筑摩書房。

〔収録〕『温泉徘徊記〈種村季弘のネオ・ラビリントス〉』平成十一年二月一日発行、河出書房新社。

〔温泉〕 梅ヶ島温泉（静岡県）。

〔内容〕 住まいのある真鶴からＪＲの鈍行列車で静岡に行き、ＪＲ駅からバスターミナルの新静岡まで出て、梅ヶ島温泉行きのバスに乗る。梅ヶ島終点で降りて、バス停前の市営共同温泉に入る。二階に上がり、廊下を二折れ三折れ曲がると加熱湯の浴場があり、そこからさらに外の露天風呂に出られる構造になっている。冬場は猿が入りに来るのをよけるため、露天風呂に青いビニール・テントを張る。湯温は低く、露天風呂のとば口にいると震えがくるので、相客一同、湯口のある窪みの方に集まり、長風呂になって話が弾む。そこで温泉情報を交換し合う。稲子の飛図《とびず》温泉はここよりもっとぬるいという。風呂から上がって、休憩所で休むと、前後不覚の眠りに落ちた。（荒井真理亜）

お江戸の人《おえどのひと》　エッセイ

〔作者〕 種村季弘

〔初出〕「月刊みんぱく」平成三年十月号。

〔初収〕『人生居候日記』平成六年一月発行、筑摩書房。

〔収録〕『温泉徘徊記〈種村季弘のネオ・ラビリントス〉』平成十一年二月一日発行、河出書房新社。

〔温泉〕 長湯温泉（大分県）。

〔内容〕 長湯温泉は豊後竹田駅から車で三十分ほどの山の中にある。大分市に出る道もあって、こちらはバスにえんえん一時間半揺られる。秘湯とまではいかないにしろ、いまどきかなり辺鄙な温泉である。何の変哲もない農村風景に迎えられたが、道の片側にはぽつぽつと掘立小屋のようなものが建っている。どうやら村人の共同浴場らしい。川の中に露天風呂が湧いている。湯治客が利用する共同浴場が四五軒ある。入口に回転扉があって、その料金口に五十円玉を入れると一人分だけ回転する仕組みである。どの浴場も同じ構造で、それを三軒ばかり梯子した。お湯は緑白色で、かなりのアルカリ分が含有されているらしい。この温泉成分は非常に珍しく、ドイツのバーデンバーデンに似ているというので、ドイツから調査団が来たこともあるという。与謝野鉄幹、晶子夫妻が泊まったという由緒ありげな旅館に泊まった。翌朝、大分行きのバスを待っていると、土地の老婆に「お江戸の人」と呼ばれた。老婆の時間の間隔は百年前から時計が止まっているようだ。その間の六十年、「私」は二十日鼠のように走り回っていたが、自分は一体何をしてきたのだろうとショックを受けた。

（荒井真理亜）

別所温泉隠密潜入記《べっしょおんせんおんみつせんにゅうき》

エッセイ

〔**作者**〕種村季弘

〔**初出**〕「旅」平成四年一月一日発行、第六十六巻一号。

〔**収録**〕『温泉徘徊記〈種村季弘のネオ・ラビリントス〉』平成十一年二月一日発行、河出書房新社。

〔**温泉**〕別所温泉（長野県）。

〔**内容**〕この夏、田沢温泉から沓掛温泉を経て、別所に出た。共同浴場の大湯は、コンクリート建ての旧浴場を木造に改築していた。五十円の入浴料を払ってひと浴びし、前の湯本食堂でビールを飲み、うどんを食べた。夏の終わりに、上田藩主が温泉入浴のために使った別邸が今も残っているという新聞記事が目に止まった。その屋敷は、別所温泉の共同浴場の大湯に隣接した木造かやぶき平屋建てで、今は近くの旅館が所有し、一部は食堂として利用されているという。先日うどんを食べた湯本食堂が殿様の温泉別荘だったことに気づき、さらに自分が殿様専用の湯に浸かったことに驚く。そこに「旅」編集部の誘いがあって、本格的に殿様の屋敷を探索することになった。資料によると、問題の温泉屋敷の施工は天明六年（一七八六）で、当時の上田藩主は六代松平忠済である。湯殿のありかは現在の大湯の所在地とほぼ一致する。大湯は昭和三十五年に掘削して高温の湯脈を当てた。しかし、元は地熱による自然湧出の温泉だから、元湯の場所は動かしようがなく、殿様の御湯坪は、現在の大湯の露天風呂あたりに相当する。大湯の裏手にあるつる屋に宿を取り、一夜明けて翌朝、六時に開く大湯の一番風呂に入った。早朝というのに先客がいて、朝湯は意外と繁盛している。往年の殿様湯である露天風呂は、外気の冷えのせいか、かなりぬるかった。よしず張りが頭の上に半分ほどかぶさっていて、ひさし越しに青空が見える。山の方から下りてくるガスが乳色に漂う。その後、殿様の屋敷を探検する。「私」の祖先は伊賀者で、殿様の屋敷に踏み込む時は隠密気分であった。当時、地元民にとって、殿様のご入来はありがたくなかったようである。しかも、殿様だけでなく、ご家来衆も温泉目当てにやってきたらしい。別所の一般人の入浴はいたって民主的で、玄斉湯という浴場は男湯と女湯の区別がなかった。一日四回ずつ時刻をわけて女性と男性が入浴し、男性の

入浴時間に女性が混浴するのは勝手だった。それが普段の様子だから、侍の湯治はやはり煙たかったようである。（荒井真理亜）

長湯極楽《ながゆごくらく》　エッセイ

〔**作者**〕種村季弘
〔**初出**〕「温泉四季」平成四年二月号。
〔**初収**〕『人生居候日記』平成六年一月発行、筑摩書房。
〔**収録**〕『温泉徘徊記〈種村季弘のネオ・ラビリントス〉』平成十一年二月一日発行、河出書房新社。
〔**温泉**〕沓掛《くつかけ》温泉（長野県）。
〔**内容**〕別所温泉はよく利用するが、今回は趣向を変えて、沓掛温泉を目指した。田沢温泉が目と鼻の先にある。「私」もはじめは田沢温泉の宿から下駄をつっかけて、沓掛温泉にやってきたのである。沓掛温泉は杉木立に囲まれた小高い台地に隠れ里のような趣きで、こぢんまりと奥まった風情が一遍で気に入った。沓掛温泉はぬるいので、いきおい長湯になり、相客と話が弾む。田沢から来たというと、地元の村人らしい初老の相客は田沢の湯はぬるいという。後でそのことを田沢温泉の人にいうと、沓掛の湯はぬるいという。しかし、田沢温泉もかなりぬるいのである。それでも小一時間もすると、額がうっすらと汗ばんでくる。長湯をしてももたれない、湯上りがさらりと爽快だ。（荒井真理亜）

温泉《おんせん》　エッセイ

〔**作者**〕種村季弘
〔**初出**〕「太陽」平成五年八月号。
〔**収録**〕『温泉徘徊記〈種村季弘のネオ・ラビリントス〉』平成十一年二月一日発行、河出書房新社。
〔**温泉**〕箱根温泉（神奈川県）。
〔**内容**〕わが国の温泉をはじめて活用したのは、天孫降臨以前の原神たちだった。温泉はアルカイックな民間療法として開発された。ヨーロッパの温泉は伝統的に社交場の色合いが濃いが、日本の温泉はあくまで湯治の場として開発されたのである。もっぱら病気療治のための長逗留の場であった温泉が、今日見るような一夜湯治の歓楽場に変わったのは、文化年間（一八〇四～一八）の箱根湯本においてであった。バブル崩壊とともに近代百年が色あせた今日、温泉はあわただしい一夜湯治から、再び昔ながらの静かな湯治場に戻るのかもしれない。（荒井真理亜）

三階建の話《さんがいだてのはなし》　エッセイ

〔**作者**〕種村季弘
〔**初出**〕「サライ」平成五年十一月号。
〔**初収**〕『人生居候日記』平成六年一月発行、筑摩書房。
〔**収録**〕『温泉徘徊記〈種村季弘のネオ・ラビリントス〉』平成十一年二月一日発行、河出書房新社。
〔**温泉**〕和倉温泉（石川県）、湯泉津《ゆのつ》温泉（島根県）。
〔**内容**〕能登の和倉温泉には、泉鏡花が『山海評判記』の舞台にした三階建ての温泉旅館があった。小説の中では「鴻仙館」という名で、その三階には女の妖怪三人が巣食っていて、客用には使われない。舞台となった旅館の三階に泊めてもらいたくて和倉まで行ったが、数年前に解体されて跡形もなかった。現役の三階建旅館では、石州湯泉津の長命館がごひいきである。ただし、ここの三階には何も出ない。三階建の三階で幽霊を見たのは、小樽の錨屋という擬洋風旅館でのことだ。翌年の夏、もう一度錨屋に行きたくて、小樽の知人に電話をすると、私が引き揚げた直後に、火事で全焼したという。（荒井真理亜）

た

浮世風呂世間話

うきよぶろせけんばなし　エッセイ

〔作者〕種村季弘
〔初出〕「元気に暮らす」平成七年五月号。

〔収録〕『温泉徘徊記〈種村季弘のネオ・ラビリントス〉』平成十一年二月一日発行、河出書房新社。

〔温泉〕湯河原温泉（神奈川県）。

〔内容〕湯河原のMという温泉宿は、泊まり客以外にふりの入浴客も入れてくれる。入浴料二百円を徴収するために銭湯の番台のようなところがあり、そこに番頭の田中さんが陣取って、時には浴客の話し相手もしてくれる。浴客の一人が田中さんに艶話を披露していた。「私」は浴槽に浸かっていたが、温泉場の会話はすべて筒抜けである。それから夏が来て、この温泉からしばらく足が遠のいた。Mは源泉なので、かなり泉熱が高いのである。西風の強い冬のある日、Mの熱い湯が恋しくなって出かけてみると、田中さんの姿が見えない。それとなく尋ねてみると、田中さんは暮れに癌で亡くなられていた。新顔の番頭は一人遊びが好きなタイプらしく、田中さんの不幸を伝えると、携帯ラジオの演歌番組にダイヤルを合わせた。

（荒井真理亜）

『海の鳴る時』の宿

『うみのなるとき』のやど　エッセイ

〔作者〕種村季弘
〔初出〕『泉鏡花「海の鳴る時」の宿』平成八年十一月発行、十月社。

〔収録〕『温泉徘徊記〈種村季弘のネオ・ラビリントス〉』平成十一年二月一日発行、河出書房新社。

〔温泉〕辰の口温泉（石川県）。

〔内容〕泉鏡花が辰の口温泉を舞台にして書いた小説は、『海の鳴る時』である。辰の口温泉松屋の仲居・お絹の悲惨な境遇が語られる。凍えて失神したお絹がかつぎ込まれた茶屋は、辰の口の一里半手前にある。鏡花は大正末年に故郷を回顧して『一景話題』という随筆を発表しているが、その中でも辰の口温泉への行き帰りの途中にある茶屋のことを書いている。松任名物のあんころ餅を売り物にしているその茶屋には、黒髪の乱れた、色の白い、見るからに病人らしく憔悴した女がいたという。その様子がお絹を思わせる。鏡花の記憶には、辰の口温泉の帰りに松任の茶屋で見かけた病女の面影が強く残り、『海の鳴る時』を書く時に、この時の病女がモデルとして浮かび上がったのではないか。辰の口には鏡花の叔母がいた。叔母の家は鏡花が尾崎紅葉の『夏痩』を読んで小説創作の念を強めた場所であり、辰の口は小説家鏡花の誕生の地ともいえる。辰の口は現在でこそ、家族連れや年配夫婦の客が多いが、鏡花の知っていた明治中期の辰の口は、金沢や小松からの客を当て込んだ、かなりモダンな行楽地だったようである。応じて色町が盛った。しかし、今は違う。「私」は鏡花ゆかりの宿という、旅館まつさきに泊まった。天保七年（一八三六）創業という。当時の面影は古い別棟に保存されて、一隅に「鏡花の間」というのもある。鏡花はおそらく近代作家の中で、温泉が舞台の小説を最も多く書いた人である。『海の鳴る時』のお絹のその後の消息は、鏡花の大作『由緒《ゆかり》の女』に尋ねるとよい。鏡花はこの小説でも生まれ故郷の金沢はあまり好意的に書いていないが、こと辰の口温泉となると手放しに絶賛であった。

（荒井真理亜）

玉村豊男

たまむら・とよお

＊昭和二十年十月八日〜。東京に生まれる。

東京大学文学部仏文科卒業。エッセイスト。著書に『パリ旅の雑学ノート』『食の地平線』など。

西郷ドンは温泉がお好き《さいごうどんはおんせんがおすき》

エッセイ

〔作者〕玉村豊男

〔初出〕「旅」昭和六十年九月一日発行、第五十九巻九号。

〔温泉〕栗野岳《くりのだけ》温泉・新湯《しんゆ》温泉・塩浸温泉・安楽温泉・妙見《みょうけん》温泉・日当山《ひなたやま》温泉（以上鹿児島県）。

〔内容〕東京の上野から羽田空港へ向かい、鹿児島行きの飛行機に乗る。上野から栗野岳温泉の〝秘湯〟まで、わずか三時間半の旅である。かつてかの有名な西郷隆盛が訪れたところである。純朴な運転手のタクシーに乗り込み、温泉宿「南洲館」へ向かう。立派な建物の旅館があり、それとは別に自炊棟がある。そのわきを通り抜けたところに湯小屋があり、それに沿って川が流れている。川の水は湯気が立っていて風呂になりそうなものだが、水量が多いと温度が激変するため風呂にするのは難しい。草木の生えない岩石野原のあちこちから蒸気が噴出しているところがある。その名も「八幡大地獄」。その蒸気を利用して調理した鶏の〝地獄蒸し〟は夕食の膳にのぼることになる。「肥り過ぎ」と医師に診断された隆盛はヘルシーな暮らしを送るためウサギ狩りを始める。故郷の温泉に逗留して悠々自適で過ごした三年は、「軍人・革命家の顔の裏にある心やさしい自然児としての素顔の西郷隆盛に、もっともふさわしい時間ではなかったか」。えびの高原をめぐり、高千穂河原から霧島温泉の繁華街を抜けて、新燃岳の麓にある新湯温泉へ向かう。新川温泉郷の塩浸、安楽、妙見などの温泉を訪ね、西郷がよく利用した日当山温泉も見物する。塩浸は坂本竜馬が新婚旅行の地として選んだところでもある。（城弟優子）

田宮虎彦《たみや・とらひこ》

＊明治四十四年八月十日～昭和六十三年四月九日。東京に生まれる。東京帝国大学文学部国文科卒業。小説家。代表作に「足摺岬」「絵本」など。

銀心中《しろがねしんじゅう》

短篇小説

〔作者〕田宮虎彦

〔初出〕「小説公園」昭和二十七年二月一日発行、第三巻二号。

〔温泉〕銀温泉（岩手県花巻市の鉛温泉がモデル）。

〔内容〕佐喜枝は珠太郎が銀温泉にいることをつきとめて、追ってきた。珠太郎は佐喜枝の夫喜一の姉の長男である。喜一が戦死したと聞き、二人が一緒になって半年ばかりして、死んだはずの喜一が帰ってきた。珠太郎は喜一への義理立てから身をひいたが、佐喜枝は思い切ることができなかった。

佐喜枝は珠太郎の馴染の女中梅子から、珠太郎が西檜岐温泉で吹雪に閉じ込められていると聞き、そこに向ったが、珠太郎はとりすがる佐喜枝を雪の中へつきとばした。銀温泉に帰ってこない佐喜枝を捜索したところ、手首を切り、崖から身を投げているのが見つかった。そして、その佐喜枝に覆いかぶさるように原作が死んでいた。原作は牡牛のような醜い身体をした宿の下男で、原作が後追い心中をしたという説が有力であったが、理由は分からなかった。原作は自分のことを人間扱いしてくれる佐喜枝にやさしさを感じていた。女子《おなご》が可哀そうだと泣きながら家の前を通っていった原作を酌婦屋の女将が見ていたが、誰も信じなかった。

（岩田陽子）

田村隆一《たむら・りゅういち》

＊大正十二年三月十八日～平成十年八月二十六日。東京府北豊島郡巣鴨村（現・東京都豊島区）に生まれる。明治大学文藝科卒業。詩人、翻訳家。詩集に『四千の日と夜』『言葉のない世界』など。

奥津温泉雪見酒《おくつおんせんゆきみざけ》　エッセイ

〔**作者**〕田村隆一

〔**初出**〕「旅」昭和五十年三月一日発行、第四十九巻三号。

〔**収録**〕『詩人の旅』昭和五十六年十月八日発行、PHP研究所。

〔**温泉**〕奥津温泉（岡山県）。

〔**内容**〕暮に黒狐ことインド狂の青年から電話があった。「お正月に温泉につかりませんか。岡山の奥にいい湯がある。宿のマナーは日本一という定評です。奥さんと」。当の彼は秋に結婚して正月はスペインに行くという。で、一月五日、家内と二人で「ひかり」で岡山にむかう。アナウンスが「美しい富士山」を知らせてくれた。岡山から津山線に乗る。戦時中、谷崎潤一郎が疎開した美作は、妻が養女として育った祖母の家がある所である。妻は車窓に見入り、私は永井荷風が勝山に潤一郎を訪ねたことを記した断腸亭日乗のページに想いを馳せる。敗戦二日前のことだ。潤一郎は美作に疎開したからこそ食生活を楽しむことができたのだろう。津山から奥津温泉まではバス、吉井川に沿って北上、奥津渓谷の奇岩が見えてくると辺りは雪景色だ。宿の部屋は渓流に面している。大浴場の客は一人、透明な湯の中に手足をのばす。松の内に温泉に入るのは初めてだ。湯はやわらかく品がよく白桃の味だ。家内も湯上がりに「クリームをつける必要はなく、皮膚が若返り、しんからあたたまる」と言う。六日、朝のうち雪。ハイヤーの運転手は「奥津らしくなった、スキー場も喜んでいる」と、鳥取側までのドライブを巧みな技術を誇りながら往復。七日、快晴。共同湯場にて足踏み洗濯を見る。湧出量豊富な土地ならではの古来からの慣習だそうだ。特急バスで津山へ。途中「苫田ダム反対」のプラカードを吉井川畔で見つけた家内が叫ぶ。「この川よ、九歳の時、落ちてずぶぬれになった川、だって、苫田郡は本籍の地名ですもの」。…家内にとっては遠い母の夢につながる旅だったようだ。

（大川育子）

田山花袋《たやま・かたい》

＊明治四年十二月十三日～昭和五年五月十三日。栃木県邑楽郡館林町（現・館林市）に生まれる。本名・録弥。小説家。日本自然主義の代表的作家。代表作に「蒲団」「田舎教師」など。『定本花袋全集』全二十八巻・別巻（臨川書店）。

絵《え》はがき　短篇小説

〔**作者**〕田山花袋

〔**初出**〕「大阪毎日新聞」大正二年二月二日。

〔**温泉**〕上州の温泉場（群馬県）。

「山の雪が日に光つて、それは寒い。それに、浅間山が鳴動して、時々凄じい音がします。（中略）沸す温泉ですけれども、静かで好い処です。」

〔**内容**〕寝る前にもう一度、と湯に入ってきた三人が部屋へ帰ると、盆の上に絵はがきが二三組置いてあった。当地の名所を写した写真の構図と、「碓氷川の夕景」などのタイトルの妙味に感心しながら、各々気に入りのはがきを選ぶ。そうこうするうちに、下村が万年筆を出し、はがきを書き出す。他の二人も加わり、思い思いに「浅間の雪は見事です。時々鳴動して気味が悪い」「上州から信州の深い雪を望みて」など、興趣に富む文句を書いていった。三人共通の知人の許に書いたはがきが多かったため、回し読みをしたり、他の二人が文句を書き足したりした。二人が厠に立った隙に、下村は、鹿児島にいる恋人宛に書き、他のはがきに紛らせた。夜、一人目が覚めた吉田は、置いてある万年筆を見て、女へ送るはがきを書こうと思い立つ。そして、友人達にわからぬよう書いたはがきを、外套に忍ばせた。寝付けなかった彼は、皆で書いたはがきを繰り、下村の書いた女へのはがきを見つける。翌朝、そのことを冷やかされた下村は顔を赤くするが、吉田は「仕方がないサ。其処にはがきをやるために、わざわざこんな田舎まで来たやうなもんだから。此所から女の許に出してやるツて言ふことに意味があるんだから」と言う。三人は停車場へ向かう途中、郵便局からそれらのはがきを出す。残りの一人も友人達の目を盗み、女へのはがきを投函する。二人は山の雪見に出かけ、吉田は一人、東京に戻る。途中、田舎の友達のところへ寄ろうと下車した停車場で、女に出すはがきに貼る切手を買い、土産にするための名所絵はがきを三組買う。

　吉田は花袋、下村は前田晁、残りの一人は白石実三をモデルとしている。

（高橋博美）

赤い肩掛《あかいかたかけ》　短篇小説

〔**作者**〕田山花袋

〔**初出**〕「文章世界」大正二年四月一日発行、第八巻五号。

〔**全集**〕『定本花袋全集第四巻』平成五年七月十日、臨川書店。

〔**温泉**〕田舎の温泉場（群馬県の伊香保温泉がモデル）。

　大きな浴槽の一隅に、湯が滝をなして落ちてゐた。ドウ、ドウ、ドウーそれが絶えず聞える。そこを仕切つてある扉を明けると、湯の上から落ちて来るのがよく見える。

〔**内容**〕先に行っている父を追って、母親と五つになる整子は、東京から雪深い温泉へと向った。道すがら、目に入るもの、耳に聞こえてくるもの、全てが珍らしいようであった。山裾のようなその地は寒かった。父親と母親に連れられ湯に向った整子は、湯滝を仕切っている扉などを怖がり、母親にしがみついていた。整子は着物の上に赤い肩掛けをしていたが、田舎の寂しい冬の温泉場では、際だって赤く見えていた。冬の温泉場に来るのは、近在の爺婆、農事の閑を選んで味噌などを背負ってきた夫婦、下の村から来た百姓くらいであった。鄙びた女の言葉や日に焼けて黒くなった肌、荒れた唇が、其処此処にあった。整子の肩掛けを誰もが振り返って見た。二三日経って、整子は父母に連れられ山にある湯元へ行った。雪を戴いた尖った山が三つも四つも見え、広くて深い谷が開けていた。谷間から吹き上げる風はゴオと凄まじい音を立てていた。深い谷、高い大きな山、崖に添った道、氷柱、生まれて初めてそういったものを見た整子は、ただ恐ろしく、寒かった。あまりの強風と寒さに整子は泣きだした。父母は、整子を連れ、急いで山を下りた。気づくと、整子の赤い肩掛けがなくなっていた。

　父親は花袋。大正二年三月の妻と娘を連れた伊香保温泉旅行を下地とする。

（高橋博美）

山の湯《やまのゆ》　短篇小説

〔**作者**〕田山花袋

〔**初出**〕「文章世界」大正三年十月一日発行、第九巻十一号。
〔**全集**〕『定本花袋全集第五巻』平成五年八月十日復刻発行、臨川書店。
〔**温泉**〕山の中の温泉場（栃木県奥日光の湯元温泉がモデル）。
　私達の前には、やがて朝の静かな湖水の一部が見え出した。山は十月の初はもう寒かつた。早い葉は黄くなつて落ちた。湖尻には湯気が白く颺つて、湯の匂ひが冴えた朝の空気に染みるやうに思はれた。路傍の共同浴槽から赤い肌をした男が手拭をさげて出て来た。
〔**内容**〕昨日、思いがけなくやって来た友達夫婦を送るために宿を出た。十月の初めになると、過ぎ去った夏の賑かさに比べて、何というさびしさであろう。私がこの山の中の温泉に来たのが七月だから、もう三か月にもなる。私は何をしていたのであろうか。机の上に展げられた原稿紙は白いままである。二階はこの頃すっかり空いている。懇意になった中年女と東京の話などをした。女はこの奥の鉱山につとめている男の跡をおって来たのである。男は三日おきぐらいに、二里ほどの険しい山を越えて来て泊まって行く。その女も、明日山から男が来て一緒に東京へ帰っていくのである。五六日前から、帰る人達の車が絶えず続いた。私は友達夫婦の帰って行った日から、仕事を始めた。私はせめてあの女だけは書きたいと思った。静かな温泉場で互いに取り交した手紙を読んだ二人の恋人の物語を胸に描きながら、私は女からよこした手紙を鞄の中から出して読み、その女の追想にふけるのである。「あの女の肉体、あの柔らかな肌につゝまれてゐる心、あの怜悧な才ばしつた男を飽まで引つけなければやまない姿、あれを何うしても描きたいと心がけた」。だが、追想にふけると筆を執る気になれなかった。私は湖畔を辿った。何という静かなさびしい自然だろう。私は裏の山の方へと入って行った。鉱山から山越しに女に逢いに来た男のことなどを考えた。二人の樵夫が頻りに大きな木を挽いていた。一か月位はここで起臥して、木を伐り出しているという話であった。滝壺の傍に小さい滝見茶屋がある。大きな体格をした爺さんが、二十年位前からそこにいた。爺さんの代りに、今日は、四十ばかりの上さんがいた。爺さんは物置の方に寝ていて、もう今日か明日かであるという。私は憂わしいさびしい心を抱いてもと来た路を引き返した。自然ばかりが残る。私は女との二度目の争闘に筆を着けていた。ある朝、山に既に雪が来た。私は「私の半生の経験と苦悶と歓楽とを描いた未完の原稿」を持って、山を降りて東京へ帰って来ねばならなかった。中村星湖は「十月の小説仁」（「時事新報」大正3年10月5日）で「あかるみとさびしみと、なつかしみとを持つて、巧妙に仕上げられた藝術品である」と評した。
（浦西和彦）

お蔦《おった》　短篇小説

〔**作者**〕田山花袋
〔**初出**〕「文章世界」大正六年四月一日発行、第十二巻四号。
〔**全集**〕『定本花袋全集第七巻』平成五年十月十日、臨川書店。
〔**温泉**〕飯坂温泉（福島県）。
　川に添つた有名な温泉場、二階三階の大きな旅館、毎日毎夜客はその近くにある小さな軌道の停車場から陸続として下りてやつて来た。夜は褄を取つた藝者などが其処此処に往つたり来たりして、三味線の音が賑やかに到る処にきこえた。
〔**内容**〕結婚して一年経たぬうちに夫と死別したお蔦は、有名な温泉場のK館の持ち家で、鉱山師の旦那Iに囲われていた。二三年前、K館で女中として働いていた時分に、東京と鉱山を行き来するIに見初められたのであった。K館の女将や女中、番頭などに迫られ、嫌々ながら世話になったのであるが、今は腹に六か月の子があった。旦那の東京の家には細君がいる。年は三十七、子を持ったことはないという細君は、女っ振りや扮装は素人とは思えないものが写真からでさえ見てとれた。お蔦は年若で子もなしてはいたが、足下にも及ばない、常々そう思いながら写真に見入った。腹の子は自分で育てるつもりでいるが、旦那は細君にも既に話し、東京で育てるつもりでいるらしい。会ったことのない細君であったが、いつもすぐ前に相対しているようであった。旦那が東京にいるときは、特に姿がちらついた。嫉妬や羨望が入り交じり、妊娠してからは、さらに赫とすることが多くなった。

お蔦が妊娠した頃から、当地にある旦那の鉱山では鉱石が出なくなってきていた。そんなある日、旦那の留守に細君が訪ねてきた。鉱山とお蔦の具合を見るためであった。身重な体、細君への罪悪感、日陰者の辛苦などから会いたくはなかったが、K館の女将の仲立ちで、嫌々会うこととなった。実際に相対した細君は、如才なく笑う顔には愛嬌があり、心引き寄せられる女であった。他方、細君は、お蔦が想像したのに比べ、田舎者で賤しく、自分の対者として価値に乏しいと思ったが、その腹を見ては冷笑してはおられない嫉妬を覚えた。産まれたら東京にくるようにと告げ、細君は帰っていった。細君の言葉が頭に残り、お蔦は辛かった。

お蔦のモデルは鈴木モト（昭和十三年没）である。

（高橋博美）

芍薬《しゃくやく》　短篇小説

〔**作者**〕田山花袋

〔**初出**〕「早稲田文学」大正七年一月一日発行、第十八巻七号。

〔**全集**〕『定本花袋全集第七巻』平成五年十月十日、臨川書店。

〔**温泉**〕東京から汽車で三日、海のカラーがある温泉場（兵庫県の城崎温泉と推定される）。

川に添つた道は折れ曲つて、やがてその行き詰つたところに、灯が、美しいはなやかな灯がかたまつてごちや〳〵になつてゐるのが見え出して来た。其処には賑やかな湯の町の気分がそれとなく漂つて、大きな宿舎の三階建の家屋が、その明るい灯の中に層をなして並んでゐた。鼓を打つ音が聞こえて来た。

〔**内容**〕Sは女と女の母と、温泉のある町の小さな停車場へ下りた。女には、S以外にNという男がいた。この旅行は、Nと手を切れさせたい女の母と、女を独占したいSとではかったものであった。彼らにとってこの温泉町は初めてであったが、Sは案内記などでいくらか知っていた。大きな新築の浴槽があることや、海に近い地域色を持っていること、Uという旅館がよいということなど、である。女がNを想っているのを、Sは感じずにはおられなかった。女はNと離れたいと思いつつも離れられず、しかし、Sにも同じように心を分けていた。Sはそれがわかりつつも、Nに嫉妬し、女に腹を立て、それでもなお、別れられぬ自分の未練、煮えたぎるような混濁した思いに身を焦がしていた。

この町の温泉は湯量が少ないため、旅舎に内湯がない。その代わり、五銭出して入りに行く共同浴槽は、外国にでも行ったかのように立派である。扉の色ガラスは花形や菱形に、さまざまな色を灯火に輝かす。

浴槽は白い大理石で、綺麗な湯は溢れるように流れた。旅舎に戻り眠ったSは、ぼんやりと目が覚めた。女が女中に何か言っていた。女中は白いものと銭とを受け取った。そのとき、Sの意識ははっきりとした。渡した白いものは手紙であり、宛て先はNであると、頭にはっきりと浮んだ。苦しみと動揺は激しかったが、それを表に出すのを抑えた。一人の男に手紙で心を通じておきながら、もう一人の男にどう出るか、見たかったからである。そんなこととは知らない女は、辺りを見回し、派手な長襦袢姿で静かに此方へとやってきた。Sは愛憎が体中に燃え上がるのを感じた。

　Sは花袋、女は飯田代子。大正四年五月十二日から二十八日にかけ、代子とその母を連れ、京都・山陰・九州・四国地方をまわった旅行を下地とする。（高橋博美）

山上の震死《さんじょうのしんし》　短篇小説

〔**作者**〕田山花袋

〔**初出**〕「中央公論」大正七年十月一日発行、第三十三巻十一号。原題「山上の雷死」。

〔**全集**〕『定本花袋全集第九巻』平成五年十二月十日、臨川書店。この時「山上の震死」と、改題された。

〔**温泉**〕須川《すがわ》高原温泉（岩手県）。

　二千米のS岳の頂上近くにあるS温泉に来た時には全く思ひもかけない驚きに目を睜らずにはゐられなかつた。人々が右往左往に織るやうに往来する。そしていづれも何か異常の事件でも起つた様にいやに興奮した顔をして居る。山合からは白い温泉の湯気が凄じい勢で五六十尺以上も高く噴き上がつてゐるのが見渡される。

〔**内容**〕二人の学生が、S温泉に行くと、思いがけなく混雑していた。温泉場の堂に、生仏が居るのだという。さらに、その生仏は、近い中に人間の罪悪を背負って、自分が代わりに死ぬから見て居れ、と言っているという。興味を持った二人が観に行くと、堂の中で、金縁の眼鏡をかけた男が説法をしていた。滞在する中に、男の情報が入ってきた。今までM県やF県やらにもいたことがあったという。仙台では大道説法をやって信仰者の多さに警察から取り締まられたこともあったらしい。新聞などにも随分書かれたが、罪を犯したわけでもない、しかし厄介だ、というので他県に移らされたという。この温泉場にはその頃からの信者も集まっていた。僧侶でもないその男は、陸軍の中尉として戦争に行ったことがあり、仏教者・耶蘇教者・哲学者・社会主義者の内にも名前を連ねたことがあるという話であった。ある晴れた日の午後、老婆が生仏の死の近いことを嘆き、堂へ向かうのに出会う。興味を持った二人は後についていく。途中、生仏の前生を知るという男に会う。その男によると、生仏は、今に死ぬとばかり言っていた、女に達者な大山師であるという。しかし、至る所で目に映る群集の渇仰随喜の涙を、二人は虚妄と思うことができなかった。山上へと続く道は容易には進めず、涙と汗と数珠を揉む音と、形容のできない声が満ちていた。それは涅槃図の最初の一幅を見るようであった。山上へ近づくに従い、慟哭する者、跪く者、祈念する者、様々な体をなす渇仰する人々が溢れていた。二人も、いつしかその渇仰にのまれていった。突然、金石と金石の触れあうような雷音が暗い谷から起こり、夕立が降ってきた。堂近くに来ていた二人は先を急いだ。そうして見たのは、堂に迫っていく群集の、新しい涅槃図の中軸と思しき光景であった。なんとか窓から堂の中を覗くと、生仏が右の手を上げ、中央に立ち、説法をしていた。と、凄まじい雷光と雷声とが一緒に来て、生仏の金縁眼鏡に落ちた。次に

二人が中を見たとき、生仏の立ち姿はなかった。（高橋博美）

雪の伊香保《ゆきのいかほ》　エッセイ

〔作者〕田山花袋
〔初出〕『伊香保みやげ』大正八年八月十五日発行、伊香保書院。

〔全集〕『定本花袋全集第十六巻』平成六年七月十日、臨川書店。

〔温泉〕伊香保温泉（群馬県）。

〔内容〕窓硝子を隔てて見える深雪の山の堆積、白壁でも塗ったように見えている奥の奥山、それを私は何ともいえない心持ちでじっと眺めた。私は二三日前電車で伊香保にやって来た。雪が深く積っている中を次第に山の中に入って来たことを思い出した。階段をなした町の人家の中央に湯の鉄管から湯気が湧くように颺《あが》っているさまを思い出した。「寒いですね、伊香保は…湯でもなくつちやとてもゐられませんね」と度々言って妻が浴槽に出かけて行った。寒い寒い冬の山の温泉であった。「どうも、冬は駄目ですな、伊香保も…」と私は言う。やがて電車の出る時刻が来た。外に出ると、山の寒気が刺すように肌に染みた。妻は山の雪をちょっと見て、「寒いわけですね、まだあんなに雪が深いんですもの」「東京では、もう梅が咲いてゐるのになア」と私達はそこに来ている電車へ乗った。


（浦西和彦）

温泉《おんせん》　エッセイ

〔作者〕田山花袋
〔初出〕「女性」大正十三年二月一日発行、第五巻二号。
〔温泉〕伊豆の温泉（静岡県）、塩原温泉（栃木県）、湯崗子の温泉（満洲）。
〔内容〕冬の温泉場を追憶したエッセイ。今頃はあの山の中の温泉にも雪が積っているであろう。あのT川に添った三つの温泉場が、私の眼の前に浮んで来た。私は山の裾と裾との落合っている谷底に微かに白く湧き出している温泉を想像した。ある時、私は平野の果ての丘陵の中に人知れず埋もれているような小さな温泉場を思い出した。いろいろな冬の追憶の中で、そこであった大雪が一番深く印象に残っている。「小さな温泉の白い湯気もすっかりその雪に埋もれ尽して了た」ような気がした。伊豆の温泉場も、私には忘れられない冬の感じを与えた。なんといっても、あそこは暖かである。それに比べると湯ヶ島の冬は寒い。しかし、天城を越えると、北伊豆とは丸で違って、新しい絵巻でも展けたような感じのするシーンが美しく展開されていく。それから比べると、塩原の谷はさびしかった。しかし、冬は冬としての温泉の面白味がないではなかった。炬燵板の上の酒の味など都会では容易に味わうことの出来ないもののひとつであった。温井里の温泉―いかにも冬の温泉という気がしましたという手紙が、ある日私の郵便函に入っていた。私はなつかしい気がした。私の眼の前には、最後に満洲のあの湯崗子の温泉があらわれて来た。

（浦西和彦）

改訂増補　温泉めぐり《かいていぞうほおんせんめぐり》　案内記

〔作者〕田山花袋
〔初版〕『改訂増補　温泉めぐり』大正十五年四月発行、博文館。『温泉めぐり』（大正七年十二月発行、博文館）の改訂増補版。『温泉めぐり』の凡例に、「まだ行つて見ない温泉がかなりに多い。…何うかさうした弱点は幾重にも是正して頂きたい。版を重ねる時には、成るたけそれを訂正する筈だから…。」とある。
〔温泉〕日光湯元温泉（栃木県）など、名

前を記さない温泉を含め約五十か所。

〔**内容**〕日光の湯元の奥にある温泉は、私にとって忘れられないところである。五月の初め頃に来たときには、まだ一片の緑をも見いだせず山奥の雪は白く光っていた。翌朝は二尺前も見えない深い霧がたちこめた。辺りは静まり何の音も聞こえない。太古に帰ったような気分で欄干によりかかりそれを眺めたのであった。また、夏に来たときには、綺麗なメイドがいた。皆、日光の町から来るのだが、不思議とここは美しいメイドが多かった。だが、夏は客が多く、雑踏して居心地がよくなかった。それでも、この地は行って見ると面白い場所が多い。白根、五色沼、日光火山群、湖水めぐり、金田峠、川俣温泉などに遊べる。それに、日光から山道を六里登ったところで旅舎を営んでいる人たちの生活も興味深いものであった。私の行く旅舎の主人は、此処に隠れた話をよく聞かせた。維新の戦争のとき、財産を次々に持って行かれてしまうのに不安を覚え、山の中にでも入らなければ安心できないと、山の中に入る気になったということであった。

（高橋博美）

浴室《よくしつ》

短篇小説

〔**作者**〕田山花袋

〔**初出**〕掲載誌、発行年月日未詳。

〔**全集**〕『田山花袋全集第十三巻』昭和四十九年三月二十日発行、文泉堂書店。

〔**温泉**〕山合の温泉場。

　町で経営してゐる共同浴室は、その橋をわたつて向こう側に行つて、それから町を少し山の方へと歩いて行つたところにあつたが、それは普通温泉場に見るものとは違つて、非常にハイカラな新式なものであつた。ドイツのバアデンバアデンの浴室などをも参酌したものらしかつた。

〔**内容**〕ここまで来れば、もはや探し出されるおそれはない。Kは重苦しい溜息をついた。その先には何があるか、「死！」その言葉を見詰めた。Kには妻と子供がいた。女のお徳にも主人がいた。山合の温泉場に二人は駆け落ちしてきたのである。Kは、彼等の運命に従って行くということが、大して難しいことではないような気がした。あけ方、起きて浴場へ行き、誰もいない浴槽へ入って行った。他界にでも来たように誰もいなかった。Kはその朝の微白い空気の中にも、死ぬことが難しくないことを感じた。その日の午後には、K達は全く疲れ切ったというようにして昼寝をした。二人はまるで死んだようになって、よく寝た。もはや離れたいにも何うしても離れることが出来なくなっていた。その心の底をお互いに口に出して言うことが出来なくなっていた。二人は次第にそうして黙っていることに、唯顔を見合わしていることに堪えられなくなった。その苦痛をまぎらせるために川向こうの共同浴場へ行った。Kは女が信玄袋の中から剃刀を出しているのを目にした。そうだ、あれがある。今日こそKは強く緊張したような心の調子になった。K達はその微白いラジユムの湯気の中に身を浸した。彼等は彼等の運命がいよいよその身に迫って来たことを感じた。

（浦西和彦）

檀一雄

だん・かずお

＊明治四十五年二月三日～昭和五十一年一月二日。山梨県に生まれる。東京帝国大学経済学部卒業。小説家。代表作に「リツ子・その愛」「火宅の人」など。「長恨歌」「真説石川五右衛門」で第二十四回直木賞を受賞。『檀一雄全集』全八巻（新潮社）。

火宅《かたく》の人《ひと》

長篇小説

た

〔**作者**〕檀一雄
〔**初出**〕「新潮」昭和三十六年九月一日～同五十年十月一日発行、第五十八巻九号～第七十二巻十号。
〔**初版**〕『火宅の人』昭和五十年十一月十五日発行、新潮社。
〔**全集**〕『檀一雄全集第六巻』昭和五十二年十二月二十日発行、新潮社。
〔**温泉**〕蔦温泉（青森県）、東京温泉（東京都）。
〔**内容**〕主人公、桂太郎には、次郎という、全身麻痺で寝たきりの息子がいる。父はこの息子をかわいがっている。長女のフミ子は鶏糞にまみれながら遊んでいる。その次郎が発病した翌年の同じ日に、桂は、矢島恵子と事をおこした。恵子は、桂が劇団を作った時、応募してきた少女の一人であった。たまたま太宰治の文学碑の除幕式が青森県であり、桂は恵子を同伴した。そして、蔦温泉の旅館で事をおこしたのである。帰京後、妻にそのことを告白すると、夫と子供を残して家出した。しばらくして妻は家に戻って来たが、夫の浮気は許さなかった。二人の情事は駿河台のホテルで行なわれた。その内、浅草のアパートを借りて共同生活が始まった。そして、妻と恵子の所を行ったり来たりの生活となる。しばらくして、長男一郎が窃盗事件をし出かし、警察は、桂の私生活を犯罪の原因にしようとするが、桂は他人からとやかく言われる事ではないと思う。
さて、桂は公式の欧米旅行へ行くことになる。折しも恵子が過去に馬賊の島村氏と愛人関係にあったと聞かされ、桂はニューヨークのホテルで酒をあおりながら苦しい嫉妬に狂う。その時、デザイナーの菅野もと子と出会い、情事を重ねる。さらに欧州へと足を伸ばし、そこで二人は再会、帰国の途に着いた。その後、恵子との生活は続き、今度は麴町のアパートに移り住む。「折から丁度退社時間のせいか、浴場はかなり混み合っているようだ」と東京温泉が出てくる。桂は「その混雑にスルリとまぎれこみながら、実にひさかたぶりに、立ち昇る蒸風呂の熱気と、左右前後に入り乱れる日本語の洪水と、気兼ねない同胞の裸の皮膚の色の中に埋れ込むわけだ」。するとやにわに恵子への痴情を煽りたてられ、蒸されては水をかぶるのである。その間、チリの青年の面倒を見たり、ヒカリ子と当時流行のツイストに熱中したりする。そこで知り合った、バーの女の葉子とも情事を重ねる。また、実吉徳子なる女と知り合い、彼女の出生地の長崎の小値賀島へ旅行して、その地で、徳子の思わぬ秘密を知る。桂は妻以外の女性を遍歴しながら、湧き立つような生甲斐を見出してゆく。九州からの旅を終えるや、桂は、ついに恵子と縁を切る。また、次郎の死を知ったのも、この頃である。桂はその後、神楽坂にあるKホテルに逗留する。そして、妄想を繰り広げながら、己が身の孤独を知るのである。
（佐々木清次）

信越境にひそむ湯治場の人情
しんえつざかいにひそむとうじばのにんじょう
エッセイ

〔**作者**〕檀一雄
〔**初出**〕「旅」昭和四十四年十一月一日発行、第四十三巻十一号。
〔**温泉**〕蒲原温泉（新潟県）、小谷《おたり》温泉・姫川温泉（以上長野県）。
〔**内容**〕「旅」の編集部から、山奥の静かな湯治場を、二つ三つ廻ってみませんか？という風流きわまる案内があった。どこどこを廻るのか聞いてみると、大糸線から入りこんだ、蒲原温泉と小谷温泉だとのこと。姫川温泉というところは、富山の三業地の連中がつくったような温泉場だよと、友人から教えられた。展望台のすぐ下の岩風呂は、ひどくよごれたままである。「それがほら、新潟県と長野県が、このあたりで、ややっこしく、入り混っているでしょう。どっちも、手出さずだから、こんなザマですよ」と運転手も、溜息まじりに答えた。ひなびた農家が一軒あると思ったら、これが日差す蒲原温泉であった。中谷川に沿って、車は坂道をのぼりつめ、そこが小谷温泉のようだ。ためらわず、ホテル国富から教えられた山田旅館に向ってゆく。蒲原は、サトの好もしさだが、小谷はヤマの峻厳をヒシヒシと感じさせる、簡素な、しっかりした湯治場だ。お湯の性質からか、洗い場がぬるぬる滑る。浴槽の一角に、熱湯が滝になってドウドウと落ちていた。

（趙　承姫）

団次郎《だん・じろう》

＊昭和二十四年一月三十日～。京都市に生まれる。本名・村田秀雄。平安高等学校卒業。俳優。テレビ『帰ってきたウルトラマン』に出演。

怪人二十面相の湯《かいじんにじゅうめんそうのゆ》　エッセイ

〔作者〕 団次郎

〔初出〕「旅」昭和五十一年十二月一日発行、第五十巻十二号。

〔温泉〕 長島温泉（三重県）。

〔内容〕 江戸川乱歩原作の「少年探偵団」でお馴染みの怪人二十面相が長島温泉に現われた。といっても、同名のテレビ番組のロケでのこと。レギュラーキャストとゲスト、スタッフと総勢三十数人が長島温泉に乗り込んだのである。長島温泉は愛知県との県境近く、木曾川と長良川に挟まれた中州に位置している。昭和三十八年、天然ガス採掘中に噴出した副産物だという。「グランスパー」という宣伝文句どおり、豊富な湯量と大きな浴場が売りである。第一印象は「デカイ」ということだった。広大な敷地の中には様々な施設があって、一大レジャーセンターの観を呈している。遊ぶに事欠かない、至れり尽くせりなのだ。旅が好きで、温泉地にもよく行くが、長島温泉は家族連れなど何人かで行くところとして最適であろう。ここの自慢だけに大浴場も一見の価値がある。一度に二千人も入れるという円い風呂には滑り台が付けられていて、プールといった感じである。中央には魚の水槽があって、男女別々になっている。長島の前のロケ地仙台では、様々なアクシデントが重なり、かなりのハードスケジュールであった。しかし、長島では天候にも恵まれ、撮影は順調に進んだ。それだけに、長島温泉は特に思い出深いのである。

（荒井真理亜）

【ち】

近松秋江《ちかまつ・しゅうこう》

＊明治九年五月四日～昭和十九年四月二十三日。岡山県和気郡藤野村（現・和気町）に生まれる。本名・徳田浩司。東京専門学校（現・早稲田大学）英文科卒業。小説家。代表作に「別れたる妻に送る手紙」「黒髪」など。『近松秋江全集』全十三巻（八木書店）。

吾妻川の大渓谷《あずまがわのだいけいこく》　エッセイ

〔作者〕 近松秋江

〔初出〕『伊香保みやげ』大正八年八月十五日発行、伊香保書院。

〔**温泉**〕伊香保温泉（群馬県）。
〔**内容**〕伊香保に遊んだのは明治三十九年九月五日であった。もう十二三年の昔になる。上野駅から高崎線に乗ったのはその時がはじめてであった。沿道の自然が悉く清新な感興を惹いた。赤城山と榛名山との間を流れている利根川の一方の上流である吾妻川と、利根川とが会流するあたりの大渓谷である。左窓には藍をもって染めなしたような奇怪至極な容《かたち》をした妙義の諸峰が見えてきた。前橋から渋川行きの馬車に乗った。渋川からは二人輓《ひ》きの俥で伊香保に登っていった。十三四年前のことであるが、私に今尚、最も美しい印象となって残っているのは伊香保の宿の三層楼から俯瞰した吾妻川の大渓谷の大観と、その渓谷の彼方に見えている小野子と子持の二つの山の晴好雨奇の眺望とであった。自然ほど美しいものはないと思う。
（浦西和彦）

日光湯元温泉より《にっこうゆもとおんせんより》　エッセイ

〔**作者**〕近松秋江
〔**初出**〕「新潮」昭和四年六月一日発行、第二十六年六号。
〔**温泉**〕日光湯元温泉（栃木県）。
〔**内容**〕「六月の温泉場風景」の一篇として掲載された。日光に来るなら五月中旬過ぎが一等好い季節だと思った。日光ほど若葉の美しい処を私は知らない。男体、女峰、赤薙の諸峰が、美わしい五月晴れの大空に、鮮かな薄藍色に匂うている。しかし、奥日光の新緑の美しいのは、馬返しから先だ。だが、困ったことには、馬返しから先に自動車が開通した。二三年前から自動車が駛走するようになってから、ひどく道路が荒されて来た。塵埃ばかり浴びて往かねばならぬ。盛夏なお寒い緑蔭の散歩道であったものが、不愉快極まる。戦場ヶ原から右方に仰ぎ見る男体山は格別の景致である。去年、紅葉季節がようやく終わりかけたところで出火があって、この温泉郷は一夜の中に一軒の旅館を残して、あと全部が焼失してしまった。今や再建築が漸く出来上り、新趣向が施されて、何となく俗化した憾みがないではないが、しかし、大自然の神工を、どうすることも出来るものではない。私は、無臭無色の温泉よりも、多少硫黄の香のする温泉の方を好む。何となく温泉らしい、懐かしい匂いがする。何ともいえない清爽な感じのする空気の肌触りを味わいながら、床しい、懐しい温泉の匂いを嗅いで、白雲を眺めていると、「真に羽化登仙の夢心地」がしてくるのである。
（浦西和彦）

遅塚麗水《ちづか・れいすい》

＊慶応二年（一八六六）十二月二十七日〜昭和十七年八月二十三日。駿河国沼津（現・静岡県沼津市）に生まれる。本名・金太郎。小説家、ジャーナリスト。日清戦争では従軍記者として戦地に行く。代表作に「陣中日記」「日本名勝記」など。

湯の宿《ゆのやど》　短篇小説

〔**作者**〕遅塚麗水
〔**初出**〕「文藝倶楽部」明治四十四年六月一日発行、第十七巻八号。
〔**温泉**〕雄鹿半島湯本温泉（秋田県）。
湯槽は二十畳敷もあらうか、だゞツ広い湯殿には、三分心の洋灯が一個、濛々と立つ湯気の中に、薄青い暈を罩めて澹《うつ》すりと照して居る、温泉は炭酸泉で、春の水のさゝ濁りした風情に盈々と溢れて居る、泳ぐに足りる大湯槽、湯槽の縁に手拭を襞んで載せて、それを枕に大の字形に身体を浮かせ、心の行くまゝ湯に浸つた、唯見ると、櫺子《れんじ》の隙から月が何時しか射し入つて、湯気を真珠色の霧と照した。

〔内容〕小説家のKは山寺を参詣した。乳房岩で清水を掬んで休んでいると、柴山細工の櫛が落ちていた。同じ宿に泊まっていた若い二人連れのものであった。宿に帰って訊くと、その京からの夫婦は出立したという。その夜、天童に泊まった。翌日、円太郎馬車に乗っていると、京訛りの夫婦が乗り込んできた。山寺にいた若い夫婦である。二人は北海道へ行く途中、お社やお寺を参詣しているのだという。そこで象潟の蚶満寺へ参詣してはとすすめた。翌日、蚶満寺へ行くと、「種村鎌次郎二十五歳、同じく君江十九歳」と参詣者の名前が書かれていた。その日も馬車で秋田まで往った。雄鹿半島へ出て湯本温泉に泊まった。何の因縁があったか、また、あの夫婦に出会うのである。二人は睦まじくしている。湯殿へ行くと夫婦がつかっていた。奇遇ですな、またどこかでお目にかかろうと話した。三日目に青森で新聞を見ると、銀行員が金を横領し、藝子と駆落したが、函館で捕縛されたという記事が出ていた。二人は雄鹿半島湯本温泉で情死を企てもしたという。あの夫婦である。

（浦西和彦）

香山回顧《こうざんかいこ》　エッセイ

〔作者〕遅塚麗水

〔初出〕『伊香保みやげ』大正八年八月十五日発行、伊香保書院。

〔温泉〕伊香保温泉（群馬県）。

〔内容〕伊香保には四回、晩春と仲夏の時に遊んだ。渋川より伊香保に上る。英照皇太后が御輦《ぎょれん》を駐《とど》めた松がある。「亭々の松鶴を呼ぶ日永かな」。湯の客は農閑の人が多く、皆、自炊である。「米研《と》いで月の朧に流しけり」。自分も米を研いで自炊したのである。昨年の春、数日をこの山で過ごした。猿沢橋を渡り、湯元の噴泉を見る。躑躅山《つつじやま》、その花燃ゆるが如し。榛名湖畔の旗亭で少酌して後、榛名神社に詣でる。九折岩、鞍掛岩がある。「攅天《さんてん》の岩皆な夏を痩せたりな」。夏の暑さに岩も痩せて見える。湯の宿より馬車で渋川に下る。

（浦西和彦）

【つ】

塚原健二郎《つかはら・けんじろう》

＊明治二十八年二月十六日～昭和四十年八月七日。長野県東条村（現・長野市松代町東条）に生まれる。松代農業学校中退。児童文学作家。「風と花の輪」で第三回未明文学賞を受賞。「七階の子どもたち」「犬のものがたり」など。

浴槽を泳ぐ《よくそうをおよぐ》　短篇小説

〔作者〕塚原健二郎

〔初出〕「人物評論」昭和八年九月一日発行、第一巻七号。

〔温泉〕S山の麓の山岳館（新潟県）。

〔内容〕岩吉はN田圃で二番草をむしっている。空からは七月の太陽がじりじりと照りつけ、暑気のために田の水はブツブツ沸き立って熱湯みたいだった。岩吉は口の中に流れ込む埃っぽい汗をつばと一緒に吐き出しつぶやいた。「折角掘つた温泉を人にとられて、毎日お湯みたいな田の中を這ひ回つてりア世話ねいや」女房が稲の葉の間から顔を覗かせて笑った。昨夜も春山の奴

つ

が町の藝者とお湯の中でふざけていたという。「湯の中へ蛇でも放り込んでやるか」。

　岩吉は、足元の稲が温泉の鉱毒のために根が腐り赤く枯れかかっているのをみると、むかむかと復讐心に駆られて太い眉を動かした。八年前の冬、岩吉は十五人の村の者と共同で五百円の金を作り越後の石油会社からローター式掘削機を買い、S山の麓の目の湯とよぶ昔から温度の低い湯の噴出していた井戸の近くを掘った。原始的な方法だったから、まるひと冬かかった。女房たちは農閑期にするはずの仕事を放り出していることに腹を立て、どこの家でも不平が出た。それにそろそろ雪が消え畑仕事が忙しくなるので、彼らは温泉を掘るのを中止した。二度目に掘ったのはそれから五年後だった。このときは温泉を得たころには鉄管が腐ってしまっていた。そこへ現われたのが鉄道大臣山川平六の私設秘書春山某という代議士だった。彼はこの話を聞くと、早速親分の山川を口説き落とした。山川は二つ返事で五万円の小切手を書いた。しかし、腹黒の春山は漫然と村のために金を使うような男ではなかった。彼らは農夫たちの生活など眼中になく、ただ賑やかな温泉ができ町が繁栄すればそれでよかったのだ。こうして独占事業にするため村の地主から五千坪を買い取った。

　六月のある日、春山は山岳館の一室に納まり毎夜遅くなると浴場へ現われた、時として町から来た若い藝者と一緒に—。岩吉は沼地でとった蛇を腰のびくへ入れ、夜中に山岳館の温泉へ出かけた。大湯の裏の柳の木に登り浴場の中を観察した。やがて春山と山川が温泉に入ってきた。ころあいを見計らって岩吉は蛇を湯の中へ落とした。蛇は黄濃色の湯の中を泳ぎまわった。彼らがどれほど狼狽したかについては省くが、それはそのまま、長年濁った政界を泳いできた二人の老政治家の生涯を象徴しているようだった。

（古田紀子）

辻真先《つじ・まさき》

＊昭和七年三月二十三日〜。名古屋市に生まれる。本名・桂真佐喜。名古屋大学文学部国文科卒業。推理作家。「アリスの国の殺人」で日本推理作家協会賞を受賞。「離島ツアー殺人事件」「汽車旅がいちばん」「迷犬ルパン」など。

湯の倉温泉殺人紀行《ゆのくらおんせんさつじんきこう》　推理小説

〔作者〕辻真先
〔初出〕「小説フェミナ」平成六年二月一日発行、第八号新春号。
〔温泉〕湯の（ノ）倉温泉（宮城県）。
〔内容〕瓜生慎の職業は、トラベルライターだ。「鉄路」の編集長から湯の倉温泉と平泉の夢館の取材を依頼され、川名里紗編集員が同行した。夢館に登場する人形は百七体におよんでいて、四代目泰衡の無念の最期の場面が、人形ながら凄絶だった。ポケットから覚えのない阿弥陀仏の賽銭の小銭が出てきて、里紗は怨霊に祟られるわ、という。栗原電鉄の終着駅からタクシーで一時間あまり走り、そこからランプの宿までは徒歩となる。里紗がポラロイドで撮った写真には、俺の後ろに、もうひとりの俺がいる。急勾配の山道を見て、いま先生が通っていったと里紗が悲鳴をあげた。たしかに何者かが通った跡があり、俺の名刺が五六枚まとまって落ちている。祟りだ、霊が先生の体から分離したのだ、と里紗がいう。「湯栄館」に着き、予約している瓜生慎であると告げると、女将は、瓜生慎さんなら、三十分ほど前に死んだという。これには仰天した。その男はわれわれよりも一時間近く前に着き、露天風呂へはいり、そこで死体になっていた。だが、死体は消えてしまったのだ。里紗は、「鉄路」ではなく、「オカルトα」の記者であった。祟りの記事をつくるために、俺の偽物が先回りして、湯の倉温泉へ来ていたのである。その男は、里紗の大学の同期生で、テレビタレントの三宅恭太であり、里紗の恋人であった。廊下から、里紗がはっとするほど尖った声で「充」というのが聞こえた。里紗のもうひとりの恋人がこの温泉に来ていたのである。明くる朝、三宅恭太の死体が裏手の林からみつかった。（浦西和彦）

津島修 つしま・しゅう

＊生年月日未詳。フリーライター。

温泉《スパ》ライター奮戦記 すぱらいたーふんせんき エッセイ

〔作者〕津島修
〔初出〕「旅」平成元年十月一日発行、第六十三巻十号。
〔温泉〕加田温泉・赤来町営母子健康センター・亀嵩温泉（以上島根県）。
〔内容〕「ガイドブックにない温泉めぐり」を連載中の坂本衛さんと山陰へ知られざる温泉を捜し当てる旅をすることになった。坂本さんは昭和五十四年に椎間板ヘルニアの大手術を受け、療養を兼ねて温泉行脚を始める。約十年間に訪ねた温泉は六百三十九か所、うち二百六十八湯がガイドブックに紹介されていない温泉だという。宍道《しんじ》からバスで飯石郡赤来《あかぎ》町（現・飯南町）の来《き》島《じま》バス停で下車。地図を片手に二キロ歩く。〝湯屋〟の墨文字が粗末な板に打ちつけてある一軒の民家、加田温泉である。その風呂はセメントで周囲を補強した正真正銘の五右衛門風呂である。見るもキッカイなその泉質。ドロドロと赤茶けている。湯船の縁《ふち》やセメントの側壁には、その成分が固まって、砂丘の風紋のような厚いシマを作っている。含炭酸食塩土類重曹泉である。坂本さんの長い湯歴の中でも一、二にランクしてもいいという。地図にも載っていない温泉である。五百円の湯銭を払い、赤来町営母子健康センターを目指す。その浴槽には、白濁した美しい湯が満々と湛えられていた。翌日は亀嵩温泉である。町の施設である寿山荘には宴会場の設備もあって、広い清潔な湯船であった。昨日木次町（現・雲南市）役場に日登温泉のことを尋ねたが、誰ひとりとしてその温泉の存在を知っている人はいなかった。手懸りを求めて、聞き歩くが、四軒目の東日登の藤井橲高さんのところで、ようやく日登温泉についての核心的な話を聞くことができた。一度ボーリングしたことはあるが予算が少なかったために中止されたとか。今回は三勝一敗、一敗の日登温泉もけっこう面白いドラマだったような気がする。（浦西和彦）

筒井康隆 つつい・やすたか

＊昭和九年九月二十四日〜。大阪市北堀江に生まれる。同志社大学文学部卒業。小説家。代表作に「虚人たち」「夢の木坂分岐点」など。『筒井康隆全集』全二十四巻（新潮社）。

道後—日本最古のヘルスセンター どうご—にほんさいこのへるすせんたー エッセイ

〔作者〕筒井康隆
〔初出〕「旅」昭和四十七年四月一日発行、

第四十六巻四号。
〔**全集**〕『筒井康隆全集第二十一巻』昭和五十九年十二月二十五日発行、新潮社。
〔**温泉**〕道後温泉・奥道後温泉（愛媛県）。
〔**内容**〕雪の舞う中、飛行機で東京を発ち、松山に着くと快晴だった。取材という名の小旅行。空港からタクシーで市内を抜け、道後温泉へ向かう。道後温泉とは、温泉郷全体を指す場合と、温泉郷の中心にある「道後温泉」を意味する場合があるという。「道後温泉」は木造三階建て、周辺では最も古い。宿屋ではなく、入浴するだけの浴場である。支払う入浴料で利用できる湯が分けられており、広間や個室も選べる。その中には『坊っちゃん』の主人公が休憩したという「坊っちゃんの間」もある。昔の湯屋や銭湯にもこういう休憩室のついたものがあった。「ヘルス・センターの走りであろう。この道後温泉など、してみると日本最古のヘルス・センターといえるかもしれない」。悦楽の湯としての浴場も一昔前までは道後にあった。山手にある旧赤線地帯には、格子窓や二階の手すり、くぐり戸といった風情のある店がまだ残っており、情緒がある。翌日は奥道後に向かう。ここには真新しい温泉場があり、千六百人が泊れるという大きなホテルを中心にあらゆる娯楽設備が整っている。何もかも新しく、寒ざむしく、風情がない。家族連れならともかく、一人旅やアベックにはやはり道後のほうが良い。

（山根智久）

エロチック街道《えろちっくかいどう》

短篇小説

〔**作者**〕筒井康隆
〔**初出**〕「海」昭和五十六年五月一日発行、第十三巻五号。
〔**初収**〕『エロチック街道』昭和五十六年十月十五日発行、新潮社。
〔**文庫**〕『エロチック街道』〈新潮文庫〉昭和六十一年十月二十五日発行、新潮社。
〔**全集**〕『筒井康隆全集第二十三巻』昭和六十年二月発行、新潮社。
〔**温泉**〕温泉隧道（架空の温泉）。
〔**内容**〕海岸近くの根岸舞子駅へ行く道中、帰りの燃料がなくなるからと、タクシーの運転手に途中の根岸という街で降ろされる。この町で酒が呑めるという運転手の言葉で、酒への渇きも生まれ、その場所を探す。居酒屋に入り、根岸舞子でできるという酒を呑む。駅に行くために、この辺りでタクシーが拾えるかと訊ねると、タクシーはあまりないが、温泉に乗っていく方法ならあると教えられる。名物である温泉のことを知らなかったとは言いづらく、そうだったと温泉の場所を訪ねて、居酒屋を出る。

温泉の入口に着くと、「上流開口部（根岸）より下流開口部（根岸舞子）まで全長三千三百七十二米」と書かれた説明の看板があった。入口に進み、入湯料を払う。地下へ降りていくと、世話役の若い女性たちが話し合っていた。着物を脱いで、浴衣に着替えることを指示される。後から来た世話役の娘に案内され、共に着湯所に行くことになった。娘が湯に入るために服を脱いでいく様を見ていると、見られていることに気付いた娘が自分を抱きたいかと訊ねてきた。仕事なのかと訊ねると、あなたのような人が好きだからと言う。うなずくと彼女もうなずいた。途中で流れが脇道へ入っているところがあり、その行き止まりに岩場があると言いながら、娘は服を入れた籠を抱え、「送衣路」と書かれた部屋に行き、着湯所に服を送った。

娘に案内されながら、湯に入り、流れに乗り、時折泳ぎながら進む。狭い場所では、彼女の体が密着し、背中に胸部が押しあてられた。途中からはビート板に乗りながら進んでいく。流れのまん中に岩が頭を出していてほんの一瞬彼女との間を引き離す。彼女が慌てて周囲を見回し、近づいてきた。肩に腕を巻きつけ、耳元で岩場へ行くところを通り過ぎてしまったと言う。戻るかと訊ねてきたが、急流を引き返すことは大変らしいのでいいよと言うと、「ごめんなさいね」と言い、ビート板を重ね背中に乗ってきた。流れがゆるやかになると、娘がもうすぐ着湯所であると知らせてくる。最後には百メートル以上ある滝があり、滑り台みたいになっていると言う。見おろすとスロープは四十五度以上ある急な勾配で、はるか地底にまで続いているかの如く長い。斜面の頂で娘は交わる姿勢に抱きつき足を絡ませてきた。しっかりと抱きあったままで百メートル余の急な傾斜を一気に滑降した。

（西岡千佳世）

壺井栄　つぼい・さかえ

＊明治三十二年八月五日～昭和四十二年六月二十三日。香川県小豆郡坂手村（現・小豆島町）に生まれる。旧姓・岩井。内海高等小学校卒業。小説家。「暦」で第四回新潮社文藝賞を受賞。「妻の座」「二十四の瞳」「裲襠」など。『壺井栄全集』全十二巻（文泉堂出版）。

私の温泉巡り　わたしのおんせんめぐり　エッセイ

〔**作者**〕壺井栄
〔**初出**〕「温泉」昭和十六年四月一日発行、第十二巻十二号。
〔**温泉**〕高松の町中の某温泉（香川県）、観《かん》海寺《かいじ》温泉（大分県）、箱根温泉（神奈川県）、上林《かんばやし》温泉（長野県）。
〔**内容**〕まだ若い娘時代のこと、脊椎を患った私は、人に勧められて高松の何とか温泉へ行った。町の真中にあるこの温泉は、本当の温泉ではなく湯の花を入れた、所謂薬湯であった。そこは熱いのが自慢で、うっかり入ろうとすると、中の人から文句がでる。つまり、お湯が動くと痛いというのである。あんな熱さの中で我慢して、病気がよくなるのだろうかと、未だに疑問を持っている。本当の温泉へつかったのは観海寺が初めてであった。しかし、二十日間位いた筈なのに、ついうかうかと過ごしてしまい、はっきりとした記憶は残っていない。ただ、観海寺という名の通り、山の中腹の宿から見える別府湾の眺めだけは深く心に残っている。もう一度行ってみたいのだが、ミドリヤというその旅館でなければならないように思うのはどうした訳であろう。特に親切にしてくれたというのでもないのに。その旅館は今もまだあるのだろうか。卵と煙草を聞き間違えた女中さんはどうなったろうか。
もう六七年も前のことだと思う。二十人程の心の合った友達と連れ立って箱根めぐりをした。強羅で千人風呂に入ったのだが、ちょうど紅葉の頃であったし、その時には、箱根が温泉郷だとは思えない程、山の秋色に気を奪われてしまった。そして去年の暮、友人と湯本へ行って、初めて豊富な温泉感に浸った。本当に都塵を洗い落してくれそうで、一泊の予定がついついのびてしまった程くつろいだ。そして、ついこの間、今度は少し滞在しようと思って電話をかけてみたら、団体客があるからと断られた。温泉場へ仕事を持ってでかけようというのは、少々無理なのかもしれない。上林へ行ったのは三四年前の秋であった。海辺に育ち、都会に暮らしてきた私には、この初めての山中の空気は、とくに清澄に感じられて、すっかり気に入ってしまった。追いまくられていた慌ただしい東京住まいから、急に、宿屋だけしかないような山の中へ我身を置いただけで、反動のように仕事がしたくなってしまった。宿は電話もないような家で、おそらく上林で一番粗末な宿屋であるらしかったが、年寄りから子供まで親切で、素朴だった。私はよほど上林が気に入ったらしく、去年の五月にまた出かけた。東京から便利な場所に温泉があるのは分かっているのだが、人見知りする子供が母親を慕うように上林へ行きたいのはおかしい話だと思う。田舎育ちのおばさん的な私には上林の×屋はどこかぴったりしているのかも知れない。

（郡山　暢）

坪内士行《つぼうち・しこう》

＊明治二十年八月十六日〜昭和六十一年三月十九日。名古屋市に生まれる。早稲田大学英文科卒業。劇作家、舞踊評論家。著書に『シェークスピア入門』『越しかた九十年』など。

てんでんバラエティーの温泉場《てんでんばらえてぃーのおんせんば》　エッセイ

〔**作者**〕坪内士行

〔**初出**〕「温泉」昭和二十五年六月一日発行、第十八巻六号。

〔**温泉**〕カールスバード（チェコスロヴァキア）、別府温泉（大分県）。

〔**内容**〕温泉については、欧米ではただの一か所さえ知らない。カールスバードへ行くには行ったが、入浴したことがない。私はクーポン旅行の切りつめた日程の関係上、時もあろうに雪降りしきる真冬の真夜中にそこへ行ったのである。夏の温泉場へ真冬に行く馬鹿者は私一人だった。温泉場は閉鎖休場の有様であった。案内書によると、湧き出す温泉の種類も多く、その上、シャワーバス式のもの、スウィミングバス式のもの、むし風呂式のもの、個人々々の体質により、好みにより、選択自由な設備がととのえてあるらしい。日本の温泉場は、種類や場所は世界に類稀なほど豊富であるに拘らず、そのバラエティーの方がテンデンバラバラのバラエティーで、あまりにも原始状態そのままで、一向に統一がとれていない。とはいうものの、別府だったと思うが、私はある小高い丘のてっぺんに、屋根も小屋もない小さな掘り抜きの野天風呂のあるのを知って、初夏の晴れ渡った日、誰一人いないことを幸い、どぶりとその中へ飛び込んだ。あの原始状態そのままの一時の愉快さは、未だに忘れずにいる。ユニチー・イン・バラエティーの近代的公共温泉気分とあくまで無邪気素朴な原始的自然温泉気分と、この二つならどちらもいい。一番困るのは中途半ぱな乱雑無秩序の日本的淫蕩湯治場気分だ。

（浦西和彦）

熱海のむかし《あたみのむかし》　エッセイ

〔**作者**〕坪内士行

〔**初出**〕「温泉」昭和三十年六月一日発行、第二十三巻六号。

〔**温泉**〕熱海温泉（静岡県）。

〔**内容**〕今年は私の叔父であり養父であった坪内逍遥が死んでから満二十年目、五月二十二日は彼の生まれた日に当たるので、熱海について書くことにする。逍遥ほど熱海に惚れこんだ者はそう多くは居まい。彼は明治十二年に病気の中兄に付き添って熱海をたずねて以来、昭和十年に七十七歳で死ぬまでの五十六年間、ほとんど毎年熱海をたずねない年はなかったばかりか、六十二歳の頃には東京をひき払って熱海に定住し、そこで死ぬというほどまでに熱海にうちこんでしまった。熱海の特長は、避寒の最優勝地である上に、海と山と田園と、それに都会的の設備も兼ねているばかりでなく、東京から近いという点である。逍遥は

「近き山に雪ふれど常春日　あたみの里に湯気立ちわたる」「ロトス食う人住む島が真冬にも　常春の日のつづく此里」とよんでいる。熱海ほど急激に変化した温泉町はあまり他に類がないであろう。私が小学生の頃、トロッコそっくりの人車鉄道に二三度乗った経験がある。逍遥が明治十二年に最初に熱海へ来た時は、東京からの汽車は神奈川までしか通じていなかったので、小田原まで人力車、それからは山駕籠で行った。交通機関の急変も甚しいが、その頃の宿屋の質朴さは今からはとうてい想像できかねるものだ。一流といわれた富士屋でも、客に部屋と寝具を提供するだけで、飲食その他はすべて自炊式、お客が勝手に自分だけの下婢を雇ってさせるという風で、その部屋代は一週間三四十銭から二三円どまり、寝具も一週間三四十銭から一二円の損料、別に温泉料として一日一人金一銭五厘を徴収した。女中を雇えば大体一週間分三十銭位をやればよかったそうである。逍遥の文に明治初年頃の呑気な熱海が書かれているが、一つ昔にさかのぼって、たぶん為永春水が書いた文などを見ると、徳川時代の熱海の宿屋は全くローマンスの世界である。

（浦西和彦）

津村節子　つむら・せつこ

＊昭和三年六月五日～。福井市佐佳枝中町に生まれる。旧姓・北原。学習院短期大学国文科卒業。小説家。「玩具」で第五十三回芥川賞を受賞。『津村節子自選作品集』全六巻（岩波書店）。

天城の夜　あまぎのよる　短篇小説

〔**作者**〕津村節子
〔**初出**〕「小説現代」昭和五十一年十二月一日発行、第十四巻十二号。
〔**初収**〕『春のかけら』昭和五十四年一月二十五日発行、講談社。
〔**温泉**〕湯ケ野温泉（静岡県）。
〔**内容**〕十七歳のケイは娼婦である。盛り場の鮨屋で出会った篠山に旅行に誘われ、今井浜の一つ前の駅で降りた。目的の温泉町はいかにも山の湯治場という感じの小さな町だ。温泉街に付き物のみやげ物屋など一軒もない。伊豆の踊り子の文学碑や七滝がある。宿は渓流を見下ろす山の中腹にあった。部屋数もいくつもないらしい。この辺の宿は小ぢんまりしていて、大きな建物は見当たらない。一番大きいのは鉄筋四階建の国民宿舎だ。団体客や若い人たちには敬遠されてしまいそうだ。浴室は渓流の上に突き出している。なめらかな肌触りのお湯で、体中がすべすべする。
　朝起きると、篠山はいなかった。篠山はわさび田の間の雑木林で死んでいた。傍にウィスキーの小瓶と睡眠薬の瓶が転がっていて、遺書には死の動機については触れられていなかった。篠山の奥さんが、警察からの報せでやって来た。夫人はケイが自分の妹に瓜二つだという。篠山は妻の妹の後を追って、自殺したのだった。ケイの値段は一晩二万円であるが、スーツケースの中には五万円あった。篠山はケイの手も握らなかったが、最後の夜、一緒にいて上げたことが慰めになったのだとしたら、貰っておいても悪くないかもしれないと、ケイは思った。
（岩田陽子）

新緑の門出　しんりょくのかどで　短篇小説

〔**作者**〕津村節子
〔**初出**〕「オール読物」平成八年八月一日発行、第五十一巻八号。
〔**初収**〕『光の海』平成八年八月三十日発行、文藝春秋。
〔**温泉**〕修善寺温泉（静岡県）。

〔**内容**〕理恵子は妻子ある英策と修善寺温泉にやってきた。出会って十八年、英策は間もなく定年を迎える。理恵子は夫のある身ではないし、英策から金銭的な援助を受けているわけでもない。長年馴染んだ体と心を許せる相手として彼を必要としていた。

　理恵子は自分が妻に対して加害者であり、嫉妬するなら妻の方だと思ってきた。しかし、英策の内ポケットに孫の写真を見つけたとき、激しい嫉妬を感じた。自分の存在を妻に知らせたい。夫を信じ切っている妻の愚鈍さに対する苛立たしさがあった。

　英策から連絡が途絶え、二十日ばかり経った頃、英策の妻が理恵子のマンションを訪れた。妻は二人の関係をずっと前から知っていた。妻は英策が定年になり、次女の結婚式に夫婦揃って出席したら、離婚するつもりだったと、楽しそうに語る。自立するために調理師の免許を取り、主婦たちでつくった給食センターに就職したという。謝る理恵子に、妻は、おかげで自分の生き方を見つけられたとさえいう。そして、いつからでもお入り下さいと、家の鍵を手渡した。英策は胃癌で入院しており、その間に妻は引越しを終えていた。妻の軽やかな靴音が遠ざかって行く。理恵子は呆然と立ち尽くした。

（岩田陽子）

絹扇《きぬおうぎ》　長篇小説

〔**作者**〕津村節子
〔**初出**〕「世界」平成十三年一月一日～同十四年十月一日発行、第六百九十号～第七百五号。平成十三年八月は休載。
〔**初版**〕『絹扇』平成十五年一月二十八日発行、岩波書店。
〔**全集**〕『津村節子自選作品集第三巻』平成十七年三月十八日発行、岩波書店。
〔**温泉**〕芦原《あわら》温泉（福井県）。
〔**内容**〕ちよは明治二十一年、福井県春江に生まれた。幼い頃から小学校にも通えず家業の絹織物業を支え、村一番の機織りとなった。ちよが十八歳になった時、縁談が持ち込まれた。相手は春江最大手の西山織業の次男で大学出の順二であった。順二は独立して西順織業を始め、ちよは女工頭のように仕事に明け暮れた。

　順二の兄夫婦から芦原温泉への誘いがあった。しかし、順二の兄政一の嫁ヤエは女学校出の資産家令嬢で、ちよには気兼ねがあった。芦原温泉は春江から遠くはないが、贅沢なことで有名で、限られたものしか行くことはできない。その温泉でヤエはちよに順二の女性関係に気をつけるよう忠告した。

　ちよが出産のため実家に帰っている間、順二はハナという女性のもとへ通っていた。ハナは色街の女で、順二がちよと結婚する以前からの付き合いであった。ちよはハナの身の上を不憫に思っていたが、自分には授からない男の子をハナが出産したと聞いた時には、嫉妬を感じた。ハナが二人の男の子を残して亡くなった時、娘を二人生み、順二の望む男子を出産できなかったちよは二人を引き取ろうと決意した。

　西順織業は力動機を入れ、新工場を建て事業を拡大した。しかし、関東大震災がおこり、西順は大きな損害を受けた。再建できぬまま順二は突然亡くなってしまう。工場も家もとられたちよは、男の子二人は本家へ預け、一台残ったバッタン機で白い羽二重を織り続けた。

（岩田陽子）

鶴田吾郎　つるた・ごろう

＊明治二十三年七月八日～昭和四十四年一月六日。東京に生まれる。早稲田大学中退。洋画家。作品に、戦争画「神兵バレンバン

に降下す」など。著書『素描の旅』『半世紀の素描』など。

みちのくの原始湯の醍醐味《みちのくのげんしゆのだいごみ》　エッセイ

〔**作者**〕鶴田吾郎
〔**初出**〕「旅」昭和三十一年十一月一日発行、第三十巻十一号。
〔**温泉**〕鶴の湯温泉（秋田県）、湯の股温泉（青森県）、夏油《げとう》温泉（岩手県）。
〔**内容**〕秋田の田沢湖の入口に、生保内《おぼない》という小さな町があって、営林署の森林鉄道のトロに乗って、玉川沿いに進んでゆくと、駒ヶ岳が右に早くも白雪を頂いた姿を見せる。一山越えて台地に出ると、ブナやナラの大木が林となり、林を抜けると、奥の方には湯煙が、ハゼの紅葉の間から揺らめいているのが見えた。温泉旅館があると思ったら、湯治小屋が数棟、もうこの時は一人もおらず、牧場へ放牧に出した厩舎のようだった。ここを訪ねたのは、随分前の事だが、鶴が足の傷を湯につけて治していたのを見て、温泉を見付けたという鶴の湯である。私が、下北半島に入ったのは、ある年の一月、青森は吹雪いていてバスが辛うじて動いている時だった。雪の中を半道も歩き、湯の股の楽山荘に着いた。「よくこの雪の中を来なすったな」と炉端に座ると留守番の若い女がいった。服を脱いで丹前に着換え、教えられた階段を下りていくと、雪をかぶったヒバの間から夕月が出ている。長い階段だ、下りついたところに温泉がこんこんと溢れ、ガラス戸越しに川の流れがすれすれとなっている。流れの音が、湯につかっていると快い囁きとも聞こえ、雪中を歩いてきた疲れも一時に洗われてしまった。朝、階段を降りて温泉に入ると溢れる湯には朝日がさし、湯気が人待ち顔にゆれている。ふと窓外を見ると、鴛鴦のつがいが、なんの警戒もなく浮んでいた。岩手県の黒沢尻は、いま北上市となって、秋田に出る横黒線の分岐点だ。夏油は土地の者でも余り行った者のない面白いところだから、ぜひ行くようにと勧められた。栗駒山につづく大原始林の下に、夏油川が流れ、水際にいまではコンクリートのフチをとった野天風呂がある。対岸の岸壁は異様な色彩を表し、密生した樹でその下は暗く、幽凄ともいうべき淵をつくっている。宿から二十分ばかり離れたところに、天狗湯という石灰華の大ドームがあり、高さ二十メートル、底の深い茶碗をふせた形で、その頂上に温泉が湧出し、溢れ出たものが白糸の滝と呼ばれて、乳白色の湯が夏油川に流れ込む。約七百五十年前、平家の落武者が黒沢尻あたりにも来ていたらしい。　（西村峰龍）

【て】

寺内大吉　てらうち・だいきち

＊大正十年十月六日～平成二十年九月六日。東京都世田谷区に生まれる。本名・成田有恒。大正大学宗教学部卒業。小説家、僧侶。司馬遼太郎らと「近代説話」を創刊。「はぐれ念仏」で第四十四回直木賞を受賞。

「湯もみ」で知る草津の魅力《「ゆもみ」でしるくさつのみりょく》　エッセイ

〔**作者**〕寺内大吉
〔**初出**〕「旅」昭和四十四年十一月一日発行、第四十三巻十一号。
〔**温泉**〕草津温泉（群馬県）。
〔**内容**〕かつては温泉番付の大関格だった草津だが、今では日本最大である豊富な湯量を百軒近い旅館が狭い谷間にひしめいてもてあましている感じである。草津の熱湯は万病に効能があると日本人は信じこんできた。源頼朝が狩倉をこの高原で催したとき、谷底から立ちのぼる白煙を発見した。その付近の草を刈らせたら、こんこんと熱湯が噴きでて、この霊泉を天下に知らしめたことが発祥となる。筆者は「湯もみ」を見るべく観光協会が経営する〝時間湯〟へ潜行する。熱の湯、千代の湯、鷲の湯、地蔵の湯、松の湯と、むかしは五か処の時間湯があったそうである。いずれも湯畑から熱湯を引き入れた湯治専門の場所である。でかい浴槽が四切りにしてある。いちばんぬるいところで摂氏四十二度、それから四十七度、五十一度、最高が六十七度と高まってゆく。この熱湯をあげ板でもみほぐすのが名物「湯もみ」である。現在「湯もみ」は、完全に見世物化している。湯治長さんが音頭をとり、娘たちは美声を張り上げて歌いはじめる。それを見る観光客たちの顔はそろって暗い。恐らく彼らは昔ここの熱湯につかって業病を治したいと必死に歯を食いしばって熱さに耐えた男女の姿を思い描いたに違いない。このあたりに名物時間湯がイメージを暗くする観光地、草津温泉の正体がひそむ。このイメージを脱却すべく土地を生かした開発を切に望む筆者だが、実際はそう簡単にはいかないようである。

（城弟優子）

寺崎浩　てらさき・ひろし

＊明治三十七年三月二十二日～昭和五十五年十二月十日。秋田市に生まれる。早稲田大学文学部仏文科中退。小説家、詩人。短篇集に『祝典』、長篇に『女の港』『情熱』、詩集に『落葉に描いた組曲』など。

心中のある風景　しんじゅうのあるふうけい　短篇小説

〔**作者**〕寺崎浩
〔**初出**〕「温泉」昭和二十六年九月一日発行、第十九巻九号。
〔**温泉**〕伊香保温泉（群馬県）。
〔**内容**〕二十二三の、一人旅の女を青木は興味を持って眺めていた。彼女の名前は桐生澤子、洋服のデザイナーをしている。澤子は車窓からじっと移り変わる風景を眺めていた。丁度熊谷まで来た時、青木はアイスクリームを二つ買って、澤子に差し出して見た。澤子はちょっとためらったが素直に受け取った。お互いに行き先を聞くと、同じ伊香保であった。青木が秋の展覧会の下絵を描きに行くと知った澤子は、青木の伴をすると言う。渋川で降りてバスに乗り、青木が泊まる旅館の前で二人は別れた。青木は湯に入って、ほのかな疲れの抜け出ていくのを感じる。彼は戦前、橋本ホテルに一泊したことがあった。死んだ妻と結婚してまもなくのことである。青木の妻は「とてもいい所だわ」と喜んだ。妻が自動車事故で死んだ後も、青木は妻のことを忘れかねて、浮気程度のことしかしなかった。そういう人生の転変の哀歓をぼんやり思っていた。翌朝、青木はスケッチブックを持つと、橋本ホテルの方まで歩き、下を流れている渓間まで降りて描いた。青木が部屋に戻ってくると、窓べに澤子が腰掛けて遠くを眺めていた。澤子とバスに乗って湖畔で降りると、澤子は助手のようにカンバスを持った。青木はさまざまな角度を眺めた後、描き出した。澤子は背後に立ってじっと眺めたりしたが、青木は澤子の教養の深さを感じた。描き終わって伊香保へ戻り着くと、行きのバスに乗り合せた一組の男女だけで、後は湖畔の宿へでも移ったのか、先に帰ったのか、他の客はいなくなっていた。澤子も青木に従ってそのまま旅館の部屋に入った。女中がお茶を持ってきて、あなたがたが心中したらしいと湖畔の宿から電話があったのですよ。湖の水際に死体が上ったので、絵描きさんが行った後だからそうではないかというのである。この心中の話で、またぐっと澤子と近づけた気がした。青木が風呂に入ろうと誘い、二人は一緒に風呂に入った。青木は澤子の仕事の手伝いをすると言った。徹夜で澤子のデザインを手伝った朝、感謝に満ちた澤子の眼が青木の顔の下で自然に閉じられたことはいうまでもない。引き合う、はかり知れない運命というものがある。　（李　雪）

寺田寅彦　てらだ・とらひこ

＊明治十一年十一月二十八日～昭和十年十二月三十一日。東京市麴町区（現・東京都千代田区）に生まれる。筆名・吉村冬彦。東京帝大理科大学物理科卒業。物理学者、随筆家。『冬彦集』『藪柑子集』など。『寺田寅彦全集』（文学篇）全十八巻（岩波書店）。

伊香保　いかほ　エッセイ

〔作者〕寺田寅彦
〔初出〕「中央公論」昭和八年十二月一日発行、第四十八年十二号。
〔初収〕『触媒』昭和九年十二月発行、岩波書店。
〔全集〕『寺田寅彦全集第四巻』昭和二十五年八月五日発行、岩波書店。
〔温泉〕伊香保温泉（群馬県）。
〔内容〕昭和八年十月十四日、「少し身体の工合が悪いので二三日保養のために」妻を伴い、伊香保温泉へ出かけた。渋川駅前にはバスと電車が伊香保行の客を待っていたが、大多数の客はバスを選ぶようである。自分も「矢張りバスのもつ近代味の誘惑に」ひき付けられてバスに乗った。新しいM旅館別館の三階に宿泊する。一休みして湯元を見に出かけた。湯元から湧き出す湯の量は中々豊富で、惜気もなく道端の小溝に溢れ流れ渓流に注いでいる。宿へ帰って見ると、二三の団体客が到着して賑やかである。
　寺田寅彦は十六日に帰京する。雨のために榛名湖は見られなかったが、「読まず、書かず、電話が掛からず、手紙が来ず、人に会はずの三日間で頭の疲れが直り」、その上に、宿屋の階段の連続的足音の観察という拾いものもあった。階段や廊下を往来する人々の足音が、御会式の太鼓のように連続的に振動してくるのを観察していたのである。「温泉には三度しかはひらなかつた。湯は黄色く濁つてゐて、それに少しぬるくて余り気持がよくなかつた。その上に階段を五つも下りて又上がらなければならなかつた」という。　（浦西和彦）

寺山修司　てらやま・しゅうじ

＊昭和十年十二月十日～昭和五十八年五月四日。青森県上北郡六戸村（現・六戸町）に生まれる。早稲田大学教育学部中退。歌人、詩人、劇作家、演出家。「天井桟敷」を結成、主宰。『寺山修司全歌集』（沖積舎）、『寺山修司全詩歌句』（思潮社）、『寺山修司の戯曲』全九巻（思潮社）、『寺山修司著作集』全五巻（クインテッセンス出版）。

貫一の苦悩・熱海の憂鬱　かんいちのくのう・あたみのゆううつ　エッセイ

〔作者〕寺山修司
〔初出〕「旅」昭和三十七年十二月一日発行、第三十六巻十二号。
〔温泉〕熱海温泉（静岡県）。
〔内容〕「金色夜叉」における間貫一の苦悩は、そのまま熱海市の苦悩ではなかったか。

貫一が明治社会の資本主義社会への発展過程の中で、「裏切られてゆく人間性」の悲劇を演じたように、ここでは「裏切られてゆく町」の悲劇が日夜の祝宴のなかで演ぜられているのだから。熱海で一番賑やかな所は海岸通り、と商店街のおかまに聞き、すぐ海岸通りに向かう。「金色夜叉」の中で情緒豊かに描写される熱海の海岸は、今は防波堤のコンクリートが塀のようにそびえていた。お宮ノ松はつるやホテルの大玄関の前で記念写真の撮影場所となっていて、目の前には立派なコンクリート舗装の道路が通っている。観光とは本来、「何々への自由」「何々への観光」と積極的なものでなければいけないはずだと考える。しかし現在の熱海は、ひたすら消極的な「何々からの自由」しかない、美学のない観光地である。訪れる外国人客も、この熱海で何か新しい美を見出すことはできないだろう。夜の熱海は、午後の熱海とは全く違う、古いすり切れた湯の町エレジー的感傷の、俗っぽい人いきれの町であった。ただ、横浜や神戸と異なり、カッコイイ「無法の町」ではない。それはこうしたどす黒いものがエネルギー化していないからだと思う。横浜や神戸が素早く「近代」に同化し得たのに対し、国粋派の社会主義者だった尾崎紅葉に愛された熱海は、最後まで、「近代」に強姦されながらそれに同化できずに日本的なものを多く残して苦悩している。熱海には終戦直後がそのまま保存されている。熱海の町と戦争の傷痕は、「近代」とナショナリズムの混在を許し、美をしりぞけつづけてきたのである。

（阿部　鈴）

【と】

戸川貞雄　とがわ・さだお

＊明治二十七年十二月二十五日～昭和四十九年七月五日。東京に生まれる。早稲田大学英文科卒業。小説家。戦後、平塚市長（三期）。「女性の復讐」などがある。

気まぐれな思い出《きまぐれなおもいで》　エッセイ

〔作者〕戸川貞雄
〔初出〕「温泉」昭和二十六年三月一日発行十九巻三号。
〔温泉〕草山温泉（台湾）、（伊豆）長岡温泉（静岡県）、阿蘇温泉（熊本県）。
〔内容〕北海道を除き、九州の果、朝鮮、満洲、台湾あたりまで歩いて、たいていはその地方々の温泉に宿を取っていた。

　変わったところでは、終戦の前年の二月に泊まった台北郊外の草山温泉がある。汽船が出る日の予定も立たず、それまで温泉に缶詰になった。官庁御用温泉地といったところで、一般人はその恩恵に浴することのできない一流の旅館で、二週間ばかりもぶらぶらと温泉に浸かりながら無聊な日を過ごした。

　一昔前のことになるが、丹羽文雄君と竹田敏彦君と三人で伊豆周遊の自動車旅行をこころみた。タクシーを借り切って五六日間の温泉場巡りであった。旅程も終わりに近く、長岡温泉の某館に自動車をつけた。丹羽君が書いた小説の中で長岡温泉が謳われているというので、某館主から大いに感激した鄭重をきわめた手紙が届いた。ご旅行のおついでには是非長岡へ、そして当館へおいで頂きたい、及ばずながら出来る限りの御歓待を申し上げるというような意味の手紙である。そこでどうせ長岡に泊まるならそこがよかろうということになった。しかし、行ってみると、館主は挨拶にも現われない。我々は紳士であるから館主の不信を非難するようなはしたない真似はしなかったが、小説作中の人物をこの温泉地に宿泊させることは見合わせようと話し合った。

　阿蘇温泉では、石黒敬七旦那の手腕でホテルのコックからせしめたウイスキーに陶然とした記憶がある。戦時中の、そろそろウイスキーなどは貴重品に属する頃であった。

（西岡千佳世）

湯宿の賭けごと《ゆやどのかけごと》　エッセイ

〔作者〕戸川貞雄

〔初出〕「温泉」昭和二十六年十一月一日発行、第十九巻十一号。

〔温泉〕塩原門前温泉（栃木県）。

〔内容〕塩原の門前温泉街、およそ小十年ほどまえ、まだ太平洋戦争には突入していない時分のこと。私は新聞連載小説の仕事を抱えて温泉場に滞在した。塩の湯へ散歩にでかけて佐伯と名乗る女性と近づきになった。二十七八だろうか、小柄で垢抜けた襟すじの綺麗な婦人であった。「お宿も先生と同じ××館なのでございますよ」。その晩、婦人は私の部屋へやってきた。婦人の持参した羊羹と私の持参した玉露を入れて、とりとめもない茶ばなしをして小一時間ほどで別れた。

　この宿には大谷さんという番頭がいた。四十に手が届くか届かぬか、色の小白いきりっとした男前。例の女と知り合いになってからこの番頭が私の部屋へ顔を出して「先生気をつけなくっちゃいけませんぜ、あの女にゃあ」と忠告めいたことを言いだした。花札はやる、碁は打つ、将棋もさす、五目並べはうまい、それも賭けるのだという。湯治客が引っ掛って宿の支払いに困り、なじみ客の中には宿に借金したものや国から電報為替で金を取り寄せた者もあったという。「かくいう私も先だって巻き上げられたばっかりなんですよ」と大谷は苦笑いした。五目並べで百円せしめられたという。その頃の百円というと今の五万円以上に当たるだろう。大金である。私は同情した。とはいえ、旅先のアバンチュールとしてあんな女を相手に賭け事をやってみたい誘惑にかられた。

　それから三日後気の進まぬ仕事のペンを動かしていると佐伯が訪れた。「退屈で弱っていたんです。五目並べでもなさいませんか」と私はさりげなく持ちかけた。パチリパチリやっているところへ番頭の大谷もやってきた。三番立て続けに私が勝った。話はとんとん拍子に進み、離れのご隠居も混じり四人で花札をすることになった。深夜を過ぎてもお開きにならない。大谷は百五十円負けこんでいる。最終的に私は大谷に頼まれて百円を貸すことになった。

　翌日の午後、佐伯が部屋へやってきて、大谷が夜逃げしたらしいと告げた。私が貸した百円を佐伯が返すという。私はそれならば百円をかけて勝負しようと提案する。「僕が負けたら二倍の二百円だ」。三番勝負の二番、私はころりと負けてしまった。今度は私が夜逃げをせねばならなくなった。番頭の大谷も佐伯と名乗る姉御の仲間だったのだ。

（古田紀子）

市長温泉メモ《しちょうおんせんめも》　エッセイ

〔作者〕戸川貞雄

〔初出〕「温泉」昭和三十一年七月一日発行、第二十四巻七号。

〔温泉〕鬼怒川温泉・川治温泉（以上栃木県）。

〔内容〕最近、鬼怒川温泉へ出かけたが、ここでも国鉄かどこかの労組の大会がひらかれていた。この鬼怒川温泉で拾ったはなし。どこかの会社の慰安旅行で来た団体客のうち、男女二人が竜王峡で押し流されて死ぬということが起こった。女性の死骸は、下流の岩にひっかかっているのが発見されたけれども、男の死骸はついに発見されないまま。新聞には、この事件について、会社側からダム工事当事者にたいする非難と、責任追求の投書が掲載されている。

　次は川治温泉での実話。風呂から出た新婦が、取り違えて入った部屋には、頭の禿げかかった五十男が、お泊まりをかけておいた藝者のくるのを今か今かと、床のなかで待っていたというのである。うつらうつらしているところへ、黙って入ってきて体をかたくしている女を、他人さまの花嫁さんと思わないから、なすべきことをなしたと言うのであるが、今どき、温泉地の藝者にこんなのいるかと、奴さん、すっかり感激したり恐悦したりしているところへ、今晩は！藝者が入ってきたから、騒ぎになった。新郎の方では、お風呂ちと長い、どうかしたんじゃなかろうかと、寝たり起きたり、そこへ近所の座敷のこの騒動だ。

　朝、雨後の緑が目にしみる。宿の窓の下には、渓流が岩をかみ岩にせかれて、白い奔流となり、青い瀬となって、走りくだっている。上流のダムで放水でもしたのであろうか。

（李　雪）

戸川幸夫　とがわ・ゆきお

＊明治四十五年四月十五日～平成十六年五月一日。佐賀市に生まれる。山形高等学校理科中退。小説家、児童文学作家。「高安犬物語」で第三十二回直木賞を受賞。動物文学という分野を開拓。『戸川幸夫動物文学全集』全十五巻（講談社）。

野獣の訪れる原始温泉《やじゅうのおとずれるげんしおんせん》　エッセイ

〔作者〕戸川幸夫

〔初出〕「旅」昭和三十四年六月一日発行、第三十三巻六号。

〔温泉〕大平《おおだいら》温泉（山形県）、セセキ温泉・羅臼温泉・岩尾別《いわおべつ》温泉・合（相）泊温泉・ドビニタイ温泉（以上北海道）。

〔内容〕「野獣の訪れる原始温泉」というものを紹介する。一つは山の原始湯、磐梯朝日国立公園の一環をなす吾妻連峰の中腹にある大平温泉である。この温泉付近にサルの調査に行ったのは昭和三十年の晩秋だった。大平温泉は吾妻連峰の一つ、中大巓藤十郎の峰の五合目より少し上の方、吾妻十湯の中では一番高い地点にある。温泉宿はたった一軒で滝見屋という。宿が商売をしているのは晩春から中秋ぐらいまでである。御主人の好意でジープを傭って登り、ジープが動かなくなる辺りに、たのんでおいた馬が待っていた。その馬に食糧品だの、カメラだのを運ばせた。二時間ほど歩くと、馬返しというところに着いた。ここで道が二つに分かれ、左手は藤十郎の尾根への登山路、右はつま先下りの急坂で深い渓谷に向って降りている。大平温泉はその渓流のふちから湧いている。ここへは馬も降りられないので、各自めいめいに自分の荷を背負って降りた。この温泉は二百五十年前に開かれたという。湯量は豊富で、山おろしの風に乗った木の葉が、湯舟一面に浮いているのも野趣がある。湯にひたりながら渓流越しにサルの群れるのを見るのも楽しい。

　いま一つは、海の原始湯、海中の温泉セセキである。日本の最も原始的箇所といわれる北海道北東端の岬、知床半島の根室国側に在る。根室標津駅から出ている阿寒バスに乗って半島最大の部落、羅臼まで行く。それからまたバスに乗り換えて終点の知円別まで行ってもいいが、道路はそこまでしかついていないのだから、いずれにしてもセセキまで行くには、漁船か連絡線に乗るしかない。知床半島は千島列島に続く火山脈からでき上がっているので、半島の処々で温泉が噴出している。半島の最高峰羅臼岳への登山路には羅臼温泉があり、夏ならば羅臼村から自動車で行ける。羅臼岳を挟んで羅臼温泉と反対側、即ち北見国のウトロ港側には岩宇別（現・岩尾別）温泉が湧いている。合泊やセセキやドビニタイなどの温泉は、ただ湯が噴出しているというだけで、施設もなければ湯治に来る人影もない。まったく原始のままの温泉なのである。傷ついた野生の動物が湯に浸かりにくるという。セセキは一年のうちの大半が雪と氷と嵐にとじこめられるので、今までは利用されることは殆どなかった。羅臼港から船に乗って、半島沿いに突端に向って進んでいき、合泊に出る。その近く、海中の岩礁の間から湯が湧き出ているところがセセキ温泉である。セセキ温泉は、汐が満ちてくると海になり、汐が引くと温泉になるというところである。（西岡千佳世）

土岐善麿 ときぜんまろ

＊明治十八年六月八日〜昭和五十五年四月十五日。東京市浅草区松清町（現・東京都台東区）に生まれる。早稲田大学英文科卒業。歌人、国文学者。社会派短歌の先駆者として活躍。歌集に『夏草』『遠隣集』『歴史の中の生活者』など。著書に『田安宗武』など。

記者生活と温泉 きしゃせいかつとおんせん　エッセイ

【作者】土岐善磨

【初出】「温泉」昭和十六年十二月一日発行、第十二巻十二号。

【温泉】湯河原温泉（神奈川県）、東根《ひがしね》温泉・上ノ山《かみのやま》（上山）温泉（以上山形県）、大鰐《おおわに》温泉（青森県）、水上温泉（群馬県）。

【内容】何か仕事をまとめるために一週間とか一か月とか温泉へゆくというような悠々自適の境涯にはまだはいれない。そういうことまでしてまとめるほどの仕事がなかったといえば、それまでだが、長い新聞記者生活に追われて、毎日毎日を愉快に過ごしてきたことを思えば、後悔することもないのである。従ってこれまで、同じ温泉場に三日と続けて滞在した記憶はない。時々講演旅行などに出たりする時、偶然温泉宿に泊まり合せることはあるが、選んで行ってみようとは思わない。近いところでは伊豆地方など気に入っているが、再遊三遊の機会がなく、湯河原など肌ざわりがいいので、時々思い出すくらいである。今年の晩春には民謡試聴の招待に応じて、東北六県を歴遊し、山形県で東根、大鰐、上ノ山の温泉につかった。上ノ山は立派な温泉宿であった。清透玉のごとしとでもいいたいような、明る過ぎるほどの風呂場でそれが少し煌々と新しかったため、ゆったりと裸になっていられないように感じたのは、僕の清貧癖が反発を感じたのかもしれない。弱ったのは大鰐温泉で、そこの建築様式はグロテスクなものであった。同行の柳田国男翁は、老先輩というわけでホテル第一の奥座敷に案内されたのだが、部屋の壁の下方には鏡が張り廻らされていて、床の間の隣にはセメントづくりの巌が聳え、小さな池には金魚が泳いでいた。東京にも、こういう様式の待合があると伝聞していたが、ここもそれに倣ったものらしい。水上温泉には友人がいるので、二度ほど行ったついでに酔余の即興を書き遺したところ、それを作曲して、今でも謡っているらしい。たまたまそこへ行った友達などが、エハガキに、きみの唄を聞いたなどと、いたずら書きを寄こすには閉口せざるを得ない。もし、一時の流行に誘惑されてあっちこっちの温泉小唄をこしらえてでもいたら、いま老後に及んで、どの温泉へも、気恥かしくてゆき難いかもしれないが、水上だけであったのは、せめてもの幸というものである。

（郡山　暢）

徳田秋声　とくだ・しゅうせい

＊明治四年十二月二十三日〜昭和十八年十一月十八日。金沢市横山町に生まれる。本名・末雄。第四高等中学校中退。小説家。代表作に「新世帯」「あらくれ」「仮装人物」など。『秋声全集』復刻版全十八巻（臨川書店）。

別府と伊香保《べっぷといかほ》　エッセイ

〔**作者**〕徳田秋声

〔**初出**〕「人物評論」昭和八年七月一日発行、第一巻五号。

〔**温泉**〕別府温泉（大分県）、伊香保温泉（群馬県）。

〔**内容**〕別府温泉などはもう一度行って見たいと思う。明治三十一、二年頃の曽遊の地だからである。当時、胃拡張で悩んでいた。その年の晦日に兄のいる大阪へ行った。大阪で遊んでいるうち、嫂のおばのいる別府の温泉へ行くことになり、二月頃そこへ行った。観海寺とか鉄輪の湯とか、海地獄、坊主地獄など、付近に数限りなくある各種の温泉を廻った。何しろ界隈到る処に掘れば湯が噴き出るという、大変なところである。その頃、確か不老泉といって、二階に新しい浴場が出来て、町ではお祭り騒ぎをしていた。小屋掛の湯もあり、竹河原の湯とか、田の湯とか、浜脇の砂風呂など私には珍しかった。その頃の別府は、今から見ると未開地であったに違いない。一度行って、どんな風になったか見てみたい。避暑地としては、伊香保温泉ならもう一度行って、ひと夏を過ごしたい。榛名湖へ行く風景が、どこよりも好きである。

（陳　斯）

徳冨蘆花　とくとみ・ろか

＊明治元年十月二十五日〜昭和二年九月十八日。肥後国水俣（現・熊本県水俣市）に生まれる。本名・健次郎。同志社中退。小説家。「不如帰」「思出の記」「富士」など。『蘆花全集』全二十巻（新潮社）、『蘆花日記』全七巻（筑摩書房）。

不如帰《ほととぎす》　長篇小説

〔**作者**〕徳冨蘆花

〔**初出**〕「国民新聞」明治三十一年十一月二十九日〜同三十二年五月二十四日、断続的に連載。

〔**初版**〕『不如帰』明治三十三年一月十五日発行、民友社。

〔**温泉**〕伊香保温泉（群馬県）。

　上州伊香保千明の三階の障子開きて、夕景色を眺むる婦人。年は十八九。品好き丸髷に結ひて、草色の紐つけし小紋縮緬の被布を着たり。

　色白の細面、眉の間やゝ蹙《せま》りて、頬のあたりの肉寒げなるが、疵と云はば疵なれど、瘠形《やさがた》のすらりと静淑《しほ》らしき人品。此れや北風に一輪勁きを誇る梅花にあらず、また霞の春に蝴蝶と化《ば》けて飛ぶ桜の花にもあらで、夏の夕闇にほのかに匂ふ月見草、と品定めもしつ可き婦人。

〔**内容**〕男爵海軍少尉川島武男は、片岡毅陸軍中将の長女浪子と先月結婚し、暫時の暇ができたので、四五日前より伊香保温泉に来て、蕨狩りなどをして遊ぶところから物語は始まる。浪子は八歳の年に実母と死別して、男まさりの上に、英国に留学したこともあり西洋風の染みついた継母のもとで過ごしてきた。幸福な結婚も束の間、浪子は肺結核にかかってしまった。武男の母は、武男が遠洋航海に出ている留守中に、浪子を実家に引き取らせた。それをけしかけたのが浪子に横恋慕していた千々岩安彦である。安彦は武男の従兄で陸軍中尉である。彼の背後には、政商山木兵造がいた。帰国した武男は怒るが、母に泣きつかれ、そのまま勃発した日清戦争に従軍する。武男は負傷して佐世保の病院に後送された。安彦は旅順攻防戦で戦死した。遼東より凱旋した片岡中将は浪子を連れて関西へ保養の旅に出る。折から南征の途に上《のぼ》る武男の列車と山科の駅ですれ違う。浪子と武男は顔を見合わせる。浪子は「狂せる如く」手に持てるハンカチを投げつけるが、これが最後の別れとなった。帰京後、病気は悪化し、浪子は「あゝ辛い！　辛い！　最早《もう》—最早婦人《をんな》なんぞに—生れはしませんよ。—あゝあ！」といって息絶えた。台湾から帰国した武男は青山南町の墓地に参り、そこで片岡中将と再会した。

蘆花は、明治三十一年夏、逗子で福家安子から聞いた、大山巌元帥の娘信子が三島通庸の長男弥太郎（のち日銀総裁）と結婚したが、信子が肺結核にかかったため、二か月で破婚となった話をモデルとしている。

（浦西和彦）

城の崎《きのさき》　エッセイ

〔作者〕徳冨蘆花

〔初出〕『死の蔭に』大正六年三月発行、大江書房。

〔全集〕『蘆花全集第十一巻』昭和四年八月五日発行、蘆花全集刊行会。

〔温泉〕城崎温泉（兵庫県）。

〔内容〕『死の蔭に』の「下の巻　裏日本を伝ふて」に「城の崎」の章がある。蘆花は釜山から海路で下関に着き、山陰路を経めぐったとき城崎に立ち寄ったのである。旅館板屋に宿泊。「何よりも先づ温泉だ。山陰第一の城の崎温泉も、北陸の山中山代など同じく、幾箇の湯槽は皆共同温泉、内湯はない。浴衣の上から縕袍《どてら》引被け、雨傘さして、女中を案内に一の湯に行く。広々した清らな浴室、なみ〳〵と湛ふる霊泉に身を浸せば、長い旅の疲れも此一瞬に癒えて、体は融《と》けて流れさうになつた」と記している。板屋は三宅氏の経営である。俳句のたしなみ深く頭の好い主人には面識がある。だが番頭と思ったのが新しい主人で、先の主人夫婦は昨日東京へ立ったばかりで会うことは出来なかった。翌日、湯に浸って、大乗寺の応挙一門の絵を見に香住駅へ行った。

（浦西和彦）

別府《べっぷ》　エッセイ

〔作者〕徳冨蘆花

〔初出〕『死の蔭に』大正六年三月発行、大江書房。

〔全集〕『蘆花全集第十一巻』昭和四年八月五日発行、蘆花全集刊行会。

〔温泉〕別府温泉（海地獄・鉄輪温泉・血の池地獄）（大分県）。

〔内容〕徳冨蘆花は、大正二年九月二日、妻愛子、養女鶴子、小笠原琴子と共に九州、満洲、朝鮮へ三か月間にわたる長旅へと旅立った。そして、九月十日から十五日まで、別府ホテルに滞在した。『死の蔭に』の「上の巻　門出から九州めぐり」に、その時のことを記した「別府」の章がある。別府ホテルは、鶴見嶽の麓、三百年前黒田如水が大友義統と取合うた石垣原の古戦場跡、大石のごろごろした草原の一部を拓いて建てられている。町から小半里の登り、便利が悪いだけ居心地がよい。九月十三日、別府町助役日名子《ひなこ》太郎さんの案内で温泉めぐりをする。一番頭に残ったのは、何といっても海地獄である。「別府を北に距《さ》る二里、青々した小山の裾に、遠目にしるき真白の湯気を濛々と立て丶、煮えくり返へる熱湯池。全面積は千坪もあらうか。就中活動して居る其湯頭の湯気の下は、地心《ちしん》まで底ぬけかとばかり凄い〳〵碧色をして、くら〳〵と煮えて居る。海地獄とはよくもつけたものだ」。「くら〳〵煮える湯の淵の碧い〳〵色を見つめて居ると、ずる〳〵と引ずり寄せらる丶気がしてならぬ」。「海地獄から少し上つて泥の小坊主のぶく〳〵噴き出す坊主地獄を見て、鉄輪温泉に下り、こ丶で昼の弁当を食べる。鉄輪は蒸風呂が特色である」。「芝石の温泉は遠望で済まし、血の池地獄を見る。血の池の煮え立つ赭泥は、海地獄の碧い沸騰程凄くはない」と記す。別府温泉で一番「奇抜」なのは、「砂湯」である。別府の埠頭の南の浜にも北の浜にも砂湯が湧く。自分も猿股一つになって、もぐり込んだ。襷がけした世話女がバケツで温い砂を全身にかけてくれた。好い気持ちで生埋めになる。二十分もたつと、額に汗が珠《たま》のように湧いて、揉上げを伝って落る。自分の左脚を常に悩ます僂麻質斯《りうまちす》の疫病神が、腿から膝、脛《はぎ》から踝《くるぶし》、と次第に下って果ては踵からすうッとにげて行く様だと述べている。九月十五日の朝別府を立つ。

（浦西和彦）

徳永直 とくなが・すなお

＊明治三十二年一月二十日〜昭和三十三年二月十五日。熊本県飽託郡花園村（現・熊本市）に生まれる。小説家。代表作に「太陽のない街」「八年制」「日本人サトウ」など。

温泉行 おんせんこう 短篇小説

〔**作者**〕徳永直

〔**初出**〕「新潮」昭和十三年一月一日発行、第三十五年一号。

〔**温泉**〕長野県のN温泉。

仕方なく一日に五回も六回も風呂場に梯子段をおりてゆく。（中略）

宿の客が少ないのに比べて、湯壺の客は少なくなかつた。それはこの小さい高原のあちこちに散在して炭焼きなどやる百姓達と、も一つは、この宿の台所に繋がつてゐる小舎に団体で自炊してゐる、県だか内務省だかの国道工事の為に山腹の伐木をやつてゐる人夫達であつた。

〔**内容**〕昨年秋、長野県のNという温泉に仕事をもって行った。五泊ばかりしたが、仕事は少しも出来なかった。「温泉案内」等にも出ていない、山の中の小さい沸かし湯で、宿賃が滅法廉い。客らしい客もなくどの室もガラ空きだった。しかし騒がしい環境で育った私は、あまり閑かなところではかえって落ちつきを失った。仕方なく一日に五回も六回も風呂場にゆく。湯壺には、炭焼きなどやる百姓達や伐木をやっている人夫達が入っていて、その人達が頓狂な笑い声をたてるやら、洗い場で四股を踏んで角力とるやら騒いでいる。ひッそりしている女湯の方からも裸のまま女たちが、羽目板をまわってのぞきにくる位だった。女中が東京へつれてってくれという。それが重荷になって困ったので、五日めに、その女中が買出しにやらされたとき大いそぎでその宿を出たのであった。出来ない仕事を諦めてしまえば気持ちはラクになった。この温泉を教えてくれた知人のA氏を訪ねてみようと決心した。A氏はF製糸会社の技手だった。製糸工場の実際を見学さしてもらうには最も好都合であろう。

バスの中で四五年前、H大学の文学サークルなどで遊びにきたことのあるU・Kに出会う。UもF製糸会社のA氏を知っていた。私が工場見学の目的を話すと、Uは、自分の親戚にも製糸工場を経営している者があるから案内してもいいと云った。Uの叔父が経営している製糸工場を見学する。私は幾度も工女達の賃銀について訊いたが、検番君はハッキリした説明を与えてくれない。Uがめくばせしたので、私は何気ない風で単身二階の寄宿舎へのぼっていった。蛹の臭いと、髪油のような臭いとが、澱んだ空気のなかで饐《す》えていた。

A氏の勤めているF製糸工場は、この辺で一等地の利を占めた千曲川の河ッぷちにあった。通用門の詰所で面会を求めると、やがてA氏があらわれた。一昨年の嵐以来、外来の面会などうるさくて、参観など厳禁になっているという。一昨年の嵐というのは、この地方に起った大規模の治安維持法違反事件で、F工場からも沢山の連累者が出た。夜になると守衛が減るから、外側だけでも案内しよう、とA氏はいう。夕飯がすむと私に褞袍《どてら》をきせ、手拭をもたせた。工場の風呂に案内された。まるでここは一つの風変りな街であった。工女だけでも千人もいるという。工男達の風呂場へきたが、成程ここは安全だった。濛々たる湯気の中で芋を洗うような混雑だから、勝手に振舞っても差支えない。穴ぼこのような湯壺のなかへ蛹《さなぎ》くさい濁った湯がポコポコふき出していて、じッと首まで沈めていると、工男達の野球の話やら、スペイン動乱やら、アメリカのニュデイルの噂話などきこえてくる。更衣場の方から「Aさん、Aさんはゐませんか」と吶鳴る声がきこえた。A氏の受持ち工場の工女が、今しがた首を縊ったという。その工女はここのところずッと優等工女になっていたが、実は原料繭を一桶ずつ盗んで成績をあげていたのだという事実がばれて、ゆうべ実家へ病休で帰っていたのだという。私も一緒に着換えると、A氏は気の毒そうな顔をした。傍からUも、「僕んちに泊められるといいんだけどなア」と云った。Uと二人でさきに出た。「ねエ、見たところ何処にも悲劇もないやうだがなア」。しばらく立ち尽していると、通用門から提灯をもって靴音が近付いてきた。制服巡査と、私達を態と素知らぬ風に行過ぎるA氏の横顔とであった。

（浦西和彦）

戸塚文子　とづか・あやこ

＊大正二年三月二十五日～平成九年十一月七日。東京日本橋浜町（現・中央区）に生まれる。日本女子大学英文科卒業。旅行評論家、随筆家。雑誌「旅」編集長（昭和二十三年～二十九年）。著書に『旅は風のように』『旅は悠々』など。

旅行マイナス温泉《りょこうまいなすおんせん》　エッセイ

〔**作者**〕戸塚文子

〔**初出**〕「温泉」昭和二十六年四月一日発行、第十九巻四号。

〔**温泉**〕潟上《かたがみ》温泉・湯の沢温泉・沢崎温泉（以上新潟県）。

〔**内容**〕風呂嫌いで、温泉に行ったとしても入るのは大抵一度きりの私が、しみじみ温泉恋しやの思いを味わったのは、八日間ほど佐渡へ旅行したときのことである。初めの三四日は何のこともなかった。申し分のない楽しい旅であった。それなのに五日目頃から何だか変なのに気がついた。どうもなんとなく物足りないのである。精神的な満腹感がほんのひといきだが、足りないような気持ち。それが温泉だと気づいたのは、ドンデン山登山から下りて両津の町へ出た瞬間だった。下山の途中から天気がくずれて、しぐれ始め、その雨滴に濡れたせいと、足の疲れとで、むしょうに温泉が恋しくなった。

佐渡にも温泉と呼びならわしているところが三か所ほどある。東海岸寄りの潟上、国中平野という島の中央部の金沢村にある湯の沢、西海岸の岬の鼻の沢崎だが、いずれも実はわかし湯の鉱泉だ。生まれてはじめて温泉へ入りたいと自発的に欲求を感じた私は、次の日の予定を変更して、その鉱泉の一つ湯の沢へ足を向けた。食事やサービス等全てが満点であり、環境も非の打ち所がなかったにもかかわらず、物足りなさはついに満たされなかった。入ってもあふれない普通のお湯であり、それまでに泊まった普通の旅館の普通の風呂と、全く同じだったからである。その後の新潟の泊まりがやはり温泉なしなので、長年あちこち旅行して散々厄介になりながら、有難いとも思わなかったバチで、いっぺんに思い知らされたという気がしたのである。

一旅行者の立場なら、旅行マイナス温泉はイコールものたりないくらいの答えで済むけれど、観光都市といっても、実は温泉都市である熱海などに温泉が全く出なくなってしまったら大変なことであろう。温泉の数の少ない外国の方がもっと貴重視され、医療だの農業工学だのに、この天の恵みをもっと広く活かしているという。日本でも「酒と女」の温泉から、一歩前進してもいい頃だという気がする。

（西岡千佳世）

加越二国のお湯からお湯へ《かえつにこくのおゆからおゆへ》(1)(2)

エッセイ

〔作者〕戸塚文子

〔初出〕「旅」昭和二十六年五月一日、六月一日発行、第二十五巻五、六号。

〔温泉〕湯涌《ゆわく》温泉・粟津温泉・山中温泉・山代《やましろ》温泉・片山津温泉（以上石川県）、芦《あ》原《わら》温泉（福井県）。

〔内容〕金沢から山手へバスで三十分ほどの湯涌温泉が、その夜の宿であった。千三百年前に発見されたという古い温泉だが、山中ほどに有名ではない。宿の白雲楼は進駐軍の接収があったくらいだから、外観はまったく日本ばなれがした風景だ。だが内部は日本間が圧倒している。そして食堂とかダンスホール、サロン、温泉プール、アーケイドの様な公室が充分にとってあるのは、洋式ホテルのよさを取入れたわけだろう。今の日本にはもったいないような豪華な旅館である。タイルの風呂からあがっての夕食の膳には、ごりがあった。次の日、粟津温泉へ出る。粟津の温泉場は、昔から少しも変わらない。もし二十年三十年前に来た人でも、たいして迷いもせずに以前の宿を見つけ、同じ部屋をなつかしみ、同じ主の顔に出あい、ひょっとすると同じ女中さんまで廊下で行き違うかも知れない。庭の古木や苔むした石が、宿の歴史の古さを物語っている。那谷寺は粟津から山代山中方面へ向かう電車で、ほんのちょっと行ったところにある。この寺は巌窟の寺だ。六万坪余りの境内全体が一つの巌山で、千姿万態の岩々のリズミカルな変化の合間々々に、まるで伴奏のように堂塔や、木立が入り混っている。大聖寺川の渓流ぞいに豪華な旅館が軒をならべた山中温泉の風景は、時代の大きな変転とはまるで没交渉のように、変わりがない。型の如く部屋に通され、それからまた型の如く女中さんに「どうぞ」と案内されて、浴室に入った。何の気なしに湯舟へ飛び込んでから、あたりを眺めると、美しい曲線模様のある半透明の化粧ガラスで、半ばついたてのように仕切られ、残る半分はタイルのまま隣の浴室に続いている。隣は相当広いらしく男性の話し声が、湯気の中から聞こえてくる。そのうち仕切りのないタイルの上にぬっと男の裸身が現われて、「オヤ」というように、すぐ引っ込んでしまったので、ようやく全貌がはっきりした。つまり入口は違うけれど、なかは交通自在というわけだ。総湯を中に囲んで、その廻りを宿屋が取りまいて建ちならぶ、古い湯の町の形態を、一番よく残しているのが、山代温泉である。山中が火災にあって、すっかり近代的旅館建築に変わってしまったのに対して、ここはチョンマゲ時代をほうふつさせる構えの宿が、今も静かに超現代を呼吸している。山代で聞こえた九谷焼の窯元は今でも健在だが、あの古九谷の気高い美しさを、今出来の製品に求めるすべもない。片山津は水辺の温泉だ。片山津は鴨が象徴する。鴨の群がゆあみすることにより発見された温泉であるし、今も柴山潟には浮寝の鴨が詩情をさそう。鴨猟は浴客の好スポーツで、鴨鍋が食膳にのぼり、横にねかして置ける鴨の形の酒どっくりが、旅の土産物となる。芦原温泉はいわば、熱海タイプである。数奇と豪奢とを極めた立派な旅館、美妓、銘酒豊富な料理の歓楽郷、紙幣の雨の降るところだ。

（趙　承姫）

富岡幸一郎《とみおか・こういちろう》

＊昭和三十二年十一月二十九日〜。東京に生まれる。中央大学卒業。文藝評論家。著書に『戦後文学のアルケオロジー』『内村鑑三』など。

温泉小説《おんせんしょうせつ》　小説集

〔**監修**〕富岡幸一郎

〔**初版**〕『温泉小説』平成十八年九月十日発行、アーツアンドクラフツ。

〔**内容**〕近代篇として、田中冬二「法師温泉」（中扉詩）、夏目漱石「草枕抄」、泉鏡花「鷭狩」、芥川龍之介「温泉だより」、川端康成「滑り岩／神います」、坂口安吾「逃げたい心」、太宰治「美少女」、岡本綺堂「五色蟹」、織田作之助「雪の夜」、林芙美子「放牧」を、現代篇として、大野新「無為」（中扉詩）、井伏鱒二「温泉夜話」、田宮虎彦「銀心中」、島尾敏雄「冬の宿り」、大岡昇平「逆杉」、獅子文六「狐よりも賢し」、中上健次「欣求」、筒井康隆「エロチック街道」、田中康夫「伊豆山蓬莱旅館」、津村節子「新緑の門出」、佐藤洋二郎「湯抱」を収録し、富岡幸一郎「温泉という文学のトポス」を付す。富岡幸一郎は、温泉という場所に「文学の言葉の磁場として力を求めるのではないか」。愛すべき日本の温泉は、「化物じみた場所《トポス》としての魅力を放ってやまない」という。

（浦西和彦）

富沢有為男《とみさわ・ういお》

＊明治三十五年三月二十九日〜昭和四十五年一月十五日。大分市に生まれる。東京美術学校（現・東京芸術大学）西洋画科中退。小説家、画家。「地中海」で第四回芥川賞を受賞。著書に『法律の轍』『ふるさと』『富沢有為男選集』など。

川治温泉《かわじおんせん》　エッセイ

〔**作者**〕富沢有為男

〔**初出**〕「温泉」昭和二十六年一月一日発行、第十九巻一号。

〔**温泉**〕川治温泉（栃木県）。

〔**内容**〕私が、はじめて川治温泉を訪れたのは、もう三十年程も前の事である。同行者は新進作家の小島勗《つとむ》であった。小島が二十五歳、私が二十三歳、体力も一番盛んな時である。足にまかせて歩くことにした。最初那須に出かけ、それから塩原へ這入り、鬼怒川方面へ出ようというのである。新塩原の山宿に一泊後、裏山の道に分け登った。全山の木と云う木、草と云う草が、まるで野火でも点けられた様に、真赤に変色しているのには驚いた。

川治の宿屋のおかみさんは年齢が三十位、極く目立たない服装で、髪などもグルグルと櫛巻にしたままだが、見れば見る程美しい。小島にこの宿に泊ろうと持ちかけたが、目的通り鬼怒川温泉にした方がよいと、小島は私の主張を受け付けようとはしなかった。その後秋になると、私は必ずあの紅葉と川治で出会った婦人の姿を想い出した。小島が亡くなったのは、それから七年後のことである。さらに十年後に、川治へ出掛ける機会を得た。当時四歳の次女を連れていった。その十数年の間に起った川治の変貌に驚いた。渓谷と云う渓谷は、わずかばかりの川原を残して、新しい温泉宿の建築で満たされていた。宿の廊下を川の方へ登って行くと、巌窟に出来ている野天風呂がある。長い時間を子供と一緒に遊んでいるには、恰好な場所であった。そのうちに次女の胃腸障害が起ったので、予定を早めて東京へ帰ることにした。ホテルの女将と顔を合せなかったのも、昔の夢を失わないためには、却って良かったのかも知れないと思われた。だが、妙なことから、私はホテルの女将に電話をすることになったのである。藤原から電車に乗り込んだ後で、娘の手の中に財布が握られているのを発見したからだ。娘はバスの座席で拾ったのであろう。百二三十円はいっている。確か川治ホテルの宿賃が四円位だったと思う。川治に着いた客の誰かのものだろうと思う、落し主をさがして戴きたい、財布は東京へ持って帰った上で、警察へ届けると、女将に電話で話した。それから四五日して、落し主の使いだという酒屋の小僧が来た。拾得証書を呉れろという。落し主がこないので怒鳴りつけた。するとその日の午後、落し主だという俗っぽい親爺が訪ねてきた。親爺は風呂から上がって来て、宿屋の女中を疑った。自分の不注意で宿屋へ着く前に財布を落しながら、人を疑っているのだ。私は、昔のあのひなびた百姓家の湯の宿と、今日の会社組織か何かになっている大きな川治ホテルの様式を引きくらべて、こんな客まで相手にしなければならないのかと思うと、あの美しい女将の境遇が気の毒にさえなって来た。その後、また二十年近く経ってしまったが、あの紅葉の山から降りて来て、チラッとかいま見た麗人の姿だけは、不思議と今尚あざやかである。

（浦西和彦）

富安風生《とみやす・ふうせい》

＊明治十八年四月十七日～昭和五十四年二月二十二日。愛知県八名郡金沢村（現・豊川市）に生まれる。本名・謙次。東京帝国大学独逸法律科卒業。俳人。『富安風生集』全十巻（講談社）。

四万温泉《しまおんせん》　エッセイ

【**作者**】富安風生
【**初出**】「温泉」昭和二十五年三月一日発行、第十八巻三号。
【**温泉**】四万温泉（群馬県）。
【**内容**】山々をうち重ねた奥へ奥へ、と一すじの道を行く。行きどまりといった感じのあの山の湯に、四万という文字は選んでつけた雅号のようによくあてはまる。四万温泉には十何年前の夏八月中、山口館の離れを借りて、妻と二人で逗留してから馴染になった。今年の春、中之条と前橋の俳句会を兼ねて、四万温泉に遊ぶ機会を得た。同行は加倉井秋夫君。今宵の宿も山口館。

小倉遊亀さんえがくところの彼の白タイル張りの湯槽でまず一浴する。夜は別室で句会。世話役である中之条の杉雨君をはじめ、楓吟社の昔馴染など、合せて二十人ばかりの集まりであった。翌日は中之条で、俳句大会。会が早く終わったので、ゆったりと四万の町を散歩することが出来た。大方記憶のままである中に一昨年の水禍のあとだけがいたましく目に立った。河原の天然風呂は荒れて跡かたもなくなっており、欠きとられた高い石垣はまだ修理半ばだった。蕎麦屋の刀川さんの家の前へ出る。その座敷で句会をした思い出もなつかしい。その座敷の柱にかけてあった大事な虚子先生の短冊を、蕎麦をたべに来た疎開の客に失敬された話を刀川さんから聞く。山の湯にもやっぱり浮世の風は吹くのである。一晩ですっかり耳に馴れた滝の音と川瀬の音は、寝しなの一浴の後の快い疲れを安らかな眠りに誘い入れてくれた。

（浦西和彦）

豊田三郎　とよだ・さぶろう

*明治四十年二月十二日〜昭和三十四年十一月十八日。埼玉県川柳村（現・北足郡草加町）に生まれる。本名・森村三郎。東京帝国大学独文科卒業。小説家。代表作に「北京の家」「青年時代」「行軍」など。

夢の中の顔　ゆめのなかのかお　短篇小説

〔作者〕豊田三郎
〔初出〕「温泉」昭和二十四年十二月一日発行、第十七巻十二号。
〔温泉〕E温泉。

登和子がE温泉町の親戚に預けられて、按摩の修業をつんでゐるときいたのも、そのときだつた。

〔内容〕桑野は、夕食のお膳をさげにきた女中に、この温泉場にいる綿引登和子という按摩さんを呼んでほしいと頼んだ。

学生時代に桑野は学友の石本と二人でB高原に行った。獣医の屋根裏を借り、自炊して暮らした。獣医の娘で女学生である登和子がよく遊びにきた。翌年の夏、再び行くと、登和子は見ちがえるほど成人していた。桑野も石本もひそかに恋心をおぼえた。如才のない石本が登和子が好きだ、結婚したいと思うと先に公言した。三年目の夏、石本は桑野を誘わずに、B高原に行った。桑野は石本と登和子の恋愛がこの夏こそ成就するだろうと羨望した。だが、帰ってきた石本は、登和子が失明したという。桑野はもう一度B高原をたずねたいと度々思い立ったが、盲目になった登和子を見るのが辛く、その機会をやりすごした。卒業すると会社に勤めたり、兵隊に取られたりしているうちに忘れてしまった。石本はときどきB高原に登和子を見舞った。ある日、石本が兵営にいた桑野を訪ねてきた。両親にすすめられて結婚した、登和子はE温泉町の親戚に預けられて、按摩の修業をつんでいると、そのとき聞いたのであった。それから数年、戦争が終わって、崇明島から復員してきた桑野は、石本が硫黄島で戦死したと聞かされた。

按摩が部屋に入ってきたとき、桑野は、これが登和子だろうかとしばらく疑った。桑野が覚えているかと聞く暇もなく、彼の肩にもう登和子の手がかかっていた。やがて、話しているうちに登和子は桑野であることに気づいた。登和子は、あの夏どうしていらっしゃらなかったの、わたしがっかりしましたわ、わたしが嫌いだったのねと、佗しげに微笑した。桑原は彼女の手をとって、ゆるやかに握った。もう按摩の登和子は消えて、昔の女学生がそこにいるようだった。登和子の愛していた男が、石本でなく、自分らしいと感じて、桑野は妙な気がした。桑野は復員して、半年ばかりして妻をむかえた。細君のおなかには、彼の子供が宿っている。会社の出張の帰途、この温泉場に寄り、登和子に逢おうとしたのは、昔の恋が捨てきれなかったのではないか。盲いて、一層美しく魅惑的に見えるのは、どういうわけだろう。登和子は、どうして、桑野さんの声を忘れたんでしょう、お顔はよく覚えていて、夢にもよく見るんですよという。

（浦西和彦）

豊田四郎　とよだ・しろう

*明治三十九年一月三日～昭和五十二年十一月十三日。京都市上京区室町出水に生まれる。府立第一中学校卒業。映画監督。「夫婦善哉」（昭和三十年）でブルーリボン賞監督賞を受賞。

伊豆のいで湯で家族サービス　いずのいでゆでかぞくさーびす　エッセイ

〔作者〕 豊田四郎

〔初出〕「旅」昭和三十三年十一月一日発行、第三十二巻十一号。

〔温泉〕 谷津《やつ》温泉・峯（峰）温泉・稲取《いなとり》温泉（以上静岡県）。

〔内容〕 胃腸病の療養のために、家族で温泉旅行に行くことにした。漁港の稲取から温泉が涌き出たことを知って、稲取行きを思い立ったが、宿が空いていなかったため、仕方なく稲取の後で寄るつもりだった谷津に向った。道中の有料道路は、八幡野までしか舗装されておらず、その先は砂利道という「キセル・ロード」だった。しかし、海岸線の絶景のおかげで、妻も娘も気分を害することはなかった。谷津の岩に囲まれた野天風呂は、空の青を映して満々たる湯を湛え、時折流れるように白雲が影をおとして行く。岩間から浜木綿が象牙のような花を覗かせていて見事である。岩に頭をもたせかけて眼をつむると、蟬の声が五臓六腑にしみ入るような快感だった。夕餉の食卓は新鮮な魚で埋め尽くされた。妻は消化薬をくれた。湯の効き目だろうか、不思議に胃袋に重みを感じなかったし、翌朝も好調であった。谷津の町を散歩しながら、臨済宗建長寺派に属し、「河童の甕」という寺宝がある栖足寺に行った。夜は、宿屋の奥さんに頼朝の書としてこの家に伝えられて来たという一幅の軸を見せてもらった。

その後、峯温泉から稲取へ回った。河津浜から下田までにある東海岸は絶景である。ハイヤーの運転手に聞いたところによると、ここ一帯を「東急」が買い占めているらしい。こんな所にも大都会と同じ脅威が押し寄せて来ているのかと空恐ろしく思った。稲取の宿は海辺に立っていた。丘の上の野天風呂は海を見渡して眺望雄渾であろうが、残念なことに折からの雨にその気分を満喫することはできなかった。

（荒井真理亜）

【な】

永井龍男　ながい・たつお

*明治三十七年五月二十日～平成二年十月十二日。東京神田（現・千代田区）に生まれる。一ツ橋高等小学校卒業。小説家。『永井龍男全集』全十二巻（講談社）。昭和五十六年文化勲章を受章。

麻雀の席　まーじゃんのせき　エッセイ

〔作者〕 永井龍男

〔初出〕「温泉」昭和二十四年七月一日発行、

第十七巻七号。

〔**温泉**〕法師温泉（群馬県）、山中温泉・湯涌温泉（以上石川県）、修善寺温泉・熱海温泉（以上静岡県）、湯河原温泉・箱根塔ノ（之）沢温泉（以上神奈川県）。

〔**内容**〕二十年前に法師温泉へ行った。直木三十五、池谷信三郎、菅忠雄、横光利一とである。今更ながら驚いているのは、私を除いた他の四人が、故人になっていることだ。長身痩軀の直木さんが、頭を湯舟の縁に委ねて、何処を風が吹くといった顔をしていたのが、昨日のことのように思い出される。直木さんはここの湯が大層気に入って、何度も仕事に来ていた筈だ。真鍮の吊りランプが十も二十も梯子段の裏に並べかけてあった。その夜、そのうす暗いランプを吊った部屋で麻雀をした。菅さんが東京から持参したのだ。法師の湯宿のうす暗い古びた一室を思い描くと、ランプの下に四人の故人が卓を囲み、無心に麻雀をたのしんでいる姿が浮き上り、鬼気迫る思いがしてくる。池谷さんは蓄膿の気味があって、鼻をクンクンさせる癖があった。観戦の横光さんは端坐した膝の上にパイプを挟んだ手を置いて、口をややへの字に結んでいるし、菅さんは喘息の持病があって息使いがあらい。物静かでいるかいないか分らないのは直木さんであった。

　戦争中から、温泉とは縁がなくなった。これからの話はみな一昔前のことになる。豪華さで印象に残っているのは山中温泉の河鹿荘と金沢の湯涌温泉である。この二つは、私の知るかぎり温泉旅館の枠をはずした一流のホテルで、エレベーターのあるのにも驚いた。浴場で一番好きなのは、修善寺の新井の天平風呂だ。天然の大石をふんだんにあしらい、木地の柱の美しさを生かした、天平風の上屋が簡素でよかった。親切なサービスでたのしい思いをしたのは、十五年前の湯河原の中西で、毎日のおやつがうれしかった。文藝春秋社の毎年春秋に行なう社内旅行や忘年会も、今となっては夢のような話になってしまった。熱海では古屋、箱根塔ノ沢の還翠楼などは、社員の方でいつの間にか親類のような気になり、いろいろと無理も迷惑もかけている。今日の銭湯のありさまを見聞するにつけ、温泉客の慎しみとか礼儀というものの廃れ方は当然想像できる。かかり湯もせず、どぶんと浴槽へとび込む無礼さだけでも、なんとか改めたいものである。

（浦西和彦）

中上健次　なかがみ・けんじ

＊昭和二十一年八月二日～平成四年八月十二日。和歌山県新宮市に生まれる。新宮高等学校卒業。小説家。「岬」で第七十四回芥川賞を受賞。『中上健次全集』第十五巻（集英社）。

欣求《ごんぐ》　短篇小説

〔**作者**〕中上健次
〔**初出**〕「風景」昭和五十年二月一日発行、第十六巻二号。
〔**初収**〕『化粧』昭和五十二年三月二十四日発行、講談社。
〔**全集**〕『中上健次全集第三巻』平成七年五月二十四日発行、集英社。
〔**温泉**〕湯の峯（峰）温泉（和歌山県）。
〔**内容**〕熊野の湯は、信徳丸という話の中にも出てくる。弱法師まがいの四十五六の男が、女に手をひかれてよろよろとベンチから立ち、湯の峯に行くのには、どこから乗るんですかと訊ねた。彼は一緒に湯の峯まで行ってみようと思った。乗客は彼をいれて八人ほどだった。彼の母は死にかけていたが、もちなおした。彼は東京の生活に行き詰り、会社を辞め、なにもかも一から出なおそう、その為にも一か月ほど、故郷へ戻り、せめて一か月ほどでも母の傍にいて親孝行したいと、女を説得し、女、子供ともどもこの熊野に戻った。

弱法師は盲いているようだった。彼が訊くと、女が「人眼をはばかる御病気にかかられ」と敬語をつかった。二人の姿かっこうは乞食と呼んでよかった。弱法師も女も首から大きな布袋をぶらさげていた。着ているものは、二人とも普通の人間の着る現代的なものだった。バスを降りた客は、彼と女と弱法師の三人だけだった。彼は一晩とまって行くことにした。その昔、みんなここにたどり着くまでに死に果てたのだろうと思った。ここは、辛うじてたどり着いた者の死に場所だったのだろう。業病、異様の者が、舟も汽車もない幾重にも折り重なった山の中にあるこの湯の峯に、簡単にたどり着けるはずがない。

酒を呑み、眠りこんだ。なまあたたかいものが体に触れ、唇に触れた。女が彼の体におおいかぶさり、抱きしめていた。「このような異様な者、犬畜生以下の者、お救け下さりませ、穢れをお救い下さりませ」。「なむあみだぶつ、なむあみだぶつ」と小声でとなえる声がした。弱法師の手が、女と彼の性器がつがっている場所にのびてきて、女の性器をさわり、彼の性器をさわるのがわかった。女と弱法師はいずこからこの熊野へやって来たのか、と思った。朝、ひと風呂浴びてから川口の町にもどろうと、彼は湯場へ行った。女が弱法師の体に、湯をすくって、撫ぜていた。「あなた、浄土からの湯でござります。有難い湯でござります」。「なむあみだぶつなむあみだぶつ」と弱法師は小声でとなえた。昨日、手ぬぐいでかくしていた女の脇腹には、口をあけた桃色の大きな傷があった。

（浦西和彦）

中川善之助《なかがわ・ぜんのすけ》

＊明治三十年十一月十八日〜昭和五十年三月二十日。東京に生まれる。東京帝国大学卒業。民法学者。著書に『日本親族法』『相続法の諸問題』など。

奥羽山中にある妖気の湯治場《おううさんちゅうにあるようきのとうじば》　エッセイ

〔作者〕中川善之助

〔初出〕「旅」昭和三十四年六月一日発行、第三十三巻六号。

〔温泉〕定義温泉（宮城県）。

〔内容〕仙台の駅前から「定義温泉ゆき」という市バスが出る。仙台から三十キロ、大倉川の氾濫地帯の広く開けた雄大な景色を眺めたりしていると、いつの間にか定義如来の山門を正面に見出すところまで来る。縁結びだとか、子授けだとか、商売繁昌だとか、どこの民間信仰にも付き物のご利益が宣伝されているほか、ここの如来には特別に効験あらたかなご利益がある。それは、誰でも、またどんな願い事でも、その人の一生一度の大願だけは、きっと聞き届けてもらえるというのである。この定義如来に参詣して、その裏へ出てもと来た定義街道を更に北上する。三キロほど入ると屋敷平という部落があり、そこから定義温泉までは八丁と言われている。三分の二ほど行くと峠に達し、それから大倉川の支流湯川の岸まで下ると、定義温泉である。宿屋が一軒。対岸の崖によりかかるように建てられた一棟の古びた建物が、定義温泉なのである。その横に小さな祠があり、白の幟が立てられ、墨で定義如来と書かれている。

浴場に行ってみると、絶壁の岩をくって出来ている天然風呂に近いものであった。

湯槽の壁と天井は天然の岩である。湯はわずかに青みを帯びた透明水。湯の温度は低く、手を入れても殆ど温かいとは感じない。三十四度しかなかった。鬼気漂うような巌窟の湯槽に、二時間も三時間もじっとつかっていることが、精神の安静になるのかもしれない。目が充血したり、心気が昂進したりしたとき、この湯にじっとつかっていると、じきによくなるという話である。

（西岡千佳世）

中河与一《なかがわ・よいち》

＊明治三十年二月二十八日～平成六年十二月十二日。香川県坂出町（現・坂出市）に生まれる。早稲田大学英文科卒業。小説家。新感覚派文学運動に参加。代表作「天の夕顔」はベストセラーとなる。『中河与一全集』全十二巻（角川書店）。

思ひつくまま《おもいつくまま》　エッセイ

〔作者〕中河与一
〔初出〕「温泉」昭和二十五年五月一日発行、第十八巻五号。
〔温泉〕熱海温泉（静岡県）、別府温泉（大分県）、今井浜温泉（静岡県）、星野温泉・鹿教湯《かけゆ》温泉（以上長野県）、箱根温泉（神奈川県）。
〔内容〕ヨーロッパには日本ほど温泉がないので、小説にも温泉が余り出て来ない。モーパッサンの「モントリオル」が温泉場を背景にした外国小説の随一ではないかと思う。東の熱海と西の別府が、混乱と清潔との両方をそなえていて、東西の代表的な温泉場という気がする。しかし、私は余り俗悪になりすぎている温泉場は好きでない。伊豆の今井浜や、軽井沢の近くの星野温泉など、節度がよく、清潔であって、静かで設備も文明的で気持ちいいところであった。モーパッサンの「モントリオル」には温泉場つきの医者が二三人いて、入湯の患者に処方箋を書いて与え、日に幾分間湯に浸れとか、湯を一日に幾杯のめといっているところがある。そこまでしなくとも、温泉場に一人か二人位の医師がいて、泉質とか療法についてハッキリした指導を与えるという事があればいいのではないかと思う。鹿《か》教湯《けゆ》温泉という淋しい温泉場に、自分の「天の夕顔」という小説のモデルになった人が、戦争から帰ってそこにいたので、行ったことがある。温泉は低温で、入湯に来ている人も多く脳溢血の患者であった。そういうところは、何となく心が重くて、やりきれない。自分が今まで行った温泉場で一番好ましかったのは、箱根の強羅ホテルと熱海の熱海ホテルであった。徳富蘇峯翁と熱海ホテルのベンチで話した時の記憶や、戦争中飲んだ牛乳の味など何時までも忘れる事が出来ない。今はそういうところへも行けないわけであるが、これは仕方がない。第一日本の経済状態からいっても、ああいうホテルを経営する事からしてむずかしいであろう。

（浦西和彦）

冬の温泉《ふゆのおんせん》　エッセイ

〔作者〕中河与一
〔初出〕「温泉」昭和二十八年二月一日発行、第二十一巻二号。
〔温泉〕箱根温泉（神奈川県）、妙高温泉（新潟県）、奥日光の温泉（栃木県）、熱海温泉（静岡県）、星野温泉（長野県）。
〔内容〕私が箱根の小涌園に行ったのは一昨年の二月頃である。福田清人、田辺茂一らと一緒であった。大体箱根というところは避寒地ではない。山の高みにあるのであるから空気が清澄で寒さがきびしい。小涌園は藤田男爵邸を改造したもので、大小十幾棟の別棟建ての温泉が庭園の至るところにある。何よりも感心したのは、温泉の蒸気を惜しげもなく使って暖房装置をしていることであった。ひろいサンルームの床下にラジエーターが通っていて、そこから温い熱気が絶えず室内に流れていた。多くの日本宿が完全な暖房を持っていない時、これは理想的であると思った。大体別棟建の温泉は、外の客に邪魔せられることなく静かで、どんなわがままでも出来ていい。小涌園で一泊した翌日、僕等は芦の湯の松阪屋に行き、私だけスケートをした。

スキーではずっと前、池の平と奥日光に行った。妙高山麓のスキー場で、妙高ホテルに泊まった。ここも硫黄泉で、そのころはまだ浴槽が充分に完成していなかった。一日辷りつづけて、汗みずくになって帰ってくる。それから温泉にとび込むと、何とも云えない爽快な気持ちになる。奥日光へ行った時は家族同伴で南間ホテルである。夕ぐれになってスキー場から帰り家族と一緒に風呂に入る。ここも硫黄泉である。モーモーと湯気のたっている中で家族達と一緒に湯をあびるのは健康的で誠にたのしい。朝眼がさめると、軒端にさがっている垂氷《つらら》に陽がさして何とも云えず美しい。

避寒という名に値するのは、伊豆の温泉地帯であろう。東京よりは三四度位温度が高い。熱海ホテルも接収解除になって面目一新した美しさを持っている。戦争中、そこでは東京で飲めない牛乳をだしてくれ、歳の暮れであったのにもう桜が咲いていた。徳富蘇峯先生は今年九十一歳になられたが、その頃、このホテルまで散歩に来られることがあった。見ると先生はゴム靴の下に何もはいていられない。素足が袴の下からみえる。先生の御元気と同時に、その位この辺はあたたかいことが感じられた。山と海とを持ったこの地帯は寒さを避けようとする者にはこの上ない場所である。

愛人同志がそっと世間から離れて二人の時を持つためには信州の星野温泉などがよい。冬はひっそりして来る人も稀である。暖房は電熱器を入れた炬燵で、山の中の一軒屋であるから大変静かである。

（浦西和彦）

芦の湯《あしのゆ》　エッセイ

〔**作者**〕中河与一

〔**初出**〕「旅行の手帖―百人百湯・作家・画家の温泉だより―」昭和三十一年四月二十日発行、第二十六号。

〔**温泉**〕芦の（之）湯温泉（神奈川県）。

〔**内容**〕芦の湯は箱根の中でも最も高い地点にある。海抜九百七十五メートル、夏も涼しい。私は最近毎年のように夏を芦の湯ですごす。気温も大体、軽井沢と同じで、朝は十九度前後、昼は二十四五度前後であろうか。芦の湯には宿が松坂屋と紀伊国屋とたった二軒きりで、山陰に立っている。芦の湯は硫黄泉であるから神経痛や皮膚病の人には最適である。芦の湯のいい点は、近所にゴルフ場とか、ハイキングコースとか、湖水とか、繁華な街が適当にあるということである。ことに七月三十一日には湖上祭があって、夜になると、十六七艘の汽船が美しいイルミネーションをつけ、客を乗せて湖上を航行する。私はある日、双子山に登った。この山にもケーブルカーをつける計画があるという。芦の湖や富士山や箱根の連山を見おろすにはいい場所である。宿の後のちょっとした祠《ほこら》にのぼると、賀茂真淵や芭蕉の碑が立っている。江戸時代、文人墨客がよく集った跡であるという。二つの宿が競争しているから、グリルもあり、ダンス・ホールもあり、テレビもありという工合で、山中の温泉場としては申し分のないところと云うべきか。

（浦西和彦）

な

中里介山《なかざと・かいざん》

＊明治十八年四月四日～昭和十九年四月二十八日。東京西多摩郡羽村（現・羽村市）に生まれる。本名・弥之助。西多摩小学校高等科卒業。小説家。「都新聞」などに「大菩薩峠」を連載。『中里介山全集』全二十巻（筑摩書房）。

大菩薩峠《だいぼさつとうげ》　長篇小説

〔**作者**〕中里介山

〔**初出**〕「都新聞」大正二年九月十二日～同三年二月九日、大正三年八月二十日～十二月五日、大正四年四月七日～七月二十三日、大正六年十月二十五日～十二月三日、大正七年一月一日～同八年十二月十七日、大正十年一月一日～十月十七日。「大阪毎日新聞」「東京日日新聞」大正十四年一月六日～十二月二十九日、大正十五年一月五日～五月二十日、同年七月十三日～十月二十一日、昭和二年十一月二日～同三年四月七日。昭和三年五月二十二日～九月八日。「隣人之友」昭和八年三月～同九年五月。「読売新聞」昭和九年十月十六日～同十年六月十五日。他に「農奴の巻」「京の夢おう坂の夢の巻」「山科の巻」「椰子林の巻」は書き下ろし刊行。

〔**全集**〕『中里介山全集第一～第二十巻』昭和四十五年一月～同四十七年七月発行、筑摩書房。

〔**文庫**〕『大菩薩峠』全十二巻〈ちくま文庫〉平成七年十二月四日～同八年九月二十日発行、筑摩書房。

〔**温泉**〕

(1)龍神温泉（和歌山県）。

八大龍王の八という数が、ちょうどこの龍神村の字の数と同じことになる。そうして、この湯本の龍王社には王の中の王たる難陀龍王を祀ってある。野垣内、湯の野、大熊、殿垣内、小森、五百原、高水の七所に、あとの僧鉢羅龍王までが一つずつ潜んでいるということでありました。

(2)奈良田《ならだ》温泉（山梨県）。

そんなこんな伝説がいくつも存在しているこの山の奥、人を隠すにも隠れるにもよいところ、ことにその地には百二十度の温泉がある―お徳の温い心、いつも冷たくなっている龍之助の心を、そこで温かにしてやろうという世話ぶり、その世話ぶりがいつまで続くか。龍之助が温かい人になることができないまでも、お徳のような温良な山の女を冷たい人にはしたくないものです。

(3)塩山《えんざん》温泉（山梨県）。

「行って見給え、江戸からのお客というのを途中で迎えて、それを案内してあの辺の名所を見物し、その帰りに塩山の湯にでも浸ってみるも一興であろう。」

(4)白骨《しらほね》温泉（長野県）。

「お雪ちゃん、病んでいる人を癒す白骨のお湯は、またいきた人を白骨としてかえす力のあることを御存じはありますまい。」

〔**内容**〕机龍之助は、大菩薩峠で老巡礼を斬り殺した。御岳山の奉納試合で宇津木文之丞を打ち殺し、その妻お浜と江戸へ出奔した。四年後、二人の間には郁太郎が生まれたが、江戸での生活に飽きた龍之助は、お浜を斬って京都へ行く。その途中、鈴鹿山麓でお浜と生き写しのお豊を助ける。大菩薩峠で殺された老巡礼の孫お松は、盗賊の七兵衛に助けられ、生け花の師匠お絹の世話で四谷伝馬町の神尾主膳の家に奉公する。神尾主膳は三千石の旗本で、酒行悪癖にふけり、屋敷内に蕩児たちを出入りさせている。文之丞の弟兵馬は、江戸で島田虎之助に剣を学び、兄と義姉の仇を討つため、龍之助を追う。龍之助は、新撰組に加わり、奈良では天誅組にも参加する。だが鷲尾口の戦いに敗れ、十津川で猟師の投げた火薬で失明し、龍神村に落ちのびる。お豊は、金蔵と結婚し、龍神温泉の内儀となっていた。金蔵は嫉妬で半狂乱となり、龍之助に斬り殺される。龍之助は行く先々で辻斬りをつづける。龍之助は、お若が不義のかどで私刑にあいかけているところを救う。その縁で、お若の妹お雪の介抱を受けながら白骨温泉に隠れ住む。白骨温泉では男妾が謎の水死をとげ、続いて後家も溺死する。伊勢古市にお玉という女藝人がいた。お玉は古市で遊女となっていたお豊の遺書と金包をあずかったが、そのため盗みの嫌疑をかけられる。お玉の友達で槍の名人米友、江戸両国で見世物興行を打っていた女軽業一座の親方のお角、新任の甲府勤番支配となった開明的な旗本駒井能登守、幼いときに顔に大火傷を負った甲州有野村の馬大尽の娘のお銀、町医者で金持ちを嫌う大酒飲みのひょうきんな変わり者の道庵先生、など次々に登場して、物語は進行していくが、未完となった。

（浦西和彦）

中里恒子《なかざと・つねこ》

＊明治四十二年十二月二十三日～昭和六十二年四月五日。神奈川県藤沢市に生まれる。本名・佐藤恒。旧姓・中里。神奈川高等女学校卒業。小説家。「乗合馬車」で第八回芥川賞を受賞。『中里恒子全集』全十八巻（中央公論社）。

雪の扉温泉・明神館《ゆきのとびらおんせん・みょうじんかん》　エッセイ

〔作者〕 中里恒子

〔初出〕「旅」昭和五十年三月一日発行、第四十九巻三号。

〔温泉〕 扉鉱泉（長野県）。

〔内容〕 山の雪の宿の炬燵で凍った雪景色を見たい。鮎はとれないと言われて、私は絶対に鮎がとれて干鮎にして保存してあると勝手に想像していたので失望した。新宿から特急あずさ四号十時発、松本着二時、車で扉まで四十分、雪はなし、アルプスも見えず、氷雨の美ヶ原へ登る道の斜面は葡萄畑である。明神館という宿に到着、お風呂を勧められるが、コンクリの廊下が冷たく濡れており、しかも滑る。危ないではないか、なぜうすべり（ござ）を敷かないのか。宿の主人に意見する。主人は正直な好青年で三代目として宿の経営に熱心だ。翌朝、侘しく湯舟にじっとしていると相客があった。常連の湯治の老女で塩尻から毎年来るという。朝膳に鮎が出る。気を遣ってくれたらしい。主人の車で松本へ。松本城の前の民族資料館は重要民族資料指定になっており、土俗的な信仰コレクション、七夕飾り、押絵など素朴で凄みがある。無気味な美しさは独特だ。昼食はそばよりフランス料理を。食後古道具屋に行くと松本押絵があったので女形のものを千五百円で買う。蓮の絵の染付の皿は四千円だというので値切ると正直にうちに置きたいから売らないという。押絵は宿の縁で二百円負けてくれた。こうしたやりとりに旅情があり満足した。アルプスへ登る若者たちがシーズン中にはひしめいて、がらくたあさりをするのだろう。ずっとつきあってくれた宿の若主人に感謝して駅に入る。「なんにもないよさがありました」。「またいらしてください」。とうとうアルプスは一日も見ることはできなかった。

（大川育子）

熊野路、湯の峯まで

くまのじ、ゆのみねまで　エッセイ

〔作者〕中里恒子
〔初出〕「旅」昭和五十年七月一日発行、第四十九巻七号。
〔温泉〕湯の峯（峰）温泉（和歌山県）。
〔内容〕昔から何万人何千人となく、人々は、みくまのの熊野三山へ詣でることを、生涯の願いとした。信仰と誓いをたてるのが願望であった。不老不死、無病息災、子孫繁栄の祈りを、歴代の上皇から、万民に至るまで、熊野の大自然に詣で、念願した。

　東京を出発し、知人宅に寄って熊野路の古書を拝見し、白浜に泊まる。翌日、湯の峯に一泊。次の日、十津川沿いに五条に出て、奈良の都へ出る予定であったが、本宮から新宮を回り、京都へ出ることにした。

　湯の峯は、熊野の中辺路の終点のような山里である。浄瑠璃、歌舞伎などで親しまれている小栗判官、照手姫の伝説によれば、険しい山坂を越えて辿り着いた判官が、湯の峯温泉に入って、難病を治したというところで、昔から湯治場であった。湯治ばかりでなく、熊野本宮へ詣でるために、ここで湯垢離をとるならわしがあった。温泉と、宗教的行事とがひとつになっているような湯の峯は、それだけで神秘的な土地に思える。田辺の町から熊野へ向っていく街道沿いに、清姫の墓しるべがある。清姫とは、道成寺の安珍清姫物語のヒロインである。

　熊野街道沿いには、摂津の天満から本宮までの間に、九十九王子がある。王子とは、熊野詣での途中の遥拝所、宿泊所のような所で、これがまた、一つの道しるべともなっていたようである。瀧尻王子、高原王子に立寄った。

　湯の峯の街道沿いに、川を挟んで旅館が並んでいる。あづま屋はその中でも一番古い宿である。湯の峯薬師へ参詣する人たちの、湯治場である。東光寺のご本尊の薬師像は、湯の花の化石がかたまって、あたかも胸のあたりの空洞から、湯がふきこぼれているように見えるため、湯の胸薬師像として信仰するようになったという。ここの温泉は湯が熱い。噴き出る湯気で、筍も、玉子もゆだる位の熱湯である。大湯は、いかにも湯治場然とした、木の湯船がぬるぬるするほど、古色蒼然たるものであった。

（西岡千佳世）

中沢けい

なかざわ・けい

＊昭和三十四年十月六日～。千葉県館山市に生まれる。本名・本田恵美子。旧姓・成田。明治大学政経学部卒業。小説家。「海を感じる時」で第二十一回群像新人文学賞を受賞。

箱根温泉路記

はこねいでゆみちのき　エッセイ

〔作者〕中沢けい
〔初出〕「旅」平成元年三月一日発行、第六十三巻三号。
〔温泉〕芦之湯温泉・木賀《きが》温泉・底倉温泉・宮ノ下温泉・堂ヶ島温泉・箱根湯本温泉（以上神奈川県）。
〔内容〕『玉匣《たまくしげ》両《ふたつ》温泉《いで》路記《ゆみちのき》』は熱海と箱根の温泉をめぐる紀行文である。作者の原正興に続かんと、東京を出発、熱海から箱根路を辿った。

　原正興は湯治を思い立ち、つかえる藩主に三十日間の休暇を願い出る。天保十年（一八三九）、正興と友人の神村光興は江戸を出発し、三日目に熱海に到着、九日間滞在。十国峠から箱根の関所を越え、箱根権現に参拝、芦之湯の松坂屋に宿泊、宮城野へ抜けて木賀温泉に到着している。松坂屋は『玉匣両温泉路記』にも「湯宿六軒有。松坂屋と云、中に手広きさま也。湯は硫黄にてくさし。湯桁に硫黄つき、湯にごりて見ゆ。この湯は、気のぼる病にはいむとき、ゐたれば、やすまずして行」とある古い宿だ。現在はひっそりしているが、旧東海道の道筋であった往時には七湯の中で一番の賑わいを見せた。

松坂屋に泊まり、翌日二人の遊んだ道を辿る計画だったが、雨と霧のため引き返し、木賀へ出た。木賀と宮ノ下の間には底倉温泉がある。蛇骨川沿いに山へ入ると、太閤の湯が現われる。宿は宮ノ下の奈良屋と決めていた。宮ノ下は江戸以降にも賑わい続けた様子で、今見るところの町並みは、日本にも西洋にまねた上流階級の生活があったことをしのばせる。雨に振り込まれた二人は奈良屋の紅葉間で歌を詠み、身体をもてあましていたのか、堂ヶ島に降りる。堂ヶ島は国道から早川の流れる谷底へ降りた川辺の温泉であった。今は大きな旅館が二軒あり、それぞれ専用のロープーウェイとケーブルカーを持つ。二人は宮ノ下から江戸へむけて帰路についたという。

宮ノ下から箱根登山鉄道に乗り、湯本駅で下車した。早川にかかった橋を渡り、古い温泉宿が並ぶあたりまでが川沿いの平地、広く開けた谷で、そこを少し登ると禅宗の早雲寺があった。『路記』には本堂の内部は三方折廻し、竜虎を大形にかきたりとあるが、寺門に拝観謝絶とあるので、引き返した。二人はここから東海道へ出て、江ノ島、鎌倉金沢八景に遊んで江戸へ戻っている。寄り道する二人と別れを告げると、新宿までは瞬く間であった。

（岩田陽子）

中島健蔵　なかじま・けんぞう

＊明治三十六年二月二十一日～昭和五十四年六月十一日。東京麹町（現・千代田区）に生まれる。東京帝国大学仏文科卒業。評論家、フランス文学者。著書に『懐疑と象徴』『現代文藝論』など、小説に『自画像』がある。

温泉あちこち　おんせんあちこち　エッセイ

〔**作者**〕中島健蔵
〔**初出**〕「温泉」昭和二十四年二月一日発行、第十七巻二号。
〔**温泉**〕上高地温泉（長野県）、弟子屈（摩周）温泉（北海道）、浅虫温泉（青森県）、花巻温泉（岩手県）、飯坂温泉（福島県）、伊香保温泉（群馬県）、勝浦温泉（和歌山県）、道後温泉（愛媛県）、別府温泉（大分県）、阿蘇温泉（熊本県）。
〔**内容**〕温泉を目的に旅行したことはないが、案外、日本中の温泉へ行っている。長逗留したのは、三十年ぐらい前の上高地だけである。北は北海道の「弟子屈《てしかが》」、東北では「浅虫」、南へ下って「花巻」、馬山参と一しょで、宮沢賢治の設計した花園のあとを見たりした。福島に親せきがあるので「飯坂」にはよく行った。飯坂の奥の「天王寺」。「伊香保」は最近はじめて行って泊まった宿屋の湯滝に満足した。信州は、高等学校の時、三年暮らしたので多くの温泉を知っている。特に上高地には、ひとりで一週間ぐらい居たことがある。まだホテルはなかった。清水屋一軒である。何しろ上高地だから、温泉よりは山である。戦争中、甲府へ行って、町の中に温泉が出ていることをはじめて知って驚いた。「勝浦」の温泉をたのしんだ。浦島というところに泊まって、すっかり気に入った。西の方は比較的、最近の経験である。「道後」も、「別府」も、「阿蘇」も、ついこの間泊まった。ただ単に、湯にはいるだけなら、わたくし

にとってはたのしくもなんとない。温泉へつかるのはすきだが、やはり、町や風景のたのしさの方が問題である。（浦西和彦）

黒部の谷間・秘湯めぐり

くろべのたにま・ひとうめぐり　エッセイ

〔作者〕中島健蔵

〔初出〕「旅」昭和四十四年七月一日発行、第四十三巻七号。

〔温泉〕鐘釣《かねつり》温泉・黒薙《くろなぎ》温泉（以上富山県）。

〔内容〕五月の一夜、八時四十分の急行「越前」に乗り込んだ。宇奈月からの黒部鉄道が鐘釣温泉まで客を乗せるようになったので立てた旅程だ。富山駅着は午前五時九分。六十六歳のわが身にしては重い荷をしょい、富山地方鉄道へ。七時着の宇奈月駅から黒部鉄道の駅へ歩く客は数人だった。黒部電鉄の客車は黒部川を眼下にゴトゴトのぼり、深い谷間に残雪が見える。黒薙駅の手前で本流から離れて黒薙川を渡る。工事用軌道にしては説明アナウンスもあり行き届いている。九時前に鐘釣に到着。温泉は川原に点在する岩風呂だ。意外なのは、地図にある錦繡温泉は存在しないという事実だ。地形が変化したのだろうか。百人風呂につかり足裏の石が痛いので泳いで避け、ドスンという残雪の落ちる音を聞く。翌日、軌道車に乗り、発電所を眺めて後曳橋を渡ると「くろなぎ」だ。無人駅で道も知らないまま、ひとりトンネルを歩き、黒薙温泉口へ出ると光がまぶしい。黒薙川の右岸の宿に荷を解く。湯治客は自炊が建前で、両岸の花崗岩の間から熱湯が湧いている。下流に魚がいないのは熱い湧泉のためで、冬は川が湯気で煙る。自炊の湯治客が数組いるだけ、発電所の人が立ち寄るが、どちらから来るにしてもトンネルをくぐらなければならない。滝があり、野猿の群れが出没、なだれがあり、落石があり、クマも。安全とはいえない抜け穴周辺は温泉も出るが、出水にもおびやかされる。できるだけさかのぼって歩きたかったが残雪や落石に断念、宿の安全な温泉に入る。深夜の黒薙川を眺め、翌朝は深い谷を見下ろし別れを惜しむ。三日間の自然との対話を終えた。（大川育子）

野獣の気もち

やじゅうのきもち　エッセイ

〔作者〕中島健蔵

〔初出〕「旅」昭和四十七年十二月一日発行、第四十六巻十二号。

〔温泉〕大丸《おおまる》温泉（栃木県）、鐘釣温泉（富山県）。

〔内容〕はじめて露天風呂にぶつかったのは、子供のころ、父に連れられて行った大丸温泉である。父は裸になって飛びこんだが、私は恥かしがりのところがあって、はいらなかったような気がする。露天風呂に対する特別な趣味は持っていない。しかし、黒部の鐘釣温泉の河原の露天風呂はすばらしかった。川の音が聞こえ、たったひとりで、一番奥の広い風呂にはいって、歩きまわったり、泳いだりして楽しんだが、いつのまにか、野獣の気持ちがわかるようになって来た。裸のままで、ふいに敵が出てくるかもという無言の警戒心があった。川の流れのすぐわきの広い露天風呂を独占するのは、めったにできないぜいたくだ。そのほかに建物のすぐわきの人工的な露天風呂にひとりではいった経験がある。動物園のおりの中の水槽にいるような気持ちだったから、へんなものである。（浦西和彦）

長瀬春風

ながせ・しゅんぷう

＊明治十八年～没年未詳。山形県に生まれる。本名・金平。早稲田大学英文科卒業。編集

者、小説家。博文館の「冒険世界」の編集者。

伊香保の蕨《いかほのわらび》　エッセイ

〔作者〕長瀬春風

〔初出〕『伊香保みやげ』大正八年八月十五日発行、伊香保書院。

〔温泉〕伊香保温泉（群馬県）。

〔内容〕ある春の日、「蕨とるなら伊香保の山よ／可愛いおぬしの手をひいて」と唄っている小娘《こむすめ》を見たことがあった。いつか春の日、伊香保の山に遊んで見たいと思ったことであった。それから四五年過ぎて、自分の机を整理した時、一通の手紙を発見した。それには「斯うして蕨の生えて居る思出多い伊香保の山に立つて居ても、おん身無くては何の幸福があらう」というように書いてあった。こうして私の伊香保行きは打ち消すことの出来ぬ欲求となった。三月末に一行十三人で伊香保へ出かけた。伊香保の街は石段通りのダンダラ上りとなり、それが如何にも山の街らしく、振り返れば自分の立っている左右の軒下から屋根が漸々《だんだん》下へと続いている。伊香保の街の面白味も、その風情もこの石段道にあるらしい。ここ伊香保に来て失望したのは、湯の色の褐色に濁っていることと、ゴッボゴッボと出湯の音が耳うるさく引切りなしに響くので、湯槽《ゆぶね》の中に身を横たえながら、幽冥の世界に恍惚することが出来ないことであった。朝の気分は又格別だ。障子を開けば、小野子、子持の山々が荘厳清麗の姿を座敷一杯にうつしてくれる。伊香保の山に美人あり、その名をSという。三人だけ召集して、シャンシャンシャンと爪掻きの美《い》い音《ね》に、Sの膝を枕に、一日呑気に遊び暮らしてしまった。帰る際に「蕨の時分には必《き》つと入《い》らしつて下さいな」と言ってくれたが、「不如婦」の浪さんの真似かと思うと嬉しかった。もう一度本当に蕨の時分に行って見たいと思っている。

（浦西和彦）

永田一脩　ながた・いっしゅう

＊明治三十六年十一月十一日～昭和六十三年四月九日。福岡県門司市（現・北九州市）に生まれる。美術学校卒業。画家、写真家。プロレタリア文化運動に参加。著書に『プロレタリア絵画論』など。

伊豆にある滝見の湯《いずにあるたきみのゆ》　ひなびた共同浴場《ひなびたきょうどうよくじょう》　エッセイ

〔作者〕永田一脩

〔初出〕「旅」昭和三十四年六月一日発行、第三十三巻六号。

〔温泉〕大滝《おおだる》温泉・横川温泉（以上静岡県）。

〔内容〕かなり伊豆の温泉を広く知っているという人で、新しい温泉、北川温泉や稲取温泉を知っているとしても、大滝温泉と横川温泉を知る人は、それほど多くないに違いない。大滝入口で下車して急な石段を下ると「天城荘」という一軒の旅館がある。これが大滝温泉なのである。旅館は「天城荘」だけ。さて、大滝温泉であるが、その名の由来は「天城荘」の下の河津川に大滝があってその滝のかかっている岩の横下に奥行二十メートルの穴があり、その穴に温泉が涌いて自然の浴場になっているからである。その横には「滝見の湯」という露天風呂もある。滝をダルというのはこの地方の方言でオオタキといわずにオオグルと呼ぶのである。河津川にかかる大滝は最後の滝で、この上流に七つの滝がある。この川は下田で海に入る稲生沢川であるが、その橋の手前右手の石段の下に、横川温泉と軒下の壁にかかれた共同浴場がある。これが横川温泉なのである。それを入ると横川温泉の裏に千代田館という二階建の旅館が一軒ある。これが横川の唯一の旅館で内湯はない。このささやかな旅館と共同浴場、これが横川温泉の全貌なのである。一見馬小屋のようだが、馬小屋にしては小さい。中をのぞくとはるか下に浴槽がある。地面より二メートル以上も低い。湯はぬるく、冬などは一時間ぐらい入っていないと出られないが温まるという。

（趙　承姫）

温海温泉の渓流釣り《あつみおんせんのけいりゅうづり》　エッセイ

〔作者〕永田一脩

〔初出〕「旅」昭和三十八年九月一日発行、第三十七巻九号。

〔温泉〕温海《あつみ》温泉・湯田川温泉（以上山形県）。

〔内容〕福島県か山形県の渓流で、ヤマメかイワナを釣って、画を描いてこい、という注文があった。釣りの会で、国民宿舎由良荘に泊まって五十川でヤマメを釣った仲間がいたので、基地を温海温泉か湯田川温泉にすることにした。

朝、上野発の特急「いなほ」に乗り、約三時間で温海に着いた。車で五分、「たちばなや」の離れで、「つくばね」という部屋に入った。隣りの「しがらみ」は天皇が泊まった部屋だという。宿の主人は佐藤佐次右衛門といい創業約四百二十年、二十一代目。出された料理はすべて魚。新潟県以南では水銀汚染でおおさわぎだが、ここまで来ると海はまったくきれいだ。与謝野晶子の「さみだれの出羽の谷間の朝市に傘してうるはおほむね女」の歌碑を見て、朝市を見に行く。時代の流れか、客はほとんどゆかた姿の旅行者。

正八時。土地の釣り人に一霞《ひとかすみ》の石黒沢でイワナが釣れると聞いていたので、車で出発した。道は温海川にそっていて、地蔵峠を越して湯田川温泉に続いている。途中に温海温泉スキー場があるが、作ったとたんに雪が降らなくなったそうだ。ところが、石黒沢にほとんど水がなく、入り口は雑木で覆われており、諦めた。上流の淵と瀬で試すが、どうしてもハリにかからなかった。もっと本格的な渓流釣り場に行くべきだったとか、条件が悪かったとか、いろんな誤算が浮かんだ。

駅前の大きな観光案内の看板に、温海川を初め鼠ヶ関川、小国川、大川などの上流に「渓流釣り場」と明記してあった。「看板にいつわりなし」と正直に受け取っていいのではないだろうか。敵討ちに来たい。

（岩田陽子）

長田幹彦　ながた・みきひこ

＊明治二十年三月一日〜昭和三十九年五月六日。東京市麹町区飯田町（現・東京都千代田区）に生まれる。早稲田大学英文科卒業。小説家。「祇園」「鴨川情話」など情話文学で活躍。歌謡の作詞も多数。『長田幹彦全集』全十五巻・別巻（日本図書センター）。

少年の日《しょうねんのひ》　エッセイ

〔作者〕長田幹彦

〔初出〕『伊香保みやげ』大正八年八月十五日発行、伊香保書院。

〔温泉〕伊香保温泉（群馬県）。

〔内容〕私はまだ伊香保に行ったことがない。軽井沢の高原からアプト式の急勾配を下って、上州の平野へ降りてくるあの絶景は私の最も好むところである。紅《あか》い夕陽の射《さ》す頃に遠く榛名の山頂を雲煙の彼方に眺める心持ちは何とも云えないほど美しい。それをみると私はいつもああ伊香保へ行ってみたいなと思わずにはいられない。私が十一二の時分、私の親しい友のひとりに、ある医学博士の三男があった。その友の家は伊香保に別荘をもっていた。冬の休暇が来るとその友は必ず父に連れられて、その別荘へ行く。私は冬の夜更《よふけ》に寝に就くときはいつもその友と伊香保というものを結びつけて考えてみる。私は是非近いうちに一度伊香保へいってみたいと思う。まるで違った今の境遇で、どうかしてあの寂しい山上の湖水を眺めながらもう一度少年の空想を楽しみたいと思っている。（浦西和彦）

雲仙のホテル《うんぜんのほてる》　エッセイ

〔作者〕 長田幹彦
〔初出〕「女性」昭和二年二月一日発行、第十一巻二号。
〔温泉〕 雲仙温泉（長崎県）。
〔内容〕 小浜の湯の町を出て、今度の旅の眼目の一つ、雲仙岳へ向かう。自動車はナッシュである。山角を廻るたびに眺望は面白いほど変っていく。行程約二時間、やがて海抜二千二百尺の雲仙公園に入った。そこは絹笠山と帯山との間にある旧噴火口の遺跡で、あたりは低い常緑樹の傾斜に囲まれ、温泉場らしい硫黄の匂いがどこからともなく薄寒い風の底に動いている。昼食をとるのに九州ホテルへ車を着ける。窓際からすぐ隣地にある清七地獄の方を見下ろす。灰白色の火山泥が平地一面を物凄くおおっていて、噴気孔からは盛んに硫気が奔騰している。ふと玄関前をみると車が一台来た。粗末な風姿《みなり》をした西洋婦人が三歳ぐらいの女の子を抱いて乗った。続いて、五十格好のでっぷり肥った紳士が乗車。意外にも色の真黒な獰猛そうな、猪首の日本人であった。その西洋婦人は、細面の、いかにも病弱らしい痩せた美人で、何処《どこ》かに落魄した貴婦人のような威厳もあった。ホテルの人に聞くと、夫婦で、主人は上海《シャンハイ》の人で船乗りである。私は山上の時雨の寂しさをしみじみと味わい、その日のうちに島原の港へ下りた。雲仙岳の雄姿をふりかえりながら、「広い世界を流浪して歩く寂しい人達の運命を思はずにはゐられない」のであった。「温泉場の女」という題で依頼されて、石川欣一「鮎と泥鰌」、上司小剣「金毛九尾の狐」、松川二郎「片山津の鴨」と共に「女性」に発表された。

（浦西和彦）

長塚節　ながつか・たかし

＊明治十二年四月三日～大正四年二月八日。茨城県結城郡岡田村国生（現・石下町）に生まれる。茨城中学中退。歌人、小説家。伊藤左千夫らと「馬酔木」を創刊。農民文学の代表作「土」を「東京朝日新聞」に連載。『長塚節全集』全七巻・別巻（春陽堂書店）。

痍のあと《きずのあと》　短篇小説

〔作者〕 長塚節
〔初出〕「馬酔木」明治三十九年三月三十一日発行、第三巻三号。
〔全集〕『長塚節全集第二巻』昭和五十二年一月三十一日発行、春陽堂書店。
〔温泉〕 塩原温泉（栃木県）。

何を見ても愉快であったが、殊に那須野を横断する抔といふことが手柄のやうに思はれた。蕭殺として淋しい山路は身が引き緊る様な気がして長途の割には疲労も無く、塩原の湯へ着いたのは夕方であつた。

〔内容〕 豆粒位な痍のあとがある。これは十八の秋はじめて長途の旅行をしたときの形見である。母に二週間ばかりの旅費を貰って、水戸から久慈郡へ抜け、那須野を横断し、塩原の湯へ着いた。まだ浴客の居る可き季節であろうに、極めて寂寥たるさまであった。鹿股川の水はいつも清冽であるが、岸の浴場は僅に一つの湯槽が残っているばかりだ。湯槽というのは、汀の巌を穿ってそこへ据え付けたものであるが、その穿った跡まで掻き浚った様になっている。初秋の大洪水のときに押し流されたのである。

　翌日、山奥に山腹が崩壊して湖水ができたという新聞記事を見て、人は滅多に行かないに極まっている、そこを自分が見てくるのだということが手柄に思われて、出かけた。峠を行き、幾人にも尋ねた結果、虚報だとわかり、いたく失望した。日が暮れ、急いで峠を登っていると、暗いと思った瞬間に右の足を踏み外した。幸いにして途中で止まったが、夥しい小石程の巌の砕けの中に体があった。雨のために巌が崩れるとその砕けが渓に向って滝のようになだれることがある、そのなだれの中間であるに違いない。慎重に登り、やっとのことで道路へ上がった。安心すると共に驚きと恐れとが一時に襲ってきて、何とも形容のできない一種の厭な心持がした。それ以降は注意しながら急いだ。宿に帰ると草鞋まで底が抜けていた。

　次の日湯槽の中で右の腰骨の所に少し傷みを覚え、見てみると、小さな痍ができていた。

（西岡千佳世）

旅の日記《たびのにっき》　エッセイ

〔**作者**〕長塚節

〔**初出**〕「アララギ」明治四十二年一月一日発行、第一巻二号。

〔**全集**〕『長塚節全集第二巻』昭和五十二年一月三十一日発行、春陽堂書店。

〔**温泉**〕作並温泉（宮城県）。

〔**内容**〕明治三十九年九月一日、金華山から鮎川港へ戻ったが、汽船が来ないので、宿る。翌日、海路を塩竈へ向かう。四日に仙台から山形街道を西に行く。深い渓があらわれ、広瀬川の水が白く見える。作並の長い村のつきるところの行く手を遡って峻嶺が聳えて見える。この峻嶺を擁して作並の温泉宿がある。店先から宿引に声をかけられ、この温泉に一泊する。筒髪の女が浴槽へ案内するというので跟いて行く。梯子段のように拵えた階段をおりる。幾らかうねりうねりして下へ下へと行く。地底の坑内へ入るような心持ちである。階段が竭きる、そこが浴槽である。近所の山のものらしいのが五六人茹ったようになっている。浴槽の外は「直に渓流で狭い水が僅かに巌にせかれて落ちて行く。広瀬川がこんなに成つたのか」と驚く。子供等がこの渓流の淀みに泳いでいる。私はすぐに衣物をとって浴槽へ一寸飛び込み、そうして子供等と一緒になって泳いで見た。

　九月五日、弁当の菜が山の中で何もないので生卵をもってきた。山腹をうねって行くと山のはざまを漏れて日光が路傍の草村へ射している。街道は「一切のものを蹙めて山を穿つた洞門へ導く」。洞門を出ると「そこには豁然として壮大な出羽の国が展開」するのである。

（浦西和彦）

中津文彦　なかつ・ふみひこ

＊昭和十六年十二月二十三日〜。岩手県一関市に生まれる。本名・広嶼文彦。学習院大学経済学部卒業。推理作家。「黄金流砂」で第二十六回江戸川乱歩賞を受賞。

山吹温泉心中事件《やまぶきおんせんしんじゅうじけん》　推理小説

〔**作者**〕中津文彦

な

〔**初出**〕「野性時代」昭和五十八年七月一日発行、第十巻七号。
〔**温泉**〕山吹温泉（架空のM市）。
〔**内容**〕李朝、高麗などの古陶磁を見て回る韓国ツアーに参加した大石泰造は、M市内に万渓堂という大きな店を構えて古美術商を営んでいる。彼は朝鮮古陶磁に関しては全国的にも名を知られていた。ツアーに一緒に参加した下坂一郎は、獣医を開業し、マンション経営に乗り出したが、金繰りが苦しい。下坂は若い頃から陶磁器の魅力にのめり込んでいて、大石と懇意になってからもう十年以上になる。下坂は大石に、自分のコレクションを担保として二千万円を貸してもらえないかと持ちかけたが、断わられた。
　それから二週間後、大石泰造五十六歳とトルコ嬢白藤美由紀二十五歳の心中死体がM市郊外にある山吹温泉の「ホテル山吹」で発見された。二人は手首を切って血で濁った湯ぶねの中で全裸で死んでいた。警察は特に不審な点はないと判断した。新聞記者の姿は、なぜかこの心中事件が気になった。大石は一度もトルコへ行ったことがなく、トルコ嬢との接点が浮かばない。そこで現場から洗い直してみるべく山吹温泉へ行った。死んだ二人から薬物や毒物の反応が出なかったことは、不自然ではないか。心中事件の場合、睡眠薬を飲んで、手首を切るほうが自然ではないか。姿は直感的に事件の臭いをかぎ取る。浴槽で警察が見逃していた小さな陶器のかけらを見つけて、姿は万渓堂へ足を運んだ。大石の妻は、主人には何年か前からクラブ女苑のマリ子という女がおり、今度の一件はその女が絡んでいる気がするという。姿は市内の骨董屋、古美術店を何軒か回ったが、大石の評判は思ったよりも悪かった。クラブ女苑に出かけると、マリ子は休みで、同僚の話では、マリ子は結婚の話があるので、大石が亡くなってホッとしているという。トルコ嬢の美由紀が死んだ翌日、若い男が美由紀の預金二千三百万円をおろしている、とM銀行から届けがあった。捜査一課が動きはじめた。美由紀のなじみ客のなかに下坂一郎の名前があった。大石の手帳には、下坂から二千万円の借金を申し込まれたこと、断わっても執拗に頼み込まれたことなどが記載されていた。調べてみると下坂は心中事件のあった翌日にマンションの建築資金を業者に支払っていることがわかった。警察の事情聴取に対して、下坂はコレクションを手放して金を作った、相手に迷惑がかかるからと売った先を言わない。マリ子も参考人として事情聴取されたが、大石との特別な関係を認めたものの、それ以外のことは知らないと言い張った。事件当日、四角い箱のようなものを持った客はいなかったかと、姿がホテル山吹に聞くと、それらしい風呂敷包みを下げた男が女と一緒に泊まったという。姿は、あの晩、大石と一緒だった女は美由紀ではなく、マリ子だったのではないか、と事件を推理していく。
（浦西和彦）

中西伊之助《なかにし・いのすけ》

＊明治二十六年二月七日～昭和三十三年九月一日。京都府久世郡（現・宇治市）に生まれる。中央大学法律科卒業。小説家、社会主義運動家。日本交通労働組合を結成。代表作に「赫土に芽ぐむもの」「農夫嘉兵衛の死」「この罪を見よ」など。

温泉場附近《おんせんばふきん》　戯曲

〔**作者**〕中西伊之助
〔**初出**〕「新興」大正十三年二月十日発行、創刊号。

〔**温泉**〕ある温泉場。

紅葉は、霧に濡れて、目のさめるやうに美しい。山峡からは、真白い湯煙がむら〳〵と立ちのぼる。と、忽ち、山嶽が一気にくづれ落ちたやうな大音響、大振動、見る見る山形が異様に変つて沸騰した白湯が山峡から溢れ漲る。見わたすかぎりの高い三階、五階の温泉旅館、別荘等、一たまりもなく倒壊する、そのあたりから人間の悲鳴が、海嘯のやうに伝はつて来る。

〔**内容**〕一幕戯曲。登場人物は長岡儀任（元小学校教師）、長岡作造（儀任の息子）、お春（或る大官の妾）、平六（杣）、おつた（平六の娘）、紳士、藝者、自動車運転手。舞台はある温泉場のほとり、杣の平六の家。

元小学校教師の長岡儀任は神経痛のために湯治に来たが、自動車に轢かれ、脚を怪我して杣の平六の家で寝込んでいる。そこへ、事故をおこした山岸の知りあいの大木の奥さまからの見舞いの品を運転手が届けに来た。長岡儀任の息子の作造は、知らない人からの見舞いなど貰うわけにいかないという。医者は、熱が高いので、儀任をなるべくなら入院させた方がいいとすすめる。先刻、使を差上げたものですが、長岡さんにお目にかかりたいと、お春が訪ねて来た。十年前、作造が二十、お春が十七の時、二人は親達の反対で結婚できなかったのである。二人は外に出て話す。お春は、父があした人ですから、お金のために縛られて幼少の頃からつらい思いをしたが、近頃は、お金より大切な体の自由が全く利かないものになってしまった。こんな境遇から逃げ出したいと思っている。私の一生の中で、今晩ほどうれしい晩はございません、どうあってもあなたにきいて戴きたいことがあるのです、私は、もうほんとに死んでしまいたいのです、という。平六とおつたが提灯を翳して迎えに来た。お春は一人で帰っていく。夜が明けた。山嶽が一気にくずれ落ち、高い三階、五階の温泉旅館や別荘等見わたす限りが倒壊した。大地震である。儀任の脚を轢いた山岸の人も、昨晩見舞いに来たお春も、みんな谷底で死んでしまったのである。儀任は「この大自然は、決して人間に禍をしないのぢや。禍は人間自身にあるのぢや、作造、作造、わしの傷は、もう治つたぞ！」と杖に縋りながら、門口まで出て来た。「心配するな、わしの体はもうこの通り大丈夫ぢや」と大口をあけて、愉快気に笑うのであった。

（浦西和彦）

中西悟堂 なかにし・ごどう

＊明治二十八年十一月十六日〜昭和五十九年十二月十一日。金沢市長町に生まれる。幼名・富嗣。僧侶、歌人、詩人、野鳥研究家。「日本野鳥の会」を創設。『定本野鳥記』全八巻（春秋社）。

小鳥のゐる温泉 ことりのいるおんせん エッセイ

〔**作者**〕中西悟堂

〔**初出**〕「温泉」昭和二十五年一月一日発行、第十八巻一号。

〔**温泉**〕法師温泉（群馬県）、発哺《ほっぽ》温泉・星野温泉（以上長野県）。

〔**内容**〕多くの場合、温泉は山麓か山中にあるから、そこは概ね小鳥たちの楽園である。多くの温泉にかなり共通して関係のある鳥としては岩燕がある。普通の燕と違って、尾の折れ込みが浅く、咽頭の赤い輪がなく、飛んでいると腰の白がパッと目立つ。

法師温泉は、ランプのおもむきのなつかしい温泉だが、三四百メートルずつの山の壁が立っていて、視野のない谷の樋の底だが、夕方になると、ヨタカと、「声の仏法僧」のコノハズクの声、オットットウの金属音を終夜傾聴することが出来る。二キロばかり下流へ下ると赤沢林道があり、栃の花と山藤の花の盛りの頃は、ヤブサメのつつましく且つ幽かな鳴き声を道々にききつづけることが出来る。この谷の岐れで一服すると、アカショウビン（赤翡翠）のヒーフヨフヨフヨフヨフヨと長く曳く顫え声と、カワガラス（河烏）のビッ、ビッという強い声とが渓流の音にまぎれずきこえ、山腹あたりからはピックイーと高く寂しく間を置いて鳴くサシバ（差羽）という鷹の声が落ちる。ピーク、ポピーリという美しい声はオオルリ（大瑠璃）である。無多子の谷には、キビタキ、アカゲラ、オオルリが多く、ツツピン、ツツピンというヒガラの涼しい声がはじけ、時にアオゲラ（青啄木鳥）のピョー、ピョーという大声が静けさを破る。

発哺に巣喰うイワツバメの大群が巴まんじと空に飛び交う。ここはコルリ（小瑠璃）の多いところだ。宿にいながら、ホオジロ、キビタキ、ホトトギス、ヨタカ、イワツバメ、センダイムシクイ、ツツドリ、アカゲラ、コルリ、ヒガラ、ホシガラスなど見られる。

星野温泉の周囲は、温泉主人嘉助氏夫妻の高い文化的感性から、わざと木を伐らずにあるので、ここには濫伐の悲劇の姿はない。そのためか、鳥の種類がこれほど多くいながらにして見られる温泉も少ない。室内にいて四十種から鳥の歌がきかれる点では、富士須走の米山館、尾瀬の長蔵小屋と並んで、日本の三大野鳥地といえるだろう。俳句や短歌の人たちが初歩の入門として鳥を学ぶのには、ここらが屈強の場所だろうと思う。

（浦西和彦）

中村鴈治郎（二代目）《なかむら・がんじろう》

＊明治三十五年二月十七日～昭和五十八年四月十三日。大阪に生まれる。本名・林好雄。歌舞伎役者。昭和四十二年重要無形文化財指定。

城之崎の湯での新年《きのさきのゆでのしんねん》　エッセイ

〔**作者**〕中村鴈治郎
〔**初出**〕「旅」昭和四十九年一月一日発行、第四十八巻一号。
〔**温泉**〕城崎温泉（兵庫県）。
〔**内容**〕六十年ほど前は、大阪や京都の人にとって、海といえば宮津、温泉といえば城崎と相場が決まっていた。私が城崎温泉を好きになったのもその時分からのことである。憧れをもっていた城崎に初めて行ったのは、青年劇で忙しかった頃、一月の休養をもらったときのこと、城崎は想像したとおりのすばらしい温泉地だった。その後は休みなく舞台に励み続けて月日は流れ、十五年前、ようやく生活も仕事も安定してきた私はまた休みが欲しくなった。以後十五年間、正月と八月の城崎行きは欠かしたことがない。西村屋というなじみの旅館では、私の顔を見ると「おかえりあそばせ」という。私も何か自分の家に帰ったような気がするのだ。城崎に行くのも昔と比べるとずいぶん変わったが、町だけは、今も昔も変わらぬ落ち着きと人情のこまやかさが残っている。温泉の規模を大きくしようにもできない地形だからだろう。十二月、京都の南座では年に一度の顔見世興行がある。自分にとって一番責任のある興行だが、この後に楽しい城崎行きが待っていると思うと、少々の責任も、疲れもふっきって一所懸命舞台を努められるというものである。

（阿部　鈴）

中村憲吉

なかむら・けんきち

*明治二十二年一月二十五日〜昭和九年五月五日。広島県双三郡布野村（現・三次市）に生まれる。東京帝国大学法科大学経済科卒業。歌人。家業（酒造業）に従いながら、アララギ派の歌人として活躍。『中村憲吉全集』全四巻（岩波書店）。

有村温泉浜の夕

ありむらおんせんはまのゆうべ　エッセイ

〔作者〕中村憲吉

〔全集〕『中村憲吉全集第三巻』昭和十二年三月五日発行、岩波書店。

〔温泉〕有村温泉（鹿児島県）。

〔内容〕明治四十年四月、有村温泉に遊び、桜島に登った時のことを書いたエッセイ。数度の入湯で黄褐色に染まった手拭を頭にのせて湯宿を出た。桜岳は八合目あたりに白雲がふわりと懸っている。三四合目頃から急に勾配が緩くなり、漸次に多くの小さい山に分れて裳を拡げ海中に滑り込んでいる。歩いていくと、桜島大根をつんだ牡牛と人が来る。左へ下りると直ぐ海だ。浴場は右手にある。下に板を敷いて粗末な茅と藁とで作った湯壺の屋根の後を通って、浴場の竿に脱いだ衣服を掛けていると突如、「あーあわ」と湯守女の欠伸が暢気に聞こえる。波の浸入を防ぐために、六七間の幅で一段高く築いて、そこに地を穿ち湯壺が設けられてある。右の二つが女湯で、左の二槽が男湯、都合四個の湯壺が各々花崗岩の壁で仕切られている。のびのびする心地だ。伸びに伸びた時程人の心の愉快なものはない。湯槽の中を見廻す。広さ二坪、深さは足の裏の砂から頭の上の壁の頂上まで九尺か一丈位あるかも知れない。十二三の可愛らしい男の子が勢いよく飛び込んだ。風が稍々《やや》強く吹いたのか、浴場の軒にひゅーと鳴いて行きすぎる。桃の花が五六片、屋根の隙間より舞い込んでくる。逆上せない内に湯壺から出て、椅子代用の石油箱に腰をかける。丸裸に微温き春を含んだ冷い夕の潮風が触れる。桜島の総べてのものは夕陽を呑んで赤く酔って見える。身体が全く冷えているので、衣服を着ながら夕霧薄く立ち登る海を眺める。自分は浜に砂を踏んで立っている。何時の間にやら潮が満ちかけている。この地は海の中からも湯が湧くので、赤褐色の一帯の砂浜と、二三町沖辺まで蒼い海水にとけ込んでいる黄褐色の濁れる水は、それがためである。どしんと船が砂を切って浜に乗り上げる音がした。出迎えの人が走り寄って賑やかになる。市場で買い求めて積んだ荷物が下されている。華やかな夕照も空も色褪せ、開聞嶽も霞靄の裏にかくれ、蒼黒として暮れようとする海上に白鷗の飛ぶのが時々薄白く閃くばかりである。

（浦西和彦）

中村星湖

なかむら・せいこ

*明治十七年二月十一日〜昭和四十九年四月十三日。山梨県南都留郡河口村（現・富士河口湖町河口）に生まれる。本名・将為。早稲田大学英文科卒業。小説家、評論家、翻訳家。著書に『半生』『影』『農民劇場入門』など。

温泉民謡乞食

おんせんみんようこじき　エッセイ

〔作者〕中村星湖

〔初出〕「温泉」昭和十六年十月一日発行、第十二巻十号。

〔温泉〕草津温泉（群馬県）、有馬温泉（兵庫県）。

〔内容〕こういう題を掲げてはみたが、私は温泉に関係のある民謡をあまり多く知らない。あまり多くどころか、私が知っていると言い得るのはたった一つ、

お医者さんでも草津の湯でも
　わしの病気は治りやせぬ

なのだが、今日うたい返してみると、どこやら下品だ。と言うのは、草津温泉は硫黄の強い湯で、性病患者のよく行く所だということを何時か私は知ってしまった。それでその名を聞くと、嫌な気持ちがするのである。ところが、子供の頃、そういう温泉についての実際的な知識を持たなかった私の耳にひびいてきたその民謡は、一種やる瀬無い哀愁を帯びた、しかも底には強い情熱をこめた「よい唄」であった。それを謡ったのは二十ばかりの若者だったが、唄の心はむしろ若い娘のものに思われた。それから約半世紀の歳月が流れた。今日思い出してみると、あの唄はもしや、

お医者さんでも有馬の湯でも
　わしの病気は治りやせぬ

ではなかったか、というような気がしたので、同郷の老妻に聞いてみると、「草津の湯」が本当です、と断乎たる返答である。それはそうであろう。私の郷里は甲州郡内であるから、草津温泉へ湯治に行く者は相当あったが、播州有馬へはわざわざ出かけて行く者などなかったし、その名を耳にしたのは相当成長してからである。私が一時的にせよ「有馬の湯」を「草津の湯」より上等のように感じたのは、昔は天子様や皇后様もお出でになり、大名や華族も行ったらしく、現在でもよほど高級な浴客が行くのだろうと考えているのが一つ。いやそんなことよりもっと重大な理由は、私が二十年来研究している桃水和尚が晩年しばらくあそこに湯治していたからである。ぼろの着物を着、ほこりまみれになっている乞食坊主が、立派な法衣を着、従者を幾人か連れた雲歩と有馬の温泉場で出会うのである。桃水は腰を病んでいたが、他家に奉公しているので忙しく、湯治場にいながらまだゆっくり湯にもつかっていなかったので、雲歩の宿で保養させてもらう。しかし、ただ二度ほど入浴しただけで、挨拶もせずに姿を消し、二度と雲歩は桃水と逢わなかったという。そんな乞食坊主が喜んで入った温泉をなぜ上等と感ずるのか?と人が問うならば、それは私の主観圏内のことと答えるより外はない。

（郡山　暢）

中村琢二　なかむら・たくじ

＊明治三十年四月一日～昭和六十三年一月三十日。新潟県佐渡郡相川町（現・佐渡市）に生まれる。東京帝国大学経済学部卒業。洋画家。女性画を描いた。『中村琢二画集』（六藝書房）。

のんき天国―東北の湯
のんきてんごく―とうほくのゆ　エッセイ

〔**作者**〕中村琢二
〔**初出**〕「旅」昭和三十一年十一月一日発行、第三十巻十一号。
〔**温泉**〕肘折《ひじおり》温泉（山形県）、蔦温泉・酸カ（ケ）湯温泉（以上青森県）。
〔**内容**〕素朴な湯治場として、山形県北部の肘折温泉が忘れられない。私が最初に行ったのは、五六年前で、まだ終戦後の物の不足がちな頃の秋であった。奥羽本線の新庄駅から木炭バスで三時間半もかかったように思う。バスの上から見ると、農家の木の上に、大きな藁包が乗っている。正月の餅を貯えておいて、何とかの日に食べると、無病息災だという。峠に出る。行手に丸い頭の雪を頂いた月山が見え、後方はるかに鳥海山が美事な姿を見せる。この肘折温泉の宿屋十数軒の家はみな非常に古い。百年は経っているそうで、二階建の茅葺屋根の膨大な量感がすばらしい。雪国のせい

か、その屋根が急勾配で恐ろしく高く聳えている。一階の軒先には雪形の木が突出している。雪の重みを支えるために、冬にはつっかい棒をするためだという。二階の欄干は明治開化風の飾りのあるもので、それに寄りかかって通りを眺める老婆達との取り合わせがすこぶる情緒豊かである。名物のどぶろくが出て来ない。その日は税務署が調べに来るとかで、村中のどぶろくを全部、山の中に隠したということであった。

その次は四年ほど前の六月、二十日ほど滞在した。この時は、バスもよくなって、二時間足らずで肘折に着いた。午前は宿で、土地の娘や老人を、午後は風景写生をして廻った。山菜が出盛《さか》るころで、蕨・ゼンマイ・ミズ・山竹ノ子・アイコ・ウルイ・ボウナー、中でもシオデというのは山菜の王といわれ、一寸、グリーンアスパラガスに似たもので、何かの蔓の芽だという。よく蕨をすって、トロロを作ってくれた。夜半に便所に下りていくと、老婆達が玄関から浴場に通るのを見かけたりした。ここでは家によって、色々な質の温泉が湧いているので、誰がどこの家の湯に入るのも全くフリーであるという。こんな呑気な所が他にあるであろうか。

今年七月、十和田湖の帰途、蔦温泉でバスを降りた。宿は案に相異して、古い家にペンキなど塗った雑駁なもので、通された部屋の左右襖隣りで、土地の有志諸君が大宴会。他の部屋は全部予約ずみだという。外を見ると最後のバスが停っている。そのバスに乗って酸カ湯に向った。一軒宿と聞いていたが、何という盛大なことであろう。二階建の棟があちこち十軒ほども連って、その一番奥に旅館部の建物がある。他は全部自炊客の部屋だそうで、正面に八甲田山の主峯が近く見えて、あたりには湯治客が右往左往している。通された室はすこぶる清潔で、いたって静かである。窓の外を若人達がスキーをかついで帰って来る。土用の最中にスキーが出来ると見える。この二千人も泊れるという広大な旅館中を、廊下伝いに見て廻った。床屋もあれば医務室もある。広い売店には土産物は勿論、菓子、野菜いろいろ並んでいる。浴場の中では立ち込める湯気の中に、何十人という男女が黙々と湯を楽しんでいる。若い女の体が桜色に、まるでルノアールの絵のように美しい。夜になると、自炊部の方の庭先で老若が盆踊りをやっている。この酸カ湯の気分が実に明るく、健康で、素朴であったことで、私は大変好きになった。（浦西和彦）

中村地平 なかむら・ちへい

＊明治四十一年二月七日～昭和三十八年二月二十六日。宮崎市に生まれる。本名・治兵衛。東京帝国大学美術史科卒業。小説家。著書に『小さな小説』『長耳国漂流記』『台湾小説集』など。『中村地平全集』全五巻（皆美社）。

別府 べっぷ　エッセイ

〔**作者**〕中村地平
〔**初出**〕「旅行の手帖―百人百湯・作家・画家の温泉だより―」昭和三十一年四月二十日発行、第二十六号。
〔**温泉**〕別府温泉（亀川温泉・観海寺温泉）（大分県）。
〔**内容**〕別府を僕がはじめてたずねたのは、中学一年生の夏休みであった。一人で長途の旅行はその時がはじめてで、別府駅に途中下車してみたものの、どのようにして温泉にはいればいいか、見当もつかない。駅前の飲食店で「お風呂はありませんか」とたずねると、地下室の風呂場に案内してくれた。コンクリートづくりの殺風景な風呂場で、温泉情緒などみじんも感じることがなかった。そのときを手はじめに、いくたびか別府をたずねた。リューマチにかかった姉のお供をして、高等学校の受験勉強かたがた別府の亀川温泉に湯治に行ったことがある。大学生時代にも、母のお供で夏休み、一夏を別府で過ごした。別府の市内には、いたるところに素人家の貸間がある。鍋釜など、炊事道具はいっさい貸してくれるし、入湯客は付近の店から菜をかってきて自炊をすればいい。魚も野菜も豊富である。入湯のためには近所に多く散在する公共浴場を利用すればいい。長期滞在の女づれの客にとっては、まことに安上りの便利なシステムなのである。その夏の滞在中、母とつれだって、毎日のように海ばたの砂湯につかりにいった。僕は温泉でほてった体で、そのまま駆けだして行き、すぐ目のまえの青い海のなかにとびこむ習慣であった。

　現代の別府は、共同浴場だけでも約八十、旅館その他にある内湯の数をかぞえると千を超える。温泉の湧出量は世界第一であるといわれているが、一昼夜で四十万石、全国湧出量の二十パーセントをしめている。いたるところに散在する公共浴場の隙間からは、女人の裸像がいやおうもなく眼にとびこんでくる。まことに裸体天国ともいうべきである。別府駅から約三キロのところに観海寺温泉がある。観海寺山の中腹にあって、晴れた日には静かな海をこえて、伊予の山々も望見することができる。終戦後、別府には二度いった。別府だけは災害をうけなかった。他の戦災都市をまわって別府をたずねてみると、夜の町など、まるで別天地の不夜城のようなかんじであった。二三の猟奇的な施設ができ、好事家の間で評判になったが、それについては僕はよくは知らない。

（浦西和彦）

中村武羅夫　なかむら・むらお

＊明治十九年十月四日～昭和二十四年五月十三日。北海道空知郡岩見沢村幾春別（現・三笠市）に生まれる。岩見沢小学校卒業。編集者、小説家、評論家。新潮社に入社、「新潮」の編集に従事する。「不同調」「近代生活」を創刊、新興藝術派の中心人物となる。「誰だ？花園を荒す者は！」などでプロレタリア文学を批判。作品に「獣人」「地霊」「嘆きの都」など。

旅行と温泉《りょこうとおんせん》　エッセイ

〔**作者**〕中村武羅夫

〔**初出**〕「温泉」昭和十三年五月一日発行、第九巻五号。

〔**温泉**〕青根《あおね》温泉（宮城県）。

〔**内容**〕方々を歩き回る旅行には、あまり興味はないが、温泉場などに、一週間か二週間くらい滞在する旅行なら好きである。一二泊するだけではちっとも疲労を癒してくれない。かえって部屋に慣れなかったり、食事とか、入浴とか、隣の部屋の具合などというのが、どうしても自分の家にいるような、自由で我儘にはいかない。もっと自由に我儘に振る舞ったっていいのではないかと思いながら、どうしてもそうは振る舞えない。

　旅行は好きとはいえないが、僕は温泉に行くことは大好きだ。それというのも、入浴が好きだからである。少なくとも一日に一度以上は風呂に入らないと、どうも気持ちが悪い。だから、温泉に行くと四五回は入るのである。朝起きぬけに楊枝をくわえて、天然に湧いている湯の中に飛び込む気持ちくらい、楽しみなことはない。そんな贅沢な真似は、いかに気楽なわが家でも出来ないからだ。他の人々が散歩に出かけたり、見物に出歩いたりしている暇を僕は必ず湯に浸るのである。僕が今までによく行っている温泉は、交通の便から、伊豆や上州の温泉だが、これからは、信州や、北海道、山陰にも行ってみたいと思う。先ず手近なところで青根温泉に行ってみたい。どんなところかは知らないが、青根温泉というのが、ひどく、僕の心を惹きつけるのである。

（郡山　暢）

中元千恵子
なかもと・ちえこ

*生年月日未詳。旅行ライター。

アトピー性皮膚炎と温泉《あとぴーせいひふえんとおんせん》
エッセイ

〔作者〕中元千恵子

〔初出〕「温泉」平成十九年五月一日発行、第七十五巻四号。

〔温泉〕箱根湯本温泉（神奈川県）、新穂高《ほだか》温泉（岐阜県）、湯谷《ゆや》温泉（愛知県）、草津温泉（群馬県）。

〔内容〕成人性のひどいアトピー性皮膚炎に悩まされていた筆者が、絶望的な気持ちの中で、薬に頼らず治癒する方法として出合ったのが温泉療法である。自らの体験をもとに、その療養の過程が記されている。

また、今まで行って効能のあった箱根湯本温泉、新穂高温泉、湯谷温泉、草津温泉などについても述べられている。筆者は、個人差はあると断った上で、これらの温泉に共通する点として、そのほとんどが天然掛け流しであること、また山の緑に囲まれていることなどを挙げ「温泉の効能が高かったのは、周囲の環境からくるそんな精神的作用も大きかったのかも知れない」と感想を述べている。

（福森裕一）

中谷宇吉郎
なかや・うきちろう

*明治三十三年七月四日〜昭和三十七年四月十一日。石川県加賀市片山津温泉に生まれる。東京帝国大学理学部物理学科卒業。物理学者、随筆家。『中谷宇吉郎集』全八巻（岩波書店）。

由布院行《ゆふいんこう》
エッセイ

〔作者〕中谷宇吉郎

〔初出〕「社会及国家」大正十五年五月発行。

〔初収〕『冬の華』昭和十三年九月十日発行、岩波書店。

〔全集〕『中谷宇吉郎集第一巻』平成十二年十月五日発行、岩波書店。

〔温泉〕由布院《ゆふいん》温泉（大分県）。

〔内容〕去年の夏、伯父のいる由布院へ行くことにした。九州でも「五箇荘か、由布院か」といってからかわれるくらいの山中なのである。由布院へは中学の時に一度行ったことがある。その頃は伯父も別府にいて、夏休みに弟と遊びに行った時、つれて行ってくれたのである。その時は六里の峠に馬の通る道があっただけで、いい温泉がありながら、宿屋も極めてお粗末なのが二軒だけだった。それが、今度は大分沢山宿屋も出来、別府から食料品を運ぶ都合で乗合自動車が通うようになっていた。伯父の家は、金鱗湖のふちの茅葺きの家である。別府で一流のKというホテルの主人の別荘地を拓いているのである。六千坪の草原は半ば以上拓かれて、趣のある日本式の庭園になっている。小川をとり入れた小さい池も、伯父が自分で彫ったらしい梅里庵という篆字の額も、すべての風物が珍しかった。茄子や野菊やトマトを植えたり、鯉を飼ったり、鶏を養ったりして、自給自足の生活であるが、別に不自由は感じないと伯父は上機嫌であった。伯父は由布守をもって自ら任じていた。永く隔絶されていた土地だけに、天産物は豊かだった。スープにした鶏の骨に庖丁を二三度入れ、それを池へ入れると、鯉がその太い骨を呑み込んで、悠々としている。その顔が滑稽にすら見えた。ここの浴室は、金鱗湖のすぐ畔の所に、亭のように一棟立っているのであるが、東京から有名なKKさんが来て、その浴室のことを大変簡素でいいと褒めていたそうである。実際、この浴室はなかなかいい。屋根は茅葺きで天井も張ってないし、浴槽というのはただの木張りに過ぎないのであるが、温泉に浸りながら山が見える。この別荘は、現在、旅館・亀の井別荘として、伯父の孫にあたる中谷健太郎が経営している。

（浦西和彦）

温泉1　おんせん1　エッセイ

〔**作者**〕中谷宇吉郎

〔**初出**〕「中外商業新報」昭和十四年一月十二日〜十五日。

〔**初収**〕『続冬の華』昭和十五年七月五日発行、甲鳥書林。

〔**全集**〕『中谷宇吉郎集第二巻』平成十二年十一月六日発行、岩波書店。

〔**温泉**〕郷里のY温泉（石川県）、伊豆のI温泉（静岡県）、登別《のぼりべつ》温泉（北海道）、発《ほっ》哺《ぽ》温泉（長野県）、別府温泉（大分県）。

〔**内容**〕私は温泉が非常に好きである。温泉が本当に身体のために良いかどうか、現今の医学では決定的な論断は下せないという話である。それでも私は温泉が非常に身体に効くような気がして仕方がない。私の温泉に対する一種の信仰は、子供の時分私どもの郷里にあった湯治の風習が、幼い頭にすっかり浸み込んでしまったためではないかと思われる。我が国の農民たちの労働の激しさは、都会生活者にはちょっと想像の外であろう。この人達の湯治は、米や蒲団をかついで、取入れ前の夏のしばらくの農閑期を利用して近所の温泉へ行くのである。宿料は一日十銭か二十銭、後は自炊をするので、この風習は中産階級の一般農家にも耐えられる程度のものであった。私の父などは、温泉地に住んでいながら、夏になると子供をつれて近所の他のYという温泉地へ行ったものである。湯治の客は一日に五度も六度も湯にはいって、畳の上でねころんでいた。一昨年の秋、少し健康を害したので、家族をつれて伊豆のI温泉へしばらく引越したことがある。一番よくいわれるのは、夏の間に湯治に行くと、その冬は風邪をひかないという話である。夏の中に一廻り湯治に行くと、その冬は風邪もひかず、リウマチスも出ないという。一廻りとは普通は三週間を指しているようだ。もう少し前までは登別温泉などは、この湯治客で賑ったという話である。土地の一流の大きな宿屋でも、湯治客のため特に安く一日八十銭くらいでも暮せる制度が残っている。発哺温泉のような所では、十年前までこの湯治客がかなりあった。今はずっと減ってしまったことだろう。湯治制度が、一番大規模に利用されていたのは、別府温泉であろう。二十年前には、別府の宿屋では、初めに女中がよく「木賃にしましょうか、それとも旅籠《はたご》になさいますか」と聞きにきたものであった。この木賃の制度は、今のホテルなどよりももっと合理的なものであった。別府でも加賀の温泉などでも、こういう客が減って行ったのは、欧州大戦中の好況時代からである。いずれにしても一旦亡びた湯治制度には、まず復活の見込みは立たないように見える。時代と共に温泉も変ってきた。今度の事変という未曽有の国難に遭遇して、温泉がどういう風に変化するか注目して良いと思われる。伊豆の温泉などで、旅館が五つばかり傷病兵の臨時療養所となって、白衣の勇士が沢山きている。

（浦西和彦）

温泉2

おんせん2　エッセイ

〔**作者**〕中谷宇吉郎

〔**初出**〕「オール読物」昭和二十七年三月一日発行、第七巻三号。原題「温泉の有難さ—科学の眼2—」。

〔**初収**〕『黒い月の世界』昭和三十三年七月五日発行、東京創元社。この時、改題。

〔**全集**〕『中谷宇吉郎集第六巻』平成十三年三月五日発行、岩波書店。

〔**内容**〕もう二十年以上も昔である。文部省の留学生として弟と一緒にパリで暮らした。弟は考古学をやっていた。生活費のかからぬように暮らす必要があって、日仏学生会館に入った。この会館のいちばんの取柄は、風呂がいつでも使えることであった。いつか湯あがり後の雑談に、日本の銭湯と西洋風呂の優劣論が出た。日本の銭湯のほうが、高級なものだということに、異議なく一致した。ところで問題は温泉である。温泉に浸った時の、あののびのびとした感じというものは、いったいどこからくるのだろうか、というのが課題として提出された。いろいろ議論をしたあげく、「普通の湯ではまたいではいるが、温泉ではまたがなくていい」という結論に到達することができた。温泉に浸る感じは、浴槽のへりに頭をもたせかけて、長々と身体を浮かせるところにある。自然界にある浴池は、みな池になっていて、湯槽のような高いへりはない。温泉の徳は、静かに身体を沈めると、湯がザーッと溢れるところにある。その湯が流れ場に小氾濫を起して、小桶がぷかぷかと浮いて流れでもすれば、まさに満点である。低く掘り下げた温泉の浴槽がよいというのは、それにいつでも湯があふれているという条件があってのことである。始終流れ放しにしておくことができて、はじめて温泉の値打ちが出てくるのである。ずいぶん贅沢な話である。昼夜の別なく、流れ出ているあの湯の熱量を、もし石炭で補給するとしたら、おそらく月に五十トンくらいは燃さなければならないであろう。一トン一万円として、五十万円になる。「温泉の湯は、またがなくてもいい」というのは、結局は、無尽蔵に近い地熱という資源を、ふんだんに使うということである。わが国の地熱利用の問題研究に、国家はいま少し力をいれた方がよさそうなものである。アメリカの原子力に対して、日本は温泉でもって対抗するというのも、ちょっと悪くない趣向である。雪国の温泉にひたりながら、あの全山の雪がぜんぶ水力電気であり、この温泉の源たる地熱が、やがては日本のエネルギーをまかなってくれると考えてみるのもちょっと悪くない趣味である。

（浦西和彦）

中屋健一

なかや・けんいち

＊明治四十三年十二月九日〜昭和六十二年三月二十八日。福岡県に生まれる。本名・健弌。東京帝国大学卒業。アメリカ史研究者。著書に『新東亜とフィリッピンの現実』『新アメリカ史』など。

スキーと五色温泉

すきーとごしきおんせん　エッセイ

〔**作者**〕中屋健一

〔**初出**〕「旅」昭和四十九年三月一日発行、第四十八巻三号。

〔**温泉**〕五色《ごしき》温泉（山形県）。

〔**内容**〕上野から夜行バスに乗れば、朝早く奥羽線の板谷という駅に着く。駅の前で

な

スキーをつけ、線路づたいの道を約十五丁歩き、川を渡り、また急な坂を十五丁登り、山腹に城塞のような姿を現わすのが、五色温泉の宗川旅館である。昭和のはじめには、五色は若者たちのスキーのメッカであった。五色は山形県の南、吾妻連峰の主要な入り口である。ここには宗川旅館しかなく、夏には子供のできる温泉というので多くの婦人客が訪れる。ぬるい温泉なのでスキーヤーには快適とはいえないが、変化に富んだゲレンデと、背後に山スキーに絶好な吾妻連峰があったから、人気を呼んだ。山にいくつかのルートがあり、昔は五色が中心であった。五色温泉には、六華スキークラブの立派な小屋があり、宮様方もスキーにこられたという。五色の繁栄は、今は蔵王に奪われてしまったが、自然の美しさ、雪質のよさは、何もかわってはいない。変わったのはスキーヤーが無精になって、リフトのないスキー場に行かなくなっただけである。

（鄒　双双）

中山あい子

なかやま・あいこ

*大正十一年一月九日～平成十二年五月一日。東京に生まれる。本名・愛子。活水女学院卒業。小説家。中間小説で活躍。『奥山相姦』『私の東京物語』など。

まんじゅうふかしに津軽まで

まんじゅうふかしにつがるまで　エッセイ

〔**作者**〕中山あい子

〔**初出**〕「旅」昭和五十五年一月一日発行、第五十四巻一号。

〔**温泉**〕酸ケ湯温泉（青森県）。

〔**内容**〕文化の日、八甲田山中酸ケ湯は吐く息が白く、道端の病葉の紅がいたましい。スカ湯とは、津軽なまりでシカ湯だったのだろうと思う。この酸ケ湯、有名なのがひば千人風呂の混浴である。ひばとはこの山にある木だからして、多分風呂がその木で出来ているのだろう。入口に掲げられた入浴方法には「疝気、婦人病、子宝なき夫人、胃腸病、膀胱炎、リウマチ」の人は、まず熱の湯に入り、次に熱の湯の滝に打たせ、その次に四分六分の湯に入って再び熱の湯に入り、最後に冷の湯をかぶるとある。「肺病、肋膜、心臓病、てんかん」の人には、この温泉はよくないとのこと。翌朝は晴天。寒い。もう一つの目的、まんじゅうふかしに行かねばならない。まんじゅうふかしとは読んで字の通り、女性が尻をあっためることである。途中地獄谷と言う怖ろしい名の処を通るが、全く別府あたりのとはちがい、ほかあっと煙が浮いた広い沼があるだけ。酸ケ湯も結構。慢性リウマチ、神経痛、冷え性に利くというが、この湯を日に二回、一回に七八勺を一口ずつ味わうように飲むと脂肪過多症や便秘に利くそうだ。

（趙　承姫）

中山義秀

なかやま・ぎしゅう

*明治三十三年十月五日～昭和四十四年八月十九日。福島県西白河郡大信村（現・白河市）に生まれる。本名・議秀。早稲田大学英文科卒業。小説家。「厚物咲」で第七回芥川賞を受賞。主な作品に「美しき囮」「信夫の鷹」「私の文壇風月」など。

いでゆ奇談

いでゆきだん　エッセイ

〔**作者**〕中山義秀

〔**初出**〕「温泉」昭和十六年六月一日発行、第十二巻六号。

〔**温泉**〕那須温泉（栃木県）、湯本温泉（福島県）、発哺《ほっぽ》温泉（長野県）、四万温泉（群馬県）、強羅《ごうら》温泉（神奈川県）、伊香保温泉

（群馬県）。

〔**内容**〕私は赤ン坊の時から、温泉にひたってきた。生地は白河の近在であるが、あの辺には那須をはじめ甲子、湯本、そのほかの温泉が多い。私は福島県内の温泉場なら、かなり辺鄙な所まで大抵知っている。もう二十年も前の話である。その頃私達が行っていた温泉場の宿屋は、みな入れ混みであった。日々やってくる客にしたがって、八畳の部屋に十人も詰め込まれたことがある。夜分は部屋を上座と下座に二分して、両側に頭と頭をつき合わせて寝るのだが、そういう一夜、私は熟睡している自分の頭を、突然誰かに殴られて驚愕して飛び起きたことがある。すると私と真向かいに頭をつき合わせて寝ていた若い男が、眼をつりあげ、何かに憑かれたような蒼白な顔色で、じっと私を睨み据えているのをみて、私は思わずむっとして「おい、何をするのだ」と詰問すると、その男は急に瘧《おこり》が落ちでもしたように普段の顔色にかえって、「いや済みません、どうも済みません」としきりに謝りだした。後で分かったところによると、その男は時々ああした発作を起こすことがあるため、高原の静かな温泉場へ療養にやってきたが、八畳の間に十人も客を詰め込むような有様に、かえって結果が悪くなったものらしかった。昨年信州の発哺へ行った時には、酒を飲むばかりで、ひどく退屈した。退屈といえば或年の冬の十二月に、四万温泉で一月ばかり過ごした時には、全く一人ぼっちだった。一日の中数時間しか陽をうけぬ山合いの谷間の低みにひっそりと静まりかえって、渓流の音ばかりが徒に音高いような、ああした寂寞さを私は未だに忘れることが出来ない。去年の冬は箱根の強羅に二か月近く、今年の真冬は伊香保に十日間ばかりいたが、何処へ行っても冬の温泉場の寒々とした気配は変らないように思う。私は曽て那須の宿で、手足の不自由な老人が、付き添いの婦人が一寸離れた間に、流しの板の間で足を踏み滑らせて湯壺の中へ深くはまりこんでしまったのを、あわてて助けあげてやったことがある。私は老人になってからもやはり温泉の厄介になることだろうと思っているが、この老人のことを思いだすと、少し温泉が怖くないでもない。

（李　雪）

裏磐梯《うらばんだい》　エッセイ

〔**作者**〕中山義秀

〔**初出**〕「旅行の手帖―百人百湯・作家・画家の温泉だより―」昭和三十一年四月二十日発行、第二十六号。

〔**温泉**〕中の沢温泉・川上温泉（以上福島県）。

〔**内容**〕中学五年の冬、奥会津の友の家へ行ったことがある。宿の階段を河畔まで下り、積雪に埋れた小屋の岩風呂で、閑寂な温浴をたのしむ。夜半眼ざめると、側に寝ていた年長の友が見えない。半時ほどして帰ってきた友は、岩風呂の帰り稲荷の祠で村の娘と忍びあってきたという。それから三十余年を隔てた数年前の夏、奥会津を訪れてみた。そこの出湯に一週間ほど隠れていた。岩をたたんだ天然の大衆風呂に、毎夜村の男女があつまってくる。

　私が初めて裏磐梯を訪れたのは、数え二十歳の時である。私はこの地の宿で恋をし、妻に迎え、十数年後死別したので、この地は忘れ難いものとなった。私が初めて訪れたのは、沼尻高原の麓にある、中の沢温泉である。花見屋に泊まった。客は混み、一つ座敷に幾人もつめこむ。各座敷にゆききして、若い男女同士でピクニックに行ったりした。こういう雰囲気の中で、十八歳の少女に心をとらえられた。次の年の夏、その少女としめしあわせ、川上温泉へ行き、宿に閉じこもって暮らした。

　五十歳余になった今まで、私は数回裏磐梯をたずねている。私はこの地が好きなのだ。檜原へ行って、檜原湖を見た時ほど、影深い感銘をうけたことはない。私は三年前の冬近い頃、湖畔の宿に二週間ほどいた。ある日、眼の前にそびえ立っている磐梯山の赤い山肌が雪にま白く変っている、その急変におどろいた。私はそれから中の沢温泉へ移った。敗戦後の人心も世相もあわただしかった折柄、会津の山奥の湯に病後の身を養って、心身の安らぎをうることができた。私は山国生まれの故か、山奥の鄙びた湯宿が好きだ。

（浦西和彦）

偲ぶ老路《しのぶおいじ》　エッセイ

〔**作者**〕中山義秀

〔**初出**〕「新潮」昭和三十八年七月一日発行、第六十巻七号。

〔**温泉**〕湯岐《ゆじまた》温泉（福島県）。

〔**内容**〕妻と二人で「妙来の滝」の探勝にでかけた。草山の裾をいく廻りして屋根の細道をたどり檜葉林をくぐりぬけると厚い茅葺き屋根の湯宿にゆきついた。老杉の下に「霊泉」と刻まれた石囲のうちから清水が噴きあがり、それを沸かして浴場を設けたものらしい。浴客のほとんどが自炊の湯治客のようである。金沢という老人の話では、妙来の滝は奥久慈の仙境にあって、滝水の蔭へまわることが出来、滝壺は淵をなしているとのことであったが、此処の滝は平凡な落水にすぎない。伝説にあるような長者の娘と牢人の若者が、抱きあって身を投じたという、ほん物の滝を発見できなかったことに一抹の心残りを感じた。宿に帰って、野外の温泉に入った。花崗岩の間から湧きでる、無色透明な低温の湯である。標高三千数百尺の八溝山をのぞむことができる。二か所に岐れて湧きでているので、地名を湯岐といい、五百二十有余年前に播磨の国からのがれてきた落武者が発見したのだそうである。文化中（一八〇四～一八）藤田幽谷が来浴したことがあり、その子東湖も入湯にきて旅館泉屋に一軸をのこしている。再度の征長戦に失敗した幕末の老中小笠原長行が慶応四年（一八六八）、薩長軍の江戸進攻に先んじて逃げだし、二週間ばかりこの地にひそんでいた。彼ほど逃げ足がすばやく、保命に巧みな男はまれにみるほどだ。帰途車をとめて田中愿蔵の墓を見た。

（浦西和彦）

中山千夏《なかやま・ちなつ》

＊昭和二十三年七月十三日～。熊本県山鹿市に生まれる。本名・前田千夏。麹町女子学園高等部卒業。小説家、タレント、社会運動家。十歳で初舞台。「子役の時間」「羽音」が直木賞候補となった。

夏油温泉・みちのく山中の湯治場《げとうおんせん・みちのくさんちゅうのとうじば》　エッセイ

〔**作者**〕中山千夏

〔**初出**〕「旅」昭和四十七年八月一日発行、第四十六巻八号。

〔**温泉**〕夏油《げとう》温泉（岩手県）。

〔**内容**〕ビルがひとつと、大きな屋根ふたつみっつ、小さな屋根とおばかり、寄り集まっている。大きな屋根のひとつが夏油温泉ホテル、つまり我々の宿なのであった。建ったばかりらしいこの建築物は、ひなびたなどという表現からは程遠い。室内の湯はこのホテルの前にある旅館にしかなくて、他はみんな露天なのだという。ホテルの裏手へ数歩あるいた所に、我々は昔ながらの湯治場を見た。それは、狭い道をはさんで両側二十間ぐらいの間に屋根を重ね壁を接して並んでいる灰色の木造家屋であった。夏油川は白い川である。温泉が流れ込み、その石灰分が水を白く染め、川底の丸い石を白く染めている。流れのすぐ脇に、石造りの小さい湯舟があった。夏油川にそって名のある湯が七つある。大湯、滝ノ湯、疝気の湯、女ノ湯、真湯、むし風呂、天狗の湯、の七つである。その内、大湯と滝ノ湯と真湯には簡単な板囲いと屋根があり、脱衣所も男女の別がある。むし風呂は岩穴の中、天狗の湯は二十メートル以上も高さのある石灰華岩のてっぺんだから別として、本当に何ら防御もない露天風呂は疝気の湯と女ノ湯のふたつだけなのだ。疝気の湯は主に痔に効くという。女ノ湯は読んで字のごとく婦人科である。天狗岩は流れる湯に肌を光らせながら対岸にそびえていた。湯の中の石灰分が積り積ってこれまでになったそうである。高さ二十メートル、底部の長さ二十五メートル、年々大きくなってゆくのだという。鼻が高くて一本歯の下駄をはいたあの天狗に似た部分など全然ないけれど、これが天狗なのだ、と言われたら素直にうなずけるような感じの岩であった。岩の上は、人間が二十人位乗っかることのできそうな平地になっており、真中に、人間がひとり位入ることのできそうな小さい湯船を切ってあった。湯舟の底には落葉のくずが黒くたまっている。その夜、九時頃、私たちは女ノ湯につかって満天の星を見上げていた。ふと、昼間場所を確かめておいた女ノ湯を思い出して来てみたら、これが大変な穴場だった。屋根のある湯はもちろんのこと、疝気の湯にだって電球がぶら下がっているのに、対岸のせいなのかこの湯には灯が無い。雪の為に十二月から四月までは宿の人も皆山を下り、湯治場も閉めていたのだけれど、もうすぐ道が良くなれば、冬場でも開けるかもしれない、という。

（趙　承姫）

なだいなだ

なだ・いなだ

＊昭和四年六月八日〜平成二十五年六月六日。東京に生まれる。本名・堀内秀。慶応義塾大学医学部卒業。精神科医、評論家、小説家。『なだいなだ全集』全十二巻（筑摩書房）。

精神科医の甲州湯めぐりドライブ《せいしんかいのこうしゅうゆめぐりどらいぶ》

エッセイ

【作者】 なだいなだ

【初出】「旅」昭和四十三年二月一日発行、第四十二巻二号。

【温泉】 石和《いさわ》温泉・要害温泉（積翠寺《せきすいじ》温泉）・忍野《おしの》温泉（以上山梨県）。

【内容】 ノイローゼやヒステリーに効くという温泉を、精神科医の目で見てきてくれと編集者に頼まれ、ヒステリー持ちの家内と、新車で甲州へ向った。甲州街道沿いには美女谷という魅力多い名の温泉にはじまって、笹子温泉、田野温泉、初鹿野温泉、石和温泉、甲府湯村温泉と、地図の上では温泉のしるしが並んでいる。多くは鉱泉で、伊豆のような熱湯が蒸気とともに噴出しているような光景はない。日本では湯の温度を重要視するが、ヨーロッパの温泉は冷泉で、水に含まれた物質を重視する。

　田野温泉に行きたかったが、二十二年ぶりの大雪に遮られ、断念した。甲府盆地に入ったら、石和温泉のアーチが浮かび上がった。数年前、ぶどう畑の真中に山梨で一番熱いお湯が湧いたので、大騒ぎになった。畑に穴を掘ってお百姓が露天風呂をきめこんだ写真が週刊誌に出た。それが、今では九十軒ほども温泉旅館のある温泉町に発展した。鉄道資本系のホテル、農業をやめ旅館経営に転向したお百姓の旅館も沢山ある。岩風呂の名高い旅館、プール付のホテルなど、畑にちらばり、目抜き通りがなく、全体のイメージづくりは暗中模索といった感じだ。石和の温泉病院は八十人くらいの入院施設があり、主として、交通外傷や脳出血後遺症のリハビリのための治療が、豊富な湯を利用して行われている。建物の内部はホテルのような感じで、健康保険で二百円払えば、医者の処方で入浴し、検査を受け、一日過ごせる。温泉の医学的効果を認めるまでに、二週間は必要だ。二三日くらいでは逆に湯あたりで病気が一時的に悪くなることもある。岩風呂もいいが、町全体がこうした温泉保養地的特徴をいかせばよいのにと思った。

　石和をあとにして、積翠寺温泉の要害温泉で一泊した。ここの湯は信玄のかくし湯の一つとも言われ、風呂場のわきにリューマチがなおったという人の礼状がある。二週間くらいの治療で泊まる人が多いそうだ。

　箱根を通っての帰途、私たちは忍野八海のある、忍野温泉を通った。ここは富士の姿が一番美しく見える。それは見るものの気を静める作用があるようだ。忍野では、温泉の効用など蛇足のようだ。

（岩田陽子）

夏目漱石

なつめ・そうせき

＊慶応三年（一八六七）一月五日～大正五年十二月九日。江戸牛込馬場下横町（現・東京都新宿区）に生まれる。本名・金之助。東京帝国大学文科英文科卒業。小説家。代表作に「三四郎」「こころ」「明暗」など。『漱石全集』全二十八巻（岩波書店）。

坊っちゃん

ぼっちゃん　中篇小説

〔作者〕夏目漱石

〔初出〕「ホトトギス」明治三十九年四月一日発行、第九巻七号。

〔初収〕『鶉籠』明治四十年一月一日発行、春陽堂。

〔全集〕『漱石全集第二巻』平成六年一月十日発行、岩波書店。

〔温泉〕道後温泉（愛媛県）がモデル。

　おれはここへ来てから、毎日住田の温泉へ行く事に極めている。（中略）温泉は三階の新築で上等は浴衣をかして、流しをつけて八銭で済む。その上に女が天目へ茶を載せて出す。おれはいつでも上等へはいった。（中略）湯壺は花崗石を畳み上げて、十五畳敷ぐらいの広さに仕切ってある。大抵は十三四人漬ってるがたまには誰も居ない事がある。深さは立って乳の辺まであるから、運動のために、湯の中を泳ぐのはなかなか愉快だ。

〔内容〕「親譲りの無鉄砲で、小供の時から損ばかりしてゐる」。誰からも愛されなかった中で、「おれ」を認めてくれたのは下女の清だけだった。母が死に、その六年後に父が死に、兄が遺産の分け前をくれたので、それを学資に物理学校に入学する。卒業後、四国の中学校に数学教師として赴任することになった。四国はひどいところだが、温泉だけは立派である。赴任先の教師もろくなやつがいない。事なかれ主義の校長には狸、気障な教頭には赤シャツ、赤シャツの腰巾着の画学教師には野だいこ、数学の主任教師には山嵐、英語教師にはうらなり、と次々にあだ名を付けてやった。生徒たちも陰湿でたちの悪い悪戯ばかりして、手に負えない。初めての宿直の夜も、生徒たちの嫌がらせで、大騒動になる。「おれ」は寄宿生たちの処分を求めるが、校長を始め、事なかれ主義の教師たちはうやむやに終わらせようとする。それに対し、山嵐がただ一人正論を述べ、生徒たちの厳

な

罰と謝罪を主張した。その後、赤シャツがうらなりの婚約者に横恋慕し、狸と組んでうらなりを左遷しようと画策したことを知った「おれ」は、山嵐と組んで赤シャツの不正を暴こうとする。しかし、赤シャツの陰謀で暴行事件に巻き込まれ、山嵐が辞職に追い込まれてしまう。「おれ」と山嵐は赤シャツに天誅を加えることを決意し、赤シャツと野だいこの藝者遊びの現場を押さえた。しかし、あくまでしらを切り通す赤シャツたちに、業を煮やして二人をなぐってしまう。こうして「おれ」は校長宛に辞表を書き、山嵐とともに「不浄の地」を離れた。東京に戻ってからは街鉄の技師となって、しばらく清と二人で暮らしたが、清は肺炎で亡くなった。

（荒井真理亜）

草枕《くさまくら》　中篇小説

〔作者〕夏目漱石

〔初出〕「新小説」明治三十九年九月一日発行、第十一巻九号。

〔初収〕『鶉籠』明治四十年一月一日発行、春陽堂。

〔全集〕『漱石全集第三巻』平成六年二月九日発行、岩波書店。

〔温泉〕那古井温泉（熊本県の小天《おあま》温泉がモデル）。

三畳へ着物を脱いで、段々を、四つ下りると、八畳ほどな風呂場へ出る。石に不自由せぬ国と見えて、下は御影で敷き詰めた、真中を四尺ばかりの深さに掘り抜いて、豆腐屋ほどな湯槽を据える。槽とは云うものの、やはり石で畳んである。鉱泉と名のつく以上は、色々な成分を含んでいるのだろうが、色が純透明だから、入り心地がよい。折々は口にさえふくんで見るが別段の味も臭もない。（中略）ただ這入る度に考え出すのは、白楽天の温泉水滑洗凝脂《おんせんみずなめらかにしてぎょうしをあらう》と云う句だけである。温泉と云う名を聞けば必ずこの句にあらわれたような愉快な気持になる。またこの気持を出し得ぬ温泉は、温泉として全く価値がないと思ってる。

〔内容〕「智に働けば角が立つ。情に棹させば流される。意地を通せば窮屈だ。兎角人の世は住みにくい」。「住みにくい世から住みにくい煩いを引き抜いて、難有い世界をまのあたりに写す」ため、画工である「余」は、「非人情」の旅に出る。辿り着いた那古井の温泉場は、「非人情」の旅にはもってこいの場所であった。俗念を離れた心境で、春の里の感興を漢詩にし、俳句にした。そこで出戻りの美しい女・那美に出会う。「余」は那美の強烈な個性に魅かれ、那美を絵にしようとするが、どうしても描けない。血を塗った、人魂のような椿が際限なく落ちる古池に美しい女が浮いているという構図は決まっているのだが、女の顔に表われた「憐れ」が描けない。ある日、出征する那美の従弟・久一を駅に見送りに行く。久一が乗った列車が動き出し、最後の三等列車が前を通る時、落ちぶれて満洲へ行く那美の別れた夫が窓から顔を出した。茫然と立ちすくむ那美の顔に今まで見たことのない「憐れ」が浮かび、「余」の絵は成就したのである。

（荒井真理亜）

二百十日《にひゃくとおか》　中篇小説

〔作者〕夏目漱石

〔初出〕「中央公論」明治三十九年十月一日発行、第二十一巻十号。

〔初収〕『鶉籠』明治四十年一月一日発行、春陽堂。

〔全集〕『漱石全集第三巻』平成六年二月九日発行、岩波書店。

〔温泉〕阿蘇《あそ》内牧《うちのまき》温泉（熊本県）。

「この湯は何に利くんだろう」と豆腐屋の圭さんが湯槽のなかで、ざぶざぶやりながら聞く。

「何に利くかなあ。分析表を見ると、何にでも利くようだ。―君そんなに、臍ばかりざぶざぶ洗ったって、出臍は癒らないぜ」

「純透明だね」と出臍の先生は、両手に温泉を掬んで、口へ入れて見る。

〔**内容**〕「圭さん」と「碌さん」という二人の青年が噴火口を目指して、阿蘇山を登る話である。登山の前日、「圭さん」が身の上を語り始め、「碌さん」は温泉に浸かりながら、その慷慨を聞く。豆腐屋の息子である「圭さん」は、豆腐屋らしく見えない。何かえらいものになろうとしている。世の中に不平のある「圭さん」は、「文明の革命」を血を流さずに「頭」を使ってやろうと考えている。そうこうしているうちに、婆さんが入ってきたので風呂から上がった。風呂場から出ると、ひやりと吹く秋風が、袖口からすうっと入って、素肌を臍のあたりまで吹きぬけた。ビールはないが恵比寿はあると言ったり、半熟卵を頼んでも茹で卵と生卵が半分ずつ出てきたり、宿の下女とのやりとりは落し噺のようである。翌日、気の進まない「碌さん」を「圭さん」が引っ張って阿蘇山へ向った。しかし、道中、よな（灰）の混ざった雨が降ってきて、北風が吹きつける。山の荒れ模様は二百十日のようである。真黒な顔で、「碌さん」は「圭さん」のいう「社会の悪徳を公然道楽にしている奴ら」を「叩きつける」ための「革命」に参加することを約束した。結局、二人は道に迷って噴火口まで行けず、途中で穴に落ちてしまった「圭さん」を「碌さん」が助け、満身創痍で阿蘇町に辿りついた。翌日、熊本へ行こうと主張する「碌さん」に「圭さん」が「革命」を促す。二人は再び「文明の革命」を誓い、再度阿蘇山へ登ることを決める。

（荒井真理亜）

思ひ出す事など《おもいだすことなど》　エッセイ

〔**作者**〕夏目漱石

〔**初出**〕「東京朝日新聞」明治四十三年十月二十九日～四十四年二月十九日。「大阪朝日新聞」明治四十三年十月二十九日～四十四年三月五日。ともに、全三十二回。

〔**初収**〕『切抜帖より』明治四十四年八月十八日発行、春陽堂。

〔**全集**〕『漱石全集第十二巻』平成六年十二月十日発行、岩波書店。

〔**温泉**〕修善寺温泉（静岡県）。

〔**内容**〕明治四十三年八月二十四日、漱石は胃腸病の療養のために逗留していた修善寺温泉で、吐血をし、危篤状態に陥った。その前後の体験と心境、その後の思索の過程を記した随筆である。雨が頻りに降った夜に、下女が昔話をしてくれた。家が流されてその家の宝物が後日発掘されたというのを聞いて、雨が「如何にも自分の今居る温泉の宿を、浮世から遠くへ離隔して、どんな便りも噂の外には這入つてこられない山里に変化して仕舞つた所に一種の面白味があつた」と述べている。また、妻の手紙で、妻の妹と森田草平が水害に遭ったことを知る。そうした災難を知らずに、遠い温泉で雲と煙と雨を眺めていたのである。続く雨の夜に、「すこし病の閑を偸んで、下の風呂場へ降りて」、湯壺の傍で「裸連」が主催する素人落語大会の広告を見つけた。そして、「裸連」が隣座敷にいる泊まり客であることを知った。

（荒井真理亜）

行人《こうじん》　長篇小説

〔**作者**〕夏目漱石

〔**初出**〕「東京朝日新聞」大正元年十二月六日～二年十一月十五日。「大阪朝日新聞」大正元年十二月六日～二年十一月十七日。ただし、胃潰瘍再発のため、大正二年四月七日から連載を一時中断、同年九月十八日に再開した。ともに全百六十七回連載。

〔初収〕『行人』大正三年一月七日発行、大倉書店。

〔全集〕『漱石全集第三巻』平成六年二月九日発行、岩波書店。

〔温泉〕和歌の浦温泉（和歌山県）、修善寺温泉（静岡県）、箱根温泉（神奈川県）。


　私は川の真中の岩の間から出る温泉（修善寺温泉）に兄さんを誘い込みました。男も女もごちゃごちゃに一つ所に浸っているのが面白かったからです。不潔な事も話の種になるくらいでした。兄さんと私はさすがにそこへ浴衣を投げ棄てて這入る勇気はありませんでした。

〔内容〕「友達」「兄」「帰つてから」「塵労」の四部からなる。お手伝いのお貞の結婚相手を確かめるために関西にやってきた長野二郎は、大阪で母や兄夫婦と落ち合い、和歌の浦温泉に行く。そこで、大学教授の兄・一郎に、兄嫁の直と二人で一泊旅行をして、直の節操を試してほしいと頼まれる。一郎は直が二郎のことを好きなのではないかという疑念を持っていた。気の進まない二郎ではあったが、直の心が解らず苦悩する兄を見て、その役を引き受ける。二郎は直と和歌山に出かけ、一晩ともに過ごす。直は自分を魂の抜け殻だと言い、死を仄めかすが、二人の間にそれ以上のことはなく、二郎は兄に直の人格に疑うところはないとしか答えることができなかった。東京に帰ってから、一郎と二郎の間に溝ができる。二郎は、直から夫婦関係も悪化していることを聞かされる。再び一郎に疑惑を向けられた二郎が否定すると、一郎は二郎を信用できないと言って非難した。兄との関係が修復できないまま、二郎は家を出た。しかし、次第に神経を病んでいく兄を案じ、兄の友人・Hさんに頼んで、兄を旅行に連れ出してもらう。Hさんは、手紙で修善寺温泉や箱根に行った旅程とともに、一郎の様子を知らせてくれた。そして、手紙の末尾には、「今もまたぐうぐう寝ています。（中略）兄さんがこの眠から永久覚めなかったらさぞ幸福だろうという気がどこかでします。同時にもしこの眠から永久覚めなかったらさぞ悲しいだろうという気もどこかでします」とあった。（荒井真理亜）

明暗《めいあん》　長篇小説

〔作者〕夏目漱石
〔初出〕「東京朝日新聞」「大阪朝日新聞」大正五年五月二十六日～十二月十四日（「大阪朝日新聞」は途中休載のため十二月二十七日）、百八十八回で中絶。

〔初収〕『明暗』大正六年一月二十六日発行、岩波書店。

〔全集〕『漱石全集第十一巻』平成六年十一月九日発行、岩波書店。

〔温泉〕湯河原温泉（神奈川県）。


　寝る前に一風呂浴びるつもりで、下女に案内を頼んだ時、津田は始めて先刻彼女から聴かされたこの家の広さに気がついた。意外な廊下を曲ったり、思いも寄らない階子段を降りたりして、目的の湯壺を眼の前に見出した彼は、実際一人で自分の座敷へ帰れるだろうかと疑った。

　風呂場は板と硝子戸でいくつにか仕切られていた。左右に三つずつ向こう合せに並んでいる小型な浴槽のほかに、一つ離れて大きいのは、普通の洗湯に比べて倍以上の尺があった。

〔内容〕津田とお延は新婚六か月の夫婦である。お延は津田に愛されようと努力するが、夫婦関係はどこかぎこちない。津田は持病である痔の治療のために手術費を工面しなければならなかった。京都の父親に頼んではみたものの、返す約束で毎月仕送りしてもらっていた生活費をまだ返していないため、期待できない。妹のお秀も兄の不義理やその妻であるお延の贅沢に批判的なので、あてにできない。それでもお秀は兄のために金を用意してやってきた。しかし、兄夫婦の身勝手さを責めて津田と口論になる。そこへ、お延が叔父の岡本からもらった金を持って帰り、お秀の好意を無にして、お秀を怒らせてしまう。一方、お延は津田の友人である小林に仄めかされて夫の過去に疑念を深める。お延は津田の秘密の正体がわからずに煩悶する。津田には結婚前に清子という女性に捨てられた経験があった。津田は相思相愛だと思っていたのだが、清子は津田の知らないうちに別の男と結婚してしまったのである。なぜ清子が不意に自分のもとから去っていったのか、未だ津田にはわからないままである。津田の上司の妻で、その辺の事情をよく知る吉川夫人は、津田に、術後の療養も兼ね、清子が滞在している温泉場へ行き、直接本人に心変わりの理由を聞くことを勧める。かくて津田は清子のいる温泉場に行き、その宿で清子と再会する。突然の遭遇に清子は驚き、挨拶もせずに津田の前から去るが、翌朝津田を自分の部屋に招いて、津田と対面する。

作品はここまでであり、作者死去のために未完のまま終わっている。（荒井真理亜）

日記（修善寺大患）《にっき（しゅぜんじたいかん）》　日記

【作者】夏目漱石
【全集】『漱石全集第二十巻』平成八年七月五日発行、岩波書店。
【温泉】修善寺温泉（静岡県）。
【内容】漱石は、胃潰瘍を患い、明治四十三年七月三十一日に長与胃腸病院を退院後、転地療養をすすめられて、八月六日伊豆修善寺温泉の菊屋旅館に到着、滞在することになった。八月八日の「日記」に「上厠便通なし。入浴。浴後胃痙攣を起す。不快堪へがたし」「一時半過入浴帰りて又服薬。忽ち胃ケイレンに罹る。どうしても湯がわるい様に思ふ」「余に取つては湯治よりも胃腸病院の方遥かによし。身体が毫も苦痛の訴がなかつた。万事整頓して心持がよかつた。便通が規則正しくあつた」と記す。しかし、胃は悪化し、八月二十四日、夜八時、胸苦しさをおぼえた漱石が寝返りを試みたとき五百グラムの大吐血をし、一時人事不省の危篤状態に陥った。だが、奇跡的に一命をとりとめ、動けるようになるまで修善寺で治療し、十月十一日、東京に戻って、内幸町の長与胃腸病院に入院した。

（荒井真理亜）

夏目房之介《なつめ・ふさのすけ》

＊昭和二十五年八月十八日～。東京都港区高輪に生まれる。父は、漱石の長男の純一。青山学院大学文学部史学科卒業。漫画家、漫画評論家、随筆家。著書に『おじさん入門』『夏目房之介の漫画学』など。

後生掛温泉ホカホカ体験《ごしょがけおんせんほかほかたいけん》　エッセイ

【作者】夏目房之介
【初出】「旅」平成二年一月一日発行、第六十四巻一号。
【温泉】蒸ノ《ふけ》湯温泉・後生掛温泉（以上秋田県）。
【内容】私は十八歳のとき、秋田、岩手両県にまたがる八幡平の蒸の湯温泉を舞台に描いたマンガ、つげ義春の「オンドル小屋」を読んだ。そこに描かれている「素朴かつ土くさい」ものは、いささか現実ばなれした印象を与えたものだ。まさか二十年後に、その温泉郷に行くことになろうとは思わなかった。平成元年十月二十九日午前八時四十四分に上野を出発。盛岡から田沢湖線に乗り田沢湖へ向かった。田沢湖駅から二時間十分かけて後生掛温泉へついた。午後三時に近かった。後生掛あたりの紅葉は十月初めの一週間ほどが盛りなのだ。私がたどりついたのは後生掛温泉という名の宿泊兼湯治施設である。「谷あいの蒸気ももうもうたる温泉郷に一体して宿と湯治施設がキノコのように棲息しておる」のだった。旅館部と湯治部にわかれており、案内された旅館部の一室は小ギレイで、私はホッとしたのである。この温泉は酸が強くて金属をダメにしてしまうので、建物のトタンや釘がモタないという。旅館部入口からすぐ谷の奥の方へと後生掛自然研究路がある。泥火山や大湯沼をめぐって一周約四十分。翌日は、大沼自然研究路を見に行った。なかなかキレイで、紅葉や春から夏の緑や花はさぞ見事だろうと思われた。二日目の夜は、オンドルである。温泉の蒸気が通る地面にじかにビニールとゴザをひいた床である。私は旅館部の部屋よりオンドル個室にすっかりなじんだ。寝ると下は土であるから固くはないがボコボコしていて、あったかい。しかしタダの床暖房とは違う。「体全体をスミズミまでマッサージしつつ速やかに伝わる優しい熱」である。あんなに寒いところに薄いカベだけで、ゆかたひとつなのだ。私は十一時には消灯し、三日目の昼近くまで眠りこんでいたのである。「あんなに幸福に眠れたのは久しぶり」だった。

（浦西和彦）

名取洋之助《なとり・ようのすけ》

＊明治四十三年九月三日～昭和三十七年十一月二十三日。東京に生まれる。慶応義塾大学普通部卒業。写真家、編集者。著書『写真の読みかた』など。

温泉のわく孤島《おんせんのわくことう》　エッセイ

〔**作者**〕名取洋之助

〔**初出**〕「旅」昭和三十年一月一日発行、第三十巻一号。

〔**温泉**〕鬼界ヶ島の湯（鹿児島県）。

〔**内容**〕三島村は黒島、硫黄島、竹島の三島からなり、南海諸島では一番九州に近い島々である。「戦争前は一ヵ月に一度船が来ればいい位で、本当に忘れられた島でした。今は南海諸島一帯の海運業を行ない、その収益で村にも船が行くようにするということで、今日では四つの船を持ち、月に一度か二度は必ず船が通うようになった」と村長が話した。村長も船長である。

宵から三十トンの汽船「三島丸」に乗り込んだ。「三島丸」には米、味噌、醤油、畳、などが載っている。

先に向ったのは黒島である。黒島の収入は専らさんざ竹の出荷から出る。だから、船が二度来れば、収入も二倍になる。「大里」部落へいく。ここでは宿屋がなくて、輪番で個人の家に島の客を泊める。島の主食は薩摩芋である。浜は石ころ、船を入れておく港は無いので、この島に漁船はない。漁師と言う職業もない。そのために子供の大半が栄養不足である。

次の竹島は港をいくつも持っている。村落から一里近く来ると断崖絶壁の上にでる。人はなかなか落ちないのだそうである。落ちても下は海なので、死なぬ。さて黒島の片泊の港から硫黄島に渡る。ここは「鬼界ヶ島」と呼ばれ、俊寛が流された島である。また、「黄海島」と呼び、海まで色を変える温泉の島である。この地に平家の象徴安徳天皇の墓があり、俊寛が号泣したという岩など数え切れない伝説がある。この島の船の入る入り江は砂浜で、潮がひけば、砂風呂ができる。部落の人は誰も入らないが、旅の人には勧める。部落から東へいくと、怒濤打つ岩に野天風呂がある。その辺の海は黄や緑に染まっている。脱衣所も便所も無い。海岸の岩に穴をあけ、少しセメントをつかって、仕切りをした風呂があるだけである。しかし眺めがいい。太陽に照らされ、遠く屋久島の浮かぶ太平洋を眺める広々した風景は、川湯の野天風呂や、谷間の野天風呂と違う雄大さである。部落から伝説の地を見物し、硫黄山に登る。この山登り一時間、下ると坂下温泉に着く。「何とでも、いい名前をつけてください。まだ本格的な名前は無いのですから」と船長は言った。ここには瓦葺の家がある。便所もある。しかし、留守番がいない。自分で米や鍋を運んでいき、潮が引くと、海岸の岩間の風呂、大きな石をどけたあとにはいり、満潮のとき魚を食べる分だけ釣り、一二日おきに用を聞きに来る女の人に、野菜や味噌を頼むのである。ここから一里ほど東に行くと、海岸に温泉プールがある。探せば、まだどこにでもあるはずである。それは井戸の水がよくないことからも分かる。

（鄒　双双）

鍋井克之《なべい・かつゆき》

＊明治二十一年八月十八日～昭和四十四年一月十一日。大阪に生まれる。東京美術学校（現・東京藝術大学）卒業。洋画家、随筆家。「朝の勝浦港」その他の作品で日本藝術院賞を受賞。『富貴の人』『寧楽雑帖』『閑中忙人』などのエッセイ集がある。

日向ぼッこによい白浜《ひなたぼっこによいしらはま》　エッセイ

〔**作者**〕鍋井克之

〔**初出**〕「旅」昭和三十一年二月一日発行、第三十巻二号。

〔**温泉**〕白浜温泉（湯崎温泉・文珠温泉・古賀浦温泉）（和歌山県）。

〔**内容**〕汽車は田辺駅迄で、それから一時間ほどバスに乗らなければならなかった頃から、私は白浜の画材をあさったのであるから、もう今日では、ほとんど白浜を描きつくしたかの感がある。白浜にひきつけられた第一の理由は、冬が暖くすごせることにある。「倉の鼻」は天然記念物に指定されていて、水層の横じまの模様があざやかに浮き出して、絵にしても面白い。番所山の日だまりの、くぼみの場所で寝そべっていれば、天国である。

番所岬の向かいが湯崎温泉で、湯崎温泉は、そこ自体よりも、対岸から眺める方が、情緒が深いように思われる。ここから数丁の先に、有名な三段壁があって、白浜の総じて温和な風景から、豪壮な断崖絶壁の風景となり、画家ならこんなところで、画材を得られるのにと思うのであるが、たいていの人は崖の上からここの深い足下の海を一寸覗き込むだけで、すぐに立ち去ってしまうのは、惜しいことに思われてならない。

またここから足を少しのばすと、文珠温泉が数年前からお目見得しているが、ここはほんとうのひなびた田舎臭いところが特色である。設備がない割には、湯の量も多く、人造の岩間から、とうとうと湯滝が流れ落ちるところに裸婦を配して、私は画材にしたことがある。裸婦と温泉の話から、もう一度白浜温泉のふり出しに戻って、古賀浦温泉に今度試みられたと云われる「温泉プール」は、まことに耳新しい話題である。

（趙　承姫）

白浜・勝浦《しらはま・かつうら》　エッセイ

〔**作者**〕鍋井克之

〔**初出**〕「旅行の手帳―百人百湯・作家・画

家の温泉だより—」昭和三十一年四月二十日発行、第二十六号。
〔**温泉**〕白浜温泉・勝浦温泉（以上和歌山県）。
〔**内容**〕白浜温泉は、ひなびた山間の僻地でもなく、繁華な市街でもなく、いきなり景勝の地へ入り込むので、そこが便利でもあり、唐突すぎるようでもある。白良浜から、湯崎温泉の岬に、灯が入りかけの晩景は、ありきたりの平凡な景色と一見思われるが、これだけのこんな景色はそうどこにでもあるものではない。円月島も有名だが、三段壁も知られている。
　勝浦温泉となると、駅からすぐに港が見え、港の出口をふさいでいるかのように狼煙山が目につく。港の桟橋からは、各旅館のモーターボートがお客を案内する。湾内でなく、外海に面した旅館で、数個の独立した離家を造っているのもある。夜通し浪の音がたえない。これも特異な温泉の一つであろう。穴あき岩となると、東洋一を誇る忘帰洞をあげておかなければならない。天井は見あげるばかり高くて、巨大な洞窟に温泉があり、洞の外は大洋となっている。海水浴は出来ないが、湯の中から、荒海を眺めているのも珍らしい風致であろう。白浜も勝浦もゆっくり滞在して特色ある自然美を味わうべきである。

（浦西和彦）

南條竹則

なんじょう・たけのり

*昭和三十三年十一月十一日〜。東京に生まれる。東京大学大学院修士課程修了。小説家、翻訳家。「酒仙」で第五回日本ファンタジーノベル大賞優秀賞受賞。作品に「虚空の花」「満漢全席」など。

温泉奇談

おんせんきだん　短篇小説

〔**作者**〕南條竹則
〔**初出**〕「小説すばる」平成九年三月一日発行、第十一巻三号。
〔**温泉**〕恐山温泉（青森県）、栃木県の某温泉。
〔**内容**〕恐山では、宿坊から離れた野原の湯小屋に夜中一人で湯につかっていると、誰もいないのにぴちゃぴちゃっとお湯がはねるなど、温泉好きな人間が怪異な話をする。私は友人と栃木県の某温泉へ行った時、友人と同じ夢をみて、背中に冷たいものを押しつけられ、金縛りになった。奇怪な出来事を描いたホラー小説。

（浦西和彦）

難波利三

なんば・としぞう

*昭和十一年九月二十五日〜。島根県に生まれる。関西外国語大学中退。小説家。「てんじの村」で第九十一回直木賞を受賞。

女房よ、ありがとうツアー —黒部露天風呂紀行

にょうぼうよ、ありがとうつぁー—くろべろてんぶろきこう　エッセイ

〔**作者**〕難波利三
〔**初出**〕「旅」昭和六十年九月一日発行、第五十九巻九号。
〔**温泉**〕鐘釣温泉・名剣《めいけん》温泉（以上富山県）。
〔**内容**〕昨年の夏、直木賞を頂戴してから、僕は家を空ける回数がますます増え、家内は来客の接待や電話の応対などに忙殺され、気の安まる暇がない。「のんびりと、温泉へでも連れて行ってやるからな」と口約束していたが、今回やっと実行することになった。宇奈月に着く。トロッコ電車に乗り、鐘釣温泉へ向かう。時速十五か二十キロぐらいだろうか。断崖にへばりつくようにしながら、くねくねと進む。一時間ほどのトロッコ電車の旅は飽きることがなかった。鐘釣温泉旅館に着く。部屋の窓の外に

は川が見下ろせ、その向こうに水墨画を思わせる山が迫る。露天風呂へ向かう。人気《ひとけ》は全くなく、聞こえるのは川音だけである。家内と自然のままの格好で湯に体を沈めた。肌をくすぐる湯の感触は、まろやかで、やさしい。「鐘釣の野天の風呂に旅を知る」そんな句が浮かんだ。夕食には山菜料理が並んだ。イワナの骨酒は、直径二十七センチはありそうな皿状の器に、大ぶりのイワナが丸ごと一匹横たえられ、酒がなみなみと注がれている。酒は甘口で、香ばしい味がした。ラジオ、テレビ、電話など、わずらわしい文明品がなにもない夜は静寂そのものである。翌日は、再びトロッコ電車に乗り、欅平へ向かい、猿飛峡へ出かける。幽谷、秘境と呼ぶにふさわしい、奇勝の地である。今日の宿は名剣温泉である。露天風呂はAとBとに分かれ、川のそばにある。耳に届くのは、川の音だけ。優雅なものだ。風雅なものだ。主人の話では、今夜はわれわれの他にもう一組、中年夫婦の客があるだけということだった。「名剣の夜も清らか川の音」就寝前にこんな駄句を作った。名剣温泉の露天風呂のそばには巨木がそびえている。ミズナラとタカヤマがドッキングして一本の木のように茂っている。翌日、三たびトロッコ電車に乗り、帰路につく。鐘釣辺りで万年雪を見つけた。

（浦西和彦）

【に】

新居格《にい・いたる》

＊明治二十一年三月九日～昭和二十六年十一月十五日。徳島県板野郡大津町（現・鳴門市）に生まれる。東京帝国大学法学部政治学科卒業。評論家。著書に『左傾思潮』『月夜の喫煙』など。

温泉雑感《おんせんざっかん》　エッセイ

〔**作者**〕新居格

〔**初出**〕「温泉」昭和二十五年四月一日発行、第十八巻四号。

〔**温泉**〕青根温泉（宮城県）、蔦温泉（青森県）、雌阿寒《めあかん》温泉（北海道）、下部温泉（山梨県）、洞爺湖温泉（北海道）、湯村温泉（兵庫県）、雲仙温泉（長崎県）。

〔**内容**〕わたしは温泉がとてもすきだ。だが、必ずしも湯治場がすきだということとは一致しない。また、是非行きたいと予定に入れているところも多い。青根温泉、蔦温泉、雌阿寒温泉その他である。下部温泉は環境はよいがぬるいので加熱している。洞爺湖は風景は絶佳だがわたしにさえぬるいのが玉に疵。湯村温泉もぬるいが常磐ホテルの湯加減は素敵だ。北海道の温泉をもっともっと知りたいと思っている。食塩を含有していて石鹸が使えなかったり、岡湯が別にいるような泉質は好まない。今まで行って知っている温泉では雲仙などはわたしのすきなところだ。東京に常住するわたしには近くの温泉より雲仙とか登別とかといった東京から遠く離れたところでの浴泉が、気持ちが心理学的に違っていい。どこでもよいから、事情が許すことが出来ようものなら、温泉地で茅屋を構えて晩年を過ごしたいと思う。

（浦西和彦）

雲仙と別府と《うんぜんとべっぷと》　エッセイ

〔**作者**〕新居格

〔**初出**〕「温泉」昭和二十六年二月一日発行、第十九巻二号。

〔**温泉**〕雲仙温泉（長崎県）、別府温泉（大分県）。

〔**内容**〕九州各地の講演旅行に行ったとき、

雲仙と別府を訪れた。雲仙ホテルでは何度か湯に入った。わたしには適度な湯の温度で、少量の硫黄を混じた明礬の泉質で、肌には快いものがあった。しかし、その泉質は湯からあがると、すぐ冷えるのである。雲仙のようなところへ来て、読書したり、執筆したりしているとよいだろうと思う。しかし、東京から離れすぎている。そのうち東京〜福岡間の航空路も再開されるかも知れない。今のところ東京〜長崎間の急行で諫早まで来て、それからバスで雲仙へのぼるのは三十分、時間がかかって楽じゃない。長崎は観光まつりをやって空騒ぎをする位なら、雲仙への道を直して坦々たる快適な道にすべきである。日本人の道にたいする無頓着さにあきれる。私は、雲仙ホテルから、自動車に高見とみ子、小松清、松井明と同乗して長崎へ降りて来た。別府は日本におけるA級の温泉地である。戦後になってこんど初めて行ったのであるが、さすがに少しも戦災をうけていないだけに、市街はあかるくて賑かだし、活気にも溢れている。人口は十万に近くある。雅泉荘に二泊した。訪ねて来て下さるいろいろの方からお話を伺った。そして別府港から神戸へ船で帰るとき、見送りにきた「八雲」の夫人に、「あたたかき言葉のかほり湯のかほり／別府の友の幸福祈りつゝ去る」と書きつけて贈った。わたしには別府を俗地だからといってけなすような人が、ついぞ分らないのであった。

（浦西和彦）

西丸震哉《にしまる・しんや》

＊大正十二年九月五日〜。東京に生まれる。東京水産大学卒業。探検家。著書に『山だ原始人だ幽霊だ』など。

俺が惚れ込んだワイルド・スプリング《おりがほれこんだわいるど・すぷりんぐ》　エッセイ

〔**作者**〕西丸震哉

〔**初出**〕「旅」昭和四十四年十一月一日発行、第四十三巻十一号。

〔**温泉**〕滝ノ上温泉（岩手県）、湯浜温泉（宮城県）、湯俣《ゆまた》温泉（長野県）、阿曽原《あぞはら》温泉（富山県）、トカラ列島の温泉（鹿児島県）。

〔**内容**〕野性味あふれる原始温泉（ワイルド・スプリング）というものは、宿もなく道もないところで、ひっそりと湧き出ている温泉が一番適格なのだろう。東北地方のカッコンダ川源流域は、人間がほとんど住んでいなくて、熊が飛びまわっている。その密林の中にあるたった一か所の人間の基地が滝ノ上温泉だ。滝口の近くにある水たまりは濃緑のコケがいっぱいで、適温の自然の浴槽だ。湯の滝が落ちこんだ滝つぼそのものが、大野天風呂というわけである。滝つぼは三方が断崖でかこまれていて、岸から少しはなれると背が立たないほど深い。

東北中央部の栗駒山西南麓、一《いち》ノ迫《はざま》川の水源近くに湯浜温泉がある。山中の一軒家で、今では都会人が泊れる宿としては、もう他では味わうことのできない部類となったもののひとつといえそうだ。雪の重みで、太い柱やハリも少しかたむき、フスマひとつへだてたとなりの部屋は、のぞかなくても見とおせるほどだ。少し上流に川幅いっぱいの岩盤を落ちる滝があって、このあたりはほうぼうから湯がふき出している。

槍ヶ岳の北すそにある湯俣温泉は、付近の川原に湯だまりのある山小屋だ。登山のベースとして重要なところ。この谷の奥に、温泉がボンボン湧いている。まっくらな谷底から、白煙がモクモク立ちのぼるようすは、この世のものとも思われない。

黒部の本流にある阿曾原温泉も、流れすれすれにたまっている天然の浴槽は、上流の仙人谷で本流をせき止めたために出てきたものだ。この岩の凹みに湯が流れこんでできたユブネは、日本でも最高の作品ではないかと思う。山の中で温泉をさがして風呂をつくる味を覚えたら、たいがいどこの温泉へ行っても満足することはなくなるから、禁断の淵に身を沈めたようなもので、たいへん不幸になったともいえる。

鹿児島の南方洋上に点々と連なるトカラ列島、その島へ渡り、三週間もすごした。南岸の温泉は岩盤を滝になって落ち、海に入るまでのあいだに浴槽となる凹みがなく、日中は岩が焼けていて、とてもさわれるものではない。そこで早朝にでかけ、岩が冷えているあいだにバシャバシャ滝しぶきにうたれる。本土のかたに眼をやれば、開聞岳の突峰がはるかの海上にかすみ、左手には黒島が浮いている。サンゴ礁のカケラもあるし、ずいぶん涯でまで来てしまったとひしひし実感する。

（浦西和彦）

西村京太郎《にしむら・きょうたろう》

＊昭和五年九月六日〜。東京に生まれる。本名・矢島喜八郎。東京都立電機工業高校卒業。推理作家。十津川警部シリーズなど、トラベルミステリーで活躍。

特急ゆふいんの森殺人事件《とっきゅうゆふいんのもりさつじんじけん》　推理小説

〔作者〕西村京太郎

〔初出〕「週刊小説」平成元年七月〜十一月発行。

〔初版〕『特急ゆふいんの森殺人事件』平成二年一月発行、実業之日本社。

〔文庫〕『特急ゆふいんの森殺人事件』〈文春文庫〉平成五年一月十日発行、文藝春秋。

〔温泉〕由布院温泉（大分県）、阿蘇内牧《あそうちのまき》温泉（熊本県）。

〔内容〕橋本豊は、元警視庁捜査一課の刑事で、現在、私立探偵をしている。橋本の婚約者が五人の男にレイプされ、自殺した。橋本はその男たちを追跡し、殺人未遂、放火、傷害の罪に問われて、三年間、網走刑務所で服役した前科があった。そのことを週刊誌で叩かれたために客が減ってしまった。そんな時、会社経営の小寺ゆう子が、依頼にきた。会社の経理をやっていた高杉あき子が広田敬という男と三千万円を持ち逃げしたので、二人を探し、金を取戻してほしいという。二人を由布院で見かけたものがあると聞いた橋本は、大分空港から、特急「ゆふいんの森」に乗って、由布院温泉につく。橋本は二人の足取りを追って内牧温泉、天草、熊本へ向かう。東京でクラブホステスの井上綾子が殺され、その犯人と目されていた皆川徹が熊本で死体となって発見された。事件担当の十津川警部が熊本にやってくる。橋本は旧知の十津川と再会し、被害者皆川と橋本の探している広田とは同一人物であることが分かる。小寺の会社は幽霊会社だった。橋本は罠にかかって犯人とされ、熊本県警から起訴される。十津川、亀井が橋本の罪を晴らそうと奔走するトラベル・ミステリー小説である。

（浦西和彦）

越後湯沢殺人事件《えちごゆざわさつじんじけん》　推理小説

〔作者〕西村京太郎

〔初版〕『越後湯沢殺人事件』平成五年八月発行、中央公論社。

〔文庫〕『越後湯沢殺人事件』〈中公文庫〉

平成七年八月発行、中央公論社。『越後湯沢殺人事件』〈角川文庫〉平成十二年五月二十五日発行、角川書店。
〔**温泉**〕越後湯沢温泉（新潟県）。
〔**内容**〕沢木は、今年の春、湯沢の温泉町にマンションの一部屋を購入した。新幹線を使えば、東京から八十分で来ることが出来る。ヴィラ湯沢に着くと、なぜか鍵が開《あ》いていて、中に入ると、ベッドで若い女が絞殺されていた。沢木は容疑者として逮捕された。身に覚えのない沢木は、大学の同窓生の十津川警部に助けを求めた。十津川は休暇を取り湯沢にやって来る。殺されたのは藝妓で、準ミス駒子になった由美である。由美の父であり、湯沢町議会議員で建設会社を経営する若宮勇が上京し、東京で殺される。由美の同僚であったとみ子とタレントの中谷博との心中事件が発生する。十津川らは由美を殺した人間が、犯人について何か知っているとみ子を、口封じのため心中に見せかけて殺したものと推測して、捜査を進める。容疑者として浮かび上がったのは、新潟選出の参議院議員の栗山政一郎（六十二歳）、その息子で衆議院議員の栗山貢（三十九歳）、M銀行渉外部長の松本弘（四十五歳）、サン建設社長の奥寺祐介（六十歳）、同建設会社の東日本担当部長の新井功（三十二歳）の五人であるが、それぞれ強固なアリバイがある。また、栗山貢と中谷博が同性愛関係にあったことが明らかになる。栗山政一郎は来年の参院選では、秘書の小田研一を推薦すると発表した。なぜ若い小田研一が、他の先輩の秘書たちを差し置いて、後継者に選ばれたのか。十津川は、小田研一に、とことん拘泥《こだ》わるのであった。

（浦西和彦）

雲仙・長崎殺意の旅《うんぜん・ながさききさついのたび》　推理小説

〔**作者**〕西村京太郎
〔**初版**〕『雲仙・長崎殺意の旅』〈ジョイ・ノベルス〉平成六年四月二十五日発行、実業之日本社。
〔**文庫**〕『雲仙・長崎殺意の旅』〈角川文庫〉平成九年五月二十五日発行、角川書店。
〔**温泉**〕雲仙温泉・小浜《おばま》温泉（以上長崎県）。
〔**内容**〕雲仙温泉の林の中で行方不明の泊まり客和田史郎と藝者の明美の死体が発見された。長崎でも豪雨による土砂の中から川田の絞殺死体がみつかった。

和田の実名は小柴克美である。ダンヒルの背広を手がかりに、自宅捜査をした結果、小柴は一千万以上の貯金を持っている職業不明の男であった。そして川田も、小柴が泊まっていたNホテルに泊まっていたことが分かった。

二人の関係がわからぬまま時間が過ぎたが、意外な進展をみた。二か月前国立市で起きた現金強奪事件に使われた車に川田の指紋が見つかった。そして、仙台で同じような手口の現金強奪事件があった。再び川田の自宅を捜査したところ、返済を求めに来た三十二三歳の女性から武藤という名が持ち出された。女性の記憶した電話番号を手がかりに、武藤の身元が分かった。武藤は入り婿で副社長の娘水野圭子と結婚することによって、同族支配のKデパートの人事部長になった。その二年後、人員削減で一人の社員が自殺させられた。そして武藤は、銀座のホステスに三千万円をつぎ込んだ濡れ衣を着せられて、部長を辞め、圭子と離婚することになった。武藤が強奪事件に関係を持つかどうかを探るため、圭子の行動を見張った。Kデパートでは次々と爆発事故が起きて、ようやく副社長は警察に協力する。

（鄒　双双）

愛と死　草津温泉《あいとし　くさつおんせん》　推理小説

〔**作者**〕西村京太郎
〔**初出**〕「オール読物」平成七年一月一日発行、第五十巻一号。
〔**初収**〕『青に染まる死体　勝浦温泉』平成九年一月十五日発行、文藝春秋。
〔**温泉**〕草津温泉（群馬県）。
〔**内容**〕朝、五階のマンションのベランダから飛び降りた浜口功の死体が発見された。遺書らしい手紙もあり、自殺のように思われたが、十津川らは、入浴剤「草津の湯」で黄緑色になった湯が満たされている浴槽に、入浴した形跡がないことに疑問をもつ。部屋には草津温泉で撮った写真三枚がパネルにして掲げてあり、その一枚には二十五六歳の和服姿の女が写っていた。十津川と亀井は草津温泉に向った。写真の女は、今年ミス草津に選ばれた深井みゆきであったが、彼女は妊娠三か月で中絶手術を受けた後の心臓発作で、浜口が殺された日よりも九日前に死んでいた。では一体、誰が深井みゆきの復讐のために浜口を殺したのか。
（浦西和彦）

友の消えた熱海温泉《とものきえたあたみおんせん》

推理小説

〔**作者**〕西村京太郎
〔**初出**〕「オール読物」平成七年五月一日発行、第五十巻五号。
〔**初収**〕『青に染まる死体　勝浦温泉』平成九年一月十五日発行、文藝春秋。
〔**温泉**〕熱海温泉（静岡県）。
〔**内容**〕十津川は、高校時代の友人で、熱海に滞在している画家の本山仁を訪ねた。だが、本山は十津川が来ることを知っていながら、外出したまま朝になっても旅館に帰ってこなかった。十津川は捜索願いを熱海警察署に出すよう旅館のおかみにいって、東京に戻った。午後二時過ぎに世田谷のマンションで藤原由美が殺されている知らせが入った。死亡は昨夜の十一時前後で、由美は本山が三年前に別居した妻である。犯人は本山であろうか。十津川は再び熱海に行くが本山の行方はわからない。本山は四年前から毎年三月になると、熱海にサクラを描きにやって来ていた筈であったが、スケッチブックにはサクラのスケッチはなく、二十二三歳に見える女の顔のデッサンがあった。本山は熱海でその女を捜していたようだ。本山の行方不明と妻の由美の殺人事件と、デッサンされている女とがどのように結びついているのか、十津川らが追求していく。
（浦西和彦）

青に染まる死体　勝浦温泉《あおにそまるしたい　かつうらおんせん》

推理小説

〔**作者**〕西村京太郎
〔**初出**〕「オール読物」平成七年八月一日発行、第五十巻八号。
〔**初収**〕『青に染まる死体　勝浦温泉』平成九年一月十五日発行、文藝春秋。
〔**温泉**〕勝浦温泉（和歌山県）。
〔**内容**〕M銀行勝浦支店に勤める大学時代の友人浜田に誘われて勝浦温泉に出かけた日下刑事は、ホテル浦島の忘帰洞温泉から溺れる人影を目撃した。翌日発見された溺死体は東京から来た原口裕で、遊覧船から転落したとして処理された。翌月、原口の妻のひろみが高級マンションのベランダから落下して死んだ。浜田が、M銀行等々力支店にいた時、原口裕は自宅と店を担保にして多額の融資を受けていた。貸付担当の浜田は、当然原口を知っていた筈である。なぜ浜田は自分にそれを話さなかったのか、自分が勝浦に行ったのは偶然なのだろうか、日下は再び勝浦へ向かう。
（浦西和彦）

偽りの季節　伊豆長岡温泉《いつわりのきせつ　いずながおかおんせん》

推理小説

〔作者〕西村京太郎
〔初出〕「オール讀物」平成七年十一月一日発行、第五十巻十一号。

〔初収〕『青に染まる死体 勝浦温泉』平成九年一月十五日発行、文藝春秋。

〔温泉〕伊豆長岡温泉（静岡県）、石和《いさわ》温泉（山梨県）。

〔内容〕伊豆長岡温泉K旅館に作家の早川克郎が宿泊し、仲居に頼まれて色紙を書いた。午後九時過ぎに、二十七八歳の女が早川を訪ねてきた。翌朝、その女が紐で絞殺されていて、早川は姿を消していた。静岡県警が早川の自宅に電話をすると、意外にも早川が出た。伊豆長岡温泉に泊まったのは偽者だという。早川克郎の指紋と色紙についている指紋とを照合したが一致しなかった。殺された女は月刊タイム編集部吉沢真理の名刺を持っていたが、これも偽記者であった。一か月が過ぎた。山梨県の石和温泉に早川克郎が宿泊した。訪ねてきたW出版の梶山徹の死体が翌朝に発見される。十津川は作為を感じた。ニセモノの早川と本物の早川克郎とが、どういう関係にあるのか、十津川らが推理していく。

（浦西和彦）

金沢加賀殺意の旅《かなざわかがさついのたび》 推理小説

〔作者〕西村京太郎
〔初出〕「週刊小説」平成十二年五月十二日～十一月二十四日。

〔初版〕『金沢加賀殺意の旅』平成十三年一月二十五日発行、実業之日本社。

〔温泉〕片山津温泉・山中温泉（以上石川県）。

〔内容〕二十九歳のカメラマン湯浅幸一は、私を助けてほしい、三年前に一度お会いしたことが懐しく思い出されます、という加賀の女からの手紙を受け取る。湯浅は、三年前に加賀友禅の写真を撮りにいった店の一人娘を思い出し、金沢へ行く。しかし、店は倒産していて、娘の深雪は片山津温泉の月明館で雇われ女将として働いていた。湯浅は深雪と会うが、そんな手紙は送っていないと言う。湯浅が夜中に射殺される。さらに続けて、月明館の経営者市川博之も山中温泉で射殺体となって発見された。十津川と亀井が捜査に乗りだした。深雪の過去を洗っているうちに、小さな出版社の社長遠山敬之も射殺される。深雪の父の店が倒産したのは、江本代議士と、その甥の公益法人大和会の理事長原田吉朗たちに欺されたことが原因であることに、十津川らはたどりつく。

（浦西和彦）

草津逃避行《くさつとうひこう》 推理小説

〔作者〕西村京太郎
〔初版〕『草津逃避行』平成十八年一月三十一日発行、徳間書店。

〔文庫〕『草津逃避行』〈徳間文庫〉平成二十年一月十五日発行、徳間書店。

〔温泉〕草津温泉（群馬県）。

〔内容〕警視庁捜査一課の十津川あてに、井岡さつきと名乗る女性から手紙が届いた。一緒に草津温泉で過ごした思い出を追想し、自分の身が危険なので助けてほしいという手紙である。さらに二通目の手紙が来た。しかし、十津川は女性について記憶がない。数日後、井岡さつきは自分のマンションで殺され、警視庁が動きだした。手紙を手がかりに、十津川らは井岡さつきの勤め先のクラブを調べてから、草津温泉を訪ねた。クラブのママは毎年二回、常連客をリゾートに招待している。常連客はみな有力者、あるいはタレントである。秘密パーティでなにか事件が起こったらしく、ホステスの井上美奈が行方不明になっている。そして井岡さつきが殺されたのである。草津温泉での調査を通じて、十津川の名を使ったのが美奈に惚れている渡辺敬一郎という男であり、井岡さつきと草津温泉で過ごしたのも、美奈の行方を追うためであったことが分かる。渡辺はママの秘密パーティに参加したタレントの東山と歌手の小倉を誘拐して、パーティでの事件を知った。そして、一連の事件が明らかになっていく。

（鄒　双双）

西村渚山　にしむら・しょざん

＊明治十一年四月四日～昭和二十一年一月（日未詳）。滋賀県甲賀郡水口村（現・甲賀市）に生まれる。本名・恵次郎。東京外国語学校卒業。小説家、編集者。巌谷小波の門下生。「浮雲」「親の家」などの短篇がある。

榛名の氷雪　はるなのひょうせつ　エッセイ

〔作者〕西村渚山
〔初出〕『伊香保みやげ』大正八年八月十五日発行、伊香保書院。
〔温泉〕伊香保温泉（群馬県）。
〔内容〕その正月三日の朝十時に伊香保の浴舎を出て、榛名詣をした。沍《こお》りついた山の氷雪を踏んで、一人で登って来た路《みち》は随分長かった。陰惨な湖の水は、淀んで氷結しかかった鈍《にぶ》い運動の中に、小《ささ》やかな波を立てて、水草の黒く枯れすがれたままで戦《そよ》いでいる岸を浸していた。私はもう堪え得ない程悲しかった。この山の峭壁に向って、氷雪に囲まれて、駆け廻る風の渦巻の中に、自分は一人でいる。でも最後の山蔭の積雪を踏んで、湖畔の寂しい旅館に着いた瞬間には、独《ひと》りでに笑顔が洩れるように嬉しかった。先客が一人いた。この山の上で自分と運命を共にする人を見出したことが、心の慰めとなった。それから更に榛名の社《やしろ》まで、一里の往復を共にした。二人が積雪の峻路を登り切って、天神峠からその入口まで来た時分には、私は眩暈《めまい》を感じそうであった。私は誂《あつら》えて置いた食事をとるべく、用意してあった炬燵に石のような冷い身体を抱かせた。時間は刻々と進んで行った。伊香保には私の帰りを待っている友達がいる。湖畔のカーブを左に曲ろうとした時、後ろから人声がした。百姓姿の三人である。伊香保まで一緒に行くことにした。山の上は何時《いつ》しか吹雪となった。雪は真白に外套に固着した。石塊まじりの氷雪に辷って、しばしば転んだ。谷を越えて、町に近いところに達した時には、すっかり雪はやんで、薄暮の天空に黄金色の新月を眺めることが出来た。眼前には、もう浴舎の灯がぽつりぽつりと見え出した。

（浦西和彦）

丹羽文雄　にわ・ふみお

＊明治三十七年十一月二十二日～平成十七年四月二十日。三重県四日市市に生まれる。早稲田大学国文科卒業。小説家。『丹羽文雄文学全集』全二十八巻（講談社）。昭和五十二年文化勲章を受章。

湯の娘　ゆのむすめ　短篇小説

〔作者〕丹羽文雄
〔初出〕「若草」昭和十一年十月一日発行、第十二巻十号。
〔温泉〕信州の温泉（長野県）。
〔内容〕部屋がふさがっていて、新納は帳場へ案内された。八月はじめはどの宿も満員で、ひと部屋位は都合つけますからという。新納は一途に早く章子の顔が見たい気持ちであった。新納は六月にはじめてこの温泉宿桝屋に来て章子を知った。章子は、色白の顔に大人のような苦悩を沈ませてい

に

る、十七歳の小柄な娘である。一週間の滞在ではあったが、父はなく母は他家へ縁付いて、ほとんど孤児同様の章子の身の上に心惹かれて、別れる時にはすでに二人の仲は普通ではなくなっていた。今回、新納は関西に行ったついでにこの信州へ廻り道をして来たのである。三階の一番上等な部屋があき、新納はそこへ案内された。章子の姿を探すのだが、どこにも見当たらなかった。半分以上諦めていると、廊下の閾《しきい》で章子が「ごきげんよう」と言って、そのまま離れていった。新納の受け持ちの女中は章子でなく、花代であった。午前中ではあったが、汽車で疲れたので眠っていた。目をあけると、章子が障子をあけて、静かに立ったまま新納を眺めていた。「何故七月にいらっしゃらなかったの」、と弱々しく笑うのだった。「花代さんの番におかみさんが極《き》めたのよ。あんたは警戒されているの」。二か月間待ち続けていたせいか、やっと逢うことが出来たのに急にきびしくなった周囲の目のせいか、章子は新納の胸にしがみ着くように身をまかせた。

その夜、九時すぎに新納は湯にはいるつもりで部屋を出た。思いがけず章子がぽんやり柱にもたれていた。廊下での立ち話を宿の誰かに見咎められたなら、章子の立場はますます窮屈になるだろうと考え、何気なく遠去かった。

翌日になると、章子は時々新納の部屋をのぞいたが、まるで新納を警戒しているように、彼が近付くのを避けていた。夜、章子が袖の中に顔をかくし、新納の部屋にはいって来た。しばらくいたが、黙って部屋を出ていった。

次の日、新納が昼寝をしていると、章子が「郵便よ」と封書を持って来た。消印がないねと、笑って新納は封を切った。章子は部屋を出ていった。十七歳の章子の「一口に言へば欺された章子です」と大人のような諦めに立って書いた手紙に、新納は気押される。郵便に消印がないと変ね、郵便局へ行って消印を捺してもらって来ようかと、無邪気に微笑むところは、十七歳の娘には違いなかったが…。

（浦西和彦）

湯の町《ゆのまち》　短篇小説

〔**作者**〕丹羽文雄

〔**初出**〕「日の出」昭和十三年十月一日発行、第七巻十号。

〔**温泉**〕下田温泉（静岡県）。

〔**内容**〕東京から下田の温泉宿にやってきた小説家の岸と小園と、若い女中千代の恋の物語。

小園は卓についた。そして何気なく千代がうつむいて差し出すお茶をうけとり、その顔を眺めていたが、やがて正面を向いたとき、「おや」という鮮やかな感じを受けた。意外なくらい目鼻立ちの整った、へんに弱弱しい印象的な顔であった。「誰かが千代ちゃんと呼んでいたね？いくつ？」「十八ですわ」。重たげな大きな瞳をぱあっと見開いた。一か月前から滞在している岸について言葉を交わした後で小園は言った。「お風呂に案内してもらおうか」。

長い廊下を先に立って案内する千代の後ろ姿には、あふれるような色気があった。年齢に似合わない見事な女ぶりであった。―処女かしら。しかしこんなところの女だから…？　小園の気持ちをさきほどからしきりと掻き立ててくるものは何か幼い肉感につながったものであり、その連想が小園の感覚をくすぐりにくるのだった。湯殿の硝子戸のすぐ向こうは、菖蒲と稲の田んぼにつながっていていかにも田舎の温泉地らしかった。先に入浴していた岸と東京に残してきた小園の恋人麗子が話題になった。麗子は小園の子供を宿していた。十日ほど滞在して懐具合が寂しくなってきたので、二人は東京へ帰ることにした。乗合いで下田に来て東京霊岸島までの切符を買おうと売り場に来ると千代が来ていた。「ご迷惑でなかったら一緒に連れて行ってちょうだい」。

東京での奇妙な三人暮らしが始まり、小園は千代の心が自分に向いていることを知り、千代との関係を深めた。ところが、小園の留守中に麗子がアパートへやってきて、二人の関係を知った千代は元居た温泉に帰っていった。

その一年後、小園は街で岸に会い、千代が結婚したことを知らされる。麗子は小園の子供を流産していた。千代に会いたくなった小園は下田へ向った。街を歩いていて千代と行き交い「あっ」と言って足を止めた。二言三言言葉を交わした後で、千代は「さようなら」といかにも商家の細君らしいしっかりした足取りで一度も振り返らずに離れていった。小園が泣きそうになっている自分に気づいたのは、それからしばらく経ってからであった。

（古田紀子）

飢える魂《うえるたましい》　長篇小説

〔作者〕丹羽文雄

〔初出〕「日本経済新聞」昭和三十年四月二十二日～三十一年三月九日。

〔初版〕『飢える魂』昭和三十一年五月五日発行、講談社。

〔新書〕『飢える魂』〈ロマンブックス〉昭和三十二年十月五日発行、講談社。

〔全集〕『丹羽文雄文学全集第十巻』昭和四十九年六月八日発行、講談社。

〔温泉〕勝浦温泉（和歌山県）、観海寺温泉（大分県）、伊香保温泉（群馬県）、熱海温泉（静岡県）。

〔内容〕令子は二十七歳で、一人娘の京子がいる。令子は十九歳の時、周囲がすすめるままに、四十二歳の芝直吉と結婚した。遠縁の大学教授、味岡礼司だけは令子がかわいそうだと反対していた。直吉は一代でたたきあげた材木商で、醜く傲慢な男であった。

立花烈は三十三歳で独身、財閥の生まれで、直吉と商売敵であった。立花は令子に惹かれ、萩、賢島、勝浦温泉と令子と直吉が訪れる場所に偶然を装い現われた。令子は己を殺して生きてきたことに気づき、観海寺温泉で立花と結婚の約束をした。令子は立花が準備を整えるまで、直吉の下で暮らすこととなった。しかし、結婚のため女性関係の整理を始めた立花烈は、のり子という女性に殺されてしまった。令子は旅先で立花の悲報を知り、絶望する。直吉は令子の様子を見て、浮気にそれとなく勘付き、令子をいじめることに変態じみた楽しみを覚える。立花との関係を令子から聞いていた味岡礼司は、令子を不憫に思った。

味岡礼司の娘章子は十七歳で、小河内伊勢子という友人がいた。章子の母道代と伊勢子の母まゆみもまた、友人であった。まゆみは夫裕哉が旅先で亡くなってから、家のブローカーを職業にして、高田の馬場にある家で大学生の息子昭と伊勢子とともに暮らしていた。その家には下妻雅司が足繁く訪れてきた。下妻は裕哉の友人で、心臓の弱い妻の介護をしていた。戦災で家を焼かれた小河内家は、以前下妻家の二階に住んでいた。夫のいないまゆみは下妻の存在を頼もしく思い、病気の妻を持つ下妻は、美しいまゆみに惹かれていた。まゆみは兄に頼まれて、「ゆうぎり」という連れ込み旅館のおかみになることになった。まゆみは従業員の手前、下妻が「ゆうぎり」にやってくることを嫌がったが、下妻は聞き入れず、まゆみの部屋に泊まって帰るようになった。

　下妻とまゆみが伊香保温泉に行っている間に、昭は味岡家を訪ねた。道代は下宿してまゆみに金銭的負担をかける昭をたしなめたが、反対に道代のように幸せな人には分からないと反論された。下妻の妻が亡くなり、まゆみは熱海温泉で下妻と結婚することを約束し、昭と伊勢子に報告した。すると、昭も伊勢子も、現在はその結婚に賛成だが、以前伊勢子が手首を切ったことや、昭が下宿暮らしを始めたのは、まゆみと下妻への反発が原因であったことを告白した。まゆみはいずれ、子供達が結婚し、自分が一人取り残されると予想しながらも、二人の気持ちに気づけなかったことを悔い、下妻に別れを告げた。（岩田陽子）

日日の背信《ひびのはいしん》　長篇小説

〔**作者**〕丹羽文雄
〔**初出**〕「毎日新聞」昭和三十一年五月十四日～三十二年三月十二日。
〔**初版**〕『日日の背信』昭和三十二年四月五日発行、毎日新聞社。
〔**文庫**〕『日日の背信』〈新潮文庫〉昭和三十三年二月十五日発行、新潮社。
〔**全集**〕『丹羽文雄文学全集第十七巻』昭和四十九年七月八日発行、講談社。
〔**温泉**〕湯河原温泉（神奈川県）、熱海温泉（静岡県）。
〔**内容**〕新聞小説の枠をやぶって心理描写を中心に、男女の愛慾の新しいモラルを追求した作品として、連載中から世評が高かった作である。
　主人公の土居広之は三十七歳の雑誌社社長である。湯河原温泉の宿で、真夜中に隣室の宝石商春日堂の六角庫吉とまちがわれたことから、隣室の男女に興味をもち、その三十女の姿をかいまみる。土居は東京へ帰ってから、三度も偶然にその女と出会い、彼女はあるビルの一隅でタバコの売店をやっている幾子であることを知る。幾子は満洲で夫が現地召集されて戦死し、舞鶴に引き揚げてきたとき、迎える肉親もなく、敦賀の引揚寮でぼんやりしていたときに六角の目にとまり、行先もなく、職もないままに、不本意ながら六角の二号になっていたのである。土居には見合で結婚した妻の知子がいたが、肝臓を病んで、三年ごしの病床にあった。土居は夫として妻にやさしかったが、幾子を愛するようになる。六角は、五十男のしたたかもので、妻のおたかのほかに何人もの妾をもち、かつてある女に生ませた子供の信一を幾子におしつけていた。幾子を外出用の二号といい、タバコの売上げを愛人代の手当としてわたしている。これを知った土居は、幾子を六角から奪い、新しい生活をさせようと考え、別の店を始めさせる。そのことを知った六角は、幾子のアパートをおそい部屋のなかにあった一切がっさいのものを持ち出してしまう。しかし、幾子と信一は別のアパートに住み、新しい生活がはじまる。土居と幾子は毎週外苑近くの旅館で会うようになる。だが、土居の妻知子が病死した後、妻が生きていたあいだは背信をつづけていながら、死なれてみると、土居は妻の死をいいことにして、さらに背信をつづけていく気にはなれなくなった。妻に死なれてみると、妻との間にはへだたりがなくなった。死が絶対であることを思いしらされる。土居は幾子を熱海のホテルに呼び出し、わかれてほしい、「一年間、待ってほしい」という。幾子は泣きながら去っていく。（浦西和彦）

山の湯のひと達《やまのゆのひとたち》　短篇小説

〔**作者**〕丹羽文雄
〔**初出**〕「別冊小説新潮」昭和三十六年七月一日発行、第十五巻三号。
〔**温泉**〕K温泉。

〔内容〕K温泉は麓から二十数キロの位置にあり、客は馬橇でやって来る。帳場の直木は温泉場が株式組織になった時に入社し、万事能率よく仕事をこなす。休み中、スキーで雪目になった直木の眼を、女中頭のキクは舐めてくれた。キクは直木に気があるが、直木はキクの気持ちに気付いていなかった。

温泉場では支配人は独裁者の地位にある。地方の役人上がりの支配人は役所の空気を持ち込み、無用に等しい仕事を作ったが、開湯中定休日がないという点は非役所的であった。番頭が直木に裸婦の写っている風景写真を持ってきた。それは八月初旬に、国立公園のあるこの一帯を撮るためにきた有名なカメラマンのものだった。支配人に選ばれたキクら女中三人は、断わり切れずに裸でモデルになっていた。その写真を見て直木は腹が立った。冬期閉鎖の準備が終わった頃、全従業員で解散会をすることになった。宴会場を抜け出した直木は写真のキクを思いだし、下山して秘かに落ち合ったら、そのことを言ってやろうと思った。

（岩田陽子）

【の】

野田宇太郎　のだ・うたろう

＊明治四十二年十月二十八日～昭和五十九年七月二十日。福岡県三井郡立石村（現・小郡市）に生まれる。福岡県立朝倉中学校卒業。詩人、評論家。『九州文学散歩』『関西文学散歩』など全二十八巻の『文学散歩全集』を編纂した。『定本野田宇太郎全詩集』（蒼土社）など。

川原湯・磯部　かわらゆ・いそべ　エッセイ

〔作者〕野田宇太郎

〔初出〕「旅行の手帖―百人百湯・作家・画家の温泉だより―」昭和三十一年四月二十日発行、第二十六号。

〔温泉〕川原湯《かわらゆ》温泉・磯部温泉（以上群馬県）。

〔内容〕吾妻川の渓谷の崖上にある川原湯も、碓氷川にのぞむ磯部も、文学にゆかりの深い温泉として忘れ難く思う。私が川原湯にいったのは冬で、深雪の日だった。川原湯名物の湯かけ祭りは終わっていた。湯かけ祭りは、毎年正月二十日の夜明けに、村中裸で湯元の所に集まって、その湯をかけあいながら、お互いの健康と繁栄とを神に祈る風習だという。川原湯も草津と同じ硫黄泉だが、草津のような強烈なものではなく弱性だから普通の人には好都合である。湯は無色透明で摂氏七十三度だという。私の泊まった養寿館の浴槽は、数百年を経た巨樹が谷間から亭々と聳えているその上の方にあり、明るくて広い硝子張りだから、そこに浸っていると、天空の温泉とでも言いたい気分がして来る。この宿に泊まった斎藤茂吉の「窓のそとは直ぐ深渓におちいりて／あがつま川の間なき水音」という歌の実感が自然に湧いてくる。この川原湯には、与謝野寛・晶子、土屋文明、折口信夫など、歌人の足跡が多い。

碓氷川ぞいにさかのぼると磯部に着く。ここは鉱泉である。塩分を含む炭酸泉だから湯治の効果はかなりあるらしい。温泉町という感じもあまりないので旅情を誘われなかったが、名物として知られた磯部煎餅だけは、くんと湯の香をふくんでさらりと溶け、塩味もある渋いその味が、なかなか捨て難いと思った。私を磯部にひきつけたのは、磯部が生んだ詩人大手拓次であった。私は拓次の甥が営むというこの温泉の代表旅館の一つにだけ二度泊まったが、どうしたものか湯がぬるくて、よい感じではなかった。磯部温泉が田舎にあるのに享楽客本意の商売をしようとしていて、私のような野暮な男には、ぴったり来なかったせいであろう。

（浦西和彦）

昇曙夢　のぼり・しょむ

＊明治十一年七月十七日～昭和三十三年十一月二十二日。鹿児島県奄美大島に生まれる。本名・直隆。ニコライ正教神学校卒業。翻訳家。著書に『露国現代の思潮及文学』『露国革命と社会運動』など。

二昔前の思ひ出　ふたむかしまえのおもいで　エッセイ

〔作者〕昇曙夢
〔初出〕『伊香保みやげ』大正八年八月十五日発行、伊香保書院。
〔温泉〕伊香保温泉（群馬県）。
〔内容〕明治三十二三年の頃である。駿河台の神学校の学友の青木精一君に連れられて、出身地の上州に旅行したことがある。ある日前橋から日帰りで伊香保へ遊びに出掛けた。ガタ馬車に乗って、利根川の半田の渡しを渡って、渋川まで行き、そこから伊香保まで約二里の坂路を歩いて行った。高い山腹の急傾斜の上に築かれた温泉町、独特な家屋の構造、展望の濶大―この三点は恐らく他の温泉場に見られない伊香保の特色であって、一度この地に来た者は終世忘れ得ないのである。物聞山の絶頂から見渡す遠近の眺望は天下の絶景である。「ここら一帯の万峰重巒の状を眺めては、誰でも崇高の感に打たれ、雄大の気を誘《そそ》られずにはいられない」。伊香保で忘れられない記憶の一つは、猿沢から湯元に行く途中、路傍の雪に埋れた溝の中から、所々湯気のような煙の立騰《のぼ》るのを見て、私は奇異に感じた。また前の晩使った手拭が翌朝みると凍っていた。雪や氷を知らない南国出身で、はじめて冬の山国を旅行した私には、こうした新しい経験が旅行中にかなり多かったと思う。榛名湖まで登り詰めようと冒険したが、一軒の百姓家で聞くと湖水までまだ一里以上もあるという、雪で道が分からなくなっており、時刻も遅いので、また元《もと》来た道を伊香保へ引返し、そのまま急いで帰路についた。山国の日は早く暮れ、あたりの山々は夕闇に包まれ、ひとり榛名の山影のみは、夜の空にくッきりと描き出されて、その神々しい姿は何時《いつ》までも心を去らなかった。

（浦西和彦）

然別湖温泉の想い出　しかりべつこおんせんのおもいで　エッセイ

〔作者〕昇曙夢
〔初出〕「温泉」昭和二十六年七月一日発行、第十九巻七号。
〔温泉〕然別湖《しかりべつこ》畔温泉（北海道）。
〔内容〕昭和八年の夏、十勝毎日新聞社長林豊洲氏の案内で然別湖温泉に遊んだ。然別湖は帯広から約十五里の山奥にある火山湖で、汽車も電車もバスもなかったため自動車で向った。一時間もすると扇ケ原だ。雄大無限の大展望で、木立の断層、緬羊の群れと、情趣殊に深い。やがて湖畔唯一の温泉ホテル光風館に着いた。原始林が屏風のように周辺を取り巻いていて、然別湖は太古そのままの荘厳さ、新碧の水面が別天地のように映った。「湖水の主」といわれる林豊洲氏が、躍起になって「天下の絶勝」とほめそやすのは無理もない。夕刻、浴槽へ案内されたが、天然の岩石の間から滾々と湧き出る温泉をそのまま取り入れた浴槽で、温度は多少ぬるかったが、肌ざわりがよく、ちょっと露天風呂といった感じである。食膳では岩魚やひめますが食欲をそそった。翌朝の湖はまた格別で、ばら色がかった白雲をまとう山々がその影を新碧の水面に投げている。朝食後、モーターボートで湖を一周する。絶景が展開し、小鳥の声、シャクナゲの花のゆかしい香、湖面に影落とす山々は概ね未踏の原始林、散見する断崖絶壁には名も知れぬ高山植物が密生していた。然別湖は周囲四里、水深二百メートルという噴火口の跡で、沿岸到るところに温泉が湧出している。（古谷　緑）

野間宏

のま・ひろし

＊大正四年二月二十三日〜平成三年一月二日。神戸市長田区に生まれる。京都帝国大学文学部仏文科卒業。小説家。代表作「暗い絵」「真空地帯」「青年の環」など。『野間宏全集』全二十二巻・別巻（筑摩書房）。

塩原のみどりをたのしむ

しおばらのみどりをたのしむ

エッセイ

〔作者〕野間宏

〔初出〕「旅」昭和三十三年七月一日発行、第三十二巻七号。

〔温泉〕谷川温泉（群馬県）、塩原温泉（栃木県）。

〔内容〕塩原は私の好きな温泉の一つだ。塩原が好きな理由は、それが山のなかにあって、山の緑につつまれているところにある。私が温泉に行くようになったのは、前に胆ノウ炎の診断をうけ、谷川温泉に治療に行ってからのことである。その時、山のなかの温泉の持っているよさをはじめて知った。もう六年も前のことになる。私はそこで温泉の湯を大きな薬罐に一ぱい汲みいれて、一日に一升以上飲むことを日課にしていたのだ。温泉の湯は胆ノウのある右腹のところを刺戟し、次第に安定に向って行った。私はやがて旅館のすぐ前を流れている川のところまでおりて行き、その辺りを歩きはじめることが出来るようになってきた。

　塩原温泉も箒川の流れを持っている。那須野原に拡がる美しい緑は、もちろん那須の上から見るものであるが、塩原に向かう途中下方から斜にかすかに見渡すのもまたじつに美しい。子供たちと一緒に行く時には、私は必ず遊覧馬車に乗って、いつも泊まる塩釜の山重という旅館の前から、古町をすぎ、源三窟やさかさ杉を訪ね、木ノ葉石のところまで行き再び旅館の前に帰って来るのだ。一回百円で、貸切りにすれば千円ということになっている。私はこの小さな馬と小さな二階屋のついた車を持って、一家の生計をたてている人たちのことを、いつも車の上で考える。私は夏にも行ったことがある。塩原は夏も非常に涼しく、箒川の水量も少なくなり、川底の見える浅いところで子供たちは水のなかにはいることが出来る。しかし塩原へ行くと決めて、いつも心を鈍らせるのは乗り物のひどい混雑である。三年程前塩原に出かけた時、列車がにわかに白い煙につつまれた。それはただ暖房パイプのなかを通していたディーゼル・エンジンを動かす気体が、座席の下から突然もれだして、たちまち箱の中を熱のある気体でみたしたということにすぎなかったが、乗客たちはぎょっとして、全くの混乱に見舞われた。私はこのとき、自分が一体どこにつれて行かれるのか、全然わからないというような気持ちをもたされたのである。

（浦西和彦）

【は】

萩原朔太郎《はぎわら・さくたろう》

*明治十九年十一月一日～昭和十七年五月十一日。群馬県東群馬郡前橋北曲輪町（現・前橋市）に生まれる。慶応義塾大学中退。詩人。詩集に『月に吠える』『青猫』『氷島』など。日本口語詩の完成者として評価される。『萩原朔太郎全集』全十五巻（筑摩書房）。

石段上りの街《いしだんあがりのまち》　エッセイ

〔**作者**〕萩原朔太郎
〔**初出**〕『伊香保みやげ』大正八年八月十五日発行、伊香保書院。
〔**全集**〕『萩原朔太郎全集第八巻』昭和五十一年七月二十五日発行、筑摩書房。
〔**温泉**〕伊香保温泉（群馬県）。
〔**内容**〕私の郷里は前橋であるから、伊香保へはたびたび行っている。伊香保は常識的の評判からみて好い温泉である。ここで常識的といったのは、自然や設備の上で中庸という好みを意味している。特別の奇がないだけ、落ついたおっとりした所である。一般に伊香保の愛顧者は「温健」な婦人に多い。

自分が好きな温泉は、第一、感じが明るく、いわば「静かな華やかさ」を持っているところである。関東付近で「好き」と言い得る温泉は箱根である。次いで、どこが好きかと言われると困るが、嫌いでないという側からなら、先ず第一に伊香保をあげたい。比較的飽きない温泉である。秋草を日本趣味という意味での、おとなしい閑雅さから、伊香保を日本趣味というのは適評である。伊香保の特色は、その石段あがりの市街にある。また伊香保の町は、全体に細い横丁や路次の多い、坂道だらけの町である。町の裏通りを歩くと、何となく南欧の田舎町という感じがする。今の伊香保の第一印象は、電車の停車場付近であるが、あの辺の気分も悪くない。新緑の中を走る電車、それは伊香保の追憶の中で、最も情緒の高いものであろう。全体に伊香保の人は、自然の美を人工によって開発することを知らない。そういう所はよほど田舎じみている。伊香保の一番いい季節は、晩春四五月から初夏の六七月へかけた時期である。温泉場の気分は「静かな華やかさ」にあって「賑やかな騒々しさ」にないのだから、夏の伊香保は自分たちの行く所ではない。自然は相当に美しいが、秋の伊香保は何分近在の百姓が大勢つめかけ、まるで田舎の温泉場に変ってしまうので、感心しない。だから伊香保は春でなければいけない。榛名には一度登ったことがあるが、山としては特色のない山である。伊香保の付近には一寸した滝とか小山とかがあるが、快適な散歩に適した所は極めてすくない。この温泉の空気を代表する浴客は、主として都会の中産階級の人であるが、矢張り、不如帰の女主人公を思わせるような、少し旧式な温順さをもった、どこか病身らしい細面の女たちである。中庸的の夫人や娘たちである。不思議に伊香保という所は、何から何まで女性的であり中庸的である。

（浦西和彦）

猫町《ねこまち》　短篇小説

〔**作者**〕萩原朔太郎
〔**初出**〕「セルパン」昭和十年八月一日発行、第五十四号。
〔**初版**〕『猫町』昭和十年十一月三十日発行、版画荘。
〔**全集**〕『萩原朔太郎全集第五巻』昭和五十一年一月二十五日発行、筑摩書房。

〔**温泉**〕北越のK温泉（新潟県の貝掛《かいかけ》温泉がモデル）。

その頃私は、北越地方のKといふ温泉に滞留して居た。九月も末に近く、彼岸を過ぎた山の中では、もうすつかり秋の季節になつて居た。都会から来た避暑客は、既に皆帰つてしまつて、後には少しばかりの湯治客が、静かに病を養つて居るのであつた。秋の日影は次第に深く、旅館の侘しい中庭には、木々の落葉が散らばつて居た。私はフランネルの着物をきて、ひとりで裏山などを散歩しながら、所在のない日々の日課をすごして居た。

〔**内容**〕私はコカインやモルヒネの力を借りて、夢の中で旅することを考えつき、実行している。しかし薬の乱用で健康を害してきた。そこで、方向オンチな私がとった方法は、意識的に道に迷うことであった。ある時、家の近所で道に迷い、知らない街へ来たように錯覚したが、すぐに現実に戻った。その後、方角が逆転し始めた。この経験によって、わざと方角を逆に考えることで、ミステリアスな空間に旅行することを覚えた。この方法によって、現実の景色が全く違ったものに見えてくるのである。次の物語も、私の現実離れした経験によるものである。

東京から北越のK温泉に行った。このK温泉から少し離れた所に三つの町があり、私は軽便鉄道に乗って途中下車し、その中のU町の方へ歩いて行った時のことである。私はある山道で迷い、ある部落に入って行った。この辺りの人々は、この村を「憑き村」と呼び、月の無い闇夜に祭礼をする。一般の人は見られない。こうした部落的タブーがわかるのは詩人的資質を有する者に限る。このように考えながら、私は山道を歩いていた。そして、自分が迷い子であると感じた。迷路の中に突入したかと思った時、繁華な美しい町に出くわした。その町の印象は、非常に特殊なもので、街全体が集合美といった感じであり、古い過去の歴史と、住民の長い歴史が感じられた。南国の町のように、花樹が飾られ、日影が深い。町は閑雅にひっそりと静まりかえっていた。特に女性の声は、甘美でうっとりとした魅力があった。住民によって町全体に調和が形成されていた。そして、その調和が破られることが禁じられていた。突然、黒い影が動いたと思った。見ると、猫の大集団がそこらじゅうを歩き、家の窓からは、猫の顔がのぞいていた。私は戦慄を感じた、その瞬間、意識が回復したと思ったら、街は現実のU町に戻っていた。これは、まさに景色の裏側を眺めたと言える。しかし、「猫町」は、今でもどこかに存在すると、信じて疑わない。

（佐々木清次）

温泉郷《おんせんきょう》 回答

〔**作者**〕萩原朔太郎

〔**初出**〕掲載誌、発行年月日未詳。

〔**全集**〕『萩原朔太郎全集第十四巻』昭和五十三年二月二十五日発行、筑摩書房。

〔**温泉**〕箱根温泉（神奈川県）

〔**内容**〕温泉についてのアンケートである。「一、どこの温泉がおすきですか」の問いに「一、箱根、但しぜいたくすぎて行けません」と回答。「二、温泉場の設備に就ての御希望」の問いに「二、遊歩場、テニスコート、玉突場、舞踏場、遊覧電車、景勝地、喫茶店等の設備を完全して滞留客の無聊を慰めるやうにすること。何よりも人工的設備に藝術的の意匠（自然との美しき対照）を工夫すること」と答えている。温泉地に自然の景観の美しさだけでなく、人工的設備の藝術的意匠を求めるところに朔太郎らしさがある。

（浦西和彦）

土師清一 はじ・せいじ

＊明治二十六年九月十四日～昭和五十二年二月四日。岡山県邑久郡国府村に生まれる。本名・深谷静太。旧姓・赤松。高等小学校中退。小説家、俳人。代表作に「津島牡丹」「風雪の人」など。『土師清一代表作選集』全六巻（同光社）。

温泉感傷 おんせんかんしょう エッセイ

〔作者〕土師清一
〔初出〕「温泉」昭和二十五年十月一日発行、第十八巻十号。
〔温泉〕宝塚温泉（兵庫県）、箱根強羅《ごうら》温泉（神奈川県）、湯原《ゆばら》温泉（岡山県）、天童温泉（山形県）、古奈（伊豆長岡）温泉（静岡県）。
〔内容〕関西では宝塚に三年、関東で箱根の強羅に三年、住んでいた。宝塚は冷泉をわかした温泉、強羅は大涌谷から木管で引いてきてある湯なので、共に特異な温泉というべきかと思う。宝塚は内湯がなかったので、ホテルのある旧温泉へ、たまに中州の温泉へ毎朝通った。朝早なので顔ぶれがきまっていた。金物屋の大旦那は、どうだす、やりまよか、と湯船から出て、流し場の掃除をはじめるのである。山陰地方に震災がおこった夜、女房は中州の湯へ行っていた。僕は仮橋をわたり、川原を温泉へ向った。女房の話では、七八人はいっていた女の人たちが、たいてい、素ッ裸で、表へ飛出したという。強羅で湯を引いてある木管の修理工事があると、軒並みに労力奉仕に出た。忘れられないのは八月十五六日の強羅まつりの「大文字やき」であった。昨初秋、一灯園の同人Mさん、長谷川伸さん、紀州の材木屋さんと、岡山の湯原温泉へ行って、旭川の川原にある野天風呂を楽しんだ。Mさんが「これが、ほんとの頭寒足熱やな」といった途端に、僕が「頭寒足熱会者定離」と言った。あのときは、野天風呂で、あまり楽しく、のびやかになっていたので感傷的になっていたのであろう。湯原の野天風呂は、原始的な趣きがあって、印象深い。山形県の天童の野天風呂には、雪が降っていた。亡友甲賀三郎が、雪を冒して裸になって、野天風呂につかった光景は、忘れがたい。伊豆の古奈の野天風呂に遊んだのは十数年前であった。釣友十数名と、狩野川で釣をした。僕と二三人は、早く竿をしまって野天風呂を楽しんだ。藤棚が印象に残っている。

（浦西和彦）

頭寒足熱 ずかんそくねつ エッセイ

〔作者〕土師清一
〔初出〕「温泉」昭和三十六年六月一日発行、第二十九巻六号。
〔温泉〕白浜温泉・湯川温泉（以上和歌山県）、湯原《ゆばら》温泉（岡山県）、浅虫温泉（青森県）、花巻温泉（岩手県）、玉造温泉（島根県）。
〔内容〕われわれの年齢になると、いつとなく友人が減っている。ある舞踊の会で会った木魚子さんが、百日たたぬうちに亡くなった。一昨年の夏、山源さんの案内で、木魚子と私は南紀に遊び、白浜温泉で湯をたのしみ、海にもぐったりなどした。幾年か前、木魚子と山源さんとほか三四人で、岡山県の湯原温泉に滞留して川原湯にはいっていた。旭川の川原に湯がわいている野天浴場で、荷馬車ひきの人が道ばたの立木に馬をつないで、浴びにおりてくる。さんさんと降りそそぐ日の光を浴び、湯にひたり、私は「頭寒足熱、会者定離」といった。会者定離とは、かくのごとく気の合った友だち同士でやっているが、いつの日か、別れて行かなければない、という感慨を催した、というのでなく、出まかせをいったのである。木魚子が、ひどく気に入ってくれた。白浜では、都合で、木魚子と山源さんと別れ、私は勝浦に一泊し湯川温泉に一泊した。遊覧船で紀の松島めぐりをした。仙台の松島にくらべて規模壮大であり、けわしく寂寥としているとおもった。

　浅虫温泉で、暁に目ざめ、カーテンを開けると、湾の上に大きな月があった。模型の月を見る感じであった。花巻温泉では、コスモスが離々と咲いていた。コスモスは明治の花である。明治時代、新鮮でロマンチックな花であった。昭和年代になってから地方で見かける花になった。玉造温泉の宿の庭にいた殿様蛙の美しさは今も鮮烈と言いたいほど生き生きと見えている。ミンミン蟬をのもうとしている。蟬はバタッとときどき羽をうごかす。そのたびに殿様蛙の目が光る。体色が実にあざやかであった。私は東京から遠いところでないと、心身共に解放された愉しさになれない。

（浦西和彦）

長谷川伸　はせがわ・しん

＊明治十七年三月十五日〜昭和三十八年六月十一日。横浜市太田日の出町に生まれる。本名・伸二郎。小説家、劇作家。主な作品に「瞼の母」「一本刀土俵入」「刺青奇偶」などがある。『長谷川伸全集』全十六巻（朝日新聞社）。

湯の島山　ゆのしまやま　エッセイ

〔作者〕長谷川伸

〔初出〕掲載誌、発行年月日未詳。

〔初収〕『耳を掻きつつ』昭和九年発行、新小説社。

〔全集〕『長谷川伸全集第十一巻』昭和四十七年一月十五日発行、朝日新聞社。

〔温泉〕下呂温泉（岐阜県）。

〔内容〕飛騨の下呂温泉の、湯の島山の杉木立の中に久保太四郎君が支配人をやっている湯島館がある。もし歩いてのぼるなら医王山温泉寺の西側の、桜の木がある石の段々をのぼると、近くもあるし風情の掬すべきものがある。そこは下呂名物の一つ「墓場桜」で、無常場に「鳥も通はぬ高山路」とうたわれ、「地危桟通ジ蒼樹 横《よこたわ》ル、懸崖天ニ逼《せま》リ白雲帯ブ」とうたわれた昔を今に、無名人の墓石に苔が蒸しているのが奇異な感をそそりかけそうな処である。そこで奇異な戒名をみた。通身手眼居士と刻んであった。「中山七里」を書いたのは足掛け六年前だが、そのころは下呂の往来に黒い灯籠が魚油の焔をちいさく吐いていて、闇夜の雨が山峡だけに真直ぐに降り、川瀬の音ばかりが聞こえていた。それが今では、紅葉時には藝者だけでも百五六十人いるという街にまで変化した。翌日、久保君と一緒に高山へ向った。

（浦西和彦）

長谷健　はせ・けん

＊明治三十七年十月十七日〜昭和三十二年十二月二十一日。福岡県柳川市下宮永に生まれる。本名・藤田正俊。旧姓・堤。福岡師範学校卒業。小説家、児童文学者。「あさくさの子供」で第九回芥川賞を受賞。

栃の木・湯の平・四万温泉　とちのき・ゆのひら・しまおんせん　エッセイ

〔作者〕長谷健

〔初出〕「温泉」昭和二十六年三月一日発行、第十九巻三号。

〔温泉〕栃の木（栃木）温泉（熊本県）、湯《ゆ》の平《ひら》（湯平）温泉（大分県）、四万温泉（群馬県）。

〔**内容**〕私がはじめて温泉にひたったのは、十三歳の秋である。阿蘇の栃の木温泉へ、修学旅行で立ち寄ったのだから、もう三十数年前になる。その時の日記が出てきた。「初めて驚いたのは、湯壺の大きいことである」「それから湯の美しいことは、底の針をも見える位で、此の水がどうして地中から出るかと、うたがはれる程である」と、毛筆で和罫紙に清書した、小学生時代の綴方である。

大分県の湯の平温泉に行ったのは二十二歳の夏であった。この時の旅行記が発見された。当時私は婿養子の口をかけられていた。私は二の足をふんでいたので、彼女と二人だけで、じっくり話を交したいと思ったので、誘いの手紙を出した。彼女からは返事の葉書も来なかったので、婚約を破棄することをきめて、山を下ったのである。

私は最初に上京してから、十四年間は小学校の教師を勤めていた。同僚四人と上州四万温泉へ出かけた。教員と思われたくない見栄のようなもので、私は作家、Nは音楽家（音楽教師）、Tは画家（図画教師）、Fは彫刻家（普通の教師）というふれこみだった。しかし、しばしばその素性を見破られそうになって困った。酔いがまわるにつれ、「鳩ポッポ」を歌うくせのある彫刻家のFが、大声で歌いだしたのである。女中たちが「あぁら、学校の先生みたいね」という。彫刻家Fは死に、T画伯は県会議員選に出て落選し、N音楽家は、今もなお三十年一日のごとく、元の職場で音楽教師をしている。（浦西和彦）

伊作温泉の怪談《いざくおんせんのかいだん》 エッセイ

〔**作者**〕長谷健
〔**初出**〕「温泉」昭和二十八年二月一日発行、第二十一巻二号。
〔**温泉**〕伊作温泉（現・吹上温泉）（鹿児島県）。
〔**内容**〕去年の夏、九州に帰り、西鹿児島発の汽車で単身出かけたのが伊作温泉であった。伊集院で南薩線に乗りかえた。砂丘の中を走る汽車だと、不思議に疲れるようだ。文学青年に教えられた「緑屋」は、さっぱり温泉宿といった雰囲気がない。やっと一人通れる程の小径を案内されて、一棟のぽつんと茶屋めいた家に招じいれられた。粋人の作った別荘が、宿屋にすり変えられたらしい。部屋は古びているが、美しい池が望見される。ここを教えてくれた文学青年は、この伊作温泉の池があまり美しいので、心中沙汰が多いので有名です、おまけに幽霊の出る部屋もありますといっていた。好奇心の赴くまま、この地を訪れたのだった。まことに風雅な山の宿らしい湯である。アベックにもってこいの湯である。ちろちろ筧を伝って流れる湯の音以外は、何も聞こえない。夜になると、さすがに私も無聊に悩まされ、ウイスキーを一人でのみはじめた。夜の池は真黒く静まって無気味である。私は半ばやけな気持ちで寝についた。一たん心地よく寝込んだ私は、奇妙な音に眠りをさまされた。夢ではない。起き上がって音の正体をたしかめるだけの勇気がない。私は完全に恐怖のとりことなっていた。いつか音も遠のいたが、遂にうつらうつらで夜をあかした。大変な目にあったものだ。翌朝、宿を出て、桜の並木路に出ると、ゆうべの奇怪な交響楽が聞こえて来る。その音の方に近づいていくと、公会堂の中から、聞こえて来るではないか。訊ねてみると雨乞いの棒踊りのけいこである。ゆうべは、夜っぴでけいこしていたと説明してくれた。やれやれ、というわけである。次の機会には、アベックで、伊作温泉を訪れたいと思っている。（浦西和彦）

二日市《ふつかいち》 エッセイ

は

〔作者〕長谷健
〔初出〕「旅行の手帖―百人百湯・作家・画家の温泉だより―」昭和三十一年四月二十日発行、第二十六号。

〔温泉〕二日市《ふつかいち》温泉（福岡県）。

〔内容〕三十一年ぶりにいってみると、武蔵温泉が二日市温泉と改名している。筑紫にあって武蔵温泉というのは、いかにもおかしいので改名したのであろう。人生五十の峠にたどりついて、学校時代の旧友が、三十一年ぶりに、二日市温泉で会うことになったのである。私達は三十一年ぶりの久闊を叙しながら、ともあれ湯にはいった。湯加減はなかなかよろしい。泉質は無色透明、ラジュームに富んでいると自慢しているだけあって、湯心地万点とほめても、ほめ過ぎにはならないだろう。二日市温泉に遊んで、武藤寺に参ったら、程近い太宰府に足を運ぶのが、定石のようなものである。道真の足跡は、いたるところに残されている。榎社は、道真の謹慎蟄居したところである。太宰府にいったら、郷土玩具の鷽《うそ》と鳩笛を買うことを忘れぬがよい。

（浦西和彦）

長谷川春子　はせがわ・はるこ

＊明治二十八年〜昭和四十二年。東京に生まれる。洋画家。劇作家・小説家の長谷川時雨の妹。

月夜の赤谷の湯　つきよのあかたにのゆ　エッセイ

〔作者〕長谷川春子
〔初出〕「温泉」昭和二十六年十一月一日発行、第十九巻十一号。

〔温泉〕白骨温泉・上高地温泉（以上長野県）。

〔内容〕いで湯などあろうとは思わない所で偶然いい気持ちな環境の山の湯に身をひたすことが出きる時ほど楽しいことはない。

　丁度戦争の始まった年であった。静養を勧められ上高地へでかけた。十里ほどバスにゆられ、前山から日本アルプスのしんへと梓川を登りつめて奈川渡、沢渡とバスの客は少なくなったが、人の住む最後の部落の沢渡の終点で白骨温泉へ行く人も二三人はあった。残雪を踏み分け上高地へ行こうというのは私たった一人―しかしそれでも上高地に滞在してみると、日に何人かずつは徳本峠越えと沢渡経由で旅館開設準備の人たちと若い旅行者が登ってきた。

　夕方、喫茶店で見つけた荷物持ちの青年と歩き出した。日暮れが近いからと道を急いだ。この辺りはまだそんなに雪解けの後の道の壊れもひどくない。しかし、一つ二つとトンネルを越える度にトンネルの入口前後の残雪もだんだんと深くなる。一里歩くか歩かぬうちにほとんど薄暗みに包まれてしまった両側の山々はいよいよ高い。今夜は高い山の峰の上から月が出るはずだが、夜道の用意は蠟燭一本なしだから中の湯まででゆけるかしら。とひょっこり暗がりに一軒の古びた宿屋が往来ぶちに思いもかけずにあった。山中にしては相当大きいが、旅商人などが泊まるような古い街道ぶちにありそうな体裁らしい。普段なら泊まる気なぞ起こりそうもない宿だが、あと小一里の未踏の深山の登りではさすがにこの宿を見て中の湯泊まりの無理は断念した。

　宿の中は薄暗い。お客は私一人だ。夜食をとって薄暗い長い廊下を又もう一度夜の浴槽へいった。丁度その時刻には澄んだ大きな円い姿の山月が、まだ若芽もまばらな山から登ってきて梓川の渓谷や谷のふちの温泉の湯船の中まで差し込んできている。赤谷という名の通りこの辺は鉄分が多いのか、山のすその岩石や土砂が赤いのは翌朝分かった。いで湯は澄んで熱くて沢山あって、山の湯の素朴な広い木造の湯殿や湯船、だんだん冴えてくる山月の光の中に、この思いがけない山の湯のよさをしみじみと覚え、眠るのも惜しくて一人でいつまでも浸っていた。こういう入浴は忘れがたい。それから上高地の清水屋にもぬるい温泉が湧くのは拾い物だった。

（古田紀子）

畑中純《はたなか・じゅん》

＊昭和二十五年三月三十日～。福岡県小倉（現・北九州市）に生まれる。福岡県立小倉南高等学校卒業。漫画家。「まんだら屋の良太」を週刊「漫画サンデー」に連載。

渓谷にて―養老温泉“大冒険”旅行《けいこくにて―ようろうおんせん“だいぼうけん”りょこう》　エッセイ

〔作者〕畑中純
〔初出〕「旅」昭和六十三年八月一日発行、第六十二巻八号。
〔温泉〕養老温泉（千葉県）。
〔内容〕東京駅から内房線特急で五井《ごい》まで四十九分。五井から養老渓谷まで小湊鉄道で一時間四分だ。千葉県夷隅郡大多喜町の養老温泉民宿「さかや」の湯舟に浸って落ち着いたのは、五月二日夜の九時半だった。見渡す限りの水田だ。上総が米作地帯であることを初めて知らされた。コーヒー色の珍らしい湯だった。案内書に、含重曹ヨード食塩泉、摂氏二十度、天然ガスで加熱とある。ツルツルの度合が普通じゃない。色といい肌ざわりといい、たいへん珍らしい湯だ。民宿はバス停「弘文洞入口」の近くだった。翌日、二三キロ上手の奥養老に行く。釣りと焚火に便利にして絶景の場所を見定めて荷を降ろす。石で釜を造る。カゲロウと川ゲラの幼虫を捕えて、それをエサに竿を出すと、十センチほどのヤマベがすぐに食いついてきた。木立ちに透ける空を眺め、岩を走る水の音を聞き、珍石など探して、疲れれば流木で沸かしたコーヒーを飲み、ひとときを過ごせれば満足だ。昼すぎて狭い谷に人があふれてきた。さすがにゴールデンウィークだ。早めに切りあげ、共栄橋まで戻る。小旅行を大冒険旅行にする方法はできるだけ歩くことである。歩いて、見て、嗅いで、触わると、自然が応えてくれる。

（浦西和彦）

服部龍太郎《はっとり・りゅうたろう》

＊明治三十三年七月十五日～昭和五十二年六月十八日。福岡県に生まれる。早稲田大学卒業。音楽評論家。新交響楽団機関誌の編集主筆。ニットー・レコード洋楽部長をつとめる。著書に『歌劇全書』など。

湯舟から民謡の聞える温泉場《ゆぶねからみんようのきこえるおんせんば》　エッセイ

〔作者〕服部龍太郎
〔初出〕「旅」昭和三十三年七月一日発行、第三十二巻七号。

〔温泉〕草津温泉（群馬県）、山中温泉（石川県）、大牧温泉（富山県）、嬉野温泉（佐賀県）、箱根温泉（神奈川県）。

〔内容〕温泉地から生まれた有名な民謡というものは案外すくない。全国的に知られているものは草津節と山中節ぐらいである。

　富山県の五箇山は麦屋節の本場であるが、その他の古い民謡で印象に残ったのは大牧温泉できいたコッキリコ節である。

　嬉野温泉の近くの太良町では「岳の新太郎さん」という民謡を採譜した。この民謡は寺侍に対する娘たちの思慕の情をうたったものだ。コロンビアレコードにいれることにして、最初神楽坂はん子に稽古をつけたが、吹込の前日になると、雲隠れしたため、島倉千代子が吹き込んだ。
　箱根には今でも雲助がいる。七十代の杉崎さん兄弟である。二人は馬子唄と長持唄をきかせてくれた。箱根の馬子唄は明るい陽旋法であるのが特色である。「箱根八里」は楽譜に残したものがないので採譜した。

（岩田陽子）

花森安治《はなもり・やすじ》

＊明治四十四年十月二十五日～昭和五十三年一月十四日。神戸市に生まれる。東京帝国大学美学科卒業。ジャーナリスト。大橋鎮子らと「暮しの手帖」を創刊。著書に『服飾の読本』『流行の手帖』『逆立ちの世の中』など。

温泉宿無礼なり《おんせんやどぶれいなり》　エッセイ

〔**作者**〕花森安治
〔**初出**〕「温泉」昭和二十六年十月一日発行、第十九巻十号。
〔**温泉**〕東京の周りの温泉。
〔**内容**〕温泉のエチケットというお題を与えられた筆者が温泉への不満を綴る。温泉というところは実にいやなものだ。宿屋の敷居をまたいだトタンに、何か約束の違ったようながっかりした気持ちになってしまう。女中のいらっしゃいませを聞くと不機嫌になる。丹前に着替えるとイライラしてくる。風呂につかってぶるんと顔をなでると、こんなことなら自分の家でのんびり風呂に浸かっている方がどんなにマシか知れないと思う。寝床に入って、隣の部屋のドンチャンを聞いていると腹が立って眠れない。ねぼけ眼で、朝ぼんやり外を見ていると金をドブの中に落としたようなにがにがしい気がしてくる。全く温泉というところは、着いてから出立するまで人を嫌な気にさせる妙なところだ。
　ことわっておくが、温泉は嫌いじゃない。好きである。好きだからこそ出かけてゆく。出かけてゆくからこそ嫌な気持ちになって帰ってくる。僕の言いたいのは、温泉というところは行かないで頭の中で考えていると実にいいところで、行ってみると実に嫌なところだ、ということである。そこまで言うなら思うだけで満足していればいいものをつい出かけていく。東京の周りの温泉はたいてい出かけて、もう行くところがなくなりかけている。
　宿屋を悪いと言い切ってしまえないだろうが、どんなに大まけに考えても、いまの温泉宿がお客に対するエチケットを知っているとは思えない。宿の建て方が全国規格版なのと同じように番頭から受ける印象も全国画一的である。人の風貌を頭の上から足の先までジロリと検査する。部屋の決め方が気に食わない。商取引で売り手の方が勝手に品物を決めて買い手に押し付けるという法はないが、それを平気でやるのが宿屋である。食事の時間も台所の都合、女中の都合で決められる。要するにおしきせ的、主人の都合的サービスにすぎない。お客の立場からのサービスではない。もし、以上の気にくわぬことだけでも改まっている旅館があったら御一報ください。出かけていってみたい。

（古田紀子）

馬場孤蝶《ばば・こちょう》

＊明治二年十一月八日～昭和十五年六月二十二日。高知市中島町西詰に生まれる。本名・勝弥。明治学院普通部卒業。英文学者、翻訳家、随筆家。島崎藤村、北村透谷らと

「文学界」を創刊。著書に『明治文壇の人々』『葉巻のけむり』など。

伊香保の二日《いかほのふつか》　エッセイ

〔作者〕馬場孤蝶
〔初出〕『伊香保みやげ』大正八年八月十五日発行、伊香保書院。
〔温泉〕伊香保温泉（群馬県）。
〔内容〕伊香保には二十二三年前の夏にたった一度行ったことがある。その時分は高崎及び前橋の両方から鉄道馬車が渋川まで通じているのみであった。親戚の主人が先に行っているので、そこへその娘と小間使いを送りとどけるためであった。渋川からはさし引の人力車で上《のぼ》った。その時分は、伊香保は食い物に自由のきかぬ土地であったように思う。朝の景色は佳《よ》かった。千明の楼上から振り返ると、一面の霧の海であって、赤城でもあろうか、大きい山がその霧の中から頭だけを見せて、まるで海中の孤島というような観があった。榛名《はるな》へ登って見ようと用意していると、親戚の者の家内が重体だという電報が来て、直ぐ帰京することになった。渋川まで歩いていった。女郎花《おみなえし》が方々に咲いていた。伊香保は、この近県のうちで、山の温泉という心持ちの最も豊かな土地であろうと思う。

（浦西和彦）

浜本浩　はまもと・ひろし

＊明治二十四年四月二十日～昭和三十四年三月十二日。松山市に生まれる。同志社中学部中退。小説家。代表作に「十二階下の少年達」「浅草の灯」など。

作家と温泉《さっかとおんせん》　エッセイ

〔作者〕浜本浩
〔初出〕「温泉」昭和二十五年八月一日発行、第十八巻八号。
〔温泉〕伊東温泉・熱海温泉（以上静岡県）。
〔内容〕作家が、温泉に滞在して執筆するのを贅沢だなどと思われては困る。東京から便利という理由で、この頃の作家は、多く伊豆の温泉を利用しているようだ。私は終戦直後から上諏訪へ往復していたが、時間や列車の事情が適宜でないので、懇意な編集者から、田村泰次郎氏の馴染みの伊東温泉暖香園を紹介され、近来は専らその旅館の厄介になっている。今年の三月、伊東に尾崎士郎、坂口安吾両氏が定住しているばかりか、白井喬二、野村胡堂氏も滞在しているときいた頃、今井ケ浜に石坂洋次郎、熱海に林芙美子、舟橋聖一、丹羽文雄、湯河原に久米正雄、平林たい子、中山義秀の諸氏が滞在執筆中で、催促に来た編集者が、鉢合わせしているという話をきいた。私は遊覧地風の熱海、湯河原よりも、素朴な伊東が好きになった。仕事に疲れると、ぶらりと散歩に出る。浄の池に熱帯魚が泳いでいる。浜辺には、キティ颱風で吹きあげられた発動船の残骸が見られる。伊東にも温泉藝者という者は居るようである。熱海、湯河原では、先輩の作家たちに浮名が立っているそうだ。伊東在住の尾崎士郎、坂口安吾両兄は、女性ファンも多いのに、絶えて艶聞をきかぬのも、土地柄だと思った。熱海には志賀直哉、広津和郎の両先輩を始め、田岡典夫君が居住しているほか、谷崎潤一郎氏も京都から移住して来られる。その中で熱海の大火に類焼したのは広津氏ばかりだが、蔵書全部を失われたことはお気の毒にたえない。われわれのように仕事をしに出かけている者は、作家同士めったに往復することもなく、同じ旅館に泊まり合わせることすら避ける傾向がある。作家が温泉に滞在して執筆するのは、いわば書斎の延長であり、唯一の保健法であることを了解していただきたい。

（浦西和彦）

湯場の感傷―情緒テンメンの湯

ゆばのかんしょう―じょうちょてんめんのゆ　エッセイ

〔作者〕浜本浩

〔初出〕「旅」昭和二十九年十一月一日発行、第二十八巻十一号。

〔温泉〕上諏訪温泉・下諏訪温泉（以上長野県）、別府温泉（大分県）、山鹿《やまが》温泉・湯《ゆ》の児温泉（以上熊本県）、湯元温泉（栃木県）、東山温泉・熱塩《あつしお》温泉（以上福島県）、湯田川温泉（山形県）、四万温泉（群馬県）、伊東温泉（静岡県）。

〔内容〕信州の上諏訪は、放浪時代に温泉の情緒と他郷の人の情の温かさを初めて知った町である。その地方色豊かな湖畔の風物を限りなく愛し、郷愁すら感じるからである。そのうえ、秋から冬にかけては公魚《わかさぎ》の天ぷらや蜆汁など、独特の美味に富み、地酒の味も誇るに足るのである。同じ湖畔の下諏訪は、上諏訪と汽車で五分とたいして離れていないのに、外観も性格も全く違った温泉町である。昔は中仙道の宿場であった。戦後の今日、旅籠ばかりか、民家の連子窓にも、路傍の居酒屋にも、宿場の名残を留めた町はこの温泉場くらいかも知れぬ。九州の別府へは公用や私用で、十回も行っている。戦前は海岸の清風荘に、戦時は亀の井に、戦後は日名子と、旅館もその都度変わったが、古風な日名子の離れ屋に、温泉宿らしい印象が残っている。大戦の最中に、菊池寛のお供をして、熊本へ講演に行ったことがある。山鹿温泉で愉快に飲んだ揚句、宴席に来た老妓の屋形に遠征した。朝帰ると、事情を知った菊池寛が人買舟は沖を漕ぐ云々と浄瑠璃らしい一句を認め、その妓が見送りに来たら餞にこれを遣れよと言った。何の奇もない温泉でも、そのような懐かしい思い出があわれを添えて情趣ある印象を残している。また、佐々木茂索夫妻、中村光夫、福田恒存、清水崑らと水俣市に講演に行き、湯の児温泉に一泊した時は、持病の胆石症を突発し疼痛に苦しんだ。かいがいしく看護してくれた盛装の美人は藝者かと思ったが、宿屋の女中の一人であった。その宿の浴室から、湯に浸かりながら、明るく開けた不知火の海や、遥かに浮かぶ天草の島々が眺められた。窮屈な日本趣味よりも自在な異国情緒を好む「私」は奥日光の湯元温泉に心惹かれる。奥日光はそれほど幽邃な山の温泉である。白虎隊の事蹟を調べに、会津の東山温泉に滞在したことがあった。宵に呼んだ藝者が翌朝は飯の給仕に来てくれ、四五日も馴染めば、女房気取りで身の回りの世話もしてくれた。喜多方町に近い熱塩温泉にも一泊した。夜半、耳を澄ますと、地底から幽かに、絹糸を引くような微音が聞こえてきた。鶴岡市外の湯田川は、古色豊かな湯の町であった。軒を並べた旅館も古風な構造で、人情も素朴であった。家庭的な温泉といえば、上越線に沿う吾妻渓谷の四万温泉もその一つである。伊豆の伊東温泉は、ここ四五年来の「私」の仕事場である。東京から二時間の近距離だし、熱海より環境が素朴で、変化に富んでいるからである。温泉場の情趣は、その土地の環境に馴染み、その土地の特長を巧みに味わいつくすことによって満喫し得るものである。

（荒井真理亜）

伊東・熱川

いとう・あたがわ　エッセイ

〔作者〕浜本浩

〔初出〕「旅行の手帖―百人百湯・作家・画家の温泉だより―」昭和三十一年四月二十日発行、第二十六号。

〔温泉〕伊東温泉・熱川《あたがわ》温泉（以上静岡県）。

〔内容〕この数年来、仕事にも休養にも伊豆の伊東へ出掛けていく。玖須美区の暖香園を常宿にしていたが、この頃は寺山下で友人が経営している「なか長」の厄介になることが多い。玖須美の一廓は、せんだん、楊梅のような暖地植物がもりもりと繁っている。昨年五月初旬に伊豆へ行くと駅前の広場が、えもいえぬ芳香にみたされていた。その香源は、畑にも藝者屋の庭にも、真白に咲きこぼれている蜜柑の花であった。ぼくは、町はずれの新井区の漁師町が好きで、滞在中は朝夕に出かけて行く。この一廓から海岸へ一粁ばかり南に歩くと汐吹の名勝がある。玖須美区の裏町に隠れている、天然記念物の浄の池にも心を惹かれる。地震で寺は跡形なく焼失し、心字池だけがその面影を残しているのである。地中から湧出する温泉のおかげで、常に水温二十六度のこの池には、いろいろの熱帯魚が棲んでいる。この町の商人達が素朴でドメスチック（家庭的）なところに親しさを感じている。町の魚屋で適当な酒の肴を漁る。それを馴染みの「蛇目ずし」で、刺身や吸物に作ってもらう。料理の手間代などは一円も要求しないし、めんどうがりもしない。そういう家庭的なところが、伊東の特色といえばいえる。

二年前の一月下旬、伊東から熱川へでかけたことがある。神経痛には特効があると聞いていたからだ。熱川温泉は、決して素朴な保養地ではなく、伊東、熱海にもまさる歓楽街であった。夜になると、各旅館から絃歌の声が、濤声を圧して聞こえて来る。この温泉場の旅館以外の建物は、すべて藝者類似の女達の職場と見ても差つかえなさそうである。神経痛保養の目的で出かけたぼくは、一泊しただけで、ほうほうのていで馴染みのある伊東の宿へ引き揚げた。

（浦西和彦）

林二九太《はやし・にくた》

＊明治二十九年四月十一日〜没年月日未詳。東京銀座に生まれる。慶応義塾大学文科中退。劇作家、小説家。代表作に「大東京は曇り後晴れ」「郵便屋さん」など。

伊豆の隠れた湯宿《いずのかくれたゆやど》　エッセイ

〔作者〕林二九太

〔初出〕「旅」昭和二十九年三月一日発行、第二十八巻三号。

〔温泉〕吉奈温泉・湯ケ島温泉・木立温泉（以上静岡県）。

〔内容〕天城の猪狩りに半日ほど山の中を跋渉しただけでふくらはぎが痛くなって歩けないほどであったが、源頼朝の発見した霊験あらたかな吉奈温泉の湯のおかげで、脚の痛みも薄らいできた。そこから湯ケ島の村長のところへ出かけた。湯ケ島では今度木立温泉の源泉地を政府から払い下げてもらい、村営の簡易宿泊所を造ることになった。木立温泉は野天風呂だったので、戦時中から「お乞食さん」が住みついていたそうだ。あちこちの農家から米を恵んでもらって自炊をし、一晩中湯に浸かって過ごしていたらしい。里の人は入浴できないし、火の不始末で山火事になっても困ると思っていたところへ、払い下げの話がきたというわけだ。その日、湯ケ島温泉の水明館という宿に泊まった。一年前まで自炊専用の宿だったのを、湯河原の酒屋が買い取って改築したのだという。ここの湯は川岸の岩間から湧いていてよく温まる。おかげで、渓流の音がひどく枕に響いていたが、よく眠れた。翌日、木立温泉へ行ってみた。太陽の具合で、一日に三度景色が変わるそうである。訪れた時には全然日光がさしていなかったので、翳が深く、余計に幽邃な感じがした。角石で囲んだ野天風呂は底のスノコから泡を吹いてこんこんと湧いていて、黄ばんだ木の葉が三四枚、隅の方で動かずに浮かんでいる。いかにも由緒ありげな温泉だ。しかし、残念なことに少しぬるい。木立の渓谷から少し上流へ行くと、沢庵石のような石ころばかりの、平凡な流れになってしまう。里の人たちは、猫越橋から木立温泉の間を伊豆耶馬渓と呼んでいるそうである。この辺りは、夏になるとヤマメが捕れるそうだし、岩肌や川底から温泉が湧き出ているので水も温かいから、子供の水泳場にはもってこいだ。冬は積雪で、雪の渓谷美はさぞ素敵だろう。土地の人たちは、世智辛い時勢に「お乞食さん」に米を恵むのだから、人がよくて、商売気がない。だから、宿賃も湯ケ島温泉に比べると格安だし、藝者もいないので、ここしばらくは社公用族に荒らされない伊豆温泉郷の盲点として、東京の庶民に愛される温泉場になるだろう。

（荒井真理亜）

伊豆の湯場にひろう珍味《いずのゆばにひろうちんみ》

エッセイ

〔**作者**〕林二九太

〔**初出**〕「旅」昭和二十九年十一月一日発行、第二十八巻十一号。

〔**温泉**〕熱川温泉・峰温泉・湯ケ野温泉・吉奈温泉（以上静岡県）。

〔**内容**〕「実際、温泉宿の料理ときたら、どこも判を押したみたいに同じなんで、参るよ」と、よく通の人は言う。しかし、一般のお客は年百年中温泉に行くわけではないし、食べ慣れている我が家のお総菜とは異なるわけだから、たとえ判で押したような同じ品数の料理でも、見た目、味わう舌には珍味であるに違いない。お決まりのお膳はお膳で味わって、「土地独特の物」を頼んでみると、案外うまいものにぶつかり、旅の思い出になることがある。熱川温泉で出会った薩摩芋の温泉蒸しだけは今以て忘れられない。物資がない時分、定宿だった偕楽園の老女将がよくおやつに出してくれたのだが、あまりうまいので、その後奈良本あたりの百姓から薩摩芋を仕入れ、女将さんに蒸し方を教わって、自分でもやってみたりした。蒸したてよりも冷めてからが、まるで芋羊羹のような味がして、こんなうまいものがあるかと思った。そこで食べた海老や鰹もうまかった。北川という漁場がすぐ隣にあるので、魚介類が他の温泉場よりも鮮度が高い。海老の活き作りを醬油に生玉子の黄味をまぜてつけて食べるのがうまい。ハラワタに至ってはコノワタの段ではない。鰹の刺身もまるでハムの切り身みたいに鱗がピカピカ光っている。峰温泉の玉峰館で感心したのは川蟹だった。海の蟹より胴がうまい。平凡な、静かな村の宿屋で、一人チュウチュウ、まるでキスでもするように蟹の胴や脚を吸いながら食べていると、なんだか故郷の叔父の家で手料理をご馳走になっているような錯覚が起きてきて楽しい。その先の湯ケ野へ行くと、天然鰻がお職だろう。「伊豆の踊子」で一躍名を売った福田屋のマダムお手製の蒲焼きはさすがにうまかった。この間も川崎長太郎が一日清遊に来たそうだし、川端康成もここで仕事をしたそうだが、恐らく今では伊豆でここぐらい昔の湯治場らしい雰囲気の漂っているところは、もう他にあるまい。最後に吉奈温泉へ廻り、東府屋ご自慢の「山家焼き」なるものをご馳走になった。しかし、ここへ来たら、鰻と紅鱒を食すべきだ。うまいものはたくさんあるが、一番の珍味はここの歌人モト子夫人お手製の金山寺味噌である。温かい御飯にまぶして食べると、もう何もいらない。

（荒井真理亜）

林芙美子《はやし・ふみこ》

＊明治三十六年十二月三十一日～昭和二十六年六月二十八日。山口県下関市田中町に生まれる。本名・フミコ。尾道高等女学校卒業。小説家、詩人。代表作に「放浪記」「晩菊」「浮雲」など。『林芙美子全集』全十六巻（文泉堂出版）。

温泉宿《おんせんやど》　短篇小説

〔**作者**〕林芙美子
〔**初収**〕吉屋信子編『女流作家十佳選』昭和十五年十二月三十日発行、興亜日本社。
〔**収録**〕復刻版『〈戦時下〉の女流文学4』平成十七年五月二十三日発行、ゆまに書房。
〔**全集**〕『林芙美子全集第五巻』昭和五十二年四月二十日発行、文泉堂出版。
〔**温泉**〕伊豆の温泉（静岡県）。

　旦那様から、伊豆のこの温泉宿へ来るやうにと云ふ電報をお受取りになつた時は、奥様は急に体が震へてしまつて、どんな風にお詫びしてい丶かと、お思ひになつたのださうでございます。

〔**内容**〕菊の間にいらっしゃったお客さんは、何となく後姿の淋しい方だと思いました。黒い顔をした方で、涼しい眼をしていました。この河では何が釣れるのと、たいへん釣が好きなように見えました。奥様は午後十時頃、雨に濡れていらっしゃいました。部屋に案内すると、「申しわけございません。—大変御無沙汰してまして…」と、おっしゃって、泣き伏してしまわれました。わたしはおかしな夫婦もあるものだ、何か深い事情があるのだろうと思いました。奥様はまだ二十三四位で、とてもおとなしそうな美しい方です。
　翌朝は昨夜と違い、たいへん明るい表情をしていらっしゃいました。旦那様は海軍の飛行中尉で、日華事変が始まってから、中国へ行っていました。旦那様のお母様がたいへんむずかしいひとで、奥様の親類に待合をしている家があると聞き、奥様へつらくあたるので、築地のお姉さまのところにいらっしゃった様です。夕方、旦那様は雨が降っているのに、川下へ釣にいきました。奥様は東京のお姉さまに電話をされ、お世話になりっぱなしで悪いが、家へ帰りますといっていました。旦那様は正月から中国へ行って敵機を七ツとか撃墜しましたが、新聞に「素木純次中尉壮烈空の戦死」と出ていました。また十二月を迎えました。ある日、東京の素木様から菊の間の予約の電話がありました。あの奥様が一年前の今日の日を忘れられないと、赤ちゃんを連れていらっしゃいました。旦那様が戦死されてからは、お母様も妹様も、気持ちが折れ、いまでは奥様は、素木のお家の杖とも柱とも頼られているのだそうです。翌朝、奥様は釣竿を借りて、何だか旦那様がそばにいらっしゃるようなけはいを感じると石段をおりていらっしゃいました。（浦西和彦）

放牧《ほうぼく》　短篇小説

〔**作者**〕林芙美子
〔**初出**〕「文藝春秋別冊二」昭和二十一年四月発行。
〔**全集**〕『林芙美子全集第五巻』昭和五十二年四月二十日発行、文泉堂出版。
〔**温泉**〕長野のある山の温泉（長野県）。

　ここの温泉は火傷に効目があるというので、空襲された各都市都市から火傷をした人たちが次々と保養に来ている。（中略）
　大湯をはさんで、右側に古島左衛門旅館、鳩の巣作助旅館、大和屋忠造旅館（後略）。

〔**内容**〕東京から二百人の子供と教師が山の温泉地に疎開してきた。同じ土地には金持ちの子供達が通う山川学院も疎開していた。山川学院や村の子供達と違い、彼らは満足な食事も与えられなかった。

　堪えかねた駒吉と丈助は東京へ帰るために宿を抜け出す。大木先生は長野の駅長室で二人を捕まえたが、叱らなかった。大木先生自身も、東京に逃げて帰りたかったからだ。その後、駒吉は一人、今度はつかまらずに、東京の家へ帰った。丈助は空腹のあまり、嫁殺しという赤い実を、悪いものだと知りながらも食べてしまった。白眼を出して苦しみ、昏々と眠っていた丈助がやっと目をあけたのは、北海道にいっている母親が唐もろこしを土産に持ってきた夢をみたからだった。　（岩田陽子）

浮雲《うきぐも》　長篇小説

〔**作者**〕林芙美子
〔**初出**〕「風雪」昭和二十四年十一月～二十五年八月発行、第三巻十号～第四巻八号。「風雪」廃刊後、「文学界」昭和二十五年九月～二十六年四月発行、第二巻四号～第三巻四号。
〔**初収**〕『浮雲』昭和二十六年四月五日発行、六興出版社。
〔**作品集**〕『林芙美子作品集第八巻』昭和三十年九月三十日発行、新潮社。
〔**全集**〕『林芙美子全集第八巻』昭和五十二年四月二十日発行、文泉堂出版。
〔**温泉**〕伊香保温泉（群馬県）。
　伊香保へは夜更けて着いた。宿引きに、金太夫と云う旅館へ連れて行かれた。坂の多い温泉町で、その坂は路地ほどの狭さだった。（中略）
　不如帰で有名な伊香保と云うところが、案外素朴で、如何にもロマンチックだった。
〔**内容**〕幸田ゆき子が仏印のダラットに着いたのは昭和十八年だった。ゆき子は姉の夫の弟伊庭の家に下宿していたが、妻のいる伊庭に犯され、その関係を清算するため、農林省のタイピストとしてやってきた。
　農林省の富岡は女中ニウとも関係をもっていたが、同僚の加野とゆき子をとりあった。ゆき子は富岡を選び、加野はゆき子の腕に切りつけた。敗戦後、ゆき子は帰国し富岡家を訪ねた。富岡の妻邦子は二人の関係を知らなかったが、ゆき子を見て最もいやな女だと感じた。富岡は昔の富岡ではなかった。
　ゆき子は伊庭の物を盗んだり、進駐軍の男性に援助してもらったりして暮らしていた。農林省を退職して始めた事業が思うように進んでいなかった富岡は、ゆき子と心中しようと思い、伊香保温泉に向った。しかし、富岡はおせいという若い人妻と関係を持ち、その考えをあらためた。富岡は東京でおせいと暮らし始めた。ゆき子は富岡の子を宿したが、何の援助もしてもらえず、大日向教で教師をしている伊庭の援助で子供を堕ろした。そして、退院の日、おせいが追いかけてきた夫清吉に殺されたという記事を目にした。
　富岡の妻邦子は富岡が送金しないため手術もできず、みじめな姿で息をひきとった。富岡は妻の棺代を借りるため、伊庭の世話になっていたゆき子のところへやってきた。富岡は農林省に再就職し、一人で屋久島の営林署へ赴任しようと考えた。そこへゆき子が大日向教から六十万円を盗み、結婚して欲しいとやってきた。二人は屋久島に向った。ゆき子は道中から体調がすぐれなかったが、屋久島で喀血し、誰にも見取られず血まみれになって死んでいた。
　一か月後、富岡は休みをとって鹿児島へ出た。性懲りもなく酒を飲み、女と遊んだ。途方に暮れた富岡は、まるで浮雲のようだと己れの姿を考えていた。　（岩田陽子）

原一男　はら・かずお

＊昭和二十年六月八日～。山口県宇部市に生まれる。東京綜合写真専門学校中退。映画監督。主な作品に「全身小説家」「学問と情熱」など。

吉野谷へゆきゆきて湯治場体験《よしのやへゆきゆきてとうじばたいけん》　エッセイ

〔作者〕原一男

〔初出〕「旅」平成三年五月一日発行、第六十五巻五号。

〔温泉〕吉野谷《よしのや》鉱泉（福島県）。

〔内容〕カメラマンの大橋弘君と吉野谷鉱泉へ向かう。素泊まり一泊二千五百円。私はひたすら〝お湯三昧〟、アウトドア派の大橋君は〝完全自炊〟を楽しむのがテーマである。翌朝、まず風呂へ。六十歳ぐらいのオバサンが入ってきた。混浴である。オバサンは右の手のひらを広げて、私の耳元に寄せる。コトコト、指が鳴っている。ゴム手という関節リウマチの一種らしい。湯舟に腰かけたオバサンは自分の下腹部の傷を指す。手術で卵のうを取ったという。朝九時頃から夕方五時頃まで、四五回風呂に入り、その合間は、待合室で世間話や情報交換をする。リウマチや神経痛は、この鉱泉が一番よく効くんだよと口々に語ってくれる。この鉱泉の存続をめぐる攻防戦を聞く。昭和四十六年「いわきニュータウン」構想からコトが始まった。そのど真ン中に、吉野谷鉱泉は位置していた。水源を確保するのに必要な十四・三ヘクタールは残して欲しいと請願書を市に出した。採択されたが、市長が替わり、事業主体が地域振興整備公団に移った。公団はニュータウン敷地外に替地の山村を用意するから移転して欲しいと、チェーンソーで山の松を切り始めた。この鉱泉で難病を救われた人たちは、「吉野谷鉱泉を守る会」を結成した。お客さんたちが「お湯を守れ」と赤や白の幟を作ってくれた。この攻防戦は、まさに映画的、ドラマチックではないか、私は思わず「ここは、砦だったんですね」と声を上げた。翌日、ここの全景を見たくて、裏山の坂道を登った。一戸建、新築の家々が迫っているのが見える。まさに広大なニュータウンのド真ン中、文字通りヘソのような凹地に、ひっそりと吉野谷鉱泉はたたずんでいた。

（浦西和彦）

原川恭一　はらかわ・きょういち

＊昭和十一年二月～。立教大学大学院修士修了。英文学者。訳書に『黄昏―エリザベス・スペンサー短篇集』『フォークナー文学の背景』など。

わが〝恋湯〟の記《わが〝れんとう〟のき》　エッセイ

〔作者〕原川恭一

〔初出〕「旅」昭和四十七年十二月一日発行、第四十六巻十二号。

〔温泉〕鬼怒川《きぬがわ》温泉・川治温泉・川俣温泉・手白沢温泉・加仁湯《かにゆ》温泉・日光沢温泉（以上栃木県）、姥湯温泉（山形県）、吹上《ふきあげ》温泉・湯浜《ゆばま》温泉（以上宮城県）、和賀湯本温泉（岩手県）。

〔内容〕昭和三十六年七月、鬼怒川源流をさかのぼり、手白沢、日光沢両温泉にそれぞれ一泊し、湯沢峠を越え、丸沼・菅沼からさらに金精峠を越えて日光湯元に出る旅を計画した。弟と二人鬼怒川温泉からバスに乗り、川治温泉、川俣温泉と水清い鬼怒川をさかのぼり、手白沢の宿に到着した。宿は一軒、山小屋風で意外に大きく、山が迫り、木々が緑濃く丈高いせいか、隠者さながら、まるで緑陰に隠れ潜んでいるかのような佇まいだった。手白沢ヒュッテの露天風呂は、男女別にわけられた内湯のすぐ隣にあり、摂氏五十度の硫黄泉が木の樋をつたって広い方形の湯壺にとうとうと流れこんでいた。翌日は、「岳人宿」の看板をかかげた加仁湯の露天風呂で一浴後、その晩泊まる予定の日光沢温泉に荷物を預けて、鬼怒川の源、鬼怒沼湿原に向った。三時過ぎに温泉に戻ると、雷鳴をともなった激しい雨がすぐ後を追いかけてきた。手拭いを片手に渓流にのぞむ露天風呂に急ぐ。ここの風呂は形ばかりだが屋根がさしかけられ、加えて、低い川原に位置しているため、眺望が全くなかった。

日記を繰ると、旅の思い出が鮮やかによみがえってくる。私の旅はほとんど常に湯と共にあり、いわば秘湯巡りの相を帯びていたことに間違いはない。その秘湯への情熱をかきたてられた旅行の一つは鬼怒川温泉郷で、もう一つは、三十八年の秋、研究室の先輩と連れ立って気ままに出かけた陸奥の旅である。初日は奥羽本線峠駅からバス二十分、徒歩一時間の距離にある姥湯温泉。二日目は陸羽東線鳴子駅にほど近く、間歇泉で知られる吹上温泉。三日目は東北本線石越駅から栗原電鉄に乗って四十分、バス一時間余、徒歩三時間半という山奥の湯浜温泉。四日目が北上線陸中川尻駅からバス十五分の和賀湯本温泉という日程である。特に、姥湯と湯浜は秘湯としか呼びようのない素朴な湯場であった。

こうして湯狂いが始まったが、訪れた温泉といえば、おしなべて長野、群馬、栃木、静岡の有名温泉であり、秘湯への旅はなぜか紙上の想像の域を出ることがなかった。それでも均して年二三十か所は訪ねることができたろう。類は友を呼ぶということで、四十四年二月、立教大の船戸英夫氏と語らって「秘湯友の会」を作った。四十四年十月、準備会を持ち、翌四十五年五月第一回例会を開き、現在第四回例会まで行われている。当初四五人にすぎなかった会員の数も、第二回例会では十六名に増え、四十六年五月ついに会誌『恋湯』を発刊するに至った。時まさに恋湯の季節である。

（西岡千佳世）

尻焼温泉《しりやきおんせん》　エッセイ

〔**作者**〕原川恭一

〔**初出**〕「旅」昭和五十八年十月一日発行、第五十七巻十号。

〔**温泉**〕湯ノ《ゆ》（の）平《たいら》温泉・尻焼《しりやき》温泉（以上群馬県）。

〔**内容**〕群馬県の吾妻線沿いには好ましい温泉が、人里離れた山かげにひっそりと、点々と湯煙をあげている。私が一番好きで、もっとも頻繁に訪れるのが湯ノ平、尻焼の二温泉である。とりわけ長笹川それ自体が広大な湯船をかたちづくる尻焼温泉の露天風呂はすばらしい。自家用の露天風呂をしつらえるはるか以前の関晴館別館に、ある年の夏、数日泊まりこみ、読書に疲れると、この大露天風呂へ日に三度、四度と入りにいったのを、まるで昨日のことのように思いだす。初めて父娘二人だけで旅をしたのも、行く先は尻焼温泉、目ざすのはこの露天風呂であった。水着姿ではしゃぐ娘の肩に黄葉、紅葉が散りかかった。冬の雪見酒も忘れがたい。

（浦西和彦）

原田康子　はらだ・やすこ

＊昭和三年一月十二日～平成二十一年十月二十日。東京に生まれ、二歳で北海道に移る。本名・佐々木康子。釧路市立高等女学校卒業。小説家。「挽歌」がベストセラーとな

り、〝挽歌ブーム〟をひきおこした。

挽歌《ばんか》　長篇小説

〔作者〕原田康子
〔初出〕「北海文学」昭和三十年六月～三十一年七月発行。

〔初版〕『挽歌』昭和三十一年十二月発行、東都書房。

〔文庫〕『挽歌』〈角川文庫〉昭和三十五年九月十日発行、角川書店。

〔温泉〕K温泉（北海道の川湯温泉がモデル）。

〔内容〕私、兵藤怜子の独白体で描かれる。怜子は二十三歳で、アマチュア劇団の美術部員である。関節結核で左手の自由を失っている。家族は、父、弟の信彦、ばあやの四人暮らしで、水産工場と山林をもっているが、それを手放すような斜陽族の一家である。ある晩秋、子供づれの男がつれていた犬に手をかみつかれる。その男は桂木節雄といい、建築技士で三十七八歳である。怜子は、その男の夫人が古瀬達巳という医学生とつきあっていることを知り、そのことを忠告してやろうとするが、無視される。怜子は桂木を怒らせるために「コキュ」と言ってしまう。桂木は怜子を抱きしめ接吻する。怜子は急速に桂木に心ひかれていく。次の日、父親に買ってもらったアフタヌーンドレスを着て桂木に会いにいく。怜子は、桂木にさそわれるまま、彼と阿寒国立公園のK温泉に遠出して二泊する。桂木は二か月ほど仕事で札幌へ出向することになった。怜子は桂木夫人の翳りのある美しさに惹かれ、夫人をモデルに描かないかと美術部員仲間の久田幹夫をさそって桂木家に入りこみ、夫人と接近する。しかし、桂木のことは全く知らないことにしている。怜子は無断で桂木に会いに札幌へ行くが、夫人のことは言いだせなかった。桂木が自分と結婚する気であることを知る。その後、怜子は桂木の誠実さに不安を覚え、「わたしがムッシュを好きになったわけ教えてあげる」「ムッシュがコキュだからよ」と言ってしまった。傷ついた桂木は、怜子をロッテ屋敷につれ込み、「きょうから怜子はアミだ」と、男の本能のままに扱う。怜子は心とからだに受けた衝撃で、十日ほどのあいだ部屋に籠るが、桂木夫人が訪れて、ばあやの一言から、夫人は夫と怜子の関係を知る。そして、夫人は自殺する。怜子の心には桂木夫人のデス・マスクが貼りついたままであった。川湯温泉街の公園に「わたしはゆっくり温泉町の通りを歩きだした。／日射しの強くなりかけた火山灰地の通りに、硫黄のむせるような濃い匂いがただよい、修学旅行の少女たちが…」の文学碑がある。


（浦西和彦）

原久弥　はら・ひさや

＊生没年月日未詳。医師。

幻のいで湯発見記《まぼろしのいでゆはっけんき》　エッセイ

〔作者〕原久弥
〔初出〕「旅」昭和五十七年九月一日発行、第五十六巻九号。
〔温泉〕栩湯《とちゆ》温泉（秋田県）。
〔内容〕秋田県雄勝郡皆瀬村（現・湯沢市）にある栩湯とは一体どんな湯なのだろう。この温泉は小安、泥湯とともに皆瀬三湯と呼ばれていた。ところが、現在発行されている案内書の類を探しても、栩湯に触れた記事は見当たらない。六月十一日、上野発の夜行列車で栩湯探訪の旅に出発した。地元稲川町大館（現・湯沢市）の藤原幸夫氏に同行をお願いした。栩湯への道は、小安温泉への国道に沿った新処から、小安沢をはい上がる。約四キロの道のりである。歩き始めて二時間。山道はなく、かすかに踏跡が見わけられる程度のヤブの中に分け入っていく。斜面の傾斜がきつくなる。何げなく曲がった山道の前方、木の間隠れになかばくずれかけた建物が見えるではないか。歩き始めて二時間三十分がたっていた。左手の山腹からは湯煙があがっている。四十年頃、ナメコ組合が作業小屋として使っていた時の物だ。浴槽はなかば土砂に埋っているが、底からは熱い湯がぶくぶくと湧き出し、あふれた湯は湯川となって流れ出ている。源泉は浴槽の脇にもあり、少し硫黄の匂いのする透明な湯が勢よくボコボコと湧き出ている。五十度ぐらいはある。栩湯は健在であった。長い年月、時が停止して、昭和初期の湯治場の廃墟として、今、目の前にある。帰路、栩湯の経営者の一人で、〝栩湯のアバ〟と呼ばれていた藤原つるさんを小安の自宅に訪ねた。最も栄えたのは大正から昭和の初めにかけてで、湯治棟の定員は五十名ほどで相部屋、湯はあらゆる病気に効能があり、とくに便秘にはよく効いたという。昭和十八年頃、戦争で客足が遠のいたために廃業。以来廃屋になっていたが、四十年頃、ナメコ組合が修築し、秋には人が泊まり込むようなった。しかしそれも数年で閉鎖。不便な山奥のため、ヤブは茂り、道は隠され、幻のいで湯となってしまったのである。今も豊かな湯が湧き出していながら、原始の姿に戻りつつある栩湯、ひとつぐらいこんないで湯もあっていいのかもしれないと思う。

（浦西和彦）

春山行夫　はるやま・ゆきお

＊明治三十五年七月一日〜平成六年十月十日。名古屋市東区主税町に生まれる。本名・市橋渉。名古屋市立商業学校中退。詩人、随筆家。厚生閣に入社し、季刊誌「詩と詩論」の編集に携わる。詩集に『月の出る町』『植物の断面』など。

台湾の温泉　たいわんのおんせん　エッセイ

〔**作者**〕春山行夫
〔**初出**〕「温泉」昭和十六年十一月一日発行、第十二巻十一号。
〔**温泉**〕北投温泉・草山温泉・四重渓温泉（以上台湾）。
〔**内容**〕台北で大学を中心に一週間の見学を終わって、中間休止的に三日ばかり原稿を書いて東京へ送る予定だったので、台北からバスで一時間程の、草山温泉を紹介してもらった。台北付近には北投と草山の二つの温泉場があって、北投は丁度平地が山にさしかかろうとする山脚地を占め、草山はそこからさらに山地へはいった奥にある。北投へは汽車も通じているし、もともと一つの町であるから、便利で賑やかであるが、草山は五六軒の旅館があるにはあるが、あちらこちらに散在していて、あとは警察官とか教育者とかの合宿所と、公営の浴場があるだけで、閑静な公園の中のような感じである。内地で想像していなかったことで、台湾へ行って最初に気付くのは、都会を離れると日本人（向こうでは日本人を全員内地人という）が殆どいないということである。だから賑やかな北投でも、ちょっと途中で食事をするとか、ソーダ水を飲むとかいった店は一軒もない。草山の警察官療養所は、警察官のクラブで、部屋は二十五程あったが、あまり来ている人はいなかった。公共浴場の衆楽園は工費十五万円を投じた立派な建物だったが、ここへも殆ど人は来ていなかった。暑い土地に住んでいると出不精になるのも一因であろうが、台北の人口二十二万人の内、内地人は九万人であるから、この辺が普通であるのかも知れない。

草山は国立公園地帯で風光がいい。ここの泉質は硫黄泉で、白濁を帯び華氏七十一度、心持ちぬるい感じであった。そこから南部へ出て高雄に行き、高雄から潮州へ出る。さらにバスで三時間ばかり南端へ走ると四重渓に着く。私は暗い、原始的な鬱蒼とした渓谷の温泉だと思っていたが、行ってみると登り道ではあるが、丘陵を背にした明るい高原的な土地であった。四重渓は小さな部落で、ひどく寂しいが、その代り真暗な空に星が一面輝いていて、こんなに星がたくさんあるのかと驚くほどである。ここの温泉は炭酸泉で透明であった。

（郡山　暢）

蝶と温泉《ちょうとおんせん》　エッセイ

〔作者〕春山行夫

〔初出〕「温泉」昭和二十五年二月一日発行、第十八巻二号。

〔温泉〕川湯温泉・阿寒湖温泉（以上北海道）、草山温泉（台湾）。

〔内容〕私の場合は温泉と言えばなんとなく蝶の事が思い出される。昭和十二年七月、講演会をすませたあと、伊藤整氏と一緒に根室、摩周湖、屈斜路湖、阿寒湖、網走を周った。摩周湖から屈斜路湖まで詩人の更科さんに案内してもらった。摩周湖の高原であのすばらしいパルナス種の蝶がいることを知った。これが私に蝶と温泉を結びつける最初の記憶になった。屈斜路湖はなごやかな水彩画的な風景であった。湖水のへりにでると、水際の砂地に温泉が湧いていた。遠方に小さな岬のような出鼻があって、そこにも温泉が水面から噴き上っている湯煙が眺められた。この湖の沿岸にはアイヌ村があって、村長夫人はアイヌ人の中で一番美人というひとであった。湖水にそって川湯の方に進むと、一軒の温泉宿があった。そこはランプをともす風情がいいと、作家の楢崎勤氏が泊まったことがあるという。川端の駅に近づくと、いくつかの温泉旅館があって、駅はモダンな丸太建築であった。駅の待合室に貼ってあった温泉のポスターについて話をして、更科さんと別れた。阿寒湖の温泉は半ホテル風で、浴槽も広々として気分がよかった。遊覧船で湖水を一巡した。

台湾へは昭和十六年にでかけた。当時の新京の大学院で蝶に関する文献を一通り揃えてもらった。台北に滞在中、草山という温泉に三日ばかりとまって、東京へおくる原稿を書いた。

（サランジュゲ）

【ひ】

火野葦平《ひの・あしへい》

＊明治四十年一月二十五日～昭和三十五年一月二十四日。福岡県若松市（現・北九州市）に生まれる。本名・玉井勝則。早稲田大学文学部英文科中退。小説家。「糞尿譚」で第六回芥川賞を受賞。『火野葦平選集』全八巻（東京創元社）。

古里《ふるさと》　エッセイ

〔作者〕火野葦平

〔初出〕「旅行の手帖―百人百湯・作家・画家の温泉だより―」昭和三十一年四月二十日発行、第二十六号。

〔温泉〕古里《ふるさと》温泉（鹿児島）。

〔内容〕大正三年一月、桜島は大爆発を起した。私の故郷である北九州の若松まで、火山灰が降って来た。未曽有の大爆発で、流れ出た熔岩のために、桜島は大隅半島と続いてしまったほどであったのに、人畜の被害は僅少であった。最近、林芙美子さんの文学碑が、桜島に建てられた。古里温泉の上である。芙美子さんがまだ八か月の胎児の折に、母親はここを出ているから、芙美子さんの故郷というわけでもないのだが、妊娠記念地という理由で、この地が選ばれたのであろう。鹿児島から定期船が出ている。古里に着くまでの四十分、海上の風景がすばらしい。この錦江湾を囲繞する景観はまったく海の公園である。古里温泉は海上から見ると、小規模の熱海のようだ。海岸に、赤瓦のある旅館が数層の高さでそびえているが、それはたった二軒である。古里温泉には宿屋二軒分がちょうどよいだけの量しか湧いていない。ところがこの二軒の客の争奪戦はすさまじい。泊まっている客でも、掠奪しようとする。この二軒の競争を知った上で、そのうるささを逆に面白く思うなら、古里滞在も一興だろう。

（浦西和彦）

閑雅な九州の温泉宿

かんがなきゅうしゅうのおんせんやど　エッセイ

〔作者〕火野葦平

〔初出〕「旅」昭和三十一年十一月一日発行、第三十巻十一号。

〔温泉〕原鶴《はらづる》温泉・船小屋温泉（以上福岡県）、天ガ《あまが》(ケ)瀬《せ》温泉・日田《ひた》温泉（以上大分県）、東山温泉（福島県）、杖立《つえたて》温泉・栃ノ木（栃木《とちのき》）温泉・内ノ牧（阿蘇《あそ》内牧《うちのまき》）温泉（以上熊本県）、林田温泉・古里温泉（以上鹿児島県）、雲仙温泉（長崎県）。

〔内容〕杖立温泉は、大分の方から行っても、熊本の方から行っても、途中の景色がどちらもよい。しかし、杖立温泉自体は深い渓谷にはさまれたヒッソリした小温泉で、そそりたつ両岸の旅館街の間を、杖立川のセセラギが流れている。筑後川べりには、温泉が多いが、原鶴や天ガ瀬も私の好きな温泉である。原鶴は福岡県だが、天ガ瀬は大分県、後者は上流、原鶴は下流にある。日田も最近は温泉がわいたとのことで、九州温泉の一つになるようだが鵜飼いが衰えることは恨事である。しかし、亀山公園付近の三隈川はすばらしく日田温泉もすてたものではない。天ガ瀬は筑後川をはさんで、両側に旅館がある。周囲の山が深くちょっと杖立に似ているが、川幅がひろいのと、いたるところに野天風呂があるところが変っている。東北地方のこけしなどは圧巻で、会津若松東山温泉の駅も面白かった。矢部川は船小屋温泉のあたりで昔の有馬藩と立花藩との境をなしている。船小屋の名は、有馬藩の船を入れる小屋があったところから出ているとかで、この温泉に来ると、どことなく藩政時代の雰囲気が感じられるから妙である。船小屋名物はなんといっても源氏ボタルだ。私は栃ノ木温泉が好きだ。断崖絶壁の中間にあって、その阿蘇渓谷の雄大さは比類がない。高いところからの展望でなく、低い谷底からの眺望が大きいというのが面白い。内ノ牧は平地にあるが、四面に阿蘇の全貌を望むことが出来る。火山の中の温泉では霧島山の林田、雲仙岳の雲仙などに行ったが、温泉に入っていて大展望がきくというところは少ない。桜島の古里温泉の渚にある露天風呂は、やはり、見わたす風景が壮大で、また一奇とすべきであろう。

（趙　承姫）

平岩弓枝

ひらいわ・ゆみえ

＊昭和七年三月十五日〜。東京代々木八幡（現・東京都渋谷区）に生まれる。日本女子大学文学部国文科卒業。小説家、劇作家。「鬘師」で第四十一回直木賞を受賞。「御宿かわせみ」など時代小説、その他作品多数。

雨の白浜

あめのしらはま　エッセイ

〔作者〕平岩弓枝

〔**初出**〕「旅」昭和三十七年十二月一日発行、第三十六巻十二号。
〔**温泉**〕白浜温泉・湯崎温泉（以上和歌山県）。
〔**内容**〕春、ハネムーンで奈良、京都を廻る義妹に白浜温泉を推奨した。理由は、交通の便が良いこと、気候が温暖なこと、旅館の設備その他が旅馴れなくても、安心してまかせられるからである。もう一つは芳香豊かな三宝柑や八朔を送ってくれるに違いないと予想したためである。

或る雑誌の仕事で出かけたのが、雨の白浜だった。白良浜に沿った一流旅館は風情があり、設備も行き届いていて、友人から俗化してつまらないと聞いていたが、熱海のすれっからしのサービスに比べたら、ぐっと雰囲気も人情も上等だった。翌日、泉都めぐりという、白浜の名所旧蹟見物を始める。まず、湯崎温泉を通って千畳敷を訪ねる。湯崎温泉は白浜の南西にあり、日本書紀などにしばしば名の見える「牟婁《むろ》のいでゆ」とのこと、代々の天皇の行幸があったとかで、それにちなんだ名所も残っている。すぐ近くに、三段壁という断崖絶壁がある。自殺の名所で、有名な釣場でもあり、豊富な魚群にめぐまれている。白浜温泉街を突っ切って京都大学の臨海実験所付属水族館と熱帯雨林植物園を廻る。この付近の風光は美しい。海上に浮かんだ島と入り江のバランスが見事である。田辺湾に沿った海岸を通り、綱不知へ出る。綱不知の名は深い入江で波がおだやかなため、昔から船の発着に綱が不要だといわれる故だ。その他、白浜の観光に珍らしいのはグラスボートと海女の実演だろう。ヌードではないから、男性が期待すると損したと思うに違いない。

（岩田陽子）

湯の宿の女 ゆのやどのおんな 短篇小説

〔**作者**〕平岩弓枝
〔**初出**〕「別冊小説現代」昭和四十二年十月発行。
〔**初収**〕『湯の宿の女』昭和四十九年、東京文藝社。
〔**文庫**〕『湯の宿の女』〈角川文庫〉昭和六十二年五月発行、角川書店。
〔**温泉**〕草津温泉（群馬県）。
〔**内容**〕佐藤きよ子が働いている吉月旅館に昔付き合っていた奥村信三がやってきた。別れて二十三年、奥村のことは憎くて忘れることはできなかった。きよ子は奥村に会わないようにと気を使っていたが、担当客に押し倒されたところをもがき抜けて、庭を走っているときに出くわしてしまった。しかし、奥村は目を悪くしていて、きよ子がわからず、庭で迷ったから部屋に連れて行ってくれと言う。きよ子は気づかれないことに安心したが、すぐそれがまた憎悪になった。

きよ子の母は藝者で、祖母は髪結いをしていた。母のパトロンの一人であった画家から、きよ子はモデルを頼まれ、週一回画室に通うようになった。そこで、画学生の一人であった奥村と出会った。奥村と付き合うようになり、二年間の同棲中きよ子は奥村の命令で三度中絶をした。三度目の手術に失敗し、命はとりとめたものの、二度と子供を産めない体になってしまった。

見合話で出かけた大宮から草津に帰ると、奥村から一日でもいいから担当してほしいという話が出ていた。偽名を使っているから大丈夫だろうと、奥村の部屋を訪れた。うすぼんやりとでも見えるうちに、白根に行ってみたいから案内してくれと奥村が頼むので、タクシーで向かう。霧が濃い中、奥村はお釜のふちに立って水を見ている。きよ子がその様子を見ていると「突き落としたかったら、突き落としていいんだよ」

と奥村が笑った。きよ子が草津で働いているということを知って、奥村はきよ子に会いにきたのだった。きよ子と別れた時が地獄だったと言う。きよ子があなたは流行画家になって有名になり、妻子も持ったではないかと責めると、妻を見れば君のことを思い、子供を見ると君に産ませなかった子のことを思い、地獄だったんだと言う。信じないときよ子が言うと、奥村は霧に溶け、釜の底に落ちていきそうになる。きよ子が奥村の帯を摑み助けると、奥村はきよ子を抱きしめた。その夜、きよ子は奥村の部屋に泊まった。奥村がきよ子の首を締めながら「お前の幸せを、これで二度、駄目にしてしまった…」とささやくと、きよ子は「わかったのよ。こうやって、あなたに抱かれてみて…私たちの前には、やっぱり地獄しかないってことが…」と言い、眼を閉じた。（西岡千佳世）

平山蘆江　ひらやま・ろこう

*明治十五年十一月十五日～昭和二十八年四月十八日。神戸市に生まれる。本名・壮太郎。東京府立第四中学校中退。小説家、随筆家。代表作に「西南戦争」「唐人船」など。

離れ座敷　はなれざしき　エッセイ

〔**作家**〕平山蘆江
〔**初出**〕「温泉」昭和二十六年三月一日発行、第十九巻三号。
〔**温泉**〕長岡温泉（静岡県）。
〔**内容**〕伊豆の長岡温泉へ仕事を持ち込むくせがついていたのは、たしか大震災の前であった。付近に格別見るところもなく、湯の町も素朴で平凡であり、仕事に屈托すると、丁度散歩区域に石を切り出す山があって、そこまであるけば何となく人里はなれた感じがすることと、湯がなめらかで如何にも入りごこちがよいことなどが私の好みに合って、毎月のように十日前後を長岡ですごすことにしていた。机にかじりつき、原稿紙をひろげた。仕事にかかる前に一浴びに浴槽へ飛び込んだ。（趙　承姫）

湯治場物語　とうじばものがたり　エッセイ

〔**作者**〕平山蘆江
〔**初出**〕「温泉」昭和二十六年十月一日発行、第十九巻十号。
〔**温泉**〕日奈久《ひなぐ》温泉（熊本県）、湯崗子温泉（満洲）。
〔**内容**〕湯治という言葉を温泉にいいかえたのはいつの事であろう。十三歳の私が、母が滞在している日奈久の湯に長崎から一人で行った時は、湯治場といった。多分、湯治を温泉とよびかえたのは、日清日露の二つの戦争で、小さな日本が大きな日本になった頃であろう。満洲に湯崗子という温泉がある。ロシア側では負傷兵の療養場にしたのであるが、それが満洲一の温泉になった。ここの湯治場ではトロッコ一杯の赤土を一人分の湯治泥として運んでやることになっていた。湯崗子の湯は、浴槽としてでなく、泥湯としてまとめてあり、湯治者は温い赤泥にくるまってころがる仕かけであった。日本人が経営するようになって、この泥湯を根こそぎ改造して、ありきたりの温泉浴槽にしてしまった。

　十三歳で日奈久へ行った時、野菜売りや魚売りがやって来た。どちらも女である。宿は泊まりだけで、めいめい買うことになっていた。一度分のおかず代はせいぜい一銭五里とか二銭程度のものだったらしい。貸本屋も始終やって来た。浴槽は十五六の客室に対して、七八坪ほどの薄汚ない板ばりの湯が一つ位だったと思う。ある晩、

「牡丹灯籠」を読みつづけておそくなり、まだお湯に入れるかも知れないと湯槽へ行ったことがある。いつもつけている五分芯ほどの釣ランプは消え、湯槽に小行灯一つなのだから凄い。気味のわるい本を読みかけたばかりのところであったので、私は二重三重の凄味をおぼえた。どうかすると演藝会が催される。藝人も正客のように泊まり、仲よく湯槽へあつまって、一くさり聞き手の方が口まねをしたりしておさらいが始まる。そんな町の湯槽の賑わいは、一視同仁の風景である。こうした湯治場風景は、そのまま、百年間を逆のぼっても同じ感じであろう。

（陳　斯）

【ふ】

深尾須磨子

ふかお・すまこ

＊明治二十一年十一月十八日〜昭和四十九年三月三十一日。兵庫県氷上郡大路村（現・丹波市春日町）に生まれる。京都菊花高等女学校卒業。詩人。コレットの翻訳や小説も多数。『深尾須磨子選集』全三巻（新樹社）。

温泉旅情

おんせんりょじょう　エッセイ

〔作者〕深尾須磨子
〔初出〕「温泉」昭和二十三年十一月一日発行、第十六巻十一号。
〔温泉〕今井浜温泉・伊東温泉（以上静岡県）、法師温泉（群馬県）、登別温泉（北海道）、由布院温泉（大分県）。
〔内容〕勿論戦前の、十数年前の追憶である。女流画家三人と一緒に観光協会の企画で、今井浜、下田、湯ヶ島に旅した。今井浜で一泊。まず一風呂浴びるといった情緒のうれしさ、それが温泉宿なら尚更である。一行中のHさんが、湯をあとまわしにし、浜へ投網うちに出かけ、黒鯛を引きあげてきた。黒鯛が食膳にのぼって、たのしんだ。今は涎のたねである。私が親しく裸身をゆるした温泉は、伊豆の伊東、湯河原、熱海、土肥、蓮台寺、下田、湯ヶ島、とんで信州の下山田、群馬の法師温泉、さらに九州の別府、北海道の登別、鐺別である。若い頃、一月、二月と滞在した伊東温泉は、いまでも一等なつかしい。法師の天然風呂もなつかしい。宿には電灯がなく、古い部屋に古風なランプだった。登別では同行の一人が箱師とまちがえられ、警察のとり調べをうけた。去年の夏、内海汽船の招きで別府高原の観光ホテルに一泊し、由布院にたちより、熱泉を浴びた。深夜、満天の星を仰ぎながら、溢れてやまぬ熱泉に浸っていると、草むらではしずかに地虫がないた。

（浦西和彦）

深田久弥

ふかだ・きゅうや

＊明治三十六年三月十一日〜昭和四十六年三月二十一日。石川県大聖寺町（現・加賀市）に生まれる。東京帝国大学文学部哲学科中退。小説家、山岳紀行家。「日本百名山」で第十六回読売文学賞を受賞。『深田久弥・山の文学全集』全十二巻（朝日新聞社）。

山の名月

やまのめいげつ　短篇小説

〔作者〕深田久弥
〔初出〕「温泉」昭和二十四年九月一日〜十一月一日発行、第十七巻九〜十一号。
〔温泉〕越後湯沢温泉（新潟県）。
〔内容〕越後湯沢温泉に芝一家が疎開してきていた。終戦になって、父の剛太郎は家族を残して東京に帰り、バラックを建てて、印刷業を始めた。妻の敦子たちがまだこの山の温泉に残っているのは、七つになる息子の徹が病弱のためと、敦子の弟の史郎が、終戦の年以来健康を損ねて、療養の必要があったからである。その弟が東京へ引揚げていくことになった。見送りの改札口で、敦子は一人の男がじっと見つめているのに気がついた。彼女は一種の直感から「運命の人」といったような印象を受けた。男は須原といい、大陸から復員して来たばかりで、十年前あたり、敦子とよく出会ったという。敦子には心あたりがなかった。偶然の切っ掛けから親しくなった敦子は、心のトキメキを否定するために、叔母の娘の総《ふさ》子に持ってこいの話だ、自分が仲に立って話を進めようと、総子を呼びよせる。須原には十数年前、通学の途中に出あう女学生がいた。その人が敦子と似ていたため人違いをしたのである。やって来た総子を須原に紹介すると、二人は思いがけなさに驚いた。総子は敦子にずっと以前からあの人を知っていた、だけど話をしたことはないという。総子はすっかり須原を気に入ったようだ。敦子は出来るだけ須原と総子が二人だけになるような機会を作ろうとつとめたが、須原はいつも敦子を誘いこむ。敦子は徹を連れて、東京へ発った。敦子は永い間忘れていた家庭の幸福をしみじみと味わうのであった。ところが一週間ほどして、総子から須原が突然断わりもなしに湯沢から姿を消したという知らせの手紙がきた。敦子は徹と共にまた湯沢での療養生活に戻った。須原から敦子あてに手紙がきた。手紙には、二度とあなたの前に姿を現わしません。永い間私がおもかげを慕っていた女の人そっくりでした。あなたが私に印した理想像があまりにも鮮烈で、総子さんの影が薄くなってしまったのですという。敦子はしみじみと平穏な山の湯の生活を思いながら、月を仰いだ。

（浦西和彦）

深山の秘湯《みやまのひとう》　エッセイ

〔作者〕深田久弥

〔初出〕「旅」昭和二十九年十一月一日発行、第二十八巻十一号。

〔温泉〕酸ケ湯温泉・猿倉《さるくら》温泉・谷地《やち》温泉・蔦温泉・嶽《だけ》温泉・恐山《おそれざん》温泉（以上青森県）、蒸《ふけ》の（ノ）湯温泉（秋田県）、朝日鉱泉（山形県）、信夫高湯《しのぶたかゆ》温泉・幕ノ湯・野地《のじ》温泉・土湯《つちゆ》温泉・横向《よこむき》温泉・甲子《かし》温泉（以上福島県）、湯の小屋温泉・法師温泉（群馬県）、赤湯温泉（山形県）、湯俣温泉（長野県）、祖母谷《ばばだに》温泉（富山県）、岩間温泉（石川県）、大白川《おおじらかわ》温泉（岐阜県）。

〔内容〕今はもう辺鄙な湯として挙げるわけにはいかないが、青森県の酸ケ湯などは昭和五年頃にはまだ鄙びた温泉であった。酸ケ湯から少し離れた猿倉と谷地の湯も、かつては近在の百姓たちの自炊ばかりで、普通の客を泊めてくれる設備がなかった。蔦温泉の宿は一軒だが、れっきとした旅館であって、これもすでに鄙びた湯などではない。大町桂月が隠者生活を送っていた昔はいざ知らず、現代ではクーポンのきく宿屋である。しかし、浴場はよかった。湯ぶねに使ってある大きな材木などは、いかにも素朴な趣があった。湯ぶねの底には「ごろた石」が敷き詰められていて、その間から熱い湯が湧きあがっていた。岩木山の南麓に嶽と呼ばれる温泉がある。二十数年前には電気も来ていなかった。湯座を囲んで、「ひしゃげたような粗末な宿屋」が十数軒あった。部屋は汚く、食事も貧しかった。しかし、眺めはよく、湯治客が「掻木」と称する柄杓のような物で、のべつ頭へ湯をかけているのも珍らしい光景であった。恐山の宇曾利湖のほとりに菩提寺があって、宿屋の代わりをしていた。寺の近くには粗末な小屋作りの浴場がいくつもあって、ど

ふ

れでも自由に浸かることが出来る。八幡平の蒸の湯は、浸かるのではなく身体を蒸かす奇湯として有名である。変わっているのは、身体を蒸かす浴舎が同時に居間であり、寝室であることだ。元はこの蒸し湯だけであったが、やや贅沢な客が出かけるようになってから、入浴用の浴場も出来た。鄙びた山の湯が多いのは東北地方である。三十年前に泊まった朝日鉱泉は、胃腸病に特効があるという茶褐色の湯だった。吾妻山群には信夫高湯、幕ノ湯、野地、土湯、横向など、あちこちの山の中にささやかな温泉がある。那須の裏手にあたる甲子温泉に行った思い出も忘れられない。御多分に洩れず、ここも夏には自炊客で賑わうところで、都のお客さんの贅沢に適うような宿ではない。しかし、浴舎は推賞に価する。橋を渡った対岸の川べりのプールのような浴場になみなみと湯が溢れていた。老若男女の混浴である。上越の山岳地帯にある湯の小屋と苗場山の麓の赤湯も思い出深い。三国峠の下の法師温泉は、東京の人たちから山の湯の代表のように重宝がられたが、そのようにもてはやされない前がよかった。たくさんある信州の山の湯のうち、北アルプスの代表として湯俣と祖母谷が挙げられる。湯俣では野天風呂に入りながら紅葉を眺め、無上の幸福感を味わった。最後に、故郷の白山にある山の湯では、白山の加賀側の岩間にある野風呂と飛騨側に下りたところにある大白川の湯を付け加えておきたい。

（荒井真理亜）

山中・山代

やまなか・やましろ　エッセイ

〔**作者**〕深田久弥

〔**初出**〕「旅行の手帖―百人百湯・作家・画家の温泉だより―」昭和三十一年四月二十日発行、第二十六号。

〔**温泉**〕山中温泉・山代温泉（以上石川県）。

〔**内容**〕温泉は冬に限る。雪の中の温泉に限る。雪のない冬の温泉なんて、何か殺風景で情趣が湧いてこない。私の故郷は大聖寺という古い城下町で、山中へは二里半、山代へは一里半の距離にある。私が温泉を知ったのはこの二つの湯であった。私が幼かった頃は電車はなく、鉄道馬車が通じていた。この鉄道馬車が電車に変ったのは、私の小学校三四年生の頃だった。双方とも開湯の歴史が古く、「おくの細道」の旅においても芭蕉も山中に数日宿泊して「山中や菊も手折らじ湯の匂ひ」の句を残している。昭和の初年、山中に大火があってほとんど全焼した。古い山中ではどの旅館にも内湯はなく、旅客は皆中央の共同湯へ入りにいった。山中節の「浴衣肩にかけ湯座屋にもたれ／足で「の」の字を書くわいな」は、客が湯から上ってくるまで、湯女が客の着物を持って、表に待っているさまをうたったものである。湯女は別名「シシ」とも呼ばれ、その湯女情緒の一番濃厚だったのは、まだ内湯のない時代だったであろう。

同じ頃に山代でも大火があったが、火事は中心を外れたので、湯座を取り囲む古い山代は残った。山中の近代的な旅館に比べて、山代の宿屋は古典的で朱塗りの格子がはまり、由緒ありげに古めかしい。中央の湯座が温泉情趣の中核をなし、一種の民衆広場であり、そのまわりにいろいろな露店が並ぶ。冬の山中・山代の何よりの美味は蟹と鴨であろう。山中は渓谷にのぞんだ温泉で、蟋蟀《こおろぎ》橋とその下流に続く黒谷の渓流がこの温泉の自慢である。山代は雪の湯のまちという感じが深い。時によっては何尺も雪が降り積もる。温泉全体が白一色の下に埋もれる。寒さにちぢこまった体の気孔の一つ一つへ熱い湯が沁みこんでくる。こういう時、われわれは雪の温泉の醍醐味を無辺際に感じるのである。

（浦西和彦）

福沢諭吉《ふくざわ・ゆきち》

＊天保五年（一八三四）十二月十二日〜明治三十四年二月三日。大坂堂島浜（現・大阪市北区）に生まれる。著述家。慶応義塾の創設者。『福沢諭吉全集』全二十一巻・別巻（岩波書店）。

温泉場の経済《おんせんばのけいざい》　漫言

〔作者〕福沢諭吉

〔初出〕「時事新報」明治二十年九月五日発行。

〔全集〕『福沢諭吉全集第十一巻』昭和三十五年八月一日発行、岩波書店。

〔内容〕毎年春には温泉に出掛ける。本年も例の如く処々の温泉に漫浴して、その様子を見ると、驚き入るのは温泉場の文明開化である。昔の湯亭は大抵茅屋に土竈《どべっつい》く、客人は米味噌を持参し、宿は湯代と蒲団の損料を取り、客の出費は手軽であった。然るに近年は深山の奥にまで、温泉場改良が伝染し、その資金の出所は客の懐中である。旅籠湯代は定式にして、これに座敷代、絹布の夜具の損料、臨時の酒肴、西洋料理の無茶代価を以てし、時としては義太夫祭文への祝儀を促し、取り込むとも取り込むとも、「客力既に疲弊するも尚ほ底止する所」を知らず。「田舎漢の癖に都会の風を気取り、文明交際なんかと何の役にも立たぬ事に分限不相応の銭を費したるが為め」なり。せっかくの「気取る文明は却て真の文明人に笑はれ、客には次第に愛想をつかされて店は淋しくなり、跡に残るものは借財のみ」で、家も地面も他人の手に移る。湯亭のみに限らず、世間には随分その仲間も多いことである。

（浦西和彦）

福田清人《ふくだ・きよと》

＊明治三十七年十一月二十九日〜平成七年六月十三日。長崎県上波佐見村（現・東彼杵郡波佐見町）に生まれる。東京帝国大学国文学科卒業。小説家、児童文学作家。短篇集『河童の巣』、児童文学『岬の少年たち』など。『福田清人著作集』全三巻（冬樹社）。

九州の温泉《きゅうしゅうのおんせん》　エッセイ

〔作者〕福田清人

〔初出〕「温泉」昭和二十六年十月一日発行、第十九巻十号。

〔温泉〕嬉野温泉・武雄温泉（以上佐賀県）、雲仙温泉・小浜温泉（以上長崎県）、武蔵温泉（現・二日市温泉）（福岡県）、栃ノ木温泉（熊本県）、林田温泉（鹿児島県）、下呂温泉（岐阜県）、別府温泉（大分県）。

〔内容〕嬉野温泉には戦後初めて行くことが出来た。のんびりした山峡の湯治場である。近くの武雄温泉が栄えている。高等学校の級友に平戸出身がいて、四人でこの温泉に泊まったことがある。一人娘という美しい娘さんがいた。戦後の九州の旅で、ふと思い出してそこに泊まってみた。すでにその娘さんは二十年前の彼女と同じ位の娘さんの母であった。二十年前の四人のうち二人は死んで、一人は戦争後音信不通で行方が分らず、湯ぶねにひとり感慨ふかくひたっていた。雲仙温泉はあまりにも有名であるが、小浜温泉はそれほど広く知られていないような気がする。明治末期、永井荷風がここに泊まり「海岸の旅」に美しい印象を書き残している。太宰府に近い武蔵温泉に行ったのももう遠い思い出だ。博多で学生生活をしていた頃、乗馬会に入って小屋鉱泉に遠乗りで出かけた事もあったが、軍隊の指揮下にあるため入れず、いまだに名前ははっきり覚えている。栃ノ木温泉の透明清潔な湯の印象はなかなか忘れられない。山の湯では霧島温泉の林田がある。途中の景観、展望はすばらしかった。そして、温泉旅館の大きさにおどろかされた。今年行った飛騨の下呂温泉は建物の大きさや、その宿のもつ民俗館などが印象に残った。別府には二度しか行ったことがないが、田山花袋が「何といっても温泉は別府だ。九州ばかりではない。日本でもこれほど種類の複雑した、分量の多い、それでいて、海にも山にも近く、平民的にも貴族的にも暮らせる温泉はまア沢山あるまいと思われる」と書いているが、同感である。私は人里離れた寂しい温泉も好きだが、箱根、別府のような多彩な所も心ひかれる。

（古谷　緑）

早春の温泉《そうしゅんのおんせん》　エッセイ

〔**作者**〕福田清人

〔**初出**〕「温泉」昭和二十八年三月一日発行、第二十一巻三号。

〔**温泉**〕古奈（伊豆長岡）温泉（静岡県）、嬉野温泉・武雄温泉（以上佐賀県）。

〔**内容**〕早春の温泉といえば、伊豆の古奈温泉を思い出す。戦争中、文化映画の撮影に温泉旅館にでかけ、大きな露天風呂にひたると夜桜が湯煙の中に咲いていたのが印象的であった。佐賀県嬉野も古奈に似て早春の温泉として記憶に残る場所である。記憶に残る温泉は自然がいいか、設備がととのっているか、人情的な交渉が思い出にあるかである。人情という点では武雄の温泉は忘れえない。高校の同級生四人で武雄の町におりた。宿のうす暗い灯のなかにあらわれた娘は花のように美しかった。顔なじみのMを交え筆者たちは娘とうちとけ、夜ふけに散歩し、娘は誰彼と区別なしに手をつないだりしてはしゃいだ。新学期、Nは「ぼくはあの武雄の温泉の娘と結婚したい」と言い出した。Mは「もう養子が決まっているからあきらめろ」という。後に養子の件はうそだったことが判明した。実はMもひそかに好意を寄せていたのだ。一行中のドン・ファンSは抜けがけして一人温泉へ出かけていったが、結果は黙して語らなかった。数年前九州を旅した折、そこを通過して、ふと、二十数年前の青春の季節を思い出し、その宿に泊まることにした。あのときの娘は女将になっていたが留守であった。Nの告白、Sの抜けがけ、Mの思慕を知り胸に秘めていたのだが、筆者もまた娘に好意を寄せていた。女中によると宿の下男が入婿になったという。愚直そうな男が掃除の手をとめて挨拶するのをあとに、筆者はその宿を去った。

（古田紀子）

浅間《あさま》　エッセイ

〔**作者**〕福田清人

〔**初出**〕「旅行の手帖―百人百湯・作家・画家の温泉だより―」昭和三十一年四月二十日発行、第二十六号。

〔**温泉**〕浅間温泉（長野県）。

〔**内容**〕信州の浅間温泉は、浅間山の山腹か麓ではなく、松本市の郊外にある、きわめて便利な湯の町である。私が、この浅間温泉を意識したのは、文学関係からであった。明治四十二年八月二十二日に伊藤左千夫が、この地に遊び「朝つゆに天の戸開く乗鞍の山」「秋風の浅間のやどり」という歌を詠み、その歌碑が公園にある。また、明治三十三年秋、窪田空穂が上京するに際し、小学校の教師をしていた太田水穂がこの地で送別の宴を催してくれ、たまたま入湯にきていた島木赤彦を、初めて紹介したというゆかりの場所である。昨年の夏、木崎湖の方を旅する機会があって、ついに浅間浅泉に泊まることになった。都会の近くの湯の町とはいえ、清潔な感じのする場所であった。ここは、登山客が山へ登る前、また山からおりたあと、一夜のいこいをする場所でもあるようだ。朝、左千夫の歌碑のある裏手の高台に登ってみた。歌によまれたとおり松本の市街を見下す平野のかなたに乗鞍一帯の連山が眺められた。私は、この歌碑をみ、そこからはるかな山脈を眺めただけでも、浅間にきた甲斐はあったと思った。徳田秋声が四十年前に「浅間温泉」と題して印象を書いているが、今日もその印象はあまり変っていない。その頃は電車がなかったらしく、腕車で三四十分くらいと書かれているのが、ちがうだけである。都会のそばにある温泉としては、まことに親しみやすいといった感じにうけとられた。

（浦西和彦）

福田宏年

ふくだ・ひろとし

＊昭和二年八月三十一日〜。香川県に生まれる。東京大学文学部独文科卒業。ドイツ文学者。立教大学山岳部部長としてヒマラヤ登山も経験。翻訳多数、また著書に『永遠と現実』『井上靖評伝覚』など。

信州の湯治場・小谷の〝はしご湯〟《しんしゅうのとうじば・おたりの〝はしごゆ〟》

エッセイ

〔**作者**〕福田宏年

〔**初出**〕「旅」昭和四十九年七月一日発行、第四十八巻八号。

〔**温泉**〕小谷《おたり》温泉（長野県）。

〔**内容**〕去年の夏に家内が交通事故で怪我をした。骨折に湯治がいいというので連休明けに小谷温泉に出かけた。白馬駅からタクシーで行く。千国街道は昔の「塩の道」だ。山田旅館は古い農家の玄関を思わせる造り、廊下も柱もがっしりした造作で、薄暗く黒光りしている。玄関前のアンズの古木は雪を背景に花がことのほか華やかである。宿は、湯元の山田旅館と、新湯の太田旅館と、少し離れた熱湯の三軒しかない。ボーリングをして管で引いたものでなく、湯の湧いた三か所にそれぞれ宿を建てたものである。湯の泉質がそれぞれ違っている。山田旅館には、三メートル四方ほど石で畳んだ浴槽があり、石の表面はぬるぬると苔がつき、湯の中にも緑や茶色の湯苔が漂っていて、年代が偲ばれる。アルカリ泉で身体がヌルヌルしてくる。飲むと胃腸病に効くのだという。この浴室は明治十年に建てられたものだそうだ。「内務省御撰抜　独逸万国霊泉博覧会出泉」と木の横額が浴室の前に掛っている。日露戦争の折、多くの傷病兵がこの温泉に送られてきたという。夕食は山菜を堪能することができた。自炊の湯治客は、一泊千円で布団や炊事道具を貸してくれ、米や野菜は売店で売っている。湯治客は越後の人が多く、短くても一週間、長ければ一か月、二か月と滞在したのだそうである。翌日、稜線の草地で日なたぼっこをしたり、山菜採りをした。午後は温泉のハシゴをする。お湯のハシゴには一人五十円の入湯税が必要。まず熱湯に行った。崖の上に建っていて、浴室の窓から渓谷を見渡すことができる。アルカリがひときわ強いように思う。肌が融けてくるような気さえする。隣の太田旅館の新湯は、三つの湯の中では、一番普通の湯に近いもののように思えた。穏やかな感触で、長く浸っているには一番いいような気がする。どの宿も裏手に小さなお堂を持っている。小さな堂宇の中に、薬師如来が祀ってあり、仏壇の前には畳が三枚敷いてある。その夜、山田旅館当主の山田寛さんに聞くと、四百年前、平倉山に越後の上杉の砦があり、それに対抗して武田の国境守備隊が小谷の渓谷に駐屯し、平素は百姓をしながら馬を養ったのがこの温泉の先祖だという。川中島合戦の折の召集状も山田家に残っている。小谷温泉は三年前に厚生省の保養地の指定を受けた。山田さんは、将来とも小谷温泉を観光地としてではなく、純粋な保養地として開発して行くということである。

（浦西和彦）

会津・熱塩温泉の一夜《あいづ・あつしおおんせんのいちや》 エッセイ

〔作者〕福田宏年

〔初出〕「旅」昭和五十二年十二月一日発行、第五十二巻十二号。

〔温泉〕熱塩温泉（福島県）。

〔内容〕五十歳の私は、ベテラン・ホステスの「そうね、恋人としておつき合いできる男性は、まあ五十五までが限度ね」の発言に愕然とし、一念発起して、ひそかに憧れていたホステスの由美子さんを取材旅行に誘う。簡単に承諾してくれた由美子さんがなかなか来ないことにイライラしていると、由美子さんはボーイッシュないでたちをしてすでに来ていた。横に座っている彼女の横顔を眺めながら、どんなつもりでついて来たのかが気になってならない。汽車が会津盆地に入ると、右手に磐梯山、左手に猪苗代湖が見えてくる。磐梯山の中腹より上は紅葉していたが、会津盆地はまだ紅葉には早い。喜多方駅で汽車を降りて車を拾う。田舎道を山に向って十分程走ると、もう熱塩についた。ひとまず予定通り階上と階下の二部屋に別れて落着く。去年建ったばかりという建物は、すべてが新しく清潔で気持ちがいい。由美子さんを誘って散歩に出る。温泉街の入口に、子育地蔵がある。「元来この熱塩温泉は子宝の湯として知られ、今でも子宝に恵まれぬ若夫婦がよく訪れるという」。特にこの地蔵は、子供を恵んでくれるだけではなく、子供を守ってくれるのだそうだ。子育地蔵からさらに坂をのぼって示現寺に行くが、蜂の出ないうちに、早々に退散する。宿に帰ってくつろいでいると、再び由美子さんの心積りが気になってきた。揺さぶりを掛けると、いかにも怨めしそうな顔をされたので、仕方なく、冗談にする。由美子さんは機嫌を直して風呂に入りにいった。風呂上りの彼女は、匂うばかりのあでやかさである。手に持ったスケッチブックを見て、ようやく彼女が今回の同行を簡単に承諾したことに合点がいった。翌日は、猪苗代湖にハイキングに出かけた。湖上から眺める紅葉の磐梯山が美しい。宿の食事は毎回素晴らしく、心のこもったサービスは気持ちよかった。その晩は泥酔するまで飲んで、死んだように寝た。翌日喜多方駅に向かう車中、運転手は、自分と同年の者は皆運が悪いと、しきりに身の不運を嘆く。訊くと私と同年だ。私もまた、いまは振られて帰る不運を嘆く身、この不運と不首尾は生まれ年のせいだったのかと、にわかに運転手に親しみを感じたのであった。

（阿部　鈴）

鹿教湯温泉保養旅行始末記《かけゆおんせんほようりょこうしまつき》 エッセイ

〔作者〕福田宏年

〔初出〕「旅」昭和五十五年一月一日発行、第五十四巻一号。

〔温泉〕鹿教湯《かけゆ》温泉（長野県）。

〔内容〕中気の治療で有名な鹿教湯温泉の健康増進保養旅行に初老の二人が参加する。一週間の滞在費と往復旅費込みで六万三千六百円の旅である。「中気の気はない」と自信を持つ二人は上野駅で落ち合い、電車で上田駅に向かう。鹿教湯温泉は、想像とは裏腹ににぎやかな温泉場であった。周りには大きなホテルもあり土産物屋も何軒か並んでいる。二人が泊まる「いづみや」も客室が三十もある大きな宿である。早速二人は大浴場に入る。湯はぬる目だが、浴槽の真ん中に吹き上げる泡が中気に効くということだ。夕食は千カロリー弱の保養食で、物足りなさを感じることとなる。日程表が渡され、それに従って過ごさなければならない。「六時半に起床、七時散歩、八時朝食、昼食をはさんで午前と午後に運動、五時半夕食、十時就寝」である。その間に健康診断や院長の講話がはさまっている。筆者は健康診断の結果が思わしくなく、半病人であるという現実を突きつけられる。美人トレーナーとともに鹿教湯温泉二十一番名所めぐりをし、体を気遣う一週間を送る。その結果二キロの減量に成功するが、帰りの電車では医者の忠告も忘れ、ビールを飲み、幕の内弁当をほおばる始末であった。

（城弟優子）

吾妻山中に〝最後の秘湯〟を訪ねて《あずまさんちゅうに〝さいごのひとう〟をたずねて》

エッセイ

〔**作者**〕福田宏年
〔**初出**〕「旅」昭和五十七年九月一日発行、第五十六巻九号。
〔**温泉**〕大平《おおだいら》温泉（山形県）。

〔**内容**〕カモシカや野猿も姿を見せるという山形県最南端、福島県との境にある吾妻山の麓の渓谷の、一軒宿である大平温泉を訪ねることになった。七月四日、編集部の秋田君と上野駅で待ち合わせて、十時三十分発の新幹線リレー号に乗る。六月二十三日に開通したばかりの、文明の先端を行く新幹線で、文明の果ての山奥の温泉に向かうのが、少々皮肉にも思えてくる。福島で「やまばと一号」に乗り換え、米沢に着いた。米沢から大平温泉までの約二十キロの山道はジープに乗る。つづら折れの急な山道を、ジープは何度もギアを入れ替えながら登って行く。ジープ代は一人七百円。宿の滝見屋の主人安部忠男さんからいろいろ話をうかがった。この温泉の発見は古く平安時代、貞観二年（八六〇）で、安部家が買い取ったのは大正三年である。昭和三年に大きく建て直し、その頃は百人の宴会が出来る大広間もあり、湯治客で賑わった。それが昭和十三年に火事で全焼してしまった。昔は米沢から六七時間歩いて来たのだという。客のすべては湯治客で、滞在は短い人でも一週間、長い人は二十日から一か月もいた。多い時は六十人から八十人ぐらいの客が滞在していた。昭和三十一年に大平の集落までバスが通うようになり、世の中のモータリゼイションが進み、客はかえって来なくなったという。秘境の湯とはいいながら、帳場には無線設備があり、強力な自家発電設備もあり、なんだか都会はだしの近代設備と言えそうである。小さな湯槽だが、窓に迫る渓谷の緑が湯に映えて、いかにも山の湯らしい。ここの湯は飲むと胃腸病に卓効があるというが、一日一・五リットルも飲む必要があるらしい。翌日は、夕食を終えて野天風呂に入りに行った。棒にぶらさげたランプに火がともっていて、なかなか風情がある。翌朝は天元台に向かう。最初の登りが大変だった。急坂に雑木が交錯し、枯葉がつもっていて、恐ろしく歩きにくい。元登山家の意地から、ここを引き返すわけには行かない。稜線に出るだけで一時間もかかった。

（浦西和彦）

福田蘭童

ふくだ・らんどう

＊明治三十八年五月十五日〜昭和五十一年十月八日。栃木県に生まれる。本名・幸彦。中央音楽院でピアノを学ぶ。随筆家、作曲家。著書に『うわばみ行脚』『この目で見

た赤い国』『世界つり歩き』など。

ゲテもの温泉をさぐる　げてものおんせんをさぐる　エッセイ

〔**作者**〕福田蘭童
〔**初出**〕「旅」昭和二十九年十一月一日発行、第二十八巻十一号。
〔**温泉**〕八幡平《はちまんたい》温泉（岩手県）、玉川温泉（秋田県）、恐山温泉（青森県）、温海《あつみ》温泉（山形県）、由布院温泉郷（大分県）、小浜温泉（長崎県）。
〔**内容**〕茶道において道具の良し悪しを、上手と下手に分けている。上手ものの方が上等に違いないが、下手ものの方が私たちには馴染みが深いし、共感も伴う。温泉においてもそうしたことが当てはまると思う。つまり、熱海を上手とするならば、ひと山越えた向こう側の大場や吉奈が下手ものに当たるだろう。しかし、もともとは一律に「侘びとか錆びとかでかたまった」下手ものばかりであったはずである。ところが、温かさ加減がちょうどいいとか、景色がいいとか、手頃であるとかいう理由で、大衆が「ゲテもの温泉」を上手ものに競り上げてしまった。やや原型に近い「ゲテもの温泉」としては、八幡平温泉があげられる。この温泉は地面に莚を一枚敷いて寝るだけの極めて原始的な蒸し風呂だから、上手ものにしようとしてもちょっとやそっとの虚飾などははねかえす力を持っていると思う。玉川温泉は、昔鹿の湯と呼ばれていたらしい。傷ついた鹿が湯に浸かって傷を治しているのを見て、そう称したのであろう。この湯に浸かれば、どんな難病でも治ると言い伝えられている。恐山温泉は、かつてある鉱山会社が硫黄を掘り採ったその跡がサイの河原や血の池地獄、針の山などといった地獄絵図に似通っているので、霊媒屋のよき「シャバ」となって、温泉よりも、むしろ生者と死者との音波交流地として年ごとに栄えていくようである。恐れ入った「ゲテもの温泉」の一つである。温海温泉はとにかく静閑なところで、いつまでも「ゲテもの温泉」にしておきたい温泉場である。吹雪で街が煙る時、温泉に浸りながら潮騒を耳にするのもまた一興である。橘屋の女主人は短歌をものするので、文人関係の客が多く、「私」のような「はしくれ」も三十年来、常宿にしている。昭和二十六年の大火で町のほとんどが焼けてしまったそうだが、最近復興したことを久保田万太郎が教えてくれた。そればかりか万太郎は、橘屋の美しい女中が、三十年も前に「私」に惚れた揚句、いつまでも処女を押し通して橘屋の女中頭をしているなどと小説に仕立てて、「文藝春秋」に発表した。林房雄も新婚旅行の途中で橘屋に泊まって、彼女は健在だったと「私」に報告してきたくらいだから、土地では大分評判になっているらしい。九州の温泉と言えば、すぐに別府を思うが、その奥座敷にあたる由布院温泉郷はあまり知られていない。どちらかといえばペルシャ陶器のようにエキゾティシズムが漂っている温泉と言えよう。島原の千々石《ちぢわ》湾に臨んで、はるか野母半島を眺められる小浜温泉も「ゲテもの」的な美があって、旅の心を慰めてくれる。

（荒井真理亜）

日光湯元　にっこうゆもと　エッセイ

〔**作者**〕福田蘭童
〔**初出**〕「旅行の手帖―百人百湯・作家・画家の温泉だより―」昭和三十一年四月二十日発行、第二十六号。
〔**温泉**〕日光湯元温泉（栃木県）。
〔**内容**〕富岡鉄斎の絵日記に「今夕、日光に着く。福田半兵衛がたに泊る」とある、福田半兵衛は日光下鉢石の「紙半」と称する旅館の主人の名である。その半兵衛の弟に福田豊刈という漢学者があり七人の子をもうけた。その一人に私の母があった。母は、私を生むなり、久留米へ引揚げ死んだので、私は福田半兵衛の子として入籍された。湯元温泉には「板屋」というイトコがやっている旅館があるので、日光へは足繁く通う。

三十五六年前頃は、大谷川上流の馬返しから、山坂をテクラねば、華厳の滝へも、中禅寺湖畔へも行かれなかった。誰もが太いツタで作った杖をたよりに六根清浄を唱えながら、四十八曲りあるという「いろは坂」を登っていくのだった。華厳の滝の見晴台、五郎兵衛茶屋に出る。華厳の滝を見物出来た人は中禅寺湖畔に足を運び、立木の観音を見物するのが常例だった。立木観音と二荒神社を参詣して中禅寺湖畔で一泊し、翌日、自然噴湯のある湯元へ向かうのが常識である。

湯元には、いま六七軒の立派な宿屋があるが、三十年前は、三軒ほどしかなかった。板屋と南間ホテルが湯元を牛耳っていた。板屋の屋根の上に、タクワン石ほどのツブ石が一尺おきに載せてあり、風雪害にそなえていた。杉板で葺いた屋根を風に飛ばされぬためと、なだれ落ちる雪をふせぐためである。室内には、灯油をつかったアンドンが灯されていた。闇夜のアンドンの光は、黄紅く映えて、なやましく、なまめかしく旅の心をそそった。

ある年の秋、鯉コクを食いに来ないかと、直木三十五、西条八十、藤田健次、福田正夫、白鳥省吾、竹久夢二、堤寒三、麻生豊、大泉黒石と金谷ホテルの主人を板屋に誘った。三十年も前のことになろう。予定の鯉コクを食べ、湯元気分を味わい、下山した。その帰り道、いろは坂を通ると、百匹以上の猿の群れが移動してゆくのが目に映った。土地に詳しい金谷氏が天災地変が起こりますよという。そんな馬鹿な話もあるまいと日光を後にした。その翌日、日光湯元温泉が火事で全滅だという新聞記事を見ておどろいた。それから幾年、湯元は立派に立ちなおり、一日に幾千人の人が出入りしている。道路もよくなり便利な温泉場となった。

（浦西和彦）

男がたのしむ温泉場―いでゆお色気ばなし《おとこがたのしむおんせんば―いでゆおいろけばなし》

エッセイ

〔**作者**〕福田蘭童

〔**初出**〕「旅」昭和三十一年十一月一日発行、第三十巻十一号。

〔**温泉**〕芦原《あわら》温泉（福井県）、温海《あつみ》温泉（山形県）、舟《ふな》（船）小屋《ごや》温泉（福岡県）、嵯峨沢《さがさわ》温泉（静岡県）。

〔**内容**〕女は柳の下のドジョウと同じように、寒くなれば、男くさい餌が沢山集まる温泉場へと寄ってくる。北陸の金津駅から支線へ入ったところに芦原温泉がある。行きつけの家は鶴屋である。二階に粋な部屋があり、越前ガニを頬ばりながら吹雪の音を聴いていると、甲高い山中節と三階節が流れてきた。廊下へ出ると、藝妓に出会った。隣の戦後成金の部屋によばれたが、気に入らないので、私の部屋にアソビにやってきたという。後から、五六人の藝妓も来た。こんな田舎にも粒よりの美人がいるものだと思ったが、京都や大阪、新潟方面から来ているドジョウ美人のようだ。

ずっと北の山形県の西海岸近くに温海温泉がある。湯の色が一日七色かわるといわれているが、宣伝に過ぎない。行きつけの家はタチバナ屋旅館である。タチバナ屋の女中のオタケさんとの二十何年か前の昔語りが脚色され、久保田万太郎の小説「日本海の波」に登場している。朝市で一升ビンに入れられたマムシを五十銭で買った。情欲の衰えた先輩へのお土産である。しかし、帰りの夜行列車の中で、温度が上がったせいか、寝ていたマムシがはいだした。そうした他には見られぬ風物詩情のある温海が好きである。

ずっと西にとんで福岡県久留米から四駅ばかり南にいったところに舟小屋という鉱泉を沸かしている温泉場がある。南欧の風景画を見る風情がある。ここに樋口という大きな旅館がある。ブリジストン社長の石橋正三郎氏が久留米市に美術館および体育場を寄付する祝賀会に招かれた。この町には藝妓がすくない。しかし、樋口旅館の女中さんの民謡や踊りは洗練されていて、藝妓を呼ぶ必要もないほどだ。

伊豆には温泉場が多く、熱海、湯河原、伊東、長岡などはみんな男のアソビ場に出来ている。東京に近いせいか情緒がない。しかし、修善寺から南に入ると、昔風の情緒が髪の油から下駄の鼻緒から滲みでている。修善寺からバスで三十分も行ったところの嵯峨沢にある嵯峨沢館へも行っている。初め野間仁根氏の紹介によるもので、志賀直哉、広津和郎、滝井孝作先生たちと行った。志賀先生は温泉が豊富で好きだといい、阿川弘之、網野菊氏は、麻雀の音が川の音で消されるから好きだという。私と野間は宿の女主人が綺麗で、女中も粒揃いだから好きだ。雨の日に、気晴らしに藝妓を四五人呼んでみた。彼女達は高下駄をはき、尻をまくってやってきた。手にしたチョウチンにこんばんわと書いてあった。まるで、大正時代の風態だ。

（岩田陽子）

酒好きにうれしい法楽むし《さけずきにうれしいほうらくむし》

エッセイ

〔作者〕 福田蘭童

〔初出〕 「旅」昭和三十七年十二月一日発行、第三十六巻十二号。

〔温泉〕 椿温泉・白浜温泉（以上和歌山県）。

〔内容〕 大阪天王寺駅から四時間半。伊丹空港から水陸両用の飛行機に乗れば、わずか四十分で着く。ここ白浜は、南紀の代表的温泉というよりは、日本三大温泉の一つに数えられるようになった。昭和三十四年に全通した紀勢線が、大阪方面ばかりか、名古屋からも楽々と観光客を受け入れる道を開いてくれたために、白浜は別府や熱海と同じ人気の位置につけたといっていいであろう。

紀勢線が木の本までしか通っていない時分、私たちはよく白浜へいったものである。いい温泉があるけれども、目的は麻雀である。ある秋、京都の奥山にマツタケ狩りに行った。終わりに、農家の一室を借りて、ガラ、ガラ、ポンとやらかした。家に帰ってみると、大阪の警察署から出頭命令書が届いた。奥山の百姓に密告されてしまったのである。それ以来、河岸《かし》を南紀州に向けた。椿温泉は閑静で鄙びて、椿餅の匂いがして、気持ちよかったが、足場が不便なので、白浜に変えた。肌に滑らかな重曹泉が湧きいずる崎の湯にしたのである。部屋が豪華で手伝いさんが若くて美しい。気に入った。暇を見つけては四人で卓を囲むことにしていた。

田辺でつくり、白浜名物として売られている「封じ梅」「貝の夢」「三万五千石」など甘いものを時には口にしたが、酒好きの我々には、「法楽むし」が楽しいものであった。素焼きの法楽の中に、白や黒のきれいな小石を敷き詰め、その上に近海で取れたタイ、エビ、サザエ、アワビ、トコブシなどの魚介類にギンナンやシイタケなども加えて並べ、松葉をかぶせてふたをして蒸し焼きにするのである。法楽むしはアユの石焼から変形したものだと私は思っている。季節によって、法楽むしのうまさが違うので、なかなか楽しいものである。白浜は春夏秋冬をつうじて、海の幸や野の幸を口にすることができるし、好きな清酒が自由に手に入る。食べ物が豊富で便利な常春の白浜は、やがては別府や熱海の人気に蓋をしてしまうかも知れぬ。

（鄒　双双）

福地泡介《ふくち・ほうすけ》

＊昭和十二年六月一日～平成七年一月五日。岐阜県関市に生まれる。本名・豊。早稲田大学法学部中退。漫画家。「週刊漫画サンデー」に連載した「ドボン氏」で注目される。「日本経済新聞」夕刊に「ドーモ君」を連載。

南紀うつらうつら紀行《なんきうつらうつらきこう》　エッセイ

〔**作者**〕福地泡介

〔**初出**〕「旅」昭和五十年三月一日発行、第四十九巻三号。

〔**温泉**〕勝浦温泉・川湯温泉（以上和歌山県）。

〔**内容**〕冬の週末をどこか温泉にでも出かけてゆっくり過ごしてみませんかという話があり、温泉に出かけた。土曜日の早朝、羽田を発ち、一時間半後に紀伊白浜に到着した。勝浦温泉は、紀伊白浜から紀勢本線で一時間半ほどのところにある。東京よりは暖かいだろうと思っていたが、土地の人が珍しがるほどの寒さであった。勝浦は漁港である。天然の良港だそうで、漁業と熊野詣の交通の要地として栄えた町だという。千葉県の勝浦と同じく、鯖や鯵を使った押し寿司で、飯に酢を使わず魚の醗酵による酸味で食べる「なれ寿司」という名産品がある。

駅を降り、二三分歩くと桟橋があり、その前面に大きな島がある。その大きな島全体が一つのホテルになっている。「ホテル浦島」である。ホテルへの往来は桟橋から出る連絡船でする。五分ごとに連絡船が往き来して、ホテルへの客や従業員を運んでいる。ホテルの客室は四百九十八室、収容客数は二千五百人である。部屋からの眺望は信じられないほどの絶景で、海は息をのむほどに青い。ホテル自慢の「忘帰洞」という岩窟風呂に入る。一度に二百五十人も入浴できる天然大洞窟浴場であった。

次の日、那智滝を見て、川湯温泉に泊まる。南紀勝浦から東へちょっと行ったところに新宮があり、そこから熊野川沿いに上流、瀞峡のほうへさかのぼったところにこの温泉はある。那智滝からタクシーで四十分ほどで到着した。川沿いに温泉町があり、その川原に温泉がでるという。すぐ前の川原へ降りて、手で川原を掘ると、七十度くらいのお湯が出てきた。よく見ると、川原のそこここで、穴を掘って勝手にお湯につかっている人たちがいた。明日は熊野本宮へお参りでもしてと思いながらごろりと横になる。うつらうつらと半分夢心地になりながら、旅情は頂点に達した。

（西岡千佳世）

山代温泉—お湯もワクワク旅行《やましろおんせん—おゆもわくわくりょこう》　エッセイ

〔**作者**〕福地泡介

〔**初出**〕「旅」昭和五十九年五月一日発行、第五十八巻五号。

〔**温泉**〕山代温泉（石川県）。

〔**内容**〕十年ほど前にゲスト出演したピンク映画で、山代温泉には名器の藝者さんが何人もいるということを言っていたのを思い出し、期待して、山代温泉に向かう。前日名古屋に一泊し、東海道線と北陸線を使い加賀温泉駅まで行く。駅からタクシーで五分くらい走ると、山代温泉に着く。今回の旅のテーマは夜である。町の中を歩く。紅殻格子の街並み、共同浴場などに山代らしさを感じる。温泉旅館のほとんどが新しく近代的になっている中で、この紅殻格子の街並みが、北陸の温泉街の風情を残している。近代的な旅館の一つである花月荘に宿泊する。殿方大浴場の「信玄の湯」に入る。千年から千五百年を経た古木が用いられていて日本一と言われる、総ひのき風呂である。ひのきの古木にはチノキオールという成分が含まれているため、これが溶出し、健康や美容に効果がある。夕飯になり、宴会場に行く。音楽と共におイロケサービスが始まる。「ドタバタおイロケ」を陽気に明るく大笑いしながら見て、二次会に行く。しかし、元気も精気も無く、水割りを一二杯飲んで部屋に引き上げ、翌日出発の時間までぐっすり眠る。

（西岡千佳世）

藤井重夫

ふじい・しげお

＊大正五年二月十日～昭和五十四年一月十七日。兵庫県豊岡市に生まれる。豊岡商業学校卒業。小説家。「虹」で第五十三回直木賞を受賞。

二大温泉興亡史《にだいおんせんこうぼうし》―東の草津西の有馬《ひがしのくさつにしのありま》

エッセイ

〔**作者**〕藤井重夫

〔**初出**〕「旅」昭和三十六年十一月一日発行、第三十五巻十一号。

〔**温泉**〕草津温泉（群馬県）、有馬温泉（兵庫県）。

〔**内容**〕江戸時代の「諸国温泉功（効）能鑑」と題する番付には、「東之方大関が上州草津ノ湯、西之方大関が摂州有馬ノ湯」となっている。草津の湯は、日本武尊の東征の折に開湯したとか、奈良時代に行基菩薩によって開かれたとか、伝わっている。また、有馬の湯は「日本書紀」に、舒明・孝徳天皇が湯治に行幸した記事があり、千三百年の昔から湯治場であったという。有馬温泉には、「有馬よいとこ一度はおいで」という唄がある。あとは「お湯の中にも花が咲く」という草津節と同じ文句である。「お医者さまでも有馬の湯でも惚れたやまいは治りゃせぬ」というのも昔から有馬小唄として唄われていて、この唄を有馬では、本家であると言っている。「お湯の中にも花が咲く」というのは、有馬の湯は元来子宝ノ湯といわれ、婦人病によく効いたところから、婦人の湯治客が多く、昔はすべて外湯で男女の区別がなかったため、婦人は赤い湯もじを身につけて湯に入った。すると、石や岩になっている湯槽の底から湧きあがってくる湯にあおられて赤い湯もじが落下傘みたいにフワフワふくらんだり、ちぢんだりした情景を唄ったということである。草津では、湯の中から採取する硫黄質の黄色い粉末を「湯の花」と称して、土産物屋で売っている。あるいは、治療者用の湯が六十度以上の高熱泉のため、数日もすれば、患部がただれ柘榴を割ったようになるさまを皮肉ったのか、情緒的に美化したのかという。文献によると、草津節は大正なかば、商船学校の学生が唄ったダンチョネ節が元唄だという。

有馬は観光温泉になっており、自炊式の安い湯治宿というものがすっかり姿を消した。草津は昔どおりの湯治温泉で、半自炊式の安い湯治宿がいくつも残っている。有馬の「湯戸坊主」というのは、鎌倉時代に奈良の仁西上人が移住し、「薬師如来の十二神将にちなみ十二の宿坊を設けて病患に悩む人のため湯治の便をはかったのが、坊名のおこりだという」。十二の宿坊がそのまま旅館名になった。近代化が進み、「日本第一神霊泉」の碑だけが、露伴が訪れた明治中期のままに建っている。草津は温泉の湧出量が日本一である。そして、昔から高熱泉で知られている。五つの共同浴場では、入浴に先だち板で湯もみをして、温度を下げてから湯長の号令で、三分間を限り入浴する独自の「時間湯」というしきたりが、八十年来おこなわれている。草津節は、湯もみのさい調子をあわせる必要から、湯もみ唄として唄い始めたものである。また、草津は、戦国時代には「きずの湯」で知られ、いくさで傷つき治療にやってきた侍たちが「万病に効く」と天下に宣伝した。

（西岡千佳世）

藤井常男　ふじい・つねお

＊生年月日未詳。日本植物友の会参与。

露天風呂と植物群　ろてんぶろとしょくぶつぐん　エッセイ

〔作者〕藤井常男
〔初出〕「旅」昭和五十三年十月一日発行、第五十二巻十号。
〔温泉〕川浦温泉（山梨県）、宝川温泉（群馬県）、玉川温泉（秋田県）。
〔内容〕「露天風呂と植物、そんな情景を考えていたら、ふと、素朴な渓あいの露天風呂にひたってみたくなってきた」。筆者は、温泉だけでなく景観にもこだわりを持ちながら川浦温泉、宝川温泉、玉川温泉など多くの温泉を紹介している。社団法人日本植物友の会参与という肩書きを持つ筆者だけあって、植物に対する驚くばかりの豊富な知識を生かし、露天風呂と植物景観についての独自の分析を試みている。

（福森裕一）

新穂高温泉　しんほだかおんせん　エッセイ

〔作者〕藤井常男
〔初出〕「旅」昭和五十八年十月一日発行、第五十七巻十号。
〔温泉〕新穂高温泉（岐阜県）。
〔内容〕新穂高温泉郷は、〝露天風呂のデパート〟といわれるくらい、その数が多い。蒲田から槍見、中尾、穂高と、温泉の湧くところ、いたるところに露天風呂がつくってある。新穂高ロープウェイの開通とともに、旅館ブーム、民宿ブームとなった。新穂高の露天風呂は、大部分、いわゆる〝自然景観を借景とした〟分類に入るものであるが、なかには〝旅館庭園に組み込まれた〟分類に属するものまでみられる。新穂高の露天風呂でも、浴客が手拭をぶらさげて、焼岳の夕映えを眺めながら、外湯露天風呂のはしごをするような形式にしたらいいとおもった。こんこんと湧き出る澄んだ湯にひたり、そそりたつ錫杖《しゃくじょう》の峰を仰ぎつつ、浴槽のへりに憩うひとときこそ、新穂高ならではの、露天風呂の醍醐味といえるのである。

（浦西和彦）

藤沢周　ふじさわ・しゅう

＊昭和三十四年一月十日〜。新潟市に生まれる。法政大学文学部卒業。小説家。「ブエノスアイレス午前零時」で第百十九回芥川賞を受賞。

ブエノスアイレス午前零時　ぶえのすあいれすごぜんれいじ　短篇小説

〔作者〕藤沢周
〔初出〕「文藝」平成十年五月一日発行、第三十七巻二号。
〔初版〕『ブエノスアイレス午前零時』平成十年八月発行、河出書房新社。
〔文庫〕『ブエノスアイレス午前零時』〈河

ふ

出文庫〉平成十一年十月四日発行、河出書房新社。

〔温泉〕麒麟山《きりんざん》温泉や弥彦《やひこ》温泉の「四季の宿みのや」（ともに新潟県）がモデル。作中には温泉名が記されていない。

〔内容〕主人公のカザマは、東京の広告代理店の映像担当の仕事を辞め、実家に近い温泉宿「みのやホテル」で働いている。父親は、町で一軒の豆腐屋をやっていて、みのやにも卸している。カザマの朝一番の仕事は、客の朝食用に出す温泉卵を温泉の源泉でつくることである。このホテルには百十坪のコンベンションホールがあり、大勢の人がダンスを踊れる。今日は、神奈川のサルビア・ダンス会から五十人がやってきた。五十過ぎの人達がいっせいに派手な衣装に着替えてモダンダンスを踊る。ミツコという盲目の老嬢が、ダンス同好会に所属する妹に連れられてくる。間違いなく痴呆が始まっているミツコは本牧の港で専属のパンパンだったと噂されていて、ミツコと踊るものは誰もいない。カザマはミツコが温泉卵を食べたいというので持ってくるが、ミツコはその卵を落としてしまい、それを踊っていた金色のヒールが踏みつけたことでパーティの流れに淀みを作ってしまった。その大失態で、翌日はコンベンションホールにミツコは現われないであろうといわれた。だが、昨日と同じ所に、ミツコがいた。カザマは、サングラスをかけた盲目の老女と踊る図が、頭の中に見えて腰のあたりに鳥肌が立つのを感じるのだが、カザマはミツコの横にいき、手を差し出し彼女をダンスに誘う。ミツコとタンゴを踊りながら、カザマは、自分でも意外に思うような感情がせり上がってくるのを感じる。周りの者たちは、カザマとミツコのカップルを奇妙な目つきで注視していた。まるで異国の人間を見るように—。

第百十九回芥川賞を受賞した。田久保英夫は「芥川賞選評」（「文藝春秋」平成10年9月1日）で「山間の温泉旅館を舞台に、そこで働く都会帰りの男と、社交ダンスクラブの団体できた老女との交渉を描いて、犀利《さいり》な感覚が見える。」と評した。

（浦西和彦）

藤沢周平　ふじさわ・しゅうへい

＊昭和二年十二月二十六日〜平成九年一月二十六日。山形県東田川郡黄金村（現・鶴岡市）に生まれる。本名・小菅留治。山形師範学校卒業。小説家。「暗殺の年輪」で第六十九回直木賞を受賞。『藤沢周平全集』全二十三巻（文藝春秋）。

蟬しぐれ　せみしぐれ　長篇小説

〔作者〕藤沢周平
〔初出〕「山形新聞」昭和六十一年七月九日〜六十二年四月十一日夕刊。

〔初版〕『蟬しぐれ』昭和六十三年五月発行、文藝春秋。

〔全集〕『藤沢周平全集第二十巻』平成四年十一月十日発行、文藝春秋。

〔温泉〕箕浦湯宿（架空の温泉。山形県の湯野浜温泉がモデルか）。

〔内容〕牧文四郎は、海坂《うなさか》藩の下級武士、牧助左衛門の養子である。文四郎は午前は居駒礼助の私塾に行って経書を学び、昼過ぎからは鍛冶町にある空鈍流の石栗道場で剣道を習う。親友の島崎与之助と小和田逸平は居駒塾と道場の同門である。島崎は学問一筋で江戸の葛西塾に遊学し、三省館の先生になる。小和田は小姓組に勤める。境遇が変わっても三人の友情は変わらない。ふくは、隣家の小柳甚兵衛の娘である。毎年、文四郎はふくを熊野神社の夜祭りに連れて行った。牧助左衛門は派閥間の主導権争いに巻き込まれて切腹を命じられる。牧家は家禄を減らされ、普請組を免じられて茸屋町の長屋に移る。父の反逆罪故に、文四郎と母の登世は世間から敬遠される。文四郎の好敵手の犬飼兵馬が道場に入門する。隣家のふくは江戸屋敷の奥に勤めることになった。江戸に行く前に自分の思いを伝えるため、ふくは牧家を訪れるが、文四郎と擦れ違ってしまう。文四郎はふくに会えなかったことを悔しく思う。ふくは殿様の手がつき御子を身籠るが、側女のおふねの差し金で流産する。この話を島崎から聞いた文四郎はふくを不憫に思う。逆境の中で文四郎は剣道に打ち込み、熊野神社で行われた奉納試合で強敵に勝って、秘剣村雨を伝授される。名誉も回復され、結婚して落ち着いた生活をする。ふくは国元に帰って、殿様の御子を出産するが、世継ぎ問題に巻き込まれ危険な状況になる。文四郎も派閥間の主導権争いに巻き込まれる。文四郎は知恵と勇気で、自分の名誉とふくを守る。数年後、箕浦湯宿で会った文四郎とふくは、お互いに思いを確かめる。

（趙　承姫）

藤嶽彰英《ふじたけ・しょうえい》

＊生年月日未詳。トラベルライター。

温泉人物誌―湯の町で見つけたちょっといい話《おんせんじんぶつし―ゆのまちでみつけたちょっといいはなし》　エッセイ

〔**作者**〕藤嶽彰英

〔**初出**〕「旅」昭和五十六年一月一日発行、第五十五巻一号。

〔**温泉**〕別府温泉（大分県）、草津温泉（群馬県）、龍神温泉・湯の峰温泉（以上和歌山県）、由布院温泉（大分県）、下諏訪温泉（長野県）、温泉津《ゆのつ》温泉（島根県）、別所温泉・奉納《ぶのう》温泉（以上長野県）、渡合《どあい》温泉・下呂温泉（以上岐阜県）、温海《あつみ》温泉（山形県）。

〔**内容**〕このごろ温泉といっても、すてきな人間がいなければしょうがないと思うようになった。別府の「竹瓦温泉」に砂掛けの名人遠藤アヤ子さんがいる。このクラシックな御殿風の構えの愛すべき共同湯は、別府の華やかさに押されてか、知る人は少ない。右手の大衆ぶろは五十円、左手の砂ぶろは六百円である。遠藤アヤ子さんは市の職員。この道二十数年という砂掛け婦のベテランである。かぶせればいいというものではない。熱さかげんにもコツがある。砂掛け名人がいる竹瓦は、天下一品だ。草津温泉の共同浴場にも渋谷春夫さんと中沢さつさんがいる。草津の湯は皮ふ病に特効があるが、この二人は困っている人のからだをひと目みるだけで、日に何回、何分、この温度でと、的確な判断を下す。草津になくてはならぬ〝名医〟なのである。いい宿というのを私なりに定義すると「ソバ殻のマクラを使い、漬けものとゴハンのおいしいところ」ということになる。南紀の山奥の龍神温泉に「上御殿」という昔ながらの宿がある。お湯がまた、キメ細かで、マキの湯舟に透明な湯があふれている。「上御殿」は百年近くになる総ヒノキ造りの宿だが、これを女手ひとりで龍神綾さんが支えている。快く、気持ちよくと、精魂こめてつくしているのがわかる。本宮町の湯の峰温泉の「あづまや」の玉置梅子さんも古きよきいで湯をかたくななまでに守る女性である。この類をあげれば、由布院の三羽ガラス「玉の湯」の溝口喜代子さん、「夢想園」の志手淑子さん、「亀の井別荘」の中谷明美さんも立派である。信州下諏訪の「みなとや」は夫婦だけでやっている小さい温泉宿だ。感心するのは、ヒノキのフロに入って、つぎの者が行くと、かわいた木の洗面器と石けんがきちんと置いてある。朝ぶろに入っていると、小窓がスーッとあいて、皿の上に熟し柿のシャーベットがのっかっている。宿酔いのときに、これはきくのである。温泉津は郷愁をさそう湯の町である。千三百年の歴史を持つというこの湯の町にチョンマゲ人生を送る河合市兵衛茂がいる。一方、信州の別所温泉には落語人生を送る観光課長の益子輝之がいる。渡合温泉の四代目当主・今井良二氏は明治初年以来の山湯を守り抜き、俗悪化するのに抵抗している。信州白馬山麓の小谷《おたり》村で、マムシをとり、蜂を飼いながら、山里の湯を守る奉納温泉のおやじさん。下呂温泉で一人で百体の人形をあやつってみせる洞奥一郎さん、山形の温海で、伝承藝能「出羽人形」の名人藝をみせてくれる津盛柳太郎さん、その道ひと筋に生きる人たちの職人藝はすばらしいものである。（浦西和彦）

関金温泉 せきがねおんせん　エッセイ

〔**作者**〕藤嶽彰英
〔**初出**〕「旅」昭和五十八年十月一日発行、第五十七巻十号。
〔**温泉**〕関金温泉（鳥取県）。
〔**内容**〕露天風呂の楽しさを開眼させてくれた関金温泉温清楼の露天風呂にはじめて入ったのは、もう二十年近く前である。山陰の雪深い谷間であるから、雪雨よけの屋根付きだ。正確には半露天というべきか。ラジウム含有泉で、昔は白金の湯といったように、きらきらときらめくような透明の湯で、やわらかい。秋はマツタケ、冬はカニ、春は山菜、夏にはすごく精がつくという天然ガキがあるのだが、厳冬のとき、この露天風呂に入って、徳利を湯につけて、人肌になった地酒で雪見酒としゃれるのは最高の楽しみである。混浴である。この湯につかると、あれっと思うほど、自分の肌が白くみえる。名湯である。（浦西和彦）

藤原健三郎 ふじはら・けんざぶろう

＊生年月日未詳。トラベルライター。

いま話題沸騰！四つの温泉を訪ねて いまわだいふっとう！よっつのおんせんをたずねて　エッセイ

〔**作者**〕藤原健三郎
〔**初出**〕「旅」昭和五十八年十月一日発行、第五十七巻十号。
〔**温泉**〕銀山温泉（山形県）、芦ノ牧温泉（福島県）、下呂温泉（岐阜県）、三谷《みや》温泉（愛知県）。
〔**内容**〕銀山温泉はひっそりした静かな山あいにある湯治場である。この四月から始まったＮＨＫドラマ「おしん」のロケがあって以来、銀山温泉は脚光を浴びた。ロケをしたのは能登屋旅館だ。銀山温泉では屈指の老舗旅館で、建物も木造の古風な三階建て。予約が多くて泊まることができなかった。ただ一軒だけあるこけし屋さんは〝おしんこけし〟の製造元で、生産が間にあわないという。みやげ店には、おしんまんじゅう、おしんゆべし、おしん人形…と、ブームにあてこんだみやげ物が並んでいる。
　昭和五十八年五月一日、会津の芦ノ牧温泉がジパング国会津芦ノ牧藩として開国を宣言、この日から元号を大吉元年と改めた。観光協会が芦ノ牧藩の藩庁なのである。関所もある。両替所があって、日本銀行券と藩札とを交換してくれる。交換レートは百円が百文の割。小判は五百円。タクシー会社は藩のお抱え駕籠屋、食堂は飯屋、スナックは居酒屋、ヌード劇場は女体見世物小屋、旅館ホテルも御本陣とか上屋敷とか

ふ

の名前をつけている。郵便局には芦ノ牧藩飛脚問屋猿丸屋という看板が出ている。ジパング国会津芦ノ牧藩の建国については、芦ノ牧温泉の会津グランドホテル大川荘の社長鈴木武一氏の力に与っている。

　下呂温泉では、町の財政当局が藝者さんの頭にかつらを載せるために補助金を出した。この温泉の企画しているのが、「夜の下呂温泉㊙の旅」。参加費は一人四千五百円で旅館に予約する。一回の定員は三十名。それに五人の藝者がついて一緒に宴会をし、ショーを見たりする。合掌造りの古い民家の前庭で野外の宴会。一時間ばかりさわぎ、次は町内のヌードショーの見学。最後にたどりつくのは露天風呂。このコースを個人で試みると一万二千円はかかる。参加費は四千五百円なので、差額の七千五百円は町が負担。この㊙コースでお客がふえているという。

　NHKの大河ドラマ「徳川家康」が放映され、三河三谷駅が家康ブームで観光拠点になるかにみえたが、目算どおりにはいかなかった。三谷温泉へ行ってみる。バスがなく、意外に不便だ。岡崎がブームの主役になったが、三谷温泉も観光客の足場になっているのは事実だ。

（浦西和彦）

紀伊山中《きいさんちゅう》、ぐるり〝いで湯《ゆ》〟旅《たび》　エッセイ

〔**作者**〕藤原健三郎

〔**初出**〕「旅」昭和六十年九月一日発行、第五十九巻九号。

〔**温泉**〕龍神温泉（和歌山県）、野迫川《のせがわ》温泉・入之波《しおのは》温泉・小処《こどころ》温泉・十津川《とつかわ》温泉・湯泉地《とうせんじ》温泉（以上奈良県）。

〔**内容**〕龍神温泉は有名な秘湯で、上御殿は格式ある温泉旅館である。藩政時代に紀州藩主徳川頼宣が来湯した歴史もある。上御殿の浴室はこぢんまりとしており、湯ぶねにはまきの木を使用している。透明の湯だ。大きさはゆったり入ってせいぜい四五人程度だ。上御殿にある殿様の間は、往時をしのばせる。翌日、高野山スカイラインを通って高野山へ向かう。途中で野迫川温泉に立ち寄り、ひと風呂浴びた。村営のモダンな温泉ホテルが集落のはずれに建っている。高野山は、ただただ墓標の多さ、多彩さに驚くばかりである。入之波、小処という二つの温泉地を通って南下し、新宮から十津川村を北上することにする。近鉄吉野線大和上市駅からバスで入之波温泉に着く。集落から少し離れた一軒宿の旅館湯元「山鳩湯」に宿泊。湯は「茶褐色というか黄色っぽいというか、いわゆる赤い湯」である。野性的というべきであろう。この宿の名物料理はアマゴと山菜などを一緒に煮た南朝鍋である。翌朝、バスで小処温泉に向かう。南朝の落武者が世をしのんだ秘境といわれている。着いてみると、ホテル「バンビ」という一軒宿があった。少し離れた所にある共同浴場は見ばえのする岩風呂で、太陽熱を利用して加熱しているとか。釣り客が何人も泊まっていた。バス、またバスで新宮から熊野本宮を過ぎ十津川村に入る。十津川村は日本最大の面積をもち、今なお秘境ベールに包まれた村と想像していたが、かなり観光地化された感じがする。出合橋の近くには、十津川特有の人力ロープウェイの野猿が川の上に架かっていた。その脇を河原に下ると共同浴場だった。上湯の民宿に泊まった。ここにも野猿があり、乗って対岸に渡ってみた。翌朝、上湯から湯泉地温泉まで歩いた。ここは美人の湯といわれているらしい。秘境の宿「湯の里」に宿をとった。部屋から見る河原は広々としている。白い石を並べて、自分の名か恋人の名か、人の名前が書かれている。それを見ながら湯につかるのは、ロマンチック

を絵に描いたようなもので、若い女性に好まれるようだ。（浦西和彦）

藤森成吉
ふじもり・せいきち

*明治二十五年八月二十八日～昭和五十二年五月二十六日。長野県諏訪郡上諏訪町（現・諏訪市）に生まれる。東京帝国大学独文科卒業。小説家、劇作家。代表作に「磔茂左衛門」「何が彼女をさうさせたか」など。

伊香保の憶ひ出
いかほのおもいで　エッセイ

〔**作者**〕藤森成吉

〔**初出**〕『伊香保みやげ』大正八年八月十五日発行、伊香保書院。原題「山の一夜」。

〔**全集**〕『藤森成吉全集第一巻』昭和七年二月五日発行、改造社。

〔**温泉**〕伊香保温泉（群馬県）。

〔**内容**〕伊香保には、大学へ入った年の秋、文科の秋季遠足に加わって一泊しただけである。私の記憶は自分でも不思議な程茫漠としている。宿屋へ着いて、温泉へ入って、街を見て、その夜文科懇親会が開かれた。その夜の記憶だけは、今もはっきり残っている。みんな騒いだ。社会学の顔の黒い男が琴で、六段の曲を弾き出した。なかなか馬鹿には出来ない腕だった。それが済むと、今度は先生も何か隠し藝を出せと、攻めかけた。その先生がどうしてもやり出さずにいると、一人の男がいきなり先生の着ている褞袍の襟を両手で摑んで引き出した。先生は両手を畳の上に突いて、まるで這いつくばった蝦蟆のような恰好で踏んばった。その様子がおかしいので、皆んな騒ぎたてた。翌朝早くから榛名湖へ出かけた。それは湖水というより、一つの大きな、何ともいえず静かなきれいな沼という感じだった。山宮允君が印度のタゴオルという詩人が「ノオベル賞金」を貰った話を聞かせてくれた。私は名物の貝細工の簪二本などを買った。（浦西和彦）

藤原審爾
ふじわら・しんじ

*大正十年三月三十一日～昭和五十九年十二月二十日。岡山県片上町（現・備前市）に生まれる。青山学院高等商業部中退。小説家。「罪な女」で第二十七回直木賞を受賞。『藤原審爾作品集』全七巻（森脇文庫）。

秋津温泉
あきつおんせん　長篇小説

〔**作者**〕藤原審爾

〔**初出**〕「人間別冊1」昭和二十二年十二月発行。

〔**選書**〕『秋津温泉』〈新鋭文学選書〉昭和二十三年発行、大日本雄弁会講談社。

〔**初版**〕『秋津温泉』昭和二十四年十二月五日発行、新潮社。

〔**収録**〕『新日本文学全集第34巻水上勉・藤原審爾』昭和三十九年一月二十七日発行、集英社。

〔**文庫**〕『秋津温泉』〈角川文庫〉昭和三十七年九月十日発行、角川書店。『秋津温泉』〈集英社文庫〉昭和五十三年十一月発行、集英社。

〔**温泉**〕秋津温泉（岡山県の奥津《おくつ》温泉がモデル）。

〔**内容**〕「第一章　花風月雲」「第二章　春夢深浅」「第三章　流水行雲」「第四章　煩悩去来」「第五章　蜜夜夢幻」の五章から成る。両親のない「私」は、十七の初夏、伯母に連れられて、はじめて秋津温泉へやってきた。伯母が、判事の夫を亡《な》くして間もない頃である。子のない伯母は秋鹿園（河鹿園がモデル）という温泉宿の一間《ひとま》で、旬日あまり静かに過ごすのがならいであった。「私」たちの泊まった別館は滞在客も少ない。肺尖カタルの女専の学生、禅寺の仏像を刻んでいる四十過ぎの仏師、大阪の乾物問屋の隠居夫婦、その孫娘のカリエスの少女である。まるで古くからここに住みついているようで、別館の閑寂な気配に、しいんと身を沈めていた。縁者の手を転々として育った「私」には、秋津の清浄な時間が夢の国とも映り、以来「私」はしばしば秋津温泉を訪れる。そこでカリエスを病む「私」は「一つ二つ年下」の「頬の蒼白い少女」直子と知り合う。おたがいに想いを寄せあうが、気持ちを伝えることなく別れる。三年ぶりに秋津を訪れた。おかみさんが中風で亡くなり、その娘の新子が女将になっていた。新子は「眉が濃く睫《まつげ》が長く、小麦色のすべすべして形のよい頬を」していた。肺炎になった「私」が退院後に養生に来た時、新子は親身になって世話をしてくれた。

　戦争中、秋鹿園は軍医の宿舎として徴用された。伯母は亡くなり、「私」は結婚し、一児の父となった。敗戦となり、秋鹿園の再開を新聞広告で知った「私」は、早速でかけていき、五年ぶりに新子と再会する。永い戦争にもかかわらず、美しいままの新子が湯室に入ってきた。「単純泉の底まで澄み透った湯の中で、軀を沈めて、お新さんはタオルをなよやかにゆらめかした」。「私」は、応えられずに立ち去った。

　新子から結婚しようかどうか迷っているという便りを受け取った「私」は、秋鹿園を訪ねる。その夜、新子は「緋縮緬の長襦袢の胸へ枕をかかえ、私の寝床へよろめき込んで来た」。抱き寄せた小さな肩がはげしく顫えた。身を寄せ合いからまっていると、お新さんの心のときめきが伝って来た。秋雨が通り過ぎてから、二人は起き上って湯殿へ入った。白いタイルの湯舟に身を沈めながら、言いようのない不安を覚える。やがて紅の朝焼けが輝きあい、色を深めて秋津の空に次第にひろがって行った。平野謙は「解説」(『新日本文学全集第34巻』)で、「抒情的にはちがいないが、かなり空想的であって、作者が自分の幼ない文学的空想に酔っぱらいすぎているところがあるように思った」という。

（浦西和彦）

奥津温泉《おくつおんせん》　エッセイ

〔**作者**〕藤原審爾

〔**初出**〕「温泉」昭和四十六年二月一日発行、第三十九巻二号。

〔**温泉**〕奥津温泉（岡山県）。

〔**内容**〕旅に出て、いちばんおどろくのは、どこへいっても、旅館が似たりよったりで、つまらなくなったことである。部屋へ入るとたちまち土地柄がなくなってしまう。また泊まりにいきたい宿には、ここ数年、いちどもぶつからなかった。このところ、奥津温泉へいっていないが、どう変っているのだろう。奥津は、山峡《やまかい》で、さして大きくない町だから、むやみにごてごて宿が出来たりはしないだろう。温泉場らしくない手ごろにひなびたところや、思いがけなく会える美しい風物が好きで、わたしは昔、よく出かけたが、このごろ、「とりわけその手ごろさに、奥津のよさを感じている」。手ごろというのは、費用のことだけでなく、手に入れられる安息や閑静さの程あいのことである。わたしが河鹿園の主人なら、川畔や山麓の畑中に、二世帯入れるような藁ぶきの家を、いくつか建てるであろう。もしもそんな家が、奥津に出来れば、わたしは予約一号でありたい。

（浦西和彦）

舟橋聖一　ふなはし・せいいち

＊明治三十七年十二月二十五日～昭和五十一年一月十三日。東京市本所区横網町（現・東京都墨田区）に生まれる。東京帝国大学文学部国文科卒業。小説家、劇作家。代表作に「雪夫人絵図」「花の生涯」、評伝に「岩野泡鳴伝」など。『舟橋聖一選集』全十三巻（新潮社）。

雪夫人絵図《ゆきふじんえず》　長篇小説

〔作者〕舟橋聖一
〔初出〕「小説新潮」昭和二十三年一月一日～二十五年二月一日発行、第二巻一号～第四巻二号。

〔初版〕『雪夫人絵図』昭和二十三年十二月発行、新潮社。『雪夫人絵図続』昭和二十五年二月発行、新潮社。

〔収録〕『新潮現代文学11』昭和五十六年九月十五日発行、新潮社。

〔温泉〕熱海温泉（静岡県）。

〔内容〕元貴族院議員の信濃長左衛門の一人娘である雪は、高貴な美しさを持った女性である。誰からも好かれ、美しく慎み深く、白い肌を持った旧華族の女性であった。財産家の婿の直之との夫婦仲は悪く、雪は熱海の別邸に住み、直之は京都で愛人の綾子と暮らし、放蕩を重ねている。父の死によって信濃家は財産をほとんど失う。遺されたのは熱海の別邸である。雪は生活のために熱海の別邸で旅館を開業する。その開業資金はすでに他人同然となっている直之に身を任せる代償として出させたといわれている。雪には長年思いを寄せ合う小説家の方哉がいた。直之は離婚に応じず、雪も離婚の決断を下そうとするたびに挫ける。そんなある日、旅館に泥棒が入る。雪の部屋にあった権利証や通帳、現金、それに肌身につける衣類などが盗まれた。これによって旅館の経営権は直之に渡る。直之の愛人の綾子が新しい女将として乗り込んでくる。直之は、誰がみても雪夫人とは較べものにならない女に入れあげ、雪を虐待する。正妻の雪を綾子の召使同然にあつかい、妻妾同居を強いる。雪と方哉との仲もはかどらないうちに、方哉は発病してしまう。雪はついに旅館を逃げ出すが、直之の子を身ごもっていることに気づくのである。雪は信濃の山中の湖で死ぬ。

　田舎出の娘浜子と少年誠太郎の眼を通して物語が展開される。昼間は直之の虐待に泣き忍び、夜は魔性になって愛欲に乱れる雪の絵図が描かれる。


（浦西和彦）

痩牛のいる遠景《やせうしのいるえんけい》　長篇小説

〔作者〕舟橋聖一
〔初出〕「群像」昭和三十八年九月一日発行、第十八巻九号。
〔温泉〕箱根小涌谷温泉（神奈川県）、猫啼《ねこなき》温泉（福島県）。
〔内容〕泉中は、四時すぎに箱根へついて、一ト風呂浴び、夕飯を共にしたあと、九時前に宿を発って帰っていった。維子は電話をかけて東京の両親を箱根へ呼んだ。来たのは父ひとりだった。泉中は、大阪、神戸、岡山から九州一円を廻る予定で、一か月近くも東京へ帰らない筈である。箱根から帰った維子は、べつに部屋に異状はないが、衣裳簞笥の上の泉中の写真と伊勢子叔母の形見の「和泉式部日記」が紛失していることに気づく。部屋のキイを持っているのは泉中と維子の二人だけである。泉中のキイを盗んでこっそり入室した者があるとすれば、泉中の妻の時子夫人だけである。そのことを泉中に電話した直後、維子は発作でたおれた。父は維子を家に連れて帰り、泉中に無断でアパートを引き払ってしまう。伊勢子が猫啼で死んだことで、泉中が誠実でないことは証明済みだと父はいう。泉中からは九州の旅先から数度にわたって電話があったが、維子は、一切電話に出ることを禁じられた。維子は父が秘蔵していた伊勢子の日記を捜し出して読む。日記には、川沿いの遠い木立の中に、痩牛が一頭放たれていた風景を、泉中と二人で眺めた思い出が書かれている。牛は疲れて力が無く、たとえ怒らせても、誰にも危害を加えないどころか、どこかへ逃げる心配もないらしい。伊勢子が「和泉式部日記」になぜ傾倒したのか、維子にはよくわかった。伊勢子の式部に関する感想の中で、なぜ帥宮《そちのみや》との奇しき情事を、明らさまに筆にのせて、後人の目にさらしたのであろうかという疑問が呈されていた。恋を秘蔵したい心と、恋を物語りたい心とは、表裏一体のものである。維子は日記によって、伊勢子のN男という泉中とは別の愛人の存在を知る。伊勢子は、N男に愛の一片すらなくて、只、泉中への嫉妬のために、N男を必要としたにすぎない。N男という幼稚な青年と浅ましい契りを結んだことで伊勢子は崩壊したのである。そのことを知って、維子は泉中ともう一度逢おうと思う。二人は一緒に誓山寺の伊勢子の墓へ行った。日記にあったような肋の見える黒牡丹が、のっそり、のっそり歩いている。袋田までは誰が行ったのか、猫啼で死ぬときは伊勢子一人だったのか、日記には書かれていない。伊勢子の墓には、二人に先立って、スノー・ドロップの花々が供えられていた。それを見て維子は空想にふけるのである。

（浦西和彦）

船山馨　ふなやま・かおる

＊大正三年三月三十一日～昭和五十六年八月五日。札幌市に生まれる。明治大学商学部中退。小説家。代表作に「石狩平野」「お登勢」「茜いろの坂」など。

温泉の喜愁　おんせんのきしゅう　エッセイ

〔作者〕船山馨

〔初出〕「温泉」昭和三十三年四月一日発行、第二十六巻四号。

〔温泉〕熱海温泉・古奈《こな》（伊豆長岡）温泉（以上静岡県）、大牧《おおまき》温泉（富山県）。

〔内容〕東京に近い温泉地では、やはり熱海へ出かける機会がいちばん多い。たいていは仕事を持ってである。仕事を抱えているのでは、あまり遠かったり、不便な土地では困るし、山より海が好きだし、人里離れた淋しい場所では三日と辛抱出来ないので、いきおい熱海あたりになってしまう。温泉場に宴会はつきものと覚悟しているから、騒がしくても気にならない。しかし、艶歌師には一時ずいぶん悩まされた。朝の八時頃から、入れ替わり立ち替わり、ギターを掻き鳴らしながら中庭に入ってくる。夜ともなれば、日暮れ時分から十一時過ぎまで、これがのべつ幕なしである。押し売りめいたのが多いから、ちょっとやそっと断ったぐらいでは埒があかない。しかたがないので、日が落ちるやいなや、窓も縁側も悉く雨戸を立てきり、戸口に錠をおろして息をつめていなければならない。寒い季節はまだしも、夏などはたまったものではなかった。それならもっと鄙びた、山の中の温泉へでもいけばよさそうなものだと自分でも思うのだが、どこを歩いても人の気配の無いような処では、今度は淋しくて仕事が手につかないのだから始末が悪い。煩わしい対人関係はいやだが、人間の気配だけはいつも身近に感じていたい。だいぶ前の事になるが、必要があって古奈に閉じ籠っていたときは、一日ごとに空気が薄くなってゆくような思いをした。朝夕の富士は綺麗だし、狩野川の鮎も飽食したが毎日が途方もなく長かった。

　終戦まもない頃、椎名麟三君と行った富山の大牧温泉は忘れがたい。舟で糠雨の烟る庄川をのぼっていったのだが、大牧までの渓流の美しさは記憶を去らない。川底に降りてゆくような位置の、暗い浴場から見た、雲のように厚く川面を覆ってたちこめていた白い夜の靄も印象的であった。当時の事で、宿の設備はいいとは云えなかったが、そんなことが少しも気にならないほど、素晴らしい環境だった。

（西村峰龍）

古田保　ふるた・たもつ

＊生年月日未詳。新聞記者。著書に『幕をひいて―ある新聞記者の回想』『駄々っ子帖』など。

想い出の露天風呂　おもいでのろてんぶろ　エッセイ

〔**作者**〕古田保

〔**初出**〕「旅」昭和四十七年十二月一日発行、第四十六巻十二号。

〔**温泉**〕地鉈《じなた》温泉（東京都）、修善寺温泉（独鈷の湯）・湯ケ野温泉（以上静岡県）、赤湯温泉（新潟県）、錦繡温泉（富山県）。

〔**内容**〕急に思い立って、伊豆の式根島へ、ぶらりと出かけてみた。島への便船が、せいぜい週二回くらいのものだった。式根島は離れ小島で、周囲には涯しない空と海の碧緑が広がっていた。その中で地鉈温泉の露天風呂だけが、今も心に鮮烈な印象を刻み付けている。太平洋の波は浴槽のふちまで、ひたひたと押し寄せる。千里の汐風は吹いて止むことがない。形容できない絶景だった。別天地だった。

　日本で最も古い歴史を持つ露天風呂は、伊豆修善寺温泉の独鈷の湯など、その一つではなかろうか。弘法大師の発見と伝えるこの湯は、桂川の河床から湧き出て、今は簡単な屋根と板がこいをめぐらしている。川端康成の「伊豆の踊子」の舞台は、明らかに天城南麓の湯ケ野温泉だが、いつも独鈷の湯と二重写しの形で思い起こす。「伊豆の踊子」を読んで、初めて伊豆を歩いた四十年前、その第一日の宿りが修善寺だった。旅館は独鈷の湯を足元に見下す位置にあり、そのかこいの中に裸の姿がちらほら見えた。それが脳裡に残って、「伊豆の踊子」の一場面と、なんとなくつながってしまったらしい。

　山また山の、深い谷あいに、ひっそりと湯の湧く温泉としては、越後の赤湯がある。越後線の越後湯沢駅からバスでかなり入り、さらに、そこから三時間以上も歩く。宿は一軒。苗場山の中腹の谷間である。露天風呂は清津川のほとりに掘ってある。湯は食塩泉で六十度と聞いたが、それが適当な温度にまでさめている。四辺は、不気味なくらいの静寂だった。

　山で最も心に残った露天風呂は、黒部峡谷の錦繡温泉である。鐘釣温泉駅で下りて、川の左岸を戻るように行くと、やがて吊橋が見えてくる。錦繡温泉はそれを渡ったところにある。大きな洞窟に湯が湧き出て、岩間が自然の浴槽になっている。ここには宿がない。休憩場があるだけである。洞窟は黒部の流れと向かい合っていた。川は、そびえ立つ巨巌の間を縫って激流をなしている。碧い淵、白い泡を、ぬるい湯に入って眺めていたが、いつまでたっても見飽きることがなかった。しかし、この錦繡の露天風呂は昭和四十四年八月の洪水で流されてしまい、今はないとのことだ。

（西岡千佳世）

古山高麗雄《ふるやま・こまお》

＊大正九年八月六日〜平成十四年三月十四日。新義州（朝鮮）に生まれる。第三高等学校中退。小説家。「プレオー8の夜明け」で第六十三回芥川賞を受賞。

雪のみちのく温泉ドライブ《ゆきのみちのくおんせんどらいぶ》

エッセイ

〔**作者**〕古山高麗雄
〔**初出**〕「旅」昭和四十九年三月一日発行、第四十八巻三号。
〔**温泉**〕小野川《おのかわ》温泉・白布高湯《しらぶたかゆ》温泉・白鷹《しらたか》温泉・河北《かほく》温泉（以上山形県）。
〔**内容**〕「旅」が一軒宿の温泉特集を組むというので、まだ足を踏み入れたことのない山形県に自分で車を運転して行くことにした。雪対策の装備をして福島から米沢に通じる国道13号線を選ぶ。ふりだしは小野川温泉二階堂旅館、作家の森万紀子さんの定宿だ。午後二時に東京を出て米沢市に入ったのは十時、電話で道順を聞いたのが初めての山形弁だった。雪国で雪をほめてはいけないと森敦さんにも注意されたが、雪がうれしい、やむと物足りない。それならと紹介されたのが白布高湯だ。安全なバス道路を雪の中行き、中屋別館不動閣に入る。客がいないので売店等の営業はなく温泉だけが溢れている。小野川同様、脱衣場は別だが浴槽は男女混浴だ。番頭さんによると、新高湯も太平温泉も姥湯温泉も営業していないという。翌朝、女中さん達と天元台スキー場へ雪見に行く。ロープウェイから新高湯が望め、山膚にはうさぎの足跡が縦横に線を引いている。山形の人は人なつこく親切に思える。その日は中屋本館に泊まる。女中さんは農閑期の冬だけ手伝いに来ている農家の主婦だ。口数は少ないが物価の高騰を気にする様子が私に若い頃の悩みを思い出させる。十円の値上がりにも息が詰まったものだ。次は北のほうへ向かう。白鷹温泉は荒砥駅の向こうの山裾にあったが、風呂は沸かし湯で薬の匂いがした。汲み出せない霊湯、皮膚病の療養のためつかるだけという温泉。次の朝飛び出して朝日岳に向う。立木から先は断念。冬期、雪国の山の一軒宿温泉を車で訪ねるなど無理だと知った。意地になって河北温泉に足を伸ばしたが、そこは旅館ではなく風呂付宴会場だった。今夜はどこに泊ればいいのだろう、あぶれたらモーテルと自分に言い聞かせる。春になったらまた出かけて来よう。

（大川育子）

ここは甲州、下部の湯《ここはこうしゅう、しもべのゆ》

エッセイ

〔**作者**〕古山高麗雄
〔**初出**〕「旅」昭和五十五年一月一日発行、第五十四巻一号。
〔**温泉**〕下部《しもべ》温泉・石和《いさわ》温泉・十谷《じっこく》温泉（以上山梨県）。
〔**内容**〕山梨県の下部の温泉に行って見ることにした。私が愛飲しているミネラルウォーター「信玄の水」の湧出地が、下部の温泉だからである。武田信玄が飲んだ水だから、〝信玄の水〟と呼ばれている。下部の温泉は、湯元が十二、旅館総数三十軒余りのちょっとした温泉街である。武田信玄が川中島の戦いで上杉謙信からうけた傷を癒した隠し湯だと言われている。私が聞かされた範囲では、信玄公がつかった隠し湯は、〝神泉〟と名づけられて、旅館源泉の新館にあった。神泉は、脱衣場は別になっているが、中は一つの混浴冷泉であった。浴槽は、浴場に入ると右手に一つ普通の大きさのものがあり、石段を降りると、水泳ができそうなくらいにだだっ広いのがあった。その石段の下のだだっ広いのが、外傷、打ち身、骨折などに特効のある冷泉であった。歓楽を求める客は、甲府市もよりの石和温泉に行くのである。宿坊に泊まってみたい気もしたが、さんざん疲れた体で山を降りて、身延駅でBさんと別れ、私は十谷温泉という温泉に向った。

（趙　承姫）

【ほ】

北條誠《ほうじょう・まこと》

＊大正七年一月五日〜昭和五十一年十一月十八日。東京市銀座（現・東京都中央区）に生まれる。早稲田大学文学部国文科卒業。小説家、放送作家、劇作家。戦後、ラジオ・ドラマ「向う三軒両隣り」が好評を得た。代表作に「舞扇」「春服」「わが恋やまず」など。

湯の音《ゆのおと》　短篇小説

〔**作者**〕北條誠

〔**初出**〕「旅」昭和二十四年七月一日発行、第二十三巻七号。

〔**温泉**〕古奈《こな》（伊豆長岡）温泉（静岡県）。

〔**内容**〕仕事半分、残りの半分は入船に会えるかも知れないという期待で、「私」は古奈までやってきた。入船が落ちぶれて、伊豆の温泉場で新内流しをやっていると聞いたからだ。旅から旅へ仕事をして歩いていた「私」は、今までも熱海、伊東、湯河原、修善寺、箱根、湯ヶ島と行く先々で入船を探してきた。しかし、入船の所在はわからなかった。「私」の友人の入船は、かつて新内の太夫だった。その世界では珍しい大学出で注目されたが、学を売り物にするような人物ではなかったので、いつかその世界の切れ者となっていた。入船が人気絶頂であった頃、小豊との情事が起こった。小豊は小唄の利け者で、若いし、美人だし、声もよし、三拍子そろって、こちらも人気絶頂だった。二人の恋愛は熱烈だった。しかし、小豊には芝本という旦那がいた。入船との浮名のせいで、小豊は旦那と妙な具合になり、入船と同棲し始めた。そこへ例の戦争で、清元、新内、小唄などという藝事が禁じられ、入船は徴用工となり、小豊は派出婦となった。小豊の今後を憂いた入船は、芝本に会いに行き、自分は身を引くから、もう一度小豊の面倒を見てくれるよう頼んだのである。始めは断った芝本も、再三再四の入船の懇願に折れて、小豊を引き取った。そして、入船は約束どおり姿を消したのである。古奈の宿にある離屋専用の小さな浴室で、「私」は遠くから三味線の音を聴いたような気がした。新内のような気がしてついに入船に会えるかと期待したが、ラジオの音であった。落胆していると、今度は離屋から珍しく渋い小唄が聞こえてきた。老番頭に尋ねると、あんまが唄っているのだという。「私」は気になって、自分のところにもあんまを呼んだ。一曲唄ってもらうと、小唄にしては、声に力がこもりすぎる。その声は新内向きだとあんまにいうと、あんまはそれを否定したが、その瞬間にあんまが入船であることに気づいた。入船は新内では食べていけないので、あんまになったのだという。肝心の新内は忘れる一方だが、小豊に教わった小唄の方は今でもはっきり覚えていると自嘲する。その自棄の笑い声は、「私」の胸を貫いた。なつかしさも、かなしさも、すべてが消えて、時間さえ静止しているように思われた。静かな古奈の夜に、湯の音だけが、じょうじょうと立っていた。

（荒井真理亜）

仙石原《せんごくはら》

エッセイ

〔作者〕北條誠
〔初出〕「旅行の手帖—百人百湯・作家・画家の温泉だより—」昭和三十一年四月二十日発行、第二十六号。
〔温泉〕仙石原温泉・塔ノ(之)沢温泉（以上神奈川県）。
〔内容〕はじめて仙石原にいったのは、中学三四年の頃で、もう二十何年昔の事である。友人二三人と天幕をかついで出かけた。芦ノ湖畔にその天幕を張った時、外人一家が「露営」していた。外人達は、湖で泳いで、天幕のそばで甲羅を干していた。男女のワキの下の毛が、やはり金髪だったと発見して僕等は奇妙な官能を湧かしたものだった。戦後、何度か箱根に入りながら、仙石原は無縁の土地だった。毎年、夏には塔ノ沢の一の湯に行くのが習慣だった。戦後、仙石原にはじめて入ったのは、七八年前、痔を手術してその余後の静養に出かけた時だった。仙石原の俵石閣の湯が「痔」に良い事を発見した。二週間程滞在して湯がきいたのか、安静の毎日が良かったのか、とにかく帰りには、人の肩につかまらずに歩けるようになっていた。その翌年だったか、今度は仙郷楼に泊まった。病気静養中の高見順氏の見舞いがてら、仕事に出かけたわけである。舟橋聖一氏の「花の生涯」を猿之助一座の通し狂言として脚色する事に決まっていて、その仕事がはかどらなかった。東京では来客があったりして中断されるので、箱根に車で発った。一週間こもって「花の生涯」の脚色は出来上った。総演出の久保田万太郎氏におほめの言葉をいただき、僕のなつかしい仕事の一つとなった。僕は、何かまた手に余るような大仕事にぶつかった時は、仙石原に出かけようと思っている。巧まないあの雑木林の自然の匂いは、仕事以外の一切を忘れさせてくれそうだ。

（浦西和彦）

恋と慕情の白浜《こいとぼじょうのしらはま》

エッセイ

〔作者〕北條誠
〔初出〕「旅」昭和三十七年十二月一日発行、第三十六巻十二号。
〔温泉〕白浜温泉・椿温泉（以上和歌山県）。
〔内容〕白浜温泉には今まで三度行っている。しかし、白浜を舞台に一度も、小説もドラマも、随筆も書かなかった。初めて白浜に出かけたのは、「哀愁日記」を書いているときであった。ヒーローとヒロインの哀しい恋のすれ違いの場所を探していた。その場所として白浜を空想し、白浜に向った。和歌浦で一泊し、その後白浜に一泊。しかし、結局のところ、その舞台は淡路島になった。二度目に白浜に泊まったのは、文藝春秋の講演旅行のときであった。田辺湾や瀬戸船山を見た。椿温泉の方に、歩いてもみた。ミストルコのはしりのような女性が風呂場で背中を流してくれた。昔の湯女とは違うが、そうしたものと関連して何かの作品に取り入れたいと思いながら、ついに果たせなかった。三度目は、京都へ所用で出かけたとき、白浜温泉を舞台に何か大作を書かないかとおすすめを受け、白浜に向った。宿は忘れたが、その大風呂のガラス戸に映えた夕陽の美しさが印象的だった。白浜海岸は、朝昼晩のうち、やはり夕方が風情があった。しかし、その作品も立ち消えになってしまった。東の熱海、西の白浜と並び称されるが、いつかまた白浜を訪れるだろう。そのときは、何を考えて出かけるのか、あるいは何も考えぬ楽しい気楽な旅であるのかもしれない。

（西岡千佳世）

細田源吉《ほそだ・げんきち》

*明治二十四年六月一日～昭和四十九年八月九日。埼玉県に生まれる。早稲田大学文学部英文科卒業。小説家。「死を恃んで行く女」（「死を恃む女」と改題）、「誘惑」「陰謀」など。

山の展望、海の展望《やまのてんぼう、うみのてんぼう》　エッセイ

〔作者〕細田源吉
〔初出〕「人物評論」昭和八年七月一日発行、第一巻五号。
〔温泉〕蔦温泉（青森県）、白骨温泉（長野県）、矢津温泉（静岡県）。
〔内容〕山へ登らない代わり、山の展望は好きだ。湖といえば、十和田湖を思う。奥入瀬の渓流を思い出してはよくエハガキをとり出してみる。蔦温泉から蔦山へ登ったことがあった。よく晴れた天気で、東北五六か国を見下したような気がした。十和田湖へ行っても、蔦温泉へ行かなかったり、蔦温泉へ行っても、蔦山へ登らなかったりしては、最後の大きな眺望を失ったようで惜しいと思う。富士五湖、中禅寺、蘆の湖、山と湖の関係からいって、各々言いつくせない特徴がある。私は上高地へ行く前に白骨温泉へ行き、そこで日を消してとうとう上高地へ行けなくなった。伊豆の南端、矢津温泉からみた外洋。伊東、伊豆山、それぞれの眺めはあるが、私は清水龍華寺、久能山頂から眺めた大観がいい。諏訪湖は春と夏の姿を見た。人情的な温かい印象を残している。冬の諏訪湖を知りたいと思う。

（陳　斯）

堀田善衛《ほった・よしえ》

*大正七年七月十七日～平成十年九月五日。富山県高岡市に生まれる。慶応義塾大学文学部仏文科卒業。小説家。「広場の孤独」「漢奸」で第二十六回芥川賞を受賞。『堀田善衛全集』全十六巻（筑摩書房）。

水辺人種《みずべじんしゅ》　エッセイ

〔作者〕堀田善衛
〔初出〕「温泉」昭和二十六年一月一日発行、第十九巻一号。
〔温泉〕松原館の鉱泉（長野県）。
〔内容〕私は水を愛する人種の一人である。旅の思い出の中にも色さまざまな水が光り、水の音が聞こえて来る。思い出とか追憶とかいうものも、所詮は水のようなのではなかろうか。水といっても、私は温泉場によくあるような流れのはげしい渓流を愛することができない。湖が一番気持ちいいのだ。思い出のなかでなつかしいのは、信州の松原湖である。私がいつも泊まったのは松原館である。松原館には鉱泉がある。鉱泉だとて、その土地から湧いて来るものだから、それでいいというのが僕の意見である。中国の墓地でベルギー人の老宣教師のマルケストルと話したことがあった。彼は下手なオーケストラのような奇妙な名の老人であったが、日本の温泉のことをよく知っていた。休暇が貰えるとすぐ日本の温泉めぐりをするのが最大の楽しみだと言っていた。訣れにのぞんで老宣教師が僕に言ったのは「汝の国の温泉に加護あれ！」という言葉であった。

（浦西和彦）

堀内通孝《ほりうち・みちたか》

*明治三十七年一月一日～昭和三十四年四月七日。東京に生まれる。慶応義塾大学卒業。

ほ

歌人。歌集に『丘陵』『北明』など。

強羅

ごうら　短歌

【作者】堀内通孝

【初出】「温泉」昭和二十六年十月一日発行、第十九巻十号。

【温泉】強羅温泉（神奈川県）。

【内容】避暑に箱根の強羅に出かけたのであろう。強羅温泉を詠んだ歌十首。強羅山中の蜩《ひぐらし》の声を歌った「山中に一日籠りし夕つかたうちつけに蜩のこゑは立ちくる」「高杉の木の間暗がるひと時を鳴く蜩は一つ二つならず」「しづかなるこゑにもあるか上《かみ》つ方《がた》より一つとほれる蜩のこゑ」などや、強羅にいる斎藤茂吉と出会ったのであろう、「年々に強羅の山にいほりして斎藤茂吉老い給ひけり」がある。また強羅温泉を「山の湯に君とゆあめば窓の外の青き穂草も親しきものを」「かすかなる硫黄の香する昼の湯にひたるしましはものを思はず」と詠んでいる。

（浦西和彦）

堀口大学

ほりぐち・だいがく

＊明治二十五年一月八日〜昭和五十六年三月十五日。東京市本郷（現・東京都文京区）に生まれる。慶応義塾大学文学部中退。詩人、翻訳家。『堀口大学全集』全九巻・補巻三・別巻（小沢書店）。昭和五十四年に文化勲章を受章。

千人風呂

せんにんぶろ　詩

【作者】堀口大学

【初出】「温泉」昭和二十五年七月一日発行、第十八巻七号。

【温泉】伊豆の温泉（静岡県）。

【内容】伊豆の温泉のどこやらの千人風呂で、沖の潮騒が雷さまのように鳴り出したため、あなたは「こわい！」と、知らぬ男にとりすがった。そのためはかなく終わった夏の恋を歌う。「初め終りをひと時の／夢もはかない夏の恋」ではじまり、「思ひ出さへが湯けむりに／紅に滲んで浮ぶこと」で結ばれる。

（浦西和彦）

堀辰雄

ほり・たつお

＊明治三十七年十二月二十八日〜昭和二十八年五月二十八日。東京市麹町区平河町（現・東京都千代田区）に生まれる。東京帝国大学国文科卒業。小説家。「聖家族」「風立ちぬ」など。『堀辰雄全集』全八巻・別巻二（筑摩書房）。

「浴泉記」など

「よくせんき」など　エッセイ

【作者】堀辰雄

【初出】「帝国大学新聞」昭和九年十一月二十八日発行、第五百五十二号。

【全集】『堀辰雄全集第四巻』昭和五十三年一月三十日発行、筑摩書房。

【温泉】別所温泉（長野県）。

【内容】温泉のあまり好きでない私に温泉のことを何か書けというのである。なかなか書き出せないので、Insel版のゲエテ詩集をあっちこっちめくっている許りである。Marienbadという土地が目に止まった。ゲエテが最後の恋愛をした土地である。「七十五歳のギヨオテが今年の誕生日には十九歳のウルリイケと踊つた」（「ギヨオテ伝」）、恐らくボヘミアとの国境近くにある温泉場であるのにちがいない。そういう西洋のボヘミアあたりの温泉場なら、私も好きになれそうである。西洋の温泉場では、温泉の中に体を浸らせたりするのではなく、唯、温泉の湧きこぼれるのを杯などで飲むに過ぎないのだろう。小金井きみ子訳するレルモントアの「浴泉記」の中に、「若き姫はいま泉の水を飲終りきと覚しく、物思はしげに其ほとりを立もとほりたり」という情景がある。少なくともこういう情景に近いものを頭に浮かべながらでなくては、ゲエテの晩年の情緒など到底想像せられない。

川端さんの「伊豆の踊子」などは、温泉地を背景とした小説というより、柚のかおりのするSentimental Journeyである。芥川さんの「温泉だより」を思い出し、読み返しているうちに、数年前、年の暮れに、友人数名と信州の別所温泉へいった旅の記憶が蘇ってきた。その古い温泉町に着く時分から、急に雪がふりだした。私達は硫黄の匂いのする湯にひたった。雪のせいか、飯の間もいつまでも硫黄の匂いが抜けないので閉口した。町を見物し、有名な共同浴場をちょっと覗いた。なんだか天然石で出来た湯槽の中に、男だか女だか得体の知れないような赤らんだ塊りが湯気のなかに蠢いているのが醜く眼に映っただけだった。しかし、おぼつかない記憶では、「温泉だより」の中で大男が風変りな自殺をしたのは冬だったように、私は思っていたが、自分の思いちがいで秋の彼岸の中日だったのである。私自身はまだこういう洒落た物語を書くよりも、日本の何かBaden-Badenのような湯治場を背景にしたバタ臭いものでも書いていたいのである。

（浦西和彦）

【ま】

前川佐美雄　まえかわ・さみお

＊明治三十六年二月五日～平成二年七月十五日。奈良県北葛城郡新庄町忍海（現・葛城市）に生まれる。東洋大学東洋文学科卒業。歌人。佐佐木信綱に師事。「日本歌人」を主宰。

温泉を恋ふる記　おんせんをこうるき　エッセイ

〔**作者**〕前川佐美雄

〔**初出**〕「温泉」昭和二十八年九月一日発行、第二十一巻九号。

〔**温泉**〕蓼科温泉（長野県）、大牧温泉・宇奈月温泉（以上富山県）、三朝《みささ》温泉（鳥取県）。

〔**内容**〕私のように温泉に縁のない土地に住んでいるものは損である。温泉を恋うる心はまた一入である。かつて信州蓼科温泉に行ったある秋の日、明治も渋も小斎も龍も、それらの湯はすべて土地の人々によって占領せられているのを見て、郷里の大和の百姓達の貧しい風呂の湯を思い出して急に感慨をもよおしたことがある。大牧温泉に泊まった夜などは、やはり土地の百姓達の老若男女の何百人もの団体が来て、一晩中おはら節をうたって踊っていたし、宇奈月温泉も同様土地の人々がいっぱい宴会をしていた。私は少しも温泉へ行ったような気がしていない。同じ温泉に十日以上乃至一か月も滞在したのなら、或は行ったような気持ちがするのかも知れぬが、私の場合は大方一泊か二泊ぐらいで、温泉を第一の目的として旅行したことは割合にない。戦争中家族を鳥取県の山奥に疎開させた。知らぬ郷で苦労をした妻子を慰めたい心と、疎開の記念に、引きあげる前に三朝、東郷、松崎、浅津、浜村、鳥取の諸温泉を廻り歩いた。どこの温泉もひどいおちぶれようで、旅館の内外も荒れ放題で、何一つろくな食べ物のない時であったけれど、それだけにそこの自然の風光と、湧き溢れる透明な湯だけは実に美しかった。特に三朝の湯の透明に澄み切っていて、しかもさらさらとしたその感触は、久しくこのような湯を見なかっただけに、心に沁み入る美しさが感じられた。この温泉めぐりから私は久しぶりに何首かの歌を作ることが出来た。精神のめざましい恢復であった。終戦の秋、山陰の温泉に家族づれで遊んで以来、私は別として家族のものは殆ど誰も温泉に行ったものはない。出来うるならば、今秋は、信州や北陸の温泉へ子供づれで遊びにやりたいと思っている。秋の温泉は自然によく親しめる静かな山岳地帯がよいように思う。

（浦西和彦）

前川しんすけ　まえかわ・しんすけ

*昭和二十二年（月日未詳）〜。大阪府に生まれる。東京デザインカレッジ卒業。漫画家。昭和五十五年「中町銀座商店街」で文藝春秋漫画賞を受賞。

箱根堂ガ島温泉《はこねどうがしまおんせん》 〝お湯くらべ〟《〝おゆくらべ〟》　エッセイ

〔作者〕前川しんすけ

〔初出〕「旅」昭和六十年九月一日発行、第五十九巻九号。

〔温泉〕堂ガ（ケ）島温泉（神奈川県）。

〔内容〕堂ガ島温泉は江戸時代に「箱根七湯」といったときからの、古くからの温泉場だ。箱根湯本からの登山電車を「宮の下」で下車して、ケーブルカーに乗るのが「対星館」、ロープウェーで降りて行くのが「大和屋ホテル」である。降りてみると二軒が隣合わせで、軒を接して建っている。前者はフロント・ロビーとホテル的で、「カギ方式」の「国際観光旅館」、後者はフロントというよりは「帳場」で、引き戸方式の「日観連」。温泉は、前者は「野天風呂」。岩風呂の向こうに天井のない野天風呂。後者は、「太閤夢の岩風呂」。温泉源は堂ガ島でなく、豊臣秀吉が小田原の北条氏を征伐に来た時、石風呂に入浴した底倉からひいている。前者は一泊一万二千円、後者は一万三千円。部屋は、後者のほうが広く、欄間やわき床、船底天井と、日本旅館の風情がたっぷり。前者には「対星館庭園」という五万坪の大庭園がある。松本清張の「蒼い描点」のモデルの旅館はどちらなのか、両方ともあてはまらないのではないかという。

（浦西和彦）

前田河広一郎　まえだこう・ひろいちろう

*明治二十一年十一月二十三日〜昭和三十二年十二月四日。宮城県仙台市川内大工町に生まれる。宮城県立第一中学を中退。小説家。「三等船客」「赤い馬車」など。

夏の温泉《なつのおんせん》　エッセイ

〔作者〕前田河広一郎

〔初出〕「温泉」昭和二十九年八月一日発行、第二十二巻八号。

〔温泉〕東山温泉（福島県）、森ケ崎鉱泉（東京都）、藪塚温泉（群馬県）、角間《かくま》温泉（長野県）。

〔内容〕中学の三年ごろ会津の東山温泉に出遇《でく》わして、すばらしい発見をしたような気持ちになった。それからアメリカにわたったが、十四年たっても、東山のようなところにはおめにかからなかった。三十三で日本へかえった。はじめに出かけたところは、森ケ崎だった。どうも東山のような気分が出ない。それから腎臓をわるくし、手足に浮腫が来て、疥癬ようのものが出る。上州の藪塚がいいと聞き、躑躅のきれいなころ行ったが、わかし湯で、二週間ほどいた。葉山嘉樹から疥癬なら角間がいいと書面がきたので、角間へ行った。山桜がまっ盛りだった。お湯も軟かくて、癖がなく、量もたっぷりしていた。どうやら十七八年前の東山の触感をおもいおこさせた。角間温泉の主人、山本虎次郎君は下界ずれはしていなかった。

（浦西和彦）

前田夕暮《まえだ・ゆうぐれ》

＊明治十六年七月二十七日～昭和二十六年四月二十日。神奈川県大住郡大根村南矢口（現・秦野市）に生まれる。本名・洋造。神奈川県立郡共立中学中退。歌人。尾上柴舟に師事し、車前草に参加。歌集に『生くる日に』『耕土』など。『前田夕暮全集』全五巻（角川書店）。

温泉町の一日《おんせんまちのいちにち》　エッセイ

〔**作者**〕前田夕暮
〔**初収**〕『雪と野菜』昭和四年三月二十五日発行、白日社。
〔**全集**〕『前田夕暮全集第三巻』昭和四十七年九月二十日発行、角川書店。
〔**温泉**〕伊東温泉（静岡県）。
〔**内容**〕朝食後、猪戸の方面を散歩する。出来湯のところに出る。野天田圃の低い一部が湯の池になっていて、盛んに湧き出る。その流れで女達がかたまって洗濯していた。ある別荘の庭にユーカリの花が咲いている。南国情調ともいう気分になる。海岸に出る。伝馬に氷を積んで行く。初島が洗われたようにきれいに見える。午後、妻と子供とを連れて祐親の墳墓へ行く。葛見神社の前に出る。その周囲十数人でも抱えきれぬという樟の巨木を見る。樹齢五千年とある。物凄く、霊を感得した。細い急坂を登る。古びた五輪の塔が伊東祐親の墓である。懐古の情を起させる。下田街道に出て逆川の対松軒に行く。妻や子供達は浦島だんごを二皿ほどたべた。この茶亭には天狗の詫状をはじめ、日蓮、定家、光圀等十何種の宝物があるとの事。薄暮、宿に帰り、湯に入って一杯かたむける。伊東に来て毎晩一本ずつ晩酌をやるようになって仕舞った。
（浦西和彦）

浴泉日記《よくせんにっき》　日記

〔**作者**〕前田夕暮
〔**初収**〕『朝、青く描く』〈詩歌叢書第六編〉昭和六年六月十五日発行、白帝書房。
〔**全集**〕『前田夕暮全集第三巻』昭和四十七年九月二十日発行、角川書店。
〔**温泉**〕四万温泉（群馬県）。
〔**内容**〕七月十五日、私達は自動車で四万温泉の田村旅館に着いた。我等一行は奥新館の十七、十八号に通される。一行というのは矢代君と醍醐君と私と、私の十二歳の娘妙子の四人である。私達は早速に約一哩程遠距離にある谷底の龍宮の湯というのに行く。谷川沿いの浴室までは、階段を約百以上も降りなければならない。その階段は下駄道の車道とスリッパ道の人道との複式になっている。谷底まで降りていくと、障子のたてられた二階建の部屋が両側にぎっしり並んでおり、路地と言った方が適切な通路がある。奥の方に進み、一段高い廊下に出る。白い壁がそそり立っていて昼でも暗い。ここを私は黒部渓谷だと言っている。その暗い渓谷を四五十間行って、右折し、左折して明るみに出た処に龍宮の湯がある。浴湯はしんしんとして青くたたえている。浴室の外は厚いガラスを通して金魚の金と赤との感覚が、川魚の銀に交叉して、その生の交響楽を色彩で表現している。私が五年もつづけて四万温泉に来たというのは、一つは渓谷美と、山嶽美に誘惑されたのであるが、その主要なる動機は旅館が如何にも自由で平民的であり、また何ということなしにこの土地が私に適合しているのである。旅館は部屋と寝具とを貸すだけで料理は一切外から入る。もっとも一人で七部屋か八部屋受持ちの炊事婦がいて、朝夕の飯と朝の味噌汁だけはこしらえてくれる。あとは料理屋から好きなものをとり寄せられるし、大抵は家族連れが多いので半自炊に適する様に用意してある。さて私達は午後、楓仙峡の河原に寝に行く。昼は暑いので、毎年谷川の河原に行くことに決めている。対岸に渉り着くと、ここに冷たく濡れた小石が私の寝床を、イタヤ楓や欅の若葉の下に展べている。青い苔のしめった手頃の石を枕にして仰向けに寝る。体の重みで自然に小石が平坦《なら》されて、一二度体の位置を変える迄もなく直ぐにぴったりとよく体にあうようになる。その冷々とした感覚は何という清々しさであろう。私達は寝ながら思う存分渓谷の涼味を味到する。そして、下《しも》の方の青い淵のなかに投げ込んでおいた西瓜がつめたくなる頃、起上り、河原でその西瓜を割って食べる。

（浦西和彦）

正岡子規　まさおか・しき

＊慶応三年（一八六七）九月十七日～明治三十五年九月十九日。伊予国温泉郡（現・松山市）に生まれる。本名・常規。東京帝国大学中退。俳人、歌人。「ホトトギス」を創刊。「俳諧大要」「歌よみに与ふる書」「病牀六尺」など。『子規全集』全二十二巻・別巻三（講談社）。

散策集　さんさくしゅう　句集

〔作者〕正岡子規

〔初出〕「鶏頭」明治二十八年九月発行、第二巻九号。

〔全集〕『子規全集第十三巻』昭和五十一年九月二十日発行、講談社。

〔温泉〕道後温泉（愛媛県）。

〔内容〕正岡子規は明治二十八年八月二十五日に松山に帰り、二十七日、松山中学の教師となっていた夏目漱石の寓居愚陀仏庵に移った。そして、健康もようやく回復し、九月二十日から十月七日まで、近郊に前後五回の散策吟行を試みた。その記録が「散策集」である。その明治二十八年十月六日の項に「今日は日曜なり　天気は快晴なり　病気は軽快なり　遊志勃然漱石と共に道後に遊ぶ　三層楼中天に聳えて来浴の旅人ひきもきらず」と書き、「温泉楼上眺望」の題で「柿の木にとりまかれたる温泉哉」と詠んだ。また、鷺谷より「道後をふり返りて」として「稲の穂に温泉の町低し二百軒」の句もある。

（浦西和彦）

正木不如丘　まさき・ふじょきゅう

＊明治二十年二月二十六日～昭和三十七年七月三十日。長野県上田に生まれる。本名・俊二。東京帝国大学医科卒業。小説家、詩人、医師。探偵小説「県立病院の幽霊」「手を下さざる殺人」「とかげの尾」など。

温泉と時代性　おんせんとじだいせい　エッセイ

〔作者〕正木不如丘

〔初出〕「温泉」昭和十三年六月一日発行、第九巻六号。

〔内容〕若い女の人がパーマネント・ウェーブをしているのを見て、僕等は、ちっともいいとは思わない。雀の巣の様に雑然としている毛を見て、醜いとさえ思う。しかし世の中が複雑となり、女の人の仕事も多くなって来ては、髪形などに時をつぶしていられなくなる。パ・ウェをして置けば、髪を洗っても朝起きても、櫛で二三回なでるだけでピッと一定の型に毛は落ち着く。パ・ウェと温泉とは凡そ縁の遠いものであるが、パ・ウェの真の意味を知らずに非難すると同様に、温泉の現状を非難している事があると思うので、先ずパ・ウェに就いて語ったのである。

温泉場が遊興の巷となる現状を、私なども慨嘆する一人である。天恵地霊の最たる温泉を、俗化するのは実に不届き千万である。こういう事になったのは、客と業者の共同責任である。遊興気分で温泉へ行く客があるから、温泉業者はそういう客に満足を与える施設にする。パ・ウェは時代性を与えて肯定して然るべきであるが、温泉に関する限りは、どうも時代性を認めて、温泉の俗化を肯定する勇気を私は持つことができない。温泉を遊興地化して、時代の力に適応して資本主義的営利を図りつつある間に、現在の非常時的時代性は遂に温泉地に迄波及して来る傾向がある。実際問題として、温泉は傷病勇士の療養に用いられつつある。温泉は恐らくこの非常時を機会として、温泉本来の使命を発揮して療養地に立もどるであろう。そして根拠のない時代性に幻惑されて起った資本主義的温泉宿が業績不振に陥る時がくるであろう。私がこういっても、現状に惑わされている温泉業者は耳を貸さないだろう。

温泉は本質的に療養に応用せらるべきものである。療養中心にして初めて温泉は万年の生命があるものである。現在こそ遊興気分で温泉を訪ねるものであるが、程なく温泉などよりも、もっと刺激の強いものでなくては遊興心をそそらなくなるにきまっている。温泉の医学的研究は非常な熱心さで日本でも行われている。程なく温泉は療養地としての本質的価値にめざめた人の集合地になるであろう。千年百年とはいわず四五十年の将来に目をひらいて温泉業者は、早急の方向転換をすべきであろう。余計な御世話だと黙殺するのは御自由であるが、腹が立ったり、又反対意見のある方達は、どうか喧嘩を買って出て貰いたい。私は温泉が好きだから心配で仕方ないのだ。

（郡山　暢）

あの頃の中房温泉

あのころのなかぶさおんせん　エッセイ

〔**作者**〕正木不如丘

〔**初出**〕「温泉」昭和三十三年四月一日発行、第二十六巻四号。

〔**温泉**〕中房《なかぶさ》温泉（長野県）。

〔**内容**〕今から三十年前、私の一家は東京に住んでいた。夏休みには毎年家人を避暑に出す事に決まっていたので、その年は思いきって山中暦日なしの温泉を選んで中房にした。私は東京に仕事があるので、土曜日の朝早く飯田町駅からまだ電化されぬためトンネルで鼻の穴をまっくろにして午後の四時頃松本に着き、そこで小箱のような汽車に乗り換えて、わさびの名所の有明駅で下車して、たった一台しかないハイヤーをつかまえて十二キロ先の一ノ瀬まで行く。この一ノ瀬の餅屋に家人は時刻を見はからって迎えに出ているのである。一ノ瀬からだらだらの上り道を徒歩で八キロ、もう灯のついている中房温泉まで家族六人で行くのである。中房温泉は北アルプスの燕《つばくろ》、大天井、常念、槍ヶ岳などの登山口で、海抜一千四百六十メートルであるから、真夏の東京の浅い眠りの疲れが一夜で回復する。ある土曜日の午後、汽車に酔って青い顔をしている一人の生徒を連れた先生と有明駅から一ノ瀬までハイヤーの相乗りをした。車が一ノ瀬に着いた時、先生に心配をかけぬようにと思って手早に賃金を払って運転台から下りた。その夜その先生は宿で聞いたとみえて、私が医者である事も知って礼にきた。東京からの生徒は二週間滞在するとの事であった。中房からつばくろ岳までは小学生でも日帰りが出来るので、早朝に出て夕方帰ってきた生徒達に、その夜何か話してくれと頼まれた。夕食後生徒達の集まっている広間へ行った。かわいい顔を並べた生徒達の後ろに先生が二人くびをのばしていた。私は高所へ来ると気圧が低くなって酸素が少なくなる事などを話し続けたが、ふと生徒の後ろにいる先生が居眠りを始めたのに気付いた。それと共に生徒達もあちこち眠りだして、一番前の列の四五人の子が無理に大きな眼をしているのがおかしくなった。「では今夜はこれでおしまい…」そう私が言って室を出かかった時、先生がキョトンと目をあけたのが一そう愉快だった。

（西村峰龍）

正宗白鳥　まさむね・はくちょう

＊明治十二年三月三日～昭和三十七年十月二十八日。岡山県和気郡伊里村（現・備前市）に生まれる。本名・忠夫。東京専門学校（現・早稲田大学）卒業。小説家、評論家。『正宗白鳥全集』全三十巻（福武書店）。昭和二十六年に文化勲章受章。

梅鉢草《うめばちそう》　エッセイ

〔**作者**〕正宗白鳥

〔**初出**〕『伊香保みやげ』大正八年八月十五日発行、伊香保書院。

〔**全集**〕『正宗白鳥全集第六巻』昭和五十九年一月三十日発行、福武書店。

〔**温泉**〕伊香保温泉（群馬県）。

〔**内容**〕ここの湯は熱すぎておれの体にはよくないと、妻に向ってしばしば云っていた。妻の方は折角来たのだからと、日に幾度となく湯殿通いをしていた。私は執筆と読書とを企《くわだ》てていたが、僅か十枚足らず書いただけで、しかもそれが物にならなかった上に、一冊の書物さえ読了《よみおお》せないで、二週間をぼんやり過ごした。「もう帰らう」と私は二三日云いつづけ、私達が出立を定めた翌日は、朝からいい気持ちに晴れていた。私自身は四五年前にN君に伴って榛名湖を見たことがあり、二週間の滞在中は、もう一度山登りをする気にはなれなかった。だが、いよいよお名残《なご》りとして榛名を眺めていると、妻にも見せてやりたいと思われた。妻が湯から帰ってくると、「一日延《の》ばして榛名へ行かうか」と突如《だしぬけ》に云った。私は女中に大急ぎで駕籠の仕度を命じた。山駕籠に揺られる気持ちは極めて不愉快なものであった。身体は窮屈であるし眺めは妨げられる。私は成《なる》べく目を瞑《つぶ》って自分の空想に耽《ふけ》っていた。駕籠から下りると、茶店に大勢の男女が休んでいた。ふと見るとS氏に違いない人が前に立っていた。互いに通り一遍の問答を取り交《かわ》した。S氏は私が世に出るについて表から裏から引き立ててくれた同窓の先輩で、十数年来の知り合いである。謹直な教師生活から急転直下して芝居者の中に伍して、女優との情事を謳われている人とはどうしても見えなかった。ここにいる連中は、Kという興行部の主任に、一直の女将らであるという。去年惜春会でちょっと見たことのある文学好きな藝者として有名なTも話しかけてくる。私達は暫く経って出掛けた。草原を通り抜けて湖水の一角が見え出した。「まあ、綺麗なところ！」と妻の感歎した声が聞こえた。湖水の見下される天神峠の茶店でまた一休みした。峠から神社まで下り半里の路であった。境内を見て廻った。旗亭で食事をし、私達は轎夫《かごや》を呼んで直ぐに立った。沼平へ来ると、榛名土産の秋草を手折るのが常例になっていると、轎夫は頻りに勧めた。梅鉢草という花が珍らしいと云って、轎夫は可愛らしい白い花をつけた梅鉢草を私に見せた。「この草は里へ持つて下りると付難いさうです」と、ほかの轎夫がいった。（浦西和彦）

真杉静枝《ますぎ・しずえ》

＊明治三十四年十月三日～昭和三十年六月二十九日。福井県に生まれる。小学校を卒業して台湾に渡り、台中高等女学校中退。小説家。著書に『小魚の心』『ことづけ』など。

硫黄のにほひ《いおうのにおい》　エッセイ

〔作者〕真杉静枝

〔初出〕「温泉」昭和二十六年一月一日発行、第十九巻一号。

〔温泉〕別府温泉（大分県）、北投温泉（台湾）。

〔内容〕身辺の都合で、よく九州へ旅行する機会があった。宮崎県への旅であるが、その往復に必ず別府温泉に寄る事ができた。私の、温泉についての記憶の最初のものとなっている。私にとって懐しい台湾の北投温泉と、別府温泉とは、同質なのであろうか、硫黄の強い臭がした。ある時この別府温泉で、新聞の社会欄で騒がれたばかりの、岡田嘉子と、竹内良一との一座の旅芝居をみた。舞台の声など全くききとれなくなるくらい、見物席がはやしたてた。嘉子はがまんならずに、楽屋の方へ消えてしまった。いったん幕が閉ったが、竹内が出てきて、藝のために一心不乱にやっていくつもりなのだから、弥次馬的に二人をみないで、何卒二人を藝の上に生かしてくれ、と切々と述べた。やがて見物席一同はどっと拍手を送った。そして暫くして、もう一度前のままの幕があいた。芝居の続きがはじまった。今度は、誰も弥次をあびせないようになっていた。私は、硫黄のにおいをかぐ度に、なぜともなく、この時の、弥次馬の見物席と、その舞台と、これに困った竹内の様子とを思い出す。（浦西和彦）

松尾いはほ《まつお・いわお》

＊明治十五年四月十五日～昭和三十八年十一月二十二日。京都市に生まれる。本名・巌。京都帝国大学医学部卒業。俳人、内科医師。高浜虚子に師事。句集に『摘草』『春炬達』『金婚』など。

白浜の宿《しらはまのやど》　エッセイ

〔作者〕松尾いはほ

〔初出〕「温泉」昭和二十八年九月一日発行、第二十一巻九号。

〔温泉〕白浜温泉（和歌山県）。

〔内容〕白浜へ行った時の事件であるが、厳密にいうと田辺での出来事である。白浜には数回行った。この時は向井博士の別荘に泊まり、翌日桔梗屋で俳句会があった。湯に浸りながら、海が見えるのがうれしかった。夜になると鯖を漁る漁火が海を掩い、対岸の湯崎の灯が美しい。次の日、医師会の懇親歓迎会が田辺市大浜館であって、田辺へ行った。夜は同市の松田博士の家へ泊まった。六日は日曜日であったが、松田夫人の君子さんに伴われて、新地にある坂東三恵鶴といふ坂東流の師匠の家へ行った。君子さんに踊って見せて貰う。そして、医師会で、肝疾患の治療ということを一時間ほど喋って、その夜は大浜館での「花みかん句会」へ行った。時間が早かったので、私一人で風呂へ入った。するとどやどやと裸体の女が「急ぎますのでご免やす」と三人入って来た。一寸驚いた。それよりも驚いたことは三人ながら背丈が高く、身体も均整の取れた、美人許りである。しみじみと二間と隔てない処で美人の姿態を観賞して、ソコソコに湯から上って、他の俳句連中に美人が風呂に居るから行って見給えとけしかけた。A一人が手拭を提げて出かけたが、直ぐに帰ってきた。先のお爺さんならいいが、あなたは困るといわれたという。宿の女中に聞いたら昨夜から宿泊しているファッションモデルの女達で、六時二十分の汽車で白浜へ行くとのことであった。何故私なら同浴がよくてA氏では悪いのかということが一時笑いながら論ぜられた。今百人の美人が裸で飛込んで来たとしても心を動かすことはないが、さりとて寒巌枯木三年寄り添っても温味がないと、換言すれば男性として何の魅力もないという事になると、少し淋しい気もする。（浦西和彦）

松川二郎　まつかわ・じろう

＊明治二十年（月日未詳）～昭和三十二年。福井県武生（現・越前市）に生まれる。新聞記者。著書に『南米と南洋』『名勝温泉案内』など。

名勝温泉案内　めいしょうおんせんあんない　案内記

〔**作者**〕松川二郎

〔**初版**〕『名勝温泉案内』昭和二年七月十五日発行、誠文堂。訂正増補版・昭和四年七月十日発行。

〔**内容**〕「名勝案内」と「温泉案内」の二部に構成された、初版では「温泉案内」の執筆は森川憲之助。「改版の序」に「世間にはなか〳〵理窟屋が多くて、「松川二郎著」と銘打ちながら、約半分は他人の著述をその儘併合して平気で居るとは怪しからぬ、など、抗議して来るのがある。（中略）内容の善悪は別問題として、おれは松川二郎の著書と思つて買つたのだと突込まれるに至つては、弥よ恐縮せざるを得ない訳である。／発行者も改版を希望し、森川氏もそれに異議なしといふので、こゝに「温泉案内」を書替へて、全部を私の手で纏めることになつた。序でに「名勝案内」の九州の部に若干増加し、新たに、極く大略ではあるが北海道及び朝鮮一周の旅をも加へ、且つ又鉄道線の延長・新設等に因つて交通関係の変化したやうな部分は全部訂正を加へた」とある。「温泉案内」は「東京近郊及房総半島」「箱根・伊豆地方」「両毛地方」「常磐地方」「磐城・岩代地方」「甲・信・越地方」「中部地方」「京阪地方」「紀州海岸」「北陸地方」「山陰地方」「中国・四国」「九州地方」「東北地方」の順に、日本全国の温泉を簡潔に紹介する。温泉地のほかに「付近名所」「旅館」が付記されている。旅行案内記である。（浦西和彦）

松崎天民　まつざき・てんみん

＊明治十一年五月十八日～昭和九年七月二十二日。岡山県落合村（現・真庭市）に生まれる。本名・市郎。新聞記者。著書に『ペン尖と足跡』『淪落の女』『銀座』など。

温泉巡礼記　おんせんじゅんれいき　紀行文

〔**作者**〕松崎市郎（天民）

〔**初版**〕『温泉巡礼記』大正七年八月一日発行、磯部甲陽堂。

〔**温泉**〕小川温泉（富山県）、和倉温泉・粟津温泉・山中温泉・片山津温泉・山代温泉（以上石川県）、安代《あんだい》温泉・渋《しぶ》温泉・浅間温泉（以上長野県）、飯坂温泉・東山温泉

（以上福島県）、那須温泉・塩原温泉・湯本（元）温泉（以上栃木県）、伊香保温泉・草津温泉・四万温泉（以上群馬県）、伊東温泉・伊豆山温泉・長岡温泉・修善寺温泉・吉奈温泉・湯ケ島温泉（以上静岡県）、湯河原温泉・箱根温泉（以上神奈川県）、別府温泉（大分県）。

〔**内容**〕「はしがき」「温泉巡礼図」「旅立つ前の記」「桜花に背いて」「加賀の歓楽郷」「信濃路春浅し」「白河関を越え」「青葉の那須路」「対話塩原温泉」「あの山この川」「豆相の別天地」「伊豆の渓間に」「箱根温泉巡り」「旅から帰つて」「別府温泉より」で構成されている。新聞記者をやりながら、その休日を利用した、大正七年四月から七月にかけての越中、能登、加賀、信濃、岩代、下野《しもつけ》、上野《こうずけ》、伊豆、相模らの温泉場めぐりである。章によっては書簡体、小説体で書かれている。歩いて来て感じた事は「避暑温泉地が多くて、避寒温泉地の少ない事」と「病人を専一とする湯治場が次第に衰退して、遊楽を本位とする温泉場が、次第に繁昌して来た事」であるという。山中温泉は、町の外形その他は、湯治場らしいにもかかわらず、宿屋の様子は料理屋または待合化しており、湯治場というよりは「遊興地としての色彩」の方が濃い。加賀路で美味い酒を飲んで来た口に、浅間温泉の酒は酒精分が強くて、一合も咽喉を通らなかった。飯坂温泉を遊蕩的の温泉場と観た僕は、飯坂以上に遊楽を本位として、夜を生命とする所というのが、東山温泉の印象である。那須温泉は山岳温泉であり、避暑温泉地であると共に、病気治療を専一とする湯治場である事に、価値づけられていると断定したい。不思議なのは伊豆伊東の温泉だという。特効ある病名の中に、肺結核をあげている。他の温泉場では、肺病患者を厭って、伊香保などは「肺病患者に大毒」などと声明しているのに、伊東温泉だけは、平気で肺病患者を迎えている。全く伊東の天然と温泉と海気とは、肺病患者のために、他にない楽園という事が出来る。伊東温泉だけが天下の肺病者を迎えている事実を心から喜ぶものである。なお「別府温泉より」は上野一也の執筆である。

（浦西和彦）

子の出来る温泉《このできるおんせん》　エッセイ

〔**作者**〕松崎天民

〔**初出**〕『伊香保みやげ』大正八年八月十五日発行、伊香保書院。

〔**温泉**〕伊香保温泉（群馬県）。

〔**内容**〕伊香保は塩原に対立すべき所である。渓《たに》の塩原に満山の青風を浴びた人は、山の伊香保で浴泉《ゆあみ》して、浪に似た山々のうねりを、初夏に眺めるべきである。伊香保には二三度遊んだ。今年は五月十一日、林田雲梯、松永夢山人と共に雨に行って晴に帰って来た。伊香保行には上野駅より高崎廻り小山行の汽車に乗るのが、都合が好い。前橋より渋川までの電車路に、上州群山の眺望をほしいままにすることが、多年の望みであったが、心憎い雨である。夕暮れの伊香保を仰げば、榛名の相馬嶽などを背景とする温泉町は、ショボ降る雨の中に閑寂としていた。伊香保の藝妓二人の他に、前橋よりも二人の藝妓が来て、しめやかに酌をしながら三味線をひいた。「今は僅に藝妓四五人と、淪落の女らしきが五六人、伊香保の夜に色町らしき情趣を添へ居れど、元禄寛保の昔は餅売湯女、給仕女、飯盛女など居りて、発展」していたようだ。明治年代になってからは、一時貸座敷十三軒、娼妓三十人余もいて、公然と営業していたが、例の群馬県の廃娼婦令によって、明治十六年より全滅し、今は僅に其の名残を偲ぶに過ぎない、と晩村君は慨然としていう。

現在、数十軒の温泉旅舎がある。大正六年には延人員三十万七千八百九十八人の入浴者があって、箱根などよりも繁昌していた。寛保年間より明治十一年まで、九回の大火事があった。伊香保の温泉は、塩類性含鉄炭酸泉、無色無臭透明の微温。慢性生殖器諸病、貧血諸病、僂麻質斯《りゆうまちす》に効能ある。世間では「子の出来る温泉」という。

　翌朝は雲梯居士と伊香保の町をそぞろ歩く。「東西三丁南北四丁の坂道町は、戸数四百人口二千余、温泉により生計せる町の家並は、山の勾配に従って段々となり、上の床は下の庇と相《あい》隣りとなっているのは、他には見られぬ風趣である。伊香保の浴泉客は、何をおいても一度は榛名山に登って見るがよい」。町の散歩より帰って、浴槽に入り、朝飯の膳に向かう。伊香保停車場を正午に出発し、午後六時近くに東京日比谷の寓居に帰った。「二日一夜の旅にして、思いは伊香保の山に飛ぶ。湯の町栄えよ、人に幸あれ」。

（浦西和彦）

松本清張

まつもと・せいちょう

*明治四十二年十二月二十一日～平成四年八月四日。福岡県企救郡板櫃村（現・北九州市）に生まれる。小倉市立板櫃尋常小学校卒業。小説家。「或る『小倉日記』伝」で第二十八回芥川賞を受賞。『松本清張全集』全五十六巻（文藝春秋）。

白い闇《しろいやみ》

推理小説

〔**作者**〕松本清張

〔**初出**〕「小説新潮」昭和三十二年八月一日発行、第十一巻十一号。

〔**初版**〕『白い闇』〈角川小説新書〉昭和三十二年八月発行、角川書店。

〔**全集**〕『松本清張全集第三十六巻』昭和四十八年二月二十日発行、文藝春秋。

〔**温泉**〕酸ケ湯温泉（青森県）。

〔**内容**〕信子の夫の精一は、仕事で北海道に出張すると、そのまま失踪した。信子は、精一の従弟で、商事会社に勤めている俊吉に相談する。信子は三年前に精一と結婚して、はじめて俊吉を知ったのだが、精一が粗野な性格なのに対して、俊吉は内気な性質である。俊吉には、夫にないものがあって、信子はぼんやりした好意をもっていた。信子は俊吉の助言を得て、夫の行方を探すが、手掛かりはなかった。やがて、精一には隠れた女がいる、相手は田所常子という青森のバーの女給で、自分が手紙の連絡係をしていたと、俊吉は信子に告白する。信子は田所常子に会いに青森へいったが、精一の消息はわからなかった。それから二か月ばかり後に、思いがけないかたちで精一に関係ありそうな消息がもたらされる。仙台で旅館を経営している常子の兄の白木淳三が訪れ、常子が青森県十和田湖に近い奥《お》入瀬《いらせ》の林の中で白骨死体で発見されたことを知らせる。白木は、妹の写真を持ち歩き、奥入瀬を中心に酸《す》ケ湯、蔦など八甲山麓の温泉場や焼山の部落、それから十和田湖畔にある旅館を尋ねまわったが、誰も知らないと言う。ただ酸ケ湯では、宿の女中が写真をみて、見たような顔だと言う。巡査が今年の梅雨ごろ、男客二人が宿料を踏み倒して朝早くボートに乗って湖上を渡り、対岸に逃亡した事があったことを聞く。精一が失踪して一年になろうとしていた頃、白木の招待で、信子と俊吉は十和田湖に旅行する。事件は意外な結末を迎える。

　松本清張は全集の「あとがき」で、某雑誌の企画で、カメラマンの林忠彦氏と編集部員と三人で、十和田湖へ取材旅行をした。浅虫温泉、酸ケ湯温泉などに寄り、五月半ばごろなのに峠の頂上の冬景色を見た。バス道路の両側は十メートルぐらいの雪の壁になっている。奥入瀬の方に下るにつれてしだいに春景色となった。急に新緑の光景となる変化は印象的だった。その晩は湖畔の子《ね》ノ口《くち》で泊まったが、「湖面には黒い雲が降りて波立ち、寒風に荒れていた。食事のときの県庁の人の話が、この小説の発想となった」と述べている。（浦西和彦）

蒼い描点《あおいびょうてん》　推理小説

〔**作者**〕松本清張
〔**初出**〕「週刊明星」昭和三十三年七月二十七日～三十四年八月三十日発行、第一巻一号～第二巻三十四号。
〔**初版**〕『蒼い描点』昭和三十四年九月発行、光文社。
〔**収録**〕『蒼い描点』〈カッパ・ノベルス〉昭和三十五年九月発行、光文社。
〔**温泉**〕箱根温泉（神奈川県）。
〔**内容**〕女子大を出て出版社に就職した椎原典子は、執筆者から好感を持たれる若手編集者である。典子の担当である女流作家村谷阿沙子女史の原稿催促のため東京から箱根温泉に赴く。そこで顔見知りのフリーライター田倉と出会う。彼が謎の変死を遂げてから典子は同僚の崎野とその事件を追い始める。村谷女史には代作者がいたという推定、女史の夫と女中の失踪、女史の精神病院への逃避など、事件は箱根を舞台に展開する。素人の二人が警察に頼らず、真相を暴くために頭を使い、知恵を提供しあって問答を繰り返すうちに二人の息がぴったり合ってくる。しかし解決の糸口が見つからない。田倉の妻とその弟、更には退院後の女史といった事件に関係のある人たちの相次ぐ失踪が真相解明を遠ざけてしまう。そこで第二の殺人が起こり、新たな人物への疑惑が生まれる。女史が自分で書いていないとすると代作者は誰なのか、そこに焦点を絞っていくとある人物が浮かび上がってきた。女史の父であり、法学部の教授、さらに文学者としても一家を成していた宍戸莞爾の存在である。彼はすでに死んでいるがその門下生に田倉や、典子らの勤める出版社の編集長白井がいたことを知り、事件は思わぬ方向に。尊敬する自身の上司をも疑い、関係のありそうな土地にはどんなに遠くても足を伸ばし、些細な情報を拾い上げて、崎野と典子の捜索は少しずつ闇に光を当てていく。（城弟優子）

波の塔《なみのとう》　推理小説

〔**作者**〕松本清張
〔**初出**〕「女性自身」昭和三十四年五月二十九日～三十五年六月十五日発行。
〔**初版**〕『波の塔』〈カッパ・ノベルス〉昭和三十五年六月発行、光文社。
〔**文庫**〕『波の塔』〈文春文庫〉昭和四十九年九月発行、文藝春秋。
〔**全集**〕『松本清張全集第十八巻』昭和四十七年一月二十日発行、文藝春秋。
〔**温泉**〕身延《みのぶ》線の途中のひなびたＳ温泉（山梨県の下部温泉がモデル）。
〔**内容**〕東京地検の青年検事小野木喬夫は、偶然に知りあった結城頼子と愛し合うようになる。頼子は身の上については一切語ろうとはしない。頼子は政治ブローカーの結城庸雄の妻であった。「自分の環境はあなたには関係ないことだから、自分だけを信じて、自分だけを見つめてほしい」と頼子はいう。小野木は休日になると古代遺跡などをたずねたりするのが趣味であった。小野木と頼子は、東京の郊外、横浜、甲州のＳ温泉などで、逢びきを重ねる。Ｓ温泉では、夜に台風が上陸し暴風雨にあう。電灯が消えた暗闇のなかで、頼子は「わたしには、夫があります」と告白する。列車が不通となり、二人は富士宮まで歩く。官庁の汚職事件で、小野木は結城の自宅捜索におもむく。そこで初めて頼子が結城庸雄の妻であることを知り、二人の体は凍りついた。庸雄は頼子の服に付着していた梨の葉から不倫の場所を割り出し、疑獄事件のもみ消しを図ろうとする。小野木は辞表を提出し、東京駅で頼子と落ち合う約束をする。しかし、頼子はひとりで新宿から列車に乗り、青木ヶ原の樹海に入って行った。昭和三十五年十月、中村登監督、沢村勉脚本、有馬稲子、津川雅彦らの出演で映画化された。

（浦西和彦）

風の視線《かぜのしせん》 推理小説

〔作者〕松本清張

〔初出〕「女性自身」昭和三十六年一月三日〜十二月十八日発行。

〔初版〕『風の視線』〈カッパ・ノベルス〉昭和三十七年八月発行、光文社。

〔温泉〕浅虫温泉（青森県）。

〔内容〕〝竜崎夫人〟と呼ばれ、若い芸術家たちに憧憬の眼差を寄せられている美貌の人妻亜矢子。亜矢子を心から愛する二人の男、敏腕新聞記者の久世と将来有望の新人カメラマン奈津井。奈津井は亜矢子への気持ちを断ち切るため、亜矢子の紹介によって交際期間なしの見合い結婚をする。

仕事の撮影で青森を訪れることになった奈津井は、浅虫まで花嫁に来てもらい、途中から東北を新婚旅行することになる。そして訪れた十三潟で死体に遭遇し、カメラマンとしての血が騒ぎ必死でシャッターを切る。そこで撮った写真に着想を得、展覧会に出品すると、反響が方々から起き、大手の雑誌社からも声がかかり、注目の的となる。新人育成に力を貸す久世は奈津井らにとって良き理解者である。しかし新婚旅行で松島に行っていたちょうどそのとき、亜矢子と久世の二人もそこに滞在していたことを知り、奈津井は二人の関係を疑いはじめる。亜矢子も久世も既婚者だがお互い結婚相手に対する愛情はすっかり冷め、惰性による結婚生活を続けている。二人の関係に気づいた亜矢子の夫重隆と久世の妻は、真相を確かめるべく動き出す。

不自然な結婚生活を送る奈津井夫婦は、破綻をきたし、妻は家を出る。そんなとき亜矢子の夫重隆は密輸の罪で逮捕され、交錯する人間関係に新たな展開が生じる。

（城弟優子）

Dの複合《でぃーのふくごう》 推理小説

〔作者〕松本清張

〔初出〕「宝石」昭和四十年十月一日〜四十三年三月一日発行、第一巻一号〜第四巻三号。

〔初版〕『Dの複合』〈カッパ・ノベルス〉昭和四十三年七月発行、光文社。

〔文庫〕『Dの複合』〈新潮文庫〉昭和四十八年十二月二十五日発行、新潮社。

〔全集〕『松本清張全集第三巻』昭和四十六年五月二十日発行、文藝春秋。

〔温泉〕木津温泉（京都府）、三朝《みささ》温泉（鳥取県）。

〔内容〕伊瀬忠隆は、流行《はや》らない小説家である。旅の雑誌「草枕」の編集次長浜中三夫に「僻地に伝説をさぐる旅」という紀行文の連載を依頼される。第一回の取材は浦島伝説がのこる網野神社である。近くの木津温泉の林のなかに死体が埋めてあるという投書が警察にくる。やがて現場付近の山林から「第二海竜丸」の文字のついた舟板らしいものが発見され、後日、白骨死体が出てくる。伊瀬は浜中と一緒に浦島伝説、羽衣説話、熊野の補陀落国渡海説話などの取材の旅を続ける。「草枕」の社長の奈良林保は、もと株屋で、不動産業でもうけ、道楽で雑誌を出している。「僻地に伝説をさぐる旅」の企画者は誰かと質問してきた計算狂の坂口みま子や「草枕」の編集長武田健策が殺される。北は網走、塩釜、東は成田、東京、熱海、戸田、大仁、三保の松原、西は京都、木津温泉、三朝温泉、鳥取県竹田村、兵庫県の神吉村、明石、淡路島、和歌山の友が島、加太岬などの土地が、北緯三十五度、東経百三十五度という線となってむすばれていることに、伊瀬は気づく。昭和十六年三月、東経百三十五度北緯三十二度三十分で機帆船が火災を起した。船長が機関長を殺し、放火したとして、懲役十二年で網走刑務所に下獄した。戦時中に禁制品を運んで儲けた船主が、その秘密を知り過ぎた機関長が邪魔になり、船員三人を買収して機関長を殺させ、その罪を船長になすりつけたのである。船長は昭和二十八年に出獄し、船主への怨念を息子にうち明け病死した。罪なき父にくわえられた裏切りに対する復讐なのであろうか。

（浦西和彦）

真山青果

まやま・せいか

＊明治十一年九月一日～昭和二十三年三月二十五日。仙山市裏五番町に生まれる。本名・彬。仙台医学専門学校中退。小説家、劇作家。「南小泉村」など自然主義作品で注目されたが、「平将門」「大塩平八郎」など多数の戯曲を執筆。『真山青果全集』全二十五巻・補巻五（講談社）。

温泉の宿

おんせんのやど　短篇小説

〔**作者**〕真山青果

〔**初出**〕「趣味」明治四十一年十月一日発行、第三巻十号。

〔**全集**〕『真山青果全集補巻二』昭和五十二年二月発行、講談社。

〔**温泉**〕湯河原温泉（神奈川県）。

湯河原は何うしても冬場所らしいです。夏は然う涼しい所とも思はれない。もとこの村は山の上にあつたらしいのですが、段々谿《たに》を切開いて下へ下へと降つたものと見えます。今は伊豆と相模の国境を流れる渓流藤木川に沿うて爪先上りに部落してあります。然し何を云ふにもやつと近来名を知られた極く新しい温泉宿ですから、家の建方にも庭の作りにも、他の湯の宿に見るやうな、奥暗い寂とか古味とか云ふ者がトンと無い。

〔**内容**〕T氏と私は、大急ぎの仕事があって、この温泉宿にきている。他の温泉宿のような曖昧屋らしい飲食店や首筋を白く塗った女どもを置いているようなところは一軒もない。しかし、東京に居るよりも仕事が出来ない。毎日郵便時に追い立てられて新聞小説を一回書き終わると、身体がグッタリしてツイ寝転んでしまう。二人顔を合わせると、必らず早く書き終わって東京に帰ろうと不平そうに零すのが常である。この頃は按摩を呼ぶのが癖になった。按摩は辰さんという四十三の小さな男である。福島県の伊達郡湯ノ村というところで生まれ、もう国を出て二十年の上にもなるという。私が仙台生まれであるというと、按摩は懐かしげにする。

明日はこの村の雑社、熊野権現の祭りである。流しの三味線が聞こえてきた。六十そこそこの老人である。藝は全く看板倒れであった。T氏も余程閉口した様子である。藝人の国は八方外ケ浜、秋田だという。身上話を聞くと、百姓が大嫌いで二十四歳の時に飛び出したきり、国へは帰らないという。去年の春、身代金二円五十銭で若い孫のような女子を一人連れて歩いたが、着物よりも日に三合酒を飲ましてくれという女子だった。その女を足尾の工夫頭に相談づくで売り、手切金二十円をもらった。藝人は何か一つ歌って帰っていった。T氏は書けるね、面白いと流して行く三味線を聞きながらいった。翌日、私が見附の松の下で稲田を見ていると、昨夜の藝人が秋風に吹かれて、伊豆の方へ行った。

温泉宿のできごとをスケッチ風に描いた作品。無署名「文藝新聞―今秋の小説壇」(「文庫」明治41年11月1日)に「青果のは普通の出来で、旅日記の面白い位ゐのもの、此中にあるT氏と云ふのは秋声ださうだ」とある。

(浦西和彦)

湯ヶ原日記《ゆがわらにっき》　日記

〔作者〕真山青果

〔初出〕「新潮」明治四十一年十一月一日発行、第九巻五号。

〔全集〕『真山青果全集補巻五』昭和五十二年七月十日発行、講談社。

〔温泉〕湯ヶ(河)原温泉(神奈川県)。

〔内容〕明治四十一年、国木田独歩の死後の紛擾その他から逃れて、徳田秋声と湯河原に行った時の日記で、九月十七日から十九日までしるされている。九月十八日には、朝起きて入浴し、温泉の湯が腸を整えるのに効果があるときいて「今朝より温泉一杯づつを飲む事と定む。炭酸を含むゆゑ、舌に軽くして好し。温度も丁度程合なり」としるしている。

(浦西和彦)

温泉の夜《おんせんのよる》　短篇小説

〔作者〕真山青果

〔初収〕『夢』明治四十二年五月発行、新潮社。

〔全集〕『真山青果全集補巻五』昭和五十二年七月十日発行、講談社。

〔温泉〕ある温泉地。

〔内容〕町外れの権現堂である。僕は堂の縁に背をもたせて、凝と町の家並を眺めている。温かい硫黄の気を帯びた湯の煙は、微に鼻を掠めて行く。二人ばかりの足音がした。宿の娘と小女とが僕を捜しに来たのである。僕を見つけると、娘は何と思ったか提灯を受取り小女を帰して、僕の居る傍へ寄って来る。「何う為《な》すつて？　××さん、皆さんが捜して被居《ゐらつしや》いますよ」。娘は提灯を吹消して、僕と並んで縁に凭懸《よりかか》った。「愈々お別さ、長い事お世話になつたね」。娘は何ともいわず、黙って僕の顔をみつめた。僕はこの時ほどこの娘の顔に情熱を見たことはない。潤《うるみ》を持った大きな目が美しく燃える。空には風が出たと見えて、梢を鳴らして、木葉は雨のように二人の体にふりかかるのである。

(浦西和彦)

丸岡明《まるおか・あきら》

＊明治四十年六月二十九日〜昭和四十三年八月二十四日。東京に生まれる。慶応義塾大学文学部仏文科卒業。小説家、能楽評論家。著書に『山は知る』『柘榴の芽』『或る生涯』など。

サウナと早春の湯《さうなとそうしゅんのゆ》　エッセイ

〔作者〕丸岡明

〔初出〕「温泉」昭和二十八年三月一日発行、第二十一巻三号。

〔温泉〕花巻温泉(岩手県)。

〔内容〕ヘルシンキへオリンピックを見に行った筆者が北欧式サウナに入った経験を綴る。オリンピック会期中、プレス関係者のホテルになっていた学生寮にもサウナがあった。備え付けの白樺の枝の束で互いに体を叩き合う。白樺の枝は森の匂いがする。フィンランド人はその匂いを愛好する。サウナは本来、湖水のほとりに一戸建てとして建てられるものだ。ヘルシンキの街を出た湖水のほとりに建つサウナでは、体を熱しては湖水に入り短い夏の太陽をいっぱいに浴びる人々の姿がある。オリンピック終了後の旅行で、クーサモという寒村に寄って本式のサウナを体験した。夜の十時頃、白夜に近い北国はうす明るく、サウナの途中で湖水に入った老人の姿が白く浮かんで見える。夜中に湖水に飛び込む勇気がないので、裸で草原に立ち空を仰ぐと星が輝いていた。サウナの中で葉の付いた白樺の枝に顔を埋めると深い森の匂いがした。筆者と共にこの家に招かれた日本通の米国人記者が、日本の温泉とフィンランドのサウナとどちらがいいかと尋ねる。牛と馬を比べるようなもので比較は困難であった。

日本で早春の雪国の温泉に行ったのは戦中のこと。冬の盛岡だった。たどり着いた宿の部屋には久米正雄氏の句が懸けてあった。翌日は花巻の温泉宿に泊まった。案内の若者から能狂言のM氏一行がこの地を訪れ、その中の某氏がこの宿で死んだことを知らされる。地方巡業を某氏に勧めたのは私で、すまないことをしたと思った。眠れない私の耳に、某氏の演じる姥ケ酒の笑い声が聞こえて仕方なかった。案内の若者が某氏といったのは人違いであると、東京に帰ってからわかり、私の罪も軽くなったが、この早春の湯は印象深い。　（古田紀子）

奥上州のひなびた湯と人情《おくじょうしゅうのひなびたゆとにんじょう》

エッセイ

〔作者〕丸岡明

〔初出〕「旅」昭和三十四年十月一日発行、第三十三巻十号。

〔温泉〕川原湯《かわらゆ》温泉・新花敷《はなしき》温泉・鳩ノ湯温泉（以上群馬県）。

〔内容〕川原湯の養寿館に着いた。渓谷まで七八十メートルの断崖の上に建っている。海抜六百四十メートル。湯は硫黄泉で摂氏七十三度。吾妻渓谷を「所謂天下第一の絶景と称えられる耶馬渓以上なり」と断言したのは志賀重昂だが、なんと仰山な不思議な形容詞を使ったものだ。ディーゼル・カーのこの長野原線は、戦時中、鉄鉱石積み出しのために開通したと聞くが、未だに鉱業会社の勢力が強いのか、渓谷の川上にある精錬所では、毎日小豆色の濁水を、この渓谷に放流している。私は画家の岡村夫二と釣竿を用意して来たのである。こんなにどろりとした小豆色では、魚がいる筈がない。せっかくの風景が泥足で踏みにじられているような有様に、義憤に近いものを感じた。川原湯の村は、渓谷に沿って、なだらかな坂道の片側に並んでいる。湯は透明できれいである。川原湯は、低山帯と高山帯の中間に位置して、千二三百種類もの植物が見られる宝庫だという。翌日、太子《おおし》からバスで野反湖にいき、夜は新花敷の関晴館別館に泊まることにした。野反湖は幾つかの発電所の蓄水池として三十一年に完成した人工湖である。湖水の北側から流れ込む細い谷川で小さいイワナを釣った。

新花敷の旧名は、尻焼温泉。川原の砂を掘ると、熱い湯が湧き、その湯で土地の者が、腰をあたためたそうである。長笹川の川原にあるが、この川も群馬鉄山の鉱毒で、川原の石まで赤錆た色に染っていた。湯の主成分はカルシューム。高血圧症の者にいいという。温度は摂氏の五十四度。新花敷から沢渡まで、所謂牧水コースの山道があるそうだ。新花敷の長笹川には、露天の湯が湧いていた。花敷には、橋のたもとに、共同風呂があるが、内湯はない様子であった。翌日、鳩ノ湯の三鳩楼に泊まった。その日の午後は、温川の上へイワナとヤマメを釣りに出て、翌日はシモの吊橋の際から川原に降りて、鮎を釣った。宿の湯殿は、母屋から屋根を葺いた長い廊下づたいにいった先である。明治四十三年に水が出て家が流され、そのあとに建てた湯殿だそうだ。大正二年の火事の時には、湯殿だけ助かったという。温泉は含食塩石膏泉摂氏四十三度と聞いた。湧出量は一日五石弱、日に三十人ぐらいの客が丁度いいところだという話である。

（浦西和彦）

湯本・鶯宿・釣りの二夜《ゆもと・おうしゅく・つりのにや》　エッセイ

〔**作者**〕丸岡明
〔**初出**〕「旅」昭和三十六年十一月一日発行、第三十五巻十一号。
〔**温泉**〕湯本温泉・鶯宿温泉（以上岩手県）。
〔**内容**〕雄物川の上流にある檜木内川で、アユの友釣りをするはずだったが大雨だったため、連れと二人、紹介された湯本温泉に向った。陸中川尻駅から自動車で向かう途中、北上川の各支流に、十個近いダムが出来、農地百二十町歩と約六百世帯の家が水没するということを聞いた。泊まった宿は、河鹿苑・和賀旅館で、川の様子を聞くと、アユはまだ解禁前で、上流でヤマメを釣るより仕方がないという返事だった。湯本温泉は、団体客の多い温泉場らしく、家が建て込み、町全体に素朴な風が全く見られないのは、つまらなかった。子規の句碑があって〝山の湯や裸の上の天の川〟の一句が虚子の句と並んで刻んであるそうだが、子規がこの句を詠んだ時とは、似もつかぬ町になっているに違いない。

午前中、猿橋という村のあたりで釣りをし、どこか山の温泉場らしいところへ行こうという話になった。宿の主人に相談すると、鶯宿温泉を薦められた。鶯宿という言葉の音に好感を持った。

バスで舛沢という停留所へ向った。女助山、左に男助山が見えた。途中、南畑や御所などという村で降りてみたかったが、停留所に自動車が迎えに来てくれているので諦めた。鶯宿には十軒ほどの宿が、川を挟んで立ち並んでいる。湯本の町を小規模にしたようなものだ。ここは数年のうちに、急に賑わって来たらしい。こうした町は、個性のない点がつまらない。ところが、泊まった加賀助旅館には、個性豊かな釣り好きの番頭さんがいた。彼と小岩井農場の中を流れる沢へ釣りに行った。鶯宿から来る途中、百合の花が農家の茅葺の屋根の頂上に咲いているのは、楽しい眺めであった。

（岩田陽子）

丸木砂土《まるき・さど》

＊明治二十五年一月十四日〜昭和三十一年七月五日。東京市日本橋区（現・東京都中央区）に生まれる。本名・秦豊吉。東京帝国大学法科大学独法科卒業。随筆家、翻訳家、小説家。翻訳に「西部戦線異状なし」、小説に「半処女」「新妻早慶戦」など。

湯田中温泉《ゆだなかおんせん》　エッセイ

〔**作者**〕丸木砂土
〔**初出**〕「温泉」昭和二十五年八月一日発行、第十八巻八号。
〔**温泉**〕湯田中温泉（長野県）。
〔**内容**〕私が信州湯田中温泉に出かけたのは、俳人一茶が好んで入湯したというので、その土地を踏んでみたいと思った為である。大湯の前の「一茶旧蹟如意の湯」と看板をかけた湯本館というのが、一茶が度々逗留した宿で、「私共俳人には、全く懐しいじゃありませんか」。この旅館の湯は、如意の湯という。こう一茶が名を付けたも道理。この家の先代其秋、希晦はいずれも一茶の門人で、一茶が「これがまあ遂の住家か雪五尺」と嘆じた越後柏崎は、この湯田中からも、大して遠くはない。その頃はこの湯本家の別荘が星川という湯田中の町境に流れる川の河原にあって、一茶はそこに寝泊まりしたそうである。一茶は、文政六年に「田中河原といふ所は、田の畔、あるはその蔭より、めでたき湯の福〳〵と出て唯徒らに流れ散りぬ」といって「雪散るや湧き捨ててある湯の煙」と書き添えている。また次の一節もある。「湯のある所は、山蔭ながら、絲竹の声常にして、老ひの心も浮き立て、さながら仙窟に入りしもかくやあらんと覚ゆ。十娘五嫂の舞ひ、遊女、くゝつの声、時ならぬ花の咲く心地す。かの上人の菩薩と見給ふも、宜なるかな。この楼に上れば、一時は衆苦を忘るる不思議の別世界なり。／三弦の撥で掃きやる霰かな」。この湯田中はよほど美人と音楽の「仙窟」だったのだろう。さて私は湯上りに湯田中の町をぶらついた。駅の構内で駅夫でもからかっていたらしい、桃割に白粉の、まだうら若い、羽織を着た少女が、夜桜の風景を案内してくれた。夜桜の下を引張られて行くと、こんな山の近くに、小ぢんまりと美しい一廓の夜景色は意外であった。一茶が書いた「絲竹の声」も「十娘五嫂」の意味もよく分った。少女は頻りに温泉に入って、身を温めたいという。「今から二十年も前の話ですから罪はありません」。

（浦西和彦）

【み】

三浦哲郎 みうら・てつお

＊昭和六年三月十六日～平成二十二年八月二十九日。青森県八戸市三日町に生まれる。早稲田大学文学部仏文科卒業。小説家。「忍ぶ川」で第四十四回芥川賞を受賞。『三浦哲郎自選全集』全十三巻（新潮社）。

忍ぶ川 しのぶがわ 短篇小説

〔作者〕三浦哲郎
〔初出〕「新潮」昭和三十五年十月一日発行、第五十七巻十号。
〔初収〕『忍ぶ川』昭和三十六年三月五日発行、新潮社。
〔収録〕『風の旅』〈芥川賞作家シリーズ〉昭和三十九年十月十日発行、学習研究社。
〔全集〕『三浦哲郎自選全集第一巻』昭和六十二年九月十日発行、新潮社。
〔温泉〕K温泉（岩手県の金田一《きんたいち》温泉がモデル）。
〔内容〕主人公の「私」には、六歳のときまで、兄が二人、姉が三人いた。六歳の春、二番目の姉が愛してはならぬ人を愛して自殺し、同年夏、上の姉が自殺し、秋に長兄が失踪した。学生寮から私立大学に通っている「私」は、寮の近くの料理屋忍ぶ川で働く志乃と識りあう。「私」を大学へ入れてくれた次兄が志乃と識りあうより三年前に失踪した。残った三番目の姉は、病弱で、目が悪く、「もはやこのさき、結婚は望めぬ人なのである」。「私」は暗い血の宿命を背負っていた。志乃もまた、不幸な女性だった。洲崎の娼婦街の射的屋の娘に生まれ、空襲で家が焼かれて栃木へ疎開し、母は死に、父の病勢は進むばかりで、一家は貧しく暮らしている。秋のおわり、志乃の父の容態が急変した。「私」は志乃が危篤の父に会ってくれというので、栃木へ行く。父の死後は、棲家だったお堂にも住めなくなり、一家は離散、私が志乃をひきとることになった。その年の大晦日、「私」は志乃をつれて故郷に帰り、家族だけでささやかな結婚式をあげる。父がとつぜん「高砂」を歌う。父は病気して以来、心がたかぶりすぎると右手がふるえる。舌がもつれ、声が喉にからまって、母と姉が「やめにしてくんしゃんせえ」と涙ぐんで歎願しても父はやめない。「私は、そうしてもつれあう三人の、はじめて味わう愉悦を想い、ふいに声をはなって泣きたいような衝動」に駆られた。その夜、「私」は、「雪国ではね、寝るとき、なんにも着ないんだよ。生れたときのまんまで寝るんだ。その方が、寝巻なんか着るよりずっとあたたかいんだよ」といって、素裸になって蒲団へもぐった。志乃は、ながいことかかって、着物をたたんだ。「あたしも、寝巻を着ちゃ、いけませんの?」「ああ、いけないさ。あんたも、もう雪国の人なんだから」。雪国の夜は地の底のような静けさであった。その静けさの果てから、鈴の音がきこえた。馬橇の鈴である。志乃が見たがるので、二人は裸のまま一枚の丹前にくるまって、廊下の雨戸をほそ目にあけると、「刃のようにつめたいひかりが、むごいほど白く、志乃の裸身を染める」のである。二人は翌朝、ひと晩泊まりで、町の駅から二つ目の、K温泉へ新婚旅行にゆく。町の駅をでてから、まもなく、志乃が「うち、あたしの、うち」がみえるとさけんだ。生まれて二十年、家らしい家に住んだことのない志乃が、やっと探しあてた「自分の家」を新婚旅行の汽車の窓から遠望できた喜びの声だった。

「忍ぶ川」は、昭和四十七年に東宝創立四十周年記念作品として、監督は熊井啓、「私」は加藤剛、志乃は栗原小巻で映画化された。

(浦西和彦)

初夜《しょや》 短篇小説

【作者】三浦哲郎

【初出】「新潮」昭和三十六年十月一日発行、第五十八巻十号。

【初収】『初夜』昭和三十六年十一月三十日発行、新潮社。

【収録】『風の旅』〈芥川賞作家シリーズ〉昭和三十九年十月十日発行、学習研究社。

【全集】『三浦哲郎自選全集第一巻』昭和六十二年九月十日発行、新潮社。

【温泉】郷里のちかくの鄙《ひな》びた温泉場(岩手県の金田一温泉がモデル)。

【内容】芥川賞受賞作品「忍ぶ川」の続篇。「私」は、まだ学生のころ、料理屋ではたらいていた志乃という二十歳の女と結婚した。志乃を「私」の郷里へつれ帰り、正月の二日、「私」の家族だけで結婚の宴をした。その翌日、ちかくの温泉場へ新婚旅行のまねごとの一泊旅行をした。その夜、「私」は志乃に子供を持たない決意を語った。「私」の六人きょうだいのうち、四人は自殺者か失踪者である。生まれつき目の悪い姉だけが残っている。「私」は、「私自身いつ亡ぼされるかわからない危険な血を、子供に分けるのが無性にこわくてならなかった」のである。冬の休暇があけると、「私」は単身、東京に帰った。私が卒業するまで、志乃は「私」の実家に残り、春休み、夏休み以外は別々に暮らした。その年の十一月、父から速達で、意外にも志乃が悪阻《つわり》であることを知らせてきた。翌日、「私」は急遽、郷里へ帰った。数日後、志乃は病院で中絶の手術を受けた。翌年三月、「私」はどうにか卒業し、結婚以来まる一年半ぶりにやっと二人だけの生活をもつことができた。けれども「私」には職がなかった。「私」は、毎日「私」のきょうだい一人一人の生涯を書きとめる仕事にしたがいながら、志乃とともに、ひっそりと暮らした。一年がすぎた。夏、郷里から父危篤という電報がきた。「私」たちは帰郷し、七日のあいだ寝ずの看病をした。七日目の朝、父は平凡に死んでいった。父の死の「尋常平凡」さに、肉親の異常さになれていた「私」は鮮烈な印象を受けた。それまで感じていた肉親への劣等感が、急にうすらいでいき、目の前がふしぎなあかるさを帯びてくるのを感じた。通夜のとき、母が「あんただけが、たよりだすけに」という。もはや「私」ひとりでも、志乃と二人の道でもなかった。「私」が道からそれて堕ちれば、他の三人も数珠つなぎになって堕ちるのである。「私」は、いまこそ、きょうだいの亡霊と訣れるべきだと思った。「私」は志乃に「子供を生んでくれないか」といった。「私」は、志乃の一と月を綿密に調べて、一夜をえらんだ。それは、「私」と志乃が夫婦として、「はっきりと生殖の意志をもち、自然のまま迎える初めての夜」である。「私」は志乃の受胎を信じていた。やがて、志乃に変調があった。慎重を期して、志乃は病院へ行き、「私」は途中の橋の上で待った。志乃は両手をあげて、ばんざいの恰好をし、坂を駆け降りてきたのであった。

（浦西和彦）

月夜の露天風呂幻想曲《つきよのろてんぶろげんそうきょく》 エッセイ

〔**作者**〕三浦哲郎
〔**初出**〕「旅」昭和三十六年十一月一日発行、第三十五巻十一号。
〔**温泉**〕入之波《しおのは》温泉・湯泉地《とうせんじ》温泉（以上奈良県）。
〔**内容**〕奈良県吉野郡川上村の、吉野川が発するあたりの谷合にある、入之波温泉に向かう。入之波という渓流沿いの部落に、泉湯三十九度の温泉が湧いている。泉質は、含食塩重曹泉。神経痛や動脈硬化症に効能がある。近鉄大和上市駅から、入之波まではバスで二時間である。入之波は、バス道路の両側に、一列に鼠色のひくい軒をつらねている部落であった。入之波温泉というのは、日之出館という宿に宿泊する。日之出館のちょうど対岸あたりの川原に湧いている、露天風呂である。ここには昔から、長いことかかけて温泉が整備され、これからという段になると、きまって天災が襲いかかってきて元の木阿弥になってしまうというジンクスがある。伊勢湾台風以後にできたコンクリートの低い橋を渡り、露天風呂に行く。木の枠で四つに仕切られた湯舟のうち、三つが台風の影響を受け土砂や岩石で埋まっていた。残された一つの湯はぬるく、木枠の外の岩石の間に湧いている湯の方が手頃な熱さであった。結局温泉には入らず、風景を写真に収めて宿に戻る。夕食後、宿の内湯の五右衛門風呂に入りながら、折角だから温泉に入ろうと決める。熱い方の湯へ入ると、意外に浅く、岩を枕に仰向けに寝ると、湯面は胸とすれすれであった。翌日、バスを乗り継ぎ、四時間二十分かけて熊野山中の十津川べりにある湯泉地温泉に行く。湯の星屋という、湯泉地温泉唯一の宿に泊まる。湯の星屋は、バス路線の道端に、ぽつんと一軒建っている。平屋に見えるが、実は崖縁に建っているので、後ろは崖の斜面に何階でも作れるのである。湯は、露天風呂ではなく、宿のうちで最も眺望のいい一角が浴場になっていて、五十三度の硫黄泉が勿体ないほど湧きあふれている。浴場の窓からは、谷間の風景が見え、吊橋の向こうに、吉野の山々が見えた。

（西岡千佳世）

湯の花の匂い《ゆのはなのにおい》 短篇小説

〔**作者**〕三浦哲郎
〔**初出**〕「小説現代」昭和四十年十二月一日発行、第三巻十二号。
〔**温泉**〕鳥子温泉（山形県）。
〔**内容**〕その山の湯の駅で汽車からおりると、つんと硫黄のにおいがする。あのときも、硫黄のにおいがつよくて、志津子はガーゼのハンカチで鼻をおさえていた。吉見は改札口を出た。もしかしたら、志津子もこの汽車にのったのではないか、そんな気がしていたが、どうやら思いすごしだったようである。吉見は、新館の二階に案内された。ちょうど五年前の今夜、川藻という部屋に泊まった。吉見が志津子と知りあったのは、五年前、彼が東北のS町に住んでいる伯母の藤江のところに厄介になっていたころである。伯母は生田流の琴をおしえていて、その弟子のなかに、叶志津子がいたのである。志津子は材木問屋の娘で、二十二歳だった。十五年前の夏休みに伯父の家で十日ほど遊んで帰ったことがあった。その時、かくれんぼをしたあと、みんなで写真を撮ったと志津子はいった。その翌日、子供のときの写真を持ってきて悪戯っぽく笑った。そんなことがあって、伯母の弟子たちのうちで志津子に最も親しみを持つようになった。吉見は学生時代に結婚したが、おとトし妻を寝取られて別れた。大学卒業後に勤めていた広告会社が、去年の暮に潰れ、酒と麻雀に明け暮れる荒れた生活をしていた。やつれたなりで帰郷したのに愕然とした父母は、伯母と語らって、吉見をなかば強制的に伯母の家の居候にしてしまったのである。

この前、志津子とこの鳥子温泉にきたときも、終列車で着いた。そのときの志津子はほかの男との結婚を間近に控えていた。九月の末に、伯母はちいさなおさらい会をひらいた。その慰労会で志津子も飲まされたらしく、目のまわりを赤くしていた。吉見は志津子を送っていくことになった。志津子は十一月に結婚をします、相手のひとは、F市の醤油屋の次男で、見合いですという。どうして私があのひとのところへ嫁《とつ》がなければならないのか、「抱いて。好きだったの。ずっと前から」と、志津子は吉見の胸で身をもんだ。彼は二人だけでどこかへいこうと、囁《ささや》いた。—あけがた、宿で、五年後の今夜またここで会うことを彼に誓わせたのは志津子である。志津子がきてもこなくても、どっちでもよい。自分はただ、帰郷したついでにちょっと寄ってみただけだ。女中が来て玄関を締めますけど、といった。窓を締めると、急に湯の花のにおいが部屋にこもった。

（浦西和彦）

漱石《そうせき》の「草枕《くさまくら》」情緒《じょうちょ》残《のこ》る小天温泉《おあまおんせん》

エッセイ

〔作者〕三浦哲郎

〔初出〕「旅」昭和四十四年十一月一日発行、第四十三巻十一号。

〔温泉〕小天《おあま》温泉（熊本県）。

〔内容〕「草枕」の舞台になっている那古井の温泉場というのは、現在の熊本県玉名郡天水町にある小天温泉である。筆者は漱石の足跡を辿るべく、「草枕」に出てくる峠の茶屋を目指す。漱石が雨に降られたとされるところまで行くと、道の両側の山腹が一面蜜柑畑であった。今の小天温泉には、旅館が一軒しかない。海岸道路から山裾の部落へ入る道の、すぐ左手にある那古井館という宿の二階の廊下に立つと、左手に蜜柑畑のなかに散在する家々と、その背後の蜜柑山、右手には広々とした田んぼを隔てて有明海の水平線が見える。汗を流そうと湯殿に降りると、流し場をカギ型に囲んでいる廊下のような脱衣場は、木の作りつけの長椅子や、戸のない脱衣棚などが黒々としていて、浴槽は飾り気のない石造りである。いかにも古い湯治場らしい風情である。湯は人肌ほどのぬるさだが、あがったあとは却ってさっぱりする。那古井館は草枕ゆかりの宿とうたっているが、実際に漱石が滞在したのは当時の前田温泉という宿である。その宿は今は漱石館としてほとんど廃屋に近い形で遺されている。

（城弟優子）

美川きよ《みかわ・きよ》

＊明治三十三年九月二十八日～昭和六十二年七月二日。横浜市に生まれる。本名・鳥海清子。大阪府立大手前高等女学校卒業。小説家。代表作に「恐ろしき幸福」「女流作家」など。

温泉行《おんせんこう》　エッセイ

〔**作者**〕美川きよ
〔**初出**〕「温泉」昭和二十五年九月一日発行、第十八巻九号。
〔**温泉**〕浅虫温泉（青森県）、赤倉温泉（山形県）。
〔**内容**〕温泉の好き好きは各人各説で、それほど温泉と云うものは性格が多種多様、人間の性格と相通ずるものがある。筆者は様々な旅の中でも、特に一人旅が好きで、一度その味を知ってしまうと病みつきになる。自分が何者かを知っているのは自分だけ、見栄も約束も無用、全くの自由の境地である。

若い頃は、寂しくなると旅へ出たが、旅へ出て寂しさがいきなり楽しみに変わるわけでは無く、寂しさの種類が変わることが救いであった。結局、我が身に斬りこんで来るような寂しさに耐える修行のためにしばしば旅にさ迷い出たらしい。その一人旅が癖になってしまい、団体旅行に混じると全く旅の自由を失い、我慢できないという変な癖がついた。しかし、この変な癖の為に命びろいしたことがあった。戦争中、南方へ行かされ、途中までは団体行動をしたが、途中から願いでて自由行動を許された。このわがままによって、山間部での死傷事故に遭わずにすんだ。筆者のわがままは、旅のみならず、その一生を支配している。寂しいからというより、実は人の世に自身のわがままが通らない時に旅にさ迷いでるのかもしれない。

筆者は古く忘れられたような場所が好きで、あてのない旅の目的地に未知の温泉を地図の上でよく探した。浅虫は汽車の窓から眺めるとほこりをかぶったような魅力の無い色であったが、雨にまぎれこんで行ったせいか、しっとりと古色がただよい部屋の下に浪の音を聞きながらとれたての新鮮な魚の味に満喫した。山中、山代、下呂と云うと有名な役者と同じように一度は観ておきたい気を起こさせるから不思議だ。

また、去年の夏、夫と赤倉へ行き豊富な湯に浸かりながら雄大な景色を眺めた。その時、宿泊料が箱根や熱海と同額はつらい気がした。宿泊料の心配をするお客は喜ばれないのだろうが、御ヒイキと云うのは細く長く続くもの、情けの深いものなのである。日本には旅好きな、自由な天地を好きらしい女が案外といる。身分の高くない人の方に多く、一様に屈託の無さそうな性格だけは共通している。旅しているうちに自然と風化していく変化なのかも知れない。

（西村峰龍）

三木慶介《みき・けいすけ》

＊生年月日未詳。写真家。著書に『カメラ・ハイキング』『登』など。

赤湯温泉《あかゆおんせん》　エッセイ

〔**作者**〕三木慶介
〔**初出**〕「旅」昭和五十八年十月一日発行、第五十七巻十号。
〔**温泉**〕赤湯温泉（新潟県）。
〔**内容**〕思い出の温泉は数多くあるが、苗場山の帰りに泊まった赤湯温泉は、印象の良かった温泉の一つだ。一軒宿の山口館は、数年前までは屋根に石を置いた昔風の建物であった。最近トタン屋根に改められたが、未だに自家発電もなく、ランプを使う。この宿は日本でも数少ない秘境の温泉といってもよい。川原には天狗の湯、薬師の湯、たまごの湯など四か所の露天風呂がある。どれも石を並べただけの天然の湯船なので、大雨が降ると流れに沈んでしまい、入浴できなくなる。再訪したのは、三年前の十月十八日。雨は降り止まず、夜半になってようやく雨が上がった。そこで懐中電灯を手に川原の露天風呂へむかった。空は満天の星で埋まっている。茶色の湯が天然の湯船からあふれ、白い泡となって流れていく。泉質は強食塩鉄泉。月を愛で、雨に洗われた紅葉の樹々の美しさを讃えて、一人露天風呂に入る。この至福の時のために、苦労してこの山の宿を訪ねたかいがあったとしみじみ思う。（浦西和彦）

美坂哲男《みさか・てつお》

*大正九年五月十八日〜平成十五年四月三十日。鹿児島県に生まれる。東京工業大学化学科卒業。温泉紀行作家。著書に『山のいで湯行脚』『湯けむり極楽紀行』など。

湯けむり極楽紀行《ゆけむりごくらくきこう》　紀行文

〔作者〕美坂哲男
〔初出〕「旅の手帖」平成元年五月号〜八年九月号。
〔初版〕『湯けむり極楽紀行』平成八年十月二十九日発行、トラベルジャーナル。
〔内容〕温泉に行き、「温泉分析表」が掲示してあれば、「温泉」と認めて入湯し、初めて入った温泉には番号を付けて記録する。著者が現在までに入湯した数は二千八百六十一湯である。そのなかから「私が初めて入湯してよかった」七十三の温泉を「北海道編」「東北編」「関東編」「中部編」「近畿編」「中国・四国編」「九州・沖縄編」と地域別に分類して紹介する。「あとがき」に、私は病気療養の目的で温泉に行ったことは一度もない、楽しむためにまたは仕事をするために入湯している、とある。そして、山小屋だけのひっそりした温泉、家族ぐるみの民宿の温泉、お人柄のいい経営者の温泉宿などを取り上げている。（浦西和彦）

三島由紀夫《みしま・ゆきお》

*大正十四年一月十四日〜昭和四十五年十一月二十五日。東京市四谷区永住町（現・東京都新宿区）に生まれる。本名・平岡公威。東京帝国大学法学部卒業。小説家。代表作に「金閣寺」「美徳のよろめき」「憂国」など。『決定版三島由紀夫全集』全四十二巻（新潮社）。

裸体と衣裳—日記《らたいといしょう—にっき》　日記

〔作者〕三島由紀夫
〔初出〕「新潮」昭和三十三年四月一日〜三十四年九月一日発行、第五十五巻四号〜第五十六巻九号（昭和三十四年八月休載）。

〔初版〕『裸体と衣裳』昭和三十四年十一月二十日発行、新潮社。

〔全集〕『決定版三島由紀夫全集第二十八巻』昭和五十年八月二十五日発行、新潮社。

〔温泉〕別府温泉（大分県）。

〔内容〕昭和三十三年二月十七日から六月二十九日まで、戯曲「薔薇と海賊」や小説「鏡子の家」などの執筆時期の日記である。三島由紀夫は、昭和三十三年五月三日に杉山瑤子と結婚した。新婚旅行に、六月十一日午後四時半、大阪の天保山桟橋から別府航路のるり丸に乗船し、十二日午前十一時に別府へ着く。すぐに高崎山へ行く。側へ来て肩に手をかける猿がいるが、その掌の触感には、実感的な馴れ馴れしさがあって気味がわるいという。杉の井旅館へ着き、別府湾を一望の下に見渡す大浴場に入った。夜、「銀」という、いかにも温泉町らしいキャバレーに入る。私の顔を知っているストリッパーがいて支配人に告げたので、店あげての歓迎になり、来合わせていた杉の井の番頭が、ダンサーの赤いスカートを腰に巻き珍妙なアリランを踊った。六月十三日午後二時から、地獄めぐりに出かける。地獄の動物園で、大正十四年生まれの、同い年の鰐に会った。誰の命名なのか、温泉の享楽地の名所が「地獄」というのはいかにも気が利いている。「地獄の名をきくだけでも、いかに享楽が完全なものとなる」ことであろうか。五分間隔で正確に噴き出す間歇泉がもっとも動的である。噴き出していないとき、噴水口はかすかに泡立っている。「湯が噴き出すのは、はじめ、細く迸ってあえなく崩れてしまうほどの繊細な姿が、たちまち膨脹して、岩屋の天井に達する湯柱になるのと同時に、何度か轟音を発し、最高潮にいたると、あたりは濛々たる湯気にとざされ」、池の全面をしぶきがおおって、頭上にも熱い飛沫の雨が落ちてくる。ものの三分ほどで完全に静まり、五分の正確な間隔を置いて、再び次の噴出がはじまる。この無気味な周期性が、却って「自然らしさ」を感じさせる。六月十四日午後一時四十分、温泉列車「ゆのか」で別府を発つ。この温泉列車は、各駅停車で温泉をめぐって、そのあいだ乗客を煤煙にまみれさせる。いやでも風呂に入りたくさせるようになっている、という。

（岩田陽子）

水上勉《みずかみ・つとむ》

＊大正八年三月八日～平成十六年九月八日。福井県大飯郡本郷村（現・おおい町）に生まれる。立命館大学文学部国文科中退。小説家。代表作に「飢餓海峡」「越前竹人形」「宇野浩二伝」など。『水上勉全集』全二十六巻（中央公論社）、『新編水上勉全集』全十六巻（中央公論社）。

おえん《おえん》　短篇小説

〔**作者**〕水上勉

〔**初出**〕「週刊朝日別冊」昭和三十六年三月発行。

〔**初収**〕『黒い穽』昭和三十六年五月発行、光風社。

〔**温泉**〕湯涌《ゆわく》温泉（石川県）。

〔**内容**〕久慈竹夫は、独学で司法試験に合格して検事になる。四十三歳の時、検事を止して総合研究所に入る。久慈は湯涌で行われる北陸三県の研究会に参加することを命じられる。湯涌は久慈にとって記憶に残っている場所である。昭和二十五年の秋、久慈がまだ浦和の検察庁にいた頃のこと、浦和市の新田裏で印刷工の戸叶の妻、戸叶みつ子が、青酸加里が入ったジュースを飲んで死んだのが見つかる。夫の殺人容疑が濃くなり、当局は戸叶を指名手配する。事件から一週間後、浦和検察庁に戸叶本人からの手紙が届き、それによって事件は明らかになる。戸叶は小さい時から、背がひくく、顔もみにくいので、人から馬鹿にされるが、おえんだけが彼をかわいがってくれた。それで戸叶はおえんが好きになるが、おえんは近くの温泉村へ嫁入りする。戸叶はおえんと似ているみつ子と結婚するが、彼女に裏切られる。「私の信じたおえんさんに似た女は、もうこの世にはいない」と思い、みつ子を殺した。その後戸叶は行方不明になり、事件は迷宮入りのままになった。研究会が終わって、久慈はおえんを訊ねることにする。おえんは浅見楼の当主と結婚したが、子どもがいない。その上、お客に犯されたということが噂になり、おえんは離縁された。その後、気がふれて土蔵に入れられた。戸叶の白骨死体が発見されるが、その発見の端緒となったのは、おえんの鏡台の引き出しから出た彼の少年時代の手紙である。浅見楼から戻ったおえんが、なぜ戸叶に会ったのか、会って何が起きたのかは、まだ謎である。

（趙　承姫）

飢餓海峡《きがかいきょう》　長篇小説

〔作者〕 水上勉
〔初出〕「週刊朝日」昭和三十七年一月五日～十二月二十八日発行、第六十七巻一～五十六号。
〔初版〕『飢餓海峡』昭和三十八年九月発行、朝日新聞社。
〔全集〕『水上勉全集第六巻』昭和五十一年十月二十発行、中央公論社。
〔温泉〕 朝日温泉（北海道）、湯野川温泉（青森県）。
〔内容〕 昭和二十二年九月、青函連絡船層雲丸は、台風十号に遭難し、大きな犠牲を出した。死者が五百三十二名出たが、その中に身元不明者が二人いた。同じ日に、函館から遠くない岩幌の町で火事がおき、全町の三分の二が罹災したが、層雲丸事故の大惨事に隠れて、世間はあまり目を止めなかった。樽見京一郎は、層雲丸事故の身元不明者二人と岩幌の殺人・放火事件とに関りがある人物と思われる。

　樽見京一郎（仮名・犬飼多吉）は京都府の熊袋という僻村に生まれ、父と早く死別し、母と二人で貧困な生活を送る。小学校を卒業して大阪の酒問屋で働くが、長続きせず、北海道倶知安の森村という開拓村の農家にいく。母に送金するため、泊町の漁業組合員の家へ忍び込んで三十円を窃盗する。だが、それがばれて、小樽裁判所で懲役三か月の判決を受ける。その後、網走刑務所を出所した木島、沼田と出会う。三人は、雷電山のふもとにあった朝日温泉で佐々田夫婦らと知り合った。朝日温泉は二階建てのひどく古びた宿で、玄関の柱や戸板が昔のにぎわった名残りをとどめていた。三人はその佐々田質店一家を撲殺し、大金を盗んだ後、放火する。この放火が、台風の影響によって、全町の三分の二が罹災するという大火事になる。三人は、函館に来て、ちょうど層雲丸事故の死体引き揚げで大騒ぎしている海岸警備のスキを縫い、逃亡する。途中、海上で樽見は木島と沼田を撲殺し、海へ投げ込む。その後、南下し、大湊の「花家」で杉戸八重と偶然巡り会う。樽見は、自分の挙動に不審をもった八重の口をふさぐために金を渡す。八重はその金で借金を返し、父親を湯治につれて行き、残金を握って東京へ出る。最初、八重は新宿、池袋の飲み屋で働く。だが、当時付き合っていた小川が東京都の公団のウドン粉を横領するという事件を起こした。事件によって、自分と樽見の関係が引き出されるのを恐れ、身を隠して、亀戸遊郭の娼婦になる。新聞に掲載された篤志家、樽見の写真を見て、八重は大恩人に会うために東舞鶴に行く。八重の出現によって、会社の社長であり、教育委員であり、篤志家である地位から奈落につき落とされることを恐れて、樽見は彼女を殺す。殺人容疑を逃れるために、一緒に住んでいた書生の竹中も殺し、二人が心中したように見せかける。函館警察署と舞鶴東署の努力によって、事件は明らかになり、樽見は逮捕される。樽見は、持船の北海丸で北海道へ事件の現地捜査に行く途中、津軽海峡で海に飛び込み、自殺する。

　この作品は昭和二十九年九月二十六日、台風十五号による青函連絡船洞爺丸の遭難事故と、同じ日に起きた岩内町全町の三分の二近くを焼いた火事から想を得て書かれたものである。

（趙　承姫）

越前竹人形《えちぜんたけにんぎょう》　中篇小説

〔作者〕水上勉

〔初出〕「文藝朝日」昭和三十八年四月、五月発行、第二巻四、五号。

〔初版〕『越前竹人形』昭和三十八年七月発行、中央公論社。

〔全集〕『水上勉全集第三巻』昭和五十一年七月二十日発行、中央公論社。

〔温泉〕芦原《あわら》温泉（福井県）。

〔内容〕越前に、戸数十七戸の竹神という部落があり、竹の名所であった。部落の人々は竹細工や農業で生計を立てていた。竹細工師を父に持つ喜助は、三歳の時に母を亡くした。身体は小さく頭の大きな容姿であった。父の後を継いで竹細工師になった彼を、ある日、玉枝という、三十歳ぐらいの女が訪れた。彼女は芦原温泉町の娼婦で、生前父がかわいがっていた女であり、父の葬いに来たのだった。喜助は彼女に母を感じた。彼は一遍で彼女を気に入り、半ば父に嫉妬する自分を感じるのであった。春になり、喜助は人づてに聞いて、遊廓街を訪れ、玉枝と会った。彼女は、父の墓参りの帰りに、大雪のせいで肺を悪くして寝込んでいた。喜助は玉枝から、生前父が作った、竹細工の人形を見せてもらう。そして、父の作った人形を自分も作ろうと考えた。玉枝の身体が回復して、再び喜助の父の墓参りに来たのを見て、喜助はいつしか、玉枝を嫁に迎えたいと考えるようになった。そして玉枝は喜助に嫁入りした。喜助は母代りとして玉枝を迎えたのであり、玉枝を抱くことはなく、あくまで彼女を母としてしか見なかった。

　ある日、喜助の竹人形を展覧会に出品したいという申し出があり、喜助は出品する。その人形を見た美術商が喜助を訪ねて来た。そして京都の人形問屋に喜助の竹人形を売り出したいという話を切り出し、喜助はそれも了承した。そこで、問屋の番頭がやって来たが、喜助は留守で、玉枝が応対した。実は番頭の忠平は彼女が島原で働いていた時の客だった。彼は昔を思い出し、玉枝は喜助への恨みから、二人は身体を重ねる。その夜、忠平が来た事を聞いた喜助は、翌朝人形を持参すると言った。玉枝は忠平と過ちを犯したことを深く悔いた。しかし、その過ちは妊娠という最悪の事態を生み、玉枝は喜助に説明出来ずに悩む。そこで、忠平に相談しようと身重の体で、京都へ向った。そして玉枝は忠平にお腹の子を堕ろすため医者を紹介してくれるよう依頼したが、忠平は責任逃れから、協力するふりをして結局断ってしまう。玉枝は今度は向島の叔母を頼ることにして向島の家へ行ったが留守で、叔母の仕事先の中書島へ行こうと宇治川を舟で渡る途中、お腹の子を生み落としてしまう。親切な船頭はやさしく介抱し、子は川へ流してくれた。無事に叔母とも会った玉枝は健康な身体となり、再び喜助の所へ帰った。しかし、ほどなく肺を悪くして喀血し、寝込んだと思う間もなく息を引き取った。喜助は母を失ったような気持ちとなり、跡を追い首を吊って死んだ。父、喜助、玉枝の墓は、三基並んで竹神部落の竹藪の中にひっそりと佇んでいる。

（佐々木清次）

木綿恋い記《ゆうごいき》　長篇小説

〔作者〕水上勉

〔初出〕「読売新聞」昭和四十三年十月十五

日〜四十四年十月三日。

〔初版〕『木綿恋い記』昭和四十五年五月発行、文藝春秋。

〔文庫〕『木綿恋い記』（上・下）〈文春文庫〉昭和五十三年七月発行、文藝春秋。

〔温泉〕別府温泉・湯平《ゆのひら》温泉（以上大分県）。

〔内容〕由布という名前は、村のすぐ背に広がる由布岳の名をそのままもらって付けられたのである。由布が十歳の時、父は仕事中の事故で石の下敷きになって亡くなった。父の死と弟の病気で、由布の一家は貧苦のどん底を這い回る。十五歳の時、由布は隣家の岩次に初恋をしたが、彼は志願兵として入隊し、一年目に小さな骨箱になって帰って来た。長年病気で苦しんだ弟が亡くなり、由布は家計のために別府に稼ぎに出る。別府の鶴の井という旅館で客間係として働くが、まもなく支配人から売春を強要される。鶴の井に泊まっていた草本と知りあい、ほのかな恋心を抱く。娼婦になりたくない気持ちと、草本からもらった勇気で鶴の井をやめて、湯平のときわ旅館に移った。ときわ旅館は鶴の井と違って、女中に売春を要求しなかった。朝鮮内乱が起きたことを機に、北九州の連合軍は日出生台に集結する。すると、売春婦らも集まって、ドル稼ぎに懸命になる。由布は母から東京へ行くことを勧められる。ドル買いが殺される事件が起きたことによって由布は再び草本と会い、また、彼から勇気づけられて、東京へ行くことを決心する。由布は、東京で出世して自分のマッサージ店を持っている関本に羨望を抱く。しかし、関本の出世は彼女一人の力ではないことを知ってかすかに失望する。由布はマッサージ師になることを諦め、愛川という男性と結婚した。結婚後、愛川が経営する会社は業績を伸ばし、会社も拡大、一戸建ての家も購入する。しかし、夫婦の仲にひびが入り、息子が生まれて間もなく離婚した。愛川は浮気相手であった会社のデザイナーと再婚し、慰謝料として、由布に一戸建ての家と五百万円を渡す。由布はその金で飲み屋と旅館の経営を始めた。ある日、旅館に選挙に立候補するために上京した草本が現われる。草本の出現は由布の胸にかすかな灯をともすが、それもしばらくのことであった。交通事故による草本の急死は由布に大きな悲しみをいだかせた。飲み屋と旅館は常連客で繁盛しつつあったが、親友であり共同経営者のとみ子が膵臓癌で急に世を去ってしまった。

（趙　承姫）

北国の女の物語

きたぐにのおんなのものがたり　長篇小説

〔作者〕水上勉
〔初出〕『北国の女の物語』（上下）昭和四十七年八月十六日発行、講談社。

〔文庫〕『北国の女の物語』（上下）〈講談社文庫〉昭和五十年一月発行、講談社。

〔温泉〕浅虫温泉（青森県）。

〔内容〕沖子は大正三年に尻屋崎で暴風雨によって起きた船の遭難事故の唯一の生存者である。当時沖子はまだ赤ん坊で、それに身元不明だったので、浄念寺の老僧に沖子と名付けられ、観音堂で堂守りのおしかと一緒に暮らすことになった。八歳の時、養母のおしかが亡くなり、沖子は老僧の斡旋で材木問屋岩本太兵衛の家の女中になる。その後、伊助という岩本商店の分店を経営する男と結婚するが、まもなく、彼は地獄谷の渓底に落ちて亡くなってしまう。夫の不慮の死に彼女は愛別離苦の悲しみを感じる。その時、沖子は身籠っていたので、岩本商店に戻って自分ひとりで子供を育てようと決心する。ある日、岩本家の三男の喜太郎が実家に戻ってきた。彼は、毎日ぶらぶらしながら売れない絵ばかり描いている。岩本家の長男夫人の嫉妬と夜遅く喜太郎の部屋に行ったのがうわさになったことで沖子は岩本商店を出て、海軍主計中佐の家の女中になる。喜太郎は要塞地帯の絵をアメリカや英国の要人に売るスパイ団の一人と疑われ、憲兵隊につかまえられた。そのことで、沖子はまた岩本商店に戻る。昭和十三年十二月九日、沖子は浅虫温泉の南部屋別館に女中として勤める。その後、息子の伊太郎を育てるために「住の家」の藝妓になった。大事に育ててきた伊太郎が遊泳中に心臓麻痺を起こし、溺死する。沖子が慕情を抱いた畦上甚太郎は沖子に求婚してまもなく結核で亡くなる。朋輩の葉子も業病で亡くなる。沖子は自分が大事にしていた人達が一人又一人とこの世を離れて行くのを見て人生虚空と感じ、仏教講演会に出席する。そこで、神山善照尼の講演を聴講して無常を悟るのだった。

（趙　承姫）

湯布院のこと　ゆふいんのこと　エッセイ

〔**作者**〕水上勉

〔**初出**〕「旅」昭和五十年四月一日発行、第四十九巻四号。

〔**温泉**〕由布院温泉（大分県）。

〔**内容**〕筆者の記憶の中の湯布院は、常に薄もやの中に埋もれている。春の野焼きの煙や山を覆う霧、温泉から湧きあがる湯気など、「乳いろのけむり」がどこにでも立ち込めているのだ。そんな景色の中に「二つの島」がぼんやりと浮かぶ。鶴見岳と由布岳の、てっぺんだけが島のように浮いている。ああ、これが霧島か、と思った。娘の入院のために湯布院に滞在していた筆者を霧が優しく包んでいた。

（山根智久）

湯布院　ゆふいん　エッセイ

〔**作者**〕水上勉

〔**初出**〕『日本紀行』昭和五十年九月二十六日発行、平凡社。

〔**温泉**〕由布院温泉（大分県）。

〔**内容**〕この湯の町が、急に脚光をあびるようになったのは、九州の熱海といわれるほど、高層ビル化した別府に絶望した人びとが、湯布院を奥座敷としてあこがれはじめたからであろう。ここには、頑固な町長がいて、町をコンクリートの道でうめることを意固地に拒絶している。九重町に近い湯布高原に山下湖という湖があって、そこのレークサイドホテルで七日間を過ごした。閑雅な温泉村の隅に、私を魅きつける寺や社《やしろ》やお堂があった。仏山寺は、昔は天台宗であったらしいが、いまは臨済宗になっていて、偶然ながら、私が八歳で得度した京都の相国寺と関係があった。まだ小僧だった頃に、相国寺の山内にいた緒方宗博老師が得度した寺である。仏山寺の風格は、樹齢五百年はあろう大杉の下に、でんと座った門にある。湯布高原の杉と人工湖はすばらしい。宗博老師の生家のある塚原へゆくと、「霧島大明神」という古祠がある。とっつきの神殿は、小さいけれど古いひわだぶきの千木ののっかった神社づくり。その軒や、柱わきにある飾り彫のすばらしいノミ跡に舌をまいた。村人が詣る以外に、参詣人とてない淋しい明神さんだ。湯布院ならではの自然といえよう。湯布院盆地のあちこちに、キリシタンの墓がある。由布院の領主であった奴留湯左馬助が信者で、里人千人が帰依したという。「亀の井」の主人が愛蔵するサイン帳や、文人墨客がのこした色紙をみると、与謝野寛、田山花袋、武者小路実篤、菊池寛ら、ずいぶん多くの人が訪ねている。「亀の井」のわきに、金鱗湖がある。この湖は半分は水で、半分は湯が湧くとのことであった。「亀の井」でたべた山菜料理も申し分がない。保存してあった猪の肉を鍋に、地酒を呑んだがとてもおいしかった。温泉は、山の裾の段になった村の中央にあって、ここの熱湯で卵もゆでられる。洗濯もできる。里人は朝から晩まで湯につかった生活で、悠長であった。七日いると、湯の源泉につかった卵のようにゆだってくる。自然よ守られてあれ。これは大変勇気のいることながら、観光のジャングルとなる刎れである。由布岳のけものの肌のような稜線が、里人にそうささやいている。

（浦西和彦）

水野葉舟

みずの・ようしゅう

＊明治十六年四月九日～昭和二十二年二月二日。東京下谷（現・台東区）に生まれる。本名・盈太郎。早稲田大学政治経済科卒業。詩人、随筆家、小説家。著書に『響』『葉舟小品』『村の無名氏』など。

伊香保へ行かざりし記

いかほへゆかざりしき　エッセイ

〔作者〕水野葉舟

〔初出〕『伊香保みやげ』大正八年八月十五日発行、伊香保書院。

〔温泉〕伊香保温泉（群馬県）。

〔内容〕もう十幾年か前、私がまだ学生の時分に初めて赤城にのぼった時の記憶である。赤城にのぼる道順の図を忘れて来たことに気がついた。私は不安心な、いら立った、不確《ふたしか》な心持ちがした。汽車が前橋についた。車夫が一人馳《か》け出して来た。「三の輪までいくら？」「四十銭です」といった。車は桑畑の中の灰埃の道を馳けて行く。私は車に乗ってるのに倦《う》み始めて来た。「赤城に行く道はこっちだね」と聞く。車夫は「赤城はあの山でさ。こっちの道とはまるで違ってますよ」といって、車を停《とめ》てしまった。「ぢやこの道は何処に行くんだね？」と、私は不思議そうに聞いた。「これは三の輪でさ」「三の輪？……赤城の三の輪ではないのか」「これは榛名さ、伊香保に行く道ですよ」「赤城の裾は小暮でさ」と車夫は言った。間違えたんだ。その小暮まで行ってくれとたのんだ。一里もこっちに来てしまった、増賃《ましちん》が欲しいという。「赤城の裾は小暮ですよ。赤城の三の輪は山の中でさ」と教えてくれた。それきり上州の土地に踏み入った事がない。その時に、赤城で三週間ばかりくらしていた間に、赤城の山の上から遥かに、榛名の全形を見、山のスロープの線をしみじみ見ただけである。甲州の山は、恐しく厳めしさが感じられる。山はいい、特に山の上の温泉はいい。人に真の清浄を教えるのは山だ。私はこれを書きながら、是非近いうちに伊香保に行って見たいと思う心が鮮明になった。

（浦西和彦）

水原秋桜子

みずはら・しゅうおうし

＊明治二十五年十月九日～昭和五十六年七月十七日。東京市神田猿楽町（現・東京都千代田区）に生まれる。本名・豊。東京帝国大学医学部卒業。俳人、産婦人科医。「馬酔木」を主宰。『水原秋桜子全集』全二十一巻（講談社）。

山霧の温泉

やまぎりのおんせん　エッセイ

〔作者〕水原秋桜子

〔初出〕「温泉」昭和二十四年九月一日発行、第十七巻九号。

〔温泉〕裏磐梯温泉（福島県）。

〔内容〕昭和十五年八月である。裏磐梯の磐梯ホテルを出て、四五人の友達と噴火の湯に向って登りはじめた。噴火の湯から樋によってホテルまで温泉が導かれている。登るに従って明治年間の大噴火によって山の崩れた痕が左手に展けて来るが、その磊塊たる岩の間には、もうかなりに大きく伸びた、木々が立ちまじっている。いつのまにか霧がかかりはじめた。私はこの時裏磐梯に遊んだのが四回目である。大きな温泉旅館で、いろいろ気苦労するよりも、こういうところに来て、全く楽な気分で遊んでいる方が、俳句作者にとっては便利だ。私は裏磐梯ばかりで、すでに百句以上も詠んでいる。間もなく噴火の湯に着いた。つよい硫黄の香が漂って来る。湯気がうすれると、山麓の農家の人達だろう、逞しい肩を並べて湯に浸っているのが見える。この人達は米や味噌を持って来て自炊しているのである。私達も昼餉をすませてから、この湯槽に浸った。十分に身体をあたためてから、湯元を見に行った。頂上の一角に現われた青空に、一羽の鷹の舞っているすがたが見えたので、「鷹まへり疾風《はやて》がやぶる霧のあひまに」と詠んだ。この日詠んだ句の中で、自分では一番好きなものである。

（浦西和彦）

梅咲く熱海《うめさくあたみ》　エッセイ

〔**作者**〕水原秋桜子

〔**初出**〕「温泉」昭和二十五年二月一日発行、第十八巻二号。

〔**温泉**〕熱海温泉（静岡県）。

〔**内容**〕一泊の温泉行で、寡作の私は俳句が十句も出来れば上乗の部である。ところが最近は不思議なことに、旅行後しばらくたってから、二句、三句と出来ることがある。この新春に熱海に行ったとき十句詠んだ。また九月に興趣乗って詠んだのが十句に達した。私は俳句を詠みはじめて三十年になるが、こういう経験は全く最初のことである。

この新春、熱海市の観光課から梅祭の行事として催す俳句会の選評を依頼され、家内も同行させ、馬酔木の篠田梯二君をも誘った。一月十日正午頃熱海に着くと、富士屋へ案内してくれた。夕方梅林を見に行った。花はさかりであったが、題材的にはたいしたものではなかった。夜、梅の花のよい薫りが漂っていたので、雨戸をあけ放しにして置きたかったのだが、熱海という土地は艶歌師が多く、それが幾組も垣を越えてはいって来るので、雨戸はよほど前から閉されてあった。梅の下に立つ艶歌師を想像して句を詠んだ。今度新しく詠んだ句を前に置くと、その夜の有様が一層よく思い出される。翌十一日、私達は朝の入浴後、伊豆山の方まで散歩に出かけた。磯で艶歌師の一組を見た。朝早く、しかも朝日をまともに受けた艶歌師は不思議な感じであったが、これも私は詠めると思った。伊豆山では、橙の句だけはうまく詠めなかったが、今度二句詠んだ。作者としてはあくまでも題材に執着する方がよい。いつまでも執着出来るような題材を発見することが大切である。梅というものは、私等の年輩の作者にとっては実に詠みよい題材であるが、それが梅林となれば、人工的の趣が加わるため、大分おもしろさが消えてしまうのである。

（浦西和彦）

御手洗辰雄　みたらい・たつお

＊明治二十八年三月二十三日〜昭和五十年九月七日。大分県に生まれる。慶応義塾大学卒業。政治評論家。

日本一の青空温泉と飛びきり冷たい寒の地獄《にほんいちのあおぞらおんせんととびきりつめたいかんのじごく》　エッセイ

〔**作者**〕御手洗辰雄

〔**初出**〕「旅」昭和三十四年六月一日発行、第三十三巻六号。

み

〔**温泉**〕由布院温泉・寒の（ノ）地獄温泉（以上大分県）。
〔**内容**〕人間が温泉を見つけたのは怪我をした動物が温泉に浸かっているのを見て後について仲間入りしたという伝説がある。その伝説がまだ残っている由布院温泉は正真正銘、青空天井の天然浴場、仕切りもなければ目蔭しもない、「八方碧落、人畜一所」のパラダイスである。それは世界最大の温泉都市といわれる別府と裏山一つ隔てた仙郷にある。今の由布院町は四村を合併した大山村であるが、中心の旧由布院村は盆地であった。盆地の底や周辺から温泉が湧き出し、湯の川となって流れている。近年別荘が建つので、泉源が濫用され、川の温度が下がったため、昔のように真冬も川の温泉というわけには行かなくなったが、春から夏の青空温泉はやはり昔ながらの原始気分である。由布院の名物は温泉以外に、夏の源氏蛍に厚い霧、秋の紅葉、冬の霧氷である。馬琴の名作『弓張月』に出て来る鎮西八郎為朝の伝説も名物のひとつである。
　九州の屋根といわれる九重火山群の谷底と高原に点在する玖珠十湯の内の九つが温泉であるが、一つだけは寒の地獄と呼ばれる硫黄の寒冷泉である。温度は摂氏十三度というが、地下の山清水は天然の冷却作用を受けたため、感じとしては氷点下十度以下、ちょっと手をつけても痺れる位、一分間と我慢できない。浴室の羽目板には耐浴時間？のレコードが書いてある。十分以上という辛抱強い人間はほとんどいない。

（鄒　双双）

み

皆川博子　みながわ・ひろこ

＊昭和四年十二月八日〜。東京に生まれる。東京女子大学外国語科英語英文学専攻中退。小説家。「恋紅」で第九十五回直木賞を受賞。著書に『散りしきる花』『死の泉』など。

山陰の露天風呂へ女二人の〝湯遊《ゆうゆう》〟紀行《さんいんのろてんぶろへおんなふたりの〝ゆうゆう〟きこう》　エッセイ

〔**作者**〕皆川博子
〔**初出**〕「旅」昭和六十二年一月一日発行、第六十一巻一号。
〔**温泉**〕三朝《みささ》温泉（鳥取県）、玉造温泉（島根県）。
〔**内容**〕「おいしいものたっぷり食べて、のんびり温泉」に入りませんかの誘いにのって、編集者のFさんと二人で、山陰の三朝温泉と玉造温泉に出かける。倉吉に三時半下車。上古川に鋳物師の工場を訪ねる。鋳物師斎江《さいこう》家は、樹齢三百年の巨大な椋の木が目印になる。椋の葉を青銅製品の仕上げに使用するため、鋳物師の家には椋の木が必ず植えてある。残念なことに、「小鴨鋳物発祥の地斎江鋳物資料室」は閉ざれていた。倉吉に戻り、二軒ある昔ながらの鍛冶屋さんを見にいき、白壁土蔵の古い家並の間を散策した後、三朝温泉の依山楼岩崎にチェックイン。島崎藤村が「山陰土産」で紹介した宿である。ここには、大浴場、露天風呂、庭湯、婦人風呂と四つあるが、「大浴場は、ああ（皆川注　溜息）、男性用なのである。そうして、露天風呂は、男性用大浴場の脱衣場を通り抜けなくては入れない」のである。夕食は、解禁早々の松葉蟹。満足して、食後の散歩。橋の上から、河原湯を見下ろす。河原に下り、小さい露天風呂に、決然と、脱いで、とびこんだ。この日の夜、私たちは、依山楼岩崎の男性大浴場の脱衣場を突破、檜の縁でかこまれた露天風呂に快く浸った。翌日は一日松江で遊び、キツネさんのいる稲荷神社に行く。玉造温泉の長楽園に泊まる。日本一大きい露天風呂で有名なのだが、混浴。夕食は宍道湖七珍といわれる鯉の糸造りとかスズキの奉書焼とか、シラウオの玉子とじとか、豪華な皿が溢れんばかりに並んだ。奉書焼は、下の方においしい脂がたまっているので下側の身から食べるべきである。空《す》いたので大露天風呂に行ってみた。星空の下で浴びる快感をおぼえた。Fさんは、小柄で、髪を短かくボブにしている。Fさんが湯煙のなかを泳ぎ進む姿を見て、男性のあいだから感嘆と畏敬の念をこめたざわめきが起きた。翌日、もうじき廃線になる大社線を利用して出雲へ。夕食は八雲本陣の「鴨の貝焼」。鮑貝の殻を鍋がわりに七輪にのせ、鴨の脂皮と骨団子を煮込んでコクを出し、野菜と鴨を煮ながら食べるのである。

（浦西和彦）

峰岸達 みねぎし・とおる

*昭和十九年（月日未詳）〜。群馬県高崎市に生まれる。青山学院大学中退。イラストレーター。峰岸達イラストレーション塾を主催。

ぶらり湯治場・志保の湯 ぶらりとうじば・しほのゆ エッセイ

〔作者〕峰岸達

〔初出〕「旅」昭和五十九年七月一日発行、第五十八巻七号。

〔温泉〕志保《しほ》の湯《ゆ》温泉（福島県）。

〔内容〕磐城塙駅からタクシーで二十分程で志保の湯に着いた。木立のうっそうとした山間に、カヤぶき屋根の古い大きな農家といったたたずまいの家が二棟建っている。別棟の二階に案内してくれた。こっちの棟は明治の中頃のものだという。先程の玄関のある方は、江戸の末期のもので、手斧削りの柱と、釘を一本も使っていないのが特徴だという。浴場に湯船が二つあり、大きい方の湯船には、天井から二本の滝がドボドボと落ちている。先客は誰もいない。湯は非常にぬるい。いや冷たい。あわてて飛び出し、もう一つの小さい暖かい方の湯船に飛び込んだ。冷たい温泉が特徴で、夏などあの滝にうたれながら、風呂につかっているのが気持ちがいいようだ。夕食は、鮎の塩焼、マグロの刺身、ワラビやゼンマイなど山菜の煮つけ、その他。更けゆく山間の一軒宿で旅情に耽りながら、ひと月前に生まれた子供の事などを考えていた。

（浦西和彦）

四万温泉―なつかしの湯町散歩 しまおんせん―なつかしのゆのまちさんぽ エッセイ

〔作者〕峰岸達

〔初出〕「旅」昭和六十二年十月一日発行、第六十一巻十号。

〔温泉〕四万《しま》温泉（群馬県）。

〔内容〕中之条駅からタクシーで三十分、四万温泉に着く。木造三階建て、元禄四年（一六九一）に建てられた積善館の、「山荘」という棟の一室に宿泊する。「山荘」は昭和十年に建てられた、桃山風純日本建築である。「大正ロマン風呂」と異名を取る本館の大浴場へ行く。五つの浴槽はそれぞれ温度が違う。川に面しているアーチ型の窓から、かじかとひぐらしの声が聞こえる。四万温泉の飲泉と温泉は、胃腸に良い。四万温泉は、四万川の渓流の下流より温泉口、小口、新湯、日向見の四つの地域に分かれ、新湯が一番賑やかである。元々は湯治場であった。積善館から歩いて三十分の温泉口まで行く。新湯界隈のみやげ物屋をのぞき、木刀など昔ながらのみやげ物を見て微笑む。温泉まんじゅうや手打ちうどん、そばの店が多いのが特徴である。気まぐれに川とは反対方向にある小道に入り、坂道を登ると、中之条第三小学校に辿り着いた。空色のペンキと赤い屋根が、背景の山の緑と見事に調和した木造校舎である。田村坂と呼ばれる急坂を登ると、天保五年（一八三四）に建てられた田村旅館がある。ここの売り物は、特徴ある浴場を七つはしごして入ると、幸福、健康、長寿が約束されると言われている「七湯めぐり」である。帰る日の午前中に日向見へと歩く。国宝の薬師堂のすぐ横に、四万温泉発祥の湯と言われる御夢想の湯がある。源頼光の四天王の一人である塩谷日向守定光が発見したと言われている。新建材とアルミサッシで出来た案外小さな建物の中に御夢想の湯はあった。

（西岡千佳世）

宮内寒弥　みやうち・かんや

＊明治四十五年二月二十八日〜昭和五十八年三月五日。樺太（現・サハリン）に生まれる。本名・池上子郎。早稲田大学英文科卒業。小説家。著書に『中央高地』『秋の嵐』『からたちの花』など。

海辺の野天風呂でたのしんだ式根島の三夜《うみべのやてんぶろでたのしんだしきねじまのさんや》　エッセイ

〔作者〕宮内寒弥

〔初出〕「旅」昭和三十四年六月一日発行、第三十三巻六号。

〔温泉〕足付《あしつき》温泉・地鉈《じなた》温泉・間々下《まました》温泉（以上東京都）。

〔内容〕伊豆七島の三宅島へ流人の史蹟を調べに出かけた私は、島送りの流刑囚たちを道中で温泉に入れて保養させたという話に興味をおぼえた。古文書にある泊《とまり》島というのは今の式根島のことで、明治二十年まで無人島だった。島の南岸に疫病の名湯として知られた足付、地鉈という露天の温泉がある。都下とはいえ簡単に渡れる島ではない。大島経由で定期船に乗り換えるのだが、風が吹けば船は来ない。足付海岸から西に数分、海岸の岩の間から湯が湧いているのが足付温泉。岩酸泉で無色透明、湧出場所では摂氏五十八度もあり、ユデダコで一杯飲むなどの話もあるが、満潮時にはぬるくなり入浴に適さない。好みの湯壺を選ぶのだがどこもやっと腰の辺り、そんなところから足付の名がついたのか。島の中央部から南へ十分ほど行くと断崖がある。降りて奇岩の連なる入り江に出ると、噴気充満、難病治癒の霊泉、地奈多（地鉈）温泉だ。無数の湯壺があり、湯加減の適当な所を選んで入浴する。硫化鉄泉で黄色、内科湯の別名がある。岩塊が転がり、命がけの入浴だったろうが、かつて危険を冒してまでも難病治癒の為に訪れたのだ。湯元は潮の干満に関係なく適温だが、湯壺によっては潮時に合わせなければならない。足付は夏の、地鉈は冬の温泉といえる。帰途、新島の間々下温泉を訪ねた。昭和十八年来、噴出を止めているが、百シーシー中塩分含有量四グラムという世界一の塩水泉なのだ。将来はパイプを引いて大衆浴場をつくる予定とのこと、体が浮いて入湯できない現象を見られるのが楽しみである。

（大川育子）

宮尾しげを　みやお・しげお

＊明治三十五年七月二十四日〜昭和五十七年十月二日。東京に生まれる。本名・重男。漫画家、江戸風俗研究家。

足踏み洗濯の残る奥津温泉《あしふみせんたくののこるおくつおんせん》　エッセイ

〔作者〕宮尾しげを
〔初出〕「旅」昭和四十七年十二月一日発行、第四十六巻十二号。
〔温泉〕奥津《おくつ》温泉（岡山県）。
〔内容〕岡山まで新幹線が延びたので、東海道筋から奥津温泉へ行くのも、時間的には早くなった。岡山で乗り換えて津山線で津山まで行けばあとはバスがゆるりと温泉まで運んでくれる。奥津温泉は、昔の呼び名で言えば、美作《みまさか》という地区で、美人の多いところと言われている。奥津温泉の湯は多量の放射能と微量のヒソを含んでいる。これは人形峠のウランの影響であるという。ウランの発見は敗戦後のことであるので、それ以前は後醍醐帝に従ってきた女官、召使たちに京美人系の者が多かったので、従女説が幅をきかせていた。奥津温泉は中国山脈の中央部にあるので観光温泉には成りきれないこともあって、いとも静かなたたずまいを見せ、湯原、湯ノ郷といった温泉と共に、古くから山峡の湯治場として、多くの人に親しまれてきた。普通に奥津温泉と呼んでいるのは、吉井川を渡って先の奥津を中心として、手前の大釣温泉、川西温泉が含まれている。大釣温泉は少し古い話だが、藤原審爾の小説「秋津温泉」のモデルに成ったところで、映画化された頃はいっとき評判になった。ここの温泉は単純アルカリ性なので湯上りは肌ざわりが軟らかく、すべすべする。ここでは洗濯棒を使わず足踏み専門である。これはまだ草深い時代に、熊に襲われた経験から、立ち上がって周囲を眺め警戒したので、足踏みが習性になった、その名残りだそうだ。ここの温泉では、錦川でアユやシラハエの獲れる時期には、ササ焼という郷土色のある料理を出す。（趙　承姫）

三宅周太郎《みやけ・しゅうたろう》

*明治二十五年七月二十二日～昭和四十二年二月十四日。兵庫県加古川に生まれる。慶応義塾大学文科卒業。劇評家。著書に『演劇往来』『文楽之研究』『演劇巡礼』など。

温泉の恵み《おんせんのめぐみ》　エッセイ

〔作者〕三宅周太郎
〔初出〕「温泉」昭和二十五年二月一日発行、第十八巻二号。
〔温泉〕新那須温泉（栃木県）、湯ケ島温泉・蓮台寺温泉（以上静岡県）。
〔内容〕芭蕉の句に「冬ごもりまたよりそはんこの柱」というのがある。それに似て温泉も本当は冬のものではあるまいか。しかし、私のように多忙な文筆者は、冬の温泉を楽しむなどの余裕はない。東京の暑さを逃れて、仕事をするために涼しい土地の温泉に出かける。忘れ難く、夏の疲れた心身の休養になったのは、東北の新那須温泉であった。昭和初期に「東京日日新聞」から頼まれて出かけたのである。三か月不眠で苦しみ続けた身が、一夜で心身爽快になった。あの頃の平穏で平和な新那須の平野も、今は敗戦国の侘しさに変ってしまっているのではなかろうか。震災前に湯ケ島温泉へ行ったことがある。正に別天地で清涼そのもの、人情朴訥、宿費も安くて大助かりだった。戦争中、三省堂の「歌舞伎鑑賞」の出版に着手し、伊豆の奥の蓮台寺温泉へ行ってみた。昭和十八年夏である。東京近海の船旅は危険視され、バスで行ったが、あの山ごしは大変だった。原稿は完成したが、既に文化物出版中止になっていた。その原稿も空襲で焼失。蓮台寺はこれも人情重厚、親切ないい土地であった。その宿の主人の田中さんは趣味性のあるインテリで、父祖伝来の温泉宿を風流半分にやっていて、悠々自適の生活は羨ましい。温泉好きの私は、この戦争で災難続きに出会ったせいか、この頃よく温泉宿の主人になってみたい気がしている。原稿書きの我々は涼しい温泉場に限る。温泉は私の人生には救いであり、大きな恵みであった。但し、いずれも戦争前の話である。戦禍で生活は無茶苦茶になり、今もって東京へ帰れず、京都に残留している次第だから、今は温泉がどうなっているか想像がつかない。

（浦西和彦）

京だより湯だより《きょうだよりゆだより》　エッセイ

〔作者〕三宅周太郎

〔初出〕「温泉」昭和二十五年七月一日発行、第十八巻七号。

〔温泉〕城崎温泉・有馬温泉（以上兵庫県）、白浜温泉（和歌山県）、美作の湯の郷（湯郷《ゆのごう》温泉）（岡山県）。

〔内容〕酒がうまく食い物がうまいといわれている上方も、温泉となると関東に押され気味である。京阪では悲しいかな城崎と有馬とがある程度である。私の知る京都のある大金持ちの商家の主人が、城崎は肴がうまいといっていた。これを私は不審に思っていたところ、戦災で京都に住む事になって、はじめてわかった。京都人はひどい粗食で、大変な倹約家だった。城崎は旅館によると非常にサービスがよく、肴そのものは二の次としても、コックの腕前はすぐれている土地だ。だから城崎に限っては一流の旅館をえらぶのが絶対に必要だ。人情は朴訥で親切丁寧は快い。だが温泉地としてのロケーションは有馬の方が一日の長がある。暑い大阪から行くと夏は別天地で、私は一と夏大阪で健康を害し、有馬にきて数日で恢復した。城崎や有馬は伝統があると共に古臭い温泉場だ。紀州の白浜は新興温泉で、大阪あたりの新興成金は戦後ここへなだれの如く押しよせて、大変な賑いを見せ、度をすごした種々の奇聞醜聞が伝えられた。それだけにここの温泉は一つの「事業」となっていて、何としてもあわただしい。私の知る某洋画家は、白浜にアトリエを持っているが、何ともがさつで落ついて仕事が出来ぬとこぼしている。私には少年時代に、岡山県の美作の湯の郷という温泉へ亡父につれられて行った快い記憶がある。山間の不便な地だけに人情は素朴、本当の田園情調のある閑静な温泉地だったと思う。

（浦西和彦）

関西の温泉《かんさいのおんせん》　エッセイ

〔作者〕三宅周太郎

〔初出〕「温泉」昭和二十九年十月一日発行、第二十二巻十号。

〔温泉〕片山津温泉（石川県）、有馬温泉（兵庫県）、別府温泉（大分県）、白浜温泉（和歌山県）、道後温泉（愛媛県）。

〔内容〕京都地方程幸運な土地はない。戦災を受けなかったので、敗戦後他国人の遊び場となって、ヤミ成金、インフレ大尽は、札たばを持って京都へ遊蕩に来た。悪銭を効果的に使うには、関西では京都以外にはなかった。不徳な儲けの酒色の浪費は京の町に集まり、繁華街は未だに深夜二三時迄、酒色のサービスがある由だ。だが天の裁きは公平で、京都には温泉がない。京都から比較的近い北陸線を利用すると、片山津温泉がいいらしい。何故か美人の多い土地で他国人の目をひく。硫黄泉なのが、人によると匂いを嫌うようだ。京都周辺では夏の限り、有馬温泉が快適ながら、高価で一週間と滞在するわけにはいかない。この片山津も相当高く、ここも長期滞在の客はすぐない。関西では金とひまとがあれば、別府が最上となっている。海辺の砂にころがっていると、下から湯が湧いて出て、温かい海水浴が出来る。湯と水との完備は、熱海どころの話ではなく、天下の行楽地であろう。昔から海と温泉とで別府は有名ながら、享楽の巷のみに終わっていない。勉強や養生に長期滞在をする場合でも、昔のよき伝統を守って今日でも自炊制度がある。そこで京阪中心と限れば、結局白浜温泉にとどめをさすのである。戦後のどさくさまぎれには、実に大変な変動があったらしいが、昨今はおちつきをとり戻したそうである。海へつき出た旅館は、夏など涼しくて静かで、インテリの仕事場としても最上である。四国の道後温泉などは、今でも昔ながらの閑寂で、野趣のある静養地と聞いた。京阪から船で行く不便な土地である。文化と素朴とは、いつの時代でも両立しないのは、人生の一つの悲劇であろうか。

（浦西和彦）

宮沢賢治 みやざわ・けんじ

＊明治二十九年八月二十七日～昭和八年九月二十一日。岩手県稗貫郡花巻町（現・花巻市）に生まれる。盛岡高等農業学校卒業。詩人、童話作家。詩集『春と修羅』、童話集『注文の多い料理店』。『新修宮沢賢治全集』全十七巻（筑摩書房）。

なめとこ山の熊　なめとこやまのくま　童話

〔作者〕 宮沢賢治

〔全集〕『校本宮沢賢治全集第十巻童話Ⅲ本文篇』平成七年九月二十五日発行、筑摩書房。

〔温泉〕 鉛の湯（架空の温泉）。

とにかくなめとこ山の熊の胆は名高いものになつてゐる。

腹の痛いのにも利けば傷もなほる。鉛の湯の入口になめとこ山の熊の胆ありといふ昔からの看板もかかつてゐる。

〔内容〕 なめとこ山には、熊捕りの名人の淵沢小十郎がいる。なめとこ山あたりの熊は小十郎を好きである。

ある年の春、小十郎は犬を連れて白沢をずうっと登った。夕方になり、去年の夏に作った笹小屋へ泊ろうと思って行くと、どういう加減か柄にもなく登り口を間違えてしまった。ようやく小屋を見つけた小十郎は、すぐ下に湧水があったのを思い出して、少し山を降りかけると驚いたことに、母熊とやっと一歳になるかならないかというような小熊が、丁度人が額に手をあてて遠くを眺めるといった風に、向こうの谷をしげしげ見つめているのであった。まるで二疋の熊のからだから後光が射すように思えて、釘付けになったように立ち止って見つめていると、親子の微笑ましい会話が聞こえてきた。小十郎は、その場をそっと立ち去った。

ある年の夏、小十郎が谷を渉っていると、木の上に大きな熊がいるのを見つけた。小十郎が鉄砲をつきつけると、熊はしばらくの間降りて飛びかかろうか、そのまま撃たれてやろうか思案しているらしかったが、いきなりどたりと落ちてきた。そして、「おまへは何がほしくておれを殺すんだ」と問いかけてきた。小十郎は、生活のためだと言うと、「二年ばかり待つてくれ」「二年目にはおれもおまへの家の前でちやんと死んでゐてやるから」と言って去って行った。それから丁度二年目のある朝、小十郎の家の前であの熊が倒れていた。小十郎は、思わず拝むようにした。

一月のある日、白沢から峯を一つ越えたところに行く途中、小十郎が休んでいると、いきなり犬が火のついたように咆えだした。小十郎が後ろを見ると、夏に目をつけておいた大きな熊が両足で立ってこっちへかかって来た。鉄砲を撃つが、熊は倒れず、犬がその足もとに噛みついた。と思うと小十郎はがあんと頭がなってまわりが一面真っ青になった。遠くで「お丶小十郎おまへを殺すつもりはなかつた」という声が聞こえた。小十郎は「熊ども、ゆるせよ」と思いながら死んでいった。それから三日目の晩、山の上の平らな部分の一番高い所に、小十郎の死骸が半分座ったようになって置かれていた。その顔は何か笑っているようにさえ見えた。その周りには、黒い大きなものがたくさん環になって集まり、教徒が祈るときのようにじっと雪にひれ伏したまままいつまでも動かなかった。

（西岡千佳世）

宮地嘉六《みやち・かろく》

＊明治十七年六月十一日～昭和三十三年四月十日。佐賀市に生まれる。小学校中退。小説家。「奇蹟」準同人。代表作に「煤煙の臭ひ」「或る職工の手記」など。『宮地嘉六著作集』全六巻（慶友社）。

温泉場スケッチ《おんせんばすけっち》 短篇小説

〔**作者**〕宮地嘉六
〔**初出**〕「新潮」大正十四年十二月一日発行、第二十二巻十二号。
〔**温泉**〕東北の狭い山間の温泉。

彼は此の温泉場に来てから、最早二週間になるので、硫黄性の激しい温泉の為めに両の股をたゞらせて、歩く時にはおかしい腰つきをしたが、かうなるのは此の温泉が身体にきいた証拠だと自分では云ふ。

〔**内容**〕東北の狭い山間の温泉町に、東京の歌舞伎役者市川団右衛門一座が来た。数台の俥の行列が劇場の前から出て、若葉屋の前で止まり、口上を述べ、割引券をばら撒いて行った。若葉屋の女中等はそわそわしていた。団右衛門一座の出し物は、一番目箱根霊験記、二番目先代萩、大切狂言は昔八丈白木屋お駒だった。満員で、花道際の高桟敷には土地のダルマ（酌婦の称）が猿芝居のお姫さん然とした顔を並べた。それに対向した高桟敷には若葉屋の女中達が並んだ。一座は三日間ほどうって去った。温泉町はまたもとの単調に帰った。若葉屋の表二階の架け出しの露台には、滞在客が曲木の椅子に湯あがりの身を投げかけて雑談に時を移していた。めいめいお膳を持ち寄り、藝者を呼んで晩餐会をやろうということになる。宴席は離れの二階の表座敷と定まった。自炊の客のお膳と旅籠の客のお膳が向かいあいに並んだ。酌婦が三人ほどやって来た。酒が予定より超過した。十一時頃宴会は終わった。発起人が、三等機関士はけしからん男だ、幹事のくせに、あのどさくさ紛れに僕の部屋に女中をつれ込んでふざけていたんだと怒っている。翌日、発起人は会費の割前追徴に朝から廊下を駆け廻った。露台では昨夜興った二つの珍事件が話題に上っていた。福島の歯医者と砂糖屋は「呼びリンの紐の先端が下敷になつてゐたのを気がつかなんだのですかね…」、お呼びですかと女中が何度も来たという。女中のお辰は三等機関士の仕打ちについて語った。その機関士は夕方料理屋から酔って帰ってきて、これから此所を立つという。お辰は、最初からあの人はそんなに沢山お金を持っていなかった、帳場へ預ったお金が五十円でした、花月で二十何円の払いが足りなくて、時計を預けて帰って来たんですよ、と気の毒と皮肉とを交えた微笑をただよわせながら云い足した。

村山知義は「年末創作評」（大正14年12月20日）で「肩のこらない読物。なかなかの達筆」と評した。（浦西和彦）

第二温泉場スケッチ《だいにおんせんばすけっち》

短篇小説

〔**作者**〕宮地嘉六

〔**初出**〕「新潮」大正十五年六月一日発行、第二十三年六号。

〔**著作集**〕『宮地嘉六著作集第四巻』昭和五十九年五月三十日発行、慶友社。

〔**温泉**〕××温泉（東北の温泉）。

「あそこは湯の温度が至つて低うがすで、冬の湯治場としちや不向きですが、湯の効能は無類でがすよ。尿道の病気なんどは三週間ゐりやきれいになほつてしまひますよ。とりわけ横根を切開したあとは癒りが早うがす。あの湯に一週間ほど入りや嘘のやうに傷口はふさがつてしまひますぢや。」

〔**内容**〕僕は友達の離婚問題の解決を頼まれて、出かけて来た。彼の妻君は主計少佐と姦通したのだ。彼は入婿の弱気と世間態を思って妻の不心得を感知していながらも一年間を我慢しぬいたと言う。彼はその解決方法に迷った末、横須賀海軍兵廠へ転任した。彼は転任後も毎月五十円ずつの生活費を不貞の妻に仕送っていた。そして二年が過ぎ、妻及び妻方の親戚から苦情の手紙が来た。

××という温泉場のあるところに、友達の妻君の親戚（伯父にあたる人）の家がある。△○駅から乗合自動車に乗る。土地の百姓らしい老人が話しかけてくる。××温泉場の宿屋の女中は大抵東京者で花柳病をなおすためにここへ来て、一年ぐらい給金なしで女中奉公をして、きれいに病気をなおして帰って行くそうである。共同浴場は、今では電灯がつくようになったが、昔はランプで、夜浴といって、夜の十二時過ぎに男客も女客も共同浴場へ行った。刻限が過ぎた真暗な浴場の板壁に円い火影を映して大勢が混浴したもんだ、と老人は云う。旅館は備前屋の若後家が人気者だというので、僕は備前屋に飛び込んだ。備前屋のどてらを着て共同浴場へ出かけた。浴場は一二三等に分けられており、ひどい出物に罹っている湯治客は三等浴場となっている。浴客は皆、ビール罎を一本ずつ携帯し、石の穴から吹き出る湯をそれに注ぎ込んでは湯槽の中で喇叭のみしている。彼等はのんでは流し場の向こうの便所へ放尿に出て行く。それが尿道の洗滌なのである。今日は一斗ほど飲んだとか、一斗五升飲んだと、互いに多量に飲んだことを誇りあっている。

備前屋に泊まったのはよいが隣室の客に腕時計を持ち逃げされた。盗難届けを駐在所へ持っていき、一時間前のことだから犯人を追跡してくれといったが、相手にされなかった。ところが、僕がこの土地の旧家臼井家に用談があって来た客であることがわかると、からりと態度を一変させたのだ。友人の妻君の伯父なる臼井弥左衛門氏は土地の有力者であった。

臼井家では僕が友人高橋健吉君から依頼されて来たのだと知ると、酒肴が出たりして、意外の歓待ぶりを見せた。離婚問題を早速きり出すわけにもいかなかったが、弥左衛門氏の方から言い出したので、高橋君には再び同棲する意志がないことをいう。弥左衛門氏はさっと顔色を変えて、理由を聞く。僕が、妻君の方にお間違いがある様子で、別れるより外に道はないと高橋君はいうのですというと、弥左衛門氏は初めて一切を悟ったらしかった。僕はその日のうちに帰途についた。

（浦西和彦）

み

宮脇俊三
みやわき・しゅんぞう

＊大正十五年十二月九日〜平成十五年二月二十六日。埼玉県川越市に生まれる。東京大学文学部西洋史学科卒業。ノンフィクション作家、元・中央公論社常務。「時刻表２万キロ」で第五回日本ノンフィクション賞を受賞。「最長片道切符の旅」「汽車旅12カ月」など。

丸窓電車と〝ステイション〟
まるまどでんしゃと〝すていしょん〟　エッセイ

〈作者〉宮脇俊三

〈初出〉「旅」昭和五十八年十月一日発行、第五十七巻十号。

〈温泉〉別所《べっしょ》温泉（長野県）。

〈内容〉軽井沢を通ると、昭和三十七年に廃止された草軽電鉄を思い出す。布引電気鉄道も昭和十一年に廃止になった。地方の小私鉄はつぎつぎと消えていった。だが、ここに踏みとどまっているローカル私鉄がある。上田交通別所線である。特急「あさま七号」は定刻十二時四十分に上田に着いた。左手に木造の屋根をのせた短いホームがあり、古びた電車が一両停っている。外装は、下半分が紺と紫と緑を混ぜたような色で、上部は淡クリーム、前後の扉の戸袋に楕円形の窓がある。この「丸窓つき車両」は五二五〇形といい、現在は三両が稼動している。昭和三年の製造で、上田交通のシンボルのようになっている。終着駅は別所温泉である。別所温泉駅舎は昔の西洋館ふうのつくり。駅から一本道の坂を上っていくと温泉場に入る。今様のビル旅館はなく、木造ばかりである。信州でも有数の温泉なのに、湯治場の雰囲気が漂っている。腰巻川という妙な名の川で、河畔のあちこちから湯気が上っている。三つの共同浴場のほかに温泉を引いた洗濯場もある。私たちの宿は、古くて立派な旅館だった。現在の建築基準法では木造は二階建てが限度だが、この旅館は四階まである。「石湯」という共同浴場がある。真田幸村の隠し湯で、岩風呂である。岩の湯舟に足先を突っこむと、ピリッとするほど熱い。しかし全身を沈めてみると、ちっとも熱くない。不思議な泉質である。入湯料は三十円であった。慈覚大師が入浴した「大師湯」の共同浴場にも入ってみた。

（浦西和彦）

三好達治
みよし・たつじ

＊明治三十三年八月二十三日〜昭和三十九年四月五日。大阪市東区南久宝寺町（現・中央区）に生まれる。東京帝国大学仏文科卒業。詩人、翻訳家。抒情詩人として活躍。『三好達治全集』全十二巻（筑摩書房）、『三好達治詩全集』全三巻（筑摩書房）。

あしつきの湯
あしつきのゆ　エッセイ

〈作者〉三好達治

〈初出〉「温泉」昭和十六年九月一日発行、第十二巻九号。

〈温泉〉あしつきの湯（足付温泉）（東京都）。

〈内容〉私の棲まっている小田原の沖には曇り日でなければいつも大島の姿が見える。秋の空気の澄み切った頃には三原山の噴煙さえもほのかに眺められる事がある。そのような、快晴の日には、大島の右手にあって、突兀《とっこつ》とした形の利島の影が模糊として浮かんで見える事もある。この海岸から見えるのはそれが限度で、その先の新島や式根島などはどうも見えないようである。式根島は周囲三里ばかりの小ぢんまりとして佳景に富んだまるで富豪の庭園のような小島である。私はとりわけあしつきの湯と言うのの眺望が好きである。そこからはその正面の水平線に三宅島、八丈島などの島影が見え、あたりは岩岩の磊磊《らいらい》とした荒磯をなして、背後には松の美しい小山を負い、頭上には毎日鷹がまっていた。温泉はその荒磯の岩の間の砂の中から、ふつふつと湧き出していて、潮が引いて海水が引くと次第に温度をまして肌に耐えない位に熱くなり、ついには砂が現われて温泉そのものが無くなってしまうのである。そうすると、再び潮が差して、ほどよく海水が侵入してきて温泉の出来上がるのを待たなければならない。やがてそういう時分になると、浴客がどこからともなく集まってきて、岩陰にめいめい着物を脱ぎすて、それを風にとられないために、恰好な重しをその上に載せておいてから、湯壺に集まってくるのである。その自然の海水温泉に、毎日かかさず顔を見せている九十歳ばかりの老翁がいて、いつも人々に取り囲まれて、翁が若かった時分の昔話をせがまれていた。新島、式根島が徳川幕府の流刑地であった時分の、流人の生活ぶりなどを私もまた村童達にまじって幾度か傾聴したものだった。

（西村峰龍）

あまりにも素朴だった下風呂と鳩ノ湯

あまりにもそぼくだったしもぶろとはとのゆ　エッセイ

〔**作者**〕三好達治

〔**初出**〕「旅」昭和三十六年十一月一日発行、第三十五巻十一号。

〔**温泉**〕下風呂《しもふろ》温泉（青森県）、鳩ノ湯温泉（秋田県）。

〔**内容**〕下風呂温泉が、北海道を除いた内地で、最北端に位置するということを知り、下風呂に向かう。東北本線の野辺地から、まっすぐに北上する大湊線、下北半島を陸奥湾沿いにひた走りに北上し、終点の大畑に着く。下風呂温泉はその先をバスで十キロほど走ったところにある。バスが止ったところに、二階建の旅館があり、温泉は旅館の地下室廊下から入った波打ち際にあった。その湯壺は、煌々と明るい浴場ではなく、大変薄暗かった。そして、ひたひたと打寄せる海の声がすぐ外に聞こえるため、風情があった。部屋からは真っ暗な沖べに一団一団連なっている漁り火が眺められた。町場や、町場を出外れた街道筋には、前夜の漁り火の獲物に違いない烏賊が、到るところに溢れていた。

十年ほど前、角館町の人々に案内されて、生保内からジープを走らせた。玉川沿いを北上し、十和田八幡平国立公園を右手にして高原の上を走り続けた。小高い展望台の四阿《あずまや》で、同行の五六人と素朴な酒盛りの茶碗酒を酌んだ。悪道を気永にゆるゆると談笑しながら北上すると、鳩ノ湯に着いた。鳩ノ湯温泉は生保内の北方三十キロばかりに当たる。僻地にふさわしいちんまりと小ぶりな旅館は、新築の美しい浴場をもっていた。ここではまだ石油ランプを吊っていた。

（西岡千佳世）

【む】

虫明亜呂無

むしあけ・あろむ

＊大正十二年九月十一日～平成三年六月十五日。東京湯島（現・文京区）に生まれる。早稲田大学文学部仏文科卒業。小説家、評論家。「シャガールの馬」が直木賞候補となった。『虫明亜呂無の本』全三巻（筑摩書房）。

ベルツの夢―草津温泉考《べるつのゆめ―くさつおんせんこう》　エッセイ

〔作者〕虫明亜呂無
〔初出〕「旅」昭和五十五年一月一日発行、五十四巻一号。
〔温泉〕草津温泉（群馬県）。
〔内容〕筆者にとって草津のイメージは暗い。草津は癩とか性病の温泉であるという固定観念が、頭の中にあったからである。当時、草津は忘れられた温泉だった。筆者は壮大な自然、常に変化する緑の樹海を眺めながら、北方系の植物の潤沢な量感が賛美できる、広々とした高原のサウナを愛好する。草津にも高原の爽快さを楽しむところがある、健康に申し分なく適う設備がある、そこを見てほしい、と言われて、草津に行った。草津ではベルツの銅像や、ベルツの名前を冠した「ベルツの森」「ベルツ通り」などの看板が目に入る。

ベルツがはじめて草津を訪れたのは、明治十一年のことである。エルヴァン＝ベルツは東京大学医学部教授として明治九年に日本政府の要請で来日した。ドイツに帰国したのが明治三十八年、実に三十年にわたって、日本の医学界に数々の貢献をした。そのベルツが埋もれていた草津を再発見し、その価値を再認識し、草津を日本のカルルスバートにしようとした。

曽祖父、祖父と代々にわたってベルツと親交のあった中沢さんの家は、江戸時代の初期から湯宿を営み、ベルツがはじめて草津に泊まったのは中沢さんの旅館であった。ベルツは、草津の温泉の量に驚嘆した。事実、湧出量は日本第二位である。また、ベルツは医学者として草津温泉のもっている医学的効果の絶大さに着目した。泉質は酸性泉で殺菌力が強い。そして、何よりもベルツの心をときめかしたのは、草津とベルツの生まれ故郷ビーティーハイム＝ビッシンゲン市との相似である。ベルツは草津に生まれ故郷を偲び、北方ドイツの温泉の面影を発見した。一異邦人が異郷の地に地上の楽園を築こうという気になったのは、彼の感性と情念を触発する何かが、草津の風景に、気候に、地質に、色彩と光に、大気のにおいに秘められていたと見るべきではないだろうか。しかし、彼は草津の町の人たちの「古さ」と「頑固さ」に直面する。彼は帰国後、日本の温泉研究費として当時の金で五千円を大学に送っている。彼は故郷のビーティーハイム＝ビッシンゲンに帰り、そこで死んだ。ビーティーハイム＝ビッシンゲン市は昭和三十七年に草津町と姉妹都市の関係を結んだが、現在、同市には彼の遺族や親戚は一人もいないという。ベルツの名をしのぶものは、同市の道路の一つに草津通りという名がつけられているだけである。筆者は草津にベルツが夢見た理想郷の典型を見出した。

（田中千鶴）

武者小路実篤《むしゃのこうじ・さねあつ》

＊明治十八年五月十二日～昭和五十一年四月九日。東京府麹町区元園町（現・東京都千代田区）に生まれる。東京帝国大学社会学科中退。小説家、劇作家。『武者小路実篤全集』全二十五巻（新潮社）、『武者小路実篤全集』全十八巻（小学館）。昭和二十六年に文化勲章受章。

稲住温泉にて《いなずみおんせんにて》　詩

〔作者〕武者小路実篤
〔全集〕『武者小路実篤全集第二十一巻』昭和三十一年八月二十日発行、新潮社。
〔温泉〕稲住温泉（秋田県）。
〔内容〕武者小路実篤は、横手市出身の画商旭谷正次郎の紹介で稲住温泉に疎開した。

「稲住温泉にて」は、昭和二十年八月十日に、唐詩選の李白の詩「誰家玉笛暗飛声／散入春風満洛城／今夜曲中聞折柳／何人不起故園情」をぬきがきしながら、詠んだ詩である。「誰が吹く玉笛／折柳の曲／それを聞くものは／李白／玉笛聞えず（後略）」とある。「稲住日記」（『武者小路実篤全集第二十二巻』昭和31年9月29日発行、新潮社）の「八月十日」の項に、「こゝでは玉笛の音も聞かれたらと思ふ」「我は遠くにゐる二人の娘のことを思つて、淋し、空襲を知らぬ李白にはこの気持はわかるまい」とある。（浦西和彦）

稲住日記《いなずみにっき》 日記

【作者】武者小路実篤

【全集】『武者小路実篤全集第二十二巻』昭和三十一年九月二十九日発行、新潮社。

【温泉】稲住温泉（秋田県）。

【内容】武者小路実篤は妻と長女の子の孫と次女を連れて、秋田の山中にある稲住温泉へ疎開した。その時の、昭和二十年八月九日から九月八日までの日記である。「八月十六日」の項に「食後二階で猶太人ジユスをよんでゐたら安子が新聞を持つて来た。／戦争終結と出てゐる、終にポツダムの宣言を受諾したのである、事態は其処まで行つてゐたのか」と記している。武者小路実篤は、十五日の玉音放送を知らなかったのである。「八月十七日」の項には、湯滝を浴びにいこうとして、石段にねそべっているヤマカガシに出会ったことを書いている。（浦西和彦）

村雨退二郎 むらさめ・たいじろう

＊明治三十六年三月三十一日〜昭和三十四年六月二十二日。鳥取県東伯郡倉吉町（現・倉吉市）に生まれる。本名・坂本俊一郎。角盤高等小学校中退。小説家。歴史小説を主に執筆。「応天門」「天草騒動記」「明治巌窟王」など。

城崎《きのさき》 エッセイ

【作者】村雨退二郎

【初出】「旅行の手帖─百人百湯・作家・画家の温泉だより─」昭和三十一年四月二十日発行、第二十六号。

【温泉】城崎温泉（兵庫県）。

【内容】城崎温泉は、故郷への往復に、かならず通るところだけに、いろいろと思い出もあり、したしみ深い土地である。桂小五郎が愛妻幾松をともなって、その頃は湯島といっていたこの城崎に数日入湯している。桂小五郎が泊まったのは、現在のつたやで、ここの主人は郷土史に興味をもった人だから、その頃の湯島の状態をききたいと思っている。城崎の温泉が発見されたのは、元正天皇の養老四年（七二〇）とも、舒明天皇の九年（六三七）ともいわれている。古今集以後いろいろの文献に見えるから、千二百年以上の歴史をもった温泉であることはまちがいのないことであろう。むかしにくらべると、美人が非常に目につくようになった。温泉美人コンクールに、第二席の栄冠を獲得する美人が城崎から出たのも、こないだのことだ。城崎を訪ねる人には、その自然と歴史とを見おとさないようにすすめたい。東山公園に登って、楽々浦を眺めながら、奈佐日本之助の海賊船隊を想像してみるのもおもしろい。（浦西和彦）

村田喜代子 むらた・きよこ

＊昭和二十年四月十二日〜。福岡県北九州市八幡東区に生まれる。花尾中学校卒業。小説家。「鍋の中」で第九十七回芥川賞を受

賞。代表作に「白い山」「真夜中の自転車」「蟹女」など。

硫黄谷心中《いおうだにしんじゅう》　中篇小説

〔**作者**〕村田喜代子
〔**初出**〕「群像」平成八年八月一日発行、第五十一巻八号。
〔**初収**〕『硫黄谷心中』平成八年十一月八日発行、講談社。
〔**温泉**〕硫黄谷温泉（九州に設定された架空の温泉。作中の赤嶺嶽は阿蘇か久住らしくもあるが不明）。
〔**内容**〕元号が平成に変った、一九八九年の八月末、高校で美術教師をしている五十三歳の男、安井は、夏休みを利用して、スケッチのために大分から硫黄谷へやってくる。そこに一軒の温泉旅館があり、安田は、行き道で偶然一緒になった六十歳の福岡から来た男、西丸と泊まる事になる。沢田屋旅館は、主人の徳三老人とその娘の篤子（五十歳くらいで独身）、お手伝いのシゲという老婆の三人で営んでいるさびれた宿である。しかしこの辺りも昭和初年頃は宿も多く栄えていたらしい。当時は心中が流行しており、硫黄谷は心中の場所として有名であった。沢田屋は、心中する男女が最後に泊まる宿として利用されたのである。沢田屋の地獄湯に、かつての心中客達も浸かっていた事になる。

　沢田屋には安井と西丸の他に、頼子と卯乃という若い女性二人と、類子と耕造という高齢の姉弟（耕造は片足が無い）が泊まっている。沢田屋の娘の篤子は、父の徳三は母の妹の事を好いていたと思っている。醜女の母を、彼女が長女であったためにしかたなく妻に迎えたのではないか。篤子は硫黄谷に子供の頃父とよく出かけた事を思い出す。花も木もない荒涼とした死の峪のピクニック。篤子は、母親譲りの黒い猿の顔でお握りをほおばっていた私を、父が一瞬でもうとましいと思ったなら、あのピクニックは地獄の宴になったのではないかと思う。当時の父は心中した男女の遺体を引き上げる事が日課のようになっていた。心中まで行きつく男女の姿を飽きるほど見た父。心中に愛はあるのか、篤子には分からない。沢田屋に泊まっている三組の泊まり客は、篤子と徳三と八人で硫黄谷へ出かける。途中で濃い霧が出て、六人の客は二人一組に麻紐で腹をつなぐ。篤子と徳三が紐をまとめて持つ。西丸は、心中未遂の市中引き回しはこんな格好だったのではないか、と思う。やがて西丸は、自分と安井の足に男の黒靴と女の赤い草履がだぶって見える事に気がつく。西丸は自分の喉からふいに「あたしの手を強う握って」という女の声が出るのを聞く。どうしたのだろうと思うと、いつのまにか自分達が男四人女四人の心中仲間になっている。

　「ユキと丑之助、ナツと清作、富子と誠、あんたとあたしの八人や。もうすぐ鳥みたいに飛ぶんじゃら。死ねる、死ねる。せつのうて嬉しい。好いて好かれて殺して殺される。南無三…」。

　突如、濃霧に迷い込んだヘリコプターの爆音と光によって八人は気を取り直す。我々はあの濃い霧の中でたしかになにか夢を見ていた。熱く烈しい記憶の失われた感触が胸を火照らせる。谷を降りた八人は、篤子の四駆の前で記念写真を取る。みんな、半分夢から醒めやらぬようなぼんやりした顔をしている。西丸はシャッターを静かに押す。谷の風景がさっと凝固した。

（松谷美樹）

蟹湯《かにゆ》　短篇小説

〔**作者**〕村田喜代子
〔**初出**〕「新潮」平成十一年一月一日発行、

第九十六巻一号。

〔初収〕『夜のヴィーナス』平成十二年八月二十五日発行、新潮社。

〔温泉〕蟹湯（大分県。蟹湯町は架空の町。実在の温泉で位置関係と泉質が蟹湯と一致するのは、耶馬渓町の深耶馬《しんやば》温泉である）。

〔内容〕ある盆休み。わたしと犬山豊美、松枝公三、石橋隆俊、黒田勇の五人は、同窓会の集いで、湯布院近くにある下毛郡蟹湯町の温泉宿に一泊二日でやってくる。教師をしている松枝公三が蟹湯町に転勤になった為であった。全員が昭和二十年生まれで、北九州のS市立小学校二年五組の同窓生である。五人は丸八旅館という宿に泊まる。露天である蟹湯は、この町の温泉の中でも効能があると有名だが、明るいうちは道から丸見えである。そのため私と犬山豊美は、宴会の後に暗くなってから、浴衣のままで蟹湯に入ろうと言い合う。それを聞いていた松枝公三は、この辺りは主婦でも気にせずにシミーズ姿で入りにくる、と言う。道の向こうの床屋の後家さんなどは、夕方になると毎日シミーズもつけずに道を突っ切って蟹湯に入りに来るらしい。わたしは信じられない気持ちでそれを聞く。床屋の前を通ると、後家さんの姿が見えた。五十年配の肥満した女で、何だか溺死した雛人形のような顔である。わたし達五人は、夜七時過ぎに丸八旅館で宴会を始める。そして、酒を飲みながら亡くなった級友達について語り合う。肺癌で死んだ立山浩治、乳癌で死んだ沼田、車の事故で死んだ青山、鉄鉱工場の事故で鉄の板が首に当たって急死した空田勝良。恩師の鳥山フデ子先生は、老いても元気であったが、一昨年傘寿の旅行に夫婦でアリゾナに行った際、小型機が墜落して急死した。石橋隆俊は女房の甥が、叔父の葬式に出る途中に熊蜂に襲われて二十六歳で死んだ事を話す。「人間はなかなか死なないが、コロリと死ぬときは本当にコロリと死ぬんだ」と石橋は言う。その時、松枝公三の言っていた通り、向かいの床屋から後家さんが裸で走り出て来るのが窓から見えた。蟹湯に行くためだ。胸に当てた白いタオルが風を切って横へ飛ぶ。そこへ突然、横合いから真っ黒い車が突進してくる。一瞬だった。ドスッと部屋まで響く音がした。ぶよぶよの後家さんの体が、街灯の明かりの中で、信じられない軽さで月のように宙に飛び上がるのをわたしは見た。わたしは叫ぼうとしたが、喉がひきつって声がでなかった。

（松谷美樹）

村松梢風　むらまつ・しょうふう

＊明治二十二年九月二十一日～昭和三十六年二月十三日。静岡県周智郡飯田村（現・森町）に生まれる。本名・義一。慶応義塾大学中退。小説家。人物評伝「近世名匠伝」「本朝画人伝」「近代作家伝」などがあり、代表作は「残菊物語」。

下部温泉記　しもべおんせんき　エッセイ

〔作者〕村松梢風

〔初出〕「温泉」昭和二十四年五月一日～七月一日発行、第十七巻五～七号。

〔温泉〕下部温泉（山梨県）。

〔内容〕空襲で焼夷弾を受けて、両手に大火傷をした家内を連れて山梨県の下部温泉へ出かけたのは昭和二十年六月末日であった。思ったよりひどい火傷で、両手とも手首の辺から指先まで焼け爛れて皮膚はまるでなく、ある場所は骨が露われている。田舎の外科医に通ったがとうてい手におえるものではない。その時、私は「信玄の隠し湯」の下部温泉を思い出し、連れて来た。だが旅館にはニべもなく謝絶され、途方にくれてしまった。弁当を食べるために店先を借りた魚屋のおかみさんが、機山荘という宿屋を頼んでくれた。全く地獄で仏である。ここには湯はなく、源泉館の浴場へ連れて行かなくてはならない。温泉は天然の岩窟から湧き出ている。患者は繃帯をしたまま入り、やや暫くして十分湯がしみた頃、湯の中でソロソロと繃帯を取り、十分湯に浸し、上がる前に新らしい繃帯に取り替えるのである。ここの湯の特色の一つは非常にぬるいことだ。ただ温度が低いだけではなく、非常に冷えるのである。この病人ではとても通いでは駄目だ、源泉館へ泊らなくては不自由で続くものではない、番頭さんに頼んで御覧なさい、と教えられて、源泉館へ引き移った。家内の火傷は、源泉館の元湯へ一日半程入湯しただけで苦痛が非常にやわらいで来た。入湯は一日に五回ときめ、温泉の中でその都度繃帯を取りかえるのだ。火傷の全面から吹き出す膿の量は夥しいものだ。一週間経つと、全面から出ていた膿が数か所へ集中して来る。全面の筋肉が徐々にではあるが日増しに盛り上ってくる。二か月以上かかって、爪ものび、皮膚も固まり、膿の口も止って、完全無欠の以前の手に戻った。けれども、ここに暮らすのはいい事ばかりではない。驚くべき部屋だった。畳障子がヒドイ。もう一つ驚いたのはこの家の鼠であった。三度の食事は米だけ渡して膳を持って来て貰う。それで一切で八円だから当時としても廉い方だ。下部は文字通りの山間の僻地だから、戦事中、食糧難は一倍深刻だった。空襲の末期頃になると全然食事を賄わないで全部お客の自炊ということになった。滞在客の多くは身延線に乗って甲府盆地の東花輪辺りまで買い出しにいった。あの頃の農家の不人情は世間一般で、いくら頼んでみても大根一本売ってくれない。終戦頃から宿を変えて最初一晩泊まった機山荘へ移った。終戦直後は一層食糧事情が悪くなって難義をしたが、思いがけない恐ろしい水難がやって来た。直ぐ前の煙草屋があっという間に激流の中へ木ツ葉微尽となって流された。洪水のあとは惨澹たるものだった。身延線の全線不通は、二か月以上続いた。洪水後一か月ばかり経って私たちは命カラガラ下部を脱出して、上州草津温泉へと高飛びした。今度は私の皮膚病のためである。

（浦西和彦）

草津の思ひ出《くさつのおもいで》　エッセイ

〔**作者**〕村松梢風

〔**初出**〕「温泉」昭和二十五年三月一日発行、第十八巻三号。

〔**温泉**〕草津温泉（群馬県）。

〔**内容**〕大正七八年頃の事だから今から三十年位前である。その頃私は疥癬の病に罹った。全身に蔓延していたので、体中すき間なしに白壁のように薬を塗り、その上から繃帯を巻いてまるでミイラみたいな恰好になった。毎日病院に通って三週間以上治療を受けたがますますひどくなるばかりだった。土肥慶三（皮膚病の第一人者）の病院でも治らないのであれば、草津の湯の花で風呂を立てて入るのが一番よいと、北里病院の福田副院長に聞いた。即日上野から草津へ向った。それが私の草津へ行った最初である。望雲館に宿泊した。ここは草津でも一番大きな湯畑（湯元）である旗の湯の側で、湯畑の直ぐ下には一度に数百人を収容することの出来る共同湯がある。共同浴場は一日五回時間を定めて開かれるので時間湯といっていた。時間湯には湯長というものがあって、浴客は皆湯長の号令の下に一糸乱れざる入浴をする。一番目の湯は百二十度の熱さだそうだ。入っている時間は三分、その間息を殺し、身動きもせず、じっと耐えている。湯長が三十秒毎に時を報せる。その都度入浴者一同は、「オーツ」

と応える。此処の湯は十日か二週間入ると誰でもタダレが出る。内股全体の皮膚が破れて悪臭を放つ膿汁が無限に出る。此のタダレの時期には歩行も漸くで杖に縋って浴場へ通う有様だ。実に難行苦行だ。さて私の病気だが、番頭に相談すると、時間湯へ通う程のことはない、内湯で沢山だといわれた。望雲館の浴場は浴槽が五つも六つもたてに続いていて、上の方ほど熱く、下の方はぬるい。成る可く熱い方が効き目が早い。入っている時間は三分。この温泉ほど強烈な働きをする温泉は世界中にないそうだ。私の場合は二日程入ると全身すき間なく潜伏していた疥癬が飛び出して来た。その代り全身一面のヒビになり、四五日経つとそれが黒くかせ、ガラガラして、見られた皮膚ではなくなる。結局正味一週間の入湯で疥癬は完全に退治されて了ったらしかった。皮膚病に関する限り草津温泉の効験は神様のようなものだ。望雲館は古い宿屋で、十返舎一九の弥次喜多草津の巻にも名前が出ているそうだ。ある日、この町に芝居が掛った。風采と顔だけ見ていれば確かに千両役者の値打があった。旅に出ると面白いものにあうものだ。私は二週間位滞在して草津を引き上げた。　（浦西和彦）

雪の温泉場《ゆきのおんせんば》　短篇小説

〔**作者**〕村松梢風

〔**初出**〕「温泉」昭和二十五年九月一日発行、第十八巻九号

〔**温泉**〕Y温泉（山形県。モデル未詳）

温泉は、温泉宿の前の海岸の、高い石段を海の方へ降りて行つた所にありました。つまり、海中から温泉は湧出してゐるのでした。其所に可成り大きいけれども設備の悪い、旧式極まる共同湯があるのです。其の後此の温泉場も、電力により内湯が各旅館に出来たさうですが、私が行つた当時は今申したやうな原始的な状態で、内湯は全然なく、浴客は全部其の共同湯へ出掛けなくてはならなかつたのです。

〔**内容**〕今から二十年前の話である。私は変愛の破綻に悩んでいて、思い切って旅に出た。雪を見るということで庄内の鶴岡を選んだが、雪はまだろくに降っていなかった。そこで日本海に面しているY温泉へ来たのである。日本海は荒れ狂っていた。この吹雪では湯治に来る者もなく、客は私一人だけであった。毎日怒濤の鳴り響く音と、雨戸を打つ吹雪の音を聞きながら、座敷の炉の火を眺めて暮らしていた。退屈している私に、宿の番頭が、湯治場から少し離れた所に遊廓があって、そこに料理屋もあれば藝妓もいるから遊びに行ってみませんかという。料理屋へ遊びに行くと、藝妓や半玉が三四名やってきた。私の期待を裏切るような相手ばかりであったが、彼女達の「おばこ節」や「酒田音頭」を聞いていると、何とも言えない素朴な節調に心を惹かれるものがあった。最後にもう一人藝妓が入ってきた。二十三四位に見え、体の恰好がよく、色が白かった。その晩、私は宿へ帰らないで、彼女の抱え主の貸座敷に泊まった。彼女の源氏名は雪子という。直ぐ外は海らしく、ド、ド、ドッとぶつかる波の音は終夜物凄く枕に響いて、いまにもその大波が私達を攫って行ってしまいそうな感じである。その翌日から雪子は正午過ぎになると私の宿へやって来るようになった。雪子にはこの土地へ出た時からの五年越しのお客がいた。鶴岡の呉服屋だったが相場に手を出して、今ではすっかり左前になってしまった。ある時、雪子は二三日続けて来なかった。鶴岡の呉服屋が来ているにちがいないと、私は思わず嫉妬を起した。そのあと雪子がやってきて、訊いて見ると、男は不義理の借金で刑事問題まで持ち上っ

ているからと、死の覚悟をほのめかしたのだという。男は雪子に一緒に死んでくれることを望んでいるらしい。私は月並な言葉で「軽はずみな事をしないがいいね」と言う位のものである。いよいよ明日この土地を発つという晩、私の方から彼女の所へ行って泊まった。例の物凄い海鳴りの響く部屋である。（浦西和彦）

浴泉追想《よくせんついそう》　エッセイ

〔作家〕村松梢風

〔初出〕「温泉」昭和二十六年四月一日発行、第十九巻四号。

〔温泉〕湯河原温泉（神奈川県）、修善寺温泉（静岡県）、赤湯温泉（山形県）、鳴子温泉（宮城県）、北投温泉（台湾）、長良川温泉（岐阜県）。

〔内容〕私が初めて温泉というものを知ったのは湯河原であったように記憶する。菊池寛氏に教えられて湯河原の「中西」へ行った。久米正雄氏もやはり此の家へ行く。芥川龍之介もよく行ったが、私は中西で芥川氏とぶつかった事は一度もなかった。温泉旅館も数あるが、中西は本格的な伝統を守っている唯一の旅館だろうと思う。若い頃は修善寺へもよく行った。修善寺では「新井」へ泊まった。或時新井へ泊まっていると丁度喜多村緑郎氏が名古屋の芝居中に神経痛のような病気が起こり、其処からやってきて療養していて、物を言ったことはないが、私はよく風呂場で喜多村氏を見掛けた。三十年以上昔の事、或年正月末から山形へ旅行した。上野から汽車へ乗ったが積雪のために汽車が徐行し、鬱陶しい一夜を過ごして朝六時頃赤湯へ着いたので、途中下車し、駅から橇に乗って「本陣」という宿屋へ行き、温泉で温まった時くらい有難く思ったことはなかった。其の旅行の帰途は、新庄から小牛田へ通じる鉄道で東海岸へ出たが、途中で鳴子温泉へ一晩泊まった。鳴子の風景も眼に残っている。台湾の北投温泉は、町の情景も山水の風致も申分なく忘れ難い土地だ。有馬や道後や別府へも一度宛は行ったが、さしたる思い出もない。会津の東山温泉は多年あこがれの土地だったが、どうも足を向ける機がないままになってしまった。最近は湯河原や熱海へさえ殆ど行かない。岐阜で教えられて来た常盤荘という温泉旅館へ行くと、此処は長良川に臨んで、背後に山を負い風致頗る好い上に、夕方から雨が降り出し、翌日も雨。雨中の風情は格別、到頭郡上八幡行を断念して此の家に二晩泊まって岐阜へ引っ返してしまった。（趙　承姫）

室生犀星《むろう・さいせい》

＊明治二十二年八月一日～昭和三十七年三月二十六日。金沢市裏千日町に生まれる。本名・照道。金沢高等小学校を三年で中退。詩人、小説家。詩集に『愛の詩集』『抒情小曲集』、小説に「あにいもうと」「杏っ子」「かげろふの日記遺文」など。『室生犀星全集』全十二巻・別巻二（新潮社）。

高麗の花《こうらいのはな》　詩文集

〔作者〕室生犀星

〔初版〕『高麗の花』大正十三年九月発行、新潮社。

〔全集〕『室生犀星全集第三巻』昭和四十一年二月二十八日発行、新潮社。

〔温泉〕伊東温泉（静岡県）。

〔内容〕『高麗の花』には、詩五十一編、散文二十編が収録されている。その中に、詩「じんなら魚」「浴泉」があり、この二編が温泉を歌っている。「じんなら魚」は伊東温泉にじんなら魚が棲みつき、「己れ冷たき身を泳がし」、けぶりたつ温泉《いでゆ》のなかで

泳ぐのである。「浴泉」は一人で温泉で過ごすうちに「こころすこしあかるくなりゆく」という。（浦西和彦）

羇旅日記《きりょにっき》　エッセイ

〔**作者**〕室生犀星
〔**初出**〕「苦楽」昭和三年二月一日発行、第七巻二号。原題「羇旅雑記」。
〔**収録**〕『薔薇の羹』昭和十一年四月七日発行、改造社。
〔**温泉**〕吉奈温泉・湯ケ島温泉・蓮台寺温泉・伊東温泉（以上静岡県）。
〔**内容**〕吉奈温泉は、生まず女《め》に利《き》くというので女連《おんなづれ》の客が多かった。中年過ぎの妙に眉の薄いかげを見るような女ばかりだった。自分は「可成に女といふものが、それ自体寂しいものであることを思はずに居られなかつた」。湯ケ島温泉では、四月の終わりに、やまめという川魚の干《ほ》したのを食べた。嚙むほど味の沁み出る「やまめを美味い」と思った。「そのやまめを串にさして日南の軒端に干してあるのを見て、山里の温泉らしい荒涼と風俗とを併せて感じた」。天城山を自動車で越え、下田に近い蓮台寺温泉は「ひつそりした日南に、寧《むし》ろ田舎臭い藁の匂ひの中に」あった。一浴の後、手すりに出ていると、東京者らしい女が、暖い日南に出て爪刷毛で熱心に爪を磨いている。土地柄に不似合な位不自然な感じだ。伊豆の伊東温泉の暖香園の庭で、生まれて初めて夏橙柑の木に雄大な実がなっているのを眺めた時は、「全く絶無の喜び」だった。朝日の中、揺れもせず、その静かな光景は浴後の温かい体にさわやかな感じを与えた。伊東の温泉は柔らかく美しい透明な色だった。町の中の湯気の立つ温かい水の中に、湯鯉という鯉が泳いでいることも、自分には「珍らしい」ことだった。「自分は煙り立つ湯気の中にこれらの不思議な魚介を、何か地獄を覗き見るやうな気持で眺めるのだつた」。（浦西和彦）

車塵《しゃじん》　エッセイ

〔**作者**〕室生犀星
〔**初出**〕「温泉」昭和二十六年三月一日、第十九巻三号。
〔**温泉**〕塩原温泉（栃木県）、蓮台寺温泉（静岡県）。
〔**内容**〕塩原の温泉町は灯のつく頃が美しい。美しい場所にはさびしさもある。温泉は陽気なところという人がいるが、私はそう思ったことはない。湯ケ原、修善寺、吉奈、伊豆山は私に陽気とは反対のものを与えてくれた。しかし、北国の温泉地は関東とは違う莫大な寂寥が常に存在している。
　私が佐藤惣之助、萩原朔太郎、川路柳虹、千家元麿と伊豆の下田に行ったとき、車で蓮台寺温泉に通じる道を通り過ぎた。私はどうしてもそのさびしい道を歩いてみたかったが、佐藤はもっと賑やかな処が良いといって拒んだ。それからもう十何年も過ぎたが、そのさびしい枯れ草の道の向こうに、あたかも寺の入口を歩いて行くような感じがして頭に残っている。佐藤、萩原は家族に看取られ亡くなった。千家は孤独な晩年を過ごしたと思われるが、猫を抱いている毒気のない千家の写真を見た時、私はその猫までも美しいと思った。（岩田陽子）

杏つ子《あんずっこ》　長篇小説

〔**作者**〕室生犀星
〔**初出**〕「東京新聞」昭和三十一年十一月十九日～三十二年八月十八日。
〔**初版**〕『杏つ子』昭和三十二年十月二十日発行、新潮社。
〔**全集**〕『室生犀星全集第十巻』昭和三十九年五月二十五日発行、新潮社。

〔**温泉**〕伊東温泉（静岡県）。

〔**内容**〕小説家の平四郎の父は、足軽だった小畠弥左衛門である。家禄二百石だったが、廃藩のち果樹や野菜を作ってどうにかその日を暮らしていた。弥左衛門はお春に生ませた赤ん坊（平四郎）に二十円の保育料をつけて、隣の寺の住職と内縁関係にある青井おかつにくれてやる。この養母はほかにも二人もらい子をしていて、一人は藝者にし、一人は裁判所の給仕にして、老後を安楽に過ごすつもりだった。平四郎も裁判所へ出された。しかし、平四郎は養母にさからい、東京へ出て小説家になり、郷里の金沢で小学校教師をやっているりえ子と結婚した。女の子が生まれ、杏子と名づけた。平四郎は杏子を美人になるように育てようとする。ピアノを買ってやる。「じんなら魚」の章では、杏子が十九歳になった時、杏子の級友三人と平四郎が伊東温泉にでかける場面が描かれる。やがて戦争がはじまり、軽井沢へ疎開した。そこで杏子は報道班員である漆山亮吉と知り合う。戦争が終わり、二人は結婚した。亮吉は職を持たずに小説を書くが、どの雑誌にも採用されず、生活に困窮し、杏子夫婦は平四郎の家に居候する。亮吉は平四郎に対する反発と劣等感から、平四郎の留守の間に庭を破壊した。杏子夫婦は家を追い出される。結局、杏子は別居生活に入り、亮吉へ離婚の申し出の手紙を書く。

室生犀星の自伝的作品である。犀星は、大正十二年春、伊東を訪れ、執筆を兼ね、痔疾の療養をしていたときに、詩「じんなら魚」を書いた。伊東には「じんなら魚」の詩碑が建っている。

（浦西和彦）

【も】

本山荻舟　もとやま・てきしゅう

＊明治十四年三月二十七日～昭和三十三年十月十九日。岡山県に生まれる。本名・仲造。天城高等小学校卒業。小説家、料理研究家、演劇評論家。「近世数奇伝」「近世剣客伝」「歌舞伎読本」「名人畸人」などの著作がある。

浴客気質　よっきゃくかたぎ　エッセイ

〔**作者**〕本山荻舟

〔**初出**〕「温泉」昭和二十五年一月一日発行、第十八巻一号。

〔**温泉**〕鬼怒川温泉（栃木県）、鳴子温泉（宮城県）、浅間温泉（長野県）、登別温泉（北海道）、大湯《おおゆ》温泉（秋田県）。

〔**内容**〕温泉場には遊楽気分を主とするものと、湯治場気分を重んずるものの両様がある。めいめいの好き嫌いがあるから、自分の主観だけで批判するのはどうかと思う。私自身としては、遊楽気分も湯治場気分も共にあってよく、共にあるところの方に大きな魅力があると思っている。戦後の温泉にはまだあまり出かける機会がない。厳しい制約のために遊楽気分の方は表向きには沈潜して、どこへいってもあたたかい温泉気分などはない。しか世の中の落ちつくにしたがい、「貴重な資源」に違いない温泉を発展させる上に、何等かの参考になる私見を述べよう。

私の旅の楽しみの大半は食べ物にある。鬼怒川温泉にホテルの出来た宣伝の盛んな時代、海魚のよいのが供せられるのを、東京市場の名ある仲買の店から取り寄せると聞いて、さすがと感心した。だけれど、単なる東京の延長なら、わざわざ出てくるに及ばない。次に行ったのは冬の初で、ツグミの焼鳥だのカジカだの、自然薯のとろろなど出されて満足した。

鳴子温泉は、まだそれほど評判されなかった時代の初冬に出かけた。サシミも椀ダネも焼魚も、すべて海の物づくめで、箸をつける気にならないで、盃ばかり受けていた。仕方なくサシミを一切れ口に入れると、おやと思う美味に驚いた。奥羽脊梁の山中に、海産はないものと勝手にきめていたのが不覚で、石巻から小牛田線を利用すれば、太平洋の鮮魚は二三時間で来るはずだから、何の不思議もない。しかしほんとに印象に残っているのは、山幸の熟柿であった。

浅間温泉の豆腐はうまい。普通の白豆腐だったが、とろりと滑かな舌ざわりで、淡雪のように消えて行く、うまい豆腐だった。

北海道の登別温泉では三つも湯滝のある大きな旅館で、男女の混浴が黙認された時代だから、湯治場気分が残っていたせいか、食膳にトンカツが幅をきかせていた。十和田湖の帰りに、大湯で出された自慢のリンゴは、なるほどうまいと感心した。旅をしていつまでも話の種に残り、それが宣伝になるのは、何といっても食べ物だから、温泉場などでは、土地の食べ物に親切なことが、客への親切であることを忘れないでほしい。

（李　雪）

森詠　もり・えい

＊昭和十六年十二月十四日〜。東京に生まれる。東京外国語大学イタリア語科卒業。小説家。冒険小説、ハードボイルド小説を執筆。「燃える波濤」「オサムの朝」など。

川の湯をつなぐ幻の草津街道《かわのゆをつなぐまぼろしのくさつかいどう》 ―切明から尻焼へ《―きりあけからしりやきへ》

エッセイ

【作者】 森詠

【初出】 「旅」昭和六十三年八月一日発行、第六十二巻八号。

【温泉】 小赤沢温泉・切明《きりあけ》温泉（以上長野県）、尻焼温泉（群馬県）。

【内容】 私たちが秋山郷に足を踏み入れたのは梅雨入り宣言が出た翌日であった。宮川吉郎さんが案内をしてくれる。秋山郷の名を知ったのは、大学時代の友人からだった。秋山郷の紅葉に染った原生林や深い渓谷の美しさ、神秘的なまでに澄んだ清流について、その友人はまくしたてた。秋山郷は群馬県、長野県、新潟県の三県の接する上信越国境の山岳地帯にある。ほとんど知られていない新潟県側から草津に抜ける旧〝草津街道〟を歩いてみようというのが私たちの狙いであった。最初に訪れたのは秋山郷の入口の小赤沢温泉である。この温泉は二年前に発見された。小赤沢の出湯は珍らしい間欠泉で、地下四百七十メートル付近で掘りあてた温泉が三分おきに熱湯を噴出している。鉄分を多量に含んで、赤錆色に濁っている。秋山郷に入って最初に気づくのは、東側に苗場山、西側に鳥甲《とりかぶと》山など、そそり立っている山々であった。秋山郷はこれら二つの巨大な山塊の間に切りこんだV字谷の中にある。江戸時代後期には八つの集落があったが、天明（一七八一〜八九）の飢饉で大秋山、矢櫃《やびつ》の二集落が全滅し、天保（一八三〇〜四四）の飢饉で甘酒の集落が死滅したといわれている。米を作ることができず、食物の蓄えもできぬほどの貧しい生活であったために、飢饉を乗り切る術がなかったのだ。私たちの探している旧〝草津街道〟を歩いたことがある山田重数さんの話では、和山の山田熊蔵という人が、その山を、牛の背に米七斗を積み、越後から草津まで運んでいたという。その夜は切明温泉に宿をとった。切明の名物は、河原の野天風呂である。客が勝手に河原の砂利をかき分けて穴を掘り、中津川の川の水と温泉の湯を適当に混ぜ合せて入るのである。翌朝七時に切明を出発。この〝草津街道〟は難儀すぎる。地元の人が馬では越えられないといった言葉がいまさらのように分ったのだ。ようやく尾根を登り切ると、眺望はひろがり、北に烏帽子岳をはじめ、裏岩菅山、岩菅山など二千メートル級の頂きが競うようにそびえ立っている。野反湖畔についたのは午後四時過ぎで、じつに八時間半歩きずくめであった。幻の〝草津街道〟の汗と疲れを流そうと尻焼温泉へ急いだ。尻焼温泉も、また河原の流れを堰とめてのダイナミックな野天風呂であった。湯につかり、耳を澄ますと、秋山郷の沢の音が聞こえてきて、あの静謐な秋山郷に戻りたいという囁きが心に谺していた。（浦西和彦）

ログハウス温泉へ行く―〝温泉主義〟御一行様《ろぐはうすおんせんへいく―〝おんせんしゅぎ〟ごいっこうさま》　エッセイ

〔作者〕森詠

〔初出〕「旅」平成三年五月一日発行、第六十五巻五号。

〔温泉〕亀沢《かめざわ》温泉（群馬県）。

〔内容〕温泉は楽しむべし、用意するものはわが身一つのみ、という〝温泉主義〟快楽派の伊藤公一、奥成達、長谷邦夫、森詠の四人のメンバーが東武東上線みずほ台駅に集合。一人一万円でできる温泉一泊旅行に、群馬県倉淵村の亀沢温泉へ車で向った。一軒しかない旅館が「ログハウス温泉センター」である。美人の湯で、露天風呂はなかなかのものだった。杉の木立ちが茂る谷の中腹にあって、十数メートル下の谷底には見えない渓流が流れている。湯質は無機質透明なナトリウム系の鉱泉。内風呂も工夫されていて、L字形の湯槽には奥から浅い寝湯があり、打たせ湯あり、泡沫浴がある。食事でとりわけ美味だったのは、マグロのヌタに卵黄をのせたタルタルステーキ風刺身と、もう一つは一見コイのアライ風のイズミダイの刺身である。翌朝は、再度再々度、露天風呂や内風呂三昧にふける。泊まり賃が一人六千二百円であった。帰りは、亀沢温泉から権田へ戻り、榛名湖を経て伊香保温泉で竹久夢二記念館、オルゴール館を見学した。（浦西和彦）

森鷗外《もり・おうがい》

＊文久二年（一八六二）一月十九日～大正十一年七月九日。石見国鹿足郡津和野町田村横堀（現・島根県津和野町）に生まれる。本名・林太郎。東京大学医学部卒業。小説家、評論家、陸軍軍医。代表作に「舞姫」「青年」「阿部一族」など。『鷗外全集』全三十八巻（岩波書店）。

青年《せいねん》　長篇小説

〔作者〕森鷗外

〔初出〕「昴」明治四十三年三月一日～四十四年八月一日発行、第二年三号～第三年八号。十八回連載。

〔初版〕『青年』大正二年二月十日発行、籾山書店。

〔全集〕『鷗外全集第六巻』昭和四十七年四月二十二日発行、岩波書店。

〔温泉〕箱根湯本温泉（神奈川県）。

箱根湯本の柏屋という温泉宿の小座舗《こざしき》に、純一がひとり顔をしかめてすわっている。

きょうは十二月三十一日なので、取引やら新年の設けやらのために、家のものは立ち騒いでいるが、客が少いから、純一のいる部屋へは、あまり物音も聞えない。ただ早川の水の音がごうごうと鳴っているばかりである。

〔内容〕森鷗外の最初の長篇小説である。小泉純一は地方の資産家のひとり息子である。郷里にあった時には、パリの書店から直接新刊書を取り寄せて読むような文学青年であった。純一は小説家になることを志望して上京してきた。自然主義作家の大石路花を訪問したり、平田拊石のイプセンの講演を聞きに行ったりする。医科大学生の大村荘之助と交際し、いろいろ刺激を受ける。自由劇場の旗上げ興行「ボルクマン」を有楽座に観に行き、同郷の先輩である法律学者坂井の未亡人を知る。坂井未亡人の「謎の目」を純一は意識する。坂井未亡人から「わたくし二十七日にたって、箱根の福住へまいりますの。一人でまいっておりますからお暇ならいらっしゃいましな」と誘われる。純一は箱根へ追って行ったが、坂井未亡人には連れの岡村画伯がいた。純一は、自己を愛する心を傷つけられ、寂しさのなかで、創作欲をかきたてる。純一は、現今の流行の傾向とは別のもの、おばあさんが話して聞かせてくれた伝説の味わいを傷つけないようにして、現代人の微細な観察を書こうとするのである。

　本作は、夏目漱石の「三四郎」を意識して書かれた作品である。大石路花は正宗白鳥、平田拊石は夏目漱石、大村荘之助は木下杢太郎、高畠泳子は下田歌子、毛利鷗村は森鷗外をモデルとしている。

（浦西和彦）

森田草平 もりた・そうへい

＊明治十四年三月十九日～昭和二十四年十二月十四日。岐阜県稲葉郡鷺山村（現・岐阜市）に生まれる。本名・米松。東京帝国大学英文科卒業。小説家。代表作に「煤煙」「輪廻」「夏目漱石」など。『森田草平選集』全六巻（理論社、但し三巻で中絶）。

煤煙《ばいえん》　長篇小説

〔作者〕森田草平

〔初出〕「東京朝日新聞」明治四十二年一月一日～五月十六日（一月二十三日、二十四日、二月十二日、三月十二日、十三日、三十日、四月四日、七日、五月四日は休載）。百二十七回連載。

〔初版〕『煤煙第一巻』明治四十三年二月十五日訂正再版発行、金葉堂・如山堂。『煤煙第二巻』明治四十三年八月二十日発行、金葉堂・如山堂。『煤煙第三巻』大正二年八月三日発行、如山堂書店。『煤煙第四巻』大正二年十一月二十四日発行、新潮社。

〔文庫〕『煤煙』〈岩波文庫〉昭和七年一月二十日発行、岩波書店。

〔温泉〕塩原温泉（栃木県）。

　山路は九十九折《つづらおり》に紆《まが》つて、深い谷底には箒川の浅瀬も見え出した。湯の宿へ近づくに伴《つ》れて、山の気が冷やかに、山蔭に雪が積つて、木の葉の落ちた枝が黒い網のやうに連なつた。車夫はくどくどと塩原の名勝を説く。（中略）

　要吉は片肘を槽の縁に託したま、、柱に掛けた洋灯《ランプ》の火影を見詰めてゐた。濃い湯気の玉がその前をぐる〳〵と廻つて、月《つき》暈《かさ》のやうな輪をゑがく。

〔内容〕小島要吉は三年振りに岐阜に帰って来た。去年の夏大学を卒業した時でさえ、帰郷しなかったのだ。

　要吉の父は「人の忌む脱疽といふ病」で、要吉の三歳の時にみじめな死にかたをした。母のお絹は画工との関係を続けている。祖父は斎藤道三首塚に植えてある道三松を伐ったたたりを受けて死んだ。要吉の妻隅江はこの春に子供が出来たとわかって、自分の実家《さと》に帰り、子供を生んで三か月にもなるが、実家に身を寄せたままである。要吉は東京の下宿で出戻り娘のお種と関係をもっている。要吉は、自分は母の不義の子ではないか、もし不義の子でなければ、父の病気が遺伝しないわけがないと、暗い思いにとりつかれている。

要吉が上京し、再び舞台は東京に移る。若い女性たちが集まって外国文学の研究をしていた。要吉はその金葉会に講師として招かれ、真鍋朋子を知る。要吉は、朋子に隅江やお種にない烈しい個性を感じ、交際を重ねていく。朋子は手紙で「私は中庸といふことは出来ないのですから、火かさらずば氷、而して火は駄目だと確めたのです。氷です、雪です、雪国へ突進します。先生は未だ火に附きたまふか、かくて焚死する力がおありですか」といってくる。要吉と朋子の二人は塩原尾花峠の雪の中に死場所を求めていく。要吉は「貴方は私のために死に、私は貴方のために死ぬ。さう言つて下さい。私を愛すると、唯一言」というが、朋子は「言へない、え、言へない？」と拒絶する。要吉は朋子から預かっていた短刀を谷間へ投げ捨てる。二人は堅く氷った雪を踏みしだきながら、山を登って行くのである。

森田草平と平塚雷鳥との心中未遂事件を描いた自伝的長篇小説である。夏目漱石は、この事件に誘発されて、「三四郎」の美禰子を描いた。（浦西和彦）

森田たま《もりた・たま》

＊明治二十七年十二月十九日〜昭和四十五年十月三十一日。札幌市に生まれる。旧姓・村岡。札幌高等女学校中退。随筆家、元参議院議員。「もめん随筆」がベストセラーとなる。

山の湯の宿《やまのゆのやど》　エッセイ

〈作者〉森田たま

〈初出〉「中央公論」昭和十四年九月一日発行、第五十四巻九号。

〈温泉〉箱根温泉（神奈川県）。

〈内容〉私は旅行ぎらいだけれども、汽車だとか汽船だとか、自動車、飛行機、何でも乗りものに乗る事は大好きである。乗りものに乗る事と、旅行する事とは、区別があるのである。避暑とか避寒とか、そういうものもきらいである。つまりは東京から離れる事がきらいなので、東京を離れる事がきらいなのはたべなれた食物から離れる事がきらいなのである。去年の八月、私は半月ほど、箱根の宿屋で暮らしていた。避暑ではなく、仕事の都合で人に会わないで暮らす必要があり、仙石原がいい、たべものもおいしいと人がすすめて下さった。電話をかけて断わられればそれでおしまいだから、わざと電話をかけないで行ったのである。そうして押しの一手でとめてもらった。定員九名とある二タ間つづきの部屋を、たった一人で占領させてもらったのである。滞在中のお客はみんな何処かへ出かけるらしく、最初の目的どおり、仕事はよくできた。その代り一ト晩どまりや、お昼の食事のお客があって、向こうの部屋から突然声がきこえてきたりする。「お昼のおさしみね、べたべたしてゐてたべられなかつたわ」「ああ、あれは昆布じめなんでございます」「さうか。さういへば、べたべたしてゐてもふるくはないやうだしさ、妙だと思つたよ」。私はそれをききながら、思わず微笑が浮んできて、小説になりそうな心地がした。箱根はどうも縁があるらしく、最近やっぱり仕事の都合で、急に強羅のホテルへ行く事になった。ちょうど大阪の叔母さんが滞在している時だったので、電話もかけずに行ってみた。叔母さんのすぐ隣の部屋に泊まったが、お隣同志で、いったり来たり出入りが激しく、二日経っても何にも書けない。そこで我ままをいって、二階の小閑亭という茶室を借りた。翌日、支配人の猿丸さんが見えて、猿丸さんの話しぶりがおかしくて、五時間もおしゃべりをしてしまった。仕事なんど持たないで、のんびりと猿丸さんの話をききにゆきたいものだと思っている。強羅ホテルは、一番おいしい食事をさせてくれた。やっと私にも、避暑にゆくところが見つかったのかもしれない。　（浦西和彦）

のぼりべつ　のぼりべつ　エッセイ

【作者】森田たま
【初出】「温泉」昭和二十四年九月一日発行、第十七巻九号。

【温泉】登別温泉（北海道）、箱根温泉（神奈川県）。

【内容】若い時分、温泉は好きではなかった。温泉につかって、ひるまから座敷に寝そべっている姿は、退嬰的で、若い者のなすべき事ではないと思った。温泉へはじめて行ったのは十の年で、母が登別温泉へ湯治に行くのに、連れて行かれた。十月のはじめから一か月あまり滞在した。紅葉の美しい季節であった。駅から温泉場まで、馬車に揺られていく。ゆく時は沿道の樹樹がようやく色づきそめて美しさを見せていた。帰る時は色あせた紅葉の上に雪が降っていた。一か月の滞在で忘れがたい思い出は、風の激しい一夜、ぱらぱらと間断なく屋根を打つつぶての音におびえたことである。山の熱気で焼けて軽くなっている石が、風に運ばれて屋根を打つのである。湯沼というところへ見物に行ったこともある。沼の色は地獄のように濃いあいで、しかしブツブツとにえたぎっていた。ある日の午後、誰にも内緒で湯ノ川の対岸にある祠へ出かけて行った。段段の横のほそい道からすべり落ち、勢いはとまらず、湯ノ川のふちのところへ投げ出されていた。あのまま熱湯の川の中へ落ちていたら、と思うと、寝床の中で涙はとめどなくあふれてきた。

　昭和十五年から十七年まで、私は箱根に滞在し、箱根の温泉は湯本、小涌谷、芦ノ湖から、堂ケ島、姥谷のようなところまで、一つ残らず歩いた。子供の日の登別温泉への郷愁にほかならない。登別は秋のもみじ、箱根は春のさくらにつきぬ興趣がある。所詮私は温泉そのものより、その土地の風景人情に心惹かれる。温泉愛好者とはいいがたい。どてら姿の男女が歩く温泉場はいまなお快しとしないのである。　（浦西和彦）

森万紀子　もり・まきこ

＊昭和九年十二月十九日～平成四年十一月十七日。山形県に生まれる。本名・松浦栄子。酒田東高校卒業。小説家。「黄色い娼婦」が芥川賞候補となり、「雪女」で第八回泉鏡花文学賞を受賞。

伝説の湯・小野川　でんせつのゆ・おのがわ　エッセイ

【作者】森万紀子
【初出】「旅」昭和五十一年十月一日発行、第五十巻十号。
【温泉】小野川《おのがわ》温泉（山形県）。
【内容】山形県米沢市の郊外にある小野川温泉は、その名の通り、小野小町の伝説のある、しっとりとした湯の街である。小町の父は出羽の郡司、良実入道だったと言う。その父を訪ねての長い旅、小町は途中病にかかったりの苦難の末、霊夢によって吾妻山を越えたこの地に湯を発見する。やがて湯で病も癒え、近くを流れる鬼面川の辺りで念願叶って父とも巡り会うというもの。ここを三年前に訪ねた目的は、雪を見ながら、雪の中の自炊部屋に籠り仕事を進めるためであった。小ぢんまりとした湯治場である。温泉入口でバスを降りたとき、停留所の土産物店の前に置かれていた大きな器の中で、「ラジュウム卵」がぼこぼこと煮え立っていた。この卵はこの土地の名物の一つだ。そして小野川の湯はラジュウム日本一である。小野川温泉は、ごくゆるい坂の街である。雪降る日は、丹前姿に傘をさした湯治客が、このゆるい坂を上って行きまた下りて来る。このような雪深い山里の自炊部屋に魅せられて三年もたっている。

（西岡千佳世）

森三千代《もり・みちよ》

＊明治三十四年四月十九日〜昭和五十二年六月二十九日。三重県宇治山田（現・伊勢市）に生まれる。東京女子高等師範学校中退。詩人、小説家。金子光晴と結婚。詩誌「風景」に参加。詩集『龍女の眸』、小説集『巴里の宿』など。

雪模様《ゆきもよう》　短篇小説

〔**作者**〕森三千代
〔**初出**〕「温泉」昭和二十四年一月一日発行、第十七巻一号。
〔**温泉**〕I温泉。
〔**内容**〕別れてから五か月ぶりに、丈吉は郷里の北海道から、品子は東京から、このI温泉に来て落ち合うことになっている。一緒になったらもう離れないか、それともそれが最後の出会いになるか、強い決意を秘めためぐりあいである。丈吉がI温泉を選んだのは、従兄の大沢がこの土地に住んでいるからである。大沢は中学校も同じで、丈吉にとってはただ一人の相談相手になる身寄りだった。品子と知りあったのは、その年の四月頃である。丈吉は大学を卒業して、小説を書いていた。同人雑誌の創刊の集まりの時、品子と隣りあって座った。その後、品子はフランス語の手ほどきをしてほしいと、丈吉の下宿を訪れた。品子は、一家の経済的な理由から、奥田という年配で妻子のある男のものにならなければならなかった。丈吉は品子にかわって奥田の矢面に立つ勇気がなく逃げだすつもりで郷里の北海道に帰ったのである。日がたつにしたがって、品子にひかれていた気持ちの深いことを知る。品子の方からもおなじような気持ちを訴える手紙がくる。おもいがけなく早く品子がI温泉にやってきた。品子はもう東京へは帰らない決心を告げた。品子をひきうけるには、丈吉の生活は全く無力であった。丈吉は、品子を連れて行くところまで行かなければならない、捨身の勇気が湧き上ってきた。翌日、大沢の家へ行く。橋を渡るには、一丁ばかり川上の方へいかなければならない。おおまわりするより、川を渡ることにし、丈吉は品子をおんぶして進んだ。ふり返ると、旅館の部屋からたくさんの人が、彼等の川渡りを見物していた。丈吉は、こんなふうにやって行けばいいのだと、世間を向こうにまわしているつもりで、つぶやいた。

（浦西和彦）

温泉宿の浪曲師《おんせんやどのろうきょくし》　エッセイ

〔**作者**〕森三千代
〔**初出**〕「旅」昭和二十七年三月一日発行、第二十六巻三号。
〔**温泉**〕下母畑《ぼばた》温泉（福島県）。
〔**内容**〕下母畑温泉は福島県の白河からバスで一時間半も入り込んだ辺鄙なところである。山もなければ、峪もない、何一つ眺めるものもないところだと聞かされてきたが、宿の庭に白梅がほころび、流れを隔てた竹藪のむこうに、農家の屋根がかたまって、疎林の低い山々を背負い、田舎の温泉らしい野趣が捨てがたい。

私たちが通されたのは新館の二階であっ

た。食事を作ってもらえることを知ってほっとした。旧館にいるのは自炊しながら保養している農家の人達である。温泉はラジウム温泉で、沸かした鉱泉である。リウマチス・神経痛が専門な温泉で、よく効くと聞き伝えて京大阪あたりからも長逗留の客がやってくる。旧館の浴室は男女別で、湯船が広くて六畳くらいある。私は日に六回入浴したが、そこにいる老婆たちは「たった六回かね、せっかく来たのに」と驚いた。滞在している間に急速に春が来て、山桜も李も咲いた。時々、モーと牛の声も聞こえた。

ある日、旧館の二階で浪花節があった。退屈していたので、見に行った。出し物は壺坂霊験記であり、藝はわる達者であった。「この前東京のお客さんもほめていたから、きっとうまいでしょう」と宿の番頭は言った。階下の売店にいる宿の娘が、「続けて入っても、かえって、効き目がありません。いっぺんかえって、またおいでになったほうがいいですよ」といったので、私もその気になって三週間後に下母畑を引き払うことにした。

（鄒　双双）

道南の温泉《どうなんのおんせん》

エッセイ

〔**作者**〕森三千代

〔**初出**〕「温泉」昭和三十年十月一日発行、第二十三巻十号。

〔**温泉**〕定山渓温泉・登別温泉・洞爺湖温泉（以上北海道）。

〔**内容**〕定山渓温泉は、明治のはじめ、美泉定山という越前の禅僧がアイヌから話をきいて、この土地をひらいたのである。豊平川の渓流をはさんだ景色は、湯河原、修善寺を、やや雄大にしたような内地風である。電車を降りて眼の下に、月見橋と、渓流に添う四層、五層の温泉旅館をみおろしたとき、派手々々しいのに一驚した。宿泊した「鹿の湯」は、終戦後アメリカ軍に接収され、祝融の災いにあって灰燼になったのを再建したばかりで、真新らしい。階上、階下の浴場を螺旋階段であがりおりできるようになっているのが、新趣向だ。炭酸泉がゆたかに湧出している。対面の山には、倒木が目につく。去年、洞爺丸を沈没させたあの台風が倒したものだ。災害の倒木を王子製紙の苫小牧工場が安価で引きうけ、どんどん紙をつくったので、王子のふところがふくらんだそうだ。

登別温泉の第一滝本館は、浴場面積五百坪、浴槽の数二十五、湯滝が二か所、プールが二十五メートルという大規模なものである。その上、二十五もある浴槽は、一つ一つ泉質がちがっていて、硫黄泉は白濁し、透明な塩類泉がそれと隣りあっている。カルシウム泉、鉄泉、苦味泉、等々十種以上の温泉が並んでいる。滝本の湯もだが、登別の地獄谷は、みるねうちがあると思う。岩のたかいところに立って、周囲を一望すれば、ここかしこに湧く熱泉はたぎりたぎって、煙はもうもうと立ちあがり、つたわってくる轟きは、ものすごい。悽愴、雄大なことは、よその地獄の比ではない。噴出する温泉の量が、一昼夜五百万リットルという。

洞爺湖は、開放的で、明るく、富士の河口湖を拡大したような感じがした。いったいに、北海道は、大雑把なところで、食べものなども、変化がない。私は、雪のなかの温泉をもう一度訪ねてみたいと思う。単調な雪のなかにとじこめられた人達の憩い場所として、どんなに夢幻的であろうかと思うからだ。

（浦西和彦）

森村誠一《もりむら・せいいち》

*昭和八年一月二日～。埼玉県熊谷市本町に生まれる。青山学院大学文学部英米文学科卒業。小説家。代表作に「高層の死角」「人間の証明」「悪魔の飽食」など。

人間の証明《にんげんのしょうめい》　長篇小説

〈**作者**〉森村誠一

〈**初版**〉『人間の証明』昭和五十一年一月二日発行、角川書店。

〈**文庫**〉『人間の証明』〈角川文庫〉昭和五十二年三月十日発行、角川書店。

〈**温泉**〉霧積《きりづみ》温泉（群馬県）。

〈**内容**〉東京・赤坂の高層ホテルのエレベーター内で、黒人青年が倒れ、間もなく死亡した。事件は殺人事件と断定され麴町署に捜査本部が設置される。捜査を担当することになった麴町署の棟居弘一良刑事らは、被害者の名前がジョニー・ヘイワードであることを突き止める。彼をホテルまで乗せたタクシー運転手の証言から車中でジョニーが「…ストウハ…」と謎の言葉を発していたことを知る。さらにタクシーの車内からは、ジョニーが忘れたと思われるボロボロになった『西条八十詩集』が発見される。そして、ジョニーが住んでいたアメリカのスラムで残した台詞「日本のキスミーに行く」が謎であった。

「ストウハ」はホテルの展望台のイルミネーションが、麦わら帽子に似ていることから「ストロー・ハット」のr音が省略され「ストウハ」となったことがわかる。そして「キスミー」は西条八十の「麦わら帽子の詩」から、「キリヅミ」だということがわかった。ジョニーは戦後の駐留兵であった父と二人で帰国することになり、日本人の母親と最後に旅行したのがこの霧積である。

その母親は、今や政治家の妻であり、家庭問題評論家として活躍している八杉恭子であった。恭子はジョニーが来日し、そのまま傍にいたいと訴えることにより、過去が明らかになることを怖れて、ジョニーを殺す決意をする。しかし、決心が鈍りナイフの先端がほんの少し刺さっただけであった。そのときジョニーはすべてを悟り、そのまま自らの手で更に深くナイフを突き立て、母を逃がしたのであった。

恭子が守ろうとしていた現在の家族は、長男の殺人及び死体遺棄、長女の補導、離婚という形をもって、崩れ去ってしまう。恭子は自分の中に人間の心が残っていることを証明するために、すべてを失ったのである。

（西岡千佳世）

森瑤子《もり・ようこ》

*昭和十五年十一月四日～平成五年七月六日。静岡県伊東市に生まれる。本名・伊藤雅代。東京藝術大学音楽学部器楽科卒業。小説家。「情事」で第二回すばる文学賞を受賞。作品に「誘惑」「熱い風」など。

子連れ犬連れ亭主連れ―ファミリー浴ッキング《こづれいぬづれていしゅづれーふぁみりーよっきんぐ》　エッセイ

〈**作者**〉森瑤子

〈**初出**〉「旅」昭和五十七年九月一日発行、第五十六巻九号。

〈**温泉**〉湯《ゆ》の平《たいら》温泉・尻焼《しりやき》温泉（以上群馬県）。

〈**内容**〉夏休みに入るや否や、娘三人、犬一匹を連れて軽井沢の山荘に引っ越してきた私は、「旅」よりの誘いで、子連れ犬連れ亭主連れの温泉旅行をした。

最初の目的地、湯の平温泉へは、軽井沢

からわずか一時間半の旅。長野原から白砂川にそって北へ十キロ。ドライブの窓越しに見え隠れする川の色合いの美しさは、正にブレス・テイキング。深深と鋭く切り込んだ渓谷の底に横たわる、世にも美しき瑠璃色の大蛇を連想させる。車を降りると、ゆらゆらと揺れる長い吊り橋を渡って、急傾斜の崖っぷちに刻まれた小道を昇り下りして、硫黄のにおいが濃くなったところに、露天風呂の湯気が立ち上り、その上方に今夜の宿松泉閣があった。温泉の前に竜沢寺と若山牧水の石像があった。露天風呂の水質はとろりとして柔らかく、いかにも胃腸病、神経痛に効きそうであるが、においがきつくて、飲めなかった。宿主の行き届いたお世話は子供たちを喜ばせた。

翌日は、松泉閣のマネージャーである桜井さんが、次の宿まで六合村一帯を案内してくれた。道祖神などを見学しながら、野反湖へ約一時間のドライブ。野反湖の周辺はまったくの自然の世界。スポイルされていない人造の湖の美しさもさることながら、岩ツバメの夥しく飛び交う低い茂みや、高山植物の咲き乱れる湖へいたるなだらかな丘陵など、私たちは湖の周囲を何キロも歩いて、このひっそりとしたシーズンオフの野反湖に対する愛着を募らせていった。

二日目の宿は尻焼温泉の関晴館別館。ここも川沿いの宿で、約百五十メートル上流の川床に源泉が湧いている。その昔、一人分の砂を掘ると湯が湧き出し、そこへ体を沈めると尻を焼くことから、その名が出たという。近くの曲げ物細工師の仕事場を見学している間に、夫だけは風呂に入った。宿にも風流な造りの露天風呂があり、湯が始終流れ出ている。湯は清潔で、肌がぴりぴり痛いぐらい熱い。広々とした湯船に身を沈め、じっとしていると、下を流れる川の音が聞こえてくる。

（鄒　双双）

森律子　もり・りつこ

＊明治二十三年十月三十日〜昭和三十六年七月二日。東京京橋（現・中央区）に生まれる。跡見女学校卒業。女優。明治四十四年、帝劇開場公演「頼朝」で初舞台。

なつかしい塩原　なつかしいしおばら　エッセイ

〔作者〕 森律子

〔初出〕「温泉」昭和二十六年二月一日発行、第十九巻二号。

〔温泉〕 塩原温泉（栃木県）。

〔内容〕 一番なつかしく思い出の多いのは塩原温泉である。しかしそれは関東大震災前の事で、以後は母が高血圧の病いのため、全然旅行が出来なくなった。当時、殊に紅葉時《もみじどき》の塩原を見た私は、子供心にも世にも美しいこんな所があるものかと全くその自然の美に酔わされてしまった。福渡戸《ふくわど》の和泉屋旅館の客となるのが常であった。その頃はまだ福渡戸にさえ二三軒の宿屋しかなかった。ずっと奥へ行くと塩の湯という素朴な温泉宿が一軒あり、如何にも浮世ばなれした気分がして、都人を非常に喜ばせてくれた。塩の湯へ行く手前に塩原神社があり、その境内に高尾の碑が昔の夢を語るかのように苔むして立っている。

明治四十五年の春帝劇の舞台で、故右田寅彦先生の「塩原高尾」を私が主演することになった。道具方の故意か、または忘れたのか、枝折戸には固くカスガイが打ちつけたままになっていた。私がいくら引いても叩いても開《あ》かずに、困り抜いていた時、役の上では極悪の父親の松助丈が見かねてツカツカと枝折戸に近づき、カスガイを力任せにはずして、その場を救って下さった。フト気がつくと、松助丈の右の手から真っ赤な血が滲み出ていたのである。私は申し訳なく、心からおわびやらお礼を申し上げた。この「塩原高尾」に出演中の一か月は何やら塩原にいるような気持ちがしていた。その時、佐々木信綱先生より〝「塩原高尾」のお秋を見て〟として「塩原の秋のいろ石木の葉石／しのふ木の葉にむせふ瀬の音」「ゆく秋のなけきも知らず狂ひ咲く／花の笑まひも悲しからずや」を、川柳久良伎先生より「それ以来律子紅葉の紋をつけ」「高尾霊あらば律さんたのみんす」を戴いた。塩原についての私の記憶は今より二十七八年の昔に溯る訳だが、現在では嘸《さぞ》かし変化していることだろう。（浦西和彦）

【や】

八木義徳　やぎ・よしのり

＊明治四十四年十月二十一日〜平成十一年十一月九日。北海道室蘭市大町に生まれる。早稲田大学文学部仏文科卒業。小説家。「劉広福」で第十九回芥川賞を受賞。『八木義徳全集』全八巻（福武書店）。

伊豆の旅《いずのたび》　短篇小説

〔**作者**〕八木義徳

〔**初出**〕「風景」昭和三十七年五月一日発行、第三巻八号。

〔**温泉**〕修善寺温泉・伊東温泉（以上静岡県）。

〔**内容**〕三人は北海道のある港町で、小学校と中学校をいっしょにすごした古い同窓の仲間だ。だが、現在は、金井は函館で北洋漁業の独航船の船主、沼田は入聟して札幌の薬屋の店主、そして私は東京で文筆業というぐあいに、住む世界がひどくかけちがったものになってしまった。それでも幼な友だちという感情が不思議にこんにちまでつづいている。金井が漁業団体の役員をしているので、ひんぱんに札幌の道庁や東京の農林省へ陳情や請願に押しかけてくる用があり、この金井を通して私と沼田はおたがいの動静を知り合うことができるのだった。戦前金井が東北の三陸沿岸で小規模な近海漁業を営んでいた頃、ある日シケで船と網をやられてしまい、経済的打撃をうけたことがある。そのときの窮地を救ってくれたのが沼田の亡父だった。彼が北洋漁業の独航船の船団の一員に割りこもうと請願に上京してきたとき、彼の書類を審査すべき農林省の課長というのが、偶然にも私の大学の同級生だということがわかり、金井の船のことを農林省に出かけて頼んだことがある。

金井が思いがけなく沼田をつれて上京してきた。夕飯を食べている最中、三人でいっしょに伊豆半島を一周しようときまった。おたがいにひとりずつ女をつれて行くことになり、沼田も即座に応じた。旅の費用は一切持たせてくれ、ことしは紅鮭の漁がよかったのでと金井がいった。約束の日がきて、東京駅のプラットフォームに顔をそろえたのは、男三人に女一人だった。金井のそばに和服姿で立っている女は、ひろ子で、先月金井が上京してきたとき、私が案内した赤坂の料亭の仲居だった。三十五六で、四日ほど前にはじめてこの社会に入ったズブの素人さんだった。私の知るかぎり、金井と女との関係が三か月以上つづいた例は一度もなかった。修善寺温泉で、湯上りの丹前姿で四人が夕飯の食卓を囲んだ。金井が手ぶらの私と沼田を憐れんだのか「藝者を呼ぼうか」と電話をしたが、あいにく全部出払ったあとだった。一夜が明けた。われわれは西伊豆廻り下田行きのバスに乗りこんだ。石廊崎に向かい、遊覧船に乗ったが、ひろ子が船酔いにやられた。金井がこの町にいる古いつきあいの商売仲間にあいさつの電話をかけると、今夜ぜひ一席もうけるから泊れという。しかし私と沼田は、金井とひろ子をそこに残して、予定通り伊東温泉に向って発った。沼田は、金井が一度ほんとうの恋をしてから死にたいといっていた、という。この旅の話は二年前のことである。その後、沼田は細君に死なれた。金井は胃癌の疑いで札幌の大学病院に入院し、しばらくして、胃袋を半分取り退院したという知らせを受けた。二か月ほどして上京してきた金井は、人ちがいかと思われるほど面変りしていた。ゆうべ、ひろ子と別れ話をしたという。あの女はおれにとっては最後の女かもしれない、胃潰瘍は医者のゴマ化しで、おれはほんとうは癌だ、この金をひろ子に渡してほしいと依頼された。ことしの三月下旬、金井が細君同伴でふいに私の家に姿をあらわした。おまえも細君同伴で伊豆半島一周の旅に誘おうと思ってという。私は、たまには奥さんと水いらずの旅をしてみろよと、二人を送り出した。金井の顔が泣き笑いの表情になった。

（浦西和彦）

矢代幸雄《やしろ・ゆきお》

＊明治二十三年十一月五日～昭和五十年五月二十五日。横浜に生まれる。東京帝国大学英文科卒業。美術史家、美術評論家。著書に『東洋美術論考』『レオナルド・ダ・ヴィンチ』『随筆ヴィナス』など。

温泉二題《おんせんにだい》　エッセイ

〔作者〕矢代幸雄

〔初出〕「温泉」昭和二十四年九月一日発行、第十七巻九号。

〔温泉〕箱根芦の（之）湯（神奈川県）、修善寺温泉（静岡県）。

〔内容〕二三日前、国立博物館に小林古径君の名作「いで湯」を見る。あれは、箱根芦の湯、去来山房の浴室であろう。故人となった原三渓翁自慢の温泉で、その青く透き徹った水色を愛して、「青琅玕の如し」琅玕湯と呼んでいられた。今から三十年の昔、しばしば去来山房に客遊し、その琅玕湯に浸《つか》った。特に深夜、読書をやめて浴室へ行くと、浴槽中に湯は湛然と凝《こ》って、水ではなく、長方形の箱に仕切られた青琅玕が固体のように静かに横たわるばかりであった。去来山房は、箱根の双子山の麓にあり、杉の木立を透して右手には、駒ヶ嶽への高原の連山が見える。山気と温泉とを満喫した。思い出してみると、去来山房の浴室の周囲に拡がる庭は、馬酔木《あしび》ばかりで、奈良の春日山麓の密林のようであった。古径君の「いで湯」の窓外にちらちらする小さい白い花は、馬酔木の花に相違なかった。

　修善寺の荒井に、天平風呂と呼ぶ浴室がある。安田靫彦君の設計だそうだ。戦前の或る年、小林古径君、前田青邨君と三人で天平風呂に入った。夜の暗い灯火の下、黒い自然岩の間に湯が黒々と澄んで、池のように湛えている。太い白木の丸柱が岩の上から直《じ》かに立って、天平伽藍のような簡素にして豪宕な斗栱ある天井をしっかりと支えている。「なかなか感じが出ているね」と、湯の中から三つの首を浮かせて、白い太い丸柱を仰ぎ見る。「天平時代はい、時代だったね」と言い合う三人は、何れも奈良藝術の讃美者であって、快適な温泉に浸って、身も心も暢《の》び暢びとして、自ら天平の昔の人になったような気持ちでいた。

（浦西和彦）

安岡章太郎

やすおか・しょうたろう

＊大正九年五月三十日～平成二十五年一月二十六日。高知市帯屋町に生まれる。慶応義塾大学文学部卒業。小説家。「悪い仲間」「陰気な愉しみ」で第二十九回芥川賞を受賞。代表作に「海辺の光景」「僕の昭和史」「幕が下りてから」など。『安岡章太郎全集』全七巻（講談社）。

伊豆・北川温泉の印象——一軒宿のニューフェイス

いず・ほっかわおんせんのいんしょう——いっけんやどのにゅーふぇいす　エッセイ

〔**作者**〕安岡章太郎

〔**初出**〕「旅」昭和三十三年七月一日発行、第三十二巻七号。

〔**温泉**〕北川《ほっかわ》温泉（静岡県）。

〔**内容**〕同窓のI君が伊豆の北川で旅館の主人をしているというので、恩師の奥野信太郎先生に誘われて訪れた。

伊東からバスで一時間、熱川《あたがわ》の北だから、北川という。宿屋はI君の家、一軒しかない。I君は仙人と幽霊の研究をして、「唐宋時代の仙境思想」という風変わりな論文を提出した人であるから、宿屋の番頭になりきって、モミ手をしながら現われたのには驚いた。I君の旅館は空中楼閣のごとく三階建ての建物で海岸ぞいに立っていた。風呂は三方の壁をガラス張りにして、海を見晴らす「ハワイ風呂」と称するものであった。バナナの樹などをあしらった子供だましに似たハワイ風呂も、透明な湯があふれて気持ちが良く、湯気にくもったガラス窓をあけると海の風が吹き込んできて、チカチカ星がまたたいてみえた。翌日、海岸の岩風呂につかって、波のよせてくるのをながめているとI君がやってきた。風呂に誘うと、いきなり番頭の制服を脱いで、ざぶんと飛び込んできた。それは、昔ながらのI君であった。裸同士で向き合っていると、いつかお互いの環境のちがいや、年月のへだたりなど、次第に洗い流されて行くような気持ちがした。

（岩田陽子）

矢田津世子

やだ・つせこ

＊明治四十年六月十九日～昭和十九年三月十四日。秋田県南秋田郡五城目町に生まれる。本名・ツセ。麹町高等女学校卒業。小説家。「日暦」「人民文庫」に参加。代表作に「神楽坂」など。『矢田津世子全集』全一巻（小沢書店）。

茶粥の記

ちゃがゆのき　短篇小説

〔**作者**〕矢田津世子

〔**初出**〕「改造」昭和十六年二月、第二十三巻二号。

〔**初収**〕『茶粥の記』昭和十六年八月発行、実業之日本社。

〔**全集**〕『矢田津世子全集』平成元年五月三十日発行、小沢書店。

〔**温泉**〕霊泉寺《れいせんじ》温泉（長野県）。

四五軒の湯宿と雑貨や駄菓子などを商う小店と、あとは川を挟んで飛びとびに農家があるばかりだった。

〔**内容**〕忌明けになって姑の心も定まり、清子と二人、良人の遺骨をもって、いよいよ郷里の秋田へ引き上げることになった。旅立ちの前夜、清子は久しぶりに茶粥を炊いた。良人はこの茶粥が好物だった。この頃になって清子はやっと亡夫のことをあれこれ思い出す。清子は姑を守って学校に奉職することに決めていた。亡夫の友人が残った荷物を世話してくれる。友人が帰って程なく清子は姑を休ませた。この家とも今夜でお別れだと思うと、床に入りがたい思いがした。ふと気づいて雑誌を手に取った。実際に食べたわけでもないのに、味覚へ向ける記憶力と想像力から、良人は食通として職場の人達や雑誌上などで名が知れていた。良人は、「白魚のおどり食い」「鯛の生作り」「鯉の糸作り」「鰹のたたき」について懇切に述べている。食べもしないくせに嘘ばっかり書いていると腹立たしい気持ちになったが、しかし不思議に良人の文章から御馳走が次ぎつぎと抜け出して眼前に並び、手を出したい衝動にかられた。

汽車は上野でほとんど満員だった。遺骨と三人の旅だったけれど、姑は哀しいほど浮き立っていた。同じリュウマチスで難渋していた裏の家主の夫婦に、霊泉寺温泉に湯治に行って痛みがとまったと聞いてから、姑の一生の念願であった霊泉寺温泉に寄り道をした。宿に着いた頃は、さすがに姑も疲れていた。しかし姑は湯に入るとすぐ元気になった。宿は素朴な屋造りだった。掃除の行き届いた農家といった感じである。姑が湯へ行っている間に、思いがけなく旅の途中で見た鳩が思い出された。二羽連れ立っていた睦まじさが目に沁みた。その夜、清子は良人の夢を見た。亡くなってから初めて見る夢だった。朝食前、清子は姑に添うて散歩に出た。これから続く姑と二人のささやかな暮らしが今始まったような気がした。清子はやはり良人を思い出していた。雑誌社の座談会に招ばれて支那料理の御馳走になったが、帰宅する早々腹痛をおこして、御馳走はこりごりだと言った。変わったものを口にすると、きっとあとで腹痛をうったえた。先に帰った姑は茶を喫んでいる。裏の藪から鶯の声が聞こえてきた。そう教えるが、聞こえないらしい。振り向いて、「いい按配のお茶ッコだしてえ」と、うなずいてみせた。清子はそれきり、鶯のことにはふれなかった。

（阿部　鈴）

柳田泉《やなぎだ・いずみ》

＊明治二十七年四月二十七日～昭和四十四年六月七日。青森県中津軽郡豊田村外崎（現・弘前市）に生まれる。早稲田大学文学科卒業。近代文学研究家、英文学者、翻訳家。資料収集による実証的な近代文学研究を開拓する。『政治小説研究』『若き坪内逍遥』など。

狙公《さるまわし》　エッセイ

〔**作者**〕柳田泉

〔**初出**〕「温泉」昭和十六年五月一日発行、第十二巻五号。

〔**温泉**〕熱海温泉（静岡県）。

〔**内容**〕筆者は近頃温泉に行く機会がなかったので、幕末の文人画家の生活を描いた随筆『香亭雑談』（中根香亭著、明治十九年発行）の中から温泉に関係のある話が出てくる「狙公」を紹介している。

あるとき、幕臣の鈴木桃野が、山寺北雅を尋ねて一杯飲んでいた。そこへ北雅の弟子栗園がひよっこりやってきた。三人は大いに盛り上がった。今日は面白いから、一つ藝をお目にかけたいと、栗園は中座し、やがて三味線を手にして戻り、ひき出した。それは猿廻しの曲であった。演奏が終わると二人はその藝をほめそやした。すると栗園は、しばらく目をつぶり、開いたときには涙が浮かんでいた。「そのことです。これは昔、わけあつて、ひどい骨を折つて覚えたものです。いまだに少しも忘れずにをります」といい、そのわけを話した。

もう何年か昔のこと、栗園は画の修行をかねた上方旅行を思い立った。伊豆で熱海の湯に浴していると、古い腫物か何かが再発して動けなくなった。それで宿屋に数か月逗留した。いよいよ宿を立つときには財布が空である。宿の主人に負債の相談をすると、主人は下男になれば三十五年後には借りを返せるだろうという。三十五年も奉公していたら修行に差障ると栗園が返事をできずにいると、隣の部屋から猿廻しが出てきて、三味線ひきに死なれて困っているから代りにひいてくれないかと言う。栗園は承諾する。こうして栗園は猿廻しについて三味線を勉強した。十日ほどの修練で何とか曲を覚え、熱海を立って北国方面を一回りし、やがて南へ向かい、再び江戸へ入る日が近くなった。そこで猿廻しは、江戸はあなたの故郷だから、猿廻しの三味線であることが知れるとみっともよくないでしょうと、名前も明かさずに別れを告げた。栗園はこの心づかいが涙が出るほどうれしかった。栗園は語り終わって、目に新しく涙を見せた。聞いていた二人もしんみりとした気分になった。三人はその名の知れない猿廻しをしのび、あわれな思いがやまなかった。

（古田紀子）

柳原燁子　やなぎはら・あきこ

＊明治十八年十月十五日〜昭和四十二年二月二十二日。東京に生まれる。筆名・柳原白蓮。本名・宮崎燁子。東洋英和女学校卒業。歌人。歌集に『踏絵』『幻の華』『紫の海』など。

私の温泉追想　わたしのおんせんついそう　エッセイ

〔**作者**〕柳原燁子

〔**初出**〕「温泉」昭和十四年十二月一日発行、第十巻十二号。

〔**温泉**〕磯部温泉（群馬県）、別府温泉（大分県）、修善寺温泉（静岡県）。

〔**内容**〕私が十三四の頃、上州磯部の温泉に行ったことがあった。その宿に来ている者は田舎者ばかりのようだった。宿の近くに大野九郎兵衛の墓があった。この九郎兵衛は、世間でいうような不忠な人間ではなく、万一大石良雄等四十七士が敵討ちをやり損じたなら、あとに立ち上って目的を達する筈だったのだときいて、救われたような気持ちになったことを覚えている。

　九州にいた頃、別府の温泉場に、やたらに贅沢なものを造ったことがあったが、このときは、何一つ自分の発案や趣味で造作が許されたものがなかった。別荘というものも、余りに立派すぎ、余り大きすぎると、かえって人はその立派さに引きずられ、窮屈なものになるものだということを覚えさせられた。

　修善寺温泉で見た女は三十歳位かと思う。昼寝しながら読んでいる本は、和とじの漢文であった。あの固苦しそうな本を、小説でも見るように、気楽に読んでいるようすは、小憎らしい程で、得たいのしれない人だった。

（浦西和彦）

山上たつひこ　やまがみ・たつひこ

＊昭和二十二年十二月十三日〜。徳島県に生まれる。別名・山上龍彦。大阪鉄道高校卒業。漫画家、小説家。『山上たつひこ選集』全二十巻（双葉社）。

小川元湯ぼくの湯治場世界　おがわもとゆぼくのとうじばせかい　エッセイ

〔**作家**〕山上たつひこ

〔**初出**〕「旅」昭和六十二年一月一日発行、第六十一巻一号。

〔**温泉**〕小川温泉元湯《もとゆ》（富山県）。

〔**内容**〕越中富山の山奥の小川温泉元湯は、収容人員百五十名、貸間部もあって七百名収容可能な温泉宿である。四百年の歴史を誇る由緒正しき湯治場なのだ。大浴場―湯の瀬の湯は、脱衣所だけは男女別で中は混浴だ。お湯はややぬるめ。湯から体を出すとピリピリする感じ。食後に、ホテルおがわ名物、洞窟風呂探訪に出かける。十月末のこんな時刻に、宿から離れた露天風呂に入りにくる客はいない。半洞窟とでもいおうか、岩壁の少し深めのくぼみに温泉が湧いている。この露天風呂の特徴として、石灰岩が温泉で溶けて、巨大な「石灰華」となっている。高さ二十三メートル、幅十八メートル、奥行二十メートルある。岩手県の夏油《げとう》温泉のものより大きい。翌日は、朝食を終え、カメラを肩に湯治部探訪に出発。売店には生活用品ひととおり、野菜まである。売店を左へ進むと、湯治棟「長春館」だ。その先が「不老館」。壁には、物品貸出料金表を掲げる。こんろが一日四十円、金杓子三十円、やかん四十円、包丁は三十円、二日にわたって使いたい人は五十円払えばよい。不老館三階に薬師如来を祀った薬師堂がある。不老館から「若狭館」をひと回りして、湯治部の玄関へ出る。昔の小学校か病院のような雰囲気だ。玄関から向こうは、「白雲館」だ。

（浦西和彦）

山口青邨 やまぐち・せいそん

＊明治二十五年五月十日〜昭和六十三年十二月十五日。盛岡市に生まれる。本名・吉郎。東京帝国大学工科大学採鉱科卒業。俳人。随筆家、鉱山学者。「夏草」を主宰。句集に『雑草園』『雪国』など。

湯ケ島の俳趣 ゆがしまのはいしゅ　エッセイ

〔作者〕山口青邨

〔初出〕「温泉」昭和十六年六月一日発行、第十二巻六号。

〔温泉〕湯ケ島温泉（静岡県）。

〔内容〕私は、以前は随分方々の温泉に出かけて行って喜んでいたものであるが、この頃はさっぱり温泉に出かけなくなった。それは忙しくなって旅行する機会が少なくなったことと、もう一つは、温泉場に行っても客がごたごたしていて、泊まるところもないということが怖ろしくて出かけられないのである。私は伊豆が好きで、以前は殆ど毎年のように行った。中でも天城の麓の湯ケ島が好きであった。あそこに落合楼と湯ケ島館と二軒しか宿屋がなかった頃、その頃がよかった。予告なしに行ってもこのどちらかの宿屋に泊まることが出来たし、宿屋の人達も至って親切であった。後には私は専ら湯ケ島館に泊まるようになったが、こっちは家も古く、部屋も上等ではなかったけれども、それでも親切だったし、湯壺が直ぐ川の水とすれすれにあるようなところで、気持ちがよかった。春の休みに四五日をここで過ごすことがあった。ものを読み、ものを書くには気分が落ち着いてよかった。ここで幾篇かの随筆と幾つかの俳句が出来た。今私の随筆や句集をひもといて見ると、それらのものを散見する。春休みに出かけていった時の山桜を私は忘れることが出来ない。狩野川が二つの谷川にわかれるところ、其処が即ち落合であって、其処にある宿屋が落合楼であるが―その一つの渓流に沿って少し上流にのぼって行くと道に沿って何軒かの家がある。むかし宿屋もあったとかいうことで、道から下の方に下りた川面近くに露天の浴槽が残っていたりした。そのあたりに山桜が何本かあった。雑木にまじって山桜が咲いていた。一つ一つ花びらが見えるほど明らかに静かに咲いていた。この山桜咲く頃の、この川のほとりの静かな環境は私にだけ与えられた秘境として嬉しかった。その後、湯ケ島には行っていないように思う。「窓外直ちに春水の躍るのを眺め、むこうの山に白い山桜の二本三本を眺め」、わさびの茎のひたしものや山女魚を焼いたのが出てくるのも嬉しかった。今はもう、こうした環境も失われたかも知れない。

（李　雪）

伊豆早春風景《いずそうしゅんふうけい》　エッセイ

〔**作者**〕山口青邨

〔**初出**〕「温泉」昭和二十八年三月一日発行、第二十一巻三号。

〔**温泉**〕湯ケ島温泉・熱海温泉・吉奈温泉（以上静岡県）。

〔**内容**〕早春の温泉ということになると、どうしても伊豆ということになる。明治末から大正にかけての頃は、画家や文士たちはみんな貧乏だった。そういう人達が大島や伊豆の春をたずねて行った。魚が豊富で、物が安くて、人は純朴であった。何日でも心配なく滞在出来た。伊豆の山、伊豆の海、伊豆の温泉は学生や画家や文士には楽園であった。その頃は鉄道も不便だったが、学生は駅から温泉まで歩いた。伊豆は詩の国であった。私は天城の麓の湯ケ島が好きで、よく出かけた。天城は御料狩猟場になっていて、猪狩の人達や、旅商人とか、私達のような貧乏人が泊まるのだった。伊豆方面に出かけるようになって三十数年になる。古い句集をひっぱり出して、伊豆へ遊びに行った時の句を拾って見る。「ものの芽の奇《く》しくほぐれし峠かな」などがある。早春の山の美しいのは木の芽時である。満山の雑木が一斉に芽を吹く時の盛観は素晴らしいものだ。「湯壺より高く春水躍りつゝ」などは昭和九年、湯ケ島での作である。雪解で水嵩が増して、巨石の頭を水が越えて、白く砕けていた。「枯芝の海に傾き榻《とう》もまた」などは二十年ほど前、熱海ホテルでの作である。「梅一輪紺青の海に描き思ふ」。眼前に紺青の海がひらけていた。その紺青は何とも言えず、深く美しく象徴的であった。「雨醫《あまくぼ》の流るゝ椿うちかこみ」などは昭和二十三年吉奈温泉で作った。雨の中を傘をさして写生に出かけた。川のほとりに大木の椿があって、無数の花を咲かせている。川の中に落ちて流れる椿があった。夢のようにはなやかで静かであった。

（陳　斯）

奥会津の秘湯《おくあいづのひとう》　湯の花温泉《ゆのはなおんせん》　エッセイ

〔**作者**〕山口青邨

〔**初出**〕「旅」昭和三十二年九月一日発行、第三十一巻九号。

〔**温泉**〕湯の（ノ）花温泉（福島県）。

〔**内容**〕この間、短冊掛の小包が届いた。これは、福島県南会津の山の中にある、誰も知らないような小さい温泉、湯の花温泉の清滝旅館のお母さんがよこしたのだ。去年の秋、私はSさんやHさんなどとこの温泉に行った。その時、色紙が出されたので、酔ったままで即吟を書いてやったのだ。「きょうだいのやさしかりけりなめこ汁」という句だった。あの辺はナメコの産地で、缶詰工場などもある。味噌汁や大根おろしでたくさん食べた。清滝旅館にいるとのんびりして普通の家にいるような感じがする。そういうことからこの俳句ができたので、俳句もまた素朴である。

会津若松を起点にして、南に下る会津線を途中の田島で下車して、バスで山口というところに出て、そこから南に十キロ、内川というあたりから東南に湯の岐川に沿って入るのだ。すると川のほとりにこの温泉がある。この温泉の奥に駒カ嶽があり、更におくに尾瀬沼があり、燧《ひうち》ケ岳《がたけ》、至仏山《しぶっさん》がある。最初に行った時は十二月初旬であった。今にも雪が降りそうな空だった。

裏山で熊が取れるという。
　清滝は古い家で、川のほとりにあり、二階建てである。客がごく限られていて、山林関係の人たちが多いので、玄関に地下足袋が置いてある。客用の小浴室がひとつあり、そう広くはないが、最近作ったらしく清潔である。その下に男女混浴の、村の人たちが自由に出入りできる古い浴室もある。二階の廊下の手摺に手をかけて下の川を眺める―響きを立てて流れている川はいつでもよいものだ。鰙《わかさぎ》がいる。秋は紅葉鰙、春は柳鰙、花ウグイ、田楽もよいし、軽く焼いて酢醤油というのもうまい。川向こうの藁屋がよく見える。大きい梨の木がある。真白い花が咲いている。お母さんは客の心持をよく知っていて、山間で取れるものを食べさせる。春はもちろん山菜だが、冬行ってもゼンマイや蕨を干したり、塩漬けにしたりして保存しておいたものをあえたり、にたりして食べさせる。山の芋のとろろ、ナメコ、しいたけ、舞茸、小鳥、鰙などを適当に組み合わせては出す。お母さんは私が飲まないと分かったので、葡萄酒を持ってきた。山小屋にいる人が作ったのだそうだ。甘酸っぱくてうまかった。
　だんだんそういう田舎の温泉が少なくなる。旅行好きで不便をいとわない人はこんなところに出かけていって、本を読んだり、寝転んだりしてきたらよいと思う。

（鄒　双双）

山口瞳
やまぐち・ひとみ

＊大正十五年十一月三日～平成七年八月三十日。東京府荏原郡入新井町（現・東京都三鷹市）に生まれる。国学院大学文学部日本文学科卒業。小説家、随筆家。「江分利満氏の優雅な生活」で第四十八回直木賞を受賞。『山口瞳大全』全十一巻（新潮社）。

温泉
おんせん　エッセイ

〔作者〕山口瞳
〔初出〕「旅」昭和五十年三月一日発行、第四十九巻三号。
〔温泉〕下部温泉（山梨県）。
〔内容〕温泉へ行きたいと思う。疲れている証拠だろう。そういうところが日本人なのかもしれない。しかし、温泉へ行って疲れが取れるだろうか。温泉へ行くためには、まとめて仕事を片付けないといけない。それを思うとウンザリする。旅館へ予約し、列車の切符は買ってあるのに、仕事が上がらない。そこで大荷物を持って出かけるときの不愉快なこと。温泉は疲労回復になるか。効くことは効くのだろうが、隣の部屋のドンチャン騒ぎで寝られなかったなんてことがある。女房と一緒だと、名所見物や寺参りに誘ってやりたいという気持ちになり、それも疲れる。また湯疲れということもある。体が解けてしまって、以後一か月もピリッとしないということもある。まあ全般的に言えば悪いことではないのだろうけれど。下部温泉に行った時には一週間も滞在してしまった。飲みすぎて、帰るまで嘔気が止まらない。これはこっちが悪かったのだ。温泉に限らないが、旅館の人が気をつかってくれること、女中さんの親切、これが一番である。そういう所へ行きたいと思う。

（陳　斯）

温泉へ行こう
おんせんへいこう　紀行文

〔作者〕山口瞳
〔初出〕「新潮45＋」昭和五十八年十月一日～六十年四月一日発行。
〔初版〕『温泉へ行こう』昭和六十年十二月十五日発行、新潮社。
〔温泉〕大沢温泉・堂ケ島温泉・修善寺温泉（以上静岡県）、中房温泉（長野県）、碁《ご》点《てん》温泉（山形県）、由布院温泉（大分県）、常磐（現・いわき）湯本温泉（福島県）、玉造温泉（島根県）、熱塩温泉（福島県）、下風呂温泉（青森県）、浦安草津温泉（千葉県）、有馬温泉（兵庫県）、湯村温泉（山梨県）、湯涌温泉（石川県）、荒川温泉（長崎県）、白久《しろく》温泉・柴原《しばはら》温泉（以上埼玉県）、登別温泉・湯の川温泉（以上北海道）、女夫淵《めおとぶち》温泉・奥鬼怒《おくきぬ》温泉郷（以上栃木県）、山中温泉・山代温泉・片山津温泉（以上石川県）、草津温泉（群馬県）、星野温泉（長野県）、宝川温泉（群馬県）。

〔**内容**〕温泉行には、団体旅行、美女とともにしけこむ、湯治の三種類がある。僕の温泉行は、強《し》いて言えば「湯治にちかい。ミニ逗留か」という。「第1話　西伊豆早春譜」「第2話　回想の中房温泉」「第3話　療養上等、碁点温泉」「第4話　九州横断、湯布院盆地」「第5話　憧れの常磐ハワイ」「第6話　玉造、皆美別館の夜」「第7話　熱塩温泉、雪見酒」「第8話　下北半島、海峡の宿」「第9話　なぜか浦安草津温泉」「第10話　春宵一刻一万五千二百円」「第11話　常磐ホテル花梨の庭」「第12話　湯涌白雲楼のヤマボウシ」「第13話　五島列島、黴臭い旅」「第14話　安近短、埼玉に秘湯あり」「第15話　北海道、馬と漁り火」「第16話　奥鬼怒、露天風呂めぐり」「第17話　我が師の宿、大阪屋」「第18話　決死行、山中、山代、片山津」「第19話　軽井沢は真冬に限る」「第20話　呉越同舟、汪泉閣の宴のあと」から成る。

井上薫は、費用のことが書いてないので、実用的な温泉紀行といわれると疑問であるが、「これを『限りなく非実用的な紀行文』として読むなら、限りなく楽しい第一級の本である」（「図書新聞」昭和31年3月1日）と評した。

（浦西和彦）

山口洋子　やまぐち・ようこ

＊昭和十二年五月十日～平成二十六年九月六日。名古屋市に生まれる。京都女子高等学校中退。小説家、作詞家。「演歌の虫」「老梅」で第九十三回直木賞を受賞。

北陸・片山津で味わう殿様気分　ほくりく・かたやまづであじわうとのさまきぶん　エッセイ

〔**作者**〕山口洋子

〔**初出**〕「旅」昭和五十五年一月一日発行、第五十四巻一号。

〔**温泉**〕箱根温泉（神奈川県）、片山津温泉・和倉温泉（以上石川県）。

〔**内容**〕今年は二つの温泉地に行った。一つは春頃に、箱根。三河屋という古い宿がお気に入りで、なんといってもここは風呂がいい。入り口が男・女と別になっているのに、中へ入れば湯船はなぜか混浴。先に女性軍が入っていて、男性は後から入ってくると、隅でコソコソ体を洗ってそっと出て行く。裸になると女性のほうが強いということを発見したのはここの風呂場である。夏には片山津温泉のホテルながやまの迎賓館。東京の一流の待合でもなかなかお目にかかれない、豪華な部屋造り、家具調度品の立派さにはいつも目を見張る。女中さんのマナーのよさも気持ちがいい。一番最近には、十一月に和倉温泉の加賀屋という旅館にお世話になった。出てくる料理の質・量・味には、さすが大食らいの私も圧倒された。北陸の晩秋の海の風情も素晴らしかった。しかし、懐かしい風呂、心安らぐ女中さんの笑顔、舌鼓をうった料理より先に恋しく思い出すのは、マッサージさんのツボを心得た手指の力のほどの良さ。人間というのは知らない間に歳をとっているのかもしれないなあ、と思う昨今である。

（阿部　鈴）

山崎斌《やまざき・あきら》

＊明治二十五年十一月九日～昭和四十七年六月二十七日。長野県東筑摩郡麻績村に生まれる。国民英学会で学ぶ。小説家、評論家。短篇集『郊外』、評論集『病めるキリスト教』など。

河豚―別所温泉炬燵ばなし《ふぐ―べっしょおんせんこたつばなし》　エッセイ

〔作者〕山崎斌

〔初出〕「温泉」昭和二十六年四月一日発行、第十九巻四号。

〔温泉〕別所温泉（長野県）。

〔内容〕私は、いま、信州の別所温泉を思い出している。上田市から西方三里の山間を、明治時代までテトテトとラッパを鳴らして馬車で行く、今は小さい古風の電車で三十分で行く静かな湯の町である。明治三十年前後が最盛期で、宮様の御愛顧の温泉宿があり、御寵愛の女のひともあった。大正年代には、新興の温泉に圧されて、一種の「さびれ」を見せはじめた。葛西善蔵が久米正雄さんの案内で、院内という所にあるS屋という宿に滞在していたことがある。さびれはじめた大正六年頃のことだったと思うのだが、まだ藝者も二三十人はいた。そこに葛西善蔵が惚れた女性で、小説「不能者」で描かれた「金弥」がいた。それから十年ほど経過して、私はこの「金弥」と出会ったのであった。別所温泉での私の宿は、院内の一番奥のK屋別荘である。「金弥」がまた東京から舞い戻って、出ているというので、呼んでもらったのである。「豊頬だつたらしいのが、すこし瘠せ、やわらかくなつた風で、白粉の下にソバ滓がうす黝い。さびしいが、しかし、感心に品があつた」。葛西氏が好きだったという「惚れて通へば、ナニ怖《こ》はからう…」を幾度も繰り返して唄ったりして、ひどく酔って帰って行った。後で、宿の女中さんが、三味線も上等だし、声もいいけれど、私たちは、「河豚」と言っているという。よく怒ってフクれるとのこと。それも既に二十幾年以前の事になる。

（浦西和彦）

土肥温泉今昔譚《といおんせんこんじゃくばなし》　エッセイ

〔作者〕山崎斌

〔初出〕「温泉」昭和二十六年十二月一日発行、第十九巻十二号。

〔温泉〕土肥温泉（静岡県）。

〔内容〕土肥の野毛さんから、やっと温泉が昔のように復活したという手紙が来た。もう二十余年前になるが、当時、私はその土肥温泉に住んでいた。土地の人々と交り、その繁栄を策すという会合に出席し、「土肥節をどり」を作る主唱者の一人になっていた。当時、土肥鉱山が「金」の採掘で、地下深くドンドン掘り下げるものだから、温泉の水脈の中途で口が開き、そのため温泉の方は段々に涸渇して行く実情にあった。ただ、神社の石段に立たされて、「土肥節をどり」の主唱者の一人として挨拶をのべただけである。ところが、いつの間にか、私はこの鉱山に対する反対的村民大会の首謀者と目されて仕舞ったらしい。翌年、大阪へ移居すると、たちまち「要視察人」とされ、尾行されることになった。その頃、大阪府知事だったNさんと親しかったので、事情をきいて貰うと、それが「土肥節をどり」の一件だった。それで、笑って、やっと尾行をやめて貰った。その鉱山の方から湯が引返して、昔日の如くなったときいて、まことに感慨無量の私ではある。私を土肥へ住ましめたのは若山牧水であった。彼は晩年この温泉場を得て、仕事場として愛用(?)していたばかりでなく、私にもすすめて愛用する様にさせた。あの大地震で、すっかり怖気をふるった私は、この冬暖く梅の花咲く土肥温泉地の、竹林の中に駆け込んだものであった。私はここに足かけ四年ほども棲んだ。当時はのんびりのかぎりをつくした。

（浦西和彦）

山崎豊子　やまざき・とよこ

＊大正十三年十一月三日〜平成二十五年九月二十九日。大阪市に生まれる。本名・杉本豊子。京都女子専門学校（現・京都女子大学）国文科卒業。小説家。「花のれん」で第三十九回直木賞を受賞。『山崎豊子全集』全二十三巻（新潮社）。

女系家族《じょけいかぞく》　長篇小説

〔**作者**〕山崎豊子

〔**初出**〕「週刊文春」昭和三十七年一月八日号〜昭和三十八年四月一日号。

〔**初版**〕『女系家族上巻』昭和三十八年四月発行、文藝春秋新社。『女系家族下巻』昭和三十八年六月発行、文藝春秋新社。

〔**文庫**〕『女系家族上・下』〈新潮文庫〉平成十四年四月発行、新潮社。

〔**全集**〕『山崎豊子全集第四巻』平成十六年四月十日発行、新潮社。

〔**温泉**〕有馬温泉（兵庫県）、芦原温泉（福井県）、奥津温泉（岡山県）。

〔**内容**〕四代続いた船場の木綿問屋、矢島家の養子婿嘉蔵の葬儀が行われた。光法寺を借り切って、十五か寺の住職と三百対《つい》の樒《しきみ》を集めた盛大なものであった。矢島家は代々跡継ぎ娘に養子婿を取る女系の家筋だった。矢島家には、出戻りの長女藤代、養子婿を迎えた次女千寿、三女の雛子の三人姉妹がいる。親族会で大番頭の宇市が遺言状を読みあげた。三人姉妹それぞれへの遺産仕分けのほか、「共同相続財産とし相続人全員で協議の上、分割する」ものと、七年前より面倒をみてきた愛人浜田文乃に「何卒、よしなにお取り計らい下され度く願い候」とあった。祖父の代から大番頭をやっている宇市が共同相続財産目録を作った。総領娘の藤代には、踊りの若師匠梅村芳三郎が、二女の千寿には養子婿の良吉が、三女の雛子には伯母の芳子がうしろに随《つ》いていて、遺産相続争いを展開していく。遺言執行人である宇市は財産の横領を企てている。伯母の芳子は、雛子に鋳物問屋金正の末子六郎との見合いを有馬温泉でさせる。雛子を自分の養女にして、その遺産をねらっているのである。藤代は宇市の作った財産目録に異議をとなえる。だが、宇市は興信所をつかって、藤代と梅村芳三郎の関係をつきとめ、それをネタに取り引きをする。藤代と宇市とが山林調査に行くことになったが、藤代は芳三郎と芦原温泉へ、宇市は愛人の君枝をつれて奥津温泉へ出かけ、山林目録を点検したように見せかける。宇市の手管に乗って三人の姉妹が遺産相続を合意決定する親族会が開かれる、その前日に、男子を出産した君枝が、矢島嘉蔵が亡くなる前に書いた認知状、胎児を認知し入籍した戸籍謄本と、もう一通の遺言状を持ってやってくる。男子出産の場合、成人したら、矢島家の暖簾を千寿夫婦と共に継いで共同経営とし、長姉藤代は別居して一戸を構え、雛子は他家へ嫁ぐべし、この上さらに女系を重ねることを固く戒るとある。別紙に財産目録が、洩れなくしたためられており、宇市の不正が露見する。

山崎豊子は「現代の怪談」（『山崎豊子全集作品第四巻月報』昭和六十年十二月発行、新潮社）で、「この小説の主人公は、長女の藤代、次女の千寿、三女の雛子の三人姉妹ではなく、表舞台に現われない死者・矢島嘉蔵である」。「そして、このドラマをスムーズに、巧妙に展開させる狂言廻し役として、大番頭の大野宇市を設定したのである」と述べている。

（浦西和彦）

山田順子《やまだ・じゅんこ》

＊明治三十四年六月二十五日〜昭和三十六年八月二十七日。秋田県に生まれる。本名・順。小説家。徳田秋声の「仮装人物」のモデル。「流るゝまゝに」「女弟子」など。

登別と湯の川《のぼりべつとゆのかわ》　エッセイ

〔**作者**〕山田順子

〔**初出**〕「温泉」昭和二十五年六月一日発行、第十八巻六号。

〔**温泉**〕登別温泉・湯の川温泉（以上北海道）。

〔**内容**〕北海道の温泉といえば、熊の子が思い出されます。二十数年前、登別の温泉場には、五か月になるという熊の子を飼っていました。その熊の囲いから少し歩いた処に、地獄谷がありました。二丈余もの深いくぼみの底に、一間四方の黒く重いうねりが、見るも肌の粟立つ風情で、この世の地獄めく魅力で覗けたものです。登別から更に登った近くの山中に、頭脳にきくカルルス温泉というのがあります。その温泉から間近な炭焼小屋に、人ずれしていない子熊が迷い込んだので、生捕られたのだということでした。私の思い出の中の登別は、雄大、自然をバックにひっそりと静まって、いびつに俗化しないでいてくれる温泉であり、実に湯の量の多いこと、宿の品よく豊かで、まるで客商売と思えぬ位に、おっとりとしてよかったことです。北海道の温泉といえば、函館の湯の川の温泉も亦、心から取り除くことの出来ないものです。料亭などに見るように瀟洒に手入れがされている宿屋が多く、湯壺は床を刳り抜いたように作ってあり、滾々と湯壺を溢れて湧き出るお湯が透明で、絶えず浅瀬を小波が走るようにして、溢れ流れてゆくのでした。あした世界は、戦後の現在は、まるでなくなっているのでしょうか。

（浦西和彦）

定山渓夜話《じょうざんけいやわ》　短篇小説

〔**作者**〕山田順子

〔**初出**〕「温泉」昭和二十六年七月一日発行、第十九巻七号。

〔**温泉**〕定山渓温泉（北海道）。

「千人風呂の方に私入つて、游ぎたいわ。俊助さんも早く着替へて、姉さんのナイトになつてお風呂場についてつて！」

〔**内容**〕百合夫人と俊助は三つ違いの姉弟であったが、よく恋人同志と間違えられる。百合夫人は俊助を定山渓温泉に誘った。俊助は母の差金かと疑っていた。その夜更け、百合夫人は最終で着いたばかりの良人と湯滝につかりながら、エマが来てくれるか、エマが俊助の純情を利用して行き過ぎにならないか、と心配していた。母が手紙で銀子の結婚式を伝えて来た。俊助は失恋したのである。エマは百合夫人より三つ四つ年上の私設ダンス教師だった。彼女には内縁関係を結んでいた良人がいたが、二三か月前から別居している。エマから見て百合夫人は人のいい女パトロンであった。エマが定山渓へやってくると、百合夫人から一つの役目を依頼された。紹介された俊助とエマの二人は、百合夫人の予想以上に、肌が合い、気難しい俊助がエマと巧まずして仲よくやってゆけた。ダンスの後、どちらからともなく庭に誘って散歩した。俊助は明日ここを一緒に立ち函館を案内してやるという。エマは俊助にキスをした。俊助は忘れかねる銀子への憬れと傷痕を秘めて、エマのキスに耐えた。翌日、頼んでおいた女中からエマの誘惑の模様を聞き、百合夫人は心を傷めて良人に相談した。折よく来合せていた良人の友人の弁護士の木谷が収拾策を引受けてくれた。エマに二三日ダンスを指導して頂けないかと申し込んだのである。木谷の愛人振りを臆面無く示して、エマは木谷と湯槽に浸っていた。俊助は学校に戻り、卒業したら誰にも逢わずに海に行くんだ、陸の生活は僕を傷つける許りだから、と百合夫人に告げた。（古谷　緑）

山田宗睦

やまだ・むねむつ

＊大正十四年五月二十一日〜。山口県下関市に生まれる。京都帝国大学文学部哲学科卒業。評論家、哲学者。著書に『現代のイデオロギー』『哲学とはなにか』など。『山田宗睦著作集』全四巻（三一書房）。

みちのく酸ヶ湯まんじゅうふかし考

みちのくすかゆまんじゅうふかしこう　エッセイ

〔**作者**〕山田宗睦

〔**初出**〕「旅」昭和五十三年二月一日発行、第五十二巻二号。

〔**温泉**〕酸ケ湯温泉（青森県）。

〔**内容**〕八甲田山の山麓に湧く酸ケ湯温泉。幼いとき耳にしたその名を「山のあなたの幸いのように、心にやきつけ」ながらも一度も行くことがなかった筆者が、父の年齢を超える年となりその温泉場を訪れる。青森駅からタクシーで酸ケ湯温泉へ。酸ケ湯の名は「鹿湯」がなまって「スカ湯」になったとも、酸性の硫黄泉で飲むとすっぱいので「酸ケ湯」となったとも言われている。酸ケ湯温泉が湯治客向けの木造客舎を建てたのは明治二十五年頃のことで、その後昭和になって、湯治客以外の一般客のための旅館が自動車道の開通と共に建てられたなど、その歴史を振り返る。宿に着いた筆者は、積雪の中「ふかし湯」へと向かう。屋根を支える四隅の柱の内側に、長さ一間半ほどの木枠の腰掛箱が二列並んでいて、その中に熱湯を通しているため、触ると暖かい。座ったり寝そべったりする。「ふかし湯」に端を発した筆者の民俗学的講義もおもしろい。酸ケ湯温泉の効能は神経痛・リユウマチ・胃腸病の他に、子宝にも恵まれるという。湯治では普通「十日一回り」といわれるが、ここ酸ケ湯ではその効能が著しいため「三日一回り」でもいいという。（福森裕一）

山内義雄

やまのうち・よしお

＊明治二十七年三月二十二日〜昭和四十八年十二月十七日。東京市牛込区（現・東京都新宿区）に生まれる。東京外国語学校（現・東京外国語大学）卒業。フランス文学者、翻訳家。アンドレ・ジッド「狭き門」「コリアンの旅」、マルタン・デュ・ガール「チボー家の人々」などの翻訳。

浴泉回想

よくせんかいそう　エッセイ

〔**作者**〕山内義雄

〔**初出**〕「温泉」昭和二十四年七月一日発行、第十七巻七号。

〔**温泉**〕中の湯温泉・上高地温泉・白骨温泉・上諏訪温泉（以上長野県）、熱海温泉（静岡県）。

〔**内容**〕私は軍人の家に生まれた。父は砲工学校の初代校長だったが、教育総監部と意見が合わなくて、やめてしまった。私が物ごころついたころの父は、支那の詩書をひもといたり、書画骨董をいじくったりしていた。父の葬儀には乃木大将の姿を見た。

軍人時代に相当な親交があったらしい。温泉というものは若いものの行くところでないというのが父の持論だった。こうした家庭であったので、私は子供のときから温泉というものの味を知らなかった。私がはじめて温泉というものに入ったのは三十を越えてからのことだ。スペイン文学のN君、K君と思い立って上高地へ出かけたとき、途中の中の湯からはじめて上高地、白骨、その帰りに上諏訪の温泉と身をひたしたのが皮切りだった。白骨の湯は気に入った。とりわけ旅館から遠く離れた山の中、渓谷にのぞんだ断崖のうえに危うく作られている野天風呂が気に入った。この野天風呂が気に入ったことと、稀れと思われる十五六の純樸な色白娘のいたことが、私たちの滞在を予定以上に長引かせた。

私はどうも温泉場の日本旅館というのが怖くて、熱海ホテル、強羅ホテル、上林ホテル、志賀高原ホテルと、ホテルにしか滞在したことがない。これらのホテルが敗戦以来すべて進駐軍用となった今日、私はどこへも行きようがない。家族連れでない一人旅では、旅館にとってあまり有りがたくない客であることも分っている。昔の夢をたぐりながら、温泉ぐらしは、今年もどうやら駄目らしい。

（浦西和彦）

山之口貘　やまのぐち・ばく

＊明治三十六年九月十一日〜昭和三十八年七月十九日。沖縄県那覇区東町大門前（現・那覇市）に生まれる。本名・山口重三郎。沖縄第一中学校中退。詩人。『定本山之口貘詩集』で第二回高村光太郎賞を受賞。『山之口貘全集』全四巻（思潮社）。

箱根と湯之児　はこねとゆのこ　エッセイ

【作者】山之口貘

【初出】「温泉」昭和三十年十月一日発行、第二十三巻十号。

【温泉】箱根温泉（神奈川県）、湯《ゆ》之（の）児《こ》温泉（熊本県）。

【内容】たびたび温泉廻りでもしているようにみえて、実は、温泉どころか、近所の銭湯だって世間並にも行かないのである。やむを得ない経済上の身分の反映なのだ。そんなぼくでも温泉で一泊した経験を持っている。金子光晴さんに箱根へ行こう、「お金は要らんよ」と誘われたのである。宮ノ下の宿は、時々武田麟太郎が原稿を書きに来たところであった。ふたりで、夕食前に湯につかった。まるっこいからだの金子さんと、ほっそりとしたぼくとの外には、誰もいなかった。翌日は、朝からどしゃ降りなので、帰途につき横浜で降りた。中華料理を食べたが、一週間ばかりして金子さんから電話が来た。ふたりは、申し合せたように、下痢をしていたのである。もっとも食べすぎであったことを認めないわけにはいかなかった。

敗戦後のことである。友人の淵上毛銭が十年余りも水俣で病んでいて、生きているうちに来てくれというので、訪ねた。毛銭の生きているうち一度の対面が、十日ばかり居ついた。毛銭は、こんどは温泉へ行けとすすめるのである。温泉へ持って行く米を用意させて、毛銭はきかないのである。湯之児温泉の宿は平野屋であった。客の姿を見かけなかったが、女中さんが京都では有名な画家が泊まっているといった。湯にはいると、その画家らしい顔のほそながい人がひとり首までつかっていた。

（浦西和彦）

山村暮鳥

やまむら・ぼちょう

＊明治十七年一月十日〜大正十三年十二月八日。群馬県西群馬郡棟高村（現・群馬町）に生まれる。本名・土田八九十。旧姓・木暮。聖三一神学校卒業。詩人。詩集に『三人の処女』『聖三稜玻璃』など。『山村暮鳥全集』全二巻（弥生書房）。

伊香保とはどんなところか

いかほとはどんなところか　エッセイ

〔**作者**〕山村暮鳥

〔**初出**〕『伊香保みやげ』大正八年八月十五日発行、伊香保書院。

〔**温泉**〕伊香保温泉（群馬県）。

〔**内容**〕自分の生地は、高崎より北へ二里たらず、堤ケ岡の棟高である。伊香保へは渋川をまわっても三里余で近い。伊香保は自分に様々のことを思い出させる。温泉気分とも言うべきものが漂《ただよ》っている。激甚な生活から解放され、ここでは食べること、遊ぶこと、それが浴客の仕事となる。自分が幼い頃、祖母達と行った時、祖母達は浴槽での知合いと一種の賭博をはじめた。自分は真面目であった。その遊びを詰責したが、みんな笑っていた。夏は伊香保の黄金時代である。自分はどうしても習い覚えの英語を喋舌《しゃべ》ってみたく、三階にきていた外国人におもい切って声をぶち蒔《ま》けたが、返事をしてくれなかった。冷汗で背中はびっしょりであった。宿の主婦はだめだと言う顔付きで「あの方は印度《インド》人だと宿帳にありますよ」という。外国人は皆、英語をしゃべるものだと思っていたのであるが、いまはそれも一つの滑稽《ユーモラス》な思い出である。自分は自分の郷国の、そして日本での有名な伊香保を誇りとしている。伊香保の名高いのは温泉地であるからばかりではない。美しい付近の自然がどんなにその存在の確立に力となっているか。伊香保の付近はどこへ行ってもいい。その広潤さは人をして飽きさせない。その中でもわすれることが出来ないのは水沢である。水沢は伊香保より半日路で、古い観音様や六角塔がある。門外の崖から綺麗な水が銅製の龍首の口からぽたぽた垂《た》れるように落ちている。自分は水沢が好きだ。伊香保へのぼる時は、いつもこのなつかしい水沢を通ることにしていた。ある時、自分は握り飯を忘れた。腹はへる。水沢で親切そうなお神《かみ》さんに訳をはなした。家に入れてもらって、饂飩《うどん》を食べさせてもらった。どんな高価な仏蘭西《フランス》料理でもこれほど甘味《うま》くはあるまいと思えた。自分は水沢が好きだ。それ以上に伊香保が好きだ。とにかく伊香保は日本の公園であり、浴場である。人間すべての休養所である。

（浦西和彦）

山本嘉次郎

やまもと・かじろう

＊明治三十五年三月十五日〜昭和四十九年九月二十一日。東京銀座采女町（現・中央区）に生まれる。慶応義塾大学卒業。映画監督。代表作に「綴方教室」「馬」「ホープさん」など。

知られぬ湯・珍らしい湯

しられぬゆ・めずらしいゆ　エッセイ

〔**作者**〕山本嘉次郎

〔**初出**〕「旅」昭和二十九年十一月一日発行、第二十八巻十一号。

〔**温泉**〕伊作温泉・入来《いりき》温泉・牧園温泉（以上鹿児島県）、小林温泉（宮崎県）、鳴子温泉（宮城県）、湯崎（白浜）温泉（和歌山県）、増富《ますとみ》温泉（山梨県）。

〔**内容**〕バスの普及によって、日本に秘境なぞなくなりつつある。今どき、人の知らぬ温泉を語ることも難しい。映画監督といっても、それほど全国を股にしたわけではないが、比較的有名ではない温泉をあげてみると、指宿温泉の反対側、つまり東シナ海に面した南薩線にある伊作温泉は、温泉としては平凡だが、そこにある森神社というのが変っている。宮之城線にある入来温泉は、いかにも鄙びた農家相手の湯といった感じである。鹿児島県下では、温泉に行くとき、孟宗竹で作った柄杓を持っていって、それで頭や肩に湯を掛け、ゆっくりと湯を楽しんでいる。肥薩線へ入ると牧園という駅があるが、そこにある温泉は珍らしい。川の水が途中から急に熱くなって、温泉に化ける。宮崎県へ入ると小林という温泉があって、雷が落ちたところから、湯が噴き出したという由来がある。それで雷温泉と称している。久大線の由布も田圃のようなところだが、静かな池があり、その池の向こうに由布岳の雄大なコニーデ型を眺めるのは壮観だ。由布岳は豊後富士とも称している。北海道も実に温泉が多い。しかし、北海道の温泉は混浴であり、上がり湯の設備がないので、あまり好まない。東北も温泉は多い。東北の温泉場は、農閑期に、農家が一家を挙げて骨休めにいくところだから、自炊が多い。こけしと東北の温泉とは切っても切れぬ関係を有している。農家の主婦にとって、温泉は子授けの目的もある。こけしもまた、子授けのおまじないといわれたものである。宮城県鳴子温泉のこけしは形も端麗だが、首をひねると、キュウキュウ鳴くところに特長がある。鳴子には、常磐御前が大雪の積もった峠を越えるとき、懐中に抱いた牛若丸が寒さと飢えでキュウキュウ泣いたので、鳴子という地名ができたという伝説があり、それに因んで、鳴子温泉のこけしには特別な仕掛けがなされたらしい。鳴子温泉は泉質が多いことで知られているが、その一つにうなぎ湯というのがある。醤油のような色をしていて、入ると体がヌルヌルする。だから、この中へ入って鬼ごっこをするととてもおもしろい。騒ぎすぎて、宿屋の主人に「いい年をして」と叱られた。これと同じような思い出があるのが、湯崎温泉である。銚子を湯に浮かべて、太平洋の怒濤に負けじと一晩歌い明かしたことがあるが、この時は誰にも叱られなかった。信玄の隠し湯といわれた増富は、ゲルマニウムも採れるところで、三十度ないし三十二度くらいの冷たいお湯だが、それに二、三十分浸かっていると自然に温まってくるのである。

（荒井真理亜）

山本和夫 やまもと・かずお

＊明治四十年四月二十五日～平成八年五月二十五日。福井県小浜市に生まれる。東洋大学倫理学部東洋文学科卒業。詩人、児童文学作家、小説家。「戦争」で第六回文藝汎論詩集賞を、「燃える湖」で第十三回小学館文学賞を受賞。

芦原温泉 あわらおんせん　エッセイ

〔作者〕山本和夫
〔初出〕「温泉」昭和二十四年八月一日発行、第十七巻八号。
〔温泉〕芦原《あわら》温泉（福井県）。
〔内容〕敗戦後、M旅館の入り口にあるラジオ屋が大きな拡声器を屋根の上にくっつけて私設放送を始めていた。私はM旅館に宿っていてその拡声器の声が芦原温泉の家々にひびき渡るのを聞いた。大学時代の竹馬の友が、M旅館の若主人で私を招いてくれたのだ。私設放送局は町の青年たちの「のど自慢」を始めた。私は若主人と酒を酌み交わしながら嵐のように聞こえてくる

や

音に閉口したが、若主人は「慣れると案外気にならないね」と人のよい笑いを顔に浮かべている。私設放送局の「のど自慢」はなかなか終わらなかった。まだ明るいうちに私たちの宴が始まったので私も若主人も若干酩酊の域に届きかけていた。この若主人は某政治家のオトシ種であるからその顔で、酒はふんだんに蓄えてあると見える。私はこの店で尻を落ち着けることにした。一合入りの徳利を三本ばかりお盆にのせ、踊り子のようなはしゃいだ娘が入ってきた。見たような娘だと、私はしきりに思い出そうと努力したが、すぐには思い出せなかった。「鉄ちゃん、うんと注いでくれ」若主人は威厳を示して顎で命令した。私のことを、君の国もとから出てきたんだと紹介した。「あら、同じ村の人?」鉄ちゃんは十八くらいだ。私はふるさとを出て十五六年ばかり。どうして鉄ちゃんの顔を覚えているのだろうと考えているうちに、鉄ちゃんが母親似なのだと思い当たった。そして更にその祖母を思い出した。私の村で一番古いのは私の家の柱時計と鉄ちゃんの祖母であった。鉄ちゃんの祖母は遠いところからお嫁にやってきた。私の祖父が京都からこの柱時計を背負って琵琶湖のほとりを帰ってきた日と、鉄ちゃんの祖父が美しい花嫁をつれて村へ帰ってきた日は同じであった。明治二十年頃のことだ。鉄ちゃんの祖母はこの芦原温泉で湯治にきた祖父と仲良くなったと噂に聞いた。当時祖父は十八歳、祖母は十五歳。この温泉が発見されたのは明治十七年である。その年の夏ひどい旱魃で二か月雨が降らず、百姓たちが井戸を掘ろうと田んぼの傍を掘っていたら突然熱湯が吹き上げてきたのだ。創業期の芦原温泉は掘立小屋が並び宿賃も格安であった。ところで、若主人と鉄ちゃんの仲は、急ピッチで結婚へと邁進していた。祖母が昔、男を知った場所でその孫が恋を語り合っている。

（古田紀子）

山本健吉

やまもと・けんきち

＊明治四十年四月二十六日〜昭和六十三年五月七日。長崎市磨屋町に生まれる。本名・石橋貞吉。石橋忍月の三男。慶応義塾大学国文科卒業。評論家。著書に『現代俳句』『私小説作家論』など。『山本健吉全集』全十五巻・別巻（講談社）。

名作にしのぶ

めいさくにしのぶ　エッセイ

〔**作者**〕山本健吉

〔**初出**〕「旅」昭和三十一年十一月一日発行、第三十巻十一号。

〔**温泉**〕小天《おあま》温泉（熊本県）、道後温泉（愛媛県）、日光湯元温泉（栃木県）、越後湯沢温泉（新潟県）。

〔**内容**〕温泉を舞台とした名作、夏目漱石の「草枕」「坊っちゃん」、葛西善蔵の「湖畔手記」、川端康成の「雪国」の四編を紹介する。「草枕」は那古井を舞台に、浮世離れした美の別天地を描き出そうとした「俳句的小説」である。だから「温泉場の自然描写に力を入れて書いてある」という。「坊っちゃん」では、漱石は、松山についてはいい想い出ばかりではなかった、小さい町で、自分の行動がすべて監視されているようなのが窮屈で、堪えられなかったらしいと述べる。葛西善蔵の「湖畔手記」は、自分も、乙女たちも、およそ人物は、遠く小さく、自然のなかに融けこむようにして捕えられ、そしてその中に、「彼の四十年の過去と将来とに対する、遣瀬ない溜息が凝って、山中の清浄な自然を描き出したような印象がある」。川端康成の「雪国」モチーフは全編に刻みこまれた美的感受性の上に成り立っている。審美的なものの追求、雪国への感受性の逃避行、そしてそれによって、女心の哀愁を捉えようとしたのが、この「雪国」である。「雪国」の温泉場風景は、作者の観念の中であまりに美化されている。

(浦西和彦)

猿の腰かけ　さるのこしかけ　エッセイ

〔**作者**〕山本健吉
〔**初版**〕『猿の腰かけ』昭和五十一年三月二十五日発行、集英社。
〔**全集**〕『山本健吉全集第十六巻』昭和五十九年十一月二十五日発行、講談社。
〔**温泉**〕由布院温泉(大分県)。
〔**内容**〕「由布嶽の猿酒」「由布院のやそぜり」の二章がある。「由布嶽の猿酒」では、別府の街の広告に、土地の銘酒らしい「猿酒」とあるのが目についた。「猿酒」は、俳句歳時記に掲げてある。馬琴の『弓張月』に、由布嶽の麓の猟師紀平治の家で、鎮西八郎為朝が「猿酒」をもてなされるくだりがある。為朝が飲んでみると、葡萄酒に似て、また変った味がしたという。また、青畝「猿酒か顔をうつたる雫あり」、不死男「猿酒に消ゆる小雪もありぬべし」など、まことしやかな句を物にする人もある。「猿酒」などというものに、あこがれの心を持っているのではなかろうか。猿が木の実など採集するとき、一度は両頬にくわえ、後で口から出して食べる。栗や椎の実のような硬果なら、この実を噛みくだいて、洞や窪みに蓄えれば、猿のつばきが効能を発揮して、芳醇な酒となるのではなかろうか。「由布院のやそぜり」では、とくに「由布院」と書いたのは、私の少しばかりの抵抗であるという。湯布院と改名したことに危惧を感じるのだ。湯が出ることを、わざわざ名前で宣伝しなければならないとは、情無い。T旅館の主人は、おんだ焼の大きな器に、山菜をいっぱい出してくれた。その中に、みずみずしいクレソンがはいっていた。町を流れる渓流にいっぱい群生していて、由布院では、やそぜりといっている。ここはキリシタン大名大友宗麟の時代、領主奴留湯《ぬるゆ》氏が家来や村民一千人をひきいてキリシタンになったところで、山裾には、十字を刻んだ寝墓がいくつも発見されている。そのころの神父や司教がクレソンをもたらしたのが、はびこったのではなかろうか、と思った。

(浦西和彦)

山本鉱太郎　やまもと・こうたろう

＊昭和四年九月十五日〜。東京江東区深川に生まれる。群馬大学工学部応用化学科卒業。旅行作家、劇作家。著書に『江戸川図志』『房総の街道繁盛記』など。

紅葉の秘境と秘湯　もみじのひきょうとひとう　エッセイ

〔**作者**〕山本鉱太郎
〔**初出**〕「旅」昭和五十九年九月一日発行、第五十八巻九号。
〔**温泉**〕羅臼温泉・セセキ温泉・相泊《あいどまり》温泉・ウトロ温泉・岩尾別温泉・カムイワッカ湯の滝温泉・川湯温泉・池の湯温泉・愛《あい》山渓《ざんけい》温泉・旭岳温泉・天人峡《てんにんきょう》温泉(以上北海道)。
〔**内容**〕ある年の秋十月はじめ、私は知床半島の温泉めぐりを果たした。羅臼、セセキ、相泊、ウトロ温泉と回って岩尾別温泉にやって来たのは昼をややまわっていた。この温泉はウトロ温泉からバスで四十分、知床の原生林の中のいで湯で、都会人向きの宿は「ホテル地の涯」というのが一軒あるだけだ。私はこの宿に泊らず、その右わきを抜けてほんのわずか羅臼岳への登山道を歩き、渓流ぞいの木下小屋というのに泊めてもらった。翌朝、カムイワッカの滝へ行って見ることにした。滝壺すべて温泉なのである。タオル片手に素裸になってその滝を登っていくと、前方に海水パンツ姿の先客が一人いたのだ。羅臼の写真屋で二日前に会った若者であった。二人は滝をよじ登っていき、とうとう熱湯の湧き出す源泉にまで行き着いた。

紅葉が本当に素晴らしいいで湯といえば、やはり阿寒湖か屈斜路湖あたりである。屈斜路湖は川湯温泉からバスで約二十分、ニッポン最大のカルデラ湖である。屈斜路湖畔を歩いて気づくことは、渚から天然の温泉がわいているということである。湖畔に泊まってその夜もう一度入りに行くと、先客の若い二人づれが愛を囁きあっていた。この砂場から和琴よりにいま少し歩くと、池の湯というのがある。宿は三軒ほどで、私が泊まったのは「池の湯」という宿であった。宿のそばの丸い池が露天風呂で、なんとも野趣横溢、岩盤のわれ目から四十二度の単純泉が湧いている。露天風呂に入ったところ、中央に岩があり、その先は底が細かい砂地、そして一部が屈斜路湖に通じ、湯が急にぬるくなっていく。冬はこの池の湯に白鳥も集まってくる。

また別の年、のんびりと紅葉のいで湯を楽しもうと北海道に飛びたったのは九月も末であった。旭岳の山麓に着き、ここからロープウェイに乗る。姿見の池に着くと、はやくも標高二千二百九十メートルの旭岳が傲然と立ちはだかり、池塘にその雄々しい山容を映していた。噴煙の旭岳を眺めているうちに、征服欲が燃えてきて急坂道を登っていた。そして一時間半後、ついに大雪連峰の主峰旭岳の登頂に成功。山頂をきわめた後、愛山渓温泉へと通じる山道も歩いてみた。一時間半も歩いて、やっと温泉が湧いているところを見つけ、雪渓からのさわやかな風に吹かれながら心ゆくまで湯を楽しんだ。その夜、山麓の旭岳温泉に泊まり、翌朝、宿を六時に出て、原始林にわけ入り、天人峡温泉へと山道を急いだ。

（李　雪）

ユズとアメゴの里土佐の秘湯をゆく

ゆずとあめごのさととさのひとうをゆく　エッセイ

〔作者〕山本鉱太郎

〔初出〕「旅」平成元年十月一日発行、第六十三巻十号。

〔温泉〕馬路《うまじ》温泉・笹温泉・べふ峡温泉・猪野沢《いのさわ》温泉（以上高知県）。

〔内容〕四国は温泉の少ないところである。後免《ごめん》駅からバスで馬路《うまじ》村の馬路温泉を訪れてみる。昭和三十七年、初めて魚梁瀬を訪れた頃は天然杉運搬の森林鉄道が通じ、お客も乗れて面白かった。翌三十八年の魚梁瀬電源開発によって自動車道がつけられ、この森林鉄道も消えた。馬路温泉は、村役場わきの坂を下った安田川の対岸にあった。源泉は四キロ奥で十四・八度の源泉が毎分六十〜七十リットル湧き、これを五十一トンのタンクにためて毎日三十七から五十一トンも使っているという。含食塩重曹泉で、切傷、皮膚病、火傷にいい。馬路から車で約一時間、秋田、吉野と並ぶ日本三大美林の一つと言われる、樹齢三百年を越える杉の巨木が何千本と、昼なお暗くそそりたっている。その夜、湯上りに土地の名産ユズジュースを飲み、アメゴの塩焼きをつついた。翌日は待望の奥物部の秘湯めぐりである。土佐山田から大栃《おおとち》行きのバスに乗る。地図にも看板にも笹温泉などという文字はない。タクシーに乗る。大栃を出て三十分ほどで笹温泉に着いた。標高約三百メートル。渓流に湯小屋が一軒あるだけで、宿泊希望者はさらに一・五キロほど上流のバンガローまで行かなければならない。この五月、正式に温泉としての営業認可をとった、ニューフェイスということになる。バンガローは、渓流の音しきりと聞こえるモウソウの竹林の中にあった。このあたりにはケヤキ材が多く、二百年位前から木地師が住み、足踏みロクロで椀、鉢、灯台、盆などを作っていたが、大正年間最後の木地師が徳島へ去って廃絶。翌朝、バンガローの前で茨城県岩瀬に住む陶藝家のドイツ人、ローランド・サクセさん夫妻と会う。こんないい所はないと激賞していた。タクシーで別府峡へ下り、べふ峡温泉へ行ってみた。その夜、永瀬ダムに近い猪野沢《いのさわ》温泉に泊まった。これぞきわめつけの土佐の秘湯で、二十数年前と寸分違わぬ素朴な佇まいが嬉しかった。かつて吉井勇が妻と別居して二年ほど滞在した渓鬼荘である。近年外国人の訪れが非常に多くなったという。深夜、槇風呂へ入りに行った。谷間ではしきりにホタルが舞っていた。

（浦西和彦）

山本七平

やまもと・しちへい

*大正十年十二月十八日～平成三年十二月十日。東京府荏原郡三軒茶屋（現・東京都武蔵野市）に生まれる。青山学院専門部高等商業学部卒業。評論家、山本書店店主。イザヤ・ベンダサンの筆名で著書『日本人とユダヤ人』『「空気」の研究』『日本人とは何か』など。

花巻温泉郷・鉛温泉の宿

はなまきおんせんきょう・なまりおんせんのやど

エッセイ

〔**作者**〕山本七平

〔**初出**〕「旅」昭和四十九年三月一日発行、第四十八巻三号。

〔**温泉**〕鉛温泉（岩手県）。

〔**内容**〕『旅』の編集部から、鉛温泉行をすすめられたとき、私は二つ返事で喜んで出かける気になった。行き先が温泉で、切符の購入から宿の手配までして下さるというのだから、不精人間には願ったりかなったりであった。一月五日、上野駅から所定の列車に乗車し、所定の座席に腰を下ろした。花巻で下車してタクシーに乗る。渓流と道路が接近したところで車は止った。道路のはるか下の、渓流沿いの谷間の家へと歩いて向かう。右へ「湯治部」左へ「旅館部」と分れていた。雪が激しくなったので、そのまま左の「旅館部」へと下りる。部屋に通され、半醒半睡的状態でいるうちに、奇妙に昔の生活感がもどってきた。考えてみれば無理からぬことで、この「昔のまま」の一室は、私が生まれてから青年期にかけての普通の日本家屋の内部であり、私には実に心地よかった。女中さんの「仕事着としての着物」も部屋によくマッチして違和感を感じさせない。すっかりいい気分になっていたが、無電ベルと金庫とサブレと最中で少々けちがついてしまった。風呂は「アトミック風呂」と名づけられていた。「中三階」ともいうべき位置に脱衣所があり、そこを少し下りると風呂である。体を洗い浴槽に飛び込むと、実によい湯加減だ。話によれば、昨今には珍らしい「無加工・天然泉?」で、この湯加減は自然が調節してくれたものだそうである。湯は実に豊富で、低い縁を越えてざあざあと洗い場に溢れ出している。変形瓢簞型ともいうべき浴槽はそう広くない、ごく普通の大きさであった。混浴のため、やがて女性が入ってきたので、風呂から上がると、食事と床の用意がしてあった。夜中の三時ごろであろうか、女の悲鳴らしきものを半ば夢の中で聞いて、目を覚ました。同じような悲鳴が何度も聞こえる。興味を引かれて声をたどると、上がり湯の蛇口のカランが少々故障していたのだった。せっかく来たので一風呂浴びる。体を冷ますためにぶらぶら歩いていると、浴槽の底の図柄が目に入った。その全景がくまなく目に入る可能性はまずないと思われる〝芸術品〟を、どうして浴槽の底に描いたのか不思議になった。翌日散歩に出かけ「湯治部」の方に目を向けると、都会の質素な木造アパートのような湯治部の方が、「旅館部」よりはるかに親しみをおぼえる存在であった。ここには生活があるからである。湯治というものは、おそらくこの湯治部のような形でまず「企業化」されたのだろう。温泉つきの別荘をもつとか、温泉つきの貸別荘に行くなどといえば贅沢に聞こえるのがわれわれの世代であるが、結局それは、昔の人が「湯治に行く」と言っていたことを、表現を変えたに過ぎないのであろう。雪が降り出し、少々寒くなった。では、私もここで湯治にかかろう。

（阿部　鈴）

山本周五郎 やまもと・しゅうごろう

*明治三十六年六月二十二日～昭和四十二年二月十四日。山梨県北都留郡初狩村（現・大月市）に生まれる。本名・清水三十六。横浜第一中学校中退。小説家。代表作に「樅ノ木は残った」「青べか物語」「虚空遍歴」など。『山本周五郎小説全集』全三十三巻（新潮社）、『山本周五郎全集』全三十巻（新潮社）。

樅ノ木は残った もみのきはのこった　長篇小説

【作者】山本周五郎

【初出】「日本経済新聞」昭和二十九年七月二十日～三十年四月二十日（二百七十四回連載、第一部と第二部）、昭和三十一年三月十日～九月三十日（二百三回連載、第三部と第四部は冒頭部分のみで連載は中絶、残りは書き下ろし）。

【初版】『樅ノ木は残った（上）』昭和三十三年一月十日発行、講談社。『樅ノ木は残った（下）』昭和三十三年九月十日発行、講談社。

【全集】『山本周五郎小説全集第八、九巻』昭和四十二年五月三十日、六月三十日発行、新潮社。

【温泉】青根温泉（宮城県）。

【内容】万治三年（一六六〇）七月十八日、伊達藩主・伊達綱宗は幕府から無作法の儀により逼塞を申しつけられた。あくる七月十九日の夜、綱宗をそそのかしたとして、藩士四名が「上意討ち」を主張する者たちによって斬殺された。この暗殺事件の背後には、幕府老中・酒井雅楽頭と伊達藩主の一族である伊達兵部との間で交わされた六十二万石分与の密約があった。しかも、そこには、伊達藩に内紛を引き起こし、藩内の乱れを理由に大藩を取り潰そうという幕府の意図が働いていた。これを知った宿老・原田甲斐は、国老・茂庭周防と湧谷とともに、伊達藩を守るために力を合わせて強大な敵に立ち向かうことを誓う。甲斐は、周防や涌谷（伊達安藝）との不仲を装い、国老となって、敵である兵部の懐に飛び込む。甲斐は兵部の動向を注視し、次々と引き起こされる陰謀奸策を未然に防ぐ。やがて周防が死に、涌谷とも歩調が合わなくなるが、甲斐は孤独に耐えて忍従する。多くの犠牲を払って堪え忍んできたにもかかわらず、涌谷が訴訟を起こし、藩の存亡が左右される老中評定が行われることになった。家中紊乱の名目で、六十二万石は改易になるかもしれない危機に直面し、甲斐は老中・久世大和守に面会して、予てより手に入れていた酒井雅楽頭と伊達兵部の密約の証文を見せ、伊達藩の存続を訴える。密約の証文が甲斐に押さえられていることを知った酒井雅楽頭は、評定の日、家臣に命じて「公儀の秘事」を知る伊達藩の国老たちを斬らせた。斬られて雅楽頭の意図を理解した甲斐は、最期の力を振り絞って、これは自分の乱心による刃傷だと訴え、自ら逆臣の汚名を着ることで、伊達藩を守ったのである。

甲斐は船岡にいる時は山で猪や大鹿を追って野生で暮らした。宿敵の大鹿「くびじろ」との対決で負傷した甲斐は、青根で傷養生をする。また、伊達家の直臣ではない伊東七十郎が「席次争い」で処罰の対象となり、気をくさらせて保養に行くのも青根の温泉《いでゆ》である。（荒井真理亜）

虚空遍歴《こくうへんれき》　長篇小説

〔**作者**〕山本周五郎
〔**初出**〕「小説新潮」昭和三十六年三月～昭和三十八年二月発行、第十五巻三号～第十七巻二号。
〔**初版**〕『虚空遍歴』昭和三十八年二月発行、新潮社。
〔**全集**〕『山本周五郎小説全集第十五、十六巻』昭和四十四年七月三十日、八月三十日発行、新潮社。
〔**温泉**〕箱根温泉気賀ノ湯（木賀温泉）（神奈川県）。
〔**内容**〕旗本の次男、中藤冲也は幼い頃から浄瑠璃に関心を持ち、「冲也ぶし」なるものを一生かけて作ることを心に決める。人を真に感動させる本格的な浄瑠璃を作りたいと願い、端唄と縁を切り、侍の身分も棄てて藝人の世界に生きようとする。江戸での興行で成功を収めるが満足しない冲也は、身籠る妻お京を江戸に残し、浄瑠璃の本場大坂へ向かう。道中箱根気賀ノ湯の宿で節付けに行き詰まりを感じているときにおけいという女と知り合い、前世からの因縁のような深い結びつきを感じる。おけいは囲われ者で、嫉妬深い旦那に冲也は危うく殺されかける。そこでおけいと別れて、旅路を急ぐ。長旅の疲れのせいか冲也は体を壊し道端に倒れる。偶然そこに居合わせたお人よしの与六が冲也を助ける。与六は庄屋の一人息子だったが十五六の頃から酒と女の味を覚え、道楽にだらしなく溺れこんで、巨額の資産を使い果たしてしまった。おとらと夫婦になったときには住む家も、一文の銭もなかった。仕事に就いてもすぐに辞めてしまい、三人の幼い子どもに奉公をさせ、おとらに酒代をせびる始末である。冲也はこの夫婦を見て、これが人間の生活だと知る。いつか戯作者の酒竹に云われた「こんなところでくらしていたら、頭もふやけちまうし軀も骨抜きになっちまう」という言葉を思い出し、自分は本当の苦労を知らないことに気づく。そしてその酒竹から江戸での成功には後ろ盾があったと聞かされる。冲也の浄瑠璃が評価されたのではなく、裏で金の力によって支えられていたことを知り、冲也は自暴自棄になって酒に走るようになる。大坂で一本立ちしようと新規まき直すが、無残な失敗に終わってしまう。「客にうけることばかり覘っているから、芝居がこんなに堕落したんだ。（中略）目先の藝ではなく、心の底から客を感動させるのが本当の芝居なんだ」という熱い思いを胸に、与六夫婦を題材に今度こそはと、男の一生をかけて金沢へと旅立つ。（城弟優子）

山本祥一朗　やまもと・しょういちろう

＊昭和十年十二月十五日～。岡山市に生まれる。早稲田大学西洋哲学科卒業。酒評論家。著書に『作家と酒』『酒のふるさとの旅』など。

会津盆地の湯と珍味と地酒《あいづぼんちのゆとちんみとじざけ》

エッセイ

〔**作者**〕山本祥一朗
〔**初出**〕「旅」昭和五十一年十月一日発行、第五十巻十号。
〔**温泉**〕東山温泉・芦ノ牧温泉（以上福島県）。
〔**内容**〕早朝、会津若松の駅に降り立った。東山温泉に来たのは九年ぶりである。伯養軒で会津の地酒「英川」を飲みながら腹ごしらえをした後、学生時代に謡曲の同好会で合宿した容山荘という旅館を訪ねてみた。謡曲をたしなむという小柄な老主人には会えたが、移築された容山荘に昔の面影はなかった。やむなく、そのはす向かいにある原滝という旅館で風呂に入らせてもらうことにした。千人風呂と呼ばれ、東山温泉では最もスケールの大きい風呂だそうだが、実際は百人余りも入れるかどうか、いたってこぢんまりとした湯ぶねであった。湯を入れ替えている最中で、湯ぶねには半分ほどしか湯がなかったため、ごろりと寝そべるような格好で流れ落ちる湯の下に身体を横たえた。開け放たれた窓の向こうは深い緑の林で、その森と旅館との間を、前日の雨で幾分にごり気味の水がざわざわと勢いよく流れている。昨夜車中であった只見の人は、東山温泉もいいが、早戸温泉や大塩、滝沢温泉などが泉質もよいし、おすすめだと言っていた。しかし、原滝の湯のにごり加減は温泉らしくてよい。東山温泉の山の麓に近い、野郎（老）ケ前の田楽を肴に、「末広」という地酒を飲んだ。その後、若松市内から南へ、芦ノ牧温泉郷の元湯旅館にやってきた。早速湯に浸かると、八月もまだ半ばというのに今しも秋を思わせるようなウロコ雲が山の向こうに黄金色に輝き、シルエットを描く山の稜線がくっきりと浮き出していて、まるで錦絵のようである。湯は無色透明で、豊富に湧き出す湯の元はすぐそばにある。その夜の食膳は山菜と鯉と鮎であった。さらにやな場に行き、屋形小屋で生きのいい鮎を食べながら、やな漁や水あかで違ってくる鮎の味について、地元の漁師から話を聞いた。翌日、再び東山温泉へ行き、郷土料理を出すという鶴井筒という店で、会津料理に舌鼓を打った。保存を精一杯に考えた先人たちの智恵の結晶ともいえるにしんや棒たらを肴に、「花春」を飲んだ。それから強清水に立ち寄って、にしん、いか、それにまんじゅうの天ぷらも食べた。若松市に戻って町を散策した。古きよき会津の味わいがいたるところに息づいていた。

（荒井真理亜）

【ゆ】

結城哀草果《ゆうき・あいそうか》

＊明治二十六年十月十三日～昭和四十九年六月二十九日。山形県山形市下条町に生まれる。本名・光三郎。歌人。大正三年斎藤茂吉の門に入り「アララギ」加入。歌集に『山麓』『すだま』『群峰』など。

酸ケ湯《すかゆ》

エッセイ

〔**作者**〕結城哀草果
〔**初出**〕「温泉」昭和二十六年十二月一日発行、第十九巻十二号。
〔**温泉**〕酸ケ湯温泉（青森県）。
〔**内容**〕青森県十和田国立公園の園内に酸ケ湯という山の温泉がある。ここは八甲田山の中腹に位置し八百メートルの高地である。私は八月二十七日にこの酸ケ湯に登った。車は十和田湖に行く観光道路をまっしぐらに走っていく。車の南側に重なる東津軽の山々が西になだれを打っている眺めは広大で澄みきった晩夏の光を浴びている。酸ケ湯の経営は会社組織に仕組まれていて、百五十の客室があるが、そのうち三十いくつが普通の温泉宿で、他の百二十はすべて自炊宿で、きわめて雑然としている。旅館が小さなデパートのようになっていて、たいていの日用品を販売しているから浴客は何も持参しなくてもすむ。数か所に大きな炊事場あり、そこで自由に料理することができる。私の部屋は大岳を真上に仰ぎ得る二階の東側の部屋で、槐という名が付いていた。かつて高松宮殿下がご投宿になられた部屋であるとのこと。他にも樹木の名のついた部屋が並んでいて、杉、朴、白樺、梅などという部屋には必ずその名の木が床柱などに用いられているが、それらはこの温泉周辺の山から伐り採ったものだという。窓の下から大岳に向って小さな沢が深まり清水が流れて来る。私は夕日を浴びている大岳の雄大な眺めに眼をやり、しばらくじっとしていた。

　浴槽には男女の仕切りがなく、小学校の雨天運動場のように大きい熱の湯、冷の湯等の浴槽があり男女がズロース、褌を付けたまま混浴して、その数三四百人にもおよぶ。老若男女の裸体が触れ合っている眺めは浮世絵か極楽園を観るようである。もともと酸ケ湯は酸の強い湯で三日も入浴すると頸や脇や陰部に小さな皹《ひび》ができ、それが湯に沁みると痛くて入浴が苦痛になる。近年浴槽の仕組みを新しくして酸が甚しく肌を荒らすことはなくなったが、古来からの習慣で男女がズロース、褌を取らぬとのことであった。

　酸ケ湯から七八丁離れた所に「まんじゅ蒸し湯」というのがある。そこには長い木の箱が並び箱の表面に等間隔に丸い穴が切ってある。温泉の源流が引いてあって切った穴から熱い湯気が噴き出す。その穴にタオルなどを敷いて不妊に悩む婦人たちが丁度子供が遊動園木に並ぶように股を開いて陰部をあたためるのだ。つまり下腹部を温めて子宝を授かるべく努力するのである。因に津軽地方では女陰を「まんじゅ」というところから、この湯の名が付けられたと思われる。

（吉田紀子）

上ノ山《かみのやま》　エッセイ

〔**作者**〕結城哀草果

〔**初出**〕「旅行の手帖―百人百湯・作家・画家の温泉だより―」昭和三十一年四月二十日発行、第二十六号。

〔**温泉**〕上山《かみのやま》温泉（山形県）。

〔**内容**〕私は上山温泉を、少年のころから知っていた。八十歳近い祖母が農村が暇になると上山温泉に湯治に出掛けた。祖母は旅館の番頭に地蔵堂のある峠の上まで見送って貰い、そこから一人で二里の山道をとぼとぼと歩いて来る。迎えに出た私が人影を見上げながら大声で呼ぶと、祖母の応える声がきこえる。そのときの喜びは、五十年後の今も忘れない。祖母の土産はきまって「志んこ餅」であった。田舎育ちの少年の私には、待ちに待った貴重なお土産である。そのころの上山温泉は、静かな農民相手の湯治場であった。野良の仕事が出来ない日に、農民達はよく上山に入浴に出掛けた。握飯《むすび》を風呂敷に包んで来たのを、共同浴場に近い茶店にあずけて、入浴するのである。農民には一銭をも惜しむ者がいて、彼らは浴場裏手の観音堂の縁に莫蓙を敷いて昼飯をすましてから午睡をしている。その頃（明治四十年）の農民層では、旅館に上って入浴するのは病後の湯治か、地主階級でなければ出来ぬものときめていた。

　さて大正十一年四月に、山形高等学校に

岡本信二郎さんが東京から赴任して来て、昭和九年に上山温泉の元城内に居を定め、毎日汽車に乗って山形市の高等学校に通った。この元城内の居宅は温泉付きの平家《ひらや》で、土迦山房と号し、母堂と女中との三人暮らしであった。五十歳を越した岡本さんが、山房に出入りした多勢由規子という二十代の女性と熱い恋仲になったが、由規子さんが病気で急逝したので、結婚せずじまいだった。後年岡本さんの亡くなった時、「みちのくの峡《かひ》の植田にながれとぶ蛍火かなし君が魂《たま》も来よ」と私は哀悼した。

南に十丁位のところに、大正十一年の夏開湯したのが新湯で、湯元は村尾旅館である。この旅館に昭和二十二年八月十六日、東北地方に行幸の天皇陛下が御宿泊の際、疎開中の斎藤茂吉先生と私とが、短歌について御進講申しあげたが、茂吉先生の徹底した感激振りは、今も目に見えるおもいである。

上山温泉で最近世に紹介すべきものに、春雨庵と蟹仙洞がある。前者は吉川英治の作品等で有名な沢庵禅師の旧蹟春雨庵を復元したもので、外《ほか》に、望岳軒、聴雨亭等の茶室は清遊に適している。後者は昭和二十八年に建築公開したもので、明、清時代の最高乾漆工藝品に、重要文化財指定の日本刀を加えた数百点の陳列は見事である。この外、旧湯の山城屋旅館主人高橋四郎兵衛さんが斎藤茂吉先生の実弟であって、茂吉の真筆書画を百点ほど蔵している。

（浦西和彦）

由起しげ子　ゆき・しげこ

＊明治三十五年十二月二日〜昭和四十四年十二月三十日。大阪府泉北郡浜寺公園（現・堺市）に生まれる。本名・伊原志げ。旧姓・新飼。神戸女学院音楽科卒業。小説家。「本の話」で第二十一回芥川賞を受賞。代表作に「告別」「漁火」「沢夫人の貞節」など。

浮世を忘れた湯岐・猫啼の湯　―阿武隈の山懐に湧く湯治場

うきよをわすれたゆじまた・ねこなきのゆ―あぶくまのさんかいにわくとうじば　エッセイ

〔作者〕由起しげ子

〔初出〕「旅」昭和四十四年十一月一日発行、第四十三巻十一号。

〔温泉〕湯岐《ゆじまた》温泉・猫啼《ねこなき》温泉（以上福島県）。

〔内容〕夜半の二時に世田谷の家を発った。行先は福島県の湯岐温泉と猫啼温泉である。かねて辺鄙な温泉を訪ねてみたいと願っていた。運転は息子、他にその友人も同行した。上り道のうえに芒・尾花・蔦かずらが狭い径すれすれに迫り、雑木林や杉の密林が蔭を深めて来る。カーブの連続である。和泉屋旧館に着く。標高四百メートルらしい。自炊式（木賃宿という）の旧屋二階に案内された。今ではマゲモノ芝居の宿場の旅籠場面でしかお眼にかかれないような梯子段を上る。とても気になることがあった。男女混浴だという。生まれて初めての試みをやらなければならない。硝子戸をあけると、一見工場の洗濯場みたいな何の風情もない風呂場だと感じる。三畳敷くらいの浴槽があり、右手にその半分の小型の浴槽があった。奥には黒い岩石が不規則につみあげてある。有難いことにここの湯は低温である。三十八度か九度。近在からの湯治客か、話がはずんでいる。誰それは二時間入りっぱなしだという。冬などポリバケツに酒瓶を入れて中央部分に浮かべ、酒盛りをして過ごすこともあるという。私は約十五分で上ったが、そのあとだんだんポカポカしてきていつまでたってもさめないのには驚いた。これこそほんとの湯治用の温泉というべきだろう。湯岐は藤田東湖、小笠原壱岐守が立寄って有名だと聞いてきたので、土地の金沢春友に文献を見せてもらった。五百数十年前に播磨からの落武者が発見し、四百数十年前和泉屋の先祖の和泉守大森某氏が、当時の塙城主阿部豊後守から湯守の免許証を拝領し、爾来今日まで続いているのである。湯は花崗岩の大岩盤の中から二か所に別れて湧出している。湯岐の名の由来である。

猫啼へは夜明け前を択んで行く。井筒屋というかなり大きな旅館だ。猫啼は和泉式部の伝説で有名。町役場の板橋利重らから説明を受ける。ここには女湯があって立派だったが、湯気のたち具合からみて熱そうなので、私は入らずに部屋に戻った。猫舌ではないが、私は熱湯はだめなのだ。

湯岐は鄙びた温泉の名に価《あたい》する、と私は思う。猫啼の方は、今一工夫欲しい感じだった。

（浦西和彦）

【よ】

横光利一　よこみつ・りいち

＊明治三十一年三月十七日〜昭和二十二年十二月三十日。福島県北会津郡東山温泉（現・会津若松市）に生まれる。早稲田大学中退。小説家。川端康成らと「文藝時代」を創刊。代表作に「上海」「寝園」「旅愁」など。『定本横光利一全集』全十六巻（河出書房新社）。

終点の上で《しゅうてんのうえで》　短篇小説

〔**作者**〕横光利一

〔**初出**〕「新潮」昭和十六年一月一日発行、第三十八巻一号。

〔**初収**〕『菜種』昭和十六年三月二十日発行、甲鳥書林。

〔**全集**〕『定本横光利一全集第十巻』昭和五十七年四月三十日発行、河出書房新社。

〔**温泉**〕A温泉（山形県の温海《あつみ》温泉がモデル）。

夏になると梶は毎年東京からA温泉場へ来る習慣を十年続けている。

〔**内容**〕梶と細君は、細君の実家がある地方の湯治場へやってきた。宿は代々決まっていて、檀家と寺の関係同様に、結婚の仲立ちの役目もしていた。

梶はK屋の老主婦とけんかして東京へやってきたK屋の親戚筋の青年の結婚の世話をしたが、その青年がT屋の主人の葬式にも帰らなかったため、K屋に行きにくくなった。二年ほど他の湯治場に行ったが、湯が合わず、K屋に気兼ねしながらも、T屋に宿をとることになった。湯治場全体で変わったことは、若い狂女が流れこんできたことだった。狂女は近在の豪商の娘で、自分の赤ん坊を逆さまに湯にいれたのが、発狂の始まりだった。T屋ではR夫妻に出会った。R夫人は妻の後輩で、夫Rは昔妻に求婚した人だった。Rは足を怪我したため湯治に来ていたが、医者のくせに自分の傷も癒せないのかといわれるのを恐れて、深夜にならないと部屋から出てこなかった。そのRが、本館の欄干からこちらを見つめていて、無気味な気持ちになったが、欄干から身を退くと、梶は忽ちわすれてしまった。

Rが帰ったあと、梶はどれほど自分が周囲で起こっていることに対して鈍感になっているか分からぬと思い直すようになった。

昔の領主を今でも殿様といって土下座している古いこの地の習慣は、互いに寛大になるより方法のなかった人間たちの、美しい祈りの姿のように思われた。Rがいなくなると、狂女が目につくようになった。梶がつり橋を渡っていると、狂女がやってきた。梶は自分も狂女と似た色の青い単衣を着ているのを思い出した。狂女と別れる時、二度と会えない女と別れるような淡い悲しみを感じた。

（岩田陽子）

夜の靴《よるのくつ》　短篇小説

〔作者〕 横光利一

〔初出〕 「思索」昭和二十一年七月十五日発行、第二号、原題「夏日記」。「新潮」昭和二十一年七月一日発行、第四十三巻七号、原題「木蠟日記」。「新潮」昭和二十一年十二月一日発行、第四十三巻十二号、原題「秋の日」。「人間」昭和二十二年五月一日発行、第二巻五号、原題「雨過日記」。

〔初収〕 『夜の靴』昭和二十二年十一月二十五日発行、鎌倉文庫。この時、改題。

〔全集〕 『定本横光利一全集第十一巻』昭和五十七年五月三十日発行、河出書房新社。

〔温泉〕

(1)田川温泉（湯田川温泉）（山形県）。

私は初めて妻の実家へ来て、妻の父から仕事場には鹿のいる田川温泉が良かろうということになり、ここで中央公論へ出す『笑った皇后』という作を書いていた。

(2)温海《あつみ》温泉（山形県）。

温海へ着いたのは五時すぎだった。バスはどれも満員でやっと来たのは故障だ。雨の中をまた二人で歩いて滝の屋まで行った。もう真暗だった。この宿屋は戦前私たちは毎年夏来たのだがそれから十年もたっている。私はこの温泉が好きで何度も書いたことがあるのに一度も名を入れたことがない。

(3)火燧(打)崎温泉（山形県）。

家の一軒もない泥田の中に、ぽつりと一つの農家があり、それが温泉宿で、一ヵ月も水を変えない沸し湯のどろどろした汚れ湯が神経痛によいという。

〔内容〕 私は久左衛門の紹介で、参右衛門の家の奥の一室を借りたが、移って三日で終戦となった。通りすがりに偶然一室を借りただけの縁で、私の職業を作家と知っているものはない。参右衛門は怠け者で、酒乱だった。参右衛門の妻清江は働き者の貞女で、長男は樺太に出征中、一家を支えているのは白痴の次男であった。本家の参右衛門は貧農に没落していたが、別家の久左衛門は財をなしていた。久左衛門は日本一の米作りの名人で、日露戦争で受けた傷の恩給を資本として成功した。お金も着物もないという妻に、私は金がなくなれば川端康成に電報を打つと言った。川端は催促せずとも、好都合な送金をしてくれる。ある時、村で大事件が起こった。戒壇院の位牌の位置が金銭で決定されることになったのだ。別家の久左衛門は真っ先に百円を納め、一等になった。本家の参右衛門は久左衛門に取って替られ、村一同五円のところを十円払うと言い張り、中段で踏みとどまった。生きた標印を、木片牌一つに残したく思う祈願は消えない。

鶴岡の多介屋で大地主の青年の嫁見立てを頼まれたついでに、田川温泉に行った。昔、田川温泉へ妻と来たことを思い出した。

私は十年ぶりに家族を温海温泉に連れて行くことにした。半年以上行方不明だった預金帳が無事みつかったからだ。

東京へ帰るために、農具を買いに来た見知らぬ男に、私の荷物を送ってもらうことにした。その男と火燧崎の温泉で待ち合わせた。山賊のような風貌で信用できないと思ったが、その男の字が美しかったので、信じる気になった。私は荷に合わせて、妻より一足先に帰ることにした。挨拶を済ませ、久左衛門が取ってくれた駅前の蕎麦屋に向った。戒壇院の最上段の位牌が、久左衛門の額の上に、置かれるのも遠い日ではないだろう。私が自宅に着いたのは十二月八日だった。（岩田陽子）

横山美智子　よこやま・みちこ

＊明治三十八年七月二十七日～昭和六十一年九月三十日。広島県尾道市に生まれる。尾道高等女学校卒業。小説家、童話作家。代表作に「級の光り」「嵐の小夜曲」「紅薔薇白薔薇」など。

温泉風景感傷　おんせんふうけいかんしょう　エッセイ

〔作者〕横山美智子
〔初出〕「温泉」昭和十四年十二月一日発行、第十巻十二号。
〔温泉〕古奈（伊豆長岡）温泉（静岡県）、磯部温泉（群馬県）。
〔内容〕古奈温泉へ行くようになってから四五年になる。年に、二度でも、三度でも行く。たまには変ったところへ行ったらと笑われる。心を静め、身体を休めるために行く土地は、私には友達と同じに、古い親しみを重ねるほどよい気がする。一人で見しらぬ土地へ旅して行くことは、そこの景色が美しければ美しいほど、寂しさを感じることも深いのではないかと思う。私はあまり美しい景色というものは、人を落ちつけなくするように思える。古奈は、その点、平凡である。おだやかな伊豆山脈の脊の前に、狩野川が、あまり特色のない、しずかな流れを横たえている。何の特長もないところだけれど、かえって、おっとりしたなかに、探せば、数多くの美を含んでいる。親しむにつれて愛着点が発見され、しみじみといつか心になずんでくる。古奈といっしょに、私は新しくよさを知った磯部温泉に、もう二度、三度短い滞在をした。ここもまた平凡な風景である。まったく何の奇もないところである。ゆったりとひらけた平野、静かに起伏する山脈、浅くせせらいで、白波をたてて流れている宿の裏の河、そんなどこにでもあるものが、安らかに心をなごめてくれる。私は、いまも、もし許されるなら、古い親しい友のような古奈か、磯部に行って、いつも変りのない、あの、なごやかな、山と野と川を見たいと思う。（浦西和彦）

横山隆一　よこやま・りゅういち

＊明治四十二年五月十七日～平成十三年十一月八日。高知市に生まれる。高知県立追手前高校卒業。漫画家。代表作に「フクちゃん」「デンスケ」など。

ボクの温泉歴　ぼくのおんせんれき　エッセイ

〔作者〕横山隆一
〔初出〕「旅」昭和三十一年十一月十日発行、第三十巻十一号。

〔温泉〕層雲峡《そううんきょう》温泉・登別温泉・弟子屈《てしかが》（摩周）温泉・湯の川温泉（以上北海道）、浅虫温泉・大鰐《おおわに》温泉（以上青森県）、湯田川温泉（山形県）、湯瀬《ゆぜ》温泉（秋田県）、神科村の温泉（長野県）、湯田温泉（山口県）。

〔内容〕旅行下手で、折角遠出をしていながら、名所旧跡を見逃している。そして、忘れっぽいので、行った先がごっちゃになっていて、思い出すのに時間がかかる。

　まず、北海道では層雲峡の温泉である。夜の十二時に上川駅に着いて、歩いて行こうとしたが、土地不案内で道が二つに分かれている所まで来て、途中で熊が出るという噂を聞いて引き返した。夜明けを待って

よ

バスで行くと、余程の山奥な気がしていたのに、何のことはない立派な道路で、蔦温泉よりましであった。二三年前登別温泉へ行った。ここは、箱根の温泉の様で、長い廊下で迷子になりそうになった。阿寒のそばのテシカガという所で温泉に入った。隣室に、面会謝絶の張り紙があったので、誰かと思って出入りを注意していたら、栃木山だった。函館の湯の川温泉の丸い浴槽では、つかりながら、渡辺紳一郎氏と天下国家を論じた。

青森県の浅虫温泉は、熱海を小さくしたようなものだ。弘前の大鰐温泉は、行ったのが夏だったせいか、板につかない洋間が何ともいえずわびしくて、窓の外を見ると、満洲のいやさか村のようでさびしかった。

山形県の湯田川温泉は、宿の感じがよかったが、どんな浴槽だったか、とんと覚えていない。秋田県の湯瀬は、行ってみて宿の大きいのに驚いた。部屋のバスに入ったので、湯殿については知らない。

長野県は、昔スキーで温泉めぐりをやったり、疎開をして住んでいたりしたので、割にあちこち行っている。遊び気分の温泉というのは好きでないので、静かな日本家屋の温泉がいい。信州上田の近くの神科村にある、お百姓の共同風呂が忘れられない。お湯がぬるいので村の人が持ち寄りの薪でわかすのである。風呂から出て、三畳ばかりの小さい風通しのよい部屋で、松風の音を聞きながら一杯やる。

山口市のすぐそばにある温泉宿は、大変気に入った。浴槽から見る庭が、何とも云えず明治調で、遠くへ来たという旅愁にも似た感じがよかった。

（西岡千佳世）

与謝野晶子　よさの・あきこ

＊明治十一年十二月七日〜昭和十七年五月二十九日。大阪の堺甲斐町（現・堺市）に生まれる。本名・志よう。旧姓・鳳。堺女学校卒業。歌人。歌集に『みだれ髪』『小扇』など。『定本与謝野晶子全集』全二十巻（講談社）。

伊香保の街　いかほのまち　詩

〔**作者**〕与謝野晶子
〔**初出**〕「婦人之友」大正九年九月一日発行、第十四巻九号。
〔**全集**〕『定本与謝野晶子全集第九巻』昭和五十五年八月十日発行、講談社。
〔**温泉**〕伊香保温泉（群馬県）。
〔**内容**〕伊香保の街を「榛名山の一角に、／段また段を成して、／羅馬《ロオマ》時代の／野外劇場の如く、／斜めに刻み附けられた／桟敷形の伊香保の街」、「屋根の上に屋根、／部屋の上に部屋、／すべてが温泉宿である。／そして、榛の若葉の光が／柔かい緑で／街全体を濡してゐる。」、「街を縦に貫く本道は／雑多の店に縁どられて、／長い長い石の階段を作り、／伊香保神社の前まで、／Hの字を無数に積み上げて、／殊更に建築家と絵師とを喜ばせる」と歌う。大正九年夏、与謝野晶子の『青海波』のイタリア語版がナポリで刊行された。晶子は明治四十五年五月に単身渡欧。寛とともにイギリス、ベルギー、ドイツ、オーストリア、オランダなどを歴訪して、大正二年一月に帰国した。伊香保の街を「羅馬時代の野外劇場の如く」と形容するは外遊体験に基づく発想であろうか。

（浦西和彦）

初島紀行　はつしまきこう　エッセイ

〔**作者**〕与謝野晶子
〔**初出**〕掲載誌、発行年月日未詳。
〔**初収**〕『人間礼拝』大正十年三月十五日発行、天佑社。
〔**全集**〕『定本与謝野晶子全集第十八巻』昭

和五十五年十一月十日発行、講談社。

〔温泉〕伊豆温泉（静岡県）。

〔内容〕一月六日早朝、千人風呂に入って、硝子窓から伊豆の沖の美しい日の出を見た。正月の初めに偶然この伊豆温泉の相模屋に泊まり合わせた五人（台湾総督府の石井光次郎さん、日本評論社の茅原茂さん、野口米次郎の令兄である高木藤太郎さん、それに私達夫婦）が、三里先きの海上にある初島を観に船を雇って出かけた。熱海を出て、二時間足らずで初島の北岸に着いた。私達は船頭の案内で昔の名主で「大屋」という通称を持つ新藤氏の家へ行った。それから区長の田中さんの案内で初島神社に参った。島の戸数は四十一戸で、それ以上殖やすことが出来ない不文律が昔からあり、二男以下の子女はすべて他国へ行って職を求める。それ以上は島の土地が養い得ないからである。耕作は共同的であり、食料と薪炭とは米を除いて自給自足で、島に医師はいない。現在の人口は二百四十三名で、生活は半農半漁である。島に来て、満山の椿と水仙を目にした実感は、「武陵桃源の趣」がある。帰ってから、良人は初島の歌を沢山作った。

（浦西和彦）

旅の歌《たびのうた》 歌集

〔作者〕与謝野晶子
〔初版〕『旅の歌』大正十年五月十五日発行、日本評論出版部。

〔温泉〕箱根湯本温泉・塔の(之)沢温泉・芦の(之)湯温泉（以上神奈川県）、塩原温泉（栃木県）、東山温泉（福島県）、伊豆山温泉（静岡県）、伊香保温泉（群馬県）、別府温泉（大分県）。

〔内容〕旅を詠んだ歌集。その中に温泉を詠んだ歌も多くある。「箱根湯本」では「粉黛のこちたきことを厭ふわれ恋の如くに湯を好むわれ」ら五首、「塔の沢」では「靄立てば浴槽《ゆぶね》の底に桃李《とうり》咲く園のありとも思ひけるかな」ら十首、「芦の湯」では「湯の泉ゆあめる人の足に似て白く小き底の石かな」ら二首、「塩原」では「髪に来て山風舞ひぬ塩の湯のかへでの形《かた》のからかみのもと」ら二十首、「東山」では「みづからを山の湯ぶねに朝くだる白き雲かと驚きぬわれ」「湯あみしてやがて山でじとわが思ふ会津の庄のひがし山かな」ら二十五首、「伊豆山温泉」では「靄立てる石の浴槽《ゆぶね》はいつとても薄明《はくめい》のごと白しをぐらし」「魚もまたかかる遊びを知らずとてわれ百尺の浴槽《よくそう》に居ぬ」ら十三首、「伊香保」では「伊香保山湯の流よりかんばしく甘く苦しくほととぎす啼く」ら十首、「別府」では「湯の街の靄ににじめる灯の一つかこむ人かと夜のをかしけれ」「豊国の砂湯の底にみづからを鵠《こう》の雛ぞと思へるは誰れ」ら五首がある。

木下杢太郎は序文「与謝野令夫人」で、「この歌集のうちには、少数の外国景緻を叙したものもありますが、多くは日本の純日本的な景物の裡から、手ごろの、やさしい美を抽き来つて、珊々として連珠の如く蒐めてあります。最も間歇な外形のうちに、いろいろの違つた情趣が恵まれてあります」と述べている。育児と家事から解放されて、昭和期になると、寛と楽しんだ旅行の歌が多く詠まれるようになる。

（浦西和彦）

吉井勇 よしい・いさむ

＊明治十九年十月八日～昭和三十五年十一月十九日。東京市芝区高輪南町（現・東京都港区）に生まれる。早稲田大学政経科中退。歌人、劇作家、小説家。歌集に『酒ほが

よ

ひ』、戯曲集に『午後三時』など。京都祇園の風情を描いた短篇小説を執筆。『吉井勇全集』全六巻・補巻二（番町書房）。

温泉三題《おんせんさんだい》　エッセイ

〔作者〕吉井勇

〔初出〕「温泉」昭和十三年五月一日発行、第九巻五号。

〔温泉〕湯河原温泉（神奈川県）、城崎温泉（兵庫県）、赤倉温泉（新潟県）。

〔内容〕「ただひとり湯河原に来てすでに亡き独歩を思ふ秋のゆふぐれ」。

湯河原温泉は私が昔から愛するところであって、最初そこに往ってから、既にもう二十年は過ぎているであろう。国府津で汽車を下り、電車で小田原まで往って、それからまた玩具のような軽便鉄道に乗り換え門川というところで下りてから、さらに馬車を一里あまりも走らせなければいけなかったという時代だったから、いかにそれが遠い昔のことだか分かるだろう。亡き国木田独歩氏も湯河原温泉を愛した一人であって、「湯河原より」「恋を恋する人」などの作品は、この温泉場を舞台としたものである。「武蔵野」以来独歩の愛読者である私が、湯河原に好んで往くようになったのも、独歩作品から受けた、少年時代の影響がかなり大きい。

但馬の城崎温泉には、私は昭和八年の二月、まだ雪がかなり深く積っている時分に、越後から北陸路の方を廻って往った。その時私は「城崎の方壺の家の山陽の字にまづわれは酔ひにけるかな」という歌を作ったが、それはその時の私の実感をうたったものなのであって、方壺とは、ゆとう屋主人西村六右衛門君の俳名である。その後私が城崎に再遊したのは、その翌年の三月末のことで、もう殆ど雪はなく、山に辛夷《こぶし》の花が春の来たのを知らせるように咲きさかっていた。この時は青年書家の朱門を伴っていて、十日ばかりも滞在し、私は歌を作り、朱門は絵を描いて過ごしたのであるが、ずっと信濃路の方からつづけてきたさすらいの旅ではあったけれども、城崎温泉にいる間はただ何となく楽しかった。

私が初めて赤倉温泉という名を知ったのは、尾崎紅葉先生が晩年既に病んでから、越後路から佐渡の方へ旅をした時のことを書いた紀行文「煙霞療養」を読んだ時である。それを読んで私はまだ見ぬ妙高山腹の温泉赤倉に、人知れず愛着を感じていたのだが、機縁があってそこに往くことが出来たのは、大正四五年の頃だったと思う。その頃私はよく信濃路から越後佐渡へかけて、旅程もないたった一人のさすらいの旅をしていた。最近に往ったのは、昭和八年小杉方庵君と越後路から佐渡へ渡った帰りに一人で旅の疲れを休めようと思って、数日そこに滞在した時のことであった。スキーなどが盛んになり、さぞこの古めかしい温泉場も、時勢とともに推移したであろうと思っていたが、割に紅葉山人時代の情緒が残っているのがうれしかった。

（郡山　暢）

浴泉抄《よくせんしょう》　エッセイ

〔作者〕吉井勇

〔初出〕「温泉」昭和二十四年十月一日発行、第十七巻十号。

〔温泉〕湯河原温泉（神奈川県）、修善寺温泉（静岡県）、下部温泉（山梨県）。

〔内容〕国木田独歩は、生前湯河原が好きだったと見えて、この温泉街を舞台とした小説を数篇残している。独歩は湯河原のことを「石ばかりごろごろしてゐる淋しさ、僅かに十軒ばかりの温泉宿。其外の百姓家とも数へる許り、物を商ふ家も準じて幾軒もない渓間」と書いている。私が往った大

よ

正時代には、もうすっかり温泉街らしい形を整え、天野屋、中西、伊藤屋など、大きな温泉宿もあったし、土産物屋、玉突屋なとの並んでいる町はずれには、赤ペン青ペンなどと称した、私娼のいるような料理屋も二三軒あった。大倉公園が出来ていて、湯に倦き読書に倦きると、私はよくここへ出かけた。不動瀑があって、そこの掛茶屋には「頓狂」と呼ばれている変り者の夫婦がいた。思い悩むことがあって、宿屋の一室に閉じ籠ったこともあった。私がこの湯河原で作った歌は殆どすべてが小説的な空想から生まれたものであって、「浪花節の梅車かかれり往かずやと女けうとくわれを誘へり」「時ならぬ杜鵑の声す湯の宿のおそろしき夜の冬のあけがた」などがその一例である。

伊豆には数多く温泉があるが、私がよく出かけるのは湯河原のほかに修善寺がある。古風な温泉街である。往きつけの新井という宿屋の主人は、美術院派の画人達とかなり交遊があって、横山大観、小林古径、安田靫彦、前田青邨などがよく来ていた。高浜虚子もここが好きで「温泉宿」「落葉降る下にて」など、この修善寺温泉滞在中の出来事を描いている。この温泉街の古めかしい光景を現していて、全くここのように姿形を変えていない温泉街は外にあるまい。橋も、川も、山も、街も、十年一日の如く同じである。

「信玄の隠し湯」といわれている下部温泉も忘れられない。交通に恵まれていないところから、都会化されていなくて、温泉場らしい情緒がある。河岸に建った三階建の温泉宿で、十日あまり過ごした。何だかすっかり人生に疲れてしまった時だった。その時、三十年近く前に読んだ「浴泉記」と題する小説が頭に浮んで来た。私の心に残っているのはどういうわけだろうと、この露西亜の小説を手紙を出して取り寄せて再び読み直したのであるが、今度はもう前に読んだ時のような強い感激は得られなかった。

（浦西和彦）

浴泉記 よくせんき 短歌

【作者】吉井勇

【初出】「温泉」昭和二十五年九月一日発行、第十八巻九号。

【温泉】越後温泉（新潟県）、三朝《みささ》温泉（鳥取県）、湯河原温泉（神奈川県）。

【内容】「浴泉記」の題のもとに、越後温泉で「字を売りて貧しき旅をせし頃の越後湯《ゆ》宿《やど》の寝覚めおもほゆ」と詠んだ。三朝温泉では「いまもなほ思へばすがし一夜寝し三朝湯宿の独山の額」と詠み、湯河原温泉では「湯河原にありて書きたる浴泉記残りてゐしがいづこゆきしぞ」と詠んだ。そのほか、温泉の歌が二首ある。

（浦西和彦）

吉川英治 よしかわ・えいじ

＊明治二十五年八月十一日〜昭和三十七年九月七日。神奈川県久良岐郡中村根岸（現・横浜市）に生まれる。本名・英次。太田尋常小学校中退。小説家。代表作に「宮本武蔵」「新・平家物語」など。『吉川英治全集』全五十三巻・補巻五（講談社）。昭和三十五年、文化勲章を受章。

温泉雑景 おんせんざっけい エッセイ

【作者】吉川英治

【初収】『草思堂随筆』昭和十年発行、新英社。

【全集】『吉川英治全集第七巻』昭和四十五年六月二十日発行、講談社。

【温泉】熱海温泉（静岡県）。

【内容】自動車で十国峠へ向って行くと、熱海を中心として、あの付近一帯の山地には、到るところに井戸掘りの丸太が散立している。運転手は、温泉を掘っているのだと笑う。出ない方が多いが、そうなると、夜逃げ、乱闘、差押え、仲間割れ、さまざまな悲喜劇が起こるのだという。丹那トンネルの開通によって満腹を夢みていた熱海は予想が狂ったらしい。東京の旅客が西へ抜けてしまい、西の旅客が熱海へながれこんだに過ぎないことになったからである。温泉にも年齢がある。老いた土地よりも若い温泉地に流行性がながれ込む。鬼怒川などが近年の寵児だし、塩原や箱根などは衰退している。

（浦西和彦）

吉田謙吉　よしだ・けんきち

＊明治三十年二月十日～昭和五十七年五月一日。東京日本橋（現・中央区）に生まれる。東京藝術大学卒業。舞台装置家。

風呂場に湯船―さまざまあれど
ふろばにゆぶね―さまざまあれど　エッセイ

〔作者〕吉田謙吉
〔初出〕「旅」昭和三十一年十一月一日発行、第三十巻十一号。

〔温泉〕法師温泉（群馬県）、登別温泉（北海道）、霧島温泉（鹿児島県）、繋《つなぎ》温泉（岩手県）、杖立温泉（熊本県）、有馬温泉（兵庫県）、修善寺温泉（静岡県）。

〔内容〕浴室内の照明にしても、上州の法師温泉のように、殊さらランプを使って雰囲気を出す式のところもある。かつて中川一政画伯が、法師温泉の浴槽にひたりながら、そのランプのほのかなる光を見上げて、「荘厳だなア」といったという。しかし蛍光灯と雖も、使い方次第で、決して荘厳なる雰囲気が出せないとはいえない。その意味では、浴槽そのものも大小五十余を数え、浴室面積も広いからではあるが、北海道の登別温泉の湯気の効果を挙げたい。またそれほど広くはないが、巨大な石灯籠を浴槽内に配した霧島温泉の浴槽の雄大さもいい。これはおそらく石一色に統一されての効果であろう。タイル張りの中に、石灯籠がぽつんと置かれているとしたら、あの雄大さは出ないと思う。また、東北の素朴な繋温泉あたりでは、浴槽の一隅にこけしが二三本立っていたりする。湯気にあたっていささかハゲチョロになったりしている感傷もわるくない。と云っても、これまた巧芸的なものを持ちこんでの効果だが、それぞれローカルを見失わずにいるところに、そぞろなる旅愁が感じられたりする。もっとも、木造といってもピンからキリまでで、かつて室生寺の僧坊に泊めてもらったおりの、三間ものでんとした檜の角材が、一本通った浴槽など忘れられないが、肥後杖立の湯の、河をへだてて杉林の見える高窓だけをガラス張りにして、あとは木造の浴室も忘れられない。これは専ら泉質の関係からであるそうだが、硫黄泉などで、白タイルが黄色くなっているなどは、まことにありがたくない。そういえば、有馬の湯には木造のものが比較的多い。修善寺の菊屋の菊風呂など、かつての時代なら御紋章類似の忌諱にふれるところだろうが、ただひとり、その花芯のあたりにつかるのは悪くない。

（趙　承姫）

吉田絃二郎　よしだ・げんじろう

＊明治十九年十一月二十四日～昭和三十一年四月二十一日。佐賀県神埼郡神埼町（現・神埼市）に生まれる。本名・源次郎。早稲田大学英文科卒業。小説家、劇作家、随筆家。代表作に「島の秋」「清作の妻」「江戸最後の日」など。『吉田絃二郎全集』全十

八巻（新潮社）。

修善寺風景《しゅぜんじふうけい》　エッセイ

〔**作者**〕吉田絃二郎

〔**初出**〕「新潮」昭和四年六月一日発行、第二十六年六号。

〔**温泉**〕修善寺温泉（静岡県）。

〔**内容**〕「六月の温泉場風景」として、岡田三郎「山中温泉」、川端康成「伊豆温泉六月」、近松秋江「日光湯元温泉より」、加藤武雄「瀬波温泉」とともに掲載された。

「一筋の渓澗に沿ふて細長く、爪先上りの道に沿ふて作り上げられた」のが修善寺の温泉場である。都会の風が吹いて来ぬだけ居心地がいい。旅人は先ず桂川の右岸の丘に真っ白な礼拝堂の小さな尖塔を発見する。修善寺の町はカソリックの礼拝堂の丘の内懐につつまれた形になっている。この湯の町では農村から来た人たちが夜昼の区別なしに湯に浸っては悠然として雲を仰ぎ、山をながめる。夫婦づれの門付などが月琴を弾きながら、手甲、草鞋穿きの姿で歩いているのを見ると、人生そのものに対する切々とした哀憐を感ずる。朝の三時半には修善寺の鐘が鳴る。本殿に副島種臣の額がかかげられているが、いい字である。早朝、あるいは日の暮れの、あたりの山気が沈んでいるころ浴槽に浸りながら耳をすましていると、水恋《みずごい》が鳴き、尾長鳥や老鶯が鳴き、河鹿が鳴いている。初夏の「憂鬱のなかに織りこまれてゐる静かなスヰート・ペーソス」が湯治客の魂をつつんでしまう。天城の渓々には鶺鴒《せきれい》が多い。彫刻師がいつも修善寺の石磴の下で、竹を刻んでいる。禅寺の鐘楼をかすめて杜鵑《ほととぎす》が鳴いても、雲が天城にかくれても、彼は寸刻も竹を刻む手を休めない。羨むべき路傍の芸術家である。初夏の伊豆を旅するわたしには櫟の嫩葉《わかば》の美しさを思う。天城の渓のいたるところに炭を焼く煙が蒼然として立ちのぼっている。炭焼く竈を作っては一つの山を伐りはじめる。一つの山を伐りつくせば山を捨て、竈を捨ててまた他の山に移っていく。これが炭焼く人たちの生活である。二三日前わたしは奥の院まで歩いて行った。弘法大師が苦行を積んだという岩窟に御堂を構えた幽邃《すい》の地である。苔むした石に腰をおろしていると、弘法大師時代の天城の奥というものの姿が暗く映ってくる。

（浦西和彦）

夏の温泉行《なつのおんせんこう》　エッセイ

〔**作者**〕吉田絃二郎

〔**初出**〕「温泉」昭和二十四年七月一日発行、第十七巻七号。

〔**温泉**〕雲仙温泉（長崎県）。

〔**内容**〕第一次世界大戦のころであった。諫早で島原線に乗りかえた。汽車は、明治五年に日本で初めて新橋横浜間を走ったもので、客車はトタン屋根だった。愛野駅で下車し、雲仙岳の方へ登っていった。人相の悪い男がこっちを見ながら歩いていく。二時間余り山路を歩いても、人家もなく、人っ子一人逢わない。不意に人通りのない山路で旅の商人を殺したトルストの物語を思い出した。やがて人相の悪い男が海に向って口笛を吹き初めた。それを聴くと同時にその男に対する不安な連想は消えてしまった。大粒の雨が降ってきた。旅の心細さもわいて来る。山路を上へ上へとたどっている間に、薄暗の中から硫黄を含んだ湯の香が漂って来た。目あての温泉宿に入った。泊まり客は誰もいないようだ。大きな湯槽の中には人影一つ見えない。すると近くの部屋から低い三味線の音が聞こえた。翌朝、給仕の女に訊ねると、大阪の藝妓を勤めていた三十幾つの女で、ただひとりでこの家の離房《はなれ》を借りている。訪ねてくる人もなく、人に逢うことも嫌い、徒然のまま三味線を弾くということであった。私は三味線の主の生活をさまざま想像した。翌朝、私は普賢の嶺へと道を急いだ。牧場の片隅の湖に時々馬や牛に草を喰べさせている若い女を見た。案内の男にたずねると温泉宿の女である。私はハンカチーフを振って見せた。女もハンカチーフを振っていた。普賢の嶺へ登っていく。女の姿は見えなくなったが、普賢の眺望はまったく驚歎に値する。島原港についたころ、駅にはすでに燭がまたたいていた。山はすでに暮れていた。離房の彼女は今夜も三味線を爪弾きしているであろう。

（浦西和彦）

あのころの温泉《あのころのおんせん》　エッセイ

〔**作者**〕吉田絃二郎

〔**初出**〕「温泉」昭和二十八年九月一日発行、第二十一巻九号。

〔**温泉**〕湯河原温泉（神奈川県）、修善寺温泉・吉奈温泉（以上静岡県）、中房温泉（長野県）。

〔**内容**〕どこの温泉も交通が発達し便利になったが、その半面静かなところが稀になったのが淋しい。温泉へ行く客も、昔は湯治であったが、今は遊覧である。わたしがはじめて湯河原温泉に出かけたころは、門川駅から温泉町まで鈴をつけた馬車が往き来していた。修善寺温泉を訪れたころは、大仁から修善寺まで幌馬車が通っていた。そのころ一《ひと》春伊豆の吉奈温泉に滞在したことがあった。東府屋とさか屋という二軒の温泉宿があったが、滞在客は稀で、湯治客の姿を見かけるのがめずらしい位であった。大仁から吉奈まで狩野川に沿う数里の道を馬車で行くのは難儀なことであったからであろう。しかし、落ちついて山を歩いたり、読書でもする者にとっては恰好の山の温泉場であった。山川も美しく、鮠《はや》がよく釣れた。東京の或る資産家がただ一人の坊っちゃんが病身なため、吉奈に別荘を建て、そのついでに十二三戸の貸別荘を新築したばかりである。わたしはその一軒を借りて住んだのである。東京から幕内力士がやって来て、別荘の病身な坊っちゃんを負んぶして川の端を歩いていたのを見かけた。別荘の主人のひいき力士であったが、この数場所負けつづけであった。かれの思い沈んだ姿を見ていると、わたしの心までが暗くなった。もう三十年も前の話である。

　はじめて日本アルプスに登ったのも三十年前のことである。案内をつとめてくれたのが信濃大町の茂一である。茂一は山に登る途中で温泉に入るのを何よりの楽しみとしていた。有明から四里の山路を歩き、中房温泉に着いた。茂一は夜中じゅう温泉にはいっているのである。茂一は、一年中牛馬のように働き、せめて一週間くれえは温泉で骨休めをしたいが、暮らしに追われて、そんなぜいたくできません。だから旦那にお伴した時、「わしはすこしでも長い時間温泉にはいつてかへらうと思ひまして、夜つぴて浸つとります」という。今もなお素朴な農村の人々はこころから温泉を愛し、温泉の功徳を信じ、茂一のような心がまえで温泉に浸っているのであろう。わたしはそういった気分で行くことのできる温泉が欲しい。

（浦西和彦）

吉田修一《よしだ・しゅういち》

＊昭和四十三年九月十四日～。長崎市に生まれる。法政大学卒業。小説家。「パーク・ライフ」で第百二十七回芥川賞を、「パレード」で第十五回山本周五郎賞を受賞。

初恋温泉《はつこいおんせん》　短篇小説

〔**作者**〕吉田修一

〔**初出**〕「小説すばる」平成十六年一月一日発行、第十八巻一号。
〔**初収**〕『初恋温泉』平成十八年六月発行、集英社。
〔**文庫**〕『初恋温泉』〈集英社文庫〉平成二十一年五月二十五日発行、集英社。
〔**温泉**〕熱海温泉（静岡県）。
〔**内容**〕夫婦で熱海温泉の「蓬莱」に出かける前日、重田は妻の彩子から別れ話を切り出された。重田と彩子は高校の同窓であった。重田は高校を卒業するとコンピュータ専門学校に入学したが中退し、居酒屋で働き、自分の店を持つことを目標に夢中で働いた。彩子に「自分が一番幸福な瞬間」を見てもらいたいと思っていた。高校のころ、重田は一度だけ彩子をデートに誘った。駅前の広場で二時間ほど話しただけだった。重田は彩子に好きだと告白したが、彩子は行きたい大学があるので、今は付き合いたくないと答えた。翌年、彩子は志望校に合格した。そして、重田は「俺がさ、胸張ってお前に会えるようになるまで、待っててくれないか?」と言ったのだっだ。それ以来、渋谷でばったり再会するまで、一度も顔を合わせることはなかった。八年目に初めて吉祥寺に自分の店を持ったとき、彩子の家に電話をかけ、オープン記念のパーティに誘ったのである。重田はこれまでに四店をオープンさせていた。
　重田と彩子は大浴場に入る。他の客はいなかった。重田は思い切って「男ができたんじゃないよな?」と言葉にした。これを一番気にしていたのだと、気づく。彩子は呆れ果てたように鼻で笑った。重田は「俺なりに、お前を幸せにしてやろうと思ってやってきたつもりだ…」と呟いた。「幸せなときだけをいくらつないでも、幸せとは限らないのよ」と彩子は言って脱衣所へ消えた。思い描いたとおりの生活を、やっと手に入れたはずなのに、一番そこにいてほしい女がいない。重田は熱い湯にからだを沈めた。
（浦西和彦）

白雪温泉《しらゆきおんせん》　短篇小説

〔**作者**〕吉田修一
〔**初出**〕「小説すばる」平成十六年四月一日発行、第十八巻四号。
〔**初収**〕『初恋温泉』平成十八年六月発行、集英社。
〔**文庫**〕『初恋温泉』〈集英社文庫〉平成二十一年五月二十五日発行、集英社。
〔**温泉**〕青荷温泉（青森県）。
〔**内容**〕目の前の雪景色から一切の音が消えた。寒風吹きすさぶ空港の外へ一歩足を踏み出したところだった。辻野は「なんかこう、音が一瞬、消えたような感じ」がした。辻野と若菜は、「雪のなかの一軒宿」に行くのが目的で、青荷温泉にやってきた。数週間前、結婚式の打ち合わせも兼ねて、辻野が若菜の実家を訪ねた時、そんなに喋って、よく飽きないで、話が尽きないわねえ、と母親はいった。辻野と若菜は三年ほど前のコンパで知り合った。互いにコンパの盛り上げ役だった。辻野は若菜と出会って初めて自分はただ喋りたいのではなく、誰かに喋ってもらいたかったのだと気がついた。ランプの宿・青荷温泉では離れを予約しておいた。案内された離れは、予想以上に大きな建物で、隣の部屋との仕切りはふすまである。見ず知らずの他人とふすま一枚隔てただけの部屋では落ち着かない。隣の客は三十二三の年長のカップルである。ふすまの向こうからは、たしかに人のいる気配が伝わってくるのだが、その声が聞こえてこない。まるでそこにも雪が降り積もっているかのように音がなかった。夕食は大広間に用意されていた。一番奥にいる「お隣さん」カップルが、互に目を見合わせて微笑むだけで、ここでも言葉を交わしていない。この一角からだけ、一切の音が消えている。その様子が大広間にいるどのグループ客よりも幸せそうに見えた。

　辻野は、すでにランプも消えた真っ暗な雪道を月明かりだけを頼りに内湯へ向った。お隣の男が湯に浸かっていた。お隣の方ですねと話しかけたが、男はこちらを振り向かない。まるで聞こえなかったかのように、天井を見つめている。辻野は改めて声をかけ、「あっ」と気づいた。慌てる辻野の様子を見て、男は自分で自分の耳を指差し、そのあとで、だめなんです、とでも言うように顔の前で手のひらをふった。男はいい宿ですねとでも言うように辻野に笑いかけてくる。窓の向こうに見える月明かりを浴びた雪景色に目を向けた。その視線を追って男の目も窓の外へ向かう。その後、男はお先にとでも言うように、辻野に微笑みかけて、脱衣所に向った。辻野は湯船でぼんやりと雪景色を眺めていた。男に何かを質問したわけではなかったが、その答えをもらったような気がしてならなかった。この温泉に若菜と二人で来られて本当に良かったと思う。

（浦西和彦）

風来温泉《ふうらいおんせん》　短篇小説

〔作者〕吉田修一
〔初出〕「小説すばる」平成十七年一月一日発行、第十九巻一号。
〔初収〕『初恋温泉』平成十八年六月発行、集英社。
〔文庫〕『初恋温泉』〈集英社文庫〉平成二十一年五月二十五日発行、集英社。
〔温泉〕那須温泉（栃木県）。
〔内容〕那須塩原駅に到着したのは午後二時半を回ったころだった。恭介は五年ほど前に、保険の外交員になった。真知子と知り合ったころには契約件数も順調に増え、所内での売上げ成績も、三位を下回ることはなかった。恭介は、保険外交員という仕事は、自分に向いていると思った。まずは両親から始め、遠縁も含めた親戚一同、それから遊び友達、同級生、その親戚にまで手を広げた。この仕事を始めてから、かかってくる電話の数は減っていた。
　那須塩原駅から乗ったホテルのシャトルバスに、もう若くはない女が一人乗っていた。恭介が遊歩道を歩き、渓流の水を眺めていると、さっきバスで一緒だった一人客の女がこちらを見ていた。恭介は声をかけ、渓流を眺めながら、女と短い世間話をした。二人の声と渓流のせせらぎ以外、まったく何の音もなかった世界に、遠くから風の音が聞こえてきた。遠くで山の樹々を揺らしていた音が、あっという間に近寄ってくる。すると音よりも先に、周囲の欅がざわざわと身を震わせ、あっという間に風が近寄ってくる。
　恭介は真知子と来るはずであったが、真知子がこの次に休みが取れたときにしないか、と突然言い出した。なんのために仕事をがんばっているの、こういう生活が目的なら、もうそんなに仕事ばっかりしなくていい、毎月、毎月、所内の売上げ成績で一番にならなくてもいい、と真知子はいう。恭介は保険の勧誘をやっている自分を馬鹿にしているんだと、昨夜、慌てて家を飛び出して、気がつくと郡山行きに乗っていた。
　真知子と二人で来るはずだったホテルで、さっき知りあった化粧品会社の女社長に団体保険を勧誘していた。恭介は建物の外へ飛び出した。遠くで風が鳴った。風がきた、と恭介は思った。
（浦西和彦）

純情温泉《じゅんじょうおんせん》　短篇小説

〔作者〕吉田修一

〔**初出**〕「小説すばる」平成十七年四月一日発行、第十九巻四号。
〔**初収**〕『初恋温泉』平成十八年六月発行、集英社。
〔**文庫**〕『初恋温泉』〈集英社文庫〉平成二十一年五月二十五日発行、集英社。
〔**温泉**〕黒川温泉（熊本県）。
〔**内容**〕高校生の健二は、真希と温泉へ行く約束をした。泊まりたい旅館は、部屋に小さな露天風呂がついているところである。温泉ガイドを立ち読みして、「家族風呂」というものがあることを知った。おふくろは自分と真希との関係は清らかなものだと思っているが、親父のほうには、ある日、真希とベッドでいちゃついている現場を目撃されていた。温泉へ出発する前日、真希の兄貴が浮気をして、離婚話がもちあがった。喧嘩になって奥さんが肩の骨を脱臼した。黒川温泉に着くと、健二は早速真希を「貸し切り露天風呂」に誘ったが、その答えが「なんでぇ?」だった。真希が兄夫婦のことを心配して母に電話すると、兄貴が浮気している相手と結婚するつもりで、その人を呼びつけて、三人で会っているという。食後、健二は一時間近くかかってようやく真希を貸し切り露天風呂へ連れていった。真希の全部をひっくるめて好きだ。この気持ちがいつかなくなるなんて、いくら考えても想像できなかった。

（浦西和彦）

吉田知子

よしだ・ともこ

＊昭和九年二月六日～。静岡県浜松市に生まれる。本名・吉良知子。名古屋市立女子短期大学経済学科卒業。小説家。「無明長夜」で第六十三回芥川賞を受賞。代表作に「鴻」「満州は知らない」など。

九州最南端・指宿の砂湯の入り心地

きゅうしゅうさいなんたん・いぶすきのすなゆのはいりごこち　エッセイ

〔**作者**〕吉田知子
〔**初出**〕「旅」昭和四十七年十二月一日発行、第四十六巻十二号。
〔**温泉**〕指宿《いぶすき》温泉（鹿児島県）。
〔**内容**〕風呂での諸作業がとにかく面倒で風呂が嫌い、という筆者が夫婦で指宿を訪れる。宿を取ったのは、立ち並ぶ大きな観光ホテルの一つ。ホテルには別館ヘルスセンターがあり、宿泊客でなくても入浴できる。デパートのワンフロアーほどの広さで売店や、喫茶店、レストランが揃っている。九州は何もかもおおらかで規模が大きい。訪れた日はここのジャングル風呂に入った。緑の濃い、葉の大きな亜熱帯樹が繁茂する間を縫って多数の浴槽が並び、迷路のようである。木の葉で見通しがきかず、広さも相当にあり、どこを歩いているのかわからなくなるのは正にジャングルであった。翌日は砂蒸しをした。砂蒸しには屋内と屋外がある。屋内は朝から晩まで利用できるが、海の音も聞こえず、見えるのは殺風景な屋根ばかり。屋外は潮の満ち干があるため時間が決まっているが、海も空も島も船も見える。砂は意外と重く、身動き出来ない。何も出来ないので景色をただ眺めるしかない。その内に壮大な心持ちになってくる。ほのかに甘い海の匂いがする。

（山根智久）

川中温泉―美人の湯の肌ざわり

かわなかおんせん―びじんのゆのはだざわり　エッセイ

〔**作者**〕吉田知子
〔**初出**〕「旅」昭和五十一年十二月一日発行、第五十巻十二号。
〔**温泉**〕川中温泉（群馬県）。
〔**内容**〕十七年前のパンフレットを手に吾

妻峡、川中温泉をめざす。お粗末だと思っていたが、それは簡にして要、上出来で内容のある紙切れだった。同行者の無関心にもめげずパンフレットを声を張りあげて読み、浜松から五六時間かけて中之条へ着く。駅にはハイヤーしかなく、乗り込んで川中温泉と言っただけで走り出す。玄関も看板もない、どこかの家の前で止まった。これがかど半旅館だった。奥から四十年配の色白で愛想のいいおかみさんが出てきて、部屋に案内してくれた。この宿の名物であるコンニャクと手打ちうどんが出てきた。私は両方とも特に好きではないのだが、コンニャクは奥さんが見張っていたから、うどんは大好物のすき焼き用の固いうどんに近かったので、全部いただいた。コタツとビールで体が暖かになると、風呂嫌いの私は動くのが嫌になったが、連れに「美人湯」だと攻め立てられ、結局温泉に出かけることになった。風呂は五つある。家族風呂が二つ、湯治用（源泉）、殿方用、御婦人用である。新しくて広々と明るいが、別に特別な趣向もない、普通の風呂である。水は透明で澄みきっており、温度もちょうどいい。透明ではあるが、ただの水ではない。このお湯のことを「真綿にくるまれるような」と形容した客があるそうだが、肌に触る感じが実にまろやかで、水中の手足は色白く、すんなりと見える。「それで美人湯というのかしらん」と連れが言った。風呂のハシゴをして満足して部屋へ戻る。全部古い木の木造で、どこにも人の気配がしないせいか、何だかこわくなる。翌日は朝から雨だった。十時頃、宿の娘さんの自動車に乗せてもらって出発する。温泉よりは渓谷歩きが主題だったのに、中止のつもりで宿に長くいたので時間がなくて、吾妻渓谷遊歩道を少し歩いただけで帰らなければならなかった。景色は美しく、落胆の溜息ばかり出る。

（阿部　鈴）

吉野秀雄　よしの・ひでお

＊明治三十五年七月三日～昭和四十二年七月十三日。群馬県高崎市に生まれる。慶応義塾大学経済学部中退。歌人。歌集に『天井凝視』『苔径集』など。『吉野秀雄全集』全九巻（筑摩書房）。

苔径集　たいけいしゅう　歌集

〔**作者**〕吉野秀雄

〔**初版**〕『苔径集』昭和十一年十月二十日発行、河発行所。

〔**全集**〕『吉野秀雄全集第一巻』昭和四十四年五月三十日発行、筑摩書房。

〔**温泉**〕伊東温泉（静岡県）、伊香保温泉（群馬県）。

〔**内容**〕初版本『苔径集』は、大正十三年から昭和十一年までの作歌六百十三首を、定本『苔径集』（全集所収）は、大正十五年から昭和十一年までの作歌五百十三首を収める。吉野秀雄は、気管支性喘息で、昭和二年一月から三月まで、静岡県伊東にて療養した。「豆州伊東温泉」五首が収録されている。昭和四年一月には、感冒より肺炎になり、危篤に陥った。回復後、伊香保温泉に滞在した時の「上州伊香保榛名」七首もある。

（浦西和彦）

寒蟬集　かんせんしゅう　歌集

〔**作者**〕吉野秀雄

〔**初版**〕『寒蟬集』昭和二十二年十月二十日発行、創元社。

〔**全集**〕『吉野秀雄全集第一巻』昭和四十四年五月三十日発行、筑摩書房。

〔**温泉**〕修善寺温泉（静岡県）。

〔**内容**〕『寒蟬集』は「後記」によると、昭和十九年夏より翌二十年秋に至る一年数か月の間に詠んだ短歌のなかから、四百四十一首を選んで収めたもの。「寒蟬集」は漢音のまま「カンセンシュウ」と読んでほしい。『倭名抄』には「加牟世美」と訓じているが、自分はカンセンという音の清澄を愛する。寒蟬が何ゼミかの論はあるが、自分は、ただおおまかに秋蟬の意として用いた、という。昭和二十年一月、秀雄は、鎌倉の中村琢二、小池巌、近藤栄一と中伊豆を旅した。その時の「修善寺雑歌」に「独鈷之湯」二首、「湯宿」三首、「桂川小景」二首がある。（浦西和彦）

早梅集《そうばいしゅう》　歌集

〔作者〕吉野秀雄
〔初版〕『早梅集』昭和二十二年十一月十日発行、四季書房。

〔全集〕『吉野秀雄全集第一巻』昭和四十四年五月三十日発行、筑摩書房。

〔温泉〕伊香保温泉（群馬県）。

〔内容〕昭和十一年後半より昭和十九年半ばに至る八年間に作った千二三百首の歌稿を読みかえして、現在の自分の気持ちになにか触れるところのあるもの四百五首を収めた。題名は艸屋の庭前にいち早く春を告げる白梅があることから、何気なく選んだと「後記」にいう。昭和十二年八月、秀雄は喘息を病んだ後、新潟県赤倉に保養した。その時、伊香保温泉へも寄ったのであろう。「伊香保」二首が収められている。

（浦西和彦）

草津湯治昔咄《くさつとうじむかしばなし》　エッセイ

〔作者〕吉野秀雄
〔初出〕「温泉」昭和二十五年十月一日発行、第十八巻十号。

〔温泉〕草津温泉（群馬県）。

〔内容〕俳人である上村占魚の案内で草津を訪れ、大阪屋に二晩滞在する。筆者にとって二度目の草津行きで、四十年ぶりとなる。至れり尽くせりの大阪屋で満足した翌朝、肌寒い寝床の中で幼時の記憶を辿る。

　明治四十一年、当時七歳の筆者は皮膚病に悩み、治療のため祖母が草津へ連れて来てくれた。富岡から三里の道のりを祖母と人力車に乗って磯辺へ出た。途中二三度は掛茶屋で休んだものの、まる一日窮屈な櫓の上に揺られていくのは難業だったが、馬子が昔話などを聞かせていたわってくれた。宿は一井だが、本館の手前の棟割宿屋みたいな古い平屋建ての一部屋だった。一井の本館は明治洋風のその頃ではずばぬけて斬新な建物で、田舎の幼童の目を驚かせるに足るものだった。祖母と当時七歳の筆者に時間湯はきつすぎるので一井の内湯に入ることにしていた。約一か月半の滞在の間退屈すると一人歩きで湯畑めぐりに遊んだ。熱之湯は繁盛しており、素裸の男女がいくつかに仕切った長方形の湯槽を囲んで所狭しと押し並び、六尺板で湯をもみながら湯揉み歌を合唱する。卵もゆだる熱湯に、病気治したさの一念で命を懸けて入るので、時には卒倒者や死人騒ぎまで持ち上がったようである。湯畑付近の地べたに毛布を敷き、日除けを作って七福神や日の出の富士山や俗悪な絵を描いて売る爺さんがいたことなどを思い出す。そして後々に知るのであるが、初めて草津を訪れた明治四十一年は長塚節が草津にやってきた時期と一致する。そこに筆者は一種の因縁を感じるのであった。（城弟優子）

晴陰集《せいいんしゅう》　歌集

〔作者〕吉野秀雄
〔初版〕『晴陰集』昭和三十三年十月十五日発行、弥生書房。
〔全集〕『吉野秀雄全集第一巻』昭和四十四

年五月三十日発行、筑摩書房。
〔**温泉**〕伊香保温泉・草津温泉・川原湯《かわらゆ》温泉（以上群馬県）。
〔**内容**〕昭和二十年秋から昭和三十一年までに作歌した千五百五十二首を収める。「後記」に「配列は制作順でなく、経験順に依つた。集名の「晴陰」は、ハレとクモリの意で、生活の明暗二面を表徴させたつもりである」とある。昭和二十一年十一月三十日から十二月三日、群馬県伊香保で遊んだ時の「伊香保厳冬」十首、昭和二十三年九月十二日から十七日、上村占魚と共に群馬県草津に遊んだ時の「草津秋情」十六首、「上州川原湯」九首、昭和二十四年五月二十七日から三十日、中村琢二、上村占魚と共に草津温泉で遊んだ時の「草津遊吟」六首がある。
（浦西和彦）

吉増剛造
よします・ごうぞう

＊昭和十四年二月二十二日〜。東京市阿佐ケ谷（現・東京都杉並区）に生まれる。慶応義塾大学文学部国文科卒業。詩人。『黄金詩篇』で第一回高見順賞を受賞。詩集に『螺旋歌』など。

秘境秋山郷・入湯紀行
ひきょうあきやまごう・にゅうとうきこう　エッセイ

〔**作者**〕吉増剛造
〔**初出**〕「旅」昭和五十三年十月一日発行、第五十二巻十号。
〔**温泉**〕逆巻《さかさまき》温泉（新潟県）、切明《きりあけ》温泉（長野県）。
〔**内容**〕旅の感覚というものはおもしろいものだと思う。「旅」の編集部から、山奥のバスも行かない温泉へ行ってみないかといわれたとき、迷った。二週間後にアメリカ行が迫っていたからである。それでもアメリカ旅行の直前に田舎びた温泉に行くのも想い出になると、秋山郷行が決まった。七月末に秋山郷から帰って、二週間後にアメリカ西海岸へきたが、秋山郷は「異郷の異郷」だという気がする。秋山郷の奥の切明まで歩いた山道のほうが、より長い旅だったとおもわれてくる。長野から津南まで、ほぼ七十キロ弱、二時間以上もかかるのだから、国鉄も相当なもの。飯山で二十分位、桑名川でも十五分、と停止する。国鉄のユックリズムに土地の人達は相当アタマに来ているらしい。飯山線の車窓から見る千曲川は絶景である。宿泊は逆巻温泉の川津屋さん。やや大きな民家を改造して二階建にした、味のある宿だ。二階の窓から中津川ごしにみる夕暮の風景がすばらしい。食卓になんと冷凍された熊の肉が出た。翌日、小赤沢までジープでいき、そこから切明温泉まで約二時間半から三時間ほど歩く必要がある。しかし秘境秋山郷にも文明の波が襲っている。スーパー林道とかいう道路もある。ヒッチハイクのサインを出して、とまってくれたクルマで切明温泉についた。大きな屋根、白い壁の村営の秋山郷温泉保養センター雄川閣に入った。秋山郷のお湯は身体にまといつくように感じられる。よほど鉱物の含有量が多いのであろう。できることなら一度、冬の雪にうもれているときに訪れてみたい。今、ロスアンゼルスにいる。小冊『北越雪譜』を読みかえしながら、この大陸にもやって来る冬のなかを、旅していくことになるだろう。
（浦西和彦）

吉村達也
よしむら・たつや

＊昭和二十七年三月二十一日〜平成二十四年五月十四日。東京都に生まれる。筆名・

杠葉啓《ゆずりはけい》。一橋大学商学部卒業。推理作家。著書に『編集長連続殺人』『Kの悲劇』など。

修善寺温泉殺人事件《しゅぜんじおんせんさつじんじけん》　推理小説

〈作者〉吉村達也

〈初版〉『修善寺温泉殺人事件』平成五年一月発行、勁文社。

〈文庫〉『修善寺温泉殺人事件』〈ケイブンシャ文庫〉平成七年十二月十五日発行、勁文社。『修善寺温泉殺人事件』〈講談社文庫〉平成十年十一月十五日発行、講談社。

〈温泉〉修善寺温泉（静岡県）。

〈内容〉渋谷署の夏目巡査部長は、浴室に倒れている女性の顔を一目見るなり、うめき声をもらした。被害者の渡瀬里佳子は顔一面にウルシの樹液が塗られ、顔全体がパンパンに膨れ上がった状態で扼殺されていた。夏目邦雄は五十四歳になる現場たたきあげの、いわゆる生涯一刑事である。息子の大介は二十七歳にして本庁の警部である。渡瀬里佳子は二十一歳で、山越精器に勤め、母親の春奈と二人で住んでいる。液状の蜂蜜石鹸の中に、ウルシの樹液が大量に混ぜられていた。里佳子らは週末、社員旅行で修善寺温泉に泊まった。その時、彼女は例の蜂蜜石鹸を持っていっていたが異状はなかった。大子町の山林でウルシを採取している業者から、一週間ほど前に容器に入ったウルシの樹液の盗難届けがあった。盗んだのは里佳子である。里佳子は専務秘書の原沙織に、自分には人に言えない思い出したくない過去があること、その過去は、彼女が生まれた修善寺にあること、その修善寺には、彼女と同い年の言葉を話せない女性が住んでいて、里佳子にとって大変な抑圧になっていることなどを話していた。その女性、原沙織は独鈷の湯で溺れ死んだ。夏目巡査部長らは、「修禅寺」幽閉中に謀殺された源頼家にまつわる呪われた古面の伝説のある修善寺へ向かう。温泉殺人事件シリーズの第一作である。（浦西和彦）

龍神温泉殺人事件《りゅうじんおんせんさつじんじけん》　推理小説

〈作者〉吉村達也

〈初版〉『龍神温泉殺人事件』平成五年九月発行、講談社。

〈文庫〉『龍神温泉殺人事件』〈講談社文庫〉平成八年十月十五日発行、講談社。

〈温泉〉龍神温泉（和歌山県）。

〈内容〉銀座の高級クラブ「パルフェ」に勤めるホステスの相原舞子がマンションで殺された。舞子は店では季美子という源氏名を使っていた。同僚の龍神季美子は瞳という名前で店に出ていた。二か月ほど前に大泉辰郎という男がキミコという女性を探していると「パルフェ」に現われた時、季美子は舞子を紹介したのである。舞子は、首の周りに点々と穴を開けられ、そこから血が大量に噴《ふ》き出し、失血死したのである。季美子は二十一年前、彼女が四歳のときの忌まわしい記憶がよみがえってきて、キミコという女性を探していた大泉の存在が気になった。栄光物産の野々村政志は、龍神季美子との結婚を考えている。政志の妹の恵は、ゴルフ場での事故で、二歳の時に左目を失明した。五歳の政志が眼を離した隙《すき》に飛び出して、どこからか飛んで来た打球にあたったのである。季美子が行方不明になったので、政志は季美子の実家である龍神温泉に向かう。なぜか季美子との結婚に反対している母が監視についてくる。政志は、過去に見た風景の記憶が浮かび上がってくる。季美子の父洋平は五十四歳で、妻の小夜子と二人で旅館「龍神御殿」を切りまわしている。季美子がホステスになった

よ

のは、この龍神村を出て大都会に身を隠したかったためと、ホステスならば源氏名を使って仕事ができるからであると洋平はいう。季美子は、四歳のとき突然いなくなり、翌朝戻ってきてから、いまに至るまで、「おまえを殺してやる―秘密を見たおまえを殺してやる」という「龍」に追われ続けているのである。季美子の「妄想」は、政志の記憶の底にそっくりそのままの形で沈んでいた。

（浦西和彦）

五色温泉殺人事件《ごしきおんせんさつじんじけん》　推理小説

〈作者〉吉村達也

〈初版〉『五色温泉殺人事件』〈講談社ノベルス〉平成六年八月発行、講談社。

〈文庫〉『五色温泉殺人事件』〈ケイブンシャ文庫〉平成十一年十一月十五日発行、勁文社。

〈温泉〉七味《しちみ》温泉・五色《ごしき》温泉（以上長野県）。

〈内容〉和久井刑事は、同窓会で子供が一人いる森下紫乃から夫がよそよそしい態度となり、「ウラミ、カミナリ、ヒトガシヌ」と独り言をいうと相談される。そして、夫は「ぼくは消える。決して探さないでくれ」という手紙を残して消えてしまう。夫の同僚の小鹿野のところにも同じ手紙が来ていた。そして、若い女から、純白・藍白・白緑・青磁・鉄紺の五色が夫の失踪の謎を解く鍵だという電話があり、「ウラミ、カミナリ、ヒトガシヌ」という。旅行ライターの八代淳也は、七味温泉で取材していて、男女が「あの人は死ななくちゃならないんだ」、「ウラミ、カミナリ、ヒトガシヌ」という呟きを聞く。和久井は五色沼近くに「裏見の滝」というものが存在することに気づいた。八代は、五色温泉で美女と出会い、「ウラミ、カミナリ、ヒトガシヌ」と呟くと、女は逃げていった。紫乃の夫の姉、義父母が姿を消す。裏見の滝から転落して夫の同僚小鹿野が殺される。五色温泉の秘湯で起きた連続殺人事件の犯人は夫なのか、夫は事件とどのように関係しているのか。紫乃と夫の夫婦関係の行方はどうなるのか、物語は展開していく。

（古谷　緑）

知床温泉殺人事件《しれとこおんせんさつじんじけん》　推理小説

〈作者〉吉村達也

〈初版〉『知床温泉殺人事件』平成七年三月九日発行、講談社。

〈文庫〉『知床温泉殺人事件』〈講談社文庫〉平成九年十一月十五日発行、講談社。

〈温泉〉川湯温泉・羅臼温泉・知床（ウトロ）温泉（以上北海道）。

〈内容〉テレビ司会者で好感度ナンバーワン、長者番付ではベスト3に入る藝能界の王様、城ヶ崎悠三。人の良さそうな微笑を常にたたえ、世間では「容姿端麗で、賢くて、誠実」という定評を得ている彼だが、藝能界の裏側での評判は全く違ったものだった。自分のおかげで数字が取れるという横柄な態度で、マネージャーを奴隷のようにコキ使い、共演者の女性を手当たりしだい誘惑し、拒絶されると藝能界で働けなくするという狡猾な手を使うなど、実際は世間のイメージとはかけ離れた人物だった。彼の妻の薫は、CMモデルの高羽瑶子とともに「2泊3日札幌雪まつりと知床流氷の旅」というパックツアーに参加して、いまも白煙を噴き上げる活火山の硫黄山のふもとにある川湯温泉、素朴な雰囲気を残している羅臼温泉、斜里町にある知床（ウトロ）温泉を巡る。このツアーに偶然居合わせたのが、警視庁捜査一課の志垣とその部下和久井である。高羽瑶子の亡き夫で恋愛小説家の高羽進は、城ヶ崎悠三の旧友であり、彼の妻薫と不倫関係にあった。高羽進は二年前に知床の流氷で死亡した。この死は小説家の苦悩に起因するものと考えられていた。ツアー一行が流氷観光船おーろら号に乗って流氷を眺めているとき、事件は起こる。城ヶ崎薫が船から転落したのである。この事態を受け、志垣らは観光を中断して捜査に取りかかる。事件当時そばにいた高羽瑶子は真っ先に疑われ、事情聴取を受けるが警察の手を逃れて行方不明となる。二人は捜査が進むにつれ、二年前の高羽進の死亡が本当に自殺だったのかと疑い始める。城ヶ崎薫の死は自殺か他殺か。その陰に潜む城ヶ崎悠三の不可解な行動の意味とは。志垣、和久井の名コンビが真相を解き明かしてゆく。（城弟優子）

天城大滝温泉殺人事件《あまぎおおだるおんせんさつじんじけん》　推理小説

〔**作者**〕吉村達也
〔**初版**〕『天城大滝温泉殺人事件』平成七年六月発行、有楽出版社。
〔**文庫**〕『天城大滝温泉殺人事件』〈講談社文庫〉平成十年三月十五日発行、講談社。
〔**温泉**〕大滝《おおだる》温泉（静岡県）。
〔**内容**〕志垣警部と和久井刑事は天城の大滝温泉にきていた。二人が露天風呂めぐりをしていると、若い男女五人のグループが露天風呂に入り、一人の女性が一糸まとわぬ姿でエアロビクスのようなダンスを踊っていた。翌朝、大仁警察署天城湯ヶ島派出所の宅間巡査が、旧道の天城トンネル出口で全裸の女性が簪《かんざし》で喉を突かれて殺されていると、知らせに来た。死体はダンスを踊っていた染谷華子である。彼女らは劇団ライオン座のメンバーで、「伊豆の踊子さん殺人事件」という芝居どおりの殺人が起きたという。その台本の内容を知っているのは、グループの五人だけであった。現場には浴衣の帯だけが残されていて、帯の隠しポケットから折り畳まれた薄手の便箋が出てきた。「俊平さん、お願いです。助けてください。／このまま劇団をつづけていったら、近いうちに私は殺される」と書かれていた。俊平とは、宅間巡査のことであり、被害者は去年の春までつきあっていた恋人だという。なぜ旅館でなく、天城トンネルで殺されなければならなかったのか。容疑者とみられた劇団員の四人が、共犯を否定して、華子を殺したのは自分であると単独犯を主張する。捜査陣は大混乱に陥った。いつ華子を宿から連れ出し、どんな手段で天城トンネルまで行き、どのように彼女を殺して、どんな理由で彼女を裸にし、脱がせた衣類はどこに処分したのか。全員が黙して語らない。事件は意表外の展開を見せる。（浦西和彦）

猫魔温泉殺人事件《ねこまおんせんさつじんじけん》　推理小説

〔**作者**〕吉村達也
〔**初版**〕『猫魔温泉殺人事件』平成八年五月発行、講談社。
〔**文庫**〕『猫魔温泉殺人事件』〈講談社文庫〉平成十年十二月十五日発行、講談社。
〔**温泉**〕猫魔《ねこま》温泉（福島県）。
〔**内容**〕大東京電気株式会社副社長松浪太一の社葬の場に、香典係の責任者である平松浩課長が白のジャケット、パンツも白という遊び着のスーツを着て、遅れて現われた。人々はその非常識さにあきれ返った。その夜、平松の妻礼子が裏磐梯の猫魔温泉で姿を消し、絞殺死体で発見された。前晩、礼子は七つも年下の不倫相手の落合健太と旅行に出た。平松と礼子は性格の不一致で、うまくいっていなかった。平松は部下の常盤和美と関係を持っている。礼子が一切離婚に応じなかったのは、平松の父が広大な不動産を持つ資産家で、いずれその財産は一人息子の浩に引き継がれることになっており、礼子はその財産を狙っていたのである。温泉旅行が趣味の志垣警部と和久井刑事が登場する〝温泉殺人事件〟シリーズの一編である。推理作家の朝比奈耕作が、なぜ平松が副社長の社葬に白いスーツ姿で現われたのか、そのナゾを解明していく。

（浦西和彦）

イメージ「温泉の旅」②龍神温泉—樹《いめーじ「おんせんのたび」②りゅうじんおんせん—き》

エッセイ

〔**作者**〕吉村達也

〔**初出**〕『龍神温泉殺人事件』〈講談社文庫〉平成八年十月十五日発行、講談社。

〔**温泉**〕龍神温泉（和歌山県）。

〔**内容**〕温泉のイメージを一枚の写真だけで表現すれば、龍神温泉を象徴するものは「樹」である。圧倒的な樹々の海の底に沈むようにして龍神温泉の数軒の宿が立ち並んでいる。私をなによりも驚かせたのは、人の苗字として「龍神」という名前が存在することである。宿泊した「下御殿」の奥さんも龍神姓だし、隣の「上御殿」もそうである。龍神温泉は「素朴さと自然の雄大さを楽しむ場所」である。書き下ろしの取材のために龍神温泉へ訪れたのは平成五年七月二十日、まさに夏の入口だった。

（浦西和彦）

城崎温泉殺人事件《きのさきおんせんさつじんじけん》

推理小説

〔**作者**〕吉村達也

〔**初版**〕『城崎温泉殺人事件』〈ジョイ・ノベルス〉平成八年十二月発行、実業之日本社。

〔**文庫**〕『城崎温泉殺人事件』〈講談社文庫〉平成十一年十二月十五日発行、講談社。

〔**温泉**〕城崎温泉（兵庫県）。

〔**内容**〕午前四時すぎ、城崎温泉の桜橋の上で、浴衣姿の男女が倒れていた。男は、五十嵐英幸という二十五歳のサラリーマンで、既に死亡している。女は利恵といい、腹部にかなりの傷を負って重体である。雪が一面に覆い尽くしていて、当事者以外の足跡がなく、「屋外の密室」であった。利恵は、城崎名物の麦わら細工の箱を握っていた。重傷を負った利恵は、国語教師を定年退職した百瀬恭三の長男・明であった。二年前から音信不通で、その間に性転換して、完全に女になっていたのである。利恵は犯人の顔を見たのであるが、記憶喪失を装い、沈黙する。殺された英幸は、水村淳子と結婚することになっていた。その淳子には完璧なアリバイがあった。百瀬恭三は、三十年前の教え子で警視庁捜査一課勤務の志垣警部に相談する。二人は丹後半島の伊根の舟屋を経て、城崎温泉へと向かう。島崎藤村の「山陰土産」にからめて、恭三と明の親子が描かれる。

（浦西和彦）

城崎温泉と天橋立、伊根の舟屋—取材旅ノート《きのさきおんせんとあまのはしだて、いねのふなや—しゅざいたびのーと》

エッセイ

〔**作者**〕吉村達也

〔**初出**〕『城崎温泉殺人事件』〈ジョイ・ノベルス〉平成八年十二月発行、実業之日本社。

〔**文庫**〕『城崎温泉殺人事件』〈講談社文庫〉平成十一年十二月十五日発行、講談社。

〔**温泉**〕城崎温泉（兵庫県）。

〔**内容**〕『城崎温泉殺人事件』の執筆取材は平成七年の正月に行った。実際の取材コースは、京都—城崎—玄武洞—伊根—丹後半島—伊根—天橋立—京都というルートだった。伊根では舟屋体験をさせてもらうため、「さかや」という民宿に泊まった。壁一枚向こうは海で、風呂場の壁にたぷたぷと波が打ち寄せ、よそでは絶対に味わえない体験だった。

城崎温泉は古くから湯の湧く地として発展してきた。現在は六つの外湯があるが、明治十四年の『湯嶋温泉雑誌』によれば、一の湯、二の湯、新湯《しんゆ》、三の湯、瘡湯《かせ》、常《じょう》の湯、御所《ごしょ》の湯、曼陀羅湯、鴻の湯、裏の湯、地蔵湯の十一が挙げられている。城崎温泉は明治から昭和二十三年まで、町を二分して、外湯と内湯との争いを繰りかえしてきた。この温泉には徹底した外湯優先主義の歴史があった。温泉地というものは、「その歴史を知れば知るほど奥が深くなるが、その好例を城崎にみた」気がする。

（浦西和彦）

白骨温泉殺人事件

しらほねおんせんさつじんじけん　推理小説

〈**作者**〉吉村達也

〈**初版**〉『白骨温泉殺人事件』〈ケイブンシャ文庫〉平成八年十二月発行、勁文社。

〈**文庫**〉『白骨温泉殺人事件』〈講談社文庫〉平成十一年二月十五日発行、講談社。

〈**温泉**〉白骨温泉（長野県）、綱島温泉（神奈川県）。

〈**内容**〉夏目大介警部は二日間休暇をとって上高地に住んでいる友だちの紺野勇をたずねた。深夜、猛吹雪に通行止めの警告を見落とし、ジープは林道に入り込んだ。先行車がエンコし、若い女性が立ち往生していた。彼女は田中麻美と名乗り、冬支度もせず、真っ白なワンピースに、白いハイヒールだった。夏目は麻美を白い濁り湯で有名な白骨温泉の白骨荘に送り届けた。翌朝、白骨荘で、泊まり客が変な死に方をしたという噂が広まっていると紺野がいう。露天風呂で、背広を着た溺死体が発見されたのである。男は松本和雄、宿帳に記してある連れの女・松本雪子の姿はない。夏目が白骨荘に送り届けた田中麻美もいない。女は偽名を使った同一人であろうが、逃げるにしても足は何を使ったのか。田中麻美と名乗る女が乗っていた、林道に残された乗用車は、真っ黒焦げに焼き尽くされていた。志垣警部と和久井刑事は、小料理屋の女将の招待で白骨荘に向かう。神奈川県の綱島温泉では、中田善太郎が旧友の大原誠吉に、「東京の銀行に勤める娘の麻美が直接手を下したのではないが」、「白骨温泉で松本を殺した」と、打ち明け相談していた。四十すぎの妻子持ちの松本にだまされ、麻美はコンピュータを操作して、松本の口座に多額の金を振り込んでいたという。バレるのは時間の問題だろう。麻美は松本に呼び出され、白骨温泉まで連れていかれ、白骨温泉で思いがけなく、大学時代に恋をした男と出会ったという。麻美はその男の名前を言わない。志垣警部と夏目警部との推理合戦が展開される。

（浦西和彦）

鉄輪温泉殺人事件

かんなわおんせんさつじんじけん　推理小説

〈**作者**〉吉村達也

〈**初版**〉『鉄輪温泉殺人事件』〈講談社ノベルス〉平成九年十月発行、講談社。

〈**文庫**〉『鉄輪温泉殺人事件』〈講談社文庫〉平成十三年一月十五日発行、講談社。

〈**温泉**〉鉄輪《かんなわ》温泉（大分県）。

〈**内容**〉吉永小百合は、親の無神経な名前の付け方によって、人生に大きなハンディを背負ってしまった。父の洋吉は頑固者で、家の中では絶対権力を保持していた。転校先の高校で、また名前のことでイヤな思いをした小百合は、翌日家を飛び出した。ことし、小百合は二十三歳になっていた。

一か月前、東京荒川区で奇妙な白骨死体が発見された。死んだのは去年の夏と考えられる。死体は、水沼博四十七歳で、アダルトビデオの通信販売を営んでいた。水沼博の死体はなぜか、女の怨みを表現した

「泥眼」という能面をつけていた。水沼はひどい酒乱で、そのことで苦しめられていた妻の小百合の行方がわからない。水沼と小百合はテレビの集団お見合い番組で知り合った。「バツ2以上の男」の企画見合いである。当時十九歳であった小百合は三人の男性からプロポーズを受けた。フラれた二人のうち、海老原鋭二という別府市在住の男は、その結果をあきらめられなかった。海老原は一年前に、別府市郊外にある鉄輪温泉の旅館金子屋の一人娘と四度目の結婚をしたが、妻・冬美との仲は険悪なものになっていた。

海老原は占いを信じ、小百合をあきらめきれずに、ひそかに密会を重ねていたらしいという情報を得た警視庁捜査一課の志垣警部と和久井刑事が大分へ出張する。小百合は、中学時代の同級生・飯島順也と逃避行を重ね、鉄輪温泉の金子屋の近くに隠れ住んでいた。水沼の白骨死体が発見され、順也は自分ひとりの手に負えなくなり、父親の飯島七郎と吉永洋吉を、鉄輪温泉へ呼び寄せた。事情を打ち明けられた飯島七郎は熱湯地獄に身を投げ自殺する。

父を呼んだことで順也の裏切りを感じ、小百合は姿を消した。父の自殺を知って衝撃を受けた順也がアパートに帰ると、能面をつけて、赤い衣で全身を隠した鬼が座っていた。その鬼に順也は包丁で刺し殺される。鉄輪という地名は謡曲からきている。浮気をした夫を怨んで、貴船神社に丑の刻まいりに出かけた女は鬼神に変身して、炎のような赤い衣をまとい、三本の脚を持った鉄輪を頭に載せ、その脚に松明を立てる。生霊となって男のもとに怨みを晴らしにいくのである。

（浦西和彦）

別府鉄輪温泉と地獄めぐり―取材旅ノート《べっぷかんなわおんせんとじごくめぐり―しゅざいたびのーと》

エッセイ

〈作者〉吉村達也

〈初出〉『鉄輪温泉殺人事件』〈講談社ノベルス〉平成九年十月発行、講談社。

〈文庫〉『鉄輪温泉殺人事件』〈講談社文庫〉平成十三年一月十五日発行、講談社。

〈温泉〉鉄輪《かんなわ》温泉・明礬《みょうばん》温泉（以上大分県）。

〈内容〉鉄輪温泉を推理小説に取り上げる場合、ストーリー展開に地獄めぐりの存在は欠かせない。地獄めぐりがあるからこそ、鉄輪温泉は温泉殺人事件シリーズの舞台に使えたわけである。湯けむりの町という名前が鉄輪温泉ほどぴったりあてはまるところはない。この鉄輪地区は、まさに灼熱のマグマの道が、足元のすぐ下を縦横無尽に走っている。主な地獄は九か所。そのうち西にある坊主地獄を除く八つは、別府地獄組合が運営していて、海地獄、山地獄、かまど地獄、鬼山地獄、白池地獄、金竜地獄の六つが鉄輪温泉の中心部にかたまっている。この八つをすべて見学するのには、最低でも二時間はかかるだろう。時間がないときは、海地獄、かまど地獄、鬼山地獄を優先することをおすすめしたい。海地獄はとにかく美しい。コバルトブルーの池は、地獄の恐ろしさと美しさを併せ持っている。ナンバーワンであろう。第二位にはかまど地獄をあげたい。ブルーからグリーン系のさまざまな色合いの地獄を見ることができ、バリエーションが豊かである。鬼山地獄には地熱を利用してワニが飼われている。底のほうから湧き上がってくる熱水の勢いで、池ぜんたいがバッコンバッコンと音を立てて波打つのは、ダイナミックな光景である。鉄輪温泉から西へ上ったところにある明礬温泉には、「湯の花」をつくる藁葺小屋がある。明礬温泉の湯の花は、かなり強い鉄錆の匂いがするが、肩こり、冷え性、腰痛、リウマチ、痔や水虫にはよい。

（浦西和彦）

嵐山温泉殺人事件《あらしやまおんせんさつじんじけん》 推理小説

〔作者〕吉村達也

〔初版〕『嵐山温泉殺人事件』〈講談社文庫〉平成十三年十一月十五日発行、講談社。講談社文庫創刊三十周年特別書き下ろし作品。

〔温泉〕嵐山温泉（京都府）。

〔内容〕警視庁捜査一課の和久井刑事は、志垣警部の姪千代と、京都の嵐山温泉の嵐峡茶寮でお見合いをする。千代は志垣警部そっくりのゲジゲジ眉毛で三十九歳、その上離婚歴もある。嵐峡茶寮は、大堰川の両側に山肌がぐんと迫ってくる嵐峡の西側にある一軒宿で、川沿いの狭い道は温泉宿の車以外の一般車には通行が許可されておらず、利用客は保津川を遡る送迎船でしか行き来ができない。ここは時代劇スターの嵐山剣之助の親戚筋が経営をはじめた宿である。嵐山剣之助が役者として名前を馳せていたのは五十代なかばまでで、二十五年ほど前から事業のほうに手を染め、宇宙波動学研究所という組織のもとに「帝王水」を販売していた。実はただの水だが飲むとガンが消えるとして売っていたのである。そのインチキ詐欺商法は、「帝王水被害者の会」からも糾弾されていた。この八十一歳になる嵐山剣之助が一週間の予定で嵐峡茶寮に滞在していたが、何者かにタオルを口の中に押し込まれ、ジェットバスの中で溺れさせられた。大浴場のサウナには和久井が入っていて、他に誰もいない。宿にいた客は足止めをくらい、全員が警察の取り調べを受けることになる。死体第一発見者の和久井に嫌疑がかけられる。和久井が男湯に入ったとき、なぜか入口にスリッパが一足も見当たらなかった。和久井の嫌疑を晴らすために、千代が活躍する。

（浦西和彦）

嵐山温泉と嵯峨野めぐり―取材旅ノート《あらしやまおんせんとさがのめぐり―しゅざいたびのーと》 エッセイ

〔作者〕吉村達也

〔初出〕『嵐山温泉殺人事件』〈講談社文庫〉平成十三年十一月十五日発行、講談社。

〔温泉〕嵐山温泉・鞍馬温泉（以上京都府）。

〔内容〕「嵐峡茶寮」というのは架空の宿で、現実にあるのは嵐峡館本館である。旅館内で殺人が起きないときは、実際の宿を舞台に用い、殺人が起きるときは架空の宿を設定することを、私はひとつのルールにしている。例外は、「金田一温泉殺人事件」だけである。最初は、「鞍馬温泉殺人事件」というのを企画していたが、鞍馬を「陰」とするなら、嵐山は「陽」である。鞍馬は「摩界スポット」にふさわしい場所であり、神秘に満ちた場所なのである。和久井刑事が志垣警部の姪の千代とお見合いするという設定を考えた瞬間に、舞台は嵐山のほうが似合いだと思い、嵐山温泉へと変更した。大堰川の両側に山肌がぐんと迫っている嵐峡の西側に、嵐峡館本館という一軒宿がある。ここが嵐山温泉である。客の行き来は送迎船でのみ行われる。

（浦西和彦）

蛇の湯温泉殺人事件《じゃのゆおんせんさつじんじけん》 推理小説

〔作者〕吉村達也

〔初版〕『蛇の湯温泉殺人事件』〈ジョイ・ノベルス〉平成十四年一月発行、実業之日本社。

〔文庫〕『蛇の湯温泉殺人事件』〈講談社文庫〉平成十八年四月十五日発行、講談社。

〔温泉〕蛇《じゃ》の湯《ゆ》温泉（東京都）。

〔内容〕十一月中旬、和久井刑事は志垣警部に誘われて蛇の湯温泉に来ていた。一泊した翌早朝、風呂に入ろうとした和久井は、たから荘の下の渓流のベンチに座った女性死体を発見した。その女性には眉毛がなく、まるで能面であった。

大学の秘湯研究会に所属していた一年生の梨田と美濃部は、ある日の秘湯めぐりで土砂ぶりに遭遇し、蛇の湯温泉に泊まることになった。そこで、青年実業家の夫の暴力に耐えられなくて、自殺しようとした若菜綾と名乗る三十歳の美人に出会った。若菜綾は梨田を招いて一夜をともにした。それ以来三十年、梨田と美濃部は時々酒を飲むくらいの付き合いを続けた。その日、娘の家出のことで悩んでいると美濃部から聞かされた後、梨田は行きつけの「みっきー」というクラブに入り、新入のホステス「唯梨」に一目ぼれした。が、十数日後、三十歳の唯梨に、自分が蛇の湯温泉で梨田が一夜をともにした若菜綾との娘であること、そして、梨田の自宅近くに住んでいることを打ち明けられた。これを聞いて、梨田は恐怖感を覚え、妻の真理子との間には亀裂が出来、いつも大人しい娘の千夏も家出して二か月も消息が無かった。千夏は地元の図書館で知り合った唯梨に泊めてもらい、唯梨が義理の姉であることも知った。母の真理子に唯梨を受け入れてもらえないかぎり、家に戻らないと、千夏は両親に蛇の湯温泉の渓流に来てほしいと電話した。その晩、真理子は梨田と蛇の湯温泉に駆けつけて、話も聞かずに「唯梨」の顔に向って、カッターナイフを振るった。が、それは唯梨の格好をした千夏であった。岩陰に隠れた唯梨は、千夏を背負った梨田が遠ざかっていく後姿を見て、寂しさを覚えた。

和久井が発見した渓流のベンチの死体は、唯梨であった。この事件を担当した志垣警部は、どう解決していくか。（鄒　双双）

有馬温泉殺人事件《ありまおんせんさつじんじけん》　推理小説

【作者】吉村達也

【初出】『有馬温泉殺人事件』〈講談社文庫〉平成十四年九月十五日発行、講談社。書き下ろし。

【温泉】箱根強羅《ごうら》温泉（神奈川県）、有馬温泉（兵庫県）。

【内容】箱根強羅温泉で超高級旅館『強羅美凛』の若女将を務めていた波満子は、十五年前、彼女が三十代前半のときに、宿の経営方針をめぐって夫・芦澤吾朗とその母で大女将のよねと激しく衝突した。二人との関係は修復不能なまでに悪化し、巨額の慰謝料を受け取ることを条件に、夫側から突きつけられた離婚に応じる。その後波満子は有馬温泉の大型旅館『花太閤』の経営者で、妻に先立たれた吉崎俊基という七十すぎの老人に取り入り後妻の座を得たのち、わずか一年後に吉崎が死亡。旅館の経営権を含めたかなりの資産を、連れ子の理子ともども独占する形になった。

波満子の幼なじみであり警視庁捜査一課の警部である志垣が『花太閤』に招待される。文通は途切れながらも続いていたが、二十年以上もの空白を経て、突然波満子が日時を指定してぜひ来てほしいと以頼してきたことに不安を感じた志垣は、同じ課の刑事和久井を連れて有馬温泉を訪れる。波満子は先代の経営者である吉崎俊基が死んでから『花太閤』を大改造した。地味だった大浴場をきらびやかに改装して、「太閤・金の湯殿」「太閤・銀の湯殿」と名付け、それぞれ目も眩むような黄金仕立てと白銀仕立ての巨大浴場とした。また豊臣秀吉の茶室に倣って「花太閤・金色庵」と称する金ぴかの茶室を館内に造った。それにとどまらず、より近代的で開放的な空間にしようとフランス人建築家ポール・ラガシュによる、さらなる改装の計画を立てる。しかし志垣らが滞在中に事件は起こる。波満子が裸身に蛍光塗料で経文を書かれ、逆さ吊りの死体となって発見される。捜査を続けていくうちに波満子が多くの人から恨みを買っていたという事実を目の当たりにした志垣は、再会を果たせなかった悲しさ、助けることのできなかった悔しさ、複雑な感情を胸に事件の真相に迫る。

（城弟優子）

霧積温泉殺人事件《きりづみおんせんさつじんじけん》 推理小説

〔**作者**〕吉村達也
〔**初版**〕『霧積温泉殺人事件』〈ジョイ・ノベルス〉平成十五年六月発行、実業之日本社。
〔**文庫**〕『霧積温泉殺人事件』〈講談社文庫〉平成十八年十月十三日発行、講談社。
〔**温泉**〕宝川温泉・霧積《きりづみ》温泉（以上群馬県）。
〔**内容**〕下平香澄は五歳年上の真二郎と結婚した。十九年が経ち、香澄も四十歳になった。真二郎は大学病院に薬剤師として勤務している。猛烈に嫉妬深い男で、妻の行動を常時監視し、妻を一種の奴隷としか見ていない。香澄は娘の亜衣が高校を卒業したのを機に、真二郎より十五歳も若い歯科医・小野田敏と浮気をはじめた。夫の猜疑心の強さに煩わされてきた仕返しのための浮気だったが、いつのまにか本気になっていた。香澄は居酒屋で睡眠薬入りの生ビールを飲まされ、意識を失った。男にとって予想外だったことは警察官が車を検問していたことだった。検問をさけ、猛スピードで突っ走ったが、霧が出て目的地に向かう分岐点もわからなくなった。香澄が目を覚まし、男と目が合った。殺される人間よりも、殺そうとする人間のほうがパニックに陥った。香澄は「ここは、どこ?」と聞く。男はぎこちない口調で「軽井沢だ」と答えた。

志垣警部は、妻・素子から唐突に離婚したいといわれた。部下の和久井から家族で温泉へ行くことを勧められて、志垣警部はなんとか家族の絆を取り戻そうと、有給休暇をとり出かける。奥利根の宝川温泉で日本最大級の露天風呂に入る。混浴の露天風呂の中で、人目もはばからず、三十歳ぐらいの男が四十歳前後の女を膝に乗せてキスをしている。次に一軒宿の秘湯・霧積温泉へ向かう途中、かなりのスピードで突っ込んできた乗用車にぶつけられた。示談の話し合いをしようと思ったが、相手の男は突然乗用車で逃げ出してしまう。香澄の夫の真二郎である。霧積温泉の金湯館で男風呂に入ると、女が飛び出していった。宝川温泉で見た男女が入っていたのである。翌朝、志垣警部一家は、金湯館から鼻曲山山頂往復のハイキングに出かける。素子がトイレに雑草をかけ分けながら入っていき、女の全裸死体を発見した。露天風呂で見かけた女である。身元を隠す目的で、被害者の服を剝ぎ取り、所持品すべてを持ち去っているのに、なぜか運転免許証だけがその場に残されていた。女は香澄であった。気まずい夫婦の雰囲気を描いた西条八十の童謡「ある夜」や、森村誠一の「人間の証明」で有名になった西条八十の詩「帽子」などを背景に、夫婦や親子の気まずさが絡んだ殺人劇が描かれる。

（浦西和彦）

大江戸温泉殺人事件《おおえどおんせんさつじんじけん》 推理小説

〔**作者**〕吉村達也
〔**初版**〕『大江戸温泉殺人事件』〈ジョイ・ノベルス〉平成十六年二月発行、実業之日本社。
〔**文庫**〕『大江戸温泉殺人事件』〈講談社文庫〉平成二十年十月十五日発行、講談社。
〔**温泉**〕ラクーア・庭の湯・大江戸温泉物

よ

語（以上東京都）。

〔内容〕健康食品メーカー新東京ヘルスの関西支社長室井滋男、同経理部長川本篤、同人事課社員新城道彦らは、四年前社内の派閥争いに敗れ、関西支社に飛ばされたが、菅野専務が脳卒中で急死したため社内の派閥力学が急変し、東京に戻ることになった。志垣警部と和久井刑事が東京ドームで巨人・阪神戦を観戦したあと、球場そばの温泉施設ラクーアを訪れた。その夜、新東京ヘルスの関西支社の営業マンの山田章介が殺された。その死体は阪神タイガースのレプリカ・ユニフォームに身を包み、パンツははいておらず、なぜか左腕に腕時計を二個重ねてはめていた。さらに大阪で山田の妻純子も殺されていた。大阪キタのクラブのホステスのルミは男たちを手玉にとって現地妻契約を結んだり、自分とのベットシーンを隠し撮りして恐喝材料に使ったりしていた。そのルミを背後であやつり、罠を仕掛けたのは誰か、志垣警部らが追求していく。遊園地豊島園の敷地内にできた庭の湯や、お台場臨海副都心にできた大江戸温泉物語も出てくる。

（浦西和彦）

よ

吉本明光

よしもと・あきみつ

＊明治三十二年十一月五日〜昭和三十五年五月十二日。東京に生まれる。音楽評論家。

山の温泉の魅力はストリップか？

やまのおんせんのみりょくはすとりっぷか？

エッセイ

〔作者〕吉本明光

〔初出〕「旅」昭和三十一年十一月一日発行、第三十巻十一号。

〔温泉〕有明温泉・中房《なかぶさ》温泉・鑓《やり》の温泉（以上長野県）、高の湯（蔵王）温泉（山形県）、峨々温泉（宮城県）、七沢《ななさわ》温泉・広沢寺《こうたくじ》温泉・中川温泉（以上神奈川県）、中ノ湯温泉（福島県）、中ノ湯温泉（長野県）。

〔内容〕山登りの経験は、銀座アルプスの中房口のコブと言われている有明山から始まった。母が有明山に参拝すると言い出し、それに同行した。大正末年、中房温泉から引湯した有明温泉のあった有明村の百姓屋がベースキャンプだった。「お山」の前日から水垢離をとって食事も精進、先達が護摩をあげてお山の無事を祈るのである。翌日は、未明に白の行衣に手甲脚絆草鞋ばきで出立する。無事「お天頂」の奥の院でのお祀りをすませたのが正午前で、中房温泉に着いたのは夕方だった。ガスに巻かれて、視界は全くゼロだったので、北アルプス連峰の偉容はわからなかった。その年、中房温泉に初めて新館ができた。喜作新道が開拓される前だから、中房はまだアルプス銀座の玄関口ではなく、従って都会から来た登山客は一人もいなくて、新館を母と二人で独占した。中房温泉の豊富な湯に驚嘆し、茹卵を作ったり、米を笹の葉で包んでふかし飯を作ったりすることは如才なく経験した。

北アルプスの温泉で忘れられないのは鑓の温泉である。白馬岳の村営小屋を出て杓子岳、鑓ガ岳を経て鑓の温泉の野天風呂につかったのは、お昼ちょっとすぎだった。標高二千五百メートル、日本一高い場所にある野天風呂の素晴らしさと天気の良さに、日程を延長してここに一泊することにした。

蔵王登山では、読売の同僚十数名が、山形側から蔵王に登った。読売の山形支局長の顔で、東京では姿を消した餅菓子と小豆と砂糖をしこたま贈られた。餅菓子は高の湯での昼食後に舌鼓をうった。その夜の泊まりは、ドッコ沼の県営の山の家だった。三途の川原から降り出した雨は、峨々温泉に着くまで降り続いたが、翌朝は曇りの天気だった。峨々温泉はぬるいから長い間お湯につからざるを得ないのだが、男女混浴だから、独身記者君、興奮のあまりお湯からあがれず、ゆだっちまって昏倒寸前の危機を招いたのであった。

丹沢には七沢温泉とか、広沢寺温泉などが、冬になると小田急の「猪電車」すなわち煤ガ谷で捕れる猪鍋を食べに行く観光電車で有名だが、温泉とは銘打っても、鉱泉なのである。丹沢にあるたった一つの温泉は中川温泉だが、ここを訪れる人はあまりいない。中川温泉ともたった一軒の信玄館とも、看板は何一つないのである。ぬるい湯だとは聞いていたが、これはぬるすぎて何時間つかっていても、腕をあげるとヒヤッとして上半身を起こす勇気が出ない。風呂場に置いてある据風呂は、上り湯にこの沸かした湯であたたまるという仕掛けなのである。もともと中川温泉は甲斐と相模を犬越峠でつなぐ間道で、武田信玄が小田原の北条を攻めたときこの道を通り、合戦の負傷兵を療養させた「信玄の隠し湯」だったのである。

会津磐梯山と北アルプス焼岳の麓、島々と上高地にある二つの中ノ湯に入った。磐梯山の中ノ湯は、裏磐梯の観光ホテルに一泊して、次の泊まりを磐梯山の中腹にある硫黄泉、中ノ湯に決めた。夕食前の一風呂を浴びていると八頭身美人が入ってきた。中ノ湯の主人の奥さんの妹であることは、後刻判明した。もう一つの中ノ湯温泉は、上高地から焼岳に登り、降り出すと猛烈な雨に叩かれて、辛うじて中ノ湯にたどり着いたのである。中ノ湯の一浴は文字通り蘇生の思いがした。

（西岡千佳世）

吉行淳之介《よしゆき・じゅんのすけ》

＊大正十三年四月十三日～平成六年七月二十六日。岡山市に生まれる。東京大学英文学科中退。小説家。「驟雨」で第三十一回芥川賞を受賞。『吉行淳之介全集』全十五巻（新潮社）。

古奈・長岡《こな・ながおか》　エッセイ

〔作者〕 吉行淳之介

〔初出〕 「旅行の手帖―百人百湯・作家・画家の温泉だより―」昭和三十一年四月二十日発行、第二十六号。

〔温泉〕 古奈長岡（伊豆長岡）温泉（静岡県）。

〔内容〕 古奈と長岡は、いまでは合併して古奈長岡温泉という。この二つの温泉は、徒歩で二十分ほど離れているし、以前はかなり対照的な趣がうかがわれた。最初に古奈を耳にしたのは、静岡高校の学生だったときだ。川の向こうの空には富士山が大きく浮かび上っている。そのほかは田や畠がひろがっていて、平凡な田舎の風景だった。ここの白石館の離れ屋に、梅原龍三郎画伯が疎開されてきていて、大仁へ富士を描きに通っておられた。私は偶然の機会に、画伯夫人と知り合い、画伯にもお眼にかかってご馳走していただいたことがあった。当時は、あらゆるものが欠乏した時代だったので、一日中ぶらぶらして友人と雑談しつづけ、豊富な食事を摂り、退屈すれば湯に入る、という生活はなかなか楽しいものだった。私たちは十八歳前後だったので、混浴の浴場で見る女体は甚だ珍しく刺戟的だった。それらの女体が殆どみな同じようなプロポーションなのを不思議に感じた記憶がある。古奈温泉の、平凡な静かな風景風俗の中で、私はひそかに青春の血を騒がしていたわけだが、長岡温泉というのは、はるかに通俗で、遊蕩的な気分が漂っていて、私たちを尻ごみさせるようなところがあった。色ペンキ塗りのカフェー風の小屋の前に、じだらくに着物を着た女がだるそうに佇んで、道行く人に秋波を送っていた。その眼を覗きこんでみたが、どんよりと白く無感動に濁っていて、私の方を見ているのかどうかはっきりしない有様なのだ。

　それから十年、機会あって古奈を訪れることになった。当今の古奈はずいぶん変ってしまっている。昔の長岡の気分が古奈にまで侵入して、同じ色に染め上げたということになるのだろう。伊豆のこのあたりは東京の離れ座敷という感じである。風景もさして個性がないとなれば、こうなるより仕方がないのかもしれぬ。　（浦西和彦）

北陸温泉郷《ほくりくおんせんきょう》—藝者問答《げいしゃもんどう》　エッセイ

【作者】吉行淳之介
【初出】「旅」昭和三十九年六月一日発行、第三十八巻六号。
【温泉】山中温泉・山代温泉（以上石川県）、芦原《あわら》温泉（福井県）。
【内容】編集部からどこかへ旅にでないかと言われ、北陸の芦原、山中両温泉にゆくことにした。編集の話によると、山中は山の中の鄙びた湯治場である。そして、白浜が関西の奥座敷とすれば、芦原は妾宅といえる。つまり、白浜をもっと手の混んだものに仕立てた感じの場所で、淫蕩の気、町を覆う、というわけである。もっともこの話にはかなり謬りがあったことがあとでわかった。

　飛行機で、水上勉夫人の妹と名乗るスチュワーデスが声をかけてくれた。小松空港からタクシーで三十分の山中温泉のよしのやという旅館に泊まる。昭和六年にできたエレベーターつきの建物だが、山の中の奥まった温泉という感じは濃厚に残っている。窓の下の景色がよいし、空気がおいしく水がおいしい。夕食の膳はいわゆる宿屋料理で、閉口した。山中温泉は石川県にあり、越前男に加賀女、東男に京女という諺があるように、石川県の女性はおっとりと女らしいということである。一人の藝者の話では、この町にはヌード・スタジオやトルコ風呂があり、全てやくざの経営である。その権利争いで関東のやくざと関西のやくざが衝突し、三人死んだという。この土地に三か月住むと、「湯札」という紙の札をくれる。それがあれば一生無料で大きな風呂に入ることができるという。宴会では、藝者が歌ってくれた。自然発生の民謡で、厚みがあって、味わいが深い。山中は静かな湯治場で、芦原がすごいという話とは違い、山代温泉が湯治場といえると女中から聞いた。この付近には幾つもの温泉がある。色々の話を考え合わせると、山中はいわゆる温泉藝者で土地の女性もおおく、片山津は渡鳥風の女性、芦原は都会の三業地風ということになる。

　芦原では、開花亭に泊まることになっていた。山中温泉の旅館が上へ上へと伸びていたのに反して、この土地ではせいぜい二階建どまりである。この狭い土地に藝者衆が百数十人いるというのだから、歓楽は奥深くひそんでいるわけか。「芦原の藝者衆には、みんな関西の旦那がついていますよ。旦那もちだから安心して、ろくに化粧もしません」という。　（鄒　双双）

道後温泉庶民的な雰囲気の一夜《どうごおんせんしょみんてきなふんいきのいちや》　エッセイ

【作者】吉行淳之介
【初出】「旅」昭和四十一年十一月一日発行、第四十巻十一号。
【温泉】道後温泉（愛媛県）。
【内容】全日空の松山飛行場が再開されて、

東京から三時間弱で松山に到着できるはずであったが、雲が多くて着陸できず、高松に引き返した。翌日昼過ぎの急行に乗り三時間ちょっとで松山についた。迎えに来てくれた交通公社の大久保所長と一緒に、とりあえず道後温泉の旅館にいく。

今、松山では「子規・漱石生誕百年記念祭」が行われている。晩飯の支度ができるまで、奥道後へいってみた。四年前に来たときには、奥道後などという名前もなく、ただ山と渓谷があるだけであった。いまは近代的な大きなホテルが建っており、遊園地もでき、ヘルスセンターの建物もあった。川の向こう岸にマッチ箱のようなプレハブ風の、バス、トイレ、ガレージつきのモーテルと称する逢引宿が並んでいる。四年前には、こういうものもなかった。その代りに大きな浴場があった。晩飯に酌に来てくれた藝者に逢引浴場のことを聞いたところ、たくさん同じ目的のホテルができたので、経営不振で大衆浴場になったという。

藝者に松ヶ枝町までつれて行ってもらった。いま上人通りと名が変ったが、旧赤線地区である。上りが五十メートルほど続き、左右に娼家が並んでいる。廃止された赤線が忽然として現われ出た形で、私は感激し、一軒の家へあがった。若い藝者の一人を連れて、町へ出た。繁華街の裏通りを入り口から眺めると、酒場の袖看板が折り重なるように並んで見える。大久保さんの話では酒場の密度は全国一二を争うのだそうである。ここでしみじみ感じることの一つは酒場の勘定の安いこと、もう一つはタクシーの運転手がおっとりしていることである。いい女のいるところをよく知っていて案内してくれる。

（鄒　双双）

淀野隆三

よどの・りゅうぞう

＊明治三十七年四月十六日〜昭和四十二年七月七日。京都に生まれる。本名・三吉。東京帝国大学仏文科卒業。小説家、翻訳家。ジッドの「狭き門」、フィリップの「小さき町にて」など、フランス文学の翻訳が多数ある。

湯ヶ島の思ひ出など

ゆがしまのおもいでなど　エッセイ

〔**作者**〕淀野隆三
〔**初出**〕「世紀」昭和十年一月一日発行、第二巻一号。
〔**温泉**〕栄《えい》ノ尾《お》温泉・硫黄谷《いおうだに》温泉（以上鹿児島県）、湯ケ島温泉・吉奈温泉（以上静岡県）。
〔**内容**〕二か月ばかり翻訳で忙しかった。翻訳から解放され、『川端康成集第一巻』を読んでいて、湯ケ島温泉と霧島温泉を思い出した。若山牧水夫妻に僕は霧島の栄ノ尾温泉で遇った。栄ノ尾温泉の隣りの硫黄谷温泉にいた僕は、毎日のように栄ノ尾の右手の山の展望所へ桜島を見に行った。その帰りに遇ったのである。まだ牧水氏の顔は知らなかった。それで何気なく行きすぎてしまったのだ。その頃の日記（大正十四年十二月五日）に、「夜。三日の栄ノ尾で遇つた人々が若山牧水夫妻であつたことを知つた。田夫といふ感じ」と書いている。牧水氏が鹿児島市に行かれたという新聞記事で、はじめて牧水夫妻であったことを知ったのだ。実に残念だった。酒を携えてお目にかかれば、どんなに嬉しかったろうと思う。川端氏の文章から、思い出したのである。しかし、僕には牧水氏が天理教の教師のように思えた。

湯ケ島で、僕ははじめて川端氏にお目にかかった。梶井君に連れられて訪ねたのである。川端氏が梶井への返辞に「ホウ、ホウ」と言ってられたことを記憶しているにすぎない。梶井の「君も作品を揃へて来ればよかつたのに。東京へ帰つたら送つて読んで貰ひや」という言葉は、今も不思議にはっきり覚えている。その二三日後、川端氏が落合楼の僕のところへ遊びに来た。帰られてから、女房は僕に、ほんまに恐かったといった。その時、横光氏の話が出て、「花園の思想」や「春は馬車に乗って」がいいと私がいったら、「自分のことをかいたのが一ばんい、んでは、小説家はつまりませんね」と川端氏。この見方は面白いと思う。吉奈温泉へ、川端氏、梶井と三人で行き、川端氏が碁会所で碁を打ち、僕ら二人が玉を突いた。遊びのことで思い出したが、この頃滞在していた故池谷信三郎氏に骨牌《はな》でひどく牛耳られた。何んでも十二倍位の時に一挙にさっとやられたのである。骨牌の外にも、池谷氏のトランプの切り方のあざやかであったことが忘れられない。川端氏とはこの昭和二年二月以来、もう湯ケ島では会えなかったが、僕の湯ケ島の思い出は川端氏とは切り離せない。丁度梶井とも切り離せないように。この年の夏、湯ケ島は賑やかになった。広津和郎氏夫妻、萩原朔太郎氏、尾崎士郎氏、宇野千代女史、下店静市氏、三好達治が来て、仕事に疲れると、湯本館で飲み、落合楼で飲み、天城の小料理屋まで進出した。梶井と三好が文学論で衝突し、オイオイ泣く梶井と肩を組んで西平から世古の滝に夜道を帰ったことがあった。また僕と三好とが口論して一寸激したのもこの頃。昭和三年一月に、僕と画家の清水蓼作と三好が湯ケ島で落ち合った時、大分乱暴な酒の飲み方をした。梶井が三好の手の甲に煙草の火を押しつけて火傷させたのもこの酒の座だ。僕は何故梶井がそんなことをしたのか知らぬ。それにしても、川端氏の静かな湯ケ島を僕たちで大分あらしたわけだ。

（浦西和彦）

【り】

龍胆寺雄　りゅうたんじ・ゆう

*明治三十四年四月二十七日～平成四年六月三日。茨城県下妻市に生まれる。本名・橋詰雄。慶応義塾大学医学部中退。小説家、サボテン研究家。代表作に「放浪時代」「M・子への遺書」など。『龍胆寺雄全集』全十二巻（龍胆寺雄全集刊行会）。

M・子への遺書　えむ・こへのいしょ　短篇小説

〔**作者**〕龍胆寺雄
〔**初出**〕「文藝」昭和九年七月一日発行、第二巻七号。
〔**全集**〕『龍胆寺雄全集第十二巻』昭和六十一年六月二十日発行、昭和書院。
〔**温泉**〕土肥温泉（静岡県）。
〔**内容**〕M・子よ、俺は、三十という年齢から死の匂いを嗅ぐのだ。「この遺書は、俺の孤独の釈明書」だ。俺の家系は、皇室をのぞいたら類のないものである。俺はアインシュタインの学説が日本の学界を騒がす前に、ニュートンの運動の法則に背馳するという事実を発見して、中学時代の物理化学の先生に首をかしげさせた。高等学校入学後も「誕生」というすばらしいオーケストラを作曲した。また、ケント大版全紙の機関車の絵は、サンフランシスコの展覧会で賞金を貰い、上野の美術学校に保管されているし、一年がかりで、五千人の観客を収容する、総大理石造の大劇場の設計に没頭した。しかし、俺が文学に興味をもちだしたのは、孤独になったからである。俺の発表したすべての作品は、「放浪時代」を発表する前の、俺が医科の学生だった時分、長塚節の写生主義小説の感化の中で書いた旧稿に少しずつ手を入れて発表したものである。俺の文学の基調をなしているのは、純粋な写生主義の精神だ。川端康成には「性格のしんそこに、悪魔じみた恐ろしい冷たい、聡明な政治意識がひそんで」いると書かれた。俺が佐藤春夫氏に接近したために、菊池寛氏の文壇系閥をひく文藝春秋全体の甚だしい敵意と反感との対象にされた。中村武羅夫氏は、孤独な淋しい性格なので、人と相容れない。

その年の夏、お前と土肥温泉ですごした。町長は羽織袴で出迎えてくれたりし、M子はホテルでも、街でも人気者だったが、健康を悪くしたので、土肥をたって船原へ移った。M・子。俺の鼻には、いつも「死」が匂って来るのだ。俺が死んでも、遺された者は二人分の孤独を背負わされるのだ。

（浦西和彦）

【わ】

若杉慧 わかすぎ・けい

*明治三十六年八月二十九日～昭和六十二年八月二十四日。広島市に生まれる。本名・恵《さとし》。広島師範学校本科卒業。小説家。「長塚節素描」「野の仏」「石仏讃歌」など。

浮世ばなれた温泉場《うきよばなれたおんせんば》 エッセイ

〔作者〕若杉慧

〔初出〕「旅」昭和二十九年十一月一日発行、第二十八巻十一号。

〔温泉〕尻焼《しりやき》温泉・万座温泉・日向見《ひなたみ》（四万）温泉（以上群馬県）、発哺《ほっぽ》温泉・明治温泉（以上長野県）、蓮台寺温泉（静岡県）、弁天温泉（栃木県）、川の湯（川湯《かわゆ》）温泉・勝浦温泉（以上和歌山県）。

〔内容〕絶対的に静かな温泉というのは乏しい温泉巡りの範囲では思い出せないが、比較的静かで好感が持てたのは、上州白砂川上流尻焼温泉、志賀高原発哺温泉、白根山麓万座温泉、伊豆下田奥蓮台寺温泉、上州四万川上流日向見温泉、那須岳麓弁天温泉、八ヶ岳麓明治温泉、紀州熊野川上流川の湯温泉である。ほとんどが流れに臨んで川瀬の音が聞こえる温泉である。「エデンの海」の映画化権を巡って揉めた時、原作者の「私」も巻き込まれ、「私」は神経を休めるために紀州勝浦の温泉に逃れた。勝浦では落ち着かないので、さらに熊野川を溯って、川の湯という温泉に至った。宿は二軒しかなかった。内湯と外湯があり、外湯は文字通り「川ノ湯」であった。宿の主人が投網で捕ってくる鮎ばかり食わされた。半月ほどいたが、鮎と鰻に飽きて山を下りた。「エデンの海」の係争問題がまだ解決していなかったので、帰宅するのをやめて高野山に登った。発哺温泉を発見したのは、桑原武夫、生島遼一、三好達治であると聞く。しかし、われこそ発見派という人たちが他にも何組かあるところをみると、いずれにせよ、この温泉が昔からいわば文化人たちに喜ばれてきた温泉であるには違いない。しかし、昨年は音楽学校の人たちが来て、一日中ヴァイオリンやチェロの稽古をしていた。夜にはホールでその人たちが演奏する。大岡昇平はあの音を聞くと下痢をしそうだと言って、半日で下の高原ホテルに下りてしまった。「私」は一昨年の夏から秋まで大岡昇平がこもって文筆活動をしていた「白樺」という部屋をあてがわれた。その頃の彼はいいものばかり書いていたから、由緒のある部屋である。ある日、高原ホテルに下りてみると、石川淳が来ていた。仕事があるだろうと思って長話を遠慮しようとすると、仕事は持ってきていないという。三好達治も一週間ばかり発哺で一緒だったが、ものを読んだり書いたりしているのを見たことがなかった。伊豆の蓮台寺温泉は静かでいい所であったが、一日中開けっ放しの民家から畠越しに聞こえてくる音質の悪いラジオの音に悩まされた。その時は、鼻紙を湿らせて耳栓にしたが、使い心地が悪い。以来、カメラの三脚の先に付ける滑り止め防止用のゴムを耳栓代わりにして、どこの温泉へ行く時でも必ずこれを忘れないようにしている。（荒井真理亜）

花敷の湯宿と人情

はなしきのゆやどとにんじょう　エッセイ

〔**作者**〕若杉慧

〔**初出**〕「旅」昭和三十年十二月一日発行、第二十九巻十二号。

〔**温泉**〕花敷《はなしき》温泉・尻焼《しりやき》温泉（以上群馬県）。

〔**内容**〕花敷は名前はいいが、実際は岩のごろごろした川原の石垣に屋根を伏せた出湯が一つと、旅籠屋というにふさわしい宿屋が一軒あるだけである。しかし、宿屋は若山牧水が宿泊したという由緒あるものだそうだ。道連れになった人に教えられて、さらに奥の新花敷とも呼ばれる尻焼温泉に行き、老夫婦と小娘一人しかいない宿で三泊した。その後、一年ほどして再び訪ねてみると、花敷の吊り橋は橋脚たくましいコンクリートになっており、「開運橋」と名付けられていた。このような傾向を都会の客人は「俗化」と言って嘆くが、土地の人にしてみれば早く「俗化」したいであろう。ここは観光地ではない。平凡きわまる土地である。しかし、滞在してみて「何もない土地の面白さ」を発見した。バスで長野原から須川に沿ってさかのぼる時は、その断崖絶壁を知っているだけにひやひやする。牧水は村娘に浅間山を尋ねて歌を詠んでいるが、確かに山にはその様子から何山かわかるものとわからないものがある。横手山の場合は、尻焼温泉の上の杉林の木立を登り切って、初めて横手山だったことに気がついた。浅間ほどの山になれば誰でも知っているが、土地の人の方がかえって山に無関心で、何山か知らないことが多い。村人が赤石山と言った山が、実は白砂山だったことがあった。その時、白砂山であることを教えてくれたのは野反池のダム工事に来ていた青年たちであった。ダム工事のため、一年以上この地に住んでいるという。山が好きで、兎の通る道まで知っていた。尻焼温泉の宿では、花敷の娘たちが風呂を貰いに来ていた。川下の花敷は、そばの架橋工事で発破をかけたためか、湯が出なくなったのだそうだ。宿屋の老人が、かつて川上の尻焼も出水防止の堰堤ができて湯の出が悪くなったことを話してくれた。一時は商売あがったりとも思われたそうだが、一晩大きな地震があって、再び湯が湧くようになったのだという。尻焼温泉の湯は透明で、四万日向見の湯に似ている。胃腸病、皮膚病、婦人病などに効くらしい。また、尻焼温泉に滞在中、宿屋に警察関係者や郷土史研究家からなる一風変わった団体客がやって来た。彼らは明治十六年に裏岩菅の山中で殉職した巡査の遺跡を訪ねて木標を建て、事件の現場を写真に収めて記録を残すのが目的だという。興味をそそられたので仲間に入って話は聞いたが、一行は山中で一夜を明かす予定だと知って、小心ゆえ、その遺跡巡りには参加しなかった。

（荒井真理亜）

和歌森太郎 わかもり・たろう

＊大正四年六月十三日〜昭和五十二年四月七日。千葉県に生まれる。東京文理科大学国史学専攻卒業。歴史学者、民俗学者。著書に『修験道史研究』『日本民俗論』など。『和歌森太郎著作集』全十六巻（弘文堂）。

信玄の隠し湯甲州の隠し湯《しんげんのかくしゆこうしゅうのかくしゆ》 エッセイ

〔**作者**〕和歌森太郎

〔**初出**〕「旅」昭和四十四年十一月一日発行、四十三巻十一号。

〔**温泉**〕下部《しもべ》温泉・湯村温泉・忍野《おしの》（富士）温泉・湯野沢温泉・川浦温泉・西山温泉・増富温泉（以上山梨県）。

〔**内容**〕信玄の隠し湯といえば、普通には山梨県西八代郡の下部町にある下部温泉をいう。火傷をはじめ切傷、打身、挫骨神経痛、胃腸病に特効があるとして、これは有名なところだ。天正十七年（一五八九）に信玄は、信濃の村上義清と、信州上田ガ原で戦い敗れ傷ついた。信玄がこの合戦での負傷を癒しに入浴したのは、今甲府市内にある湯村温泉だという。湯村はラジウムを多量にふくむ食塩泉で、胃腸病、神経痛には特効をうたわれてきたが、外傷には何といっても下部である。南都留郡には、富士吉田駅からバスで二十分ほどかかるところに、忍野温泉がある。このごろでは、富士温泉と呼んでいるようだが、村の名は忍野村忍草である。山中湖村の隣で富士山の噴火により堰き止められた湖が、干上がって盆地となったところである。その湖の残存が忍野八海とよばれる泉源地となり、点々とある。やはり桂川ぞいだが都留市の南、湯野沢温泉もほんとうに隠れがといった感じの谷底に涌いている温泉で、ここの湯につかっていると、昔は落武者がこうしてひそんでいたのだろうという思いになれる。三富村にある川浦温泉は笛吹川に臨む硫黄泉で、加久保の急崖の裾で、浴室の直下を急流がはげしく走る。南巨摩郡では、甲州第一の定評をとった西山温泉が平家の落人部落として聞こえる奈良田という隠れ里に近い名湯である。北巨摩郡須玉町の増富温泉も、下部同様、傷病者秘蔵の隠し湯であった。信玄が金峰山からこのあたりに金鉱をさがし求めていたときに発見したという。

（趙　承姫）

若山喜志子 わかやま・きしこ

＊明治二十一年五月二十八日〜昭和四十三年八月十九日。長野県に生まれる。本名・喜志。旧姓・太田。歌人。明治四十五年、若山牧水と結婚。歌集に『無花果』『若山喜志子全歌集』など。

追憶と三つの温泉—牧水と温泉《ついおくとみっつのおんせん—ぼくすいとおんせん》 エッセイ

〔**作者**〕若山喜志子

〔**初出**〕「温泉」昭和十二年八月一日発行、第八巻八号。

〔**温泉**〕白骨《しらほね》温泉（長野県）、土肥《とい》温泉・湯ケ島温泉（以上静岡県）。

〔**内容**〕山路はてんで経験のない、しかも女づればかり三人の私たちの白骨ゆきは、心細いものであった。それでも無事に、永年あこがれていた白骨温泉へ着いた時はほっとした。嘗て牧水の滞在中に世話になった本館の老夫婦が挨拶に来た。その老夫婦の暢びやかな平和な「山の人」の顔を見ながら、過ぎし日のわが夫の滞在中の思い出語りを聞く事が出来たのは、何にも増して有難いことであった。亡き人は、この宿に二十余日も滞在していて、ここの紀行も書き、歌も多く詠んだのであるが、それは秋も終わりの黄葉から枯木立になる頃であったため、現実として私の眼に入る若葉の初夏とは、その感じに大きな差があり、感興の一致しないのを残念に思うこと頻りであった。牧水は晩年になるにつれて、谷間の静かな温泉を好くようになっていた。しかしそれは温泉が好きでそういう処を好んだと云うよりも、むしろ渓谷を好んで、その静寂に浸るべく出かけて行ったと云う方が本当なのかも知れない。沼津に住むようになってからは、大抵の伊豆の温泉は知っていた。その中で一等気にいった温泉場が二か所出来た。それは、土肥と、湯ケ島とであった。土肥の温泉は海岸の平地にあって、温泉場としては別に特殊味があるわけではないのに、なぜそれほどの愛着をもったかと云えば、その季節的感覚がひどく気に入ったものであるらしい。一月二月と云えば大抵の土地は寒い最中なのに、伊豆の海岸だけはぐっと温かくて、一月には梅の花が真盛りという気候が、彼の生まれ育った日向の国とよく似ている関係で、忘れ難く、しかもその土地の人気《じんき》が質朴で温泉場気質というものを見ない、などということも愛着の大きな原因だったのではなかったかと思う。土肥に比べると湯ケ島の方は、渓谷の温泉場であるだけに、季節的に何時が良い悪いという、はっきりした差はないように思われる。けれど牧水は湯ケ島にはいつも山桜の花の咲き初める頃を選んで出かけていたのであった。湯ケ島温泉はやはり一年中で、その山桜の咲く頃が最も居心地のよい季節ではあるまいかと私は思うようになっている。

（西村峰龍）

若山牧水 わかやま・ぼくすい

＊明治十八年八月二十四日～昭和三年九月十七日。宮崎県東臼杵郡坪谷村（現・日向市）に生まれる。本名・繁。早稲田大学英文科卒業。歌人。歌集に『海の声』『別離』など。『若山牧水全集』全十三巻（雄鶏社）。

浴泉記《よくせんき》 日記

〔作者〕若山牧水

〔初収〕『海より山より』大正七年七月二十五日発行、新潮社。

〔全集〕『若山牧水全集第五巻』昭和三十三年八月三十日発行、雄鶏社。

〔温泉〕土肥温泉（静岡県）。

〔内容〕若山牧水が、大正七年二月七日から二月二十四日まで土肥温泉に滞在した時の日記。この前来た時泊まった明治館は満員だという。足利時代からあった金鉱を新たに発掘するというので、その方の人達がつめかけているのだそうだ。もし静かなだけでよいなら土蔵の二階があいているという。隣室というものが無いのが気に入ったので、そこに腰をすえることに決心した。二月十三日には、鉱山の人達が仕事に出ていくのが朝の七時である。それから湯槽《ゆぶね》が静かになる。ここへ来て七日になるが、「まだ一日だとて真実に温泉に来て浸つてゐるといふ様な気がしない。解き放して心や身体を遊ばせるといふ事がない。一生これだとすると、これからの事が随分と思ひやられる。あれやこれや考へて行くといつか眼さきが寒くなる。金でもあつたらなアと、またさもしい事を思ひ出す。急いで湯から出て机に向ふ」とある。二月十四日には、午後、湯槽の中で、鉱山の人が百貫目の鉱石から一匁の金がいいところだと話していた。「百貫目々々と、その容積を空

わ

に描いて、サテ僕のペンさきの金は幾匁あるのだらうなどと考へた」とある。二月二十日には「元来此処の温泉は痔、胃、僂麻《りうま》質斯《ちす》、貧血症其他にいゝといふのだから私などには最もお誂へ向きなのだ」。幾らかは効果があるとよいのにと、広い湯槽に一人葉巻をくわえて浸っている。体温と幾らも違わない温度だが、たいへんよく温まる湯であると記す。これを見ると、健康には自信がなく気にしていたのであろう。牧水は急性腸胃炎兼肝臓硬変症で昭和三年九月十七日に享年四十三歳で死去した。二月二十二日には、土肥温泉へ来た目的について、「春陽堂から出す筈（昨年の九月に書き上げる筈だつたのである）の和歌作法書を今度こそは書きあげようと殆んどそれが全部の目的で出て来たのだが、そして毎日どうかしてそれに気を向けようと幾度となく試みてみるのだが、どうしても筆がとれず、五百枚そのためにのみ用意して持つて来た原稿用紙はまだ全部そのまゝに手もつけずに残してある。そのほかに新潮社から出す散文集の編輯も持つて来た用事の一つであつた。（中略）もう一つ、南光堂から出す歌集の編輯、これも大方出来てゐたのを清書すれば済《す》むので完成した。あとは添削詠草の返付、三月号の選歌、これらであるが、到底これは満足にやれさうにない。それから自分でも不思議な位ゐなのは歌の出来ないことであつた」と述べている。多くの仕事を抱えて土肥温泉に滞在していたのである。

（浦西和彦）

上州草津《じょうしゅうくさつ》　エッセイ

（作者）若山牧水

（初出）掲載誌、発行年月日未詳。

（初収）『静かなる旅をゆきつつ』大正十年七月発行、アルス。

（全集）『若山牧水全集第六巻』昭和三十三年六月三十日発行、雄鶏社。

（温泉）川原湯《かわらゆ》温泉・草津温泉（以上群馬県）。

（内容）若山牧水は、大正九年五月に群馬県川原湯温泉に十日ばかり滞在した。そして、五月二十日朝五時に川原湯温泉を立って、吾妻川の渓流に沿って溯《さかのぼ》り、五里ほど歩いて草津温泉の一井旅館に宿泊した。「硫黄色に濁つた内湯に入る。この地の湯は直ちに人の皮膚を糜爛《びらん》さすと聞いてゐるので、まさか一日や二日ではと思ひつゝも何となく気味が悪くて長くは浸つてゐられない」。欄干からまださきかねている桜の蕾を眺めていると、突然一種異様なひびきの起こるのを聞いた。時間湯の合図である。「何処からともなく二人三人、五人六人づゝ怪しい風態をした浴客が現れてそのペンキ塗の家にぞろ〳〵集つて来始めた。まことにそれは何といふ不思議な、滑稽な、みじめな姿であることぞ」。「すべて湯の強さにあてられて皮膚の糜爛を起してゐる人たちであるのだ」という。私は大急ぎでそこへ出かけて行き、恐る恐るガラス戸の破れから窺《のぞ》き込んだ。「三四十人の者が裸体になり、手に〳〵一枚の板—幅一尺長さ一間ほど—を持つて浴槽内を掻き廻してゐるのである。初めはさうでもなかつたが暫く見てゐるうちにその攪拌《かくはん》の調子に一糸乱れぬ規律が出来て、三四十本動いてゐる板の呼吸が自らにしてぴたりぴたりと合つてゐるのに気がついた。しかも時のたつに従つてその調子はいよ〳〵烈しくいよ〳〵整然となつて来た。そのうちにとある一人が声を張つて或る節の唄を唄ひ出した。すると一同これに応じて、『ハ、ドツコイ〳〵、ヨイシヨヨイシヨ』と囃すのだ。一人が終れば、それを受けてまた他の一人が唄ふ。すべてみな同じ節なのだ。唄ふ者も、囃す者も、みな呼吸迫つた真剣な声である」と時間湯の有り様を書いている。湯畑については、「や、長方形になつた五十坪ほどの場所一面に沸々として熱湯が噴出してゐるのである。一面に大小の石が敷き詰められてあるが、硫黄が真黄に着いたそれらの一つ〳〵の蔭から間断なく湯の玉の湧きつらなる様は誠に壮観である」と記している。道の行きどまりになった所に瀟洒な裸木の門があった。「噂に聞いてゐた癩病患者の入浴場と定めてある湯の沢であることを直覚」した。私の前に来かかった十二三歳の少年はいたましい病者であった。私は「先刻《さつき》時間湯を見た時と同じ様な心の寒さを覚えながら引返した」。私の心に映った草津は、「この大きな高原の窪みに出来てゐる年古りた温泉場は、余りにも不思議な境界であつた。今までに知つてゐる温泉場に較べて手触りが余りに異り過ぎ強過ぎた。」という。二三日草津に滞在するつもりであったが、気持ちが落ちつかないので、翌日すぐに案内者を見つけて、信州の渋温泉へ向ったのである。

（浦西和彦）

山桜の歌《やまざくらのうた》　歌集

〔**作者**〕若山牧水

〔**初版**〕『山桜の歌』大正十二年五月発行、新潮社。

〔**全集**〕『若山牧水全集第二巻』昭和三十四年五月三十日発行、雄鶏社。

〔**温泉**〕吉奈温泉（静岡県）、白骨温泉（長野県）、湯ケ島温泉・土肥温泉・畑毛《はたけ》温泉（以上静岡県）。

〔**内容**〕若山牧水の第十四歌集で、大正十年、十一年に詠んだ作品七百四十一首を収めている。そのなかに、吉奈温泉にての「温泉宿の庭」六首、「白骨温泉」十首、「湯ヶ島雑詠」三十七首、「土肥温泉にて（大正十一年）」三十八首、「畑毛温泉にて」二十七首がある。吉奈温泉の「温泉宿の庭」では「みじか夜をひびき冴えゆく築庭《つきやま》の奥なる滝に聴き恍《ほ》けてゐる」等、「白骨温泉」では「湯の宿のゆふべとなれば躬《み》づからおこしいそしむこれの炭火を」等、「湯ヶ島雑詠」では「椎の落葉ちりたまりゐてくされたる野天いで湯に入りてひそけし」等、「土肥温泉にて（大正十一年）」では「柴山のかこめる里にいで湯湧き梅の花咲きて冬を人多し」等、「畑毛温泉にて」では「人の来ぬ夜半をよろこびわが浸る温泉《いでゆ》あふれて音たつるかも」等々の、温泉場の有様や湯に浸る感懐を詠んでいる。

（浦西和彦）

白骨温泉《しらほねおんせん》　エッセイ

〔**作者**〕若山牧水

〔**初出**〕掲載誌、発行年月日未詳。

〔**初収**〕『みなかみ紀行』大正十三年七月発行、書房マウンテン。

〔**全集**〕『若山牧水全集第六巻』昭和三十三年六月三十日発行、雄鶏社。

〔**温泉**〕白骨温泉（長野県）。

〔**内容**〕峡しい崖下の渓間に、宿屋が四軒、蕎麦屋二軒、煎餅や絵葉書などを売る小店一軒が建っていて、郵便局所在地から八里の登りでその配達は往復二日がかり、乗鞍岳の北麓に当たり、海抜四五千尺、春五月から秋十一月まで開業期間、あとはただ全く雪に埋れてしまうのが白骨温泉の概念である。胃腸に利《き》く事は恐らく日本一であろうと評判になっている。白骨より三里ほど手前に大野川という古びた宿場があって、白骨温泉はすべて大野川の人たちが登って経営している。雪が来る様になると、夜具も家具もそのままにして、七軒の者が残らず大野川へ降りて来るのだ。信州は養蚕の国である。その骨休めに白骨温泉に登って来る。多い時は八百人から千人の客が泊まるようだ。追い込みの制度で出来るだけの人数を一つの部屋の中へ詰め込もうとする。それは九月中頃から十月初旬までで、稲の刈り入れ時期になると、めっきり彼等の数は減ってしまう。私の行ったのは昨年の九月二十日から十月十五日までであった。欧洲戦あとの経済界がひどく萎縮していた時で、繭や生糸の値ががた落ちになっていたため、例年の三分の一も浴客が来ていなかった。彼等の多くは爺さんや婆さんたちであるが、若者も相当に来た。人里離れた場所だけに若者たちの被解放感は他の温泉場に比べて一層強く、入湯というより唯だ騒ぎに来たという方が適当なほどよく騒いだ。酒は飲まず、ただもう終日湯槽から湯槽を裸体のまま廻り歩いて、出来るだけの声を出して唄うのである。その唄は木曾節と伊奈節の二種類に限られていた。粗野ではあっても、卑しいいやらしい所は彼等には少なかった。湯は共同湯で、二か所に湧く。風邪に弱い私が昨年の冬を珍しく無事に過ごし得たのは一に白骨のお陰だと信じている。山の上の癖に、渓間であるため眺望というものの利かぬのは意外であった。八九町も急坂を登ると焼岳と向かい合って立つ高台があった。紅葉が素敵であった。付近の畑にはただ一種蕎麦のみが作られていた。時間の都合さえつけば今年の秋も登って行きたい。

（浦西和彦）

伊豆西海岸の湯《いずにしかいがんのゆ》　エッセイ

〔作者〕若山牧水

〔初出〕掲載誌、発行年月日未詳。

〔初収〕『樹木とその葉』大正十四年二月発行、改造社。

〔全集〕『若山牧水全集第七巻』昭和三十三年十一月三十日発行、雄鶏社。

〔温泉〕賀茂温泉・土肥温泉・湯ケ島温泉（以上静岡県）。

〔内容〕伊豆の東海岸には沢山温泉があるが、西海岸には賀茂温泉と土肥《とひ》温泉の二か所しかない。いいのは冬暖く夏海水浴の出来ることで、困るのは交通の不便なことである。十二月から二三月にかけて西風が立ちやすく、それが立つと汽船が止り、ほとんど交通が杜絶する。私はこの五六年、毎年正月元日に土肥温泉にやって来る。朝暗いうちに自宅で屠蘇《とそ》を祝って、五時沼津の狩野川河口を出る汽船に乗るのである。土肥温泉へ来るのは、年始客から逃れるためであるが、本当は梅の花の咲き始めを見ることが出来るからである。一月十日には咲き出す。その咲き始めがまことにいい。一りん二りん僅かに枝に見えそめた時の心持ちは全くありがたいものである。毎年のことであるが、心がときめく。梅の花と共に眼につくのは橙である。また、夏蜜柑である。一軒の家に必ず二三本植えてあり、橙は赤く、夏蜜柑は黄いろく、あの厚い葉の茂った木になりさがっているのが見える。この色がさながら土肥温泉の色彩のような気がする。土産物に枇杷羊羹がある。枇杷の木が、蜜柑同様に植えてある。それに寄り集う眼白《めじろ》鳥が非常に多い。もう一つの土産物に小土肥海苔、八木沢海苔がある。荒浪の打ち寄せる磯の大きな岩肌に着いた海苔を板片などで掻き取って乾すもので、風味がずっと違う。湯は海岸寄りの中浜というのと、山の窪地に沿うて五六町入り込んだ奥の番場という二部落に湧いている。私は毎年中浜の方の宿に来ている。弱塩類泉で、無色無臭、実によく澄んでいる。正月の三が日あたりはこむ。四五日に半減され、七日か八日に及んで更に半減する。二つある湯殿の一つによく日が当たる。六畳敷ほどの湯槽が三つに仕切ってある。西風が立ったとなればあわれである。すべてを沼津から取っている御馳走も杜絶えるという始末で、ただもうおとなしく湯の中に浸っているほかはない。要するに梅の初花を見に来るお湯である。梅を見るには此処に、そして山桜の花を見るためには、私は伊豆の天城山の北麓にある湯ケ島温泉へ出かけていく。今朝の地震には驚かされた。戸外に逃げ出し、寒さを払うために急いで湯殿へ駆けつけてまた驚いた。湯が真白に濁っているのである。地の中がどんな具合で揺れるのかと、その湯に浸りながら考えた。

（浦西和彦）

温泉宿の庭《おんせんやどのにわ》 エッセイ

〔**作者**〕若山牧水
〔**初収**〕『樹木とその葉』大正十四年二月発行、改造社。
〔**全集**〕『若山牧水全集第七巻』昭和三十三年十一月三十日発行、雄鶏社。
〔**温泉**〕吉奈温泉（静岡県）。
〔**内容**〕我々の歌の社中の人であり、踊りの師匠として世に聞こえているFさんから、吉奈温泉へ湯治に来ているので遊びに来て下さいという手紙が来た。早速出かけて大きな宿に着いた。食事後、打ち連れて散歩した。稲田の向こうに渓が流れ、八月に入っていたのに何という蛍の多さだろう。秋の蛍という感じがして、ただ美しいというより、しみじみした寂しいものに眺められた。翌日は半日あまりFさんと、眼前の景物を題にして「水口につどへる群のくろぐろと泳ぎて鮒も水もひかれり」などを詠むことになった。

（浦西和彦）

黒松《くろまつ》 歌集

〔**作者**〕若山牧水
〔**初版**〕『黒松』昭和十三年九月発行、改造社。
〔**全集**〕『若山牧水全集第二巻』昭和三十四年五月三十日発行、雄鶏社。
〔**温泉**〕土肥温泉（静岡県）。
〔**内容**〕若山牧水没後十年を記念して刊行された歌集である。その冒頭に「土肥温泉雑詠（大正十二年）」として、「ひとをおもふ心やうやくけはしきに降り狂ふ雪をよしと眺めつ」等九首が収められている。「ひとをおもふ心」とは留守宅に残してきた妻を思うのであろうか。「人妻のはしきを見ればときめきておもひは走る留守居する妻へ」という歌もある。

（浦西和彦）

湯槽の朝《ゆぶねのあさ》 エッセイ

〔**作者**〕若山牧水
〔**初出**〕掲載誌、発行年月日未詳。
〔**全集**〕『若山牧水全集第八巻』昭和三十三年九月三十日発行、雄鶏社。
〔**温泉**〕湯ケ島温泉（静岡県）。
〔**内容**〕三月二十八日、午前五時ころ、伊豆湯ケ島温泉湯本館の湯槽に一人で浸っていた。私は窓のガラス戸をあけた。向こう岸は無論、渓の中流すらも見えない深い霧であった。ガラス戸に向って湯気が出て行き、霧が入って来るのを見ていた。五分ほど過ぎた。渓の流れが見えてきた。天城山の雪解のため普段より水が増している。「激流は大きな岩と岩との間をたゞ真白になつて泡だち渦巻きながら流れてゐる」。いよいよ夜が明けて来たのである。また、湯槽に帰った。宿酔はいよいよ出て来た。霧を見るのをやめ、眼を閉じていると、瀬の音が「何となく自身の身体の中にでも起つてゐる」ように思われた。三たび窓に腰をかけた。流石に雪解の風は冷たい。空はまだ霧が深く何も見えない。もう一度湯の中に入る。しばしの間、瀬の音も霧も忘れていた。さて出ようとして見ると、霧も薄らいでいた。「何とも言へぬ鮮かなみづみづしい空の色が見えて来た」。それこそ「滴るやうな水色の空であつた」。私は早春らしいその空の色に見入った。大悟法利雄編「若山牧水年譜」に、大正十一年「三月末から四月二十日まで伊豆湯ヶ島温泉に滞在して山桜の歌を多く作る」とある。「湯槽の朝」はその時の光景か。（浦西和彦）

火山をめぐる温泉
かざんをめぐるおんせん　エッセイ

〔**作者**〕若山牧水
〔**初出**〕掲載誌、発行年月日未詳。
〔**全集**〕『若山牧水全集第七巻』昭和三十三年十一月三十日発行、雄鶏社。
〔**温泉**〕白骨温泉・上高地温泉（以上長野県）、蒲田（新穂高）温泉・福地《ふくぢ》温泉・平湯《ひらゆ》温泉（以上岐阜県）。
〔**内容**〕白骨温泉は、乗鞍岳北側の中腹、海抜五千尺ほどの処にある。胃腸病によく利くと友だちに勧められ、私はここに一か月近く滞在した。この温泉は、伊那郡及び木曽路、美濃にかけての百姓たちがその養蚕あがりの疲労をいやすために大勢して登って来るので、八月末から九月初めにかけては七八百人の客が押しかける事があるという。幾つか折れ込んだ山襞の奥に当っているので、高い場所であるのに、眺望というものがなかった。唯、宿屋から七八町の坂を登って、ある一つの尾根に立つと四方の山野を見る事が出来た。異様な一つの山が眼につく。絶えずほの白い煙を噴いている。焼岳である。私は前から火山というものに心を惹かれがちであった。私はまた温泉というものも愛している。この地の底の何処からか湧いて来る自然の湯にいい難い愛着を感ずるのである。
　十月十五日、私は白骨温泉の宿屋の作男を案内として焼岳の麓にある上高地温泉に向った。行程四里、道は太古からの原始林の中に通じていた。大正三年焼岳の大噴火の名残だという荒涼たる山海嘯《やまつなみ》の跡がある。上高地温泉は一軒家の宿が山の上とは思えない大きな川を前にしてひっそりと建っていた。梓川である。部屋の障子を開くと、夕日の輝いている真正面に近々と焼岳が聳えていた。その夜は陰暦九月の満月を山上の一軒家で心ゆくばかりに仰ぎ眺めた。私は白骨から連れて来た老爺を口説《くど》き落して案内させ、終《つい》にその翌日焼岳登山を遂行し、正午近くに山の頂上に着いた。澄みに澄んだ秋空のもと、濛々と立ち昇る白煙を草鞋の下に踏んだ時の心持ちをば今でもうら悲しいまでにはっきりと思い出す。この火山は阿蘇などの様に一個の巨大な噴火口をもつことなく、山の八九合目より頂上にかけ、いたる処の岩石の裂目から煙を噴き出しているのであった。頂上から今度は飛騨路に入った。深い千古のままの森林である。私にはこうした火山の麓にこうした大森林のあるのが不思議に思われた。森を下り、川に沿って、蒲田温泉があった。昨年とか一昨年とかの大洪水に洗い流されたまま、まだ温泉場らしい形も作っていなかった。更に二里下り、福地温泉があったが、全く影をも留めず洗い流されていた。止むなく寒月に照らされながら山路を歩いて平湯《ひらゆ》温泉にたどり着いた。ここは飛騨路一帯から登って来た骨休めの農夫たちで意外な賑いを見せていた。高山の上にあって、これらの温泉は、世間の温泉らしい温泉と遠く隔たっているのが、私には嬉しかった。
（浦西和彦）

和久峻三
わく・しゅんぞう

＊昭和五年七月十日〜。大阪市に生まれる。本名・毛利峻三。旧姓・滝井。筆名・夏目大介。京都大学法学部卒業。推理作家、弁護士。「仮面法廷」で第十八回江戸川乱歩賞を受賞。著書に『赤かぶ検事奮闘記』『沈黙の裁き』『身のまわりの法律相談』など。

わ

信州湯の町殺しの哀歌《しんしゅうゆのまちころしのあいか》　推理小説

〔**作者**〕和久峻三
〔**初出**〕「週刊小説」平成三年十月十一日、二十五日号。原題「湯の町殺人哀歌」。
〔**初版**〕『信州湯の町殺しの哀歌』〈ジョイ・ノベルス〉平成四年三月発行、実業之日本社。この時、改題。
〔**文庫**〕『信州湯の町殺しの哀歌』〈角川文庫〉平成六年十二月二十五日発行、角川書店。
〔**温泉**〕信州の温泉（長野県）。
〔**内容**〕野外作業所で作業をしていた模範囚人が脱走した。脱獄したのは業務横領罪で懲役三年の刑を受けたトーヨー物産の元営業第一部長の矢部亨である。有刺鉄線が切られ、待機していた車に乗って逃走した。車には黒いサングラスをかけた女が同乗していた。それから二週間後、赤かぶ検事は田舎の鄙びた温泉へ一泊二日の旅行に出かけた。そして男性用の露天風呂で、絞殺されて浮んでいる女を赤かぶ検事が発見する。ウーロン茶の空き缶が二個、離れた場所に置いてあり、その一個から脱獄囚の矢部亨の指紋が検出された。クラブの美人ママ立花瑩子が赤かぶに接近してくる。赤かぶ検事・柊茂が松本署の美人警部補・行天燎子とコンビを組んで活躍する、赤かぶ検事シリーズの一篇である。（浦西和彦）

渡辺喜恵子　わたなべ・きえこ

＊大正三年十一月六日〜平成九年八月八日。秋田県北秋田郡鷹巣町（現・北秋田市）に生まれる。本名・木下喜恵子。能代高等女学校卒業。小説家。「馬淵川」で第四十一回直木賞を受賞。『海の幸』『万灯火』など。

志賀高原の麓にひそむ忘れられた三つの湯―角間・地獄谷・七味をめぐる《しがこうげんのふもとにひそむわすれられたみっつのゆ―かくま・じごくだに・しちみをめぐる》　エッセイ

〔**作者**〕渡辺喜恵子
〔**初出**〕「旅」昭和三十六年十一月一日発行、第三十五巻十一号。
〔**温泉**〕角間《かくま》（山ノ内）温泉・発哺温泉・地獄谷温泉・七味温泉（以上長野県）。
〔**内容**〕上野から特急バスで七時間半かけて、湯田中に行く。湯田中、安代、渋と温泉旅館が軒を並べる山ノ内温泉郷。川を挟んで新湯田中、星川、穂波とあり、角間が一番奥にある。山ノ内温泉郷は湯元が違うため、温泉名が違っており、氏神様やお祭りもそれぞれ違う。志賀高原のふもとの角間は映画の時代劇のセットのような温泉場であり、往来を挟んで向き合った家はみな同じような構えの二階建ての茅葺きである。戸数五十の中に、内湯のある旅館は五軒、公衆浴場は三つある。ようだや旅館が一番古く、設備も整っているが、あいにく浴槽が工事中であり、公衆浴場に行く。温泉の効用は、内用としては慢性胃腸障害、脚気、神経衰弱、ヒステリー、貧血、慢性咽喉カタル、気管支カタルなどである。浴用としては慢性関節炎、ロイマチス、神経病、一般皮膚病、腺病質、水虫、ジンマシン、慢性泌尿器及生殖器病だそうで、ラドン含有量は日本一と言われ、浸透性が強く、火傷や皮膚病にも効果がある。次の日、湯田中行きのバスに乗り、途中国立公園となった志賀高原へ立ち寄る。熊ノ湯の前山リフトでのぼった頂上の渋池で足をとられ、下駄を捨てて、足袋はだしで白樺の丸太棒を渡り、楽しむ。発哺温泉の東館山の展望台の眺望は志賀高原随一だと感じる。地獄谷に向かう途中、上林で下車し、寺崎広楽のアトリエだったという広楽寺を見物する。山道を歩き、林を抜けると、轟音と共に吹き上げられる熱湯の地獄谷に着く。名物のちまきを売る喫茶兼旅館の後楽館に宿泊する。この温泉は食塩含有の石膏性苦味泉で無色透明、殆ど無臭。弘治三年（一五五七）、竹節万歳が発見して「延命の湯」とよび、代々ここに暮らすようになり、二代前から旅館を始めた。湯治客が少ないのは自炊をさせないからである。次の日、七味温泉に向かう。宿は川のへりに一軒きりで、ランプ生活である。部屋は六つで、硫黄の匂いが鼻をつく。前を流れる松川には鉱毒が入っており、魚は住まない。食料はすべて須坂からトラックで上げる。七味温泉の歴史は古く、文明年間（一四六九―一四八七）からの自然湧出である。七味という名の由来は、七色の湯壺から湧き出る違った湯を一緒にして浴槽へ入れるからで、「おできやロイマチ婦人病」にきくそうである。バスに乗るために、なんとか山を越えた。（西岡千佳世）

渡辺公平 わたなべ・こうへい

*明治四十二年〜昭和五十四年。登山家。日本山岳協会会長。著書に『山は満員』『黄沙漫々』など。

砂浜と松林の美しい木津温泉 すなはまとまつばやしのうつくしいきつおんせん エッセイ

〔作者〕渡辺公平
〔初出〕「旅」昭和三十三年七月一日発行、第三十二巻七号。
〔温泉〕木津《きつ》温泉（京都府）。
〔内容〕城崎温泉の陰に押しやられている、京都府下唯一の温泉を一度は見ておきたいと思った筆者は、丹後の国に向った。

パンフレットに無色透明の、弱アルカリ性反応を呈する単純泉で、創傷、リュウマチス、神経諸病、婦人病に効くとある。筆者の求めていった砂丘と緑の世界は、丹後神野をはなれたところから、展開する。日間ノ松原から東微北に美しいゆるい弧を描いた浜辺が続いており、その浜辺に沿って砂丘が発達し、高いところは二十メートル余ある。砂丘といっても荒涼とした感じではない。だから、チューリップの栽培もできるのだろう。木津周辺のチューリップ園は新潟市外の寺尾と比べ、歴史が浅いだけに自然に近い野趣がある。球根は年間七十七万球が、奈良・和歌山・四国・アメリカなどに出荷される。

温泉は西と北に砂丘、東と南に小高い山を背負った小さい野面の中にあるが、四軒ほどの旅館がかたまり、えびす屋だけが日本観光旅館連盟会員、交通公社協定という看板を出している。えびす屋は一泊八百円から千五百円、あとの木津館、金平館、みなとやは六百円から千円どまりである。内湯はえびす屋だけである。清潔な共同浴場もあり、一日に千石くらいの湧出量をもっている。温泉から北へ一キロ半、浜詰という部落に海水浴場がある。日間ノ松原にも、海水浴場があり、浜の松林はキャンピングにもいい。緑の季節に訪れるなら、この温泉を基点にしていくつも楽しめそうだ。（岩田陽子）

渡辺淳一 わたなべ・じゅんいち

*昭和八年十月二十四日〜平成二十六年四月三十日。札幌市に生まれる。札幌医科大学医学部卒業。小説家。「光と影」で第六十三回直木賞を受賞。『渡辺淳一全集』全二十四巻（角川書店）。

失楽園 しつらくえん 長篇小説

わ

〔**作者**〕渡辺淳一
〔**初出**〕「日本経済新聞」平成七年九月一日～八年十月九日。
〔**初版**〕『失楽園上下』平成九年六月二十日発行、講談社。
〔**温泉**〕修善寺温泉（静岡県）。
〔**内容**〕主人公の久木祥一郎は五十代半ばである。出版社に勤務するが、閑職に追いやられ、役員昇進の道は絶たれた。時間と金銭には余裕があり、家庭には妻と娘がいる。松原凛子は三十七歳である。夫は医学部の教授であるが、仕事に没頭し、家庭は冷えきっている。彼女は特別な美人ではないが、均整のとれた、ほっそりと小柄な体をしている。偶然に知り会った二人の、性行為とその心理が描かれる。二人が出かけた修善寺温泉では、久木が岩に背を凭《もた》せて手足を伸ばしていると、凛子がタオルを手に、そろそろと一歩ずつ慎重に入ってくる。久木は凛子の全身が湯につかるのを待って、池との境いまで招き寄せるという場面が出てくる。鎌倉、横浜、箱根、中禅寺湖、軽井沢を舞台に、二人の出会いから、一年半のちに二人が家庭や会社から逃れて情死するまでが描かれる。

（浦西和彦）

渡辺はま子

わたなべ・はまこ

＊明治四十三年十月二十七日～平成十一年十二月三十一日。横浜市に生まれる。本名・加藤浜子。武蔵野音楽学校卒業。流行歌手。代表曲に「忘れちゃいやヨ」「支那の夜」「雨のオランダ坂」「悲しみの丘」など。

山の湯の娘

やまのゆのむすめ　エッセイ

〔**作者**〕渡辺はま子
〔**初出**〕「温泉」昭和二十五年一月一日発行、第十八巻一号。
〔**温泉**〕霊泉寺《れいせんじ》温泉（長野県）。
〔**内容**〕私は女学生時分から温泉が好きだった。今でも忘れられない想い出が残っているのは、信州の霊泉寺温泉という本当に山の中の狭い鄙びた温泉である。それは話がロマンチックで、最近ヒットした近江俊郎さんの「湯の町エレジー」に似た話なので一層憶い出されるのだ。私が音楽学校に在学中、親しい友達と霊泉寺温泉へ立ち寄った。泊まった宿屋は下宿屋のような相当普請の悪い、隣りの部屋とは唐紙で仕切ったような家だった。それでも温泉宿だけあって、お風呂場がタイルで、扇形の割合広い浴槽にぬるい透明なお湯が溢れていた。「お湯の中に身体を沈めると、細かい気泡が銀の粒のやうに腕や肩について、ぬんめりとしたお湯の肌ざはりは多分硼酸のやうな成分でも含まれてゐるのではないかしら」と思ったものだ。その宿屋の帳場に美しい娘さん、雪子さんがいて、私はお友達のように仲好しになってしまった。音楽の話になると雪子さんの瞳が燃えるようになって、懸命に私の話を聞こうとするので、私は奇異の感に打たれた。雪子さんは近々、お嫁に行くことになっていて、それは両親がきめた結婚であり、雪子さんには本当は恋しい人がいたのである。東京の音楽学校の学生で、東京へ帰ったらきっと親に打ち開けて結婚の申し込みに来るからという口約束をしたという。それから一年余り経っているのに、その学生は二度と現われず、雪子さんはまるで悲恋小説の主人公そのままになってしまった。同情した私は、その学生の学校と名前をきいて、同じ音楽の道を学んでいるのだから、逢えた折には力になってあげるといって慰めた。そして、私が歌手になって数年後、ある楽団のバイオリンを弾く楽士さんと旅の話をした時、もしかしたらこの人が雪子さんが待ち侘びていた恋人ではないかしらと、そんな気がしたのだが、もうそんな事を聞く時期でなし、雪子さんもきっと結婚して静かに暮らしているに違いないと、私は一人胸の中で、割り切れない哀愁を噛みしめていた。

（李　雪）

渡辺護
わたなべ・まもる

＊大正四年十月九日～平成九年七月三十日。東京に生まれる。東京帝国大学美学科卒業。音楽学者、音楽評論家。著書に『音楽美の構造』『藝術学』など。

静岡郊外の寂境―梅ガ島温泉
しずおかこうがいのじゃっきょう―うめがしまおんせん　エッセイ

〔**作者**〕渡辺護
〔**初出**〕「旅」昭和三十三年七月一日発行、第三十二巻七号。
〔**温泉**〕梅ガ(ケ)島温泉（静岡県）。
〔**内容**〕静岡駅からバスで三時間、安部川の水源に近い山間に、梅ガ島温泉はある。海抜一千メートルで、三月半ばごろでも、辺りの山に雪が残っていた。女湯にあつい湯が先ず流れるので、男湯はぬるすぎ、お客の少ない時は女湯へ男が入る習慣がある。梅ガ島温泉の浴場は村営で、旅館には内風呂がなく、二百メートルはなれた浴場へ行かなければならない。雪の積った冬は寒いし、湯はぬるく、冬向きではない。
　ここは、静岡近在のお百姓さんたちが農閑期に保養に来ることが多い。自炊を主とした温泉なので、大部分の人は一日二百円の宿料で数日間の湯治をしている。旅館は一日八百円だが、部屋も食事も、あまりサービスしているとはいえない。湯はアルカリ性で、すべすべしていて、肌が美しくなり、胃腸病・皮膚病にも良い。四五日滞在して付近にある数多い滝を見て廻って暮らせば、すばらしい静養になるに違いない。
（岩田陽子）

北陸の湯治場二つの表情―笹倉と小川元湯
ほくりくのとうじばふたつのひょうじょう―ささくらとおがわもとゆ　エッセイ

〔**作者**〕渡辺護
〔**初出**〕「旅」昭和三十六年十一月一日発行、第三十五巻十一号。
〔**温泉**〕小川温泉（富山県）、笹倉温泉・蒲原温泉（以上新潟県）、姫川温泉（長野県）。
〔**内容**〕親不知から糸魚川にかけては古い湯治場と戦後生まれた新温泉が入り乱れていて、比較対照が面白いと聴いたので、四日間を費やしてその一つ一つに泊まって見た。
　富山から北陸本線を東へ約一時間半行った所に泊《とまり》と云う静かな駅があり、バスかハイヤーで五分、町の郊外に小川温泉がある。静かで落ち着いた所だ。部屋は十二畳、三方に広い廊下がつき、正面には大きな床の間、その横に書院造の床の間がついているという古めかしくもぜい沢な部屋。この温泉は十二キロ離れた山中からパイプで引いている。旅館では自家発電で冷めた湯を加熱している。元湯の方は大正元年大水が出て、建物がすべて流されてしまったため、安全な山下まで湯を引っ張って旅館を建てたのである。
　小川温泉の元湯は泊からバスで五十分。一軒の「小川元湯」は実に大小十数棟の新旧さまざまな建築から成り、自炊者の為の「貸間」は百七十室を超え、八百人以上を収容できる。一番安いところは一泊百円で、近村のお百姓たちに奉仕的に貸している。他所から来る者には四畳半プラス二畳の貸間で、間代が一日六百円、こざっぱりした明るい部屋だし夏の家族滞在などには最適であろう。自炊者のためには布団、食器、鍋類、炭、野菜などを貸したり売ったりする店がずらりと並んでいる。自炊のいやな人には食堂もあり、大風呂だけでも四つある。私の泊まった旅館部はつけたしにすぎず、湯治客本位に整えられている。ここの湯は五十五度で、水でうめないと入れない。老人はうめては効能が減ずるといい、うめるうめないで若者と言い争っていた。この温泉は四百年前に既に発見され、古い薬師堂が旅館に接続している。

　笹倉温泉は糸魚川駅よりバスで一時間二十五分、早川上流にある、典型的な一軒宿の湯治場だ。湯は重曹水で肌ざわりがすべすべし、皮膚病によいそうだ。この辺の百姓屋は板ばりの二階、三階建てで、その上に勾配の急な巨大なわらぶき屋根がのっているのも面白い。

　大糸線の、糸魚側から四つ目の駅「平岩」のすぐ近くに姫川温泉がある。誕生してまだ四年めである。姫川峡谷のたぎり落ちる水流の上にあり、風景美はいいが、旅館は色とりどりの安っぽさで、近くには大きな発電所が二つもあり落ち着かない。しかし、一泊すると、静かで実にいい温泉である。現在は旅館が七軒。湯は重曹泉だが、神経痛や肝臓の弱い人に非常によくきく。風呂場でも四十五度のあつい湯が出ている。

　ここからバスで約三十分の山奥に蒲原温泉がある。湯治客の自炊宿が一軒あるばかりで、姫川より二週間早く雪が訪れ、バスもじきに通らなくなってしまうそうだ。

（岩田陽子）

和田芳恵　わだ・よしえ

＊明治三十九年四月六日～昭和五十二年十月五日。北海道山越郡長万部町字国縫に生まれる。中央大学独法科卒業。文藝評論家、小説家。「塵の中」で第五十回直木賞を受賞。『接木の台』『一葉の日記』など。『和田芳恵全集』全五巻（河出書房新社）。

奈良田温泉の想い出　ならだおんせんのおもいで　エッセイ

〔**作者**〕和田芳恵

〔**初出**〕「旅」昭和四十九年三月一日発行、第四十八巻三号。

〔**温泉**〕奈良田《ならだ》温泉・西山温泉（以上山梨県）。

〔**内容**〕山梨県郷土研究会の上野晴郎さんを知ったのは、樋口一葉の資料集めのため、甲府へ足を伸ばした結果である。筑摩書房版「一葉全集」の仕事で、月に一度は塩山周辺に出向いており、上野さんの勤務先の県立甲府図書館へ顔を出した。長野県との県境にある白根山の東方の谷底にある奈良田は富士川の支流早川の上流で、ここにダムができるため、この部落が観光化される前に調査を進める必要があり、上野さんはその仕事に没頭していた。そして、「いっしょに行きませんか」と誘われたのは、昭和三十年の正月頃だった。奈良田は山梨県南巨摩郡西山村（現・早川町）の部落で、天平の昔、奈良王と称した孝謙天皇が、この湯治場へ病気を治すために来たが、随行した縁者、従者たちと、そのまま住みついたという言い伝えが残されている僻地である。この部落は長い間、ほかの地域との交渉が少なかったため、古代の都言葉がそのまま残っているともいわれ、また、特殊なアクセントのせいもあって、余所者には奈良田生まれ同士の会話はわからない。猟をする鉄砲も三味線も手作りで、この土地に残る謡曲は、のんびりした古調で、間が抜けたように思われたと上野さんは言った。家の屋根には千木があり、柱は手斧削りだともいう。県庁前からジープに乗って、材木を伐り出すために早川沿いに通っている山道を行く。辿り着いた奈良田は船底形の山に囲まれた部落だから、見上げる空は切り取られていた。ここにあるただ一軒の宿屋で旅装を解いた。上野さんが手配ずみの旧家に集った有志から、謡曲を聞かせてもらったり、手作りの三味線にあわせた奈良田節を聞いたりした。同じ部落内の結婚のせいか、顔立ちは似ていて、古いお雛さまのような鼻筋がとおった面長な気品のある人たちであった。

次の日は、近くにある信玄公の隠し湯といわれている西山温泉に泊まる。西山温泉は古い銭湯のような木造建築で、ただ一軒なのに、ガランとしていた。近くの農家の人たちにまじって、ダムの人夫たちも、大きな浴槽に入っていた。高い天井を見あげると、びっくりするほど大きな星が見えた。帰りの廊下は凍みついているらしく、みしみしと音がした。

（西岡千佳世）

わ

温泉別作家作品名索引（都道府県順）

凡例

- 本文中、〔温泉〕の項目で取り上げた温泉名を都道府県別に五十音順に並べ、作者名・作品名・頁数を掲出した。
- 温泉名の表記・よみは、一般的と思われるものを採用した。
- 架空の温泉で、モデルがある場合は、モデルとなったと思われる温泉を採用した。
- 都道府県の所在が不明な温泉については、「都道府県不明」としてまとめた。
- 海外の温泉については、「海外」としてまとめた。
- 温泉名の下の丸中数字は、和泉書院ホームページ内の『温泉文学事典』地図中の数字に対応している。

北海道

青森県

岩手県

宮城県

山形県

福島県

茨城県

栃木県

埼玉県

東京都

神奈川県

千葉県

山梨県

新潟県

長野県

富山県

石川県

福井県

岐阜県

愛知県

三重県

京都府

鳥取県

島根県

岡山県

福岡県

佐賀県

長崎県

熊本県

大分県

宮崎県

鹿児島県

都道府県不明

海外（国名表記は出典に拠る）

■編著者紹介

浦 西 和 彦（うらにし・かずひこ）
1941年9月、大阪市に生まれる。関西大学文学部国文学科卒業。1971年、関西大学文学部専任講師、同助教授、教授を経て、2012年退職。関西大学名誉教授。2014年、大阪市民表彰文化功労賞。主要著書・編著に、『日本プロレタリア文学研究』（桜楓社、1985年）、『開高健書誌』（和泉書院、1990年）、『河野多恵子文藝事典・書誌』（和泉書院、2003年）、『浦西和彦著述と書誌』全4巻（和泉書院、2008～9年）、『文化運動年表』（三人社、2015年）等々多数。

温泉文学事典

和泉事典シリーズ 32

二〇一六年一〇月二五日 初版第一刷発行
二〇一七年 一 月二〇日 初版第二刷発行

編著者 浦 西 和 彦
発行者 廣 橋 研 三
発行所 和 泉 書 院
〒543-0037 大阪市天王寺区上之宮町七―六
電話 〇六-六七七一-一四六七
振替 〇〇九七〇-八-一五〇四三
印刷 亜細亜印刷／製本 渋谷文泉閣
装訂 濱崎実幸／定価はカバーに表示

ISBN978-4-7576-0808-5 C1590

☆特別コンテンツ『温泉文学事典』地図

和泉書院ホームページにて公開

事典に登場する温泉♨がどこにあるかがわかる！

北海道
東北

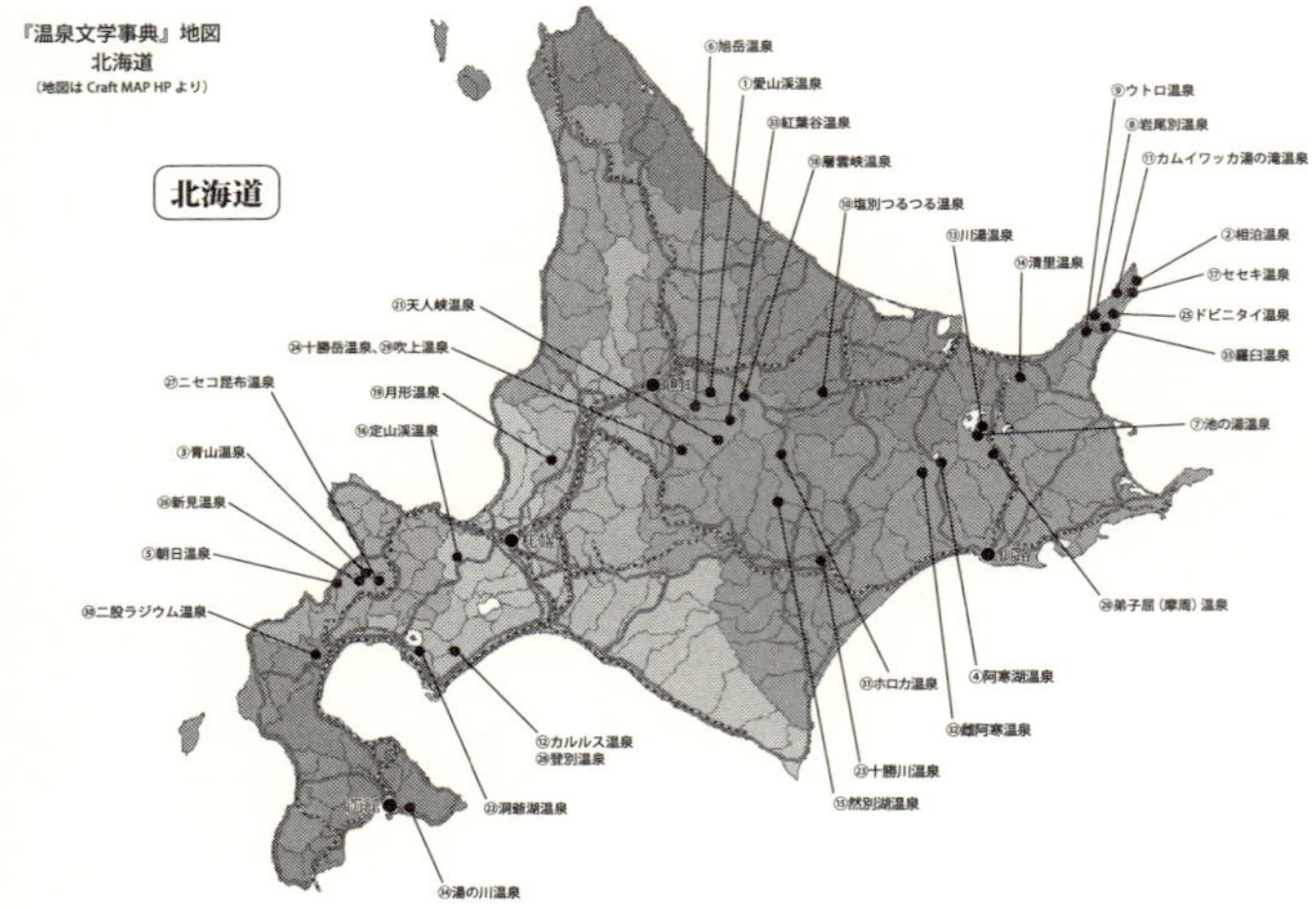

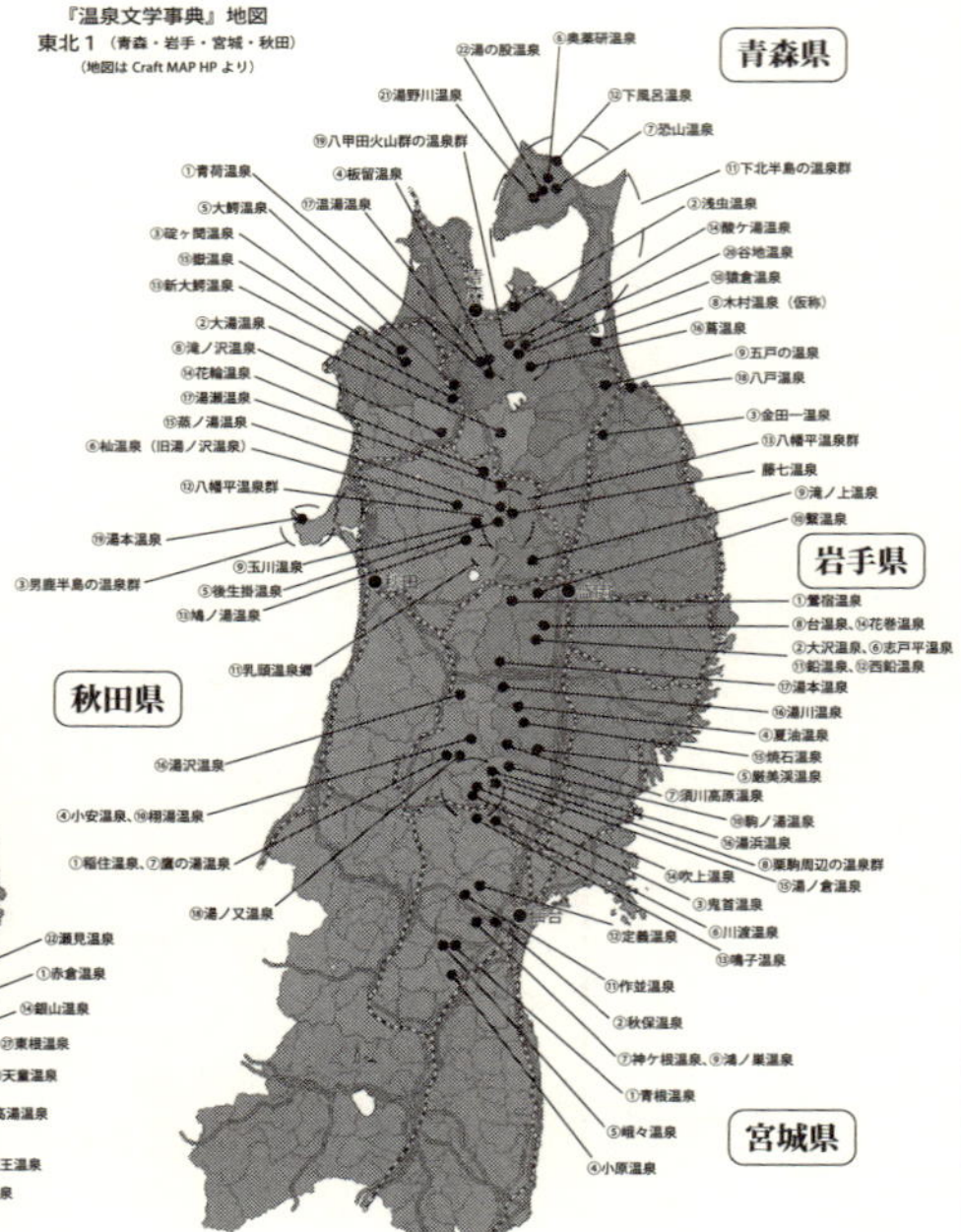

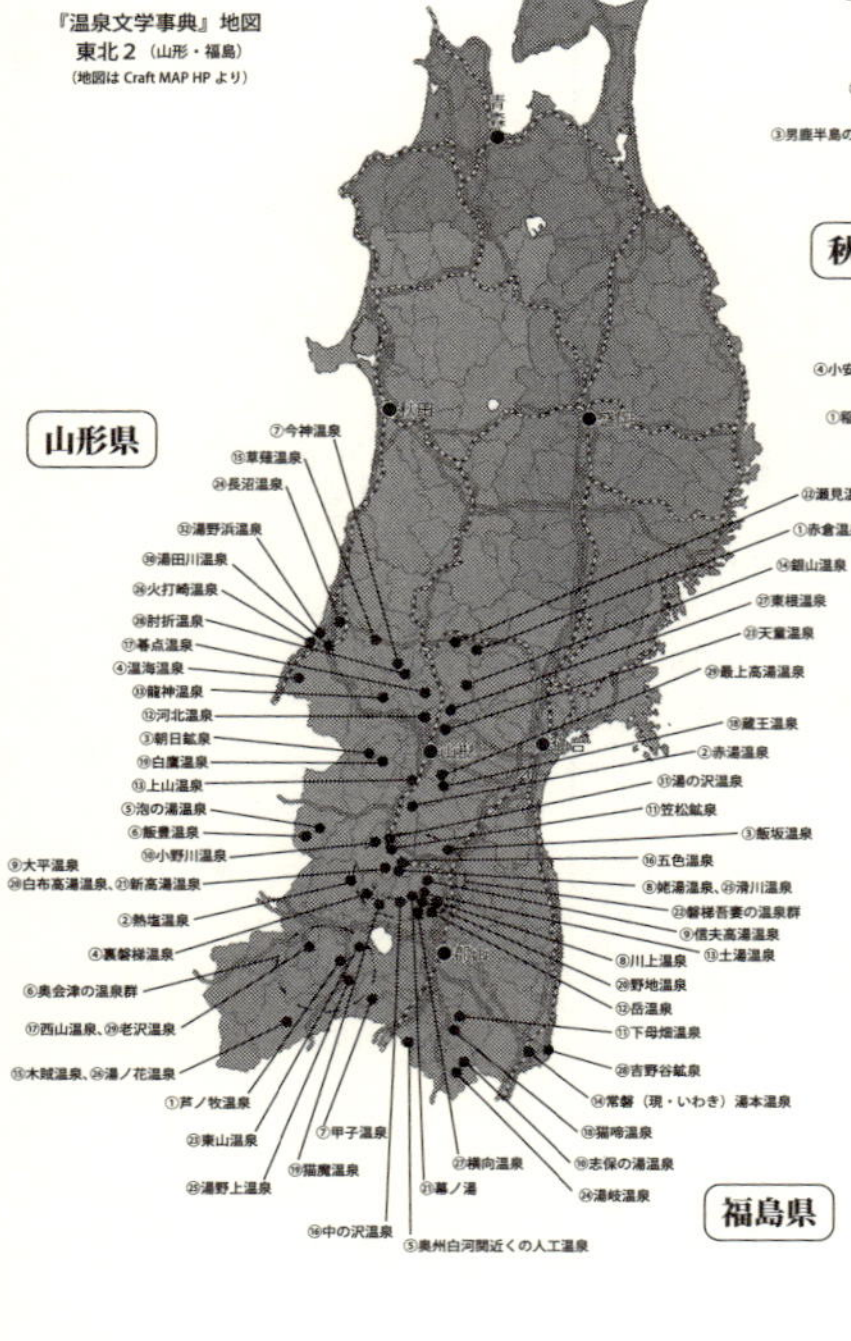

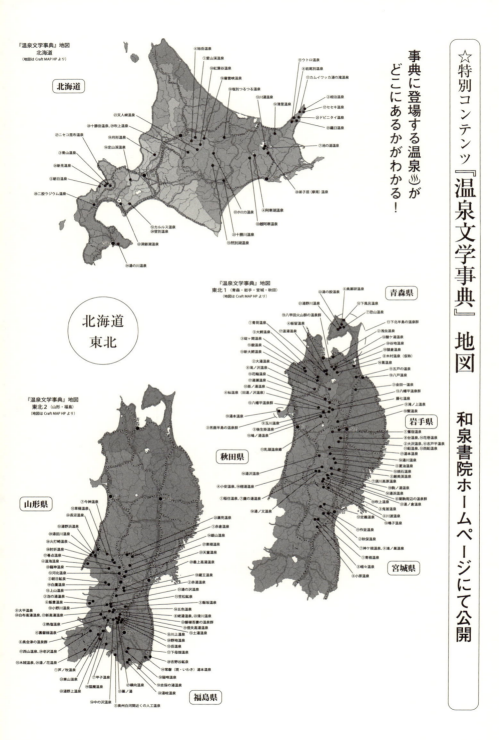

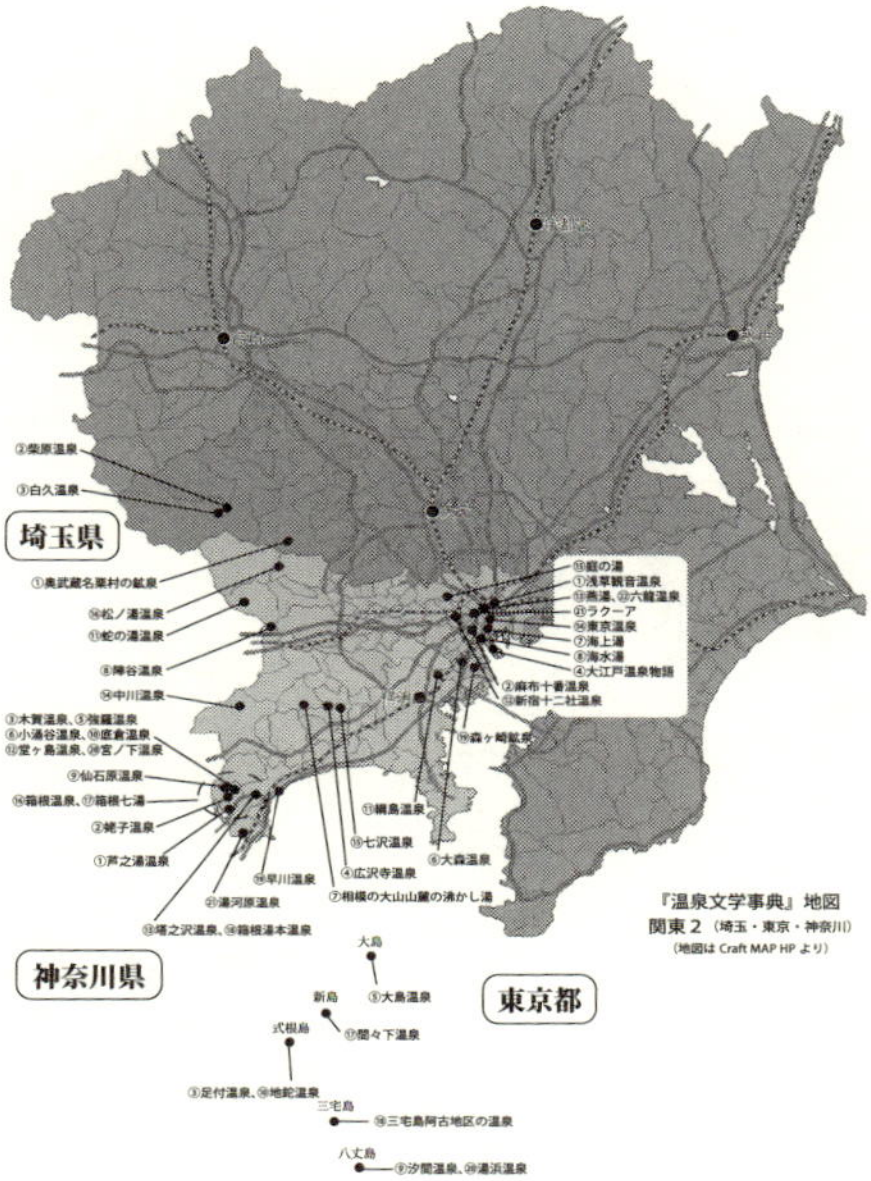

埼玉県
②柴原温泉
③白久温泉
①奥武蔵名栗村の鉱泉
松ノ湯温泉
⑪蛇の湯温泉
⑧降谷温泉
⑭中川温泉
③木賀温泉、⑤強羅温泉
⑥小涌谷温泉、⑩底倉温泉
⑫堂ヶ島温泉、宮ノ下温泉
⑨仙石原温泉
箱根温泉、⑰箱根七湯
②蛯子温泉
①芦之湯温泉
早川温泉
湯河原温泉
塔之沢温泉、箱根湯本温泉
⑪綱島温泉
⑮七沢温泉
④広沢寺温泉
⑦相模の大山山麓の沸かし湯
⑥大森温泉
森ヶ崎鉱泉
庭の湯
①浅草観音温泉
燕湯、六龍温泉
ラクーア
東京温泉
⑦海上湯
⑧海水湯
④大江戸温泉物語
②麻布十番温泉
新宿十二社温泉
『温泉文学事典』地図
関東２（埼玉・東京・神奈川）
（地図は Craft MAP HP より）
神奈川県
東京都
大島
⑤大島温泉
新島
⑰間々下温泉
式根島
③足付温泉、地鉈温泉
三宅島
三宅島阿古地区の温泉
八丈島
⑨汐間温泉、湯浜温泉

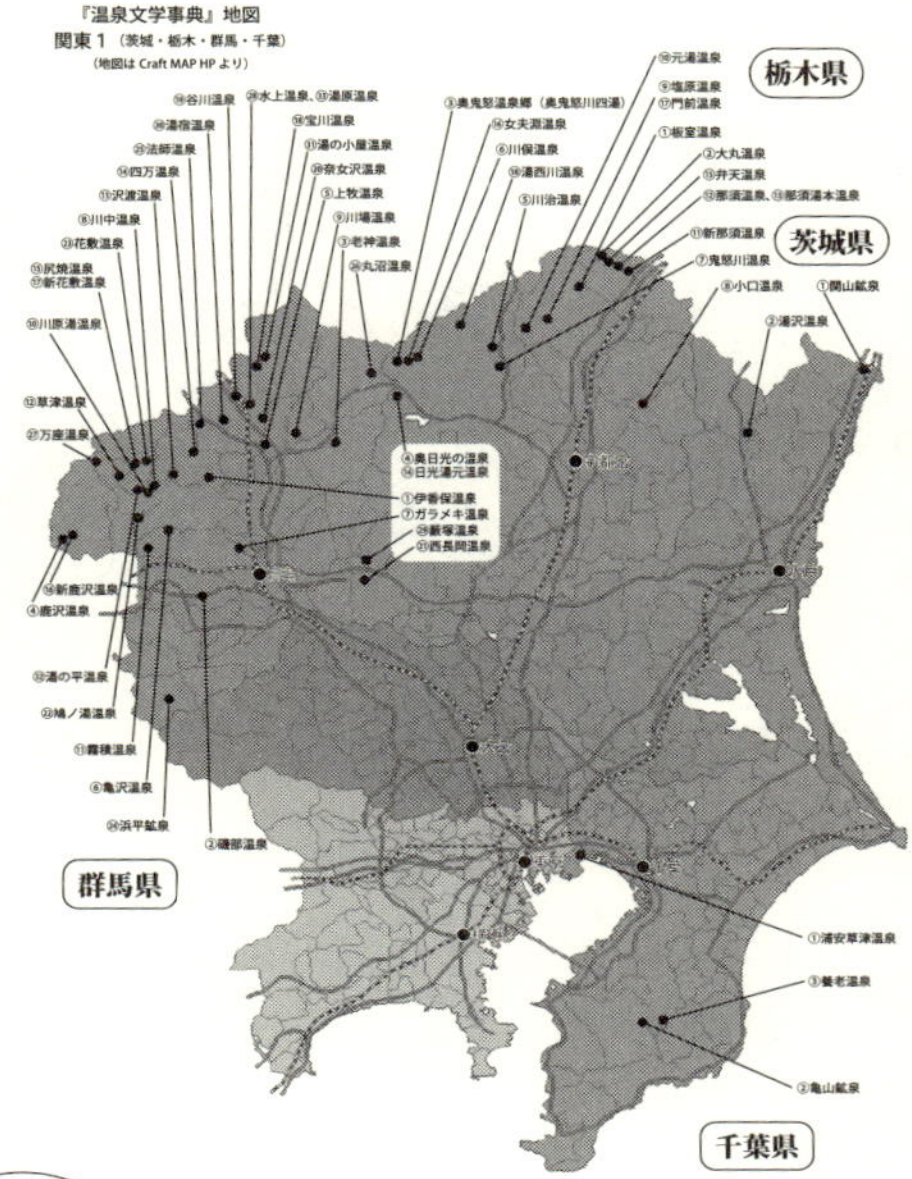

『温泉文学事典』地図
関東１（茨城・栃木・群馬・千葉）
（地図は Craft MAP HP より）
栃木県
茨城県
群馬県
千葉県
谷川温泉
水上温泉、湯原温泉
湯宿温泉
宝川温泉
法師温泉
湯の小屋温泉
⑭四万温泉
奈女沢温泉
⑪沢渡温泉
⑤上牧温泉
⑧川中温泉
⑨川場温泉
花敷温泉
③老神温泉
尻焼温泉
⑰新花敷温泉
丸沼温泉
⑩川原湯温泉
⑫草津温泉
万座温泉
新鹿沢温泉
④鹿沢温泉
湯の平温泉
鳩ノ湯温泉
⑪霧積温泉
⑥亀沢温泉
浜平鉱泉
②磯部温泉
③奥鬼怒温泉郷（奥鬼怒川四湯）
女夫淵温泉
⑥川俣温泉
湯西川温泉
⑤川治温泉
元湯温泉
⑨塩原温泉
⑰門前温泉
①板室温泉
②大丸温泉
弁天温泉
那須温泉、那須湯本温泉
⑪新那須温泉
⑦鬼怒川温泉
⑧小口温泉
①関山鉱泉
②湯沢温泉
④奥日光の温泉
⑭日光湯元温泉
①伊香保温泉
⑦ガラメキ温泉
薮塚温泉
西長岡温泉
①浦安草津温泉
③養老温泉
②亀山鉱泉

関東
甲信越

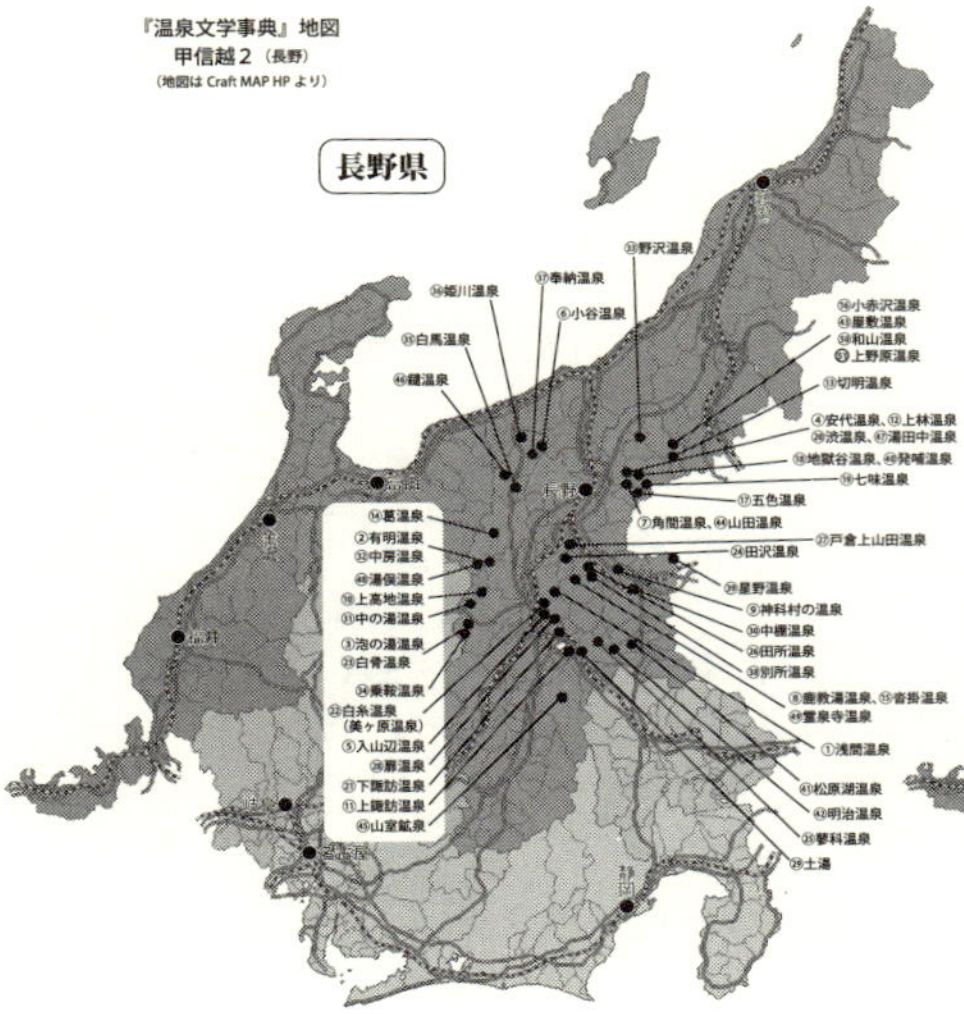

『温泉文学事典』地図
甲信越２（長野）
（地図は Craft MAP HP より）
長野県
野沢温泉
姫川温泉
奉納温泉
⑥小谷温泉
白馬温泉
鑓温泉
小赤沢温泉
屋敷温泉
和山温泉
上野原温泉
⑬切明温泉
④安代温泉、⑫上林温泉
渋温泉、湯田中温泉
地獄谷温泉、発哺温泉
⑲七味温泉
⑰五色温泉
⑦角間温泉、山田温泉
戸倉上山田温泉
田沢温泉
星野温泉
⑨神科村の温泉
中棚温泉
田所温泉
別所温泉
⑧鹿教湯温泉、⑮沓掛温泉
霊泉寺温泉
①浅間温泉
松原湖温泉
明治温泉
蓼科温泉
土湯
⑭葛温泉
②有明温泉
中房温泉
湯俣温泉
⑩上高地温泉
中の湯温泉
③泡の湯温泉
白骨温泉
乗鞍温泉
白糸温泉
（美ヶ原温泉）
⑤入山辺温泉
扉温泉
下諏訪温泉
⑪上諏訪温泉
山室鉱泉
長野

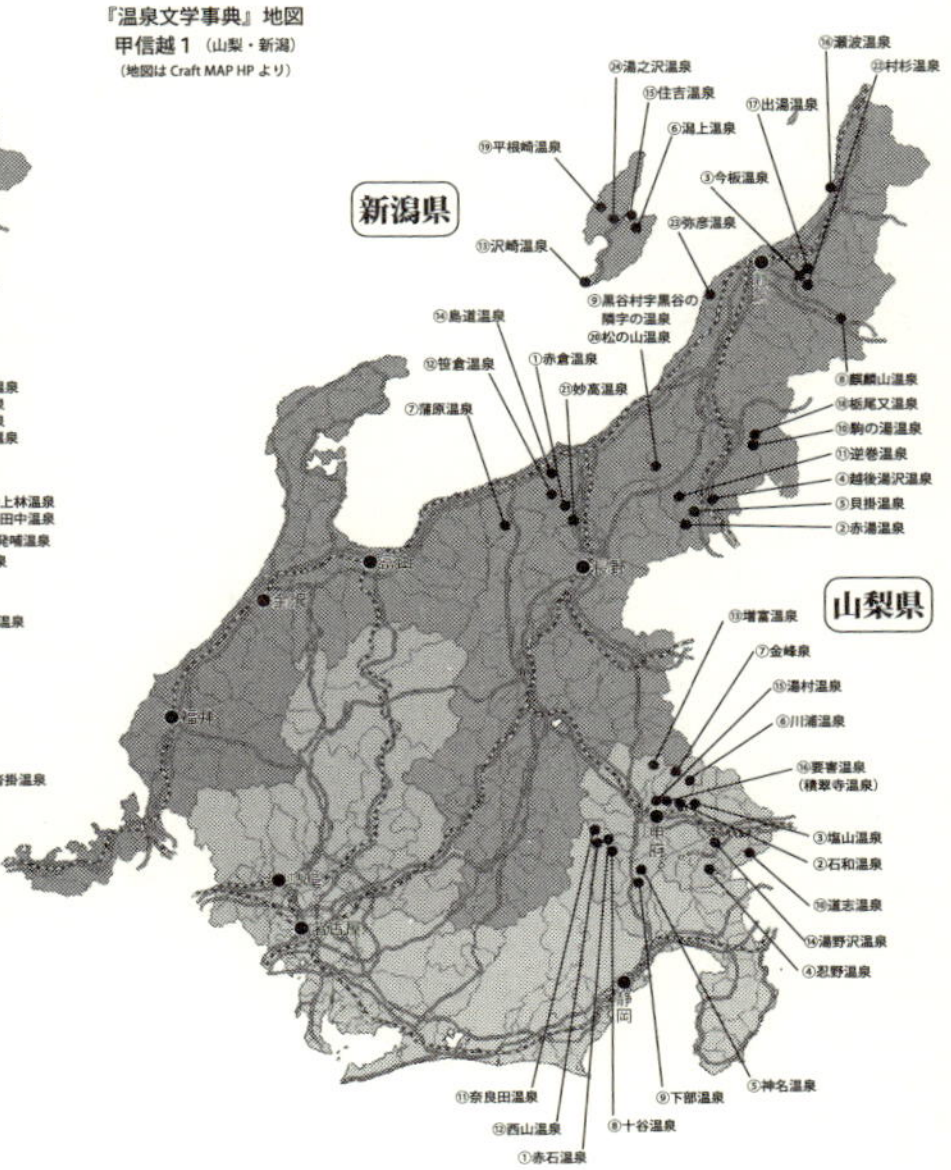

『温泉文学事典』地図
甲信越１（山梨・新潟）
（地図は Craft MAP HP より）
新潟県
山梨県
瀬波温泉
湯之沢温泉
村杉温泉
⑮住吉温泉
⑰出湯温泉
⑥潟上温泉
⑲平根崎温泉
③今板温泉
⑬沢崎温泉
弥彦温泉
⑨黒谷村字黒谷の
隣字の温泉
松の山温泉
⑭鳥道温泉
⑫笹倉温泉
①赤倉温泉
妙高温泉
⑦蒲原温泉
⑧麒麟山温泉
⑱栃尾又温泉
⑩駒の湯温泉
⑪逆巻温泉
④越後湯沢温泉
⑤貝掛温泉
②赤湯温泉
⑬増富温泉
⑦金峰泉
⑮湯村温泉
⑥川浦温泉
⑯要害温泉
（積翠寺温泉）
③塩山温泉
②石和温泉
⑩道志温泉
⑭湯野沢温泉
④忍野温泉
⑤神名温泉
⑨下部温泉
⑧十谷温泉
⑪奈良田温泉
⑫西山温泉
①赤石温泉
静岡
甲府
長野

『温泉文学事典』地図
近畿（三重・京都・兵庫・奈良・和歌山）
（地図は Craft MAP HP より）

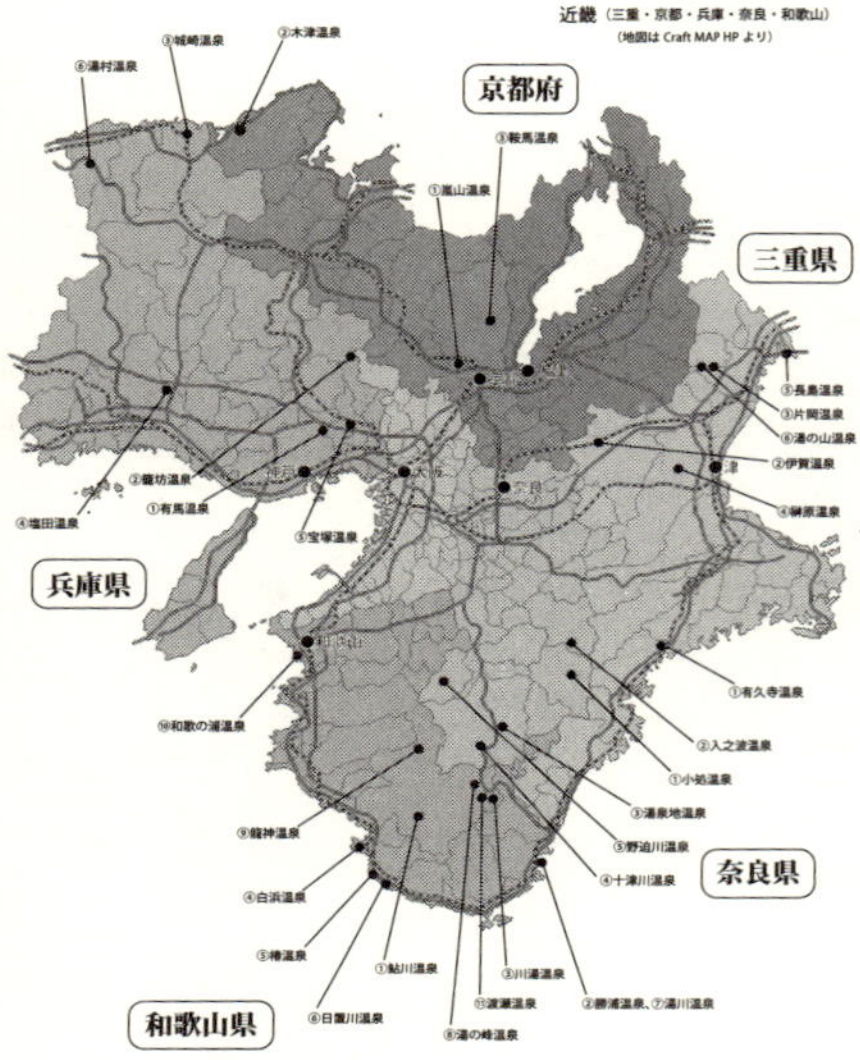

『温泉文学事典』地図
北陸・東海（富山・石川・福井・静岡・岐阜・愛知）
（地図は Craft MAP HP より）

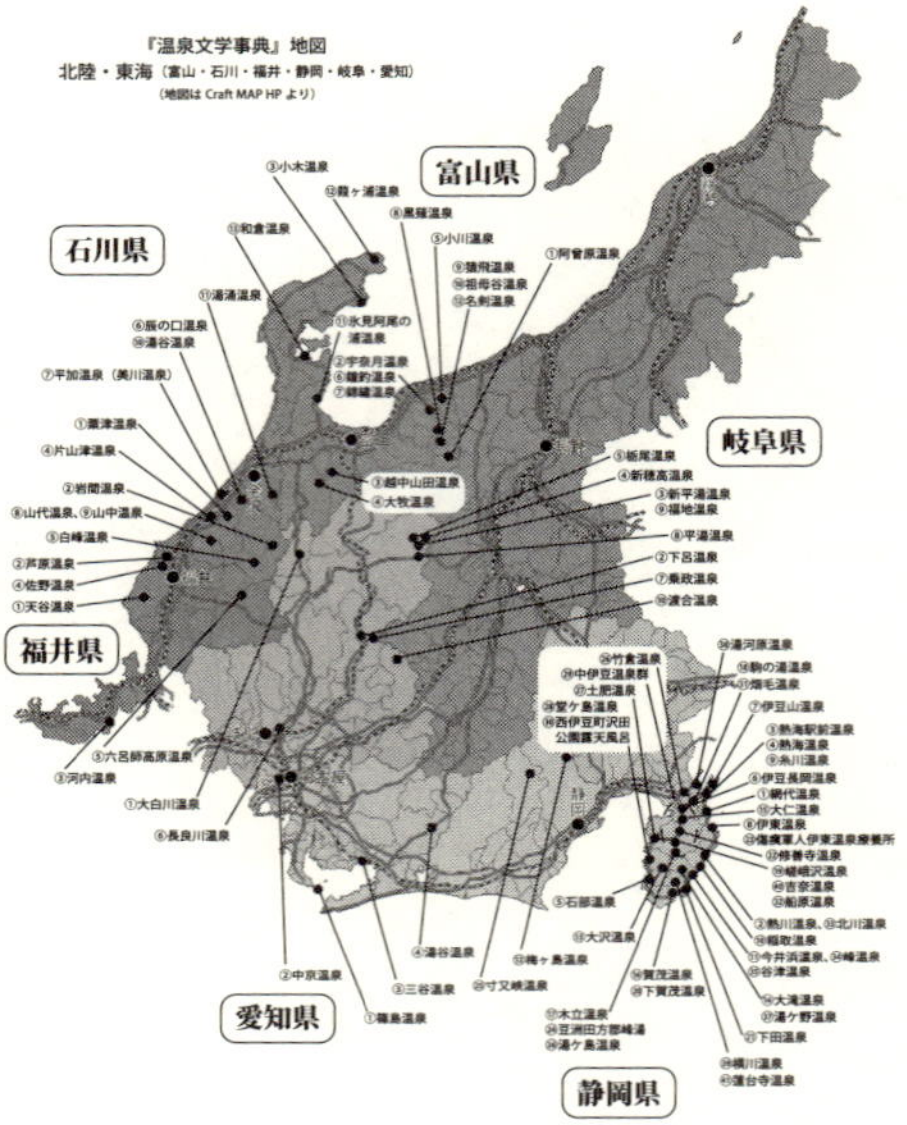

『温泉文学事典』地図
中国（鳥取・島根・岡山・広島・山口）
（地図は Craft MAP HP より）

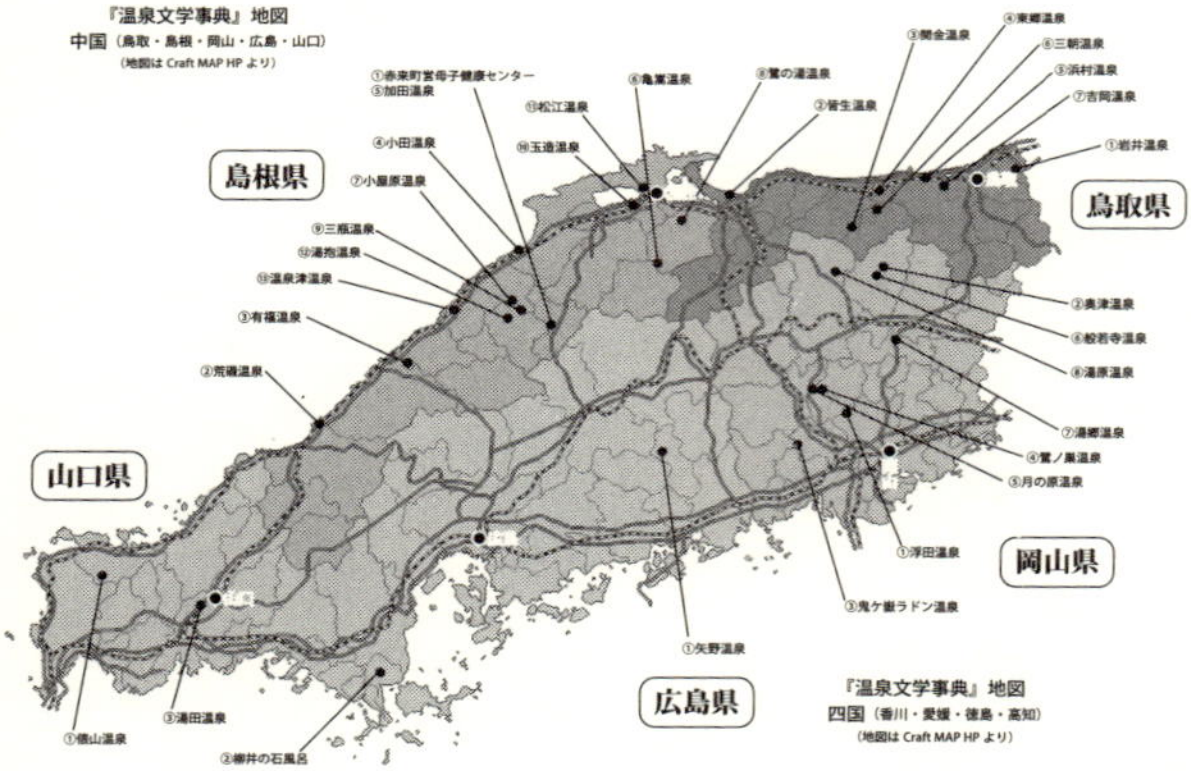

『温泉文学事典』地図
四国（香川・愛媛・徳島・高知）
（地図は Craft MAP HP より）

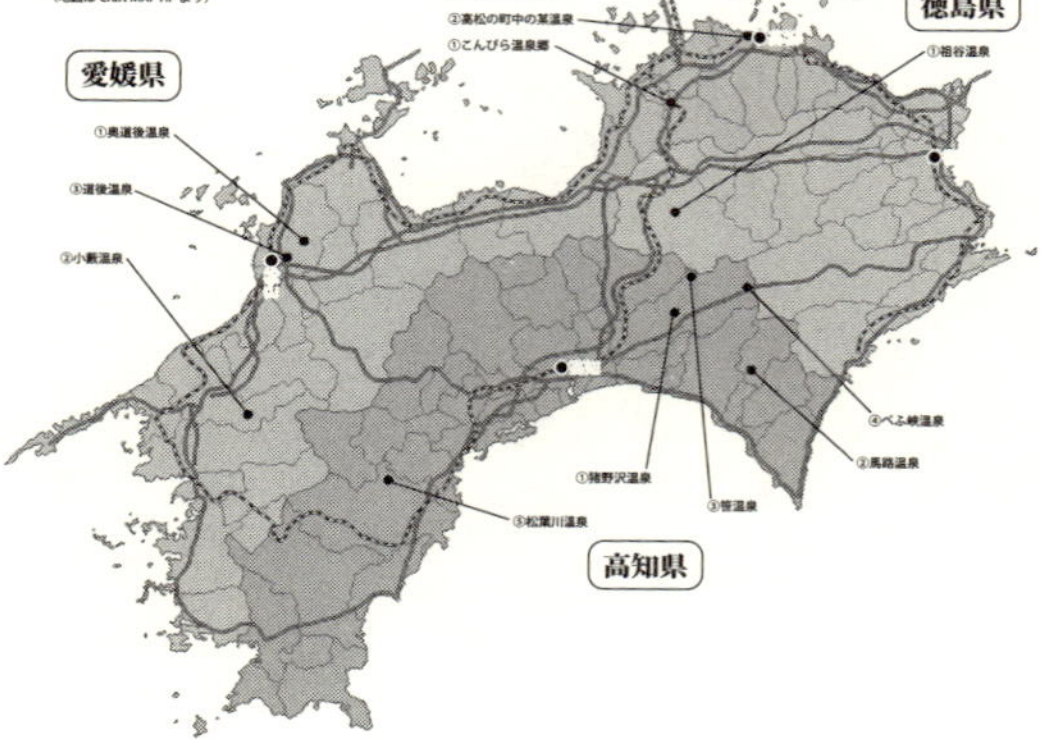

北陸
東海
近畿

中国
四国

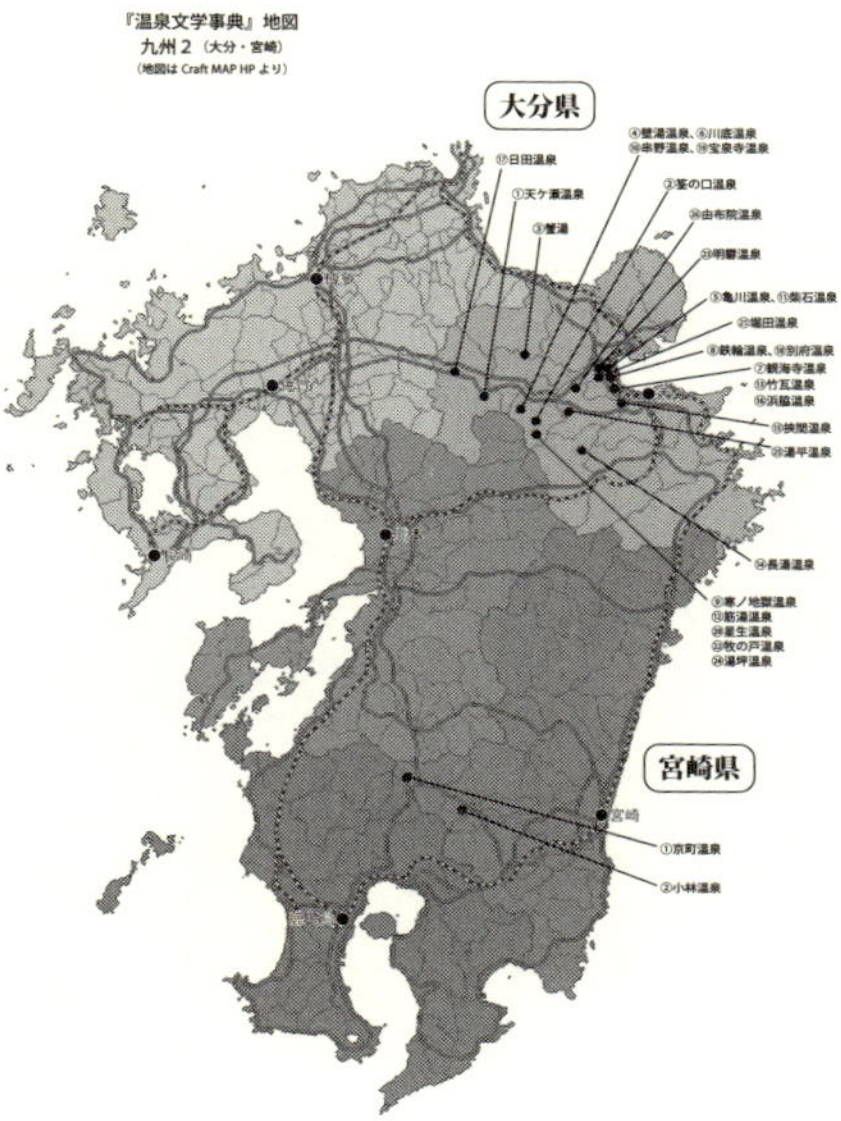

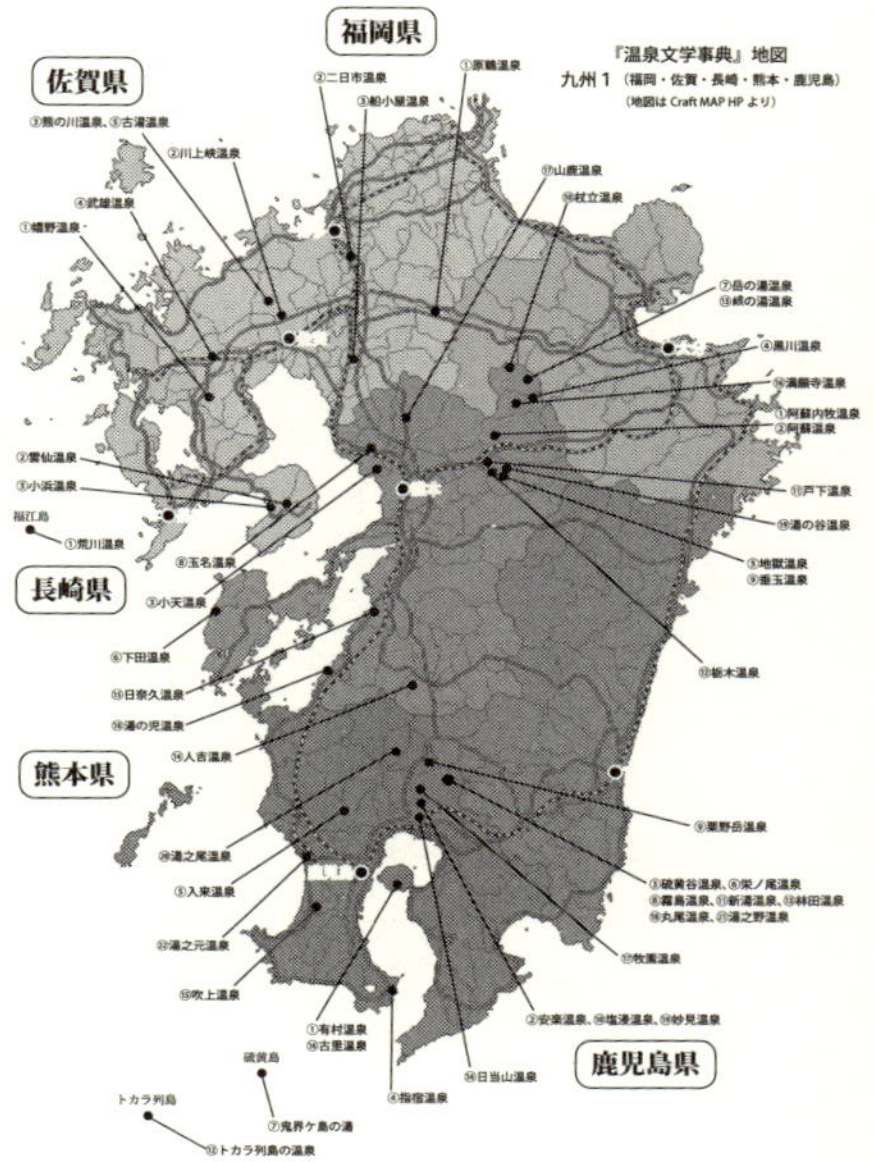

九州
海外

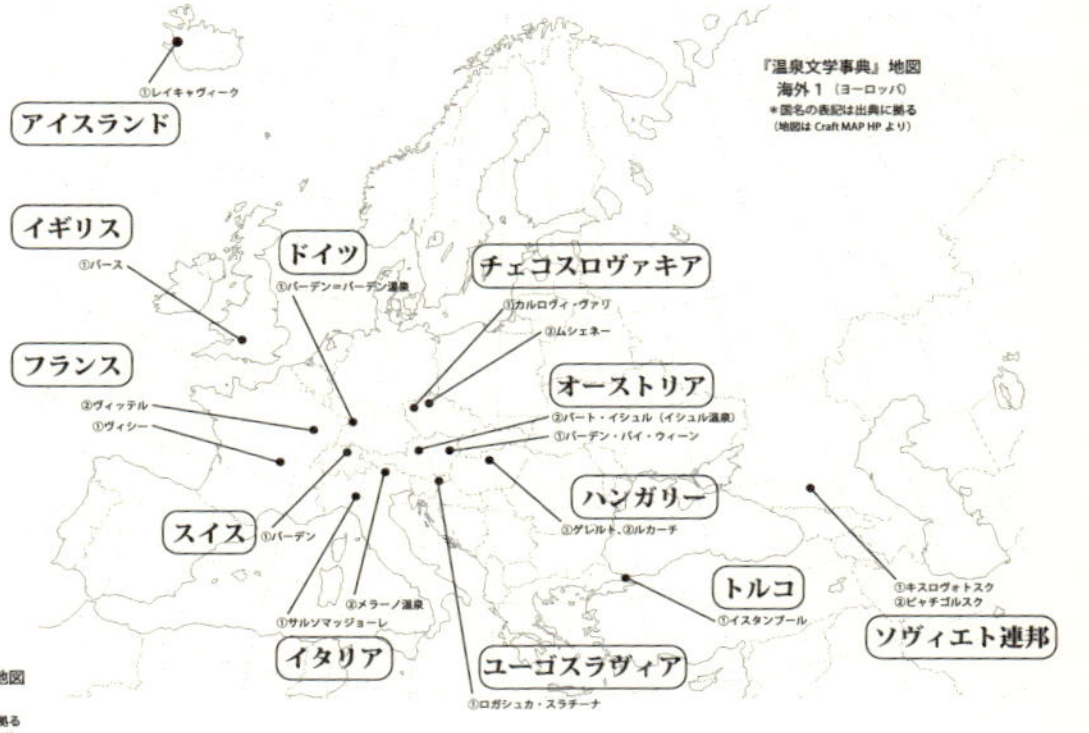

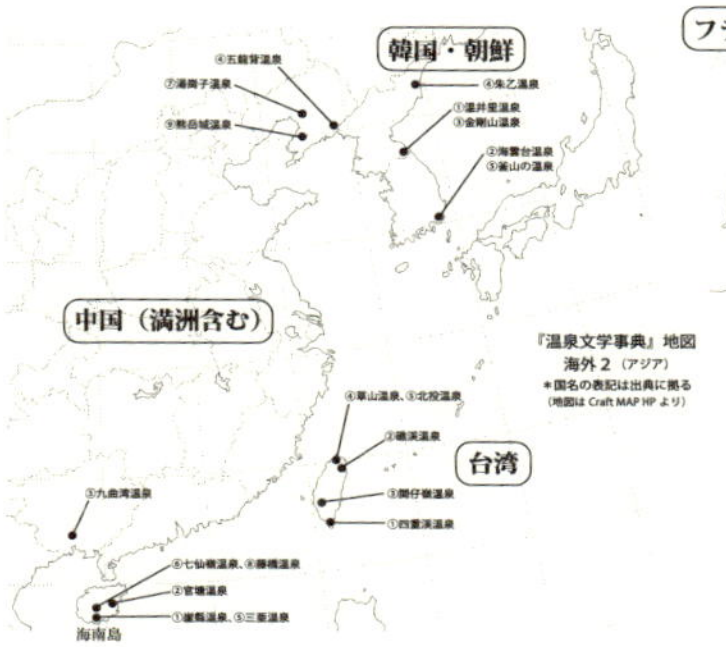

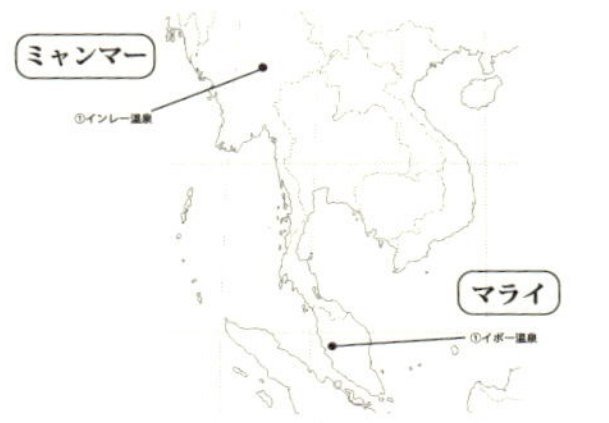

『温泉文学事典』 地図

検索